Die Kapitel zum Bereich **C Sprache** bieten Unterrichtsvorhaben in drei Schritten, z. B.:

1.1 Spracherwerb – Wissenschaftliche Erklärungsmodelle vergleichen
Im ersten Teil wird ein Kernbereich des Themas erarbeitet.

1.2 Sprachwandel und Sprachvarietäten
Im zweiten Teil kommen weitere Aspekte hinzu.

1.3 Klausurtraining – Materialgestützt argumentieren
Im dritten Teil trainieren Sie für eine mögliche Klausur.

Teil D vermittelt die Geschichte der deutschsprachigen Literatur.

- Literarische Beispiele veranschaulichen **alle Epochen.**
- Die Auftaktseiten und viele Aufgaben stellen einen Bezug zur **heutigen Lebenswelt** her.
- **Kontextseiten** stellen den kulturgeschichtlichen Hintergrund dar und reflektieren die mediengeschichtliche Entwicklung.
- **Vernetzungsseiten** zeigen den Wandel literarischer Motive im Lauf der Zeit und bringen die Epochen in einen Dialog.

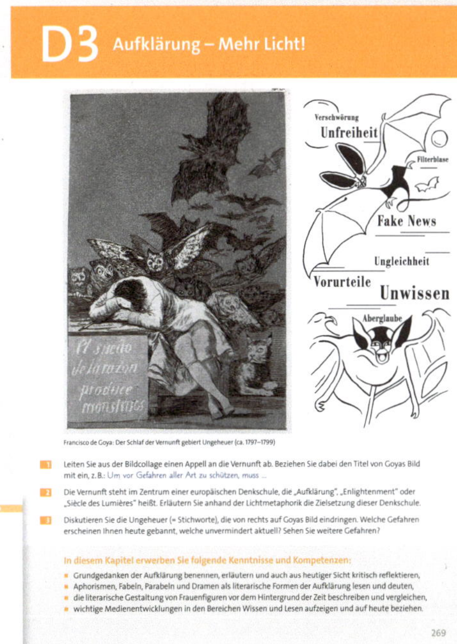

Im **Anhang** finden Sie **Methodenseiten,** die Sie im Lauf der Oberstufe immer wieder brauchen.

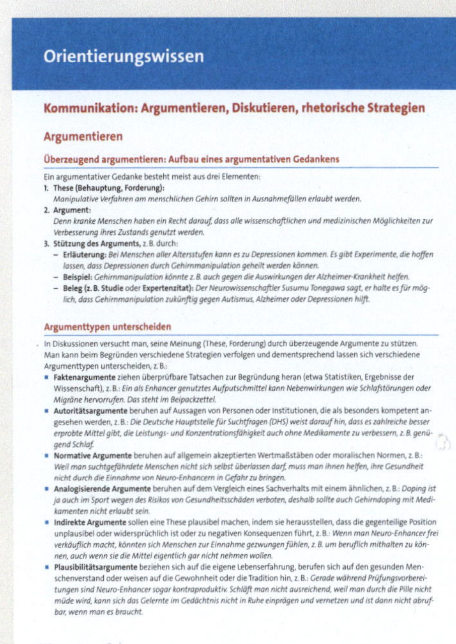

Diese Symbole weisen auf Hörtexte, Erklärvideos oder Internet-Links hin, die über die **Cornelsen-Lernen-App** zugänglich sind.
Sie können Ihre Arbeit mit dem Buch begleiten und unterstützen.

Dieses Symbol weist auf Seiten zur Medienkompetenz hin.

Texte, Themen und Strukturen

Deutschbuch für die Qualifikationsphase

Herausgegeben von
Andrea Wagener und Angela Mielke

Erarbeitet von
Christoph Fischer, Sonja Fuchs,
Inga Graf, Robert Herold,
Katharina Jansen, Alexander Joist,
Stephanie Kroesen, Markus Langner,
Angela Mielke, Deborah Mohr,
Norbert Pabelick, Katja Rothgerber,
Toka-Lena Rusnok, Frank Schneider,
Klaus Tetling, Angelika Thönneßen-Fischer
und Andrea Wagener

Cornelsen

Texte, Themen und **Strukturen**

Redaktion: Matthias Grupp, Dirk Held, Kirsten Krause, Lisa Steinbach, Stefan Windte

Illustrationen:
Henriette von Bodecker, Berlin: S. 82, 92–95, 251, 265, 277, 284, 297–304, 310, 314 f., 321, 323, 331, 338–349, 362 f., 373, 394, 398, 405, 431–439
Christiane Grauert, Milwaukee (USA): S. 22 f., 32, 58–62, 84 f., 104 f., 129, 132 f., 138, 146, 149, 154 f., 177 f., 190–196, 204, 209–215, 226, 234–241, 351, 446, 457, 461–463, 465

Umschlaggestaltung: Studio SYBERG, Berlin (Fotos: picture alliance/imageBROKER; mauritius images/ Wavebreak Media Premium/Alamy)
Layout und technische Umsetzung: werkstatt für gebrauchsgrafik, Garding

www.cornelsen.de

Die Webseiten Dritter, deren Internetadressen in diesem Lehrwerk angegeben sind, wurden vor Drucklegung sorgfältig geprüft. Der Verlag übernimmt keine Gewähr für die Aktualität und den Inhalt dieser Seiten oder solcher, die mit ihnen verlinkt sind.

Dieses Werk berücksichtigt die Regeln der reformierten Rechtschreibung und Zeichensetzung.
Bei den mit [R] gekennzeichneten Texten haben die Rechteinhaber einer Anpassung widersprochen.

Soweit in diesem Lehrwerk Personen fotografisch abgebildet sind und ihnen von der Redaktion fiktive Namen, Berufe, Dialoge und Ähnliches zugeordnet oder diese Personen in bestimmte Kontexte gesetzt werden, dienen diese Zuordnungen und Darstellungen ausschließlich der Veranschaulichung und dem besseren Verständnis des Inhalts.

1. Auflage, 1. Druck 2024

Alle Drucke dieser Auflage sind inhaltlich unverändert und können im Unterricht nebeneinander verwendet werden.

Druck: und Bindung: Mohn Media Mohndruck, Gütersloh

ISBN 978-3-06-061038-9

PEFC
PEFC/04-31-1033
PEFC-zertifiziert
Dieses Produkt stammt aus nachhaltig bewirtschafteten Wäldern und kontrollierten Quellen
www.pefc.de

A Kommunikation

Texte
- komplexe pragmatische Texte (in unterschiedlichen medialen Formaten), auch unter Berücksichtigung der unterschiedlichen Textfunktionen (Ausdruck, Darstellung, Appell) und des Modus (narrativ, deskriptiv, argumentativ), vor dem Hintergrund ihres jeweiligen gesellschaftlich-historischen Kontextes analysieren
- Texten und Materialdossiers zielgerichtet relevante Informationen und Argumente entnehmen (identifizieren, ordnen, auswählen)
- komplexe Texte (u. a. in einem Materialdossier) in Beziehung zueinander setzen und unter Berücksichtigung der Aufgabenstellung selbstständig Teilaspekte eines Themas oder Vergleichsaspekte ableiten

Sprache
- sprachlich-stilistische Mittel in schriftlichen und mündlichen Texten im Hinblick auf deren Bedeutung für die Textaussage und Wirkung, auch unter Berücksichtigung des jeweiligen gesellschaftlichen und historischen Kontextes, erläutern

Kommunikation
- sprachliches Handeln in rhetorisch gestalteter Kommunikation analysieren
- rhetorisch gestalteter Kommunikation deuten und verbale, nonverbale und paraverbale Aspekte in Beziehung zueinander setzen
- symmetrische und asymmetrische Kommunikation in Gesprächssituationen untersuchen, auch unter Berücksichtigung gesellschaftlicher Rollen und Positionen
- Merkmale verständigungsorientierter und manipulativer Kommunikation (u. a. im politischen Kontext) erläutern
- Zusammenhänge zwischen medialem Kontext und der Darbietungsform von Informationen erläutern

B Texte und Medien

Texte
- strukturell unterschiedliche erzählende Texte, auch unter Berücksichtigung der Entwicklung der gattungstypischen Gestaltungsformen und poetologischer Konzepte, interpretieren
- das Textverständnis durch verschiedene Formen produktionsorientierten Schreibens darstellen

Kommunikation
- die Besonderheiten der Autor-Rezipienten-Kommunikation erläutern

Texte
- lyrische Texte im historischen Längsschnitt, auch unter Berücksichtigung der Formen des lyrischen Sprechens und poetologischer Konzepte interpretieren

Kommunikation
- Möglichkeiten und Grenzen gesellschaftlicher Mitgestaltung in linearer und vernetzter Kommunikation darstellen
- das Verhältnis von Öffentlichkeit und Privatheit in verschiedenen medialen Kontexten erläutern
- Positionen in dialogischen Gesprächsformen sach- und adressatengerecht sowie dem kommunikativen Kontext angemessen begründen

Medien
- die Qualität von Informationen aus verschiedenartigen Quellen beurteilen (u. a. Grad an Fiktionalität, Seriosität, fachliche Differenziertheit)
- Zusammenhänge zwischen medialem Kontext und der Darbietungsform von Informationen erläutern
- Möglichkeiten und Gefahren der politischen Willensbildung und der gesellschaftlichen Einflussnahme in verschiedenen medialen Zusammenhängen (u. a. Teilhabe an öffentlichen Diskursen, Verbreitung von Falschmeldungen, Hate Speech) beurteilen
- zentrale Folgen medialer Umbrüche (Buchdruck, Fernsehen, Internet) theoriegestützt erläutern

C Sprache

Sprache
- Sprachvarietäten in verschiedenen Erscheinungsformen (u. a. Soziolekt, Dialekt, Regionalsprache wie Niederdeutsch) und deren gesellschaftliche Bedeutsamkeit, auch unter historischer Perspektive, vergleichen
- theoriegestützt Veränderungstendenzen der Gegenwartssprache und ihre Ursachen (Mehrsprachigkeit, Einfluss von Medien, sprachliche Kreativität) erklären
- den Erwerb mehrerer Sprachen sowie Phänomene innerer und äußerer Mehrsprachigkeit und ihre Auswirkungen erläutern
- Formen gesteuerten und ungesteuerten Sprachwandels (u. a. gendergerechte Sprache) beurteilen
- die Grundannahmen von unterschiedlichen wissenschaftlichen Ansätzen der Spracherwerbstheorie vergleichen

Texte
- Texten und Materialdossiers zielgerichtet relevante Informationen und Argumente entnehmen (identifizieren, ordnen, auswählen),
- komplexe Texte (u. a. in einem Materialdossier) in Beziehung zueinander setzen und unter Berücksichtigung der Aufgabenstellung selbstständig Teilaspekte eines Themas oder Vergleichsaspekte ableiten

Sprache
- unterschiedliche Theorien zum Verhältnis von Sprache, Denken und Wirklichkeit (Zeichen, Vorstellung und Gegenstand, Sprachskepsis) vergleichen

Sprache
- komplexe Sachverhalte unter Berücksichtigung der Kommunikationssituation, der Adressaten und der Funktion sprachlich differenziert darstellen
- mündlich und schriftlich unter Verwendung einer angemessenen Fachterminologie formulieren
- selbstständig die sprachliche Darstellung in Texten mit Hilfe von Kriterien (u.a. stilistische Angemessenheit, Verständlichkeit, syntaktische und semantische Variationsbreite) überarbeiten

Kommunikation
- komplexe Fachinhalte in monologischen Gesprächsformen verständnisfördernd erläutern

D Epochen der deutschen Literatur
Texte und Medien

1 Der Webvideoproduzent Rezo fand viel Beachtung mit seinem Video „Die Zerstörung der CDU", in dem er anlässlich des EU-Wahlkampfs 2019 die etablierten Parteien angreift.
Beschreiben Sie, wie Rezo in dem Screenshot aus seinem Video auf Sie wirkt. Stellen Sie Vermutungen dazu an, welchen Stil er für seinen Beitrag wählt und was er bei seinem Publikum erreichen will. Berücksichtigen Sie dabei auch den abgebildeten erläuternden Text zum Inhalt des Videos.

2 **a** Beschreiben und begründen Sie: Was „reicht" Ihrer eigenen Meinung nach im Moment? Wo wünschen Sie sich Veränderungen in Politik und Gesellschaft?

b Berichten Sie, wo Sie politisch-gesellschaftliche Kommunikation verfolgen. Welche Themen werden dort behandelt und in welcher Weise (z. B. subjektiv, unterhaltsam, sachlich, ausgewogen, ...)? Wo erleben Sie Einigkeit, wo Dissens?

3 Welche Mittel haben Jugendliche heute, um am öffentlichen politisch-gesellschaftlichen Diskurs teilzunehmen und eigene Meinungen zu kommunizieren? Diskutieren Sie Ihre Ideen.

Rhetorik in öffentlicher Kommunikation professionell analysieren

Eine Person, die öffentlich redet, hat Motive. Sie will ihr Publikum von ihrer Weltsicht, ihren Ideen oder Plänen überzeugen und es auf gemeinsame Ziele und Wege einschwören. Dabei stehen dem Redner bzw. der Rednerin die rhetorischen Kategorien Logos, Ethos und Pathos zur Verfügung, die eine vernunftgeleitete, moralische und gefühlsgeleitete Einflussnahme bezeichnen. Während sich Logos allein an die Vernunft des Publikums wendet, spricht Ethos die moralische Glaubwürdigkeit an und Pathos zielt ganz auf das Hervorrufen von Emotionen.
Mit allen einher geht eine vierte Kategorie: die Performanz des Redners, also Auftreten, Charisma und Stimme – die schauspielerische Leistung. Dieser Aspekt öffentlichen Redens hat in der heutigen audiovisuellen Mediengesellschaft besonderes Gewicht. Wer jetzt ein erfolgreicher Redner sein will, muss sein Auftreten professionalisieren.
Dieses Kapitel hilft Ihnen dabei, überzeugende Rhetorik zu erkennen und zu reflektieren, aber auch Manipulationen und Tricks in der öffentlichen Kommunikation zu durchschauen.

4 Erläutern Sie, wie Sie die rhetorischen Kategorien Logos, Ethos und Pathos sowie Performanz in öffentlichen Redesituationen wahrnehmen. Wo fühlen Sie sich durch Redekunst überzeugt und wo manipuliert?

5 **a** Reflektieren Sie, welches Handwerkszeug Sie brauchen, um Überzeugungs- und Manipulationsstrategien in rhetorischen Texten, z. B. in Reden oder argumentativen Sachtexten, zu erkennen.
b Die folgende Auflistung zeigt, was Sie in diesem Kapitel erwartet. Machen Sie sich klar: Was wissen und können Sie bereits? Was ist neu und was herausfordernd für Sie?

Leitfaden durch das Kapitel – Kenntnisse und Kompetenzen

Teilkapitel 1.1: Überzeugen oder manipulieren? – Reden analysieren

Die **5 Module** des ersten Teilkapitels **helfen Ihnen bei der Analyse von Sachtexten (pragmatischen Texten).** Sie können die **Module unabhängig voneinander nutzen,** je nachdem bei welchem Arbeitsschritt Sie Unterstützung brauchen.

- **Modul 1** **Erster Zugang:** Sie lernen, wie man sich dem Verständnis einer Rede annähert. Im Zentrum stehen hierbei Inhalt und sprachlich-rhetorische Gestaltung.
- **Modul 2** **Lernlandkarte:** Hier finden Sie einen Überblick über Aspekte der Rede- und Sachtextanalyse.
- **Modul 3** **Musteranalyse:** Sie führen sich vor Augen, wie man vom genauen Erschließen eines argumentativen Sachtextes zum Verfassen einer strukturierten schriftlichen Analyse gelangt.
- **Modul 4** **Ein Aspekt unter der Lupe:** Hier informieren Sie sich über wichtige rhetorische Strategien und sprachlich-rhetorische Mittel.
- **Modul 5** **Historischer Kontext:** Sie analysieren und bewerten Reden aus unterschiedlichen Zeiten.

Teilkapitel 1.2: Debattenkultur? – Politisch-gesellschaftliche Kommunikation in den Medien

An Beispielen aus **aktuellen Medien** vergegenwärtigen Sie sich **Formen öffentlicher politisch-gesellschaftlicher Diskussion** und untersuchen deren **argumentative** und **sprachlich-rhetorische Merkmale.**

Teilkapitel 1.3: Klausurtraining: Eine Rede analysieren / Materialgestützt informieren

Anhand einer **Klausuraufgabe** analysieren Sie eine Rede zum Thema „Verantwortung der Medien" und/oder verfassen materialgestützt einen Informationstext zum Thema „Sprache in der Politik".
Dabei erhalten Sie zahlreiche **Starthilfen, Formulierungsangebote** und ausführliche **Musterlösungen.** Sie können dieses Hilfsangebot nutzen oder auch völlig selbstständig arbeiten.

1.1 Überzeugen oder manipulieren? – Reden analysieren

Modul 1:
Erster Zugang – Eine Rede in ihrer Wirkung erfassen

Wie erschließt man eine Rede? Lassen Sie die Rede auf sich wirken und reflektieren Sie, wie die Wirkung im Zusammenspiel von Inhalt und sprachlich-rhetorischer Gestaltung entsteht.

Svenja Flaßpöhler **Erkenntnislust** (27. 2. 2022)

Die Veranstaltungsreihe „Dresdner Reden“ findet in Kooperation der Sächsischen Zeitung und des Staatsschauspiels Dresden jährlich statt. Vor zahlendem Publikum halten hier Persönlichkeiten aus Kultur, Politik, Wirtschaft oder Wissenschaft Reden zu Themen der Zeit. Svenja Flaßpöhler ist Philosophin, Autorin und Chefredakteurin des „Philosophie Magazins“.

Svenja Flaßpöhler bei ihrer Dresdner Rede

[...] Woran denken Sie bei dem Wort „Erkenntnislust“? Ich denke an Geist und Leib. An gedanklich-erotische Zugkraft. An eine lustvolle Bewegung in die Höhe. An einen Schwindel, der die Grenzen des Ichs auflöst. An Selbstvergessenheit, die in der Sache aufgeht. Ich denke an Neugierde. An Spontanität. An einen Willen zum Wissen, der aber nie verkrampft ist, weil das die Lust sofort töten würde. Lebendig bleibt die Lust, wenn sie nicht erzwungen wird, wenn sie nicht unter Druck gerät und es ihr erlaubt ist, für Unordnung zu sorgen. Denn genau dies ist der Grundimpuls: Ordnungen des Denkens anzuzweifeln und aufzubrechen. Sobald Gewissheiten zu vermeintlichen Wahrheiten gerinnen, macht sich die Lust unwillkürlich als innere Regung bemerkbar: Hier stimmt was nicht, aber was? Die Erkenntnislust ist eine Lust des Hinterfragens. Aber nicht um der Lust selber willen, nie im Sinne bloßer Provokation, sondern weil alles eine andere Seite hat. Diese andere Seite ist ihr Zuständigkeitsbereich. Ihr Job, sozusagen. Die Lust richtet sich darauf, die unsichtbare Seite sichtbar zu machen. Der Fachbegriff für dieses Sichtbarmachen lautet: Dialektik[1].

Vor über 2400 Jahren war es Sokrates, der diesem philosophischen Begehren erstmals Gestalt gab und es in die Öffentlichkeit trug. Von Beruf war er Steinmetz, doch meistens schlenderte er durch die Straßen Athens, um die Bürger in Gespräche zu verwickeln und mit unzähligen Fragen zu löchern. Und zwar so lange, bis diese ihre Vorstellungen über Gerechtigkeit, Rhetorik, Schönheit oder Tugend fallen ließen. [...]

Zweieinhalb Jahrtausende später ist man [...] verführt, zu einer großen Rede des gesellschaftlichen Verfalls anzuheben: In den finsteren, traurigen Zeiten der gesellschaftlichen Spaltung vereinigt sich nichts. [...] Die Jahre der Pandemie, aber auch die zunehmenden politischen Grabenkämpfe haben den Diskurs hart und destruktiv werden lassen. [...] [W]o ist der sokratische Geist? Wo die Erkenntnislust? Gewissheiten erschüttern, Zweifel zulassen, die andere Seite beleuchten? Lieber nicht. Der Spalt geht durch Freundschaften, Partnerschaften, die eigene Familie. Am Tisch herrscht dann wahlweise Krieg oder Schweigen. An die Stelle der Erkenntnislust ist die Erkenntnisunlust getreten. An die Stelle der Neugierde, des Verstehenwollens tritt komplettes Unverständnis [...]. An die Stelle des Zweifels rückt das Bedürfnis nach Sicherheit [...]. Anstatt sich durch die Wahrheit des anderen verändern zu lassen, wird sie verworfen. [...]

Tatsächlich ist genau dies wohl die größte Herausforderung im Diskurs: Das Andere wirklich ins Eigene zu lassen. Der Irritation nachzugeben. Zu sagen: „Das stimmt. Den Punkt, den du machst, sehe ich erst jetzt“, gelingt höchst selten. Zumal nicht auf der öffentlichen Bühne, wo Meinungen oft nur aufeinanderprallen und es darum geht, hart zu bleiben. Auch ist zu beobachten, dass jene, die hart angegriffen werden, schnell selbst verhärten. Einerseits um sich zu schützen. Und andererseits, um in den Angriff überzugehen. So werden sie unter Umständen selbst zu Hassenden und konstitutiver[2] Teil der Erregungsmaschine, die durch Hass und Gegenhass am Laufen gehalten wird. Eine andere, inzwischen weit verbreitete Methode, sich dem anderen zu verschließen, ist der Verweis auf die eigene Verletzlichkeit. So werden Debatten nicht selten mit dem Satz abgebrochen: „Das, was du sagst, verletzt mich." Oder „Das, was du sagst, traumatisiert mich." Ende der Diskussion. Um es klar zu sagen: Ja, es gibt eine Grenze des Zumutbaren. Es gibt eine Grenze des Sagbaren. [...] Doch die große Herausforderung einer liberalen Demokratie ist, die Grenzen des Zumutbaren nicht zu eng zu ziehen. [...]

Je stärker Gruppen und Individuen auf die eigene Identität pochen, je geschlossener, je homogener Zugehörigkeit gedacht wird [...], desto instabiler wird gerade das, was man doch eigentlich stabilisieren will. Dasselbe gilt für Meinungen: Je weniger empfänglich wir sind für die Meinung anderer, je mehr wir uns Andersdenkenden verschließen, desto angreifbarer werden wir, desto brüchiger wird die eigene Position. Doch darf man es mit dem Lob der Empfänglichkeit auch nicht übertreiben. Wer alles widerstandslos in sich aufnimmt und bejaht, ist genauso wenig autonom wie jener, der sich gar nichts geschehen lassen will. Wer nur empfänglich ist und seine Haltung ändert, sobald die Stimmungslage sich dreht, hat gar keine Haltung, sondern ist feige. [...]

---

1 die Dialektik: Fähigkeit, den Diskussionspartner in Rede und Gegenrede zu überzeugen

2 konstitutiv: bestimmend

1 **a** „Woran denken Sie bei dem Wort ‚Erkenntnislust'?" Sammeln Sie vor dem Lesen Ihre Assoziationen dazu.

b Erklären Sie sich zu zweit gegenseitig, was Ihnen an der Rede besonders auffällt, welche Gedanken Sie interessant finden oder was Sie mit eigenen Erfahrungen in Verbindung bringen können.

c Diskutieren Sie die Ihrer Ansicht nach jeweils wichtigste Aussage der Rede.

2 Erklären Sie, was Flaßpöhler unter „Erkenntnislust" versteht und wie diese ein freies Denken, das auch Gegenmeinungen einbezieht, fördern kann. Nutzen Sie dafür z. B. folgende Formulierungen:

> Lust des Hinterfragens • Herausforderung: eigenes Denken durch andere Meinungen ändern • eigene Empfindlichkeit überwinden • alles hat zwei Seiten • Mut im Denken • Balance finden

3 Zeigen Sie auf, wie Flaßpöhler versucht, ihr Publikum rhetorisch zu fesseln. Wählen Sie a oder b.

●●○ **a** Sammeln Sie Wiederholungen, z. B. **parallele Satzstrukturen und Anaphern.** Schreiben Sie eine der gefundenen Textstellen so um, dass es keine Wiederholung gibt, z. B.: *Ich denke an ... Mir fällt auch ein ... Außerdem ...* Erklären Sie, wie das im Vergleich wirkt.

●●● **b** Sammeln Sie **Wörter mit positiven und negativen Konnotationen** und erklären Sie, in welcher Weise Flaßpöhler diese einsetzt. Gehen Sie insbesondere auf die Begriffe „Ordnung" und „Unordnung" ein.

c Stellen Sie Ihre Beobachtungen vor und klären Sie, welche Wirkung erzeugt wird (► Information, S. 26).

4 **a** Begründen Sie, welche Schwerpunkte Flaßpöhler in ihrer Rhetorik legt: Spricht sie eher mit Argumenten den Verstand des Publikums an (Logos), seine Moralvorstellungen (Ethos) oder seine Gefühle (Pathos) (► Tipp)?

b Fassen Sie zusammen, welche Intention Flaßpöhler verfolgt. Bewerten Sie die Überzeugungskraft der Rede. Gibt es Passagen, die Sie als manipulativ empfinden?

Drei Kategorien der Rhetorik
- **Logos:** logische, korrekte Argumentation
- **Ethos:** Glaubwürdigkeit und Vertrauenswürdigkeit der Rednerin / des Redners
- **Pathos:** emotionale Verbindung zum Thema und mit dem Publikum

5 Die folgenden Seiten (► S. 22 f.) geben Ihnen einen Überblick über Aspekte der Sachtext- und Redeanalyse. Überlegen Sie zu zweit, welche Aspekte Ihnen in Bezug auf diese Rede besonders relevant erscheinen.

6 Hören Sie sich die gesamte Rede auf der Website des Staatsschauspiels Dresden an. Erklären Sie, welchen Einfluss die Performanz auf die Wirkung der Rede hat.

Modul 2:
Lernlandkarte – Aspekte der Sachtext- und Redeanalyse

Die Lernlandkarte auf dieser Doppelseite zeigt Ihnen im Überblick Aspekte, die Sie bei der Analyse von Sachtexten (pragmatischen Texten, nicht fiktionalen Texten) berücksichtigen können. Insbesondere bei argumentativen Sachtexten mit einer bestimmten Intention greifen unterschiedliche Aspekte ineinander, um zusammen Wirkung zu erzielen.

Worum geht es in dem Text?
Ist das Thema bedeutsam für die Gesellschaft und/oder das Individuum?
Welche Informationen enthält der Text?
Welche Bedeutung haben sie für den Adressatenkreis?

Thema und Inhalt
- Relevanz des Themas
- Problemstellung (aktuelle/historische/politische Bezüge)
- Themenbereich (z. B. Politik, Gesellschaft, Kultur, Forschung)
- Stimmigkeit, Auswahl, Relevanz der Informationen

Welche Textsorte liegt vor?
Welche Merkmale hat diese?

Gattung/Textsorte (► S. 455), z. B.:
- Rede: Fest-/Dankes-/Gedenkrede, beratende/politische Rede, Gerichtsrede, ...
- journalistische Texte: Bericht, Reportage, Kommentar, ...
- Sachbuch: (populär-)wissenschaftlicher Beitrag, ...
- diskontinuierliche Texte: Grafiken, Diagramme, Fotos, ...

Welche Rolle spielt die äußere Situation der Rede?
In welchem Medium ist die Rede bzw. der Text veröffentlicht?
Ist das für die Deutung relevant?

Redesituation / Medium der Veröffentlichung
- Ort, Zeit (politisch-historischer Kontext), Anlass der Rede, Publikum (z. B. dessen Kenntnisse, Erwartungen)
- Live-Auftritt, Fernseh-/Radioübertragung, Zeitung etc.
- Autor/Rednerin (Beruf, soziale Rolle, Weltanschauung)
- Performanz (Auftreten, Gestik, Mimik, Sprechweise)

Intention (► S. 455), z. B.:
- Information
- Instruktion
- Überzeugung/Meinungsbildung
- Appell, Werbung
- Unterhaltung
- ...

Welche Wirkungsabsicht verfolgt der Autor / die Autorin bzw. der Redner / die Rednerin?

Adressatenbezug (▸ S. 26)
- Einbezug der Zuhörer/-innen, Leser/-innen
- Appelle an das Publikum
- Einbezug der eigenen Person (Nähe)
- Verständlichkeit
- Strategien der Publikums-/Leserlenkung

Struktur der Argumentation (▸ S. 442 f.)
- Gedankengang: Aufbau des Textes / der Rede, Funktion der Abschnitte (Überschrift, Verknüpfung der Gedanken)
- Position/Standpunkt, Thesen
- Argumente, Argumenttypen
- Stützung der Argumente (Beispiel, Beleg, Zitat, Erläuterung)
- Gegenargumente und deren Entkräftung
- Schlussfolgerungen
- Überzeugungskraft

Rhetorische Strategien (▸ S. 26), z. B.:
- Aufwertung der eigenen Position
- Abwertung der Gegenposition
- Logos, Ethos, Pathos (▸ S. 21)
- dramatisieren, emotionalisieren, polarisieren
- beschwichtigen
- Gemeinschaftsgefühl wecken
- ...

Sprachliche Mittel (▸ S. 445, 450 f.)
- Sprachebene, Stil: umgangs-/fachsprachlich, bildungssprachlich, ...
- Wortwahl, Begriffe: Konnotationen, Framing (▸ C 2.1, S. 213), Fahnenwörter, Stigmawörter, Fachbegriffe, Fremdwörter, ...
- Satzbau: Parataxen, Ellipsen, ...
- rhetorische Mittel: Wiederholung, sprachliche Bilder, rhetorische Fragen, ... (▸ S. 450 f.)

Modul 3:

Musteranalyse – Vom Lesen zur Analyse

Diese Doppelseite zeigt Ihnen, wie man bei einem Sachtext, z. B. bei einer Rede, Beobachtungen zum Inhalt, zur Sprache und Leserlenkung sammelt und auf dieser Basis eine strukturierte Analyse verfasst (► S. 20 f.).

Svenja Flaßpöhler **Erkenntnislust**

Veranstaltungsreihe ... Staatsschauspiels Dresden ... zahlendem Publikum ... Persönlichkeiten ... Svenja Flaßpöhler ...

[...] Woran denken Sie bei dem Wort „Erkenntnislust?“ Ich denke an Geist und Leib. An gedanklich-erotische Zugkraft. An eine lustvolle Bewegung in die Höhe. An einen Schwindel, der die Grenzen des Ich auflöst. An Selbstvergessenheit, die in der Sache aufgeht. Ich denke an Neugierde. An Spontanität. An einen Willen zum Wissen, der aber nie verkrampft ist, weil das die Lust sofort töten würde. Lebendig bleibt die Lust, wenn sie nicht erzwungen wird, wenn sie nicht unter Druck gerät und es ihr erlaubt ist, für Unordnung zu sorgen. Denn genau dies ist der Grundimpuls: Ordnungen des Denkens anzuzweifeln und aufzubrechen. Sobald Gewissheiten zu vermeintlichen Wahrheiten gerinnen, macht sich die Lust unwillkürlich als innere Regung bemerkbar: Hier stimmt was nicht, aber was? Die Erkenntnislust ist eine Lust des Hinterfragens. Aber nicht um der Lust selber willen, nie im Sinne bloßer Provokation, sondern weil alles eine andere Seite hat. Diese andere Seite ist ihr Zuständigkeitsbereich. Ihr Job, sozusagen. Die Lust richtet sich darauf, die unsichtbare Seite sichtbar zu machen. Der Fachbegriff für dieses Sichtbarmachen lautet: Dialektik.

Vor über 2400 Jahren war es Sokrates, der diesem philosophischen Begehren erstmals Gestalt gab und es in die Öffentlichkeit trug. Von Beruf war er Steinmetz, doch meistens schlenderte er durch die Straßen Athens, um die Bürger in Gespräche zu verwickeln und mit unzähligen Fragen zu löchern. Und zwar so lange, bis diese ihre Vorstellungen über Gerechtigkeit, Rhetorik, Schönheit oder Tugend fallen ließen.

Redesituation: Ort der Kultur, an Gesellschaft/Philosophie Interessierte → hoher Anspruch
Redegattung: gesellschaftspolitisch beratend
Thema: Erkenntnisstreben als Offenheit für Gegenmeinungen
Adressatenbezug: direkte Ansprache → Einbezug des Publikums
Sprache: Neologismus und poetische Wortwahl, Akkumulation → wecken Interesse
Wiederholung, Anaphern, paralleler Satzbau → Eindringlichkeit
positive (Hochwertwörter) und negative Konnotation → Gegensätze/Antithesen

Argumentationsstruktur:
These: Erkenntnis braucht Freiheit und Neugierde auf die andere Seite;
klare argumentative Verknüpfung (Signalwörter „weil“, „denn“);
Plausibilitätsargumente (eigene Beobachtungen und Erfahrungen)

Sprache: Fachbegriff → fundierte Erklärung

Beispiel: historischer Bezug → narratives Element, Veranschaulichung

rhetorische Strategie: sich in Gegensätzen positionieren und zum Denken auffordern

Intention: Appell an Lust zu freiem Denken

1 Erläutern Sie an ausgewählten Randbemerkungen, wie man eine Rede aspektorientiert erschließen kann. Sie können folgende Formulierungen nutzen und die Grafik rechts unten auf S. 60 (► B1) heranziehen.

Aspekt mit Fachbegriff zur Beschreibung • deutende Aussage zur Wirkung • Textbeleg

2 Vergleichen Sie die Randbemerkungen mit Ihrer Untersuchung des Textes (► Aufgaben 2 bis 4, S. 21): Was haben Sie über die Randnotizen hinaus in dem Redeauszug entdeckt, was war Ihnen neu?

A Die Philosophin Svenja Flaßpöhler hielt ihre gesellschaftspolitische Rede „Erkenntnislust" am 27.2.2022 im Staatsschauspiel Dresden. Vor einem an gesellschaftlichen Themen interessierten und vermutlich anspruchsvollen Publikum geht sie darin auf die Wichtigkeit von Erkenntnis und freiem, dialektischem Denken ein. Dieses Thema hat in einer Zeit, in der „vermeintliche Wahrheiten" (Z.15) ein solches Denken erschweren, besondere gesellschaftspolitische Relevanz. ...

B Sprachlich ist die Rede anspruchsvoll. Die Rednerin verwendet viele sprachlich-rhetorische Mittel, um für ihre Haltung zu werben und sie aufzuwerten. So ist „Erkenntnislust" (Z.2) ein Neologismus und die folgenden Fragen enthalten ungewöhnliche, fast poetische Wendungen wie „gedanklich erotische Zugkraft [...] lustvolle Bewegung in die Höhe" (Z3f.), wodurch das Interesse am Gesagten geweckt werden soll. Flaßpöhler verwendet Antithesen, indem sie Hochwertwörter und eher negativ konnotierte Begriffe gezielt gegeneinandersetzt, z.B. „töten" – „Lebendig" (Z.9). ... Interessant ist hier, wie sie die übliche Konnotation von „Ordnung" und „Unordnung" ins Gegenteil wendet: Das „unordentliche Denken" (vgl. Z.11ff.) sei das, was die Diskussion voranbringe. Die Rednerin setzt diese Gegensätze gezielt ein, um sich auf der positiven Seite zu positionieren und zum Umdenken aufzufordern. ...

C Die Rednerin spricht ihr Publikum direkt an: Mit ihrer Frage, woran sie bei dem Wort „Erkenntnislust" dächten (vgl. Z.1), bezieht sie ihre Zuhörerinnen und Zuhörer ausdrücklich in ihre folgenden Überlegungen mit ein. Dadurch entsteht eine besondere Nähe, ...

D Die Rednerin möchte ihr Publikum von ihren Ansichten überzeugen und es zum Denken anregen. Dabei appelliert sie an die Lust zu einem Denken, das vermeintliche Gewissheiten anzweifelt. ...

E Flaßpöhler beginnt ihre Rede mit einer Beschreibung dessen, was ihr im Zusammenhang mit der Lust an Erkenntnis in den Sinn kommt (vgl. Z.2ff.). Sie stellt die These auf, dass lustvolle Erkenntnis nur möglich ist, wenn sie frei ist, und begründet dies damit, dass Zwang, Druck, Ordnung und vermeintliche Gewissheiten ein freies Denken verhindern (vgl. Z.9ff.). Ihre weitere These, Erkenntnislust sei die Lust des Hinterfragens, begründet sie damit, dass die Dinge komplex seien: „weil alles eine andere Seite hat" (Z.20). Diese Plausibilitätsargumente entspringen ihren Beobachtungen und ihrem Nachdenken. Damit spricht sie insbesondere den Verstand (Logos) ihrer Zuhörerschaft an. Zur Veranschaulichung ihres Denkens stellt sie einen historischen Bezug her, indem sie eine kurze Erzählung über Sokrates als Beispiel nutzt. ...

3 **a** Klären Sie, welche Auszüge aus dieser Musteranalyse zu welchen Analyseaspekten (▶ Übersicht, S.22f.) gehören.

b Legen Sie eine plausible Reihenfolge der Auszüge für eine Analyse fest. Begründen Sie Ihre Wahl.

4 Untersuchen Sie zu zweit die sprachlichen Besonderheiten einer Analyse. Eine/-r wählt a, eine/-r wählt b.

●●○ **a** **Untersuchen Sie** die Auszüge daraufhin, wie **Sprachhandlungen** dargestellt werden. Unterstreichen Sie dazu auf dem Tablet bzw. auf einer Kopie Wendungen wie z.B.: *warnt vor, appelliert, stellt dar, betont, setzt sich auseinander, argumentiert, greift auf sprachliche Mittel wie ... zurück, verwendet ..., um ...*

●●● **b** **Erläutern Sie** an Textstellen, **wie man analytisch schreibt,** also erklärt und deutet, z.B.:
Analytische Sätze erkennt man z.B. an Wörtern, die Erklärungen einleiten, wie etwa ...

c Erläutern Sie sich gegenseitig Ihre Erkenntnisse. Ergänzen Sie dann kooperativ am Computer (▶ Methode, S.462) die Auszüge, indem Sie Inhalt, Form und Sprache der Rede weiter erschließen und darlegen. Nutzen Sie dazu auch die folgende Information zu rhetorischen Strategien (▶ S.26).

Modul 4:

Ein Aspekt unter der Lupe – Rhetorische Strategien und Gestaltungsmittel

Die folgende Information zeigt Ihnen im Überblick rhetorische Strategien und Gestaltungsmittel, die Sie häufig in Reden und argumentativen Sachtexten finden, ebenso wie in der Alltagskommunikation.

Information **Rhetorik – Rhetorische Strategien und sprachlich-rhetorische Gestaltungsmittel**

Schon in der Antike wurden Redestrategien entwickelt, die unter dem Begriff **Rhetorik** („Redekunst") zusammengefasst wurden. Sie dienen der Überzeugung und Beeinflussung des Publikums.
Diese **Strategien der Beeinflussung** unterstützen die Intention (Wirkungsabsicht) der Rede.

Rhetorische Strategien, z. B.	Sprachlich-rhetorische Gestaltungsmittel mit Beispielen, z. B.
Aufwertung der eigenen Position, Einschwören auf gemeinsame Werte, Betonung eigener Tugenden	ausdrückliches **Lob,** entsprechende Wortwahl: *Ich habe erreicht …* **Fahnenwörter** (positiv konnotierte „Hochwertwörter"): *Freiheit, Verantwortung, Zukunft, Würde* positives **Framing:** *Chance* statt *Problem*
Abwertung der Gegenposition, Warnung vor Bedrohlichem, Fehler vergrößern	ausdrückliche **Kritik,** entsprechende Wortwahl: *Sie entfachen einen Konflikt …; Es ist Ihre Schuld, wenn …* **Stigmawörter** (negativ konnotierte „Unwertwörter"): *Zwang, Chaos, Propaganda, Unterdrückung* negatives **Framing:** *Ängstlichkeit* statt *Vorsicht*
Emotionalisieren, dramatisieren, polarisieren (Glaubwürdigkeit und Anschaulichkeit erhöhen, Zusammenhänge visualisieren, Argumente durch suggestive Bilder ersetzen, Extremsituationen suggerieren, Ängste wecken, Aggression provozieren)	**Antithese** (Entgegenstellen von Gedanken oder Begriffen): *Lüge – Wahrheit; Ordnung – Unordnung* **Hyperbel** (Übertreibung): *ein Meer von Tränen; das allerbeste …* **Klimax** (Steigerung): *Übertreibung, Schärfe, Sarkasmus* **sprachliche Bilder** (Metapher, Vergleich, Personifikation): *eine Flut von …, wie ein Blitz, der Hass wild gewordener Posts* **Narration** („Storytelling", Einbinden von erzählenden Passagen): *Mitten im Krieg kam in einer U-Bahn-Station ein kleines Mädchen zur Welt. Es heißt Mia. Seine Familie …*
Beschwichtigen (beschönigen, verharmlosen, relativieren)	**Euphemismen:** *Spezialoperation* für *Krieg* **Floskeln:** *Ich verurteile das aufs Schärfste!*
Nachdruck/Eindringlichkeit zur Einprägung des Gesagten, besondere Betonungen, Bekräftigung	**Wiederholung, Parallelismus** (Wiederholung gleicher syntaktischer) Fügungen, **Anapher:** *Nur wer …, nur wer …* **Akkumulation** (Anhäufung von Begriffen): *Hoffnung und Zuversicht, Vertrauen und Glück* **Correctio** (Korrektur eines zu schwachen Ausdrucks): *Es ist gut, nein, es ist sehr viel besser …*
Einbezug des Publikums in die Überlegungen **Aktivierung, Einflussnahme, Vereinnahmung des Publikums** (persönliche Einbindung, Nähe, Gemeinschaftsgefühl wecken)	**rhetorische Fragen** (scheinbare Frage, bei der jeder die Antwort kennt): *Wer will schon Krieg?* **Aufrufe und Appelle** (z. B. durch Imperative): *Sie sollten …* **direkte Anrede:** *Es ist mir eine Ehre, dass Sie mir zuhören.* **Personal-/Anredepronomen:** *Sie, ihr, wir, uns* **Wir-Sätze:** *Zusammen schaffen wir das. Das geht uns alle an.*

Modul 5:
Theorie für Profis – Zwischen Wahrheitsfindung und Demagogie – Reden aus unterschiedlichen historischen Zusammenhängen

Sokrates **Verteidigungsrede** (399 v. Chr.)

In dieser Rede verteidigt sich der Philosoph Sokrates vor Gericht gegen den Vorwurf, er verführe Athens Bürger dazu, anerkannte Wahrheiten anzuzweifeln. Sokrates verzichtete auf einen professionellen Redenschreiber und verteidigte sich selbst. Mit knapper Mehrheit wurde er zum Tode verurteilt.

Sokrates-Statue, Athen

Welchen Eindruck, meine athenischen Mitbürger, meine Ankläger auf euch gemacht haben, weiß ich nicht; ich meinesteils stand so unter dem Bann ihrer Worte, dass ich mich beinahe selbst vergaß: So überzeugend klangen ihre Reden. Und doch, von Wahrheit war kaum eine Spur zu finden in dem, was sie gesagt haben. Am meisten aber war ich erstaunt über eine von den vielen Lügen, die sie vorgebracht haben, über die Warnung nämlich, die sie an euch richteten, ihr solltet euch ja nicht von mir täuschen lassen, denn ich sei ein Meister der Rede. Dass sie sich nicht entblödeten, dies zu sagen trotz der Gewissheit, alsbald durch die Tatsachen von mir widerlegt zu werden, wenn es sich nämlich nunmehr herausstellt, dass ich nichts weniger bin als ein Meister der Rede, das schien mir der Gipfel aller Dreistigkeit zu sein, es müsste denn sein, dass sie den einen Meister der Rede nennen, der die Wahrheit sagt. Denn wenn sie es so meinen, dann habe ich keine Bedenken, mich als Redner gelten zu lassen – nur eben nicht als einen von ihrer Art. Sie, die Kläger, haben, wie gesagt, so gut wie nichts Wahres vorgebracht; von mir aber sollt ihr die volle Wahrheit vernehmen. Aber, beim Zeus, meine Mitbürger, was ihr von mir zu hören bekommt, wird kein in Worten und Wendungen schön gedrechseltes und wohl verziertes Redewerk sein wie das dieser Ankläger, sondern ein schlichter Vortrag in ungesuchten Worten. Denn ich bin fest überzeugt von der Gerechtigkeit meiner Sache und keiner von euch möge mich anders als mit Vertrauen anhören. Es wäre doch auch in der Tat ein starker Verstoß, meine Mitbürger, wollte ich in diesen meinen Jahren vor euch auftreten wie ein Jüngling, der sich in künstlichem Redeschmuck gefällt. Und ich richte an euch, meine athenischen Mitbürger, recht dringend die folgende Bitte: Wenn ihr von mir bei meiner Verteidigung die nämliche Redeweise vernehmt, deren ich mich auf dem Markt an den Wechslertischen bediene, wo viele von euch mir zugehört haben, wie auch anderwärts, so wundert euch nicht und machet darob keinen Lärm. Es verhält sich damit nämlich folgendermaßen: Es ist heute das erste Mal, dass ich vor Gericht erscheine, siebenzig Jahre alt. Ich bin also ein völliger Fremdling in der hier üblichen Redeweise. Gesetzt nun, ich wäre hier ein Fremder im eigentlichen Sinne, so würdet ihr es offenbar verzeihlich finden, wenn ich mich derjenigen Sprache und Redeform bediente, in der ich erzogen bin. So wende ich mich denn jetzt an euch mit der, wie mir scheint, nicht unbilligen Bitte: Macht euch keine Gedanken über so meine Redeweise, gleichviel, ob sie schlecht oder gut ist; richtet vielmehr euren Sinn und eure ganze Aufmerksamkeit darauf, ob, was ich sage, recht ist oder nicht; denn das ist die Pflicht und Aufgabe des Richters, wie es die des Redners ist, die Wahrheit zu sagen. [...]

1 **a** Erklären Sie, wie Sokrates die Rhetorik und ihre mögliche Wirkung auf das Publikum einschätzt. Wie versteht er in diesem Zusammenhang das Verhältnis von Wahrheit und Redekunst?
b Erläutern Sie am Beispiel der Formulierungen in Z. 25–41, welche rhetorischen Strategien und sprachlich-rhetorischen Gestaltungsmittel (► S. 26) Sokrates selbst verwendet.
c Nehmen Sie Stellung zu Sokrates' Appell, auf den Inhalt und nicht auf die Form seiner Rede zu achten.

2 Diskutieren Sie: Wie würde eine Person wie Sokrates heute in öffentlichen Debatten wahrgenommen?

Joseph Goebbels **Rede zur Bücherverbrennung** (10. 5. 1933)

In der Nacht des 10. Mai 1933 verbrannten nationalsozialistische Studenten bei einer Kundgebung „wider den undeutschen Geist" Bücher namhafter deutscher Autoren und Wissenschaftler wie z. B. Heinrich Heine, Bertolt Brecht, Kurt Tucholsky, Erich Kästner, Sigmund Freud. Deren Werke wurden als „entartet" und „undeutsch" bezeichnet. Danach mussten viele der Betroffenen ins Ausland fliehen.
Während der Bücherverbrennung auf dem Berliner Opernplatz hielt Joseph Goebbels als „Reichsminister für Volksaufklärung und Propaganda" die folgende Rede. Ihm ging es in seinem Amt vor allem darum, das Volk mit politischer Hetze insbesondere gegen Juden aufzuwiegeln.

Meine Kommilitonen!
Deutsche Männer und Frauen!
Das Zeitalter eines überspitzten jüdischen Intellektualismus ist nun zu Ende, und der Durchbruch der deutschen Revolution hat auch dem deutschen Weg wieder die Gasse frei gemacht. [...] Diese Revolution kam nicht von oben, sie ist von unten hervorgebrochen. Sie ist nicht diktiert, sondern das Volk selbst hat sie gewollt. Sie ist deshalb im besten Sinne des Wortes der Vollzug des Volkswillens, und die Männer, die diese Revolution organisiert, mobilisiert und durchgeführt haben, stammen aus allen Schichten, Ständen und Berufen des deutschen Volkes. Hier steht der Arbeiter neben dem Bürger, der Student neben dem Soldaten und neben dem Jungarbeiter, hier steht der Intellektuelle neben dem Proletarier: Ein ganzes Volk ist aufgestanden!
Das aber unterscheidet diese Revolution von der Revolte im November 1918[1]. Damals brach der Materialismus durch, der Marxismus behauptete das Feld. Die Kräfte des Untermenschentums haben das politische Terrain erobert, und darauf folgten dann in Deutschland vierzehn Jahre unausdenkbarer und unbeschreiblicher materieller und geistiger Schmach. Diese Schmach haben wir alle am eigenen Leibe zu verspüren bekommen. Sie verspürte jeder Arbeiter, der seinen Platz an der Maschine verlor. Sie verspürte jeder Jungarbeiter, der vom Zugang zur Arbeit ausgeschlossen wurde. Sie verspürte jeder Bürger, dem man den letzten Groschen aus der Tasche nahm. Sie verspürte jeder Soldat, der, knirschend mit den Zähnen, zuschauen musste, wie man die nationale Wehrhaftigkeit und die Ehre des deutschen Volkes ungestraft mit Füßen treten durfte.
Sie habt auch ihr Studenten verspürt, die ihr als Vortrupp eines wirklich revolutionären deutschen Geistes von den Hochschulen heruntergetrieben wurdet, die man euch, wenn ihr das Deutschlandlied anstimmtet oder gegen Versailles[2] protestiertet, mit dem Gummiknüppel traktierte, die ihr vierzehn Jahre lang in schweigender Schmach die Demütigungen dieser November-Republik über euch ergehen lassen musstet. Die Bibliotheken füllten sich an mit dem Unrat und dem Schmutz dieser jüdischen Asphaltliteraten. Anstatt dass in Deutschland eine deutsche Erziehung den deutschen Menschen erzog und anstatt dass von den Kanzeln der Universitäten wirkliche Volksführer dem Geist der Zeit das Wort redeten, verschanzte sich die hohe Wissenschaft hinter den Paragrafen und hinter den Aktenbündeln und hinter den Pandekten[3]. Und während die Wissenschaft vom Leben allmählich sich isolierte und abschneiden ließ, hat das junge Deutschland längst schon einen neuen und fertigen Rechts- und Normalzustand wiederhergestellt.
Dieser Rechts- und Normalzustand, dessen Träger wir in der Oppositionsbewegung waren, der ist nun, mit der Übernahme der Macht durch uns, auch der Rechts- und Normalzustand unseres Staates geworden. Die Bewegung, die damals den Staat berannte, ist jetzt in den Staat hineinmarschiert – ja, mehr noch: Sie ist selbst Staat geworden! Und die Männer, die damals diese Bewegung gegen den Staat führten, die sind jetzt die Inhaber der Staatsgewalt. Und damit hat der deutsche Geist eine ganz andere Wirkungsmöglichkeit bekommen. Damit ist das revolutionäre Tempo, der revolutionäre Elan und die revolutionäre Durchschlagskraft, die die deutsche

Jugend in den vergangenen vierzehn Jahren beseelte, nun zum Tempo und zum Elan und zur Durchschlagskraft des ganzen Staates geworden.

[...] Wenn ihr Studenten euch das Recht nehmt, den geistigen Unflat in die Flammen hineinzuwerfen, dann müsst ihr auch die Pflicht auf euch nehmen, an die Stelle dieses Unrates einem wirklichen deutschen Geist die Gasse frei zu machen. Der Geist lernt sich im Leben und in den Hörsälen, und der kommende deutsche Mensch wird nicht nur ein Mensch des Buches, sondern auch ein Mensch des Charakters sein. Und dazu wollen wir euch erziehen. [...] Und deshalb tut ihr gut daran, um diese mitternächtliche Stunde den Ungeist der Vergangenheit den Flammen anzuvertrauen. Das ist eine starke, große und symbolische Handlung [...]. [...]

1 Die Revolution am Ende des Ersten Weltkrieges führte das Deutsche Reich von einer konstitutionellen Monarchie in die parlamentarisch-demokratische Weimarer Republik

2 Gemeint ist der Friedensvertrag von Versailles, der Deutschland nach dem Ersten Weltkrieg die alleinige Kriegsschuld gab und es zu Reparationen verpflichtete.

3 die Pandekten: Sammlung antiker juristischer Schriften

1 Beschreiben Sie mit Bezug auf konkrete Textstellen, welche Wirkung die Rede in der beschriebenen Situation auf das anwesende Publikum gehabt haben könnte.

2 Goebbels begründet die Bücherverbrennung durch nationalsozialistische Studenten mit dem angeblichen Sieg in einem langwierigen Kulturkampf.

a Stellen Sie seinen Argumentationsgang dar: Zeigen Sie auf, welche Behauptungen er zur Weimarer Republik aufstellt und wie er die sogenannte „Revolution"(Z. 5 f.) durch die Machtübernahme der Nationalsozialisten begründet.

b Reflektieren Sie den Gegensatz zwischen gesellschaftlicher Einheit und Meinungsvielfalt. Inwiefern kann man die Bücherverbrennung als das Ende der Meinungsfreiheit bezeichnen?

3 Untersuchen Sie mit Hilfe der Übersicht auf S. 26, wie Goebbels sein Publikum vereinnahmt. Zeigen Sie an Beispielen, welche rhetorischen Strategien er nutzt und welche sprachlich-rhetorischen Mittel er dafür einsetzt.

Mit Fahnenwörtern wie z. B. „Ehre des deutschen Volkes" (Z. 33 f.) will Goebbels die eigene Position aufwerten.
Stigmawörter wie „Untermenschentum" (Z. 21.) hingegen vermitteln die brutale Verachtung ...
Die Strategie der Emotionalisierung zeigt sich in ...

Propaganda ist die Verbreitung von falschen oder einseitigen Informationen mit dem Ziel, politische Herrschaft auszuüben. Dabei wird oft Emotionalität eingesetzt, um von (fehlenden) Argumenten abzulenken.
Demagogie ist der Versuch, im eigenen Interesse durch aufhetzende politische Äußerungen Handlungen zu provozieren, die nicht dem Wohl der Allgemeinheit dienen.

4 Erklären Sie anhand der beiden Definitionen zusammenfassend, wie Goebbels seine Inhalte propagandistisch und demagogisch vermittelt. Vereinnahmt er sein Publikum in erster Linie mit Logos, Ethos oder Pathos (▶ S. 21)?

5 Recherchieren Sie historische Hintergründe der Rede. Wählen Sie in Gruppen a oder b.

●●○ **a** Sammeln Sie Informationen über **Autorinnen und Autoren, deren Bücher verbrannt wurden** (▶ D11).

●●● **b** Recherchieren Sie **Informationen (auch Film-, Ton- und Bilddokumente),** um die **Redesituation** genauer analysieren zu können. Informieren Sie sich auch zu **Goebbels' medialer Propaganda** (▶ D11, S. 385).

c Präsentieren Sie die Informationen auf einer digitalen Pinnwand und geben Sie sich darin Feedback. Achten Sie dabei auf Urheberrechte, indem Sie stets Quellen angeben (▶ C3, S. 233).

6 Prüfen Sie an Originalaufnahmen, inwiefern die Performanz des Redners Joseph Goebbels seine Aussagen unterstreicht: Wie wirken verbale, nonverbale und paraverbale Aspekte zusammen?

1.2 Debattenkultur? – Politisch-gesellschaftliche Kommunikation in den Medien

Die politisch-gesellschaftliche Kommunikation verlagert sich zunehmend in die Medien – mit medienspezifischen Formen von Inszenierung, Rhetorik und Sprache. Häufig geht es in den Beiträgen und Debatten auch inhaltlich um Kommunikation und Medien.

Gesellschaftskritik und Bekenntnisse – Politik-Videos in den sozialen Medien

Rezo **Die Zerstörung[1] der Presse. Video auf YouTube** (31.5.2020)

[...] [E]s gibt eine Ursache für die Beliebtheit von Verschwörungsmythen, die mich persönlich am meisten abfuckt. Ich spreche von Vertrauen [Einblendung „VERTRAUEN"], und zwar dem fehlenden Vertrauen gegenüber der seriösen Presse. Und zwar nicht nur von Extremisten oder „Wutbürgern" oder Verschwörungsgläubigen, sondern ich erlebe auch ein gewisses Grundmisstrauen ständig in meinem eigenen Umfeld. Ich kenne zum Beispiel zahlreiche YouTube-Kollegen, die mit Zeitungen absolut nichts am Hut haben wollen [...]. Und so ein Misstrauen liegt jetzt natürlich auch daran, dass manche Gruppen aktiv gegen Journalistinnen und Journalisten hetzen. Von so „Öffentlich-Rechtliche sind Systempresse" bis hin zur grundsätzlichen Lügenpresse kennt ihr den Scheiß ja. [Einblendung Video „Die Schuldigen sind die Medien!"] Und das ist super beschissen und problematisch, aber eben nicht der einzige Grund für das Misstrauen. Ich glaube, dass die Ursachen viel tiefer liegen und es eben auch an Missständen innerhalb der Presseszene liegt. Und diese Missstände sehen wir uns in diesem Video an. Dafür werde ich in diesem Video zeigen, dass beliebte Techniken von Verschwörungsideologen auch regelmäßig in manchen [Einblendung „MANCHEN!"] etablierten Medien vorkommen, auch vereinzelte [Einblendung „VEREINZELTE!"] deutsche Zeitungsredakteure mit reinen Fantasiegeschichten Stimmung gegen die Feindbilder machen und einige [Einblendung „EINIGE!"] Zeitungen in der Korrektheit und Transparenz zu schlecht abschneiden. [...] [O]hne Vertrauen, Respekt und Glaubwürdigkeit bleibt auf Dauer nichts mehr von der seriösen Presse übrig. Und jeder Schritt dahin würde Leuten wie Verschwörungsideologen nur in die Karten spielen. Die gehen wir nämlich in diesem Video auch 'n bisschen an, gerade weil aktuell die Themen so eng zusammenhängen. Deswegen lasst uns starten mit dem 1. Kapitel. Los gehts. [...] Und jetzt zuallerletzt die Message an euch, an alle [Einblendung „MESSAGE AN ALLE"]: Wir haben alle eine Verantwortung, damit sich Bullshit und Unwahrheiten nicht einfach unkontrolliert verbreiten, z. B. auf seriöse Quellen und Belege zu achten oder sich bewusst auszuwählen, welche journalistische Arbeit man mit Klicks und Abos belohnen möchte und bei welcher vielleicht eher das Gegenteil gilt. Denn diese Fake-Geschichten von Verschwörungsideologen haben Zigtausende, Hunderttausende oder manchmal sogar Millionen von Views. Es sind nicht wenige Leute, die ihr Weltbild auf völligen Quatsch aufbauen und in einer Demokratie bedeutet das, dass dann auch irgendwann Politiker an die Macht kommen, die diesen Quatsch vertreten, z. B. dass man Wissenschaftlern oder Journalisten eh nicht glauben kann, weil die lügen doch eh alle. Da haben wir kein Konzept von Wahrheit mehr und befinden uns im Mittelalter, wo man Leute umgebracht hat, weil man dachte, die können zaubern. Hat wahrscheinlich jemand in der Telegram-Gruppe gesagt und dann stimmt das ja! Und wohin das führt, wenn genug Leute davon überzeugt sind, dass irgend 'ne Menschengruppe unter uns ist, die was Böses im Schilde führt, z. B. 'ne Bevölkerung austauschen will oder so, haben wir in diesem Land schon einmal erlebt. Wenn wir zu weit dahin abgedriftet sind, ist es zu spät. Selbst eine Minderheit, die Verunsicherung spreadet, Misstrauen sät und einfach alles destabilisiert, kann einigen Schaden anrichten. Also: Denkt rational, checkt Quellen, belohnt die, die ihre Arbeit gut machen, und verurteilt die, die ihrer Verantwortung nicht gerecht werden und ihre Macht missbrauchen. Peace. Ich bin raus.

---

1 Zerstörung, hier: jemanden fundamental kritisieren

1 Sehen Sie sich zusätzlich zur Textlektüre die ersten und die letzten vier Minuten des Videos auf YouTube an. Diskutieren Sie Ihren Eindruck von Rezo in Inhalt und Performanz: Warum überzeugt er viele Menschen? Berücksichtigen Sie dabei auch das Medium und seine Zielgruppe.

2 Untersuchen Sie Rezos politisch-gesellschaftliche Kommunikation anhand der Textauszüge aus dem Beginn und dem Ende seines Videos genauer. Wählen Sie a oder b.

●●○ **a** Analysieren Sie Rezos **Sprachverwendung,** seinen **Stil** und seine **Wortwahl** in ihrer Wirkung.

●●● **b** Analysieren Sie Rezos **Argumentationsweise.** Berücksichtigen Sie dabei auch die **Einblendungen.**

c Führen Sie Ihre Ergebnisse zusammen und erklären Sie, wie überzeugend Sie Rezos Video finden.

3 Sichten Sie das gesamte Video und die Video-Antwort des FAZ-Journalisten Constantin van Lijnden auf YouTube. Beurteilen Sie, in welchen Punkten Ihnen Rezo glaubwürdig erscheint, und begründen Sie, wo Sie Zweifel an seinem Vorgehen haben. Gibt es manipulative Strategien?

4 Neben politischen Aktivisten greifen immer mehr Berufspolitiker auf den direkten, ungefilterten Kontakt zu den Bürgerinnen und Bürgern per Video zurück.

a Charakterisieren Sie den Auftritt Robert Habecks (zu diesem Zeitpunkt Wirtschaftsminister) in seinem Instagram-Kanal und beschreiben Sie die Wirkung des Auftritts.

b Sichten Sie eines der Videos Habecks: Vergleichen Sie seine Selbstdarstellung mit der Rezos: Wo sehen Sie Ähnlichkeiten, wo Unterschiede in Sprache, Informationsgehalt, Intention und Authentizität?

Information | **Politische Videos im Internet und Politik-Vlogs**

Der Begriff **„Vlog"** ist eine Zusammensetzung aus **„Video"** und **„Blog"** (Tagebuch im Internet). **Vlogger** betreiben einen Blog in Form von Videos auf einer Plattform wie beispielsweise YouTube, in denen sie sich an ein meist junges Publikum richten. Sie produzieren in regelmäßigen Abständen Videos zu den unterschiedlichsten Themen, z. B. Reisen, Lifestyle, Gaming, aber auch Politik. Vlogger wählen oft einen **lockeren** bzw. **jugendlichen Sprachstil** und sprechen ihr Publikum persönlich an. So wollen sie **authentisch** (echt, unverstellt), **nahbar** und **zugewandt** erscheinen.

Suche nach Aufmerksamkeit und Beifall – Rhetorik im Netz

Gabriel Yoran **Druckbetankung mit Welt** (2018)

Auf sozialen Plattformen wie X (zuvor „Twitter“) veröffentlichen Nutzer kurze Posts („Tweets“) zu aktuellen Themen. Die in der Zeichenzahl stark begrenzten Posts sind in der Regel für alle Nutzer zugänglich. Man kann Beiträge einzelner Verfasser/-innen abonnieren oder/und anhand von Hashtags (mit Doppelkreuz markierten Schlagworten) Posts zu Themen suchen sowie selbst mit Posts reagieren. Manche Teilnehmer nutzen die Plattformen für professionelle Zwecke, z. B. um die eigene Popularität zu erhöhen.

Das muss ich twittern. Das sollte ich lieber nicht twittern. Das gibt nur Ärger. Lösch das lieber, sagen deine Freunde. Lösch dich, die anderen. Twitter sagt dir in Echtzeit, welche Gedanken in deiner Bubble mehrheitsfähig sind, wo du dich verrennst, was geht, was nicht geht, was gar nicht geht. Dieses Feedback einer sich nur langsam verändernden Followerschaft provoziert dann Gefallsucht. Du willst ja, dass die Leute deine Tweets mögen. Also schreibst du mehr vom Gleichen. Es gibt berühmte Twitterer, die immer nach dem gleichen Schema twittern, zu den immer gleichen Themen, denn ihre Follower erwarten das. Wenn Twitter dein Geschäftsmodell ist, dann willst du, dass sie dich lieben. Oder wenigstens hassen für deine Tweets, zumindest die auf der anderen Seite. Die Ablehnung gibt deiner Timeline erst richtig Zunder. […]

Als ich mit Twitter angefangen habe, war ich in einer Filterblase […]. Jetzt nicht mehr. Alles zerrt jetzt an einem. Selbst die guten Sachen, die einen aus der Timeline heraus überfallen. Gerade wenn man nicht ganz fit ist, wirkt Twitter wie eine Druckbetankung mit Welt. So viele mir neue, mir unbekannte Stimmen müssen gehört werden. Immer wieder muss die Intuition deren Glaubwürdigkeit beurteilen. Ich kann nicht alles überprüfen und recherchieren, ich muss also vertrauen – auf das Urteilsvermögen der Leute, denen ich folge, und auf die eigene Intuition. Es geht ja gar nicht anders. Und jeden Tag muss man sich fragen: Sind meine Annahmen richtig? Hat die Welt in meinem Kopf irgendwas mit der Welt zu tun? Alles ist irgendwie auf Twitter, aber du musst die Struktur drüberstülpen – und das ist unmöglich, wenn du halbwegs aufrichtig sein willst.

Twitter ist die andauernde Ohrfeige, dass dein Weltbild primitiv ist – und dass die Verunsicherung nie aufhören darf. Und das ist natürlich furchtbar anstrengend, aber gibt es ein gutes moralisches Argument dagegen, sich ständig verunsichern zu lassen? […]

1 **a** Der Twitterer Gabriel Yoran beschreibt einen Konflikt zwischen dem Wunsch, auf der Plattform Erfolg zu haben, und dem Bemühen, sich aufrichtig zu äußern. Fassen Sie zusammen, worin dieser Konflikt besteht.
b Erklären Sie, wie die intensive Nutzung der Plattform dazu beiträgt, den Konflikt zu verstärken.

2 **a** Erläutern Sie, welche sozialen Netzwerke den Schwerpunkt auf private Kommunikation legen. Inwiefern spielt hier öffentliche Kommunikation dennoch eine Rolle?
b Haben Sie eigene Erfahrungen mit Kurznachrichtendiensten? Berichten Sie, nach welchen Kriterien Sie entscheiden, wem Sie folgen oder zu welchen Hashtags Sie sich Beiträge ansehen.
c Vergleichen Sie die Erfahrungen, die Yoran als Twitterer schildert, mit Ihren eigenen Erfahrungen mit sozialen Medien, die Sie nutzen: Nehmen Sie ähnliche Mechanismen wahr? Wo sehen Sie Unterschiede?

3 **a** Untersuchen Sie den Post des Politikers Friedrich Merz in Bezug auf Inhalt und Wirkung. Nutzen Sie passende Begriffe:

frech • witzig • provokant • aufmerksamkeitsheischend • angriffslustig • belehrend • überzeugend • unterhaltend

b Beurteilen Sie den Post vor dem Hintergrund der öffentlichen Diskussion des Themas: Was möchte Merz mit seinem Post möglicherweise bezwecken?

Friedrich Merz
@_FriedrichMerz

„Grüne und Grüninnen?
Fraufrau statt Mannomann?
Einigkeit und Recht und Freiheit für das deutsche Mutterland?
Hähnch*Innen-Filet?
Spielplätze für Kinder und Kinderinnen?

Wer gibt diesen #Gender-Leuten eigentlich das Recht, einseitig unsere Sprache zu verändern?" (tm) #Merz

10:57 vorm. · 17. Apr. 2021

1.563 Reposts 2.559 Zitate 10.669 „Gefällt mir"-Angaben

Markus Feldenkirchen, Veit Medick **Politischer Burn-out** (2021)

[...] Noch während Merz eine Rede im Sauerland hielt, twitterte sein Sprecher das vermutete Highlight der Rede – Merz' sarkastische Frage, wohin das mit dem Gendern eigentlich noch führen solle [...]. Die Aussagen zum Gendern seien „das Sahnehäubchen der Rede" gewesen, meint Armin Peter. „Uns war klar: Das knallt." So kam es auch. Tausende gingen bei Twitter auf Merz los. „Absoluter Neandertaler", schrieb einer. „Soll das ne Bewerbung für die AfD sein oder was?", giftete ein anderer. „Halt einfach Dein Maul", schimpfte ein Nutzer, der sich selbst als „depressiver Linksgrün feminist" bezeichnete. Die Episode sagt viel über Twitter aus, im Guten wie im Schlechten. Diskurstheoretisch ist sie spannend, weil sie zeigt, was eine Kurznachricht bewirken kann. Merz' Einlassungen zum Gendern mündeten in eine mediale Debatte und einen Streit innerhalb der Union darüber, inwieweit man das Thema im Wahlprogramm verankern müsse. Aber der Fall zeigt auch, wie verkommen Twitter geworden ist. [...] Politisch stehen sich zwei Hass-Bubbles gegenüber, unfähig darin, sich aufeinander zuzubewegen oder die jeweils andere Perspektive überhaupt mal mitzudenken. [...]

4 Erläutern Sie den Hintergrund des Posts in eigenen Worten: Was ist das ausdrückliche Ziel der Politiker?

5 Beurteilen Sie die Aussage des Artikels zu „Hass-Bubbles" (Z. 21). Wählen Sie a oder b.

●●○ **a** Nehmen Sie auf **Basis Ihrer Erfahrungen** mit sozialen Medien Stellung zu der Aussage.

●●● **b** Beziehen Sie **Yorans Perspektive** auf Filterblasen in Ihre Überlegungen ein (▶ S. 32).

c Erläutern Sie Ihre Beurteilungen und diskutieren Sie Möglichkeiten zur Vermeidung von „Hass-Bubbles".

Michael Klemm
Bloggen, Twittern, Posten und Co. – Grundzüge einer „Social-Media-Rhetorik" (2017)

Es geht heute nicht mehr darum, eine Plattform für die eigene Meinungsäußerung zu finden, sondern angesichts der „Zeichenüberflutung" und einer komplementären „Aufmerksamkeitsknappheit" rhetorische Strategien zu entwickeln, um im unendlichen Fluss der Kommunikate aufzufallen. [...]
Letztlich ändern auch die neuen sozialen Medien nichts Grundsätzliches an der Gültigkeit und Wirksamkeit klassischer rhetorischer Prinzipien wie Logos – Ethos – Pathos[1] und *docere – movere – delectare*[2], allerdings müssen diese an die spezifischen Anforderungen der jeweiligen Kommunikationsformen angepasst werden. Wie kommuniziert man glaubwürdig (Ethos) in sozialen Netzwerken? Wie setzt man Pathos in Blogs oder Instagram um? Wie informiert, bewegt oder unterhält man, wenn zum Beispiel wie auf Twitter die Zeichenmenge arg reduziert erscheint? [...] Tweets stellen eine One-to-many-Kommunikation mit dem zentralen Muster *Mitteilen* (von Neuigkeiten oder Kommentaren) dar und ent-

springen trotz oder gerade wegen ihrer Kürze eher konzeptioneller Schriftlichkeit: Sie sind nur bedingt spontan und häufig rhetorisch gestaltet, etwa um Aussagen präzise und publikumswirksam auf den Punkt zu bringen. Zudem verlangt der Einsatz von Operatoren wie Hashtags (#) oder Adressierungen (@) spezielle Kenntnisse und Reflexion. [...]
Twitterer bilden [...] kurzfristige, anlass- und themengesteuerte, mitunter transnationale virtuelle Gemeinschaften und „Ad-hoc-Publica“[3], zwar ohne größere gegenseitige Bindung und Verantwortung, aber mit einer gewissen Diskursmacht, die man als Politiker/-in oder Unternehmen nutzen kann oder aber fürchten muss. Zum einen gilt es, komplexe Sachverhalte in prägnante Formulierungen zu fassen, das heißt „parolenfähig“ zu machen. Zum anderen gilt es, Themen zu setzen, mittels Hashtags, die von Multiplikator/-innen verbreitet werden. Wer sich kompetent, meinungsstark, pointiert oder schlagfertig in den Twitter-Diskurs einbringt, kann die Zahl der Follower steigern und seinen Einfluss als „Opinion Leader“ in der „Twittersphere“ und darüber hinaus vergrößern. [...] Welcher Tweet es schafft, gelesen, weitergeleitet oder zumindest positiv bewertet zu werden, hängt nicht zuletzt von seiner rhetorischen Qualität ab, auf knappem Raum und mit wenigen Zeichen Botschaften auf den Punkt zu bringen. [...]
Neben der Prägnanz des Ausdrucks gehören auch Sprachwitz und Ironie zu den typischen Stilmerkmalen von Tweets; sie bilden geradezu die Grundmodalität auf Twitter, selbst bei an sich ernsten Themen, da sie die Chance erhöhen, dass ein Tweet im Kommunikationsstrom auffällt.

---

1 Logos, Ethos, Pathos: ► S. 21
2 docere, movere, delectare: belehren, bewegen, unterhalten
3 Ad-hoc-Publica: spontane Öffentlichkeiten

6 **a** Erklären Sie, wie Zeichenüberflutung, Aufmerksamkeitsknappheit und Publikumswirksamkeit auf der Plattform zusammenhängen.
Die allgemeine mediale Zeichenüberflutung trifft auf ...
b Was bedeutet dies für die sprachliche Gestaltung der Posts (Tweets)? Listen Sie Merkmale auf.
c Untersuchen Sie die Sprachverwendung in Merz' Post und beurteilen Sie „Prägnanz des Ausdrucks“ sowie „Sprachwitz und Ironie“ (Z. 49 f.).

7 **a** Suchen Sie Beispiele für pointierte, auch provokante Posts: Wählen Sie dazu einen aktuellen Hashtag in einem sozialen Netzwerk.
b Stellen Sie dar, inwiefern sich Rede und Gegenrede hochschaukeln können und die mediale „Diskursmacht“ einzelner Gemeinschaften (Z. 32) Politikerinnen und Politikern gefährlich werden kann.

Information **Politische Kommunikation in sozialen Medien**

Soziale Medien dienen auch der politischen Auseinandersetzung. Wurden politische Themen früher hauptsächlich durch Massenmedien wie Zeitung, Rundfunk und Fernsehen verbreitet, setzen immer mehr Politikerinnen und Politiker, aber auch Aktivisten auf den Einfluss sozialer Medien und nutzen die **direkte Kommunikation** mit den Bürgerinnen und Bürgern. Diese Medien haben eine große Reichweite, da Inhalte Tausende Nutzerinnen und Nutzer gleichzeitig erreichen können. Aufgrund der Möglichkeit, **Kommentare zu verfassen** oder **Nachrichten zu teilen und zu bewerten,** besteht für Politiker aber auch immer die Gefahr, **öffentlich kritisiert, beleidigt** oder **angefeindet** zu werden. Soziale Medien werden zudem missbraucht, um **Verschwörungserzählungen** oder **Aufrufe zu Gewalt,** z. B. gegenüber Politikern, zu verbreiten.
Bürgerinnen und Bürger stoßen auch von sich aus **politisch-gesellschaftliche Diskussionen** in den sozialen Medien an oder organisieren mit Hilfe der digitalen Plattformen zum Teil einflussreiche Bewegungen.
Sprachlich zeichnen sich die Mitteilungen meist durch **inhaltliche Prägnanz** aus sowie durch die Verwendung von **Schlagworten** und **Hashtags** (ein mit Doppelkreuz versehenes Stichwort, das Nachrichten in sozialen Medien zu einem Thema bündelt und dadurch leichter auffindbar macht).

Zwei Mannschaften und ein Schiedsrichter? – Inszenierungen in Talkshows

ARD-Talkshow „Anne Will“: Straßen blockieren, Kunst attackieren – helfen diese Aktionen beim Kampf ums Klima? (20.11.2022)

In der Talkshow diskutierten u.a. die Jurastudentin und Klimaaktivistin Carla Hinrichs, Justizminister Marco Buschmann (FDP) und der bayerische Innenminister Joachim Herrmann (CSU) über die Aktionen der Klimaaktivisten „Letzte Generation“. Diese standen u.a. wegen des Vorwurfs in der Kritik, dass wegen eines durch die Aktivisten verursachten Staus einer Unfallverletzten nicht rechtzeitig geholfen werden konnte.

Carla Hinrichs und Marco Buschmann in der ARD-Talkshow „Anne Will“

C. H.: Das Fenster schließt sich. Zwei bis drei Jahre, sagt uns die Wissenschaft, haben wir noch Zeit, um wirklich über das Überleben auf diesem Planeten zu entscheiden. Wir rasen gerade in eine Welt, die irgendwas über 2,5 bis 3,5 Grad heißer sein wird. [...] Wir rasen in eine Katastrophe. Und da ist es unsere moralische Pflicht, alle unsere friedlichen Mittel auszuschöpfen.

J. H.: Das ist doch nicht friedlich.

A. W.: Da klemm ich dran, tatsächlich: Ist es friedlich, wenn Sie Straßenblockaden machen? [...] Würden Sie dann aufhören, wenn jemand verletzt würde durch eine Blockade, bei der Sie dabei waren, möglicherweise im besten Sinne, mit dem besten Anliegen, aber dann mit 'nem Ergebnis, das Sie gewiss nicht wollten?

C. H.: Wir wählen unseren Protest nicht leichtfertig. Und wenn Menschen im Straßenverkehr verletzt werden, was sie tagtäglich werden, dann ist das schrecklich.

A. W.: Aber wenn Sie dafür die Verantwortung tragen, ist es ja anders.

C. H.: Ich frag mich auch ganz ehrlich: Ist da nicht auch ein Appell zu richten an unsere Wirtschaft, an unseren Verkehrsminister, an das Verkehrsministerium, erst einmal unseren Straßenverkehr sicherer zu machen? Das ist 'ne Frage, die man da erst mal in den Raum stellen muss.

M. B.: Das ist falsch, was Sie sagen. Sie begehen Straftaten. Und Sie meinen jetzt, das damit rechtfertigen zu können, dass auf der Welt Dinge existieren, die Ihnen nicht passen. Sie müssen sich an Recht und Gesetz halten. Und Sie können nicht einfach andere Menschen nötigen. Sie können keine gefährlichen Eingriffe in den Straßenverkehr begehen, Sie können keine Sachbeschädigung begehen, weil Sie ein nobles Motiv haben. Der Zweck heiligt eben nicht alle Mittel ...

C. H.: Die Geschichte hat es uns gezeigt ...

M. B.: ... Ich respektiere ihre Motivation. Aber Sie können jetzt nicht einfach sagen, weil mir die Straßen nicht gefallen, darf ich eine Nötigung auf der Straße vollziehen. Das ist nicht in Ordnung. Und das ist Ihnen in Wahrheit doch klar. Das ist doch eine Ablenkungsstrategie, die Sie hier machen. Es ist völlig klar: Sie verstoßen gegen Recht und Gesetz, und das ist im Rechtsstaat nicht in Ordnung. Würden andere das auch tun, hätten wir lauter Rechtsbrecher auf den Straßen. Stellen Sie sich mal vor, die Querdenker oder irgendwelche Reichsbürger würden jetzt auch sagen, weil wir an unser Anliegen glauben, lassen wir uns vom Strafrecht nicht mehr abschrecken.

C. H.: Herr Buschmann, lassen Sie mich erklären, warum wir das tun, was wir tun. Lassen Sie mich erklären, warum wir uns auf die Straße setzen. Wir sind nicht die Ersten, die das tun. Wir blicken zurück auf eine Historie von zivilem Widerstand. [...] Das ist mir auch bewusst – ich habe es selber studiert – dass ich Grenzen übertrete, dass ich gegebenenfalls auch dafür ins Gefängnis komme, wenn sich der Staat dafür entscheidet. Da bin ich auch bereit für, das in Kauf zu nehmen. Ich stehe mit meinem Gesicht und meinem Namen dazu, was ich tue. Aber die Geschichte hat uns gezeigt: Friedlicher ziviler Widerstand kann funktionieren, kann dafür sorgen, dass wir schnellen Wandel in einer kurzen Zeit effektiv bekommen. Und das machen wir jetzt, weil das brauchen wir jetzt. Wir haben einfach keine andere Wahl mehr. Das ist ein Akt der Verzweiflung. Ich kann mir persönlich ...

A. W.: Warum fällt Ihnen nichts Konstruktiveres ein, Frau Hinrichs? Ich will mal eine Zahl sagen, die Sie vielleicht sowieso schon längst mitbekommen haben: 83 % der Deutschen sagen laut ZDF-Politbarometer, dass Sie zu weit gehen mit den Aktionen. Aber gleichzeitig finden 57 % der Deutschen – also auch eine Mehrheit –, dass Politik in Sachen Klimaschutz zu wenig macht. Sprich: Die teilen genau Ihr Anliegen. Warum finden Sie nicht einen konstruktiven, einen besseren Protest von zivilem Widerstand, bei dem diese 57 % sagen: „Wow, das ist mal 'ne Truppe."

C. H.: Haben Sie eine Idee, haben Sie wirklich eine Idee, wie wir jetzt die Regierung zum Handeln bewegen? Wenn Sie eine haben, bin ich dabei. Wenn jemand kommt und sagt, das ist ein Plan, lasst es machen, und es ist besser als der Plan, den wir haben. Dann bin ich sofort dabei. Aber den gibt es leider nicht. Unsere Regierung bricht gerade unser Grundgesetz, mein Recht auf Leben. Das steht in unserer Verfassung ...

M. B.: Also, entschuldigen Sie bitte. Ich bin hier Verfassungsminister, hier ist noch ein anderer Verfassungsminister anwesend. Hier bricht niemand das Grundgesetz. Wir halten uns an unser Grundgesetz. Wir haben ein Sondervermögen – es heißt Klima- und Transformationsfond – von 170 Mrd. € aufgelegt. Wir investieren im nächsten Jahr 36 Mrd. € in Klimaschutz und den Umbau unserer Energieinfrastruktur. [...]
Sie [Clara Hinrichs] müssen uns nicht bedrohen. Sie müssen uns nicht bedrohen, sondern wir müssen uns gemeinsam dafür einsetzen, dass wir erfolgreich diese Transformation hinbekommen, mit Technologie, mit der Wirtschaft zusammen, mit modernen Antriebstechnologien.

1 Tragen Sie die Diskussion im Rollenspiel vor, indem Sie die Rollen der einzelnen Akteure übernehmen und Ihre Gesprächsanteile verbal, non- und paraverbal ausgestalten. Diskutieren Sie anschließend die Wirkung.

2 Untersuchen Sie, welche Positionen die Gäste vertreten und welche Parteinahmen sowie Rollen sich in der Diskussion entwickeln. Charakterisieren Sie dazu Besonderheiten der Argumentation (► S. 442 f.) und Rhetorik (► S. 26). Nutzen Sie gegebenenfalls die folgenden Ausdrücke:

argumentieren • sich legitimieren • ablenken • vorwerfen • belehren • moralisieren • analogisieren • widersprechen • übertreiben • Glaubwürdigkeit • Scheinargument • Fakten

3 Analysieren Sie zu zweit die Kommunikation mit Hilfe von Kommunikationsmodellen. Wählen Sie a oder b.

●●○ **a** Nach **Schulz von Thuns** Kommunikationsquadrat gibt man mit jeder Nachricht etwas von sich selbst preis und richtet zugleich einen Appell an seine Gesprächspartner. Erläutern Sie dies anhand der folgenden Äußerung, z. B.:
Hinrichs: „Das ist ein Akt der Verzweiflung." (Z. 70): Selbstkundgabe: ... Appell: ...

●●● **b** Eine „komplementäre" Kommunikation betont nach **Watzlawick** die Unterschiede, eine „symmetrische" die Gleichheit. Erläutern Sie anhand von Textstellen, um welche Kommunikationsart es sich handelt.

c Führen Sie Ihre Ergebnisse zusammen und reflektieren Sie, inwiefern die Modelle helfen, die Kommunikation in der Talkshow besser zu verstehen.

Christian Schicha **Politikvermittlung als legitimes Theater** (2009)

Politiker haben verinnerlicht, dass sie sich bei öffentlichen Auftritten den Erwartungen der Wählerschaft erwartungsadäquat verhalten müssen, um keine Zustimmung zu verlieren. Auftritte von Politikern im Fernsehen werden von diesen selbst immer demonstrativer nicht nur als medien-, sondern als genrewirksames Ereignis gestaltet. Politiker-Sein heißt, mediale Herausforderungen zu parieren und sich unterschiedlichen Genres und Spielregeln möglichst virtuos anzupassen. [...] Schlagworte wie Popularisierung, Talkshowisierung, Entertainisierung, Fiktionalisierung, Trivialisierung und Marginalisierung beschreiben zunehmend das Geschäft der massenmedialen Politikvermittlung. [...]
Trotz der permanenten Beteuerung auf Seiten der politischen Entscheidungsträger, dass inhaltliche

Sachzentrierung die zentrale Motivation ihres politischen Handelns ausmacht, kann nicht bestritten werden, dass die Selbstdarstellungsambitionen von Politikern hinsichtlich der medialen Außenwirkung als ein wichtiger Gradmesser im Mittelpunkt ihrer politischen Arbeit stehen. [...] Öffentliche Diskurse in Talkshows rekurrieren weniger auf die Wahrheitsfindung und die selbstkritische Überprüfung der vorgebrachten Argumente, sondern dienen primär dem Unterhaltungsbedürfnis des Publikums, das eine spannungsreiche politische Kontroverse erwartet.

4 Erklären Sie in eigenen Worten, in welches Verhältnis Schicha die Selbstdarstellung in Talkshows (die Unterhaltung) und die Sachzentrierung (die Argumentation) stellt. Welche Rolle spielt dabei das Publikum, welche der Moderator bzw. die Moderatorin?

5 Wählen Sie eine Talkshow zu einem aktuellen Thema, z. B. aus einer Mediathek. Charakterisieren Sie die Inszenierung der Beteiligten in der Show. Wählen Sie a oder b.

●●○ **a** Untersuchen Sie genauer, **wie sich die Akteure jeweils selbst in Szene setzen.**
Nutzen Sie ggf. Ihre Ergebnisse aus Aufgabe 2 und beobachten Sie z. B. folgende Aspekte:
- Wer vertritt welche Position? Gibt es hinsichtlich des Themas Protagonisten und Antagonisten?
- Wer setzt die Themen und steuert den Verlauf der Diskussion?
- In welcher Weise wird argumentiert (▶ S. 442 f.)? Mit welchen rhetorischen Strategien (▶ S. 26)?
- Welche para- und nonverbalen Signale spielen beim Reden – und Zuhören – eine Rolle?

●●● **b** Untersuchen Sie, **wie die Akteure jeweils medial in Szene gesetzt werden.**
Achten Sie auf die Wirkung der Bildregie (▶ Methode, S. 457):
- Welche Kamera wird jeweils gewählt (in der Regel gibt es mehrere)? Wer wird wann gezeigt?
- Welche Kamerabewegungen werden eingesetzt (Kamerafahrt, Kameraschwenk, Zoom)?
- Wie ist das Verhältnis von Nähe und Distanz (Wahl von Bildausschnitt/Einstellungsgröße)? Werden z. B. Details gezeigt (etwa Hände, Füße, Schweißperlen auf der Stirn)? Welche Funktion hat das?

c Erläutern Sie sich gegenseitig Ihre Beobachtungen, indem Sie die Videoausschnitte jeweils zeigen und Ihre Ergebnisse zusammenführen: Harmonieren Selbstdarstellung und Fremdwahrnehmung (mediale Inszenierung) oder zeigen sich Widersprüche? Gibt es einen „Liebling" der Kamera?

6 Sammeln Sie die Titel von Talkshows aus einer Woche und vergleichen Sie: Wiederholen sich Themen? Gibt die Themenformulierung suggestiv eine Richtung der Diskussion vor, z. B. „Gefährdet ... unsere Gesellschaft?" oder „Sind wir zu tolerant gegenüber ...?" (▶ Framing, C2, S. 213)?

Information | **Politische Kommunikation in den Massenmedien: Die Polit-Talkshow**

Politische Talkshows werden oft kritisch als **„Politainment"** bezeichnet, d. h. als ein Sendeformat, bei dem nicht die **politischen Inhalte** im Vordergrund stehen, sondern die **Unterhaltung.** Deshalb werden in der Regel Gäste eingeladen, die möglichst **kontrastierende Positionen und Perspektiven** vertreten. Das **Thema** der Sendung ist zudem häufig **einseitig und provokant** formuliert, sodass es in der Sendung insgesamt weniger um Problemlösung geht als um **Dramatisierung,** die zu möglichst hohen **Einschaltquoten** führen soll. Eine Show gilt als erfolgreich, wenn sich im Anschluss eine Vielzahl von Zuschauern in den sozialen Netzwerken darüber austauscht.
Für das Publikum stehen vor allem das **Auftreten der Gäste** und ihre **Interaktion** untereinander oder mit den Moderatoren im Vordergrund. Den Gästen geht es daher in erster Linie darum, einen guten Eindruck zu machen bzw. ihr Image zu pflegen oder zu verbessern. Polit-Talkshows wirken oft wie eine Arena, in der sich der Schlagfertigste durchsetzt und in der die Dynamik von den Moderatoren häufig durch **provokante Fragen** oder **erzwungene Ja-Nein-Antworten** angeheizt wird. Sowohl **sprachliche Faktoren** (z. B. Sprachstil, rhetorische Mittel, provokante Ausdrucksweise) als auch **außersprachliche Faktoren** (z. B. Mimik, Gestik, Körpersprache, Kleidung) sind wichtige Anhaltspunkte bei der Bewertung der Gäste durch das Publikum. Die **Bildregie** hebt solche Faktoren häufig wertend hervor, indem sie z. B. auf Details wie Hände oder Gesichter zoomt.

Mangelnde Debattenkultur? – Lösungen reflektieren

Eckhard Jesse **Schweigend ins Gespräch vertieft** (2021)

Was sind die Gründe für die mangelnde Debattenkultur, die zum Teil zwischen polarisierender Auseinandersetzung und stickigem Harmoniedenken changiert? [...] Viele befürchten Ausgrenzung, wenn sie Positionen vertreten, die von einer herrschenden Meinung abweichen. Sie haben dann eine Schere im Kopf. Ob der Druck echt ist oder nicht, spielt dabei keine Rolle. Sobald er eingebildet ist, wirkt er. Der Anpassungsdruck geht nicht vom Staat aus, sondern von der Gesellschaft.

Umgekehrt hat, gefördert durch soziale Medien, Polarisierung Einzug in die Debatten gehalten. Viele leben in ihrer Blase und sehen andere Positionen gar nicht mehr – und wenn dies doch der Fall ist, dann unterstellen sie ihnen, ihre wahre, schlechte Absicht verschleiern zu wollen. Verschwörungstheorien sind oft die Folge selektiver Wahrnehmung. [...]

Zwischen der stickigen Debattenkultur einerseits und aggressiver Gereiztheit andererseits besteht ein Zusammenhang. Das eine ist die Kehrseite des anderen. Wenige versuchen, zwischen den verhärteten Fronten zu vermitteln. Denn schon der Versuch kann strafbar sein, und Kritiker werden leicht dem ideologischen Feindeslager zugeschlagen. [...]

Debatten bilden Meinungen, Debatten inspirieren, Debatten verbinden. So sollte es sein [...]. Wie kann dies erreicht werden? Thesenartig seien wesentliche Punkte genannt [...]. Erstens: Eine persönliche Diffamierung[1] verbietet sich. Die jeweilige Debatte muss in der Form milde, in der Sache hart geführt werden. Auch das wussten die alten Römer: „Suaviter in modo, fortiter in re." Zweitens: Entscheidend für die Qualität einer Argumentation ist nicht, wer sie vorbringt und wo sie erscheint. Die Stimmigkeit der jeweiligen Position sollte der Maßstab sein. Drittens: Polarisierung, die die politische Atmosphäre vergiftet, hat zu unterbleiben. Das führt zu unversöhnlichen Konflikten. [...] Viertens: Probleme, die Bürger verunsichern, müssen zur Sprache kommen. Nichts darf verschwiegen werden. Im Internet-Zeitalter ist das ohnehin unmöglich. Wer Probleme anspricht, die seinen politischen Überzeugungen zuwiderlaufen, verdient Respekt – und bekommt ihn meist auch. Fünftens: Eine mit der Cui-bono[2]-Frage verbundene strategische Argumentation verfehlt ihr Ziel. Es gilt: Eine freimütige Diskussion ist das Lebenselixier einer offenen Gesellschaft. [...]

---

1 die Diffamierung: Abwertung, Herabwürdigung

2 cui bono: lat. für „Wem nutzt es?"

1 Erläutern Sie den Zusammenhang zwischen Anpassung in Debatten und allgemeiner Gereiztheit.

2 **a** Jesse stellt Thesen zu Regeln einer gelingenden Debattenkultur auf. Diskutieren Sie in Kleingruppen, warum die Umsetzung solcher Regeln schwierig ist und immer wieder scheitert.

b Wie könnte man eine Verengung des Diskussionsraums verhindern? Erstellen Sie in Kleingruppen – offen und kreativ – Regeln für ein noch zu erfindendes, neues soziales Netzwerk, z. B.:
Zeige dich: Niemand darf ... **Schätze deine Gegner:** Du musst jedem ... **Bewahre Ruhe:** ...
Tipp: Arbeiten Sie mit einem digitalen Werkzeug, um Ihre Ideen zu sammeln und zu ordnen.

3 Simulieren und reflektieren Sie die Dynamik einer Debatte in sozialen Netzwerken. Gehen Sie so vor:

a Suchen oder formulieren Sie einen meinungsstarken Post zu einem aktuellen Streitthema.

b Jeder schreibt seine Antwort / seinen Kommentar zu diesem Post anonym auf einen Zettel.

c Aus den Kommentaren werden drei per Zufallsprinzip gezogen und zum Post geheftet. Die drei Kommentare werden hinsichtlich Inhalt (z. B. argumentierend? sachbezogen?), rhetorischer Strategie (z. B. Abwertung, Dramatisierung?) und Sprache (z. B. Framing, Floskeln?) analysiert und begründet bewertet: Bekommen sie ein Like oder ein Dislike?

d Einer der Kommentare wird per Abstimmung ausgewählt, um wiederum darauf zu antworten: weiter mit b für drei bis fünf Runden.

e Analysieren Sie abschließend den gesamten Thread (zusammenhängende Folge von Posts zu einem Thema). Diskutieren Sie, welche Schlüsse sich aus dem Verlauf ziehen lassen.

Interview mit Juli Zeh: **Warum sind Sie besorgt, Juli Zeh?** (2022)

Zeh: Lassen Sie uns mal den ganzen Teufelskreis beschreiben. Politiker ziehen sich aus Angst vor der öffentlichen Erregung aus der Verantwortung zurück. Dadurch bekommt Politik ein pädagogisches Gepräge. Die Zivilgesellschaft hat das Gefühl, die Sache selbst in die Hand nehmen zu müssen, und benutzt moralische Techniken, um Mitbürger zu bestimmten Verhaltensweisen zu bewegen. Dadurch wiederum steigt das Erregungslevel noch weiter. Die Medien befeuern das Ganze, teils weil sich Journalisten jetzt selbst als Aktivisten verstehen, teils weil sie einfach mit der Aufmerksamkeitsspirale Geld verdienen. Big Tech stellt die Plattformen zur Verfügung und installiert selbstverstärkende Instrumente, um ihr Volumen immer weiter wachsen zu lassen. Das Ergebnis ist, dass das moralische Fundament unserer Gemeinschaft nicht gefestigt wird, sondern im Gegenteil erodiert.

ZEIT: Wie ließe sich das stoppen? Mit altmodischen Tugenden wie Mäßigung?

Zeh: Eine Tugend wäre, zu sagen: Wir haben Grundprinzipien, die nicht komplett aufgehen in der ökonomischen Überlebensfähigkeit oder im Wunsch, im Netz hervorzustechen. Vielleicht könnten sich Politiker, Journalisten und wir Bürger mal angewöhnen, uns vor einer öffentlichen Äußerung kurz selbst zu fragen: Ist mein Verhalten dem Funktionieren der Gemeinschaft zuträglich, oder soll es in erster Linie nur meiner Meinungsblase oder meinem Ego dienen?

ZEIT: Klingt ziemlich idealistisch.

Zeh: Oder realistisch. Wir werden über kurz oder lang an den Punkt kommen, wo wir als Gesellschaft sagen: Sich an einem Shitstorm zu beteiligen, ist uncool. Das ist peinlich. Du kannst das natürlich machen, aber mal echt … Die lagerübergreifende Mehrheit müsste einfach lachen über die, die versuchen, andere mit Diffamierungen mundtot zu machen. Denn wenn sich die psychologische Kosten-Nutzen-Rechnung ändert, zerbricht der Teufelskreis.

ZEIT: Auf einen solchen zivilisatorischen Game-Changer zu setzen ist eine recht hohe Hoffnung.

Zeh: Finde ich nicht. Denn mal ehrlich: Wir sind doch alle besser als diese Fast-Food-Moral. Klüger, höflicher, gesitteter, interessierter. Wir wissen genau, dass wir allein nichts erreichen können und auf ein gutes Miteinander angewiesen sind. Das Niveau, das wir im Moment häufig erleben, ist doch in Wahrheit oft ein künstlich niedriges. Sobald wir die moralische Selbstverzwergung satthaben, braucht die Aufmerksamkeitsökonomie ein neues Geschäftsmodell.

4 **a** Visualisieren Sie mit eigenen Worten und auf Grundlage Ihrer bisherigen Kenntnisse, worin die Autorin Zeh einen „Teufelskreis" (Z. 1 und Z. 40) sieht.

… ⟷ **Politiker:** fürchten, öffentliche Zustimmung zu verlieren ⟷ …

Bürger: …

b Erläutern Sie, welche Rolle Logos, Ethos und Pathos (► S. 21) in diesem Zusammenhang spielen.

5 Idealistisch oder realistisch? Diskutieren Sie Zehs Hoffnung auf eine Änderung in der Debattenkultur.

Information | **Gesellschaftliche Debatten in sozialen Medien**

Politisch-gesellschaftliche Debatten, z. B. zum Klimaschutz, zum Fleischkonsum oder zum Mindestlohn, finden insbesondere in den sozialen Medien statt.
Damit diese Kommunikation gelingt, müssen alle Beteiligten eine **Debattenkultur** im Rahmen der **Netiquette** entwickeln. Dazu gehören ein angemessener und konstruktiver Umgang miteinander sowie Toleranz gegenüber gegenteiligen Meinungen.
Debatten in sozialen Netzwerken können eine negative Dynamik entwickeln, wenn eine Person oder ein Standpunkt von vielen Kommunikationsteilnehmern missbilligt oder abgelehnt wird, sich Lager bilden und es nur noch darum geht, zu dominieren. Dann kann eine **Skandalisierungsspirale** entstehen, ein sogenannter **Shitstorm.** Sprachlich zeichnet sich ein Shitstorm in sozialen Medien oftmals durch aggressive und herabsetzende Formulierungen in der Umgangs- oder Vulgärsprache aus.

1.3.1 Eine Rede analysieren

Aufgabenbeispiel

1. Analysieren Sie den folgenden Redeauszug. Berücksichtigen Sie dabei den Argumentationsgang, die sprachlich-rhetorische Gestaltung und die Intention der Rede. *(48 Punkte)*
2. Beurteilen Sie die Überzeugungskraft der Rede in unserer politisch-gesellschaftlichen Situation. Berücksichtigen Sie dabei Ihr Wissen aus dem Unterricht über den Zusammenhang zwischen dem Vertrauensverlust in die Medien und der Polarisierung in öffentlichen Debatten. *(24 Punkte)*

Giovanni di Lorenzo **Alles Lüge? Warum Deutschlands Medien so stark – und manchmal doch so angreifbar sind** (28. 2. 2016)

Die Veranstaltungsreihe „Dresdner Reden" findet in Kooperation der Sächsischen Zeitung und des Staatsschauspiels Dresden jährlich statt. Vor zahlendem Publikum halten hier Persönlichkeiten des öffentlichen Lebens Reden zu Themen der Zeit.
Giovanni di Lorenzo ist u. a. Journalist und Chefredakteur der Wochenzeitung „Die Zeit".

Sehr geehrte Damen und Herren,
ich freue mich, heute hier zu stehen, es ist mir eine richtige Ehre, als Redner für diese renommierte Veranstaltungsreihe angefragt worden zu sein. Und ich gestehe Ihnen: Aus meiner Sicht hätte es wohl keinen besseren Moment für mich geben können, Sie hier zu besuchen, als jetzt. [...] Ich bin [...] hergekommen, um mich kritischen Fragen zu stellen. Welche Rolle spielen die Medien in Deutschland? Welchen Anteil haben sie am Vertrauensverlust in der Gesellschaft und an der Spaltung, die überall zu beobachten ist? Damit möchte ich mich heute beschäftigen.
[...]
Ich werde jetzt ein großes Wort in den Mund nehmen, aber lassen Sie mich Ihnen versichern, dass ich das nur tue, weil ich davon zutiefst überzeugt bin: Die deutschen Medien gehören zu den besten, unabhängigsten Medien der Welt. Selbstverständlich müssen wir Kritik üben, auch wenn es – wie Sie sich sicher denken können – gerade Journalisten schwerfällt, Fehler einzugestehen. Aber bei aller notwendigen und berechtigten Kritik dürfen wir nicht die Wertschätzung für all das verlieren, was in Deutschland gut und erhaltenswert ist. Dazu zähle ich – weiß Gott – nicht nur die Medien, wir sind ja in vielen Bereichen Meister der Selbstdemontage! Dennoch bitte ich Sie, mein Loblied auf die deutsche Presselandschaft im Hinterkopf zu behalten, wenn ich jetzt mit meiner Branche hart ins Gericht gehe. Es besteht kein Zweifel, dass wir in Deutschland gerade eine generelle Vertrauenskrise erleben. Wem soll ich überhaupt noch glauben, fragen sich viele Menschen, an wen kann ich mich halten? Das betrifft Unternehmen genauso, wie es – seit den dramatischen Turbulenzen an den Finanzmärkten 2008 – die Banken betrifft. Es gilt für die Kirche nach ihren Missbrauchsfällen und anderen Skandalen, es gilt für die Politik sowieso und ganz besonders gilt es für den Journalismus, denn trotz des erwähnten Medienreichtums glauben eine Menge Menschen in Deutschland an eine „Systempresse".
Vor einem halben Jahr hat die infratest dimap[1] im Auftrag der ZEIT eine Studie zum Medienvertrauen in Deutschland erstellt. Danach haben nur vier von zehn Deutschen ein „sehr großes" oder „großes" Vertrauen in die politische Berichterstattung der Medien. Die Mehrheit, insgesamt 60 Prozent der tausend repräsentativ Befragten, gab an, wenig (53 %) oder gar kein (7 %) Vertrauen in die Medien zu haben.
Wie konnte es dazu kommen? Man sollte es sich mit einer Herleitung nicht zu einfach machen. Dennoch will ich Ihnen [...] Gründe nennen, die meiner Meinung nach dafür maßgeblich sind. Denn wir Journalisten selbst haben auch durch eigene Versäumnisse zu diesem Vertrauensverlust beigetragen. Im Wettbewerb um die Aufmerksamkeit des Lesers oder Zuschauers liefen viele Medien immer heißer. Der Übermut wandelte sich in eine Skandalisierung und Boulevardisierung der Berichterstattung auch in bis dato seriösen Medien um. Die Sensationen überschlugen sich: Kachelmann[2] soll vergewaltigt ha-

ben! Guttenberg hat abgeschrieben! Wulff ist bestechlich! Schavan hat ebenfalls plagiiert! Hoeneß hat Steuern hinterzogen! Alice Schwarzer auch! Edathy guckt Kinderpornos! Und: Di Lorenzo hat zwei Mal gewählt! Die Erregung ging bis in die absurdesten Details: Im Fall Christian Wulff beispielsweise stellte ein wichtiger Verlag ganz offiziell die Anfrage: Trifft es zu, dass Christian Wulff bei der Schülerratswahl an seinem Gymnasium in Osnabrück Schüler der Unterstufe mit After-Eight-Schokolade kaufen wollte? Wenn wir Menschen derart auf den Prüfstand stellen: Wer ist dem gewachsen? Wer von uns wäre es? So ein Blick auf die Gesellschaft zeugt nicht von einem moralischen Kompass, es ist im Gegenteil die Neuauflage des mittelalterlichen Prangers[3]. Ich finde, wir machen es uns als Medien bei der Unterteilung der Welt in „gut" und „böse" oft viel zu einfach und folgen damit auch dem Wunsch nach hochschießenden Klickzahlen oder dem reißenden Abverkauf am Kiosk, statt ein Gegengewicht zu bilden zu der Hysterie, die sich im Netz aufbaut. Ist es wirklich das, was wir als Aufgabe der „vierten Gewalt" verstehen wollen? Ob die Vorwürfe – wie in vielen der genannten Fälle – berechtigt waren oder, wie sich später herausstellte, in manchen unberechtigt: Wimmelt es in Schlagzeilen nur so vor Ausrufezeichen, kommt die Berichterstattung bereits einer Verurteilung gleich. Da kann es nicht ernsthaft überraschen, dass das Misstrauen und die Häme, die wir beständig gesät haben, nun auf uns selbst zurückfallen. Wir sollten uns also dringender denn je fragen, welche Rolle wir als Journalisten in dieser Gesellschaft spielen wollen. Wollen wir Aufregung erhöhen, Treibjagden anheizen und Hysterien schüren? Oder das genaue Gegenteil davon tun, wofür ich dringend plädiere? Die ständige Skandalisierung auch aus nichtigem Anlass entpolitisiert auf Dauer Gesellschaften. Sie stößt mehr ab, als dass sie Bindung zum Medium aufbaut. Vor allem aber: Sie verwischt zunehmend den Unterschied zwischen Wichtigem und Unwichtigem, sie führt zur fatalistischen Grundhaltung „Es ist alles schlecht". [...]

Wir Journalisten werden auf unsere Weise um die Zukunft unserer Branche kämpfen müssen: Das Vertrauen unserer Leser, Zuschauer, Zuhörer ist eine Prämisse für funktionierenden Journalismus. [...] Wir sollten aus der polarisierten Stimmung in Amerika lernen, wo es oft nur noch extreme Positionen und schrille öffentliche Debatten zu geben scheint. Einer solchen Entwicklung müssen wir zuvorkommen, indem wir eine Stimme der Vernunft dagegensetzen. Die Stimme von Medien, die Menschen nicht öffentlich verurteilen, bevor nicht alle Fakten geklärt sind, und die das Lebenswerk eines Menschen in Beziehung zu einzelnen Fehlern setzen und nicht einzelne Fehler über dessen Lebensleistung stellen. Medien, die nicht nur alle paar Wochen ein einziges neues, alles beherrschende Thema kennen und dann eine neue Sau durchs Dorf jagen. Medien, die nicht mit den Wölfen heulen, die Lesern gerade auch Unbequemes zumuten und sich mit verschiedenen Meinungen auseinandersetzen. [...]

[E]rlauben Sie mir jetzt ein pathetisches Schlusswort, denn es kommt von Herzen: Ich werde bis zu der Stunde, in der man mich feuert oder auch ehrenvoll verabschiedet oder von mir aus auch aus der Redaktion trägt, dafür kämpfen. Umso glücklicher bin ich, in einer Redaktion voller Kollegen zu sitzen, die das genauso sehen. Und Ihnen, meine Damen und Herren hier in Dresden, möchte ich zurufen: Ich weiß, dass die Stimmen der Vernunft es gerade verdammt schwer haben. Ich weiß, wie vergiftet das Klima nicht nur in dieser Stadt ist[4]. Erst vorgestern schrieb mir ein junger Mann, „im Bekanntenkreis, in der Familie, man ist nirgends mehr sicher vor bösen Überraschungen und man erlebt Leute, von denen man nie gedacht hätte, dass sie so denken. Manchmal betrifft das sogar die eigenen Eltern." Und trotzdem: Bleiben Sie bei Ihrer Meinung! Stehen Sie für Ihre Überzeugungen ein! Zaudern Sie nicht, denn Sie sind die Mehrheit, nicht die anderen! Sachsen braucht Sie! Das ganze Land schaut auf Sie! Lassen Sie sich bitte nicht Ihren Mut nehmen! Ich danke Ihnen!

---

1 die infratest dimap: ein Umfrageinstitut

2 Kachelmann, Guttenberg, Wulff, Schavan, Hoeneß, Schwarzer, Edathy: Persönlichkeiten der Öffentlichkeit, die wegen unterschiedlicher Vergehen angeprangert wurden

3 der Pranger: öffentliche Bestrafungseinrichtung

4 „vergiftetes Klima": Seit 2014 gab es in Dresden „Pegida"-Demonstrationen gegen die Asylpolitik. In diesem Zusammenhang wurden etablierte Medien als gleichgeschaltete „Lügen-" oder „Systempresse" bezeichnet.

Die Aufgabenstellung verstehen

1 **a** Erklären Sie sich zu zweit gegenseitig die **Operatoren** und **Aspekte** der Aufgabenstellung, z. B.:
Als Erstes soll der Argumentationsgang analysiert werden. Dazu ... Im zweiten Teil der Aufgabe ...
b Nutzen Sie die Aufgaben auf dieser und den folgenden Seiten oder schreiben Sie die Klausur ohne Hilfen.

Erstes Textverständnis und Ideen formulieren

2 Lesen Sie die Rede auf einer Kopie oder auf dem Tablet und markieren Sie mit verschiedenen Farben, was Ihnen auffällt. Achten Sie dabei auf die Aspekte in der Aufgabenstellung, aber auch auf die Aspekte der Analyse von Sachtexten (► Übersicht, S. 22 f.).

3 **a** Halten Sie die wichtigsten Informationen zur **Redesituation** fest:
- Redner: Chefredakteur/Journalist G. d. Lorenzo → unmittelbar vom ... betroffen
- Adressaten: Publikum an ... interessiert, vermutlich gebildet ...
- Zeitpunkt/Anlass: Zeit, in der Medien in Deutschland als ...
- Ort: Dresden, wo ...

b Notieren Sie möglichst prägnant das **Thema** der Rede. Vervollständigen Sie dazu z. B. den folgenden Satz:
Di Lorenzo befasst sich in seiner Rede mit der Rolle der ... in Bezug auf die ...
c Überlegen Sie, welche **Intention** di Lorenzo mit seiner Rede verfolgt. Wählen Sie aus den folgenden Möglichkeiten aus und begründen Sie Ihre Wahl mit Beispielen, z. B.:
überzeugen (von guter Qualität ..., von Notwendigkeit, ...); ...

überzeugen oder überreden • informieren oder belehren • appellieren oder beschwichtigen

4 Notieren Sie in Stichworten erste Überlegungen zum **Zusammenhang** zwischen dem **Vertrauensverlust** in die Medien und der **Polarisierung** in öffentlichen Debatten (zweite Teilaufgabe), z. B.:
Medien ringen heute mit ... um Aufmerksamkeit
Öffentlichkeit reagiert ebenfalls mit extremen ...
Folge: Polarisierung in ... führt zu ... der Gesellschaft

Den Text analysieren

5 Untersuchen Sie den **Argumentationsgang** der Rede (Position, Thesen, Argumente, Stützungen der Argumente, ► S. 442). Geben Sie dazu wie im Beispiel unten (Tabelle) ausgewählte **Kernaussagen, z. B. Thesen,** knapp wieder und arbeiten Sie die Argumentationsweise heraus. Verwenden Sie Fachbegriffe für die **Argumenttypen,** z. B. „analogisierendes Argument", „normatives Argument" etc. (► S. 442).

Kernaussagen	Argumentationsgang
sich kritischen Fragen stellen wollen: Anteil der Medien an Vertrauensverlust/Spaltung (Z. 7 ff.)	Position: eigene Rolle kritisch reflektieren
deutsche Medien = beste, unabhängigste der Welt (Z. 17 f.)	positive Ausgangsthese eigene Überzeugung dient als Hintergrund für folgende Kritik → Autoritätsargument
generelle Vertrauenskrise (Z. 31 f.)	nicht nur in Medien, ... → ... Argumente
...	...

6 **a** Untersuchen Sie, mit welchen **rhetorischen Strategien** (► S. 26) di Lorenzo seine Intention verfolgt, z. B.:
Vereinnahmung des ..., Aufwertung der ..., Kontrastierung seiner Haltung und ..., Dramatisierung der ..., ...

b Ordnen Sie den folgenden Zitaten die passenden **sprachlich-rhetorischen Gestaltungsmittel** (► S. 26) zu:

1 „Wer ...?" – „Wer...?" (Z. 74 f.)	**A** Stigmawörter
2 „Skandalisierung und Boulevardisierung" (Z. 59 f.)	**B** Hyperbel
3 „absurdesten" (Z. 67 f.)	**C** Anapher, rhetorische Frage
4 „hart ins Gericht gehe" (Z. 29)	**D** Metapher

c Suchen Sie im Text weitere sprachlich-rhetorische Mittel und erläutern Sie deren Wirkung.

7 Bereiten Sie die **Beurteilung der Rede** vor (zweite Teilaufgabe).

a Überlegen Sie, welche Kenntnisse Sie bereits zum Zusammenhang zwischen dem Vertrauensverlust in die Medien und der Polarisierung in öffentlichen Debatten haben.
Tipp: Sichten Sie dazu z. B. die Aussagen von Flaßpöhler (► S. 20 f.) oder auch die von Rezo (► S. 30 f.), Jesse (► S. 38) und Zeh (► S. 39).

b Notieren Sie, wie Sie auf Grundlage Ihrer Kenntnisse diesen Zusammenhang einschätzen, z. B.
Spaltung der Gesellschaft bis heute (keine Verbesserung; wenig Bereitschaft, ...); mangelndes Verständnis, ...; Misstrauen gegen Medien wegen ...; Auflehnung gegen Missstände in ...

c Prüfen Sie noch einmal di Lorenzos Argumentationsweise und seine rhetorischen Strategien. Notieren Sie, inwiefern er Sie von seiner Position überzeugen konnte.

Den Schreibplan erstellen und schreiben

8 **Gliedern** Sie Ihren Aufsatz mit Hilfe der Aufgabenstellung und Ihrer Arbeitsergebnisse. Beispiel:

Einleitung:	Redner • Titel • ... • Intention
Hauptteil:	– Argumentationsgang • rhetorische Strategien (insbesondere ...) ... • ... – Überleitung • ...
Schluss:	Fazit: ...

9 Sichten Sie vor dem Verfassen Ihres Analyseaufsatzes die folgenden Hinweise und **Formulierungsbausteine.**

Formulierungsbausteine | **Darstellung von Sprachhandlungen**

Intention (Redeabsicht)
- *... warnt offen/eindringlich / mit Nachdruck davor, ...*
- *... appelliert / fordert dazu auf, ... / ... versucht, sein/ihr Publikum dazu zu bewegen, ...*

Gedankengang und Argumentationsstruktur
- *... geht der Frage nach / setzt sich mit der Frage / dem Problem auseinander, ...*
- *... vertritt die These/Ansicht/Haltung, dass ... Seiner/Ihrer Auffassung nach ist ...*
- *... befürwortet/unterstützt/bestätigt/kritisiert/widerspricht ... Er/Sie untermauert die These mit ...*
- *... argumentiert/begründet/belegt seine/ihre Ansicht, indem er/sie auf ... verweist.*
- *Aufschlussreich ist, welche Argumenttypen / rhetorischen Strategien vorwiegend gewählt werden: ...*

Sprachlich-rhetorische Mittel und ihre Wirkung (rhetorische Strategien der Beeinflussung)
- *... nutzt sprachliche Besonderheiten wie ..., um ...*
- *Diese ... Formulierung kann als Kritik an ... / Hinweis auf ... / Kommentar zu ... verstanden werden.*
- *Häufig wird auf sprachliche und rhetorische Mittel wie ... zurückgegriffen, was ... verstärkt/wirkt.*
- *Sprachlich ist der Text anspruchsvoll / allgemein verständlich / betont schlicht formuliert.*

10 Verfassen Sie nun schrittweise Ihre Analyse. Orientieren Sie sich beim Schreiben an folgender **Musteranalyse** (▶ Tabelle), indem Sie diese auf dem Tablet bzw. auf einer Kopie zunächst erschließen:

a Untersuchen Sie, wie die **in der Aufgabe genannten Aspekte** aufgegriffen und wie darüber hinaus weitere geeignete Aspekte der Sachtextanalyse für die Deutung herangezogen werden (▶ S. 22 f.).

b Markieren Sie Textstellen, in denen Aussagen aus di Lorenzos Rede paraphrasiert werden. Verdeutlichen Sie sich die **Regeln der Paraphrase:** Sind die Textaussagen möglichst genau getroffen? Werden indirekte Zitate eingesetzt (▶ S. 460)?

c Unterstreichen Sie die Darstellung von **Sprachhandlungen** (▶ Information, S. 37).

d Verfassen Sie Ihre Analyse am Computer. Nutzen Sie ggf. die folgenden ersten Sätze zu den unterschiedlichen Gliederungsaspekten der Redeanalyse. Setzen Sie die Absätze mit Hilfe Ihrer Analyseergebnisse und Ihrer Beurteilung der Rede fort (Aufgaben 4–7).

Checkliste	Musterformulierungen
Einleitung: ▪ **Redner, Textsorte, Titel, Jahr, Ort, Redesituation, Thema und Intention**	Am 28. 2. 2016 hielt Giovanni di Lorenzo im Staatsschauspiel Dresden vor einem an Themen der Zeit interessierten Publikum seine gesellschaftspolitische Rede „Alles Lüge? Warum Deutschlands Medien so stark – und manchmal doch so angreifbar sind". Darin fragt er sich, welchen Anteil die Medien an der Spaltung der Gesellschaft haben. Ort und Zeitpunkt der Rede sind besonders wichtig, weil es in Dresden zu dieser Zeit Pegida-Demonstrationen gab, in denen unter anderem gegen die sogenannte „System"- oder „Lügenpresse" gewettert wurde. Für das Publikum hat die Rede deshalb eine besondere Bedeutung. Di Lorenzo will die deutschen Medien trotz aller Kritik verteidigen und das Publikum davon überzeugen, dass diese unabhängig sind. Zugleich appelliert er an Medienmacher und Publikum, mit Besonnenheit der Spaltung entgegenzuwirken.
Hauptteil (Aufgabe 1): ▪ Darstellung des **Argumentationsgangs** des Textes und **wesentlicher Inhalte**	Di Lorenzo führt zu Beginn seiner Rede aus, dass er sich als Journalist und Chefredakteur der „Zeit" kritischen Fragen stellen will. Dazu gehört die Frage, welche Rolle die seriösen Medien in Deutschland spielen und welchen Anteil sie am allgemeinen Vertrauensverlust und an der Spaltung der Gesellschaft haben (vgl. Z. 8 ff.). Dadurch nimmt er eine selbstkritische Position ein. Di Lorenzo stellt die positive Ausgangsthese auf, nach seiner tiefsten Überzeugung (vgl. Z. 16) würden die deutschen Medien zu den „besten, unabhängigsten Medien der Welt" gehören (Z. 17 f.). Diese These will er als Hintergrund für die folgende Kritik verstanden wissen. Damit nutzt er seine eigene Autorität als Argument. Im Weiteren stellt er die Situation in Deutschland dar und bringt vor, es gebe eine „generelle Vertrauenskrise" in mehreren gesellschaftlichen Bereichen wie Unternehmen, Kirche und Politik (Z. 31 ff.). Mit diesem analogisierenden Argument relativiert er die Rolle der Medien zunächst. Dann betont er aber, die Rolle der Journalisten in dieser Krise sei eine besondere, weil viele Menschen trotz der Medienvielfalt an eine abhängige Presse („Systempresse", vgl. Z. 41) glauben würden. Diese Beobachtung belegt er mit einem Faktenargument: ...
▪ **Adressatenbezug**	Di Lorenzo versucht von Anfang an, eine enge Verbindung zu seinem Publikum herzustellen, indem er betont, welche „Ehre" (Z. 3) es sei, vor ihm zu reden. Zudem steht am Beginn seiner Rede ein Geständnis (vgl. Z. 4 f.), wodurch er sich selbst als offenen, ehrlichen Redner charakterisiert, der ...

▪ **rhetorische Strategien / sprachlich-rhetorische Gestaltungsmittel**	Der Redner setzt sprachlich-rhetorische Mittel ein, um seine Rolle im Rahmen der Problematik aufzuwerten. Dies gelingt ihm, indem er einen möglichst starken Kontrast zwischen seiner selbstkritischen Haltung und dem Verhalten der Medien schafft. Durch Verwendung einer Reihe von Stigmawörtern wie z. B. „Vertrauenskrise" (Z. 31), „Misstrauen" (Z. 91) oder „Skandalisierung" (Z. 59) setzt er sie so in ein negatives Framing. Mit Fahnenwörtern ... Insgesamt dramatisiert di Lorenzo das von ihm aufgezeigte Problem, indem er eine wirksame Sprache nutzt. Mit Hyperbeln wie z. B. „absurdesten" (Z. 67 f.), „hochschießenden" (Z. 81) und Metaphern wie z. B. „Treibjagden anheizen" (Z. 96) oder „Sau durchs Dorf jagen" (Z. 122) erzeugt er suggestive Bilder, um ...
Überleitung (Aufgabe 2):	Um zu beurteilen, inwiefern die Rede vor dem Hintergrund des Vertrauensverlusts in die Medien und der Polarisierung in öffentlichen Debatten überzeugen kann, muss man die folgenden Aspekte berücksichtigen.
▪ **Beurteilung** der Überzeugungskraft der Rede	Der Redner ist als Journalist und Chefredakteur einer angesehenen Wochenzeitung von den genannten Problemen selbst betroffen und er bringt dies deutlich zum Ausdruck (vgl. Z. 4 ff. und Z. 54 ff.). Insofern kann seine Rede in ihrer authentischen Selbstkritik als überzeugend gelten. Seine tragfähige Argumentation, in der er sich auf Fakten, insbesondere aber auch auf eigene Beobachtungen beruft, lässt sich nachvollziehen. Die Rede zielt auf ein relevantes Problem unserer Zeit, denn in der Kommunikationsgesellschaft ringen die Medien oft mit Skandalmeldungen um Aufmerksamkeit. Die Öffentlichkeit reagiert auf solche Dramatisierung ebenfalls mit extremen Positionen, was letztlich zu einer Polarisierung der Gesellschaft führt. So gibt es etwa nur noch wenig Bereitschaft, sich auf andere Meinungen einzulassen. Allerdings entwickelt sich auch Widerstand gegen diesen Teufelskreis. Wichtige Stimmen wie beispielsweise ...
Schluss: ▪ reflektierte **Schlussfolgerung**	Berücksichtigt man die Relevanz der Rede für ..., so zeigt sich ... Als Fazit meiner Ausführungen ergibt sich, dass ... voll / zum Teil / im Wesentlichen / nicht überzeugen.

Den eigenen Text überarbeiten

11 Nutzen Sie die Begriffe in der linken Spalte der Tabelle (▶ S. 44 f.) als **Checkliste:**

a Prüfen Sie Ihre Texte im Team in einer Schreibkonferenz am Computer (▶ Methode, S. 462).
Geben Sie sich ein Feedback dazu, wie Sie die Aspekte der Aufgabenstellung sowie weitere Aspekte der Sachtextanalyse (▶ S. 22 f.) berücksichtigt haben.
Achten Sie auch auf folgende formale Aspekte:
- Ist die Analyse schlüssig und gedanklich klar aufgebaut; sind die Gedanken sinnvoll verknüpft?
- Sind der Gedankengang und die Sprachhandlungen des Autors sachlich dargestellt und wurde dabei prägnant paraphrasiert? Sind die Formulierungen fachsprachlich und die Zitate korrekt?
- Wurde die Gewichtung der Punkteverteilung in der Aufgabe (▶ S. 40) berücksichtigt?
- Ist der Satzbau übersichtlich? Sind Rechtschreibung, Zeichensetzung sowie Grammatik korrekt?

b Überarbeiten Sie Ihren Text mit Hilfe von Feedback, Checkliste und Formulierungshilfen.

c Reflektieren Sie, wo Ihre Stärken und Ihre Schwächen in der Redeanalyse liegen, und notieren Sie, worauf Sie bei der Klausur besonders achten möchten.

1.3.2 Materialgestützt informieren

Aufgabenbeispiel
Politikerinnen und Politiker stehen in der medialen Öffentlichkeit unter ständiger Beobachtung. Das hat Einfluss auf ihr Verhalten und ihre Sprachverwendung.
An Ihrer Schule setzt sich eine Projektwoche mit dem Thema „Politisch-gesellschaftliche Kommunikation in den Medien" auseinander, in deren Rahmen eine digitale Pinnwand mit den wichtigsten Arbeitsergebnissen für die Schulöffentlichkeit entstehen soll. Sie sind Mitglied einer Arbeitsgruppe, die über die Besonderheiten der Sprachverwendung in der Politik informiert.
Verfassen Sie für die digitale Pinnwand einen informativen Beitrag zu diesem Thema.
Nutzen Sie dazu die folgenden Materialien (M1–M5) und beziehen Sie eigene Erfahrungen und Wissen aus dem Unterricht mit ein. Formulieren Sie eine geeignete Überschrift für Ihren Beitrag.

M1 Ole von Beust **Politikersprache: Wenn die richtigen Worte fehlen** (2012)

Ole von Beust (CDU), von 2001 bis 2010 Erster Bürgermeister von Hamburg, erläutert Gründe für den oft phrasenhaften Sprachgebrauch der Politiker.

Man stelle sich vor: Infolge eines Statikfehlers stürzt in der Stadt Bergenfelde eine Fußgängerbrücke ein. Zehn Personen werden verletzt, davon zwei schwer. Der Bürgermeister gibt rasch eine Mitteilung heraus: „Der Einsturz der Brücke macht mich betroffen. Unsere Gedanken sind bei den Opfern und deren Angehörigen. Jetzt gilt es, schnell und unbürokratisch zu helfen."
Der örtliche Baudezernent erklärt, „ein Aufsichtsversagen der genehmigenden Behörde liegt nicht vor". [...]
Die Lokalzeitung kritisiert, dass noch kein Schuldiger für das Unglück gefunden sei. Daraufhin der Bürgermeister: „Nun gilt es, umfassend, ohne Ansehen der Personen, die Ursachen aufzuklären." Eine Kommission werde unverzüglich die Arbeit aufnehmen. Man sei „auf einem guten Weg"; es bräuchte aber eine „neue Kultur der Aufklärung". Nach der ersten Sitzung spricht die Kommission von einem „Gespräch in konstruktiver Atmosphäre".
Drei Monate später: Die Brücke ist eine Ruine, Geld haben die Opfer noch nicht gesehen, die Kommission hat erst einmal getagt, die Presse berichtet über den 500. Stadtgeburtstag. Die Bürger aber denken: Wir sind belogen worden. Beim Regieren und Verwalten geschehen Fehler, auch Unglücke – sie gehören zum Leben. Die Regierenden und Politiker finden jedoch nicht die richtigen Worte für diese Fehler und Unglücke. Sie benennen nicht, sie verbrämen; sie verklausulieren die Wahrheit im Wortschwall einer Insidersprache. [...] Dabei werden die Phrasen meist gar nicht in der bösen Absicht der Verkleisterung oder Vertuschung verwendet. Sie sind Ausdruck der Sozialisation in der Politik.
Das liegt zunächst einmal an zwei Dingen: Kein Politiker wird auf Anhieb Spitzenpolitiker. In der Regel dient er sich hoch, meist von der Jugendorganisation über die Kommunalpolitik bis in die höheren Ebenen. Anfänger übernehmen fast zwangsläufig die herrschende Terminologie, um so die eigene Kompetenz zu beweisen (oder vorzutäuschen). [...] Und dann geht man mit tausendmal gebrauchten Formeln kein Risiko ein. Wer ein schlechtes Wahlergebnis „ehrlich" nennt, geht auf Nummer sicher – würde er von einer Niederlage reden, gar die eigene Trauer, den eigenen Zorn zeigen, gäbe er sich eine Blöße. Ein Verlierer, der sich selber so nennt, verliert Autorität.
Politiker scheuen dieses Risiko. Letztlich ist das ein Reflex auf die veröffentlichte Meinung, auf die Medien. [...] Offenheit gegenüber Journalisten ist ein weiteres Risiko. Wer im Hintergrundgespräch zu deutlich wird, findet sich dann doch im Artikel wieder. In allen Gesprächen vermeide man Ironie: Die Falschmeldung ist garantiert. Journalisten verkürzen und spitzen zu – manchmal, um ein Thema besser verständlich zu machen, oft aber auch, weil es sich so besser verkauft, auch wenn der Sinn auf der Strecke bleibt.

M2 Das Overton-Fenster

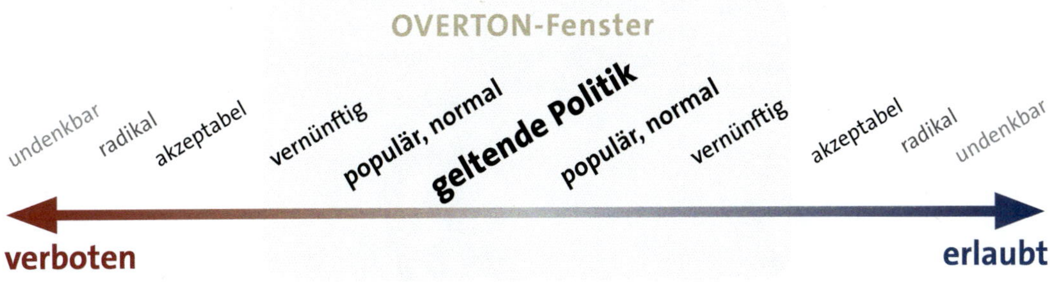

Das Overton-Fenster[1] bezeichnet das Spektrum an Meinungen und Weltsichten, das von der Öffentlichkeit im Rahmen von Diskussionen und politischen Entscheidungen akzeptiert wird. Es bezieht sich auf beliebige politische Gegensatzpaare, z. B. „mehr Freiheit – weniger Freiheit“, „erlaubt – verboten“. Im Zentrum des Fensters stehen alle Ansichten, die der aktuellen Vorstellung der Öffentlichkeit von Anstand, Moral und Verhalten entsprechen und die Politik prägen („gültige soziale Normen“). Die Bereiche außerhalb des Fensters kennzeichnen Ansichten, welche die Mehrheit der Bevölkerung als extrem empfindet und daher ablehnt. Politiker haben kaum Einfluss auf das Fenster. Um Unterstützung der Öffentlichkeit zu finden, dürfen ihre Äußerungen den Rahmen des Fensters nicht verlassen. Verschiebungen des Fensters ergeben sich in der Regel nur allmählich.

1 Joseph P. Overton (1960–2003): Begründer der Theorie

M3 Interview mit Gregor Gysi: **„Was Politiker nicht sagen ... weil es um Mehrheiten und nicht um Wahrheiten geht“** (2022)

Der Politiker Gregor Gysi (Die Linke) nennt in seinem Buch „Was Politiker nicht sagen ... weil es um Mehrheiten und nicht um Wahrheiten geht“ Gründe für die phrasenhafte Sprachverwendung der Politiker.

[...] Sie schreiben: „Die politische Sprache ist zunehmend hohl geworden.“ Woran liegt das?
Zum einen liegt es an den Medien. Zumindest in Rundfunk und Fernsehen wird von Politikerinnen und Politkern verlangt, sich sehr kurz zu äußern. Eine vertiefende Erklärung wird scheinbar gar nicht mehr benötigt. Man gewöhnt sich daran, so zu sprechen. Ich sage immer: Ich schreibe Bücher, um zu testen, ob ich noch über 1:30 Minuten hinausdenken kann. Das Zweite ist, dass die Sprache falsch ist, weil Politikerinnen und Politiker zu selten übersetzen. Es wird etwa über die Veräußerungserlösgewinnsteuer geredet, aber keiner sagt, was das eigentlich ist.

Ist die fehlende Übersetzungsleistung Absicht oder Unvermögen?
Ich glaube, bei einigen wird es Absicht sein und die anderen kommen gar nicht auf die Idee, dass sie ihre Politik übersetzen müssen. Als Anwalt habe ich mit Mandantinnen und Mandanten aus allen möglichen Schichten zu tun gehabt. Dabei habe ich gelernt, wie wichtig das Übersetzen ist. Und deswegen mache ich das auch in der Politik. Nicht weil ich die Leute für dumm halte, sondern weil ich allgemeinverständlich sein will.

Sie sind berühmt für ihre rhetorischen Fähigkeiten. Kann man das eigentlich lernen?
Ein bisschen kann man das wahrscheinlich lernen und ein bisschen ist es eine Frage der Begabung. Aber es ist interessant: In der DDR, aber auch in Westdeutschland spielte Rhetorik so gut wie gar keine Rolle. In ganz Deutschland gab es nach dem Zweiten Weltkrieg nur einen Lehrstuhl für Rhetorik. Dadurch, dass Hitler, Goebbels und andere ihre rhetorische Begabung massiv missbraucht haben, hat die Rhetorik in Deutschland eine negative Einschätzung erfahren. Trotzdem sage ich, dass wir uns wieder mit Rhetorik beschäftigen müssen. Weil es bei der Rhetorik eben darum geht, verständlich zu sprechen, so dass die Leute den Politikerinnen und Politikern zuhören wollen. Gleichzeitig dürfen wir dabei nicht vergessen, wie stark die Rhetorik missbraucht werden kann.

M4

Klaus Stuttmann (15. 2. 2022): Karikatur mit Olaf Scholz (SPD) und Friedrich Merz (CDU)

M5 Oliver Georgi[1] Und täglich grüßt das Phrasenschwein (2019)

Die Empörung bei Politikern und Politikerinnen kennt oft keine Grenzen. Sie „verurteilen“ eine Entgleisung des Gegners „auf das Schärfste“, warnen vor „ernsten Konsequenzen“, können „nur noch den Kopf schütteln“, wenn der Koalitionspartner sich nicht an Absprachen hält, oder „zeigen sich äußerst besorgt“, weil eine Entwicklung im Gang ist, die schwierig werden könnte. Die meisten von uns, die solche Aussagen lesen, nehmen sie wahrscheinlich schon gar nicht mehr wahr, so inflationär werden sie gebraucht. Dabei belegt eine Formulierung wie „auf das Schärfste verurteilen“ doch nur einmal mehr die seltsame Schleife, in der unsere politischen Vertreter gefangen sind: Je ritualisierter und zahnloser der politische Diskurs wird, desto lauter betonen sie rhetorisch die „Schärfe“. Und umso entleerter wird wiederum der Diskurs, weil einem selbst die schärfste Schärfe keine Tränen mehr in die Augen treibt, wenn man ihr am Tag 232-mal begegnet. […]

Aber warum rattern Politikerinnen und Politiker dann trotzdem so oft die immer gleichen Empörungsfloskeln herunter, wenn ohnehin niemand mehr hinhört? […] Warum gestehen sie nicht ein, dass es sinnlos ist, gegenüber dem Koalitionspartner mit „ernsten Konsequenzen“ zu drohen, wenn die politische Arithmetik leider gerade kein anderes Bündnis hergibt und man außerdem Neuwahlen so scheut wie der Teufel das Weihwasser?

Die Antwort liegt auf der Hand: Weil es für Politiker so konstitutiv wie überlebenswichtig ist, sich von den anderen Parteien – oft mit großem Getöse – abzusetzen (zumindest rhetorisch), damit der Wähler merkt, wo die Unterschiede liegen. Die – oft gespielte – Empörung über alle anderen Parteien gehört folglich zum politischen Einmaleins wie das Bierzelt zur CSU. Und dabei bedienen sich die Politiker eben jener Berufssprache, die viele von ihnen seit den Anfängen ihrer politischen Laufbahn wie die Muttermilch eingesogen haben. So wie die Medizinersprache von lateinischen Fachbegriffen wimmelt und die Juristensprache von Fachtermini, die der Laie kaum versteht, so hat auch die Politik ihre ganz eigene, oft hermetische Sprache.

[…] „Der eine fängt mit einer Floskel an und plötzlich benutzen sie alle“, gesteht ein enger Mitarbeiter eines Landespolitikers, der seinem Chef eigens eine lange Liste mit Phrasen angelegt hat, auf die er tunlichst verzichten soll. Aber das sei leichter gesagt als getan – weil man sich als Politikerin oder Politiker mit Phrasen eben auf relativ sicherem Terrain bewege. „Mit einer Phrase macht man erst mal nichts falsch“, glaubt der Berater – und das nicht nur, wenn es um Empörungsfloskeln wie die „schärfste Verurteilung“ oder die „ernsten Konsequenzen“ gehe. […] Politische Vertreter stehen gleichsam in einer rhetorischen Bringschuld – die richtigen Signalwörter werden von der Öffentlichkeit zum richtigen Zeitpunkt erwartet, damit der gesetzte Rahmen (Grenze erreicht, Gegenwehr, Aktivität) stimmt. Auch das macht die politische Empörung oft so schablonenhaft: Ob es „große Empörung“, eine Verurteilung „auf das Schärfste“ oder die „große Sorge“ ist, die geäußert wird, Hauptsache, die Reaktion vermittelt der Öffentlichkeit den Eindruck, dass man bereit ist, sich gegen etwas mit großer Bestimmtheit zur Wehr zu setzen. Und die Medien? Sie verbreiten die immer gleichen Empörungsfloskeln bereitwillig weiter – und übernehmen noch dazu häufig die gewünschte Interpretation. Wenn es in einer Überschrift heißt, „Politiker X rechnet mit Politiker Y ab", obwohl derjenige eigentlich nur in einer nichtssagenden Äußerung pflichtschuldig seinen Unmut ausgedrückt hat, dann hat die hohle Phrase ihr Ziel voll erfüllt. Damit zementieren die Medien ausgerechnet jene nichtssagende Sprache, die sie Politikern so gern vorwerfen.

Diesen Prozess der unwillkürlichen Konsolidierung von Phrasen durch die Medien gibt es schon, seit Journalisten über Politik berichten – und doch hat sich in der politischen „Empörungsspirale" in den letzten Jahren etwas drastisch verändert. Durch die Echtzeit-Berichterstattung über Politik in den Onlinemedien wird die Zeit zum Nachdenken für Politiker immer geringer. Nach einem politischen Ereignis oder einem politischen Eklat erwarten viele Medien heute ganz selbstverständlich binnen kürzester Zeit eine Stellungnahme, die sie von Politikern verbreiten können. [...] Zwischen einem Ereignis und den ersten – oft pflichtschuldig empörten – Reaktionen von Politikern vergehen mitunter kaum noch fünf Minuten.

[...] Politiker neigen durch das immer schnellere Hamsterrad der öffentlichen politischen Debatte im Kampf um Aufmerksamkeit zur Komplexitätsreduktion: Entscheidungen sind schwarz oder weiß, was zählt, ist zunehmend nur noch der 100-prozentige Sieg, weil sich das in der Öffentlichkeit symbolisch viel eher als Stärke und Durchsetzungskraft verkaufen lässt als ein Kompromiss. Die politische Sprache wird aber nur dann weniger floskelhaft werden, wenn Differenzierung nicht als lästiges Übel und Überforderung der Wähler, sondern als konstitutives Element begriffen wird. Weil es zugleich die Sinne der Wähler schärft – auch in Bezug auf die Populisten von rechts und links. Das gilt erst recht für die Medien. [...]

Der Politik ist der Mut abhandengekommen – und es ist höchste Zeit, dass er wieder zurückkehrt. Das gilt im besonderen Maße auch für die politische Kommunikation. Das Gegenteil von Mut ist Angst, und wie an vielen Stellen dieses Buchs zu lesen war, ist sie oft ein entscheidender Faktor, wenn Politiker Phrasen benutzen: Angst um die eigene Machtbasis oder vor der eigenen Partei; Angst, bei der nächsten Wahl auf eine zu konkrete Äußerung festgenagelt zu werden; Angst vor einem Shitstorm und einer unkontrollierbaren Entwicklung in den (sozialen) Medien, die Differenzierungen schnell nivellieren und in Windeseile einen Skandal produzieren können. [...]

1 Oliver Georgi: politischer Zeitungsredakteur und Autor

Die Aufgabenstellung verstehen

1 **a** Lesen Sie die **Aufgabenstellung** (▶ S. 46) gründlich und erklären Sie sich zu zweit gegenseitig, was genau von Ihnen verlangt wird. Beantworten Sie dafür abwechselnd die Fragen im Merkwissen unten.

b Prüfen Sie bei jedem der folgenden Arbeitsschritte, welche Aufgaben und Formulierungshilfen Sie nutzen möchten. Sie können auch versuchen, die Klausuraufgabe ohne jede Hilfe zu lösen.

Information | **Materialgestützt informieren: Die Aufgabenstellung verstehen**

Nur wenn Sie sich genau klarmachen, was die Aufgabenstellung von Ihnen verlangt, können Sie die Materialien strategisch lesen, thematische Schwerpunkte für Ihren Text setzen und ihn sinnvoll gliedern. Die folgenden **Leitfragen** helfen Ihnen dabei:

- Was ist das **Thema** des informierenden Textes, den Sie verfassen?
- Welche **thematischen Aspekte** könnten nach Ihrem **Vorwissen zum Thema** gehören?
- Welche **Textsorte** wird verlangt? Was wissen Sie über diese Textsorte?
- Was sind **Anlass und Ziel** des geforderten Textes?
- Wer sind die **Adressaten** des Textes? Welche Erwartungen haben die Adressaten bezüglich des Inhalts und der Schreibweise an den Text?

Erstes Textverständnis und Ideen formulieren

2 a **Orientieren** Sie sich in den Materialien 1 bis 5, indem Sie sie zügig überfliegen (▸ orientierendes Lesen, S. 461).

b Notieren Sie in Stichworten, was Sie zum **Thema** „Besonderheiten der Sprachverwendung in der Politik" verstanden haben, z. B.:
phrasenhafte Politikersprache, fehlende Verständlichkeit, ...

c Berichten Sie sich zu zweit gegenseitig, welches **Vorwissen** Sie aus dem Unterricht oder Ihrer Erfahrung bereits zu den in Aufgabe b gesammelten Aspekten haben, z. B.:
Rhetorische Strategie: mit Floskeln beschwichtigen, ...
Rolle der Medien (insbesondere ...): Probleme ...
Gefahren für Politiker in sozialen Medien, ...

Die Materialien gezielt lesen

3 Erschließen Sie genauer, welche **Aspekte** des Themas die Materialien enthalten und welche Informationen Sie für Ihren Beitrag nutzen können.

a **Lesen Sie** dazu das erste Material **intensiv,** indem Sie Absatz für Absatz klären, worum es jeweils geht (▸ intensives Lesen, S. 461). Achten Sie dabei auf die Wiederholung oder pointierte Betonung von Informationen. Unterstreichen Sie entsprechende Textstellen auf dem Tablet bzw. mit Bleistift auf einer Kopie.

b **Lesen Sie** die weiteren Materialien **vergleichend,** indem Sie die in M1 gefundenen thematischen Aspekte in den Materialien suchen und gegebenenfalls neue entdecken (▸ vergleichendes Lesen, S. 461): Wo gibt es ähnliche Aussagen? Wo Ergänzungen? Wo neue Aspekte? Gibt es Widersprüche?

c Markieren Sie Informationen zu jedem Aspekt des Themas jeweils in gleichen Farben. Versehen Sie die Materialien – auch die Abbildungen – mit Randbemerkungen. Beispiel:

Und dann geht man mit tausendmal gebrauchten Formeln kein Risiko ein. Wer ein schlechtes Wahlergebnis „ehrlich" nennt, geht auf Nummer sicher – würde er von einer Niederlage reden, gar die eigene Trauer, den eigenen Zorn zeigen, gäbe er sich eine Blöße. Ein Verlierer, der sich selber so nennt, verliert Autorität.	*Merkmale politischer Sprache* *Beispiel für Floskeln* *Gründe* *– Angst vor Autoritätsverlust*
Politiker scheuen dieses Risiko. Letztlich ist das ein Reflex auf die veröffentlichte Meinung, auf die Medien. [...] Offenheit gegenüber Journalisten ist ein weiteres Risiko. Wer im Hintergrundgespräch zu deutlich wird, findet sich dann doch im Artikel wieder. In allen Gesprächen vermeide man Ironie: Die Falschmeldung ist garantiert. Journalisten verkürzen und spitzen zu ...	*Rolle der Medien* *– Erwartungen der Öffentlichkeit* *– Sorge vor falscher Auslegung*

Information **Themenschwerpunkte für den Text finden**

Gliedern Sie das in der Aufgabe vorgegebene Thema (z. B. „Besonderheiten der Sprachverwendung in der Politik") in einzelne **thematische Aspekte** (Schwerpunkte), über die Sie dann geordnet informieren. Ihre thematischen Aspekte müssen sich aus den Materialien ergeben:

- **Welche Aspekte** sind mit Blick auf das Thema für die **Adressaten** besonders **relevant?**
- **Zu welchen Aspekten** liefern die **Materialien** ausreichend **Informationen?** Welche Informationen finden sich in mehreren Materialien?

Tipp: Ein Informationstext sollte nicht über mehr als drei bis fünf Aspekte informieren, um übersichtlich zu bleiben und klare Schwerpunkte zu setzen.

Den Schreibplan erstellen und schreiben

4 Legen Sie sich am Computer eine **Stoffsammlung** für Ihren Informationstext an. Sammeln Sie hier in knappen Begriffen sämtliche Informationen, die Sie in Ihrem Beitrag verwenden können. Halten Sie auch Ihr Vorwissen zu den einzelnen Aspekten fest, z. B.:

thematischer Aspekt	M1	M2	...	...	...	Vorwissen
Merkmale der Sprache	„Insidersprache"	–	...	...	...	rhetorische Strategien, ...
Gründe	Sozialisation	Akzeptanz ...	...	...	...	Aufmerksamkeitsknappheit, ...
Rolle der ...	...	...	...	...	...	soziale Netzwerke verstärken Aufregung in Debatten, ...
...	...	...	...	...	...	...

5 Planen Sie auf Grundlage der thematischen Aspekte die **gedankliche Struktur des Hauptteils.**

a Überlegen und begründen Sie, welche gedankliche Struktur (▶ Information) für Ihren Text geeignet ist.

b Experimentieren Sie mit möglichen Strukturen Ihres Textes, indem Sie unterschiedliche Anordnungen der thematischen Aspekte erproben. Entscheiden Sie sich schließlich für eine sinnvolle Gliederung.

Information | **Gedankliche Struktur informierender Texte**

Informierende Texte weisen im Hauptteil in der Regel eine **übergeordnete gedankliche Struktur** auf. In diese Struktur muss man die Informationen einordnen, damit die Fakten nicht ohne Bezug nebeneinanderstehen und sich für die Leser ein Sinn ergibt. Mögliche gedankliche Strukturen können sein:

- **Ursachen → Auswirkung → Folgen** oder **Vergangenheit → Gegenwart → Zukunft,** z. B. *Ursachen: Risikovermeidung, Angst vor Autoritätsverlust → Auswirkung: floskelhafte „Insidersprache" → Folgen: Kommunikationsverlust (Unverständlichkeit)*
- **Problem → Lösung → Umsetzung,** z. B. Problem: *Phrasen führen zu Unverständnis → Lösung: Mut anzuecken → Umsetzung: differenzierte Sprachverwendung in Medien*
- **Frage → Antwort → Folgerung,** z. B. *Frage: Warum ist politische Kommunikation für deren Akteure ein schwieriges Feld? → Antwort: Sie stehen unter öffentlicher Beobachtung durch Medien → Folgerung: Sie vermeiden klare Positionen, was Auswirkungen auf ihre Sprachverwendung hat.*

Experimentieren Sie mit verschiedenen Anordnungen der gedanklichen Einheiten, um die beste Wirkung zu erzielen, z. B. *Folgen → Auswirkung → Ursachen oder Ursachen → Auswirkung → Lösung.*

c Ordnen Sie die Informationen, die Sie den Materialien entnommen haben, den einzelnen Teilen Ihrer Struktur zu. Ergänzen Sie auch weitere passende Informationen (z. B. aus dem Unterricht). Beispiel:

Problem (Kommunikationsverlust):
risikoarme, verbrämende, schablonenhafte „Insidersprache" (von Beust) = Unverständlichkeit, erreicht Leute nicht (Gysi); Beispiele für Phrasen ... (Georgi); Fahnenwörter = Notwendigkeit sich ...; ...

Ursachen (Gründe):
Ansprüche der Öffentlichkeit an Politiker, Anpassungsdruck (Overton-Fenster); typische Sozialisation in der Politik: Sicherheit durch Übernahme ... (von Beust, Gysi); Angst vor riskanten ..., Shitstorms; ...; „Empörungsspirale" (Georgi) / „mediale Steigerung des Erregungslevels" (vgl. Zeh); ...

Lösung (Appell):
Konformität/„Teufelskreis" (Zeh) aufbrechen; Mut in der politischen ... (Georgi); Differenzierung/Präzision; Neuentdeckung der Rhetorik (z. B. Sprache auf sozialen Plattformen); ...

6 Sichten Sie vor dem Verfassen Ihres Informationstextes die folgenden Hinweise und **Formulierungsbausteine:**

Formulierungsbausteine

Beim materialgestützten Informieren stellen Sie Zusammenhänge zwischen Sachverhalten dar und berücksichtigen dabei insbesondere **sachlich-informative Schreibformen,** z. B.:
- **Beschreiben** (z. B. Sachverhalte, Situationen, Vorgänge, Merkmale darlegen, Ähnlichkeiten/Unterschiede darstellen, Aspekte hervorheben), z. B.: *X stellt dar ... Y vergleicht ... Im Gegensatz zu / ebenso wie ... Wichtig ist ... Dies erfordert ...*
- **Erklären** (z. B. Sachverhalte durch zusätzliche Informationen und Beispiele veranschaulichen, Begründungszusammenhänge/Abhängigkeiten aufzeigen): *Zum einen ... Andererseits ... X zeigt, dass Y ..., um/weil/damit ... Ein Grund für ... ist ... Deshalb ...*

Beachten Sie hinsichtlich Ihrer **Informationsquellen:**
- Stellen Sie Ihre Informationsquellen vor, z. B.: *X betont in einem Interview ... Laut der Politikerin ... Y zufolge ... Ein Schaubild zum Thema zeigt ...*
- Geben Sie Informationen paraphrasierend oder in indirekter Rede wieder bzw. zitieren Sie, z. B.: *X stellt fest / kritisiert / weist darauf hin / fordert / macht deutlich / bestätigt / gibt zu bedenken, ... Y meint, X könne / würde / sei verantwortlich für ... Z erklärt, wir dürften „nicht vergessen, wie stark die Rhetorik missbraucht werden kann".*

Hinweis: Beim Zitat müssen Sie im Informationstext keine Zeilenangabe machen.

7 Verfassen Sie nun Schritt für Schritt Ihren Beitrag. Orientieren Sie sich beim Schreiben an folgendem **Aufbau** und an den **musterhaften Sätzen** (▶ Tabelle unten), indem Sie diese auf dem Tablet bzw. auf einer Kopie zunächst erschließen:

a Untersuchen Sie, welcher **gedanklichen Struktur** der Hauptteil folgt.

b Zeigen Sie den **sachlich-informativen Stil** auf (▶ Formulierungsbausteine): Unterstreichen Sie dazu einige prägnante Textstellen.

c Markieren Sie verschiedene Arten des Umgangs mit **Informationsquellen** und der **Redewiedergabe.**

d Verfassen Sie Ihren Beitrag. Berücksichtigen Sie dabei Ihre Strukturüberlegungen aus Aufgabe 5. Nutzen Sie ggf. die musterhaften Sätze, indem Sie sie fortsetzen oder Ihren thematischen Schwerpunkten entsprechend abwandeln. Vielleicht kehren Sie auch die Reihenfolge der Struktur um?

Checkliste	Musterformulierungen
Überschrift: ■ **Thema**	Phrasendrescherei aus Angst vor der medialen Öffentlichkeit?
Einleitung: ■ **Anlass/Einführung** ins Thema, **Interesse** der Leserschaft wecken	Bei der öffentlichen Diskussion gesellschaftspolitisch relevanter Themen wäre eine präzise Sprachverwendung eigentlich dringend erforderlich. Doch den meisten Politikern gelingt dies nicht – ob mit oder ohne Absicht. Wenn Politiker in jedem Zusammenhang verständlichen Klartext reden würden, wäre jede Sitzung des Bundestags von Tumulten begleitet. Die (mediale) Öffentlichkeit lehnt es nämlich weitgehend ab, wenn sich Politikeräußerungen außerhalb eines schmalen Fensters von etablierten Meinungen bewegen.
Hauptteil: ■ sachlich-informatives **Beschreiben und Erklären** der Zusammenhänge nach	In der Politik hört und liest man die immer gleichen Phrasen und Worthülsen, mit denen man Position beziehen kann, ohne sich dabei festlegen zu müssen. Politiker wie z. B. Ole von Beust oder Gregor Gysi sprechen selbst von einer „Insidersprache", welche die Leute nicht mehr erreiche, weil sie erst noch übersetzt werden müsse. Diese undurchdringliche „Berufssprache", wie

thematischen Aspekten in klarer **gedanklicher Struktur** ■ **Adressatenbezug** (Interessen, Vorwissen)	sie der Autor Oliver Georgi in seinem Buch „Und täglich grüßt das Phrasenschwein" nennt, ist oberflächlich und schablonenhaft und sorgt eher für den Verlust von Kommunikation, statt politische Sachverhalte verständlich zu erklären. Jeder kennt solche Phrasen wie „auf einem guten Weg sein", „sich äußerst besorgt zeigen", „entschlossen handeln" etc. Dass Politiker in ihrer floskelhaften Sprache nicht mehr unterscheidbar sind, ist nicht nur Thema journalistischer Auseinandersetzung, sondern auch von Satire. ... Wie kommt es, dass in der Politik offensichtlich der Mut zu einer klaren Sprache fehlt? Warum will sich niemand festlegen lassen? Ein Grund dafür liegt in der Veränderung der medialen Öffentlichkeit. Die Entwicklung in Richtung Echtzeit-Berichterstattung erfordert von den Medien Schnelligkeit. Es entsteht der Druck, ohne nachzudenken, in kürzester Zeit reagieren zu müssen. Eine klare Äußerung wird von Journalisten dann gern überspitzt wiedergegeben und kann einen Shitstorm auslösen. ... Viele Politikerinnen und Politiker halten sich deshalb aus Angst vor der öffentlichen Erregung zurück. Dadurch heizen sie diese jedoch nur an, wie z. B. die Autorin Juli Zeh beobachtet. So bewegt man sich lieber innerhalb öffentlich allgemein akzeptierter Meinungen und Weltsichten, um Aufregung und Ablehnung zu vermeiden. Diesen engen Rahmen illustriert das sogenannte Overton-Fenster. ... Es gibt jedoch auch Politiker, die Phrasendrescherei ausdrücklich meiden. Sie pflegen einen neuen Stil, indem sie Mut zur Auseinandersetzung zeigen und dabei authentisch wirken. Wer den Mut hat, in der Politik Zweifel zuzulassen oder mit geschliffener Rhetorik auch einmal Kritik zu provozieren und zu ertragen, überfordert die Wählerschaft nicht. Im Gegenteil: Eine präzise und differenzierte Sprache in der Politik kann der Politikverdrossenheit entgegenwirken. ...
Schluss: ■ **Fazit/Ausblick**	So lässt sich der Schluss ziehen, dass schablonenhaftes Sprechen in der Politik zu Unverständnis führt und die Kommunikation behindert. Deshalb sollte die Gesellschaft im eigenen Interesse wieder mehr Offenheit ...

Den eigenen Text überarbeiten

8 Nutzen Sie die Begriffe in der linken Spalte der Tabelle (► S. 52 f.) als **Checkliste:**

a Untersuchen Sie Ihren Text auf inhaltliche Klarheit und Lesefreundlichkeit, indem Sie jeweils mit Bleistift markieren:
- Ist Ihr Beitrag schlüssig und gedanklich klar aufgebaut, sind Ihre Gedanken sinnvoll verknüpft? Umkreisen Sie dazu alle Satzverknüpfungen und prüfen Sie, ob sie Ihre Gedanken tatsächlich passend verbinden.
- Haben Sie sachlich-informativ und fachsprachlich formuliert? Unterstreichen Sie dazu fachsprachliche Wendungen und ersetzen Sie wo nötig umgangssprachliche Wendungen.
- Haben Sie Quellen korrekt angegeben und die Regeln der Redewiedergabe berücksichtigt? Unterschlängeln Sie alle Stellen, in denen Sie sich auf Textaussagen beziehen. Prüfen Sie, ob Ihre Formulierungen stimmig sind.
- Ist Ihr Satzbau übersichtlich? Sind Rechtschreibung, Zeichensetzung sowie Grammatik korrekt (► S. 458 ff.)?

b Überarbeiten Sie Ihren Text mit Hilfe Ihrer Markierungen, der Checkliste und der Formulierungshilfen.

c Formulieren Sie, was Sie beim materialgestützten Informieren schon gut können, wo Sie noch Übungsbedarf sehen und worauf Sie in der Klausur besonders achten wollen.

B1 Epik – Romane interpretieren

Wie froh bin ich, dass ich weg bin!

Das war gestern Abend so um zwölf, da fühlte ich, dass etwas Großartiges in mir vorging.

»Das Tier hat uns in der Hand. Das ist noch schlimmer als Hitze und Gestank.« Jule schaute auf. »Ich halte das nicht mehr aus.«

An den Ufern der Havel lebte, um die Mitte des sechzehnten Jahrhunderts, ein Rosshändler, namens Michael Kohlhaas, Sohn eines Schulmeisters, einer der rechtschaffensten zugleich und entsetzlichsten Menschen seiner Zeit.

ICH SCHWEBE. Von hier oben habe ich einen guten Überblick, kann die ganze Kreuzung sehen, die Straße, die Bürgersteige. Unten liege ich. Der Verkehr steht.

Jemand musste Josef K. verleumdet haben, denn ohne dass er etwas Böses getan hätte, wurde er eines Morgens verhaftet.

Bis zum Felsmassiv, das inzwischen nur noch als sanfter Hügel oberhalb des Hauses zu sehen ist, schob sich vor ungefähr vierundzwanzigtausend Jahren das Eis vor.

Alles, was ich habe, trage ich bei mir.

August Macke, Elisabeth lesend (1911)

1 **a** Lesen Sie die acht Roman- bzw. Novellenanfänge und lassen Sie nach jeder Lektüre kurz Ihre Gedanken schweifen.

b Der Schriftsteller Theodor Fontane (1819–1898) betont die Wichtigkeit des Romananfangs:

> „Das erste Kapitel ist immer die Hauptsache und in dem ersten Kapitel die erste Seite, beinah die erste Zeile. Bei richtigem Aufbau muss in der ersten Seite der Keim des Ganzen stecken."

Tauschen Sie sich darüber aus, worum es in den acht Texten gehen könnte, und begründen Sie Ihre Erwartungen anhand von Textsignalen: Was (= Inhalt) wird wie (= Form) erzählt?

2 Diskutieren Sie, was einen guten Roman auszeichnet. Können Sie sich auf Kriterien einigen?

3 Ermüdend, fesselnd oder unverständlich? Berichten Sie über Ihre Lektüreerfahrungen mit Romanen.

Romane professionell lesen und interpretieren

Obwohl Romane, technisch betrachtet, nur eine Aneinanderreihung von Wörtern sind, gelingt es ihnen doch immer wieder, uns in ihren Bann zu ziehen. Durch eine gute Geschichte bewegen wir uns wie durch eine parallele Wirklichkeit. Dabei wissen wir natürlich, dass es sich um eine fiktionale Welt handelt. Was wir aber seltener wissen, ist, wie diese fiktionale Welt entsteht, was der Trick bei der Sache ist. Beim Interpretieren epischer Texte müssen Sie jedoch genau das herausfinden. Sie müssen bildlich gesprochen Licht in den Maschinenraum eines Romans bringen, seine Machart ergründen und erklären. Vorwissen zu Gattung, Epoche und Autor erleichtert Ihnen den Zugang. Im Kern aber hilft Ihnen das Handwerkszeug, das Ihnen im folgenden Kapitel zur Verfügung gestellt wird.

4 **a** Tragen Sie zusammen, was eine professionelle Interpretation für Sie ausmacht, z. B.:
Figuren charakterisieren, Erzählverhalten bestimmen, ...
b Lesen Sie den Leitfaden und nutzen Sie die Module gezielt beim Schreiben Ihrer Interpretationen.

Leitfaden durch das Kapitel – Kenntnisse und Kompetenzen

Teilkapitel 1.1: Aspekte des Erzählens – Romane interpretieren

Die **5 Module** des ersten Teilkapitels **helfen Ihnen bei der Interpretation jedes epischen Textes** (Roman, Novelle, Erzählung), den Sie im Unterricht lesen. Sie können die **Module unabhängig voneinander nutzen,** je nachdem, bei welchem Schritt der Interpretation Sie Unterstützung brauchen.

- **Modul 1** **Erster Zugang:** Hier lernen Sie, wie Sie sich dem Verständnis eines Textes annähern können. Im Zentrum stehen dabei Inhalt und Form.
- **Modul 2** **Lernlandkarte:** Mit der Lernlandkarte überblicken Sie alle Aspekte der Interpretation.
- **Modul 3** **Musterinterpretation:** Sie machen sich an einem Beispiel bewusst, wie man Texte professionell liest und wie man interpretierend schreibt.
- **Modul 4** **Ein Aspekt unter der Lupe:** Hier vertiefen Sie Ihre Kenntnisse zu einem zentralen Aspekt der Interpretation, dem Erzählverhalten.
- **Modul 5** **Theorie für Profis:** Sie wollen mehr wissen? Hier erarbeiten Sie sich zusätzliche Kenntnisse zur Erzähltheorie und zur literarischen Kommunikation.

Teilkapitel 1.2: Erzählanfänge interpretieren und vergleichen

Sie interpretieren **vier Erzählanfänge** aus unterschiedlichen Epochen im Hinblick auf verschiedene **Aspekte.** Die dabei erworbenen Kenntnisse und Kompetenzen **übertragen Sie mit Hilfe von Transferaufgaben** jeweils passgenau **auf Ihre Unterrichtslektüre.**

Teilkapitel 1.3: Klausurtraining: Einen Erzähltext interpretieren und vergleichen

Sie interpretieren einen Erzähltext und vergleichen ihn mit einem weiteren, der Ihnen aus dem Unterricht bekannt ist. Sie erhalten dabei **zahlreiche Starthilfen, Formulierungsangebote** und **ausführliche Musterlösungen.** Sie können dieses Hilfsangebot nutzen oder auch selbstständig arbeiten.

1.1 Aspekte des Erzählens – Romane interpretieren

Modul 1:
Erster Zugang – Sich dem Verständnis eines Romans annähern

Wie begegnet man einem Roman? Lassen Sie den Text zunächst auf sich wirken und überlegen Sie dann, wie diese spezielle Wirkung auf Sie entsteht: Wie spielen Inhalt und Form zusammen?

Robert Seethaler **Der Trafikant** (2012, Romananfang)

Der Roman erzählt die Geschichte des jungen Franz Huchel, der sich zur Zeit der Machtergreifung Hitlers aus dem Dörfchen Nußdorf in die Großstadt Wien aufmacht, um dort sein Glück zu suchen.

An einem Sonntag im Spätsommer des Jahres 1937 zog ein ungewöhnlich heftiges Gewitter über das Salzkammergut, das dem bislang eher ereignislos vor sich hin tröpfelnden Leben Franz Huchels eine ebenso jähe wie folgenschwere Wendung geben sollte. Schon beim ersten fernen Donnergrollen war Franz in das kleine Fischerhaus gelaufen, das er und seine Mutter in dem Örtchen Nußdorf am Attersee bewohnten, und hatte sich tief ins Bett verkrochen, um in der Sicherheit seiner warmen Daunenhöhle dem unheimlichen Tosen zuzuhören. Von allen Seiten rüttelte das Wetter an der Hütte. Die Balken ächzten, draußen knallten die Fensterläden, und auf dem Dach flatterten die vom dichten Moos überwachsenen Holzschindeln im Sturm. Von Böen getrieben, prasselte der Regen gegen die Fensterscheiben, vor denen ein paar geköpfte Geranien in ihren Kübeln ersoffen. An der Wand über der Altkleiderkiste wackelte der eiserne Jesus, als könnte er sich jeden Augenblick von seinen Nägeln losreißen und vom Kreuz springen, und vom nahen Ufer war das Krachen der Fischerboote zu hören, die von den aufgepeitschten Wellen gegen ihre Uferpflöcke geschleudert wurden.

Als sich das Gewitter endlich ausgetobt hatte und sich ein erster zaghafter Sonnenstrahl über die rußschwarzen, von Generationen schwerer Fischerstiefel ausgetretenen Dielen bis an sein Bett heranzitterte, rollte sich Franz in einem kleinen Wohligkeitsanfall zusammen, nur um gleich darauf seinen Kopf unter der Decke hervorzustrecken und sich umzuschauen. Die Hütte war stehen geblieben, Jesus hing noch immer am Kreuz und durch das mit Wassertropfen besprenkelte Fenster leuchtete ein einzelnes Geranienblütenblatt wie ein zartroter Hoffnungsschimmer.

Franz kroch aus dem Bett und ging zur Kochnische, um einen Topf Kaffee mit fetter Milch aufzukochen. Das Brennholz unter dem Herd war trocken geblieben und flammte auf wie Stroh. Eine Weile starrte er in das helle Flackern hinein, als mit einem jähen Kracher die Tür aufflog. Im niedrigen Türrahmen stand die Mutter. Frau Huchel war eine schmale Frau in den Vierzigern, immer noch ganz ansehnlich, wenngleich auch schon etwas ausgemergelt wie die meisten Einheimischen, denen die Arbeit in den umliegenden Salzminen, den Viehställen oder den Küchen der Sommerfrischlerwirtshäuser zugesetzt hatte. Sie stand einfach nur da, eine Hand an den Türpfosten gelehnt, keuchend und mit leicht gesenktem Kopf. Die Schürze klebte an ihrem Körper, über ihre Stirn liefen die Haare in wirren Strähnen, und von ihrer Nasenspitze lösten sich einzelne Wassertropfen. Im Hintergrund ragte düster der Schafberg ins Wolkengrau, in dem da und dort schon wieder blaue Flecken auftauchten. Franz musste an das schief verschnitzte Marienbild denken, das irgendjemand in alten Zeiten an den Türstock der Nußdorfer Kapelle genagelt hatte und das mittlerweile fast bis zur völligen Unkenntlichkeit verwittert war.

„Bist nass geworden, Mama?“, fragte er und stocherte mit einem grünen Zweig im Herdfeuer herum. Die Mutter hob den Kopf, und da sah er, dass sie weinte. Die Tränen vermischten sich mit dem Regenwasser, und ihre Schultern bebten

„Was ist denn passiert?“, fragte er erschrocken und stopfte den Zweig ins aufqualmende Feuer. Statt einer Antwort stieß sich die Mutter vom Türrahmen ab, kam mit ein paar unsicheren Schritten auf ihn zu, blieb dann aber mitten im Raum wieder stehen. Für einen Moment schien sie sich suchend umzusehen, dann hob sie mit einer hilflosen Geste ihre Hände und ließ sich nach vorne auf die Knie fallen.

Franz tat einen zögerlichen Schritt, legte seine Hand auf ihren Kopf und begann ungeschickt über ihr Haar zu streicheln.

„Was ist denn passiert?“, wiederholte er heiser. Plötzlich kam er sich seltsam und dumm vor. Bislang war es umgekehrt gewesen: Er hatte geheult, und die Mutter hatte ihn gestreichelt. Ihr Kopf unter seiner Handfläche fühlte sich zart und zerbrechlich an, unter ihrer Kopfhaut spürte er das warme Pulsieren.

„Er ist ertrunken“, sagte sie leise.

„Wer?“

„Der Preininger.“

Franz hielt inne. Ein paar Augenblicke ließ er seine Hand noch auf ihrem Kopf liegen, dann zog er sie zurück.

1 a Sammeln Sie Ihre **ersten Eindrücke:** Wie wirkt die Atmosphäre, wie wirken die Figuren auf Sie?
b Gelingt es dem Erzähler, Ihr Interesse für die Geschichte zu wecken? Begründen Sie Ihre Antwort.

2 Der Erzähler zeigt eine Welt im Umbruch. Erschließen Sie unter diesem Gesichtspunkt den **Inhalt.**
a Erläutern Sie, inwiefern bereits der erste Satz auf große Veränderungen vorausweist.
b Erklären Sie die Funktion des Gewitters in dieser Szene.
c Begründen Sie mit Hilfe des Textes, dass Franz Huchels Kindheit in dieser Szene endet, z. B.:
Zu Beginn verkriecht sich Franz noch wie ein kleines Kind ... Am Ende jedoch ...

3 Untersuchen Sie, wie **Form** und **Sprache** die Wirkungsweise des Textes beeinflussen.
Gestalten Sie den Text dafür um. Wählen Sie a oder b.
●●○ a Verändern Sie die **Wortwahl** in den Zeilen 15–24 so, dass die Ereignisse weniger dramatisch wirken, z. B.:
Von Böen getragen, wehte der Regen ...
●●● b Formulieren Sie die Zeilen 6–24 aus der Sicht Franz Huchels in der **Ich-Form** und wählen Sie ein **personales Erzählverhalten** (▶ S. 446). Beachten Sie dabei, dass Sie Äußerungen des allwissenden auktorialen Erzählers weglassen müssen, z. B.:
Das war ein heftiges Gewitter! Schon bei dem ersten Donnergrollen lief ich ...
c Lesen Sie die folgende Aussage Michael Maars und reflektieren Sie gemeinsam:
Haben Ihnen die „Gegenproben“ dabei geholfen, die Wirkungsweise von Literatur besser zu verstehen?

> Wie und durch welches Stilmittel entsteht Wirkung, wie erzeugt man Atmosphäre durch Sprache? Es ist ein komplizierter chemischer Prozeß, es muß alles miteinander reagieren und ineinandergreifen, der Satzbau, die Wortwahl, der Rhythmus, die Bilder, und nur durch Gegenproben, bei denen man einzelne Elemente durch andere ersetzt, könnte man der Formel des Gelingens näherkommen. R

4 Informieren Sie sich auf der Lernlandkarte (Modul 2, ▶ S. 58 f.) über die Aspekte einer Interpretation.
Wählen Sie einen Aspekt aus und untersuchen Sie ihn im Romananfang des „Trafikanten“ genauer.

Modul 2:
Lernlandkarte – Aspekte der Interpretation epischer Texte

Die Lernlandkarte zeigt Ihnen zahlreiche Aspekte, die Sie bei der Untersuchung und Interpretation epischer Texte berücksichtigen können. Beachten Sie aber, dass die Wirkung eines Erzähltextes erst durch das spezielle Zusammenspiel verschiedener (nicht unbedingt aller) Aspekte entsteht.

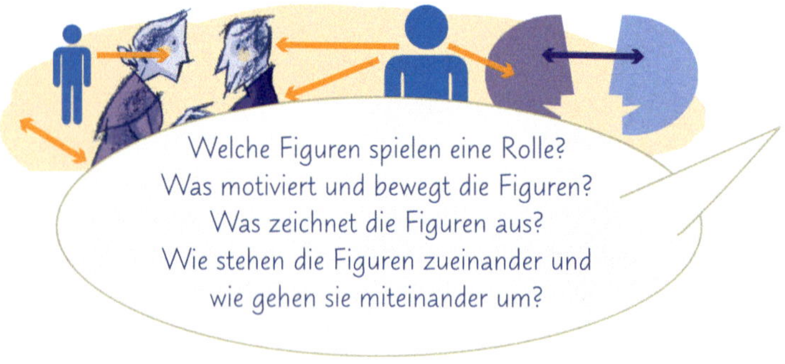

Figuren (► S. 446)
- Haupt- und Nebenfiguren (Charakter, Entwicklung)
- Figurenkonstellation/Beziehungen (Gegensätze, Gemeinsamkeiten, Protagonist/Antagonist, Kommunikationsverhalten:
  - Augenhöhe = symmetrische K.,
  - Machtgefälle = asymmetrische K.)

Handlung (► S. 447)
- Handlungsverlauf und Handlungsstruktur (Dynamik, Handlungsstränge, Rahmen- und Binnenhandlung)
- äußere und innere Handlung (Aktionen, Gedanken, Gefühle, Bewusstseinsstrom)
- Handlungsmuster in Genres (z. B. im Liebes-, Fantasy-, Coming-of-Age-Roman)

Thema und Motive (► S. 447)
- Themen (übergeordnet: z. B. Liebe, Tod, Generationenkonflikt)
- Motive (untergeordnet: z. B. erste Liebe, Eifersucht)
- Leitmotiv (häufig wiederkehrendes Motiv)
- Symbole/Sinnbilder (können für Leitmotiv, Motiv oder Thema stehen)

Erzählstrategie (► S. 446)
- Erzählform (Ich-Form, Er-/Sie-Form)
- Erzählverhalten (auktorial = allwissend, kommentierend, wertend; personal = teilt die Sicht der Figur, weiß nicht mehr als diese; neutral = von außen, kommentarlos)
- Erzählstandort und Erzählhaltung (nah oder distanziert, wertend oder neutral)
- Erzählperspektive (Innensicht oder Außensicht)
- Darbietungsformen (Erzählerbericht, Figurenrede, erlebte Rede, innerer Monolog)

Zeit (▶ S. 447)

- Zeitausschnitt (Umfang, z. B. Jahrhunderte, ein Moment)
- Abfolge (chronologisch, Rückblende, Vorausdeutung, Montage)
- Erzählzeit – erzählte Zeit (zeitdeckend, zeitraffend, zeitdehnend)
- historische oder unbestimmte Zeit

Raum, Ort, Schauplatz (▶ S. 447)

- Anzahl der Schauplätze (Überblick, Orientierungslosigkeit)
- Beschreibung (Stimmung, Atmosphäre)
- Funktion des Raums (metaphorisch, Charakterisierung der Figur, Grenzziehung oder Grenzüberschreitung)
- historischer oder unbestimmter Schauplatz

Sprache, Stil (▶ S. 449 f.)

- Syntax (z. B. Hypotaxen, Parataxen)
- Tempus (Tempuswechsel?); Modus
- Wortwahl (z. B. Konnotationen, Umgangssprache)
- rhetorische Mittel, sprachliche Bilder
- Sprachebenen, Ausdrucksweise

Gattung, Genre

- Märchen, Fabel, Sage, Kurzgeschichte, Parabel, Novelle usw.
- Roman (Entwicklungs-, Kriminal-, Liebes-, Gesellschafts-, Adoleszenzroman usw.)

Textexterne Aspekte

- Werk (Epoche, gattungstypische Merkmale)
- Autor oder Autorin (Ansichten, Biografie, weiteres Werk)
- Leserschaft (Erfolg und Wirkung des Werks)
- Verhältnis von Fiktionalität und Realität

Modul 3:

Musterinterpretation – Von der Lektüre zur Interpretation

Diese Doppelseite zeigt Ihnen exemplarisch, wie man einen Text professionell liest, indem man ihn inhaltlich, sprachlich und formal auswertet, und wie man auf Grundlage dieser Vorarbeit eine strukturierte Interpretation (► S. 61) verfasst.

Robert Seethaler **Der Trafikant** (2012)

An einem Sonntag im Spätsommer des Jahres 1937 zog ein ungewöhnlich heftiges Gewitter über das Salzkammergut, das dem bislang eher ereignislos vor sich hin tröpfelnden Leben Franz Huchels eine ebenso jähe wie folgenschwere Wendung geben sollte. Schon beim ersten fernen Donnergrollen war Franz in das kleine Fischerhaus gelaufen, das er und seine Mutter in dem Örtchen Nußdorf am Attersee bewohnten, und hatte sich tief ins Bett verkrochen, um in der Sicherheit seiner warmen Daunenhöhle dem unheimlichen Tosen zuzuhören. Von allen Seiten rüttelte das Wetter an der Hütte. Die Balken ächzten, draußen knallten die Fensterläden, und auf dem Dach flatterten die vom dichten Moos überwachsenen Holzschindeln im Sturm. Von Böen getrieben, prasselte der Regen gegen die Fensterscheiben, vor denen ein paar geköpfte Geranien in ihren Kübeln ersoffen. An der Wand über der Altkleiderkiste wackelte der eiserne Jesus, als könnte er sich jeden Augenblick von seinen Nägeln losreißen und vom Kreuz springen, und vom nahen Ufer war das Krachen der Fischerboote zu hören, die von den aufgepeitschten Wellen gegen ihre Uferpflöcke geschleudert wurden.

Als sich das Gewitter endlich ausgetobt hatte und sich ein erster zaghafter Sonnenstrahl über die rußschwarzen, von Generationen schwerer Fischerstiefel ausgetretenen Dielen bis an sein Bett heranzitterte, rollte sich Franz in einem kleinen Wohligkeitsanfall zusammen, nur um gleich darauf seinen Kopf unter der Decke hervorzustrecken und sich umzuschauen. Die Hütte war stehen geblieben, Jesus hing noch immer am Kreuz und durch das mit Wassertropfen besprenkelte Fenster leuchtete ein einzelnes Geranienblütenblatt wie ein zartroter Hoffnungsschimmer.

auktorialer Erzähler → informiert über Zeit und Ort, bewertet das Leben der Figur als ereignislos und deutet voraus

Protagonist → kindlich, ängstlich

Motiv → Unwetter = Bedrohung der Idylle, der häuslichen Geborgenheit

Sprache: aussagestarke Verben → eindringlich, bewegend, anschaulich

Sprache: Personifikationen → Verstärkung der Bedrohung, Zerstörung, Tod

Symbol → Geranien = bedrohte Heimat

Gesamteindruck:

Handlung: dynamisch = Bewegung, Zerstörung, Entwicklung, Wendungen

Thema: Umwälzung, Verlust der Heimat

Genre: vielleicht Adoleszenzroman → Entwicklung deutet sich an: Hauptfigur wird erwachsen

1 **a** Erklären Sie, inwiefern die Notizen in der Randspalte die markierten Textstellen erläutern.

b Leiten Sie aus dem Dreischritt aus Textstelle, Aspekt und Deutung (► Schaubild) Tipps für das professionelle Lesen ab, z. B.:
Es geht nicht nur darum, Textstellen anzuführen, sondern auch darum, …

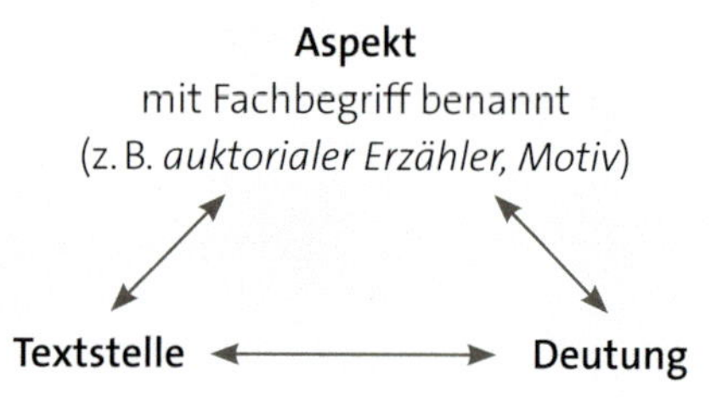

Die folgenden Auszüge aus einer Musterinterpretation zeigen Ihnen, worauf es beim Interpretieren ankommt: Sie müssen Ihre Beobachtungen am Text nicht nur mit Zitaten oder Paraphrasen belegen und mit Hilfe von Fachbegriffen benennen, sondern Sie müssen sie auch deuten, das heißt sie inhaltlich erklären.

A Der Protagonist, Franz Huchel, wirkt ängstlich, als er sich vor einem schweren Gewitter nach Hause flüchtet und sich wie ein Kind in die „Sicherheit seiner warmen Daunenhöhle" (Z. 9) verkriecht. …

B Die Handlung des Romans beginnt sehr dynamisch. Das zerstörerische Gewitter wirbelt nicht nur die Dinge durcheinander, sondern scheint auch Franz' Leben eine neue Richtung zu geben (vgl. Z. 1 ff.). …

C Die Bedrohung und der Verlust der heimatlichen Geborgenheit als Thema des Romans lässt sich am Motiv des Gewitters festmachen: Es erschüttert die häusliche Sicherheit, indem es die Geranien köpft (vgl. Z. 15) und die Jesusfigur ins Wanken bringt (vgl. Z. 17 ff.). Damit deutet sich ein Verlust an, der über die Zerstörung von Sachwerten hinaus auf größere Zusammenhänge verweist. …

D Das auktoriale Erzählverhalten wird gleich im ersten Satz deutlich, denn der Erzähler kennt die Vergangenheit seiner Figuren und kann auch in deren Zukunft blicken. So weiß er, dass Franz' Leben „eine … folgenschwere Wendung" (Z. 4 f.) nehmen wird. Zudem informiert er genau über den Ort des Geschehens: Nußdorf am Attersee scheint als Heimat eine wichtige Rolle für Franz zu spielen (vgl. Z. 7 f.). …

E Die sprachliche Gestaltung entfaltet eine starke Wirkung. Lautmalerische Wörter, z. B. „prasselte", „Krachen" (Z. 14, 19), imitieren die Gewittergeräusche und erzeugen eine eindringliche Atmosphäre …

F Der Romananfang zeigt Genremerkmale des Adoleszenzromans. … Franz' Trost für die weinende Mutter kann als erstes Zeichen der Reife, aber auch als Ende der unbeschwerten Kindheit gedeutet werden. …

2 Untersuchen Sie, inwiefern Sie den Dreischritt aus Textstelle, Aspekt und Deutung (▶ Aufgabe 1) in den einzelnen Auszügen aus einer Musterinterpretation wiederfinden.

a Ordnen Sie die Aspekte aus den Randnotizen (▶ S. 60) den einzelnen Abschnitten zu. Notieren Sie z. B.: Abschnitt A = Protagonist; Abschnitt B = …

b Weisen Sie für jeden Abschnitt nach, dass die Aspekte gedeutet werden. Unterstreichen Sie dafür die deutenden Passagen auf dem Tablet oder auf einer Kopie. Markieren Sie außerdem die Textbelege.
Tipp: Achten Sie auf typische Signalwörter.

Typische Signalwörter für Deutungen:
wirken/Wirkung – vermitteln/erzeugen/erscheinen – erkennen/festmachen – deuten/verdeutlichen – zeigen

3 Entwickeln Sie mit Hilfe der Auszüge eine Gesamtinterpretation. Reflektieren Sie am Schluss: Wird Franz sein Glück finden? Welche Vorausdeutungen, welchen „Keim des Ganzen" (▶ S. 54) enthält der Anfang?

4 **Transferaufgabe**

a Wenden Sie das professionelle Lesen und strukturierte Interpretieren auf einen Erzähltext an, den Sie im Unterricht lesen. Alle Aspekte der Interpretation finden Sie auf der Lernlandkarte (Modul 2, ▶ S. 58 f.).

b Reflektieren Sie, wie professionelles Lesen und strukturiertes Interpretieren Ihnen bei Ihrer Arbeit hilft.

Modul 4:
Ein Aspekt unter der Lupe – Das Erzählverhalten

Das Erzählverhalten ist ein zentraler Aspekt bei der Interpretation epischer Texte. Es lohnt sich daher, einen vertiefenden Blick auf seine häufigsten Spielarten zu werfen:

auktorialer (allwissender) Erzähler

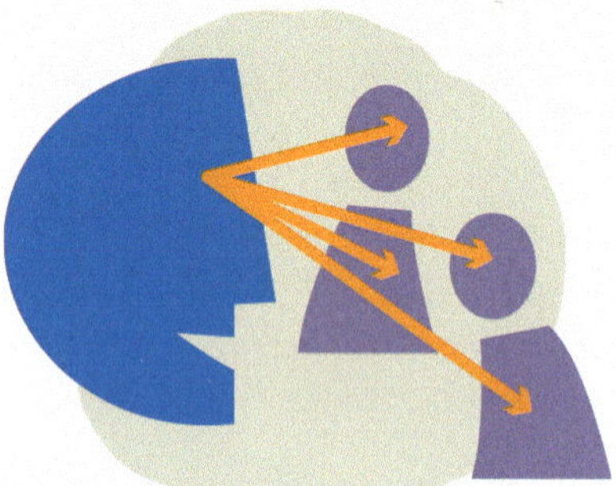

An den Ufern der Havel lebte (...) *Michael Kohlhaas* (...) einer der rechtschaffensten zugleich und entsetzlichsten Menschen seiner Zeit. – Dieser außerordentliche Mann würde, bis in sein dreißigstes Jahr für das Muster eines guten Staatsbürgers haben gelten können.

Hier informiert mich der Erzähler; er bewertet die Figur und deutet an, dass er schon viel über sie weiß.

personaler Erzähler

Jemand musste Josef K. verleumdet haben, denn ohne dass er etwas Böses getan hätte, wurde er eines Morgens verhaftet. Die Köchin der Frau Grubach, seiner Zimmervermieterin, die ihm jeden Tag gegen acht Uhr früh das Frühstück brachte, kam diesmal nicht. Das war noch niemals geschehen. ...

Hier erfahre ich nicht mehr, als die Figur wahrnimmt, denkt und fühlt. Ich nehme das Geschehen nur aus ihrer Perspektive wahr.

⚠ Das Erzählverhalten lässt sich nicht immer leicht bestimmen, weil es sich von Abschnitt zu Abschnitt zu verändern scheint (▶ Beispiel rechts). Meist gibt es aber ein **überwiegendes Erzählverhalten.**

An einem Sonntag im Spätsommer des Jahres 1937 zog ein ungewöhnlich heftiges Gewitter über das Salzkammergut, das dem bislang eher ereignislos vor sich hin tröpfelnden Leben Franz Huchels eine ebenso jähe wie folgenschwere Wendung geben sollte. [...]
Plötzlich kam er sich seltsam und dumm vor. Bislang war es umgekehrt gewesen: Er hatte geheult, und die Mutter hatte ihn gestreichelt. Ihr Kopf unter seiner Handfläche fühlte sich zart und zerbrechlich an, unter ihrer Kopfhaut spürte er das warme Pulsieren.

Der Erzähler ist zu Beginn eindeutig auktorial. Aber dann erfahre ich nur noch das, was die Figur Franz Huchel sieht, denkt und fühlt. Dennoch ist das Erzählverhalten überwiegend auktorial. Der auktoriale Erzähler entscheidet sich nur vorübergehend dafür, aus der Perspektive von Franz zu erzählen.

Modul 5:
Theorie für Profis – Literarische Kommunikation und Erzähltheorie

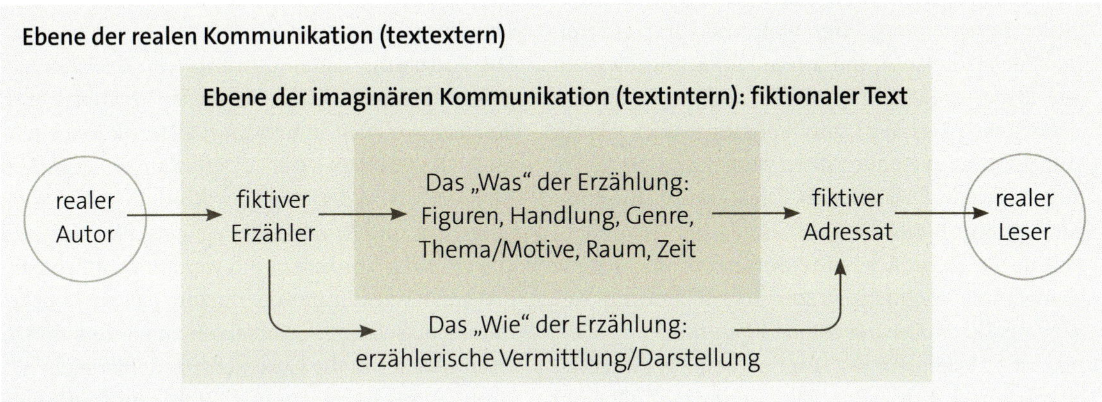

Aspekte der Erzähltheorie

Faktuales und fiktionales Erzählen

Autoren faktualer Texte schreiben über Personen, Autoren fiktionaler Texte erfinden Figuren. Mit dieser grundlegenden Definition kommt man der Unterscheidung zwischen beiden Textarten schon recht nah.

In fiktionalen Texten bauen Autoren fiktionale Welten, die sie mit ausgedachten Figuren und deren Handlungen zum Leben erwecken. In der Theorie besteht zwischen dem Autor und seinem fiktionalen Text keine direkte Verbindung; stattdessen erschafft er eine fiktive Erzählerfigur, die die fiktive Welt einem ebenso fiktiven Adressaten in einer Erzählkommunikation vermittelt. Diesem fiktiven Adressaten wird die erzählte Welt – mit Hilfe von Aufbau, Sprache, Erzählverhalten usw. – auf eine bestimmte Weise präsentiert. Manchmal wird der Adressat auch im Text sichtbar, wenn der Erzähler ihn beispielsweise direkt anspricht.

Ganz so strikt getrennt, wie in der Theorie behauptet, ist die Verbindung zwischen Autor und fiktivem Text in der Praxis jedoch nicht. Der Autor schreibt auf der Basis seiner Erfahrungen und Vorstellungen und richtet sich dabei an einen Leser, der ihn idealerweise aufgrund eigener Erfahrungen und Kenntnisse versteht. So könnte etwa der Roman *Der Trafikant* von Robert Seethaler in besonderer Weise für Leser geschrieben sein, die sich für Geschichte interessieren und möglicherweise bereits eine Vorstellung von der Zeit um 1938 in Österreich haben. Diese Vorstellung ist für das grundsätzliche Verständnis des Buchs zwar nicht notwendig, sie hilft aber dabei, die Gefahr richtig einzuschätzen, in die sich der Protagonist zu Beginn des Romans begibt.

Viele fiktionale Erzähltexte basieren auf historischen Ereignissen oder beziehen sich auf reale Personen. So spielt Sigmund Freud, der tatsächliche Begründer der Psychoanalyse, im *Trafikanten* eine wichtige Rolle. Nun muss man aber differenzieren: Der Roman bezieht sich zwar auf eine reale Person, deren Beruf, Alter und Wohnort wirklichkeitsgetreu wiedergegeben werden, seine Gefühle und Gedanken bleiben aber fiktional und sind faktisch auch gar nicht überprüfbar. Im Rahmen des Romans handelt es sich also um die Figur Sigmund Freud.

Auch wenn die Grenze zwischen Realität und Fiktion gelegentlich verschwimmt, muss die Trennung zwischen Autor und Erzähler doch stets beachtet werden.

Figuren

Die Handlungsträger in Geschichten nennt man Figuren, um sie von realen Personen abzugrenzen. Figuren müssen äußerlich nicht menschlich oder menschenähnlich sein. Der Leser muss ihnen jedoch zumindest menschliche Intentionalität, also mentale Zustände (Wahrnehmungen, Gedanken, Gefühle, Wünsche, Absichten) zuschreiben können, weil sie sonst nicht als Handlungsträger wahrgenommen werden können.

Figuren bleiben innerhalb eines Textes zwangsläufig unvollständig – so erfahren wir zum Beispiel nichts über die Zahnputzgewohnheiten Franz Huchels im *Trafikanten*. Die vollständige Beschreibung einer Figur bis auf die Ebene der Neuronen ist weder leistbar noch wünschenswert. Autoren lassen vielmehr in der Beschreibung ihrer Welt und ihrer Figuren Leerstellen, die Leser mit ihrem Hintergrundwissen und ihren eigenen Erfahrungen füllen. So werden erwartbare psychologische Vorgänge oder Handlungsmotivationen auch dann mitgelesen, wenn sie nicht eigens erklärt werden. Diese Komplettierung der Figuren durch die Leser ist damit verbunden, sich in die Figuren hineinzuversetzen, und schafft letztlich die Möglichkeit zur Identifizierung mit oder zur Distanzierung von den Figuren.

Insgesamt akzeptiert der Leser bei seinem Eintritt in die fiktionale Welt einen „Fiktionsvertrag". Obwohl er genau weiß, dass es sich um Fiktion handelt, erklärt er sich bereit, der fiktiven Welt so zu begegnen, *als ob* sie real wäre. Andernfalls ließe sich keine Spannung aufbauen und man würde weder in der Literatur noch im Spielfilm je mit einer Figur mitfiebern. Dieser Vertrag kommt jedoch nicht zustande, wenn eine Geschichte bzw. eine Figur über keine identifizierbaren Merkmale verfügt, wie in der folgenden Anti-Geschichte des russischen Autors Daniil Charms:

> Es war einmal ein Rotschopf, der hatte weder Augen noch Ohren. Er hatte auch keine Haare, so dass man ihn an sich grundlos einen Rotschopf nannte. Sprechen konnte er nicht, denn er hatte keinen Mund. Eine Nase hatte er auch nicht. Er hatte sogar weder Arme noch Beine. Er hatte auch keinen Bauch, keinen Rücken, er hatte keine Wirbelsäule, und er hatte auch keine Eingeweide. Nichts hatte er! So dass unklar ist, um wen es hier eigentlich geht.

Abgesehen von solchen Extremfällen unterscheidet sich die Figurengestaltung in ihrer Komplexität. Flache Figuren zeigen wiedererkennbare Merkmale und eine holzschnittartige Psyche. Solche Figuren dienen dazu, literarische Welten zu bevölkern, die auf bekannten Plotkonstruktionen basieren – wie z. B. Märchen oder konventionelle Liebes- und Kriminalromane – und dort erwartbare Handlungsmuster auszufüllen. Oft sind es bestimmte kulturelle Vorstellungen, die solche stereotypen Figurenkonzepte und -rollen hervorbringen. Der cholerische Chef, die duldsame Mutter oder der raffgierige Reiche sind Beispiele dafür. Je weniger sich eine Figur solchen Schemata zuordnen lässt und je komplexer sie konzipiert ist, desto stärker erscheint sie als ein einzigartiges Individuum.

Handlung und Genre

Die Forschung hat eine Anzahl von Basiserzählungen ausgemacht. Elemente dieser Erzählungen finden sich weltweit in praktisch allen fiktionalen Texten. Geschichten wie „Der Kampf gegen das Monster", „Von der Magd zur Königin", „Die Suche" oder „Fall und Wiederaufstieg" gestalten menschliche Grunderfahrungen und werden vom Leser intuitiv verstanden. Autoren nutzen diesen Umstand, um voraussetzungslos erzählen zu können und ihre Leser leichter in die Geschichte hineinzuziehen.

Grob gesprochen entstehen Genres als Kombination bestimmter Figuren mit Basiserzählungen im Rahmen einer spezifischen Welt. Dazu zwei Beispiele: Ein Adoleszenzroman enthält typischerweise einen jungen Helden, der eine tiefgreifende existenzielle Krise erlebt und sich auf der Suche befindet, also sich etwa von seinem Elternhaus löst, ein eigenes soziales Umfeld und eigene Wertvorstellungen entwickelt. Franz Huchel ist ein solcher Held.

Der Gesellschafts- oder Zeitroman breitet die gesellschaftlichen Zustände einer bestimmten Zeit an einem bestimmten Ort über vielfältige Motive aus und zeigt oft das Bemühen eines Individuums, seinen Platz darin zu finden. In Irmgard Keuns *Kunstseidenem Mädchen* strebt eine junge Frau aus einfachen Verhältnissen im Berlin der 1920er-Jahre nach Glanz und Erfolg. Sie lässt sich als „Magd" verstehen, die versucht, eine „Königin" zu werden.

Zeit und Raum

Der Erzähler kann der erzählten Welt einen Anfang und ein Ende setzen und kann ggf. vorausschauen und zurückgreifen. Er wählt besondere zeitliche Ausschnitte, kann Zeit raffen und dehnen. Der Leser nimmt einerseits die Perspektive auf ein abgeschlossenes Geschehen wahr, verstrickt sich aber gleichzeitig so in die erzählte Welt, dass er das dargestellte Geschehen quasi mit den Figuren erlebt. Das Geschehen ist für ihn in seinem Ausgang dann ebenso offen wie für die Figuren, die in Entscheidungssituationen handeln müssen und versuchen, ihre – einem auktorialen Erzähler längst bekannte – Zukunft zu beeinflussen.

Der Raum schafft die Bühne für dieses Agieren der

Figuren. Dabei lassen sich zwei wesentliche Funktionen unterscheiden. Zum einen dient er der spezifischen Figurencharakterisierung und bestimmt die Atmosphäre der erzählten Welt, das kann die Eintönigkeit einer Vorstadtsiedlung oder die zauberische Stimmung von *Harry Potters* Hogwarts sein. Die Beschreibung von Lebensräumen, also z. B. Zimmern, in denen sich das Geschehen abspielt, sagt viel über die persönlichen und gesellschaftlichen Hintergründe der Figuren aus, das Wetter dient häufig als Metapher für ihre inneren Zustände. Andererseits bildet Raum stets Grenzen. Die Überschreitung bzw. Verletzung solcher Grenzen liefert oft den entscheidenden Impuls, der Figuren zum Handeln zwingt und damit die Erzählung in Gang setzt. In Kleists *Michael Kohlhaas* etwa schränkt eine neue, willkürlich errichtete Zollschranke die freie Bewegung des Protagonisten ein und wird zum Anlass einer fürchterlichen Eskalation.

Der Erzähler

Franz Kafkas Roman *Das Schloss* beginnt in der ersten Fassung mit dem Satz: „Es war spät abends, als ich ankam"; später ersetzte Kafka die Ich- durch die Er-Form. Das ändert zunächst nichts am Inhalt, dokumentiert aber eine bewusste Entscheidung des Autors, der seinen Erzähler womöglich damit etwas mehr von seiner Figur distanziert.

Ein externer (auktorialer oder neutraler) Erzähler ist nicht Bestandteil der erzählten Welt und schafft damit eine gewisse Distanz zu seiner Figur, deren Handlungen und Gedanken er (als auktorialer Erzähler) kommentieren und bewerten kann. Eine interne Erzählfigur wie etwa ein personaler Ich-Erzähler zeigt uns die fiktive Welt hingegen durch die Wahrnehmungen, Gedanken und Gefühle einer oder mehrerer Figuren. Er ist also nah an den Figuren und lässt den Leser unmittelbar am Erleben der Figuren teilhaben.

Die Wahl einer inneren oder äußeren Erzählperspektive hat demnach einen großen Einfluss auf die Wahrnehmung des Lesers: Ein durch seine Handlungen zunächst abscheulich wirkender Krimineller kann durch die Wahl einer inneren Perspektive Sympathien beim Leser wecken und sogar zum Helden der Geschichte werden.

Zum „Wie" der Erzählung gehört auch, dass der Autor den Erzähler eine bestimmte Erzählhaltung gegenüber dem Geschehen und den Figuren einnehmen lässt, die sich direkt durch Wohlwollen oder Ablehnung ausdrücken kann oder indirekt durch Stil und Rhetorik, beispielsweise durch eine ironisierende Erzählhaltung. Durch Kafkas sachlich-distanzierten Stil erscheint das absurde Geschehen in seinen Erzähltexten umso bedrohlicher.

1 Notieren Sie drei Aussagen zur Erzähltheorie und tauschen Sie sich im Anschluss dazu aus:
- eine Aussage, die ihnen bekannt ist und die Sie erklären können,
- eine Aussage, die Ihnen neu ist,
- eine Aussage, zu der Sie Fragen haben.

2 Erläutern Sie das Schaubild (► S. 63), indem Sie es auf einen konkreten Erzähltext anwenden, z. B.:
Auf der Ebene der realen Kommunikation schreibt ... für ...

3 Erläutern Sie, unter welcher Voraussetzung die Identifikation mit einer Figur gelingt. Wählen Sie a oder b.

●●○ **a** **Gehen Sie von sich aus** und erläutern Sie mit Hilfe der folgenden Begriffe Faktoren für Identifikation.

Wertmaßstäbe • Empathie • Verhaltensweise • Ähnlichkeit • Sympathie • Beziehung

●●● **b** **Gehen Sie von der Erzählweise aus** und erläutern Sie an Beispielen, wie die Identifikation mit abscheulichen Figuren (► vgl. Z. 199) gelingt. Sie können auch Beispiele aus Film und Computerspiel heranziehen.

c Führen Sie Ihre Erläuterungen zusammen und erklären Sie, warum Identifikation beim Lesen wichtig ist.

4 Nutzen Sie Ihre Vorkenntnisse, um Figurenkonstruktionen und Erzählmuster besser zu verstehen.

a Charakterisieren Sie Figuren, die Ihnen aus der Literatur bekannt sind. Sind sie schematisch oder komplex?

b Sammeln Sie „Basiserzählungen" (► Z. 115 ff.), die sie aus Büchern, Filmen oder Computerspielen kennen.

1.2 Individuum und Gesellschaft: Wer bestimmt die Regeln? – Erzählanfänge interpretieren und vergleichen

In vielen Erzähltexten geht es um die Frage, wie einzelne Menschen sich gegenüber gesellschaftlichen Regeln und Konventionen verhalten. Ordnen sie sich unter oder leisten sie Widerstand? Sie können die folgenden vier Erzählanfänge unter dem Blickwinkel dieser Problemfrage lesen und wie folgt nutzen:

– Die Aufgaben zu den vier Texten beziehen sich jeweils auf bestimmte Aspekte der Interpretation. Dies ermöglicht Ihnen, diese Aspekte auch an Ihrer Unterrichtslektüre zu untersuchen. (Transfer ► S. 67–73).
– Sie können die Texte unter dem Blickwinkel der Problemfrage vergleichen (► Kapitelüberschrift).
– Sie können einen der Texte auswählen und mit Ihrer Unterrichtslektüre vergleichen (Transfer ► S. 73).

Gehorsam oder Widerstand? – Figuren, auktorialer Erzähler und Raum

Heinrich von Kleist **Michael Kohlhaas** (1810, Anfang der Novelle)

Der Pferdehändler Kohlhaas, ein rechtschaffener Mann, übt Mitte des 16. Jahrhunderts wegen eines erlittenen Unrechts grausame Selbstjustiz.

An den Ufern der Havel lebte, um die Mitte des sechzehnten Jahrhunderts, ein Rosshändler, namens *Michael Kohlhaas,* Sohn eines Schulmeisters, einer der rechtschaffensten zugleich und entsetzlichsten Menschen seiner Zeit. – Dieser außerordentliche Mann würde, bis in sein dreißigstes Jahr für das Muster eines guten Staatsbürgers haben gelten können. Er besaß in einem Dorfe, das noch von ihm den Namen führt, einen Meierhof[1], auf welchem er sich durch sein Gewerbe ruhig ernährte; die Kinder, die ihm sein Weib schenkte, erzog er, in der Furcht Gottes, zur Arbeitsamkeit und Treue; nicht einer war unter seinen Nachbarn, der sich nicht seiner Wohltätigkeit, oder seiner Gerechtigkeit erfreut hätte; kurz, die Welt würde sein Andenken haben segnen müssen, wenn er in einer Tugend nicht ausgeschweift hätte. Das Rechtgefühl aber machte ihn zum Räuber und Mörder.

Er ritt einst, mit einer Koppel[2] junger Pferde, wohlgenährt alle und glänzend, ins Ausland[3], und überschlug eben, wie er den Gewinst, den er auf den Märkten damit zu machen hoffte, anlegen wolle: teils, nach Art guter Wirte, auf neuen Gewinst, teils aber auch auf den Genuss der Gegenwart: als er an die Elbe kam, und bei einer stattlichen Ritterburg, auf sächsischem Gebiete, einen Schlagbaum[4] traf, den er sonst auf diesem Wege nicht gefunden hatte. Er hielt, in einem Augenblick, da eben der Regen heftig stürmte, mit den Pferden still, und rief den Schlagwärter, der auch bald darauf, mit einem grämlichen Gesicht, aus dem Fenster sah. Der Rosshändler sagte, dass er ihm öffnen solle. Was gibts hier Neues? fragte er, da der Zöllner, nach einer geraumen Zeit, aus dem Hause trat. Landesherrliches Privilegium, antwortete dieser, indem er aufschloss: dem Junker[5] Wenzel von Tronka verliehen. – So, sagte Kohlhaas. Wenzel heißt der Junker? und sah sich das Schloss an, das mit glänzenden Zinnen über das Feld blickte. Ist der alte Herr tot? – Am Schlagfluss gestorben, erwiderte der Zöllner, indem er den Baum in die Höhe ließ. – Hm! Schade! versetzte Kohlhaas. Ein würdiger alter Herr, der seine Freude am Verkehr der Menschen hatte, Handel und Wandel, wo er nur vermochte, forthalf, und einen Steindamm einst bauen ließ, weil mir eine Stute, draußen, wo der Weg ins Dorf geht, das Bein gebrochen. Nun! Was bin ich schuldig? – fragte er; und holte die Groschen, die der Zollwärter verlangte, mühselig unter dem im Winde flatternden Mantel hervor. „Ja, Alter“, setzte er noch hinzu, da dieser: hurtig! hurtig! murmelte, und über die Witterung fluchte: „Wenn der Baum im Walde stehen geblieben wäre, wärs besser gewesen, für mich und Euch“; und damit gab er ihm das Geld und wollte reiten. Er war aber noch kaum unter den Schlagbaum gekommen, als eine neue Stimme schon: halt dort, der Rosskamm[6]! hinter ihm vom Turm erscholl, und er den Burgvogt ein Fenster zuwerfen und zu ihm herabeilen sah. Nun, was gibts Neues? fragte Kohlhaas bei sich selbst, und hielt mit den Pferden an. Der Burgvogt, indem er sich noch eine Weste über seinen weitläufigen Leib zuknüpfte, kam, und fragte, schief gegen die Witterung gestellt, nach dem Passschein. – Kohlhaas fragte: der Passschein? Er sagte ein wenig betreten, dass er, soviel er wisse, keinen habe; dass man ihm aber nur beschreiben möchte, was dies für ein Ding des Herrn sei: so werde er vielleicht zufälligerweise damit versehen sein. Der Schlossvogt, indem er ihn von der Seite ansah, versetzte, dass ohne einen landesherrlichen Erlaubnisschein, kein Rosskamm mit Pferden über die Grenze gelassen würde. Der Rosskamm versicherte, dass er siebzehn Mal in seinem Leben, ohne einen solchen Schein, über die Grenze gezogen sei; dass er alle landesherrlichen Verfügungen, die sein Gewerbe angingen, genau kennte; dass dies wohl nur ein Irrtum sein würde, wegen dessen er sich zu bedenken bitte, und dass man ihn, da seine Tagereise lang sei, nicht länger unnützer Weise hier aufhalten möge. Doch der Vogt erwiderte, dass er das achtzehnte Mal nicht durchschlüpfen würde, dass die Verordnung deshalb erst neuerlich erschienen wäre, und dass er entweder den Passschein noch hier lösen, oder zurückkehren müsse, wo er hergekommen sei. Der Rosshändler, den diese ungesetzlichen Erpressungen zu erbittern anfingen, stieg, nach einer kurzen Besinnung, vom Pferde, gab es einem Knecht, und sagte, dass er den Junker von Tronka selbst darüber sprechen würde. Er ging auch auf die Burg; der Vogt folgte ihm, indem er von filzigen Geldraffern und nützlichen Aderlässen[7] derselben murmelte; und beide traten, mit ihren Blicken einander messend, in den Saal. Es traf sich, dass der Junker eben, mit einigen muntern Freunden, beim Becher saß, und, um eines Schwanks willen, ein unendliches Gelächter unter ihnen erscholl, als Kohlhaas, um seine Beschwerde anzubringen, sich ihm näherte.

---

1 der Meierhof: Bauerngehöft mit Verwalter (Meier)

2 die Koppel, hier: durch Riemen miteinander verbundene Tiere

3 das Ausland: gemeint ist das Kurfürstentum Sachsen, das Kohlhaas von Brandenburg aus betritt

4 der Schlagbaum: eine senkrecht aufrichtbare Grenzschranke

5 der Junker: ein adliger Großgrundbesitzer

6 der Rosskamm: der Pferdehändler

7 der Aderlass, hier: eine finanzielle Einbuße

1 Wird Kohlhaas im weiteren Verlauf der Handlung Gehorsam oder Widerstand leisten? Formulieren Sie Ihre ersten Leseeindrücke mit Bezug auf diese Frage.

2 Untersuchen Sie, welche Hinweise es darauf gibt, dass Kohlhaas' Konflikt mit dem Junker eskalieren wird.

a Erklären Sie, wie der auktoriale Erzähler bereits im ersten Satz auf ein böses Ende vorausdeutet.

b Erläutern Sie, ob sich aus den Begegnungen mit Wärter, Burgvogt, Junker eine Eskalation ablesen lässt.

c Stellen Sie dar, inwiefern eine Grenze im Raum dazu führt, dass Kohlhaas' Rechtsgefühl verletzt wird.

d Erläutern Sie die Funktion des Wetters. Welche Atmosphäre schafft es?

3 Untersuchen Sie, wie der Erzähler Kohlhaas charakterisiert. Wählen Sie a oder b.

●●○ **a** Erläutern Sie einen erstaunlichen **Widerspruch in Kohlhaas' Charakter** anhand des ersten Absatzes.

●●● **b** Ist Kohlhaas ein extremer Charakter? Beachten Sie in Ihrer Antwort die **Wortwahl des Erzählers.**

c Führen Sie Ihre Beobachtungen zusammen und erklären Sie, wie der Erzähler die Wahrnehmung der Leser lenkt.

4 **Transferaufgabe** Erläutern Sie die Einführung und Charakterisierung von Figuren in einem anderen Ihnen bekannten Erzähltext. Inwiefern spielt dort die Kategorie Raum eine Rolle?

5 Recherchieren Sie den historischen Hintergrund der Novelle. Welche historischen Motive übernimmt der Autor Heinrich von Kleist und wie verändert er sie, um die Geschichte interessanter zu machen?

„Ich bin ganz verschieden" – Figur, Erzählstrategie und Sprache

Irmgard Keun **Das kunstseidene Mädchen** (1932, Romananfang)

Die 18-jährige Doris führt im Berlin der Weimarer Republik ein ruheloses Leben und träumt von einer Karriere als Filmschauspielerin.

Das war gestern Abend so um zwölf, da fühlte ich, dass etwas Großartiges in mir vorging. Ich lag im Bett – eigentlich hatte ich mir noch die Füße waschen wollen, aber ich war zu müde wegen dem Abend vorher, und ich hatte doch gleich zu Therese gesagt: „Es kommt nichts bei raus, sich auf der Straße ansprechen zu lassen, und man muss immerhin auf sich halten." Außerdem kannte ich das Programm im Kaiserhof schon. Und dann immer weiter getrunken – und ich hatte große Not, heil nach Hause zu kommen, weil es mir doch ohnehin immer schwerfällt, Nein zu sagen. Ich hab gesagt: „Bis übermorgen." Aber ich denke natürlich gar nicht dran. So knubbelige Finger und immer nur Wein bestellt, der oben auf der Karte steht, und Zigaretten zu fünf – wenn einer so schon anfängt, wie will er da aufhören?

Im Büro war mir dann so übel, und der Alte hat's auch nicht mehr dick und kann einen jeden Tag entlassen. Ich bin also gleich nach Hause gegangen gestern Abend – und zu Bett ohne Füße waschen. Hals auch nicht. Und dann lag ich so und schlief schon am ganzen Körper, nur meine Augen waren noch auf – der Mond schien mir ganz weiß auf den Kopf – ich dachte noch, das müsste sich gut machen auf meinem schwarzen Haar, und schade, dass Hubert mich nicht sehen kann, der doch schließlich und endlich der Einzige ist, den ich wirklich geliebt habe. Da fühlt ich wie eine Vision Hubert um mich, und der Mond schien, und von nebenan drang ein Grammophon zu mir, und da ging etwas Großartiges in mir vor – wie auch früher manchmal – aber da doch nie so sehr. Ich hatte ein Gefühl, ein Gedicht zu machen, aber dann hätte es sich womöglich reimen müssen, und dazu war ich zu müde. Aber ich erkannte, dass etwas Besonderes in mir ist, was auch Hubert fand und Fräulein Vogelsang von der Mittelschule, der ich einen Erlkönig hinlegte, dass alles starr war. Und ich bin ganz verschieden von Therese und den anderen Mädchen auf dem Büro und so, in denen nie Großartiges vorgeht. Und dann spreche ich fast ohne Dialekt, was viel ausmacht und mir eine Note gibt, besonders da mein Vater und meine Mutter ein Dialekt sprechen, das mir geradezu beschämend ist.

Und ich denke, dass es gut ist, wenn ich alles beschreibe, weil ich ein ungewöhnlicher Mensch bin. Ich denke nicht an Tagebuch – das ist lächerlich für ein Mädchen von achtzehn und auch sonst auf der Höhe. Aber ich will schreiben wie Film, denn so ist mein Leben und wird noch mehr so sein. Und ich sehe aus wie Colleen Moore[1], wenn sie Dauerwellen hätte und die Nase mehr schick ein bisschen nach oben. Und wenn ich später lese, ist alles wie Kino – ich sehe mich in Bildern. Und jetzt sitze ich in meinem Zimmer im Nachthemd, das mir über meine anerkannte Schulter gerutscht ist, und alles ist erstklassig an mir – nur mein linkes Bein ist dicker als mein rechtes. Aber kaum. Es ist sehr kalt, aber im Nachthemd ist schöner – sonst würde ich den Mantel anziehn.

Und es wird mir eine Wohltat sein, mal für mich ohne Kommas zu schreiben und richtiges Deutsch – nicht alles so unnatürlich wie im Büro. Und für jedes Komma, was fehlt, muss ich der Hopfenstange von Rechtsanwalt – Pickel hat er auch und Haut wie meine alte gelbe Ledertasche ohne Reißverschluss – ich schäme mich, sie noch in anständiger Gesellschaft zu tragen – solche Haut hat er im Gesicht. Und überhaupt halte ich von Rechtsanwälten nichts – immer happig aufs Geld und reden wie'n Entenpopo und nichts dahinter. Ich lass mir nichts anmerken, denn mein Vater ist sowieso arbeitslos, und meine Mutter ist am Theater, was auch unsicher ist durch die Zeit. Aber ich war bei der Hopfenstange von Rechtsanwalt. Also – ich lege ihm die Briefe vor, und bei jedem Komma, was fehlt, schmeiß ich ihm einen sinnlichen Blick. Und den Krach seh ich kommen, denn ich hab keine Lust zu mehr. Aber vier Wochen kann ich sicher noch hinziehn, ich sag einfach immer, mein Vater wäre so streng, und ich müsste abends gleich nach Haus. Aber wenn ein Mann wild wird, dann gibt es keine Entschuldigung – man kennt das. Und er wird wild mit der Zeit wegen meinen sinnlichen Blicken bei fehlenden Kommas. Dabei hat richtige Bildung mit Kommas gar nichts zu tun. Aber fällt mir nicht ein mit ihm und so weiter. Denn ich sagte auch gestern zu Therese, die auch auf dem Büro und meine Freundin ist: „Etwas Liebe muss dabei sein, wo blieben sonst die Ideale?"

Und Therese sagte, sie wäre auch ideal, weil sie so mit Seele und Schmerz mit einem Verheirateten, der nichts hat und an Scheidung nicht denkt und nach Goslar gezogen ist – und sie ist dann ganz vertrocknet und 38 geworden letzten Sonntag und sagt 30 – und 40 sieht man ihr an – und alles wegen dem Laumann. Und so ideal bin ich wieder nicht. Denn das sehe ich nicht ein. Und habe mir ein schwarzes, dickes Heft gekauft und ausgeschnittne weiße Tauben draufgeklebt und möchte einen Anfang schreiben: Ich heiße somit Doris und bin getauft und christlich und geboren. Wir leben im Jahre 1931. Morgen schreibe ich mehr.

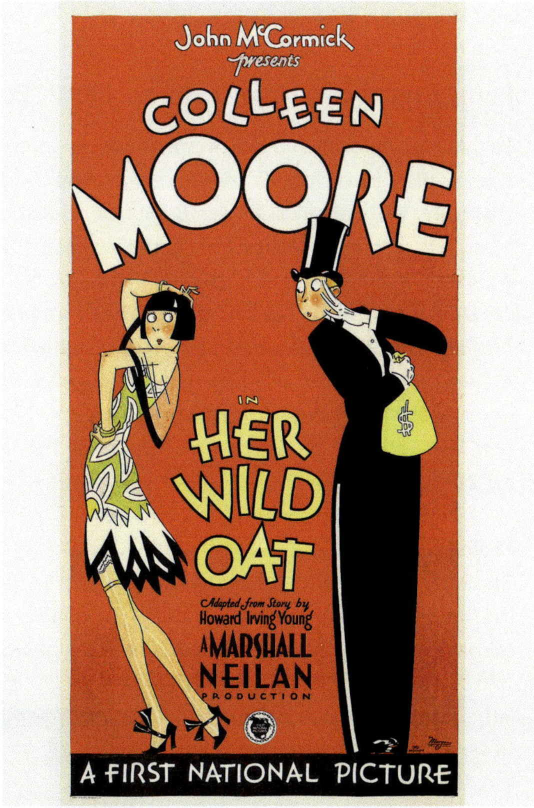

Filmplakat eines Stummfilms mit Colleen Moore (1927)

1 Colleen Moore: US-amerikanische Schauspielerin der Stummfilmzeit, die häufig die Rolle der frechen jungen Frau spielte (1900–1988)

1 Formulieren Sie Ihren Eindruck von Doris: Ist sie Ihnen sympathisch? Ist Ihnen ihr Lebensgefühl vertraut?

2 Charakterisieren Sie Doris: Wo kommt sie her und wo will sie hin?
- **a** Fassen Sie zusammen, was Sie über Doris' Herkunft, ihre Arbeit und ihre finanzielle Situation erfahren.
- **b** Beschreiben Sie Doris' Selbstbild und ihre Ambitionen mit Hilfe von geeigneten Textstellen.
- **c** Halten Sie Doris für angepasst oder für unkonventionell? Begründen Sie.

3 Untersuchen Sie, wie im Romananfang mit Hilfe der Erzählstrategie und des Schreibstils Nähe zur Figur Doris aufgebaut wird. Wählen Sie a oder b.
- ●●○ **a** Bestimmen Sie die **Erzählstrategie** (► Modul 2, S. 58 f.), z. B.:
  Es wird in der ...-Form erzählt. Das Erzählverhalten ist ... Das Geschehen wird nur aus der Sicht ... Entsprechend herrscht bei der Erzählperspektive die ...
- ●●● **b** Beschreiben Sie den tagebuchartigen **Schreibstil:** Was kennzeichnet ihn?
- **c** Stellen Sie Ihre Ergebnisse vor und diskutieren Sie, ob Erzählstrategie und Stil ihre Funktion erfüllen: Bauen sie Nähe zur Figur Doris auf?

4 **Transferaufgabe**
Erläutern Sie anhand eines Ihnen bekannten Erzähltextes, wie die Nähe zu einer Figur hergestellt wird. Achten Sie dabei auch auf den Beitrag der Erzählstrategie und der Sprache bzw. des Stils.

5 Recherchieren Sie, inwiefern die Figur Doris typisch für ein neues Frauenbild in der Epoche der Neuen Sachlichkeit ist (► S. 386). Beziehen Sie dabei unter anderem auch die Rolle des Kinos mit ein.

Ein Romananfang ohne Figuren? – Leitmotive, Sprache und Aufbau

Jenny Erpenbeck **Heimsuchung** (2007, Romananfang)

Der Roman handelt von den wechselnden Bewohnern eines Hauses bzw. eines Grundstücks an einem märkischen See. In die Schicksale der Bewohner wirken die jeweiligen gesellschaftspolitischen Einflüsse hinein, beginnend mit dem Kaiserreich über das Dritte Reich und die DDR bis hin in die Nachwendezeit. Die elf erzählten Lebensgeschichten werden dabei durch elf „Gärtner-Texte“ verknüpft, die über alle historischen Ereignisse hinweg eine zeitlose Naturverbundenheit zeigen. Ein Prolog (ein Vorwort) und ein Epilog (ein Nachwort) rahmen die 22 Kapitel.

Prolog

Bis zum Felsmassiv, das inzwischen nur noch als sanfter Hügel oberhalb des Hauses zu sehen ist, schob sich vor ungefähr vierundzwanzigtausend Jahren das Eis vor. Durch den ungeheuren Druck, den das Eis ausübte, waren die erfrorenen Stämme der Eichen, Erlen und Kiefern zerknickt und niedergemalmt worden, Teile des Felsmassivs waren gesprengt, zersplittert, zerrieben worden, Löwe, Gepard und Säbelzahnkatze in südlichere Gegenden vertrieben. Über das Felsmassiv hinweg drang das Eis nicht. Dann wurde es nach und nach still, und das Eis begann seine Arbeit, den Schlaf. Während es über Jahrtausende hinweg seinen riesigen kalten Körper nur zentimeterweise ausstreckte oder herumschob, schliff es die Felsbrocken unter sich allmählich rund. In wärmeren Jahren, Jahrzehnten, Jahrhunderten schmolz das Wasser an der Oberfläche des Eisblocks ein wenig, und glitt an Stellen, an denen der Sand unter dem Eis leicht fortzuspülen war, unter den schweren riesigen Leib. So trat das Eis, wo eine Erhebung sein Vorankommen hinderte, als Wasser sich selbst unterlaufend, den Rückweg an und floß bergab. In kälteren Jahren war das Eis einfach nur da, lag und war schwer. Und wo es, schmelzend, in wärmeren Jahren Rinnen unter sich in den Boden gegraben hatte, da preßte es in den kälteren Jahren, Jahrzehnten, Jahrhunderten sein Eis mit aller Macht wieder hinein, um sie zu verschließen.

Als vor etwa achtzehntausend Jahren erst die Zungen des Gletschers zu schmelzen begannen und dann, während die Erde sich weiter erwärmte, überhaupt alle seine südlicheren Glieder, ließ er nur wenige Pfänder in der Tiefe der Rinnen zurück, Inseln von Eis, verwaistes Eis, Toteis wurde es später genannt.

Vom Körper, zu dem es einst gehört hatte, abgeschnitten und eingesperrt in die Rinnen, taute dieses Eis erst viel später, etwa um dreizehntausend vor Beginn der christlichen Zeitrechnung wurde es wieder Wasser, versickerte in der Erde, verdunstete in der Luft und regnete wieder herab, als Wasser begann es, zwischen Himmel und Erde zu kreisen. Wo es nicht tiefer dringen konnte, weil der Boden schon satt war, sammelte es sich über dem blauen Ton und stieg an, schnitt mit seinem Spiegel quer durch die dunkle Erde und wurde nur in der Rinne wieder sichtbar als klarer See. Der Sand, den das Wasser selbst vom Felsen gerieben hatte, als es noch Eis war, rutschte jetzt hier und da von den Seiten in diesen See und sank auf dessen Grund, so bildeten sich an manchen Stellen unterseeische Berge, an anderen Stellen blieb das Wasser so tief, wie die Rinne ursprünglich war. Eine Zeitlang würde der See jetzt inmitten der märkischen Hügel seinen Spiegel dem Himmel hinhalten, würde glatt daliegen zwischen Eichen, Erlen und Kiefern, die jetzt wieder wuchsen, viel später würde er, wenn es irgendwann Menschen gab, von diesen Menschen sogar einen Namen bekommen: Märkisches Meer, aber eines Tages würde er auch wieder vergehen, denn, wie jeder See, war auch dieser nur etwas Zeitweiliges, wie jede Hohlform war auch diese Rinne nur dazu da, irgendwann wieder ganz und gar zugeschüttet zu werden. Auch in der Sahara gab es ein-

mal Wasser. Erst in der Neuzeit trat dort das ein, was man in der Wissenschaft als Desertifikation bezeichnet, zu deutsch Verwüstung.

Der Gärtner

Woher er gekommen ist, weiß im Dorf niemand. Vielleicht war er immer schon da. Er geht den Bauern bei der Veredelung ihrer Obstbäume im Frühling zur Hand, okuliert Wildlinge um Johannis auf treibende, oder im zweiten Safttrieb auf schlafende Augen, kopuliert die Äste der zu veredelnden Bäume oder schäftet sie an, je nach Dicke, bereitet die notwendige Mischung aus Harz, Wachs und Terpentin und verbindet die Wunde dann mit Papier oder Bast, jeder im Dorf weiß, daß die Bäume, die von ihm umgepfropft werden, beim weiteren Wachsen die regelmäßigsten Kronen zeigen. Im Sommer wird er von den Bauern als Schnitter und zur Aufstellung der Hocken geholt. Auch bei der Trockenlegung des dunklen Bodens der Parzellen am Seeufer fragt man ihn gern um Rat, er versteht sich darauf, die Zöpfe aus grünem Fichtenreisig zu flechten, steckt sie in der richtigen Tiefe in die Bohrlöcher zur Ableitung des Wassers. Er geht den Dorfleuten bei der Reparatur der Pflüge und Eggen zur Hand, schlägt im Winter mit ihnen gemeinsam Holz und zersägt die Stämme. Ihm selbst gehört kein Grund- und auch kein Waldstück, allein wohnt er in einer verlassenen Jagdhütte am Rande des Waldes, wohnt da schon immer, jeder im Dorf kennt ihn und dennoch wird er von den Leuten, jungen und alten, nur Der Gärtner genannt, als hätte er sonst keinen Namen.

Der Großbauer und seine vier Töchter

Wenn eine heiratet, darf sie sich ihr Brautkleid nicht selbst nähen. Auch in ihrem eigenen Haus darf das Brautkleid nicht hergestellt werden. Auswärts wird es genäht und beim Nähen darf keine Nadel zerbrechen. Der Stoff für ein Brautkleid darf beim Nähen nicht gerissen, er muß geschnitten werden. Ist beim Zuschneiden ein Fehler passiert, darf das Stück Stoff nicht mehr verwendet werden, es muß ein neuer Streifen vom gleichen Stoff nachgekauft werden. Die Schuhe für die Hochzeit darf die Braut sich nicht von ihrem Bräutigam schenken lassen, sondern muß sie sich selber kaufen, und zwar von den Pfennigen, die sie zuvor über lange Zeit hinweg gesammelt hat. Die Hochzeit darf nicht in der heißesten Zeit, also nicht an den Hundstagen stattfinden, aber auch nicht im wetterwendischen Monat April, die Wochen des Aufgebots vor der Hochzeit dürfen nicht auf die Marterwoche vor Ostern fallen, und bei der Hochzeit selbst soll Vollmond sein, oder wenigstens zunehmender Mond, der beste Monat für eine Hochzeit ist Mai. Einige Wochen vor dem Hochzeitstermin wird das Aufgebot bestellt und im Schaukasten ausgehängt. [...] R

1 Formulieren Sie Ihren ersten Leseeindruck im Hinblick auf den Inhalt und den Aufbau des Textes: Was beeindruckt Sie? Was empfinden Sie als eher ungewöhnlich?

2 Untersuchen Sie das Leitmotiv des Werdens und Vergehens in den drei Teilen des Romananfangs.

a Beschreiben Sie den großen Zusammenhang, in dem Ihnen das Motiv im Prolog begegnet.

b Erläutern Sie, wie das Motiv im Zwischentext „Der Gärtner“ aufgegriffen wird.

c Beziehen Sie das Motiv auf die Romanfiguren, die unter verschiedenen politischen Systemen am See leben. Lesen Sie dazu noch einmal den kursiven Vorspann (▶ S. 70).

3 Charakterisieren Sie die gesellschaftlichen Bedingungen, unter denen die Töchter des Großbauern aufwachsen: Wie viel Individualität erscheint Ihnen unter diesen Bedingungen möglich?

4 Beschreiben Sie die Sprache und ihre Wirkung. Gehen Sie auf die Modalverben (z. B. *dürfen, sollen, müssen*) in der Geschichte vom Großbauern und den Stil im Ganzen ein: Ist er eher lebendig oder eher sachlich?

Auffällig ist die Häufung der Modalverben ... Dadurch entsteht der Eindruck, dass ... Alle drei Teile sind in einem eher ... geschrieben. Womöglich soll dadurch ...

5 **Transferaufgabe**

Erläutern Sie, inwiefern sich dieser Anfang von Erzählanfängen unterscheidet, die Ihnen bekannt sind.

Jeder gegen jeden? – Figurenbeziehungen und Konflikte

Juli Zeh **Unterleuten** (2016, Romananfang)

In Unterleuten bricht das soziale Gefüge auseinander; zu unterschiedlich sind die Interessen und die ökonomischen Verhältnisse. An einer Konfliktlinie stehen die zugezogenen Städter Jule und Gerhard ihrem Nachbarn Schaller gegenüber, der Tag und Nacht Autoreifen verbrennt. Eine Racheaktion? Denn Gerhard hat als Naturschutzaktivist verschiedene Bauvorhaben Schallers zur Anzeige gebracht. Jules Hoffnungen ruhen jetzt auf einem gewaltigen Sichtschutz. Aber der Bau stagniert.

„Das Tier hat uns in der Hand. Das ist noch schlimmer als Hitze und Gestank." Jule schaute auf. „Ich halte das nicht mehr aus."

„Es bringt nichts, sich aufzuregen, Liebes." Gerhard bemühte sich, seiner Stimme einen sicheren Klang zu geben. Je hysterischer Jule wurde, desto fester klammerte er sich an die Vernunft. „Wenn man jemanden hasst, stört einen alles, was diese Person tut."

„Du meinst, ich soll versuchen, das Tier zu lieben? Und dann wäre es in Ordnung, dass es unser Leben zerstört?"

„Ich meine, dass du dich nicht reinsteigern sollst. Durch die Aufregung schadest du nur dir selbst, und ..."

Er kämpfte auf verlorenem Posten. Jule war in sich zusammengesunken und hatte zu weinen begonnen, so dass ihm nichts übrig blieb, als sich neben sie zu setzen und ihr einen Arm um die Schultern zu legen. Auf dem Schoß hielt sie die kleine Sophie, die sich in ihren Armen wand und unentwegt quengelte. Das Baby fand keine Ruhe und wachte auch nachts ständig auf, was bei der Hitze im Haus kein Wunder war. Dass Jule die Kleine ständig an die Brust presste, machte die Sache nicht besser. Seit die Feuer brannten, raubten sie sich gegenseitig den letzten Nerv.

Mit einem Hemdzipfel trocknete sich Gerhard das Gesicht. Die Haut spannte über den Knochen. In letzter Zeit vermied er den Blick in den Spiegel. Jule sah erschöpft aus, aber sein eigener Anblick war verheerend. Das lag an den zwei Jahrzehnten, die er ihr voraushatte, und an der Hagerkeit, die ihm jede Anstrengung scharf ins Gesicht schnitt.

Als Jule vor fünf Jahren zum ersten Mal in einem seiner Seminare an der Humboldt-Universität aufgetaucht war, hatte er bei ihrem Anblick spontan „Willkommen!" gesagt und nicht nur die Lehrveranstaltung, sondern gleich sein ganzes Leben gemeint. Ruhig hatte Jule zwischen den anderen Studenten gesessen, rothaarig, hellhäutig und wie von Licht umgeben, was außer ihm niemand zu bemerken schien. Ihre offenen Haare und das fließende Kleid schienen von Woodstock[1] zu erzählen und weckten in Gerhard die Sehnsucht nach einer Epoche, die er verpasst hatte. Statt mit Blumen im Haar auf Sommerwiesen zu liegen, hatte er als junger Mensch in kommunistischen Arbeitskreisen gesessen und sich Sorgen um den Zustand der Welt gemacht. Die Frauen in seiner Umgebung waren nicht halb nackt und auf LSD, sondern steckten in dunklen Rollkragenpullovern, trugen Brillen und rauchten Kette, während sie über den Kapitalismus in seiner gegenwärtigen Endphase diskutierten. Vor der Kulisse dieser Erinnerung erschien Jule als Abgesandte aus einer anderen Welt.

Jetzt blickte er auf ihren gebeugten Nacken und die bebenden Schultern und wünschte, er könnte Hitze und Gestank einfach in sich einsaugen, alle Last auf sich nehmen, um Jule und Sophie zu befreien. Es war Hochsommer, 32 Grad im Schatten, und sie saßen seit vier Tagen eingesperrt im Haus, ohne Möglichkeit, in den Garten zu gehen oder auch nur ein Fenster zu öffnen. Nicht einmal bei Nacht konnten sie lüften, weil Schaller, den Jule nur noch „das Tier" nannte, die Feuer auch nach Sonnenuntergang nicht ausgehen ließ. Wenn Gerhard sich ausmalte, wie das Tier nachts alle zwei Stunden aus dem Bett kroch, um die Feuer in Gang zu halten, begannen seine Hände vor Hass zu zittern.

„Bald kommt die Mauer, Liebes."

Seit das Tier auf dem Nachbargrundstück eine „Autowerkstatt" betrieb – ein Begriff, der sich angesichts von Schallers Müllhalde nur in Anführungszeichen denken ließ –, hörte sich Gerhard immer häufiger mit der Stimme eines Nahost-Diplomaten reden. Jule hob das verweinte Gesicht.

„Wann?"

---

1 Woodstock: Open-Air-Musikfestival der Hippiebewegung 1969

1 Beschreiben Sie Ihre ersten Eindrücke: Wie wirkt die Atmosphäre dieses Erzählanfangs auf Sie?

2 Jules und Gerhards Lebensplan – ein glückliches Leben auf dem Dorf – scheint bereits zu Beginn des Romans gescheitert. Untersuchen Sie, welche Konflikte dazu beitragen. Wählen Sie a oder b.

●●○ **a** Zeichnen Sie mit Hilfe des Vorspanns und des Textes den **Nachbarschaftskonflikt** nach.

●●● **b** Beschreiben Sie den **Partnerschaftskonflikt**. Gehen Sie dabei auch auf die verschiedenen Zeitebenen im Text und auf die Art der Kommunikation ein (► S. 58). Unterhalten sich Jule und Gerhard auf Augenhöhe?

c Führen Sie Ihre Ergebnisse zusammen und überlegen Sie, wie sich die Handlung entwickeln könnte.

3 Jeder gegen jeden? Erklären Sie, wer auf welche Weise in diesem Romananfang die Regeln bestimmt.

4 **Transferaufgabe**
Erläutern Sie anhand eines anderen Erzählanfangs, welches Konfliktpotenzial dort entfaltet wird.

Textvergleiche, literaturgeschichtliche Einbettung und Abschlussreflexion

5 **Transferaufgabe**
Vergleichen Sie zwei der vier Texte in diesem Kapitel unter dem Blickwinkel der Problemfrage: „Individuum oder Gesellschaft: Wer bestimmt die Regeln?“ Arbeiten Sie Unterschiede und Gemeinsamkeiten heraus.

6 **Transferaufgabe**
Vergleichen Sie einen Text dieser Auswahl mit einem Text, der Ihnen bekannt ist. Untersuchen Sie dabei ausgewählte Aspekte der Interpretation (► Modul 2, S. 58 f.), z. B.:
- Wie beeinflusst die Erzählstrategie unsere Wahrnehmung der Geschichte?
- Wie wird die Nähe zu einer Figur erzeugt bzw. wie wird Distanz zu einer Figur aufgebaut?
- Wie wirken die räumliche und die zeitliche Gestaltung?
- In welcher Weise erzeugen Sprache und Stil eine bestimmte Wirkung?

7 Recherchieren Sie in der Literaturgeschichte (► Kapitel D): Welchen Epochen lassen sich die vier Texte dieses Kapitels zuordnen? Welche typischen Epochenmerkmale weisen sie auf?

8 Erklären Sie auf der Basis des Erlernten (► S. 56–62), wie man einen Erzähltext professionell interpretiert. Visualisieren Sie Ihre Vorgehensweise in einem Ablaufdiagramm, z. B.:

1. Erste Annäherung: Eindrücke festhalten → 2. Schwerpunkte der Aufgabe wahrnehmen → 3. Genaue Lektüre: Textstellen, Notizen → 4. Auswahl geeigneter Aspekte → 5. ...

9 Würden Sie einen der Erzähltexte gern weiterlesen? Erklären Sie, warum bzw. warum nicht.

1.3 Einen Romanauszug interpretieren und vergleichen

Aufgabenbeispiel

1. Interpretieren Sie den Anfang von Franz Kafkas Roman „Der Prozess". Berücksichtigen Sie dabei insbesondere, wie das Thema „Macht und Ohnmacht – Individuum und Gesellschaft" entfaltet wird. *(45 Punkte)*
2. **Transferaufgabe**
   Prüfen Sie im Vergleich zum Romananfang von „Der Prozess", inwieweit gesellschaftliche Regeln in einem weiteren Ihnen aus dem Unterricht bekannten Erzähltext bedeutsam sind. *(27 Punkte)*

Franz Kafka **Der Prozess** (1914/15, Romananfang)

Josef K. gerät in einen unerklärlichen Prozess. Am Ende wird er hingerichtet, ohne erfahren zu haben, weshalb er überhaupt angeklagt wurde.

Jemand musste Josef K. verleumdet haben, denn ohne dass er etwas Böses getan hätte, wurde er eines Morgens verhaftet. Die Köchin der Frau Grubach, seiner Zimmervermieterin, die ihm jeden Tag gegen acht Uhr früh das Frühstück brachte, kam diesmal nicht. Das war noch niemals geschehen. K. wartete noch ein Weilchen, sah von seinem Kopfkissen aus die alte Frau, die ihm gegenüber wohnte und die ihn mit einer an ihr ganz ungewöhnlichen Neugierde beobachtete, dann aber, gleichzeitig befremdet und hungrig, läutete er. Sofort klopfte es und ein Mann, den er in dieser Wohnung noch niemals gesehen hatte, trat ein. Er war schlank und doch fest gebaut, er trug ein anliegendes schwarzes Kleid, das, ähnlich den Reiseanzügen, mit verschiedenen Falten, Taschen, Schnallen, Knöpfen und einem Gürtel versehen war und infolgedessen, ohne dass man sich darüber klar wurde, wozu es dienen sollte, besonders praktisch erschien. „Wer sind Sie?", fragte K. und saß gleich halb aufrecht im Bett. Der Mann aber ging über die Frage hinweg, als müsse man seine Erscheinung hinnehmen, und sagte bloß seinerseits: „Sie haben geläutet?" „Anna soll mir das Frühstück bringen", sagte K. und versuchte, zunächst stillschweigend, durch Aufmerksamkeit und Überlegung festzustellen, wer der Mann eigentlich war. Aber dieser setzte sich nicht allzulange seinen Blicken aus, sondern wandte sich zur Tür, die er ein wenig öffnete, um jemandem, der offenbar knapp hinter der Tür stand, zu sagen: „Er will, dass Anna ihm das Frühstück bringt." Ein kleines Gelächter im Nebenzimmer folgte, es war nach dem Klang nicht sicher, ob nicht mehrere Personen daran beteiligt waren. Obwohl der fremde Mann dadurch nichts erfahren haben konnte, was er nicht schon früher gewusst hätte, sagte er nun doch zu K. im Tone einer Meldung: „Es ist unmöglich." „Das wäre neu", sagte K., sprang aus dem Bett und zog rasch seine Hosen an. „Ich will doch sehen, was für Leute im Nebenzimmer sind und wie Frau Grubach diese Störung mir gegenüber verantworten wird." Es fiel ihm zwar gleich ein, dass er das nicht hätte laut sagen müssen und dass er dadurch gewissermaßen ein Beaufsichtigungsrecht des Fremden anerkannte, aber es schien ihm jetzt nicht wichtig. Immerhin fasste es der Fremde so auf, denn er sagte: „Wollen Sie nicht lieber hierbleiben?" „Ich will weder hierbleiben, noch von Ihnen angesprochen werden, solange Sie sich mir nicht vorstellen." „Es war gut gemeint", sagte der Fremde und öffnete nun freiwillig die Tür. Im Nebenzimmer, in das K. langsamer eintrat, als er wollte, sah es auf den ersten Blick fast genauso aus wie am Abend vorher. Es war das Wohnzimmer der Frau Grubach, vielleicht war in diesem mit Möbeln, Decken, Porzellan und Fotografien überfüllten Zimmer heute ein wenig mehr Raum als sonst, man erkannte das nicht gleich, umso weniger, als die Hauptveränderung in der Anwesenheit eines Mannes bestand, der beim offenen Fenster mit einem Buch saß, von dem er jetzt aufblickte. „Sie hätten in Ihrem Zimmer bleiben sollen! Hat es Ihnen denn Franz nicht gesagt?" „Ja, was wollen Sie denn?", sagte K. und sah von der neuen Bekanntschaft zu dem mit Franz Benannten, der in der Tür stehen geblieben war, und dann wieder zurück. Durch das offene Fenster erblickte man wieder die alte Frau, die mit wahrhaft greisenhafter Neugierde zu dem jetzt gegenüberliegenden Fenster getreten war, um auch weiterhin alles zu sehen. „Ich will doch Frau Grubach –", sagte K., machte eine Bewegung, als reiße er sich von den zwei Männern los, die aber weit von ihm entfernt standen, und wollte weitergehen. „Nein", sagte der Mann beim Fenster, warf das Buch auf ein Tischchen und stand auf. „Sie dürfen nicht weggehen, Sie sind ja verhaftet." „Es sieht so aus", sagte K. „Und warum denn?", fragte er dann. „Wir sind nicht dazu bestellt, Ihnen das zu sagen. Gehen Sie in Ihr Zimmer und warten Sie. Das Verfahren ist nun einmal eingeleitet, und Sie werden alles zur richtigen Zeit erfahren. Ich gehe über meinen Auftrag hinaus, wenn ich Ihnen so freundschaftlich zurede. Aber ich hoffe, es hört es niemand sonst als Franz, und der ist selbst gegen alle Vorschrift freundlich zu Ihnen. Wenn Sie auch weiterhin so viel Glück haben wie bei der Bestimmung Ihrer Wächter, dann können Sie zuversichtlich sein." K. wollte sich setzen, aber nun sah er, dass im ganzen Zimmer keine Sitzgelegenheit war, außer dem Sessel beim Fenster. „Sie werden noch einsehen, wie wahr das alles ist", sagte Franz und ging gleichzeitig mit dem andern Mann auf ihn zu. [...] Was waren denn das für Menschen? Wovon sprachen sie? Welcher Behörde gehörten sie an? K. lebte doch in einem Rechtsstaat, überall herrschte Friede, alle Gesetze bestanden aufrecht, wer wagte, ihn in seiner Wohnung zu überfallen? Er neigte stets dazu, alles möglichst leichtzunehmen, das Schlimmste erst beim Eintritt des Schlimmsten zu glauben, keine Vorsorge für die Zukunft zu treffen, selbst wenn alles drohte. Hier schien ihm das aber nicht richtig, man konnte zwar das Ganze als Spaß ansehen, als einen groben Spaß, den ihm aus unbekannten Gründen, vielleicht weil heute sein dreißigster Geburtstag war, die Kollegen in der Bank veranstaltet hatten, es war natürlich möglich, vielleicht brauchte er nur auf irgendeine Weise den Wächtern ins Gesicht zu lachen, und sie würden mitlachen, vielleicht waren es Dienstmänner von der Straßenecke, sie sahen ihnen nicht unähnlich – trotzdem war er diesmal, förmlich schon seit dem ersten Anblick des Wächters Franz, entschlossen, nicht den geringsten Vorteil, den er vielleicht gegenüber diesen Leuten besaß, aus der Hand zu geben.

Darin, dass man später sagen würde, er habe keinen Spaß verstanden, sah K. eine ganz geringe Gefahr, wohl aber erinnerte er sich – ohne dass es sonst seine Gewohnheit gewesen wäre, aus Erfahrungen zu lernen – an einige, an sich unbedeutende Fälle, in denen er zum Unterschied von seinen Freunden mit Bewusstsein, ohne das geringste Gefühl für die möglichen Folgen, sich unvorsichtig benommen hatte und dafür durch das Ergebnis gestraft worden war. Es sollte nicht wieder geschehen, zumindest nicht diesmal; war es eine Komödie, so wollte er mitspielen.

Die Aufgabenstellung verstehen

1 **a** Besprechen Sie zu zweit die Anforderungen der ersten Teilaufgabe:
- Im Hinblick auf welchen Schwerpunkt sollen Sie den Anfang des Textes interpretieren?
- Welche weiteren **Aspekte der Interpretation** (▶ S. 58 f.) lassen sich sinnvoll auf diesen Punkt beziehen?

b Erklären Sie sich gegenseitig, was die zweite Teilaufgabe von Ihnen verlangt.

c Verschaffen Sie sich mit Ihrem Wissen über die Anforderungen der Aufgabenstellung einen Überblick über die folgenden Arbeitsschritte (▶ S. 76–79). Entscheiden Sie jeweils, wo Sie Hilfen nutzen möchten.

Information | **Aufgabenstellungen mit und ohne Aspektorientierung**

Bei einer **aspektorientierten Aufgabenstellung** konzentriert sich die Interpretation auf bestimmte **vorgegebene Schwerpunkte.** Man unterscheidet:
- **inhaltliche Aspekte** (z. B. Figurenbeziehungen, Handlungsaufbau, Thema),
- **gestalterische Aspekte** (z. B. Erzählstrategie, sprachliche Gestaltungsmittel),
- **textexterne Aspekte** (z. B. Einordnung in das Werk des Autors / der Autorin oder in die Epoche).

Zudem gilt es, **gezielt weitere Aspekte der Interpretation epischer Texte** (▶ S. 58 f.) auszuwählen, die Ihre Deutung des Textes erweitern und unterstützen.
Wird Ihnen in der Aufgabenstellung **kein Aspekt vorgegeben,** sollten Sie folgende Aspekte immer berücksichtigen: Thema, Handlung, Figuren und ihre Beziehungen, Erzählstrategie, Sprache.

Erstes Textverständnis und Ideen formulieren

2 Notieren Sie Ihre **ersten Eindrücke oder Fragen:** Wie wirkt das Geschehen auf Sie?
Sie können für Ihre Antwort geeignete Begriffe aus dem folgenden Wortspeicher wählen.

alltäglich • absurd • unerklärlich • glaubwürdig • albtraumhaft • diktatorisch • unbegründet • bedrohlich • komisch • gleichnishaft/parabolisch • erschreckend

3 **Lesen Sie** den Text mit Blick auf die Aufgabenstellung **professionell** (▶ S. 74).
Markieren Sie wichtige Textstellen auf dem Tablet oder auf einer Kopie und notieren Sie erste Deutungsideen zu den diesen Punkten:
- Wessen Regeln gelten und warum? Wie verläuft die Kommunikation zwischen K. und den Wächtern?
- Welches Rechtsverständnis hat K. und wie denkt er über seine Verhaftung?

Den Text interpretieren

4 Interpretieren Sie den Romananfang, indem Sie zunächst die Situation K.s und dann die Ausgestaltung des Themas „Macht und Ohnmacht – Individuum und Gesellschaft" genauer untersuchen.

a Notieren Sie stichpunktartig, was Sie über die **Situation des Protagonisten** erfahren.
bisher: Gewohnheiten, ...
plötzlich: Veränderung; unerklärliche Situation mitten im Alltag: ...

b Erschließen Sie das **Thema,** indem Sie die folgenden Fragen beantworten:
- Inwiefern geht es um einen Konflikt zwischen Individuum und Gesellschaft sowie um Regeln?
  Individuum und Gesellschaft: K. als Einzelner steht ... gegenüber. Die Wächter bestimmen ...
- Welches Rechtsverständnis hat K.?
  Rechtsverständnis K.s: Er geht davon aus, dass die bisher gültigen ..., und wer unschuldig ist, ...
- Wie verhält sich K. (auch in Gedanken) gegenüber den neuen Regeln? Akzeptiert er sie?
  Neue Regeln: Auf K.s anfängliche Entrüstung über ... folgt eine zunehmende ... Dennoch kann er ...
- Wie zeigen sich die Machtverhältnisse in der Kommunikation zwischen K. und den Wächtern?
  Kommunikation: Das Gespräch mit den Wächtern verläuft zunächst auf Augenhöhe, dann aber ...

5 Markieren Sie beim erneuten intensiven Lesen **weitere auffällige Aspekte** (▶ S. 58 f.), die Ihre Überlegungen aus Aufgabe 4 stützen und erweitern können, z. B.:
- zur Handlung:
  unvermittelter Beginn mit ... = Dynamik; innere Handlung, weil ...
- zum Charakter K.s:
  Josef K.: Bankangestellter, geregelter ... = Konformität;
  optimistisch = etwas Risikobereitschaft
- zur Raumgestaltung:
  Raum: Geschehen in eigenem ... = symbolischer Kontrollverlust;
  Grenzüberschreitung durch ...
- zur Zeitgestaltung:
  Zeit: unbestimmt = ...
- zur Erzählstrategie:
  personaler ...-Erzähler = Miterleben der Verunsicherung;
  Leser wissen ...
- zu Sprache und Stil:
  Gestaltung und Wirkung des ersten Satzes: ...;
  distanziert-sachliche ...; Satzbau: ...

6 **Transferaufgabe**

a Reflektieren Sie, inwiefern in dem Roman, den Sie im Unterricht lesen, das Verhältnis von Individuum und Gesellschaft, von Macht und Ohnmacht thematisiert wird.
Tipp: Die Konfrontation mit Regeln kann in politisch-gesellschaftlichen Zusammenhängen, aber auch auf der privaten Ebene zu Konflikten führen. Häufig spielen dabei Machtverhältnisse, Abhängigkeiten, Unterdrückung, Aufbegehren, Selbstbestimmung, Identitätsbildung eine wichtige Rolle.

b Stellen Sie die Aspekte gegenüber, um Gemeinsamkeiten und Unterschiede zu erkennen, z. B.:

Vergleichsaspekte	Der Prozess	Vergleichsroman
Ausgangssituation	überraschende Verhaftung	...
Konfliktparteien	Staatsmacht und Individuum	...
Regeln	Frage nach Legitimität	...
Gedanken	Empörung, Ohnmacht, Versuch der Selbstbehauptung	...
Charakter	regelkonform; manchmal übermütig	...
Kommunikation	Machtgefälle (= asymmetrische Kommunikation)	...
Erzählstrategie	personaler Er-Erzähler	...
...	...	...

Den Schreibplan erstellen und schreiben

7 Legen Sie eine **Gliederung** an. Notieren Sie Stichpunkte zu den verschiedenen Aspekten, z. B.:

Einleitung: Autor: Franz Kafka • Titel: ... • Textsorte: ... • Entstehungsjahr: ... • Thema: ...
Hauptteil: Situation • Aspekte • kurzes Resümee • Überleitung zum Vergleich • Transfer
Schluss: Fazit: ...

8 Lesen Sie die folgenden Hinweise und Formulierungsbausteine. Sie können sie für Ihren Hauptteil nutzen.

Formulierungsbausteine **Dreischritt**

Ihre Interpretation wirkt überzeugend, wenn Sie Inhalt und Form in Beziehung setzen.
Das gelingt Ihnen zuverlässig, wenn Sie den folgenden Dreischritt (▸ S. 60) beachten:
Aspekt der Interpretation mit Fachbegriff ↔ Textbeleg ↔ Wirkung und Deutung (▸ Signalwörter, S. 61)

Beispiele:
- Das Erzählverhalten ist ... → Textbeleg → Durch diese Erzählstrategie werden die Gefühle der Figur unmittelbar ... / lässt sich ... erkennen / wird die Sicht der Leser so gesteuert, dass ...
- Die Raumkonstruktion → verdeutlicht/betont den Kontrollverlust K.s, denn die Handlung findet in seiner privatesten Umgebung statt → Textbeleg
- Es wird vor allem die innere/äußere Handlung dargestellt → Dadurch erfahren die Leser ... / wird Spannung erzeugt / wird hervorgehoben, ... / bleibt unklar → Textbeleg
- Textbeleg → Diese hypotaktische Syntax ist auffällig. → Sie korrespondiert auf der inhaltlichen Ebene mit der Situation des Protagonisten, der ...

9 **a** Lesen Sie die Checkliste links und die Formulierungen rechts. Machen Sie sich klar, wie die **Musterinterpretation** aufgebaut ist, und prüfen Sie stichprobenartig, ob in den Formulierungen der **Dreischritt** „Aspekt – Textbeleg – Deutung" umgesetzt ist.

b Verfassen Sie Ihren Interpretationsaufsatz möglichst am Computer. Sie können die Musterformulierungen jeweils als Einstieg nutzen und Ihre Untersuchungsergebnisse (▶ Aufgabe 4 und 5) ergänzen.

Checkliste	Einen Romanauszug interpretieren und vergleichen
Einleitung: ▪ Autor, Textsorte, Titel, Entstehungsjahr und Thema	Im Romananfang von Franz Kafkas „Der Prozess" aus den Jahren 1914/15 verliert ein Mensch die Kontrolle über sein Leben. Seine Rechte werden ihm von einer institutionellen Macht ohne Angabe von Gründen genommen.
Hauptteil (Aufgabe 1): ▪ Zusammenfassung; Situation der Figur	Der Bankangestellte Josef K. wartet am Morgen seines 30. Geburtstags vergeblich auf das Frühstück, das ihm die Köchin seiner Zimmervermieterin für gewöhnlich bringt. Stattdessen dringt ein fremder Mann in sein Zimmer ein. Als Josef K. sich bei seiner Vermieterin beschweren will, ...
Aspekt der Aufgabe: ▪ Macht und Ohnmacht – Individuum und Gesellschaft (Machtgefälle durch Regelsetzung und in Kommunikation)	Die Figur Josef K. ist als Bankangestellter an einen geregelten Alltag gewohnt. Als er aus unerklärlichen Gründen verhaftet wird, versucht er, sich an vermeintlich gültige Konventionen zu klammern (vgl. Z. 23 f., 37). Die Wächter handeln jedoch nach undurchsichtigen Vorgaben und K. sieht sein Rechtsverständnis grundsätzlich in Frage gestellt (vgl. Z. 91 ff.). Die Kommunikation zwischen den Figuren bleibt nur kurz auf Augenhöhe (vgl. Z. 19–48) und wird dann von einem deutlichen Machtgefälle (asymmetrische Kommunikation) geprägt. Die Wächter wissen offensichtlich mehr, als sie bereit sind, K. mitzuteilen. Durch direkte Fragen will K. sich Klarheit verschaffen, z. B.: „‚Wer sind Sie?'" (Z. 19). Eine Antwort bekommt er nicht. Empört besteht er auf seiner gewohnten Routine (vgl. Z. 23 f.). ...
Weitere Aspekte: ▪ Handlung	Die Handlungsdynamik, aber auch die Anteile innerer Handlung unterstützen den Eindruck von K.s Ausgeliefertsein. Ganz plötzlich wird sein Leben mit all seinen routinierten Abläufen unterbrochen und in Frage gestellt. Diese Unmittelbarkeit (vgl. Z. 1 ff.) erzeugt sofort eine große Handlungsdynamik, die im schnellen Schlagabtausch zwischen K. und den Wächtern aufgenommen wird (vgl. Z. 37 ff.). Andererseits werden K.s Reaktionen ...
▪ Charakter	K.s Charakter erscheint widersprüchlich. Denn er ist zum einen ein beruflich etablierter (vgl. Z. 4) und regelkonformer Routinemensch (vgl. Z. 39 ff.), den diese unerwartete und ganz unerklärliche Veränderung tief erschüttern muss. Außerdem ist er klug und hat ein klares Rechtsverständnis (Z. 93 ff.), das durch die Geschehnisse ... Andererseits ...
▪ Raum	Das Unfassbare, die Absurdität des Geschehens, wird noch dadurch verstärkt, dass es in K.s Schlafzimmer seinen Anfang nimmt. K. kann es zunächst kaum glauben und denkt an einen Scherz seiner Arbeitskollegen, dass eine fremde Macht ungefragt und ohne nachvollziehbare Begründung in seine Privatsphäre eindringt. Diese Grenzüberschreitung lässt sich symbolisch als Kontrollverlust deuten. K. kann über sein Leben nicht mehr frei verfügen. ...

■ Erzählstrategie	Die personale Erzählhaltung in der Er-Form vermittelt einen Einblick in K.s Gedanken und Gefühle und wirkt spannungssteigernd. Als Leser werden wir unmittelbar an K.s Überlegungen in erlebter Rede beteiligt (vgl. Z. 91–113) und wissen nicht mehr als er. ...
■ Sprache	Sprachlich beginnt der Roman bereits mit einem Signal der Verunsicherung. Das Indefinitpronomen „Jemand" (Z. 1) verdeutlicht, dass unklar ist, von wem K. angezeigt wurde. Bereits der Ursprung der gesamten Handlung ist also unerklärlich. Die Sprache ist distanziert-sachlich gehalten und die Figuren kommunizieren kurz und bündig. Auf das nüchtern feststellende „Es ist unmöglich." (Z. 37) des Fremden folgt etwa K.s knappes „Das wäre neu". Die fremdartige Situation wird zudem alltagsnah und realistisch beschrieben. ...
Reflektierte Schlussbetrachtung	Zusammenfassend lässt sich feststellen, dass der Protagonist Josef K. um die Kontrolle über sein Leben ringen muss. ...
Überleitung (Aufgabe 2): ■ Einleitung ■ Vergleichsaspekte	– Auch in ... Roman/Novelle/Erzählung „..." aus dem Jahr ... lässt sich das Thema ... / geht es um ... – Im Umgang mit ... / Im Verhalten der Figuren fallen Gemeinsamkeiten, aber auch Unterschiede auf. Diese zeigen sich ... – Anhand folgender Aspekte lässt sich vergleichend aufzeigen: ...
Vergleich	– In beiden Texten geht es um Machtverhältnisse in den Beziehungen ... – Ähnlich wie im „Prozess" sieht sich eine Figur mit Regeln konfrontiert, ... – In Bezug auf ... zeigen sich jedoch Unterschiede. So reagiert ... – Im Unterschied zu / In Differenz zu / Im Gegensatz ... – Parallel/Entsprechend / Beinahe identisch verhält sich/verläuft ...
Schluss: ■ Fazit	Als Resümee des Textvergleichs ergibt sich, dass ... Die Analyseergebnisse zeigen insgesamt ...

Den eigenen Text überarbeiten

10 Nutzen Sie die Begriffe in der linken Spalte der Tabelle (▶ S. 78–79) als **Checkliste:**

a Prüfen Sie Ihre Interpretationen in Kleingruppen ggf. mit Hilfe digitaler Werkzeuge (▶ Methode, S. 463) und geben Sie sich mit Blick auf die Anforderungen der Aufgabenstellung ein Feedback.
Achten Sie auch auf folgende formale Aspekte:
- Ist der Aufsatz schlüssig und gedanklich klar aufgebaut? Ist er in Absätze gegliedert? Stimmen Schwerpunktsetzung und Umfang (vgl. Punkteverteilung in der Aufgabenstellung)?
- Sind Kernstellen im Dreischritt interpretiert: Aspekt ↔ Textbeleg ↔ Deutung?
- Haben Sie sachlich und fachsprachlich formuliert und korrekt zitiert?
- Sind Rechtschreibung, Zeichensetzung sowie Grammatik korrekt (▶ S. 458 ff.)? Ist Ihr Satzbau übersichtlich?

b Überarbeiten Sie Ihren Text mit Hilfe von Feedback, Checkliste und Formulierungshilfen.

c Notieren Sie, worin Sie Ihre Stärken und Ihre Schwächen in der Interpretation epischer Texte sehen, und halten Sie fest, worauf Sie bei der Klausur besonders achten möchten.

B2 Natur und Reise – Gedichte interpretieren

dieser Wald Traum meiner Kinderjahre unentwegtes Gehen
Erfüllung und Erinnerung Wald so zerschossen und
gerupft dieser Wald und kein anderer meine
wiederkehrende Deckung zärtlicher Schutz erlösendes
Untertauchen

(Helga M. Novak)

1 Lassen Sie die Atmosphäre des Bildes auf sich wirken und schreiben Sie dann eine Minute lang auf, was Ihnen im ersten Moment durch den Kopf geht.

2 **a** Tauschen Sie sich über den Text von Helga M. Novak aus: Erklären Sie, welche Bedeutung der Wald für das lyrische Ich hat. Was verbindet es mit dem Wald, welche Bedeutung hat dieser Ort?
b Vergleichen Sie Ihre Assoziationen zum Thema Wald/Natur (► Aufgabe 1) mit den im Gedicht genannten Vorstellungen und Gedanken. Benennen Sie Unterschiede und Gemeinsamkeiten.

3 **a** Diskutieren Sie: Könnte es sich bei diesen Zeilen um einen Post aus einem sozialen Netzwerk handeln?
b Ist der Text von Helga M. Novak eher ein Aphorismus (Sinnspruch) oder ein Gedicht? Begründen Sie Ihre Meinung und erläutern Sie, welche Merkmale Ihrer Meinung nach ein Gedicht ausmachen.

Gedichte professionell lesen und interpretieren

Von wegen zart und blumig! Gedichte können hart, prosaisch, kämpferisch oder lustig sein. Sie können aus mehreren Strophen oder nur einzelnen Versen bestehen, können einen Reim haben oder reimlos sein, in einfacher Umgangssprache oder einem hymnischen Ton verfasst sein, rhetorische Stilmittel aufweisen oder bewusst darauf verzichten. Viele trauen sich nicht an Gedichte heran und halten sie für verkopfte, schwer entzifferbare Wortkonstruktionen. Dabei können Verse heiter stimmen, trösten, Denkanstöße geben oder uns einfach nur zum Lachen bringen. Man muss die Stilmittel eines Gedichts nicht bis ins Einzelne durchdringen, um mit dem Text in einen Dialog treten zu können. Aber wenn Sie der Machart eines Gedichts auf die Spur kommen, kann dies den Genuss sogar erhöhen, wie das folgende Zitat von Bertolt Brecht zeigt: „Wer das Gedicht für unnahbar hält, kommt ihm wirklich nicht nahe. In der Anwendung von Kriterien liegt ein Hauptteil des Genusses. Zerpflücke eine Rose und jedes Blatt ist schön."

Im folgenden Kapitel wird Ihnen gezeigt, wie Sie sich Gedichten annähern können.

4 a Diskutieren Sie über das Zitat von Brecht: Bedeutet die (inhaltliche und formale) tiefere Durchdringung eines Gedichts, dass man einen größeren Gewinn beim Lesen hat?

b Tragen Sie zusammen, wie Sie bislang an Gedichte herangegangen sind, um sie zu interpretieren.

c Lesen Sie den folgenden Leitfaden und nutzen Sie die einzelnen Module gezielt für Gedichtinterpretationen und -vergleiche.

Leitfaden durch das Kapitel – Kenntnisse und Kompetenzen

Teilkapitel 2.1: Aspekte der Lyrik – Gedichte interpretieren

Die **5 Module** des ersten Teilkapitels **helfen Ihnen bei der Interpretation** von **Gedichten,** die Sie im Unterricht lesen, sowie beim **Gedichtvergleich.** Sie können die **Module unabhängig voneinander nutzen,** je nachdem bei welchem Schritt der Gedichtinterpretation Sie Unterstützung brauchen.

- **Modul 1** **Erster Zugang:** Hier lernen Sie, wie Sie sich dem Verständnis eines Gedichts annähern können. Im Zentrum stehen dabei Inhalt und Form.
- **Modul 2** **Lernlandkarte:** Mit der Lernlandkarte überblicken und systematisieren Sie alle Aspekte der Gedichtinterpretation.
- **Modul 3** **Musterinterpretation:** Sie machen sich an einem Beispiel bewusst, wie man Gedichte professionell liest und wie man interpretierend schreibt.
- **Modul 4** **Ein Aspekt unter der Lupe:** Hier vertiefen Sie Ihre Kenntnisse zu Rhythmus und Metrum.
- **Modul 5** **Theorie für Profis:** Sie wollen mehr wissen? Mit diesem Modul erarbeiten Sie sich zusätzliche Kenntnisse über die Unterschiede zwischen lyrischem Ich und Autor/Autorin eines Gedichts.

Teilkapitel 2.2: Motivgleiche Gedichte aus verschiedenen Epochen interpretieren

Sie interpretieren und vergleichen **motivgleiche Gedichte** aus unterschiedlichen Epochen im Hinblick auf verschiedene **Aspekte.** Die dabei erworbenen Kenntnisse und Kompetenzen **übertragen Sie mit Hilfe von Transferaufgaben** jeweils passgenau **auf Ihre Unterrichtslektüre**.

Teilkapitel 2.3: Klausurtraining: Gedichte interpretieren und vergleichen

Sie erarbeiten eine **vergleichende Gedichtinterpretation** und erhalten dabei **zahlreiche Starthilfen, Formulierungsangebote** und **ausführliche Musterlösungen.** Sie können dieses Hilfsangebot nutzen oder selbstständig arbeiten.

2.1 Aspekte des Dichtens – Gedichte interpretieren

Modul 1:
Erster Zugang – Ein Gedicht analysieren

Wie begegnet man einem Gedicht? Lassen Sie den Text zunächst auf sich wirken und überlegen Sie dann, auf welche Weise seine spezielle Wirkung entsteht: Wie spielen Inhalt, Form und Sprache zusammen?

Stefan Zweig **Hymnus an die Reise** (1924)

Schienen, die blauen Adern aus Eisen,
Durchrinnen die Welt, ein rauschendes Netz.
Herz, rinn mit ihnen! Raff auf dich, zu reisen,
Im Flug nur entfliehst du Gewalt und Gesetz.

Im Flug nur entfliehst du der eigenen Schwere,
Die dir dein Wesen umschränkt und erdrückt.
Wirf dich ins Weite, wirf dich ins Leere,
Nur Ferne gewinnt dich dir selbst zurück!

Sieh! bloß ein Ruck, und schon rauscht es von Flügeln,
Für dich braust eine eherne Brust,
Heimat stürzt rücklings mit Hängen und Hügeln
Ein Neues, es wird dir neuselig bewusst.

Die Grenzen zerklirren, die gläsernen Stäbe,
Sprachen, die fremden, sie eint dir der Geist
Unendliche Einheit, da er die Schwebe
Der vierzehn Völker Europas umkreist.

Und in dem Hinschwung von Ferne zu Fernen
Wächst dir die Seele, verklärt sich der Blick,
So wie die Welt im Tanz zwischen Sternen
Schwingend ausruht in großer Musik.

1 a Wählen Sie ein oder zwei Verse des Gedichts aus, die Sie für besonders wichtig oder bedeutsam halten. Begründen Sie Ihre Auswahl und tauschen Sie sich über Ihre **Leseeindrücke** aus.
b Erklären Sie, wer in dem Gedicht angesprochen wird. Achten Sie hierbei besonders auf Vers 3.

Das Personalpronomen „du“ bezieht sich entweder auf eine zweite, angesprochene Person oder in einer Selbstanrede auf das lyrische Ich selbst.

2 a Die Hymne oder der Hymnus ist ein Preis- und Lobgesang. Erschließen Sie unter diesem Aspekt den **Inhalt** des Gedichts.
b Begründen Sie, inwiefern der Titel „Hymnus an die Reise“ zum Gedicht passt. Finden Sie hierzu Textstellen, in denen die Begeisterung des lyrischen Ichs für das Reisen zum Ausdruck kommt.
c „Nur Ferne gewinnt dich dir selbst zurück!“, heißt es in Vers 8. Erklären Sie, wie diese Aussage zu verstehen ist, und begründen Sie, ob Sie ihr (auch in ihrer Absolutheit) so zustimmen würden.

3 Auffordernd, impulsiv, dynamisch, leidenschaftlich, begeisternd, entzückt? Tragen Sie das Gedicht so vor, wie Sie den Inhalt verstehen. Sie können dabei ruhig übertreiben.

4 Untersuchen Sie, wie die **sprachlichen Mittel** und die **Gestaltung des Sprechers** die Wirkung des Gedichts beeinflussen. Gestalten Sie dafür im Team einzelne Textstellen um. Wählen Sie a oder b.

●●○ **a** Verändern Sie die zweite Strophe des Gedichts so, dass der Inhalt von einem **neutralen Sprecher** wiedergegeben wird, z. B.: Im Flug nur entflieht man … / Ein Wurf ins Weite,

●●● **b** Verändern Sie die **Wortwahl** in der ersten Strophe so, dass die Sprache weniger bildhaft und eher etwas sachlich wirkt, z. B.: Schienen, die Elemente aus Eisen / …

c Stellen Sie sich gegenseitig Ihre Ergebnisse vor und vergleichen Sie Ihre Texte mit dem Original. Diskutieren Sie, wie sich die Wirkung des Gedichts gegenüber dem Original jeweils verändert hat.

5 **a** Untersuchen Sie, wie die sprachlichen Mittel zur Wirkung des Gedichts beitragen. Arbeiten Sie im Team und deuten Sie die Stilmittel in der Tabelle.

Textbeleg (Verszeile)	Stilmittel (► S. 449 f.)	Deutungen
Schienen, die blauen Adern aus Eisen, / Durchrinnen die Welt, ein rauschendes Netz (V. 1 f.)	– Metaphern	– Schienen werden mit Lebensadern …, die wie … die gesamte Welt … → positive Bedeutung …
Herz, rinn mit ihnen! Raff auf dich, zu reisen (V. 3)	– Imperative	…
Im Flug nur entfliehst du Gewalt und Gesetz. Im Flug nur entfliehst du der eigenen Schwere (V. 4 f.)	– Metapher – Anapher	– „Flug" als Metapher für Bewegung, Dynamik im Gegensatz zu …
Heimat stürzt rücklings mit Hängen und Hügeln / Ein Neues, es wird dir neuselig bewusst (V. 11 f.)	– Personifikation – Alliteration – Neologismus	…

b In den letzten beiden Strophen werden immer größere (Bewusstseins-)Dimensionen des Reisens entfaltet, zuletzt wird die Erfahrung des Reisens sogar ins Überirdische gerückt. Erläutern Sie anhand des Gedichts, wodurch dieser Eindruck entsteht.

6 Führen Sie Inhalt und **Form des Gedichts** zusammen. Erläutern Sie, inwieweit sich die positive Aufbruchsstimmung des lyrischen Ichs auch in der Form des Gedichts widerspiegelt. Sie können die folgenden Begriffe aus dem Wortspeicher nutzen:

Liedform: regelmäßiger Strophenbau mit Reimbindung → …
Metrum: vorherrschendes Metrum … (x́xx) → wirkt …

7 **a** Informieren Sie sich auf der Lernlandkarte (Modul 2, ► S. 84 f.) über die Aspekte einer Gedichtinterpretation. Wählen Sie einen Aspekt aus und untersuchen Sie ihn anhand des Gedichts „Hymnus an die Reise" genauer.

b Reflektieren Sie, wie Ihnen die Lernlandkarte bei der Interpretation von Gedichten hilft. Erklären Sie, wie Sie diese mit dem Merkwissen zur Lyrik aus dem Orientierungswissen (► S. 449–452) verknüpfen können.

Modul 2:

Lernlandkarte – Aspekte der Interpretation lyrischer Texte

Die Lernlandkarte zeigt Ihnen alle Aspekte, die Sie bei der Untersuchung und Interpretation lyrischer Texte berücksichtigen können. Beachten Sie, dass die Wirkung eines Gedichts erst durch das spezielle Zusammenspiel verschiedener (nicht unbedingt aller) Aspekte entsteht.

Wird eine Handlung oder Situation beschrieben oder werden Gefühle, Gedanken oder eine Stimmung dargestellt? Was bedeutet der Titel? Welchen Bezug hat er zum Gedicht?

Inhalt / Thema / Motive (▶ S. 449)

- Inhalt (Handlung, Situation, Gefühle, Eindrücke, Gedanken, Stimmung)
- Thema/Motive (z. B. Liebe, Tod, Natur, Stadt, Krieg)
- Titel (Bedeutung, Bezug zum Gedicht)

Gibt es ein lyrisches Ich/Wir oder ist der Sprecher nicht direkt greifbar? Welche Haltung hat das lyrische Ich (begeistert, traurig, kritisch)? Gibt es einen Adressaten (Du/Ihr) oder spricht das lyrische Ich mit sich selbst?

Sprecher/-in (▶ S. 449)

- Sprecher/-in: lyrisches Ich (Pronomen *ich, mein, mir*), Wir-Form (Pronomen *wir, unser*), neutraler Beobachter
- Standort des lyrischen Sprechers (Nähe, Distanz zum Thema), Aktivität oder Passivität (z. B. reiner Beobachter)
- Adressat in Form eines Du

Tipp: Das lyrische Ich darf nicht mit dem Autor / der Autorin verwechselt werden.

Ist das Gedicht in Strophen (regelmäßig/unregelmäßig) gegliedert? Liegt eine besondere Gedichtform, z. B. Sonett, vor? Ist das Gedicht gereimt? Liegt eine besondere Reimform vor?

Strophe, Vers, Reim (▶ S. 449)

Strophe, Verse

- Anzahl der Abschnitte (Strophen) und Verse (Zeilen eines Gedichts)
- regelmäßiger/unregelmäßiger Strophenbau

Reim und Reimformen

- gereimt oder ungereimt
- Reimformen: Paarreim (aabb), Kreuzreim (abab), umarmender Reim (abba), Schweifreim (aabccb), Binnenreim (zwei oder mehr Wörter reimen sich in einer Verszeile)
- Verswaise: reimloser Vers in einer gereimten Strophe
- Betonung am Versende (männliche/weibliche Kadenz)

Versmaß (Metrum) (▶ S. 449)

- regelmäßige Abfolge von betonten (x́) und unbetonten (x) Silben nach einem Schema = Versmaß
- Versmaß (Metrum)
  - Jambus (xx́), z. B. Gedicht
  - Trochäus (x́x), z. B. Dichter
  - Anapäst (xxx́), z. B. Anapäst
  - Daktylus (x́xx), z. B. Daktylus

Ist im Gedicht ein Metrum erkennbar oder liegt ein freier Rhythmus vor? Gibt es Abweichungen vom Metrum und haben sie eine Bedeutung?

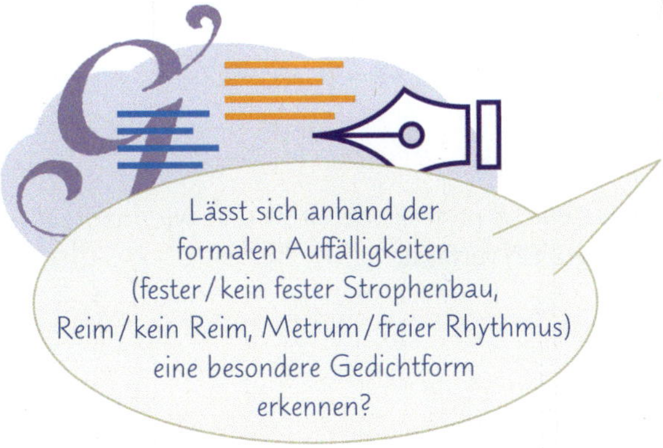

Gedichtformen (► S. 452)

- Ballade: längere Gedichtform mit Reim
- Hymne: Preis- und Lobgesang, kein Reim, kein fester Strophenbau, freie Rhythmen
- Lied: strophisch aufgebaut, meist Reim und Refrain
- Ode: reimlose, strophisch gegliederte, lange Gedichtform, pathetischer, hoher Sprachstil (entsprechend dem Thema)
- Sonett: zwei vierzeilige Strophen (Quartette), zwei dreizeilige Strophen (Terzette)

Sprachliche Stilmittel (► S. 449 f.)

- **Sprachliche Bilder**
  - Vergleich mit *wie* oder *als ob: weich wie Pudding*
  - Personifikation (Vermenschlichung): *der Tag verabschiedet sich*
  - Metapher (übertragene, bildliche Bedeutung): *Wolkenkratzer*
  - Symbol (Sinnbild): Ring als Symbol für Treue
- **Satz- und Versbau**
  - Anapher (wiederholender Satz- oder Versanfang)
  - Parallelismus (paralleler Satzbau)
  - Enjambement (Zeilensprung)
  - besondere syntaktische Formen, z. B.
Ellipse (Auslassung),
Inversion (Umstellung),
Interjektion (kurzer Ausruf): *Oh! Ach!*
  - rhetorische Frage (Scheinfrage)
- **Wortwahl und klangliche Mittel**
  - Wortwahl (z. B. aktive oder passive Verben)
  - Neologismus (Wortneuschöpfung): *Lebenssturmträume*
  - Synästhesie (Wahrnehmung mit mehreren Sinnen): *golden wehn die Töne nieder*
  - Alliteration (Wiederholung des Anfangslauts): *dunkle Dinge*
  - Häufung bestimmter Wortarten oder heller/dunkler Vokale oder harter Konsonanten
  - Bevorzugung eines Wortfelds (sinnverwandter Wörter)

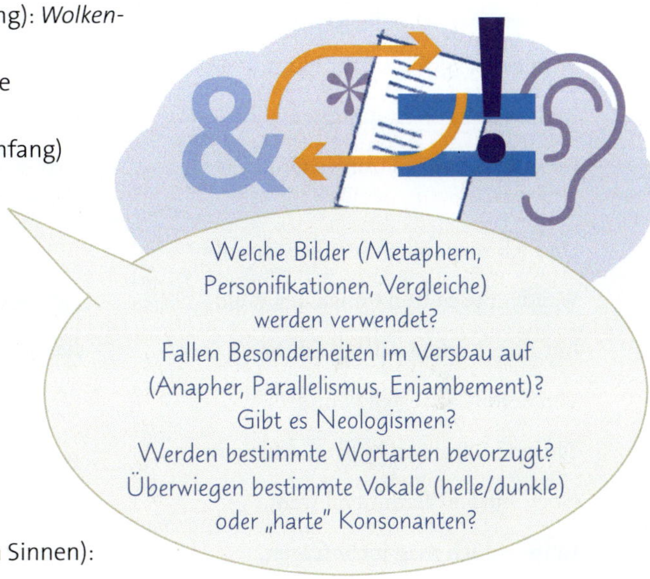

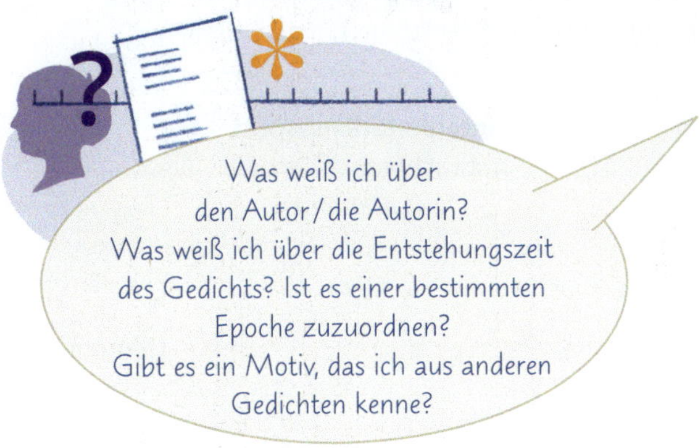

Textexterne Aspekte (► S. 451)

- Gedicht (Epoche / zeitgeschichtliche Bezüge, epochentypische Merkmale)
- Autor oder Autorin (Ansichten, Biografie, weiteres Werk)
- Intertextualität (Bezüge zwischen Texten, z. B. durch ein Motiv)

Modul 3:

Musterinterpretation – Von der Lektüre zur Interpretation

Diese Doppelseite zeigt Ihnen exemplarisch, wie man ein Gedicht professionell liest und wie man auf Grundlage dieser Vorarbeit eine strukturierte Interpretation (► S. 87) verfasst.

Joseph von Eichendorff **Frische Fahrt** (1815)

x́ x x́ x x́ x x́ x	Metrum: Trochäus
Laue Luft kommt blau geflossen,	Alliteration; Metapher/Synästhesie → alle Sinne erfasst
Frühling, Frühling soll es sein!	Wiederholung, Ausruf → Freude/Begeisterung
Waldwärts Hörnerklang geschossen,	Signal für Aufbruch
Mutger Augen lichter Schein;	
Und das Wirren bunt und bunter	Wiederholung und Steigerung → Betonung
Wird ein magisch wilder Fluss,	Enjambement: Umsetzung der mitreißenden Bewegung
In die schöne Welt hinunter	positiv konnotierte Adjektive/Partizipien
Lockt dich dieses Stromes Gruß.	dich → lyrisches Ich sichtbar: entweder Ansprache an sich selbst oder eines Gegenübers (Du)
Und ich mag mich nicht bewahren!	
Weit von euch treibt mich der Wind,	Abkehr vom bisherigen Leben
Auf dem Strome will ich fahren,	Metapher für Lebensstrom
Von dem Glanze selig blind!	
Tausend Stimmen lockend schlagen,	Personifikation des Sonnenaufgangs
Hoch Aurora[1] flammend weht,	Imperativ; Bekräftigung
Fahre zu! Ich mag nicht fragen,	lyrisches Ich zum Aufbruch bereit, keine Frage nach Ziel und Ende der Fahrt
Wo die Fahrt zu Ende geht!	

Gesamteindruck:

Thema: anbrechender Frühling bringt alles in Bewegung; Aufbruch in den Frühlingstag = Aufbruch in ein neues Leben

Epoche: Romantik (Aufbruch, Sehnsucht nach Ferne, Verbundenheit von Mensch und Natur)

1 Aurora: römische Göttin der Morgenröte

1 **a** Erklären Sie, inwiefern die Markierungen im Gedicht und die Notizen in der Randspalte Auffälligkeiten zu Inhalt, Form und Sprache festhalten und erläutern.
b Erläutern Sie mit Hilfe des Schaubilds, worauf es bei der Interpretation eines Textes ankommt, z. B.: Beim Interpretieren geht es nicht nur darum, Textstellen …

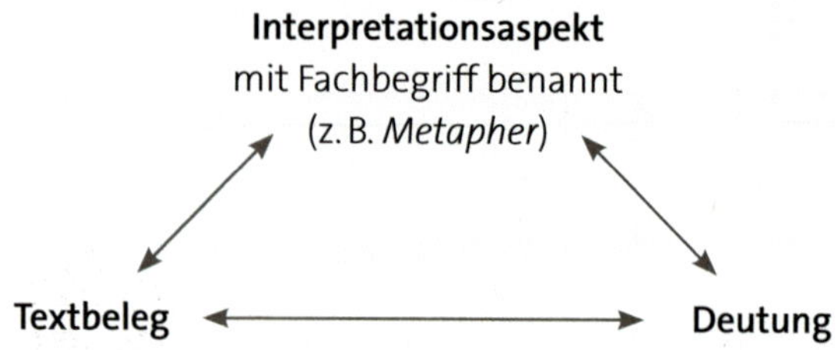

Die folgenden Auszüge aus einer Musterinterpretation zeigen Ihnen, worauf es beim Interpretieren ankommt: Sie müssen Ihre Beobachtungen am Text nicht nur mit Zitaten oder Paraphrasen belegen und mit Hilfe von Fachbegriffen benennen, sondern Sie müssen diese auch deuten, das heißt, sie inhaltlich erklären.

A Strophenbau, Reimschema und Metrum sind auffällig regelmäßig: Formal besteht das Gedicht aus zwei Strophen mit jeweils acht Versen, die über einen Kreuzreim miteinander verbunden sind. Das Metrum des Gedichts ist ein vierhebiger Trochäus. Diese regelmäßige Form verleiht dem Gedicht einen volksliedhaften Charakter, was typisch für die Lyrik der Romantik ist.

B Das lyrische Ich tritt zunächst als reiner Beobachter auf (V.1–6), der den Frühling euphorisch willkommen heißt. Erst in Vers 8 steigt das lyrische Ich sichtbar in die Szene ein und wendet sich mit der Zeile „Lockt dich dieses Stromes Gruß" entweder an sich selbst oder an ein angesprochenes Du. Zu Beginn der zweiten Strophe spricht das lyrische Ich dann explizit von sich selbst (vgl. das Personalpronomen „ich" in Vers 9, 12, 16) und verlässt damit seine Beobachterrolle. Es lässt sich von der Aufbruchsstimmung in der Natur anstecken und wechselt damit von einem beobachtenden zu einem erlebenden Ich, das seine Empfindungen angesichts des Frühlings unmittelbar zum Ausdruck bringt.

C Untersucht man die sprachlichen Stilmittel des Gedichts, wird deutlich, dass auch sie die Naturbegeisterung und das positive Lebensgefühl zum Ausdruck bringen. Bereits der Titel „Frische Fahrt" signalisiert mit seiner Alliteration eine dynamische Aufbruchsstimmung, die gleich im ersten Vers anschaulich weitergeführt wird. Mit der synästhetischen Wahrnehmung „Laue Luft kommt blau geflossen" (V.1) wird ein sinnliches Bild der Natur entfaltet, das durch die Alliteration „Laue Luft" (V.1) auch klanglich betont wird. Der freudvolle Ausruf „Frühling, Frühling soll es sein!" (V.2), der durch das sprachliche Mittel der Wiederholung noch verstärkt wird, zeigt den sehnlichen Wunsch nach Erneuerung. Der „Hörnerklang" (V.3), Symbol für die beginnende Jagd, vermittelt ein akustisches Aufbruchssignal, während die Wiederholung und Steigerung des Adjektivs in dem Vers „Und das Wirren bunt und bunter" (V.5) das Bild einer farbenfrohen Natur erzeugt und damit ein visuelles Aufbruchssignal setzt. Die fließende Bewegung des Frühlings, der metaphorisch als „magisch wilder Fluss" (V.6) bezeichnet wird, wird auch auf der formalen Ebene sichtbar, denn die Enjambements in den Versen 5 und 6 sowie 7 und 8 spiegeln die mitreißende Dynamik des Frühlings wider.

D In dem Gedicht „Frische Fahrt" klingen typisch romantische Motive wie Aufbruch, Fernweh und Reiselust an. Auch die Verbundenheit von Mensch und Natur, die in dem Gedicht zum Ausdruck kommt, sowie seine volksliedhafte Form sind typisch für die Epoche der Romantik.

2 Untersuchen Sie die Auszüge aus der Musterinterpretation.
- **a** Erklären Sie, welche Aspekten der Interpretation (▶ S. 84 f.) in den Abschnitten thematisiert werden. Stellen Sie beispielhaft dar, welche Randnotizen (▶ S. 86) Sie wo wiederfinden.
- **b** Zeigen Sie in den Abschnitten B und C der Musterinterpretation, dass Fachbegriffe genannt und die Deutungen mit Zitaten belegt werden.

3 Üben Sie das interpretierende Schreiben, indem Sie die sprachlichen Stilmittel in der zweiten Strophe mit Fachbegriffen benennen, deuten und mit Zitaten/Paraphrasen belegen.

4 **Transferaufgabe**
- **a** Wenden Sie die Methoden dieser Doppelseite auf weitere Gedichte an.
  Tipp: Alle Aspekte der Interpretation finden Sie auf der Lernlandkarte (▶ Modul 2, S. 84 f.).
- **b** Reflektieren Sie, inwieweit das professionelle Lesen (▶ S. 86) Ihnen bei der Interpretation hilft.

Modul 4:

Ein Aspekt unter der Lupe – Metrum und Rhythmus

Metrum und Rhythmus sind zentrale Elemente eines Gedichts und doch oft nur schwer greifbar. Es lohnt sich daher, einen vertiefenden Blick auf diese Aspekte zu werfen.

Metrum (Versmaß) und Rhythmus

Um die verschiedenen Metren zu unterscheiden, führt man sie auf ihren kleinsten Baustein, den Versfuß (Takt), zurück. Jambus und Trochäus sind zweisilbige, Daktylus und Anapäst dreisilbige Takte.

- Jambus: metrisches Schema xx́ (unbetont – betont), z. B.: Ge-dicht, Na-tur, wa-rum
- Trochäus: metrisches Schema x́x (betont – unbetont), z. B.: Dich-ter, le-ben, Ro-se
- Daktylus: metrisches Schema x́xx (betont – unbetont – unbetont), z. B.: Dak-ty-lus, Su-chen-de, Rei-sen-de
- Anapäst: metrisches Schema xxx́ (unbetont – unbetont – betont), z. B.: A-na-päst, Pa-ra-dies

Wiederholen sich die Takte (Versfüße) regelmäßig, spricht man von einem Metrum, z. B.:

x x́ x x́ x x́ x x́
Verschneit liegt rings die ganze Welt.

Dieser Vers besteht aus vier Jamben, man spricht von einem vierhebigen Jambus.

x́ x x x́ x x x́ x x x́
Mächtiger, der du die Wipfel dir beugst.

Dieser Vers besteht aus drei Daktylen, man spricht von einem dreihebigen Daktylus. (Der letzte Takt ist unvollständig.)

Wirkung von Metren: Prinzipiell ist es nicht möglich, einem Metrum unabhängig vom Gedichtkontext eine bestimmte Wirkung zuzuschreiben. Dennoch haben die Metren unterschiedliche Effekte beim Lesen: Der Jambus wird in der deutschen Lyrik sehr häufig verwendet und wirkt z. B. weicher und ruhiger als der Trochäus, der mit seiner Betonung auf der ersten Silbe eine gewisse Dynamik mit sich bringt. Eine Abweichung vom Metrum verstärkt oft eine Gedichtaussage und sollte dann auch interpretiert werden. Innerhalb eines Gedichts kann das Metrum auch wechseln bzw. unregelmäßig sein (unregelmäßiges Metrum) und z. B. das Gefühl von Unruhe unterstreichen.

Auftakt, Kadenz, Zäsur: Der Auftakt ist die Silbe vor der ersten Betonung im Vers. Jamben haben z. B. einen Auftakt, Trochäen nicht. Die Kadenz betrifft das Versende: Endet der Vers mit einer betonten Silbe, z. B. „Der Nebel steigt, es fällt das Laub" (Storm), so spricht man von einer stumpfen Kadenz. Der Versabschluss wird betont, und kann dadurch abrupt oder hart wirken. Endet der Vers dagegen mit einer unbetonten Silbe, z. B. „Schläft ein Lied in allen Dingen" (Eichendorff), spricht man von einer klingenden Kadenz. Das Versende wirkt weicher, fließender. Eine Zäsur ist ein Einschnitt, also eine kurze (Sprech-)Pause, innerhalb eines Verses, z. B.: „Du siehst, wohin du siehst | nur Eitelkeit auf Erden" (Gryphius). Man sieht hier, dass die Zäsur zwar die Verszeile, aber nicht das Metrum (Jambus) aufbricht.

Metrum und Rhythmus: Es gibt viele Gedichte, die das gleiche Metrum aufweisen, aber kaum zwei Gedichte, die einen identischen Rhythmus haben. Woran liegt das? Der Rhythmus eines Gedichts wird durch das Metrum bestimmt, aber eben nicht allein. So haben Gedichte ohne festes Metrum dennoch einen Rhythmus. Zeilensprünge (Enjambements), die die Versgrenzen überspielen, Zäsuren, die eine Sprechpause fordern, bestimmte syntaktische Figuren, aber auch der Klang und die natürliche Betonung eines Wortes, die manchmal auch dem Metrum entgegensteht, haben Einfluss auf den Rhythmus. In der modernen Lyrik ist die Abkehr von einem festen Metrum als Tendenz zu erkennen, weshalb der Rhythmus ein größeres Gewicht erhält.

Modul 5:
Theorie für Profis – Wer spricht im Gedicht?

Gedichte geben oft einen tiefen Einblick in die Gefühle und Stimmungen eines Sprechers, der sich in der Ich-Form äußert. Deshalb läuft man Gefahr, das Gedicht mit dem Leben des Autors bzw. der Autorin in Beziehung zu setzen. Warum das lyrische Ich von der realen Person des Autors bzw. der Autorin zu trennen ist, beantwortet der folgende Text.

Kristin Felsner, Holger Helbig, Therese Manz **Lyrisches Ich versus Autor**

Im Gefüge der drei großen Gattungen gilt die Lyrik landläufig nach wie vor als die subjektivste. In der Wissenschaft bemüht man sich inzwischen, nicht zuletzt infolge der Beschäftigung mit moderner Lyrik, den Schwerpunkt (erst einmal) auf den Text und seine sprachliche Beschaffenheit zu legen, was die Beschäftigung mit dem Verfasser und seiner Zeit keinesfalls ausschließt. Um dem Kurzschluss zwischen Gedicht und Dichter vorzubeugen, wurde im 20. Jahrhundert in der deutschen Lyriktheorie der Begriff „lyrisches Ich" eingeführt. Er soll verhindern, dass der Sprecher im Gedicht, das Subjekt, dem die Leser die Aussage des Textes – konkreter: Gefühle, Gedanken, aber auch Beschreibungen – zuordnen, mit dem Autor gleichgesetzt wird. Der Ausdruck findet sich nur in der deutschsprachigen Forschung, außerhalb dieses Bereichs spricht man vom „lyrischen Subjekt". Bezeichnet wird mit beiden Begriffen die vom Autor zu unterscheidende Sprecherinstanz eines Gedichts, also ein Subjekt, dessen Eigenschaften aus dem Text (wie unbewusst auch immer) extrahiert werden. Gemeint ist das Bild, das man sich von dieser Instanz als einer Person macht. Die für den Umgang mit dem lyrischen Ich zentrale Frage lautet: Was tut die Instanz, wenn sie „ich" sagt oder in einer Weise spricht, die auf ein „Ich" schließen lässt? Spricht das „Ich" auch, vermittelt oder nicht, von oder über sich? Nur wenn diese Frage mit Ja beantwortet wird, scheint es sinnvoll, mit der Kategorie zu arbeiten. Es lässt sich zum Beispiel der Art und Weise, wie im Gedicht Welt wahrgenommen, wie über Landschaft gesprochen wird, etwas über den Zustand des Sprechers, sein Verhältnis zur Natur entnehmen. Aber die Wut, die Trauer und/oder die Liebe, die so zum Ausdruck kommen, sind nicht zwangsläufig die des Autors. – Relevant ist die Kategorie also bei all jenen Gedichten, bei denen die Versuchung besteht, sie in direkter oder indirekter Weise auf das Erleben des Verfassers zurückzuführen. Das betrifft im Kern alle Gedichte aus den Epochen, in denen Lyrik als Subjektaussprache verstanden wurde. „Es führt von der Poesie kein direkter Weg ins Leben, aus dem Leben keiner in die Poesie", formulierte Hugo von Hofmannsthal 1895.

1 Erklären Sie die Begriffe „lyrisches Ich" (► Z. 11) bzw. „lyrisches Subjekt" (► vgl. Z. 18) und erläutern Sie, in welchem Verhältnis diese Begriffe zum Autor bzw. zur Autorin stehen.

2 Erläutern Sie, warum eine Unterscheidung von lyrischem Ich und Autor/-in wichtig ist.
Wählen Sie a oder b:

●●○ **a** Reflektieren Sie, warum Sie den **Ich-Erzähler** eines Ihnen bekannten Jugendbuchs nicht mit dem Autor / der Autorin gleichsetzen würden, und übertragen Sie diesen Gedankengang auf das **lyrische Ich** im Gedicht.

●●● **b** Erläutern Sie (auch anhand von Beispielen) **das Zitat von Hugo von Hofmannsthal:** „Es führt von der Poesie kein direkter Weg ins Leben, aus dem Leben keiner in die Poesie".

c Führen Sie Ihre Ergebnisse zusammen und erläutern Ihre Erkenntnisse für die Interpretation von Gedichten bedeutet. Inwiefern können textexterne Aspekte (► S. 85) dennoch bei der Interpretation einfließen?

3 Auch der Erzähler in einem epischen Text ist nicht mit dem Autor bzw. der Autorin gleichzusetzen. Erläutern Sie diese Aussage anhand verschiedener Literaturgenres, z. B. Kriminalroman, historischer Roman, und übertragen Sie dann diesen Gedankengang auf das lyrische Ich im Gedicht.

2.2 Motivgleiche Gedichte aus verschiedenen Zeiten interpretieren

Themen und Motive, wie z. B. die Natur oder das Reisen, wurden über die Jahrhunderte hinweg in der Lyrik immer wieder aufgegriffen. Dabei zeigt sich, auch bedingt durch die unterschiedlichen zeitlichen Kontexte, ein stetiger Wandel in der Ausrichtung des Themas. Welche Perspektiven werfen die verschiedenen Gedichte auf die Themen Natur oder Reisen? Inwiefern ist der zeitgeschichtliche Hintergrund hilfreich für die Interpretation der Gedichte? Verstehen Sie den ein oder anderen Text dank des Vergleichs besser?

Die folgenden Gedichte können Sie unter diesen Fragestellungen lesen und wie folgt nutzen:

- Sie können die Gedichte unter dem Fokus der obigen Fragestellungen miteinander vergleichen.
- Die Aufgaben zu den vier Gedichteinheiten beziehen sich jeweils auf bestimmte Aspekte der Interpretation. Damit Sie diese Aspekte auf die Gedichte übertragen können, die Sie gerade im Unterricht behandeln, finden Sie in jeder Einheit Transferaufgaben.

Blick auf die Natur – Thema und Motive untersuchen und vergleichen

Jürgen Becker **Natur-Gedicht** (1974)

In der Nähe des Hauses,
der Kahlschlag, Kieshügel, Krater
erinnern mich daran –
nichts Neues: kaputte Natur,
aber ich vergesse das gern,
solange ein Strauch steht.

Karl F. Schöfmann: Grün in der Stadt (2021)

1 Im Gedicht wie auch auf dem Foto geht es um die Natur. Aber um welche Perspektive genau? Bestimmen Sie das gemeinsame Hauptmotiv.

2 Untersuchen Sie, inwiefern Inhalt, Form und sprachliche Gestaltung in diesem Gedicht zusammenspielen.

a Erläutern Sie, wie das lyrische Ich die Natur in den Versen 1–4 wahrnimmt und welche Erkenntnis der Sprecher in den letzten beiden Versen (Vers 5–6) artikuliert.

b Beschreiben Sie die Wirkung, die durch die Alliteration in Vers 2 entfaltet wird.

c Diskutieren Sie, ob die reimlose Gedichtform ohne festes Metrum zum Inhalt des Textes passt.

3 Das Gedicht trägt den Titel „Natur-Gedicht“. Diskutieren Sie, ob es sich um Naturlyrik handelt.

4 Betonungen, Pausen, Tempowechsel: Welchen Rhythmus würden Sie dem Gedicht bei einem Vortrag geben? Probieren Sie unterschiedliche Möglichkeiten aus und vergleichen Sie die jeweiligen Wirkungen.

Friedrich Hebbel **Herbstbild** (1852)

Dies ist ein Herbsttag, wie ich keinen sah!
Die Luft ist still, als atmete man kaum,
Und dennoch fallen raschelnd, fern und nah,
Die schönsten Früchte ab von jedem Baum.

O stört sie nicht, die Feier der Natur!
Dies ist die Lese[1], die sie selber hält,
Denn heute löst sich von den Zweigen nur,
Was von dem milden Strahl der Sonne fällt.

1 die Lese: Ernte, besonders von Wein

Isaak Iljitsch Lewitan: Goldener Herbst (1895)

1 Lesen Sie das Gedicht und betrachten Sie das Gemälde.
Diskutieren Sie, ob man die Titel auch tauschen könnte.

2 **a** Erläutern Sie, in welchem Verhältnis das lyrische Ich zur Natur steht und welches Naturbild vermittelt wird. Nehmen Sie folgende Stichworte zu Hilfe und begründen Sie Ihre Antwort mit einem Textbeleg.

Nähe/Distanz gegenüber der Natur • positives/negatives Naturbild

b Untersuchen Sie, wie die Wahrnehmungen und Gefühle des lyrischen Ichs in den beiden Strophen zum Ausdruck gebracht werden. Achten Sie auf folgende sprachliche Stilmittel:

Vergleich • Personifikation • Superlativ • Exklamation (Ausruf) • Wortwahl

3 In den Gedichten von Jürgen Becker (► S. 90) und Friedrich Hebbel geht es um das Thema Natur, aber die Perspektiven sind unterschiedlich.

a Vergleichen Sie die beiden Gedichte hinsichtlich der folgenden Aspekte: **Naturdarstellungen, sprachliche Gestaltungsmittel, Form** (Reim, Metrum). Sie können die folgenden Formulierungen nutzen.

- Die Gedichte ...gestalten/haben beide das Thema ...
- Die Texte unterscheiden sich in ... / weichen in Bezug auf ... voneinander ab.
- Während das Gedicht ..., ist im Gedicht ... / Während das Gedicht .... betont, wird im Gedicht ...
- Auch in ... unterscheiden sich die Gedichte: Während ...
- Betrachtet man ..., fällt auf, dass ...

b Diskutieren Sie gemeinsam, ob die unterschiedliche Entstehungszeit der Gedichte (Realismus sowie Gegenwart) die möglichen Unterschiede in Bezug auf die Naturdarstellung und die Form erklärt. Schlagen Sie ggf. in der Literaturgeschichte (► S. 350, S. 441) nach.

4 **Transferaufgabe**
Vergleichen Sie ein Ihnen bekanntes Gedicht zum Thema Natur mit dem „Natur-Gedicht" von Jürgen Becker (► S. 90) oder dem Gedicht „Herbstbild" von Hebbel. Welche Gemeinsamkeiten und Unterschiede zeigen sich in Inhalt, Form und Sprache?

Das Motiv der Lebensreise in der Reiselyrik – Sprachliche Bilder untersuchen

Reiselyrik gibt es in fast jeder Epoche, dabei kann das Motiv des Reisens aber unterschiedlich gestaltet sein: Mal wird das Motiv der Reise mit der Sehnsucht nach der Natur oder der Ferne verbunden, mal mit einem Aufbruch ins Unbekannte oder auch als Metapher für die Lebensreise.

Catharina Regina von Greiffenberg
Auf meinen bestürmeten Lebens-Lauff (1662)

Wie sehr der Wirbelstrom so vieler Angst und plagen
mich drähet[1] um und um / so bistu doch mein Hort[2]
mein mittel punct / in dem mein Zirkel fort und fort
mein Geist halb hafften bleibt vom sturm unausgeschlagen.

Mein Zünglein[3] stehet stät[4] / von Wellen fort getragen
auf meinen Stern gericht. Mein Herz und Aug' ist dort
es wartet schon auf mich am Ruhe-vollen Port[5]:
dieweil muß ich mich keck[6] in weh und See hinwagen.

Offt will der Muht / der Mast / zu tausend trümmern springen.
Bald thun die Ruder-Knecht / die sinnen / keinen Zug.
Bald kan ich keinen Wind in glaubens-Segel bringen.

Jetzt hab ich / meine Uhr zu richten / keinen fug[7].
Dann wollen mich die Wind auf andre zufahrt dringen,
bring an den Hafen mich / mein Gott / es ist genug!

1 drähet: dreht
2 der Hort: Ort, der Schutz gewährt
3 das Zünglein: hier Zeiger eines Kompasses; Kompassnadel
4 stät: still
5 der Port: Hafen
6 keck: lebhaft, furchtlos
7 der Fug: Recht

1 Entscheiden Sie sich für eine Deutungsthese und begründen Sie diese anhand des Textes.
Das Gedicht beschreibt ...
A die Hinwendung des lyrischen Ichs zu Gott mit der Bitte um Erlösung durch den Tod.
B die Rettung des lyrischen Ichs durch Gott während einer gefährlichen Schiffsreise.
C die Beziehung des lyrischen Ichs zu einem geliebten Menschen, der Orientierungspunkt im Leben war.

2 In dem Gedicht wird das beschwerliche Leben im Diesseits einem erstrebenswerten Ende im Jenseits bei Gott antithetisch gegenübergestellt. Untersuchen Sie im Team, wie diese beiden Bereiche in jeder Strophe metaphorisch dargestellt werden, z. B.:

Leben/Diesseits = beschwerliche Schiffsreise	↔	(Glaube an) Gott/Jenseits = Hafen
– **Strophe 1:** „Wirbelstrom", „Angst und plagen", die das Ich bedrängen und verwirren – ... – **Strophe 3:** Muth = Schiffsmast, der im Sturm ..., Sinne = müde Ruderer ...		– **Strophe 1:** Gott als „Hort" und „mittel punct" (V. 2 f.), in dem der Geist „hafften bleibt", sodass die Gesinnung „vom Sturm" nicht beeinträchtigt wird – ...

3 Das Sonett stammt aus der Zeit des Barocks. Erklären Sie, welche typischen Leitgedanken und Motive dieser Epoche Sie wiederfinden. Informieren Sie sich dazu in der Literaturgeschichte (▶ S. 268).

Ingeborg Bachmann **Ohne Titel** (1952)

Die Welt ist weit und die Wege von Land zu Land,
und der Orte sind viele, ich habe alle gekannt,
ich habe von allen Türmen Städte gesehen,
die Menschen, die kommen werden und die schon gehen.
Weit waren die Felder von Sonne und Schnee,
zwischen Schienen und Straßen, zwischen Berg und See.
Und der Mund der Welt war weit und voll Stimmen an meinem Ohr
und schrieb, noch des Nachts, die Gesänge der Vielfalt vor.
Den Wein aus fünf Bechern trank ich in einem Zuge aus,
mein nasses Haar trocknen vier Winde in ihrem wechselnden Haus.

Die Fahrt ist zu Ende,
doch ich bin mit nichts zu Ende gekommen,
jeder Ort hat ein Stück von meinem Lieben genommen,
jedes Licht hat mir ein Aug verbrannt,
in jedem Schatten zerriß mein Gewand.

Die Fahrt ist zu Ende.
Noch bin ich mit jeder Ferne verkettet,
doch kein Vogel hat mich über die Grenze gerettet,
kein Wasser, das in die Mündung zieht,
treibt mein Gesicht, das nach unten sieht,
treibt meinen Schlaf, der nicht wandern will ...
Ich weiß die Welt näher und still.

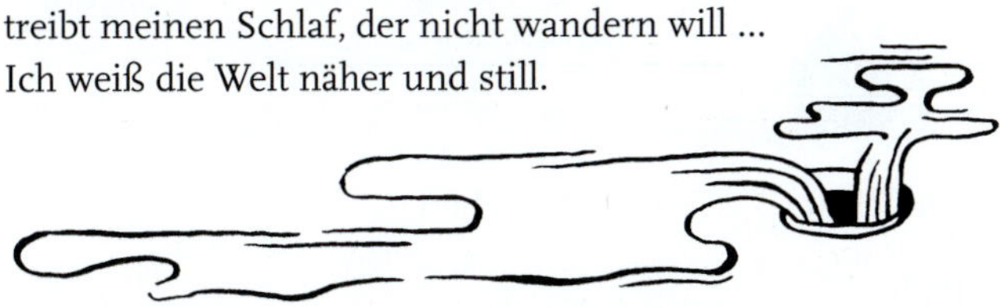

Hinter der Welt wird ein Baum stehen
mit Blättern aus Wolken
und einer Krone aus Blau.
In seine Rinde aus rotem Sonnenband
Schneidet der Wind unser Herz
und kühlt es mit Tau.
Hinter der Welt wird ein Baum stehen,
eine Frucht in den Wipfeln,
mit einer Schale aus Gold.
Laß uns hinübersehen,
wenn sie im Herbst der Zeit
in Gottes Hände rollt! R

1 „Die Fahrt ist zu Ende / doch ich bin mit nichts zu Ende gekommen" (V. 11 f. und 16). Erklären Sie, wie Sie diese Aussage im Kontext des Gedichts verstehen.

2 Auch dieses Gedicht behandelt das Thema Lebensreise, spannt dabei aber den Bogen von der Vergangenheit über die Gegenwart bis hin zur Zukunft. Erklären Sie, welche Strophen welchem Zeitabschnitt gewidmet sind. Achten Sie auch auf unterschiedliche Tempora sowie auf Wiederholungen.

3 Untersuchen Sie den Inhalt und den Aufbau des Gedichts genauer. Wählen Sie a oder b.

●●○ **a** Erläutern Sie, wie das **lyrische Ich** in **Strophe 1** auf sein **Leben (Vergangenheit) zurückblickt.** Deuten Sie hierbei auch die sprachlichen Bilder in dieser Strophe.

●●● **b** Erläutern Sie anhand der **Strophen 2–4,** wie das **lyrische Ich** seinen Zustand am **Ende des Lebens (Gegenwart)** beurteilt und welche Ausblicke es für die **Zukunft** formuliert. Deuten Sie dabei auch sprachliche Bilder, z. B. die Naturmetaphern, die für das Jenseits und die Unendlichkeit stehen.

c Stellen Sie sich Ihre Ergebnisse vor und diskutieren Sie, ob das Gedicht ein erfülltes Leben beschreibt.

4 Beide Gedichte in dieser Einheit gestalten das Thema Lebensreise. Worin ähneln und worin unterscheiden sie sich, z. B. in Bezug auf die Lebenssituation des lyrischen Ichs, die Form und die Sprache?

5 **Transferaufgabe**
Untersuchen Sie das Motiv der Lebensreise in einem anderen Ihnen bekannten Gedicht.

Das Motiv der Heimat in der Reiselyrik – Satz und Versbau verstehen

Reiselyrik beinhaltet nicht nur Gedichte über Aufbruch, Ferne und Unterwegssein, sondern auch über Ankunft, Heimkehr und Heimat. Die beiden folgenden Gedichte von Goethe und Hölderlin entfalten zwei unterschiedliche Perspektiven auf den Begriff Heimat – einmal als Blick zurück, das andere Mal als zukünftiges Wunschbild und Beschwörung einer Utopie.

Johann Wolfgang Goethe **Epigramm, Nr. 96** (1790 in Venedig)

Glänzen sah ich das Meer und blinken die liebliche Welle;
        Frisch mit günstigem Wind zogen die Segel dahin.
Keine Sehnsucht fühlte mein Herz; es wendete rückwärts,
        Nach dem Schnee des Gebirgs, bald sich der schmachtende Blick.
Südwärts liegen der Schätze viel! Doch einer im Norden
        Zieht, ein großer Magnet, unwiderstehlich zurück.

1 „Keine Sehnsucht fühlte mein Herz (V. 3 f.)", bekennt das lyrische Ich.

a Beziehen Sie das folgende Schaubild auf das Gedicht und ergänzen Sie es mit Hilfe der folgenden Leitfragen. Arbeiten Sie im Team und belegen Sie Ihre Erkenntnisse mit Textbelegen.
- In welche Richtung wendet sich der „schmachtende Blick" (V. 4) des lyrischen Ichs?
- Wodurch wird der „Norden" (V. 5), wodurch der Süden (vgl. V. 5) charakterisiert?

b Erläutern Sie Ihre Schaubilder, indem Sie diese zurück auf das Gedicht beziehen.

2 **a** Erklären Sie unter Zuhilfenahme der nebenstehenden Informationen, was der große Magnet im Norden (vgl. Vers 5) sein könnte. Würden Sie das Epigramm als Liebesgedicht bezeichnen?

b Diskutieren Sie, inwiefern die biografische Information ihr Textverständnis verändert: Wird es dadurch erleichtert, vertieft, eingeschränkt?

3 Untersuchen Sie den Satz- und den Versbau in diesem Gedicht.

a Erklären Sie anhand von Beispielen, wie die Stimmung des Gedichts durch das Stilmittel der Inversion (▶ S. 450) betont wird, z. B.:
Glänzen sah ich ... (V. 1) → Schönheit des Meeres ...

b Ermitteln Sie die Enjambements und beschreiben Sie ihre Wirkung.

4 Vergleichen Sie mit Hilfe des Epochenwissens bzw. der Informationen zu Goethes Italienreise das Epigramm mit der „Römischen Elegie" (▶ S. 294).

Die „Venezianischen Epigramme" sind Sinngedichte, die Goethe 1790 in Venedig verfasste. Für Goethe war die Reise nach Venedig – ihm auferlegt, um die Weimarer Herzogin Anna Amalia (▶ S. 307) auf ihrer Heimreise aus Italien zu begleiten – eine unerwünschte Unterbrechung seines Lebens in Weimar. Aus Venedig schreibt Goethe am 3. April 1790 an den Herzog Carl August: „Übrigens muß ich im Vertrauen gestehen, daß meiner Liebe für Italien durch diese Reise ein tödtlicher Stos versetzt wird. [...]. Die erste Blüte der Neigung und Neugierde ist abgefallen [...] Dazu kommt meine Neigung zu dem zurückgelaßnen Erotio und zu dem kleinen Geschöpf in den Windeln".
Der „zurückgelaßne Erotio" und das „kleine Geschöpf in den Windeln" sind Goethes Geliebte Christiane und der gemeinsame, vier Monate alte Sohn August Walter.

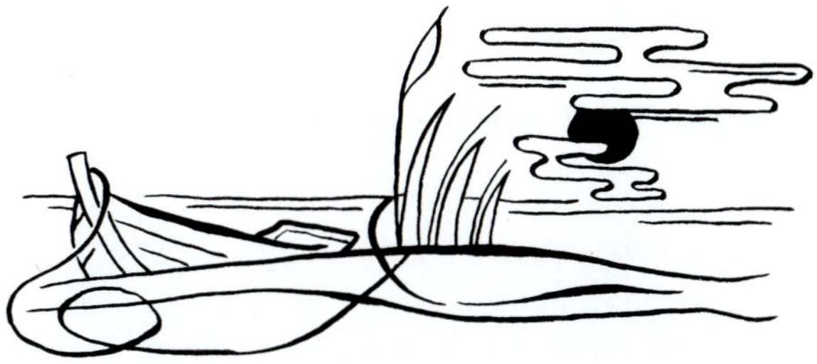

Friedrich Hölderlin **Die Heimat** (1798)

Froh kehrt der Schiffer heim an den stillen Strom,
Von Inseln fernher, wenn er geerntet hat;
So käm auch ich zur Heimat, hätt ich
Güter so viele, wie Leid geerntet.

Ihr teuren[1] Ufer, die mich erzogen einst,
Stillt ich der Liebe Leiden, versprecht ihr mir,
Ihr Wälder meiner Jugend, wenn ich
Komme, die Ruhe noch einmal wieder?

Am kühlen Bache, wo ich der Wellen Spiel,
Am Strome, wo ich gleiten die Schiffe sah,
Dort bin ich bald; euch, traute Berge,
Die mich behüteten einst, der Heimat

Verehrte sichre Grenzen, der Mutter Haus
Und liebender Geschwister Umarmungen
Begrüß ich bald und ihr umschließt mich,
Dass, wie in Banden, das Herz mir heile,

Ihr Treugebliebnen! aber ich weiß, ich weiß,
Der Liebe Leid, dies heilet so bald mir nicht,
Dies singt kein Wiegensang, den tröstend
Sterbliche singen, mir aus dem Busen.

Denn sie, die uns das himmlische Feuer leihn,
Die Götter schenken heiliges Leid uns auch,
Drum bleibe dies. Ein Sohn der Erde
Schein ich; zu lieben gemacht, zu leiden.

1 teuer: geliebt, sehr geschätzt

1 Erläutern Sie, was sich das lyrische Ich von einer Rückkehr in die Heimat erhofft.

2 Erschließen Sie den Inhalt dieses Gedichts.
a Untersuchen Sie, welche Hinweise es in der 1. Strophe gibt, dass die Heimat als Ort der Ruhe (V. 8) und der Heilung des Herzens (V. 16) für das lyrische unerreichbar zu sein scheint, z. B.:
Das Bild des heimkehrenden Fischers, der ..., wird mit ... kontrastiert. Die Konjunktive ...
b Stellen Sie zusammen, mit welchen positiven Landschafts- und Familienbildern sowie Hoffnungen das lyrische Ich seine Heimat in den Strophen 2, 3 und 4 verbindet.
c „aber ich weiß, ich weiß" (Vers 17): Erläutern Sie den Bruch, der in der 5. Strophe stattfindet, und beschreiben Sie, warum die erstrebte Ruhe für den Heimkehrenden utopisch bleibt.
Das lyrische Ich erkennt ... Die Liebesleiden können nur von den ...

3 **a** Beschreiben Sie die Wirkung der folgenden Stilmittel, indem Sie diese deuten:
Inversion (Vers 1) – Fragesatz und Inversion (Strophe 2) – Parallelismus (Vers 9/10).
b Diskutieren Sie, inwieweit diese syntaktischen Stilmittel zur feierlichen Sprache der Ode (▸ S. 297) beitragen.

Textvergleiche, literaturgeschichtliche Einbettung und Abschlussreflexion

4 **Transferaufgabe:** Vergleichen Sie die Perspektiven auf das Thema Reisen in den „Reisegedichten" aus diesem Kapitel (▸ S. 82, 92–95) mit anderen Ihnen bekannten Reisegedichten. Wofür steht in diesen Gedichten das Motiv der Reise? Ist es mit Aufbruch, Fernweh, Heimatverlust (Exil) verbunden oder als Metapher für das Leben zu verstehen?

5 Ordnen Sie mit Hilfe der Literaturgeschichte (▸ S. 242–441) die Gedichte zeitlich ein. Untersuchen Sie, inwiefern die Texte mit ihren Themen und Gestaltungsweisen zum Bild der jeweiligen Epoche beitragen.

6 Erklären Sie sich im Team auf Basis des Erlernten, wie man Gedichte professionell interpretiert und vergleicht.

2.3 Ein Gedicht interpretieren und vergleichen

Aufgabenbeispiel

1. Interpretieren Sie das Gedicht „In der Fremde" von Clemens Brentano. *(43 Punkte)*
2. Vergleichen Sie die Gestaltung des Themas Natur in den Gedichten „In der Fremde" von Clemens Brentano und „Verfall" von Georg Trakl. Berücksichtigen Sie dabei inhaltliche, sprachliche und formale Aspekte sowie die unterschiedliche Entstehungszeit der beiden Gedichte. *(29 Punkte)*

Clemens Brentano **In der Fremde** (1812)

Weit bin ich einhergezogen
über Berg und über Tal,
und der treue Himmelsbogen
er umgibt mich überall.

Unter Eichen, unter Buchen
an dem wilden Wasserfall
muss ich nun die Herberg suchen
bei der lieb Frau Nachtigall.

Die im brünst'gen Abendliede
ihre Gäste wohl bedenkt,
bis sich Schlaf und Traum und Friede
auf die müde Seele senkt.

Und ich hör' dieselben Klagen
und ich hör' dieselbe Lust
und ich fühl' das Herz mir schlagen
hier wie dort in meiner Brust.

Aus dem Fluss, der mir zu Füßen
spielt mit freudigem Gebraus
mich dieselben Sterne grüßen
und so bin ich hier zu Haus.

Georg Trakl **Verfall** (1913)

Am Abend, wenn die Glocken Frieden läuten,
Folg ich der Vögel wundervollen Flügen,
Die lang geschart, gleich frommen Pilgerzügen,
Entschwinden in den herbstlich klaren Weiten.

Hinwandelnd durch den dämmervollen Garten
Träum ich nach ihren helleren Geschicken
Und fühl der Stunden Weiser[1] kaum mehr rücken.
So folg ich über Wolken ihren Fahrten.

Da macht ein Hauch mich von Verfall erzittern.
Die Amsel klagt in den entlaubten Zweigen.
Es schwankt der rote Wein an rostigen Gittern,

Indes[2] wie blasser Kinder Todesreigen[3]
Um dunkle Brunnenränder, die verwittern,
Im Wind sich fröstelnd blaue Astern neigen.

---

1 der Weiser: Uhrzeiger
2 indes: indessen, während
3 der Todesreigen: Totentanz

Die Aufgabenstellung verstehen

1 a Besprechen Sie zu zweit, was die erste Teilaufgabe von Ihnen verlangt. Nutzen Sie die Lernlandkarte (► S. 84 f.), um einen Überblick über die Interpretationsaspekte zu gewinnen.
Tipp: Überfliegen Sie auch schon die zweite Teilaufgabe, denn der Vergleich gibt Ihnen Aspekte vor, die Sie bei der Interpretation des ersten Gedichts im Blick haben müssen.

b Erklären Sie sich gegenseitig, worauf Sie sich in der zweiten Teilaufgabe konzentrieren sollten.

c Verschaffen Sie sich einen Überblick über die folgenden Arbeitsschritte (► S. 97–99). Entscheiden Sie selbst, an welchen Stellen Sie die angebotenen Hilfen nutzen möchten.

Erstes Textverständnis und Ideen formulieren

2 Beschäftigen Sie sich zuerst mit **Teilaufgabe 1.**
Begründen Sie, welche der folgenden **Deutungsthesen** auf das Brentano-Gedicht zutrifft.

A Angesichts einer bedrohlich wirkenden Fremde hat das lyrische Ich Sehnsucht nach der Heimat.
B Das lyrische Ich ist auf Wanderschaft und fühlt Vorfreude angesichts der Rückkehr in die Heimat.
C Das lyrische Ich ist auf Wanderschaft, fühlt sich überall beheimatet und im Einklang mit der Natur.

3 Lesen Sie das Brentano-Gedicht mit Blick auf die Aufgabenstellung professionell (▶ S. 86). Markieren Sie wichtige **Textstellen** auf dem Tablet oder auf einer Kopie und machen Sie sich **Notizen:**
- Markieren Sie Textstellen, in denen die positive Naturwahrnehmung des lyrischen Ichs zum Ausdruck kommt. Achten Sie auch auf die Adjektive, durch die die Natur charakterisiert wird.
- Markieren Sie auffällige sprachliche Mittel, z. B., Alliteration, Personifikationen (der Natur), Enjambements, Parallelismus, Inversion, und deuten Sie diese.
- Ergänzen Sie weitere Beobachtungen zur Form des Gedichts (Strophe, Reim, Metrum).

Den Text interpretieren und vergleichen

4 Interpretieren Sie das Gedicht „In der Fremde", indem Sie sich Notizen zu den einzelnen Interpretationsaspekten (Inhalt, Form, sprachliche Gestaltungsmittel, Epochenbezug) machen.

a Beschreiben Sie in Stichworten die **Sprechsituation** im Gedicht, z. B.:
lyrisches Ich direkt präsent (vgl. V. 1), häufige Verwendung von Personalpronomen → zeigt ...

b Fassen Sie den **Inhalt** in Stichpunkten zusammen, z. B.:
Strophe 1 und 2: lyrische Ich: weit gewandert, sucht ...
Strophe 3 und 4: ...

c Machen Sie sich Notizen zur **Form (Strophe, Reim, Metrum)** und zu deren Wirkung, z. B.:
- Strophe: fünf Strophen zu vier Versen, ...→ regelmäßiger Strophenbau ...
  - Reimform: ...
  - Metrum: ...

  → harmonische Form/Volksliedform passt zum Inhalt ...

d Deuten Sie die **sprachlichen Mittel** des Gedichts, indem Sie ihre Wirkung beschreiben, z. B.:

Textbeleg (Verszeile)	Stilmittel	Deutung
Weit bin ich ... (V. 1)	Inversion	Ferne der Reise/Wanderschaft wird betont
über Berg und über Tal (V. 2)	Antithese	Vielfalt der Natur ...
treue Himmelsbogen (V. 3)	Personifikation, Adjektiv „treu"	Charakterisierung des Himmels als „treu", Natur erhält menschliche Züge, lyrisches Ich fühlt sich beschützt und ...
unter Eichen, unter Buchen (V. 5)	Parallelismus	...
wilden Wasserfall (V. 6)	Alliteration	...
lieb Frau Nachtigall (V. 8)	...	
...	...	

e Erschließen Sie, welcher Epoche das Gedicht zuzuordnen ist. Autor, Jahreszahl, aber auch die Motive im Gedicht helfen Ihnen.

5 Bereiten Sie nun die **Teilaufgabe 2,** den Gedichtvergleich, vor.

a Erschließen Sie das Gedicht „Verfall“ von Georg Trakl, indem Sie es mit Blick auf die Aufgabenstellung **professionell lesen** (▶ S. 86). Markieren Sie wichtige Textstellen auf dem Tablet oder auf einer Kopie und machen Sie sich Notizen.
- Untersuchen Sie, inwiefern bei diesem Sonett mit der formalen Zäsur zwischen den Quartetten und den Terzetten auch ein inhaltlicher Bruch einhergeht. Achten Sie hierbei auch auf die Adjektive und Verben, mit denen die Natur in den Terzetten beschrieben wird.
- Markieren Sie Textstellen, in denen die Stimmung an diesem Herbstabend und die Wahrnehmungen des lyrischen Ichs zum Ausdruck kommen. Welche sprachlichen Gestaltungsmittel, z. B. Wortwahl, sprachliche Bilder, fallen hierbei auf?

b **Vergleichen** Sie nun beide Gedichte und notieren Sie stichwortartig **Gemeinsamkeiten und Unterschiede.** Beachten Sie hierbei die vorgegebenen Vergleichsaspekte in der zweiten Teilaufgabe.

Vergleichsaspekt	Brentano: In der Fremde	Trakl: Verfall
inhaltliche Gestaltung des Themas Natur	Natur wirkt lebendig, einladend, freundlich; lyrisches Ich = Geborgenheit/Heimat in Natur	Natur = Herbstabend → melancholisch, friedvolle Stimmung (= Quartette, V. 1–8), → Verfall, Kälte, Tod (Terzette, V. 9–14)
sprachliche Gestaltung	Natur wird personifiziert (erhält menschliche Eigenschaften); wird durchweg mit positiven Adjektiven und Nomen beschrieben	V. 1–8: Stimmung friedlich: „Glocken läuten Frieden“ (V. 1) = Metapher, Vergleich Vogelzug ... Vers 9–14: Umschlag ins Negative: → Signalwort „Da“ (V. 9), Adjektive und Verben ...
Form	harmonische Form (Volkslied) passend zum Inhalt	Sonett: formale und inhaltliche Zäsur
Epoche/Strömung	...	Expressionismus: ...

Den Schreibplan erstellen und schreiben

6 Erstellen Sie eine **Gliederung** zu Einleitung, Hauptteil und Schluss und notieren Sie Stichworte zu den verschiedenen Punkten.

7 Lesen Sie die folgenden Hinweise und Formulierungsbausteine und nutzen Sie diese ggf. beim Schreiben Ihres Aufsatzes:

Formulierungsbausteine — **Sprachliche Signale der Bezugnahme und des Vergleichens**

Zeigen Sie Bezüge zwischen Inhalt und Form auf und setzen Sie Vergleichsaspekte nachvollziehbar in Beziehung zueinander. Nutzen Sie folgende Bausteine:
- **Bezugnahme (zwischen Inhalt und Form):**
  Durch ... wird besonders ... hervorgehoben ... / Formulierungen wie ... erzeugen eine Stimmung, die ... / ... korrespondiert inhaltlich mit ... / Durch ... wird ... besonders betont ...
- **Vergleichen:**
  Die Gedichte weisen Gemeinsamkeiten/Unterschiede auf ... / stimmen (nicht) überein in ... / In beiden Gedichten steht ... im Mittelpunkt. Während ..., äußert sich in ...
  Im Vergleich mit ... / Genau wie ... / Ähnlich wie in „...“ zeigt sich auch in „...“
  Anders als ... / Im Gegensatz zu ... / Unterschiede lassen sich in Bezug auf ... erklären: ...

8 **a** Prüfen Sie stichprobenartig, ob im folgenden **Musteraufsatz** der Dreischritt Interpretationsaspekt/Fachbegriff – Textbeleg – Deutung/Wirkung umgesetzt ist.

b Verfassen Sie Ihren **Interpretationsaufsatz** möglichst am Computer. Nehmen Sie Ihre Ergebnisse aus den Aufgaben 3–7 zu Hilfe und nutzen Sie ggf. die Musterformulierungen.

Checkliste	Musterformulierungen
Einleitung: ▪ Autor, Titel, Entstehungsjahr, Thema	In dem Gedicht „In der Fremde" von Clemens Brentano aus dem Jahr 1812 beschreibt das lyrische Ich, das sich auf Wanderschaft befindet, seine innige Verbundenheit mit der Natur, die ihm Geborgenheit und das Gefühl von Heimat gibt.
Hauptteil (Aufgabe 1): ▪ Sprechsituation	Das lyrische Ich gibt sich bereits im ersten Vers des Gedichts durch das Personalpronomen „ich" zu erkennen und bleibt bis zum Ende des Gedichts als ein erlebendes Ich präsent. Obwohl ein „Du" als Adressat nicht genannt wird, interagiert das lyrische Ich mit der personifizierten Natur in einem nahezu freundschaftlichen ...
Aspekte der Aufgabe: ▪ Inhalt	In den ersten beiden Strophen ...
▪ Form (Strophe, Metrum, Reim)	Strophenbau, Reimschema und Metrum sind sehr regelmäßig: Formal besteht das Gedicht aus fünf Strophen mit jeweils vier Versen, die über einen Kreuzreim ...
▪ sprachliche Gestaltungsmittel	Bei den sprachlichen Gestaltungsmittel wird deutlich, dass sie durchweg das positive Naturerleben des lyrischen Ichs zum Ausdruck bringen. Der erste Vers „Weit bin ich einhergezogen" (V. 1) betont mit seiner Inversion, die das Adjektiv „weit" an den Satzanfang stellt, die Entfernung, die das lyrische Ich bereits zurückgelegt hat. Die Antithetik „über Berg und Tal" (V. 2) unterstreicht dabei die Vielfalt der erlebten Natur. ...
▪ Epochenbezug	Das Gedicht kann der Epoche der Romantik ...
▪ Überleitung	Auch in dem Gedicht „Verfall" von Georg Trakl geht es um die Wahrnehmung der Natur durch ein lyrisches Ich. Vergleicht man die beiden Gedichte, fallen einige Gemeinsamkeiten, vor allem aber auch große Unterschiede auf.
Vergleich (Thema Natur, Sprache, Form, Epoche)	Beide lyrischen Sprecher halten sich abends in der Natur auf. Ähnliche Motive ... Die Situation der beiden lyrischen Sprecher unterscheidet sich jedoch, was sich in der unterschiedlichen Naturwahrnehmung spiegelt. Während das lyrische Ich im Gedicht „In der Fremde" durchweg ein positives Naturempfinden schildert und ...
Schluss (Fazit)	Die Analyseergebnisse zeigen insgesamt, dass das Thema der Natur sehr unterschiedlich ausgestaltet wird. Während die Natur in der Romantik ...

Den eigenen Text überarbeiten

9 **a** Nutzen Sie die Begriffe in der linken Spalte als **Checkliste** und geben Sie sich zu zweit gegenseitig ein **Feedback.** Überarbeiten Sie dann Ihre Texte mit Hilfe des Feedbacks.

b Worauf sollten Sie bei der nächsten Interpretation achten? Halten Sie Ihre Stärken und Schwächen fest.

B3 Klassisches und modernes Drama

Honoré Daumier: Im Theater (1860)

1 Das Gemälde „Im Theater" zeigt eine Theaterszene im 19. Jahrhundert. Beschreiben Sie die Szene auf der Bühne wie auch die Reaktion des Publikums. Erläutern Sie, welche Haltung beim Publikum (z. B. mitfühlend, emotional, kritisch distanziert, nachdenklich …) gegenüber dem Bühnengeschehen deutlich wird.

2 Die Zitate in den Sprechblasen stammen aus Dramen, die Sie in diesem Kapitel kennen lernen werden.
- **a** Stellen Sie Vermutungen an: Zu wem könnten die Zitate in welcher Situation gesprochen werden? Was sagen sie über die Figuren aus, also über die Figur, die spricht, und die, die angesprochen wird?
- **b** Der Konflikt ist das tragende Element der Handlung in einem Drama. Diskutieren Sie, welche Konflikte Sie in den Zitaten erkennen können.

3
- **a** Tauschen Sie sich darüber aus, ob Ihnen eines der Dramen bereits bekannt ist. Von welchem haben Sie eventuell schon einmal gehört?
- **b** Begründen Sie ausgehend von den Zitaten, welches Drama Sie am ehesten sehen wollen würden.

Dramen professionell lesen und interpretieren

Das Theater will uns überwältigen, zum Nachdenken bringen oder zu besseren Menschen machen. Im Laufe der Theatergeschichte haben Dramatiker und Dramatikerinnen verschiedene Ziele verfolgt, dabei aber immer auf die ganz besondere Wirkung des Theaters gesetzt, denn die Handlung eines Stücks wird durch das Schauspiel unmittelbar vor unseren Augen auf der Bühne entfaltet. Dramentexte zu interpretieren, bedeutet also, sich klarzumachen, wie die Figuren als Handlungsträger konstruiert sind: Regieanweisungen geben uns erste Hinweise darauf, wie Figuren sprechen, sich bewegen oder schauen sollen. Danach lassen sich Motive von Figuren, ihre Beziehungen und Konflikte einbeziehen, um ein Verständnis für die Handlungsdynamik zu entwickeln. Die Figurenanalyse ist also das zentrale Werkzeug, um eine Szene zu verstehen.

4 a Tragen Sie zusammen, inwiefern sich die Gattung Drama von der Gattung Epik (erzählende Texte wie Romane) unterscheidet. Benennen Sie auch einige Gemeinsamkeiten beider Gattungen.

b Notieren Sie im Team, was für Sie zu einer professionellen Drameninterpretation gehört, z. B.:
Konflikt(e) des Dramas untersuchen ...

c Lesen Sie den Leitfaden unten und nutzen Sie die Module gezielt bei der Dramenanalyse und beim Schreiben Ihrer Interpretation.

Leitfaden durch das Kapitel – Kenntnisse und Kompetenzen

Teilkapitel 3.1: Aspekte des Dramas – Dramen interpretieren

Die **5 Module** des ersten Teilkapitels **helfen Ihnen bei der Interpretation** jedes **Dramas** (klassisches oder modernes Drama), das Sie im Unterricht lesen. Sie können die **Module unabhängig voneinander nutzen,** je nachdem, bei welchem Schritt der Drameninterpretation Sie Unterstützung brauchen.

- **Modul 1** **Erster Zugang:** Hier lernen Sie, wie Sie sich dem Verständnis eines Dramas annähern können. Im Zentrum stehen dabei Inhalt und Form.
- **Modul 2** **Lernlandkarte:** Mit der Lernlandkarte überblicken Sie alle Aspekte der Drameninterpretation.
- **Modul 3** **Musterinterpretation:** Sie machen sich an einem Beispiel bewusst, wie man Dramentexte professionell liest und wie man interpretierend schreibt.
- **Modul 4** **Ein Aspekt unter der Lupe:** Hier vertiefen Sie Ihre Kenntnisse zu einem zentralen Aspekt der Interpretation, der Dramenform.
- **Modul 5** **Theorie für Profis:** Sie wollen mehr wissen? Mit diesem Modul erarbeiten Sie sich zusätzliche Kenntnisse zu den verschiedenen Dramentheorien und reflektieren die Frage, was Theater zeigen und bewirken soll.

Teilkapitel 3.2: Dramenauszüge interpretieren und vergleichen

Sie interpretieren **vier Dramenauszüge** aus unterschiedlichen Epochen im Hinblick auf verschiedene **Aspekte.** Die dabei erworbenen Kenntnisse und Kompetenzen **übertragen Sie mit Hilfe von Transferaufgaben** jeweils passgenau **auf Ihre Unterrichtslektüre.**

Teilkapitel 3.3: Klausurtraining: Eine Dramenszene interpretieren und vergleichen

Sie interpretieren eine Dramenszene und vergleichen sie mit einer weiteren, die Ihnen aus dem Unterricht bekannt ist. Sie erhalten dabei **zahlreiche Starthilfen, Formulierungsangebote** und **ausführliche Musterlösungen.** Sie können dieses Hilfsangebot nutzen oder auch völlig selbstständig arbeiten.

3.1 Aspekte des Dramas – Dramen interpretieren

Modul 1:

Erster Zugang – Eine Dramenszene kennenlernen

Wie begegnet man einem Dramenauszug? Welche Rolle spielt die Gestaltung der Figuren, also ihre Beziehungen, ihr Gesprächsverhalten? Wie treten die Figuren auf, was verrät ihre Sprache über sie?

Georg Büchner **Woyzeck** (1836/37) – 5. Szene

Mit „Woyzeck" macht Büchner als erster deutscher Autor einen Menschen aus der Unterschicht zum Helden eines Dramas. Um seiner Freundin Marie und dem gemeinsamen unehelichen Kind ein besseres Leben zu ermöglichen, nimmt der einfache Soldat Woyzeck verschiedene Nebentätigkeiten an und arbeitet z. B. als Handlanger für seinen Hauptmann. Das Drama ist zum großen Teil in Umgangssprache verfasst; die Sprache Woyzecks und Maries, die der untersten Gesellschaftsschicht angehören, ist dialektgefärbt und grammatikalisch fehlerhaft.

Woyzeck, Wachtangov-Theater, 2021

(Beim Hauptmann.
Hauptmann auf dem Stuhl, Woyzeck rasiert ihn.)

HAUPTMANN: Langsam, Woyzeck, langsam; eins nach dem andern! Er macht mir ganz schwindlig. Was soll ich dann mit den zehn Minuten anfangen, die Er heut zu früh fertig wird? Woyzeck, bedenk Er, Er hat noch seine schönen dreißig Jahr zu leben, dreißig Jahr! Macht dreihundertsechzig Monate! und Tage! Stunden! Minuten! Was will Er denn mit der ungeheuren Zeit all anfangen? Teil Er sich ein, Woyzeck!

WOYZECK: Jawohl, Herr Hauptmann.

HAUPTMANN: Es wird mir ganz angst um die Welt, wenn ich an die Ewigkeit denke. Beschäftigung, Woyzeck, Beschäftigung! Ewig: Das ist ewig, das ist ewig – das siehst du ein; nur ist es aber wieder nicht ewig, und das ist ein Augenblick, ja ein Augenblick – Woyzeck, es schaudert mich, wenn ich denke, dass sich die Welt in einem Tag herumdreht. Was 'n Zeitverschwendung! Wo soll das hinaus? Woyzeck, ich kann kein Mühlrad mehr sehen, oder ich werd melancholisch.

WOYZECK: Jawohl, Herr Hauptmann.

HAUPTMANN: Woyzeck, Er sieht immer so verhetzt aus! Ein guter Mensch tut das nicht, ein guter Mensch, der sein gutes Gewissen hat. – Red er doch was, Woyzeck! Was ist heut für Wetter?

WOYZECK: Schlimm, Herr Hauptmann, schlimm: Wind!

HAUPTMANN: Ich spür's schon. 's ist so was Geschwindes draußen: So ein Wind macht mir den Effekt wie eine Maus. – *(Pfiffig:)* Ich glaub', wir haben so was aus Süd-Nord?

WOYZECK: Jawohl, Herr Hauptmann.

HAUPTMANN: Ha, ha, ha! Süd-Nord! Ha, ha, ha! Oh, Er ist dumm, ganz abscheulich dumm! – *(Gerührt:)*

Woyzeck, Er ist ein guter Mensch – aber – *(mit Würde)*: Woyzeck, Er hat keine Moral! Moral, das ist, wenn man moralisch ist, versteht Er. Es ist ein gutes Wort. Er hat ein Kind ohne den Segen der Kirche, wie unser hochehrwürdiger Herr Garnisonsprediger sagt – ohne den Segen der Kirche, es ist nicht von mir.

Woyzeck: Herr Hauptmann, der liebe Gott wird den armen Wurm nicht drum ansehen, ob das Amen drüber gesagt ist, eh er gemacht wurde. Der Herr sprach: Lasset die Kleinen zu mir kommen.

Hauptmann: Was sagt Er da? Was ist das für eine kuriose Antwort? Er macht mich ganz konfus mit seiner Antwort. Wenn ich sag': Er, so mein' ich Ihn, Ihn –

Woyzeck: Wir arme Leut – Sehn Sie, Herr Hauptmann: Geld, Geld! Wer kein Geld hat – Da setz einmal eines seinesgleichen auf die Moral in der Welt! Man hat auch sein Fleisch und Blut. Unsereins ist doch einmal unselig in der und der andern Welt. Ich glaub', wenn wir in Himmel kämen, so müssten wir donnern helfen.

Hauptmann: Woyzeck, Er hat keine Tugend! Er ist kein tugendhafter Mensch! Fleisch und Blut? Wenn ich am Fenster lieg', wenn's geregnet hat, und den weißen Strümpfen nachseh', wie sie über die Gassen springen – verdammt, Woyzeck, da kommt mir die Liebe! Ich hab' auch Fleisch und Blut. Aber, Woyzeck, die Tugend! Die Tugend! Wie sollte ich dann die Zeit rumbringen? Ich sag' mir immer: Du bist ein tugendhafter Mensch – *(gerührt)* –, ein guter Mensch, ein guter Mensch.

Woyzeck: Ja, Herr Hauptmann, die Tugend – ich hab's noch nit so aus. Sehn Sie: wir gemeine Leut, das hat keine Tugend, es kommt nur so die Natur; aber wenn ich ein Herr wär und hätt' ein' Hut und eine Uhr und eine Anglaise[1] und könnt' vornehm rede, ich wollt' schon tugendhaft sein. Es muss was Schönes sein um die Tugend, Herr Hauptmann. Aber ich bin ein armer Kerl!

Hauptmann: Gut, Woyzeck. Du bist ein guter Mensch, ein guter Mensch. Aber du denkst zu viel, das zehrt; du siehst immer so verhetzt aus. – Der Diskurs hat mich ganz angegriffen. Geh jetzt, und renn nicht so; langsam, hübsch langsam die Straße hinunter!

---

1 die Anglaise: festlicher Anzug

1 Sammeln Sie Ihre **ersten Eindrücke:** Weckt diese Szene Ihr Interesse, das Drama weiterzulesen?

2 „Woyzeck" wird oft als soziales Drama bezeichnet, also als ein Drama, das auf gesellschaftliche Missstände hinweisen will. Erschließen Sie unter diesem Gesichtspunkt den **Inhalt.**

a Beschreiben Sie das Herrschaftsgefälle zwischen dem Hauptmann und Woyzeck und belegen Sie Ihre Einschätzung mit mindestens einer Textstelle.

b „Wir arme Leut – Sehn Sie, Herr Hauptmann: Geld, Geld! [...] Ich glaub', wenn wir in Himmel kämen, so müssten wir donnern helfen" (Z. 52–58). Erklären Sie, welche Gesellschaftskritik Woyzeck hier äußert.

c Der Hauptmann wirft Woyzeck vor, er habe weder Tugend noch Moral (vgl. Z. 38 und 59). Womit begründet er seine Ansicht? Wie reagiert Woyzeck auf diesen Vorwurf und inwiefern zeigen seine Ausführungen (vgl. Z. 52–58 und 69–76), dass er dem Hauptmann argumentativ überlegen ist?

3 Untersuchen Sie die **Figuren und ihr Gesprächsverhalten** genauer und belegen Sie Ihre Ergebnisse mit Zitaten. Wählen Sie a oder b.

●●○ a **Charakterisieren** Sie **Woyzeck.** Erläutern Sie, wie sich seine Unterwürfigkeit gegenüber dem Hauptmann und seine mangelnde Bildung in seiner Sprache niederschlagen.

●●● b **Charakterisieren** Sie den **Hauptmann.** Erläutern Sie dabei, wie seine Machtposition gegenüber Woyzeck in seiner Sprache deutlich wird und gleichzeitig klar wird, dass er nicht klug ist.

c Tragen Sie Ihre Ergebnisse zusammen und diskutieren Sie dann folgende These: „Die soziale Kluft zwischen dem Hauptmann und Woyzeck spiegelt sich auch in der Kommunikationsblockade der Figuren."

4 Machen Sie das Herrschaftsgefälle zwischen den Figuren beim szenischen Lesen (▶ S. 465) deutlich.

5 Informieren Sie sich auf der Lernlandkarte (Modul 2, ▶ S. 104 f.) über die Aspekte der Interpretation einer Dramenszene. Wählen Sie einen weiteren Aspekt aus und untersuchen Sie ihn anhand der Szene.

Modul 2:
Lernlandkarte – Aspekte der Interpretation dramatischer Texte

Die Lernlandkarte zeigt Ihnen alle Aspekte, die Sie bei der Untersuchung und Interpretation dramatischer Texte berücksichtigen können. Beachten Sie, dass die Wirkung eines Dramentextes erst durch das spezielle Zusammenspiel verschiedener (nicht unbedingt aller) Aspekte entsteht.

Thema/Handlung/Konflikt (► S. 453)

- Inhalt/Thema der Szene
- Stellung/Bedeutung der Szene im Handlungsverlauf
- zentraler Konflikt oder Wendepunkt
- Spannungsverlauf und Vorausdeutungen

Figuren und Figurenkonstellation (► S. 453)

- Haupt- und Nebenfiguren;
  Protagonist und Antagonist (Typus, Charakter, gesellschaftliche/soziale Rolle)
- Merkmale, Ansichten, Eigenschaften
- Interessen, Absichten
- Verhältnis/Beziehung der Figuren zueinander
- (Gegensätze, Gemeinsamkeiten; Liebe, Freundschaft, Konkurrenz, Abhängigkeit, Feindseligkeit, Bündnis, Betrug usw.)

Figuren/Gesprächsverhalten (Dialoganalyse) (► S. 453)

Kommunikationsverhalten

- Gesprächssituation und -thema
- Gedanken, Gefühle
- Verteilung der Redeanteile
- Kommunikationssituation (Machtverteilung: symmetrisch? asymmetrisch?)
- bestimmte Gesprächsstrategie(n)
- Hinweise in Regieanweisungen (zum Verhalten, zur Sprechweise, zur Mimik und zur Gestik)

Sprache, sprachliche Mittel

- Standardsprache, Umgangssprache, Dialekt
- Stil, z. B.: pathetisch, sachlich, gefühlvoll, ironisch, vulgär ...
- Häufung von Satzarten, z. B.: Fragen, Ausrufe, Befehle
- bestimmter Satzbau, z. B.: Ellipsen (unvollständige Sätze), Parallelismen (gleicher Satzbau)
- rhetorische Mittel, z. B.: Metapher, Vergleich, Wiederholungen (z. B. Anapher), Interjektion (kurzer Ausruf), Tautologie (inhaltliche Wiederholung, Redundanz)

Ort/Schauplatz und Zeit (► S. 453)

- Anzahl der Orte/Schauplätze
- Beschaffenheit und Funktion der Orte (öffentlich/privat, bestimmtes soziales Milieu, drinnen/draußen)
- Zeitumfang (Dauer der Handlung)
- Zeitabfolge (chronologisch, Rückblende, Vorausdeutung)

Dramenform (► S. 108, 454)

- **geschlossenes (klassisches) Drama:** fünf Akte mit Spannungsbogen (Exposition, erregendes Moment, Höhe-/Wendepunkt, retardierendes Moment, Katastrophe); Einheit von Ort, Zeit, Handlung; gehobene Sprache in Versform
- **offenes (modernes) Drama, z. B.:** verschiedene Handlungsstränge, unterschiedliche Schauplätze, lange Zeitspanne/Zeitsprünge, Sprachstil variabel

Dramengattungen (► S. 454)

- Tragödie, Komödie, episches Theater, soziales Drama, dokumentarisches Theater, absurdes Theater usw.

Textexterne Aspekte

- Werk (Rezeption; Epoche / zeitgeschichtliche Bezüge, Dramenform, Gattungsmerkmale?)
- Autor/-in (Welt- und Menschenbild, literarischer Standpunkt, Biografie, weitere Werke)

Inszenierung/Publikum

- werkgetreue Wiedergabe oder eigenständige Interpretation des Dramentextes
- politisch-gesellschaftliche Aktualisierung
- Rolle des Publikums während der Vorstellung

Modul 3:

Musterinterpretation – Von der Lektüre zur Interpretation

Diese Doppelseite zeigt Ihnen exemplarisch, wie man einen Dramenauszug Text professionell liest und wie man auf Grundlage dieser Vorarbeit eine strukturierte Interpretation (► S. 107) verfasst.

Georg Büchner **Woyzeck** (1836/37) – 5. Szene

(Hauptmann auf dem Stuhl, Woyzeck rasiert ihn.)

Hauptmann: Langsam, Woyzeck, langsam; eins nach dem andern! Er macht mir ganz schwindlig. Was soll ich dann mit den zehn Minuten anfangen, die Er heut zu früh fertig wird? Woyzeck, bedenk Er, Er hat noch seine schönen dreißig Jahr zu leben, dreißig Jahr! Macht dreihundertsechzig Monate! und Tage! Stunden! Minuten! Was will Er denn mit der ungeheuren Zeit all anfangen? Teil Er sich ein, Woyzeck!

Woyzeck: Jawohl, Herr Hauptmann.

Hauptmann: Es wird mir ganz angst um die Welt, wenn ich an die Ewigkeit denke. Beschäftigung, Woyzeck, Beschäftigung! Ewig: Das ist ewig, das ist ewig – das siehst du ein; nur ist es aber wieder nicht ewig, und das ist ein Augenblick, ja ein Augenblick – Woyzeck, es schaudert mich, wenn ich denke, dass sich die Welt in einem Tag herumdreht. Was 'n Zeitverschwendung! Wo soll das hinaus? Woyzeck, ich kann kein Mühlrad mehr sehen, oder ich werd melancholisch.

Woyzeck: Jawohl, Herr Hauptmann.

(...)

Hauptmann: Ha, ha, ha! Süd-Nord! Ha, ha, ha! Oh, Er ist dumm, ganz abscheulich dumm! – *(Gerührt:)* Woyzeck, Er ist ein guter Mensch – aber – *(mit Würde):* Woyzeck, Er hat keine Moral! Moral, das ist, wenn man moralisch ist, versteht Er. Es ist ein gutes Wort. Er hat ein Kind ohne den Segen der Kirche, wie unser hochehrwürdiger Herr Garnisonsprediger sagt – ohne den Segen der Kirche, es ist nicht von mir.

Regieanweisung → unterstreicht Machtgefälle der Figuren: Woyzeck (einfacher Soldat) steht, während Hauptmann (Vorgesetzter) sitzt

unpersönliche Ansprache → erniedrigend

Imperativ → verdeutlicht Machtgefälle

zustimmende militärische Phrase → Gehorsam, Unterwürfigkeit

Tautologie/Wiederholungen → unterstreicht phrasenhafte (inhaltsleere) Sprache

→ ungleiche Verteilung der Redeanteile verdeutlicht Machtgefälle

Beleidigung → erniedrigend

Gesamteindruck:

Thema: Machtverhältnis zwischen Ober- und Unterschicht, Unterdrückung von Menschen unterer Schichten

Gattung: soziales Drama → Kritik gesellschaftlicher Missstände

1 Beim Dreischritt setzen Sie Interpretationsaspekte (► S. 104 f., mit Fachbegriffen benannt, z. B. Gattung, Wiederholungen), Text/Textbelege und Deutung zueinander in Beziehung.

a Erklären Sie, inwiefern die Notizen in der Randspalte die markierten Textstellen erläutern.

b Erläutern Sie mit Hilfe der Information im Kasten, worauf es bei der Interpretation eines Textes ankommt.

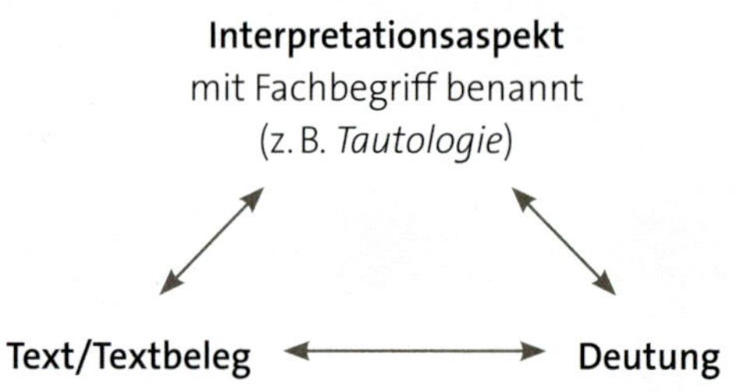

Die folgenden Auszüge aus einer Musterinterpretation zeigen Ihnen, worauf es beim Interpretieren ankommt: Sie müssen Ihre Beobachtungen am Text nicht nur mit Zitaten oder Paraphrasen belegen und mit Hilfe von Fachbegriffen benennen, sondern Sie müssen diese auch deuten, das heißt, sie inhaltlich erklären.

A Schon die Regieanweisung zu Beginn der Szene macht das Machtgefälle bzw. die Beziehung zwischen den beiden Figuren deutlich: Woyzeck, ein einfacher Soldat und Repräsentant der Unterschicht, steht und rasiert den Hauptmann, der als sein Vorgesetzter und als Repräsentant der Oberschicht auf einem Stuhl sitzt (vgl. Z. 1).

B Die ungleiche Verteilung der Redeanteile unterstreicht die unterschiedliche soziale Stellung der Figuren: Während der Hauptmann über Tugend, Moral und seine Langeweile spricht, antwortet Woyzeck allein mit der militärischen Phrase „Jawohl, Herr Hauptmann!" (Z. 11, 22). Seine kurzen, zustimmenden Antworten spiegeln seine Unterwürfigkeit wider und zeigen, dass Woyzeck seine dienende Rolle verinnerlicht hat.

C Untersucht man das Gesprächsverhalten des Hauptmanns genauer, wird deutlich, dass es ihm allein darum geht, seine Machtposition auszunutzen, um Woyzeck zu schikanieren. So redet er Woyzeck während der ganzen Szene distanziert mit „Er" an (vgl. Z. 3, 5, 9 usw.), bezeichnet ihn als „ganz abscheulich dumm" (Z. 25) und bezichtigt ihn, „keine Moral" (Z. 27) zu besitzen, weil er ein uneheliches Kind habe. Sprachlich auffällig bei seinen Ausführungen ist der Gebrauch von Tautologien und Wiederholungen. Aussagen wie „Ewig: Das ist ewig, das ist ewig" (Z. 14 f.) oder „Moral das ist, wenn man moralisch ist" (Z. 27 f.), lassen erkennen, dass sich seine Ausführungen in leeren Phrasen und inhaltslosen Sätzen erschöpfen. Seine Überlegenheit gegenüber Woyzeck kann er nur über seinen sozialen Status absichern.

D Die Dramenszene weist typische Merkmale des sozialen Dramas auf. Der Hauptmann, der als Vertreter der herrschenden Schicht Woyzeck ganz offen schikaniert (vgl. Z. 25), zeigt völlige Verständnislosigkeit und fehlendes Mitgefühl gegenüber denen, die wie Woyzeck in der gesellschaftlichen Hierarchie ganz unten stehen. Damit wird auch eine Kritik an den gesellschaftlichen Missständen deutlich.

2 Untersuchen Sie die Auszüge aus der Musterinterpretation.

a Erklären Sie anhand von Beispielen, welche Randnotizen (▶ S. 106) Sie in den einzelnen Abschnitten der Musterinterpretation wiederfinden.

b Weisen Sie in jedem Ausschnitt aus der Musterinterpretation nach, dass Fachbegriffe für die Interpretationsaspekte genannt werden und die Deutungen mit Zitaten belegt werden.

c Unterstreichen Sie auf dem Tablet oder einer Kopie die deutenden Passagen in der Musterinterpretation. Achten Sie auf typische Signalwörter (▶ Tipp).

Typische Signalwörter für Deutungen:
deutlich machen – vermitteln – unterstreichen – widerspiegeln – erkennen lassen – zeigen

3 Nutzen Sie die Szene, um das interpretierende Schreiben zu üben.

4 **Transferaufgabe**

a Wenden Sie die Methoden dieser Doppelseite auf einen Dramentext an, den Sie im Unterricht lesen.
Tipp: Alle Aspekte der Interpretation finden Sie auf der Lernlandkarte (▶ Modul 2, ▶ S. 104 f.).

b Reflektieren Sie, wie das professionelle Lesen (▶ S. 106) Ihnen bei der Interpretation des Textes hilft.

Modul 4:

Ein Aspekt unter der Lupe – Geschlossene und offene Dramenform

Je nachdem, ob die Handlung in einem Drama kontinuierlich einer Entwicklung folgt, die Szenen logisch miteinander verknüpft sind, über welchen Zeitraum sich die Handlung erstreckt und an wie vielen Schauplätzen sie spielt, spricht man von einer offenen oder geschlossenen Dramenform.

Der Literaturwissenschaftler Gustav Freytag (1816–1895) hat den Aufbau eines **geschlossenen Dramas** mit Hilfe des folgenden Schemas dargestellt. Zur Veranschaulichung sind hier die Handlungsschritte von Lessings Drama „Emilia Galotti“ (▶ S. 112 f.) integriert:

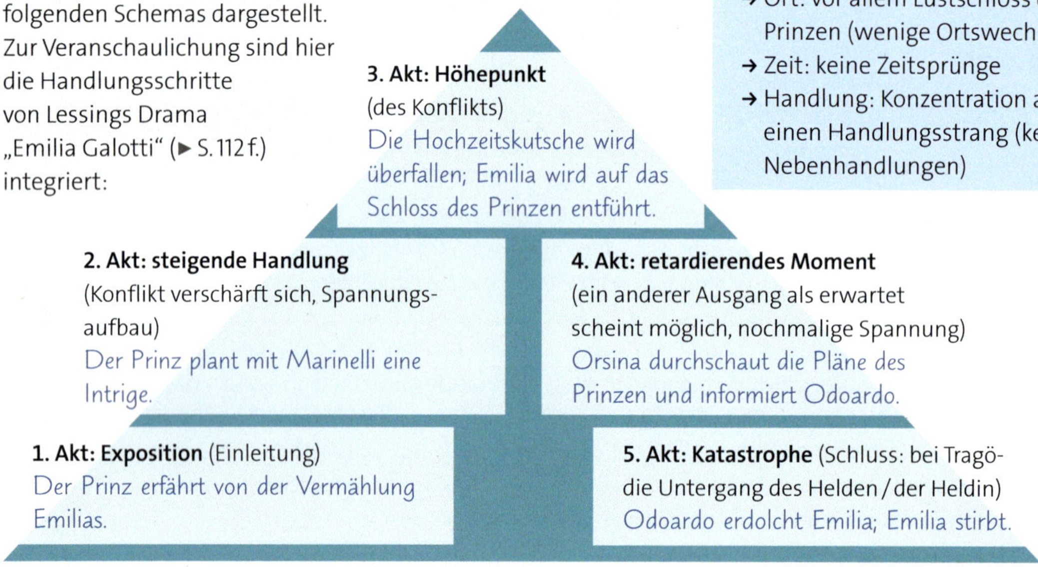

Einheit von Ort, Zeit, Handlung
- → Ort: vor allem Lustschloss des Prinzen (wenige Ortswechsel)
- → Zeit: keine Zeitsprünge
- → Handlung: Konzentration auf einen Handlungsstrang (keine Nebenhandlungen)

Das **offene Drama** ist im Gegensatz zum geschlossenen Drama freier aufgebaut: Es kann Haupt- und Nebenhandlungen, Ortswechsel, Zeitsprünge und unterschiedliche Sprachstile beinhalten. Das folgende Schaubild verdeutlicht die offene Dramenform am Beispiel von Büchners „Woyzeck“ (▶ S. 102 f.):

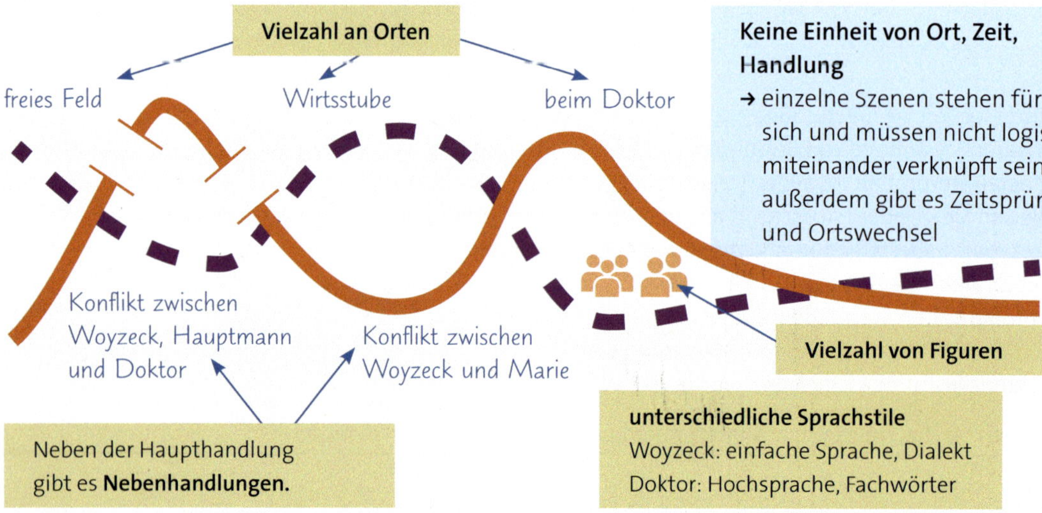

Keine Einheit von Ort, Zeit, Handlung
- → einzelne Szenen stehen für sich und müssen nicht logisch miteinander verknüpft sein; außerdem gibt es Zeitsprünge und Ortswechsel

Tipp: Die offene und die geschlossene Dramenform beschreiben zwei gegensätzliche Typen der Dramatik. Manchmal sind allerdings keine eindeutigen Abgrenzungen möglich und es liegen Mischformen vor.

Modul 5:
Theorie für Profis – Wirkungsabsichten: Was will das Theater?

Gotthold Ephraim Lessing **Brief an Friedrich Nicolai** (1756)

Wenn es also wahr ist, dass die ganze Kunst des tragischen Dichters auf die sichere Erregung und Dauer des einzigen Mitleidens geht, so sage ich nunmehr, die Bestimmung der Tragödie ist diese: Sie soll *unsre Fähigkeit, Mitleid zu fühlen,* erweitern. Sie soll uns so nicht bloß lehren, gegen diesen oder jenen Unglücklichen Mitleid zu fühlen, sondern sie soll uns weit fühlbar machen, dass uns der Unglückliche zu allen Zeiten und unter allen Gestalten, rühren und für sich einnehmen muss.
[...] *Der mitleidigste Mensch ist der beste Mensch,* zu allen gesellschaftlichen Tugenden, zu allen Arten der Großmut der aufgelegteste. Wer uns also mitleidig macht, macht uns besser und tugendhafter, und das Trauerspiel, das jenes tut, tut auch dieses, oder – es tut jenes, um dieses tun zu können.

Friedrich Schiller **Die Schaubühne als moralische Anstalt betrachtet** (1784)

Die Gerichtsbarkeit der Bühne fängt an, wo das Gebiet der weltlichen Gesetze sich endigt. Wenn die Gerechtigkeit für Gold verblindet und im Solde der Laster schwelgt, wenn die Frevel der Mächtigen ihrer Ohnmacht spotten und Menschenfurcht den Arm der Obrigkeit bindet, übernimmt die Schaubühne Schwert und Waage und reißt die Laster vor einen schrecklichen Richterstuhl. Das ganze Reich der Fantasie und Geschichte, Vergangenheit und Zukunft stehen ihrem Wink zu Gebot. Kühne Verbrecher, die längst schon im Staub vermodern, werden durch den allmächtigen Ruf der Dichtkunst jetzt vorgeladen und wiederholen zum schauervollen Unterricht der Nachwelt ein schändliches Leben. Ohnmächtig, gleich den Schatten in einem Hohlspiegel, wandeln die Schrecken ihres Jahrhunderts vor unsern Augen vorbei, und mit wollüstigem Entsetzen verfluchen wir ihr Gedächtnis. [...]
So gewiss sichtbare Darstellung mächtiger wirkt als toter Buchstabe und kalte Erzählung, so gewiss wirkt die Schaubühne und Gesetze. Aber hier unterstützt sie die weltliche Gerechtigkeit nur – ihr ist noch ein weiteres Feld geöffnet. Tausend Laster, die jene ungestraft duldet, tiefer und dauernder als Moral, straft sie; tausend Tugenden, wovon jene schweigt, werden von der Bühne empfohlen. Hier begleitet sie die Weisheit und die Religion. Aus dieser reinen Quelle schöpft sie ihre Lehren und Muster und kleidet die strenge Pflicht in ein reizendes, lockendes Gewand. Mit welch herrlichen Empfindungen, Entschlüssen, Leidenschaften schwellt sie unsere Seele, welche göttlichen Ideale stellt sie uns zur Nacheiferung aus! [...] Nicht bloß auf Menschen und Menschencharakter, auch auf Schicksale macht uns die Schaubühne aufmerksam und lehrt uns die große Kunst, sie zu ertragen. [...] Die Schaubühne ist die Stiftung, wo sich Vergnügen mit Unterricht, Ruhe mit Anstrengung, Kurzweil mit Bildung gattet, wo keine Kraft der Seele zum Nachteil der andern gespannt, kein Vergnügen auf Unkosten des Ganzen genossen wird. Wenn Gram an dem Herzen nagt, wenn trübe Laune unsre einsamen Stunden vergiftet, wenn uns Welt und Geschäfte anekeln, wenn tausend Lasten unsre Seele drücken und unsre Reizbarkeit unter Arbeiten des Berufs zu ersticken droht, so empfängt uns die Bühne – in dieser künstlichen Welt träumen wir die wirkliche hinweg, wir werden uns selbst wiedergegeben, unsre Empfindung erwacht, heilsame Leidenschaften erschüttern unsre schlummernde Natur und treiben das Blut in frischeren Wallungen.

Heinrich von Kleist **Berliner Abendblätter** (1810)

Wenn man fragt, warum die Werke Goethes so selten auf der Bühne gegeben werden, so ist die Antwort gemeinhin, dass diese Stücke, so vortrefflich sie sein mögen, der Kasse nur, nach einer häufig wiederholten Erfahrung, von unbedeutendem Vorteil sind. [...] [G]esetzt, die Direktion käme auf den Einfall, die Goethischen Stücke so zu geben, dass die Männer die Weiber – und die Weiber die Männerrollen spielten: Falls irgend auf Kostüme und zweckmäßige Karikatur einige Sorgfalt verwendet ist, so wette ich, man schlägt sich an der Kasse um die Billetts [...].

Georg Büchner **Briefe an die Familie** (1835)

Der dramatische Dichter ist in meinen Augen nichts als ein Geschichtsschreiber, steht aber über Letzterem dadurch, dass er uns die Geschichte zum zweiten Mal erschafft und uns gleich unmittelbar, statt eine trockne Erzählung zu geben, in das Leben einer Zeit hineinversetzt, uns statt Charakteristiken Charaktere, und statt Beschreibungen Gestalten gibt. Seine höchste Aufgabe ist, der Geschichte, wie sie sich wirklich begeben, so nahe als möglich zu kommen. Sein Buch darf weder *sittlicher* noch *unsittlicher* sein als die *Geschichte selbst,* aber die Geschichte ist vom lieben Herrgott nicht zu einer Lektüre für junge Frauenzimmer geschaffen worden, und da ist es mir auch nicht übel zu nehmen, wenn mein Drama ebenso wenig dazu geeignet ist. [...] Der Dichter ist kein Lehrer der Moral, er erfindet und schafft Gestalten, er macht vergangene Zeiten wieder aufleben, und die Leute mögen dann daraus lernen, so gut wie aus dem Studium der Geschichte und der Beobachtung dessen, was im menschlichen Leben um sie herum vorgeht. [...] Wenn man mir übrigens noch sagen wollte, der Dichter müsse die Welt nicht zeigen, wie sie ist, sondern wie sie sein solle, so antworte ich, dass ich es nicht besser machen will als der liebe Gott, der die Welt gewiss gemacht hat, wie sie sein soll. Was noch die sogenannten Idealdichter anbetrifft, so finde ich, dass sie fast nichts als Marionetten mit himmelblauen Nasen und affektiertem Pathos, aber nicht Menschen von Fleisch und Blut gegeben haben, deren Leid und Freude mich mitempfinden macht, und deren Tun und Handeln mir Abscheu oder Bewunderung einflößt. Mit einem Wort, ich halte viel auf Goethe und Shakespeare, aber sehr wenig auf Schiller.

Ödön von Horváth **Über das Volksstück und die Wirkung des Theaters** (1932)

Das Theater als Kunstform kann nicht untergehen, aus dem einfachen Grunde, weil die Menschen es brauchen. Für mich ist das eine selbstverständliche, bestehende Tatsache. Es fantasiert also für den Zuschauer, und gleichzeitig lässt es ihn auch die Produkte dieser Fantasie erleben. Es ist Ihnen vielleicht schon aufgefallen, dass fast alle Stücke irgendein kriminelles Moment aufweisen – ja: dass die weitaus überragende Zahl aller Dramenhelden bis zu den Statisten sich irgendeines Verbrechens schuldig machen, also eigentlich keine ausgesprochenen Ehrenmänner sind. Es ist doch eine sonderbare Tatsache, dass sich Leute einen Platz kaufen und ins Theater gehen und sich schön anziehen und parfümieren, um dann auf der Bühne mehr oder minder ehrenrührigen Dingen zu lauschen oder zuzuschauen, wie einer oder auch zwei umgebracht werden, und hernach das Theater verlassen, und zwar in einer weihevollen Stimmung, ethisch erregt. Was geht da in dem einzelnen Zuschauer vor? Folgendes: Seine scheinbare Antipathie gegen die kriminellen

Geschehnisse auf der Bühne ist keine wahre Empörung, sondern eigentlich ein Mitmachen, ein Miterleben und durch dieses Miterleben ausgelöste Befriedigung asozialer Triebe. Der Zuschauer ist also gewissermaßen über sich selbst empört. Man nennt diesen Zustand Erbauung.

Bertolt Brecht **Was ist mit dem epischen Theater gewonnen?** (1939)

Damit ist gewonnen, daß der Zuschauer die Menschen auf der Bühne nicht mehr als ganz unveränderbare, unbeeinflußbare ihrem Schicksal hilflos ausgelieferte dargestellt sieht. Er sieht: dieser Mensch ist so und so, weil die Verhältnisse so und so sind, und die Verhältnisse sind so und so, weil der Mensch so und so ist. Er ist aber nicht nur so vorstellbar, wie er ist, sondern auch anders, so wie er sein könnte, und auch die Verhältnisse sind anders vorstellbar, als sie sind. Damit ist gewonnen, daß der Zuschauer im Theater eine neue Haltung bekommt. [...] Er wird [...] im Theater empfangen als der große Änderer, der in die Naturprozesse und in die gesellschaftlichen Prozesse einzugreifen vermag, der die Welt nicht mehr nur hinnimmt, sondern sie meistert. Das Theater versucht nicht mehr, ihn besoffen zu machen, ihn mit Illusionen auszustatten, ihn die Welt vergessen zu machen ihn mit seinem Schicksal auszusöhnen. Das Theater legt ihm nunmehr die Welt vor zum Zugriff. R

Dea Loher **In einem Interview** (1998)

Wenn das Theater seine Position als relevantes lebendiges soziales Forum zurückgewinnen will, müssen dorthin logisch auch die großen Fragen zurückgeholt werden. Nicht Arbeitslosigkeit, Umweltverschmutzung, Strahlenverseuchung, sondern Gewalt, Schuld, Verrat, Freiheit, nicht Sozialreportage, sondern Tragödie. Traum ist immer noch, die beiden Enden – demokratiekontrollierender Ort und einen Spaßwert – [...] zusammenzukriegen

1 **a** Was soll das Theater bewirken und was soll es zeigen? Erschließen Sie die unterschiedlichen Positionen, indem Sie in den Texten wesentliche Aussagen markieren, z. B. auf einer Kopie oder auf dem Tablet.
b Halten Sie im Team die verschiedenen Positionen zur Wirkungsabsicht des Theaters fest.

	Lessing	Schiller	Kleist	...
Funktion des Theaters	Mitleid empfinden ...	...	...	...
Gestaltung des Stücks	...	...	...	...
Rolle des Publikums	...	Nachahmung tugendhaften ...	...	...

c Vergleichen Sie die Auffassungen miteinander und nennen Sie Übereinstimmungen und Unterschiede.
d Diskutieren Sie, inwieweit sich Büchners Theaterauffassung in der Woyzeck-Szene (▶ S. 102 f.) wiederfindet.

2 **Transferaufgabe:** Ergänzen Sie die Tabelle um einen Dramatiker / eine Dramatikerin, dessen/deren Theorie Sie im Unterricht behandeln. Welche Gemeinsamkeiten und Unterschiede zu den anderen Positionen entdecken Sie?

3.2 Dramatische Konflikte: Was sind die Ursachen? – Schlüsselszenen aus Dramen interpretieren und vergleichen

Unterschiedliche (Macht-)Interessen, Ideale, Ziele, Eifersucht, Enttäuschung, aber auch gesellschaftliche Missstände können die Ursache dramatischer Konflikte sein, die die Handlung vorwärtstreiben. Was ist die Ursache des dramatischen Konflikts, wie äußert er sich in den Figurenbeziehungen und wie entwickelt er sich? Die folgenden Dramenauszüge können Sie unter dieser Fragestellung lesen und wie folgt nutzen:

- Die Aufgaben zu den vier Texten beziehen sich jeweils auf bestimmte Aspekte der Interpretation. Dies ermöglicht Ihnen, diese Aspekte auch an Ihrer Unterrichtslektüre zu untersuchen (Transfer ▶ S. 113–119).
- Sie können die vier Dramentexte unter der Fragestellung in den Überschriften vergleichen.
- Sie können einen Text auswählen und ihn mit Ihrer Unterrichtslektüre vergleichen (Transfer ▶ S. 119).

Intrigen und Lügen? – Dramenform, Figuren und ihr Gesprächsverhalten

Gotthold Ephraim Lessing **Emilia Galotti** (1772) – 4. Akt, 5. Szene

Das bürgerliche Trauerspiel „Emilia Galotti" handelt von dem Prinzen Hettore Gonzaga, der sich in das bürgerliche Mädchen Emilia Galotti verliebt. Als er von ihrer bevorstehenden Hochzeit mit dem Grafen Appiani erfährt, gibt er seinem intriganten Kammerdiener Marinelli freie Hand, dies zu verhindern. Marinelli organisiert einen Überfall auf die Hochzeitskutsche, wobei Appiani getötet und Emilia auf das Schloss des Prinzen von Guastalla gebracht wird. Im vorliegenden 4. Akt trifft Orsina, die ehemalige Geliebte des Prinzen, im Schloss ein und wird vom Prinzen kalt abgewiesen. Sie ahnt, dass sie ihn verloren hat, weiß nur noch nicht, an wen.

Emilia Galotti, Deutsches Theater, Berlin

Orsina *(mit Rührung)*: „Ich bin beschäftiget. Ich bin nicht allein." Ist das die Entschuldigung ganz, die ich wert bin? Wen weiset man damit nicht ab? Jeden Überlästigen, jeden Bettler. Für mich keine einzige Lüge mehr? Keine einzige kleine Lüge mehr, für mich? – Beschäftiget? Womit denn? Nicht allein? Wer wäre denn bei ihm? – Kommen Sie, Marinelli; aus Barmherzigkeit, lieber Marinelli! Lügen Sie mir eines auf eigene Rechnung vor. Was kostet Ihnen denn eine Lüge? – Was hat er zu tun? Wer ist bei ihm? – Sagen Sie mir, sagen Sie mir, was Ihnen zuerst in den Mund kömmt – und ich gehe.

Marinelli *(vor sich)*: Mit dieser Bedingung kann ich ihr ja wohl einen Teil der Wahrheit sagen.

Orsina: Nun? Geschwind, Marinelli, und ich gehe. – Er sagte ohnedem, der Prinz: „Ein andermal, meine liebe Gräfin!" Sagte er nicht so? – Damit er mir Wort hält, damit er keinen Vorwand hat, mir nicht Wort zu halten: Geschwind, Marinelli, Ihre Lüge, und ich gehe.

Marinelli: Der Prinz, liebe Gräfin, ist wahrlich nicht allein. Es sind Personen bei ihm, von denen er sich keinen Augenblick abmüßigen kann; Personen, die eben einer großen Gefahr entgangen sind. Der Graf Appiani –

Orsina: Wäre bei ihm? – Schade, dass ich über diese Lüge Sie ertappen muss. Geschwind eine andere. – Denn Graf Appiani, wenn Sie es noch nicht wissen, ist eben von Räubern erschossen worden. Der Wagen mit seinem Leichnam begegnete mir kurz vor der Stadt. – Oder ist er nicht? Hätte es mir bloß geträumt?

Marinelli: Leider nicht bloß geträumt! – Aber die andern, die mit dem Grafen waren, haben sich glücklich hierher nach dem Schlosse gerettet: seine Braut nämlich und die Mutter der Braut, mit welchen er nach Sabionetta zu seiner feierlichen Verbindung fahren wollte.

Orsina: Also die? Die sind bei dem Prinzen? Die

Braut? Und die Mutter der Braut? – Ist die Braut schön?

Marinelli: Dem Prinzen geht ihr Unfall ungemein nahe.

Orsina: [...] Wer ist sie denn, diese Braut? [...]

Marinelli: Es ist Emilia Galotti.

Orsina: Wer? – Emilia Galotti? Emilia Galotti? – Marinelli! Dass ich diese Lüge nicht für Wahrheit nehme!

Marinelli: Wieso?

Orsina: Emilia Galotti?

Marinelli: Die Sie schwerlich kennen werden –

Orsina: Doch! Doch! Wenn es auch nur von heute wäre. – Im Ernst, Marinelli? Emilia Galotti? – Emilia Galotti wäre die unglückliche Braut, die der Prinz tröstet?

Marinelli *(vor sich)*: Sollte ich ihr schon zu viel gesagt haben?

Orsina: Und Graf Appiani war der Bräutigam dieser Braut? Der eben erschossene Appiani?

Marinelli: Nicht anders.

Orsina: Bravo! O bravo! Bravo! *(In die Hände schlagend.)* [...] Haben Sie keinen Anteil daran?

Marinelli: Woran?

Orsina: Schwören Sie! – Nein, schwören Sie nicht. Sie möchten eine Sünde mehr begehen. – Oder ja, schwören Sie nur. Eine Sünde mehr oder weniger für einen, der doch verdammt ist! – Haben Sie keinen Anteil daran?

Marinelli: Sie erschrecken mich, Gräfin.

Orsina: Gewiss? – Nun, Marinelli, argwohnet Ihr gutes Herz auch nichts?

Marinelli: Was? Worüber?

Orsina: Wohl – so will ich Ihnen etwas vertrauen – etwas, das Ihnen jedes Haar auf dem Kopfe zu Berge sträuben soll. – Aber hier, so nahe an der Türe, möchte uns jemand hören. Kommen Sie hierher! – Und! *(Indem sie den Finger auf den Mund legt)* Hören Sie! Ganz in geheim! Ganz in geheim! *(und ihren Mund seinem Ohre nähert, als ob sie ihm zuflüstern wollte, was sie aber sehr laut ihm zuschreiet.)* Der Prinz ist ein Mörder!

Marinelli: Gräfin – Gräfin – sind Sie ganz von Sinnen?

Orsina: Von Sinnen? Hahaha! *(Aus vollem Halse lachend.)* Ich bin selten oder nie mit meinem Verstande so wohl zufrieden gewesen als eben itzt. – Zuverlässig, Marinelli – aber es bleibt unter uns – *(leise)* der Prinz ist ein Mörder! Des Grafen Appiani Mörder! – Den haben nicht Räuber, den haben Helfershelfer des Prinzen, den hat der Prinz umgebracht!

Marinelli: Wie kann Ihnen so eine Abscheulichkeit in den Mund, in die Gedanken kommen?

Orsina: Wie? – Ganz natürlich. – Mit dieser Emilia Galotti – die hier bei ihm ist – deren Bräutigam so über Hals über Kopf sich aus der Welt trollen müssen – mit dieser Emilia Galotti hat der Prinz heute Morgen, in der Halle bei den Dominikanern, ein Langes und Breites gesprochen. Das weiß ich, das haben meine Kundschafter gesehen. Sie haben auch gehört, was er mit ihr gesprochen – Nun, guter Herr? Bin ich von Sinnen? Ich reime, dächt' ich, doch noch ziemlich zusammen, was zusammengehört. [...]

Marinelli: Gräfin, Sie würden sich um den Hals reden.

Orsina Wenn ich das mehreren sagte? – Desto besser, desto besser! – Morgen will ich es auf dem Markte ausrufen. – Und wer mir widerspricht – wer mir widerspricht, der war des Mörders Spießgeselle. – Leben Sie wohl.

1 **a** Erklären Sie, in welchem Moment Orsina klar wird, dass sie den Prinzen an Emilia Galotti verloren hat. Worin liegt für sie der Konflikt, worin für Marinelli?

b Die obige Szene befindet sich im 4. Akt des Stückes. Beschreiben Sie die Funktion dieser Szene im Aufbau des Dramas mit Hilfe des Schemas von Gustav Freytag (▶ S. 108).

2 Untersuchen Sie, wie die Figuren kommunizieren, um ihre Ziele zu erreichen. Wählen Sie a oder b.

●●○ **a** Erklären Sie, welche **Gesprächsstrategien Orsina** anwendet, um die Wahrheit zu erfahren.
Orsina entlastet Marinelli einerseits ..., andererseits ... bohrende Fragen...

●●● **b** Erklären Sie, welche **Gesprächsstrategien Marinelli** anwendet, um Orsina zu beruhigen. Welche Bedeutung hat dabei sein Redeanteil?

c Stellen Sie Ihre Ergebnisse vor und diskutieren Sie, welche Figur mit ihrer Strategie mehr Erfolg hat.

3 **Transferaufgabe:** Vergleichen Sie den geschlossenen Dramenaufbau von „Emilia Galotti" mit dem Aufbau des Dramas, das Sie gerade lesen. Lässt sich dies eher der offenen oder der geschlossenen Form (▶ S. 108) zuordnen?

Komisch oder tragisch? – Dramengattungen und deren Merkmale

Heinrich von Kleist **Der zerbrochne Krug** (1808) – 7. Auftritt

Adam, Dorfrichter im holländischen Huisum, befindet sich in einem schlechten Zustand: kahlköpfig, mit einer Wunde auf der Stirn und Schrammen auf der Nase soll er über ein Vergehen Recht sprechen, das er selbst begangen hat: Die Klägerin, Frau Marthe Rull, fordert Schadensersatz für einen Krug, den jemand vergangene Nacht im Zimmer ihrer Tochter Eve zerbrochen hat. Was außer Eve keiner weiß: Der Richter selbst hat sich nachts gegen den Willen Eves in ihr Zimmer geschlichen, wurde von Ruprecht, dem Verlobten des Mädchens, überrascht, zerbrach den Krug und musste – zerschunden, ohne seine richterliche Perücke – fliehen. Frau Martha Rull hält Ruprecht für den Täter, der nun auch von Eve nichts mehr wissen will, weil er sie für treulos hält. Richter Adam hat Angst, dass Eve die Wahrheit über seine Täterschaft sagen könnte, und erpresst sie: Er behauptet, ihr Verlobter Ruprecht werde zum Militärdienst eingezogen, als Richter könne er ihn jedoch durch ein Attest davor bewahren. Eve verschweigt aus Sorge um Ruprecht die Wahrheit. Der Gerichtsverhandlung wohnen auch der Gerichtsschreiber Licht sowie der Gerichtsrat Walter bei, der die Justiz auf dem Lande prüfen und verbessern soll.

Der zerbrochne Krug, Deutsches Theater Berlin, 2021

Adam im Ornat[1], doch ohne Perücke, tritt auf. Die Vorigen.

Adam *(für sich)*: Ei, Evchen. Sieh! Und der vierschröt'ge[2] Schlingel,
Der Ruprecht! Ei, was Teufel, sieh! die ganze Sippschaft!
– Die werden mich doch nicht bei mir verklagen?
Eve: O liebste Mutter, folgt mir, ich beschwör Euch,
Lasst diesem Unglückszimmer uns entfliehen!
Adam: Gevatter! Sagt mir doch, was bringen die?
Licht: Was weiß ich? Lärm um nichts; Lappalien[3].
Es ist ein Krug zerbrochen worden, hör ich.
Adam: Ein Krug! So! Ei! – Ei, wer zerbrach den Krug?
Licht: Wer ihn zerbrochen?
Adam: Ja, Gevatterchen.
Licht: Mein Seel, setzt Euch: so werdet Ihr's erfahren.
Adam *(heimlich)*: Evchen!
Eve *(gleichfalls)*: Geh Er.
Adam: Ein Wort.
Eve Ich will nichts wissen.
Adam: Was bringt ihr mir?
Eve: Ich sag Ihm, Er soll gehn.
Adam: Evchen! Ich bitte dich! Was soll mir das bedeuten?
Eve: Wenn Er nicht gleich –! Ich sag's Ihm, lass Er mich.
Adam *(zu Licht)*:
Gevatter, hört, mein Seel, ich halt's nicht aus.
Die Wund am Schienbein macht mir Übelkeiten;
Führt Ihr die Sach, ich will zu Bette gehn.
Licht: Zu Bett –? Ihr wollt –?
Ich glaub, Ihr seid verrückt.
Adam: Der Henker hol's. Ich muss mich übergeben.
Licht: Ich glaub, Ihr rast, im Ernst. Soeben kommt Ihr –?
– Meinethalben. Sagt's dem Herrn Gerichtsrat dort.
Vielleicht erlaubt er's. – Ich weiß nicht, was Euch fehlt.
Adam *(wieder zu Evchen)*:
Evchen! Ich flehe dich! Um alle Wunden!
Was ist's, das ihr mir bringt?
Eve: Er wird's schon hören.
Adam: Ist's nur der Krug dort, den die Mutter hält,
Den ich, soviel –?
Eve: Ja, der zerbrochne Krug nur.
Adam: Und weiter nichts?
Eve: Nichts weiter.
Adam: Nichts? Gewiss nichts?
Eve: Ich sag Ihm, geh Er. Lass Er mich zufrieden.
Adam: Hör du, bei Gott, sei klug, ich rat es dir.
Eve: Er Unverschämter!
Adam: In dem Attest steht
Der Name jetzt, Frakturschrift, Ruprecht Tümpel.
Hier trag ich's fix und fertig in der Tasche;
Hörst du es knackern, Evchen? Sieh, das kannst du,
Auf meine Ehr, heut übers Jahr dir holen,

Dir Trauerschürz und Mieder zuzuschneiden,
Wenn's heißt: Der Ruprecht in Batavia[4]
Krepiert' – ich weiß an welchem Fieber nicht,
War's gelb, wars scharlach, oder war es faul.
Walter: Sprecht nicht mit den Parteien, Herr Richter Adam,
Vor der Session! Hier setzt Euch, und befragt sie.
Adam: Was sagt er? – Was befehlen Ew. Gnaden[5]?
Walter: Was ich befehl? – Ich sagte deutlich Euch,
Dass Ihr nicht heimlich vor der Sitzung sollt
Mit den Parteien zweideut'ge Sprache führen.
Hier ist der Platz, der Eurem Amt gebührt,
Und öffentlich Verhör, was ich erwarte.
Adam *(für sich)*:
Verflucht! Ich kann mich nicht dazu entschließen –!
Es klirrte etwas, da ich Abschied nahm –
Licht *(ihn aufschreckend)*:
Herr Richter! Seid Ihr –!
Adam: Ich? Auf Ehre nicht!
Ich hatte sie behutsam drauf gehängt,
Und müsst ein Ochs gewesen sein –
Licht: Was?
Adam: Was?
Licht: Ich fragte –!
Adam: Ihr fragtet, ob ich –?
Licht: Ob Ihr taub seid, fragt ich.
Dort Sr. Gnaden[6] haben Euch gerufen.
Adam: Ich glaubte –! Wer ruft?
Licht: Der Herr Gerichtsrat dort.
Adam *(für sich)*:
Ei! Hol's der Henker auch! Zwei Fälle gibt's,
Mein Seel, nicht mehr, und wenn's nicht biegt, so brichts.
– Gleich! Gleich! Gleich! Was befehlen Ew. Gnaden?
Soll jetzt die Prozedur beginnen?
Walter: Ihr seid ja sonderbar zerstreut.
[...] Hier. Setzt Euch. Ruft den Kläger und vernehmt ihn.
Und Ihr, Herr Schreiber, führt das Protokoll.
Adam: Befehlen Ew. Gnaden den Prozess
Nach den Formalitäten oder so,
Wie er in Huisum üblich ist, zu halten?
Walter: Nach den gesetzlichen Formalitäten,
Wie er in Huisum üblich ist, nicht anders.
Adam: Gut, gut. Ich werd Euch zu bedienen wissen.
Seid Ihr bereit, Herr Schreiber?
Licht: Zu Euren Diensten.
Adam: – So nimm, Gerechtigkeit, denn deinen Lauf!
Kläger trete vor.

---

1 das Ornat: richterliche Robe
2 vierschrötig: kräftig, breit, grob wirkend
3 die Lappalien: als unbedeutend empfundene Dinge
4 Batavia: ehemalige Kolonie in Indien
5 Ew. Gnaden: Euer Gnaden
6 Sr. Gnaden: Seiner Gnaden

1 a Traurig, komisch, lächerlich, korrupt, intrigant, rücksichtslos? Formulieren Sie Ihren Eindruck von Adam.
b „So nimm, Gerechtigkeit, denn deinen Lauf!" (▶ Z. 108). Erklären Sie, warum diese Aussage aus dem Munde des Dorfrichters unglaubwürdig wirkt.

2 Untersuchen Sie die Dialoge und Konflikte zwischen den Figuren.
a Erklären Sie am Text, wie der Dorfrichter versucht, Einfluss auf Eve zu nehmen, und wie sie reagiert.
b Der Gerichtsrat Walter ist ein Gegenspieler Adams. Erläutern Sie, wie sich das im Dialog der beiden Figuren widerspiegelt.

3 Im „Zerbrochnen Krug" finden sich alle drei Formen des Komischen (▶ Kasten). Wählen Sie a oder b.
●●○ a Beschreiben Sie, warum die **Gestaltung der Figur Adam** zum Lachen reizt **(Figurenkomik).**
●●● b Finden Sie in dieser Szene Beispiele von **Sprachkomik** und erläutern Sie deren Wirkung.
c Obwohl Kleist sein Stück selbst als „Lustspiel" bezeichnete, enthält es auch ernste (tragische) Elemente. Welche deuten sich in dieser Szene an?

> Die **Komödie** (Lustspiel) ist im Gegensatz zur Tragödie (▶ S. 454) ein Drama mit heiterem Inhalt, das in der Regel glücklich endet.
> Die Komödie deckt **menschliche Schwächen** auf und reizt durch **Situationskomik, Figurenkomik** (überzeichnete Charaktere) sowie **Sprachkomik** zum Lachen.

4 **Transferaufgabe:** Tragödie oder Komödie? Untersuchen Sie, welcher Dramengattung das Drama entspricht, das Sie im Unterricht behandeln. Weisen Sie einzelne Elemente der Gattung am Text nach.

Gefangen im sozialen Milieu? – Zeitgeschichtliche Bezüge

Ödön von Horváth **Kasimir und Karoline** (1932)

Das sozialkritische Drama „Kasimir und Karoline“ spielt 1929 am Ende der Weimarer Republik und schildert die harten Lebensbedingungen der Arbeiterschaft während der Weltwirtschaftskrise. Das Stück spielt auf dem Münchner Oktoberfest und ist in 117 kurze Einzelszenen gegliedert, die das ständige Kommen und Gehen auf dem Volksfest widerspiegeln. Im Zentrum der Handlung steht das Liebespaar Kasimir und Karoline. Während Kasimir frustriert ist, weil er gerade seine Arbeit als Chauffeur verloren hat, will sich Karoline auf dem Fest amüsieren. So kommt es zum Streit und Kasimir lässt seine Verlobte stehen. Karoline ist nach diesem Streit auf der Suche nach einer Ablenkung. An einem Eisstand lernt sie einige wohlhabende Herren kennen, von denen sie sich den Rest des Abends ausführen lässt. Zu Beginn der vorliegenden Szene schauen die Besucher/-innen des Oktoberfestes gebannt einem vorbeifliegenden Zeppelin hinterher.

Kasimir und Karoline, Schaubühne, Berlin 2014

3. Szene

Karoline: Jetzt ist er gleich verschwunden. [...] Der Zeppelin, der fliegt jetzt nach Oberammergau, aber dann kommt er wieder zurück und wird einige Schleifen über uns beschreiben.

Kasimir: Das ist mir wurscht! Da fliegen droben zwanzig Wirtschaftskapitäne und herunten verhungern derweil einige Millionen! Ich scheiß dir was auf den Zeppelin, ich kenne diesen Schwindel und hab mich damit auseinandergesetzt – Der Zeppelin, verstehst du mich, das ist ein Luftschiff und wenn einer von uns dieses Luftschiff sieht, dann hat er so ein Gefühl, als tät er auch mitfliegen – derweil haben wir bloß die schiefen Absätz und das Maul können wir uns an das Tischeck hinhaun!

Karoline: Wenn du so traurig bist, dann werd ich auch traurig.

Kasimir: Ich bin kein trauriger Mensch.

Karoline: Doch. Du bist ein Pessimist.

Kasimir: Das schon. Ein jeder intelligente Mensch ist ein Pessimist. [...] Du kannst natürlich leicht lachen. Ich habe es dir doch gleich gesagt, dass ich heut unter gar keinen Umständen auf dein Oktoberfest geh. Gestern abgebaut und morgen stempeln[1], aber heut sich amüsieren, vielleicht sogar noch mit lachendem Gesicht!

Karoline: Ich habe ja gar nicht gelacht.

Kasimir: Natürlich hast du gelacht. Und das darfst du ja auch – du verdienst ja noch was und lebst bei deinen Eltern, die wo pensionsberechtigt sind. Aber ich habe keine Eltern mehr und steh allein in der Welt, ganz und gar allein.

(Stille.)

Karoline: Vielleicht sind wir zu schwer füreinander –

Kasimir: Wie meinst du das jetzt?

Karoline: Weil du halt ein Pessimist bist und ich neige auch zur Melancholie – Schau, zum Beispiel zuvor – beim Zeppelin–

Kasimir: Geh halt doch dein Maul mit dem Zeppelin!

Karoline: Du sollst mich nicht immer so anschreien, das hab ich mir nicht verdient um dich!

Kasimir: Habe mich gerne! *(Ab)*

36. Szene

Karoline: Was willst du denn schon wieder?

(Stille)

Kasimir: Was sind denn das dort für Leute?

Karoline: Lauter alte Bekannte.

Kasimir: Sei nicht boshaft bitte.

Karoline: Ich bin nicht boshaft. Der Dicke dort ist der berühmte Kommerzienrat Rauch, der wo Alleininhaber ist. Und der andere kommt aus Norddeutschland. Ein Landgerichtsdirektor.

Kasimir: Also lauter bessere Menschen. Du kannst mich jetzt nicht mehr aufregen.

(Stille)

Karoline: Was willst du noch?

Kasimir: Ich hab dich um Verzeihung bitten wollen von wegen meinem Misstrauen und dass ich zuvor so grob zu dir war. Nein das war nicht schön von mir. Wirst du mir das verzeihen?

Karoline: Ja.

Kasimir: Ich danke dir. Jetzt geht es mir schon wieder anders – *(Er lächelt.)*

Karoline: Du verkennst deine Lage.

Kasimir: Was für eine Lage?

(Stille.)

Karoline: Es hat keinen Sinn mehr, Kasimir. Ich hab mir das überlegt und habe mich genau geprüft – *(Sie wendet sich der Schnapsbude zu.)*

Kasimir: Aber das sind doch dort keine Menschen für dich! Die nützen dich doch nur aus zu ihrem Vergnügen!

Karoline: So sei doch nicht so sentimental. Das Leben ist hart und eine Frau, die wo etwas erreichen will, muss einen einflussreichen Mann immer bei seinem Gefühlsleben packen.

Kasimir: Hast du mich auch dort gepackt?

Karoline: Ja.

(Stille.)

Kasimir: Das ist nicht wahr.

Karoline: Doch.

(Stille.)

Kasimir: Was willst du denn durch diese Herrschaften dort erreichen? […]

Karoline: Eine höhere gesellschaftliche Stufe und so.

Kasimir: Das ist aber eine neue Ansicht, die du da hast.

Karoline: Nein, das ist keine neue Ansicht – aber ich habe mich von dir tyrannisieren lassen und habe es dir nachgesagt, dass eine Büroangestellte auch nur eine Proletarierin[2] ist! Aber da drinnen in meiner Seele habe ich immer anders gedacht! Mein Herz und mein Hirn waren ja umnebelt, weil ich dir hörig war! Aber jetzt ist das aus.

Kasimir: Aus?

Karoline: Du sagst es.

(Stille.)

Kasimir: So. Hm. Also das wird dann schon so sein. Der Kasimir ist halt abgebaut. So und nicht anders. Da gibt es keine Ausnahmen. Lächerlich.

Karoline Hast du mir noch etwas zu sagen?

(Stille.)

---

1 stempeln: die Arbeitslosigkeit im Rahmen des Jobverlustes melden

2 die Proletarierin: eine einfache, lohnabhängige Arbeiterin

1 Formulieren Sie Ihren ersten Leseeindruck, z. B. im Hinblick auf die Beziehung der Figuren und ihre Sprache. Was überrascht Sie? Was empfinden Sie als eher ungewöhnlich?

2 Erklären Sie mit Hilfe des Vorspanns und der Szenenauszüge, worin der Konflikt zwischen den Figuren liegt. Warum trennt sich Karoline am Ende der 36. Szene von Kasimir, was ist ihre Motivation?

3 Untersuchen Sie, welchen Einfluss die **wirtschaftlichen Umstände** der Zeit (Weltwirtschaftskrise) auf die Lebenssituation und die Gefühle der Figuren haben. Wählen Sie a oder b.

●●○ **a** Beschreiben Sie anhand der **Zeppelinszene** (► Z. 2–15), wie Kasimir die **wirtschaftliche Situation seiner Zeit** deutet.

●●● **b** Kasimir ist überzeugt, dass sich die **Zweifel Karolines** an der Beziehung mit seinem **Arbeitslosenstatus** erklären lassen. Erläutern Sie, wie sich das im **Dialog der Figuren** widerspiegelt.

c Tauschen Sie Ihre Ergebnisse aus. Diskutieren Sie: Welche Gesellschaftskritik wird im Drama deutlich? Ist diese Kritik heute noch aktuell?

> Im Winter 1929/30 geriet Deutschland in den Strudel der sich aus dem Börsenzusammenbruch im Oktober 1929 entwickelnden **Weltwirtschaftskrise.** Die Zahl der Erwerbslosen stieg in Deutschland von 1,3 auf über 6 Millionen. Armut, Massenverelendung und Kriminalität kennzeichneten den Alltag breiter Bevölkerungsschichten.

4 Die Gefühlslage der Figuren sowie ihre Zugehörigkeit zum proletarischen Milieu spiegeln sich auch in ihrer Sprache. Beschreiben Sie anhand von Textbelegen die Sprache der Figuren und ihre Wirkung.

5 Offenes oder geschlossenes Drama? Begründen Sie, welcher Dramenform (► S. 108) sich das Stück „Kasimir und Karoline" zuordnen lässt.

6 **Transferaufgabe:** Erläutern Sie, welche Rolle der historische Kontext in dem Drama spielt, das Sie gerade lesen. Beinhaltet das Stück eventuell eine Gesellschaftskritik?

Altes in neuem Gewand – Intertextualität im modernen Drama

Dea Loher **Manhattan Medea** (1999)

Medea und Jason sind Flüchtlinge und leben seit sieben Jahren als illegale Emigranten in ärmlichsten Verhältnissen in New York. Weil Jason Claire, die Tochter eines reichen Unternehmers, heiraten will, hat er seine Frau Medea und das gemeinsame Kind verlassen. Für Jason bedeutet die Heirat den sozialen Aufstieg, für Medea hingegen Verrat, denn mit Jason ist sie durch ein gemeinsames Verbrechen verbunden: Auf der Flucht töteten sie mit einem Messer Medeas Bruder. Weil Jason die Hochzeit nicht aufgeben will, rächt sich Medea und tötet das gemeinsame Kind und Jasons zukünftige Braut Claire. Das Drama beginnt am Hochzeitstag vor dem Elternhaus der Braut. Medea wartet auf Jason, um ihn zurückzuholen.

Giovanni Benedetto Castiglione: Medea (17. Jahrhundert)

Jason: Wie viele Jahre sind wir hier, Medea.
Und – wir machen keinen Fortschritt.
Unser Leben ein verbotenes immer noch. [...]
Medea: Wir haben sieben Jahre lang
das Bett geteilt und unser Leben.
Und hatten gleiche Rechte.
Wir waren gleich.
Jason: Ja, gleich. Gleiche unter Gleichen.
Medea: Womit man sich eben durchschlägt.
Jason: Das muss sich ändern. Jetzt. [...]
Medea: Soll ich dir sagen, dass du mich benutzt hast.
So lange, bis ich dich die fremde Sprache
dieses fremden Landes gelehrt habe.
Mein Geld gebraucht,
um den Captain des Frachters zu bestechen.
Meine Kraft gebrochen,
bis du eine Bessere findest,
die dir mehr von Nutzen ist.
[...] Denkst du nicht mehr daran.
[...] Was ich getan habe für dich.
Jason: Nein.
Medea: Mit diesen Händen.
Jason: Nein daran denke ich nicht.
Medea: Jason.
Jason: Für dich für dich
Ich Ein Mörder Ich Ein Mörder
Du Hexe.
Medea: Ja.
Hexe.
Vielleicht.
Vielleicht bin ich eine Hexe.
Aber dann
was bist du,
der mich dazu gemacht hat.
Für den ich getan habe, was ich getan habe.
Mit diesen Händen.
Und du hast es gesehen.
Jason: Ich habe dich nicht gezwungen.
[...] Medea: Ich habe immer noch das Messer.
Die Zeit hat es nicht stumpf gemacht.
(*Sie holt ein Messer aus der Tasche* [...].)
Es ist das gleiche Messer.
Jason: Warum sprichst du davon.
Medea: Das verbindet.
Diese Nacht.
Und alle die Nächte danach,
in denen wir in dieser Schuld lagen,
die wir teilen.
Für immer.
(*Schweigen.* [...].)
Jason: Deswegen Medea –
Mit uns würde immer Kampf sein.
Zwischen uns würde immer Tod sein.
Wir haben uns die Hölle geschaffen,
und ich muss dich lassen oder –
dieses Feuer frisst mich –
Medea: Du liebst mich noch –
Jason: Was soll ich tun – [...]
Medea: Du liebst mich noch –
Jason: Und ich verfluche dich –
(*Pause.*)
Jason: Ich verfluche dich,
und ich will, dass du bei mir bleibst.
Medea: Entschlossenheit war deine Stärke nie.

Jason: Ich bin entschlossen.
Meine Braut heißt Claire.
Aber wenn sie meine Frau wird,
soll auch für dich gesorgt sein.
Das ist mein Plan.
Sie weiß von dir.
Und es steht nichts dagegen,
dass du in dieses Haus kommst,
und wir für das Kind gemeinsam sorgen.
Medea: Das wiederhole mir –
Sie hat nichts dagegen,
mich aufzunehmen.
Soll ich das Zimmer neben eurem haben,
damit ich deine Liebesdienste hören kann,
Nacht für Nacht
ihre entzückten Schreie,
wenn du ihr Verliebtheit vorspielst.
Soll ich es hören, wie du sie vögelst,
Nacht für Nacht,
ihre Lust die Waffe, mit der du sie besiegst,
und dir gefügig, hörig hältst.
Soll ich es hören, wie mein Kind
eine Fremde seine Mutter nennt.
Willst du mir meine Strafe jetzt schon geben
und lebenslang.
(Pause.)
Wie grausam kannst du sein Jason – [...]
Geh.
Bevor dieses Messer noch einmal tötet.
Jason: Ich verstehe dich nicht mehr. [...]

1 **a** Jason und Medea sind schon zu Beginn des Dramas getrennt. Erklären Sie mit Hilfe des Vorspanns und des Textes, worin der Konflikt zwischen den beiden Figuren besteht und welche Ziele sie jeweils verfolgen.
b Erklären Sie, inwieweit diese Szene schon Vorausdeutungen auf ein tragisches Ende beinhaltet.

2 **a** Erklären Sie, inwiefern das Stück den antiken Medea-Mythos aufgreift (► Tipp rechts).
b Zeigen Sie anhand der Aspekte Ort, Zeit, Handlung, dass Loher den Medea-Mythos an die Gegenwart anpasst.
c Diskutieren Sie: Warum greifen Autor/-innen Ihrer Meinung nach in ihren Werken auf vorhandene Stoffe wie antike Mythen zurück?

3 **Transferaufgabe:** Untersuchen Sie im Rahmen einer Internetrecherche, inwiefern das von Ihnen im Unterricht behandelte Drama intertextuelle Bezüge zu anderen literarischen Werken beinhaltet, z. B. im Hinblick auf das Thema oder die Figuren.

Wenn literarische Texte sich auf andere Texte beziehen, indem sie Stoffe, Motive oder Zitate übernehmen oder auch durch Figurennamen auf sie anspielen, spricht man von **Intertextualität.** Das Stück „Manhattan Medea" greift z. B. den antiken Medea-Mythos auf: Nachdem Medea erfahren hat, dass ihr Mann Jason sie mit einer anderen Frau betrogen hat und diese heiraten will, tötet sie aus Rache die Braut und die beiden gemeinsamen Söhne, um Jason den größtmöglichen Schmerz zuzufügen. Antike Mythen und Figuren (z. B. die Sage von Medea, Kassandra, Prometheus oder Odysseus) werden bis in die Gegenwart hinein in Literatur, Film und Musik immer wieder aufgegriffen und neu erzählt. Dabei wird der Stoff je nach Intention des Werkes an die Gegenwart angepasst.

Textvergleiche, literaturgeschichtliche Einbettung und Abschlussreflexion

4 **Transferaufgabe:** Vergleichen Sie zwei der vier Dramenauszüge aus diesem Kapitel (► S. 112–119) unter dem Blickwinkel der Frage: „Dramatische Konflikte: Was sind die Ursachen?" Arbeiten Sie Unterschiede und Gemeinsamkeiten heraus. Wie äußert sich der dramatische Konflikt in den Figurenbeziehungen und wie entwickelt er sich?

5 Ordnen Sie mit Hilfe der Literaturgeschichte (► S. 242–441) die verschiedenen Dramenauszüge zeitlich ein. Untersuchen Sie, inwiefern die Texte mit ihren Themen und literarischen Gestaltungsweisen zum Bild der jeweiligen Epoche beitragen.

6 Erklären Sie sich in Kleingruppen gegenseitig, wie man eine Dramenszene professionell interpretiert: Welche Arbeitsschritte und welche Aspekte spielen eine Rolle?

3.3 Eine Dramenszene interpretieren und vergleichen

Aufgabenbeispiel

1. Interpretieren Sie den Auszug aus Friedrich Schillers Drama „Die Räuber“ im Hinblick auf den Konflikt zwischen Franz und Amalia. Berücksichtigen Sie dabei insbesondere die Darstellung der Figuren, ihre Beziehung sowie ihr Gesprächsverhalten. *(45 Punkte)*
2. **Transferaufgabe:** Vergleichen Sie den Konflikt und die Figurenbeziehung aus dem vorliegenden Dramenauszug aus „Die Räuber“ mit dem Konflikt und den Figurenbeziehungen aus einem Ihnen bekannten Drama aus dem Unterricht. *(27 Punkte)*

Friedrich Schiller **Die Räuber** (1781) – 3. Akt, 1. Szene

„Die Räuber“, ein Drama aus der Epoche des Sturm und Drang, handelt von der Rivalität der Brüder Franz und Karl Moor. Karl wird von seinem Vater, Maximilian von Moor, verehrt und geliebt, während Franz im Schatten seines älteren Bruders steht. Aus Eifersucht plant Franz eine Intrige: Durch einen gefälschten Brief gaukelt er seinem Vater vor, Karl sei ein landesweit gesuchter Verbrecher. Der Graf ist entsetzt und verstößt und enterbt Karl. In seiner Enttäuschung und Wut gründet Karl eine Räuberbande und zieht mit ihr durch die böhmischen Wälder. Franz hat es jedoch nicht nur auf Karls Erbe abgesehen, sondern auch auf dessen Geliebte Amalia. Diese wehrt sich gegen die Annäherungsversuche und hält an ihrer Liebe zu Karl fest. Amalia hat mittlerweile durch eine weitere Intrige von Franz die Nachricht erhalten, Karl sei tot.
In der vorliegenden Szene spielt sie auf der Laute ein Totenlied für ihren Geliebten. Franz tritt hinzu und bedrängt sie abermals, ihn zu heiraten. Nach dem (angeblichen) Tod seines Vaters glaubt er, nun alleiniger Herrscher zu sein.

Die Räuber, Berliner Ensemble 2016

(Franz, Amalia, im Garten)

Franz: Schon wieder hier, eigensinnige Schwärmerin? Du hast dich vom frohen Mahle hinweggestohlen und den Gästen die Freude verdorben.

Amalia: Schade für diese unschuldigen Freuden! das Totenlied muss noch in deinen Ohren murmeln, das deinem Vater zu Grabe hallte –

Franz: Willst du denn ewig klagen? Lass die Toten schlafen und mache die Lebendigen glücklich! Ich komme –

Amalia: Und wann gehst du wieder?

Franz: O weh! Kein so finsteres stolzes Gesicht! du betrübst mich, Amalia. Ich komme, dir zu sagen –

Amalia: Ich muss wohl hören, Franz von Moor ist ja gnädiger Herr worden.

Franz: Ja recht, das war's, worüber ich dich vernehmen wollte – Maximilian ist schlafen gegangen in der Väter Gruft. Ich bin Herr. Aber ich möchte es vollends ganz sein, Amalia. – Du weißt, was du unserm Hause warst, du wardst gehalten wie Moors Tochter, selbst den Tod überlebte seine Liebe zu dir, das wirst du wohl niemals vergessen?

Amalia: Niemals, niemals. Wer das auch so leichtsinnig beim frohen Mahle hinwegzechen könnte!

Franz: Die Liebe meines Vaters musst du in seinen Söhnen belohnen, und Karl ist tot – Staunst du? Schwindelt dir? Ja wahrhaftig, der Gedanke ist auch so schmeichelnd erhaben, dass er selbst den Stolz eines Weibes betäubt. Franz tritt die Hoffnungen der edelsten Fräuleins mit Füßen, Franz kommt und bietet einer armen, ohne ihn hilflosen Waise sein Herz, seine Hand und mit ihr all sein Gold an und all seine Schlösser und Wälder. Franz, der Beneidete, der Gefürchtete, erklärt sich freiwillig für Amalias Sklaven –

Amalia: Warum spaltet der Blitz die ruchlose Zunge

nicht, die das Frevelwort ausspricht! Du hast meinen Geliebten ermordet, und Amalia soll dich Gemahl nennen! Du –

Franz: Nicht so ungestüm, allergnädigste Prinzessin! – Freilich krümmt Franz sich nicht wie ein girrender Seladon[1] vor dir – freilich hat er nicht gelernt, gleich dem schmachtenden Schäfer Arkadiens, dem Echo der Grotten und Felsen seine Liebesklagen entgegenzujammern – Franz spricht, und wenn man nicht antwortet, so wird er – befehlen.

Amalia: Wurm du, befehlen? mir befehlen? – und wenn man den Befehl mit Hohnlachen zurückschickt?

Franz: Das wirst du nicht. Noch weiß ich Mittel, die den Stolz eines einbildischen[2] Starrkopfs so hübsch niederbeugen können – Klöster und Mauern!

Amalia: Bravo! herrlich! und in Kloster und Mauern mit deinem Basiliskenanblick[3] auf ewig verschont, und Muße genug, an Karln zu denken, zu hangen. Willkommen in deinem Kloster! Auf, auf mit deinen Mauern!

Franz: Haha! ist es Das? – Gib acht! Jetzt hast du mich die Kunst gelehrt, wie ich dich quälen soll – Diese ewige Grille[4] von Karl soll dir mein Anblick gleich einer feuerhaarigen Furie aus dem Kopfe geißeln; das Schreckbild Franz soll hinter dem Bild deines Lieblings im Hinterhalt lauern, gleich dem verzauberten Hund, der auf unterirdischen Goldkästen liegt – an den Haaren will ich dich in die Kapelle schleifen, den Degen in der Hand dir den ehlichen Schwur aus der Seele pressen, dein jungfräuliches Bette im Sturm ersteigen und deine stolze Scham mit noch größerem Stolze besiegen.

Amalia *(gibt ihm eine Maulschelle[5])*: Nimm erst das zur Aussteuer[6] hin.

Franz *(aufgebracht)*: Ha! wie das zehnfach und wieder zehnfach geahndet werden soll! – nicht meine Gemahlin – die Ehre sollst du nicht haben – meine Maitresse[7] sollst du werden, dass die ehrlichen Bauernweiber mit Fingern auf dich deuten, wenn du es wagst und über die Gasse gehst. Knirsche nur mit den Zähnen – speie Feuer und Mord aus den Augen – mich ergötzt der Grimm eines Weibes, macht dich nur schöner, begehrenswerter. Komm – dieses Sträuben wird meinen Triumph zieren und mir die Wollust in erzwungnen Umarmungen würzen – Komm mit in meine Kammer – ich glühe vor Sehnsucht – jetzt gleich sollst du mit mir gehn. *(Will sie fortreißen.)*

Amalia *(fällt ihm um den Hals)*: Verzeih mir, Franz! *(Wie er sie umarmen will, reißt sie ihm den Degen von der Seite und tritt hastig zurück.)*: Siehst du, Bösewicht, was ich jetzt aus dir machen kann? – Ich bin ein Weib, aber ein rasendes Weib – Wag' es einmal mit unzüchtigem Griff meinen Leib zu betasten – dieser Stahl soll deine geile Brust mitten durchrennen, und der Geist meines Oheims[8] wird mir die Hand dazu führen. Fleuch auf der Stelle! *(Sie jagt ihn davon.)*

Ah! wie mir wohl ist! – Jetzt kann ich frei atmen – ich fühlte mich stark wie das funkensprühende Ross, grimmig wie die Tigerin dem siegbrüllenden Räuber ihrer Jungen nach – In ein Kloster, sagt er – Dank dir für diese glückliche Entdeckung! – Jetzt hat die betrogene Liebe ihre Freiheit gefunden – das Kloster – das Kreuz des Erlösers ist die Freistatt der betrognen Liebe. *(Sie will gehen.)*

---

1 girrender Seladon: schmeichelnder Liebhaber
2 einbildisch: eingebildet
3 der Basiliskenblick: stechender, böser Blick; ein Basilisk ist ein todbringendes Fabelwesen
4 die Grille, hier: verrückte Idee
5 die Maulschelle: Ohrfeige
6 die Aussteuer: Vermögen, das eine Braut mit in die Ehe bringt
7 die Maitresse: Geliebte eines verheirateten Mannes
8 der Oheim: Onkel

Die Aufgabenstellung verstehen

1 **a** Besprechen Sie zu zweit, was die erste Teilaufgabe von Ihnen verlangt:
- Informieren Sie sich über den **Operator** „Interpretieren" (► S. 464) und nutzen Sie die Lernlandkarte (► S. 104 f.), um einen Überblick über die **Interpretationsaspekte** zu gewinnen.
- Machen Sie sich klar, welche Aspekte Sie im Hinblick auf die Aufgabenstellung schwerpunktmäßig in den Blick nehmen sollten.

b Erklären Sie sich gegenseitig, was die zweite Teilaufgabe von Ihnen verlangt.

c Verschaffen Sie sich einen Überblick über die folgenden Arbeitsschritte (► S. 122–125). Entscheiden Sie selbst, an welchen Stellen Sie die angebotenen Hilfen nutzen möchten.

Erstes Textverständnis und Ideen formulieren

2 Notieren Sie Ihre **ersten Eindrücke** zu dieser Dramenszene: Worin besteht der Konflikt zwischen den Figuren? Welches Ziel verfolgt Franz, welche Überzeugung hat Amalia?
Sie können Stichworte aus dem folgenden Wortspeicher auswählen:

Besitzanspruch • Zwang • Herrschaft • Treue • Entschlossenheit • Rache • Niederlage • Verrat

3 Lesen Sie den Text mit Blick auf die Aufgabenstellung professionell (▶ S. 106). Markieren Sie wichtige Textstellen auf dem Tablet oder auf einer Kopie und machen Sie sich Notizen:
- Markieren Sie Textstellen (auch Regieanweisungen), in denen Sie etwas über die **Figuren** (Verhalten, Gedanken, Gefühle) erfahren und in denen der **Konflikt** deutlich wird, z. B. in Form einer Drohung, eines Wortgefechts oder mehr.
- Markieren Sie auffällige **sprachliche Mittel,** die die Standpunkte, Gedanken und Gefühle der Figuren verdeutlichen, z. B. Ausrufe (Interjektionen), Vergleiche, Metaphern, Redeunterbrechungen.

Den Text interpretieren

4 Interpretieren Sie den Dramenauszug aus „Die Räuber", indem Sie sich Notizen zu den Schwerpunkten der ersten Teilaufgabe (▶ S. 120) machen:

a Notieren Sie in Stichpunkten, worin der **Konflikt** zwischen Franz und Amalia liegt.

- Franz will Amalia (notfalls auch gewaltsam) zu seiner Frau ...
- Amalia ...

b Untersuchen Sie die **Figuren,** ihre **Beziehung** zueinander sowie ihr **Gesprächsverhalten** und machen Sie sich hierzu Notizen:
- Wie treten die Figuren auf? In welcher Stimmung (wütend aufgebracht, ruhig, besonnen) sind sie?
- Wo zeigen sich Machtverhältnisse, z. B. durch Drohungen? Wie reagieren die Figuren?
- Gibt es auffällige sprachliche Mittel oder Redestrategien?

- Amalia: bereits zu Beginn Franz gegenüber abgeneigt (vgl. Z. 11), wirft Franz den Mord ...
- Franz: Franz tritt als neuer „Herr" entschlossen auf (vgl. Z. 18), will Amalia ...
- Gesprächsverhalten (Redestrategie / auffällige sprachliche Mittel):
  zu Beginn will Franz Amalia mit Versprechungen überreden (vgl. Z. 29–35), ...
  Abneigung Amalias gegenüber Franz und dessen intrigantem Charakter
  → sprachliches Bild („... Blitz ...", Z. 36), abwertende Bezeichnung als „Wurm" (Z. 47) ...

5 Gibt es **weitere auffällige Aspekte,** die Sie in Ihre Interpretation einbeziehen können? Zum Beispiel:
- Szene beinhaltet Spannungsverlauf, z. B.:

steigende Spannung: am Anfang ...; gegen Ende der Szene Höhepunkt, da Amalia ...

- textexterne Aspekte, wie z. B. der Epochenbezug (hier Sturm und Drang), z. B.:

Sprache typisch für Epoche des Sturm und Drang: emotionale Ausrufe ...

6 **Transferaufgabe**

a Bearbeiten Sie nun die **zweite Teilaufgabe** (▶ S. 120): Wählen Sie einen Dramenauszug, der Ihnen aus dem Unterricht bekannt ist und in dem es auch um einen Figurenkonflikt geht, der sich in einem Streitgespräch niederschlägt, z. B. um unterschiedliche (Macht-)Interessen, Ideale oder Ziele.

b Lesen Sie den Vergleichstext im Hinblick auf den Konflikt und die Figurendarstellung (vgl. Aspekte in der ersten Teilaufgabe).

c Vergleichen Sie einzelne Aspekte, um **Gemeinsamkeiten und Unterschiede** zu erkennen, z. B.:

Vergleichsaspekte	„Die Räuber"	Vergleichsdrama
Situation/Konflikt	– Macht- und Besitzanspruch von Franz – Zurückweisung Amalias ...	...
Figuren (Verhalten, Beziehung)	Franz: entschlossen, ... Amalia: abgeneigt, ...	...
sprachliche Mittel/ Redestrategie	Redestrategie: Franz zuerst ..., dann droht ... Sprachbild ... zeigt Amalias Abneigung ...	...
Epochenmerkmale	emotionale Ausrufe ... → typisch für die Epoche des Sturm und Drang ...	...

Den Schreibplan erstellen und schreiben

7 Erstellen Sie eine **Gliederung** und notieren Sie Stichworte zu den verschiedenen Punkten, z. B.:

Einleitung: Autor/-in, Titel, Textsorte, Erscheinungsjahr, Thema

Hauptteil: Einordnung der Szene in Handlungsverlauf und knappe Inhaltszusammenfassung
Aspekte der Aufgabe (Interpretation) und kurzes Resümee
Überleitung zum zweiten Aufgabenteil
Entfaltung der Vergleichsaspekte

Schluss: Fazit

8 Lesen Sie den folgenden Hinweis und **Formulierungsbausteine** und nutzen Sie diese ggf. beim Schreiben Ihres Aufsatzes:

Information **Der Dreischritt aus Textbeleg, Fachbegriff und Deutung**

Wenn Sie inhaltliche oder gestalterische Auffälligkeiten im Text deuten oder deren Wirkung erläutern, sollten Sie diese möglichst mit Fachbegriffen bezeichnen und passende Textbelege anführen (▶ vgl. S. 106 f.).

Beispiele:

- Durch die rhetorische Frage ... → Textbeleg → *Damit wird hervorgehoben/deutlich, dass Franz zu Beginn der Szene überzeugt ist, dass Amalia ...*
- Textbeleg → Dieser Ausruf, der gleichzeitig ein Sprachbild ist, *betont besonders / verdeutlicht Amalias Geringschätzung gegen Franz und zeigt ...*
- Im Laufe des Gesprächs ändert Franz seine Gesprächsstrategie ... → Textbeleg → *Dadurch wird deutlich / wird hervorgehoben, wie er seine Machtposition und seinen Besitzanspruch ...*

9 a Lesen Sie die Checkliste in der linken Tabellenspalte und die **Musterformulierungen** rechts. Machen Sie sich klar, wie die Interpretation aufgebaut ist.

b Prüfen Sie stichprobenartig, ob in den Formulierungen der Dreischritt „Fachbegriff/Interpretationsaspekt – Textbeleg – Deutung/Wirkung“ umgesetzt ist.

c Verfassen Sie Ihren **Interpretationsaufsatz** möglichst am Computer. Nehmen Sie Ihre Ergebnisse aus den Aufgaben 2–8 zu Hilfe und nutzen Sie bei Bedarf die Musterformulierungen als Hilfen.

Checkliste	Musterformulierungen
Einleitung: ■ Autor, Titel, Textsorte, Erscheinungsjahr, Thema	In der vorliegenden Szene aus Friedrich Schillers Drama „Die Räuber" aus dem Jahr 1781 werden Franz Moors intriganter Charakter und sein Machtanspruch deutlich: Er will Amalia, die seinen Bruder Karl innig liebt, gegen ihren Willen zur Frau nehmen.
Hauptteil (Aufgabe 1): ■ Einordnung der Szene in den Handlungsverlauf	Die Szene ist Teil des 3. Aktes und gehört damit zum Höhepunkt des Dramas, in dem sich der Konflikt zuspitzt. Um die Szene zu verstehen, muss man folgende Vorgeschichte kennen: Weil Karl als Lieblingssohn vom Vater immer bevorzugt wurde, plant Franz Moor eine Intrige gegen seinen Bruder, die zu dessen Verbannung und Enterbung führt. Aus Wut und Verzweiflung über die Ablehnung seines Vaters gründet Karl eine Räuberbande. Aber der intrigante Franz will mehr: ...
■ knappe Zusammenfassung der Szene	Amalia trauert im Garten um ihren geliebten Karl, von dessen angeblichem Tod sie gerade erfahren hat. Franz kommt hinzu, wirbt erneut um sie und macht deutlich, dass er sie notfalls auch mit Gewalt zu seiner Frau machen wird. Doch Amalia ...
Aspekte der Aufgabe ■ Konflikt ■ Darstellung der Figuren (Beziehung und Gesprächsverhalten)	Die Handlung in der Szene wird durch den Konflikt zwischen Franz und Amalia in Gang gesetzt. Mit Franz' bedingungslosem Besitzanspruch und Amalias entschlossenem Widerstand treffen zwei starke Charaktere mit entgegengesetzten Absichten aufeinander. So ist die Beziehung der Figuren gleich zu Beginn sehr spannungsreich und konfrontativ: Franz tritt als „neuer Herr im Haus" selbstbewusst auf (vgl. Z. 18) und möchte Amalia als „arme[...], ohne ihn hilflose[...] Waise" (Z. 31) zu seiner Frau machen. Durch die rhetorischen Fragen: „Staunst du? Schwindelt dir?", (Z. 26 f.) wird deutlich, wie überzeugt er ist, dass Amalia nun, nachdem sie glaubt, dass Karl tot ist, seinen Heiratsantrag annehmen wird. Doch selbstbewusst wendet sich Amalia gegen Franz: Mit dem Ausruf „Warum spaltet der Blitz die ruchlose Zunge nicht, die das Frevelwort ausspricht!" (Z. 37 f.), drückt sie in einem sprachlichen Bild ihre Geringschätzung gegenüber Franz aus, gibt ihm die Schuld am Tod ihres Geliebten und durchschaut damit sein falsches Spiel. Weil Amalia Franz nicht gehorchen will, ändert Franz seine Gesprächsstrategie. Seine Worte „Franz spricht, und wenn man nicht antwortet, so wird er – befehlen" (Z. 45 f.), machen seinen Besitzanspruch gegenüber Amalia deutlich und zeigen, wie er versucht, seine neue Machtposition auszuspielen. Die beleidigende Bezeichnung Franz' als „Wurm" (→ Z. 47), dessen Befehle sie mit Hohnlachen zurückweist, zeigt, dass Amalia sich nicht einschüchtern lässt, sondern Franz Moor ungebrochen kämpferisch gegenübertritt. Die Gesprächssituation erreicht eine neue Eskalationsstufe, als Franz Amalia Gewalt androht (vgl. Z. 65–69) und sie ihm daraufhin eine Ohr-

	feige gibt (vgl. Z. 70). Regieanweisungen wie „gibt ihm [Franz] eine Maulschelle" (Z. 70) und „aufgebracht" (Z. 72) sowie die vielen Interjektionen und aufeinanderfolgenden Satzunterbrechungen, gekennzeichnet durch Gedankenstriche (vgl. Z. 39, 58 und 72) zeigen, wie aufgeheizt, emotional und feindselig die Atmosphäre zwischen den Figuren ist. ... Am Ende zeigt sich die Überlegenheit Amalias, der es durch eine List gelingt, Franz den Degen zu entreißen und ihn davonzujagen (vgl. Z. 86 ff.). Mit dem Vergleich „ich fühlte mich stark wie das funkensprühende Ross, grimmig wie die Tigerin dem siegbrüllenden Räuber ihrer Jungen nach" (Z. 97 ff.) wird die Stärke Amalias lebendig ins Bild gesetzt. Die Niederlage Franz' und der Sieg Amalias in dieser Situation werden auch durch die Redeanteile der beiden Figuren gespiegelt: Überwiegt zu Beginn des Gesprächs der Redeanteil von Franz, ist es vor allem Amalia, die am Ende den höheren Sprechanteil hat. Auch hierdurch erhält die weibliche Figur der Dramenszene, Amalia, emanzipierte Züge. ...
Weitere Aspekte, z. B.: ▪ Epochenbezug	Schillers Drama weist sprachlich viele Merkmale der Epoche des Sturm und Drang auf. Die Sprache ist expressiv und geprägt von Ausrufen und Satzunterbrechungen, wodurch die Empfindungen und Emotionen der Figuren ...
Reflektierte Schlussbetrachtung	Zusammenfassend lässt sich feststellen, dass Amalia während des ganzen Auftritts Karl treu bleibt und Willensstärke, Selbstbewusstsein ...
Überleitung (Aufgabe 2): ▪ Einleitung ▪ Vergleichsaspekte	– Auch in dem Drama „..."aus dem Jahr ... von .... geht es um ... – Die Figuren ... lassen sich hinsichtlich ... vergleichen: ... – In ... fallen Gemeinsamkeiten, aber auch Unterschiede auf, die ...
Vergleich	– In beiden ... geht es in den Figurenbeziehungen um ein Machtverhältnis ... – Ähnlich wie im Drama „Die Räuber"geht es auch im Drama ... um ... – Vergleicht man die Figuren ..., zeigen sich Gemeinsamkeiten, aber auch ... – Im Gegensatz / Unterschied zu ... – Parallel/Entsprechend / Beinahe identisch verhält sich/verläuft ...
Schluss: ▪ Fazit	Letztlich kann festgehalten werden, dass besonders hinsichtlich der Figuren ... Insgesamt kann so folgendes Resümee gezogen werden: ...

Den Text überarbeiten

10 Nutzen Sie die Begriffe in der linken Tabellenspalte als **Checkliste:**

a Tauschen Sie Ihre Interpretation mit der eines Lernpartners / einer Lernpartnerin aus und geben Sie sich ein Feedback. Nutzen Sie ggf. digitale Werkzeuge (► S. 463) und achten Sie auch auf folgende Punkte:
- Ist Ihr Aufsatz gedanklich klar aufgebaut? Gibt es Absätze zur Kennzeichnung der Gliederung?
- Haben Sie sich im Hauptteil auf den Schwerpunkt der Aufgabenstellung konzentriert?
- Sind Kernstellen im Dreischritt interpretiert: Interpretationsaspekt/Fachbegriff → Textbeleg → Deutung?
- Haben Sie sachlich und fachsprachlich formuliert und korrekt zitiert?
- Sind Rechtschreibung, Zeichensetzung und Grammatik korrekt? Ist Ihr Satzbau übersichtlich?

b Überarbeiten Sie Ihren Text mit Hilfe von **Feedback, Checkliste** und **Formulierungshilfen.**

c Notieren Sie, worin Sie Ihre Stärken und Ihre Schwächen in der Interpretation dramatischer Texte sehen, und halten Sie fest, worauf Sie bei der Klausur besonders achten möchten.

B4 „Berlin Alexanderplatz“ – Literaturverfilmungen interpretieren

Filmplakate zu „Berlin Alexanderplatz“ (links: Romanverfilmung von 1931, rechts: Romanverfilmung von 2020)

1 Vergleichen Sie die beiden Filmplakate zu „Berlin Alexanderplatz“: Was fällt Ihnen in Bezug auf Zeit, Ort und Figuren auf? Inwiefern wird der Einfluss der Großstadt auf die Figuren auf beiden Plakaten verdeutlicht?

2 **a** Lesen Sie die Zeilen, die Alfred Döblin seinem Roman „Berlin Alexanderplatz“ aus dem Jahr 1929 vorausschickt. Stellen Sie begründete Vermutungen dazu an, wie eng die Filme sich am Roman orientieren.

> Dies Buch berichtet von einem ehemaligen Zement- und Transportarbeiter Franz Biberkopf in Berlin. Er ist aus dem Gefängnis, wo er wegen älterer Vorfälle saß, entlassen und steht nun wieder in Berlin und will anständig sein. Das gelingt ihm auch anfangs. Dann aber wird er, obwohl es ihm wirtschaftlich leidlich geht, in einen regelrechten Kampf verwickelt mit etwas, das von außen kommt, das unberechenbar ist und wie ein Schicksal aussieht.

b Welche Umstände könnten Franz in einen Kampf verwickeln? Gehen Sie in Ihrer Antwort auch auf die Großstadt Berlin ein.

3 Diskutieren Sie: Was kennzeichnet eine gute Literaturverfilmung? Können Sie sich auf Kriterien einigen?

4 Berichten Sie über Ihre Erfahrungen mit Literaturverfilmungen: Was hat Sie fasziniert, was enttäuscht? Inwiefern haben Verfilmungen Ihren Blick auf die literarischen Vorlagen beeinflusst oder verändert?

Filme professionell schauen und interpretieren

Magie des Kinos: Der Saal verdunkelt sich und ein Film entführt uns für die Dauer von zwei Stunden aus unserem Alltag in eine andere Wirklichkeit. Jeder kennt das! Um aber zu verstehen, wie die Faszination „Film" entsteht, müssen wir genauer hinschauen und hinhören. Denn erst wenn wir eine Filmszene Schnitt für Schnitt oder eine Bildkomposition eingehend unter die Lupe nehmen, wird klar, dass Filme sich aus verschiedenen Schichten zusammenfügen: Figuren, Bewegungen, Dialoge, Räume, Licht, Farbe, Musik, Montage, Perspektiven erzielen erst im Zusammenspiel ihre besondere Wirkung. Diese Wirkung filmischer Mittel herauszuarbeiten und zu deuten, ist Gegenstand der Filminterpretation.

In gleicher Weise wird bei Literaturverfilmungen zunächst eine Filmszene analysiert und gedeutet. Hinzu kommt aber ein Vergleich mit der literarischen Vorlage. Die wesentlichen Vergleichspunkte dabei sind der Inhalt (Was wird erzählt?) und die Erzählweise (Wie wird in dem jeweiligen Medium erzählt?).

Das folgende Kapitel liefert Ihnen für beides – die Interpretation einer Filmszene und die einer Literaturverfilmung – das notwendige Handwerkszeug.

5 a Tragen Sie zusammen, was Sie über die professionelle Analyse filmischer Mittel bereits wissen, z. B.:
Kameraperspektiven bestimmen und ihre Wirkung beschreiben, ...

b Lesen Sie den Leitfaden und nutzen Sie die Module gezielt beim Schreiben Ihrer Interpretationen.

Leitfaden durch das Kapitel – Kenntnisse und Kompetenzen

Teilkapitel 4.1: Aspekte des Films – Literaturverfilmungen interpretieren

Die **5 Module** des ersten Teilkapitels **helfen Ihnen bei der Interpretation jedes Films bzw. jeder Literaturverfilmung,** die Sie im Unterricht behandeln. Sie können die **Module unabhängig voneinander nutzen,** je nachdem bei welchem Schritt der Interpretation Sie Unterstützung brauchen.

- **Modul 1** **Erster Zugang:** Hier lernen Sie, wie Sie sich einem Vergleich von Literatur und Film annähern können. Dabei stehen beide Medien im Fokus.
- **Modul 2** **Lernlandkarte:** Mit der Lernlandkarte überblicken Sie alle Aspekte der Filminterpretation.
- **Modul 3** **Musterinterpretation:** Sie machen sich an einem Beispiel bewusst, wie man Verfilmungen professionell analysiert und interpretierend schreibt.
- **Modul 4** **Ein Aspekt unter der Lupe:** Hier vertiefen Sie Ihre Kenntnisse zu einem zentralen Aspekt der Interpretation, der Mise en Scène.
- **Modul 5** **Theorie für Profis:** Sie wollen mehr wissen? Hier erarbeiten Sie sich zusätzliche Kenntnisse zur Theorie der Literaturverfilmung.

Teilkapitel 4.2: Literaturverfilmungen vergleichen

Sie **vergleichen drei Verfilmungen der gleichen literarischen Vorlage** aus unterschiedlichen Zeiten im Hinblick auf inhaltliche Akzentsetzungen bzw. Deutungsansätze sowie auf den Einsatz filmsprachlicher Mittel.

Teilkapitel 4.3: Klausurtraining: Eine Filmszene interpretieren und vergleichen

Sie interpretieren eine Filmszene und vergleichen sie mit der literarischen Vorlage. Sie erhalten dabei **zahlreiche Starthilfen, Formulierungsangebote** und **ausführliche Musterlösungen.** Sie können dieses Hilfsangebot nutzen oder auch selbstständig arbeiten.

4.1 Aspekte des Films – Literaturverfilmungen interpretieren

Modul 1:
Erster Zugang – Roman- und Filmanfang vergleichen

Wie vergleicht man einen Roman- mit einem Filmanfang? Lassen Sie Text und Film jeweils auf sich wirken und überlegen Sie, wie die jeweilige Wirkung auf Sie entsteht: Wie spielen Inhalt und Form zusammen? Vergleichen Sie Text und Film anschließend im Hinblick auf den Inhalt und die erzählerischen Mittel.

Alfred Döblin **Berlin Alexanderplatz** (1929, Romananfang)

Berlin in den späten 1920er Jahren: Wegen Totschlags an seiner Geliebten Ida verurteilt, verbüßt Franz Biberkopf eine vierjährige Haftstrafe im Gefängnis Berlin-Tegel. Der Roman beginnt mit Franz' Haftentlassung und seinen ersten Schritten in Freiheit. Franz schwört sich, von nun an ein anständiges Leben zu führen, scheitert daran jedoch im Lauf des Romans immer aufs Neue.

Er stand vor dem Tor des Tegeler Gefängnisses und war frei. Gestern hatte er noch hinten auf den Äckern Kartoffeln geharkt mit den andern, in Sträflingskleidung, jetzt ging er im gelben Sommermantel, sie harkten hinten, er war frei. Er ließ Elektrische[1] auf Elektrische vorbeifahren, drückte den Rücken an die rote Mauer und ging nicht. Der Aufseher am Tor spazierte einige Male an ihm vorbei, zeigte ihm seine Bahn, er ging nicht. Der schreckliche Augenblick war gekommen (schrecklich, Franze, warum schrecklich?), die vier Jahre waren um. Die schwarzen eisernen Torflügel, die er seit einem Jahre mit wachsendem Widerwillen betrachtet hatte (Widerwillen, warum Widerwillen?), waren hinter ihm geschlossen. Man setzte ihn wieder aus. Drin saßen die andern, tischlerten, lackierten, sortierten, klebten, hatten noch zwei Jahre, fünf Jahre. Er stand an der Haltestelle.

Die Strafe beginnt.

Er schüttelte sich, schluckte. Er trat sich auf den Fuß. Dann nahm er einen Anlauf und saß in der Elektrischen. Mitten unter den Leuten. Los. Das war zuerst, als wenn man beim Zahnarzt sitzt, der eine Wurzel mit der Zange gepackt hat und zieht, der Schmerz wächst, der Kopf will platzen. Er drehte den Kopf zurück nach der roten Mauer, aber die Elektrische sauste mit ihm auf den Schienen weg, dann stand nur noch sein Kopf in der Richtung des Gefängnisses. Der Wagen machte eine Biegung, Bäume, Häuser traten dazwischen. Lebhafte Straßen tauchten auf, die Seestraße, Leute stiegen ein und aus. In ihm schrie es entsetzt: Achtung, Achtung, es geht los. Seine Nasenspitze vereiste, über seine Backe schwirrte es. „Zwölf Uhr Mittagszeitung", „B. Z.[2]", „Die neuste Illustrirte", „Die Funkstunde neu", „Noch jemand zugestiegen?" Die Schupos[3] haben jetzt blaue Uniformen. Er stieg unbeachtet wieder aus dem Wagen, war unter Menschen. Was war denn? Nichts. Haltung, ausgehungertes Schwein, reiß dich zusammen, kriegst meine Faust zu riechen. Gewimmel, welch Gewimmel. [...] Hundert blanke Scheiben, lass die doch blitzern, die werden dir doch nicht bange machen, kannst sie ja kaputt schlagen, was ist denn mit die, sind eben blank geputzt. Man riss das Pflaster am Rosenthaler Platz auf, er ging zwischen den andern auf Holzbohlen. Man mischt sich unter die andern, da vergeht alles, dann merkst du nichts, Kerl. [...]

Schreck fuhr in ihn, als er die Rosenthaler Straße herunterging und in einer kleinen Kneipe ein Mann und eine Frau dicht am Fenster saßen: Die gossen sich Bier aus Seideln[4] in den Hals, ja was war dabei, sie tranken eben, sie hatten Gabeln und stachen sich damit Fleischstücke in den Mund, dann zogen sie die Gabeln wieder heraus und bluteten nicht. Oh, krampfte sich sein Leib zusammen, ich kriege es nicht weg, wo soll ich hin? Es antwortete: Die Strafe.

Er konnte nicht zurück, er war mit der Elektrischen so weit hierhergefahren, er war aus dem Gefängnis entlassen und musste hier hinein, noch tiefer hinein.

Das weiß ich, seufzte er in sich, dass ich hier rinmuss und dass ich aus dem Gefängnis entlassen bin. Sie mussten mich ja entlassen, die Strafe war um, hat seine Ordnung, der Bürokrat tut seine Pflicht. Ich geh auch rin, aber ich möchte nicht, mein Gott, ich kann nicht.

Er wanderte die Rosenthaler Straße am Warenhaus

Tietz vorbei, nach rechts bog er ein in die schmale Sophienstraße. Er dachte, diese Straße ist dunkler, wo es dunkel ist, wird es besser sein. Die Gefangenen werden in Einzelhaft, Zellenhaft und Gemeinschaftshaft untergebracht. Bei Einzelhaft wird der Gefangene bei Tag und Nacht unausgesetzt von andern Gefangenen gesondert gehalten. Bei Zellenhaft wird der Gefangene in einer Zelle untergebracht, jedoch bei Bewegung im Freien, beim Unterricht, Gottesdienst mit andern zusammengebracht. Die Wagen tobten und klingelten weiter, es rann Häuserfront neben Häuserfront ohne Aufhören hin. Und Dächer waren auf den Häusern, die schwebten auf den Häusern, seine Augen irrten nach oben: Wenn die Dächer nur nicht abrutschten, aber die Häuser standen grade. Wo soll ick armer Deibel hin, er latschte an der Häuserwand lang, es nahm kein Ende damit. Ich bin ein ganz großer Dussel, man wird sich hier doch noch durchschlängeln können, fünf Minuten, zehn Minuten, dann trinkt man einen Kognak und setzt sich. Auf entsprechendes Glockenzeichen ist sofort mit der Arbeit zu beginnen. Sie darf nur unterbrochen werden in der zum Essen, Spaziergang, Unterricht bestimmten Zeit. Beim Spaziergang haben die Gefangenen die Arme ausgestreckt zu halten und sie vor- und rückwärtszubewegen.

Da war ein Haus, er nahm den Blick weg von dem Pflaster, eine Haustür stieß er auf, und aus seiner Brust kam ein trauriges brummendes Oh, Oh. Er schlug die Arme umeinander, so mein Junge, hier frierst du nicht. Die Hoftür öffnete sich, einer schlurfte an ihm vorbei, stellte sich hinter ihn. Er ächzte jetzt, ihm tat wohl zu ächzen. Er hatte in der ersten Einzelhaft immer so geächzt und sich gefreut, dass er seine Stimme hörte, da hat man was, es ist noch nicht alles vorbei. Das taten viele in den Zellen, einige am Anfang, andere später, wenn sie sich einsam fühlten. Dann fingen sie damit an, das war noch was Menschliches, es tröstete sie. So stand der Mann in dem Hausflur, hörte das schreckliche Lärmen von der Straße nicht, die irrsinnigen Häuser waren nicht da. Mit gespitztem Munde grunzte er und ermutigte sich, die Hände in den Taschen geballt. Seine Schultern im gelben Sommermantel waren zusammengezogen zur Abwehr.

---

1 die Elektrische: Straßenbahn
2 B.Z.: Abkürzung für „Berliner Zeitung"
3 der Schupo: veralteter Ausdruck für Schutzpolizist
4 das Seidel: Krug, Glas

1 Beschreiben Sie Ihren ersten Eindruck von der Figur Franz Biberkopf, z. B.:
Franz Biberkopf kommt mir vor / wirkt auf mich wie …

2 Erschließen Sie den Inhalt, indem Sie erklären, warum Franz seine Haftentlassung als Bestrafung (vgl. Z. 19) erlebt. Gehen Sie dabei auf den Gegensatz zwischen der Gefängnis- und der Großstadtwelt ein.

3 Franz ist orientierungslos und verängstigt. Erläutern Sie, inwiefern die Erzählweise diese Wirkung unterstützt. Nutzen Sie dafür einige Formulierungen aus dem Wortspeicher.

Empfindungen • Wahrnehmungen • Bewusstseinsstrom • Zeitsprünge • Montage • innerer Monolog • Vergangenheit • Gegenwart • Präsens • Präteritum

4 Skizzieren Sie Ideen zu einer Verfilmung des Romanfangs. Sie können einen Szenenplan entwerfen oder Bilder eines Storyboards auf dem Papier oder dem Tablet zeichnen.

Burhan Qurbani Berlin Alexanderplatz (2020, Exposition, 0:00:45–0:05:02)

Nacht, Francis B. und seine Geliebte geraten auf der Flucht in Seenot. Ida klammert sich an Francis. Die Kamera folgt einer Leuchtrakete, das Bild kippt.

Ida zieht Francis unter Wasser, dieser taucht allein wieder auf. Was genau passiert ist, wird im Lauf des Films in mehrfachen Rückblenden aufgelöst.

Montage (► S. 133): inhaltlicher und zeitlicher Sprung zu einer Ritualhandlung; wahrscheinlich eine Erinnerung von Francis (Mindscreen, ► S. 132).

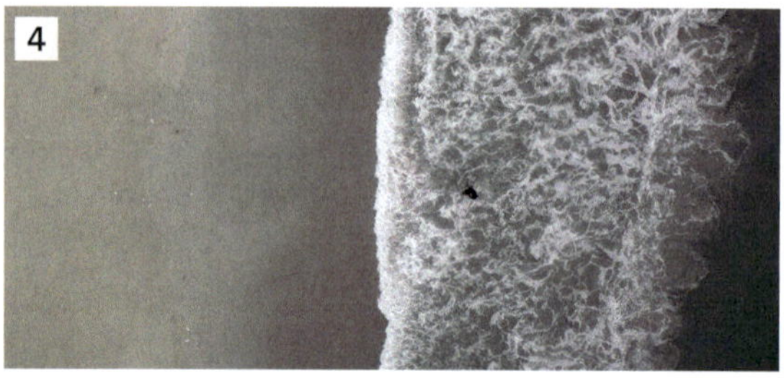

Morgendämmerung; mit letzter Kraft rettet sich Francis – ein winziger Punkt in der Brandung – an den Strand. Voiceover (siehe unten).

Francis arbeitet auf einer Berliner U-Bahn-Baustelle. Er ist illegal beschäftigt und ohne Pass.
Voiceover (siehe unten).

Francis verlässt die Baustelle. Im Hintergrund der Berliner Fernsehturm am Alexanderplatz. Ende der Exposition. Voiceover (siehe unten).

Ein Voiceover (► S. 133) begleitet die Exposition von Minute 3:00 bis zum Ende. Die Sprecherin ist Mieze, die spätere Geliebte von Francis. Sie erzählt aus dem Off und spricht dabei die Zuschauer direkt an:

Dies ist die Geschichte von Francis B. Meinem Francis. Er ist an den Strand eines neuen Lebens gespült worden. Er hat überlebt und trieft von den Sünden einer vergangenen Zeit. Kaum noch menschlich, halb lebendig, halb tot. Er dachte, dass er sterben müsse. Und so tut Francis einen Schwur. „Vater, allmächtiger Gott, ich schwöre dir, von nun an will ich gut sein. Ich will ein neuer, ein anständiger Mensch werden.“ Ihr werdet sehen, wie Francis nach Berlin kommt, wie er dreimal strauchelt und fällt. Wie er immer wieder aufsteht und schließlich endgültig an dieser Stadt zerbricht. Denn mein Francis verlangt mehr vom Leben als nur ein Bett und ein Butterbrot. Er hat überlebt. Doch das ist nur eine Gnadenfrist.

1 Sehen Sie sich die Filmszene (Minute 00:00:45–00:05:02) zweimal an und schildern Sie Ihre ersten Gedanken und Empfindungen.
Überlegen Sie auch, ob Francis womöglich Schuld an Idas Tod hat.

2 Untersuchen Sie die Exposition mit Hilfe der Filmbilder und des Voiceovers (► S. 130) inhaltlich.

a Fassen Sie knapp zusammen, was Sie über die Figur Francis erfahren, z. B.:
Francis ist über das Meer nach Europa geflohen. Er ist gekentert und hat im Überlebenskampf ...
In Berlin arbeitet er ohne Pass ... Aber ...

b Erläutern Sie Francis' Konflikt. Beziehen Sie sich dabei auf die markierten Textstellen im Voiceover, z. B.:
Francis will ein anständiger Mensch werden. Allerdings entsprechen seine Lebensverhältnisse in Berlin nicht ...

c Erklären Sie, inwiefern die Exposition auf das Ende der Geschichte vorausweist.

3 Vergleichen Sie den Romananfang (► S. 128) und die Filmexposition in Bezug auf Inhalt und Erzählweise. Wählen Sie a oder b.

●●○ **a** Erläutern Sie anhand der folgenden Stichworte **inhaltliche Gemeinsamkeiten** und **Unterschiede.**

> Gemeinsamkeiten: Namensähnlichkeit, Situation des Flüchtlings und des Häftlings, Ida, Ort
>
> Unterschiede: Ort, Zeit, Figuren

●●● **b** Erläutern Sie mit Blick auf den Film **Parallelen und einen Unterschied in der Erzählweise** (► S. 129, Aufgabe 3). Beantworten Sie dazu die folgenden Fragen:
- Inwiefern springt auch der Film zwischen den Zeitebenen?
- Auf welche Weise wird auch im Film Orientierungslosigkeit veranschaulicht?
- Wodurch nähert sich der Film auf der Tonebene einer literarischen Erzählweise?
- Inwiefern unterscheidet sich das Erzählverhalten (► S. 132)? Beziehen Sie sich auf Bild 1 und 4.

c Stellen Sie Ihre Ergebnisse vor und erörtern Sie gemeinsam das Verhältnis zwischen der literarischen Vorlage und der Verfilmung: Wie stark hält sich die Verfilmung an die Vorlage?

4 **a** Ordnen Sie den Film einer Variante der Literaturverfilmung (► Information) begründet zu.

b Diskutieren Sie, welche Funktion eine Literaturverfilmung haben sollte. Begründen Sie Ihren Standpunkt.

5 Überzeugt Sie Qurbanis Idee, anstelle eines Berliner Arbeiters aus den 1920er-Jahren einen afrikanischen Flüchtling der Gegenwart ins Zentrum seines Films zu stellen? Nehmen Sie begründet Stellung.

6 Informieren Sie sich auf der Lernlandkarte (Modul 2, ► S. 132 f.) über die Aspekte einer Filminterpretation und untersuchen Sie einen Aspekt an der Exposition von Qurbanis „Berlin Alexanderplatz" genauer.

Information **Literaturverfilmungen – Drei Varianten**

Literaturverfilmungen sind in erster Linie Filme, weil sie sich einer filmspezifischen, multimodalen Sprache, etwa der Kamera oder des Tons, bedienen. Dennoch lassen sich drei Arten der Literaturverfilmung unterscheiden, und zwar in Bezug auf die Frage, wie „werktreu" oder „frei" sie mit ihrer literarischen Vorlage umgehen. Damit ist noch keine Wertung verbunden.

- Die **stofforientierte Verfilmung** übernimmt nur einzelne Motive oder Handlungselemente einer literarischen Vorlage.
- Die **illustrierende Verfilmung** ist im Gegensatz zur stofforientierten bemüht, den Text möglichst genau in filmische Bilder umzusetzen.
- Die **interpretierende Verfilmung** setzt sich mit der literarischen Vorlage gegebenenfalls auch kritisch auseinander, indem sie sie aus dem Blickwinkel des Regisseurs oder der Regisseurin deutet. Dabei können Bedeutungsakzente verschoben oder Aktualisierungen vorgenommen werden.

Modul 2:
Lernlandkarte – Aspekte der Interpretation von Filmen

Die Lernlandkarte zeigt Ihnen zahlreiche Aspekte, die Sie bei der Untersuchung und Interpretation von Filmen bzw. Literaturverfilmungen berücksichtigen können. Beachten Sie aber, dass die Wirkung einer Filmszene erst durch das multimodale Zusammenspiel verschiedener (nicht unbedingt aller) Aspekte entsteht.

Filmisches Erzählen I – Kamera und Voiceover (► S. 457)

Die **Kamera** übernimmt im Film die Funktion der Erzählerin. Dazu nutzt sie z. B.:

- Einstellungsgrößen (erzeugen z. B. Nähe oder Distanz),
- Perspektiven (erzeugen Unter- oder Überlegenheitsgefühl),
- Bewegungen (bewirken z. B. Identifikation).

Beim **Voiceover** kommentiert eine Erzählerstimme aus dem Off und wendet sich dabei direkt ans Publikum.

Filmisches Erzählen II – Erzählverhalten (► S. 457)

- allwissende Kamera (kommentiert wie ein auktorialer Erzähler, z. B. durch die Wahl der Perspektive)
- subjektive Kamera (Figurensicht, entspricht personalem Erzählen, z. B. Point-of-View-Shot)
- neutrale Kamera (sachlich-objektiv, distanziert, Handlung auf Augenhöhe)
- Mindscreen (innere Bilder der Filmfigur, z. B. Erinnerungen, Vorstellungen, Träume)

Handlung (Plot) (► S. 457)

- Handlungsverlauf (z. B. Handlungsstränge, Dynamik, Rahmen- und Binnenhandlung)
- äußere und innere Handlung (z. B. Mindscreen)
- Handlungsmuster in Genres (z. B. im Action-, Liebes- oder Fantasyfilm, Heldenreise)

Figuren (► S. 446)

- Haupt- und Nebenfiguren (Charakter, Entwicklung)
- Figurenkonstellation (z. B. Protagonist/Antagonist)
- Kommunikationsverhalten (Augenhöhe = symmetrische Kommunikation oder Machtgefälle = asymmetrische Kommunikation)
- Besetzung, Schauspieler/-innen (Typen, Ausstrahlung, Mimik, Gestik, Körpersprache)

Ton: Musik, Geräusche und Sprache (► S. 457)

On- und Off-Ton (Musik, Geräusche, Sprache) können sowohl im Bild sichtbar (als Quelle des Tons) als auch nicht sichtbar sein, sie können Teil der Handlung sein oder kommentierend genutzt werden.

- Musik (häufig unterschwellig wirksam, erzeugt Emotionen, rhythmisiert Filmbilder)
- Geräusche (verstärken meist die Wirklichkeitsillusion)
- Sprache (z. B. in Dialogen im On, als Voiceover aus dem Off)

Schnitt und Montage (► S. 457)

Durch die Verknüpfung einzelner Bilder werden Sinnzusammenhänge hergestellt. Möglichkeiten der Verknüpfung sind z. B.:

- Erzählende Montage (kaum sichtbarer Schnitt, Kontinuität)
- Parallelmontage (getrennt verlaufende Handlungen im Wechsel)
- Analogmontage (Überwindung von Distanzen in Raum und Zeit durch visuelle Ähnlichkeiten in der Form, der Bewegung usw.)
- Kontrastmontage (Gegensätze werden deutlich)
- Schuss-Gegenschuss (Wechsel der Kameraposition suggeriert Teilnahme der Zuschauer am Geschehen)

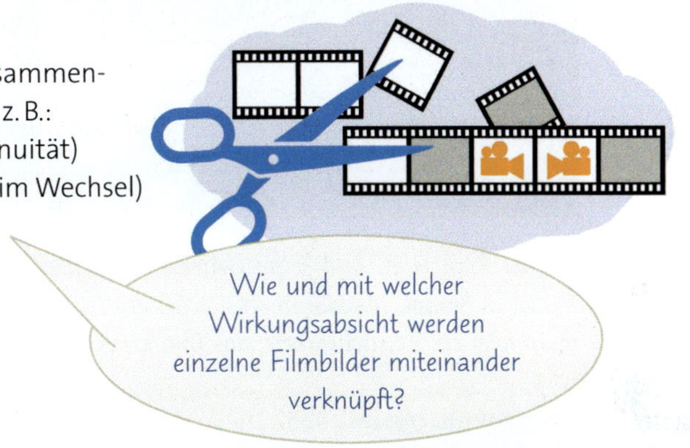

Mise en Scène

Mise en Scène ist ein Begriff für die filmische Bildinszenierung. Betrachtet wird dabei eine einzelne Einstellung, z. B. in Bezug auf:

- Schauplatz, Location (Atmosphäre)
- Bildaufbau: Vorder-, Mittel-, Hintergrund, Flächeneinteilung
- Figuren im Raum (Beziehungen)
- Requisiten, Kostüme (historische Einordnung)
- Farbe, Licht, Schatten (Emotionen)
- Bildzitate (Einbeziehung weiterer Bedeutungsebenen)

Arten der Literaturverfilmungen (► S. 131)

- stofforientiert (sehr freie Bezugnahme)
- illustrierend (werkgetreue Umsetzung)
- interpretierend (deutende Auseinandersetzung)

Genre, z. B.:

- Fantasyfilm
- Horrorfilm
- Komödie
- Roadmovie
- Western
- Literaturverfilmung
- Coming-of-Age-Film
- ...

Filmexterne Aspekte

- Leben und Werk von z. B. Schauspielerinnen, Regisseurinnen, Drehbuchautorinnen
- zeitgeschichtlicher Kontext

Modul 3:
Musterinterpretation – Von der Analyse zur Interpretation

Diese Doppelseite zeigt Ihnen anhand von zwei Beispielen, wie man eine Filmszene professionell auswertet und auf dieser Grundlage interpretierend (► S. 135) schreibt.

Burhan Qurban **Berlin Alexanderplatz** (2020, Exposition)

Nacht; Francis B. und seine Geliebte geraten auf der Flucht in Seenot. Ida klammert sich an Francis. Die Kamera folgt einer Leuchtrakete, das Bild kippt.

<u>Mise en Scène</u> (► S. 133)
Farbe Rot: → Todesgefahr, Alarmsignal
Bildaufbau waagerecht geteilt: → ...

<u>Kamera</u>
Nah → Überlebenskampf, Verzweiflung
Normalsicht → Augenhöhe, Mitgefühl
Erzählverhalten: kommentierend → Welt steht Kopf, orientierungslos

<u>Ton</u>
Geräusche: Atmen, Geschrei, Wellenrauschen → Verzweiflung, Überlebenskampf, Mitgefühl

<u>Vergleich mit Roman</u>
Unterschiede: Figuren, Kontext
Parallele: existenzielle Grenzsituation, Ida

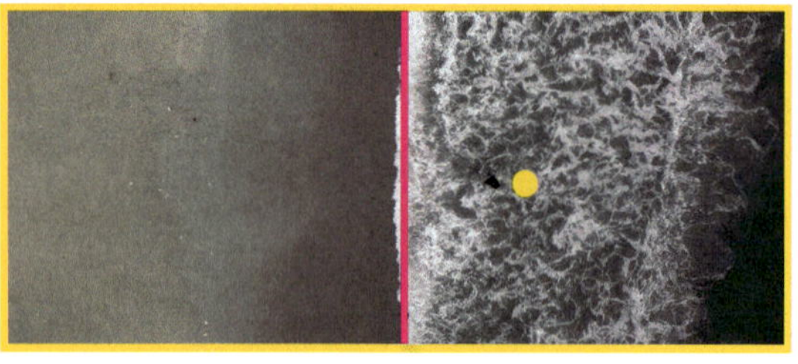

Morgendämmerung; mit letzter Kraft rettet sich Francis – ein winziger Punkt in der Brandung – an den Strand.

<u>Mise en Scène</u> (► S. 133)
Bildaufbau senkrecht geteilt:
rechts Meer → Gefahr, Tod; links Ufer → Rettung: Francis dazwischen → Grenzgänger
Kamera: siehe Notiz rechts

<u>Kamera</u>
Panorama/Weit → rettendes Ufer, Neustart unbekannte Welt
Vogelperspektive → Distanz, Einsamkeit
Erzählverhalten: allwissend, kommentierend → Chancen, Gefahren, Spielball

<u>Ton</u>
Musik: sanfte Melodie, sphärisch → zwischen Tod und Leben, halb jenseitig
Geräusche: hohes Fiepen → Traumatisierung, Gefahr
Voiceover: begleitet die beiden letzten Minuten der Exposition, betont alte Schuld und Neuanfang →steuert Zuschauererwartungen

1 Untersuchen Sie die Auswertung der Bilder.

a Erklären Sie, was die Markierungen auf den Bildern verdeutlichen und für welchen Aspekt der Interpretation sie nützlich sind.

b Erläutern Sie den Aufbau der Notizen, z. B.:
Unterstrichen ist ... Fett gedruckt sind ...
Nach dem Pfeil werden die Detailbeobachtungen ...

Apps (z. B. „Timelinely" und „ReClipped") helfen Ihnen, Filmbilder zu markieren und mit Notizen zu versehen.

Die folgenden Auszüge zeigen Ihnen, wie man interpretierend zu einer Filmszene schreibt. Dabei kommt es darauf an, den Untersuchungsgegenstand klar zu beschreiben – am besten mit Fachbegriffen! Außerdem ist es wichtig, die eigenen Beobachtungen zu deuten, also Wirkungs- und Aussageabsichten zu erklären.

A Schreie sowie Atem- und Wellengeräusche illustrieren die Panik und die Hilflosigkeit der Figuren. Insgesamt verfolgt der Ton hier die Aufgabe, die Dramatik der Situation zu steigern und noch greifbarer zu machen.

B Die Panorama-Einstellung zeigt den Strand als das rettende Ufer, das Francis ein neues Leben ermöglicht, während die Vogelperspektive zugleich seine Einsamkeit und Verlorenheit betont. Francis erscheint durch diesen Blick aus großer Höhe als winziger Punkt in einer bedrohlichen Welt. Die Kamera nimmt hier entsprechend eine allwissende Erzählhaltung ein, sie kommentiert die Situation.

C In Bezug auf die Mise en Scène ist der Bildaufbau auffällig. Das Bild teilt sich senkrecht in zwei gleiche Hälften. Die rechte Hälfte zeigt das mit Gefahr und Tod assoziierte Meer, die linke Hälfte dagegen das rettende Ufer ...

D Die rote Farbe, die die Bildinszenierung dominiert, stammt vom Widerschein einer Leuchtrakete. Sie signalisiert die Lebensgefahr, in der Francis und Ida sich befinden.

E Vergleicht man die Exposition des Films mit dem Romanfang und seinem prologartigen Vorspann (→ S. 126), so fallen eine Reihe von Unterschieden und Parallelen in Bezug auf den Inhalt und die Erzählweise auf. Qurbani aktualisiert den Stoff gegenüber der Vorlage, indem er ...
Andererseits ähneln sich die Ausgangssituationen der Protagonisten. Während Franz in eine ungewisse Freiheit entlassen wird, die ihn überfordert, strandet Francis an den Ufern einer fremden und beängstigenden Welt. Dabei zeigt sich jedoch, dass die Kamera das Geschehen stärker kommentiert als der Erzähler im Roman, der meist nah an seiner Figur bleibt ...

2 Ordnen Sie die Auszüge A bis E den folgenden Aspekten einer Filminterpretation (▶ S. 132–133) zu.

Mise en Scène (2 x) • Literaturverfilmung (Vergleich) • Ton • Kamera (= filmisches Erzählverhalten)

3 a Beschreiben Sie mit Hilfe des Einführungstextes oben und der Markierungen in Auszug B, wie die Auszüge aufgebaut sind: Welche Komponenten gibt es? Was signalisieren die unterstrichenen Wörter?
b Weisen Sie die Komponenten und die Signalwörter auch in den Auszügen A, C und D nach.

4 Mit welchen sprachlichen Mitteln lässt sich ein Vergleich ausdrücken? Notieren Sie Formulierungen aus Auszug E und ergänzen Sie selbstständig weitere Formulierungen, z. B.:
vergleicht man, Unterschiede und Parallelen, aktualisiert gegenüber, ...

5 Formulieren Sie mit Hilfe der Auszüge eine Gesamtinterpretation der Szene (0:00:45–0:05:02). Gehen Sie dabei auch auf die Aspekte Schnitt und Montage ein und stellen Sie den Vergleich kompakt an den Schluss.
Tipp: Nutzen Sie die Informationen auf der Lernlandkarte (▶ Modul 2, S. 132 f.).

6 **Transferaufgabe:** Interpretieren Sie die Exposition einer Literaturverfilmung, die Sie im Unterricht gesehen haben.

Modul 4:
Ein Aspekt unter der Lupe – Die Mise en Scène

Die Mise en Scène umfasst die komplette Bildinszenierung von der Farbgebung bis zu den Requisiten. Häufig von zentraler Bedeutung sind der Schauplatz (Location) und die Anordnung der Figuren im Raum.

Schauplatz (Location):
Der lange Flur der Flüchtlingsunterkunft ist ein Leitmotiv des Films. Hier wird Francis von Reinhold als Drogendealer angeworben und hier wirbt er später selbst Neuankömmlinge an. Es ist ein Ort, der symbolisch für das Leid der Flüchtlinge steht. Mit seinem (geträumten) Tod an diesem Ort schließt sich für Francis ein Kreis.

Haltung und Anordnung der Figuren:
Haltung: Mieze, die kniet, und Francis, der ausgestreckt auf ihrem Schoß liegt, bilden eine Figurengruppe. Damit wird deutlich, dass die Figuren trotz allen Leids (und sogar über Miezes Tod hinaus) unzertrennlich sind.
Anordnung: Die Figuren befinden sich im Zentrum des Bilds, womit die Aufmerksamkeit auf sie gelenkt wird. Gleichzeitig sind sie so weit vom Bildvordergrund abgerückt, dass sie als kunstvoll arrangierte Figurengruppe erkennbar sind.

Farbe und Licht:
Passend zu den düsteren Umständen herrscht wenig Licht. Es ist dunkel. Allerdings fällt durch die Tür im Hintergrund rötlich gefärbtes Licht auf die Szene. Symbolisiert das Rot die Liebe Miezes, kann die Tür auch in einem übertragenen Sinn als ein Ausweg aus der Misere gedeutet werden. Die Tür könnte aber auch für das Jenseits stehen.

Am Ende des Films ist Mieze tot und Francis ist inhaftiert. In einem Traum kehrt Francis die Situation jedoch um: Er sieht sich selbst als Leiche in den Armen der fürsorglichen Mieze. Ort ist der Flur des Flüchtlingsheims, in dem Francis' Berliner Leidensweg beginnt (► 02:46:53).

Bildaufbau:
Das Bild hat einen pyramidalen Aufbau, dessen Scheitelpunkt Miezes Kopf bildet. Der Fokus der Zuschauer/-innen wird dadurch auf ihr Leid und ihr Mitleid für Francis gelegt.

Michelangelo: Pietà (1498–99).

Externe Bezüge: Qurbani stellt sein Bild in die Tradition der Pietà, das heißt der Klage Marias um ihren am Kreuz gestorbenen Sohn Jesus. Dabei ist bei einer Pietà die Figurengruppe meist gleich aufgebaut: Der Leichnam Jesu ruht auf dem Schoß Marias, die ihm in stillem Leid und Mitleid ihren Kopf zuneigt. Durch diesen Bezug bzw. dieses Zitat nimmt die Mise en Scène den christlichen Bedeutungszusammenhang in sich auf. Es ergibt sich eine Parallele zwischen dem Leidensweg von Jesus und Francis – der für die größere Gruppe der Flüchtlinge steht – und eine zwischen der Fürsorge Marias und Miezes.

Modul 5:

Theorie für Profis – Die Literaturverfilmung als Film

Anne Bohnenkamp **Literaturverfilmungen als intermediale Herausforderung** (2012)

Das Stichwort „Literaturverfilmung“ ist nach wie vor geeignet, skeptische Reaktionen hervorzurufen. Diese Skepsis hat unterschiedliche Ursachen und Ausrichtungen, je nachdem, mit wem man spricht. Filmwissenschaftler neigen dazu, die Nase zu rümpfen, weil ihr Interesse dem Film als eigenständiger Kunstart gilt. [...] Und schon das Wort, so wird argumentiert, sei Ausdruck des alten bildungsbürgerlichen Vorurteils, ein literarisches Werk könne in seiner filmischen Version nur *ver*fälscht oder *ver*stümmelt erscheinen.

Diese Auffassung war in der Tat weit verbreitet und ist noch immer anzutreffen. Sie kennzeichnet nämlich die andere Spielart skeptischer Urteile, die Skepsis derjenigen, die überzeugt sind, dass das literarische Original in der Verfilmung nur verlieren könne, da sie das Original zwangsläufig trivialisiere[1] und seinen spezifischen Qualitäten nicht gerecht zu werden in der Lage sei. Da diese Einstellung im literaturwissenschaftlichen Umgang mit Verfilmungen weit verbreitet war, gerieten Studien unter dieser Sichtweise gerne zum wertenden Vergleich, der in den meisten Fällen zu Ungunsten der Filmversion ausfiel.

Im Hintergrund solcher Bewertungen stand die traditionelle Hochschätzung des Mediums Literatur und häufig auch die Vorstellung, dass das mit symbolischen Zeichen[2] arbeitende Sprachkunstwerk eine aktive Rezeptionshaltung des Lesers fordere, während das bilddominierte Darstellungsverfahren des ikonischen[3] Mediums Film grundsätzlich eine passive Konsumhaltung fördere. Solche Vorstellungen können inzwischen allerdings als überholt gelten; einschlägige Untersuchungen zeigen, dass die Dechiffrierung[4] der spezifischen ‚Codes‘[5] bewegter Bilder mitnichten ein weniger komplexer oder anspruchsloserer Vorgang ist. Die Frage des künstlerischen Niveaus eines Werkes ist nicht an das gewählte Medium, sondern an den jeweils spezifischen Umgang mit ihm geknüpft. [...]

So steht auch bei der Untersuchung von Literaturverfilmungen heute der intermediale Transfer[6] selbst im Mittelpunkt des Interesses. Dabei geht es nicht ausschließlich um den Vorgang einer sekundären Übertragung eines in einem Medium erstveröffentlichten Textes in ein anderes Medium, sondern auch um das Verhältnis gleichberechtigt nebeneinander entstandener verschiedener medialer Fassungen eines Werkes. [...]

Ein offensichtlicher Unterschied liegt im höheren Abstraktionsgrad des verbalsprachlichen Zeichens gegenüber der notwendigen Konkretheit visueller Repräsentation. So kann die Wendung „ein großes Haus“ im literarischen Kontext auf alle Konkretisierung verzichten und dem Leser damit ‚Leerstellen‘ zur eigenen Konkretisierung überlassen; die Umsetzung ins Bild aber muss zwangsläufig immer schon entscheiden, um welche Art von Haus es sich handelt. Ebenso muss ein Regisseur sich bei der Verkörperung der literarischen Gestalten für den Einsatz bestimmter Schauspieler entscheiden, die die Figur zwangsläufig konkretisieren [...]

Die Dominanz des Gesichtssinns bedeutet für den Film allerdings keineswegs eine Beschränkung auf das Sichtbare. Denn während die Schriftliteratur nur mit einem – und zwar vorrangig symbolischen – Zeichensystem operiert, nämlich mit dem der geschriebenen Sprache, ist der Film keineswegs auf die Verwendung visueller Zeichen zu reduzieren. Der kinematografische Code zeichnet sich durch den Einsatz mehrerer unterschiedlicher Zeichensysteme aus: „Der Film ist stets eine zeitlich organisierte Kombination von visuellen und auditiven Zeichen, die über Bild und Schrift sowie Geräusch, Musik und Sprache spezifisch filmische Bedeutungseinheiten [...] bilden.“

---

1 trivialisieren: bedeutungslos, oberflächlich erscheinen lassen

2 das symbolische Zeichen: gemeint sind Buchstaben, die etwas auf eine abstrakt symbolische Weise bezeichnen

3 ikonisch: bildlich

4 die Dechiffrierung: das Lesen und Enträtseln

5 der Code: hier die spezifische Sprache des Films

6 der intermediale Transfer: die Übertragung von einem auf das andere Medium

Knut Hickethier **Der Film nach der Literatur ist Film** (1989)

Von „Literaturverfilmung“ zu reden, heißt, den ersten Schritt in die falsche Richtung tun: [...] Das Ergebnis kann nur eine schlechte Kopie, ein unvollständiger Ersatz im anderen Medium sein. [...] Der Film aber ist immer zuerst Film, und dass seinem Drehbuch, ohnehin nur eine Zwischenstufe im Arbeitsprozess, einmal ein Roman zugrunde gelegen hat, ist für das Filmische an ihm von peripherer[1] Bedeutung. Wir verstehen den Film, auch ohne den Roman zuvor gelesen zu haben.

Zwar kann, wer wollte das bestreiten, die vorangegangene Romanlektüre dem Filmesehen zusätzlichen Genuss (oder Enttäuschung) im Wiedererkennen von Erzähltem verleihen. Und ein Film, der sich von Titel, Handlungsstruktur und Figuren explizit[2] auf einen Roman bezieht, fordert dazu auch in besonderer Weise heraus. Aber das rechtfertigt noch keine [...] Betrachtungsweise, die zwangsläufig das Erzählen in den Vordergrund stellt [...] Wie jeder Text nur vor dem Hintergrund des gesamten bisherigen Geschriebenen zu denken ist, steht auch jeder Film im Kontext anderer Filme und enthält ungleich mehr Anspielungen und Verweise, unbewusst entlehnte Motive, Metaphern und assoziiert visuelle Erinnerungen, als sich in der Textvorlage erkennen lässt. Genrezusammenhänge, Verweise der Darsteller auf andere Rollen, die sie in anderen Filmen verkörpert haben, Kamera-, Regie- und Lichtstile, Architekturbedeutungen, Kleidungsstile etc. eröffnen eine Fülle anderer Bezugsebenen. Der spezielle Vergleich mit der literarischen Vorlage (noch nicht einmal mit dem Drehbuch) erscheint deshalb als eine unzulässige Verengung des Blicks.

1 peripher: weniger wichtig, nur am Rand von Interesse
2 explizit: ausdrücklich

1 Welchen Roman, den Sie gelesen haben, würden Sie sehr gern oder auf gar keinen Fall verfilmt sehen? Führen Sie Gründe dafür an, warum Sie entweder einen Genuss oder eine Enttäuschung erwarten.

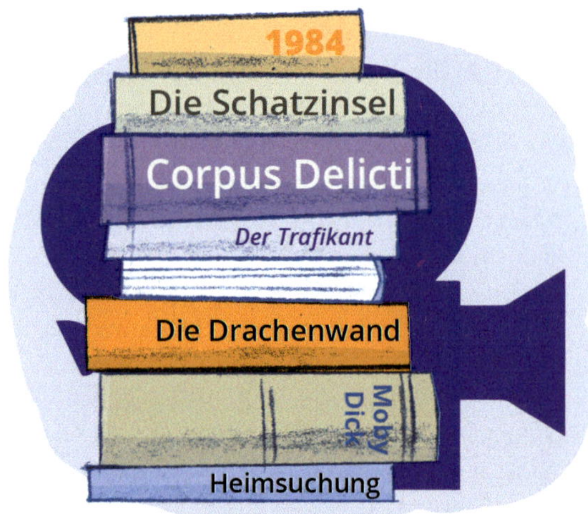

2 Untersuchen Sie, mit welchen Argumenten Bohnenkamp und Hickethier dafür plädieren, Literaturverfilmungen als eigenständige Kunstwerke zu betrachten. Wählen Sie a oder b.

●●○ **a** Erläutern Sie **Hickethiers** Aussage „Der Film nach der Literatur ist Film“ mit Hilfe des Textes, z. B.:
Hickethier nimmt eine grundsätzliche Trennung zwischen ... Daher ist der Film seiner Ansicht nach ...

●●● **b** Erläutern Sie die folgenden Aussage **Bohnenkamps** mit Hilfe des Textes:

> „Die Frage des künstlerischen Niveaus eines Werkes ist nicht an das gewählte Medium, sondern an den jeweils spezifischen Umgang mit ihm geknüpft.“ (► Z. 37–40)

c Stellen Sie Ihre Ergebnisse vor und erörtern Sie gemeinsam, warum für Bohnenkamp und Hickethier die Art der Literaturverfilmung (werktreu oder frei) kein entscheidendes Qualitätskriterium darstellt.

3 Diskutieren Sie: Wenn der Einsatz spezifisch filmischer Mittel über die Qualität eines Films entscheidet, ist Qurbanis „Berlin Alexanderplatz“ dann aus Ihrer Sicht gelungen? Einigen Sie sich mit Hilfe der Lernlandkarte (► Modul 2, S. 132 f.) auf Bewertungskriterien.

4 **Transferaufgabe:** Beurteilen Sie die medienspezifische Qualität eines Films (es muss keine Literaturverfilmung sein!), den Sie im Unterricht gesehen haben.

4.2 Ein gefährlicher Mann? – Literaturverfilmungen vergleichen

Die erste Begegnung mit dem Verbrecher Reinhold wird Franz zum Verhängnis. Sein Vorsatz, künftig ein guter Mensch zu sein, scheitert. Stattdessen verstrickt er sich an Reinholds Seite immer tiefer in Schuld und Verbrechen und wird gleichzeitig selbst zum Opfer von dessen sadistischem Charakter. Diese erste Begegnung gibt also den Startschuss zu Franz Biberkopfs Leidensgeschichte und spielt entsprechend auch in den Verfilmungen des Romans eine wichtige Rolle.
Anhand von drei Filmszenen können Sie vergleichen, wie drei Regisseure aus sehr unterschiedlichen Zeiten (1931, 1980, 2020) diese erste Begegnung interpretieren. Die Aufgaben auf S. 142 helfen Ihnen dabei.

Phil Jutzi **Berlin – Alexanderplatz** (1931, Minute 0:06:42–0:10:25)

Nach seiner Haftentlassung lernt Franz in einem Lokal die junge Cilly kennen. Als ihr ehemaliger Freund Reinhold wenig später das Lokal betritt, wird er schnell auf Franz Biberkopf aufmerksam.

Franz und Cilly essen, trinken und flirten miteinander.
Franz: „Na dann, Prost!“

Reinhold und seine Begleiter informieren sich beim Wirt über Franz' Vergangenheit.

Reinhold stellt Cilly zur Rede.
Reinhold: „Was sucht er denn hier?“
Cilly: „Mich.“

Franz kommt mit Reinhold ins Gespräch.
Reinhold: „Warst in Tegel?“
Franz: „Ja, aber das gibt's nicht mehr.“
Reinhold: „Bist ein Mordskerl!“
Franz: „Jetzt wird gehandelt. Streichhölzer, Zeitungen, Hosenträger.“
Reinhold: „Da verdienste doch nichts bei.“

Reinhold spricht Cilly erneut an.
Reinhold: „Du bist doch mal meine Freundin gewesen.“
Cilly: „Nee, nicht mehr!“
Reinhold: „Vielleicht kommen wir wieder zusammen. Also, den Dicken, den wirst du festhalten. Den können wir brauchen.“
Reinhold gibt Cilly Geld.

Reinhold und seine Begleiter sprechen über Franz.
Reinhold: „Mir gefallen unsere beiden Neuen nicht, schwache Kerls. Wir nehmen den da. Sieht so solide aus.“
Begleiter: „Er wirkt ein bisschen doof!“
Gelächter.

Rainer Werner Fassbinder **Berlin Alexanderplatz** (1980, Teil 5, Minute 0:01:28–0:08:25)

Franz handelt mit Zeitungen, um seinen Lebensunterhalt auf ehrliche Weise zu verdienen. Mit seinem Bekannten Meck, der Teil der kriminellen Pums-Bande ist, besucht er ein Lokal, in dem er auf ebendiesen Pums und dessen Handlanger Reinhold trifft.

Meck weist Franz auf Pums hin.
Franz: „Und der da? Der bei ihm steht und flüstert?“
Meck: „Ist der Reinhold.“

Pums bemerkt Meck und Franz. Er kommt an ihren Tisch und fordert Meck auf, ihm in eine hintere Ecke des Lokals zu folgen.

Während Pums und Meck sich unterhalten, mustert Franz Reinhold.

Reinhold bemerkt, dass er beobachtet wird, und mustert seinerseits Franz.

Pums bietet Franz an, in den Obsthandel einzusteigen. Franz versteht nicht, dass es um Verbrechen geht, und fühlt sich geschmeichelt.
Franz: „Kommt auf den Verdienst an!“

Franz betrachtet Reinhold weiter.
Franz *(zu sich selbst)*: „Was der für traurige Augen hat, der Kerl. Der hat bestimmt auch schon mal gesessen.“

Als Franz ihn zu sich pfeift, geht Reinhold langsam auf ihn zu.
Franz: „Eh, komm doch mal her!“

Franz: „Ich hab eben gewettet, dass du schon mal gesessen hast. [...]“
Reinhold *(stottert)*: „Tut mir leid. Hab noch nicht gesessen, nicht einmal.“

Franz und Reinhold verabschieden sich. Franz entscheidet sich, bei seinen Zeitungen zu bleiben und nicht in den „Obsthandel“ einzusteigen.

Burhan Qurbani **Berlin Alexanderplatz** (2020)

Reinhold hält in der Flüchtlingsunterkunft eine Ansprache. Er will die Flüchtlinge dazu bringen, für ihn als Drogendealer zu arbeiten. In dieser Szene spricht er kaum Deutsch, sondern – um sich mit den Flüchtlingen verständigen zu können – meist Englisch, das in eingeblendeten Untertiteln übersetzt wird.

Reinhold postiert sich auf einer Kühlbox.
Reinhold: „Hallo, zusammen. Ich bin Reinhold. Ich habe eine komische Stimme. Ihr könnt gerne darüber lachen. [...] Aber ich habe euch nicht hergebeten, um euch zum Lachen zu bringen. Ich will euch hier raushelfen."
Ottu: „Raushelfen? Wie meinst du das?"
Reinhold: „Niemand verdient es, so zu leben."

Reinhold: „Wenn ich euch ansehe, sehe ich junge, starke, stolze Männer, die es leid sind, hier rumzusitzen und nichts zu tun. [...] Ihr wollt eure eigene Wohnung? Einen Flachbildfernseher? Ein Auto? [...]
Ottu *(kritisch)*: „Was müssen wir dafür tun?"
Reinhold: „Ihr vertickt Drogen für mich. [...] Die Arbeit ist nicht ungefährlich, aber sie lohnt sich, ne?"

Francis hat Reinhold nicht bis zum Schluss zugehört. Er raucht vor der Flüchtlingsunterkunft, als Reinhold auf ihn zukommt.
Reinhold: „Wie heißt du?"
Francis: „Bitte?"
Reinhold: „Dein Name."
Francis: „Francis."

Reinhold: „Du bist keiner, der sich für ein paar Kröten den Arsch abarbeitet. Du bist'n böser Junge."
Francis *(lacht)*: „Böser Junge!"
Reinhold wertet Ottu, der Francis Arbeit auf einer Baustelle vermittelt hat, ab.
Reinhold: „Er ist nichts im Vergleich zu dir. Der da sollte eigentlich für dich arbeiten. Tschüss."

Francis betrachtet den Geldschein, den Reinhold ihm beim Abschied in die Hand gedrückt hat. Darauf notiert ist dessen Handynummer.

Francis betrachtet immer noch den Geldschein, während Reinhold das Gelände verlässt.

1 Untersuchen Sie, wie die Figur Reinhold in den drei Filmen eingeführt wird. Schauen Sie sich dazu die Bilder der drei Filmszenen (► S. 139–141) genau an und lesen Sie jeweils auch die Bildunterunterschriften.

a Notieren Sie zu jeder der drei Szenen Ihren ersten Eindruck von Reinhold. Wie wirkt er auf Sie? Sie können aus dem folgenden Angebot pro Film zwei oder drei Adjektive wählen, z. B.:
Die Figur Reinhold wirkt auf mich in Jutzis Verfilmung ... In Fassbinders Verfilmung dagegen wirkt ...

weich • hart • seltsam • entschlossen • gerissen • gefährlich • geheimnisvoll • ungefährlich • hinterhältig • lächerlich • komisch • zurückhaltend • aggressiv • listig • planvoll • ängstlich • schwach • selbstbewusst • unsicher • unheimlich • bedrohlich • hintergründig

b Jeder der drei Regisseure deutet die Figuren Reinhold und Franz/Francis sowie ihre erste Begegnung unterschiedlich. Ordnen Sie den Filmszenen jeweils den passenden Deutungsansatz (A, B, C) zu und begründen Sie Ihre Entscheidung mit Hilfe der Szenenbilder und der Dialoge (► S. 139–142), z. B.:
Deutungsansatz A/B/C passt zur Filmszene von Jutzi/Fassbinder/Qurbani. Reinholds Charakter wird in dieser Szene z. B. deutlich an ... Die Figurenbeziehung ...

A Reinhold ist ein gerissener Verführer. Er erinnert an die Figur des Mephisto im „Faust" (► S. 306). Mit dem Versprechen von Macht, Reichtum und einem glücklichen Leben gelingt es ihm, den zunächst skeptischen Franz/Francis zu locken.

B Reinhold ist das Gegenteil von Franz/Francis, er wird als dessen Kontrastfigur inszeniert. Während Franz/Francis gutmütig, fast tölpelhaft erscheint, wirkt Reinhold planvoll. Er ist entschlossen, den leichtgläubigen Franz/Francis anzuwerben.

C Reinhold wirkt auf Franz/Francis wie sein eigenes schwaches und kränkliches Spiegelbild, wie sein Alter Ego. Entsprechend fühlt Franz/Francis sich überlegen und sucht den Kontakt. Auf die Zuschauer dagegen wirkt Reinhold undurchschaubar.

c Diskutieren Sie die drei Filmszenen im Vergleich: Welcher Deutungsansatz überzeugt Sie am meisten? Wie wird sich die Figurenbeziehung nach dieser ersten Begegnung entwickeln?

2 Deuten Sie die folgenden filmsprachlichen Mittel (► S. 457 und Modul 2, S. 132 f.), indem Sie jeweils die Wirkungsabsicht erläutern. Greifen Sie dafür auf Ihre Ergebnisse aus Aufgabe 1 zurück.

Jutzi (► S. 139)	**Fassbinder** (► S. 140)	**Qurbani** (► S. 141)
Bild 2: Nah, frontal, Licht/Schatten → Reinhold wirkt selbstbewusst, er schätzt die Lage ab. Der Schatten in seinem Gesicht verleiht ihm ... **Bild 3–6:** Nah bis Amerikanisch → Gesprächssituationen zeigen ...	**Bild 3, 4 6 und 9:** Groß → ... **Bild 3 und 4:** Schnitt/Montage → ... **Bild 8:** Over-Shoulder Shot, Licht/Schatten → Einerseits wirkt Reinhold hinter dem bulligen Rücken Franz' ... Andererseits ...	**Bild 1:** Mise en Scène → Die Location ... Der Bildaufbau ... Im Zentrum ... Die Köperhaltung ... Die Perspektive ... Das Licht ... **Bild 1 und 2:** Dialog → ... **Bild 5:** Detail → ...

3 **Transferaufgabe:** Vergleichen Sie mehrere Verfilmungen eines Romans, den Sie gelesen haben, und arbeiten Sie heraus, wie die Verfilmungen den Roman deuten. Welche inhaltlichen Akzente setzen sie?

4.3 Eine Filmszene interpretieren und mit dem Roman vergleichen

Aufgabenbeispiel

1. Interpretieren Sie die Schlussszene (02:54:24–02:57:06) aus dem Film „Berlin Alexanderplatz" von Burhan Qurbani. Gehen Sie dabei insbesondere auf den Protagonisten Francis und filmsprachliche Mittel ein. Hinweis: Schauen Sie die Szene mehrmals an. Die Szenenbilder 1 bis 10 können Sie bei Ihrer Arbeit unterstützen. *(42 Punkte)*
2. Vergleichen Sie die Filmszene mit der Romanvorlage von Alfred Döblin. Gehen Sie dabei auf Gemeinsamkeiten und Unterschiede in Bezug auf den Protagonisten und gestalterische Mittel ein. *(30 Punkte)*

Burhan Qurbani **Berlin Alexanderplatz** (2020, Epilog)

Das Gefängnis in Berlin-Tegel, in dem Francis wegen des vermeintlichen Mords an seiner Geliebten Mieze einsitzt. Leiser Straßenlärm.

Francis wird nach mehreren Jahren aus dem Gefängnis entlassen. Elektrisches Surren der sich öffnenden Tore.
Francis: „Tschüss."

Der Straßenlärm irritiert und quält Francis.
Mieze *aus dem Off:* Jetzt steht er da vor dem Tor des Tegeler Gefängnisses und ist frei. Seine Schuld ist abgegolten.

Eine Bekannte von früher und ein Kind holen Francis ab. Der Straßenlärm wird leiser und verstummt.

Sanfte Melodie setzt ein.
Mieze *aus dem Off:* Und ein kleines Wunder schenkt ihm das Schicksal nach all der Mühsal. Unser Kind. Es hat überlebt. Ein neues Leben in einer neuen Welt. Wir sind am Ende dieser Geschichte.

Zeitsprung: Sanfte Melodie wird fortgesetzt.
Mieze *aus dem Off:* Wir sind auf einer dunklen Allee gegangen. Aber Francis ging nicht wie wir die Straße entlang. Er rannte darauf los, stieß sich an Bäume, und je mehr er ins Laufen kam, umso mehr stieß er an Bäume.

Francis am Neptunbrunnen. Sanfte Melodie.
Mieze *aus dem Off:* Und wie er an die Bäume stieß, presste er entsetzt die Augen zu.

Francis blickt zum Fernsehturm am Alexanderplatz.
Mieze *aus dem Off:* Und je mehr er sich stieß, umso entsetzter klemmte er die Augen zu. Mit zerlöchertem Kopf, kaum noch bei Sinnen, fiel er schließlich hin.

Francis am Neptunbrunnen. Stille.
Mieze *aus dem Off:* Wie er hinfiel, machte er die Augen auf. Da brannte die Laterne hell über ihm ...

Der sprudelnde Neptunbrunnen. Stille.
Mieze *aus dem Off:* ... und ein Schild war zu lesen.

Alfred Döblin **Berlin Alexanderplatz** (1929)

Zum zweiten Mal verlässt jetzt Biberkopf ein Haus, in dem er gefangen gehalten war, wir sind am Ende unseres weiten Wegs und machen mit Franz zusammen noch einen einzigen kleinen Schritt.

Das erste Haus, das er verließ, war die Strafanstalt in Tegel. Verängstigt stand er an der roten Mauer, und als er sich losmachte und die 41[1] kam und mit ihm nach Berlin fuhr, da standen die Häuser nicht still, die Dächer wollten über Franz fallen, er musste lange gehen und sitzen, bis alles um ihn ruhig war und er stark genug war, um hier zu bleiben und wieder anzufangen.

Jetzt ist er kraftlos. Das feste Haus kann er nicht mehr sehen. Aber siehe, wie er am Stettiner Bahnhof aussteigt, am Vorortbahnhof, und vor ihm das große Baltikumhotel liegt, bewegt – sich – nichts. Die Häuser halten still, die Dächer liegen fest, er kann sich ruhig unter ihnen bewegen, er braucht in keine dunklen Höfe zu kriechen. [...]

Wir sind am Ende dieser Geschichte. [...]

Wir sind eine dunkle Allee gegangen, keine Laterne brannte zuerst, man wusste nur, hier geht es lang, allmählich wird es heller und heller, zuletzt hängt da die Laterne, und dann liest man endlich unter ihr das Straßenschild. Es war ein Enthüllungsprozess besonderer Art. Franz Biberkopf ging nicht die Straße wie wir. Er rannte drauflos, diese dunkle Straße, er stieß sich an Bäume, und je mehr er ins Laufen kam, umso mehr stieß er an Bäume. Es war schon dunkel, und wie er an Bäume stieß, presste er entsetzt die Augen zu. Und je mehr er sich stieß, immer entsetzter klemmte er die Augen zu. Mit zerlöchertem Kopf, kaum noch bei Sinnen, kam er schließlich doch an. Wie er hinfiel, machte er die Augen auf. Da brannte die Laterne hell über ihm, und das Schild war zu lesen.

Er steht zum Schluss als Hilfsportier in einer mittleren Fabrik. Er steht nicht mehr allein am Alexanderplatz. Es sind welche rechts von ihm und links von ihm, und vor ihm gehen welche, und hinter ihm gehen welche.

---

1 Straßenbahnlinie 41

Die Aufgabenstellung verstehen

1 **a** Besprechen Sie zu zweit die Anforderungen der **ersten Teilaufgabe:**
- Im Hinblick auf welche beiden Schwerpunkte sollen Sie die Filmszene interpretieren?
- Notieren Sie inhaltliche und filmsprachliche Aspekte (▶ S. 132 f.), auf die Sie bei der Interpretation einer Filmszene eingehen sollten.

b Erklären Sie sich gegenseitig, was die **zweite Teilaufgabe** von Ihnen verlangt.

c Verschaffen Sie sich mit Ihrem Wissen über die Anforderungen der Aufgabenstellung einen Überblick über die folgenden Arbeitsschritte (▶ S. 145–149). Entscheiden Sie jeweils, wo Sie Hilfen nutzen möchten.

Information **Eine Filmszene interpretieren und mit ihrer literarischen Vorlage vergleichen**

Auch wenn der Gegenstand der Klausur eine Literaturverfilmung ist, geht es zunächst – unabhängig von der Romanvorlage – nur um die **Interpretation der Filmszene (▶ Aufgabe 1).** Erst im zweiten Schritt **vergleichen Sie die Filmszene dann mit der literarischen Vorlage (▶ Aufgabe 2).** Das heißt, der literarische Text wird nicht Gegenstand einer ausführlichen Einzelbetrachtung, sondern nur im Hinblick auf Vergleichspunkte mit der Filmszene untersucht. Im Einzelnen bedeutet das:

- **Aufgabe 1: Eine Filmszene interpretieren**
  Eine Filmszene wird immer im Hinblick auf ihren **Inhalt** (= Handlung, Figuren) und die **filmsprachlichen Mittel,** die zum Einsatz kommen, untersucht. Filmsprachliche Mittel, wie etwa Kameraeinstellungen, werden immer in Bezug auf ihre **Wirkungs- und Aussageabsicht** gedeutet. Gibt die Aufgabe Aspekte vor, so sind diese besonders intensiv in den Blick zu nehmen. Gibt die Aufgabe keine Aspekte vor, so ist es ratsam, auf die Handlung, die Figuren, die Kamera als Erzählerin, Schnitt und Montage sowie den Ton einzugehen. Dabei beschränken Sie sich jeweils auf auffällige und aussagekräftige Einstellungen bzw. Einstellungsfolgen und beschreiben nicht jede einzelne Einstellung. Ggf. lohnt es sich auch, eine ausgewählte Mise en Scène genauer zu beschreiben und zu deuten.
- **Aufgabe 2: Vergleich von Film und Text**
  Anhand von vorgegebenen oder selbst gefundenen Vergleichspunkten arbeiten Sie **Gemeinsamkeiten und Unterschiede zwischen Film und literarischer Vorlage** heraus. Dabei gehen Sie auf den **Inhalt** und die **erzählerischen Mittel** ein. Abschließend bestimmen Sie die **Art der Literaturverfilmung:** Wie werktreu oder frei ist der Film in seiner Umsetzung des Textes?

Erstes Filmverständnis und Ideen formulieren

2 Notieren Sie Ihre **ersten Eindrücke und Fragen** zu dieser Szene: Wie wirkt das Ende des Films auf Sie? Finden Sie es überraschend oder erwartbar? Handelt es sich um ein Happy End?

3 Schauen Sie die Szene mit Blick auf die Aufgabenstellung professionell (▶ S. 127) an und notieren Sie Ihre ersten Beobachtungen zu Inhalt und filmsprachlichen Mitteln. Skizzieren Sie **erste Deutungsideen,** z. B.:

Kamera
Panorama → Gefängnis; Einstellung verdeutlicht, wo die Handlung ihren Ausgangspunkt nimmt

Die Filmszene interpretieren und vergleichen

4 Untersuchen Sie die **Handlung** vor allem in Hinblick auf Francis. Beziehen Sie dabei immer auch Miezes Kommentar im Voiceover (▶ S. 143 f.) mit ein.

a Halten Sie die Handlung in wenigen Worten fest. Ergänzen Sie dazu das Flussdiagramm in Ihrem Heft.

Bild 1 bis 3: Entlassung: …	→	**Bild 4 und 5:** Begegnung: Völlig überraschend …	→	**Bild 6 bis 10:** Neuanfang: Francis Anzug lässt vermuten, …

b Beschreiben Sie die **Entwicklung des Protagonisten** in dieser Schlussszene und erläutern Sie, inwiefern man von einem Happy End sprechen kann. Führen Sie dafür zwei Gründe an und notieren Sie als Beleg ein Zitat aus dem Voiceover.

c Erläutern Sie, inwiefern die Art und Weise, in der Vater und Tochter sich begegnen (▶ Bild 5), sowie die Mimik und die Atmosphäre in den Bildern 6–10 (▶ S. 143 f.) den Eindruck unterstützen, dass Francis' Leben sich zum Guten wendet.

5 Beschreiben Sie beim erneuten intensiven Schauen der Szene die **filmsprachlichen Mittel** mit Fachbegriffen (▶ Modul 2, S. 132 f. und ▶ S. 457) und deuten Sie sie. Ergänzen Sie dafür die folgenden Sätze.

– zur Kamera:
  Bild 1 verdeutlicht durch die Panorama-Einstellung …
  Bild 5 veranschaulicht mittels …
  Die Großaufnahme in Bild 9 erlaubt es …
  Das Erzählverhalten der Kamera ist insgesamt …
– zu Schnitt und Montage:
  Bild 5/6: Überraschender Schnitt und offensichtlicher Zeitsprung. Eine Verbindung wird über die fortlaufende freundliche Musik hergestellt. Daraus lässt sich schließen, dass …
– zum Ton:
  Die dominierenden Geräusche zeigen …
  Die Musik wirkt ab …
  Die Handlung wird im Voiceover …
– zur Mise en Scène am Beispiel von Bild 7:
  Die Architektur steht in einem deutlichen Kontrast zum Gefängnis zu Beginn des Epilogs. Sie lässt sich als Spiegelbild deuten für … Aus der extremen Vogelperspektive wirken die Figuren … Ähnlich wie in der Exposition sehen wir Francis wieder an der Grenze zwischen … Aber nun … Farben und Licht wirken … Das könnte ein Hinweis darauf sein, …

6 **Vergleichsaufgabe (▶ Aufgabenstellung 2)**
Vergleichen Sie **Filmszene und Romanauszug** im Hinblick auf die Aspekte der Aufgabenstellung (▶ S. 143).

a Lesen Sie das Voiceover und den Romanauszug und notieren Sie einen entscheidenden Unterschied, z. B.:
Anders als Franz Biberkopf in Döblins Roman trifft Francis im Film unerwartet ...

b Vergleichen Sie Film und Roman mit Hilfe der folgenden Tabelle genau.

Vergleichspunkte	„Berlin Alexanderplatz" (Film)	„Berlin Alexanderplatz" (Roman)
Schwerpunkt: Protagonist		
Ausgangslage	Entlassung	Entlassung
erste Gefühle	Bild 3: ...	Erinnerung (→ Z. 5–12): ...
Figurenbeziehungen	...	anonyme Gemeinschaft (→ Z. 37–41)
Beruf, Arbeit	...	...
Entwicklung insgesamt	Happy End, weil ...	...
Schwerpunkt: gestalterische Mittel		
Erzählverhalten (→ S. 132)	Kamera: ... Voiceover: Mieze ist gleichzeitig ...	... Erzählverhalten; Erzähler nicht Teil der Handlung
Francis' Unruhe	verdeutlicht durch diese Mittel: ...	Unruhe bei erster Entlassung
Francis' Gleichgewicht	verdeutlicht durch ...	angstfrei bei ...
Unruhe und Gleichgewicht	Ton: Geräusche ... / Musik ...	Zeitgestaltung (→ S. 447): ...

c Ziehen Sie ein Fazit, indem Sie Qurbanis Verfilmung begründet einer **Art der Literaturverfilmung** (▶ S. 131) zuordnen, und beurteilen Sie, inwiefern seine Aktualisierung überzeugt und zum Nachdenken anregt.

Den Schreibplan erstellen und schreiben

7 Erstellen Sie mit Hilfe der erarbeiteten Aspekte eine stichpunktartige **Gliederung**, z. B.:
Einleitung: Regisseur: Burhan Qurbani, Titel: ..., Erscheinungsjahr: ...; Thema: ...
Hauptteil: Hinführung und Zusammenfassung, Protagonist, Filmsprache, Überleitung, Vergleich
Schluss: Fazit: Art der Literaturverfilmung

8 Sie können die folgenden Formulierungsbausteine für Ihren Vergleich (▶ Aufgabe 2) nutzen.

Formulierungsbausteine

Ihr Vergleich wirkt überzeugend, wenn Sie die Vergleichspunkte gut nachvollziehbar in Beziehung zueinander setzen. Dabei helfen Ihnen die folgenden Bausteine:

- **Allgemeine Formulierungen**
  - Beim Vergleich fällt auf / ist zu beobachten / zeigt sich / wird deutlich, ...
  - Auffällig ist ... • Im Vergleich zu ...
- **Gemeinsamkeiten und Entsprechungen darstellen**
  - Eine Gemeinsamkeit/Parallele/Ähnlichkeit fällt auf / liegt darin / zeigt sich ...
  - Im Hinblick auf ... • Ähnlich/Genau wie ... • Entsprechend ...
- **Unterschiede und Abweichungen darstellen**
  - Im Gegensatz/Unterschied zu ... • Abweichend von ... • Anders als ...
  - ein deutlicher/wichtiger/maßgeblicher/entscheidender Gegensatz ...

9 **a** Lesen Sie die Checkliste links und die Formulierungen rechts. Machen Sie sich klar, wie die **Musterinterpretation** aufgebaut ist, und prüfen Sie stichprobenartig,
- ob filmsprachliche Mittel benannt und gedeutet werden. Achten Sie auf Signalwörter.
- ob Vergleiche (Aufgabenteil 2) durch entsprechende Formulierungen nachvollziehbar sind.

b Verfassen Sie Ihren **Interpretationsaufsatz** möglichst am Computer. Sie können die Musterformulierungen jeweils als Einstieg nutzen und Ihre Untersuchungsergebnisse ergänzen.

Checkliste	Musterformulierungen
Einleitung: ▪ Regisseur, Titel, Erscheinungsjahr und Thema	In der Schlussszene aus Burhan Qurbanis Film „Berlin Alexanderplatz" aus dem Jahr 2020 geht es darum, dass der Protagonist Francis nach zahlreichen Schicksalsschlägen ein neues und anständiges Leben beginnt.
Hauptteil (Aufgabe 1): ▪ knappe Hinführung ▪ Zusammenfassung der Szene: Entwicklung des Protagonisten	Francis, ein Flüchtling aus Afrika, gerät aufgrund seiner verzweifelten sozialen Lage und unter dem Einfluss des Kriminellen Reinhold auf die schiefe Bahn. Kurz vor dem Ende des Films wird Francis für den vermeintlichen Mord an Mieze inhaftiert. Am Anfang der Schlusssequenz ...
Aspekte der Interpretation (Protagonist in Verbindung mit filmsprachlichen Mitteln) z. B.: ▪ Kamera (Einstellungsgrößen, Kameraperspektiven)	Die Kamera informiert die Zuschauer zu Beginn der Szene mittels einer Panorama-Einstellung (vgl. Bild 1) über den Ort des folgenden Geschehens: das Gefängnis Berlin-Tegel. Dieser Establishing Shot hat auch eine zeitliche Scharnierfunktion. Er schließt das vorangegangene Geschehen ab (Francis' Schuld und Schicksalsschläge) und stellt zugleich die Fragen: Wie geht es jetzt für Francis weiter? Hat er noch eine Chance auf ein anständiges Leben? Die Kamera beantwortet diese Frage zu Beginn der Schlusssequenz zunächst negativ, denn bei seinem Gang durch das Gefängnistor in die Freiheit zeigt die Kamera einen schwachen und niedergeschlagenen Francis (vgl. Bild 2). Um seine gebeugte Körperhaltung und seine Kraftlosigkeit zu demonstrieren, eignet sich die Kameraeinstellung ...
▪ Schnitt und Montage	Im Hinblick auf die Frage, wie Francis sich entwickelt, ist der überraschende Schnitt etwa in der Mitte der Schlusssequenz von Bedeutung. Er verbindet die Zeit unmittelbar nach der Entlassung mit einem Blick in Francis' Gegenwart bzw. Zukunft. Verbindend ist dabei die sanfte Melodie im Hintergrund. Sie setzt beim Treffen mit der Tochter ein und wird auf dem Alexanderplatz fortgeführt. Daraus lässt sich schließen ...
▪ Ton	Der Ton begleitet die Entwicklung von Francis auf drei Ebenen. Zunächst veranschaulichen die Geräusche ...
▪ Mise en Scène	Nach einem harten Schnitt sehen wir den Alexanderplatz aus der extremen Vogelperspektive (vgl. Bild 6). Interessant ist die Mise en Scène (vgl. Bild 7), die uns die Situation nach einer sanften Überblendung aus der Nähe zeigt. Die Architektur wirkt ruhig, weich, geschwungen und das blasse Rosa der Brunneneinfassung sorgt für eine milde, friedliche Atmosphäre. Man erkennt Francis als Mensch unter anderen Menschen. Das alles steht in einem deutlichen Kontrast zum Gefängnis zu Beginn des Epilogs. Daraus lässt sich schließen, dass ...

reflektierte Schlussbetrachtung	Zusammenfassend lässt sich feststellen, dass es dem Protagonisten Francis nach seiner Haftentlassung zu gelingen scheint, ...
Überleitung (Aufgabe 2): ▪ Vergleichsaspekt	Im Folgenden wird die Filmszene mit der literarischen Vorlage verglichen: einem Auszug aus Alfred Döblins Roman „Berlin Alexanderplatz" aus dem Jahr 1929. Dabei fallen im Hinblick auf die Vergleichsaspekte, nämlich die Entwicklung des Protagonisten und die erzählerischen Mittel, einige Gemeinsamkeiten, aber auch Unterschiede auf.
Vergleich ▪ Protagonist ▪ gestalterische Mittel	Auch wenn die Zeit der Handlung und die Protagonisten Francis und Franz variieren, ist die Grund- bzw. Ausgangssituation doch sehr ähnlich. Beide Protagonisten werden in die Freiheit entlassen und wollen dieses Mal ihren guten Vorsätzen wirklich treu bleiben. Allerdings kommt es in Francis Leben durch die unerwartete Begegnung mit seiner Tochter ... Auf der erzählerischen Ebene fallen einige grundsätzliche Übereinstimmungen auf. Sowohl die Kamera als auch der Erzähler im Roman bedienen sich eines auktorialen Erzählverhaltens. Im Film lässt sich das beispielsweise daran erkennen, dass ...
Schluss: ▪ Fazit (Art der Literaturverfilmung)	Als Resümee des Vergleichs ergibt sich, dass es sich bei Qurbanis Verfilmung um eine interpretierende Literaturverfilmung handelt. Das lässt sich etwa daran festmachen, ...

Den eigenen Text überarbeiten

10 Überprüfen Sie zu zweit Ihren Aufsatz mit Hilfe der **Checkliste** in der linken Tabellenspalte.

a Geben Sie sich eine **Rückmeldung** dazu, ob die Anforderungen der Aufgabenstellung erfüllt sind. Achten Sie außerdem auf folgende formale Aspekte:
- Ist Ihr Aufsatz schlüssig und gedanklich klar aufgebaut? Ist er in Absätze gegliedert? Haben Sie sich in Schwerpunktsetzung und Umfang an den Punkteangaben in der Aufgabe (► S. 143) orientiert?
- Haben Sie Deutungen und Vergleiche durch geeignete Formulierungen nachvollziehbar gemacht?
- Haben Sie dabei sachlich und fachsprachlich formuliert?
- Sind Rechtschreibung, Zeichensetzung sowie Grammatik korrekt (► S. 458 ff.)? Ist Ihr Satzbau übersichtlich?

b **Überarbeiten** Sie Ihren Text mit Hilfe von Feedback, Checkliste und Formulierungshilfen.

c Worauf sollten Sie bei der nächsten Interpretation achten? Halten Sie Ihre Stärken und Schwächen fest.

B5 Medientheorien und Medienkritik

1 Der Mensch als „Homo Digitalis“: Sucht man den Begriff im Internet, findet man z. B. diese Bilder.

a Beschreiben Sie die jeweils dargestellte Entwicklung des Menschen und deuten Sie die darin enthaltene Kritik.

b Diskutieren Sie, welcher Assoziation Sie eher zustimmen: Transformation oder Degeneration?

c Zeichnen Sie eine eigene Entwicklung des Menschen – z. B. nur mit Strichmännchen – und vergleichen Sie Ihre Skizzen:

- Wie schätzen Sie die Entwicklung des Menschen in Bezug auf Medien ein?
- Welche positiven Entwicklungen gibt es?

2 Erläutern Sie sich zu zweit gegenseitig, welche Eigenschaften konkreter Medien aus Ihrer persönlichen Erfahrung dazu beitragen, eine eher pessimistische oder eine optimistische Haltung gegenüber Medien und ihrer Bedeutung für Mensch und Gesellschaft einzunehmen.

Chancen und Probleme des Netzes kritisch reflektieren

Mit dem Internet erlebt die Welt einen beispiellosen Medienumbruch. Was man heute unter dem Begriff „Digitalisierung" versteht, ist nicht nur eine technische, sondern eine gesellschaftliche Revolution, die viele positive, aber auch problematische Entwicklungen angestoßen hat. Besonders die westlichen Gesellschaften setzten anfangs viele Hoffnungen in die neuen sozialen Medien. Sie erwarteten eine Stärkung der Demokratie und mehr Aufmerksamkeit für bislang wenig beachtete Gruppen und Individuen, weil nun jeder die Möglichkeit hatte, sein Anliegen der Weltöffentlichkeit vorzutragen. In den älteren Massenmedien waren es Redaktionen, welche aus Tatsachen und Ereignissen eine veröffentlichte Meinung formten. Im Netz treffen heute jedoch tagtäglich Millionen von Sichtweisen aufeinander. Aus diesem viel größeren Meinungsspektrum lässt sich nur schwer ein gesellschaftlicher Konsens formen. Damit steigt das Konfliktpotenzial erheblich. Hinzu kommt das Verschwinden des Privaten: Ein großer Teil des sozialen Lebens findet heute im Netz statt. Dadurch spielt jedes Individuum eine öffentliche Rolle vor einem Millionenpublikum. Das kann Karrierechancen, aber auch Gefahren erzeugen, denn das Netz vergisst nicht. So steht jeder Fehltritt für alle Zeit unter öffentlicher Beobachtung, die Rückzugsräume für das Individuum verschwinden. Wir alle stehen vor der Herausforderung, solche Konflikte zu lösen und Wege zu finden, die Chancen des Netzes zu nutzen und seine Auswüchse zu begrenzen. Dazu bietet dieses Kapitel einen Überblick über die sich wechselseitig beeinflussende Entwicklung von Medien und Gesellschaft und hilft, sie kritisch zu reflektieren.

3 Klären Sie, welche positiven und welche negativen Entwicklungen die Digitalisierung angestoßen hat, mit Hilfe der Metaplan-Methode:

a Führen Sie ein Brainstorming zu der Frage durch, welche positiven Effekte und welche Probleme mit der Digitalisierung einhergehen. Beginnen Sie z. B. so:
Die Digitalisierung erleichtert mir ...
Schwierig finde ich ...
Es kann immer wieder passieren, dass ...
Halten Sie Ihre Ergebnisse auf einzelnen Karteikarten fest.
Tipp: Statt Karteikarten können Sie auch ein digitales Tool nutzen.

b Heften Sie die Karten an. Ordnen Sie die Aussagen nach Sinngruppen und kennzeichnen Sie die Positionen durch entsprechende Oberbegriffe, z. B.:
Chancen digitaler Kommunikation, Konfliktpotenzial, ...

c Nehmen Sie vor dem Hintergrund Ihrer persönlichen Erfahrungen Stellung zu den unterschiedlichen Aspekten der Digitalisierung.

4 Lesen Sie die folgende Liste und reflektieren Sie einzelne Aspekte, z. B.:
- Was wissen Sie bereits über die Entwicklungsgeschichte der Medien?
- Welchen Einfluss haben Medien auf Ihr Leben? Wie reflektiert gestalten Sie Ihre Mediennutzung, z. B.: Privatsphäre? Nutzungsdauer? ...
- Welche medienkritischen Positionen sind Ihnen bekannt?

In diesem Kapitel erwerben Sie folgende Kenntnisse und Kompetenzen:

- die historisch-gesellschaftliche Entwicklung der Medien und der Medienkritik erfassen,
- Ihren persönlichen Umgang mit digitalen Medien kritisch reflektieren,
- Mediendefinitionen und Medientheorien kennen, vergleichen und bewerten,
- medienkritische Positionen diskutieren,
- Sachtexte zum Thema Medienkritik schriftlich erörtern.

5.1 Medientheorien – Entwicklungen und Einflüsse reflektieren

Medien und Gesellschaft – Mediale Umbrüche und ihre Wirkung

Die Entwicklung der Gesellschaft und die der Medien unterliegen Umbrüchen, die meist parallel verlaufen. Sobald eine neue Technologie für Kommunikation, Information und Unterhaltung zur Verfügung steht, verlieren die alten Medien – und damit die alten Herrschaftsstrukturen – an Macht.

Medien – Ursprünge und Umbrüche

Medien vermitteln Kommunikation. Dabei kommt es stets darauf an, wer Sender und Empfänger ist, wer spricht und wer zuhört. Welche Absichten verfolgt ein Sprecher, was erwarten die Zuhörer? Medien können informieren, aber auch manipulieren. Sie spielen in unserem Leben eine komplexe Rolle, deren technische Ausgestaltung und gesellschaftlichen Auswirkungen ständig im Fluss sind.
Immer wenn Menschen sich über ein Gespräch im kleinen Kreis hinaus an andere wenden, sind Medien im Spiel. Lange Zeit war der Mensch selbst dieses Medium, wenn er vor einer Gruppe als Erzähler oder Schauspieler auftrat. Erst in der Neuzeit entwickeln sich Techniken, um Gedanken nicht nur in Schrift zu speichern, sondern auch in die Ferne zu tragen.

Medien und Macht

Aber Medien vermitteln nicht nur Gedanken. Sie erschaffen Gesellschaft und sind der Kern jeder Kultur. Wenn der Blitz den alten Baum trifft, hat dieses Faktum für die Angehörigen eines indigenen Stammes und ihr Medium, den Schamanen, zunächst keine Bedeutung. Diese entsteht erst, wenn dieser das Ereignis als Zeichen der Götter deutet.
Gesellschaften und ihre Kulturen formieren sich entlang solcher medialen Deutungen. Erst dadurch lassen sich die Einzelnen in einer Gesellschaft organisieren. Gemeinschaft kann nur entstehen, wenn interpretierende Erzählungen aus den Fakten gemeinsamen Sinn und Ziele schaffen.
Weil die Medien selbst einen Hauptbestandteil von Kultur und damit Gesellschaft bilden, hängen Macht und Einfluss in einer Gesellschaft unmittelbar vom Einfluss auf Medien und ihre Erzählungen ab. Auch ein Tyrann muss dafür sorgen, dass er von seinen Höflingen, seinen Generälen und letztlich von seinen Soldaten respektiert und unterstützt wird. Eine falsche Erzählung und seine Macht liegt im Staub. Deshalb sind Kämpfe um Macht und Einfluss immer auch Kämpfe um Medien – und damit um die Deutungshoheit. Zudem vermitteln die Medien selbst den Treibstoff für die soziale Auseinandersetzung. Sie lieferten schon immer den Klatsch, die Intrigen und Skandale, Heldengeschichten und Heiligsprechungen, mit denen die Ehrgeizigen fallen oder aufsteigen konnten. Dadurch sind sie unmittelbarer Bestandteil der menschlichen und der gesellschaftlichen Natur.

Die große Medienrevolution

Medien waren lange Zeit durch hohe Zugangshürden gekennzeichnet und standen nur den herrschenden Eliten zur Verfügung. Diese wendeten sich mittels Medien an diejenigen, die zur Umsetzung der Vorhaben Gehorsam leisten bzw. dafür gewonnen werden mussten. Der Papst etwa erließ im Mittelalter Bullen an den Klerus, der den Inhalt dieser Bullen wiederum an die leseunkundige Bevölkerung weitergab und für die Umsetzung sorgte.
Die Erfindung des Buchdrucks stellte die erste große Medienrevolution dar. Sie forderte die bestehenden Hierarchien auf existenzbedrohende Weise heraus. Plötzlich konnte jeder Schreibkundige mit etwas Mut und Geld tausendfach Adressaten für seine Gedanken finden – allerdings zunächst nur in der dünnen Schicht der lesenden Adligen und Kleriker. Aber schon das genügte, um mit der Reformation in Europa eine ungeheure Auseinandersetzung um die Vorstellungen von Himmel und Erde zu entzünden. Die alte Hierarchie kämpfte um die Medienkontrolle, musste zurückweichen, denn das Volk wollte plötzlich lesen lernen, damit es selbst sehen konnte, was in der Bibel steht. Der Buchdruck machte Medien zum Wirtschaftsgut. Wissen und Know-how blieben nicht mehr auf das Wort zwischen Meister und Schüler beschränkt, sie verbreiteten sich in Windeseile über immer größere Gesellschaftsschichten, regten die Fantasie von Künstlern und Entdeckern an, die

ihrerseits neue Geschichten erzählten. Und plötzlich durfte sich sogar die Erde um die Sonne drehen.

Medien demokratisieren und manipulieren

Im Rahmen der Industrialisierung entwickelten sich nicht nur eine Massengesellschaft, sondern auch die ersten audiovisuellen Massenmedien. Nach Zeitungen entstanden im Rahmen des technischen Fortschritts Film, Rundfunk und Fernsehen. Diese Medien spielten eine zweifache Rolle. Zum einen demokratisierten sie, indem sie immer breiteren Kreisen der Gesellschaft eine Stimme gaben. Zum anderen wurden sie zum Mittel der Manipulation. Als reiner Empfänger der Massenmedien ist das Individuum der vermittelten Weltsicht ausgeliefert. Ein Zuschauer kann kaum herausfinden, ob andere seine Weltsicht teilen. Das kann zur Anpassung an die angebliche Mehrheitsmeinung führen. So zeigte sich gerade im 20. Jh., dass die Massen durch Massenmedien verführbar sind.

Mit dem Internet kam es zum nächsten großen Mediensprung. Zum einen integriert das Netz alle vorhergehenden Medien zu einem audiovisuellen, interaktiven Echtzeitmedium. Zum anderen schaffen die sozialen Medien einen Kommunikationsraum, der im Rahmen freiheitlicher Gesellschaften nicht mehr von einer herrschenden Weltsicht geprägt wird. Da dieser Raum allen zugänglich ist und alle erreicht, repräsentiert er nicht mehr die Elite, sondern jeder einzelne Mensch kann sich Reichweite verschaffen.

Die einfache Bewertungsmöglichkeit für jede Äußerung, wie etwa „Likes", verschafft dem Individuum zum ersten Mal die Chance, seine eigene Position in Bezug auf alle anderen zu überprüfen, und sich Gleichgesinnten ohne viel Aufwand anzuschließen. Gleichzeitig besteht die Gefahr der Missbilligung und Anprangerung durch Gruppen mit anderer Weltsicht. So löst sich die Homogenität einer Gesellschaft auf, sie zersplittert in ihren Wertvorstellungen und Zielen. Zusammenschlüsse größere Art finden nur noch im Rahmen von Kampagnen statt, wo sich Gleichgesinnte temporär unter einem Hashtag versammeln, um ein bestimmtes kulturelles oder politisches Anliegen durchzusetzen. Diese Entwicklung kann sich in totalitären Gesellschaften allerdings positiv auswirken, wenn Ideologien und Unterdrückung in Frage gestellt werden.

1 a „Kämpfe um Macht und Einfluss" sind „immer auch Kämpfe um Medien" (Z. 38 f.). Erläutern Sie den im Text genannten Zusammenhang von Medien, Gesellschaft und Macht.

b Erklären Sie, wie Massenmedien Demokratisierungsprozesse anstoßen können. Beginnen Sie z. B. so: *Über Massenmedien können Standpunkte an die Öffentlichkeit … Eine höhere Meinungsvielfalt …*

2 Inwieweit stellt das Internet einen Fortschritt gegenüber klassischen Massenmedien dar? Erläutern Sie den Unterschied, indem Sie eigene Erfahrungen in der Nutzung der jeweiligen Medien gegenüberstellen.

3 a Erklären Sie mit Bezug auf den Text, welchen Einfluss jeweils neue Medien auf die Gesellschaft hatten. Nutzen Sie dazu auch den Überblick zu Phasen der Mediengeschichte und der Medienkritik (▶ S. 154 f.).

b Können Sie die Entwicklung der medialen Kommunikation vom Auditiven über das Piktorale und Literale zurück zum Auditiven (▶ Leitmedienwechsel, S. 154) nachvollziehen? Begründen Sie mit Beispielen.

c Stellen Sie zu zweit Vermutungen an, welche Medien in 10, 50, 100 Jahren unser Leben beeinflussen.

4 Erkunden Sie einzelne Medienumbrüche in der Literaturgeschichte (z. B. ▶ D 1, 3, 4, 7, 11, 12).

Information | **Medien und Medienentwicklung**

Medien vermitteln Informationen, Meinungen und Kulturverständnis zwischen Sender und Empfänger, sie sind also **Kommunikationsmittel.** Die **Entwicklung von Medien** geht oft mit kulturell-gesellschaftlichen **Umbrüchen** einher. So haben zum Beispiel die Erfindung des Buchdrucks oder die Digitalisierung großen Einfluss auf das **Informations- und Kommunikationsverhalten** der Menschen. Ersetzt ein neues Medium die gewohnte Vermittlung von Inhalten, so befürchten Kritiker oft den Verfall traditioneller Werte und den Verlust bestehender Herrschaftsstrukturen durch die veränderte Weitergabe von Kulturverständnis und Wissen (z. B. Buchdruck im 15. Jahrhundert, Zeitungen/Zeitschriften im 17. Jahrhundert, Privatfernsehen ab den 1980er-Jahren, soziale Medien in unserer Zeit).

Überblick: Medien, Medienentwicklung und Medienkritik

Leitmedienwechsel

Sprachgesellschaft
↓

Bildgesellschaft
↓

Schriftgesellschaft
↓

Buchdruckgesellschaft
↓

Informationsgesellschaft
↓

Sprachgesellschaft?

Mediale Formen
Produktion und Rezeption:

auditiv als Ton	**piktoral** als Bild
literal als Schrift	**audiovisuell** als Bild und Ton

multimodal – hypermedial – symmedial
Verbindung/Verlinkung/Verschmelzung verschiedener medialer Formen

Überblick über die Phasen der Mediengeschichte und der Medienkritik

Zeit	Medium	In Frage gestelltes Medium und Verbesserung durch das neue Medium	(Behauptete) Gefahren des neuen Mediums
ca. 400 v. Chr. (Antike)	Theater, Menschmedium 	Statt Opferprozessionen und Maskentänzen zur Huldigung der Götter (als staatserhaltendem Kult) kann die individuelle Auslegung göttlicher Gesetze durch Schauspieler auf der Bühne gezeigt werden.	Profanisierung: Das Menschliche rückt anstelle des Göttlichen in den Mittelpunkt.
Ausgang des Mittelalters (ca. 1300 bis 1450)	fahrende Spielleute 	Verbreitung von gesellschaftlich-politischen Neuigkeiten durch Einzelne bzw. Gruppen statt Nachrichten aus einer Hand (z. B. durch Chronisten im Auftrag von Hof und Kirche)	Bedrohung der herrschaftlichen Autorität und ihres Nachrichtenmonopols
Neuzeit (ab ca. 1450)	Buchdruck 	Massenmedium (lineare Kommunikation: ein Sender → viele Empfänger): Anstelle der Vermittlung der „Wahrheit“ kirchlicher und weltlicher Herrschaft durch handschriftliche Vervielfältigung und mündliche Verbreitung von Schriften entsteht mit dem individuellen Schreiben und Lesen von Büchern die Multiplikation von Wissen und die subjektive Auslegung der Bibel und weltlicher Literatur.	Verlust der einseitigen Auslegung der Bibel und anderer Schriften durch Kirche und Staat; unorganisierte Machtverschiebung durch Flugschriften und das weniger kontrollierbare Schreiben von Büchern

Zeit	Medium	Infrage gestelltes Medium und Verbesserung durch das neue Medium	(behauptete) Gefahren des neuen Mediums
17. Jahrhundert	Zeitung 	Massenmedium: Die Möglichkeit einer breiten öffentlichen Meinungsbildung entsteht und beendet das Informationsmonopol von Büchern und Flugschriften.	Störung der öffentlichen Ordnung, Förderung von Sensationslust, Personenkult, Parteilichkeit, „Lügen"
ab ca. 1840	Fotografie 	Massenmedium: Verfügbarkeit des Mediums für jeden Laien; jeder kann ein reproduzierbares Abbild der Wirklichkeit schaffen (Perspektivenvielfalt), nicht nur ein Künstler	Verlust von Echtheit und Aura der originären Sache; Verlust der Künstlerautorität als Wirklichkeitsvermittler
um 1900	Film 	Massenmedium: Statt nur auf der Theaterbühne oder im Buch können Geschichten jetzt in einer neuen, wirklichkeitsnahen und ausdrucksstarken Kunstform erzählt werden.	bloße Suggestion des Wirklichen, Scheinhaftigkeit, Verbreitung von „Schund"
ab ca. 1920	Radio 	Massenmedium: Dieses breitenwirksame und kostengünstige Medium ermöglichte die einfache Teilhabe der Bevölkerung an gesellschaftspolitischen Informationen und an Unterhaltung.	Zerstreuung des ohnehin „zersplittert wahrnehmenden" modernen Menschen; Flüchtigkeit, Oberflächlichkeit
ab ca. 1950	Fernsehen 	Massenmedium: Das neue Medium tritt ähnlich wie das Radio zu Institutionen mit publizistischem Anspruch in Konkurrenz und erlaubt individuelle Information, Bildung und Unterhaltung daheim.	Passivität und Konsum; Manipulation, Warenhaftigkeit, Scheinhaftigkeit
ab ca. 1995	Computer/Internet/ World Wide Web 	rückkanalfähiges Massenmedium (vernetzte Kommunikation: viele Sender ↔ viele Empfänger): weltweit vernetztes audiovisuelles Echtzeitmedium nimmt alle anderen Medien in sich auf; beschleunigte Kommunikation; Beginn einer globalisierten Wahrnehmung; Simulation von Wirklichkeit; künstliche Intelligenz ersetzt zunehmend menschliche Fähigkeiten, Internet der Dinge	Verlust des unmittelbaren zwischenmenschlichen Kontakts; Infragestellen von Wirklichkeit und menschlichem Geist, Verunsicherung des Individuums
ab 2007	mobiles Internet 	rückkanalfähiges, mobiles Massenmedium: Verfügbarkeit jeder Information für jeden jederzeit und überall; Differenz zwischen (Daten-)Produzenten und Konsumenten/ „Experten" und „Laien" verschwimmt; traditionelle Medien verlieren die alleinige Kontrolle der Information und Kommunikation; vollständig globalisierte Wahrnehmung	Informationsflut, Desorientierung; Verlust der Privatsphäre, Datenmissbrauch, rechtsfreier Raum

Das mächtigste Medium unserer Zeit? – Mediale Selbsterzählungen und Spiele

Das Smartphone ist inzwischen ein Spiegel unserer sozialen Realität. Wir streamen Bilder und Videos ins Netz und schauen uns selbst dabei zu, wie wir dort eine Rolle spielen. Das Spiel auf dieser Bühne bedeutet aber nicht nur Unterhaltung, sondern auch Herausforderung und Konkurrenz um Aufmerksamkeit.

Samira El Ouassil / Friedemann Karig **Wie Geschichten unser Leben bestimmen** (2021)

Kaum ein Gerät in der Geschichte der Menschheit war so mächtig und hat so einen Einfluss auf das Leben vieler Menschen gewonnen wie das Smartphone. […]

Als im Jahr 2007 mit dem iPhone das erste Smartphone auf den Markt kam, fehlte ihm ein wichtiges Feature: die Frontkamera. Weil man aber schon bald eine Zunahme der Videotelefonie über immer leistungsfähigere Handynetze erwartete, gab Apple der vierten Generation des iPhones, die 2010 erschien, einen solchen fotografischen Spiegel mit. Doch was der erzählende Affe[1] damit anstellte, hatte man nicht erwartet: Er fotografierte nun vor allem sich selbst und stellte die Fotos massenhaft in den rasant wachsenden sozialen Netzwerken online. Mit dem Selfie, das bis heute nichts von seiner Popularität in sozialen Medien eingebüßt hat und weiterhin massenhaft in verschiedenen sozialen Netzwerken geteilt wird, betrat ein essenzieller[2] Protagonist unserer digital inszenierten Geschichte die Bühne: das demonstrativ geteilte Gesicht. […] Das Handy ist dabei gewissermaßen der verlängerte Arm unseres Selbst bei dem Versuch, ein Selbstbild zu konstruieren. Der Medientheoretiker Marshall McLuhan[3] („Das Medium ist die Botschaft") hätte das vielleicht als „Erweiterung des Menschen" bezeichnet, beziehungsweise als „Erweiterung von uns selbst". Für ihn waren bereits Medien wie Radio und Fernsehen solche körperlichen Ausweitungen. Mit dem Fernseher, so meint er, habe sich unser Sehvermögen erweitert, mit dem Radio unsere Art zu hören. In diesem Sinne hat das Smartphone die Art, wie wir uns selbst erzählen, hegemonial[4] übernommen und entscheidend erweitert. Neben der auf die Gegenwart ausgerichteten Funktion eines Kommunikationsmediums ist das Smartphone zudem ein Erinnerungsarchiv (mittlerweile vor allem in der Cloud). Nicht nur in sozialen Netzwerken, sondern auch auf unserem Handy speichern wir etliche Fotos, Nachrichten, Briefe, Notizen, Belege, also nahezu alle digital dokumentierbaren Aspekte unseres Seins – all

unsere Geschichten. Es ist aber vor allem das wichtigste Instrument beim Gestalten unseres narrativen Selbst: einerseits durch die Möglichkeit, Fotos von uns und unserem Leben in nahezu unendlicher Zahl zu machen und zu speichern, andererseits durch die Option, visuelle und andere Erzählungen über unser Leben mit anderen in Echtzeit zu teilen. Natürlich geht das auch alles ohne Smartphone, etwa mit einem PC oder Tablet, aber das Handy ist ganz nah an uns dran: Es ist da, wenn wir aufwachen und den Wecker ausstellen, und es geht mit uns schlafen; es ist bei der Geburt dabei, manchmal bei Beerdigungen, immer bei Hochzeiten. Damit wird der *Homo narrans*[5] zum Turboerzähler, der so viele Geschichten wie nie zuvor über sich produzieren kann. Umso mehr ist er darum bemüht, dem sich permanent konstruierenden Selbst einen Sinn zu geben und es nach außen hin konsequent zu halten. Durch soziale Netzwerke, durch beständige Selbstbetrachtung, aber auch im Spiegel der Wahrnehmung unzähliger unsichtbarer anderer werden wir beim Versuch, wir selbst zu werden, zu einem fortwährend erzählten Ich, dessen Fiktionen zudem in Konkurrenz zu den Selbsterzählungen der anderen treten. […] Und selbst wenn wir uns komplett allen sozialen Medien verweigern, erzählen wir damit eine bestimmte Geschichte über unser Selbst. Die sozialmediale Abstinenz ist selbst ein eigenes Genre an Selbsterzählung geworden. Das alte Watzlawick'sche Axiom („man kann nicht nicht kommunizieren")[6] scheint sich in den sozialen Medien noch einmal zu bestätigen: Man kann nicht *nicht* erzählen. Im digitalen Zeitalter kann man sich nicht *nicht* spiegeln. [...]

All unsere Bilder, die wir den Plattformen im Tausch für Sichtbarkeit schenken, werden Teil eines Wettbewerbs. Unsere Inhalte, die für die Plattformen wiederum einen ökonomischen Wert haben, treiben uns gegenseitig an, uns verfügbar zu machen und unsere Inhalte so weit wie möglich zu verbreiten. [...]

Der soziale wie mediale Druck ist so groß, dass man sagen könnte: Erzählen oder erzählt werden – im Sinne von fressen oder gefressen werden – im Grunde haben wir keine Wahl. [...]

Charlie Brooker, der Erfinder der Science-Fiction-Serie *Black Mirror,* veröffentlichte 2013 eine Dokumentation mit dem klingenden Titel *How Videogames Changed the World.* [...] Brookers These: Soziale Netzwerke sind selbst schon längst Spiele, im Sinne einer „Gamification", also der Anwendung von Spielmechaniken auf den Alltag, um zum Beispiel die eigene Produktivität zu steigern. „Indem es einen konstanten Fluss an spaßigen Belohnungen bringt, hat Social Networking nebenbei ganze Bereiche unseres Lebens gamifiziert." Wir werden von der in Likes und Kommentare gegossenen Aufmerksamkeit der anderen Spielerinnen dazu motiviert, mehr und mehr Zeit mit dem Spiel zu verbringen und seine Regeln und Kausalitäten besser zu begreifen. [...] „Jeden Tag hat man ein Drama", sagt die Games-Journalistin Aoif Wilson in Brookers Dokumentation, „und jeder versucht, der Nächste zu sein, über den man spricht."

---

1 erzählender Affe: der Mensch als Geschichten erzählendes Wesen
2 essenziell: wesentlich, bedeutend
3 Marshall McLuhan: kanadischer Philosoph und Kommunikationstheoretiker (1911–1980)
4 hegemonial: überlegen, führend
5 der Homo narrans: der erzählende Mensch
6 Watzlawicks Axiom: Grundregel

1 Notieren und diskutieren Sie in kleinen Teams jeweils einen im Text aufgeworfenen Aspekt,
- zu dem Sie aus eigener Mediennutzung oder Beobachtungen in Ihrem Umfeld berichten können,
- der Ihnen fremd oder neu ist.

2 a Erläutern Sie die Aussagen McLuhans zu Fernsehen und Radio (Z. 24–31). In welche Beziehung dazu setzen die Autoren das Smartphone?
b Erklären Sie, worin sich die Kombination aus Smartphone und sozialen Medien als Kommunikationsmittel von früheren Kommunikationsmitteln unterscheidet (z. B. Fotografie, Telefon, Brief).
c Beschreiben und beurteilen Sie die Eigenschaften des Smartphones als „mächtigstes" Medium: Welche unterschiedlichen Funktionen erfüllt es? Inwieweit und über wen übt es Macht aus?
Als Kommunikationsmedium bietet das Smartphone .... Seine Speichermöglichkeiten .... Dadurch ....
d Reflektieren Sie, wie Sie selbst dieses Medium vorwiegend nutzen: Welche Aspekte Ihres Lebens werden durch Ihr Smartphone medial sichtbar, welche nicht?

3 a Was ist eine „Selbsterzählung" (Z. 70)? Sammeln Sie konkrete Beispiele aus Ihrer Erfahrungswelt.
b Diskutieren Sie nach einem zweiten Lesen des Textes, inwieweit unsere Selbsterzählungen per Smartphone unsere Selbsteinschätzung (Selbstbild) und unser Image (Fremdbild) beeinflussen.

4 Vergleichen Sie die Axiome „Man kann nicht *nicht* kommunizieren" (Watzlawick) und „Man kann nicht *nicht* erzählen" bzw. „sich nicht *nicht* spiegeln" (Z. 73 ff.). Nennen Sie dazu anschauliche Beispiele.

5 Das Autorenteam charakterisiert die sozialen Medien als Spiel. Wählen Sie a oder b.
●●○ a Erklären Sie, welchen **Regeln** dieses Spiel gehorcht, was **Einsatz** und **Belohnung** des Spiels sind.
Zum Spiel gehört, dass ich mich selbst ... und andere .... Durch Likes .... Der Einsatz sind meine ....
●●● b Erläutern Sie, inwiefern **Druck** entsteht, am Spiel der sozialen Medien teilzunehmen.
c Führen Sie Ihre Ergebnisse zusammen und bewerten Sie den Charakter sozialer Medien als Spiel.

Privat? Öffentlich? – Vor- und Nachteile der vernetzten Welt reflektieren

Durch die Digitalisierung rückt die Welt näher zusammen. Der Austausch über Grenzen hinweg kann jedoch auch zu Konflikten führen. Die Privatsphäre schwindet und die gesellschaftliche Reibung nimmt zu.

Die Welt als Dorf – eine unvollkommene Utopie

Vor der Verbreitung der sozialen Medien gab es für die meisten Menschen eine Privatsphäre. Man teilte die wesentlichen Aspekte des eigenen Lebens höchstens mit einer Handvoll Menschen und hatte die Kontrolle darüber, was eine erweiterte Gruppe von Freunden und Bekannten über einen selbst wissen durfte. Über diesen Kreis hinaus war die Welt undurchsichtig – was man über das tägliche Geschehen wusste, drang durch wohlkontrollierte Medienkanäle für eine kurze Zeit in die eigene Welt und nur die Prominenten hatten kein Privatleben. Mit den sozialen Netzwerken ist dieser geschützte Raum verschwunden.

Weil das Internet alle technischen Beschränkungen zur Produktion und Verbreitung von medialen Lebensäußerungen überwunden hat, stehen wir und die ganze Welt auf einer weltweiten Bühne. Und das rund um die Uhr. Zudem vergisst das Netz nicht. Das kritische Weltpublikum beäugt also jederzeit nicht nur unser aktuelles Spiel, sondern dazu sämtliche Darbietungen unserer Vergangenheit, auch die verunglückten.

Der Medientheoretiker Marshall McLuhan hatte schon Anfang der 1960er-Jahre die Metapher des globalen Dorfs für die moderne elektronisch vernetzte Welt entwickelt. Als mit dem Internet tatsächlich ein weltumspannendes Kommunikationsnetz entstand, nahmen dessen Pioniere diese Metapher auf und weckten damit große Hoffnungen. Man träumte von einem Platz zum Kennenlernen besonderer Perspektiven und Kulturen, der Möglichkeit des Austauschs unterschiedlicher politischer und sozialer Gruppen, einem umfassenden Gefühl des Verbundenseins. Die Metapher vom Internet als globalem Dorf suggerierte ein gemütliches mediales Zusammenleben auf einem weltweiten Forum ohne die Hierarchien der alten Medien. Doch dieser Ort hat sich mit den sozialen Netzwerken in einen grellen Rummelplatz mit Rechenkünstlern, Predigern und dreiköpfigen Katzen verwandelt – lehrreich, faszinierend, aber manchmal auch beunruhigend bis gefährlich. Es verschafft uns jeden Tag neue Nachbarn, mit denen wir ohne schützenden Gartenzaun auskommen müssen. Es setzt uns einem ständigen Schauer von gegensätzlichen Reizen aus, dem wir nicht ausweichen können, wenn wir in seiner weltweiten Arena eine Stimme haben wollen. Dieser Zusammenprall unterschiedlichster Meinungen, Weltsichten, Verhaltensnormen und Kulturen konfrontiert uns ohne Weichzeichner mit unseren Mitmenschen und kann Illusionen zerstören, die wir für unseren Seelenfrieden lieber behalten würden. Um in diesem Strudel nicht unterzugehen, treten wir weltumspannenden Teams von Gleichgesinnten bei, die sich spontan unter einem gemeinsamen Hashtag versammeln. Wir empören uns, wenn andere Teams uns widersprechen oder ihre Trolle uns den Respekt verweigern. Wir sind gereizt, weil wir ahnen, dass unsere Wahrheiten und Gewissheiten in einem Meer von Daten und Informationen versinken, aus dem sich jeder die ihm passende Überzeugung fischen kann.

1 „Das Netz vergisst nichts." (vgl. Z. 22). Erläutern Sie, was damit gemeint ist und welche Folgen sich daraus ergeben. Inwieweit hat sich die Trennlinie zwischen öffentlicher und privater Kommunikation in den sozialen Medien verschoben bzw. aufgelöst?

2 **a** Beschreiben Sie, welche Art von globalem Dorf sich die Pioniere des Internets vorstellten und welche Hoffnungen sie damit verbanden.

b Erläutern Sie mit Hilfe des Überblicks (S. 154 f.), welche Hierarchien in den alten Medien herrschten (vgl. Z. 44 f.) und wie das Internet diese Hierarchien verändert hat.

3 Kurz nach dem Christopher Street Day 2022 in Köln trendete in den sozialen Medien der Clip einer Polizistin, die beim Vorüberziehen der Parade für einen Moment mittanzt.

a Erläutern Sie am Beispiel der Posts rechts den „Zusammenprall unterschiedlichster Meinungen, Weltsichten, Verhaltensnormen und Kulturen" (Z. 56 ff.). Welche Weltsichten werden in den Clip projiziert und stoßen hier aufeinander?

b Berichten Sie von möglichen eigenen Erfahrungen mit diesem „Zusammenprall" im Internet.

4 Bereiten Sie eine Diskussion zum Bild des Internets als „globales Dorf" (vgl. Z. 40 f.) vor.
Wählen Sie a oder b.

●●○ **a** Sammeln Sie – auch eigene – Argumente für **Nachteile,** z. B.: *Verlust von Privatsphäre, ...*

●●● **b** Sammeln Sie – auch eigene – Argumente für **Vorteile,** z. B.: *geschützte Räume, ...*

c Nutzen Sie Ihre Argumente in der Diskussion und erläutern Sie anschließend, wie Sie folgende Aussage verstehen: „Die Vorteile des globalen Dorfs sind die Nachteile des globalen Dorfs."

1 Mio. Aufrufe

fee4fein – 12. Juli
Für mich: einfach eine schöne Szene! Sympathisch!
Für die Plattform hier: ein Anlass, sich wieder mal das Maul zu zerreißen. #Polizistin

sigri.sigrisen – 12. Juli
Mögen ja viele nett finden und ist gut fürs Image der Polizei. Gesellschaftlich ist die Polizei dafür da, BürgerInnen zu schützen und nicht sie zu bedrohen, wie sie es bei Corona-Demos getan hat. Da hat der Staat sein wahres Gesicht gezeigt. #Polizistin #Polizei

MrBrodensen-K. – 12. Juli
Die Polizei wird von uns nicht dafür bezahlt, dass sie im Dienst tanzt. Von unseren Steuern werden die Beamten bis zum Lebensende versorgt, und zwar gut. Bußgeld statt Applaus! #Tanz #Polizistin

HansoOmsen07 – 12. Juli
Video mit einer tanzenden #Polizistin: Wenn man sich hier die Kommentare antut ...: Ein Treffpunkt für Querdeppen, Rechtsradikale, Linksradikale, die Verschatteten auf allen Seiten. Muss das sein?

Dr.M.Trelux – 12. Juli
Das ist menschlich und zeigt: Das sind ganz normale Menschen, was ja manche bestreiten. Danke für euren Dienst an der Gesellschaft! #Polizistin #csd

Jia Tolentino **Das Ich im Internet** (2021)

Wie vielen anderen auch ist mir schmerzlich bewusst, wie sehr mein Hirn abbaut, wenn ich es festschnalle und der vollen Ladung Internet aussetze – diesen unbegrenzten Kanälen, die sich alle ständig mit neuen Informationen füllen: Geburten, Todesfälle, Wichtigtuereien, Bombenangriffe, Witze, Stellenausschreibungen, Werbeanzeigen, Warnungen, Beschwerden, Geständnisse und politische Katastrophen, die unsere strapazierten Neuronen mit riesigen Informationswellen attackieren, welche uns den Boden unter den Füßen wegziehen, um dann sofort wieder durch neue ersetzt zu werden. Das ist ein furchtbares Leben und es richtet uns schnell zugrunde.

5 Nehmen Sie Stellung zu der Aussage der Autorin und Bloggerin Tolentino.

Gefangen im Bestätigungsdenken? – Wahrheiten als Deutungen reflektieren

Bei der Deutung von Fakten bestehen viel stärkere Freiräume, als man gemeinhin annimmt. Medienproduzenten vermitteln uns stets konstruierte Wahrheiten. Das Netz macht uns alle zu Produzenten solcher Wahrheiten. Das führt zu einer allgemeinen Verunsicherung, wie die Welt zu sehen ist.

Bernhard Pörksen **Die Wahrheitskrise – oder die gefühlte Manipulation** (2018)

Angst vor dem postfaktischen Zeitalter

Jeder, der publiziert, so wird unmittelbar deutlich, arrangiert Erlebtes und Erfahrenes, Recherchiertes und im Extremfall Erfundenes, er komponiert Aussagen im Blick auf den Effekt; er wählt Geschichten und Szenen, Metaphern und Bilder, die ihm wichtig sind, montiert Handlungsstränge, personalisiert und fokussiert. Und blendet – schon im Akt der Auswahl – eine gigantische, als irrelevant klassifizierte Restwelt aus. Damit lautet das zentrale Axiom[1] auch für diejenigen, die sich um intersubjektive[2] Gültigkeit bemühen und das Wahrheitskonzept als orientierende Norm keinesfalls aufgeben wollen: Man kann nicht nicht konstruieren, aber es gibt selbstverständlich Wahrheits- und Wirklichkeitsentwürfe sehr unterschiedlicher Qualität und Glaubwürdigkeit. Wenn man dieses Axiom der grundsätzlichen Bedingtheit von Wirklichkeitskonstruktionen akzeptiert [...], dann bleibt doch – aller Relativierung zum Trotz – der zentrale Befund bestehen, dass zunehmend Unsicherheit darüber herrscht, was denn nun stimmt und wer denn nun mit welchen Absichten und Interessen spricht. Der vernetzte Mensch ist auch deshalb in Unruhe und im Zustand des Verstörtseins, weil sich Gewissheiten heute vor aller Augen auflösen, weil der Marktplatz der Ideen und Wahrheiten – dieser ideal gedachte Raum des Öffentlichen, diese Sphäre des Arguments und des Abwägens – so offenkundig durchlässig geworden ist für Propaganda, für Manipulation und Fälschung, die man zwar erahnt, aber doch nicht wirklich dingfest zu machen vermag. Wahrheit ist heute umstrittener und umkämpfter denn je; dies auch deshalb, weil sich jeder – vom einzelnen Blogger oder ehrenamtlich schuftenden Wikipedia-Mitarbeiter bis hin zum Geheimdienst einer fremden Macht – in die große Schlacht um die richtige Auffassung hineinzuwerfen vermag und weil die Auseinandersetzung selbst, in all ihren Verästelungen, ihren Abzweigungen und Formen für jeden, der einen Netzzugang besitzt, erlebbar und doch oft nur schwer einschätzbar ist. [...] Der Angriff auf die Idee eines Wahrheitsmonopols ist die wortlose Zentralbotschaft der digitalen Zeit. Die Idee letzter Gewissheit oder auch nur die Idee eines einigermaßen stabilen Realitätskonsensus zerfällt und zerbröselt öffentlich, für alle sichtbar und in unabweisbarer Deutlichkeit.

Entfesselung des Bestätigungsdenkens

[D]ie grundsätzliche Gefahr eines radikal personalisierten Internets [...] besteht darin, dass sich der Einzelne – weitgehend ohne Korrektiv, ohne die Irritation durch andere Perspektiven – in seine höchstpersönliche Wirklichkeitsblase hineingoogelt. Man muss diesem Szenario [...] nicht in allen Details folgen; denn das würde voraussetzen, dass die Algorithmen nur Bekanntes bestätigen, nicht jedoch auch den Lockruf in Richtung des Unbekannten und des Überraschenden programmieren, der schon aus ökonomischen Gründen – neue Bedürfnisse, neue Produkte, neue Märkte – attraktiv ist. Es würde überdies bedeuten, dass man nur in einer einzigen Informationsumwelt lebt, was gerade unter den gegenwärtigen Bedingungen der medialen Hyperdiversität[3] und der leichthändigen Verfügbarkeit unterschiedlichster Nachrichtenangebote hochgradig unwahrscheinlich ist. Kurzum: Die eigentliche Gefahr besteht nicht in einer algorithmisch determinierten Filter-Bubble, sondern in der Entfesselung des Bestätigungsdenkens [...]. Das Problem ist nicht rein technischer Art, sondern technischer und sozialer Natur. Es geht nicht ausschließlich oder primär um die algorithmische Determinierung des Weltbildes, sondern um die selbst verschuldete kognitive Schließung mit Hilfe der neuen Medientechnologien. Jeder, der mag, kann sich nun sein eigenes Sinnfeld erschaffen, innere Stabilität und größeres Selbstbewusstsein im Austausch mit anderen gewinnen und den jeweiligen Bestätigungsfehler (confirmation bias) leichthändig übersehen bzw. ihn immer wieder verifizieren. Aber auch hier muss man vor der vorschnellen Kritik warnen. Denn die Möglichkeit, sich rasch zu vernetzen und eigene Selbstbestätigungsmilieus zu entdecken, ist vielfach sehr hilfreich und äußerst nützlich; es handelt sich, grundsätzlich betrachtet, um eine gute Nachricht, die die Bildung von Wahlgemeinschaften ermöglicht. Denn es können sich nun diejenigen austauschen und verbünden, die ein sehr spezielles Hobby pflegen, unter Diskriminierung oder an einer seltenen Krankheit leiden, sich einfach nur unterhalten wollen. Die schlechte Nachricht lautet jedoch: In der digitalen Moderne wird auch der nach Bestätigung für seinen Fanatismus suchende Jäger und Sammler in die Lage versetzt, Gleichgesinnte zu entdecken, ideologisch verwandte Stämme ausfindig zu machen. Und er kann sich mit aller Entschiedenheit in Resonanzräume hineinbegeben […]. Wer mag, kann sich jetzt, ob allein oder mit Gleichgesinnten, für die eigenen Dogmen[4] jede Menge Gründe suchen, die ihm irgendwann als absolut zwingend erscheinen. Wer will, kann die wilde Vielfalt der Stimmen nutzen, um in einem Akt der gezielten Auswahl nur jenen Gehör zu schenken, die ihn bestätigen, um sich dann fortan in einer selbst geschaffenen Echokammer oder auch einem Echobunker zu verbarrikadieren. Das also ist das eigentümliche Paradox[5] der digitalen Wahrheitsordnung, ihre ambivalente[6] Gestalt.

---

1 das Axiom: Grundannahme, die nicht bewiesen werden muss

2 intersubjektiv: dem Bewusstsein mehrerer Personen gemeinsam, zwischen verschiedenen Personen abgestimmt

3 die Hyperdiversität: hochgradige Verschiedenheit

4 das Dogma: verbindliche normative Glaubensaussage

5 das Paradox: der (unauflösbare) Widerspruch

6 ambivalent: mehrdeutig

1 **a** Gibt es im Internet ungefilterte Realitätsdarstellungen? Visualisieren Sie den Absatz „Angst vor dem postfaktischen Zeitalter“ in einem Schaubild.

Problem: Unsicherheit über Wahrheit

← Grund 1: Akt der Auswahl (Z. …) führt zu bloßem Entwurf von …

→ Grund 2: Jeder kann … (Z. …)

b Beschreiben Sie eigene Erfahrungen mit Fake News oder Zweifeln über Wahrheitsgehalt und Intention medialer Botschaften.

2 Wikipedia-Artikel verfügen über eine Versionsgeschichte, die Veränderungen durch Autoren dokumentiert. Sichten Sie die Versionsgeschichten ausgewählter Einträge, z. B. zum Begriff „Bestätigungsfehler“ („confirmation bias“), und erläutern Sie, wie sich hier die „große Schlacht um die richtige Auffassung“ (Z. 37 f.) zeigt.

3 **a** Erklären Sie die Begriffe „Filterblase“ und „Echokammer“.
Filterblase bedeutet, dass Algorithmen bei der Internetrecherche …
Unter Echokammer ist zu verstehen, dass nur noch nach Beiträgen Ausschau gehalten wird, die …

b Wählen Sie begründet die Aussage aus, die im Text (Z. 50–81) vertreten wird:

A Informationen so auszuwählen und zu deuten, dass diese die eigenen Erwartungen erfüllen, ist kein technisch erzeugtes Problem, sondern eine menschliche Neigung.

B Durch Algorithmen erzeugte Filterblasen steuern die Auswahl und Deutung von Informationen und bestätigen so eigene Erwartungen.

4 Worin sieht Pörksen die „ambivalente Gestalt“ der „digitalen Wahrheitsordnung“ (Z. 108 f.)? Ergänzen Sie die folgenden Aussagen und diskutieren Sie die Aspekte von sogenannten „Selbstbestätigungsmilieus“ (Z. 83 f.).
Einerseits gibt es unendlich viele Möglichkeiten, sich vielfältig zu vernetzen. Das kann dabei helfen, …
Andererseits kann man bei einer Vielfalt von Vernetzungen gezielt denjenigen folgen, die den eigenen Überzeugungen ohnehin entsprechen. Das kann …

5 Setzen Sie Pörksens Axiom „Man kann nicht nicht konstruieren“ (Z. 14) zu den entsprechenden Axiomen von El Ouassil und Karig (S. 156 f., Z. 73 f.) in Beziehung.

Peter Trawny **Krise der Wahrheit** (2021)

Wir sind umgeben von Medien, die uns unentwegt mit unüberschaubaren Informationen füttern. Eine Welt ohne den täglichen, stündlichen, ja minütlichen Zustrom von Neuigkeiten der Live-Ticker ist undenkbar geworden: „Was wir über unsere Gesellschaft, ja, über die Welt, in der wir leben, wissen, wissen wir durch die Medien", schreibt Niklas Luhmann[1]. Dabei sind wir uns der vielfältigen Probleme dieser Medien-Welt bewusst. Nicht nur erreichen uns dauernd Berichte, deren Wahrheitsgehalt wir unmöglich prüfen können. Die Medien selbst sind längst Wirtschaftsunternehmen geworden, die den Waren- und Reizwert von Informationen taxieren müssen. Sie sind keine bloßen Überträger von Nachrichten mehr, sondern Quelle von Informationen, die außerhalb der Medien bedeutungslos sind. Was in den Medien wahr und wirklich oder bloß fiktiv und fake ist, ist immer schwieriger zu trennen.

Der Allgegenwärtigkeit der Massen- und sozialen Medien sind wir – wenn wir uns überhaupt noch von ihnen unterscheiden wollen – ausgeliefert. [...] Die Vorstellung, man könne die technischen Geräte kontrollieren, ist naiv. Konditionierungen und Suchterscheinungen sind seit Langem bekannt. Dennoch müssen wir uns auf sie verlassen. Nach Luhmann wird „man alles Wissen mit dem Vorzeichen des Bezweifelbaren versehen – und trotzdem darauf aufbauen, daran anschließen müssen". Aber wir versehen die von den Medien generierten Informationen keineswegs mit „dem Vorzeichen des Bezweifelbaren". Vielleicht gab es Zeiten eines so medienkritischen Verhaltens – inzwischen wäre es viel zu aufwändig. Insofern die Medienwelt kein Außen mehr kennt, ist jeder Versuch, sie auf Distanz zu halten, vergebens. Da scheint das Verhalten jener Menschen, die ganz und gar in ihr leben wie Fische im Wasser, konsequenter zu sein.

1 Niklas Luhmann: deutscher Soziologe (1927–1998)

1 **a** Erläutern Sie Trawnys Aussage, Medien seien heute keine „bloßen Überträger von Nachrichten mehr, sondern Quelle von Informationen, die außerhalb der Medien bedeutungslos sind" (Z. 14 ff.).
b Erklären Sie, inwiefern Sie Strategien medienkritischen Verhaltens in Ihrem Alltag anwenden.
c Beurteilen Sie Trawnys Behauptung, medienkritisches Verhalten sei heute viel zu aufwändig (Z. 32 f.).

2 In der Medienwelt leben „wie Fische im Wasser" (Z. 36 f.):
Erläutern Sie, welches menschliche Verhalten Trawny mit diesem Bild beschreibt.

Kein Leben ohne Handy
Umfrage – Worauf 15- bis 25-Jährige eine Woche lang problemlos verzichten könnten

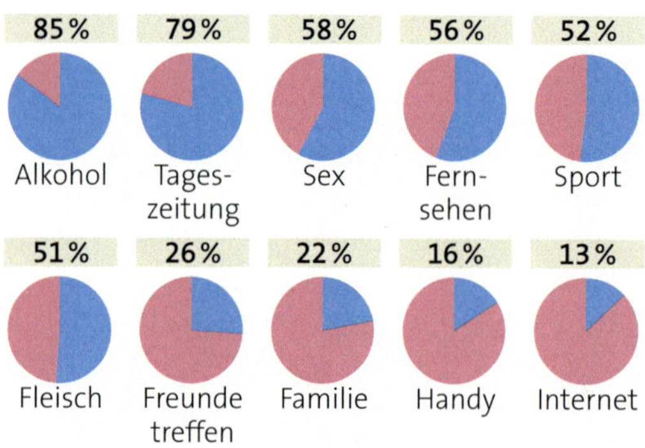

Quelle: APA/Marketagent 695 Befragte 2018, 15 bis 25 Jahre

Wie bewerten Jugendliche das Internet?
Die Zahl der Jugendlichen, die sich ein Leben ohne Internet nicht vorstellen können, ist seit 2014 leicht zurückgegangen. Gleichzeitig stieg die Zahl derer, denen die Allmacht des Webs Angst macht.

DIVSI Studie U25: 1730 Befragte 2018, 14 bis 24 Jahre

3 **a** Berichten und diskutieren Sie auf Grundlage der Grafik links:
Auf welche Medien können Sie verzichten? Warum? Warum nicht?
b Werten Sie das Diagramm rechts aus (▶ Information, S. 456):
– Welche Gründe könnte es für die Entwicklungen zwischen 2014 und 2018 geben?
– Wohin hat sich Ihrer Meinung nach die Bewertung des Internets von 2018 bis heute weiterentwickelt?

Big Data – Datenschutz oder Bequemlichkeit?

Beim Surfen im Netz, bei Online-Einkäufen und -buchungen oder bei Aktivitäten in sozialen Medien hinterlassen wir Datenspuren, die von Medienunternehmen erfasst und ausgewertet werden können.

Roberto Simanowski **Datenumweltkatastrophe** (2014)

Der Paradigmenwechsel von der Verborgenheit zur absoluten Transparenz des individuellen Lebens, so wird es in den Geschichts-„Büchern" der Zukunft heißen, vollzog sich nicht nur im Zeichen der Vermessung, sondern auch der Vernetzung. Das Internet der Dinge[1], so wird man lesen, war der Triumph künstlicher Intelligenz und menschlicher Bequemlichkeit über die verbliebenen Datenschutzbemühungen des frühen 21. Jahrhunderts. Es zog die Dinge und Aktionen zusammen und erleichterte durch Kontrolle das Leben der Menschen. Seine immense Datenakkumulation war ein Paradies für all jene, die sich für menschliches Verhalten im großen Stile interessieren: Soziologen, Werbefachleute, Versicherungen, Mediziner, Verkehrsregler, Stadtplaner, Polizisten und andere Sicherheitsbeamte. Das beunruhigte zwar die Datenschützer, aber die Mehrheit kooperierte längst mit den staatlichen und kommerziellen Datensammlern. So wie sie für wenige Cent im Supermarkt per Rabattkarte Einblick in ihr Kaufverhalten erlaubt hatte, so „verkaufte" sie nun ihre digitale Kommunikation. [...]

[Der Politik] garantieren [...] intime Kenntnisse über das Leben der Bürger eine effizientere Erfüllung ureigener Aufgaben: Senkung der Ausgaben im Gesundheitswesen durch Früherkennung von Krankheitsmustern und Präventivmaßnahmen bei offensichtlichem Fehlverhalten, Bekämpfung von Steuerhinterziehungen und Sozialleistungsbetrug durch Detailwissen über das Kaufverhalten der Bürger [...], selbst die Bildungspolitik lässt sich besser koordinieren mit Einblicken in individuelle Interessen- und Verhaltensmuster. [...]

Ist der Datenschutz besser aufgehoben im Bereich der Wirtschaft? Es mag so erscheinen, weil hier das primäre Ziel nicht Kontrolle oder moralische Wertung ist, sondern der Verkauf – ganz gleich, welche

seltsamen Bedürfnisse der genaue Blick zu Tage fördert. [...] „Der Daten-Imperativ lautet: Wisse vieles, besser alles über deine aktuellen und potenziellen Kunden, dann kannst du bessere Angebote machen, die attraktiver sind und exakter passen. Die Folge: mehr Absatz, mehr Umsatz, mehr Gewinn." [...] Pragmatische Erwägungen im Zeichen der Bequemlichkeit und des Erkenntnisdranges [führen] zur freiwilligen Datenpreisgabe. [...] „Sehnsucht nach Überwachung" im Sinne der Fürsorge in einer unübersichtlich gewordenen Moderne und „Lust am Gesehenwerden" im Sinne eines „Ich werde gesehen (beobachtet, bemerkt, erfasst), also bin ich". Beide Motive – der Exhibitionismus als Selbstversicherung und der Ordnungswille als Komplexitätsreduktion – sind psychologisch nachvollziehbar und machen – ebenso wie Erkenntnisdrang und Bequemlichkeit – das Individuum potenziell zum Verbündeten seiner Überwachung bzw. Kontrolle.

1 das Internet der Dinge: Vernetzung und Interaktion physischer und virtueller Objekte

1 Simanowski entwirft einen dystopischen Blick auf unsere mögliche Zukunft.

a Erläutern Sie, welche Formen der Nutzung persönlicher Daten heute tatsächlich möglich sind.

b Erklären Sie, welches menschliche Verhalten in Bezug auf Daten man heute schon beobachten kann.

c Datenschutz oder Bequemlichkeit? Nehmen Sie zu zweit Stellung: Was ist für Sie persönlich wichtiger?

2 Geben Sie der Abbildung auf dieser Seite einen Titel. Begründen Sie Ihre Wahl.

Pessimistisch – optimistisch – neutral? – Medientheoretische Positionen im Vergleich

Medientheorie erfasst aus der Distanz der Forschung heraus das komplexe Thema Medien. Diese werden in ihrem Wesen und ihrer Wirkungsweise z. B. mit Hilfe kommunikationstheoretischer, philosophischer und soziologischer Betrachtungsweisen systematisch beschrieben und in ihrer Funktionalität dargestellt.

Der Massenmensch ist der elektronische Bewohner des Erdballs und gleichzeitig mit allen anderen Menschen verbunden, als wäre er ein Zuschauer in einem globalen Sportstadion. So wie der Zuschauer im Sportstadion ein Niemand ist, so ist der elektronische Bürger ein Mensch, dessen private Identität durch übermäßige Beanspruchung psychisch ausgelöscht worden ist.
(Marshall McLuhan, 1978)

Der Homo digitalis ist alles andere als „niemand". Er behält seine private Identität, selbst wenn er als Teil des Schwarms auftritt. Er äußert sich zwar anonym, aber in der Regel hat er ein Profil und arbeitet unaufhörlich an seiner Optimierung. Statt „niemand" zu sein, ist er penetrant jemand, der sich ausstellt und um Aufmerksamkeit buhlt.
(Byung-Chul Han, 2013)

Der berechnete Mensch kann nicht mehr Bürger sein. Er ist Produkt einer „Like"-Diktatur, die mit den algorithmischen Empfehlungssystemen auf unseren Computern installiert worden ist, ohne dass wir zugestimmt, ja, ohne dass wir es überhaupt gemerkt hätten.
(Miriam Meckel, 2011)

Die sozialen Netzwerke zapfen unseren Geist an. Das ist ihr Geschäftsmodell.
(Markus Gabriel, 2022)

Was wir über unsere Gesellschaft, ja über die Welt, in der wir leben, wissen, wissen wir durch die Massenmedien.
(Niklas Luhmann, 1996)

Was wir über die Welt wissen, wissen wir aus einem kleinen Bildschirm, der uns sozial, redaktionell und algorithmisch aufbereitete Informationen präsentiert, dabei Sensationalisiertes, Zugespitztes, Radikales tendenziell bevorzugt, was durch die Echokammern der Netzöffentlichkeit selbstverstärkend wirkt.
(Sascha Lobo, 2016)

Das Medium ist die Botschaft.
(Marshall McLuhan, 1964)

Das Medium radikalisiert die Botschaft.
(Bernhard Pörksen, 2015)

Elektrisch zusammengezogen ist die Welt nur mehr ein Dorf.
(Marshall McLuhan, 1994)

Einst lebten wir auf dem Land, dann in Städten und von jetzt an im Netz.
(Mark Zuckerberg, o. J.)

Nicht Dinge, sondern Informationen bestimmen unsere Lebenswelt. Wir bewohnen nicht mehr Erde und Himmel, sondern Google Earth und Cloud.
(Byung-Chul Han, 2021)

Der Reichtum an Informationen und die Armut an Aufmerksamkeit sind Vorder- und Rückseite derselben Medaille.
(Norbert Bolz, 2016)

Information ist schnell. Wahrheit braucht Zeit.
(Peter Glaser, 2000)

1 Deuten Sie ausgewählte Aussagen zu Medien, ihrer Struktur, Funktion und Auswirkung vor dem Hintergrund Ihrer bisher erworbenen Kenntnisse und Ihrer persönlichen Erfahrungen. Wählen Sie a oder b.

●●○ **a** Wählen Sie **ein Zitat** und erläutern Sie es mit Hilfe **aktueller Beispiele aus Ihrem medialen Alltag.**

●●● **b** Stellen Sie **zwei oder mehr Positionen** gegenüber. Erläutern Sie **Gemeinsamkeiten und Unterschiede.**

c Präsentieren und diskutieren Sie Ihre Ergebnisse und klären Sie: pessimistisch – optimistisch – neutral? Welche Einstellungen zu Mensch und Medien stehen hinter den Aussagen?

5.2 Kausalitäten? Korrelation? – Über digitale Medien diskutieren

Jean Marie Twenge **Warum die Depressionsrate bei Mädchen schneller steigt als bei Jungen** (2020)

Die US-amerikanische Psychologieprofessorin Jean Marie Twenge und andere Forscher/-innen haben in Studien in 37 Ländern festgestellt, dass das Gefühl von Einsamkeit bei Jugendlichen in den Jahren 2000 bis 2012 relativ stabil war, seit 2012 jedoch dramatisch ansteigt – in Europa um ca. 50%. Die Forscher und Forscherinnen vermuten das Smartphone und soziale Medien als globale Ursache. Andere Faktoren wie z. B. Druck in der Ausbildung, Einkommensungleichheit oder schlechte Berufsaussichten schließen sie als Ursachen aus.

Mit der Einführung von Likes und Followern haben die großen sozialen Netzwerke seit 2010 Plattformen geschaffen, die zu hässlichen Nebenwirkungen geführt haben. Es ist ein öffentlicher Raum entstanden, in dem Jugendliche unter ständiger Beobachtung und Beurteilung ihrer Altersgenossen stehen. Gleichzeitig beobachten wir, dass psychische Probleme wie etwa Depressionen bei Teenagern sprunghaft zugenommen haben.

Der Anstieg der Depressionsraten begann genau zu dem Zeitpunkt, als Smartphones populär wurden, sodass die digitalen Medien eine Rolle spielen könnten. Die Generation der nach 1995 geborenen Teenager – bekannt als iGen oder Gen Z – war die erste, die ihre gesamte Jugend im Zeitalter des Smartphones verbrachte. Sie ist auch die erste Gruppe von Teenagern, die soziale Medien als unverzichtbaren Bestandteil des sozialen Lebens erlebt.

Jungen und Mädchen begannen natürlich etwa zur gleichen Zeit mit der Nutzung von Smartphones. Warum also gibt es bei Mädchen mehr Probleme?

Anhand von drei Umfragen unter mehr als 200.000 Jugendlichen in den USA und im Vereinigten Königreich konnten meine Kollegen und ich einige Antworten finden. Wir stellten fest, dass Jungen und Mädchen ihre Zeit mit digitalen Medien auf unterschiedliche Weise verbringen: Jungen wenden mehr Zeit zum Spielen auf, während Mädchen mehr Zeit an ihren Smartphones verbringen, indem sie Texte schreiben und soziale Medien nutzen.

Spielen beinhaltet verschiedene Formen der Kommunikation. Gamer interagieren oft in Echtzeit miteinander, indem sie über ihre Headsets miteinander sprechen. Im Gegensatz dazu werden in den sozialen Medien häufig Nachrichten über Bilder oder Texte ausgetauscht. Doch selbst etwas so Einfaches wie eine kurze Pause, bevor man eine Antwort erhält, kann Ängste auslösen. Und dazu kommt noch die Art und Weise, wie soziale Medien eine Rangordnung schaffen, wobei die Anzahl der Likes und Follower soziale Macht darstellt. Deshalb posten Jugendliche Bilder, erschaffen sich Online-Identitäten, verfassen Texte, löschen sie oder schreiben sie um. All das kann belastend sein und eine Studie hat ergeben, dass sich die Wahrscheinlichkeit für Depressionen allein dadurch erhöht, dass man sich mit anderen in sozialen Medien vergleicht. [...]

Nur 15 % der Mädchen, die etwa 30 Minuten pro Tag mit sozialen Medien verbrachten, waren unglücklich, aber 26 % der Mädchen, die sechs Stunden oder mehr pro Tag mit sozialen Medien verbrachten, gaben an, unglücklich zu sein. Bei den Jungen war der Unterschied in der Unzufriedenheit weniger deutlich: 11 % derjenigen, die 30 Minuten pro Tag mit sozialen Medien verbrachten, gaben an, unglücklich zu sein, während dieser Anteil bei denjenigen, die sechs oder mehr Stunden pro Tag damit verbrachten, bei 18 % lag.

Warum neigen Mädchen bei der Nutzung sozialer Medien eher zu Unzufriedenheit?

Popularität und positive soziale Interaktionen wirken sich auf das Glück von Mädchen im Teenageralter stärker aus als auf das Glück von Jungen. Soziale Medien können sowohl unbarmherzige Urteile über Beliebtheit fällen als auch eine Plattform für Mobbing, Beschämung und Streitigkeiten sein. Außerdem sind Mädchen nach wie vor einem größeren Druck in Bezug auf ihr Aussehen ausgesetzt, der durch die sozialen Medien noch verstärkt werden könnte. Aus diesen und weiteren Gründen sind die sozialen Medien für Mädchen eine belastendere Erfahrung als für Jungen. [...]

Was können wir tun?

Zunächst können Eltern Kindern und Jugendlichen helfen, später in die sozialen Medien einzusteigen. Gesetzlich gilt, dass Kinder erst ab 13 Jahren ein eigenes Konto in sozialen Medien haben dürfen. Dieses Gesetz wird jedoch kaum beachtet, aber Eltern können gegenüber ihren Kindern darauf bestehen, dass sie bis zum 13. Lebensjahr den sozialen Medien fernbleiben. [...]

Es kommt immer mehr darüber heraus, wie soziale Medien so konzipiert wurden, dass sie süchtig machen. Denn die Unternehmen verdienen umso mehr Geld, je mehr Zeit die Nutzer auf ihren Plattformen verbringen. Dieser Profit geht möglicherweise auf Kosten der psychischen Gesundheit von Teenagern – insbesondere von Mädchen.

Wie schädlich sind soziale Medien? Die Antwort ist ungewiss (2022)

Vor Kurzem haben geleakte Dokumente das Manipulationspotenzial sozialer Medien enthüllt. Daraufhin kam es in der Öffentlichkeit zu einer breiten Diskussion darüber, ob sich die intensive Nutzung von sozialen Medien für die „Generation Z" (geboren zwischen 1995 und 2010) besonders schädlich auswirkt. Tatsache ist, dass die psychischen Probleme bei Teenagern, insbesondere jungen Mädchen, seit dem Aufstieg von Smartphones und sozialen Netzwerken 2012 messbar zugenommen haben. Während die Öffentlichkeit bereitwillig der These einiger Wissenschaftler folgte, die hier einen klaren Zusammenhang feststellte, widersprechen andere Forscher.

So gibt etwa der US-Psychologieprofessor Laurence Steinberg[1] zu bedenken, dass es leider kein kontrolliertes Experiment gibt, mit dem man die schädlichen Auswirkungen der Smartphone-Nutzung nach anerkannten wissenschaftlichen Regeln beweisen kann. Es lässt sich also nicht sicher sagen, ob etwa die Nutzung von Instagram bei einem jungen Mädchen zu Depressionen geführt hat oder ob umgekehrt depressive Teenager dazu neigen, ihre Zeit mit sozialen Medien zu verbringen. Möglicherweise spielen auch völlig andere Faktoren eine wichtige Rolle, die bislang zu wenig beachtet wurden, wie etwa familiäre Konflikte oder gesellschaftliche Veränderungen.

Alle Studien, welche die Nutzung sozialer Medien und ihre positiven oder negativen Auswirkungen untersuchen, müssen sich also auf die Auswertung von mehr oder weniger umfangreichen Datensätzen mit Hilfe von Statistik beschränken. Damit lassen sich jedoch nur Korrelationen, also Vermutungen über Zusammenhänge zwischen den erhobenen Daten, gewinnen. Eine direkte Ursache-Wirkung-Beziehung lässt sich so nicht beweisen. Nach Steinbergs Überzeugung sollte man deshalb solchen Studien mit Skepsis begegnen, weil sie leicht den Anschein von Kausalität erwecken, obwohl sie letztlich nur die Gleichzeitigkeit zweier Tendenzen aufzeigen, nämlich der Verbreitung des Smartphones und der Zunahme von Depressionen. Steinberg beklagt in diesem Zusammenhang die Neigung der Öffentlichkeit, soziale Medien zu verdammen und sich nur auf negative Auswirkungen zu konzentrieren. Dabei falle unter den Tisch, dass soziale Netzwerke möglicherweise viel mehr Jugendlichen nutzen als schaden. Gerade während der Pandemie hätten diese Netzwerke den Teenagern erlaubt, mit ihrem Freundeskreis und den Mitschülern in Kontakt zu bleiben, und dadurch die Folgen der Isolation gemildert.

Auch wenn es keine direkten Beweise für schädliche Auswirkungen gibt, lässt sich die Frage stellen, ob man den Zugang z. B. für Instagram und TikTok für Jugendliche nicht stärker regulieren sollte. Der Schaden wäre gering, und vielleicht würden sich so einige Teenager tatsächlich besser fühlen.

Professor Steinberg warnt vor einer solchen Herangehensweise. Aus dem Bedürfnis heraus, schnell Schuldige für die Zunahme psychischer Probleme von Teenagern zu finden, könne man zu leicht die wahren Gründe übersehen. Es sei niemandem damit geholfen, wenn Eltern ihren Kindern soziale Netzwerke verbieten und denken, damit wären

deren Probleme aus der Welt geschafft, wenn sie in Wirklichkeit von ganz anderen Ursachen wie etwa Schulstress oder Drogenmissbrauch verursacht würden.
In jüngerer Zeit ist zudem eine weitere Vermutung aufgetaucht. Danach habe die „Generation Z" eine besondere psychische Empfindlichkeit entwickelt, weil sie überbehütet aufgewachsen sei. Die Kinder vorhergehender Generationen hätten sich schon im Grundschulalter allein in der Welt bewegt und hätten so lernen können, mit negativen Erlebnissen umzugehen und psychische Widerstandsfähigkeit zu entwickeln. Die aktuelle Teenager-Generation stehe hingegen häufig bis zum zwölften Lebensjahr unter extremem elterlichen Schutz und wisse deshalb kaum, wie sie mit Belastungen umgehen könne.

---

1 Steinberg hat fast 500 Artikel und Aufsätze über die Entwicklung im Teenageralter verfasst.

1 a Kausalitäten oder Korrelationen? Erklären Sie die Kontroverse der beiden Texte.
b Schaden soziale Medien Jugendlichen und sollten deshalb strenger reguliert werden? Beziehen Sie spontan Stellung zu dieser strittigen Frage.

2 Bereiten Sie in Kleingruppen eine Pro-und-Kontra-Diskussion zu der strittigen Frage vor (▶ Aufgabe 1 b). Erschließen Sie dazu die Positionen und die Argumente aus beiden Texten und legen Sie eine Stoffsammlung mit weiteren eigenen Argumenten an. Wählen Sie in Kleingruppen a oder b.
●●○ a Sammeln Sie Argumente rund um die **Position von Twenge.**
●●● b Sammeln Sie Argumente rund um die **Position von Steinberg.**
c Führen Sie Ihre Diskussion durch. Wählen Sie dazu eine Diskussionsform (▶ S. 444) und orientieren Sie sich an den Regeln einer überzeugenden Argumentation (▶ S. 443 ff.).

3 Beziehen Sie abschließend noch einmal Stellung zu der strittigen Frage. Hat sich Ihre Position (▶ Aufgabe 1) durch die Diskussion geändert? Wenn ja, warum? Wenn nein, warum nicht?

4 Diskutieren Sie weitere strittige Medienthemen: Brauchen wir eine Einschränkung digitaler Medien, z. B.
– weil sie den Menschen verdummen (etwa durch Navigations-, Informations-, Übersetzungssysteme)?
– weil analoge Kontakte mehr wert sind als digitale Kontakte?
– weil sie süchtig machen (etwa nach Computerspielen, nach Neuigkeiten, nach Anerkennung)?

5 Reflektieren Sie abschließend, inwiefern die Auseinandersetzung mit unterschiedlichen Medientheorien und medienkritischen Positionen Ihren Blick auf Medien bzw. Ihren Umgang damit verändert hat.

Information **Soziale Auswirkungen digitaler Medien**

Mit dem Aufkommen des Internets und der **mobilen, vernetzten Kommunikation,** vor allem über Smartphones, gerieten besonders die **sozialen Auswirkungen** der digitalen Medien in die Kritik.
In der aktuellen Diskussion stehen sich **zwei Sichtweisen** gegenüber:

- Aus der einen Sicht **fördert** der Umgang mit digitalen Medien (z. B. mit sozialen Netzwerken) durch seine Komplexität und Interaktivität unsere **sozialen Beziehungen.** Zudem ermöglichen die neuen Technologien jederzeit und überall den **Zugriff auf nahezu sämtliches Wissen,** wodurch es einfacher wird, sich zu orientieren und sich eine Meinung zu bilden.
- Die Vertreter der anderen Sichtweise befürchten dagegen, dass digitale Medien einen **negativen Einfluss auf unsere Denkprozesse** haben, wegen ihres **Spielcharakters süchtig** machen, unsere **sozialen Fähigkeiten schädigen** und unsere **Privatsphäre aufheben.** Insbesondere **soziale Netzwerke** stehen in der Kritik, unsere gesamte Aufmerksamkeit zu absorbieren und das Selbstwertgefühl des Einzelnen zu beeinträchtigen. Der Mensch wird nicht mehr als reale Person in seinem analogen sozialen Umfeld gesehen, sondern danach beurteilt, inwieweit sein Image in den sozialen Medien die abstrakten und schwankenden Kriterien einer digitalen Öffentlichkeit erfüllt. Das führt zur Etablierung einer **Kultur des permanenten Bewertens.** Im Zusammenhang damit steigt auch die Gefahr einer übermäßigen **Skandalisierung öffentlichen Verhaltens.**

5.3 Einen Sachtext (pragmatischen Text) erörtern

Aufgabenbeispiel

1. Stellen Sie den Gedankengang des Textes von Sahar Massachi dar und erläutern Sie die Intention des Textes. *(24 Punkte)*
2. Erörtern Sie ausgehend von Sahar Massachis Text, ob die Nutzung sozialer Medien von einer Zugangsprüfung im Sinne einer „Fahrprüfung" abhängig sein sollte. Beziehen Sie dabei Ihre im Unterricht erworbenen Kenntnisse über den Umgang der Menschen mit sozialen Medien ein. *(48 Punkte)*

Sahar Massachi **Warum Social Media eigentlich wie eine Stadt verwaltet werden sollte** (2021)

Hassrede, Cybermobbing – und trotzdem eigentlich viel Gutes: Wenn wir Facebook, Twitter & Co. retten wollen, braucht es neue Regeln aus der Offline-Welt.

Wer sich in den sozialen Medien tummelt, fühlt sich manchmal so, als würde er oder sie in einer neuen Art von Stadt leben – in der größten Stadt der Welt. Millionen von Menschen können hier Dinge tun, von denen ihre Eltern nicht mal geträumt hätten. Sie können virtuell miteinander leben, miteinander spielen, miteinander lernen. Auf den ersten Blick sieht diese unendliche Metropole aus wie ein Wunderwerk.

Doch schaut man näher hin, zeigen sich in der Stadt der sozialen Medien auch extreme Hässlichkeiten. Ungeklärte Abwässer scheinen durch die Straßen zu fließen. Von Zeit zu Zeit gibt es Aufstände und die Bürger denunzieren sich gegenseitig und ihre Beziehungen untereinander scheinen manchmal unwiderruflich zerrüttet.

Um im Bild zu bleiben: Meine Aufgabe war es, diese Stadt zu schützen. Ich war Mitglied des Facebook-Teams für Civic Integrity – bürgerliche Integrität[1] – auf der Plattform. Meine Kollegen und ich untersuchten und behoben Probleme – von der Bekämpfung der Verbreitung von Fake News über Hassrede, Belästigung bis hin zu Aufrufen zu nackter Gewalt.

Mit der Zeit wurden wir zu Experten, wir wandten viele, viele Stunden Manpower und eine riesige Datenbasis an. Wie in jeder anderen Community von Experten hatten wir alle zumindest leicht unterschiedliche Sichtweisen auf das Problem. Ich für meinen Teil begann schließlich, wie ein Stadtplaner zu denken. Und die Stadt muss von Anfang an richtig geplant werden. Sie braucht Stadtteile, die so aufgebaut sind, dass Bewohner, Gesellschaft und Demokratie gedeihen können.

Ein solcher Ansatz scheint sich in der gesamten Social-Media-Landschaft mehr und mehr durchzusetzen: das sogenannte Integrity-Design. Für die Integrität zuständige Mitarbeiter wie ich versuchen, ein System gegen Angreifer zu verteidigen, die Fehler oder Schlupflöcher in seinen Regeln oder seinem Design gefunden und gelernt haben, diese zu missbrauchen. Unsere Aufgabe war es, systematisch die Verletzungen einzudämmen, die sich die Nutzer gegenseitig beibringen.

Wir mischen uns dabei (oft) nicht direkt ein und versuchen nicht, Entscheidungen über bestimmte Beiträge oder Personen zu treffen. Stattdessen denken wir über Anreize, Informationsökosysteme und soziale Systeme im Allgemeinen nach. Dabei zeigt sich: Die Social-Media-Firmen müssen der Gestaltung hin zur Integrität Vorrang vor der Moderation von Inhalten einräumen. [...]

Wenn soziale Medien eine neuartige Stadt sind, warum ist sie dann so schwer zu regieren? Warum schließen sich in realen Städten nicht Millionen von Bürgern plötzlich irgendwelchen Sekten an? Warum funktionieren dort Konferenzen oder Clubs ohne viel Belästigung und Propaganda? Warum wird dort nicht offen für Neonazis rekrutiert? Mit anderen Worten: Was hat die physische Stadt, das die virtuelle nicht hat?

Die Antwort ist einfach: echte, physische Grenzen. Als Gesellschaft haben wir eine Kombination aus Regeln, Normen und Gestaltungsmustern entwickelt, die mehr oder weniger funktionieren, um bestimmte Arten schrecklichen Verhaltens einzudämmen. Diese Regeln setzen aber voraus, dass wir keine physischen Superkräfte entwickelt haben. Online haben die Menschen diese jedoch tatsächlich. Sie können sich klonen (Bot-Armeen), teleportieren

(die Fähigkeit, an vielen Orten gleichzeitig zu posten), sich unerkennbar verkleiden (sogenannte Sockenpuppen) – und vieles mehr. In einer physischen Stadt ist ein einzelner Propagandist durch seine stimmliche Ausdauer (oder seine Geldbörse) begrenzt. In unserer Online-Stadt kann ein und dieselbe Person jede Stunde kostenlos in 400 Gruppen (mit Zehntausenden von Menschen) posten. In einer physischen Stadt erfordert die Annahme einer neuen Identität viel Schminke oder eine Verkleidung, gefälschte Dokumente und viel harte Arbeit. In der Stadt der sozialen Medien genügt eine Anmeldung von wenigen Minuten, um ein neues Konto zu erstellen. Die physische Stadt wird von echten Menschen bevölkert. In „Social City" könnten Sie jederzeit mit jemandem sprechen, der insgeheim ein Roboter ist. In einer realen Stadt braucht eine Reise Zeit. [...]
In einem System, in dem es die größten Anreize dafür gibt, ein möglichst schlimmes Verhalten an den Tag zu legen, ist nachträgliche Bestrafung zum Scheitern verurteilt. Zum Glück haben wir mittlerweile andere Ansätze. Schließlich löst auch die physische Stadt die Probleme nicht, indem sie jeden überwacht und verhaftet. Öffentliche Gesundheitskampagnen und örtliche Sozialarbeiter können Menschen helfen, bevor es zu spät ist. Es gibt öffentliche Räume wie Kulturzentren oder Bibliotheken beispielsweise, um ein Gefühl der Gemeinschaft zu erzeugen.
Wenn wir Integrity-Designer die Stadtplaner sind, dann sind die Moderatoren auf den Plattformen Polizisten, Richter und Geschworene in einem. Diese Menschen, bei denen es sich in der Regel um unterbezahlte und oft genug nach kurzer Zeit traumatisierte Vertragsarbeiter handelt, haben die unmögliche Aufgabe, Millionen potenziell problematischer Beiträge zu prüfen und in Sekundenschnelle und ohne kritischen Kontext zu entscheiden, ob sie gegen die sich ständig ändernden Gesetze des jeweiligen Netzwerks verstoßen, damit die richtigen Sanktionen verhängt werden können.
Sie sind gezwungen, mit minimalen Beweisen und ohne Gerichtsverfahren über Fälle zu entscheiden, bei denen viel auf dem Spiel steht. Wie auch immer sie entscheiden, die Menschen bleiben wütend – und die Online-Stadt scheint nie sicherer zu werden.
Die Moderation von Inhalten kann die systemischen Probleme in den sozialen Medien ebenso wenig beheben, wie die Verkehrspolizei Straßen ohne Fahrbahnmarkierungen, Geschwindigkeitsbegrenzungen, Schilder oder Ampeln sichern kann. Wir werden dieses Problem niemals durch „Verhaftung" (also Zensur) lösen können – und wir sollten es auch nicht versuchen. [...]
Eine der besten Integritätsstrategien, die wir kennen, besteht darin, eine Form von Bremsmechanismen der realen Welt – quasi Friktion[2] – wieder zurück in die Online-Interaktionen zu bringen. [...].
Ich greife hier zwei Ideen heraus: „Fahrprüfungen" und „Geschwindigkeitsbegrenzungen". Zunächst müssen wir es den Leuten schwerer machen, falsche Konten zu haben. Stellen Sie sich vor, dass jeder, der wegen eines Verbrechens verhaftet wird, aus dem Gefängnis kommt und sich als eine völlig neue Person ausgeben kann. Stellen Sie sich weiter vor, es wäre unmöglich zu erkennen, ob Sie mit mehreren Personen sprechen oder mit einer einzigen Person, die sehr schnell ihre Verkleidung wechselt. Dieser Mangel an Vertrauen ist nicht gut.
Gleichzeitig dürfen wir aber nicht vergessen, dass pseudonyme Konten nicht immer schlecht sind. Vielleicht ist die Person hinter dem Pseudonym ein schwuler Teenager, der sich vor seiner Familie nicht outet – oder ein Menschenrechtsaktivist, der unter einem repressiven Regime lebt. Wir dürfen nicht alle Fake-Konten verbieten. Aber wir können die Kosten dafür erhöhen.
Eine Lösung könnte darin bestehen, dass wir uns das Beispiel Auto vornehmen. In den meisten Ländern darf man erst hinters Lenkrad, wenn man unter Aufsicht gelernt hat, wie man das Auto bedient, und eine Fahrprüfung bestanden hat. In ähnlicher Weise sollten neue Konten nicht sofort Zugang zu allen Funktionen einer App erhalten. Um Funktionen freizuschalten, die am meisten missbraucht werden können (um zu spammen, zu belästigen usw.), sollte ein Neunutzer vielleicht einige Kosten in Form von Zeit und Mühe zahlen müssen. Vielleicht braucht es die Zeit, um zu „reifen". Vielleicht muss er genug Goodwill[3] in einem Karmasystem[4] angesammelt haben. Vielleicht muss er ein paar Dinge tun, die schwer zu automatisieren sind. Erst wenn sich das Konto durch diese „Fahrprüfung" qualifiziert hat, wird ihm der Zugang zum Rest der Anwendung gewährt.

---

1 die Integrität: Anständigkeit, Redlichkeit, Unverletztheit

2 die Friktion: Hemmnis, Widerstand

3 der Goodwill: *(engl.)* Wohlwollen

4 das Karma: durch gute oder böse Taten bestimmtes Schicksal

Die Aufgabenstellung verstehen

1 **a** Die Klausuraufgabe zur textgebundenen Erörterung (► Information) besteht aus zwei Aufgaben. Erklären Sie sich zu zweit anhand der **Operatoren** „darstellen“, „erläutern“, „erörtern“, „einbeziehen“ gegenseitig, welche Anforderung jede Teilaufgabe enthält.

b Erläutern Sie, warum der Schwerpunkt Ihrer Klausur auf der Bearbeitung von Teilaufgabe 2 liegen sollte.

Information **Die textgebundene Erörterung**

Die **textgebundene Erörterung** stellt zunächst dar, auf welche Weise ein Text ein Problem aufwirft und erschließt. Dargestellt werden die **zentrale Problemstellung** des Textes, der **Gedankengang** (der gedankliche Zusammenhang) bzw. der **Argumentationsgang** (der Argumentationsaufbau durch Thesen, Argumente, Stützungen der Argumente wie Erläuterungen, Beispiele, Belege und Zitate) sowie die **Intention** des Textes.
Daran schließt sich die **kritische argumentative Auseinandersetzung** mit der aus dem Text abgeleiteten **Problemstellung** auf Grundlage eigener Kenntnisse (z. B. aus dem Unterricht) an. Diese soll bestimmten Argumentationsstandards entsprechen (► S. 442) und umfangreicher sein als die Textauswertung. Sie wird bei der Bewertung entsprechend stärker gewichtet.

c Sie können versuchen, die Klausuraufgabe (► S. 168) eigenständig zu lösen, oder Sie nutzen ausgewählte Arbeitsschritte und Hilfen auf den folgenden Seiten. Entscheiden Sie jeweils, welche Aufgaben und Formulierungshilfen für Sie hilfreich sind.

Erstes Textverständnis und Ideen formulieren

2 **a** Lesen Sie den Text mehrfach mit dem Stift: Markieren Sie **zentrale Aussagen** wie z. B. **Thesen, Behauptungen, Darstellungen, Forderungen** verschiedenfarbig auf dem Tablet oder auf einer Kopie.

b Bringen Sie Ihr erstes Textverständnis in wenigen Aussagen auf den Punkt, z. B.:
- Soziale Medien sind wie eine Stadt und brauchen entsprechend Regeln aus ...
- Bei der Gestaltung dieser „Stadtverwaltung“ ist ... wichtiger als ...
- Für Integrity-Designer ist es unmöglich, ... zu erfassen und zu ...
- Deshalb sollte der Zugang zu sozialen Medien durch ... geregelt werden.

c Welche **Intention** verfolgt der Autor mit seinem Text? Wählen Sie begründet passende Formulierungen:

informieren und aufklären • belehren und erziehen • überzeugen • überreden

3 **a** Massachis Vergleich sozialer Medien mit der Verwaltung einer Stadt hat die Funktion eines analogisierenden Arguments (► S. 442). Notieren Sie in einer Tabelle entsprechende Analogien aus dem Text sowie aus Ihrer Kenntnis sozialer Netzwerke.

Stadt	soziale Medien
ungeklärte Abwässer	Darknet, ...
Aufstände, ...	Empörung, ...
Stadtteile, ...	Foren, ...

b Erläutern Sie, inwiefern Sie das Bild sozialer Medien als Stadt schlüssig finden.

c Diskutieren Sie zu zweit Ihre Haltung zu einzelnen Argumenten (Zustimmung? Ablehnung? Teils, teils?) und notieren Sie wichtige Ideen aus Ihrer Diskussion.

Den Gedankengang darstellen und Argumente entwickeln

4 Erschließen Sie den **Gedankengang** Massachis Schritt für Schritt in Stichworten. Beginnen Sie z. B. so:
- Behauptung: soziale Medien als Metropole (Z. 4 ff.) = analogisierendes Argument
  → Darstellung der positiven Aspekte des Bildes (Z. 7 ff.)
  → Darstellung der negativen ...
- Beschreibung eigener Rolle: Integrity-Designer müssen ... → ...
- ...
- Schlussfolgerung (Lösung): ...

5 **a** Entscheiden Sie, ob Sie Massachis Gedanken zustimmen, teilweise zustimmen oder widersprechen wollen. Wählen Sie dazu Möglichkeiten, sich mit den Argumenten auseinanderzusetzen (▶ Information, S. 443) aus.

b Legen Sie sich eine **Stoffsammlung** für die Erörterung des Textes an:
Notieren Sie zu ausgewählten Kerngedanken Massachis jeweils Ihre Position und Argumente.
Berücksichtigen Sie dabei Ihre Kenntnisse aus dem Unterricht, z. B.:

Massachis Kerngedanken	Auseinandersetzung mit der Argumentation / eigene Argumente
Grundannahme: Soziale Netzwerke sind wie eine Stadt.	– einerseits nein: Städte haben definierte Wege, Grenzen und ... – andererseits ja: auch soziale Medien organisieren Gesellschaft – Vergleich „globales Dorf" (McLuhan) – ...
Forderung: positive Anreize vor Sanktion negativer Inhalte	– teils, teils: ... – ...
...	...

Den Schreibplan erstellen und schreiben

6 Bringen Sie die folgenden **Gliederungspunkte** für Ihre Klausur in eine sinnvolle Reihenfolge:

kritische Auseinandersetzung mit den wichtigsten Aussagen und Argumenten des Autors unter Einbeziehung eigener Argumente und Beispiele • reflektierte Schlussfolgerung zur Erörterung: Fazit • Überleitung zur Erörterung • Darstellung von Massachis Gedankengang (Nennung der im Text aufgeworfenen Problemstellung und zentraler Textaussagen) • Einleitungssatz • Erläuterung der Intention des Textes

7 Sichten Sie vor dem Verfassen Ihrer Erörterung die folgenden Hinweise und **Formulierungsbausteine:**

Formulierungsbausteine | **Differenzierte Auseinandersetzung mit Argumenten aus einem Text**

Begründete Ablehnung (kritische Distanzierung)
Gegen das Argument, ..., kann man einwenden, ... • Es ist wenig plausibel, dass ... Denn ...

Begründete Zustimmung
Der Gedanke, ..., ist überzeugend. Denn ... • Der Auffassung kann ich zustimmen, weil ...

Teilweise Übereinstimmung (Abwägung/Differenzierung)
Einerseits vermag er/sie hier zu überzeugen. Andererseits ... • Es ist richtig, dass ... Allerdings ... • Auch wenn ... überzeugt, muss man bedenken, dass ... • Der Idee kann ich teilweise folgen: ...

8 Verfassen Sie nun Schritt für Schritt Ihre Erörterung. Orientieren Sie sich beim Schreiben an folgendem Aufbau und an den musterhaften Sätzen (▶ Tabelle), indem Sie diese auf dem Tablet bzw. auf einer Kopie zunächst erschließen:

a Machen Sie sich bewusst, wie zur **Leserlenkung** Erklärungen und Deutungen durch besondere Wörter und Wendungen eingeleitet werden: Umkreisen Sie dazu z. B. Konjunktionen, Pronomen, Adverbien und Präpositionen, mit denen die Analyse strukturiert und die Gedanken verknüpft werden.

b Markieren Sie verschiedene Arten, zu zitieren bzw. zu paraphrasieren, und vergegenwärtigen Sie sich die unterschiedlichen **Zitierregeln** (▶ S. 460).

c Untersuchen Sie, welche **Positionen** der Verfasser in seinem Erörterungsteil vertritt und wie er argumentiert. Markieren Sie dazu seine **Positionen**, **Thesen**, **Argumente** und deren **Stützungen** verschiedenfarbig.

d Verfassen Sie Ihre Erörterung am Computer. Nutzen Sie dabei ggf. die musterhaften Sätze, indem Sie sie fortsetzen oder Ihren Analyseergebnissen und Ihrer Argumentation entsprechend abwandeln.

Checkliste	Musterformulierungen
Einleitung: ▪ Textsorte, Autor, Titel, Entstehungsjahr und Thema	In seinem 2021 veröffentlichten medienkritischen Text „Warum Social Media eigentlich wie eine Stadt verwaltet werden sollte" setzt sich der ehemalige Facebook-Mitarbeiter Sahar Massachi mit der Frage auseinander, ob die Nutzung sozialer Medien von einer Zugangsprüfung abhängig sein sollte.
Hauptteil (Aufgabe 1): ▪ Erläuterung der **Intention** des Textes und ▪ Darstellung der **Kernthese** und des **Gedankengangs** / der **Argumentationsstruktur** des Textes und **wesentlicher Inhalte**	Der Autor klärt insbesondere über die negativen Aspekte menschlichen Verhaltens in sozialen Medien auf und fordert, dass Nutzer vor Auswüchsen wie Cybermobbing und Hassrede durch Regeln aus der analogen Welt geschützt werden. Letztlich will er seine Leserinnen und Leser davon überzeugen, dass eine strengere Regulation dieser Plattformen nötig ist. Massachi behauptet, soziale Medien würden wie eine Metropole wahrgenommen (vgl. Z. 4 ff.), und nutzt dieses Bild als analogisierendes Argument, in dessen Rahmen er seinen gesamten Gedankengang entwickelt. Zunächst geht er kurz auf die positiven Aspekte sozialer Netzwerke ein, in denen Menschen virtuell leben, spielen und lernen könnten (vgl. Z. 7 ff.), um dann ausführlich und in drastischen Analogien wie „Abwässer" und „Aufstände" (Z. 15 f.) Phänomene wie Denunziation und Zerrüttung der Beziehungen anzusprechen und die negativen Aspekte sozialer Netzwerke herauszustellen. Anschließend beschreibt er seine Rolle als Integrity-Designer bei Facebook, der die „Stadt" vor Fake News, Hassrede, Belästigung etc. zu schützen hatte. Er legt dar, wie dies mit Mitteln einer „Stadtverwaltung" gelingen könne. Dabei betont er, dass die Integrität des Systems, also seine Struktur gegenüber schädlichem Verhalten, wichtiger sei als die Moderation einzelner Inhalte. Nur so könnten „Gesellschaft und Demokratie gedeihen" (Z. 35 f.). ...
Hauptteil (Aufgabe 2): ▪ **Überleitung** zur Erörterung ▪ Erläuterung der **strittigen Position**	Um die Frage zu beantworten, ob die Nutzung sozialer Medien von einer Zugangsprüfung im Sinne einer „Fahrprüfung" abhängig sein sollte, muss man prüfen, inwiefern Massachis Ausführungen stichhaltig und überzeugend sind. Folgende Aspekte lassen sich kritisch hinterfragen und in ihrer Gültigkeit abwägen: erstens der Vergleich sozialer Medien mit einer Stadt und zweitens Massachis vornehmlich negativer Blick auf menschliches Verhalten in sozialen Medien. Strittig erscheint zudem nicht nur die Notwendigkeit einer Prüfung, sondern auch ...

■ Eher zustimmende, eher ablehnende oder abwägende **Erörterung der strittigen Position:** Thesen, Argumente, Stützungen der Argumente, Entkräftung von Gegenargumenten	Ich kann mich Massachis Ausführungen insofern anschließen, als sich soziale Medien in einigen Aspekten mit dem Zusammenleben in der analogen Welt („Stadt") vergleichen lassen. Denn es liegt auf der Hand, dass Regeln für ein soziales Miteinander on- und offline unumgänglich sind, weil sie die Grundlage eines freien und demokratischen Lebens bilden. In einer realen Stadt ist man in der Regel anonym unterwegs. Das geht auch mit anonymen Accounts in einer virtuellen Stadt. Postet man jedoch unter Klarnamen, kann potenziell die ganze Welt das soziale Verhalten beobachten und beurteilen. Hier lässt sich McLuhans Metapher des Internets als „globales Dorf" heranziehen, in dem die Rückzugsräume schwinden und die öffentliche Aufsicht zunimmt. Diese Aufsicht kann die Psyche Jugendlicher belasten, wie eine Studie der Psychologin Twenge zeigt. ... Massachis Ausführungen zur Vervielfältigung von Identitäten scheinen ebenfalls nachvollziehbar, weil sich oft nicht klar beurteilen lässt, wer hinter den jeweiligen Identitäten im Netz steckt. Das führt zu einer Unsicherheit über die Wahrheit von Aussagen. Diese Problematik spielt auch in den Ausführungen des Medienwissenschaftlers Pörksen eine Rolle. ... Darüber hinaus bin ich mir nicht sicher, ob das Identitätsproblem tatsächlich die von Massachi behaupteten Auswirkungen hat. Schließlich steht die Möglichkeit, sich vielfache Identitäten zuzulegen und Bot-Armeen zu betreiben, grundsätzlich jedem zur Verfügung. Daraus ergeben sich nicht zwangsläufig negative Auswirkungen. Und selbst wenn jeder nur eine Identität hätte, wäre das Vertrauensproblem im Netz nicht gelöst. Deshalb stellt ein „Netz-Führerschein" möglicherweise einen untauglichen und überzogenen Ansatz dar, zumal Massachi selbst den positiven Aspekt von Anonymität im Netz anführt. So teile ich seine Einschätzung, dass z. B. für Minderheiten oder politisch Verfolgte „Fake-Konten" (Z. 148) zur Verständigung wichtig sein können, um sich Angriffen zu entziehen. ...
Schluss: ■ reflektierte **Schlussfolgerung**	Als Resümee meiner Ausführungen ergibt sich, dass die „Führerscheinprüfung" für soziale Medien eine interessante Idee ist, deren Verwirklichung mir allerdings unrealistisch erscheint. Betrachtet man die Argumente zusammenfassend, so zeigt sich, ...

Den eigenen Text überarbeiten

9 **a** Prüfen Sie Ihre Erörterungen in Zweierteams, indem Sie die linke Spalte der Tabelle (▶ S. 172 f.) als **Checkliste** nutzen. Achten Sie zusätzlich auf folgende inhaltliche und formale Aspekte und heben Sie dabei auch Gelungenes hervor:

- Prüfen Sie Gliederung und Umfang: Bildet die Erörterung den Schwerpunkt der Arbeit? Ergänzen Sie gegebenenfalls Stichworte zu möglichen weiteren Argumenten.
- Macht Ihre Partnerin bzw. Ihr Partner die Position zu einzelnen Argumenten bzw. Ideen deutlich und argumentiert entsprechend? Führt sie/er dabei auch über den Text hinausgehende Kenntnisse über die Nutzung sozialer Medien an? Unterstreichen Sie im Text entsprechend (vgl. Aufgabe 8 c).
- Sind Aspekte der Leserlenkung berücksichtigt und die Gedanken sinnvoll verknüpft? Markieren Sie entsprechende Wörter und Wendungen (vgl. Aufgabe 8 a).
- Wurden die standardsprachlichen Normen umgesetzt? Ist der sprachliche Ausdruck klar?

b Überarbeiten Sie Ihren Text mit Hilfe von **Feedback, Checkliste** und **Formulierungshilfen.**

c Notieren Sie für sich und für Ihren Partner bzw. Ihre Partnerin, worauf Sie in der Klausur achten sollten.

C1 Sprache – Erwerb, Wandel, Varietäten

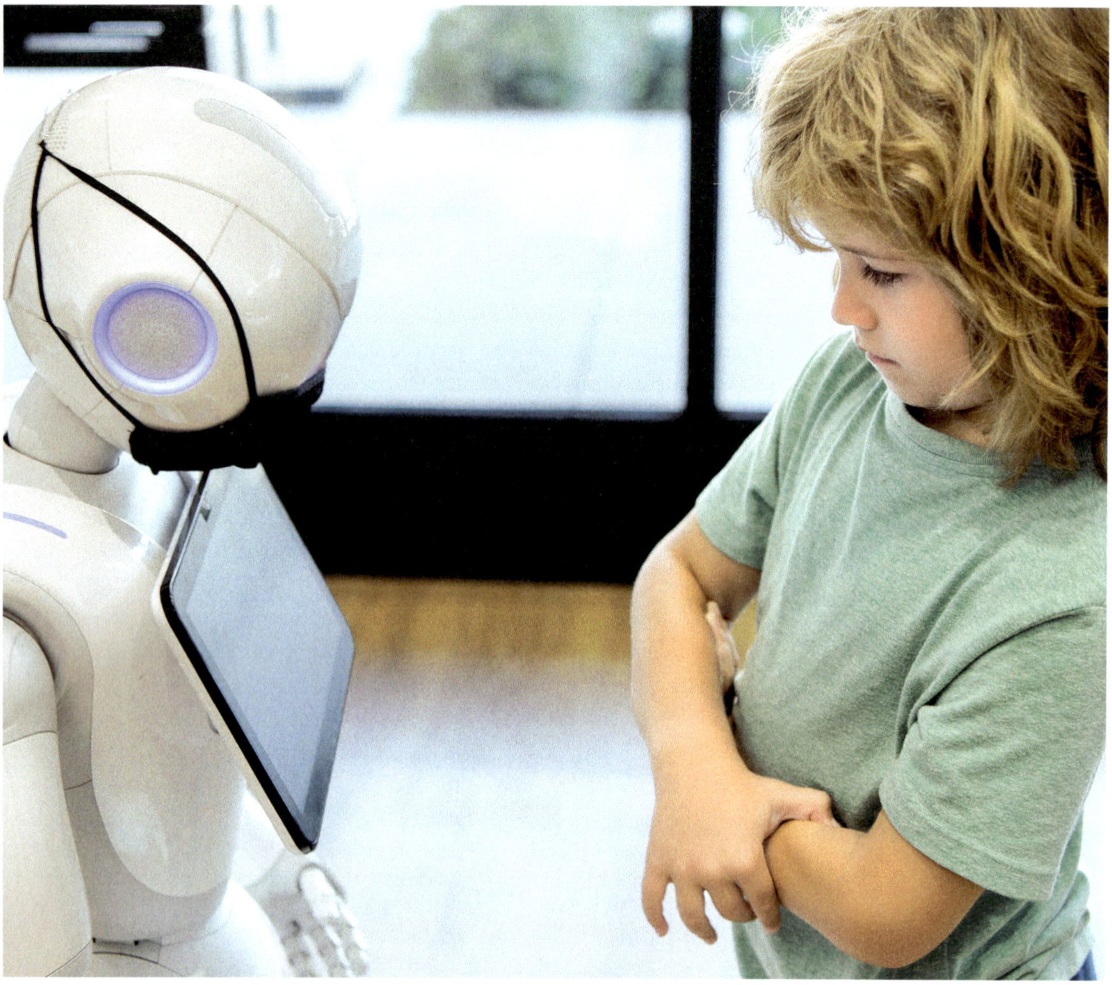

1 In Projekten zur künstlichen Intelligenz wird zurzeit erforscht, ob humanoide Roboter Kinder im Spracherwerb oder beim Lernen einer Zweitsprache unterstützen können.

a Notieren Sie in Stichpunkten, welche Fähigkeiten der Roboter haben müsste, um Kinder beim Spracherwerb unterstützen zu können. Auf welche Art und Weise könnte dies geschehen?

Roboter als Sprachlehrer/-in
- Roboter müsste erkennen können, was Kind sagt (Spracherkennung)
- …

b Erörtern Sie, ob Sie die Idee eines Spracherwerbs mit Hilfe von Robotern für realistisch halten. Was könnten Ihrer Meinung nach Roboter leisten? Was nicht?

2 Tauschen Sie sich aus über Ihre Beobachtungen, die Sie bislang zum Spracherwerb von Kindern gemacht haben. Auf welche Weise lernen Kinder sprechen? In welcher Geschwindigkeit läuft der Spracherwerb ab? Gibt es typische Fehler? Wodurch werden die Fehler reduziert?

3 **a** Entwerfen Sie eine fiktive Sprachbiografie für ein Kind aus Ihrem Umfeld: Welche Sprachen und Sprachvarietäten wird es im Laufe seines Lebens lernen?

b Stellen Sie Vermutungen an, ob oder wie sich in der Lebenszeit des Kindes seine Muttersprache verändern wird.

Über Spracherwerb, Sprachvarietäten und Sprachwandel nachdenken

Wenn man erst einmal anfängt, über Sprache nachzudenken, kommt man immer mehr ins Staunen und Fragen: Was für ein Wunder, dass alle Menschen so etwas Kompliziertes wie eine Sprache lernen! Und die meisten von ihnen nicht nur eine Sprache, sondern gleich mehrere. Wie viele Sprachen kann ein Mensch eigentlich lernen? Und wie lernen wir unsere Muttersprache zu Beginn unseres Lebens? Was bedeutet es für Menschen, wenn sie zwei- oder mehrsprachig aufwachsen? In der Psychologie und der Linguistik haben solche Fragen intensive Forschungen angeregt. Diese haben zu verschiedenen Erklärungsmodellen geführt, die Sie in diesem Kapitel kennen lernen werden.

Aber auch die Sprache selbst gibt Anlass zum Staunen und Wundern: hochkomplexe Gebilde aus Zeichen und Strukturen, die sich zudem in einem dynamischen Prozess permanent verändern.

Wir gebrauchen unsere Sprache täglich ganz selbstverständlich. Aber manchmal werden wir aufmerksam: Was war das gerade für ein Wort? Sagt man das noch so? Ist dieses Wort neu? Was ist das für ein Dialekt? Wieso gibt es so viele Varianten in einer Sprache? Was ist der Motor für ihren beständigen Wandel? Nach welchen Prinzipien funktioniert dieser? Und ist die Lebenszeit von Sprachen begrenzt, können sie sterben?

Auch um diese Fragen bemühen sich Forschende intensiv, beschreiben die Sprache in ihren Erscheinungsweisen und ihrer Entwicklung differenziert und entwickeln Theorien zur Erklärung. Manche sind von ihrem Forschungsgegenstand Sprache so begeistert, dass sie ihm sogar Liebeserklärungen schreiben. Ein Sprachwissenschaftler hat zum Beispiel ein ganzes Buch verfasst über die „zehn großen Vorzüge unserer erstaunlichen Sprache", womit er in seinem Fall das Deutsche meint – gewiss ließe sich über jede Sprache ein solches Lob verfassen. In seiner Darstellung rühmt der Linguist an der deutschen Sprache unter anderem, dass sie „aus der Mitte der Gesellschaft geschaffen", „aufnahmewillig und integrationsfähig", „vielfältig und weit verbreitet" sei. Wenn Sie sich nun fragen, wie das zu verstehen ist: In diesem Kapitel werden Sie Antworten finden!

4 **a** Sammeln Sie mit Hilfe einer Umfrage-App (z. B. Mentimeter) in einer Wortwolke, was Sie an Sprache(n) begeistert. Denken Sie dabei sowohl an Sprache als Phänomen allgemein als auch konkret an die deutsche Sprache oder Ihre Muttersprache. Beschreiben und interpretieren Sie die Wortwolke.

b Ordnen Sie die Begriffe in Ihrer Wortwolke nach Kategorien, z. B.:
Ausdrucksmöglichkeiten, Anpassungsfähigkeit, Klang.

5 **a** Informieren Sie sich anhand der unten stehenden Informationen darüber, was Sie in dem Kapitel erwartet.

b Aktivieren Sie Ihr Vorwissen zu Spracherwerb, Sprachvarietäten und Sprachwandel, indem Sie dieses in die Form knapper Quizfragen und Antworten bringen, z. B.
Frage: *Was bedeutet das Wort „Soziolekt"?* **Antwort:** *Gruppensprache*

c Reflektieren Sie abschließend:
– Wie beurteilen Sie Ihr Vorwissen?
– Wie viele Fragen sind Ihnen eingefallen und wie sicher waren bzw. sind Sie bei den Antworten?

In diesem Kapitel erwerben Sie folgende Kenntnisse und Kompetenzen:

- Modelle zum Spracherwerb kennen, erläutern und voneinander abgrenzen,
- äußere und innere Mehrsprachigkeit in ihren Merkmalen und Auswirkungen erläutern,
- Soziolekte und Dialekte in ihren Merkmalen beschreiben,
- die individuelle und gesellschaftliche Bedeutung von Sprachvarietäten erörtern,
- Veränderungstendenzen der Gegenwartssprache beschreiben und ihre Ursachen erklären,
- Theorien zum Sprachwandel erläutern und anwenden,
- materialgestützt einen argumentierenden Text verfassen.

1.1 Spracherwerb – Wissenschaftliche Erklärungsmodelle vergleichen

Sprache – Eine (genetisch) angeborene oder erlernte Fähigkeit?

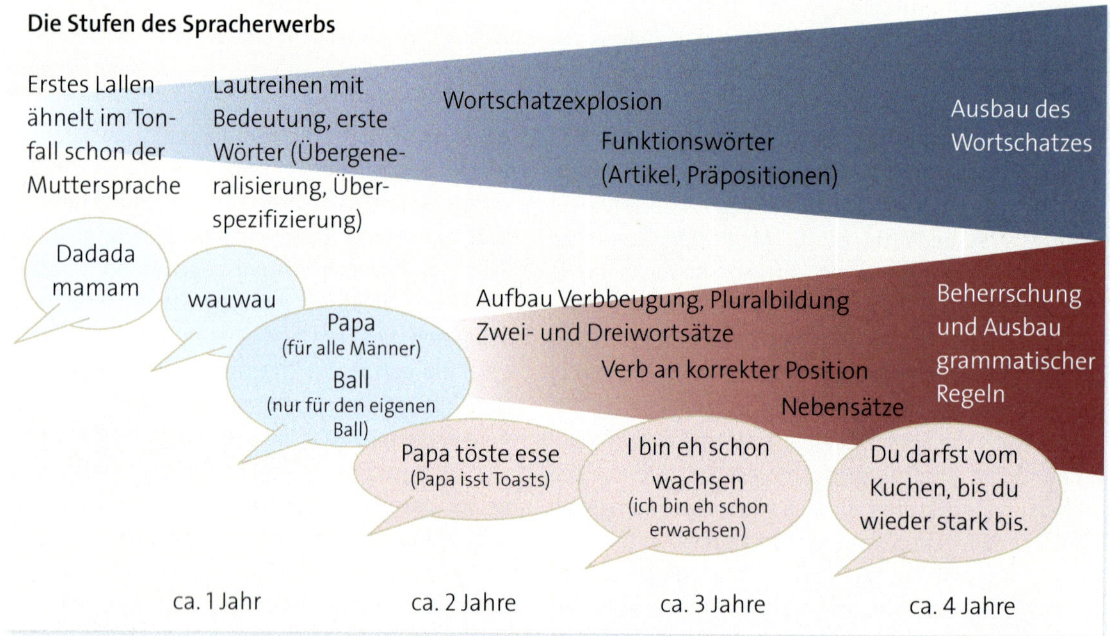

1 Kinder erlernen eine komplexe Sprache in vergleichsweiser kurzer Zeit.

a Tauschen Sie sich zu zweit darüber aus, was Sie über Ihren eigenen Spracherwerb, den Ihrer Geschwister oder anderer Kinder wissen: Was war das erste Wort oder der erste Satz? In welchem Alter? Welche Fehler haben Sie gemacht oder an Geschwistern / anderen Kindern beobachtet?

b Prüfen Sie, ob Ihre Erfahrungen zu den im Schaubild dargestellten Stufen des Spracherwerbs passen.

2 Entwickeln Sie selbst eine erste Theorie, wie Kinder ihre Erstsprache erwerben. Arbeiten Sie in Gruppen:

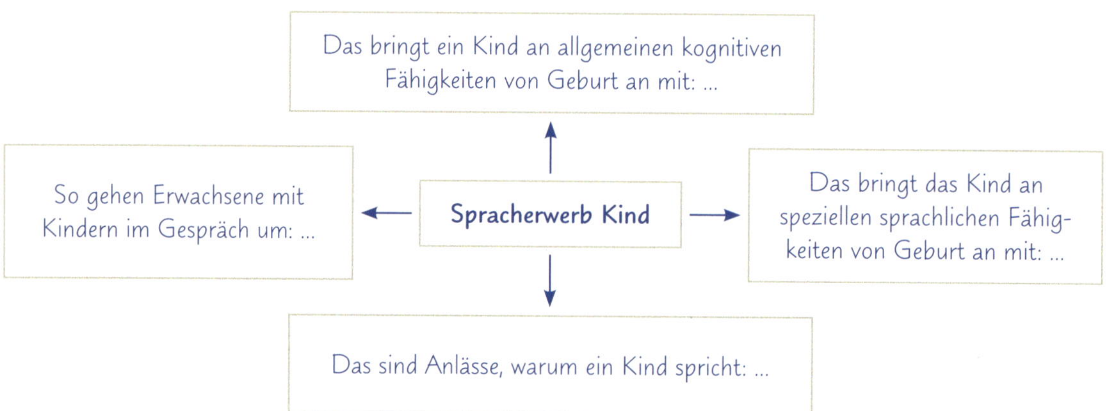

a Ergänzen Sie das Cluster mit Beispielen. Entwickeln Sie daraus eine Theorie zum kindlichen Spracherwerb. Notieren Sie Argumente für Ihre Theorie. Prüfen Sie, inwieweit Ihre Theorie auch die Stufen des Spracherwerbs (Schaubild oben) erklären kann.

b Stellen Sie sich gegenseitig Ihre Spracherwerbstheorien vor und diskutieren Sie diese.

Wie lernen Kinder sprechen?

Im Deutschkurs eines Abiturjahrgangs kommt es zu folgender Diskussion über den Spracherwerb.

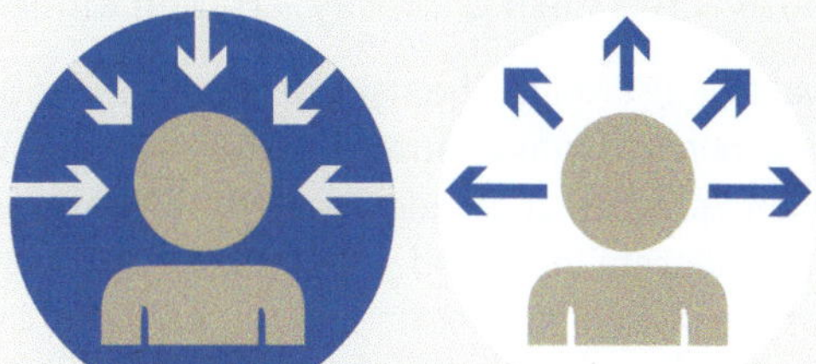

Outside-in-Theorien (links): Sprache wird mit allgemeinen Lernmechanismen am Input „von außen" erlernt.
Inside-out-Theorien (rechts): Wesentliches Sprachwissen ist angeboren, die erlebte Sprache ist nur Auslöser für die Entfaltung des Sprachwissens.

Amelie: Ich glaube, dass ein Kind seine Sprache über einen normalen Lernvorgang lernt. Es sagt zum Beispiel „Mama", dann reagiert die Mutter. Das Reagieren ist die Belohnung. Also wird das Kind weiterhin „Mama" sagen. Das ist eigentlich eine ganz normale Konditionierung.
Nabila: Ja, ja, mag sein. Aber das Kind sagt ja nicht auf einmal: „Ich möchte gern eine Banane essen." Was du da sagst, funktioniert also nur für allererste Wörter.
Amelie: Nun ja, das funktioniert halt über Nachahmung. Die Eltern sprechen einen Satz vor, das Kind ahmt ihn nach und dafür wird es in irgendeiner Weise belohnt.
Nabila: Klingt zwar logisch, aber ich beobachte nicht, dass Eltern auf ihre Kinder einquatschen und ihnen irgendwelche Sätze vorsprechen. Das geht doch in der Realität viel ungeplanter.
Amelie: Dann hört das Kind eben Sätze von ganz verschiedenen Menschen und spricht sie nach.
Nabila: Aber die Kinder sprechen doch auch Sätze, die sie noch nie gehört haben. Das können sie doch gar nicht durch Nachplappern verstanden haben.
Amelie: Manche brauchen halt etwas länger, damit in ihrer Umwelt mal diese Sätze auftauchen.
Nabila: Aber eigentlich lernen die Kinder doch die Sprache in superkurzer Zeit. Wie kann das funktionieren, wenn das Lernen nur über Nachsprechen funktioniert? Scheint mir irgendwie absurd.
Amelie: Was ist denn deine Idee?
Nabila: Es ist doch sehr merkwürdig, dass Sprache von jedem Kind gelernt wird. Es gibt Kinder, die sind hochintelligent, andere verstehen die einfachsten Sachen nicht, aber so etwas Kompliziertes wie die Sprache lernen all diese verschiedenen Kinder schnell. Das ist seltsam.
Amelie: Was ist denn deine Theorie dazu?
Nabila: Ich glaube, das bedeutet, dass irgendwelche Grundmuster der Sprache schon angeboren sein müssen. Ohne solche angeborene Sprache lässt sich nicht erklären, wieso es bei allen Kindern so schnell klappt und Kinder wirklich kreativ in der Sprache sind, also Sätze sprechen, die sie nie gehört haben.

1 **a** Stellen Sie die von Amelie und Nabila vertretenen Vorstellungen anhand des Schaubilds gegenüber: Wer von den beiden vertritt eine „Outside-in-Theorie", wer eine „Inside-out-Theorie"?
b Listen Sie wesentliche Schritte der Theorie Amelies auf und notieren Sie jeweils, mit welchen Argumenten Nabila diese Theorie zu widerlegen versucht.

2 Stellen Sie eine der beiden Theorien genauer dar. Wählen Sie Aufgabe a oder b.
●●○ **a** Erstellen Sie zur **Theorie Amelies** ein beschriftetes **Schaubild,** das den **Vorgang des Spracherwerbs** erklärt. Ein Anfang ist Ihnen mit dieser Skizze vorgegeben.

●●● **b** Führen Sie die **Theorie Nabilas** weiter: Was könnte das sprachliche Wissen sein, das Kinder mit auf die Welt bringen? Denken Sie daran, dass Kinder prinzipiell alle Sprachen der Welt lernen können. Welche Rolle spielt in dem Modell der **sprachliche Input** von außen?
c Stellen Sie sich Ihre Ergebnisse vor und diskutieren Sie, welche Theorie stichhaltiger ist.

Unterschiedliche Spracherwerbstheorien kennen lernen und vergleichen

Nativismus nach Chomsky – Haben Kinder ein angeborenes Sprachwissen?

Der Linguist Noam Chomsky stellte in den 1960er-Jahren die spektakuläre These auf, dass Kinder mit einem angeborenen grammatischen Wissen auf die Welt kommen, einer sogenannten Universalgrammatik, die allen Sprachen zugrunde liege. Diese Vermutung leitete er aus drei Prämissen ab: 1. Differenz zwischen sprachlichem Input und sprachlichem Output: Kinder sprechen in ihrer Sprachentwicklung weitaus mehr, als die von ihnen gehörte Sprache erwarten lässt. 2. Sprachliche Kreativität: Kinder sind fähig, prinzipiell unendlich viele verschiedene Sätze zu bilden, ohne sie je vorher gehört zu haben. 3. Schnelligkeit des Spracherwerbs: Fast unabhängig von ihrer Intelligenz lernen fast alle Kinder in kürzester Zeit eine Sprache.

Noam Chomsky **Sprache als angeborenes Organ** (1980)

Die interessantesten Untersuchungen zur Sprachstruktur sind jene, die sich auf sprachliche Universalien beziehen, d. h. auf Prinzipien, die für die Sprache ganz allgemein als biologische (nicht logische) Notwendigkeit gelten. Angesichts des Reichtums und der Komplexität des Systems der Grammatik einer menschlichen Sprache und angesichts der Gleichförmigkeit seines Erwerbs auf der Grundlage beschränkter und häufig mangelhafter Evidenz[1] kann es kaum zweifelhaft sein, dass es stark einschränkende universelle[2] Prinzipien geben muss, welche den allgemeinen Rahmen für jede menschliche Sprache festsetzen. Es gibt guten Grund für die Annahme, dass die Fähigkeit zum Spracherwerb für die gesamte Spezies innerhalb enger Grenzen invariant[3] ist. Im Anfangszustand des Kindes müssen anscheinend die allgemeinen Prinzipien der Sprachstruktur recht detailliert angelegt sein; er liefert einen reichen und differenzierten Schematismus, der (1) den Inhalt sprachlicher Erfahrungen und (2) die besondere Sprache bestimmt, die sich unter den gegebenen Bedingungen dieser Erfahrungen entwickelt. Wenn die anfängliche Beschränkung hinreichend stark ist, wird es dem Kind möglich sein, zu einem hoch differenzierten System auf der Grundlage begrenzter Daten zu gelangen, die genügen, bloß eine oder einige wenige [Sprachen] zuzulassen. Wenn dies so ist, dann ist das menschliche Sprachvermögen anderen der Biologie bekannten Organen sehr ähnlich. Wir wollen diesen Schematismus „Universalgrammatik" nennen. Wir können uns die Universalgrammatik im Wesentlichen als das genetische Programm möglicher menschlicher Sprachen vorstellen.

1 die Evidenz, hier: wahrnehmbare sprachliche Äußerungen
2 universell: allgemein
3 invariant: bei veränderten Bedingungen unverändert bleibend

1 a Stellen Sie einen Bezug zur Schülerdiskussion her (▸ S. 177). Wer argumentiert in Chomskys Sinne? Handelt es sich bei Chomsky um eine Inside-out- oder eine Outside-in-Theorie?
b Chomskys Ansatz wird als „Nativismus" bezeichnet. Erklären Sie diesen Begriff. Denken Sie an verwandte englische Wörter.

2 Ein Schüler hat ein Schaubild zur Theorie Chomskys angefertigt. Wählen Sie a oder b:
●●○ a **Erklären Sie das Schaubild,** z. B.: *Die angeborene Universalgrammatik enthält schon grammatische Informationen …*
●●● b **Entwickeln** Sie ein **Schaubild** für ein **Kind,** das **mehrsprachig** aufwächst.
c Vergleichen Sie Ihre Ergebnisse.

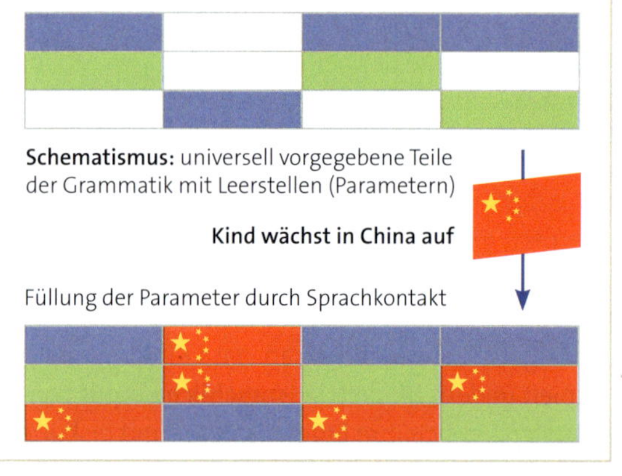

3 „Acquisition of language is something that happens to you, it's not something that you do." (1988) Erläutern Sie diese Aussage Chomskys.

Gebrauchsbasierter Konstruktivismus nach Tomasello – Spracherwerb durch Gebrauch?

Chomskys Theorie einer angeborenen Universalgrammatik (▶ S. 178) wurde schnell in Frage gestellt, denn seit den 2010er-Jahren mehren sich empirische Befunde, die gegen die These Chomskys sprechen. Der gebrauchsbasierte Konstruktivismus geht nicht von einem angeborenem Sprachwissen, sondern von allgemeinen kognitiven Fähigkeiten aus, mit denen ein Kind Sprache im Gebrauch konstruiert.

Paul Ibbotson und Michael Tomasello **Todesglocken für die Theorie Chomskys** (2017)

[Chomsky] präsentierte seine Universalgrammatik als angeborene Komponente des menschlichen Geistes – als die biologische Grundlage der mehr als 6000 Sprachen auf der Welt. Da die mächtigsten und oft zugleich schönsten wissenschaftlichen Theorien eine unter oberflächlicher Vielfalt verborgene Einheit enthüllen, verlieh dieses Versprechen Chomskys Ansatz großen Charme. Doch unter dem Eindruck neuer Erkenntnisse stirbt die Universalgrammatik seit Jahren einen langsamen Tod. Ein entscheidender Schwachpunkt von Chomskys Theorien betrifft den Spracherwerb: Angeblich kommen Kinder bereits mit der Fähigkeit auf die Welt, Sätze nach abstrakten grammatischen Regeln zu formen, wobei deren präzise Form übrigens je nach Theorieversion schwankt. Viele neue Untersuchungen zeigen aber, dass der Spracherwerb nicht so funktioniert. Kinder erlernen vielmehr zunächst einfachste grammatische Muster; später erraten sie Stück für Stück die dahinterliegenden Regeln. Anfangs bilden Kleinkinder nur konkrete und simple grammatische Konstruktionen, die auf bestimmten Wortmustern beruhen: „Wo ist das X?“; „Ich will X“; „Mehr X“; „Das ist ein X“; „Ich Xe das“; „Gib X her“; „Mama Xt das“; „Xen wir“; „Wirf X“; „X ist weg“; „Mami X“; „Ich habe das geXt“; „Setz dich auf X“; „Mach X auf“; „X ist hier“; „Da ist ein X“; „X kaputt“. Später verbinden sie diese frühen Muster zu komplexeren Sätzen wie: „Wo ist das X, das Mami geYt hat?“

Der Universalgrammatik zufolge bildet das Kind jede Frage nach festen Regeln, die auf grammatischen Kategorien beruhen: „Was (Objekt) hast (Hilfsverb) du (Subjekt) verloren (Verb)?“ Antwort: „Ich (Subjekt) habe (Hilfsverb) etwas (Objekt) verloren (Verb).“ Wenn das zuträfe, müssten Kinder in einer bestimmten Entwicklungsphase bei allen Fragesätzen ähnliche Fehler machen. Das ist jedoch nicht der Fall. Kleinkinder sagen oft etwas wie: „Warum er kann nicht kommen?“ – vertauschen also „er“ und „kann“. Gleichzeitig formulieren sie andere Fragen völlig korrekt, zum Beispiel: „Wann kann er kommen?“ Experimentelle Studien bestätigen, dass Kinder korrekte Fragesätze meist mit bestimmten Fragewörtern und Hilfsverben bilden, die sie schon gut kennen, etwa: „Was hat er?“, während sie bei weniger vertrauten Kombinationen von Fragewort und Hilfsverb weiterhin Fehler machen.

Gemäß dem gebrauchsbasierten Ansatz werden Kinder nicht mit einem Spezialwerkzeug zum universellen Grammatiklernen geboren, sondern mit einer Reihe von mentalen Mehrzweckmodulen für Kategorienbildung, Deutung kommunikativer Absichten und Erfassen von Analogien. Damit bilden die Kinder aus der Sprache, die sie um sich herum hören, grammatische Kategorien und Regeln.

Zum Beispiel verstehen deutschsprechende Kinder den Satz „Die Katze fraß den Hasen“ und durch Analogie dann auch „Die Ziege kitzelte die Elfe“. Durch Verallgemeinerung gelangen sie von einem gehörten Beispiel zum nächsten. Nach ausreichend vielen Beispielen können sie sogar erraten, wer wem was in dem Satz „Der Goser mibbelte die Tamo“ antat, obwohl in dem Fall die meisten Wörter keinen Sinn haben.

1 **a** Erläutern Sie am Text, inwiefern hier die „Todesglocken“ für Chomskys Theorie geläutet werden.
b Im Text wird Chomskys Theorie anhand von zwei Beispielen widerlegt.
Erklären Sie, inwiefern diese Beispiele gegen die Annahme einer angeborenen Grammatik sprechen.

2 Erläutern Sie den „gebrauchsbasierten Ansatz“ (▶ Z. 48). Nutzen Sie hierfür auch das Schaubild auf Seite 178 und grenzen Sie voneinander ab: Universalgrammatik ⟷ „mentale Mehrzweckmodule“ (▶ vgl. Z. 51).

3 Sie wollen ein Programm für einen Computer schreiben, sodass dieser Sprache lernen kann. Was müsste das Programm enthalten, wenn Sie Chomsky, und was, wenn Sie Ibbotson und Tomasello folgen würden?

Interaktionismus nach Bruner – Das soziale Umfeld als Motor des Spracherwerbs?

Ein Vorläufer des gebrauchsbasierten Konstruktivismus (► S. 179) ist der Interaktionismus, der die Rolle der Eltern und des sozialen Umfelds im Spracherwerb betont.

Jerome Bruner **Wie das Kind sprechen lernt** (1983)

Die Forschung der letzten Jahre zeigt tatsächlich auf, dass die Eltern eine weit aktivere Rolle beim kindlichen Spracherwerb spielen, als nur Sprachmodell zu sein und so einfach den Input für ein Chomskysches angeborenes Spracherwerbsystem zu liefern. Man betont heute die „Feinabstimmung" seitens der Eltern: Sie sprechen auf einem Niveau, auf welchem die Kinder sie verstehen können, und stellen sich mit beachtlicher Sensibilität auf die kindlichen Fortschritte ein. Die Sprache tritt dem Kind nicht indifferent[1] gegenüber; sie ist ein Mittel dafür, die Kommunikation effektiv zu machen. Wenn es so etwas wie eine angeborene Sprachlernfähigkeit gibt, so besteht jedenfalls das darauf auftreffende Rohmaterial nicht einfach in einem Schwall gesprochener Sprache, sondern in einer äußerst interaktiven Situation. Wir könnten, wie bereits gesagt, von einem von Erwachsenen bereitgestellten „Unterstützungssystem für den Spracherwerb" (Language Acquisition Support System) sprechen. Schließlich wissen wir nach einer Generation von Forschung über ein anderes „angeborenes" System, nämlich das sexuelle, dass es viele Vorläufererfahrungen braucht, bevor angeborene sexuelle Reaktionen durch „passende" äußere Ereignisse ausgelöst werden können. Isoliert aufwachsende Tiere weisen bei dieser Entwicklung schwerwiegende Rückstände und Defizite auf. Ebenso können das Erkennen und Hervorbringen grammatischer Universalien von sozialen und begrifflichen Vorerfahrungen abhängen. Die Kontinuität zwischen vorsprachlicher Kommunikation und späteren Sprachleistungen setzt überdies voraus, dass der Erwachsene das Niveau seiner Sprache dem Kind anpasst, wenn dessen begriffliche und kommunikative Fortschritte erfolgreich zur Sprache hinführen sollen. Ich bin der Auffassung, dass diese „Anpassung" der frühen sprachlichen Interaktion nur im Rahmen vertrauter, zur Routine gewordenen Situationen oder „Formate" möglich ist, wo das Kind mit seiner noch beschränkten Informationsverarbeitungskapazität versteht, was vorgeht. Diese routinemäßigen Abläufe stellen das dar, was ich als Hilfssystem zum Spracherwerb bezeichnet habe.

---

1 indifferent: neutral, ohne Interesse

1 **a** Eltern spielten eine „weit aktivere Rolle [...], als nur Sprachmodell zu sein", heißt es zu Beginn des Textes. Erläutern Sie Bruners Vorstellung von der Rolle des sozialen Umfelds beim Spracherwerb.

b Erklären Sie am folgenden Dialog konkret, wie der Erwachsene reagiert und inwiefern dadurch der Spracherwerb gestärkt wird. Warum nennt man Bruners Ansatz „interaktionistisch"?

> ***Situation:*** *Kind (1 Jahr, 9 Monate) hört durch das Fenster laute Kinderstimmen.*
> **Kind:** Dinner (= Kinder).
> **Erwachsener:** Was machen die Kinder?
> **Kind:** Nachte.
> **Erwachsener:** Die lachen. Hm.
> **Kind:** Nacht schon.
> **Erwachsener:** Die lachen schon, die sind laut, ne?

2 Bruners interaktionistische Theorie gilt als Vorläufer von Tomasellos gebrauchsbasierter Spracherwerbstheorie (► S. 179). Zugleich nimmt Bruner aber auch Bezug auf Chomsky (► S. 178). Wählen Sie a oder b.

●●○ **a** Prüfen Sie am Text, ob folgende **Aussagen zu Chomskys und Bruners Theorie** zutreffen:

1) Bruner streitet nicht ab, dass es eine angeborene Sprachlernfähigkeit geben könnte.

2) Wie Chomsky glaubt Bruner, dass Kinder auf einen ungeordneten „Schwall" von Sprache (► Z. 16) treffen.

●●● **b** Erklären Sie die **Rolle der Interaktion bei Bruner** und die der **Konstruktion bei Tomasello.** Nennen Sie Ähnlichkeiten und Unterschiede. Nutzen Sie auch das Schaubild auf Seite 178.

c Vergleichen Sie Ihre Ergebnisse. Ordnen Sie Bruners Position ein: eher Outside-in- oder Inside-out-Theorie?

Analogien und Unterschiede zwischen KI und Kind – Wie lernt KI Sprache?

KI-Sprachmodelle wie ChatGPT lernen Sprache nicht durch reine Programmierung, sondern indem sie enorme Textmassen analysieren, die ihnen präsentiert werden. Auf diese Weise ermitteln sie Wahrscheinlichkeiten darüber, welche Wörter in Sätzen aufeinanderfolgen oder in bestimmten Texten zusammen auftreten. So kann die KI in einen Dialog eintreten, ohne dass sie verstehen müsste, was gesagt wird.

Ein Blick in den Maschinenraum von Sprachmodellen (2023)

Frühere Sprachmodelle zielten darauf ab, menschliche Sprache für Maschinen regelbasiert, syntaxbezogen und formalisiert zu beschreiben. Damit erzielte man zunächst auch einige Erfolge, stieß aber schnell an Grenzen. Eine Gegenströmung setzte zur gleichen Zeit auf statistische und wahrscheinlichkeitsbasierte Ansätze und geht vereinfacht von folgender Logik aus: Die Bedeutung eines Wortes bestimmt sich aus den begleitenden Worten, die in der Nähe auftreten. Man muss also nur genug Texte kennen, um zu lernen, wie Worte untereinander zusammenhängen und wie wahrscheinlich sie gemeinsam auftreten.

Für das Training von GPT-3 wurden beispielsweise umfangreiche Texte aus dem Internet genutzt. Dafür wurde das Internet gescraped, d. h. systematisch durchsucht und die Inhalte heruntergeladen. Zusätzlich wurde auf bereits digitalisierte Datenquellen (vor allem Bücher) zurückgegriffen. Die beeindruckende Menge von 570 Gigabyte an Daten aus verschiedenen Quellen wie Webseiten, Foren, Wikipedia-Artikeln und Büchern kam so zusammen.

Damit ein großes Sprachmodell mit Texten umgehen kann, müssen Texte in eine maschinenlesbare Form umgewandelt werden. Jedem Wort wird ein numerischer Wert zugeordnet, mit dem der Computer operieren kann. Dazu werden Wörter mit Hilfe von Vektoren in einer Art mehrdimensionalem Raum abgebildet. Ähnliche Wörter mit ähnlichen Bedeutungen werden möglichst nahe beieinander positioniert. Die Ähnlichkeit bestimmt sich durch das gemeinsame Auftreten mit anderen, begleitenden Worten (Kontext). Diese sogenannte Worteinbettung ist die Grundlage für die Sprachverarbeitung durch große Sprachmodelle.

In einer ersten Trainingsphase wird das Sprachmodell auf großen Textmengen vortrainiert (pre-trained). Beim Training wird das sogenannte Masking angewandt. Das ist eine Technik im maschinellen Lernen, bei der einzelne Wörter in Texten verdeckt – also maskiert – werden. Die Modelle lernen eigenständig, diese maskierten Wörter basierend auf den vorherstehenden Wörtern vorherzusagen. Die Vorhersage wird mit der tatsächlichen Ausgabe, d. h. dem maskierten Wort, verglichen. OpenAI nutzt nach dem Pre-Training zusätzlich menschliches Feedback beim Training seiner Sprachmodelle. Hier werden zufällig Prompts (Anfragen, Aufforderungen) ausgewählt und durch einen Menschen beantwortet. Diese Eingabe-Ausgabe-Kombination wird zum Training des Sprachmodelles über ein überwachtes Lernen genutzt, indem Menschen die verschiedenen Ausgaben zu einem Prompt beurteilen. Üblicherweise werden die Antworten von Labelern in eine Rangfolge gebracht, welche die menschlichen Präferenzen abbilden. Basierend auf diesem Feedback wird ein weiteres KI-Modell trainiert, welches jeweils Belohnungen oder Bestrafungen für eine große Anzahl an Ausgaben des Sprachmodells vergibt. Hier trainiert also eine KI eine andere KI. Das Sprachmodell passt sich daraufhin an, um die Belohnungen zu maximieren. Dadurch wird der Output von Sprachmodellen stärker an menschliche Präferenzen, Kommunikation und Entscheidungsfindung angepasst.

1 **a** Erläutern Sie den Unterschied zwischen einem regelbasierten Lernen (► Z. 2) von Sprache und einem wahrscheinlichkeitsbasierten Ansatz (► Z. 6 f.), wie er für Sprachmodelle wie ChatGPT genutzt wird.
b Geben Sie ein konkretes Beispiel für eine Worteinbettung.

2 **a** Erläutern Sie, inwiefern man das Lernen der KI als ein konstruktivistisches Lernmodell sehen kann:
Die KI erhält sprachlichen Input in Form von Texten und sucht anhand von Wahrscheinlichkeiten …
b Stellen Sie Unterschiede und Gemeinsamkeiten zwischen dem Spracherwerb von KI und Kind fest.

Spracherwerbsmodelle im Überblick

Spracherwerb: angeboren oder erlernt?

Theorien zum Spracherwerb des Kindes (Ontogenese) versuchen zu erklären, wie ein Kind die Sprache seiner Sprachgemeinschaft erwirbt. In der Sprachwissenschaft und der Entwicklungspsychologie sind verschiedene Modelle entstanden, die vor allem die folgende Frage unterschiedlich beantworten: Welche sprachlichen Fähigkeiten sind angeboren und welche erlernt?
Die Polarität **„angeboren vs. erworben"** (nature vs. culture), die viele Diskussionen über den Menschen prägt, wurzelt geistesgeschichtlich im 17. Jahrhundert: Der **Rationalismus** (René Descartes, 1591–1650) betont die Existenz von angeborenen „Ideen", der **Empirismus** (John Locke, 1632–1704) sah die sinnliche Erfahrung (Empirie) als Basis menschlichen Wissens. Heute wird diese Frage zum Beispiel bezüglich der Intelligenz diskutiert: Was ist genetisch vorgegeben, was wird im Leben erworben?
Ähnlich verlief die Diskussion auch über den Spracherwerb: Als der Linguist **Noam Chomsky** in den 1960er-Jahren die These vertrat, dem Menschen sei spezifisches sprachliches Wissen, eine **Universalgrammatik,** angeboren, bezog er mit seiner **nativistischen Theorie** Position gegen den **Behaviorismus,** der von dem Psychologen **Burrhus F. Skinner** vertreten wurde. Skinner war in den 1950er-Jahren von einem vollständigen Erlernen von Sprache ausgegangen. Moderne Positionen vermitteln zwischen diesen Extremen: Nicht spezielle Kenntnisse über die Sprache halten sie für angeboren, wohl aber allgemeine kognitive Kompetenzen, mit denen ein Kind in dem sprachlichen Input, den es hört, Muster ausmacht, daraus eigene Sprachvorstellungen entwickelt und in der Kommunikation erprobt.
Im Folgenden erhalten Sie einen Überblick über die wichtigsten Spracherwerbsmodelle:

Behaviorismus (Outside-in)

Entstanden: 1950er-Jahre
Wichtiger Vertreter: Burrhus F. Skinner
Grundidee: Behavioristen wie Skinner gingen davon aus, dass der Mensch die Sprache durch einen typischen Lernprozess erwirbt, nämlich durch Verstärkungen (Belohnungen) von spontanen oder nachgesprochenen Äußerungen oder Kritik.
Heutige Bedeutung: Der Behaviorismus kann viele Besonderheiten des Spracherwerbs, vor allem die große Kreativität von Kindern im Erzeugen neuer Sätze, nicht erklären und wird heute praktisch nicht mehr vertreten.

Chomskys Vorstellung vom Spracherwerb (Nativismus) begann 1959 mit einer heftigen Kritik an Skinners Behaviorismus bzw. an dessen Werk „Verbal Behavior" (1957).

Nativismus (Inside-out)

Entstanden: ab den 1960er- entwickelt, bis in die 1990er-Jahre spezifiziert
Wichtiger Vertreter: Noam Chomsky
Grundidee: Der Spracherwerb kann laut Chomsky nicht auf einem reinen Lernprozess beruhen, da er in kurzer Zeit erfolgt, fast unabhängig von Intelligenz zu sein scheint und mit dem sprachlichen Input nicht zu erklären ist.
Daher gehen die Nativisten wie Chomsky von einer angeborenen Sprachstruktur aus, einer Universalgrammatik.
Sie soll grammatische Grundregeln („Prinzipien") enthalten, die mit spezifischen „Parametern" einer Sprache gefüllt werden, wenn das Kind auf eine konkrete Sprache trifft.
Heutige Bedeutung: Bis in die 2010er-Jahre noch häufig als Gegenmodell zum Konstruktivismus vertreten, wird der Nativismus heute zunehmend kritisch gesehen.

Piaget und Chomsky führten eine intensive Debatte, ob Kinder mit spezifisch sprachlichen oder allgemein kognitiven Fähigkeiten ausgestattet auf die Welt kommen.

Kognitivismus

Entstanden: ab den 1920er-Jahren, präzisiert in den 1970er-Jahren
Wichtiger Vertreter: Jean Piaget
Grundidee: Laut dem Schweizer Psychologen Piaget entwickelt das Kind in einer aktiven Auseinandersetzung mit der Umwelt kognitive Fähigkeiten, die ihm dann auch eine Sprachentwicklung erlauben. So erklärt er die Entwicklungsphasen des Spracherwerbs durch eine allgemeine Entwicklung kognitiver Strukturen.
Heutige Bedeutung: Der Kognitivismus kann als ein Vorläufer des Konstruktivismus gesehen werden.

Interaktionismus

Entstanden: auf der Basis von Werken von Lew Wygotski ab Mitte der 1970er-Jahre
Wichtiger Vertreter: Gerome Bruner
Grundidee: In der Tradition des russischen Psychologen Lew Wygotski wird die Vorstellung vertreten, dass die Bezugsperson sich in ihrer Kommunikation auf das Entwicklungsniveau des Kindes einstellt und es damit dazu anregt, sich auf die jeweils nächste Zone der Entwicklung zuzubewegen.
Heutige Bedeutung: Der Interaktionismus ist ein wichtiger Baustein in heutigen konstruktivistischen Theorien.

Der gebrauchsbasierte Konstruktivismus nimmt Elemente des Kognitivismus und des Interaktionismus auf.

Gebrauchsbasierter Konstruktivismus

Entstanden: ab den 2010er-Jahren, aktuell wird die Theorie weiterentwickelt
Wichtiger Vertreter: Michael Tomasello
Grundidee: Gebrauchsbasierte Spracherwerbstheorien gehen davon aus, dass der Mensch bei Geburt nur wenige sprachspezifische Fähigkeiten mitbringt, aber allgemeine genetische Anlagen für soziale und kognitive Fähigkeiten hat, die im Zusammenspiel mit der Umwelt zur Sprachentwicklung führen, z. B. die Fähigkeit zur Mustererkennung aus nur wenigen Beispielen. Michael Tomasello vertritt die Auffassung, dass Kinder ein Regelsystem der Grammatik entwickeln, wenn sie Wörter in stets ähnlicher Position und mit ähnlicher Funktion hören. Auf diese Weise lernen sie etwa, was Nomen sind und wofür sie in der Sprache benötigt werden. Ein wichtiges Prinzip ist das der Analogie: Was beispielsweise an einem Verb erkannt wurde, wird probeweise auf ein anderes übertragen (spielen – gespielt; singen – gesingt*) und dann ggf. korrigiert (gesungen).
Heutige Bedeutung: Die Erklärung, dass der Spracherwerb als ein Zusammenspiel aus einer genetischen Anlage und der Interaktion mit der Umwelt besteht, ist die heute am meisten vertretene Theorie.

Äußere Mehrsprachigkeit – Lernen wir zweite Sprachen wie die erste?

Isabell Wartenburger **Wie das Gehirn mit Erst- und Zweitsprache umgeht** (2011)

Ähnlich wie mit dem EEG lässt sich [...] per funktioneller Magnetresonanztomografie (fMRT) das Gehirn bei der Arbeit beobachten. [...] Eine der ersten Studien dieser Art führte die Arbeitsgruppe um Joy Hirsch vom Memorial Sloan-Kettering Cancer Center in New York bereits 1997 durch. Die Forscher ließen Versuchspersonen, die beispielsweise als Englisch-Muttersprachler Französisch im Erwachsenenalter gelernt hatten, Sätze in beiden Sprachen bilden, während sie im Tomografen lagen. Bei diesen späten Bilingualen regten sich im Frontallappen unterschiedliche Hirngebiete, während sich die aktivierten Areale bei Probanden, die beide Sprachen in früher Kindheit nahezu gleichzeitig erlernt hatten, größtenteils überlappten.

Zahlreiche weitere Studien haben diese Befunde bestätigt. Dabei zeigt sich auch eine Abhängigkeit vom Leistungsniveau der Probanden: Je besser sie eine Fremdsprache beherrschen, umso geringer erscheinen die Unterschiede in der Hirnaktivierung – das Gehirn unterschied dann offenbar weniger zwischen Mutter- und Fremdsprache. [...]

Eine Erklärung versuchte 2001 der amerikanische Hirnforscher Michael Ullman von der Georgetown University in Washington. Laut seinem „deklarativ-prozeduralen" Modell sind bei der Sprachkompetenz zwei verschiedene Lern- und Gedächtnissysteme involviert. Das deklarative System umfasst Faktenwissen, das explizit erworben wurde, etwa: Paris ist die Hauptstadt Frankreichs. [...] Das prozedurale System hingegen verarbeitet implizit gelerntes Wissen über Regeln und Prozeduren wie Fahrradfahren – oder auch den Satzbau einer Sprache. Den beiden Systemen liegen unterschiedliche Netzwerke im Gehirn zu Grunde. Nach Ullman arbeitet verstärkt das explizit-deklarative System, wenn eine Sprache erst spät erlernt wird. Die impliziten Routinen stehen dann nicht mehr so ohne Weiteres zur Verfügung wie bei der Muttersprache. Der Betroffene wird auf seine Kenntnisse aus der Erstsprache zurückgreifen und versuchen, sich syntaktische Regeln explizit – mit dem deklarativen System – zu merken und anzuwenden. Demnach wird bei einem frühen Spracherwerb grammatikalisches Wissen mit Hilfe des prozeduralen Systems in frontalen Hirnarealen implizit erworben, wohingegen eine spät erlernte zweite Sprache eher auf dem in temporalen Hirnarealen repräsentierten explizit-deklarativen System beruht. Späte Bilinguale greifen daher für die fremdsprachliche Grammatik stärker auf das deklarative Gedächtnis zurück als Muttersprachler. Das Modell sagt also einen stärkeren Einfluss des Spracherwerbsalters auf syntaktische[1] als auf semantische[2] Verarbeitungsprozesse vorher.

1 die Syntax: Lehre vom Satzbau

2 die Semantik: Lehre von der Bedeutung sprachlicher Zeichen

1 **a** Stellen Sie die wesentlichen Unterschiede zwischen frühem und spätem Zweitspracherwerb zusammen.
b Finden Sie aus Ihrer eigenen Erfahrung mit Fremdsprachen Beispiele, die die Aussagen des Textes stützen.
c Prüfen Sie, ob die Befunde eher die Kontrastiv- oder eher die Identitätshypothese (Information) stützen.
d Diskutieren Sie, ob sich aus den Ergebnissen Konsequenzen für den Fremdsprachenunterricht ergeben.

Information **Theorien zum Zweitspracherwerb**

Zum Zweitspracherwerb existiert eine Fülle von Lerntheorien. Zwei wichtige sind:

- Der **Kontrastivhypothese** zufolge werden die Eigenschaften und Strukturen der Erstsprache auf die Zweitsprache übertragen. Sind die Strukturen beider Sprachen ähnlich, vereinfacht das den Lernprozess. Gibt es Strukturunterschiede, können Lernschwierigkeiten entstehen. Die Erstsprache ist demnach ein wichtiger Faktor für den Erwerb der Zweitsprache.
- Die **Identitätshypothese** geht dagegen davon aus, dass sich der Erwerb der Zweitsprache im Prinzip nicht vom Erwerb der Erstsprache unterscheidet. Im Gegensatz zur Kontrastivhypothese ist demnach die Struktur der Erstsprache relativ unwichtig für den Erfolg des Zweitspracherwerbs.

Fanny Jiménez **Wie Mehrsprachigkeit unser Gehirn verändert** (2016)

Der Junge zögert einen Moment. Der Erwachsene, der ihm gegenübersitzt, hat ihn gebeten, das kleine Auto vom Tisch zu nehmen – aber welches meint er bloß? Das kleinste der drei Autos, die dort stehen, kann der Erwachsene nämlich gar nicht sehen. Es ist aus seiner Perspektive versteckt hinter einer kleinen Wand. Der Junge ist vier, und die Entscheidung fällt ihm nicht leicht. Am Ende aber nimmt er das mittelgroße Auto, also jenes, das der Erwachsene ihm gegenüber wohl für das kleine hält. Was in diesem Experiment der Psychologin Katherine Kinzler von der University of Chicago getestet wird, ist die Fähigkeit, sich in andere hineinzuversetzen. Dieser schwierige Perspektivenwechsel, so das gerade veröffentlichte Ergebnis, gelingt manchen Kindern besser als anderen, und zwar jenen, die mehrsprachig aufwachsen.

Lange sahen Experten es eher kritisch, wenn Kinder im Alltag mit mehreren Sprachen jonglieren mussten – in deutschen Städten immerhin die Hälfte aller Grundschüler. Doch inzwischen weiß man, dass Mehrsprachigkeit kein Problem für das menschliche Gehirn ist. Ja mehr noch: Sie ist ein großer Glücksfall. Zahlreiche Untersuchungen haben gezeigt, dass Mehrsprachige Vorteile haben, die weit über das größere Sprachvermögen hinausgehen. Sie können sich besser konzentrieren und Konflikte lösen, sich besser in andere hineinversetzen. Ihr Gehirn ist viel flexibler, bis ins hohe Alter. Und davon profitieren nicht nur jene, die von Geburt an zwischen Sprachen umschalten, sondern auch jene, die es erst als Erwachsene tun. „Mehrsprachige müssen, wenn sie eine Sprache sprechen, die andere unterdrücken, also kontrollieren“, sagt Claudia Maria Riehl, die an der Ludwig-Maximilians-Universität München das Institut für Deutsch als Fremdsprache leitet. Denn alle Sprachen, die man kennt, werden Teil eines einzigen Sprachsystems, erklärt sie. Spricht man eine, muss das Gehirn die anderen in den Hintergrund rücken. Schließlich werden alle gleichzeitig aktiviert, sobald das Sprachzentrum aktiv wird. Um die jeweils konkurrierende Sprache in Schach zu halten, entwickelt das Gehirn von Mehrsprachigen früh sehr gute „kognitive Kontrolle“, wie Wissenschaftler es nennen. Das gelingt, indem in bestimmten Bereichen des Gehirns, die für die Steuerung der Sprache verantwortlich sind, ab dem Kleinkindalter mehr graue Substanz angelegt wird, also mehr Nervenzellen. Das macht diese Areale des Gehirns, den Nucleus caudatus und den anterioren (ACC), viel leistungsfähiger. Doch diese beiden Bereiche sind nicht nur Teil des Sprachsystems, sondern auch anderer wichtiger Systeme, etwa jener, die Aufmerksamkeit fokussieren, Konflikte lösen, Empathie ermöglichen oder Impulse unterdrücken. All diese Fähigkeiten profitieren also mit, sagt Riehl.

Wer sich jetzt benachteiligt fühlt, weil er nicht von Geburt an mit zwei oder mehr Sprachen aufgewachsen ist, irrt aber. Denn wenn Forscher heute von Mehrsprachigkeit reden, fassen sie das viel weiter als früher. „Was Mehrsprachigkeit ist, wird oft falsch verstanden“, sagt Claudia Maria Riehl. „Mehrsprachig ist jeder, der flexibel und ohne größere Probleme von einer Sprache in eine andere wechseln kann.“

1 **a** Belegen Sie am Text, welche der folgenden Fähigkeiten durch Mehrsprachigkeit gestärkt werden: Konzentrationsfähigkeit, Fähigkeit, sich in das Gegenüber einzufühlen (Empathiefähigkeit), Multitasking.

b Dass Mehrsprachige Vorteile haben, liegt laut Text daran, dass das Gehirn eine „kognitive Kontrolle“ (▶ Z. 44) entwickelt. Wie funktioniert dieser Mechanismus und welche Stärken können dadurch erklärt werden?

Information | **Äußere Mehrsprachigkeit – Bilingualität (Zweisprachigkeit)**

Äußere Mehrsprachigkeit bedeutet, dass man neben seiner Muttersprache eine oder mehrere Fremdsprachen spricht. Eine besondere Form der äußeren Mehrsprachigkeit ist die **Bilingualität.**
Bei einer Zweisprachigkeit (Bilingualität) unterscheidet man Varianten: Beim **simultanen Früh-Bilingualismus** lernt das Kind von Geburt an zwei Sprachen gleichzeitig. Beim **konsekutiven Bilingualismus** erfolgt der Zweitspracherwerb erst, nachdem die erste Sprache erlernt wurde, z. B. in der Schule. **Später Bilingualismus** entwickelt sich, wenn man sich in ein anderssprachiges soziales Umfeld begibt, z. B. durch Migration.

1.2 Sprachvarietäten und Sprachwandel

Innere Mehrsprachigkeit – Sprachvarietäten unterscheiden

Soziolekte und Fachsprachen – Welche Sprache für welchen Zweck?

Sie merken es, wenn Sie vom Kursraum in die Schulmensa wechseln, nach einem gemeinsamen Essen zum Handy greifen oder von Köln nach München reisen. Aber auch wenn Sie samstags die Fußball-Reportagen hören oder sich von der Ärztin die Diagnose übersetzen lassen müssen: Deutsch ist mehr als *eine* Sprache.

Gamersprache

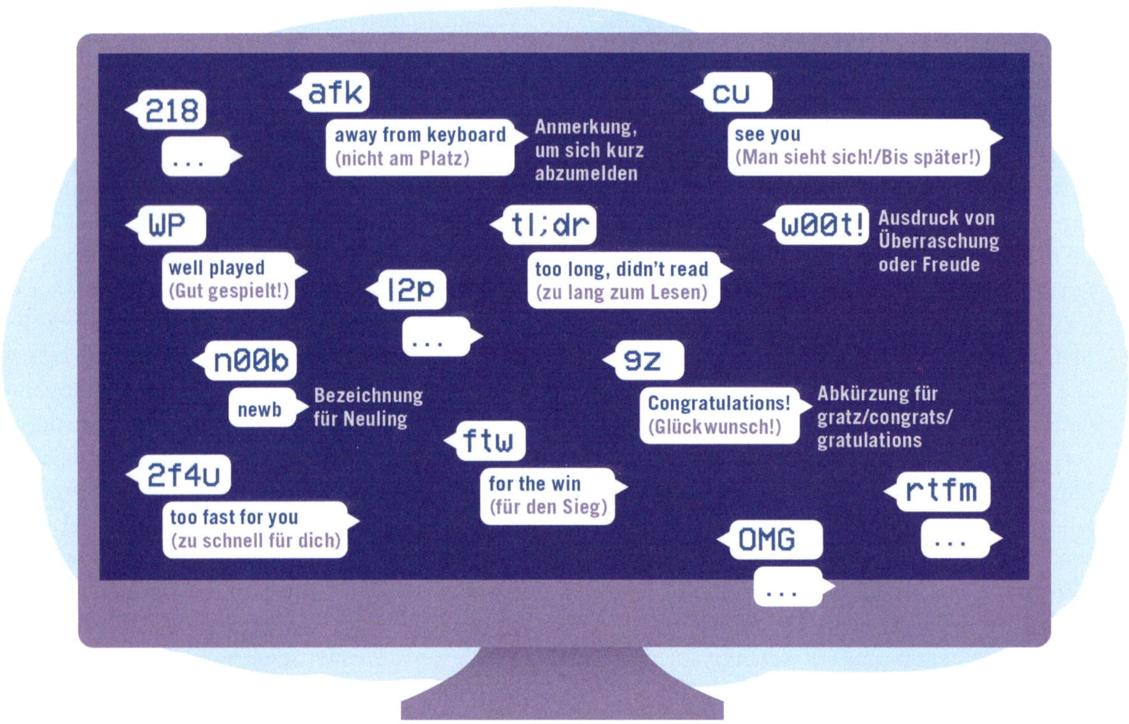

Roland Schimmel Juristendeutsch? (2020)

Schon nach wenigen Semestern juristischen Studiums ertappt man sich dabei, zu schreiben: *Ausweislich des Sachverhalts liegt keine Vertragsbeziehung zwischen K und B vor,* wenn man eigentlich nur sagen wollte: *Es gibt keinen Vertrag zwischen K und B.* Oder: *Das Crowdlending stellt wie das Crowdinvesting einen Unterfall des Crowdfunding dar,* wenn gemeint war: *Das Crowdfunding gehört wie das Crowdinvesting zur Schwarmfinanzierung.* Wie sich zeigen wird, sind das übrigens ziemlich harmlose Beispiele, an denen sich viele juristische Leserinnen kaum noch stören. Es sind aber zwei kleine Schritte auf einem abschüssigen Weg. Der führt zu einer Ausdrucksweise, die – auch von Fachangehörigen – schlimmstenfalls als aufgeblasen und unnötig unverständlich empfunden wird. Auf diesem Weg gehen alle, die sich eine juristisch-professionelle Fachsprache anzueignen versuchen. Während man die Gedanken mühsam in die Struktur etwa eines Rechtsgutachtens zwingt, leidet die Sprache. Das passiert verschuldensunabhängig, ist aber trotzdem unerfreulich. Am Ende ist man Juristin, und die anderen sagen: Das hört man auch.

Asin Andkohiy **Woyzeck in Jugendsprache!** (2023)

Als Hamburger Abiturientin las Asin Andkohiy Büchners Drama „Woyzeck" im Deutschunterricht. Ihr Deutschlehrer ermutigte sie, das Drama in Jugendsprache zu übersetzen.

Hauptmann: Junge, Woyzeck, was ist los mit dir? Du bist doch eigentlich voll der Ehrenmann, rede doch mal. Erzähl, wie findest du das Wetter?
Woyzeck: Ja, auf den, voll Wind so.
Hauptmann: Ja, Mann, hast Recht, bin auf dem Weg hierher fast weggeflogen. Voll so ein Süd-Nord-Tornado, nh?
Woyzeck: Ja genau, Süd-Nord so.
Hauptmann: Junge, hahahahaha, mieser Lachflash gerade. Du bist so dumm man, einfach hohl im Kopf. Eigentlich bist du voll der Gute, vallah, aber du bist bisschen ehrenlos so. Auf den, halt ehrenlos. Bruder, du hast einfach ein Kind, aber bist nicht verheiratet, dass ist voll ayip. Deine Mutter ist safe voll enttäuscht von dir. Du kommst so in die Hölle ...

1 Überfliegen Sie die drei Beispiele auf dieser Doppelseite und erläutern Sie:
Welche Arten von Sprachvarietäten sind hier vertreten?
Welche Funktionen erfüllen diese Varietäten nach Ihrer Einschätzung?

2 Bilden Sie Gruppen und untersuchen Sie eine der Sprachvarietäten genauer. Wählen Sie a oder b.

●●○ **a** Übersetzen Sie die vier nicht übersetzten Beispiele aus der **Gamersprache** (► S. 186) ins Deutsche. Erörtern Sie abschließend, ob die Gamersprache eine Sprachvarietät des Deutschen ist.

●●● **b** Vergleichen Sie die **Jugendsprache**-Version des Dramas „Woyzeck" mit dem Originaltext von Georg Büchner (► S. 102 f.). Beschreiben Sie die Veränderungen gegenüber dem Original. Erörtern Sie: Ist es angemessen und lohnenswert, dieses Drama aus dem 19. Jahrhundert in Jugendsprache zu übertragen?
Berücksichtigen Sie auch den Hinweis rechts.

c Stellen Sie Ihre Beschreibungen der jeweiligen Varietät und Ihre Diskussionsergebnisse vor.

> Authentizität war Georg Büchner (1813–1837) wichtig. Bewusst setzte er in seinem Drama „Woyzeck" Umgangssprache und Dialekt ein; Auslassungen, Satzbrüche und Ausrufe betonen die Nähe zur Mündlichkeit.
>
> *(aus der Buchausgabe „Woyzeck in Jugendsprache)*

3 „Am Ende ist man Juristin und die anderen sagen: Das hört man auch." (S. 186, Z. 21 ff.). Erläutern Sie das Zitat. Nutzen Sie dazu sowohl die Aussagen des Textes von Roland Schimmel als auch eigene Beispiele.

Information – Sprachvarietäten – Innere Mehrsprachigkeit

Mit dem Begriff **Sprachvarietäten** werden verschiedene **Varianten, Erscheinungsweisen einer Sprache** bezeichnet. Neben der Standardsprache gibt es z. B. folgende Varietäten:

- **Soziolekte:** werden je nach sozialer Gruppe/Situation verwendet, z. B. Umgangssprache, Gamersprache, Jugendsprache.
- **Fachsprachen:** werden funktional verwendet; stellen Sachverhalte möglichst exakt und ökonomisch dar; verwenden Fachbegriffe (z. B. Rechtssprache, Jägersprache, Bildungssprache).
- **Dialekte** (► S. 188 f.): sind historisch entstandene Sprachvarietäten in einem lokal oder regional begrenzten Gebiet. Sie unterscheiden sich von der Standardsprache und untereinander in Lautung, Syntax und Wortschatz und dienen primär dem mündlichen Sprachgebrauch.

Verschiedene Sprachvarietäten (z. B. Bildungssprache, Jugendsprache, Kölsch) verbinden sich bei jedem Menschen zu einem individuellen **Ideolekt.** Man spricht hier auch von **innerer Mehrsprachigkeit.** Wenn ein Sprecher oder eine Sprecherin innerhalb eines Gesprächs zwischen verschiedenen Sprachen oder Sprachvarietäten wechselt, nennt man das **Code-Switching.**

Dialekte – Sind die Dinosaurier der deutschen Sprache noch zu retten?

Vier Fragen, vier Antworten: Wissenswertes über Dialekte (2024)

Zunächst gefragt: Was sind Dialekte?

Kölsch. Schwäbisch. Sächsisch. Plattdeutsch. Dialekte aufzählen ist nicht schwer. Den einen oder anderen Dialekt haben wir auch gleich im Ohr. Und damit kommen wir einer Erklärung, was Dialekte sind, schon ganz nahe: Ihre Bezeichnungen verweisen auf ihre Bindung an geografische Räume. Köln, Schwaben, das platte Land im Norden: Dialekte sind lokale oder regionale Varianten einer Sprache. Und der Klang im Ohr lässt zu Recht darauf schließen, dass es vor allem durch die Mündlichkeit geprägte Sprachphänomene sind. Die besonderen Merkmale von Dialekten liegen aber nicht allein in der Aussprache. Auch in Wortschatz und Grammatik unterscheiden sich die Dialekte voneinander und von der Standardsprache. Gutes Stichwort: Standardsprache!

Warum gibt es überhaupt Dialekte?

Es gibt doch das Hochdeutsche, mit dem sich alle problemlos verständigen können – wer ist da auf die Idee gekommen, Dialekte zu erfinden, und warum? Aber schon die Frage ist falsch. Richtig ist, genau andersherum zu fragen: Warum gibt es eigentlich das Standarddeutsche? Denn: Begonnen hat die deutsche Sprache mit den Dialekten. Man muss circa 1500 Jahre zurück in die Sprachgeschichte reisen, um anhand weniger Relikte rekonstruieren zu können, wie sich die deutsche Sprache aus älteren Sprachen entwickelt hat, und zwar ähnlich in verschiedenen Gebieten, aber eben nicht einheitlich. Die damals geringe Mobilität der Menschen sowie die Grenzen zwischen den kleinteiligen Herrschaftsgebieten sind zwei Gründe dafür, dass die Dialekte lange ohne eine sie „überdachende" Standardsprache existiert haben. Erst durch die zunehmende Schriftlichkeit entstand das Bedürfnis, die Sprache überregional gut verständlich und lesbar sowie als Fremdsprache leichter lernbar zu machen. Dieser Prozess der Normierung wurde durch den Buchdruck entscheidend vorangetrieben. Er gipfelte im 19. Jahrhundert, im Ringen um nationale Einheit, in dem Werk, das bis heute die deutsche Rechtschreibung prägt: 1880 präsentierte der preußische Gymnasiallehrer Konrad Duden sein „Vollständiges Orthographisches Wörterbuch der deutschen Sprache". War damit das Ende der Dialekte besiegelt?

Sterben die Dialekte aus?

Tatsächlich haben die Dialekte im Laufe des 20. Jahrhunderts massiv an Bedeutung verloren, zumal die normierte Schreibsprache auch auf die gesprochene Sprache überging. Die Prognosen von Sprachwissenschaftlern wie Winfried Ulrich sind deshalb bedenklich: „Der Verfall der deutschen Mundarten wird sich beschleunigen. Immer weniger aktive Dialektsprecher werden ihre Kompetenz an ihre Kinder weitergeben Allenfalls wird eine rezeptive Dialektkompetenz erhalten bleiben." Der Germanist Karl-Heinz Göttert differenziert: „Im Norden verläuft der Abbau schneller als im Süden, was durchaus Gründe hat. Seit Beginn der Neuzeit hat der Norden sein Niederdeutsch als eine Art zweite Sprache im privaten Bereich benutzt. In der Mitte und im Süden konnte man den Dialekt dagegen ins vordringende Hochdeutsch integrieren: sozusagen ein dialektal abgetöntes Hochdeutsch."

Solche Warnungen werden gehört. Die hohe Gefährdung des Niederdeutschen zum Beispiel hat zu verstärkten Bemühungen um seinen Erhalt geführt, auch auf politischer Ebene. Mit dem Unterzeichnen der „Europäischen Charta der Regional- und Minderheitensprachen“ haben sich Bundestag und Bundesrat 1992 zu genau festgelegten Maßnahmen zum Schutz des Niederdeutschen verpflichtet. Dazu gehören vor allem die Vermittlung des Niederdeutschen in Kindergärten und Schulen sowie die entsprechende Ausbildung von Erziehungs- und Lehrkräften.

Sind Dialekte schädlich oder schützenswert?

Für den Erhalt der Dialekte sind auch andernorts die Schulen von einstigen Gegnern zu wichtigen Unterstützern geworden. Früher gewöhnten die Schulen den Kindern den zu Hause gelernten Dialekt ab, weil er als ungebildet und minderwertig galt. Heute sorgen sich eher die Eltern um den erfolgreichen Bildungs- und Berufsweg ihrer Kinder, wenn diese mit Dialekt aufwachsen. Dementgegen weist die aktuelle Spracherwerbsforschung darauf hin, dass die Vorteile der frühen Zweisprachigkeit für Dialekt und Hochsprache genauso gelten wie für zwei verschiedene Sprachen: Dialekt macht schlau, wenn er zugleich mit der Hochsprache gelernt wird. Und sozialpsychologisch betrachtet bestätigen viele Studien, dass Menschen heute wieder die Vielfalt und den Charme der Dialekte schätzen. Wer in seinem Beruf global und (wenn nicht auf Englisch) hochsprachlich unterwegs ist, findet privat in seiner Mundart lokale Zusammengehörigkeit und kulturelle Identität. So finden sich aktuell viele Initiativen, die sich für den Erhalt und den Gebrauch einer Mundart einsetzen, wie zum Beispiel der „Verein für d alemannisch Sproch“ in seinem Internetauftritt:

Des isch schön, dass Sie do sin!
Uns Muetterspröchler liegt unsri schön alemannisch Sproch am Herze. Mir wän, dass sie erhalte blibt. Dodefür schaffe mr.
Un jede ka selber ebbis defür tue: eifach schwätze, wie de Schnabel gwachse isch.

1 Erklären Sie: Inwiefern kann man Dialekte als Dinosaurier bezeichnen und wieso sind sie bedroht?

2 Erläutern Sie die im Text angeführten Zitate der Sprachwissenschaftler genauer. Wählen Sie a oder b.
●●○ **a** Erklären Sie den **Unterschied zwischen „aktiver“ und „rezeptiver“ Dialektkompetenz** (vgl. Z. 54–57) und deren Bedeutung für den Erhalt von Dialekten.
●●● **b** Begründen Sie: Warum war es für das **Niederdeutsche ungünstig,** dass es zu einer privaten Zweitsprache wurde? Warum war die Entwicklung für die **süddeutschen Dialekte günstiger** (vgl. Z. 58–65)?
c Tragen Sie zusammen, welche Faktoren positiv oder negativ beeinflussen, ob ein Dialekt lebendig bleibt.

3 **a** Finden Sie auf der Karte zur Dialektverteilung im Deutschen (▶ S. 188) das Alemannische. Lesen Sie das Zitat am Ende des Textes laut. Übersetzen Sie es ins Hochdeutsche und beschreiben Sie Unterschiede zwischen diesem Dialekt und der Standardsprache, z. B.: Wegfall von Buchstaben: sind → sin, ...
b Tauschen Sie sich aus: Kennen Sie Initiativen zum Schutz der Mundart bei Ihnen vor Ort? Könnten Sie sich vorstellen, dabei mitzumachen? Begründen Sie Ihr Interesse oder Desinteresse.

4 **a** Finden Sie mit Hilfe der Dialektkarte (▶ S. 188) heraus, welche Varianten des Niederdeutschen es in welchen Bundesländern gibt.
b Übersetzen Sie die unten stehenden niederdeutschen Begriffe und beschreiben Sie die Wortbildung.
- Gibt es für das ganze Wort oder seine Teile Entsprechungen im Hochdeutschen oder im Englischen?
- Wie erklärt sich die Bedeutung im Blick auf das Bezeichnete, im wörtlichen oder übertragenen Sinn?

z. B.: Plüschmors: Plüsch = weich, flauschig; Mors = plattdeutsch für Po, Hintern → ...

> Eine Europäische Charta schützt Regional- und Minderheitensprachen. Das Plattdeutsche gilt als Regionalsprache, weil es große Unterschiede zum Standarddeutschen aufweist. So haben z. B. 20 Prozent der plattdeutschen Wörter keine hochdeutschen Entsprechungen, dafür aber englische oder skandinavische.

5 Aktivieren Sie Ihr Vorwissen oder informieren Sie sich genauer zum Thema Zweitspracherwerb (▶ S. 184). Führen Sie auf dieser Grundlage aus, warum ein Dialekt „schlau machen“ kann (vgl. Z. 90 f.).

Innere Mehrsprachigkeit – Wie prägt sie unsere (Sprach-)Biografie?

Jeder Mensch kommt im Laufe seines Lebens mit verschiedenen Sprachen oder Varietäten seiner Muttersprache in Kontakt, wird von diesen geprägt und prägt diese mit. Wie nachhaltig etwa die als Kind gelernte Mundart die eigene Biografie begleiten kann, erzählt das folgende Beispiel.

Christof Hamann **Dialekt** (2011)

Christof Hamann wurde 1966 in Überlingen am Bodensee, im alemannischen Sprachgebiet, geboren.

In der neunten Klasse bat mich meine Lateinlehrerin nach dem Unterricht nach vorne. Sie sagte mir, dass mein Deutsch unmöglich sei, aber viel schlimmer noch, der alemannische Dialekt, den sie hinterwäldlerisch nannte, würde auch meine lateinische Sprache verunreinigen. „Eschd" etwa statt „est" zu sagen, das ginge überhaupt nicht. Ich müsste das schleunigst korrigieren, sonst würde sie mir dafür im Zeugnis eine Note abziehen. Halbherzig nur folgte ich dem Rat, aus Eigensinn vor allem, weil die Lehrerin meine Sprache schlechtredete, sodass mir noch zu Beginn des Studiums nahegelegt wurde, einen Deutschkurs bei der Volkshochschule zu belegen.

Irgendwann habe ich mir angewöhnt zu switchen, zwischen einem mehr oder weniger salonfähigen Hochdeutsch, das allerdings nach wie vor meine geographische Herkunft deutlich macht, und einem auch nicht mehr lupenreinen Alemannisch. So wird es den meisten meines Alters und den Jüngeren ergehen: Wir sprechen keinen Dialekt mehr, sondern, wie Martin Walser[1] schreibt, einen Landläufigkeitsmischmasch. Wenn ich mich mit einem älteren Menschen aus meiner Heimat am Telefon unterhalte, muss ich mir sagen lassen: Schwetz amol gscheit, und nach dem Gespräch fragt meine Frau: Hast du wieder mit dem Bodensee telefoniert? Du sprichst so komisch. Ich bin ihn also nie richtig losgeworden, meinen Dialekt.

Manchmal geht er mir schon auf die Nerven, mein Dialekt, weil ich ihn nicht unter Kontrolle habe, weil er gerade dann, wenn ich aufgeregt oder nervös bin, gegen meinen Willen durchbricht. Und vielleicht auch, weil ich das Vorurteil, dass es von der dialektalen Sprache zur Heimattümelei nur ein ganz kleiner Schritt sei, nicht von der Hand weisen kann. Es ist schon so, dass der Dialekt mit dazu beiträgt, sich zu verschanzen im Hinterwäldlerischen und Provinziellen und weniger Neugierde zu verspüren für das Fremde. Es ist schon so, dass der Dialekt aus seiner Verschanzungstendenz heraus einige vor der Tür stehen lässt oder sie vor die Tür setzt.

Doch zugleich höre ich es gerne, das Alemannische, wie es am Bodensee auf verschiedene Art und Weise gesprochen wird. Das mag sentimentalen Anwandlungen geschuldet sein. Aber es gibt noch mehr Gründe dafür, weshalb ich meinen Dialekt oder Dialekte generell (die meisten jedenfalls) gerne höre.

Wer in einem alten Dialekt aufgewachsen sei [so Martin Walser], dem entsteht zwischen seiner Muttersprache und dem Hochdeutschen eine lebenslängliche Spannung, die unter anderem bewirke, das Hochstaplerische der Hochsprache zum Vorschein zu bringen.

1 Martin Walser: Schriftsteller (1927-2023) aus dem schwäbischen Landkreis Lindau (Bodensee)

1 **a** Beschreiben Sie die Beziehung des Autors zu seinem Dialekt, z. B. anhand folgender Stichworte: als Schüler • als Student • Eigensinn • Identität • Einerseits ... andererseits • switchen • sentimental ...

b Diskutieren Sie die Aussage, das Hochdeutsche habe etwas „Hochstaplerisches", also Angeberisches (vgl. Z. 49–54).

2 **a** Machen Sie sich zu zweit Notizen zu Ihrer eigenen Mehrsprachigkeit. Berücksichtigen Sie dabei sowohl innere wie äußere Mehrsprachigkeit. In welchen Situationen, mit welchen Adressaten sprechen Sie welche Sprache?

b Türen, die sich schließen, Türen, die sich öffnen (vgl. Z. 40 ff.)? Diskutieren Sie unter dieser bildlichen Frage Ihre Erfahrungen mit Mehrsprachigkeit.

Projekt – Die Vielfalt der deutschen Sprache an Stationen präsentieren

Sprachvarietäten (Beispiele)

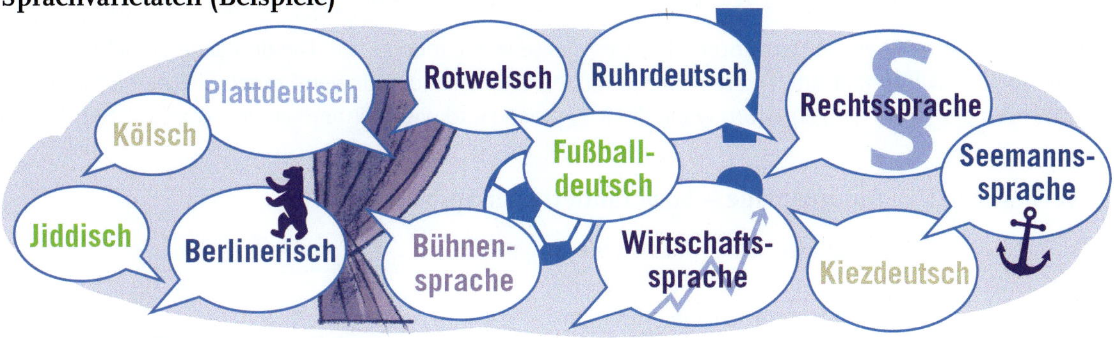

1 So viele Varietäten! Zu welchen wissen Sie schon etwas? Über welche würden Sie gern mehr erfahren? Erstellen Sie in Ihrem Kurs ein Ranking: Alle dürfen jeweils drei Varietäten einen Punkt geben. Bilden Sie zu den fünf meistgewählten Varietäten Gruppen, in denen Sie Kurzvorträge an Stationen vorbereiten.

2 Recherchieren und informieren Sie sich zu Ihrer Sprachvarietät. Orientieren Sie sich dabei an den Fragen im Kasten. Arbeiten Sie die Fragen nicht schematisch ab, überlegen Sie: Welche Fragen passen, welche anderen Fragen bieten sich an?
Tipp: Nutzen Sie nicht nur das Internet, sondern auch andere Quellen, z. B. Wörterbücher (→ Bibliotheken), Zeitschriften. Führen Sie Interviews mit Menschen, die den Dialekt oder die Fachsprache selbst sprechen, etc.

Mögliche Fragen zu Ihrer Sprachvarietät:
- Was sind die besonderen Merkmale (z. B. Aussprache, Wortschatz)?
- Was ist das Interessante an ihr?
- Wer spricht sie ...?
- ... bei welchen Gelegenheiten?
- Wie/Wo kann man sie lernen?
- Seit wann gibt es sie?
- Wie/Wodurch verändert sie sich?
- Ist sie in ihrer Existenz bedroht?

3 **a** Bereiten Sie Ihre Ergebnisse für einen Kurzvortrag (ca. 10 Minuten) vor. Orientieren Sie sich an den Tipps im Informationskasten unten.

b Präsentieren Sie Ihre Ergebnisse: Jeweils ein Gruppenmitglied bleibt an der Station und hält den Kurzvortrag, die anderen besuchen die übrigen Stationen. Wechseln Sie sich ab, sodass alle einmal vortragen.

c Geben Sie sich ein Feedback zu den Kurzvorträgen und reflektieren Sie: Was ist Ihnen gut gelungen bei diesem Projekt? Was sollten Sie bei einer weiteren Projektarbeit beachten?

Information | **Kurzvorträge adressatenorientiert und ansprechend gestalten**

- Überlegen Sie, was für Ihre Zuhörerschaft besonders **interessant** ist. Sorgen Sie **zu Beginn** Ihres Vortrags für **Aufmerksamkeit.** Verdeutlichen Sie die **Struktur** Ihres Vortrags, z. B. durch Nummerierung von Aspekten oder Signalwörter *(zuerst ..., als Nächstes ..., zum Schluss ...).*
- **Aktivieren** Sie die Zuhörenden, z. B. durch Zwischenfragen oder die Möglichkeit, ein Material anzuschauen oder einen kurzen Text zu lesen oder zu hören. Nehmen Sie wahr, wenn die Aufmerksamkeit nachlässt, und steuern Sie durch Aktivierung dagegen.
- Formulieren Sie **kurz, leicht verständlich** und **unterhaltsam.** Halten Sie sich an die Vortragszeit. Gestalten Sie Ihren Vortrag durch **passende Betonung, Mimik** und **Gestik.**
- Bereiten Sie **Bild-, Text- oder Tonmaterial** zum Einsatz während Ihres Vortrags vor, z. B. Hörproben, kurze Videos, Handzettel mit Textbeispielen. Denken Sie daran, die verwendeten **Quellen** offenzulegen. Achten Sie auf **Persönlichkeitsrechte** (z. B. bei Interviews) und **Urheberrechte** (z. B. bei Bild- oder Tonmaterial aus dem Internet).

Sprachwandel – Wie und wieso verändert sich Sprache?

Triebkräfte des sprachlichen Wandels – Von unsichtbarer Hand gesteuert?

Nicht nur, wenn Sie im Deutschunterricht ältere Texte lesen, merken Sie: Die deutsche Sprache verändert sich. Auch im Alltag fällt auf: Ältere Leute benutzen Wörter und Redewendungen, die den jungen fremd sind – und umgekehrt. Aber warum wandelt sich Sprache und wie? Können wir den Prozess beeinflussen?

Werner Schäfer **Trampelpfade – So verändert sich Sprache** (2022)

Das Deutsche unterliegt wie alle Sprachen dem Sprachwandel, und der weist, wie die britische Sprachwissenschaftlerin Jean Aitchison argumentiert, drei Merkmale auf: Er ist universell, d.h. keine Sprache ist von ihm ausgenommen, er ist kontinuierlich, d.h. der Prozess legt keine Pausen ein, und er ist unumgänglich, d.h. niemand kann ihn aufhalten, kein Politiker, kein Wissenschaftler, kein Sprachpurist. Was sich verändert und wie, das entscheiden wir, die Gemeinschaft der Sprecher. In diesem Sinne ist Sprachwandel eine zutiefst demokratische Angelegenheit.

Das illustriert am besten ein Bild, das von dem Düsseldorfer Linguisten Rudi Keller in die Diskussion eingebracht wurde, das Bild vom Trampelpfad. An der Universität Trier haben wir auf unserem Campus ein Beispiel dafür, das geradezu geschaffen ist, Sprachwandel zu veranschaulichen. Die Planer des Campus haben von einem Parkplatz aus einen Fußweg auf den höher gelegenen zentralen Innenhof geschaffen, ein sanfter, bequemer Anstieg auf Pflastersteinen. Dieser Weg ist aber nicht der kürzeste. Man kann auch geradeaus über den Rasen laufen. Damit muss irgendwer einmal begonnen haben. Andere folgten diesem Beispiel. Immer mehr benutzten diese Spur, bis daraus ein Trampelpfad wurde. Der Rasen war jetzt ganz verschwunden. Es gab dann den einen oder anderen Versuch der universitären Gärtnerei, den Rasen zu flicken und die ursprüngliche Situation wiederherzustellen. Vergebens. Die Menge setzte sich durch, der Rasen verschwand, der Trampelpfad kam wieder zum Vorschein. Schließlich hatte die Uni-Leitung ein Einsehen und pflasterte den Trampelpfad. Der war jetzt quasi amtlich geworden und stand gleichwertig an der Seite des ersten Wegs.

Das ist Sprachwandel: Ein Anreiz, ein paar Sprecher geben diesem Anreiz nach, es folgen immer mehr, es gibt ein paar Versuche, die Sache rückgängig zu machen, am Ende setzt sich die neue Variante durch.

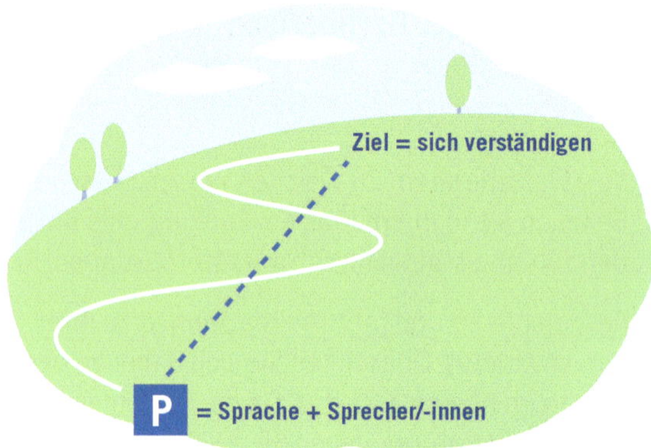

1 Sprachwandel ist universell, kontinuierlich, unumgänglich: Erklären Sie diese drei Merkmale und diskutieren Sie, inwiefern sie Ihnen unmittelbar einleuchten. Stellen Sie sich dazu Fragen wie:
Kann ich mir irgendwo auf der Welt eine ewig gleiche Sprache vorstellen? Was müsste geschehen, damit sich eine Sprache zehn oder 100 Jahre nicht verändert? Kann ... den Sprachwandel verbieten?

2 **a** Das Bild vom Trampelpfad lässt sich wie eine Parabel (▸ S. 448) deuten: Ergänzen Sie die Illustration digital oder übertragen Sie weitere Elemente der Bildebene auf die gemeinte sprachliche Sachebene: Wer könnte z. B. in der Sprache der Gärtner sein, der den Rasen wieder flickt? Und wer die Uni-Leitung?

b Veranschaulichen Sie die Theorie vom Trampelpfad an folgenden Beispielen:
Desoxyribonukleinsäure → ... Mobiltelefon → ... „Echt jetzt?" → ... „Bin mal bisschen sporten" → ...

c Überlegen Sie, welche Motive für den Sprachwandel wirksam sein können.

3 Beim sprachlichen Trampelpfad wird (bildlich) mit den Füßen abgestimmt. Diskutieren Sie, ob Sie Schäfer zustimmen, dass Sprachwandel demnach eine „zutiefst demokratische Angelegenheit" (▸ Z. 11 f.) ist.

Winfried Ulrich **Triebkräfte des Wandels** (2020)

Folgende Vorgänge haben sich als starke Triebkräfte des [sprachlichen] Wandels erwiesen:

1. Das allgemeine Streben nach **Sprachökonomie,** das Bemühen, mit möglichst wenig sprachlichem Aufwand möglichst viel Information weiterzugeben.

2. Der **Generationenwechsel** mit Unterschieden im Sprachgebrauch der Eltern/Großeltern gegenüber dem der sich distanzierenden Jugendlichen.

3. Die **Frauenbewegung** mit feministischer Kritik an der tradierten „Männersprache".

4. Eine **regionale Mobilität** der Bevölkerung mit Mischung der mundartlichen Besonderheiten.

5. Die **Verbreitung von Wissen** aus verschiedenen Fachdisziplinen in der Gesamtbevölkerung und das damit verbundene Eindringen von Fachwörtern in die Gemeinsprache.

6. Die **Übernahme von Lebensformen** und Kulturelementen aus anderen Ländern und die damit verbundenen Entlehnungen aus anderen Sprachen.

7. Der **Minderheitenschutz** mit Forderung nach nicht diskriminierender Sprache durch Political Correctness.

8. Die **Migration** mit Sprachmischung und Ausbildung eines lexikalisch und grammatisch vereinfachenden „Pidgindeutsch".

9. Die sprachliche **Erfassung kultureller Neuerungen:** Benennung von Erfindungen und technischen Neuentwicklungen, modischen Erscheinungen der Unterhaltungsindustrie, kulinarischen Anregungen auf Auslandsreisen.

10. Die zunehmende **Vermündlichung** der Schriftsprache (Oralisierung) mit wachsender Lockerung der strengen schreibsprachlichen Normen (Abschwächung ihrer Verbindlichkeit), besonders in den neuen **digitalen Medien.**

1 Entscheiden Sie spontan: Welche der genannten Triebkräfte für den Sprachwandel halten Sie für die wichtigste? Begründen Sie.

2 a Entscheiden Sie sich zu zweit oder dritt für eine Triebkraft des Sprachwandels und untersuchen Sie diese.
- Veranschaulichen Sie den jeweiligen Vorgang des Wandels, z. B. das Streben nach Sprachökonomie, anhand von Beispielen genauer.
- Erörtern Sie mit Hilfe der Information unten, inwiefern die jeweilige Triebkraft einen ungesteuerten oder gesteuerten Sprachwandel bewirkt und welche Motive an ihr beteiligt sein können.

b Tragen Sie Ihre Ergebnisse vor. Überprüfen Sie Ihre anfängliche Einschätzung (▶ Aufgabe 1).

3 Erklären Sie die Metapher vom Wirken der unsichtbaren Hand (▶ Information). Nutzen Sie dazu folgende Gegenüberstellung: *Sprachgebrauch: individuell mit Absicht, zielgerichtet – von der Sprachgemeinschaft ohne „Master-Plan"*

Information **Sprachwandel**

Alle Sprachen verändern sich kontinuierlich, denn wir passen unseren Sprachgebrauch ständig unseren Sprechabsichten an und tragen so bewusst oder unbewusst zum Sprachwandel bei.

- **Ungesteuerter Sprachwandel** geschieht, wenn sich durch individuelle Sprachentscheidungen Veränderungen langsam und ohne Plan verstetigen, z. B. nicht mehr benutzte Wörter verschwinden oder eine gelungene Formulierung durch Wiederholung zur Redewendung wird. Hierfür wird auch die Metapher des **Wirkens einer unsichtbaren Hand** verwendet.
- **Gesteuerter Sprachwandel** meint, dass Sprache durch bewusste Sprachverwendung, öffentliche Diskussion oder normierende Einflussnahme verändert wird, z. B. durch eine amtliche Rechtschreibreform.

Als wichtige **Motive für den Sprachwandel** gelten: sprachliche **Effizienz** bzw. Ökonomie, die vor allem durch **Vereinfachung** oder **Verkürzung** erreicht werden, sowie sprachliche **Emphase** bzw. **Betonung,** die vor allem durch **Variationen** und **Kreativität** erreicht werden, z. B. Wortneuschöpfungen, Frauen explizit nennen, um sie sichtbar zu machen.

Genderstern trifft deutsche Grammatik – Wer beugt wen?

Was die Rechtschreibung betrifft, ist die Sache kein Problem: Der Genderstern ist als Begriff in die Wörterbücher eingezogen, seine Bedeutung erklärt der Duden emotionslos so: „bei Personenbezeichnungen zwischen Wortstamm beziehungsweise maskuline Flexionsendung und feminine Flexionsendung gesetzter Asterix, der der sprachlichen Gleichbehandlung aller Geschlechter dienen soll (z. B. Leiter*innen, Pilot*in)". Dieser Beschreibung kann man allerdings kaum anmerken, wie die Debatte um den kleinen Stern die Gemüter erhitzt. Die Frage, ob oder wie der hier lapidar beschriebene Einsatz des Gendersterns grammatisch tatsächlich funktioniert, wird im Pro und Kontra zum Thema Gendern häufig angesprochen.

Roland Kaehlbrandt **Nur für Liebhaber: ein Überschuss an grammatischen Formen** (2022)

Der Sprachwissenschaftler Roland Kaehlbrandt führt in seiner „Liebeserklärung" an die deutsche Sprache ihre vielen Vorzüge aus, gibt aber zu, dass der grammatische Formenreichtum des Deutschen eine Herausforderung ist.

Nun kommen im Zusammenhang mit Bemühungen um eine geschlechtergerechte Sprache weitere neue Formen hinzu. Betrachten wir das Substantiv *Praktikant* im gegenderten Plural:

*die Praktikant*innen*

Da in dieser Form die durch den Genderstern abgetrennte Form *Praktikant** offenbar das Rumpfmaskulinum[1] darstellt – es soll ja gerecht sein – , ist neben den klassischen Pluralformen *die Praktikantinnen* und *die Praktikanten* noch eine dritte Pluralform zu lernen: *die Praktikant.* Die grammatisch korrekte männliche Pluralform wird gestrichen, übrig bleibt nur die weibliche. Die gilt für etliche weitere Plurale wie zum Beispiel:

*-ier, die Bankier*innen (die Bankier)*
*-ist, die Kommunist*innen (die Kommunist)*
*-ose (die Französ*innen (die Französ),*
hier zusätzlich mit Umlaut
*-er, die Bäuer*innen,(die Bäuer),* dito

Auch die Silbentrennung in der Rechtschreibung müsste neu gelernt werden. Bislang trennt man entsprechend dem silbischen Prinzip *Leh-re-rin-nen.* Bei den gegenderten Formen wäre aber neben der klassischen Silbentrennung der Nomina im Falle von Personenbezeichnungen zusätzlich die folgenden Worttrennung zu lernen: *Leh-rer-in-nen.* Das silbische Prinzip würde also orthografisch durch das Stammprinzip ergänzt.

Auch im Singular der deutschen Nominalgruppe wäre einiges an Liebhaberei (oder ersatzweise an politischem Gestaltungswillen) aufzubringen, um die neuen Formen zu lernen: *Gesucht wird eine*r niedergelassene*r Kinderarzt*ärztin.* Wenn wir das obige Ausgangsbeispiel von Mark Twain[2] noch einmal heranziehen, so müsste unser amerikanischer Freund vollends die Hoffnung fahren lassen: *mein*e gut*e*r Freund*in; meiner*s guten Freund*in*es; mein*er*em guten Freund*in.* Im Plural desgleichen.

Fazit: Schwer zu schreiben, schwer zu lesen, kaum zu sprechen – und schwer zu unterrichten und zu lernen. Es bleibt spannend, ob sich die expliziten biologischen Formen und die damit einhergehenden Verschiebungen in der Bezeichnungsarchitektur[3] des Deutschen gegen Tendenzen der Sprachökonomie durchsetzen werden. Die Vorschläge zur sprachlichen Gerechtigkeit, die auf dem Tisch liegen, sind derzeit weder morphologisch noch ästhetisch überzeugend. Stattdessen rufen sie Trotz hervor – noch dazu auf allen Seiten. Eine verfahrene Situation – wie bedauerlich! Wie wäre es aber, wenn Sprachwissenschaftler, Literaten, Lehrkräfte und ausländische oder eingewanderte Sprachlerner (jederlei Geschlechts) offiziell eingeladen würden, praktikable Lösungen zu erarbeiten, die von einer klaren Mehrheit der Sprachgemeinschaft auch akzeptiert werden könnten?

1 das Rumpfmaskulinum: der Wortstamm der männlichen Wortform, ohne Endung

2 Mark Twain kritisiert die Nominalgruppen und ihre Deklination, z. B. Nominativ: mein guter Freund, Genitiv: meines guten Freundes, Dativ: meinem guten Freund usw.

3 die Bezeichnungsarchitektur: das System der Bezeichnungen für Männer und Frauen

Christine Olderdissen **Gender*leicht*. Wie Sprache elegant für alle gelingt** (2021)

Die Autorin, Juristin und Journalistin Christine Olderdissen hat das Projekt „Genderleicht.de" des Journalistinnenbunds e. V. geleitet, das von der Bundesregierung gefördert wurde. In ihrem Buch geht sie u. a. auf grammatische Probleme beim Gendern ein.

Wer Ä sagt, darf auch Sternchen setzen

Sie kennen die beliebte Witzform: Was haben ein Anwalt, ein Franzose und ein Bauer gemeinsam? Nach dem Lesen der Überschrift kommen Sie gleich darauf: Das Problem heißt Umlaut. Kommen die Gendersternchen dazu, dann schreiben viele einfach: *Anwält*innen, Französ*innen, Bäuer*innen.* Aber ist das korrekt? Machen Sie die sogenannte Weglassprobe: Ergibt das Wort ohne die feminine Endung einen Sinn? In diesem Fall: Leider nein, denn wer kennt schon einen *Anwält,* einen *Bäuer* oder einen *Französ?* Der Duden [empfiehlt], das Wortpaar mit Schrägstrich zu schreiben; also *Bauern/Bäuerinnen; Franzosen/Französinnen.* Diese Lösung ist nur leider sehr umständlich – und auch nicht richtig aussagekräftig. Der Genderstern erfüllt eigentlich perfekt den Zweck, alle Menschen einzuschließen. Außerdem ist die Sprachgemeinschaft auf der Suche nach der besten Lösung und spielt mit Genderzeichen herum. Da können wir doch einfach testen, ob die Schreibweise funktioniert. Wir sehen längst, dass *Anwält*innen* und *Bäuer*innen* in vielerlei Texten verwendet werden, genauso wie *Französ*innen.* Wenn sich diese Schreibweise allgemein durchsetzt, wird auch der Rat für deutsche Rechtschreibung irgendwann seinen Widerstand aufgeben. Und ganz ehrlich, es verstehen doch alle, wer mit Französ*innen gemeint ist.

Silbentrennung bei Genderstern & Co

Wo gehört das Sternchen bei der Silbentrennung hin? An den maskulinen Wortteil bzw. Wortstamm oder in die neue Zeile, vor die *Endung -innen?* Über zwei Zeilen geteilt würde es so aussehen:

Nutzer-* oder *Nutzer-*
innen **innen*

Wichtiger Tipp: Vermeiden Sie Silbentrennung! Warum trennen, was Sie durch das Sternchen zusammengefügt haben: die geschlechtliche Vielfalt.
Doch was, wenn ein Wort nicht mehr in die Zeile passt oder wenn die Textspalte ohne das getrennte Wort eine unschöne Lücke hätte? Dann muss es getrennt werden, denken Sie? Gehen Sie pragmatisch vor: Tauschen Sie Wörter im Satz davor oder dahinter aus, bei gleichem Inhalt. Machen Sie ihn dadurch länger oder kürzer, bis Sie das Wort mit dem Gendersternchen nicht mehr trennen müssen.

Mit Kreativität gegen das Genderdilemma

Ein ernst zu nehmender Kritikpunkt am Gendern ist, dass es die Sprache holprig macht, Sätze unaussprechlich werden, Gedanken nicht mehr nachvollziehbar sind. Allem guten Anspruch für mehr Geschlechtergerechtigkeit zum Trotz: Das ist nicht Sinn der Sache. Der Ausweg jedoch liegt so nah. Sagen Sie es mit anderen Wörtern – wenn wir nur ganz kurz nachdenken, entdecken wir die vielen Möglichkeiten, dasselbe auf die eine oder andere Art zu sagen oder zu schreiben. So schaffen wir, dass sich alle Geschlechter gemeint fühlen. Mit Sprache spielen hilft.

1 Positionieren Sie sich spontan zu den beiden Texten: Welcher überzeugt Sie mehr? Begründen Sie kurz.

2 Die Texte thematisieren die gleichen Grammatikprobleme beim Genderstern-Einsatz. Wählen Sie a oder b.

●●○ **a** Erläutern Sie anhand beider Texte, welche Schwierigkeiten sich mit dem Genderstern bei der **Silbentrennung** ergeben und welche Lösungen dafür angeboten werden.

●●● **b** Erklären Sie mit Hilfe der Beispiele in beiden Texten, welche Probleme der Genderstern bei der **Deklination,** v. a. bei der **Pluralbildung mit Umlaut,** bewirkt. Wie stark gewichten Sie diese Problematik?

c Stellen Sie Ihre Ergebnisse vor. Diskutieren Sie, für wie relevant Sie den grammatischen Faktor bei der Diskussion um das Gendern halten. Beziehen Sie eigene Lese- und Schreiberfahrungen mit ein.

3 **a** Prüfen Sie, inwiefern Kaehlbrandt und Olderdissen ihr Thema kritisch, aber lösungsorientiert behandeln.

b Beziehen Sie die Lösungsvorschläge mit folgenden Begriffen auf Ihnen bekannte Sprachwandeltheorien.
demokratischer Prozess – gesteuerter Sprachwandel – ungesteuerter Sprachwandel – Trampelpfad

Ein Blick in die Glaskugel – Wie geht es weiter mit der deutschen Sprache?

Winfried Ulrich **Zukunft des Sprachwandels** (2020)

Welche Veränderungen wird die deutsche Sprache in den kommenden Jahren und Jahrzehnten erfahren? Die Prognosen weisen in verschiedene Richtungen, ohne dass die Experten sich einig sind. Zumeist werden folgende umfassendere fortschreitende Entwicklungen vermutet:

Fremde Sprachen werden die Strukturen des Deutschen stark beeinflussen, mit einer Erweiterung des Wortschatzes, aber einer Vereinfachung der Grammatik. Immer mehr Menschen werden Englisch lernen (teilweise schon im Kindergarten) und immer besser beherrschen (Englisch als durchgängige Berufssprache?). Es wird sogar manchmal befürchtet, dass besonders bildungs- und karrierebewusste Eltern zu Hause mit ihren Kindern Englisch sprechen könnten und sich in manchen Gesellschaftsschichten eine „Kaste der Anderssprachigen“ herausbilden könnte. Vermutlich wird diese Befürchtung wohl ebenso wenig eintreffen wie die, dass die deutsche Sprache in absehbarer Zeit zum bloß häuslichen Dialekt werden oder ganz aussterben könnte.

Computer werden einen immer größeren Anteil an der Kommunikation haben. Dabei wird das technische Medium zunehmend auch zum Adressaten, der aktiv mitliest, analysiert, ausfiltert, ordnet, speichert. Das erfordert eine Anpassung der Sprachen an die Verarbeitungsweise des Adressaten: Standardisierung, Vereinfachung, Reduzierung der Variation, Vermeidung von Ambiguitäten. Die Vielfalt der digitalen Medien erlaubt aber auch eine Ausdifferenzierung des sprachlichen Handelns: korrektes Hochdeutsch an den Chef, Dialekt mit Freunden, Sprachspiel über Facebook. Beherrschte Regeln müssen nicht bei jeder Gelegenheit angewendet werden.

Die weitverbreitete Sprachkritik mit dem pauschalen Urteil eines Sprachverfalls wird nicht verstummen. Der gesellschaftliche Megatrend der Individualisierung ermutigt viele Menschen zu sprechen, wie ihnen der Schnabel gewachsen ist, und auch so ähnlich zu schreiben, sich dabei über Konventionen und Regeln forsch hinwegzusetzen. Dieses Verhalten aber provoziert andere Teile der Bevölkerung, bestärkt sie in ihrem Urteil („gefühlter“ Sprachverfall) und lässt sie umso mehr auf Einhaltung fester Sprachnormen bestehen. Verstöße dagegen werden von ihnen weiterhin als fatale Vereinfachung von Grammatik und Wortschatz, ja Niedergang unserer Kultur angesehen werden.

Gegenüber einer solchen radikalen Sprachkritik wird die Sprachwissenschaft auch in Zukunft den Standpunkt vertreten, dass alle Sprecher der deutschen Sprache durch deren tägliches millionenfaches Benutzen dauernd Sprachveränderungen und mit der Zeit Wandlungen der Normen herbeiführen. Dabei wird weitergegeben, was sich bewährt. Anderes verschwindet wieder. In der Zwischenzeit konkurrieren unterschiedliche Ausdrücke und Ausdrucksweisen miteinander. Sie bilden sprachliche Zweifelsfälle. Sprachwandel darf weder als Zeichen und Ergebnis eines zunehmenden Sprachverfalls angesehen werden noch in jeder Hinsicht als eine Bereicherung der Sprache. Eine Bewertung des Wandels im Blick auf das Ausdrucksvermögen der Sprachbenutzer muss immer beides berücksichtigen: permanente Abnahme und permanente Zunahme der Ausdrucksmöglichkeiten.

1 Erklären und diskutieren Sie die im Text fett gedruckten angeführten Prognosen für die deutsche Sprache.
- Inwiefern beeinflusst Englisch die deutsche Sprache womöglich weitreichender als durch Anglizismen?
- In welche unterschiedlichen Richtungen entwickelt sich die Sprache durch die Digitalisierung?

2 Führen Sie mit Hilfe Ihrer Kenntnisse aus dem Unterricht aus, was der Autor im zweiten Teil seiner Ausführungen (vgl. Z. 36–67) zum Sprachwandel erklärt und wie er sich dabei von der Sprachkritik abgrenzt.

3 Wissenschaft ist keine Wahrsagerei: Überlegen Sie, wie die Sprachwissenschaft zu ihren Prognosen kommt, z. B.: *Aus den Beobachtungen der Entwicklungen bis zum jetzigen Zeitpunkt …*

.3 Materialgestützt argumentieren

Aufgabenbeispiel
An Ihrer Schule setzt sich eine Projektwoche mit dem Thema „Sprachen an unserer Schule" auseinander, die mit einem Präsentationstag für die Schulöffentlichkeit enden soll. Alle Muttersprachen von Schülerinnen und Schülern sollen vorgestellt werden. Sie sind Mitglied einer Arbeitsgruppe, die das Deutsche als Sprache präsentiert.
Verfassen Sie einen Beitrag für die Broschüre, die zum Präsentationstag erscheinen soll. Setzen Sie sich in Ihrem Beitrag argumentativ mit der Frage auseinander, ob die deutsche Sprache in ihrer Existenz bedroht ist. Nutzen Sie für Ihre Argumentation die Materialien M1 bis M6 (▶ S. 197–200) und beziehen Sie unterrichtliches Wissen zum Sprachwandel und zu den Sprachvarietäten (Dialekten), z. B. zur Frage zu deren Erhalt, sowie eigene Erfahrungen mit ein. Formulieren Sie eine geeignete Überschrift.

M1 Das Deutsche könnte bald verschwinden (2018)

Der Sprachwissenschaftler Prof. Dr. Wolfgang Klein spricht anlässlich des „Tags der deutschen Sprache" mit n-tv. Die Fragen stellt Kira Pieper.

Sie haben mal gesagt, dass die deutsche Sprache in 200 bis 300 Jahren ausgestorben sein wird. Wie kommen Sie zu dieser Annahme?
Auf der Erde gibt es derzeit 6000 bis 7000 Sprachen und sehr viele davon sind vom Aussterben bedroht. Man schätzt, dass im Schnitt alle 14 Tage eine Sprache verschwindet. Besonders bedrohte Sprachen haben vielleicht ein paar Hundert Sprecher, die sich untereinander verständigen können. Wenn diese Sprecher sterben oder aufgrund der Globalisierung zu einer Sprache mit mehr Sprechern und damit größerer Reichweite wechseln, stirbt die Sprache.
Und wie steht es nun um das Deutsche?
Das Deutsche hat 100 Millionen Muttersprachler. Dass es also in nächster Zeit aussterben wird, ist unwahrscheinlich. Doch auch für das Deutsche wird die Globalisierung zunehmend zum Problem, denn als internationale Sprache verliert es rapide an Bedeutung. Zum Vergleich: Chinesisch hat eine Milliarde Muttersprachler, Tendenz steigend; Spanisch sprechen immerhin 400 Millionen, Hindi/Urdu etwa ebenso viele und auch dort steigt die Sprecherzahl. Nicht so beim Deutschen; ein großer Teil der Grundschulkinder hat einen Migrantenhintergrund und ihre Beherrschung des Deutschen bei Schulabschluss ist, vorsichtig gesagt, nicht immer vollkommen. Weltweit lernen auch immer weniger Menschen Deutsch als Zweitsprache und als Wissenschaftssprache ist es möglicherweise bald völlig bedeutungslos. Und dass in 300 Jahren noch nennenswert Deutsch gesprochen oder geschrieben wird – darauf würde ich keine Wette eingehen.
Zumindest in Berlin ist auffällig, dass in manchen Cafés, Geschäften und Unternehmen ausschließlich Englisch gesprochen wird. Wie gefährlich ist dieses Phänomen für die deutsche Sprache?
Um das Phänomen zunächst einmal zu erklären: Die Globalisierung und die ständige Mischung der Kulturen erfordern eine gemeinsame Sprache, in der sich möglichst viele verständigen können. Für eine solche Gemeinsprache gibt es nur einige wenige Kandidaten, die infrage kommen. Zunächst Englisch, dann Chinesisch, Spanisch und auch das moderne Hocharabisch mit derzeit etwa 300 Millionen Sprechern. Im Fall des Englischen gibt es zwar nur etwa 370 Millionen Muttersprachler, aber mindestens eine Milliarde Menschen nutzen es regelmäßig als Zweitsprache. Es wird dort gesprochen, wo Sprecher mit verschiedenen Kulturen und Sprachen verkehren. Oder wo man glaubt, dass es so ist. In Deutschland ist Englisch oft auch ein bisschen zur Schickimicki-Sprache geworden. Aber ich glaube nicht, dass das Englische das Deutsche insgesamt bedroht. Sonst bräuchte man nicht so viele Tausend Romane aus dem Englischen zu übersetzen. [...]
Was können wir Deutschsprecher tun, damit es die deutsche Sprache lange gibt?
Das kann man nur bedingt steuern. Was nicht scha-

den kann, ist ein gewisser Stolz auf die eigene Sprache. Man sollte sich eben nicht so schnell dazu verleiten lassen, Englisch zu sprechen. Und man sollte auch bei seinen Kindern darauf achten, dass sie ihre Sprache gut beherrschen – und das heißt, nicht nur auf die Rechtschreibung zu achten, sondern auch darauf, dass sie sich gut ausdrücken können. Eine Sprache lebt dadurch, dass man sie spricht und schreibt.

Wie sieht die nahe Zukunft der deutschen Sprache aus? Sagen wir, so in 50 Jahren? Wird das Deutsche gespickt von englischen Wörtern sein?
Das hängt im Wesentlichen von politischen Entwicklungen ab. International gesehen ist Deutschland militärisch und politisch relativ unbedeutend und kulturell leider zunehmend auch. Das hat Auswirkungen auf den Gebrauch der Sprache.

M2 Zu Hause vorwiegend gesprochene Sprache (2021)

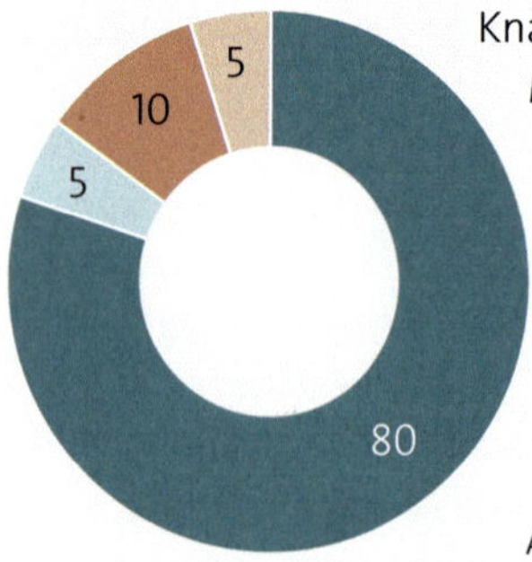

Knapp 80 % der rund 82,3 Millionen in Privathaushalten lebenden Menschen hierzulande sprechen ausschließlich Deutsch in den eigenen vier Wänden. Das teilte das Statistische Bundesamt anlässlich des Internationalen Tages der Muttersprache am 21. Februar 2021 mit.

- nur Deutsch
- vorwiegend Deutsch
- vorwiegend mindestens eine andere Sprache
- kein Deutsch

Angaben in %
© *Statistisches Bundesamt*

M3 Entwicklung der Deutschlernenden weltweit (2020)

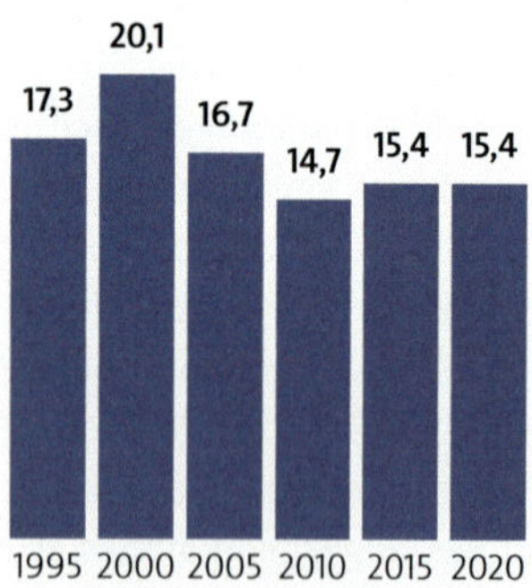

Angaben in Millionen,
Quelle: Auswärtiges Amt

Wie viele Menschen lernen eigentlich Deutsch? Eine simple Frage, die das Auswärtige Amt alle fünf Jahre beantwortet haben möchte. Die Antwort befindet sich in der 56 Seiten umfassenden Datenerhebung, die das Auswärtige Amt am 04.06.2020 im Rahmen einer Pressekonferenz in Berlin präsentiert hat. Die meisten Menschen lernen Deutsch in Europa. Insgesamt sind es rund 9,3 Millionen Menschen. Während in Dänemark, den Niederlanden und in Frankreich sehr hohe Wachstumszahlen von bis zu 62 Prozent zu verzeichnen sind, gehen die Zahlen in anderen europäischen Ländern stark zurück. Besonders stark sinkt die Zahl der Deutschlernenden in Polen (–15 Prozent) und Großbritannien (–25 Prozent), beides Länder, in denen Deutsch viele Jahre gut aufgestellt war.

M4 Wandel statt Verfall (2022)

Ralf Caspary (SWR 2): Das Deutsche ist lebendig und stark und zeigt keine Anzeichen des Verfalls. Oder doch? Das sagt der Trierer Sprachwissenschaftler Dr. Werner Schäfer:

Werner Schäfer: Das Deutsche ist stark und lebendig und zeigt keine Anzeichen des Verfalls. Und es wird auch noch in dreißig Jahren noch stark und lebendig sein. Aber: Wie können wir da so sicher sein? [...] Da ist zunächst einmal die schiere Zahl von Sprechern des Deutschen. Es dürften um die 100 Millionen sein, die meisten davon Muttersprachler. Nun könnte man einwenden: Was ist das schon im Vergleich zum Arabischen, zum Spanischen oder gar zum Chinesischen? Aber als Maßstab sollten

nicht andere Sprachen herhalten, sondern das Deutsche selbst. Seine Vergangenheit. Noch nie hat Deutsch so viele Sprecher gehabt wie heute, nicht einmal in der Zeit der größten Ausdehnung der deutschen Reiche. Das Deutsche ist also stark schon aufgrund der Zahl seiner Sprecher.
Wichtiger als die schiere Zahl der Sprecher ist aber der Gebrauch des Deutschen. Deutsch wird auf der Straße, beim Bäcker, an der Bushaltestelle gesprochen, bei der Familienfeier, im Schwimmverein, in Diskotheken, unter Hobbygärtnern und Bastlern, in Gewerkschaften, Kirchen, Parteien, im Parlament und vor Gericht, in der Sportschau und in der Tagesschau. Noch wichtiger: Deutsch wird nicht nur gesprochen, sondern auch geschrieben, in Zeitungen, auf Einkaufszetteln, auf Verkehrsschildern, in Parlamentsakten, auf Postkarten, auf Werbeplakaten. Und schließlich, und das ist von ganz zentraler Bedeutung: Deutsch wird unterrichtet, als Muttersprache, als Zweitsprache, als Fremdsprache. Und Deutsch ist Unterrichtssprache, für Geografie und Mathematik, für Buchhaltung und technisches Zeichen, für Lesen und Schreiben, in der Fahrschule und in der Tanzschule. Damit hat das Deutsche die wichtigsten Trümpfe in der Hand, die eine Sprache nur haben kann: Schrift und Schule. Wir brauchen uns also über die Zukunft des Deutschen keine Sorgen zu machen.

M5 Roland Kaehlbrandt[1] **Ein Blick nach vorn** (2022)

Der Sprachwissenschaftler Dieter Wunderlich hat das durchschnittliche Alter der Sprachen auf 1500 Jahre taxiert. In der Tat können Sprachen sterben. Mit ihnen gehen kulturelle Schätze unter. Aber Sprachen können auch wiederbelebt werden. Das Hebräische ist ein solches Beispiel. Auch die Sprache der Maori auf Neuseeland wurde durch politischen Willen wiederbelebt. Muss das Deutsche eines Tages wiederbelebt werden, weil es bereits untergegangen ist? Weder Sorglosigkeit noch Aufgeregtheit sind am Platze. Das Deutsche ist eine der großen Sprachen der Welt, sein Untergang ist nicht wahrscheinlich. Vier Einflussgrößen sind aber zu benennen, wenn es um die weitere Entwicklung des Deutschen geht.
Erstens die Position der deutschen Sprache als Landessprache. Gerade in Einwanderungsländern ist es wichtig, dass es neben den Minderheitensprachen auch eine Landessprache gibt, die als Standard- und Bildungssprache gut beherrscht wird.
Zweitens die grammatische Funktionalität: Auch wenn die gesellschaftlichen Impulse, die zur Einforderung einer zunehmenden sprachlichen Sensibilität führen, nachvollziehbar sind, so muss doch die Morphologie des Deutschen[2] im Bereich der so häufigen Personenbezeichnungen unmissverständlich funktionieren. Die vorliegenden Erneuerungsvorschläge leisten dies (noch) nicht, weder funktional noch unter dem Gesichtspunkt der Gerechtigkeit. Es wird darauf ankommen, hier Lösungen zu finden, die für die Mehrheit der Sprachgemeinschaft akzeptabel sind.
Drittens die Sprachverwendung in allen gesellschaftlichen Bereichen: Erfahrungsgemäß sind es Gebrauchseinschränkungen, die Sprachen gefährden können. Deshalb ist das Zurückdrängen des Deutschen in Wirtschaft und Wissenschaft, schon gar im Bereich des Rechts, nicht widerspruchslos zu akzeptieren. [...]
Viertens: die Sprachautomatisierung. Der Linguist Gerd Antos hat in einem klarsichtigen Artikel darauf aufmerksam gemacht, dass der Mensch sein Sprachmonopol durch Sprachroboter und Spracherkennung mit Hilfe künstlicher Intelligenz einbüßt. Wir sind gut beraten, darauf zu achten, welche Sprache unsere unermüdlichen digitalen Gesprächspartner sprechen und welchen Sprachstil sie pflegen.
Letztlich ist die Lebensfähigkeit des Deutschen vom Sprachbewusstsein der Sprachgemeinschaft abhängig. Da ist es gut zu wissen, was uns die deutsche Sprache an großen Vorzügen bietet. [...] Die deutsche Sprache ist ein kostbares Gut und ein schönes Geschenk. Es ist uns anvertraut.

---

1 Prof. Dr. Roland Kaehlbrandt ist Sprachwissenschaftler und lehrt an der Alanus-Hochschule für Kunst und Gesellschaft in Alfter.

2 die Morphologie: Teilbereich der Grammatik, der sich mit der Wortbildung beschäftigt; im Kontext der hier erwähnten Sprachsensibilität bedeutet dies, dass die Verwendung von Sonderzeichen, wie zum Beispiel des Gendersterns, zu grammatikalisch nicht korrekten Formen führen kann, z. B. Ärzt*in, Bäuer*in.

M6 Schlecht in Deutsch – gut in Englisch (2023)

Die Deutsch-Leistungen von Neuntklässlern haben sich einer Studie zufolge seit 2015 deutlich verschlechtert. Etwa jeder Dritte scheiterte im vergangenen Jahr bei deutschlandweiten Tests an Mindeststandards für den mittleren Schulabschluss (MSA) im Bereich Lese- und Hörverständnis – mehr als jeder Fünfte verfehlte diese im Bereich Rechtschreibung. Das geht aus dem IQB[1]-Bildungstrend hervor, der zum Abschluss der Kultusministerkonferenz (KMK) vorgelegt wurde. Im Vergleich zur Vorgängeruntersuchung von 2015 zeigt sich ein signifikanter Anstieg der Schülerinnen und Schüler mit Problemen im Bereich Lesen und Rechtschreibung von jeweils rund neun Prozentpunkten. Im Bereich Zuhören/Hörverständnis sind es sogar 16 Prozentpunkte. [...]

Einen Lichtblick liefert die Studie dennoch: Im Gegensatz zu den Deutsch-Ergebnissen sind die Fähigkeiten im Fach Englisch „äußerst erfreulich“, heißt es im Bericht der Studienautoren. Neuntklässler seien im Jahr 2022 deutlich besser in der Lage, schriftliche Texte und gesprochene Sprache in Englisch zu verstehen als 13 Jahre zuvor. Der Anteil derjenigen, die hier die MSA-Mindeststandards verfehlten, sank im Leseverstehen um jeweils drei Prozentpunkte auf 24 und im Hörverstehen um ebenfalls drei Prozentpunkte auf 14 Prozent.

Die Studienautoren gehen davon aus, dass vor allem die stärkere Nutzung von digitalen Medien und Inhalten auf Englisch während der Corona-Pandemie zu dem Ergebnis beigetragen haben könnte.

1 IQB: Institut zur Qualitätsentwicklung im Bildungswesen

Die Aufgabenstellung verstehen

1 **a** Besprechen Sie zu zweit, was die **Aufgabenstellung** (► S. 197) von Ihnen verlangt. Halten Sie mit Hilfe der Leitfragen (► Information) alle relevanten Informationen fest, z. B. in einer Mind-Map.

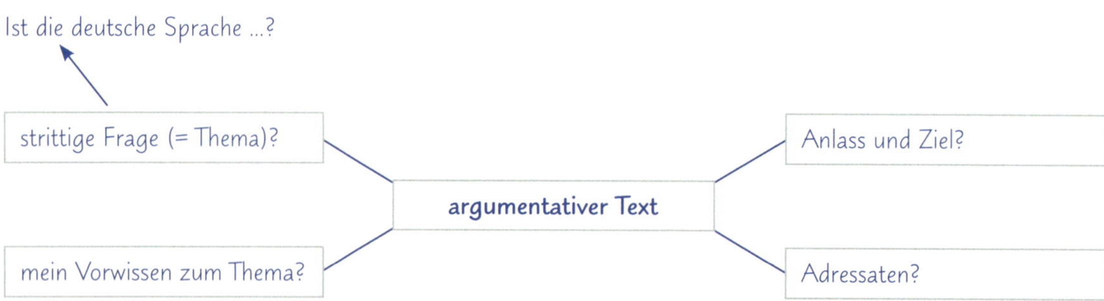

b Prüfen Sie bei den folgenden Arbeitsschritten (► 201 ff.), welche Aufgaben und Formulierungshilfen Sie nutzen möchten.

Information **Materialgestützt argumentieren: Die Aufgabenstellung verstehen**

In einem materialgestützten argumentativen Text setzen Sie sich mit einer strittigen Frage auseinander, indem Sie Pro- und Kontra-Argumente abwägen (erörtern ► S. 464) und dann ein begründetes Fazit ziehen. Folgende **Leitfragen** helfen Ihnen, alle Aspekte der Aufgabenstellung zu erfassen:

- Wie lautet die **strittige Frage,** mit der Sie sich argumentativ auseinandersetzen sollen?
- Was sind **Anlass** und **Ziel** des geforderten Textes?
- Wer sind die **Adressaten** des Textes? Welches Vorwissen haben Ihre Adressaten zum Thema? Je nachdem müssen Sie Fachbegriffe erklären und/oder Ihre Erläuterungen so gestalten, dass sie für Ihre Adressaten verständlich sind.
- Welches **Vorwissen** aus Ihrem Unterricht können Sie zum Thema einbringen? Welche Materialien stehen Ihnen zur Verfügung, um Pro- und Kontra-Argumente zur Streitfrage zu sammeln?

Erstes Textverständnis und Ideen formulieren

2 Verschaffen Sie sich einen **Überblick** über die Materialien 1 bis 6 (▶ S. 197–200), indem Sie diese zügig lesen, ohne sich an Einzelheiten aufzuhalten, die Sie nicht sofort verstehen.

3 **a** In den Materialien werden verschiedene **Aspekte** angesprochen, die für die Streitfrage: „Ist die Existenz der deutschen Sprache bedroht?", argumentativ relevant sind. Notieren Sie, welche das sind, z. B.:
Globalisierung (M1), Zahl der Deutschsprecher (M1, M2, M3, M4), Englisch (M1, M6) ...

b Aktivieren Sie zu zweit Ihr **Vorwissen** zum Thema (Streitfrage). Markieren Sie anschließend in zwei Farben, was Sie eher der Pro-Seite („Die deutsche Sprache ist bedroht") und was eher der Kontra-Seite („Die deutsche Sprache ist nicht bedroht") zuordnen würden, z. B.:

Vorwissen zum Thema (Streitfrage)

- **Sprachwandel:** Englisch (Grammatik) einfacher als Deutsch
- **Sprachvarietäten:** Muttersprache wichtig für Identität, z. B. auch bewusster Schutz von Dialekten ...
- **Sprachkontakt:** Entlehnungen aus anderen Sprachen kein Problem
- **Eigene Erfahrungen:** ...

Die Materialien gezielt lesen und eine Stoffsammlung anlegen

4 Legen Sie sich eine Stoffsammlung für Ihre Argumentation an. Gehen Sie so vor:

a Lesen Sie die **Materialien** (M1, M4, M5, M6) intensiv. Markieren Sie auf dem Tablet oder einer Kopie Pro-Argumente und Kontra-Argumente in zwei Farben. Notieren Sie am Rand, welcher thematische Aspekt angesprochen wird, z. B.:

Das Deutsche hat 100 Millionen Muttersprachler. Dass es also in nächster Zeit aussterben wird, ist unwahrscheinlich.	Zahl der Deutschsprechenden
Doch auch für das Deutsche wird die Globalisierung zunehmend zum Problem, denn als internationale Sprache verliert es rapide an Bedeutung. Zum Vergleich: ...	Globalisierung: Problem für das Deutsche

b Werten Sie die **Grafiken** (M2, M3) aus. Nutzen Sie auch Markierungen (Pro und Kontra) und Randnotizen.

c Stellen Sie alle Pro- und Kontra-Argumente in einer Tabelle gegenüber. Berücksichtigen Sie hierbei alle Materialien (▶ S. 197–200) sowie Ihr Vorwissen (▶ Aufgabe 2).
Tipp: Sammeln Sie unterhalb der Tabelle Ideen, die Sie für Ihr Fazit verwenden wollen.

Stoffsammlung: Ist die Existenz der deutschen Sprache bedroht?

Pro: **Die deutsche Sprache ist bedroht**	Kontra: **Die deutsche Sprache ist nicht bedroht**
– Globalisierung: Deutsch verliert an Bedeutung, im Unterschied z. B. zu Chinesisch (1 Milliarde); Spanisch (400 Millionen) → Tendenz steigend	– 100 Mio. Muttersprachler (M1, M4) und relativ konstante Zahl von ... (M3), besonders gefährdete Sprachen nur ein paar Hundert Sprecher
– Bedeutung in Wirtschaft, Wissenschaft und Recht sinkt (M1, M5)	– vielfältiger und überwiegender Gebrauch des Deutschen (M2, M4), ...
– Englisch als Gemeinsprache ...	– viele Bücher werden noch übersetzt (M1)
...	...

Ideen für Fazit: „weder Sorglosigkeit noch Aufgeregtheit" (M5), Stolz auf eigene Sprache (M1)

Den Schreibplan erstellen und schreiben

5 Planen Sie auf Grundlage Ihrer Stoffsammlung die **Gliederung** Ihres Hauptteils. Gehen Sie so vor:

a Markieren Sie in Ihrer Stoffsammlung (▶ Aufgabe 3) die Argumente, die Sie verwenden wollen. Orientieren Sie sich an den folgenden Kriterien:
- starke Argumente wählen, besonders für die eigene Position, z. B.: Fakten, Aussagen von Experten und Organisationen, Bezug zu Werten und Normen herstellen, Vergleich mit ähnlichen Sachverhalten
- prüfen, ob Argumente gestützt werden können, z. B. durch Beispiele, Erläuterungen, Belege, Zitate
- Ausgewogenheit und Passung von Pro- und Kontra-Argumenten beachten

Tipp: Für Ihren Text ist nicht die Menge, sondern die Qualität der Argumente entscheidend.

b Überlegen Sie mit Hilfe der folgenden Informationen, welches Gliederungsmodell für Ihren Text geeignet ist. Erstellen Sie dann die Gliederung für den Hauptteil Ihrer Erörterung.

Information | **Gliederungsmöglichkeiten bei einer Pro-und-Kontra-Erörterung**

Für die Anordnung der Argumente im Hauptteil gibt es folgende Möglichkeiten:
- Sie können die **Pro- und Kontra-Argumente in Blöcken** gegenüberstellen: zuerst die der Gegenposition, dann die der eigenen Position.
- Sie führen **Argumente** gegen und für Ihre Position **im laufenden Wechsel** an. Die Gegenargumente können Sie hierbei sofort entkräften. Diese Gliederung bietet sich besonders an, wenn sich Ihre Pro- und Kontra-Argumente auf gleiche inhaltliche Aspekte beziehen, z. B. *Einerseits ist die Zahl ... Andererseits liegt sie weit über ...*

Pro und Kontra in Blöcken

Gegenposition
Argument 1
Argument 2
...
Eigene Position
Argument 1
Argument 2
...
Fazit

Pro und Kontra im Wechsel

Argument pro
Argument kontra
Argument pro
Argument kontra
...
Fazit

6 Sichten Sie die folgenden Formulierungsbausteine und nutzen Sie diese ggf. beim Schreiben.

Formulierungsbausteine | **Hilfen für die Pro-und-Kontra-Erörterung**

- **Einleitung (Überleitung zur Streitfrage)**
  - *... Deshalb stellt sich die Frage: ...*
  - *... Da diese Frage kontrovers diskutiert wird, möchte ich erörtern, was ...*
- **Argumente nennen und stützen**
  - *Eine Untersuchung aus dem Jahr ... zeigt, dass ...*
  - *XY ist der Auffassung / vertritt die Ansicht / erklärt, dass ...*
  - *Bei der Mehrzahl der Sprachwissenschaftler zeichnet sich ab, dass ...*
  - *Für/Gegen ... spricht, dass ...*
  - *Wichtig ist zunächst festzustellen ... Außerdem ... Darüber hinaus ...*
  - *Aus eigener Erfahrung kann ich bestätigen ...*
  - *Als Beispiel lässt sich anführen, dass ...*
- **Argumente (im Wechsel) gegenüberstellen**
  - *XY verweist auf ... Genau das Gegenteil behauptet allerdings ...*
  - *Für diese Position spricht ... Dem lässt sich aber entgegenhalten, dass ...*
  - *Einerseits ... Andererseits ist zu bedenken ...*
- **Fazit**
  - *Zurück zur Ausgangsfrage: ...? Wenn ich die Argumente für und wider ...*
  - *Obwohl ich ..., bin ich der Meinung ...*

7 **a** Lesen Sie die Checkliste in der linken Tabellenspalte und die **Musterformulierungen.** Machen Sie sich klar, wie die **Argumente** im Hauptteil angeordnet sind: Pro und Kontra im Wechsel oder in Blöcken?
b Unterstreichen Sie auf dem Tablet oder einer Kopie Formulierungen, die die Argumente einleiten.
c Verfassen Sie Ihre Erörterung. Nehmen Sie Ihre Ergebnisse aus den Aufgaben 4–6 zu Hilfe und nutzen Sie ggf. die Musterformulierungen. Formulieren Sie eine interessante Überschrift.

Checkliste	Musterformulierungen
Überschrift	**Deutsch forever? – Die deutsche Sprache braucht uns!**
Einleitung: ■ interessanter Einstieg ins Thema, Benennung der strittigen Frage	Wer hätte das gedacht: Auch Sprachen können sterben! Von den weltweit 6000 bis 7000 Sprachen stirbt alle zwei Wochen eine, so schätzen es Sprachforschende. Deshalb stellt sich die Frage: Ist auch die Existenz der deutschen Sprache bedroht? In diesem Beitrag möchte ich klären, was dafür und was dagegen spricht.
Hauptteil: ■ Anführen von **Pro- und Kontra-Argumenten** (inkl. Beispielen, nachvollziehbaren Erläuterungen, Belegen, Zitaten) – entweder im Wechsel oder blockweise ■ geschickte sprachliche Einleitung und Verknüpfung der Argumente und ihrer Stützungen (Beispiele, Erläuterungen, Belege, Zitate) ■ klare **gedankliche Struktur** ■ **Adressatenbezug**	Ein Argument, das für die Bedrohung der deutschen Sprache angeführt wird, ist die Tatsache, dass Deutsch im Zuge der Globalisierung als internationale Sprache immer mehr an Bedeutung verliert. Denn während bei den großen Sprachen, z. B. Chinesisch (1 Milliarde) oder Spanisch (400 Mio.), die Anzahl der Sprechenden steigt, ist das laut dem Sprachwissenschaftler Wolfgang Klein beim Deutschen nicht der Fall. Demgegenüber kann man jedoch einwenden, dass Deutsch mit insgesamt 100 Millionen Muttersprachlern nicht als „gefährdet" eingestuft werden kann, denn gefährdete Sprachen verfügen nur über einige Hunderte Sprecher. Hinzu kommt noch, dass Deutsch als Fremdsprache nach wie vor attraktiv ist. So belegt eine Studie des Auswärtigen Amts, dass die Zahl der Deutschlernenden in den letzten 25 Jahren bei einem relativ konstanten Wert zwischen 17 und 15 Millionen lag. Ein weiteres wichtiges Kriterium für die Lebensfähigkeit einer Sprache ist nach Meinung der Wissenschaft deren Gebrauch. Obwohl auch hier das Deutsche in Wissenschaft und Wirtschaft nach Experteneinschätzungen an Bedeutung verliert, ist dies kein Grund zur Sorge, denn Deutsch wird nach wie vor im Alltag gesprochen, geschrieben und in den Schulen unterrichtet. Als Beispiel hierfür lässt sich anführen, dass ... Auch Studien, wie eine Umfrage des Statistischen Bundesamts, belegen, dass knapp 80 Prozent ... Es gibt also eine große Sprachgemeinschaft ... Ein weiteres Argument lautet, Englisch sei als Gemeinsprache ... Tatsächlich ist es so, dass .... Dennoch werden ...
Schluss: ■ **Fazit:** Meinung (pro oder kontra) oder Ausblick, Appell	„Weder Sorglosigkeit noch Aufgeregtheit" empfiehlt der Sprachwissenschaftler Kaehlbrandt, wenn es um die Existenz der deutschen Sprache geht. Das ist auch das Fazit, das ich ziehe. Es ist nicht selbstverständlich, dass die deutsche Sprache ... Deshalb ...

Den eigenen Text überarbeiten

8 **a** Nutzen Sie die Begriffe in der linken Tabellenspalte als **Checkliste** und geben Sie sich zu zweit gegenseitig ein **Feedback.** Überarbeiten Sie dann Ihre Texte mit Hilfe des Feedbacks.
b Reflektieren Sie Ihre Stärken und Schwächen beim argumentierenden Schreiben. Stellen Sie fest, worauf Sie bei der Klausur besonders achten möchten.

C2 Das Verhältnis von Sprache, Denken und Wirklichkeit reflektieren

1 Erläutern Sie, worin die Pointe der dargestellten Situation liegt.

Die Guugu-Yimithirr sind eine kleine Aborigines-Gemeinschaft in Australien. In ihrer Sprache gibt es für die Positionsbestimmung von Gegenständen im Raum ausschließlich Wörter, die sich auf Himmelsrichtungen beziehen. Bei ihnen befindet sich ein Werkzeug nicht „hinter" dem Haus oder ein Känguru steht nicht „neben" einem Baum. Sie würden nicht sagen „Auf deinem linken Arm sitzt eine Mücke", sondern z. B.: „Auf deinem nördlichen Arm sitzt eine Mücke."
Diese Art der Beschreibung setzt eine sehr gute Orientierung im Raum voraus, und tatsächlich haben Untersuchungen gezeigt, dass Mitglieder der Gemeinschaft auch unter sehr schwierigen Bedingungen ihren inneren Kompass nicht verlieren.

2 **a** Erläutern Sie, in welchen Zusammenhängen Sie die Himmelsrichtungen zur sprachlichen Lokalisierung verwenden, und nennen Sie Beispiele für andere sprachliche Formen, mit denen Sie sich über die Orientierung in Räumen und Gegenden verständigen, z. B.:
Wenn ich einen Weg beschreibe, sage ich: „Geh an der Kreuzung ..."
b Vergleichen Sie anhand von Beispielen, welche Vor- und Nachteile die verschiedenen Ortsangaben haben.

3 „Die Guugu-Yimithirr haben aufgrund ihrer Sprache eine andere Weltsicht als wir." Diskutieren Sie, für wie plausibel Sie diese Einschätzung auf den ersten Blick halten. Stellen Sie ausgehend vom Beispiel der Raumorientierung Vermutungen an zur wechselseitigen Beziehung von Sprache, Denken und Lebenswelt.

4 Prüfen Sie, welches der beiden folgenden Zitate besser zu Ihren Vermutungen in Aufgabe 3 passt.

Sprache ist die Kleidung der Gedanken.
Samuel Johnson, 1709–1784, englischer Dichter

Die Sprache ist das bildende Organ des Gedankens.
Wilhelm von Humboldt, 1767–1835, deutscher Forscher und Gelehrter

Das Verhältnis von Sprache, Denken und Wirklichkeit reflektieren

Menschen leben in den unterschiedlichsten Kulturen und sprechen die verschiedensten Sprachen. Weltweit gibt es etwa 7000 Sprachen, von denen sich einige in ihrer Struktur stark unterscheiden. Bedeutet dies, dass die Sprecher/-innen die Wirklichkeit fundamental anders erschließen, zu abweichenden Weltsichten gelangen und letztlich in verschiedenen Welten leben? Diese Frage wurde in der Linguistik und in interdisziplinären Ansätzen in den letzten Jahrzehnten heftig diskutiert, und sie kann bis heute faszinieren, wie z. B. der Science-Fiction-Film „Arrival" zeigt, in dem Erdbewohner mit Aliens und ihrem extraterrestrischen Sprach- und Schriftsystem konfrontiert werden. Beide Parteien scheinen in ihrem System gefangen zu sein und die Lage droht durch Missverständnisse zu eskalieren.

Über Sprache als leitendes Medium unserer Weltsicht wird in verschiedenen Bereichen diskutiert: So haben z. B. Experimente gezeigt, dass weltanschauliche, politische oder gesellschaftliche Fragen verschieden beurteilt werden, je nach sprachlicher Präsentation der Fragestellungen und Sachverhalte: Sind wir eher bereit, einen „Kampfeinsatz" zu akzeptieren als einen „Krieg"? Möchten wir lieber in einem „Start-up-Unternehmen" arbeiten als in einer „Firma, die noch nicht lange existiert"?

Die Steuerung unseres Denkens und Fühlens durch Sprache erscheint manchmal als grundsätzliches Problem. Die Worte scheinen nicht zu treffen – das eigene Leben und Erleben will nicht zu den bereitliegenden Formulierungen passen. Eine Situation, die gerade professionell und literarisch Schreibende kennen. So versuchen z. B. Schriftstellerinnen und Schriftsteller mit immer neuen Tricks und Kunstgriffen, noch nicht Gesagtes zur Sprache zu bringen oder wenigstens schon oft Gesagtes so auszudrücken, dass es sich frisch und lebendig anfühlt. Sprachskepsis ist bei Literaturschaffenden eine Berufskrankheit, die vor Worthülsen und bloßer Reproduktion eingeschliffener Sichtweisen bewahrt. Diese Sprachskepsis wurde als generelle Sprachnot um 1900 zu einem wichtigen Thema der Literatur und sie ist es bis heute geblieben.

Dieses Kapitel bietet einen Überblick über Erklärungsmodelle und Positionen zur Frage nach dem Verhältnis von Sprache, Denken und Wirklichkeit und hilft Ihnen, dieses Verhältnis zu reflektieren.

5 **a** Der Text spricht verschiedene Aspekte des Themas „Sprache – Denken – Wirklichkeit" an, mit denen Sie sich in diesem Kapitel auseinandersetzen können. Halten Sie diese Aspekte als Cluster fest.

b Notieren Sie zu den Aspekten aus Aufgabe a drei bis fünf Problemfragen oder Hypothesen, die Sie rund um das Thema „Verhältnis von Sprache – Denken – Wirklichkeit" interessieren.

c Sammeln und vergleichen Sie Ihre Ergebnisse aus Aufgabe b im Kurs. Diskutieren Sie in Kleingruppen kurz eine Frage, die Sie besonders interessiert. Berichten Sie im Plenum über wichtige Aspekte Ihrer Diskussion.

6 Reflektieren Sie anhand der folgenden Übersicht: Welches Vorwissen haben Sie zu den in der folgenden Auflistung genannten Aspekten?

In diesem Kapitel erwerben Sie folgende Kenntnisse und Kompetenzen:

- Grundzüge unterschiedlicher Theorien und Forschungsansätze zum Verhältnis von Sprache, Denken und Wirklichkeit kennenlernen und vergleichen,
- die Beeinflussung unserer Meinungsbildung durch Sprache anhand des Framing-Konzepts reflektieren,
- Funktionen von Schrift und Schreiben erschließen und ihre Bedeutung für das Denken, Handeln und das soziale Leben reflektieren,
- das Motiv der Sprachskepsis in der Literatur seit 1900 untersuchen und dessen Zusammenhang mit theoretischen Positionen erörtern,
- anhand von Texten zum Thema „Beeinflussung der politischen Meinungsbildung durch Sprache" die vergleichende schriftliche Sachtextanalyse trainieren.

2.1 Die Sprache formt das Denken formt die Sprache ... – Sprache als Medium der Erkenntnis reflektieren

Prägt die Sprache unsere Weltsicht? – Eine interdisziplinäre Fragestellung erschließen

Die Frage nach dem Verhältnis von Sprache und Erkenntnis hat eine sehr lange Tradition. Während Erkenntnis jahrhundertelang meist als sprachunabhängig verstanden wurde und Sprache lediglich als Medium galt, um Erkenntnisse festzuhalten und zu kommunizieren, mehrten sich seit dem Anfang des 20. Jahrhunderts Zweifel an einer sprachunabhängigen Erkenntnis. Der Philosoph Ludwig Wittgenstein (1889–1951) formulierte diese Zweifel zugespitzt: „Die Grenzen meiner Sprache bedeuten die Grenzen meiner Welt."

Benjamin Lee Whorf **Das „linguistische Relativitätsprinzip"** (1940)

Als die Linguisten so weit waren, eine größere Anzahl von Sprachen mit sehr verschiedenen Strukturen kritisch und wissenschaftlich untersuchen zu können, erweiterten sich ihre Vergleichsmöglichkeiten. Phänomene, die bis dahin als universal galten, zeigten Unterbrechungen, und ein ganz neuer Bereich von Bedeutungszusammenhängen wurde bekannt. Man fand, dass das linguistische System (mit anderen Worten, die Grammatik) jeder Sprache nicht nur ein reproduktives Instrument zum Ausdruck von Gedanken ist, sondern vielmehr selbst die Gedanken formt, Schema und Anleitung für die geistige Aktivität des Individuums ist [...]. Die Formulierung von Gedanken ist kein unabhängiger Vorgang, der im alten Sinne dieses Wortes rational ist, sondern er ist beeinflusst von der jeweiligen Grammatik. Er ist daher für verschiedene Grammatiken mehr oder weniger verschieden. Wir gliedern die Natur an Linien auf, die uns durch unsere Muttersprachen vorgegeben sind. Die Kategorien und Typen, die wir aus der phänomenalen Welt herausheben, finden wir nicht einfach in ihr – etwa weil sie jedem Beobachter in die Augen springen; ganz im Gegenteil präsentiert sich die Welt in einem kaleidoskopartigen Strom von Eindrücken, der durch unseren Geist organisiert werden muss – das aber heißt weitgehend: von dem linguistischen System in unserem Geist. Wie wir die Natur aufgliedern, sie in Begriffen organisieren und ihnen Bedeutungen zuschreiben, das ist weitgehend davon bestimmt, dass wir an einem Abkommen beteiligt sind, sie in dieser Weise zu organisieren – einem Abkommen, das für unsere ganze Sprachgemeinschaft gilt und in den Strukturen unserer Sprache kodifiziert ist. [...] Diese Tatsache ist für die moderne Naturwissenschaft von großer Bedeutung. Sie besagt, dass kein Individuum die Freiheit hat, die Natur mit völliger Unparteilichkeit zu beschreiben, sondern eben, während es sich am freiesten glaubt, auf bestimmte Interpretationsweisen beschränkt ist. [...] Wir gelangen daher zu einem neuen Relativitätsprinzip, das besagt, dass nicht alle Beobachter durch die gleichen physikalischen Sachverhalte zu einem gleichen Weltbild geführt werden, es sei denn, ihre linguistischen Hintergründe sind ähnlich oder können in irgendeiner Weise auf einen gemeinsamen Nenner gebracht werden.

Dieser ziemlich überraschende Schluss wird nicht so deutlich, wenn wir nur unsere modernen europäischen Sprachen miteinander vergleichen und vielleicht zur Sicherheit noch Latein und Griechisch dazunehmen. Unter diesen Sprachen herrscht eine Einstimmigkeit der Grundstrukturen, die auf den ersten Blick der natürlichen Logik recht zu geben scheint. [...]

Deutlicher wird die Divergenz in der Analyse der Welt, wenn wir das Semitische, Chinesische, Tibetanische oder afrikanische Sprachen unseren eigenen gegenüberstellen. Bringen wir gar die Eingeborenensprachen Amerikas hinzu, [...] dann wird die Tatsache, dass Sprachen die Natur in vielen verschiedenen Weisen aufgliedern, unabweisbar.

1 Beziehen Sie Ihr erstes Verständnis von Whorfs Text auf Ihre in Aufgabe 3 auf S. 204 entwickelten Ideen zum Verhältnis von Sprache und Denken: Benennen Sie Anknüpfungspunkte und Abweichungen.

2 a Begründen Sie, welche der folgenden Aussagen Whorfs Thesen besser wiedergibt:
A Sprache befähigt uns, Sinneseindrücke zu kommunizieren und über unsere Weltbilder zu sprechen.
B Der Wortschatz und die Grammatik unserer Sprache prägen unser Bild von der Wirklichkeit.
b Beurteilen Sie anhand des Textes, inwieweit Whorf sprachunabhängige Erkenntnis für möglich hält.

3 Diskutieren Sie, welche Konsequenzen sich aus der These ergeben, dass stark voneinander abweichende Sprachen zu unterschiedlichen Weltbildern führen, z. B.: *Für die Verständigung zwischen Menschen ...*

Steven Pinker **Mentalesisch** (1994)

Die Vorstellung, Gedanken und Sprache seien ein und dasselbe, ist gewissermaßen eine konventionelle Absurdität. Eine Behauptung also, die dem gesunden Menschenverstand völlig widerspricht, die aber alle für bare Münze nehmen, weil man sich dumpf erinnert, sie irgendwann einmal gehört zu haben, und weil sie so bedeutungsschwanger ist. [...] Wir alle kennen die Situation, dass wir beim Schreiben oder Aussprechen eines Satzes plötzlich innehalten, weil wir merken, dass wir für das, was wir sagen wollten, nicht die richtigen Worte gefunden haben. Dieses Gefühl ist aber nur möglich, wenn der Gedanke und das Gesagte nicht identisch sind. [...] Und wenn Gedanken von Wörtern abhängig wären – wie könnte dann jemals ein neues Wort geprägt werden? Wie könnte ein Kind sein erstes Wort lernen? Wie könnte man die eine Sprache in die andere übertragen? [...] Wie dieses Kapitel zeigen wird, gibt es keinerlei wissenschaftliche Belege dafür, dass Sprachen die Denkweisen ihrer Sprecher dramatisch beeinflussen. [...] Die Vorstellung, Sprache forme das Denken, war sinnvoll zu einer Zeit, in der die Gelehrten nichts über den Ablauf von Denkvorgängen wussten und sich nicht einmal vorstellen konnten, wie sie zu untersuchen seien. Nun, da die Kognitionswissenschaftler wissen, wie sie über das Denken zu denken haben, ist die Versuchung, Denken mit Sprache zu identifizieren, kleiner geworden [...]. Somit ergibt sich folgendes Bild: Die Menschen denken nicht auf Deutsch, Englisch, Chinesisch oder Apache. Sie denken in einer Gedankensprache. Diese Gedankensprache ähnelt wahrscheinlich jeder dieser Sprachen ein wenig. Vermutlich besitzt sie Symbole für Konzepte und Symbolanordnungen, die angeben, wer wem was getan hat [...]. Eine Sprache zu beherrschen, heißt also, zu wissen, wie Mentalesisch in Wortketten zu übersetzen ist und umgekehrt. Menschen ohne eine Sprache verfügen dennoch über Mentalesisch, und Babys und viele nichtmenschliche Lebewesen beherrschen vermutlich einfachere Dialekte davon. Ja – beherrschten Babys kein Mentalesisch, das sie ins Deutsche und zurück übertragen könnten, so wäre unklar, wie sie dann überhaupt Deutsch lernen könnten, ja sogar, was Deutsch lernen überhaupt bedeutet. [...] Wie ich schon frühzeitig bemerkt habe, ist Sprache universal in allen menschlichen Gesellschaften anzutreffen, und soweit wir wissen, ist sie dies, solange unsere Spezies existiert, immer gewesen. Obwohl sich die Sprecher der verschiedenen Sprachen gegenseitig nicht verstehen können, verbirgt sich unter dieser oberflächlichen Variation der eine Schaltplan der universalen Grammatik mit Nomen und Verben, Phrasenstrukturen, Kasus und Hilfsverben.

1 Formulieren Sie einen ersten Leseeindruck: Was hat Sie überrascht – auch im Vergleich zu Whorf (▶ S. 206)?

2 Erläutern Sie mit eigenen Worten Pinkers Begriff „Mentalesisch“, z. B.:
In der Bezeichnung „Mentalesisch“ steckt das Wort „mental“. Dieses verweist auf ...

3 a Stellen Sie Whorfs und Pinkers Grundthese zum Verhältnis von Sprache, Denken und Wirklichkeit einander gegenüber. Vergleichen Sie Ihr Ergebnis anschließend mit der Übersicht auf S. 210 (▶ Relativismus, ▶ Universalismus).
b Unterstreichen Sie auf einer Kopie oder auf dem Tablet Pinkers Argumente gegen Whorfs „linguistisches Relativitätsprinzip“ und erläutern Sie Pinkers Gedankengang.

4 Diskutieren Sie die Plausibilität von Whorfs und Pinkers Position im Vergleich, indem Sie eigene belegende oder widerlegende Beispiele anführen, eigene Antworten auf Fragen (z. B. S. 207, Z. 13–18) suchen etc.

Guy Deutscher **Warum die Welt in anderen Sprachen anders aussieht** (2010)

*Der Sprachwissenschaftler Guy Deutscher (*1969) schlägt eine neue Interpretation von Whorfs Grundprinzip einer sprachabhängigen Weltsicht vor, indem er auf eine Beobachtung des Ethnologen und Sprachwissenschaftlers Franz Boas (1858–1942) zurückgreift.*

1938 machte Boas eine scharfsinnige Beobachtung über die Rolle der Grammatik in der Sprache. Er schrieb, neben der Festlegung der Beziehungen zwischen den Wörtern im Satz „erfüllt die Grammatik noch eine weitere wichtige Funktion. Sie bestimmt diejenigen Aspekte jeder einzelnen Erfahrung, die ausgedrückt werden *müssen.*" Und er erklärte dann, dass es hinsichtlich solcher obligatorischen Aspekte große Unterschiede zwischen den Sprachen gebe. [...] Die Bedeutung dieser Bemerkung wurde anscheinend erst 20 Jahre später voll erkannt, als der russisch-amerikanische Linguist Roman Jakobson die von Boas gewonnene Einsicht zu einer prägnanten Maxime zusammenfasste: „Sprachen unterscheiden sich hauptsächlich durch das, was sie vermitteln *müssen,* und nicht durch das, was sie vermitteln *können.*" Mit anderen Worten, der entscheidende Unterschied zwischen Sprachen liegt nicht darin, was jede Sprache ihren Sprechern auszudrücken gestattet – denn theoretisch kann jede Sprache alles zum Ausdruck bringen –, sondern in den Informationen, zu deren Wiedergabe jede Sprache ihre Sprecher zwingt.

Jakobson führt das folgende Beispiel an: Wenn ich auf Englisch sage „I spent yesterday evening with a neighbor", dann können Sie durchaus die Frage stellen, ob ich den Abend mit einem Mann oder mit einer Frau verbracht habe, während ich das Recht habe, Ihnen höflich zu erklären, dass Sie das nichts angeht. Wenn wir aber Deutsch oder Französisch oder Russisch sprechen, dann verfüge ich nicht über das Privileg, die Dinge im Unklaren zu lassen, denn ich werde von der Sprache dazu gezwungen, mich zwischen *Nachbar* oder *Nachbarin* [...] zu entscheiden. Deutsch, Französisch und Russisch zwingen mich also, Sie über das Geschlecht des Menschen, der mich begleitet hat, zu informieren [...]. Das bedeutet natürlich nicht, dass Englischsprecher die Unterschiede zwischen Abenden, die man mit Nachbarn, und solchen, die man mit Nachbarinnen verbringt, nicht wahrnehmen. Ebenso wenig bedeutet es, dass Englischsprecher den Unterschied nicht ausdrücken können, falls sie das wünschten. Es bedeutet nur, dass Englischsprecher nicht verpflichtet sind, das Geschlecht anzugeben [...]. Andererseits verpflichtet das Englische seine Sprecher durchaus, gewisse Informationen zu nennen, die man in anderen Sprachen wiederum dem Kontext überlassen kann. [...] [Mir scheint], dass das Boas-Jakobson-Prinzip der Schlüssel ist, mit dem sich die tatsächlichen Auswirkungen einer bestimmten Sprache auf das Denken enthüllen lassen. Wenn verschiedene Sprachen den Geist ihrer Sprecher auf unterschiedliche Weise beeinflussen, dann nicht wegen der Dinge, die jede einzelne Sprache den Menschen zu denken gestattet, sondern vielmehr wegen der Art von Informationen, zu deren gedanklicher Berücksichtigung jede Sprache ihre Sprecher gewohnheitsmäßig verpflichtet. Wenn eine Sprache ihre Sprecher dazu zwingt, jedes Mal, wenn sie den Mund aufmachen oder die Ohren spitzen, auf gewisse Aspekte der Welt zu achten, dann können sich solche Sprachgewohnheiten schließlich zu geistigen Gewohnheiten verfestigen.

1 Erschließen Sie den Text, indem Sie begründen, welche der folgenden Visualisierungen am besten zu Guy Deutschers Auffassung vom Verhältnis zwischen Denken und Sprache passt.

A Denken → Weltbild → Sprache

B Sprache → Sprachgewohnheiten → Denkgewohnheiten → Denken

C kulturelle Traditionen → Sprache → Denken → Weltbild

2 Beziehen Sie das von Deutscher formulierte „Boas-Jakobson-Prinzip" (Z. 49 f.) auf die zugespitzte und auf die gemäßigte Version von Whorfs These, die Sprache bestimme unser Weltbild (▶ Übersicht, S. 210).

3 Diskutieren Sie, inwiefern Sie das Boas-Jakobson-Prinzip überzeugt. Hinterfragen Sie dazu einzelne Aussagen bewusst kritisch, z. B. zu Z. 20 f.:

Kann tatsächlich jede Sprache theoretisch alles zum Ausdruck bringen? Manche Worte, z. B. „Gemütlichkeit", sind kaum in andere Sprachen übertragbar, und es ist fraglich ...

Rita Mielke **Mit Pfeil und Bogen ins Herz der Linguistik** (2020)

Der Ethnologe David Everett lebte einige Jahre beim Volk der Pirahã im brasilianischen Regenwald. Anfangs, als die Beziehung noch nicht freundschaftlich war, versteckte Everett bei einer Gelegenheit Pfeile und Bögen einiger Pirahã, weil er einen Anschlag auf sein Leben fürchtete.

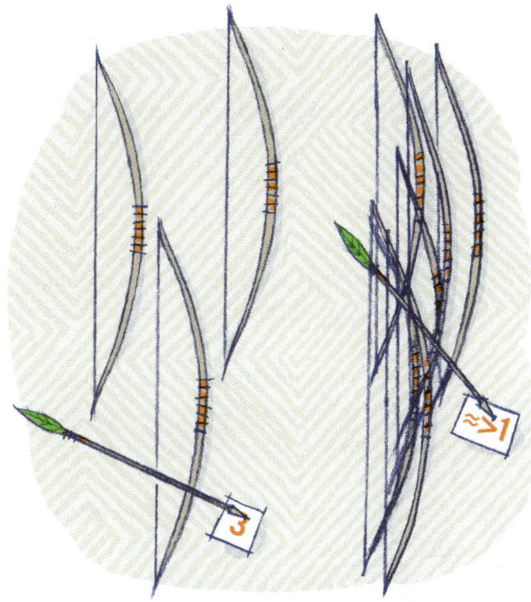

Hätte man sie [die Pirahã] damals gefragt, wie viele Bögen Everett ihnen entwendet hatte, hätten sie vielleicht geantwortet: *hói.* Oder auch: *hoí* – mit anderer Betonung. „Ungefähr einen" wäre die erste Antwort gewesen, „mehr als ungefähr einen" die zweite. Präzisere Zahlwörter haben die Pirahã nicht. Wie sie auch keine Farbbezeichnungen haben, keine sprachlichen Kategorien für Vergangenheit oder Zukunft, keine grammatikalischen Optionen für die Bildung von Nebensätzen. Drei Vokale und sieben Konsonanten – für Männer noch einer mehr – reichen aus für *Apaitsiiso,* wie die Pirahã ihre Sprache nennen, wörtlich: „die aus dem Kopf geboren ist".
Daniel Everett hat nach dem vereitelten Mordanschlag viele Jahre bei den Pirahã verbracht und kennt ihre Sprache und ihre Kultur wie kein zweiter Fremder. Für ihn steht beides in einem unmittelbaren Zusammenhang. Was sich in den ungewöhnlichen Strukturen der Sprache manifestiert, deutet er als die paradiesische Selbstverständlichkeit einer Kultur des Carpe diem[1]. Die Pirahã, so Everetts Botschaft, sind „das glücklichste Volk". Seine Berichte faszinierten Medien und Öffentlichkeit weltweit – und sorgten für Sprengstoff in der Welt der Sprachforschung. Denn auf die Ur-Frage der Linguistik, wie der Mensch zur Sprache kommt, hatte ein paar Jahrzehnte vor Everett der amerikanische Linguist Noam Chomsky eine revolutionäre Theorie entwickelt: Nach seiner Vorstellung gibt es eine Art universale Grammatik, die in jedem Menschen angelegt ist und ihn zur Ausbildung von Sprache befähigt. Chomskys Diktum[2] eines grammatikalischen „Ur-Gens" setzte Everett seine Vorstellung entgegen, dass Sprache durch Kultur entsteht, dass sie ein kulturelles Werkzeug ist – genauso wie Pfeil und Bogen. An ein paar Hundert brasilianischen Ureinwohnern führt seitdem für Sprachwissenschaftler in aller Welt kein Weg mehr vorbei.

1 Carpe diem: Nutze/Genieße den Tag! Motto, das dazu auffordert, den Wert der Gegenwart zu schätzen

2 das Diktum: bedeutsamer, pointierter Ausspruch

1 Diskutieren Sie, welche der beschriebenen Aspekte von Sprache und Kultur der Pirahã Sie besonders interessant finden und warum.

2 Arbeiten Sie das Besondere an Everetts Beobachtungen und Interpretationen heraus. Wählen Sie a oder b:

●●○ **a** Erläutern Sie am **Beispiel** des Gebrauchs von **Zahlwörtern** bei den Pirahã, wie sich eine Deutung dieser Beobachtung im Sinne Whorfs und im Sinne Everetts unterscheidet.

●●● **b** Setzen Sie **Everetts Position in Beziehung** zu den Positionen von **Whorf, Pinker und Deutscher.** Erklären Sie, inwieweit Everett die anderen Positionen in Frage stellt oder ergänzt.

c Stellen Sie sich Ihre Ergebnisse gegenseitig vor. Beziehen Sie diese abschließend auf die Aussagen und die Grafik zum kulturorientierten Ansatz in der Übersicht auf S. 210.

3 Sprache als Instanz, die das Denken maßgeblich leitet (Whorf), Sprache als Wiedergabe von „Mentalesisch" (Pinker), Sprache als Produkt einer Kultur und Lebensweise (Everett): Diskutieren Sie die Plausibilität und die Reichweite dieser Ansätze vor dem Hintergrund der Tatsache, dass Sprachen sich kontinuierlich verändern (► Kapitel C1, 192–196).

Überblick: Sprache – Denken – Wirklichkeit. Perspektiven der Forschung

Linguistik
Die Linguistik **untersucht** mit verschiedenen Methoden und Schwerpunkten die **menschliche Sprache,** ihre **Strukturen,** ihre **Geschichte,** ihren **Erwerb** und ihren **Gebrauch in der Kommunikation.**
Methoden: Typische Vorgehensweisen sind die Analyse sprachlicher Strukturen, Sprachvergleiche, aber z. B. auch historische Untersuchungen, Befragungen und interdisziplinäre Ansätze, u. a. mit psycholinguistischen, neurobiologischen und soziologischen Verfahren.
Beispiel für eine Fragestellung: Welche grammatikalischen und lexikalischen Gemeinsamkeiten und Unterschiede weisen die beiden aus verschiedenen Kulturkreisen stammenden Sprachen A und B auf?

Sprachpsychologie/Psycholinguistik
Die **Psycholinguistik erforscht** die **Wechselbeziehung zwischen menschlichem Erleben, Verhalten** und **Sprache.**
Methoden: Die Verfahren sind vorwiegend empirisch, z. B. Tests und Experimente, die Rückschlüsse auf den Zusammenhang von Sprache und Erleben ermöglichen.
Beispiel für eine Fragestellung: Fördert eine Sprache mit Verlaufsform (im Englischen *ing*-Form) die Fokussierung von Verläufen anstelle von Zielen/Ergebnissen?
Methode: Verschiedensprachige Testpersonen schauen ein Video, dabei Eyetracking, danach Beschreibung des Geschehens (zielgerichteter Verlauf) aus dem Gedächtnis: Was prägt sich mehr ein: Ziel oder Verlauf?

Kulturwissenschaft/Anthropologie
Die **Kulturwissenschaft beschreibt** und **vergleicht menschliche Kulturen,** auch in **historischer** Perspektive. Die **Anthropologie umfasst** als „Wissenschaft vom Menschen" sowohl die **Kulturwissenschaft** als auch die **naturwissenschaftliche Betrachtung des Menschen** und seiner Entwicklung.
Methoden: Angesichts der umfassenden Thematik verwenden Kulturwissenschaft und Anthropologie ein sehr breites Methodenspektrum.
Beispiel für eine Fragestellung: Wie spiegeln sich Lebensweise und religiöse Vorstellungen einer Ethnie (eines Volkes) in ihrer Sprache?

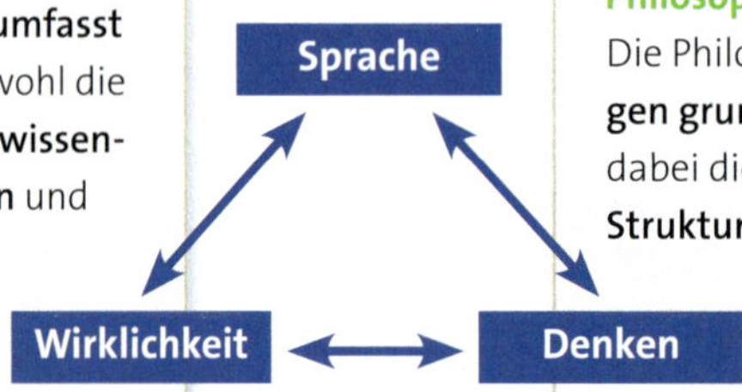

Philosophie, Sprachphilosophie
Die Philosophie beschäftigt sich **mit vielfältigen grundlegenden Fragen.** Ein **Kernthema ist** dabei die **Reflexion** unserer **begrifflichen Strukturierung der Welt mittels Sprache.**
Während die Philosophen der Antike dem Denken zutrauten, das Wesen der Wirklichkeit unmittelbar zu erfassen, und die Sprache eher in dienender Funktion sahen, rückte die Sprache spätestens seit dem Anfang des 20. Jahrhunderts ins Zentrum des Interesses. Die Sprache wurde als Medium verstanden, das prinzipiell unser Nachdenken über die Welt strukturiert. Ein Vorreiter dieser Sichtweise war Wilhelm von Humboldt (1767–1835) mit seiner Auffassung der Sprache als „bildendes Organ des Gedankens".
Methoden: Begriffsanalyse, logische Untersuchung, Gedankenexperiment.
Beispiel für eine Fragestellung: Was ist Denken? / Was bedeutet „Denken"?

Neurobiologie/Neurolinguistik
Die **Neurolinguistik erforscht** die **mit** der **Sprachfähigkeit** und dem **Sprachgebrauch verbundenen Strukturen** und **Prozesse im Gehirn.**
Methoden: naturwissenschaftliche Verfahren der Neurobiologie (z. B. bildgebende Verfahren, Experimente).
Beispiel für eine Fragestellung: Was passiert im Gehirn, wenn wir z. B. Metaphern hören oder lesen?

Positionen zum Verhältnis Sprache – Denken – Wirklichkeit im Überblick

Linguistischer Relativismus

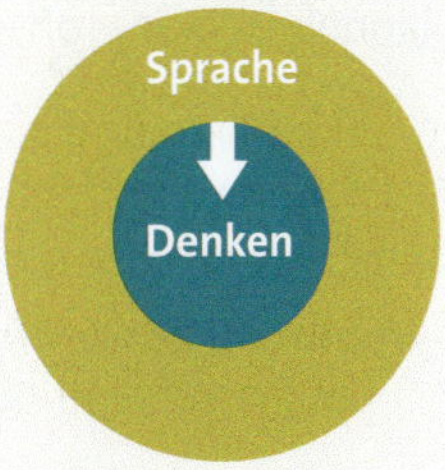

Grundidee: Die **Wahrnehmung der Wirklichkeit** wird **durch** die jeweilige **Sprache bestimmt** und unterscheidet sich bei den Sprechern verschiedener Sprachen.

Zugespitzte Version (linguistischer Determinismus): Durch unsere Sprache wird uns eine bestimmte Weltsicht vorgegeben, andere Denkmöglichkeiten sind ausgeschlossen.
Gemäßigte Version: Unsere Sprache legt bestimmte Denkweisen nahe und lenkt unsere Aufmerksamkeit auf bestimmte Aspekte der Wirklichkeit.

Der sprachliche Relativismus wurde vor allem von Benjamin Lee Whorf (1897–1941) entwickelt (▶ S. 206). Whorf zufolge wird die Weltsicht wesentlich durch das Sprachsystem (Wortschatz und Grammatik) dessen, der spricht, geprägt. Er entwickelte seine Überzeugung in seiner Auseinandersetzung mit der Sprache des indigenen Volks der Hopi. Whorf vertrat seine These in verschiedenen Texten in zwei Versionen (siehe oben). Neuere Ansätze greifen die gemäßigte Version auf (Roman Jakobson, Guy Deutscher ▶ S. 208).

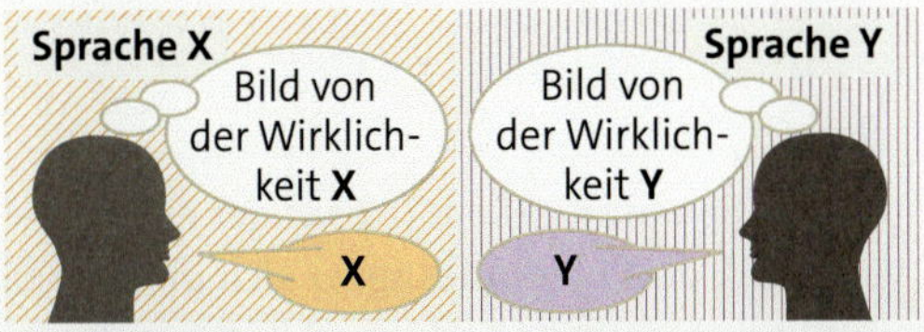

Universalismus

Grundidee: Das **Denken** ist **bei allen Menschen gleich. Alle Sprachen** haben die **gleiche logische Grundstruktur** und die Wirklichkeitswahrnehmung bei Sprechern verschiedener Sprachen ist im Wesentlichen die gleiche. Den verschiedenen Grammatiken der Einzelsprachen liegt eine **einheitliche universelle Grammatik** zugrunde, die mit **einheitlichen angeborenen Denkstrukturen** übereinstimmt.
Der Ansatz des sprachlichen Universalismus geht insbesondere auf den US-amerikanischen Linguisten Noam Chomsky (*1928) zurück.
Auch der Kognitionswissenschaftler Steven Pinker (*1954) hebt die Bedeutung universeller Denkprinzipien hervor (z. B. „Der Sprachinstinkt", 1994, ▶ S. 207).

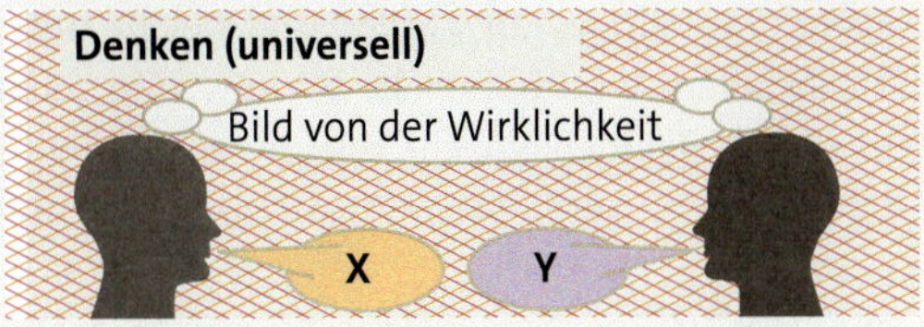

Kulturorientierter Ansatz

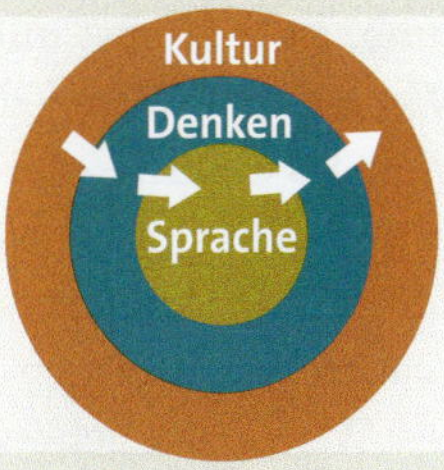

Grundidee: Die jeweilige **Kultur prägt Denken und Sprache** einer Sprachgemeinschaft. Umgekehrt fördert die Sprache bestimmte Denkweisen, die wiederum die Kultur prägen. Für den US-amerikanischen Sprachwissenschaftler Daniel Everett (*1951) ist Sprache ein „Kulturwerkzeug". Ausgehend von seinen Forschungsaufenthalten beim Volk der Pirahã im Amazonasgebiet betont er die zentrale Rolle der Kultur im Zusammenspiel von Sprache, Denken und Wirklichkeit.

Interdisziplinäre Ansätze

In Kooperation mit **Hirnforschung, Evolutionsbiologie** und **Kulturwissenschaft** gehen Sprachforscher heute davon aus, dass das Beziehungsgeflecht von Kultur, Sprache, Denken und Wahrnehmung sehr komplex ist. Nicht nur sprachliche Strukturen steuern den Wahrnehmungs- und Denkprozess, auch räumliche Kategorien, bildhafte Vorstellungen, kulturelle Prägungen sowie biologische Voraussetzungen haben wesentlichen Anteil an unserer Konstruktion von Realität.

Framing – Den Einfluss sprachlicher Deutungsrahmen reflektieren

Wenn wir die öffentliche Diskussion über ein Thema verfolgen oder uns selbst zu gesellschaftlichen oder privaten Fragen äußern, bewegen wir uns stets in sprachlichen Deutungsmustern, die unser Denken und Handeln lenken – oft, ohne dass wir uns dessen bewusst sind.

1 Im Wahlprogramm einer Partei findet sich unter der Überschrift „Massentierhaltung – nein danke!" die Zielstellung, in öffentlichen Kantinen zur Reduzierung des Fleischkonsums anzuhalten, indem insgesamt mehr vegetarische Gerichte und an einem Tag ausschließlich vegetarische Gerichte angeboten werden. Beschreiben Sie, wie das Vorhaben in den folgenden Titeln von Zeitungsmeldungen dargestellt wird. Achten Sie auf Konnotationen und nahegelegte Bewertungen.

Fleischverbot in Kantinen • Vegetarisches Menü und Veggie-Day • Fleischloser Freitag? • Einstieg in den Fleischverzicht • Tierschutz und moderne Bürgerküche • Menü mit Gemüse

Elisabeth Wehling **Politisches Framing** (2018)

*Der US-amerikanische Linguist und Politikberater George Lakoff (*1941) hat erforscht, wie in der Sprache verankerte bildliche Vorstellungen unser Denken und Handeln strukturieren und leiten. Die sprachlichen Deutungsmuster, mit denen wir Ereignisse und Sachverhalte (meist unbewusst) einordnen, nennt Lakoff „Frames". Lakoffs Schülerin Elisabeth Wehling (*1981) machte das Konzept des Framings in Deutschland populär.*

Wie begreift der Mensch eigentlich Sprache, und wie wirkt sie sich auf unser Denken und Handeln aus? Was passiert in unseren Köpfen, wenn wir miteinander reden, morgens beim Frühstück die Zeitung lesen, auf dem Weg zur Arbeit eine Radiosendung hören und im Vorbeifahren am Straßenrand aufgestellte Wahlplakate überfliegen? [...]
In einzelnen Worten und Sätzen verbirgt sich immer – und zwar wirklich immer! – mehr an Bedeutung, als zunächst mit bloßem Auge erkennbar ist. Wenn es gilt, Worte oder Ideen zu begreifen, so aktiviert das Gehirn einen Deutungsrahmen, in der kognitiven Wissenschaft „Frame" genannt. Inhalt und Struktur eines Frames, also die jeweilige Frame-Semantik[1], speisen sich aus unseren Erfahrungen mit der Welt. Dazu gehört körperliche Erfahrung – wie etwa mit Bewegungsabläufen, Raum, Zeit und Emotionen – ebenso wie etwa die Erfahrung mit Sprache und Kultur. [...]
Unser politisches Denken wird also in erheblichem Maße durch Sprache beeinflusst. Sprache aktiviert Frames, die Informationen im Zusammenhang mit unserem abgespeicherten Weltwissen einordnen und ihnen einen Sinn geben. Ja häufiger ein Frame aktiviert wird, desto mehr festigt er sich in unserem Gehirn und steht uns zunehmend leicht und selbstverständlich zur Verfügung. [...] Dafür kommt es nicht darauf an, ob ein Begriff in bejahendem oder verneinendem Sinne genutzt wird: Der Frame wird auf alle Fälle zunächst aktiviert.
Die vielen Schlussfolgerungen, die Frames über ihre Semantik aktivieren, sind uns in aller Regel nicht bewusst. Dennoch bestimmen sie, wie wir eine Situation begreifen. Frames entscheiden, welche Fakten als relevant eingestuft werden und welche unter den Tisch fallen. Und politische Frames sind nicht nur in aller Regel ideologisch[2] selektiv, sie sind auch die Grundlage unserer Meinungsbildung und unseres politischen Handelns.
Der Begriff der „Umweltverschmutzung" ist einer der gebräuchlichsten in unserer Diskussion über die zügig voranschreitende Eliminierung unserer eigenen natürlichen Lebensgrundlagen.
Der Frame des Verschmutzens wird dem Tatbestand, der unseren Umweltdebatten zugrunde liegt, nicht gerecht. „Schmutzig sein" ist kein besonders gravierender Zustand. Schmutz lässt sich normalerweise auch wieder entfernen. Gelinde gesprochen ist „Schmutz" die wohl sanfteste Art und Weise, über Verunreinigung zu reden und zu denken. Schon Konzepte wie „Verdrecken" und „Besudeln" vermitteln mehr Dringlichkeit. [...]

---

1 die Semantik: hier: die Bedeutung
2 ideologisch: weltanschaulich

2 a Erläutern Sie den Begriff des Framings, indem Sie mit Hilfe des Textes die Deutungsrahmen vergleichen, die die Begriffe „Umweltverschmutzung" und „Umweltzerstörung" vermitteln.

b Beziehen Sie Ihre Ergebnisse aus Aufgabe 1 auf den Begriff des Framings und reflektieren Sie, inwiefern dieser Begriff für die Beschreibung sprachlicher Lenkung hilfreich ist.

3 Erläutern Sie die folgende Grafik mit Rückgriff auf den Begriff des Framings.

4 Beschreiben Sie das in den folgenden Begriffen verwendete Framing und erläutern Sie dessen Wirkung. Wählen Sie aus a oder b jeweils zwei Begriffe. Recherchieren Sie zu diesen Begriffen Beispiele für Verwendungsweisen. Achten Sie auch auf die Quellen dieser Beispiele.

●●○ a Sprachpolizei • Genderwahn • Militäroperation • Steueroase

●●● b Tugendterror • Genderideologie • Klimahysterie • humanitärer Kampfeinsatz

c Stellen Sie sich Ihre Ergebnisse gegenseitig vor. Erklären Sie, welchen Beitrag das Framing-Konzept zur Beschreibung des Verhältnisses von Sprache, Denken und Wirklichkeit leisten kann.

5 Für den Kognitionsforscher Steven Pinker bedeutet unsere Abhängigkeit von sprachlichen Deutungsmustern nicht, „dass wir Sklaven unserer sprachlichen Bilder sind". Erklären Sie diese Aussage und erläutern Sie an Beispielen Chancen und Gefahren des Framings.

6 Untersuchen Sie einen selbst gewählten Text im Hinblick auf Framing, z. B. die Schlagzeilen in einem Nachrichtenportal, eine Speisekarte.

Information **Framing**

Framing ist die **sprachliche Einordnung** eines **Themas** oder **Sachverhalts in einen bestimmten Deutungsrahmen** (engl. *frame:* Rahmen).
Durch die Wahl des Deutungsrahmens wird eine bestimmte **Interpretation, Bewertung** oder **Handlungsweise nahegelegt.** So ist es z. B. politisch bedeutsam, ob weltweit durchschnittlich steigende Temperaturen als *Klimawandel, Klimakrise, Klimanotstand* oder *Klimakatastrophe* bezeichnet werden. Je nach Begriffswahl wird eine unterschiedliche Einschätzung von Handlungschancen und Handlungsbedarf vermittelt.
Jede Beschreibung eines Sachverhalts oder Ereignisses verwendet sprachliche Frames. Diese können mehr oder weniger unbewusst eingesetzt oder aber gezielt manipulativ benutzt werden, z. B. zur Beschönigung von Sachverhalten *(Rückführung* statt *Abschiebung).* Die **durch Framing erzeugten Effekte** werden im Alltag **oft nicht bewusst** wahrgenommen.

2.2 Schreiben als Weltzugang – Wozu schreiben?

Funktionen des Schreibens

Schreiben, um etwas für sich zu klären, um durch eine Unterschrift eine Zahlung auszulösen, um Lesende in eine Geschichte zu verwickeln – geschriebene Sprache hat vielfältige Funktionen. Welche dies sind und wie das Schreiben auf unser Denken und unsere Weltsicht wirkt – darum geht es in diesem Abschnitt.

Katrin Zeug **Schrift: Wie das Schreiben das Denken verändert** (2017)

Tontafel mit Getreiderechnung. Uruk, 4. Jh. v. Chr.

Auf einer Aue nahe der Gemeinde Bilzingsleben in Thüringen [...] fanden Forscher das womöglich erste Stück, auf dem ein Mensch seine Gedanken festgehalten hat: ein längliches Teil vom Schienbein eines Eurasischen Altelefanten, rund 370 000 Jahre alt. Darauf ritzte ein Homo erectus, einer unserer ganz frühen Vorfahren, mehrere Striche: symmetrisch, längs und quer. [...] Es muss ein bewusster Versuch gewesen sein, einen Gedanken, ein Gefühl, eine Information außerhalb des eigenen Körpers zu speichern. Eine kleine Armbewegung mit unermesslicher Bedeutung: Der Mensch begann, sein Innerstes, sich selbst, der Welt einzuritzen. [...]

„Was das Schreiben mit dem Einzelnen gemacht hat, wissen wir nicht", sagt Ewa Dutkiewicz, „sicher aber ist, dass es die Gesellschaft massiv verändert hat." Dutkiewicz ist Archäologin an der Universität Tübingen und erforscht dort die ersten vom Menschen markierten Fundstücke. Ganz am Anfang, sagt sie, sei das Schreiben wahrscheinlich etwas sehr Spirituelles gewesen. Von Schamanen, Heilern, Anführerinnen. Da sitzt der Einzelne und schnitzt, ist im Dialog mit sich, vielleicht mit den Ahnen. „Die ersten Symbole des Menschen hatten immer auch etwas Mystisches und Magisches."

In der Uruk-Zeit, gut 3300 Jahre vor Christus, waren es dann Krämer, die ein größeres Zeichensystem erfanden, um besser handeln zu können: Symbole für Wolle, Rind, Milch, eingeritzt in Ton, den sie den Karawanen mitsamt der Ware mitgaben, in etwa wie einen Lieferschein, damit der Empfänger prüfen konnte, ob alles angekommen war. Aus den Zeichen für Waren wurden Silben – die zu neuen Wörtern zusammengesetzt werden konnten. Könige ließen daraus ihre Namen schreiben und dann ihre Taten an die Palastwände.

Gott, Geld, Macht – immer schien die Schrift ein Mittel zum Zweck. Was keiner bedachte: Sie wirkt auch nach innen. „Botschaften über weite Distanzen, aber auch über Generationen übermitteln zu können, führt zu neuen Vorstellungen von Raum und Zeit", sagt Dutkiewicz. Andere Formen von Herrschaft entstehen: Wer hat Zugang zum Wissen? Wer darf interpretieren, was da steht? Die Gemeinschaften werden komplexer, die sozialen Fragen auch, erste religiöse Texte entstehen. [...]

Wenn Worte unsere Körper verlassen und zu Material werden, zu Rillen im Stein, digitalen Lichtpunkten auf dem Bildschirm, zu Tinte auf Papier, dann treten wir in einen besonderen, vor allem uns selbst prägenden Kontakt mit der Welt. Bereits Ende der Sechzigerjahre hatte der Philosoph Jacques Derrida die radikale These formuliert, dass es ohne das Schreiben gar kein Denken gibt. Genau so. Nicht andersherum. Schrift sei nicht nur Ausdruck des Gedachten, sondern gehe ihm voraus: Allein die Möglichkeit, das Denken außerhalb des Körpers festzuhalten, verändere es.

1 „Gott, Geld, Macht" (Z. 43): Erläutern Sie anhand dieser Begriffe drei ursprüngliche Funktionen des Schreibens, die im Text thematisiert werden (► Z. 23–42).

2 Halten Sie es für richtig, „dass es ohne das Schreiben gar kein Denken gibt" (Z. 60 f.)? Wie würden Sie die These gegebenenfalls korrigieren? Diskutieren Sie vor dem Hintergrund Ihrer Kenntnisse zum Thema „Sprache – Denken – Wirklichkeit" (► S. 206–213).

Oft werden drei **Grundfunktionen von Sprache** unterschieden, nämlich Sprache als Medium, um
- **Erkenntnisse** zu gewinnen, zu dokumentieren und weiterzugeben,
- **Handlungen** auszulösen oder zu beeinflussen (z. B. befehlen, beschwichtigen, warnen),
- **Gemeinschaft** herzustellen und Teilhabe an gesellschaftlichem Leben zu ermöglichen.

Diese Funktionen können bezogen auf das Schreiben weiter differenziert werden (▶ Information unten).

3 Notieren Sie die Funktionen des Schreibens (▶ Information unten), die in den folgenden Zitaten deutlich werden. Unterscheiden Sie dabei jeweils, ob für sich selbst oder für andere geschrieben wird.

Schreiben ist mein Job, und der heißt: Infos über das, was in der Welt geschieht, möglichst vielen zugänglich zu machen.
(Cemal, Journalist)

Ich schreibe täglich To-do-Listen mit Priorisierungen.
(Sonia, Ingenieurin)

Schreiben ist mein Weg, komplizierte Sachverhalte zu strukturieren, juristische Schemata zu verstehen und zu lernen.
(Felicitas, Jurastudentin)

Texte aufschreiben ist, als würde man eine Frucht trocknen und dann wieder aufgießen.
(Till Reiners, Comedian, über die Planung von Stand-up-Comedy)

Für mich ist das Schreiben ein langsamer Entgiftungsprozess.
(Liao Yiwu, chinesischer Schriftsteller im Exil)

Ich möchte eine Geschichte schreiben, bei der die Leser immer wissen wollen, was als Nächstes passiert.
(Ken Follett, Schriftsteller)

Ich schreibe, damit mehr Menschen ihre Komfortzone verlassen und nachhaltiger leben.
(Marie, Sinnfluencerin)

4 **a** Notieren Sie verschiedenartige Situationen, in denen Sie schreiben, und welche Funktionen das Schreiben dabei jeweils für Sie hat (▶ Information unten).
b Erklären Sie, zu welcher Funktion des Schreibens die Illustration aus Ihrer Sicht passt.

Information | **Funktionen des Schreibens**

A Kommunikatives Schreiben für andere
- **Erkenntnisse vermitteln** oder Wissen archivieren, etwas mitteilen, darstellen, begründen,
- **zu Handlungen auffordern,**
- eine **Gemeinschaft** mit den Lesenden **bilden,** die Leserschaft einbeziehen.

B Schreiben für sich selbst
- **Erkenntnisse gewinnen,** sich über etwas klar werden,
- **etwas speichern,** konservieren, um es später abrufen zu können und nicht zu vergessen,
- **etwas für sich planen,** konzipieren,
- **sich von etwas befreien,** sich entlasten, sich etwas „von der Seele schreiben".

Sprachnot in der Literatur – Wie weiter, wenn die Worte nicht treffen?

Jeder kennt das Gefühl, angesichts einer Situation sprachlos zu sein oder für eine Empfindung nicht die richtigen Worte zu haben. Im literarischen Schreiben geht es stets um ein Aufspüren treffender Worte. Im Schreibprozess werden viele Formulierungen verworfen, weil sie unpassend, abgedroschen oder gar verlogen erscheinen. Die nötige Skepsis der Schreibenden gegenüber leeren Worthülsen verdichtete sich Anfang des 20. Jahrhunderts zum literarischen Motiv einer generellen Sprachskepsis. Die Sprache stand im Verdacht, das wirkliche Leben und Erleben nicht fassen zu können.
Sprachskepsis ist bis heute ein Thema der Literatur.

Yassin **Meteoriten** (2019)

Wir sitzen uns gegenüber, auf deiner Stirn steht Angstschweiß,
Auf meiner steht Betrüger.
Du sagst, du bist hier, um was zu retten ist, zu retten,
Warum ich hier bin, habe ich leider vergessen.
Zählst auf, warum du mich nicht gehen lassen kannst.
Ich zähl deine Tränen, fühl mich elend, weil ich dich so stehen lassen kann.
Dein Blick voller Hoffnung, dein Schweigen ruft nach Hilfe.
Ich wünscht', ich hätte mehr für dich als Stille.

Denn ich sehe im Augenwinkel:
Es regnet Meteoriten und Atombomben vom Himmel,
Sekunden rennen mir davon und ich weiß nicht, was ich sagen soll.

Es ist, als ob die ganze Welt an meinen Lippen hängt,
Und mir fehlen die Worte.
Du siehst mich an und wartest auf die richtigen,
Doch ich habe sie verloren.
Es ist, als ob *[... Wiederholung V. 12–15]*

Yassin im Video „Meteoriten“ (2019)

Auf meinem Display steht dein Name
Ich gehe ran und frage mich, ob ich auf deinem Display einen Doktortitel trage.
Krank vor Verzweiflung suchst du immer wieder Heilung
Unter Y im iPhone.
Dir nimmt das Leid auf dem Planeten
Den Mut, auf ihm zu leben.
Sagst, die Menschheit ist am Ende,
Ihr Blut an uns'ren Händen.
Jedes deiner Fragezeichen ruft nach Hilfe,
Ich wünscht', ich hätte mehr für dich als Stille.

1 **a** Wer spricht in diesem Songtext zu wem? Äußern Sie Ihre Vermutungen und belegen Sie sie am Text.
b Wählen Sie Verse aus, die Ihrer Ansicht nach die Beziehung zwischen dem Sprecher und dem angesprochenen Du besonders deutlich charakterisieren. Begründen Sie Ihre Auswahl.

2 „Und mir fehlen die Worte“: Erläutern Sie die erwähnte Sprachlosigkeit des Sprechers.
Wählen Sie a oder b.
●●○ **a** Untersuchen Sie **die letzte Strophe** (V. 20–29) und nennen Sie **Gründe für die Sprachnot** in Vers 29.
●●● **b** Erläutern Sie, welche **Gründe für die Sprachlosigkeit** in **Strophe 1 bis 3** (V. 1–16) deutlich werden.
c Stellen Sie sich Ihre Ergebnisse gegenseitig vor. Diskutieren Sie, inwiefern es dem Sprecher gelingt, mit dem Songtext seine Sprachlosigkeit zu überwinden. Gehen Sie dabei auch darauf ein, mit welchen Mitteln der Sprecher seine Situation und Empfindungen sprachlich gestaltet (z. B. Metaphern, Hyperbeln, ...).

3 Erinnern Sie sich an Situationen, in denen Sie nicht die richtigen Worte fanden, obwohl Ihnen das wichtig gewesen wäre? Notieren Sie vor dem Hintergrund Ihrer Erfahrungen Gründe für die eigene Sprachnot.

Hugo von Hofmannsthal **Ein Brief** (1902)

In diesem fiktionalen Brief berichtet der fiktive junge Dichter Lord Chandos seinem Freund Francis Bacon[1] von seiner Sprachkrise.
Chandos schildert zunächst sein bisheriges Welterleben und Schreiben, in dem er das Dasein als eine Einheit von geistiger und körperlicher Welt empfunden habe. Die Sprache sei ihm als ein verlässlicher Schlüssel und Zugang zur Wirklichkeit erschienen. Im Folgenden stellt er seinen Weg in die Krise dar.

Mein Fall ist, in Kürze, dieser: Es ist mir völlig die Fähigkeit abhandengekommen, über irgendetwas zusammenhängend zu denken oder zu sprechen. Zuerst wurde es mir allmählich unmöglich, ein höheres oder allgemeineres Thema zu besprechen und dabei jene Worte in den Mund zu nehmen, deren sich doch alle Menschen ohne Bedenken geläufig zu bedienen pflegen. Ich empfand ein unerklärliches Unbehagen, die Worte „Geist", „Seele" oder „Körper" nur auszusprechen. Ich fand es innerlich unmöglich, über die Angelegenheiten des Hofes, die Vorkommnisse im Parlament oder was Sie sonst wollen, ein Urteil herauszubringen. Und dies nicht etwa aus Rücksichten irgendwelcher Art, denn Sie kennen meinen bis zur Leichtfertigkeit gehenden Freimut: sondern die abstrakten Worte, deren sich doch die Zunge naturgemäß bedienen muss, um irgendwelches Urteil an den Tag zu geben, zerfielen mir im Munde wie modrige Pilze. [...]
Allmählich aber breitete sich diese Anfechtung aus wie ein um sich fressender Rost. Es wurden mir auch im familiären und hausbackenen Gespräch alle die Urteile, die leichthin und mit schlafwandelnder Sicherheit abgegeben zu werden pflegen, so bedenklich, dass ich aufhören musste, an solchen Gesprächen irgend teilzunehmen. [...]
Mein Geist zwang mich, alle Dinge, die in einem solchen Gespräch vorkamen, in einer unheimlichen Nähe zu sehen: So wie ich einmal in einem Vergrößerungsglas ein Stück von der Haut meines kleinen Fingers gesehen hatte, das einem Blachfeld[2] mit Furchen und Höhlen glich, so ging es mir nun mit den Menschen und Handlungen.
Es gelang mir nicht mehr, sie mit dem vereinfachenden Blick der Gewohnheit zu erfassen. Es zerfiel mir alles in Teile, die Teile wieder in Teile und nichts mehr ließ sich mit einem Begriff umspannen. Die einzelnen Worte schwammen um mich; sie gerannen zu Augen, die mich anstarrten und in die ich wieder hineinstarren muss: Wirbel sind sie, in die hinabzusehen mich schwindelt, die sich unaufhaltsam drehen und durch die hindurch man ins Leere kommt. [...]
Seither führe ich ein Dasein, das Sie, fürchte ich, kaum begreifen können, so geistlos, ja gedankenlos fließt es dahin; ein Dasein, das sich freilich von dem meiner Nachbarn, meiner Verwandten und der meisten landbesitzenden Edelleute dieses Königreiches kaum unterscheidet und das nicht ganz ohne freudige und belebende Augenblicke ist. Es wird mir nicht leicht, Ihnen anzudeuten, worin diese guten Augenblicke bestehen; die Worte lassen mich wiederum im Stich. Denn es ist ja etwas völlig Unbenanntes, und auch wohl kaum Benennbares, das in solchen Augenblicken, irgendeine Erscheinung meiner alltäglichen Umgebung mit einer überschwellenden Flut höheren Lebens wie ein Gefäß erfüllend, mir sich ankündet. Ich kann nicht erwarten, dass Sie mich ohne Beispiel verstehen, und ich muss Sie um Nachsicht für die Kläglichkeit meiner Beispiele bitten. Eine Gießkanne, eine auf dem Feld verlassene Egge[3], ein Hund in der Sonne, ein ärmlicher Kirchhof, ein Krüppel, ein kleines Bauernhaus, alles dies kann das Gefäß meiner Offenbarung werden. Jeder dieser Gegenstände und die tausend anderen ähnlichen, über die sonst ein Auge mit selbstverständlicher Gleichgültigkeit hinweggleitet, kann für mich plötzlich in irgendeinem Moment, den herbeizuführen auf keine Weise in meiner Gewalt steht, ein erhabenes und rührendes Gepräge annehmen, das auszudrücken mir alle Worte zu arm scheinen. [...]
In diesen Augenblicken wird eine nichtige Kreatur, ein Hund, eine Ratte, ein Käfer, ein verkrümmter Apfelbaum, ein sich über den Hügel schlängelnder Karrenweg, ein moosbewachsener Stein mir mehr, als die schönste hingebendste Geliebte der glücklichsten Nacht mir je gewesen ist. Diese stummen und manchmal unbelebten Kreaturen heben sich mir mit einer solchen Fülle, einer solchen Gegenwart der Liebe entgegen, dass mein beglücktes Auge auch ringsum auf keinen toten Fleck zu fallen vermag.
Es erscheint mir alles, was es gibt, alles, dessen ich mich entsinne, alles, was meine verworrensten Gedanken berühren, etwas zu sein. Auch die eigene Schwere, die sonstige Dumpfheit meines Hirnes er-

scheint mir als etwas; ich fühle ein entzückendes, schlechthin unendliches Widerspiel in mir und um mich, und es gibt unter den gegeneinander spielenden Materien keine, in die ich nicht hinüberzufließen vermöchte.

Es ist mir dann, als bestünde mein Körper aus lauter Chiffern[4], die mir alles aufschließen. Oder als könnten wir in ein neues, ahnungsvolles Verhältnis zum ganzen Dasein treten, wenn wir anfingen, mit dem Herzen zu denken. Fällt aber diese sonderbare Bezauberung von mir ab, so weiß ich nichts darüber auszusagen; ich könnte dann ebenso wenig in vernünftigen Worten darstellen, worin diese mich und die ganze Welt durchwebende Harmonie bestanden und wie sie sich mir fühlbar gemacht habe, als ich ein Genaueres über die inneren Bewegungen meiner Eingeweide oder die Stauungen meines Blutes anzugeben vermöchte. [...]

Und das Ganze ist eine Art fieberisches Denken, aber Denken in einem Material, das unmittelbarer, flüssiger, glühender ist als Worte. Es sind gleichfalls Wirbel, aber solche, die nicht wie die Worte der Sprache ins Bodenlose zu führen scheinen, sondern irgendwie in mich selber, und in den tiefsten Schoß des Friedens [...].

Am Ende seines Briefes äußert Chandos die Absicht, vorläufig nicht mehr literarisch schreiben zu wollen. Er hoffe aber, zukünftig eine Sprache zu finden, „in der die stummen Dinge zu [ihm] sprechen“.

---

1 Francis Bacon: Philosoph und Naturwissenschaftler (1561–1626)

2 das Blachfeld: flaches Feld, ebene Gegend

3 die Egge: landwirtschaftliches Werkzeug zur Bodenlockerung

4 die Chiffre: geheimes Zeichen, das nur Eingeweihte verstehen können

1 Vergleichen Sie Ihre ersten Leseeindrücke im Kurs: Welche Erlebnisse, Eindrücke oder Gedanken des Lord Chandos können Sie nachvollziehen, welche erscheinen Ihnen fremd oder unverständlich?

2 Geben Sie Chandos' Weg in die Krise mit eigenen Worten wieder.
Erläutern Sie dabei auch die folgenden Zitate:
„die abstrakten Worte [...] zerfielen mir im Munde wie modrige Pilze“ (Z. 16–19),
„Es gelang mir nicht mehr, sie [die Menschen und ihre Handlungen] mit dem vereinfachenden Blick der Gewohnheit zu erfassen.“ (Z. 34 f.),
„Seither führe ich ein Dasein [...], so geistlos, so gedankenlos fließt es dahin“ (Z. 44–46).

3 Krise als Chance? Beschreiben Sie, wie Chandos die Augenblicke charakterisiert, in denen sich ihm etwas „völlig Unbenanntes und wohl auch kaum Benennbares“ (Z. 53 f.) zeigt. Wählen Sie a oder b.

●●○ **a** Nennen Sie Beispiele für **visuelle Wahrnehmungen,** die für Chandos besondere Bedeutung gewinnen. Geben Sie die **Gefühle,** die diese bei ihm auslösen, in eigenen Worten wieder (▸ Z. 53–82).
Der Dichter sieht vertraute Dinge wie z. B. eine Gießkanne, ein Bauernhaus ... wie etwas Unvertrautes ... erscheinen interessant ... Er fühlt sich ... und ...

●●● **b** Beschreiben Sie mit eigenen Worten die **„sonderbare Bezauberung“** (Z. 96 f.), die aus den neuen Wahrnehmungen erwächst. (▸ Z. 83–104).
... ein Gefühl der Einheit von Ich und Welt ... Die Grenzen des Ichs und die von Gewohnheit und Sprache gezogenen Grenzen ... Der Körper wird zu ...

c Stellen Sie sich Ihre Ergebnisse vor. Reflektieren Sie, inwiefern die Abwesenheit von Sprache für die besonderen Momente wichtig ist. Gehen Sie dabei auch auf den letzten Absatz des Textauszugs ein (Z. 105–111).

4 Interpretieren Sie die Metaphern in Z. 37–43 und 107–111. Gehen Sie auf die Wirkung der Metaphern ein und erläutern Sie deren Beitrag zur Aussage des Textes.

5 **a** „Chandos widerspricht sich selbst, indem er das angeblich Nicht-Formulierbare wortreich beschreibt.“ Diskutieren Sie diese These.

b Setzen Sie Chandos' Sprachskepsis in Bezug zu Whorfs These, die Sprache forme das Denken (▸ S. 211).

6 Wenn man „sprachlos“ ist, sucht man nach alternativen Ausdrucksmitteln. Nennen Sie Beispiele für Möglichkeiten, die Sie in diesem Kontext interessant finden – auch im digitalen Bereich (z. B. soziale Medien).

Rainer Maria Rilke **Ich fürchte mich so vor der Menschen Wort** (1899)

Ich fürchte mich so vor der Menschen Wort.
Sie sprechen alles so deutlich aus:
Und dieses heißt Hund und jenes heißt Haus,
und hier ist Beginn und das Ende ist dort.

Mich bangt auch ihr Sinn, ihr Spiel mit dem Spott,
sie wissen alles, was wird und war;
kein Berg ist ihnen mehr wunderbar;
ihr Garten und Gut grenzt grade an Gott.

Ich will immer warnen und wehren: Bleibt fern.
Die Dinge singen hör ich so gern.
Ihr rührt sie an: sie sind starr und stumm.
Ihr bringt mir alle die Dinge um.

Paul Cézanne: Mont Sainte-Victoire (1902–1906)

1 Erläutern Sie die Einschätzung, die das lyrische Ich im ersten und letzten Vers des Gedichts formuliert.
Die nicht-dichterische Sprache erscheint dem lyrischen Ich als ... Die konventionellen Bezeichnungen ...

2 **a** „Rilkes Gedicht macht das ‚Singen der Dinge' (vgl. V. 10) hörbar." Diskutieren Sie diese These. Gehen Sie dabei auf die formale und sprachliche Gestaltung ein (Strophen, Reim, Alliterationen ...).
b Der Maler Paul Cézanne hat die Kunstrichtung des Impressionismus mitgeprägt, in der oft feste, bekannte Konturen zugunsten von intensiven und flüchtigen Licht- und Farbeindrücken aufgelöst werden. Setzen Sie Cézannes Gemälde, Rilkes Gedicht und die Sprachskepsis um 1900 (▶ Information unten) in Beziehung.

3 **a** Erproben Sie die Methode des automatischen Schreibens (▶ Tipp rechts). Schreiben Sie fünf Minuten lang kontinuierlich. Wählen Sie als Anregung z. B. einen Vers aus Rilkes Gedicht oder das Gemälde von Paul Cézanne.
b Reflektieren Sie Ihre Erfahrungen in Aufgabe a mit Bezug zum Thema „Sprache – Denken – Wirklichkeit".

Automatisches Schreiben
Der Begriff „écriture automatique" wurde 1889 von dem französischen Psychotherapeuten Pierre Janet geprägt. Bei dieser Methode soll das **handschriftliche Schreiben dem unzensierten, nicht bewusst gesteuerten Denken folgen,** ohne Rücksicht auf Konventionen wie vernünftigen Sinn, Grammatik, Orthografie.
Das automatische Schreiben wird seither für viele Zwecke eingesetzt, z. B. um Unbewusstes erkennbar zu machen, um Gedankensperren oder Schreibblockaden zu lösen, Kreativität zu entdecken oder um einfach etwas loszuwerden. Um die lösende Wirkung zu erreichen, sollte dabei möglichst der Schreibfluss erhalten bleiben. Die Hand kann auch unverständliche Zeichen aufs Papier malen, bis sich wieder Worte bilden.

Information **Krise der Wahrnehmung – Krise der Sprache und des Schreibens**

Mit **Beginn der Moderne um 1900** (▶ Kapitel C9) wird das **Verhältnis von Wirklichkeit bzw. Wahrnehmung und Sprache** zu einer **zentralen Problemfrage der Literatur.** Autoren wie Hugo von Hofmannsthal (1874–1929) formulieren eine **fundamentale Sprachkritik.** Einerseits entlarven die Autorinnen und Autoren den aus ihrer Sicht verlogenen konventionellen Sprachgebrauch, andererseits äußern sie grundsätzliche Zweifel daran, dass die Sprache ein geeignetes Medium der Verständigung und der Weltwahrnehmung darstellt. Die These von der **Sprachnot** wird verknüpft mit der **Suche nach einer neuen poetischen Sprache,** die eine Reflexion über die Sprache, das Denken und die Wirklichkeit erst möglich macht. Autoren wie Rainer Maria Rilke (1875–1926) und Robert Musil (1880–1942) entwerfen um 1900 eine Ästhetik der Sprachskepsis, von der die Literatur bis in die Gegenwart geprägt ist.

2.3 Zwei Sachtexte (pragmatische Texte) vergleichen

Aufgabenbeispiel

1. Analysieren Sie Elisabeth Wehlings Text „Politisches Framing“ im Hinblick auf den Argumentationsgang, die sprachlich-stilistische Gestaltung und die Intention des Textes. *(42 Punkte)*
2. Vergleichen Sie Wehlings Beitrag mit „Die einen sagen ‚Schmusekatze‘, die anderen ‚Raubtier‘“ von Martin Spiewak und Stefanie Kara. Berücksichtigen Sie dabei die Positionen und Argumente zur Frage, inwieweit Frames Meinungen, Entscheidungen und das Handeln beeinflussen. *(30 Punkte)*

Elisabeth Wehling **Politisches Framing** (2018)

Wie ist das nun mit Sprache in der Politik? Wenn Worte über Frames begriffen werden, gilt das dann auch für die politischen Debatten? Und was bedeutet es für unser politisches Denken und Handeln? Nun, jedes Wort erhält seine Bedeutung durch die Semantik des aufgerufenen Frames – also ist auch in der politischen Debatte jedes Wort in einen sinngebenden Frame eingebettet.

Und dabei sind Frames in der Politik in aller Regel ideologisch selektiv. Sie heben bestimmte Fakten und Realitäten hervor und lassen andere gedanklich unter den Tisch fallen. Das ist ein Problem für die Politik und eine Herausforderung für jeden Bürger, denn kein Frame stellt je eine „objektive“ und „allumfassende“ Abbildung politischer Fakten und ihrer Deutung dar. Und da wir nicht außerhalb von Frames über Politik sprechen und denken können, wird zur einzig wesentlichen Frage, welche Frames wir in Diskursen nutzen und ob diese unserer jeweiligen Weltsicht entsprechen.

Noch mehr Dringlichkeit bekommt das Ganze dadurch, dass Menschen – entgegen herkömmlichen Mythen – nicht aufgrund von Faktenlagen, sondern aufgrund von sinngebenden Frames ihre sozialen, ökonomischen und politischen Entscheidungen treffen. […]

Dass Menschen nicht fähig sind, Entscheidungen außerhalb sinngebender Frames allein aufgrund rationaler, also „rein sachlicher und objektiver“ Einschätzungen von Fakten zu treffen, zeigen Studien wie diese: Probanden mussten entscheiden, ob Patienten, die an einer schweren Krankheit litten, einen potenziell heilenden Eingriff durchführen lassen sollten oder nicht. Das Risiko, bei dem Eingriff zu sterben, lag bei 10 Prozent. Jene Probanden, denen dieser Fakt als 90-prozentige Überlebenschance kommuniziert wurde, entschieden sich für den Eingriff. Jene aber, denen der Fakt als 10-prozentiges Sterberisiko vermittelt wurde, entschieden sich dagegen (vgl. Kahneman 1991). Man bedenke, dass es sich hier um einfachste Prozentrechnung handelte! 10 Prozent versus 90 Prozent. Wirklich ganz simpel. Wäre es also tatsächlich so, dass Menschen sich ihre Meinung aufgrund der reinen Faktenlage bilden könnten, so hätten die Teilnehmer der Studie ihre Entscheidungen sicherlich nicht aufgrund der ihnen sprachlich angebotenen Frames von Sterben und Leben getroffen. Nun, genau das taten sie aber. Sie entschieden sich aufgrund der Frames, nicht aufgrund einer „rationalen“ Einschätzung der Fakten.

Noch eine weitere zentrale Erkenntnis der Kognitionsforschung ist an dieser Studie gut zu verdeutlichen: die Tatsache, dass es schier unmöglich ist, über Worte zu kommunizieren, mit denen wir uns nicht gedanklich auf den einen oder anderen Frame festlegen. Denn wie hätte man die Fakten anders an die Teilnehmer herantragen können? Hätte man gesagt: „10 Prozent versus 90 Prozent“, hätten die Teilnehmer keinesfalls verstanden, worum es ging. Hätte man gesagt: „10 Prozent Sterberisiko und 90 Prozent Überlebenschance“, so hätte man sich immer noch zumindest ein Stück weit auf einen der beiden Frames festgelegt – denn jene Frames, die in Diskursen zuerst gesetzt werden, dominieren allgemein das Denken (Thibodeau/Boroditsky 2011). Und da Sprache ein lineares System ist, ein Wort immer dem anderen folgt, ist es nicht vermeidbar, immer einem bestimmten Frame den Vorrang zu lassen.

Kurzum, bei gleicher Faktenlage – seien es Arbeitslosenzahlen, Fakten zur Umweltverschmutzung oder auch Fakten zu Löhnen und Steuern – machen Frames die Musik. Und nicht etwa die Fakten. Diese Tatsache macht Fakten in der Politik nicht obsolet[1], im Gegenteil. Aber Fakten ohne Frames sind bedeutungslos.

Daher ist auch die Vorstellung absurd, Frames einfach komplett vermeiden und rein faktenorientiert kommunizieren zu wollen. Schon die Entscheidungen der Teilnehmer in der oben dargestellten Studie waren durch die Frames geprägt, mit denen ihnen die einfachen Angaben 10 Prozent und 90 Prozent genannt wurden. Bedenkt man, um wie viel komplexer und schwerer zu durchdringen jene Fakten und Berechnungen sind, die heute politischen Handlungsvorschlägen zugrunde liegen, so wird schnell deutlich, wie naiv die Vorstellung ist, dass Menschen sich ganz „objektiv" und „rational" nur aufgrund der Faktenlage für oder gegen politische Handlungen entscheiden könnten. [...] Frames lenken also unsere sozialen, ökonomischen und politischen Entscheidungen.

---

1 obsolet: überflüssig

Martin Spiewak, Stefanie Kara **Die einen sagen „Schmusekatze", die anderen „Raubtier"** (2019)

In der gegenwärtigen Aufregung wird vom Framing zumeist gesprochen wie von beinahe allmächtigem Wort-Voodoo. Seine Wirksamkeit wird dabei als offensichtlich vorausgesetzt. Doch welche Effekte lassen sich tatsächlich nachweisen? Und welche wissenschaftliche Erkenntnis steht hinter dem Modebegriff? [...] Die Karriere des Begriffs „Framing" ist in Deutschland eng mit Elisabeth Wehling verknüpft. [...] Wehling interessiert sich besonders für die Wirkung von Metaphern. Diese Sprachbilder übertragen konkrete Erfahrungen auf abstrakte Konzepte: „etwas begreifen", „eine Idee verdauen", „die kalte Schulter zeigen", aber auch „Rettungsschirm" oder „Treibhauseffekt". Forscher vermuten schon lange, dass Metaphern eine besondere Macht entfalten können. [...]

Zwei Begründungen werden für die Annahme genannt: Erstens könnten Metaphern mit einem einzigen Wort viele Assoziationen aktivieren und so sehr effizient ein (Welt-)Bild im Kopf des Empfängers entstehen lassen. Zweitens beruhten viele Metaphern auf körperlichen Erfahrungen und riefen deshalb körperliche Reaktionen hervor – sie gingen regelrecht unter die Haut.

Hirnforscher haben tatsächlich Hinweise darauf gefunden, dass an dieser Vermutung etwas dran sein könnte. Etwa Friedemann Pulvermüller von der Freien Universität Berlin. Er präsentierte Versuchspersonen sowohl wörtlich gemeinte als auch metaphorische Sätze, in denen Bewegungen vorkamen: „Pablo kicked the ball" oder „Pablo kicked the bucket"[1]. Tatsächlich wurden auch bei den Sätzen mit metaphorischer Bedeutung jene Bereiche des Hirns aktiv, welche die jeweiligen Bewegungen steuern, in dem Beispiel also die für die Beine zuständigen. [...]

Solche Experimente sind faszinierend – doch sie sagen noch nichts darüber aus, inwieweit solche Sprachbilder auch Meinungen, Entscheidungen und das Handeln beeinflussen. Diese angebliche Macht der Metaphern versuchen Framing-Forscher auf verschiedenen Wegen zu belegen. So beobachten sie etwa den Sprachgebrauch im öffentlichen Diskurs und verfolgen die Karriere von Begriffen.

[...] Forscher versuchen deshalb, im Experiment zu ergründen, wie Framing auf den Einzelnen wirkt. Im Labor können sie andere Einflussgrößen ausschließen, dafür sind die Situationen künstlich, und es lassen sich keine langfristigen Entwicklungen beobachten – ein Dilemma[2].

„Das Verbrechen ist eine Bestie, die die Stadt Addison heimsucht." So begann der Text, den die Psychologen Paul Thibodeau und Lera Boroditsky von der Stanford University ihren Testpersonen im Jahr 2011 vorlegten. Einer Schilderung der Kriminalitätsprobleme in der Stadt inklusive Statistik folgten die Fragen an die Probanden: „Was braucht Addison Ihrer Meinung nach, um die Kriminalität zu reduzieren?" „Welcher Teil des Berichts hat Sie in Ihrer Entscheidung am meisten beeinflusst?" In 71 Prozent ihrer Antworten empfahlen die Befragten, man müsse die Verbrecher jagen, hinter Gitter bringen und härtere Strafen verhängen.

Dann tauschten die Forscher ein einziges Wort aus und legten den Text anderen Probanden vor. Statt von einer „Bestie" war nun im ersten Satz von einem

„Virus“ die Rede. Das Ergebnis: Nur in 54 Prozent ihrer Antworten empfahlen die Teilnehmer eine strengere Verfolgung von Verbrechen. 46 Prozent ihrer Vorschläge zielten auf eine ganz andere Strategie: Man solle die Gründe für die Kriminalität untersuchen, die Armut bekämpfen und die Bildung verbessern. [...]

Ein einziges Wort hatte also (im Labor!) maßgeblich beeinflusst, welche Lösung Menschen für ein wichtiges gesellschaftliches Problem vorschlugen, so die Schlussfolgerung der Studie. Besonders brisant: Die Teilnehmer waren sich der Wirkung der Wörter nicht bewusst. Fast alle nannten als Einflussfaktor die im Text erwähnte Statistik – doch die war in beiden Versionen identisch.

Die oft zitierte Arbeit zeigte also eine deutliche Wirkung. Seitdem haben Forscher in vielen weiteren Studien Framing-Effekte experimentell untersucht. Die Ergebnisse sind oft weniger eindeutig. [...]

„Framing funktioniert nicht immer und nicht immer gleich“, betont der Kommunikationswissenschaftler Christian Burgers von der Freien Universität Amsterdam. Er hat zusammen mit Kollegen mehr als 60 experimentelle Studien zum Thema untersucht. „Die Wirkung kann von vielen Faktoren abhängen, von der Situation, von den jeweiligen Adressaten, davon, wie viel die Menschen schon über das Thema wissen.“

Und nicht immer halten auch beeindruckende Ergebnisse der Überprüfung stand. Als Burgers das Biest/Virus-Experiment der Stanford University wiederholte, ließ sich kein Framing-Effekt nachweisen. Das bedeutet nicht, dass die amerikanische Originalstudie falsch ist. Aber es zeigt, dass der Effekt nicht sehr robust oder auf andere Faktoren zurückzuführen ist.

Wie stark Framing wirkt, ist von Studie zu Studie sehr unterschiedlich. „Insgesamt sind die Effekte relativ klein“, sagt Burgers. „Nur wenige Leute ändern ihre Meinung, nachdem sie eine bestimmte Metapher einmal gelesen haben.“ Im echten Leben könne Framing dennoch Folgen haben: wenn es häufiger wiederholt werde – und wenn es bei Entscheidungen auf wenige Personen ankomme. Als Beispiel nennt Burgers Abstimmungen, in denen kleinste Mehrheiten entschieden haben: „Die Trump-Wahl und das Brexit-Referendum[3] waren solche Situationen.“

Ganz so klar, so weit der Zwischenstand, können Forscher den Mechanismus und die Auswirkungen des Framings also nicht nachweisen.

Dennoch arbeiten Politiker quer durch das Parteienspektrum damit – und Linguisten beraten sie dabei.

---

1 to kick the bucket: wörtlich: (gegen) den Eimer treten, metaphorisch für „sterben“

2 das Dilemma: das nicht lösbare Problem

3 das Brexit-Referendum: die Abstimmung über den Austritt Großbritanniens aus der Europäischen Union

Die Aufgabenstellung verstehen

1 **a** Lesen Sie die Aufgabenstellung genau und notieren Sie zu den beiden Teilaufgaben jeweils die **Analyse- bzw. Vergleichsaspekte,** die Sie berücksichtigen sollen.

b Vergegenwärtigen Sie sich anhand der Übersicht **„Aspekte der Sachtext- und Redeanalyse“** (▸ S. 22 f.), welche Gesichtspunkte für die in Aufgabe a genannten Untersuchungsaspekte jeweils wichtig sind, z. B.:
Teilaufgabe 1: Argumentationsgang: Thesen, ...; sprachlich-stilistische Mittel: Sprachebene, Wortwahl ...

c Sie können entweder versuchen, die Klausuraufgabe eigenständig zu lösen, oder Sie nutzen ausgewählte Arbeitsschritte und Hilfen auf den folgenden Seiten. Entscheiden Sie jeweils, welche Aufgaben und Formulierungsvorschläge für Sie hilfreich sind.

Information **Sachtexte (pragmatische Texte) vergleichen**

Bei der schriftlichen vergleichenden Analyse von Sachtexten (pragmatischen Texten) liegt der **Schwerpunkt** der Darstellung **auf** der **Untersuchung des ersten Textes.** Der **zweite Text** wird zwar gründlich erschlossen, aber in der Regel nicht in allen Aspekten schriftlich analysiert. Er wird meist **nur unter bestimmten, in der Aufgabenstellung genannten Aspekten zum Vergleich herangezogen. Beachten** Sie genau, **welche Aspekte im ersten und zweiten Teil der Aufgabenstellung** jeweils für die Analyse **vorgegeben** sind.

Erstes Textverständnis und Ideen formulieren

2 a Formulieren Sie Wehlings **Hauptthese** in eigenen Worten. Bestimmen Sie die **zentrale Intention** des Textes.
Frames bestimmen unser ... Wehling möchte ... Bewusstsein wecken ... Sie appelliert ...
b Notieren Sie die **Gegenthese des zweiten Textes.**

3 a Untersuchen Sie die **Argumentation:** Markieren Sie in Wehlings Text in einer Kopie oder auf dem Tablet jeweils in verschiedenen Farben: Thesen, Erläuterungen zum Framing-Begriff, Argumente, sprachlich-stilistische Mittel.
b Markieren Sie im zweiten Text mit den in Aufgabe a gewählten Farben: These, Erläuterungen zum Framing-Begriff und Argumente gegen Wehlings Position.

Die Texte aspektorientiert analysieren

4 a Was versteht Wehling unter einem „Frame"? Fassen Sie ihre Erläuterungen in Stichworten zusammen.
b Ermitteln Sie, welchen Typ von Argument Wehling verwendet. Sie können aus den folgenden **Argumenttypen** (▶ S. 442) auswählen:

normatives Argument (Berufung auf Wertmaßstäbe) • Faktenargument (Berufung auf Ergebnisse der Wissenschaft, Studien, Experimente) • Autoritätsargument (Berufung auf angesehene Personen, Institutionen)

5 a Benennen Sie anhand folgender Zitate in Stichworten **sprachlich-stilistische Mittel** in Wehlings Text. Sie können den Zitaten die unten genannten Begriffe zuordnen.
„Nun, jedes Wort erhält seine Bedeutung ..." (Z. 5), „Wirklich ganz simpel." (Z. 42), „Kurzum, bei gleicher Faktenlage [...] machen Frames die Musik." (Z. 71–74), „Semantik" (Z. 6), „ideologisch selektiv" (Z. 10), „obsolet" (Z. 75), „entgegen herkömmlichen Mythen" (Z. 22 f.), „Daher ist auch die Vorstellung absurd, Frames einfach komplett vermeiden [...] zu wollen" (Z. 78–80)

Sprachebene/Wortwahl: bildungssprachlich • rhetorische Strategie: Abwertung • Sprachebene: Umgangssprache / mündliche Sprache

b Beschreiben Sie die Wirkung der in Aufgabe a genannten sprachlich-stilistischen Mittel.

6 Fassen Sie in Stichworten zusammen, wie Spiewak/Kara den Begriff „Frame" erläutern.
Frames = Metaphern, die viele Assoziationen ... und ... (vgl. Z. 9 ff)

7 a Mit welcher **Argumentationsweise** stellen Spiewak/Kara Wehlings Position in Frage? Wählen Sie begründet aus den folgenden Aussagen eine zutreffende aus.
A Spiewak/Kara argumentieren, dass wissenschaftliche Begriffe nur nützlich sind, wenn sie klar definiert sind, und dies sei beim Framing-Begriff nicht der Fall.
B Das Autorenteam weist darauf hin, dass „Frame" nur eine Metapher dafür ist, dass Wörter mit Konnotationen und Assoziationen verbunden sind und dass uns dies ohnehin bewusst sei.
C Spiewak/Kara zweifeln daran, dass Experimente, die Framing-Effekte belegen sollen, verlässlich und verallgemeinerbar sind.
b Ergänzen Sie folgende Gegenargumente von Spiewak/Kara. Benennen Sie den Argumenttyp (▶ S. 442).
Experimentelle Laborsituationen sind künstlich, deshalb ... (vgl. Z. 47–50). Die Ergebnisse von Experimenten sind oft nicht eindeutig oder sogar falsch, wie die Untersuchungen von ... zeigen. Also ... (vgl. Z. 82–98)
c Halten Sie in Stichworten fest, was Spiewak/Kara dennoch gegenüber Wehling einräumen.
Bestie/Virus-Experiment zumindest in einer Studie prägnant ... Effekt vielleicht vorhanden, aber nur ...

Den Schreibplan erstellen und schreiben

8 Verfassen Sie nun Schritt für Schritt Ihren Sachtextvergleich. Orientieren Sie sich beim Schreiben an dem folgenden **Aufbau** (▶ Checkliste linke Spalte) und an den **Beispielformulierungen** (▶ rechte Spalte), indem Sie diese zunächst erschließen:

a Machen Sie sich bewusst, mit welchen Verben Sprechhandlungen der Autoren wiedergegeben werden. Markieren Sie dazu solche Verben auf dem Tablet oder auf einer Kopie, z. B. „aufklären", „sich berufen auf". Berücksichtigen Sie insbesondere Verben, die im Zusammenhang mit dem Vergleich verwendet werden (▶ Hauptteil, Aufgabe 2), z. B. „in Zweifel ziehen".

b Markieren Sie verschiedene Arten, zu paraphrasieren bzw. zu zitieren, und vergegenwärtigen Sie sich die unterschiedlichen Zitierregeln (▶ S. 460), ehe Sie Ihren eigenen Text verfassen.

Checkliste	Musterformulierungen
Einleitung: ■ Textsorte, Autor, Titel, Entstehungsjahr und Thema	In ihrem 2018 veröffentlichten sprachwissenschaftlichen Text „Politisches Framing" befasst sich Elisabeth Wehling mit dem Einfluss sprachlich vermittelter Deutungsmuster auf unser Denken und Handeln. Der Sachtext „Die einen sagen ‚Schmusekatze', die anderen ‚Raubtier'" von Martin Spiewak und Stefanie Kara aus dem Jahr 2019 beinhaltet eine kritische …
Hauptteil (Aufgabe 1): ■ Erläuterung der **Intention** des Textes und ■ Darstellung der **Kernthese** und des **Gedankengangs / der Argumentationsstruktur** des Textes und **wesentlicher Inhalte**	Elisabeth Wehling will über die ihrer Ansicht nach umfassende Bedeutung des Framings für unsere Weltorientierung und unser (politisches) Handeln aufklären. Sie appelliert an die Leserschaft, das Phänomen des Framings möglichst umfassend zu reflektieren. Laut Wehling sind unsere „sozialen, ökonomischen und politischen Entscheidungen" (Z. 91 f.) maßgeblich durch implizite, sprachlich transportierte Deutungen bestimmt. Solche „Frames" würden den Fokus auf bestimmte Aspekte und Wertungen von Sachverhalten richten, anderes werde ausgeblendet (vgl. Z. 10–12). Wir können, so Wehling, nicht ohne Frames kommunizieren (vgl. Z. 52–57), deshalb sei Objektivität nicht möglich. Selbst wenn durch Verwendung verschiedener Frames mehrere Blickwinkel eingenommen würden, hätte wegen der Linearität der Sprache jeweils der zuerst gesetzte Frame den größten Einfluss (vgl. Z. 61–70). Im Rahmen ihres zentralen Faktenarguments beruft sich Wehling auf wissenschaftliche Experimente, von denen sie eines als Beispiel anführt: … Aus dem Studienergebnis, dass die Versuchsteilnehmer stark durch den gewählten Deutungsrahmen beeinflusst seien, schließt Wehling, dass …
■ Beschreibung der **sprachlich-stilistischen Gestaltung** und **deren Wirkung**	Wehling verwendet einerseits fachsprachliches und teils bildungssprachliches Vokabular („Semantik", Z. 6, „ideologisch selektiv", Z. 10, „obsolet", Z. 75), andererseits Elemente mündlicher Umgangssprache, z. B. „Nun, jedes Wort …" (Z. 5), „Wirklich ganz simpel" (Z. 10), „machen Frames die Musik" (Z. 75). So möchte sie ihre fachliche Kompetenz unterstreichen, aber auch über ein Fachpublikum hinaus eine breite Leserschaft erreichen und diese auf ihre Seite ziehen. Ansätzen, die die Kernthese von der Unausweichlichkeit und starken Wirksamkeit der Frames bestreiten, tritt Wehling mit der rhetorischen Strategie der Abwertung entgegen: …
Hauptteil (Aufgabe 2): ■ **Überleitung,** Position in Text 2	Das Autorenteam Spiewak/Kara setzt sich in dem eingangs genannten Sachtext kritisch mit Wehlings Thesen auseinander und bezweifelt ihre Kernthese, dass unser Denken und Handeln maßgeblich durch Frames bestimmt seien.

▪ **Vergleich** der in Text 1 und 2 vertretenen **Positionen** und der **Argumentation** für die Positionen	Spiewak/Kara halten Beeinflussung durch Framing zwar prinzipiell für möglich, vermuten aber, dass die Reichweite der Effekte gering ist, und sie sehen die Auswirkungen und die Wirkungsweise von Frames als bislang nicht erwiesen an. Die Argumentation des Autorenteams wendet sich vor allem gegen das zentrale Faktenargument Wehlings, das auf dem Ergebnis von Experimenten fußt (s. o). Spiewak/Kara ziehen die Verlässlichkeit derartiger Studien in Zweifel und bestreiten, dass deren Ergebnisse verallgemeinerbar seien: Erstens seien die in solchen Experimenten hergestellten Situationen künstlich und die Beobachtungen nur punktuell, und es sei fraglich, ob sich die Ergebnisse auf komplexere längerfristige Prozesse übertragen ließen (vgl. Z. 47–50). Wehlings Argument beruhe somit auf einer möglicherweise falschen Verallgemeinerung. Zweitens zweifeln sie die Faktenbasis an, auf die Wehling sich stützt, indem sie eine Kombination aus Autoritäts- und Faktenargument verwenden. Dabei berufen sie sich auf den Kommunikationswissenschaftler Christian Burgers. Dieser habe mehr als 60 Studien zum Thema Framing untersucht und festgestellt, dass ... Obwohl es also keinen wissenschaftlichen Beweis für erhebliche Auswirkungen von Framing gebe, räumen Spiewak/Kara ein, dass zumindest eine schwache Beeinflussung möglich sei – die wiederum große Auswirkungen haben könne, wenn es um sehr knappe Entscheidungen gehe ...
Schluss: ▪ **Fazit, Ausblick,** evtl. sehr knappe eigene Wertung	Wehlings Text appelliert an die Leserschaft, mögliche Effekte von Framing aufmerksam zu reflektieren. Spiewak/Kara mahnen, den mit dem „Modebegriff" (Z. 6 f.) bezeichneten Effekten nicht ohne Beweise allzu viel Bedeutung zu geben. Beide Texte lenken den Blick auf wichtige Aspekte: einerseits „Framing" als Perspektive, um Sprachbewusstsein zu fördern, andererseits Skepsis gegenüber voreiligen Schlüssen aus (vielleicht falsch gedeuteten) Einzelfällen. Insgesamt erscheint mir die Position von ... plausibler, weil ...

Den eigenen Text überarbeiten

9 Prüfen Sie Ihre Analysen im Zweierteam. Nutzen Sie dabei die linke Spalte der Tabelle (► S. 224 f.) als **Checkliste.** Achten Sie zusätzlich auf folgende Gesichtspunkte. Verwenden Sie bei Ihrer Überprüfung Markierungen und Randnotizen:
- Sind alle Aspekte der Aufgabenstellung berücksichtigt?
- Werden die Teilaufgaben in angemessener Gewichtung bearbeitet?
- Wird der Argumentationsgang in Text 1 zutreffend dargestellt? Sind alle wesentlichen Argumente erfasst?
- Ist die Analyse der Argumentation in Text 1 und 2 gedanklich klar aufgebaut und verständlich formuliert?
- Werden die Texte unter den geforderten Vergleichsaspekten deutlich aufeinander bezogen?
- Wird die sprachlich-stilistische Gestaltung zutreffend beschrieben? Wird ihre Funktion für die Wirkungsabsicht verdeutlicht (Text 1)?
- Sind die Abschnitte der Analyse sinnvoll verknüpft?
- Wird der Gedankengang insgesamt deutlich?
- Ist der Text in Standardsprache verfasst? Sind Rechtschreibung, Zeichensetzung und Grammatik korrekt?

10 Überarbeiten Sie Ihren Text mit Hilfe von Feedback, Checkliste und Formulierungshilfen.

11 Notieren Sie für sich und auch für Ihren Partner / Ihre Partnerin, worauf Sie in der Klausur achten sollten.

C3 Fit fürs Abi

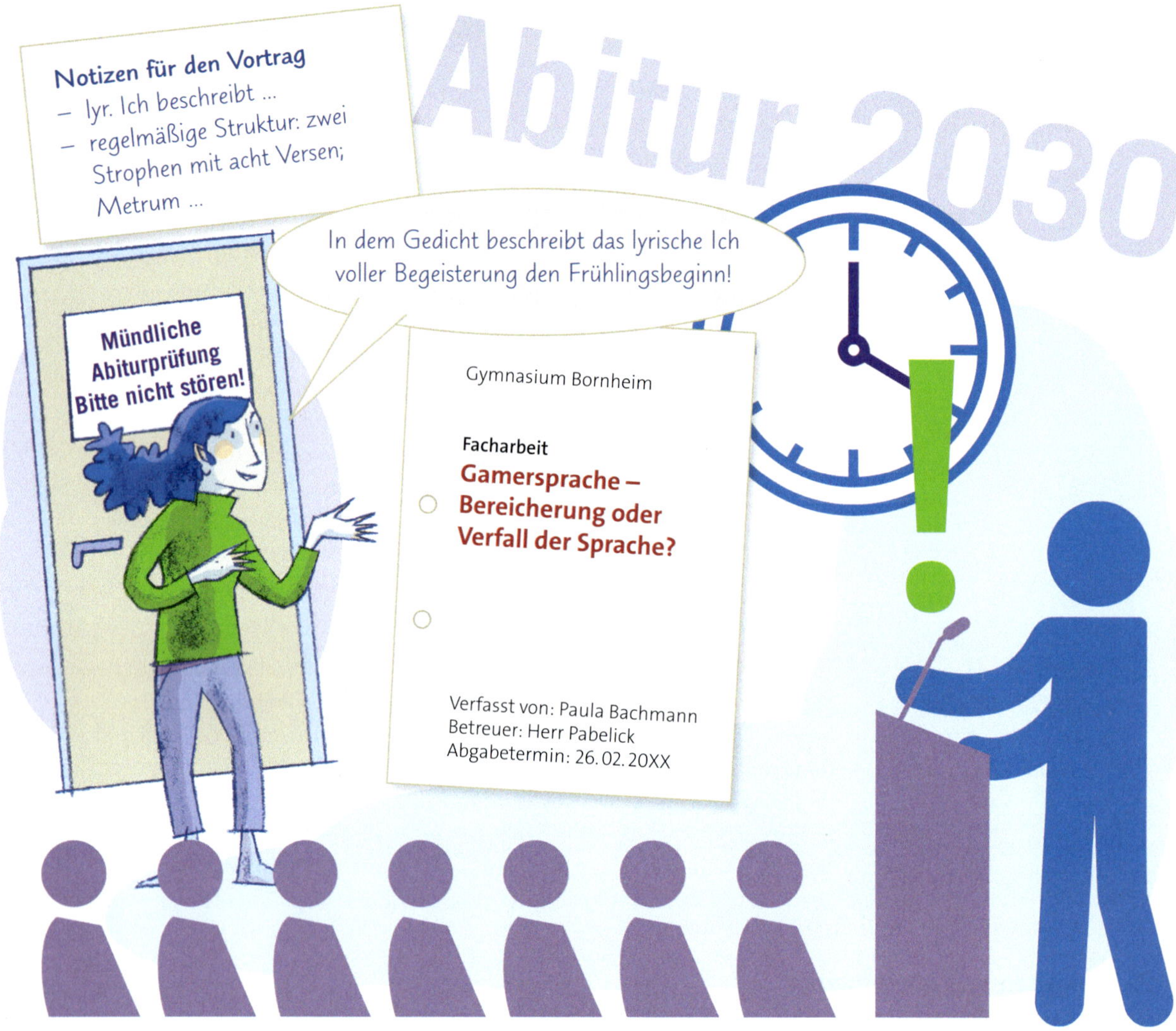

1 **a** „Fit fürs Abi" lautet die Kapitelüberschrift. Beschreiben Sie die dargestellten Rede- bzw. Prüfungssituationen und erläutern Sie, worum es jeweils geht. Berücksichtigen Sie auch die jeweiligen Adressaten.

b Diskutieren Sie: Was ist Ihrer Meinung nach wichtig, um die jeweilige Herausforderung zu meistern? Formulieren Sie Vorschläge und Tipps.

2 Non scholae, sed vitae discimus. – Nicht für die Schule, sondern für das Leben lernen wir. Diskutieren Sie, in welchen Lebenssituationen Ihnen die in diesem Kapitel vermittelten Kenntnisse und Kompetenzen (► Kasten unten) nützlich sein können. Denken Sie z. B. an Situationen im Berufsleben oder an der Universität.

In diesem Kapitel erwerben Sie folgende Kenntnisse und Kompetenzen:

- eine Facharbeit planen,
- KI-gestützte Dialogsysteme zielgerichtet und kritisch nutzen,
- sich auf die mündliche Abiturprüfung vorbereiten,
- eine (Abitur-)Rede verfassen und halten.

3.1 Wissenschaftlich arbeiten – Eine Facharbeit schreiben

Ein Thema für die Facharbeit finden

Klausuren, Tests, Referate – das sind alles Aufgabenformate, die Sie kennen. In der Oberstufe kommt eine neue Form des Arbeitens auf Sie zu: die Facharbeit. Die Facharbeit ist eine umfangreichere, schriftliche Arbeit zu einem bestimmten Thema und wird selbstständig verfasst. Die Aufgaben reichen hierbei von der Themenwahl über die Informationsrecherche bis hin zum Verfassen der Arbeit inklusive Quellenangaben.

Im Fach Deutsch gibt es z. B. folgende Themenbereiche:

Medien, z. B.:
- Literaturverfilmungen
- Bedeutung von BookTok
- Medieneinsatz im Theater

Kommunikation, z. B.:
- digitale Kommunikation (Social Media)
- Kommunikation/Inszenierung in Talkshows
- nonverbale Kommunikation in der Politik

Texte/Literatur, z. B.:
- Geschichte eines Motivs durch die Epochen
- Vergleich zweier Werke
- literarische Strömungen/Gattungen (Exilliteratur, Slam-Poetry, Fantasy, Science-Fiction)
- Entstehung/Rezeption eines Theaterstücks

Sprache, z. B.:
- Untersuchungen Jugendsprache, Dialekt
- Mehrsprachigkeit/Bilingualität
- erfundene Sprachen in Fantasy-Romanen (z. B. Herr der Ringe, Games of Thrones)

1 **a** Diskutieren Sie zu zweit: Welche der Themenbereiche oben finden Sie so interessant, dass Sie sich vorstellen könnten, in diesem Bereich eine Facharbeit zu schreiben?

b Welche der folgenden Themenformulierungen sind für eine Facharbeit geeignet? Lesen Sie hierzu die Informationen im Merkwissen unten und begründen Sie Ihre Einschätzung.

Die Autorin Juli Zeh • Blockbuster um jeden Preis? Bewertung der thematischen Akzentverschiebungen in der Verfilmung von Remarques Roman „Im Westen nichts Neues“ (2022) • Diskriminierungsfreie Sprache: Wie nehmen Jugendliche dieses Thema wahr? • Das Wandermotiv in der Literatur • Poetry Slam – Ein Zugang zur Lyrik für Jugendliche?

2 **Transferaufgabe:** Formulieren Sie selbst Themen für Ihre eigene Facharbeit. Entscheiden Sie sich in Absprache mit Ihrer betreuenden Lehrkraft für ein Facharbeitsthema.

Information | **Ein Thema für die Facharbeit finden**

Oft sind die Themen einer Facharbeit zu weit gefasst. **Grenzen Sie das Thema** Ihrer Facharbeit so **ein,** dass es auf zehn bis zwölf Seiten darstellbar ist. **Beschränken** Sie sich z. B. auf **ein bis zwei Werke** einer Autorin / eines Autors oder greifen Sie einen bestimmten **Themenaspekt** heraus.
Häufig setzt sich die **Themenformulierung** aus der **Nennung des Themas** und seiner **Konkretisierung** zusammen, z. B. *Lyrik der Romantik: Die Bedeutung des Motivs der Nacht am Beispiel zweier Gedichte von Brentano.* Hilfreich ist es auch, die Konkretisierung des Themas gleich als **problemorientierte Forschungsfrage** zu entwickeln, z. B.: *Hip-Hop: Sprachverfall oder Sprachbereicherung?*
Tipp: Bevor Sie sich endgültig für ein Thema entscheiden, sollten Sie eine kurze Vorrecherche durchführen und prüfen, ob es genügend seriöse Quellen zum Thema gibt und die Arbeit umsetzbar ist.

Vom Allgemeinen zum Speziellen – Gezielt recherchieren

Für einen Überblick sollten Sie sich zunächst grundlegende Informationen verschaffen. Online-Lexika liefern Ihnen Ideen und Suchbegriffe für die weiterführende Recherche. Notieren Sie währenddessen Stichpunkte in einer Mindmap. Eine solche Visualisierung verschafft Ihrer Recherche eine gedankliche Struktur.

1 Erklären Sie, inwieweit Wikipedia als Ausgangspunkt für eine Recherche hilfreich sein kann. Welche Hinweise finden Sie z. B. unter „Sekundärliteratur“ und „Weblinks“?

2 **a** Beschreiben Sie den Aufbau der Mindmap.
b Nennen Sie Kombinationen von Suchbegriffen (z. B.: „Im Westen nichts Neues“ + Kriegsdarstellung im Film), mit denen die Recherche vertieft werden kann.
c Formulieren Sie Recherchefragen, die ein Chatbot beantworten könnte (▶ Methode, S. 231), z. B. *Welche Unterschiede ...*

Artikel Diskussion Lesen Bearbeiten

Im Westen nichts Neues

Inhaltsverzeichnis

3 **Transferaufgabe:** Recherchieren und strukturieren Sie Basisinformationen zu Ihrem Facharbeitsthema.

Information **Im Internet und in der Bibliothek recherchieren**

- Suchen Sie **vom Allgemeinen zum Speziellen:** Lesen Sie zunächst Artikel und Texte, die Ihnen einen Überblick über das Thema und Literaturhinweise geben, z. B. in der Wikipedia.
- Nutzen Sie ggfs. KI-gestützte Dialogsysteme kritisch für die weitere Recherche (▶ Methode S. 231).
- Recherchieren Sie nicht nur im **Internet,** sondern auch in **Bibliotheken.** Größere Bibliotheken haben einen Online-Katalog, in dem die Medienbestände verzeichnet sind.
- Prüfen Sie die **Seriosität der Quellen:** Sind die Angaben korrekt, schlüssig, plausibel und ggf. mit Primärquellen belegt?

Die Facharbeit strukturieren – Eine Gliederung erstellen

Facharbeit: Blockbuster um jeden Preis?
Bewertung der thematischen Akzentverschiebungen in der Verfilmung von Remarques Roman „Im Westen nichts Neues“ (2022)

- Die **Gliederung** verdeutlicht die **gedankliche Struktur der Arbeit.** Legen Sie zu Beginn eine vorläufige Gliederung fest und verfeinern Sie diese im Arbeitsverlauf. Arbeiten Sie digital mit einer Datei.
- Die **Gliederungspunkte im Inhaltsverzeichnis** stimmen **im Wortlaut** exakt mit den **Kapitelüberschriften** in der Arbeit überein.
- Bei jedem Punkt wird zur **Orientierung die erste Seite** eines neuen Abschnitts genannt (ohne das Wort *Seite* oder die Abkürzung *S.*)
- Wer A sagt, muss auch B sagen, d. h.: **kein Gliederungspunkt 1 ohne einen Gliederungspunkt 2;** auf 2.1 sollte z. B. 2.2 folgen und nicht 3.

1 Erläutern Sie, welche Funktion die Gliederung der Facharbeit für Sie als Verfasser/-in und für die betreuende Lehrkraft hat.

2 **a** Die Gliederung verdeutlicht die gedankliche Struktur einer Facharbeit. Begründen Sie, inwieweit die obige Gliederung diesen Zweck erfüllt.
b Erläutern Sie, was in der Einleitung und im Fazit der obigen Facharbeit stehen könnte.

3 **Transferaufgabe:** Planen Sie Ihre Facharbeit:
a Erstellen Sie eine (vorläufige) Gliederung für Ihre Facharbeit. Besprechen Sie Ihren Gliederungsentwurf mit Ihrer Fachlehrerin oder Ihrem Fachlehrer, bevor Sie an die Ausarbeitung gehen.
b Planen Sie das weitere Vorgehen mit Hilfe der Methodenseite (► S. 232 f.).

Information **Bestandteile der Facharbeit**

Eine wissenschaftliche Arbeit wie die Facharbeit besteht in der Regel aus folgenden Teilen:
- **Deckblatt** (Name der Institution/Schule, Thema, Verfasser/-in, betreuende Lehrkraft, Abgabedatum)
- **Inhaltsverzeichnis** (Gliederungspunkte / Überschriften mit Angabe der ersten Seitenzahl)
- **Einleitung** (Einführung in die Fragestellung / das Thema, ca. 5–10 %)
- **Hauptteil** mit Unterkapiteln (Ausarbeitung des Themas / der Fragestellung, ca. 80–90 %)
- **Schluss/Fazit** (Zusammenfassung der Ergebnisse, ggf. Schlussfolgerungen, ca. 5–10 %)
- **Literaturverzeichnis** (alle verwendeten Quellen inkl. Internetseiten und Hilfsmittel ► S. 233)
- **Selbstständigkeitserklärung**

Chatbots als Assistenten? – Mit KI-gestützten Dialogsystemen arbeiten

Prompt (Auftrag): Welche Akzentverschiebungen gibt es zwischen dem Roman „Im Westen nichts Neues" und der Verfilmung von 2022?

Chatbot: Es gibt mehrere Unterschiede zwischen dem Roman „Im Westen nichts Neues" und der Verfilmung von 2022:
Erzählperspektive: Der Roman wird aus der Ich-Perspektive von Paul Bäumer erzählt, während der Film eine allgemeinere Perspektive einnimmt und sich auf verschiedene Charaktere konzentriert.[1]
Handlung: Im Film wird Pauls Vergangenheit auf ein Minimum reduziert, da der Fokus auf den schrecklichen Kriegserfahrungen der jungen Männer liegt.[1]
Während sich der Roman [...] ausschließlich auf [...] den Krieg an der Front konzentrier[t], füg[t] [der] Film eine zweite Erzählung ein, die der deutschen Diplomaten, die versuchen, einen Waffenstillstand [...] auszuhandeln.[2]
Charaktere: Einige Charaktere im Film sind anders dargestellt als im Buch, insbesondere die Figur des Himmelstoß.[3]
Dialoge: Im Film gibt es einige neue Dialoge, die nicht im Buch enthalten sind.[3]

---

1 film.at 2 de.wikipedia.org 3 praxistipps.focus.de

1 Die Informationen zum Facharbeitsthema hat ein Chatbot erstellt.
Diskutieren Sie, wie man mit diesen Informationen weiterarbeiten könnte. Wie ließen sich mögliche Ungenauigkeiten der KI ausgleichen? Was müsste man berücksichtigen und kritisch prüfen?

2 Es lässt sich nur von Fall zu Fall entscheiden, inwieweit man KI für die eigene Arbeit verwenden kann.
a Erläutern Sie das Diagramm (► S. 231). Finden Sie Beispiele zu den jeweiligen Entscheidungsmöglichkeiten.
b Diskutieren Sie, ob und inwieweit der Einsatz von KI in der Schule sinnvoll und zulässig sein kann.

3 **Transferaufgabe:** Prüfen Sie Ihre Rechercheergebnisse kritisch. Werten Sie die Materialien aus und präzisieren Sie ggfs. KI-Suchaufträge, bis Sie verwendbare Ergebnisse erhalten. Sichern Sie sich stets über mehrere Quellen ab.

4 Für die Einleitung zu einer Facharbeit bietet ein KI-gestütztes Dialogsystem folgende Überarbeitung an:

Prompt: Schreibe die folgende Einleitung für eine Facharbeit klarer.
Texteingabe: In meiner Facharbeit soll ich über die Unterschiede zwischen dem Buch „Im Westen nichts Neues" von Remarque und seiner Neuverfilmung schreiben. Dazu werde ich erst etwas zum Film sagen und dann in den Vergleich einsteigen. Mit dem Vergleich will ich zeigen, dass ...

Chatbot: Meine Facharbeit widmet sich der Analyse der Unterschiede zwischen dem Roman „Im Westen nichts Neues" von Erich Maria Remarque und seiner aktuellen filmischen Adaption. Der Fokus liegt auf der Erörterung von Abweichungen und Gemeinsamkeiten des Werks und seiner Verfilmung.
Zu Beginn werde ich den Film im Kontext seiner Entstehung und Umsetzung beleuchten. Hierbei ...
Anschließend werde ich auf die Unterschiede und Gemeinsamkeiten ... Durch diesen Vergleich ...

a Vergleichen Sie die Texte und analysieren Sie die Änderungen.
b Diskutieren Sie, inwiefern es sinnvoll ist, einen entsprechenden Schreibstil ohne die Hilfe von KI zu beherrschen. Lässt sich aus der Arbeit mit der KI etwas für das eigene Schreiben lernen?

5 **Transferaufgabe:** Lassen Sie ggfs. das KI-Werkzeug einzelne Textpassagen durch konkretisierende Aufträge sukzessive verbessern. Geben Sie die verwendete KI sowie Ihre Prompts in der Facharbeit an (► S. 233).

KI-gestützte Dialogsysteme gezielt und reflektiert einsetzen

KI-gestützte Dialogsysteme wie z. B. ChatGPT reagieren auf Prompts (Aufträge) und ermöglichen eine natürlich wirkende Kommunikation, indem sie **menschenähnliche Antworten** generieren. Sie lassen sich zur **Recherche,** zur **Konzeption** und zum **Schreiben von Texten** einsetzen. Dazu greifen sie auf riesige Datenmengen zurück und nutzen für ihre Antworten **Wahrscheinlichkeitsannahmen** über Sprachstrukturen. Sie haben aber **kein inhaltliches Verständnis.** Wenn einer KI also Daten fehlen oder sich keine Kausalbeziehungen ableiten lassen, generiert sie frei erfundene Antworten, um den Dialog aufrechtzuerhalten. Alle Angaben – insbesondere **Quellen und Belege** – müssen deshalb **kritisch geprüft** werden. Die KI agiert wie ein Assistent, der uns Ideen geben und Aufgaben abnehmen kann, aber nicht das **Denken!**

1. Mit KI recherchieren und Anregungen erhalten

Ein KI-gestütztes Dialogsystem kann bei der Recherche helfen, z. B.:

- **Ideen finden,** indem es ein fundiertes Allgemeinwissen zusammenstellt, auf dem man aufbauen kann, z. B.: *Welche Vergleichsaspekte zwischen ... und ... gibt es?*
- **Informieren,** z. B.: *Stelle Informationen zu ... zusammen / Nenne die wichtigsten Fakten zu ... / Was muss ich tun, um ...? etc.*

2 Mit KI Konzepte erstellen und strukturieren

Ein KI-gestütztes Dialogsystem kann dabei helfen,

- **Gedanken zu sortieren,** indem es Struktur in Brainstormings bringt, z. B.: *Strukturiere folgende Gedanken: Roman Film Figuren Inhalt ...*
- **Texte vorzubereiten,** z. B. mit Schlagworten, Listen, Gliederungen, z. B.: *Wie kann ich einen Text über ... anlegen?*
- **Argumente zu sammeln,** z. B.: *Was spricht für, was gegen ...?*

3. Mit KI schreiben und überarbeiten

Entscheidend ist die **Genauigkeit der Prompts:** Diese sollen klar, informativ und nicht zu lang sein. Formulieren Sie Prompts, z. B. zu:

- **Umfang,** z. B.: *Schreibe 500 Wörter. / Nenne drei Aspekte. ...*
- **Textsorte,** z. B.: *Rede / Referat / Drehbuch / Gedicht / Dialog ...*
- **Autor** bzw. **Autorin,** z. B.: *Schreibe als Zwölfjähriger; baue einige typische Fehler ein. / Schreibe als Filmwissenschaftlerin. ...*
- **Adressat,** z. B.: *für interessierte Laien / neugierige Kinder ...*
- **Stil,** z. B.: *sachlich, amtlich, salopp, bildlich, poetisch, werbend ...*

Mit zielführenden Prompts kann man das System einsetzen, um

- **Texte zu schreiben,** z. B.: Zusammenfassungen, Informationstexte, Argumentationen, kreative Texte, Tabellen, Schaubilder, ...
- **Texte zu überarbeiten,** z. B.: Prüfung von Sprache, Kohärenz und Ausdruck; Erläuterung von Fehlern; Anpassung des Umfangs etc.

Das Ergebnis lässt sich mit neuen Prompts immer wieder anpassen und verfeinern. Das gelingt aber nur, wenn man dessen Sinn tatsächlich verstanden hat: **Ohne eigenes Wissen kann man das Ergebnis nicht steuern und kontrollieren. Ohne eigene Ideen fehlt Originalität.**

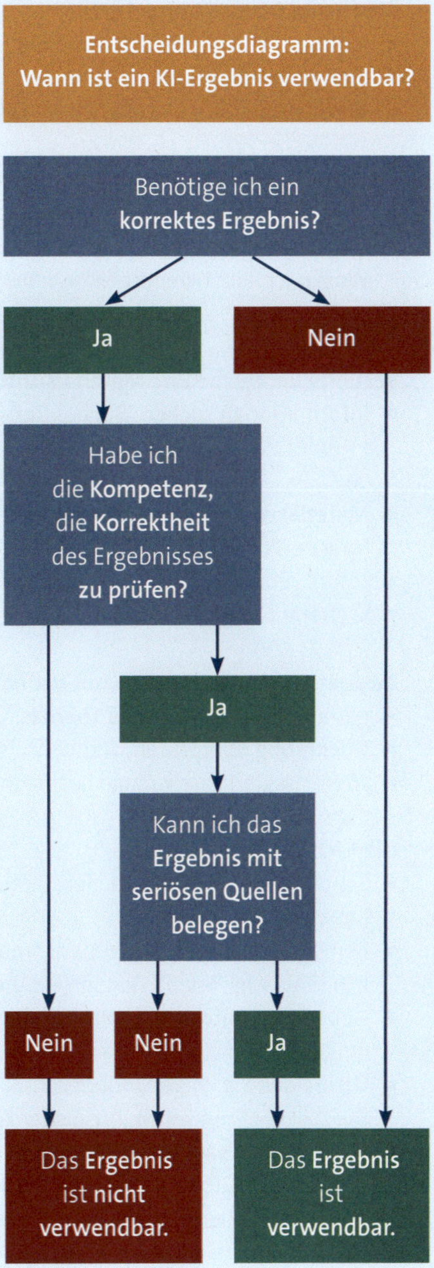

Schritt für Schritt eine Facharbeit planen und schreiben

Für die Facharbeit gibt es in der Regel einen festen Abgabetermin. Damit Sie am Ende des Arbeitsprozesses nicht in Zeitnot geraten, sollten Sie die einzelnen Arbeitsphasen zeitlich planen. Kopieren Sie sich die Methodenseite und ergänzen Sie die entsprechenden Daten für die einzelnen Arbeitsphasen.

1. Die Arbeitsphasen einer Facharbeit planen

Arbeitsphase	geplante Zeit	zu erledigen bis (Datum)
Ein Thema finden / Vorrecherche ■ **Ideen** über Vorrecherche **sammeln** (► S. 228) ■ **Zielsetzung** klären (Welche Aspekte will ich bearbeiten?) ■ **Arbeitstitel** finden, **Grobgliederung** entwerfen	1 Monat	
Erstes Beratungsgespräch mit der betreuenden Lehrkraft ■ **Thema eingrenzen,** Themenschwerpunkte besprechen ■ **Fragen besprechen** (Welche Hilfen benötige ich? Was ist mir unklar? Wo bin ich nicht weitergekommen?) **Tipp:** Bereiten Sie sich auf das Gespräch vor. Notieren Sie Fragen.	2 Tage (inkl. Vorbereitung auf das Gespräch)	
Vertiefte Recherche und Materialsichtung, Gliederung erstellen ■ **Informationen suchen:** Bücher, Zeitschriften, Zeitungen (Bibliothek, Internet, Archive); ggf. eigene Untersuchungen, Interviews, Gespräche ■ **Material nach Themenschwerpunkten sichten** und auswerten (markieren und notieren) ■ sofort genaue **Literatur- und Quellenangaben** notieren ■ Weiterentwicklung der **Gliederung** (► S. 229)	10 Tage	
Zweites Beratungsgespräch mit der betreuenden Lehrkraft ■ genaue **Formulierung des Themas** ■ **Gliederung überprüfen,** Themenschwerpunkte festlegen ■ Literatur- und Quellenlage besprechen	2 Tage (inkl. Vorbereitung auf das Gespräch)	
Die Facharbeit schreiben ■ Schreiben Sie **digital.** Erstellen Sie für einzelne Textteile zunächst Entwurfsfassungen. ■ Beim Schreiben zeigt sich manchmal, wie ein Gedankengang wirklich schlüssig verläuft. **Passen Sie Ihre Gliederung ggf. an.** ■ Geben Sie **Zitate** und **Quellen** korrekt wieder (► Umgang mit Quellen, S. 233). ■ **Vermeiden Sie** lange, unübersichtliche **Schachtelsätze.** Die Leser/-innen sollen Ihre Gedankengänge direkt verstehen. ■ Schreiben Sie **sachlich** und vermeiden Sie Umgangssprache. **Tipp:** Üblich sind folgende Formalia: DIN A4 (Seitenränder: links: 3,5 cm; rechts: 2,5 cm; oben: 2,5 cm; unten: 2 cm) Times New Roman, Schriftgröße 12 pt (Überschriften z. B. 14 pt und fett), Zeilenabstand 1,5.	14 Tage	

Arbeitsphase	geplante Zeit	zu erledigen bis (Datum)
Die Facharbeit überarbeiten, korrigieren und formatieren ■ Der Text soll auf **Verständlichkeit** und **Fehler** hin geprüft und korrigiert werden. Ziehen Sie zum Korrekturlesen eine zweite kompetente Person hinzu. ■ Erstellen Sie **Deckblatt, Inhalts- und Literaturverzeichnis** sowie die unterschriebene **Selbstständigkeitserklärung** (► S. 229).	5 Tage	
Die Arbeit ausdrucken und abgeben (Puffer einplanen) ■ Geben Sie die Arbeit entweder im **Schnellhefter** ab oder lassen Sie eine **Klebe-** oder **Spiralbindung** im Copyshop erstellen.	3 Tage	

2. Zitieren, Quellen und Hilfsmittel angeben

Wissenschaft lebt vom Dialog, das heißt: Die Untersuchungen in Ihrer Facharbeit bauen auf vorhandenen Materialien auf und setzten sich mit diesen auseinander. Alle Aussagen aus den Materialien, egal, ob es sich um direkte Zitate oder Gedankengänge handelt, müssen kenntlich gemacht und die Quelle angegeben werden.

- **Zitieren:** Beim **wörtlichen Zitat** übernehmen Sie eine Aussage wortgetreu. Wörtliche Zitate werden am Anfang und am Ende durch Anführungszeichen kenntlich gemacht, z. B.: *„Dieses Buch soll weder Anklage noch Bekenntnis sein", schreibt der Autor Erich Maria Remarque (Im Westen nichts Neues, 1928, S. 5).*
  Beim **sinngemäßen (indirekten) Zitat** geben Sie eine Aussage in eigenen Worten wieder (paraphrasieren), z. B.: *Der Ich-Erzähler schildert seine Erlebnisse in einer lakonischen Sprache (vgl. Hobold 2021, S. 315).*
  ► Mehr zum Zitieren auf Seite 121.
- **Quellenangaben für die Zitate:** Hinter jedem Zitat wird die Quelle angegeben. Hierfür gibt es zwei Möglichkeiten: Die Quellenangabe kann in Kurzform **in Klammern direkt hinter dem Zitat** im Text stehen, z. B. *(Benesch, 2018, S. 89)*. Bei sinngemäßen Zitaten wird ein „vgl." ergänzt, z. B.: *(vgl. Benesch 2018, S. 21f.)*.
  Oder: Die **Quellenangabe wird (auch in Kurzform) in einer Fußnote genannt.** Hier folgt nach einem Zitat (wörtlich oder sinngemäß) eine hochgestellte Anmerkungsziffer für die Fußnote[1]. Am unteren Ende der Seite erfolgt dann die Quellenangabe in Kurzform, z. B.: [1]*Benesch 2018, S. 89.*
  Tipp: Zitiert man hintereinander aus derselben Quelle, schreibt man kurz *ebd.* für *ebenda*, z. B.: *(ebd., S. 50–52).*
- **Nennung weiterer Hilfsmittel:** Informieren Sie sich über die Regeln an Ihrer Schule:
  – Dürfen Sie **KI-gestützte Dialogsysteme** für die Facharbeit nutzen?
  – Wie müssen Sie KI-generierte Inhalte in Ihren Texten kennzeichnen? Zum Beispiel: *Diesen Text (oder dieses Schaubild oder ...) habe ich mit Hilfe von (Name des KI-gestützten Werkzeugs) gestaltet. Die KI habe ich mit folgenden Prompts gesteuert: 1. (Prompt), 2. (Prompt), ...*

3. Das Literaturverzeichnis anlegen

Alle Quellen (Bücher, Zeitschriften, Zeitungen, Internetquellen) werden alphabetisch nach Nachnamen sortiert im Literaturverzeichnis angegeben. Gibt es keinen Verfassernamen, werden diese Quellen in der Rubrik „unbekannte Verfasser/-innen" am Ende des Literaturverzeichnisses angeführt.

- **Buch:** Nachname, Vorname: Titel, Erscheinungsort (evtl. Verlag), Jahr, Seitenzahl, z. B.:
  Erich Maria Remarque: Im Westen nichts Neues. Köln, Kiepenheuer & Witsch, 2014, S. 15.
- **Zeitungs-/Zeitschriftenbeiträge:** Nachname, Vorname: Titel. In: Name der Zeitschrift, laufende Nummer, Erscheinungsjahr, z. B.: *Kaever, Oliver: Welt ohne Helden. In: DER SPIEGEL. Nr. 38, 2022.*
- **Internetbeiträge:** Nachname, Vorname: Titel des Dokuments. Internetadresse (Datum des Aufrufs der Seite, z. B.: *Wetzel, Hubert: Schlammschlacht. Aus: „Im Westen nichts Neues" bei Netflix; Schlammschlacht – Kultur – SZ.de [sueddeutsche.de] [8. 3. 20XX])*

3.2 Die mündliche Abiturprüfung im Fach Deutsch meistern

Der Ablauf der mündlichen Abiturprüfung

Mündliche Prüfungen begegnen Ihnen im Laufe Ihrer Schulzeit nicht so häufig wie Klausuren. Deshalb sind viele angesichts der mündlichen Abiprüfung angespannt und nervös. Grundsätzlich gilt: Je besser man vorbereitet ist, desto angenehmer ist die Prüfung. Dazu sollten Sie sich zunächst mit dem Ablauf der mündlichen Abiturprüfung vertraut machen. Das folgende Schaubild gibt Ihnen einen Überblick:

30 Minuten Vorbereitungszeit für den 1. Teil der Prüfung

Für den ersten Prüfungsteil erhalten Sie eine Aufgabe (z. B. Analyse eines Sachtextes oder Interpretation eines literarischen Textes).
▶ Stichpunkte für den freien Vortrag (1. Prüfungsteil) anfertigen

1. Prüfungsteil: Freier Vortrag (10–15 Minuten) – 50 % der Note

selbstständige Präsentation der Arbeitsergebnisse aus der Vorbereitungszeit

+

2. Prüfungsteil: Prüfungsgespräch (10–15 Minuten) – 50 % der Note

Gespräch über Fragen und Themen aus den Jahrgangsstufen 12 und 13: Gespräch knüpft in der Regel thematisch an den Vortrag aus dem ersten Prüfungsteil an, deckt dann aber mehrere Themen aus dem Unterricht der beiden Jahrgangsstufen ab.

Mündliche Abiprüfung im 4. Prüfungsfach

1 Erklären Sie anhand des Schaubilds, wie eine mündliche Prüfung im Fach Deutsch abläuft.

2 **a** Diskutieren Sie: Worauf kommt es Ihrer Meinung nach bei den einzelnen Bestandteilen (Vorbereitung, 1. Prüfungsteil und 2. Prüfungsteil) an?

b Tauschen Sie sich zu zweit aus:
Welche Teile fallen Ihnen leicht, welche schwer? Welche Tipps haben Sie?

Erster Prüfungsteil: Den Vortrag vorbereiten

Für den ersten Prüfungsteil bekommen Sie eine Aufgabe und haben 30 Minuten Zeit, diese zu bearbeiten und sich Notizen für Ihren Vortrag zu machen.

Folgende Aufgabenstellung könnte Ihnen begegnen:

Aufgabenstellung
Interpretieren Sie das Gedicht „Frische Fahrt“ von Joseph von Eichendorff.
Berücksichtigen Sie dabei besonders die sprachliche Gestaltung des Frühlingsmotivs und ordnen Sie den Text begründet einer Epoche zu.

Joseph von Eichendorff
Frische Fahrt (1815)

		Alliteration, Aufbruchsstimmung
x́x x́ x x́ x x́ x		
Laue Luft kommt blau geflossen,	a	Alliteration; Metapher
Frühling, Frühling soll es sein!	b	Wiederholung, Ausruf → Freude/Begeisterung über
Waldwärts Hörnerklang geschossen,	a	den Frühling
Mutger Augen lichter Schein;	b	
Und das Wirren bunt und bunter	c	Wiederholung und Steigerung → Betonung
Wird ein magisch wilder Fluss,	d	
In die schöne Welt hinunter	c	positives Lebensgefühl
Lockt dich dieses Stromes Gruß.	d	dich → direkte Ansprache eines Adressaten
Und ich mag mich nicht bewahren!		lyrisches Ich zum Aufbruch bereit
Weit von euch treibt mich der Wind,		Abkehr vom bisherigen Leben
Auf dem Strome will ich fahren,		
Von dem Glanze selig blind!		
Tausend Stimmen lockend schlagen,		Verlockung/Reiz des Aufbruchs wird betont
Hoch Aurora flammend weht,		
Fahre zu! Ich mag nicht fragen,		Imperativ (Bekräftigung)
Wo die Fahrt zu Ende geht!		keine Frage nach Ziel und Ende der Fahrt

→ Epoche: Romantik → Sehnsucht nach Ferne, Aufbruch, Unterwegssein, Naturverbundenheit

1 Erklären Sie anhand des vorliegenden Beispiels, wie der Prüfling sich der Aufgabenstellung und dem Text angenähert hat. Was und wie wurde markiert? Welche Notizen wurden erstellt?

Für den Vortrag erstellen Sie einen Stichwortzettel, auf dem Sie Ihre Ergebnisse übersichtlich festhalten. Dieser Stichwortzettel ist (ggf. mit dem markierten Material) die Grundlage für Ihren Vortrag.

Einleitung (Autor/-in, Textsorte, Titel, Entstehungs- bzw. Erscheinungsjahr, Thema):
Gedicht „Frische Fahrt", Eichendorff (1815): Aufbruchsstimmung, durch Frühling hervorgerufen

Hauptteil (Aspekte der Untersuchung je nach Aufgabenstellung):
- knappe Inhaltswiedergabe: lyr. Ich beschreibt voller Begeisterung ...
- Form: regelmäßige Struktur: 2 Strophen je 8 Verse, Metrum ...
- sprachliche Gestaltung, vor allem des Frühlingsmotivs:
  – Titel → Aufbruchsstimmung (Alliteration hebt dies klanglich hervor)
  – Naturbegeisterung / positives Lebensgefühl wird sprachlich deutlich: ...
  ...
- Einordnung Epoche: zentrale Motive der Romantik: Sehnsucht nach Ferne, Aufbruch ...

Schluss/Fazit: typisches Gedicht der Romantik, das ...

2 **a** Beurteilen Sie den angerissenen Stichwortzettel: Was finden Sie gelungen, was würden Sie anders machen?
b Manche formulieren den ersten Satz ihres Vortrags aus, damit ein souveräner Einstieg gelingt, z. B.:
„In meinem Vortrag beschäftige ich mich mit dem Gedicht ... Meine Interpretation geht insbesondere auf das Frühlingsmotiv ... Im zweiten Teil meines Vortrags werde ich erläutern, warum das Gedicht ....
Diskutieren Sie: Was halten Sie von einem solchen Vorgehen?

3 Bei der Bewertung Ihres Vortrags können z. B. die Aspekte auf dem folgenden Beobachtungsbogen eine Rolle spielen. Erläutern Sie anhand von Beispielen, was mit den einzelnen Aspekten gemeint ist.

Beobachtungsbogen für den Vortrag

Teilbereiche	Der Prüfling ...	++	+	–	– –
Inhaltliche Leistung	... hat die Aufgabenstellung richtig verstanden und korrekt bearbeitet.				
	... zeigt ein sicheres Textverständnis (Inhalt und Struktur).				
	... gibt nicht nur den Inhalt wieder, sondern analysiert/interpretiert den Text.				
	... bezieht Wissen aus dem Unterricht (z. B. zu Epochenmerkmalen) ein.				
	... belegt die Aussagen am Text, begründet Deutungen und eigene Bewertungen.				
Sprachliche Leistung / Darstellungsleistung	... gliedert die Ausführungen sinnvoll und teilt die Zeit gut ein.				
	... formuliert gedanklich stringent, klar und flüssig sowie weitgehend frei.				
	... zeigt einen präzisen, variablen Wortschatz, verwendet Fachbegriffe.				

4 **Transferaufgabe:** Bereiten Sie sich vor, indem Sie die reale Prüfungssituation simulieren.
– Bearbeiten Sie eine vergleichbare Aufgabenstellung zu einem Gedicht einer in Ihrem Unterricht thematisierten Epoche (▶ Literaturgeschichte). Sie haben genau 30 Minuten Zeit! Erstellen Sie einen Stichwortzettel für den Vortrag.
– Halten Sie den Vortrag vor einem Publikum (Freunde/Familie) und nutzen Sie den Beobachtungsbogen für ein Feedback. Nehmen Sie den Vortrag ggf. auch auf Video auf.
– Besprechen Sie dann, wie Sie Ihren Vortrag verbessern können.

Zweiter Prüfungsteil: Das Prüfungsgespräch trainieren

Der zweite Teil der mündlichen Abiturprüfung besteht aus dem Prüfungsgespräch. Dieses Gespräch knüpft thematisch an Ihren Vortrag aus dem ersten Prüfungsteil an, behandelt aber andere Inhalte und Themen aus den Jahrgangsstufen 12 und 13.

Beispiel aus einem Prüfungsgespräch

Prüfer: Sie haben in Ihrem Vortrag über die Einordnung des Textes in die Romantik gesprochen. Würden Sie uns bitte erläutern, inwieweit es überhaupt sinnvoll ist, allgemein von Epochen zu sprechen, und inwieweit dies problematisch ist?

Schülerin: Ich hoffe, ich habe Ihre Frage richtig verstanden: Ich soll also erläutern, inwieweit der literaturwissenschaftliche Begriff der Epoche hilfreich ist.

Prüfer: Ja, und Sie sollen erläutern, wo Sie Schwierigkeiten sehen.

Schülerin: Gut, danke. Epochenzuordnungen sind, wenn man so sagen kann, Erfindungen der Literaturwissenschaftler, die im Nachhinein Gemeinsamkeiten von verschiedenen Texten feststellen. Und dann sagt man: Diese Epoche zeichnet sich durch folgende Themen, Motive und Merkmale aus. Einerseits helfen die Epochen, die Literaturgeschichte zu systematisieren und eine Struktur zu schaffen. Andererseits sind die Grenzen der Epochen aber fließend und es gibt Epochen bzw. Strömungen, die zeitlich parallel stattfinden Die Frage ist also, ob die Einteilung in Epochen überhaupt sinnvoll ist.

Prüfer: Können Sie uns ein Beispiel nennen, das Ihre Ausführungen veranschaulicht?

Schülerin: Ja, natürlich. Beim Naturalismus zeigt sich beispielsweise, wie schwierig es ist, mit solchen Kategorien zu arbeiten. Parallel finden nämlich um 1900 noch andere literarische Strömungen, wie zum Beispiel der Expressionismus oder der Symbolismus, statt. Deswegen ist es schwierig, diese Strömungen unter einem einzigen Epochenbegriff zusammenzufassen.

Prüfer: Im Unterricht haben wir uns mit einem Drama aus dem Naturalismus beschäftigt. Können Sie diese Strömung kurz umreißen und typische Themen nennen, die im Drama eine Rolle spielen?

Schülerin: ...

1 **a** Tragen Sie den Dialog aus dem Prüfungsgespräch vor. Versuchen Sie dabei auch, die Beiträge durch Intonation, Lautstärke, Pausen, Gestik und Mimik zu unterstreichen.

b Erläutern Sie anhand von Beispielen aus dem Prüfungsgespräch, wie die Schülerin das Gespräch aktiv mitgestaltet. Nehmen Sie hierzu die Informationen im Methodenkasten zu Hilfe.

2 **Transferaufgabe:** Der zweite Prüfungsteil ist schwieriger zu simulieren.
Üben Sie dennoch das Gespräch über Themen, die in der Qualifikationsphase bearbeitet wurden.
Folgende Art von Fragen könnten Ihnen begegnen:
- Sie haben erwähnt, dass ... Können Sie diese Aussage näher ...?
- Was genau macht die von Ihnen genannte ... aus?
- Sie haben an einer Stelle Ihres Vortrages auf ... verwiesen. Hieran würde ich gern anknüpfen: ...?
- In Verbindung mit Ihrer Überlegung ... lässt sich die Frage stellen, wie ...

Information | **Das Prüfungsgespräch aktiv mitgestalten**

Gestalten Sie das Prüfungsgespräch aktiv mit.
- Mit Ihren Antworten können Sie z. B. auch das Gespräch lenken. Verweisen Sie auf bestimmte Aspekte und Themen, die Ihnen vertraut sind und die dann thematisiert werden können.
- Fragen Sie nach, wenn Sie eine Frage nicht verstanden haben.

Die mündliche Abiturprüfung meistern

Mündliche Prüfungen begegnen Ihnen im Laufe der Schulzeit nicht so häufig wie Klausuren und so sind die meisten angesichts der mündlichen Abiturprüfung viel aufgeregter als vor einer schriftlichen Prüfungssituation. Aber keine Sorge: Mit den folgenden Tipps werden Sie die Prüfung meistern.

1. Den Ablauf kennen

- Machen Sie sich mit dem Ablauf der Prüfung vertraut. Dann wissen Sie, was Sie erwartet (► S. 234): Sie erhalten eine **Aufgabe und** haben **30 Minuten Zeit,** diese zu bearbeiten und sich Notizen für den Vortrag zu machen. Danach stellen Sie drei Lehrkräften, darunter Ihrer Fachlehrkraft, Ihre **Ergebnisse in einem Vortrag** vor. Anschließend gibt es ein **Prüfungsgespräch,** das in der Regel an Ihren Vortrag anknüpft, aber dann weitere Themen aus den Jahrgangsstufen 12 und 13 behandelt.

2. Für die mündliche Prüfung lernen

- Je mehr Sie fachlich wissen, desto sicherer sind Sie. Lernen Sie also für Ihr viertes Prüfungsfach genauso wie für die Klausuren.
- Bei der mündlichen Prüfung kommt es darauf an, das **Gelernte vorzutragen.** Deshalb reicht es nicht allein, den Lernstoff auswendig zu lernen. Sie sollten ihn auch **immer wieder laut und deutlich verbalisieren,** um mehr Routine im mündlichen Vortrag zu erhalten.
- **Simulieren Sie** außerdem die **reale Prüfungssituation.** Setzen Sie sich mit Freunden zusammen, vergleichen Sie Ihre Lernnotizen und üben Sie für die Prüfungssituation, indem Sie sich gegenseitig Fragen beantworten und Feedback zum Vortrag geben.

3. Die Prüfung meistern

- **Vorbereitungszeit** (► S. 235 f.): Nutzen Sie die **30 Minuten Vorbereitungszeit** optimal. Lesen Sie die Aufgabenstellung genau. Sind die Anforderungen klar, beginnen Sie mit dem **intensiven Lesen und Bearbeiten des Textes** (► S. 235). Notieren Sie **Stichpunkte für den Vortrag,** die Sie übersichtlich und in einer sinnvollen Reihenfolge zu Papier bringen (► S. 236).
- **Vortrag** (► S. 236): Tragen Sie Ihre Ergebnisse vor. Sprechen Sie langsam, klar und deutlich. Versuchen Sie, das Prüfungsthema zunächst mit eigenen Worten wiederzugeben, das ist meist ein guter Einstieg. Orientieren Sie sich dann an Ihren Notizen. Sprechen Sie dennoch frei und halten Sie Blickkontakt.
- **Prüfungsgespräch** (► S. 237): Hören Sie den Fragen des Prüfers oder der Prüferin genau zu. Wenn während der Prüfung Unklarheiten aufkommen, **fragen Sie nach,** z. B.: *Ich habe die Frage nicht richtig verstanden, können Sie sie bitte noch einmal wiederholen?* **Nehmen Sie sich** für Ihre Antwort **Zeit** und gestalten Sie das Prüfungsgespräch aktiv mit (► S. 237).

Tipps für ein sicheres Auftreten

- Stellen Sie Blickkontakt her und signalisieren Sie Interesse, auch durch Ihr nonverbales Verhalten (Gestik, Mimik, Körperhaltung).
- Sprechen Sie klar, deutlich und achten Sie auf ein angemessenes Sprechtempo und eine angemessene Lautstärke.

Was tun bei einem Blackout?

Ein völliger Blackout kommt so gut wie nie vor. In den meisten Fällen kann man sich schnell wieder fangen. Wenn Sie eine Antwort nicht wissen oder den Faden verloren haben, geben Sie dies offen zu. So vermeiden Sie, dass der Prüfende weiterbohrt und Sie unnötig in Bedrängnis bringt, z. B.: *Tut mir leid, zu diesem Thema kann ich gerade nichts sagen.*

3.3 Eine (Abitur-)Rede halten

Die Abiturrede planen und schreiben

Es gibt sicherlich Personen, die auch dann eine gute Rede halten, wenn sie sich erst zehn Minuten vorher Gedanken machen. Die meisten von uns brauchen aber Vorbereitungszeit, damit die Rede gelingt. Der folgende Leitfaden zeigt Ihnen, wie Sie eine Abiturrede vorbereiten können:

1 a Erklären Sie, warum eine Abiturrede wichtig ist und was Sie persönlich von Ihrer Abiturrede erwarten.
b Generell gilt: Eine gute Rede ist auf das Publikum und den Anlass abgestimmt. Was bedeutet dieser Satz für eine Abiturrede?

2 Diskutieren Sie: Welche Schritte in dem Leitfaden oben erscheinen Ihnen besonders wichtig und/oder herausfordernd? Begründen Sie Ihre Meinung.

3 Formulieren Sie das Ziel und die Kernbotschaft Ihrer (Abitur-)Rede.

4 Sammeln Sie erste Ideen für Ihre Rede.

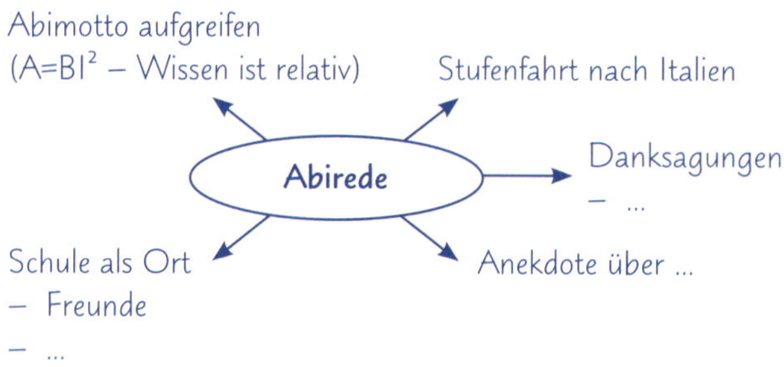

Tipp: Lassen Sie sich von Ihren Mitschülerinnen und Mitschülern inspirieren. Reden Sie mit ihnen und lassen Sie sich berichten, woran sie sich erinnern und welche Anekdoten ihnen einfallen. So bekommen Sie Ideen für Ihre Rede und ein Gefühl für Ihre Stufe.

5 Sie können Ihrer Rede ein zentrales Thema zugrunde legen, auf das Sie sich während der Rede immer wieder beziehen, z. B.: das Abimotto, eine Fragestellung, ein Zitat, die Wahl eines bestimmten Bildbereichs (z. B. Reise- oder Fußballmetapher). Überlegen Sie, was das sein könnte, z. B.:

Fußball als Bildbereich
- Spiel ist aus
- einige sind in die Verlängerung gegangen
- Punkte sind vergeben (wie in Bundesliga)
- Mannschaft …

Bildbereich Reise/Seefahrt
- Start und Ziel einer Reise
- hohe See, Stürme, Sonnentage …
- Zitat „Ach, wer da doch mitreisen könnte …" (Eichendorff) → Lebensreise

6 Erstellen Sie für Ihre Rede eine Gliederung, z. B.:

Einleitung, z. B.: lustiges Zitat / kurze Anekdote, Begrüßung der Gäste

Hauptteil, z. B.:
1. aus der gemeinsamen Vergangenheit erzählen
2. die Gegenwart würdigen (Jetzt sind wir am Ziel angekommen …)
3. Wie soll es in Zukunft weitergehen?

Schluss, z. B.: Danksagung / Wünsche für die Zukunft

7 Verfassen Sie Ihre Rede. Beachten Sie die folgenden Tipps:
- Formulieren Sie kurze Sätze, so können Ihre Zuhörer/-innen Ihnen leicht folgen.
- Beziehen Sie Ihr Publikum immer wieder ein, z. B. durch rhetorische Fragen, z. B. Wer hat in seiner Schulzeit (niemals) abgeschrieben?

Tipp: Sie können Ihre Rede auch zu zweit halten. Das hat den Vorteil, dass die Rede wie ein Dialog gestaltet ist und dadurch meist lebendiger wirkt, z. B.:

Harry: Madrid oder Mailand, Hauptsache Italien, meinte einst Lothar Matthäus. Ich würde sagen: Egal, wie und mit welchen Mitteln, Hauptsache Abi. Und das feiern wir heute hier in der …
Sarah: 13 Schuljahre liegen jetzt hinter uns, in denen wir uns als Mannschaft zuammengerauft, uns gegenseitig unterstützt und geholfen haben. Jetzt ist das Spiel aus und die Punkte sind vergeben.
Harry: Okay, einige von uns wollten es noch mal besonders spannend machen und sind in die Verlängerung gegangen. Aber …

Die Rede souverän vortragen

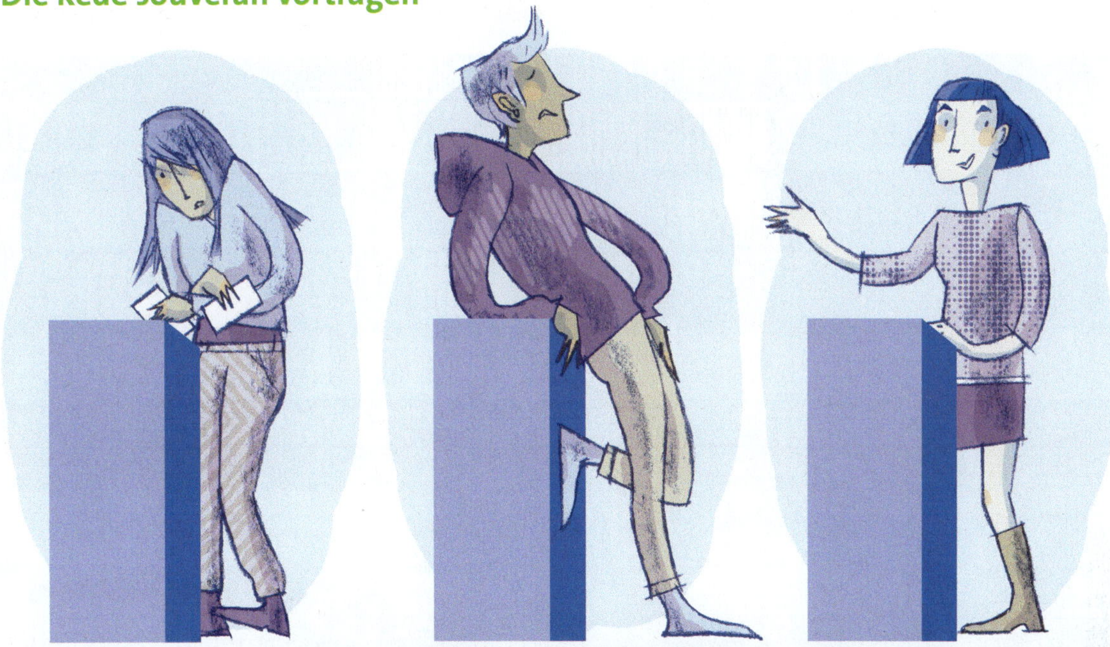

1 Begründen Sie, welche Haltung am besten zu einer (Abitur-)Rede passt. Berücksichtigen Sie hierbei die Körperhaltung, die Gestik und die Mimik der Figuren.

2 Diskutieren Sie zu zweit, welche Vortragstipps (▶ Information unten) Ihnen besonders wichtig erscheinen.

3 Proben Sie Ihre Rede mehrmals zu Hause vor einem Publikum (Freunde, Familie oder Mitschüler/-innen). Nehmen Sie Ihren Vortrag auf Video auf und berücksichtigen Sie folgende Tipps:
- Üben Sie den Einstieg und schwierige Redepassagen besonders gut. Je sicherer Sie mit Ihrem Text sind, desto souveräner können Sie Ihre Rede vortragen und den Kontakt zum Publikum halten.
- Bitten Sie Ihr Publikum um sofortige Rückmeldung, z. B. wenn es Ihrem Vortrag nicht folgen kann oder sonstige Anmerkungen hat.
- Notieren Sie das Feedback Ihres Publikums und prüfen Sie mit Hilfe des Videos, ob Sie die kritischen Einschätzungen nachvollziehen können.
- Notieren Sie zwei bis drei Hinweise, worauf Sie beim Vortrag der Rede achten wollen.

Information | **Tipps für den Vortrag der Rede**

- **Kontakt zum Publikum:** Lösen Sie sich vom Manuskript und **halten Sie Blickkontakt mit Ihrem Publikum.** Suchen Sie sich Anwesende im Publikum, die Sie immer wieder anschauen können.
- **Klarheit:** Sprechen Sie **deutlicher und langsamer** als im alltäglichen Gespräch. Ihr Publikum kennt Ihre Rede noch nicht. Planen Sie bewusst **Pausen ein** und kennzeichnen Sie diese in Ihrer Redetext-vorlage.
- **Redehaltung:** Stehen Sie betont aufrecht und sicher auf beiden Beinen. Kontrollieren Sie die Bewegungen Ihrer Hände: Weniger ist mehr! Besser die Hände auf das Pult legen, nicht in die Hosentasche stecken oder ins Gesicht fassen.
- **Authentizität: Verstellen Sie sich nicht, sondern bleiben Sie authentisch und natürlich.** Tragen Sie Ihre Rede – unter der Beachtung der Tipps oben – so vor, wie Sie auch sonst sprechen.

Tipp: Setzen Sie sich nicht durch zu hohe Ansprüche unter Druck. Es ist mutig, eine Rede zu halten. Für Aufregung und Versprecher haben alle Zuhörenden Verständnis.

D Die Epochen der deutschen Literatur – Eine kurze Einführung

Stefan Neuhaus Grundriss der Neueren deutschsprachigen Literaturgeschichte (2017)

Der Kontinent der Literatur ist unermesslich groß. Deshalb gibt es auch keine Weltliteraturgeschichte, obwohl es sie geben müsste, um den Verbindungen zwischen den Autoren und Texten gerecht zu werden. Literatur war schon immer international und global. Ohne die Epen Homers, die *Erzählungen aus den tausendundein Nächten* (8.–10. Jhd.), Boccaccios *Dekameron* (1470), Cervantes' *Don Quijote* (1605) oder die Dramen Shakespeares wäre die deutschsprachige Literatur nicht zu denken.

Doch schon die Neuere deutschsprachige Literaturgeschichte ist zu umfangreich, um sie auch nur annähernd zufriedenstellend in einem einzigen Buch behandeln zu können. In einer Überblicksdarstellung [...] kann nur ein kleiner Teil von Autoren und Texten angesprochen werden. Auch wenn dies in der Natur einer solchen Auswahl liegt, muss es nicht nur erwähnt, sondern ausdrücklich bedauert werden. Es erscheinen 80000 neue Titel jährlich allein in deutscher Sprache. Historisch gesehen handelt es sich um eine nicht mehr überschaubare Zahl von Texten. Da die Lebens- und Lesezeit begrenzt ist, werden selbst fleißige Leser nicht mehr als vielleicht 6000 Bücher in ihrem Leben lesen können.

Alle Leserinnen und Leser sind also ausdrücklich dazu eingeladen, dieses Buch in Gedanken zu ergänzen! Denn auch das ist Freiheit – sich anregen zu lassen und die in Auseinandersetzung mit den Ideen anderer gewonnene eigene Auffassung von Literaturgeschichte zu entwickeln. Literatur ist ein Prozess.

1 **a** Diskutieren Sie anhand von Bild und Text, inwiefern Sie die Menge an Büchern eher erschreckt oder eher zum Lesen motiviert: Sehen Sie darin eine gewaltige Fundgrube oder eine undurchdringliche Mauer?

b Literaturgeschichten sind Überblicksdarstellungen (► Z. 14 f.). Erläutern Sie, welche Vorteile das haben kann.

2 Erklären Sie, warum es nach Neuhaus eigentlich eine Weltliteraturgeschichte geben müsste.

3 Skizzieren Sie stichwortartig Ihre eigene kleine Literaturgeschichte. Sie können Bücher und Texte aus allen Sprachen und Genres aufnehmen, vom Gedicht bis zum Comic.

Karl Otto Conrady **Von der Verführung durch vertraute Epochenbegriffe** (1983)

Es muss zu einem Urbedürfnis des Menschen, zumal des Wissenschaftlers, gehören, ungeordnete Vielfalt zu ordnen und lange zeitliche Abläufe zu gliedern. Anders ist die hingebungsvolle Mühe nicht zu begreifen, die Literaturwissenschaftler aufwenden, um Epochen aufzubauen. Und obgleich längst jeder noch so sorgfältig ausgeführten Konzeption einer Epoche mit triftigen Argumenten widersprochen werden kann, lassen wir von dem geistvoll-nutzlosen Spiel nicht ab. [...]

Offensichtlich bezeichnen Epochenbegriffe etwas, was es so in der Realität überhaupt nicht gibt. Sie sind nachträglich gestanzte Spielmarken kluger Konstrukteure. Epochenbezeichnungen, die mit qualifizierenden Bedeutungen belastet sind (die wir ihnen auch nicht austreiben können), können der realen Fülle und Vielgestaltigkeit des im betreffenden Zeitraum Hervorgebrachten nicht gerecht werden. Immer herrscht die Gleichzeitigkeit des Verschiedenen, der eine Epochenbezeichnung nicht entspricht. [...]

Öffnet eigentlich die Bemühung um Epochenbestimmungen besser begehbare Wege zu den einzelnen Werken, die der Leser dann gern beschreitet? Geht von Epochengliederungen und den Diskussionen über sie Motivation für den Leser aus?

Manfred Engel **Wir basteln uns eine Großepoche** (2014)

Die Anlage meines Aufsatzes als Bastelstunde soll verdeutlichen, dass Literaturhistorikern der konstruktivistische Aspekt ihres Tuns natürlich bewusst ist:

1. Epochenbasteln ist Gemeinschaftsarbeit und *work in progress*. Daher studieren wir zunächst alte Bastelbögen.

2. Welche Materialien und Werkzeuge brauchen wir? (Das ist schließlich die Bastelfrage schlechthin!)

Die benötigten Materialien sind einigermaßen leicht zu bestimmen:

(1) literarische Texte und Manifeste (was hier einfach programmatische Äußerungen im weitesten Sinne meinen soll);

(2) extraliterarische Kontexte.

Letztere liegen zumeist ebenfalls als Texte vor; nicht zu vergessen ist aber, dass es daneben, gerade im 20. Jahrhundert, auch Bild- und Tonmedien gibt.

1 Halten Sie gemeinsam Ihr Wissen über Epochen fest: Welche Epochen kennen Sie? Was zeichnet Epochen aus? Wie und wodurch grenzen sie sich von anderen Epochen ab?

2 **a** „Immer herrscht die Gleichzeitigkeit des Verschiedenen", stellt Conrady fest.
Erläutern Sie, inwiefern diese Feststellung die Arbeit mit Epochen in Frage stellt.

b Erklären Sie, inwiefern das Schaubild auf der nächsten Doppelseite (► S. 244 f.) die „Gleichzeitigkeit des Verschiedenen" vor Augen führt, aber auch zeigt, dass Epochen zur Orientierung dienen können.

3 Epochen setzen sich, laut Engel, zusammen aus: 1. Literatur und 2. Kontexten (= Hintergrundwissen).
Diese Literaturgeschichte bietet Ihnen die folgenden Kontexte:
Mediengeschichte · Gesellschaft · Grundgedanken · Interkulturalität
Diskutieren Sie: Warum ist dieses Hintergrundwissen für das Verständnis von Literatur relevant?

In diesem Kapitel erwerben Sie folgende Kenntnisse und Kompetenzen:

- den Nutzen einer Literaturgeschichte reflektieren,
- die deutsche Literaturgeschichte als Teil einer Weltliteraturgeschichte lesen,
- den Epochenbegriff problematisieren,
- die Konstruktion einer Epoche aus Literatur und Kontext (Hintergrundwissen) nachvollziehen,
- die motivische Vernetzung zwischen Texten als epochenübergreifenden Dialog untersuchen.

Literarische Epochen und Strömungen im Überblick

750 – 1470: **Anfänge der deutschen Literatur: Mittelalter**

1450: **Frühe Neuzeit**

- religiöse Dichtung
- höfische Dichtung: Epos, Minnesang, z. B.: **Walther von der Vogelweide**

- Volksbuch und Schwank
- Fastnachtsspiel, z. B. **Sachs**
- Kirchenlied, z. B. **Luther**

1805 – 1786: **Weimarer Klassik**

1785 – 1770: **Sturm und Drang**

1800 / 1795 / 1780

- Dramen von **Goethe** und **Schiller**
- Ideenlyrik, Balladen von **Goethe** und **Schiller**

- Drama, z. B. **Schiller**
- Hymne, z. B. **Goethe**
- politische Lyrik, z. B. **Bürger**

1830 / 1840

Biedermeier

Romantik

Vormärz

- Roman, z. B. **Tieck**
- Novelle, Erzählung, z. B. **Hoffmann**
- Kunstmärchen, z. B. **Hauff**
- Lyrik, z. B. **Novalis**, **Günderrode**, **Eichendorff**

- Novelle, Erzählung, z. B. **Stifter**, **Mörike**
- Lyrik, z. B. **Droste-Hülshoff**
- politische Lyrik, z. B. **Heine**
- Drama, z. B. **Büchner**

1945 – 1933: **Exilliteratur**

1933 – 1920: **Literatur der Weimarer Republik**

1925: **Expressionismus**

- Roman, z. B. **Seghers**, **K. Mann**
- episches Theater, z. B. **Brecht**
- Gebrauchslyrik

- Roman, z. B. **Keun**
- episches Theater, z. B. **Brecht**
- Gebrauchslyrik

- Drama, z. B. **Kaiser**
- Lyrik, z. B. **Lasker-Schüler**, **Trakl**, **Heym**, **Benn**

Wichtiger Autor zur Zeit des Expressionismus: **Kafka**

1960

Nachkriegsliteratur

Literatur der Bundesrepublik und der DDR

- Kurzgeschichte, z. B. **Böll**, **Borchert**
- Trümmerliteratur
- Lyrik, z. B. **Celan**, **Eich**, **Bachmann**, **Aichinger**, **Jandl**
- konkrete Poesie, z. B. **Gomringer**
- Roman, z. B. **Grass**, **Johnson**

- politisches Dokumentartheater, z. B. **Weiss**
- politische Literatur, z. B. **Biermann**, **Enzensberger**, **Rühmkorf**, **Kunze**
- „Neue Subjektivität“, z. B. **S. Kirsch**, **Brinkmann**, **Handke**
- postmoderner Roman, z. B. **Süskind**

1600 – 1720

Barock

- Roman, z. B. **Grimmelshausen**
- Emblem, Figurengedicht, Sonett, z. B. **Gryphius**

1750 1740

Aufklärung

Empfindsamkeit

- Brief- und Bildungsroman, z. B. **Goethe, La Roche**
- Naturlyrik, z. B. **Klopstock, Claudius**

- Fabel, Parabel, z. B. **Lessing**
- Bürgerliches Trauerspiel, Komödie, z. B. **Lessing**
- Erziehungsromane, z. B. **Wieland**

1848 – 1880

Poetischer/Bürgerlicher Realismus

- Roman, Novelle, z. B. **Keller**, **Fontane**, **Ebner-Eschenbach**, **Raabe**, **Storm**
- Lyrik, Balladen, z. B. **Storm**, **Fontane**, **Meyer**

1910 1900 1890

Vielfalt der Stile: Moderne

Naturalismus

- Ästhetizismus / Fin de Siècle
- Roman, Erzählung, Novelle, z. B. **Th. Mann**, **Musil**
- Lyrik, z. B. **Rilke**

- Novelle, Roman, z. B. **Holz**/**Schlaf**
- Drama, z. B. **Hauptmann**

1989

Vielfalt der Stile und Themen: Gegenwart

- Themen, z. B. Erinnerung und Aufarbeitung, Migration, Dystopien
- Erzählliteratur, z. B. **Herta Müller**, **Jelinek**, **Berg**, **Kracht**, **Kehlmann**, **Zeh**
- Lyrik, z. B. **Mayröcker**, **Seiler**, **Rinck**

Der Mond – Ein literarisches Motiv im Dialog der Epochen

Große Themen und Motive – z. B. die Liebe, der Tod, die Natur – werden im Lauf der Literaturgeschichte immer von Neuem aufgegriffen und variiert. Auf diese Weise entsteht über Räume und Zeiten hinweg eine Art Gespräch zwischen Texten. Diese Seite zeigt Ihnen das am Beispiel des Mondmotivs.

Romantik (ca. 1795–1840): Der Mond wird in einer gesellschaftlichen Krisenzeit zu einem Leitmotiv der **Sehnsucht:**

„So oft der Mond wird scheinen, / Gedenk ich dein allein“ *(Clemens Brentano).*

Empfindsamkeit (ca. 1740–1780): Der Mond als **Trost** und fromme **Mahnung,** nicht hochmütig zu werden.

Matthias Claudius
Abendlied (1778, Str. 1 und 3)

Der Mond ist aufgegangen,
Die goldnen Sternlein prangen
Am Himmel hell und klar;
Der Wald steht schwarz und schweiget,
Und aus den Wiesen steiget
Der weiße Nebel wunderbar.

Seht ihr den Mond dort stehen?
Er ist nur halb zu sehen,
Und ist doch rund und schön!
So sind wohl manche Sachen,
Die wir getrost belachen,
Weil unsre Augen sie nicht sehen.

Expressionismus (ca. 1910–1925): Kriege und Katastrophen verändern auch die Wahrnehmung der Natur. Der Mond wird als **Bedrohung** wahrgenommen:

„Der giftge Mond, die fette Nebelspinne“ *(Alfred Lichtenstein).*

Nachkrieg (1945–ca. 1968):

1. Der Mond wird zum naturwissenschaftlichen **Forschungsobjekt:**

   „Ich bin Techniker und gewohnt, die Dinge zu sehen, wie sie sind. [...] Ich sehe den Mond über der Wüste [...] klarer als je, mag sein, aber eine erkennbare Masse, die um unseren Planeten kreist, eine Sache der Gravitation, interessant, aber wieso ein Erlebnis?“ *(Max Frisch).*

2. Claudius' Gedicht wird zum Gegenstand einer **Parodie,** in der der Mond alles Fromm-Religiöse eingebüßt hat:

   „Der Mond ist aufgegangen. /
   Ich, zwischen Hoff- und Hangen, /
   rühr an den Himmel nicht“
   (Peter Rühmkorf).

1 Sammeln Sie im Gespräch Ihre Assoziationen zum Mond-Motiv und reflektieren Sie, inwiefern Ihre Assoziationen durch Songs, Filme, Bilder oder Bücher geprägt wurden.

2 **a** Vergleichen Sie, wie Claudius, Rühmkorf und Frisch das Mondmotiv gestalten. Erläutern Sie die Unterschiede anhand von Textstellen.
b Diskutieren Sie am Beispiel der Mond-Texte, inwiefern ein Blick auf die motivischen Vernetzungen innerhalb der Literaturgeschichte zu einem tieferen Verständnis einzelner Texte beitragen kann.

3 In jedem Epochenkapitel dieser Literaturgeschichte finden Sie eine Seite mit der Überschrift „Texte vernetzt – Epochen im Dialog“. Erläutern Sie, inwiefern bereits diese Überschrift starre Epochengrenzen in Frage stellt.

D1 Vom Mittelalter zur frühen Neuzeit – Eine Medienrevolution?

1 **a** Beschreiben Sie die Buchillustration und die handgeschriebene Textseite. Vergleichen Sie diese mit Ihren Vorstellungen vom Mittelalter. Was kommt in der Abbildung vor, woran denken Sie darüber hinaus?

b Sammeln Sie Beispiele dafür, wie das Mittelalter in unserer Gegenwart präsent ist. Denken Sie z. B. an verschiedene Medien (Buch, Computerspiel ...), Orte (Städte und ihre Architektur, Museen ...), Ereignisse. Diskutieren Sie: Worin liegt für Menschen heute die besondere Faszination dieser Zeit?

2 Die oben abgebildete „Große Heidelberger Liederhandschrift", auch „Codex Manesse" genannt, entstand zwischen 1300 und 1340 in Zürich und ist die umfangreichste Sammlung mittelhochdeutscher Lyrik.

a Blättern Sie auf der Website der Universitätsbibliothek Heidelberg im Buch. Beschreiben Sie Ihre Eindrücke.

b Erklären Sie, wie sich in der Internetpräsenz des Codex Manesse verschiedene Medienzeitalter verbinden.

3 Ein wichtiger Faktor im Epochenumbruch zur frühen Neuzeit (ca. 1500) war die Verbreitung des Buchdrucks ab ca. 1450. Sammeln Sie Vermutungen zur gesellschaftlichen Bedeutung dieser Entwicklung.

In diesem Kapitel erwerben Sie folgende Kenntnisse und Kompetenzen:

- Minnesang und Heldensage als literarische Formen des Mittelalters an Beispielen kennen lernen,
- einen Einblick in Volksbücher als literarische Form der frühen Neuzeit gewinnen,
- die Bedeutung des Buchdrucks als Medienrevolution reflektieren,
- Medien, literarische Formen, Motive und Sprache der Epoche aus Sicht späterer Epochen reflektieren.

Literatur

Liebe als Gesellschaftsspiel – Minnesang

Minnesang bezeichnet mittelalterliche Liebeslyrik in Form einer höfischen Gesellschaftskunst, die vor allem von adeligen Autoren ca. von der Mitte des 12. bis zur Mitte des 13. Jahrhunderts betrieben wurde. In dieser Dichtung wird kein wirkliches Liebeserlebnis besungen, sondern ein fiktives Rollenspiel gestaltet, reflektiert oder auch kritisiert. Zu diesem Rollenspiel gehören: der Sänger, der meist als Ich-Sprecher seine „Dame" für ihre Schönheit und Tugendhaftigkeit rühmt und von seiner dienstbereiten, beständigen Liebe zu ihr spricht; die Dame, die unerreichbar erscheint und anonym bleibt; die Gesellschaft, die den Sänger entweder freundlich unterstützt oder aber als „Wächter" seine Annäherung an die Dame zusätzlich erschwert. Unter den Sängern gibt es einen Wettbewerb darum, wer es am besten versteht, seine Dame zu preisen.

Walther von der Vogelweide **Saget mir ieman, waz ist minne** (um 1200)

Übersetzung von Peter Wapnewski

Saget mir ieman, waz ist minne?
weiz ich des ein teil, sô wist ichs gerne mê.

der sich baz denn ich versinne,
der berihte mich durch waz si tuot sô wê.
minne ist minne, tuot si wol:
tuot si wê, so enheizet si niht rehte minne.
sus enweiz ich wie si danne heizen sol.

Codex Manesse: Konrad von Kirchberg als Minnesänger (Anfang 14. Jahrhundert)

Kann mir jemand sagen, was *Minne* ist?
Weiß ich davon auch schon einiges, so wüsst ich gern noch mehr von ihr.
Wer mehr davon versteht als ich,
der belehre mich, weshalb sie so weh tut.
Denn *Minne* ist doch *Minne,* sofern sie wohltut!
Tut sie weh, heißt sie nicht rechtens *Minne.*
Und ich weiß nicht, wie man sie dann zu bezeichnen hat.

Wenn ich richtig zu raten vermag,
was *Minne* ist, so ruft alle: „Ja"!
Minne ist das Glück *zweier* Herzen:
Tragen sie zu gleichen Teilen, dann ist *Minne* da;
wird aber nicht geteilt,
dann vermag ein Herz allein nicht sie aufzunehmen.
Ach wolltest du mir helfen, meine Herrin!

Herrin, ich trage zu schwer.
Willst du mir helfen, dann hilf, so lang es Zeit ist.
Bin hingegen ich dir durchaus gleichgültig,
so sag es klar und deutlich: Dann geb ich den Kampf auf
und werde wieder mein freier Herr.
Über eines freilich musst du dir dann im Klaren sein, Herrin:
dass dich wohl kaum jemand schöner zu rühmen versteht.

Vermag denn meine Herrin das Süße in Bitternis zu verwandeln?
Meint sie, ich vermöchte Freude zu geben gegen Leid?
Soll ich sie erheben,
nur damit ich ihr dadurch als umso niedriger erschein?
Dann müsste ich blind vernarrt sein!
Aber ach, was sage ich da, ich ohne Ohren und Augen?
Doch wen Minne blendet, wie soll der sehen können?

Heinrich von Morungen **Owê, sol aber mir iemer mê** (um 1200)

Übersetzung von Dorothea Klein

Eine besondere Spielart des Minnesangs ist das „Tagelied“. Es gestaltet den schmerzlichen und gefahrvollen Abschied der Liebenden nach einer heimlich gemeinsam verbrachten Nacht. Auch diese Form der Lyrik hat keinen Bezug zu einer realen Begegnung. Das Tagelied „O weh, soll mir denn nie mehr“ ist als Rollengespräch gestaltet, in dem die Liebenden nach ihrer heimlichen Begegnung jeweils für sich sprechen, nicht im Dialog. Diese Form wird „Wechsel“ genannt.

„Ach,
wird mir jemals wieder
ihr wunderschöner Leib
durch die Nacht leuchten
noch weißer als der Schnee?
Der täuschte meine Augen.
Ich glaubte, es sei
der Glanz des hellen Mondes.
Da brach der Tag an.“

„Ach,
wird er jemals wieder
den Morgen über hierbleiben,
so dass wir, wenn uns die Nacht entweicht,
nicht zu klagen brauchen:
‚Ach, jetzt ist es Tag‘,
wie er es klagend tat,
als er zuletzt bei mir lag?
Da brach der Tag an.“

„Ach,
unzählige Male küsste sie
mich im Schlaf.
Da fielen
ihr die Tränen hernieder.
Ich aber tröstete sie,
so dass sie aufhörte zu weinen
und mich ganz umfing.
Da brach der Tag an.“

„Ach,
dass er sich so oft
in meinen Anblick verlor,
als er mich aufdeckte,
da wollte er unbekleidet
meine Arme ganz bloß sehen!
Es war ein großes Wunder,
dass ihm das nie zu viel wurde.
Da brach der Tag an.“

Codex Manesse: Konrad von Altstetten (Anfang 14. Jahrhundert)

1 Führen Sie nach der ersten Lektüre ein literarisches Gespräch über die beiden Minnelieder: Wie gefallen sie Ihnen? Was fällt Ihnen auf? Beziehen Sie auch die beiden Miniaturen aus dem Codex Manesse mit ein.
Walthers Lied will eine Definition von Liebe …
Anders als im Tagelied zeigt die Miniatur …

2 Beschreiben Sie, wie in „Saget mir ieman“ (▶ S. 248) die Rolle des Sängers und die der Dame definiert werden. Prüfen Sie, inwiefern auch die Gesellschaft einbezogen ist und wo ein Wettbewerb angedeutet wird.

3 Begründen Sie, welche der folgenden Begriffe besser zur Haltung des Sprechers / der Sprecherin in Heinrich von Morungens Tagelied passen und welche zu Walther von der Vogelweides Gedicht (▶ S. 248):
reflektierend • sehnsüchtig • emotional • klärend • argumentierend • klagend

4 Hören Sie sich „Saget mir ieman“ (▶ S. 248) in der mittelhochdeutschen Version gesprochen an. Lesen Sie den übersetzten Text dabei mit. Beschreiben Sie Unterschiede zwischen der mittelhochdeutschen und der heutigen deutschen Sprache.
Viele Wörter klingen anders, z. B.: … Einige Wörter sind heute … Schreibweisen weichen ab, z. B. …

Kontext

Interkulturalität – Mittelalterliche Liebeslyrik im Vergleich

Die Literatur des Mittelalters war in vielfältiger Weise über territoriale und sprachliche Grenzen hinweg vernetzt. Literarische Texte der verschiedenen Kulturen laden zum Vergleich ein.

Übersetzte Sehnsucht – Zwei Beispiele: Beatriz de Dia und Ibn Arabi

Wegweisende Impulse bekam der mittelhochdeutsche Minnesang aus Frankreich. Von dort ist auch Lyrik von Frauen überliefert, anders als in Deutschland. Besonders bekannt war Beatriz de Dia. Überraschend freimütig beschreibt sie die höfische Liebe und erotisches Verlangen aus weiblicher Perspektive, wie zum Beispiel in dem folgenden, aus dem Altfranzösischen übersetzten Lied:

Ich hatte große Sorge und großen Kummer
eines Ritters wegen, der einst mein war,
und ich will, dass man für alle Zeit weiß,
wie übermächtig ich ihn geliebt habe.
Nun sehe ich, dass ich verraten bin,
weil ich ihm nicht meine Liebe schenkte.
Deshalb habe ich schwer gelitten,
Tag und Nacht. [...]

Schöner, höfischer, lieber Freund,
wann werde ich über euch verfügen können?
Wenn ich doch einen Abend bei euch liegen
und euch einen zärtlichen Kuss geben könnte!
Glaubt mir, ich hätte große Lust,
Euch anstelle des Ehemannes zu haben –
vorausgesetzt, dass Ihr mir geschworen hättet,
alles zu tun, was ich wünschte.

Auf der iberischen Halbinsel entwickelten sich in dem viele Jahrhunderte muslimisch regierten Teil („al-Andalus") Kulturzentren, die bis ins nördliche Europa ausstrahlten. Ein berühmter andalusischer Gelehrter und Schriftsteller war Ibn Arabi (1165–1240). Aus dessen poetischem Hauptwerk „Der Übersetzer der Sehnsüchte" stammen die folgenden, aus dem Arabischen übertragenen Verse:

[...] was spräche dagegen
grüßte sie mich
eine statue freilich
kennt kein erweichen

den vorhang ließ die nacht
herab sie zogen fort ich liebes
sklave fremdling narr sprach [...]

ihr lächeln strahlt ein blitz leuchtet
was von beiden spaltet
besser die tiefschwarze nacht

reicht nicht mein sein sprach sie
in seiner brust reicht nicht dass er so
bald er will mich sieht in sich
reicht das denn nicht?

1 **a** Lässt sich das Gedicht von Beatriz de Dia als Tagelied (► S. 249) verstehen? Begründen Sie Ihre Antwort.
b Beschreiben Sie das Verhältnis zwischen lyrischem Ich und geliebter Frau in Arabis Gedicht. Vergleichen Sie die Gestaltung dieses Verhältnisses mit der in Walter von der Vogelweides Minnelied (► S. 248).

2 Die literarischen Texte dieses Abschnitts erschließen sich Ihnen dank der Übersetzungen aus dem Mittelhochdeutschen, Altfranzösischen und Arabischen: Erörtern Sie, worin die Chancen und die Herausforderungen des Übersetzens für die Vermittlung zwischen verschiedenen Epochen und Kulturen liegen.

3 Die Liebesgedichte auf S. 248–250 sind von der Zeit und Kultur geprägt, in der sie entstanden sind. Diskutieren Sie, inwiefern sie aus Ihrer Sicht auch heute noch aktuelle Liebeserfahrungen formulieren.

4 Die Schriftstellerin Irmtraud Morgner hat 1974 die Minnesängerin Beatriz de Dia zur Protagonistin eines Romans gemacht. Vergleichen Sie die Gestaltung der Frauenrolle im Romanauszug (► S. 410) und im Minnelied (siehe oben).

Emotionen statt Rollenspiel? – Liebe in der Lyrik des Sturm und Drang

Im 18. Jahrhundert veränderte sich der Anspruch, dass Lyrik als Gesellschaftskunst vor allem poetischen und rhetorischen Regeln folgen müsse und darin ihre Meisterschaft zeigen solle. Anders als im Minnesang ging es in den literarischen Strömungen der Empfindsamkeit und des Sturm und Drang darum, in Gedichten individuelle Gefühle auszudrücken und dafür eine authentisch wirkende Sprache zu finden. Diese Art von Gedichten wird auch als „Erlebnislyrik" bezeichnet. Als Beispiel gelten Goethes „Sesenheimer Lieder".

Johann Wolfgang Goethe **Erwache, Friederike** (1771)

Erwache, Friederike,
Vertreib die Nacht,
Die einer deiner Blicke
Zum Tage macht.
Der Vögel sanft Geflüster
Ruft liebevoll,
Dass mein geliebt Geschwister
Erwachen soll.

Ist dir dein Wort nicht heilig
Und meine Ruh'?
Erwache! Unverzeihlich –
Noch schlummerst du!
Horch, Philomelens Kummer[1]
Schweigt heute still,
Weil dich der böse Schlummer
Nicht meiden will.

Es zittert Morgenschimmer
Mit blödem[2] Licht
Errötend durch dein Zimmer
Und weckt dich nicht.
Am Busen deiner Schwester,
Der für dich schlagt,
Entschläfst du immer fester,
Je mehr es tagt.

Ich seh' dich schlummern, Schöne,
Vom Auge rinnt
Mir eine süße Träne
Und macht mich blind.
Wer kann es fühllos sehen,
Wer wird nicht heiß,
Und wär' er von den Zehen
Zum Kopf von Eis!

Vielleicht erscheint dir träumend
– O Glück! – mein Bild,
Das halb voll Schlaf und reimend
Die Musen[3] schilt.
Erröten und erblassen
Sieh sein Gesicht;
Der Schlaf hat ihn verlassen,
Doch wacht er nicht.

Die Nachtigall im Schlafe
Hast du versäumt,
So höre nun zur Strafe,
Was ich gereimt.
Schwer lag auf meinem Busen
Des Reimes Joch:
Die schönste meiner Musen,
Du, schliefst ja noch.

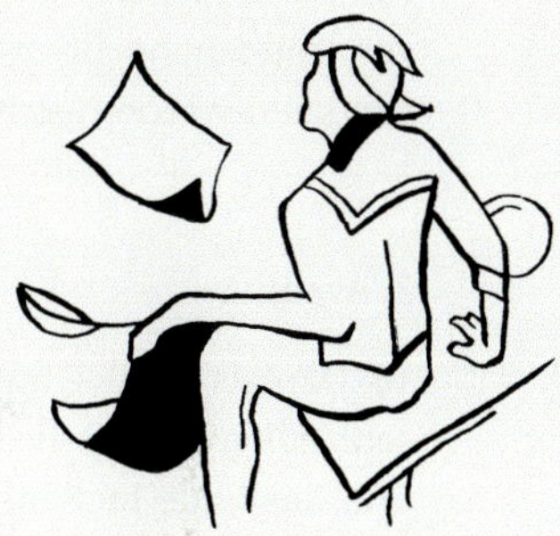

1 Philomela: Königstochter in der griechischen Mythologie, die von Zeus in eine Nachtigall verwandelt wurde

2 blöde: hier: schüchtern

3 die Musen: Schutzgöttinnen der Künste

1 Beschreiben Sie mit eigenen Worten die Gefühlslage des lyrischen Ichs.

2 **a** Lesen Sie das Gedicht intensiv mit Blick auf die Aspekte im folgenden Wortspeicher. Notieren Sie Stichworte und Textbelege zu jedem Gesichtspunkt.

Sprechsituation • Bedeutung der Nacht • Bezug zwischen Liebe und dichterischem Schaffen • Rollenspiel und individuelle Gestaltung der Liebesbeziehung • sprachliche Gestaltungsmittel

b Interpretieren Sie das Gedicht eher als Rollenspiel oder als Erlebnislyrik? Begründen Sie Ihre Deutung mit den Ergebnissen aus Aufgabe a.

3 Vergleichen Sie Goethes Gedicht mit dem Tagelied Heinrich von Morungens (► S. 249). Nutzen Sie die in Aufgabe 2 a genannten Aspekte.

Literatur

Kühne Helden, krasse Geschichte – Das Nibelungenlied

Wer denkt, dass verschlungene Storylines, ambivalente Figuren und gigantisch inszenierte Schlachten eine Erfindung heutiger Serien und Spielfilme sind, der irrt sich: All das bietet auch schon das mittelalterliche Nibelungenlied. Entstanden aus einer sehr alten mündlichen Sagentradition, wurde es in der Zeit um 1200 von einem unbekannten Autor verschriftlicht. Dabei vermischte sich die archaische Erzähltradition mit den damals modernen Vorstellungen von höfischer Kultur auf manchmal irritierende Weise. Die Struktur des Epos ist mit der von Staffeln und Folgen heutiger Serien vergleichbar: Es gibt zwei Teile mit insgesamt 39 Abschnitten, sogenannten „aventiuren" (Abenteuern), und 2376 Strophen. Der erste Teil erzählt, wie Siegfried um die burgundische Prinzessin Kriemhild wirbt, sie heiratet und aufgrund von Intrigen heimtückisch ermordet wird. Im zweiten Teil erfährt man von Kriemhilds blutiger Rache für die Ermordung ihres Mannes.

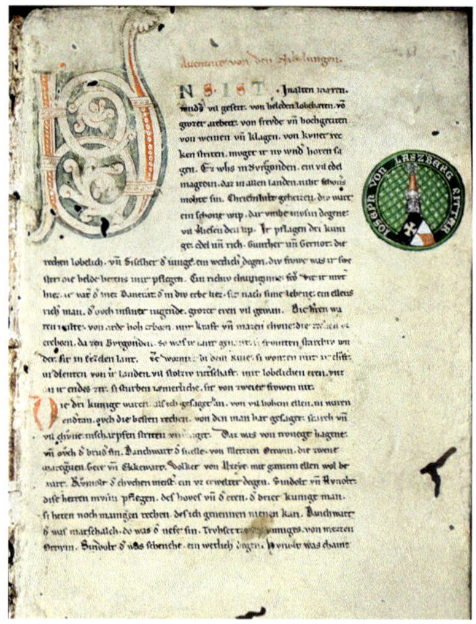

Anfang der Handschrift des Nibelungenlieds (ca. 1220–1250)

Das Nibelungenlied (um 1200)

Übersetzung von Siegfried Grosse

1 Uns ist in alten maeren[1] wunders vil geseit
von helden lobebaeren, von grôzer arebeit[2],
von fröuden, hôchgezîten[3], von weinen und von klagen,
von küener recken strîten muget ihr nu wunder hoeren
sagen. [...]

2. Aventiure

18 Damals wuchs im Niederland der Sohn eines sehr edlen Königs heran, dessen Eltern Siegmund und Sieglinde hießen, in einer mächtigen, weithin bekannten Stadt am Niederrhein: Die war Xanten genannt.

19 Siegfried hieß der vorzügliche, kampfgewandte junge Mann. Er suchte viele Reiche in mutiger Neugier auf. Um seine Kraft zu erproben, ritt er in viele Länder. Und wie viele ritterlich geübte Gefährten sollte er später im Burgundenland kennenlernen! [...]

23 Niemals ließ man den Jungen ohne Aufsicht ausreiten. Siegmund und Sieglinde ließen ihn prächtig kleiden. Ihn unterrichteten auch erfahrene Lehrer, die den Sinn der höfischen Erziehung kannten. So konnte Siegfried Land und Leute gut für sich gewinnen. [...]

25 Da ließ sein Vater Siegmund seinen Lehnsleuten bekannt machen, er wolle mit lieben Freunden ein Fest feiern. Diese Nachricht brachte man auch in die Länder anderer Könige. Den Auswärtigen und den Einheimischen schenkte er Pferde und gute Ausrüstungen.

26 Man lud jeden jungen Edelmann, den man ausfindig machte und der nach dem Stand seiner Familie Ritter werden sollte, ins Land zum Feste ein. Zusammen mit dem jungen König empfingen sie später das Schwert. [...]

31 Gott zu Ehre sang man eine Messe. Da entstand unter den Leuten großes Gedränge, als nach ständischem Brauch die Knappen mit so herrlichem Gepränge zu Rittern geschlagen wurden, wie es kaum noch einmal stattfinden dürfte.

32 Sie liefen zu den vielen schon gesattelten Pferden in Siegmunds Hof. Der Buhurt[4] war so stark, dass man davon Palas und Saal erdröhnen hörte. Die begeisterten Ritter machten beträchtlichen Lärm. [...]

1 maeren: Erzählungen
2 arebeit: Mühsal
3 hôchgezîten: Feste jeder Art
4 der Buhurt: spezielle Turnierform

Das Nibelungenlied (um 1200)

Übersetzung von Manfred Bierwisch und Uwe Johnson

Trotz elterlicher Warnungen wirbt Siegfried um Kriemhild, die Schwester des Burgunderkönigs Gunther. Das Unheil beginnt, als Siegfried mit magischen Mitteln die übermenschlich starke Königin Brünhild für Gunther zur Frau gewinnt, um selbst Kriemhild heiraten zu dürfen. Über den Betrug geraten die beiden Frauen in einen Rangstreit. Hagen, Gunthers wichtigster Gefolgsmann, sieht dessen Herrschaft bedroht. Hinterhältig lässt er sich von Kriemhild Siegfrieds einzige verwundbare Stelle verraten und tötet ihn. Siegfrieds Erbe, den legendären Schatz der Nibelungen, versenkt er im Rhein, um Kriemhilds Macht zu schwächen. Nach dreizehn Trauerjahren heiratet Kriemhild den Hunnenkönig Etzel. Dies verschafft ihr die Macht, ihre Rachewünsche zu realisieren. Sie lädt Gunther mit Tausenden Gefolgsleuten an Etzels Hof ein. Dort stiftet sie einen Kampf an, der völlig entgleist, als Hagen ihren Sohn ermordet. Nach tagelanger Schlacht leben auf burgundischer Seite nur noch Gunther und Hagen. Dietrich von Bern, der mit seinem Waffenmeister Hildebrand am Hunnenhof lebt, besiegt die beiden und übergibt sie an Kriemhild.

39. **Aventiure**

[...] Nun rächte sich Kriemhild grässlich: Sie brachte beide ums Leben. Sie ließ sie getrennt einsperren, um sie zu quälen, so dass sie einander nicht wiedersahen, bis sie den Kopf ihres Bruders zu Hagen trug und an beiden ihre Rache erfüllte.

Sie ging zu Hagen. Feindselig sagte sie: „Wenn ihr mir wiedergebt, was ihr mir gestohlen habt, kommt ihr vielleicht nach Burgund zurück." Hagen antwortete: „Dies Angebot hättet ihr euch sparen können, edle Königin. Ich habe geschworen, dass ich niemand den Schatz zeige und ihn keinem ausliefere, solange irgendeiner von meinen Herren lebt."

„Ich bringe es zu Ende", sagte Kriemhild. Sie ließ ihren Bruder töten. Man schlug ihm den Kopf ab, sie trug ihn an den Haaren zu Hagen. Erschüttert sah er seines Herren Kopf, und er sagte zu Kriemhild: „Du hast es nun zu Ende gebracht nach deinem Willen, und es ist so gekommen, wie ich es gedacht habe. Der Burgundenkönig ist tot, auch Gîselher, auch Gêrnôt. Niemand als Gott und ich wissen nun, wo der Schatz ist. Dir soll er ewig verborgen bleiben, du Teufelin."

„Ihr habt mir schlimm entrichtet, was ich zu fordern hatte", sagte sie. „Aber Siegfrieds Schwert will ich doch behalten. Als ich ihn zum letzten Mal sah, hat er es getragen." Sie zog es aus der Scheide. Er konnte sich nicht wehren. Sie hob es mit beiden Händen und schlug ihm den Kopf ab.

Etzel war tief bekümmert. „Weh", sagte er, „eine Frau hat den besten Ritter getötet, der je im Sturm gekämpft und den Schild getragen hat! So feind ich ihm war, es tut mir leid." Hildebrand sagte: „Sie soll keine Freude daran haben, dass sie ihn erschlug, was mir auch zustoßen mag. Er hat mich in Lebensgefahr gebracht, aber seinen Tod will ich rächen." Zornig sprang er auf Kriemhild zu und schlug schwer auf sie ein. Sie schrie gellend aus Angst, aber was konnte ihr das helfen? Nun waren sie alle tot, die zum Sterben bestimmt waren. Die Königin war in Stücke gehauen.

Dietrich und Etzel weinten. Die Gefolgschaft war unglücklich. Die ganze große Herrlichkeit war zerstört. Alle trauerten. [...]

daz ist der Nibelunge nôt.

1 a Übersetzen Sie die erste Strophe des Nibelungenlieds (► S. 252).
b Beschreiben Sie, welche Erwartungen an die folgende Geschichte geweckt werden.

2 a Fassen Sie zusammen, wie der Erzähler den jungen Siegfried charakterisiert (► S. 252).
b Erschließen Sie aus einzelnen Textaussagen (► S. 252), was damals zur höfischen Kultur gehörte.

3 a Erzählen Sie den Verlauf der Geschichte nach und formulieren Sie Ihre Eindrücke von deren Ende.
b Vergleichen Sie, wie die Gesellschaft am Anfang (► S. 252) und am Ende des Nibelungenlieds erscheint.

4 Untersuchen Sie die Erzählweise (► S. 252 f.). Achten Sie z. B. auf Wiederholungen und Vorausdeutungen.

5 Erörtern Sie, inwiefern sich das Nibelungenlied mit heutigen Serien wie „Game of Thrones" vergleichen lässt.

Kontext

Rezeptionsgeschichte – Acht Jahrhunderte Nibelungenlied

Moralisierend, nationalistisch, parodistisch – als Schauspiel, Oper, Film, Roman: Kaum ein anderes Werk der mittelalterlichen Literatur ist so oft und so unterschiedlich interpretiert worden wie das Nibelungenlied.

Das Epos aus und alle Fragen offen

Fortsetzung folgt – Die mittelalterliche Reaktion

Kennen Sie das Gefühl, wenn man am Schluss eines Films denkt: „Das kann doch nicht das Ende sein?“ Ähnlich muss es dem zeitgenössischen Publikum des Nibelungenlieds gegangen sein. Höchst fragwürdige Figuren, was Heldentum und Vorbildlichkeit betrifft, eine intrigante Gesellschaft, die in einem infernalischen Gemetzel untergeht – das faszinierte, weckte aber auch das Bedürfnis, dem Ganzen einen Sinn zu geben. So ist das Epos schon in seiner Zeit in vielen Handschriften um die sogenannte Klage ergänzt worden. 4000 Verse erzählen vom Beklagen der Toten und davon, wie es für die Überlebenden weiterging. Am Ende steht mit der Inthronisation von Gunthers Sohn wieder ein höfisches Fest. Die Welt findet zu ihrer Ordnung zurück.

Plakat zur „Nibelungen“-Verfilmung, 2. Teil (Regie: Fritz Lang) 1924

Aufstieg und Fall eines „Nationalepos“

Später hat die Bedeutungsoffenheit des Epos dazu geführt, dass es von ganz unterschiedlichen künstlerischen Strömungen aufgegriffen und teils auch für politische Ziele vereinnahmt wurde. Im 18. und 19. Jahrhundert wurde das Werk wiederentdeckt (► Romantik, S. 309) und als deutsche Entsprechung zu den berühmten Epen des antiken Dichters Homer gepriesen. Viele deuteten das Nibelungenlied als „Nationalepos“ und missachteten dabei alle problematischen Aspekte. Die Treue Hagens, der seinem König bis in den Tod folgt, wurde als „deutsche Tugend“ verherrlicht. Auch die bis zum Äußersten durchgehaltene Kampfbereitschaft wurde in der Propaganda beider Weltkriege verklärt. In diese Zeit fällt auch die Verfilmung des Epos als Stummfilm. „Die Nibelungen“ (Fritz Lang, 1924) gilt bis heute als Meilenstein der Filmgeschichte, unter anderem aufgrund der innovativen Spezialeffekte. Die Intention des Regisseurs, das „geistige Heiligtum der Nation“ zu verfilmen, Fatalismus und Monumentalität des Films beförderten seine Vereinnahmung durch den Nationalsozialismus.

„Drama, Liebe, Wahnsinn“: Rezeption bis heute

Nach dem Ende des Nationalsozialismus wurde die Problematik einer Rezeption als „Nationalepos“ reflektiert. Neben literarisch anspruchsvollen, kritischen und parodistischen Bearbeitungen wird der Stoff in vielfältiger Weise populärtrivial aufgegriffen und touristisch vermarktet. Zu den anspruchsvollen literarischen Neubearbeitungen gehört Felicitas Hoppes Roman „Die Nibelungen. Ein deutscher Stummfilm“ (2021). Der Text erzählt vielschichtig und gewitzt von einer Inszenierung des Stoffes bei den Wormser Nibelungen-Festspielen.

1 **a** Beschreiben Sie zusammenfassend die im Text genannten Stationen der Rezeptionsgeschichte.
b Erörtern Sie, ob das Epos heute noch im Deutschunterricht thematisiert werden sollte.

2 „Drama, Liebe, Wahnsinn“ verspricht der Klappentext von Felicitas Hoppes Nibelungen-Roman. Sammeln Sie eigene Ideen für eine Neubearbeitung des Nibelungenlieds. Welches Medium (z. B. Theater, Film, Serie, Computerspiel) und welches Genre (z. B. Liebesdrama, Action, Comedy) würden Sie wählen?

3 Zur Rezeption gehören auch Übersetzungen und Nachdichtungen. Vergleichen Sie die beiden Übersetzungen auf S. 252 und S. 253. Begründen Sie, in welcher Übersetzung Sie das Epos lieber lesen würden.

Literatur

Teufelspakt – Geschichten in Volksbüchern

Die Erfindung einer Buchdrucktechnik, die Massenproduktion zuließ (▶ S. 256), ermöglichte es ab der Mitte des 15. Jahrhunderts, unterhaltsame Geschichten für ein breites Publikum in Buchform zugänglich zu machen. Bis zum 17. Jh. entstanden sogenannte Volksbücher, die sich auch an ein relativ ungebildetes Publikum wandten. Als Stoffe dienten z. B. vorhandene Helden- und Liebesgeschichten aus der höfischen Literatur, Fabeln, Sagen, Legenden und mündlich kursierende spannende Erzählungen. Auch Werke aus anderen Sprachen und Kulturen wurden aufgegriffen. Die Autoren und Autorinnen der Volksbücher waren nicht immer namentlich bekannt. Heute noch präsent ist z. B. neben den Schildbürger-Geschichten („Das Lalebuch", 1597) und „Till Eulenspiegel" (1510) die „Historia von D. Johann Fausten".
Protagonist des Faust-Volksbuchs ist der Astrologe, Goldmacher, Teufelsbeschwörer und Scharlatan Doktor Johann Faustus, der durch die spätere Gestaltung des Fauststoffs in Goethes Drama (▶ S. 304 ff.) berühmt wurde. Schon zu seinen Lebzeiten war der historische Johann Faust (1480–1540/41) eine von Gerüchten umwobene Gestalt: Ihm wurden magische Kräfte und Fähigkeiten als Wunderheiler nachgesagt. Er kam vermutlich durch eine Explosion bei alchemistischen Experimenten ums Leben. Seine schlimm verstümmelte Leiche beförderte die Sage, er habe einen Vertrag mit dem Teufel bzw. dessen Diener Mephistopheles geschlossen und dieser habe am Ende seine Seele geholt.

Historia von D. Johann Fausten (1587) – 6. Kapitel, Der Pakt mit dem Teufel

D. Faustus läst jhm das Blut herauß in einen Tiegel, setzt es auff warme Kolen, vnd schreibt, wie hernach folgen wirdt.

Ich Johannes Faustus D. bekenne mit meiner eygen Handt offentlich, zu einer Bestettigung, vnnd in Krafft diß Brieffs, Nach dem ich mir fürgenommen die Elementa zu speculieren, vnd aber auß den Gaaben, so mir von oben herab bescheret, vnd gnedig mitgetheilt worden, solche Geschickligkeit in meinem Kopff nicht befinde, vnnd solches von den Menschen nicht erlehrnen mag, So hab ich gegenwertigem gesandtem Geist, der sich Mephostophiles nennet, ein Diener des Hellischen Printzen in Orient, mich vntergeben, auch denselbigen, mich solches zuberichten vnd zu lehren, mir erwehlet, der sich auch gegen mir versprochen, in allem vnderthenig vnd gehorsam zuseyn. Dagegen aber ich mich hinwider gegen jhme verspriche vnd verlobe, daß so 24. Jahr, von Dato diß Brieffs an, herumb vnd fürvber gelauffen, er mit mir nach seiner Art vnd weiß, seines Gefallens, zuschalten, walten, regieren, führen, gut macht haben solle, mit allem, es sey Leib, Seel, Fleisch, Blut vnd gut, vnd das in sein Ewigkeit. Hierauff absage ich allendenen, so da leben, allem Himmlischen Heer, vnd allen Menschen, vnd das muß seyn. Zu festem Vrkundt vnnd mehrer Bekräfftigung, hab ich disen Receß eigner Hand geschrieben, vnderschrieben, vnd mit meinem hiefür getrucktem eygen Blut, meines Sinns, Kopffs, Gedancken vnnd Willen, verknüpfft, versiegelt vnd bezeuget, etc.

Subscriptio,
Johann Faustus, der Erfahrne
der Elementen, vnd der Geistlichen Doctor.

1 **a** Lesen Sie den Text laut im Kurs. Übertragen Sie ihn anschließend Satz für Satz in heutiges Deutsch.
b Klären Sie Verständnisfragen aus dem Textzusammenhang und mit Hilfe des Informationstextes oben.
c Fassen Sie den Inhalt des Vertrags mit dem Teufel zusammen: Was erhält Faust, was gibt er dafür?
Faust erhält Hilfe bei seinen chemischen Experimenten und ...

2 Diskutieren Sie, worin der Reiz der Geschichte für die damalige Leserschaft gelegen haben könnte.

3 Vergleichen Sie den Inhalt des Teufelspakts im Volksbuch und in Goethes „Faust" (▶ S. 304 ff.).

4 „Volksbücher": Erörtern Sie, welche Literatur- oder Medienformate der heutigen Zeit mit diesem medialen Produkt der frühen Neuzeit vergleichbar sind.

Kontext

Mediengeschichte – Der Buchdruck als Medienrevolution

Als es dem Mainzer Johannes Gutenberg (um 1400–1468) nach jahrelangem Experimentieren gelang, Bücher mit beweglichen Metallbuchstaben unter Einsatz einer speziellen Presse zu drucken, veränderte dies die Buchproduktion fundamental – und damit auch den Gebrauch und die Funktion von Büchern. Weil nun sehr viel mehr Bücher in kurzer Zeit hergestellt werden konnten, wurden sie zu einer für mehr Menschen zugänglichen und erschwinglichen Ware. Es entstand ein Buchmarkt mit zunehmendem Angebot und wachsender Nachfrage.
Die Verbreitung von Wissen explodierte, weil mehr Wissen festgehalten werden konnte und die Wissensvermittlung nicht mehr an anwesende Personen gebunden war. Mit dem Buchdruck begann in der frühen Neuzeit auch die Zeit komplexer Bibliotheken. Das neu verfügbare Wissen wurde nach Wissensgebieten geordnet, Bibliothekskataloge wurden angelegt und Enzyklopädien geschrieben, große Nachschlagewerke, die Wissensbestände der Zeit geordnet versammelten.
Erstmals konnte auch Unterhaltungsliteratur für ein größeres Publikum hergestellt werden. Die breite Bevölkerung war arm, und die Fertigkeiten des Lesens und Schreibens verbreiteten sich anfangs nur langsam. Deshalb waren zunächst Flugblätter mit Bildern und kurzen spannenden Texten ein beliebtes Medium. Der erste „Bestseller“ war Sebastian Brants „Narrenschiff“ (1494), eine bebilderte Gesellschaftssatire.

Buchdruckwerkstatt (Frankreich), Gemälde um 1530

Entwicklung des Buchdrucks

Um 140, China	550, China	Um 1400, Europa	1403, Korea	Um 1450, Mainz	1454, Mainz
Pi Chang erfindet den Druck mit beweglichen Lettern aus Lehm	Beginn des Buchdrucks mit geschnitzten Holztafeln	Ausbreitung der Holzschnitttechnik in Europa	Erfindung der beweglichen Bleilettern	Erfindung des Buchdrucks mit beweglichen Metalllettern (Gutenberg)	Fertigstellung der Gutenberg-Bibel, Durchbruch des Buchdrucks

1 Was veränderte sich durch die neue Buchdrucktechnik? Erläutern Sie die Informationen des Textes genauer.
Buchmarkt: Angebot und Nachfrage … Verbreitung und … Alphabetisierung: …

2 **a** Präzisieren Sie mit Hilfe der Grafik die Aussage, Gutenberg habe den Buchdruck erfunden.
b Beschreiben Sie mit Hilfe der Abbildung und eigener Kenntnisse grob, wie der Buchdruck funktionierte.

3 In der Verbreitung und Speicherung von Wissen gab es von den Anfängen bis heute mehrere Medienrevolutionen. Halten Sie die wichtigsten Etappen in einem Flussdiagramm fest (vgl. ▸ S. 154).
Mündlichkeit → Schriftlichkeit (Handschrift) → … → …

Literatur

Sprachentwicklung – Luthers Bibelübersetzung

Die Reformation (1517–ca. 1555) war auch für die Entwicklung der deutschen Sprache und Literatur ein wichtiges Ereignis. Martin Luther entfaltete in seiner Bibelübersetzung ins Deutsche sein sprachliches Können. Gutenbergs Buchdruckkunst (► S. 256) stellte die Weichen für die Verbreitung von Luthers Werk. Viele von Luthers Wortneuschöpfungen und ausdrucksstarken Bildern werden noch heute verwendet. Luther erläutert in einem offenen Brief, wie er bei seiner Bibelübersetzung vorgegangen ist.

Martin Luther **Sendbrief vom Dolmetschen** (1530)

Ich hab mich des geflissen ym dolmetschen, das ich rein und klar teutsch geben moechte. Und ist uns wol offt begegnet, das wir viertzehen tage, drey, vier wochen haben ein einiges wort gesuecht und gefragt, habens dennoch zu weilen nicht funden. Im Hiob erbeiten wir also, M. Philips, Aurogallus[1] und ich, das wir yn vier tagen zu weilen kaum drey zeilen kundten fertigen. Lieber, nu es verdeutscht und bereit ist, kans ein yeder lesen und meistern, Laufft einer ytzt mit den augen durch drey, vier bletter und stost nicht ein mal an, wird aber nicht gewar, welche wacken und kloetze da gelegen sind, da er ytzt uber hin gehet, wie uber ein gehoffelt bret, da wir haben muessen schwitzen und uns engsten, ehe den wir solche wacken und kloetze aus dem wege reümeten, auff das man kuendte so fein daher gehen. Es ist gut pflugen, wenn der acker gereinigt ist. Aber den wald und die stoecke aus rotten, und den acker zu richten, da will niemandt an. Es ist bey der welt kein danck zu verdienen. [...] man mus nicht die buchstaben inn der lateinischen sprachen fragen, wie man sol Deutsch reden, wie diese esel thun, sondern, man mus die mutter jhm hause, die kinder auff der gassen, den gemeinen man auff dem marckt drumb fragen, und den selbigen auff das maul sehen, wie sie reden, und darnach dolmetzschen, so verstehen sie es den und mercken, das man Deutsch mit jn redet.

Als wenn Christus spricht Ex abundantia cordis os loquitur, wenn ich den Eseln soll folgen, die werden mir die buchstaben furlegen und also dolmetschen: Auß dem vberflus des hertzen redet der mund. Sage mir, ist das deutsch geredt? Welcher deutscher verstehet solchs? Was ist vberflus des hertzen fur ein ding? Das kann kein deutscher sagen. Er wolt den sagen, es sey das einer allzu ein gros hertz habe, oder zu vil hertzes habe, wie wol das auch noch nicht recht ist, den vberflus des hertzen ist kein deutsch, so wenig als das deutsch ist Vberflus des hauses, vberflus des Kacheloffens, vberflus der banck, sondern also redet die mutter ym haus vn der gemeine man: Wes das hertz vol, des gehet der mund über.

1 Philipp Melanchthon, Matthäus Aurogallus: Sprachgelehrte, Mitarbeiter Luthers bei der Bibelübersetzung

1 Luther antwortet im „Sendbrief" auf Kritik: Was wurde ihm vorgeworfen? Wie rechtfertigt er sich?
Kritik an Luther: zu freier Umgang ...; Luthers Rechtfertigung: keine oberflächliche Arbeit, sondern ...

2 **a** Erläutern Sie mit eigenen Worten die Ansprüche, die Luther an seine Übersetzung gestellt hat.
b Erklären Sie anhand der Formulierungen in Z. 11–18 und der Luther-Zitate in der Illustration, wie Luther versucht, abstrakte Sachverhalte allgemein verständlich und einprägsam zur Sprache zu bringen.

3 Recherchieren Sie den Text von Luthers bekanntestem Kirchenlied: „Ein feste Burg ist unser Gott".
Untersuchen Sie, wie dort sprachliche Mittel für die theologisch-politische Botschaft eingesetzt werden.

Epochenüberblick Vom Mittelalter (ca. 750–1500) bis zur frühen Neuzeit (ca. 1500–1700)

Allgemeingeschichtliche Hintergründe, Weltbilder

Die **politische Macht** lag im **Mittelalter** beim **Adel** und beim **Klerus.** Richtschnur für alle Lebensbereiche war und blieb der **christliche Glaube an eine göttlich gegebene Ordnung.** Eine an Frankreich orientierte **höfische Kultur** prägte das Selbstbewusstsein und die Lebensweise des **Ritterstands.** In der **frühen Neuzeit** ab etwa 1500 wuchs die wirtschaftliche und politische Bedeutung der **Städte** und damit des **Bürgertums.** Die Zeit um 1500 war eine Zeit der **Entdeckungen** (1492 **Amerika,** 1497/98 **Seeweg nach Indien**). Kopernikus bewies 1514 das **heliozentrische Weltbild.** Ab 1517 entstanden durch die **Reformation** neue politische und soziale Konfliktfelder (z. B. Bauernkriege). Orientiert an antiken Idealen wurde der Mensch zunehmend als bildungs- und entwicklungsfähiges Wesen verstanden **(Humanismus).** Die Erfindung des **Buchdrucks** mit beweglichen Lettern sowie die Einführung des **Papiers** als preiswerter Schreibgrund waren bahnbrechende Neuerungen.

Literatur

1. **Allgemeines**
   Neben dem Lateinischen behauptete sich die **deutsche Sprache** mehr und mehr als **Literatursprache.** Der Wert der Literatur maß sich an der souveränen und effektvollen Gestaltung überlieferter Stoffe und tradierter Formen. Eine wachsende Wertschätzung einzelner Autoren zeigte sich an deren namentlicher Nennung seit dem 12. Jahrhundert. Die Literatur erfüllte **im Mittelalter** meist auch außerliterarische Zwecke, z. B. **religiöse Unterweisung, Herrscherlob, Idealisierung des Ritterstands.** Mit der zunehmenden Verlagerung des Lebens in die Städte und der Erfindung des Buchdrucks wandelten sich die Literatur und der Literaturbetrieb. In der **frühen Neuzeit** betätigten sich **gebildete Bürger** literarisch; **belehrende** und **unterhaltsame Werke** erreichten ein wachsendes Publikum – als Buch oder z. B. auf der Bühne, auf dem Jahrmarkt, in Schulen.
2. **Literarische Formen, Stoffe, Themen**
   Zu den beliebtesten literarischen Formen gehörten **im Mittelalter Ritterepen** sowie eine besondere Art der Liebeslyrik, der **Minnesang** (▶ S. 248 f.). In diesem rein fiktionalen Rollenspiel preisen die Sänger eine für sie unerreichbar bleibende höfische Dame, beteuern ihre Liebe und Dienstbereitschaft. Besonders berühmt als Minnesänger war **Walther von der Vogelweide**(▶ S. 248). In der **Epik** wurden Geschichten und Figuren aus dem **Sagenkreis um König Artus** aufgegriffen. Auch nordische Heldensagen boten attraktive Stoffe. Besonders wirkungsvoll hat das monumentale **Nibelungenlied** (▶ S. 252) Motive dieser Sagentradition gestaltet. Mittelalterliche Stoffe und Literaturformen spielten bis in die **frühe Neuzeit** hinein eine Rolle, aber es kamen zunehmend andere Themen und Formen dazu. Im Meistergesang eiferten Handwerker ihren mittelalterlichen Vorbildern nach. In der Epik setzte sich allmählich eine **Erzählweise ohne Verse** durch, u. a. in der Form von **Volksbüchern** wie der „Historia von D. Johann Fausten" (▶ S. 255), die später Goethe als eine Grundlage für sein Faust-Drama diente.
3. **Weitere wichtige Autoren und Werke**
   Frühmittelalter: „Abrogans" (ca. 750, ältestes deutsches Buch, Wörterbuch), „Merseburger Zaubersprüche" (9. Jh.), „Hildebrandslied" (9. Jh.); **Hochmittelalter:** höfische Epen von **Hartmann v. Aue** („Erec", „Iwein", um 1200), **Wolfram v. Eschenbach** („Parzival" 1200–1210), **Gottfried v. Straßburg** („Tristan", um 1210), **Mechthild v. Magdeburg** („Das fließende Licht der Gottheit", 13. Jh.); **Spätmittelalter: Meister Eckhart:** mystische Literatur, **Oswald v. Wolkenstein:** Lieder
   Frühe Neuzeit: Erasmus v. Rotterdam: „Lob der Torheit" (1509), **Sebastian Brant:** „Das Narrenschiff" (1494), **Jörg Wickram:** Romane, **Hans Sachs:** Meisterlieder, Fastnachtsspiele

Wirkungsgeschichte

Autorinnen und Autoren der Romantik (▶ S. 309) entdeckten das Mittelalter neu und fanden darin Rückhalt für eigene Ideale. In der Gegenwart werden mittelalterliche Stoffe literarisch und medial in vielfältiger Weise genutzt, z. B. für Romane, Comics, Computerspiele, Filme.

D2 Barock – Lebenslust und Todesangst?

Also tanz, als wär's der letzte Tanz
Als wär's der letzte Tanz
Also küss, als wär's der letzte Kuss
Als wär's der letzte Kuss
Nix ist für immer, nix ist für immer

(Bosse: Der letzte Tanz, 2020)

Bernardo Strozzi: Vanitas (1637)

1 a Betrachten Sie das Gemälde mit dem Titel „Vanitas" (lat.: Vergänglichkeit). Formulieren Sie mögliche Gedanken der drei Frauen.
b Ergänzen Sie auch eine Gedankenblase für sich selbst als Betrachter/-in des Bildes, z. B.: Wie erschreckend/faszinierend/irritierend/beruhigend ist … Ich frage mich, …

2 Beschreiben Sie die Details des Gemäldes. Leiten Sie aus diesen Details Kennzeichen der Gesellschaftsschicht ab, der die Frau angehört, z. B.: Perlenschmuck → …

3 Das Motiv der Vergänglichkeit (Vanitas) findet sich nicht nur in dem Barockgemälde aus dem 17. Jahrhundert, sondern auch in dem Songtext von Bosse aus dem 21. Jahrhundert. Beschreiben Sie, wie dieses Motiv in dem Song verwendet wird. Ist ein solches Lebensgefühl zeitgebunden und/oder überzeitlich?

In diesem Kapitel erwerben Sie folgende Kenntnisse und Kompetenzen:

- widersprüchliche Lebenserfahrungen als Grundgedanken des Barocks erkennen und erläutern,
- Gedichte und einen Romanauszug aus dem Barock interpretieren,
- Sonette, Embleme, Figurengedichte und Allegorien als zeittypische Formen beschreiben und erklären,
- die Motive und Ausdrucksformen des Barocks aus der Perspektive späterer Epochen reflektieren.

Literatur

Todesbewusstsein und Vergänglichkeit – Vanitas und Memento mori

Die Zeit des Barocks war von starken Gegensätzen und widersprüchlichen Lebenserfahrungen geprägt: Auf der einen Seite stehen der verschwenderische Luxus, die prunkvollen Bauten und glänzenden Feste der Fürstenhöfe, auf der anderen Seite Krieg, Seuchen und Tod, von denen die einfache, arme und notleidende Bevölkerung besonders betroffen war. Die Motive der Vanitas (lat.: Vergänglichkeit) und des Memento mori (lat.: Denke daran, dass du sterben musst!) drücken das starke Endlichkeitsbewusstsein dieser Zeit aus.

Simon Dach **Letzte Rede einer vormals stolzen und gleich jetzt sterbenden Jungfrau** (1641)

Ich armer Madensack! der ich vor wenig Wochen
Belebt, gerad und schön gleich einem Hirsche ging
und hoch geehret war und manchen Gruß empfing
Lieg hier nun hergestreckt und bin nur Haut und Knochen;

Die Glieder sterben nur, die Augen sind gebrochen.
War dieses, dass ich mich mit Golde so behing?
Ihr Freunde, haltet Mund und Nase zu, ich stink.
Ach Gott! so wird mein Pracht und Übermut gerochen[1]!

Ihr Jung- und Frauen kommt, kommt spiegelt euch in mir!
Lernt hier, was Hochmut sei, was Stand, Gestalt und Zier'
Ihr seht, ich muss davon, mein Leben will sich schließen.

Lebt alle wohl, und habt euch stets in guter Acht!
Gedenkt wie mich der Tod so scheußlich hat gemacht!
Ich tanzte nur voran, ihr werdet folgen müssen.

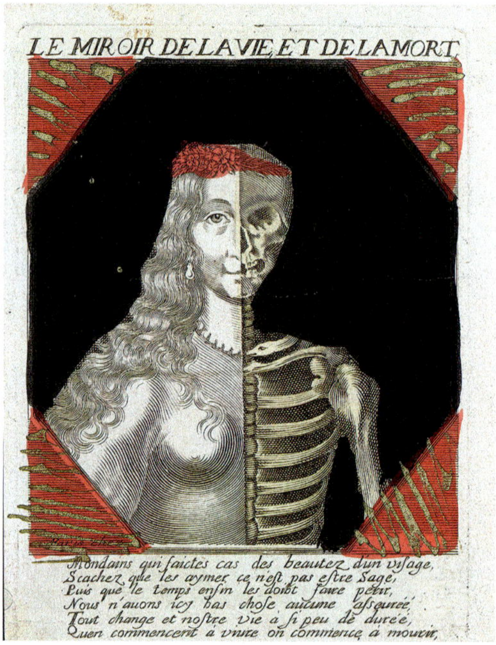

Miroir de la vie et de la mort (Spiegel von Leben und Tod); anonym (17. Jahrhundert)

Andreas Gryphius **Es ist alles eitel** (1636)

Du siehst, wohin du siehst, nur Eitelkeit auf Erden.
Was dieser heute baut, reißt jener morgen ein;
Wo jetzund Städte stehn, wird eine Wiese sein,
Auf der ein Schäferskind wird spielen mit den Herden;

Was jetzund prächtig blüht, soll bald zertreten werden;
Was jetzt so pocht und trotzt, ist morgen Asch und Bein[2];
Nichts ist, das ewig sei, kein Erz, kein Marmorstein.
Jetzt lacht das Glück uns an, bald donnern die Beschwerden.

Der hohen Taten Ruhm muss wie ein Traum vergehn.
Soll denn das Spiel der Zeit, der leichte Mensch, bestehn?
Ach, was ist alles dies, was wir für köstlich[3] achten,

Als schlechte Nichtigkeit, als Schatten, Staub und Wind,
Als eine Wiesenblum, die man nicht wieder find't.
Noch will, was ewig ist, kein einig[4] Mensch betrachten!

1 gerochen: gerächt, bestraft
2 das Bein: Knochen
3 köstlich, hier: wertvoll
4 einig, hier: einzig

Baseler Totentanz (Aquarellkopie von Johann Rudolf Feyerabend 1806, Original aus dem 15. Jh.)

1 **a** In dem Gedicht „Letzte Rede einer vormals stolzen …“ beschreibt eine einstmals schöne Frau (= lyrisches Ich) ihren körperlichen Verfall äußerst drastisch. Nennen Sie hierfür Textstellen und diskutieren Sie dann, welche Empfindungen dieser Text bei Ihnen auslöst.

b Suchen Sie in Partnerarbeit Zitate aus dem Gedicht heraus, die man als alternative Bildunterschrift für die beiden Gemälde (► S. 260 und 261) verwenden könnte. Erläutern Sie Ihre Wahl.

c Wie beschreibt die Sprecherin ihren jetzigen Zustand, kurz vor dem Tod, wie ihr früheres Leben? Charakterisieren Sie diesen Gegensatz mit Hilfe aussagekräftiger Zitate.

d „Ihr Jung- und Frauen kommt, kommt spiegelt euch in mir!“ (V. 9) Erläutern Sie, welche Intention das lyrische Ich verfolgt und wie die Motive des „Memento mori“ und der „Vanitas“ zum Ausdruck kommen.

2 Vergleichen Sie die Verwendung des Tanzmotivs im Song (► S. 259), im Gedicht „Letzte Rede …“ (► S. 260) und im Totentanz-Bild oben.

Totentanz: ein seit dem Mittelalter häufig genutztes künstlerisches Motiv: Menschen aller Art tanzen mit dem personifizierten Tod. Der Tod bewegt sich machtvoll unter den Lebenden und macht keinen Unterschied nach Reichtum, Schönheit oder gesellschaftlicher Stellung.

3 **a** Belegen Sie anhand des Sonetts von Andreas Gryphius, dass die Begriffe „eitel“(Titel) und „Eitelkeit“ (V. 1) dort synonym zu „vergänglich“ bzw. „Vergänglichkeit“ verwendet werden.

b Zeigen Sie anhand von weiteren Textbeispielen, wie in diesem Gedicht das Vanitas-Motiv zum Ausdruck gebracht wird, z. B.: *Eitelkeit (V1); einreißen (vgl. V2); bald zertreten.*

4 **a** „Was dieser heute baut, reißt jener morgen ein;“ (V. 2). Tragen Sie das Gedicht zu zweit so vor, dass die Gegensätze innerhalb der Verse besonders deutlich werden.

b Erläutern Sie, wie Sie den letzten Vers des Sonetts im Vortrag interpretiert haben: Welches Fazit zieht das lyrische Ich?

5 **a** Vergleichen Sie die beiden Sonette „Letzte Rede …“ und „Es ist alles eitel“ und benennen Sie Gemeinsamkeiten und Unterschiede bei der Gestaltung des Vanitas-Motivs, z. B. im Hinblick auf die Sprechsituation, die Objekte der Vergänglichkeit, das Fazit.

b Die Formulierung von Gegensatzpaaren oder gegensätzlichen Aussagen (Antithetik) ist im Barock ein häufig verwendetes Stilmittel. Erklären Sie, welche Antithesen in den beiden Sonetten entfaltet werden.

6 Gehen Sie in die Diskussion mit dem Weltbild des Gedichts von Andreas Gryphius, z. B. mit Fragen wie: Ist tatsächlich „alles eitel“? Was lässt sich der Bestandsaufnahme des Dichters (aus heutiger Perspektive) entgegenhalten? Welche unterschiedlichen Schlussfolgerungen lassen sich aus der Vergänglichkeit für die eigene Lebensführung ziehen?

Literatur

Lebenslust – Carpe diem

Die Allgegenwart des Todes und das Wissen um die eigene Vergänglichkeit (► S. 260 f.) führten einerseits zu einer Ausrichtung auf ein religiös fest erwartetes besseres Jenseits, andererseits aber auch zu einer verstärkten Hinwendung zum Diesseits und einem gesteigerten Lebenshunger nach dem Motto des „carpe diem“ (lat.: Nutze/Genieße den Tag!). Das Glück des Augenblicks, die Freuden der Liebe, kulinarische Genüsse, gesellige Vergnügungen und die Schönheit der Natur sollten bewusst erlebt werden.

Catharina Regina von Greiffenberg
Gott-lobende Frühlings-Lust (1662)

Frühling ein Vorbild vom ewigen Leben /
Spiegel der Jugend / der Freuden Gezelt /
Jährlich-verjüngeter Fönix[1] der Welt /
Athem der Musen[2] / der Huldinnen[3] Weben /
Wonne so alle Ergetzung kan geben /
Goldschmid der Wiesen / und Mahler im Feld /
Kleinod[4] / das niemand erkauffet mit Gelt /
frischer der vieler Herz-frischenden Reben!
sey mir willkommen / ausländischer Gast /
Freuden-Freund / Glückes-Wir / Diener der Liebe!
sey nur mit Blumen und Blättern gefast /
deine hieherkunfft nicht länger verschiebe!
alle verlangbare Schätze du hast.
Dir ich die Krone der Lieblichkeit giebe.

1 der Phönix: ein mythischer Vogel, der am Ende seines Lebens verbrennt und aus der Asche neu ersteht
2 die Musen: Schutzgöttinnen der Künste
3 die Huldin: anmutige Frau
4 das Kleinod: Kostbarkeit, Juwel, Schmuckstück

Clara Peeters: Stillleben mit Früchten und Blumen (1612/13)

Christian Hofmann von Hofmannswaldau
Albanie gebrauche deiner Zeit (1695)

Albanie, gebrauche deiner Zeit,
Und lass den Liebes-Lüsten freien Zügel,
Wenn uns der Schnee der Jahre hat beschneit,
So schmeckt kein Kuss, der Liebe wahres Siegel,
Im grünen Mai grünt nur der bunte Klee.
Albanie.

Albanie, der schönen Augen Licht,
Der Leib und was auf den beliebten Wangen,
Ist nicht vor dich, vor uns nur zugericht,
Die Äpfel, so auf deinen Brüsten prangen,
Sind unsre Lust und süße Anmuts-See.
Albanie. [...]

1 a Beschreiben Sie, worin in den beiden Gedichten Lebensfreude und Lebensgenuss erfahren werden.
b Suchen Sie Nomen im Gedicht von Greiffenberg, die das „Carpe-diem-Motiv zum Ausdruck bringen.
c Erläutern Sie, inwieweit sich in dem Gedicht von Greiffenberg auch religiöse Gedanken finden.

2 Das Carpe-diem-Motiv ist auch noch heute sehr beliebt, z. B. in Form der Abkürzung YOLO: „You only live once!“ Tragen Sie zusammen, wo Sie dem Motiv schon einmal begegnet sind. Diskutieren Sie, inwiefern die Aufforderung zum Lebensgenuss heute gesellschaftlich anders eingebettet ist als im 17. Jahrhundert.

Kontext

Grundgedanken – Das Sonett und die barocke Dichtkunst

Das widerstreitende Lebensgefühl im Barock hatte auch auf die Literatur einen entscheidenden Einfluss: Diesseits und Jenseits, Schein und Sein, Spiel und Ernst, Erotik und Tugend sind einige der typischen Gegensatzpaare, die vor allem in der Lyrik ihren Ausdruck fanden, einer bevorzugten Gattung des Barocks. Eine sehr beliebte Gedichtform im Barock war das Sonett, das im 13. Jahrhundert in Italien entstand und vor allem durch die Liebesgedichte des Dichters Francesco Petrarca (1304–1374) in ganz Europa bekannt wurde.

Auf zwei Quartette (zwei Strophen mit je vier Versen) folgen zwei Terzette (zwei Strophen mit je drei Versen). Während für die Quartette der umarmende Reim (abba) vorherrschend ist, variiert in den Terzetten das Reimschema (z. B.: ccd/eed; cdc/ded; cde/cde). Das gängigste Versmaß ist der Alexandriner, ein sechshebiger Jambus mit einer Zäsur (Pause) in der Mitte des Verses (nach der dritten Hebung), z. B.:

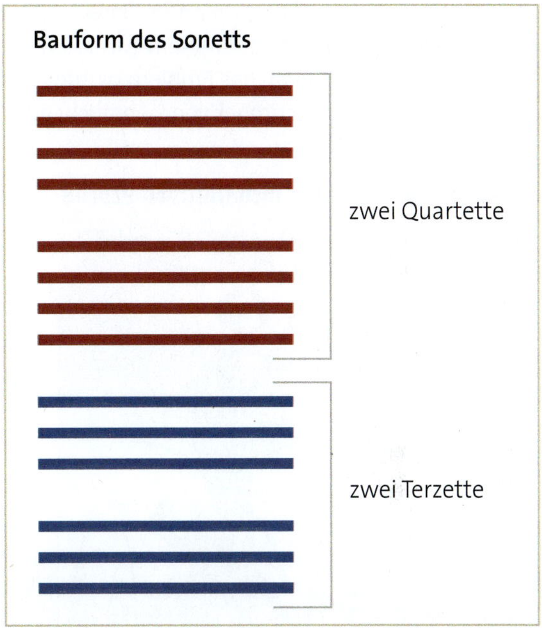

x x́ x x́ x x́ | x x́ x x́ x x́ x
Du siehst, wohin du siehst, nur Eitelkeit auf Erden *(Andreas Gryphius: Es ist alles eitel)*

Die strenge, klare Form des Sonetts mit dem Wechsel von den Quartetten zu den Terzetten, aber auch mit der Zäsur in der Mitte des Verses (Alexandriner) war besonders gut geeignet, um Gegensätzliches und Widersprüchliches auszudrücken. Die Quartette können zum Beispiel eine Behauptung (These) aufstellen oder verschiedene Sichtweisen eines Themas in These und Antithese gegenüberstellen, die dann in den Terzetten zu einer Schlussfolgerung, einer Pointe oder auch einer moralischen Belehrung geführt werden. Häufig wird die Antithese auch schon innerhalb eines Verses entfaltet, wie z. B. in dem Gedicht „Es ist alles eitel“ von Andreas Gryphius (► S. 260).

Das Sonett mit seiner strengen Form und seinem reichen sprachlichen Schmuck ist ein gutes Beispiel für die barocke Auffassung von Literatur: Dichtung wird in dieser Zeit nicht als originärer Schaffensprozess zur Formulierung einer individuellen Aussage gesehen, sondern in der gekonnten Beherrschung von Regeln und tradierten Formen. Solche Anleitungen zum Dichten, Poetiken genannt, orientierten sich an der aus der Antike überlieferten Rhetorik. Die Kunstfertigkeit des Dichters bestand darin, möglichst brillant mit diesen Vorgaben umzugehen. Martin Opitz' „Buch von der deutschen Poeterey“ (1624) war lange Zeit die wichtigste Poetik für deutsche Dichter/-innen. Anlass für den Beweis künstlerischen Könnens waren sehr häufig Aufträge zu biografischen Ereignissen: „Es wird […] keine hochzeit / kein begräbnüß ohn uns [die Poeten] gemacht“, schreibt Martin Opitz in seiner Poetik. Solche Gelegenheitslyrik erreichte damals höchstes literarisches Niveau.

1 Veranschaulichen Sie die Aussagen des Textes zur Antithetik und formalen Gestaltung des Sonetts an den Gedichten auf Seite 260.

2 Diskutieren Sie, inwiefern die Barockdichtung für die Menschen ihrer Zeit eine Art Lebenshilfe sein konnte.

3 Vergleichen Sie ein Sonett von William Shakespeare mit einem deutschen Barocksonett im Hinblick auf die formalen Merkmale: Welche Übereinstimmungen und Unterschiede können Sie feststellen?

Literatur

Bild-Texte im Barock – Emblem und Figurengedicht

Zwei sehr beliebte Kunstformen im Barock verbinden Wort und Bild in besonderer Weise: das Figurengedicht (Bildgedicht) und das Emblem (Sinnbild). Man hat das Zeitalter des Barocks auch das „emblematische Zeitalter" genannt, denn das Emblem wurde nicht nur in der Dichtung verwendet, sondern war Teil der Alltagskultur, etwa als Schmuck von Gebrauchsgegenständen oder von Gebäuden.

Zerbrüchlichkeit des menschlichen Lebens (1644)

Alls in der Welt drauff der Mensch bawt/
Jst gleich eim Dampff / eim Halm und Kraut:
Zerfährt flugs wie der Pfeiffen Schall:
Wann nur der Todt läßt hörn sein Knall.

Theodor Kornfeld Eine Sand=Uhr (1686)

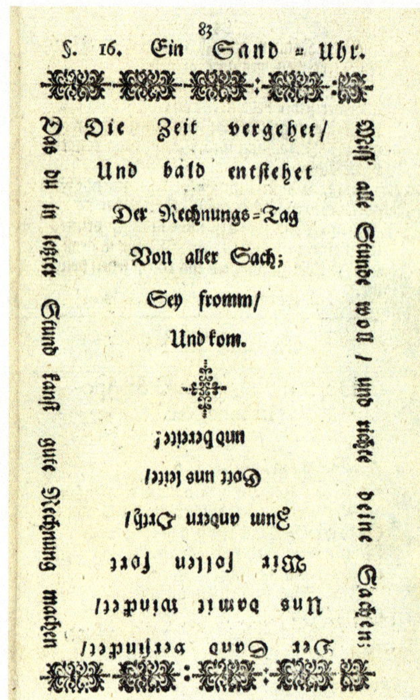

83

§. 16. Ein Sand = Uhr.

Die Zeit vergehet/
Und bald entstehet
Der Rechnungs=Tag
Von aller Sach;
Sey fromm/
Und kom.
und bereite!
Gott uns leite/
Zum andern Orth/
Wir sollen fort
Uns damit wincket/
Der Sand versincket/

Wisst alle Stunde woll / und richte deine Sachen;
Das du in letzter Stund sanfft gute Rechnung machen

1 **a** Beschreiben Sie die Komposition des Emblems „Zerbrüchlichkeit des menschlichen Lebens" und des Figurengedichts „Eine Sand=Uhr". Stellen Sie dabei Bezüge zwischen Text und (Schrift-)Bild her.
b Erläutern Sie die Aussage des Emblems und des Figurengedichts und erklären Sie, welches Lebensgefühl des Barocks bzw. welches Motiv in den beiden Gedichten zum Ausdruck kommt.

2 **a** Das barocke Figurengedicht hat in der „Konkreten Poesie" der 1950er-Jahre Nachfolger gefunden (► S. 396). Recherchieren Sie Beispiele und vergleichen Sie diese mit den barocken Figurengedichten.
b Entwerfen Sie selbst ein Figurengedicht bzw. einen Text in konkreter Poesie, zum Beispiel zu einem Carpe-diem-Motiv des Barocks wie Glück, Liebe, Genuss, Schönheit der Natur.

Information **Emblem und Figurengedicht**

- Ein **Emblem** (Sinnbild) setzt sich aus Bild und Text zusammen und ist in drei Teile untergliedert: **1. Überschrift** (Motto oder Inscriptio), in der häufig das Thema (oft in lateinischer Sprache) formuliert ist; **2. Bild** (Pictura), das das Gemeinte illustriert; **3. Unterschrift** (Subscriptio), die den Bildgehalt in Versen, seltener in Prosa erläutert.
- Beim **Figurengedicht** ahmt das Schriftbild eines Textes einen Gegenstand nach, der in direkter oder symbolischer Form zum Inhalt in Bezug steht.

Literatur

Der Dreißigjährige Krieg – Die epische Verarbeitung des Kriegselends

Die Erfahrung des Dreißigjährigen Kriegs (1618–1648) prägte das Denken und Handeln der Menschen im 17. Jahrhundert, denn der Tod war allgegenwärtig. Der Krieg hinterließ verödete Landstriche und zerstörte Städte. Ein Drittel der Bevölkerung fiel ihm zum Opfer.

Jacques Callot: Plünderung eines Dorfs (Ausschnitt aus „Die großen Schrecken des Krieges", 1633)

Hans Jakob Christoffel von Grimmelshausen
Der Abenteuerliche Simplicissimus Teutsch (1669)

In fünf Büchern erzählt der Autor, der selbst seit früher Jugend Kriegsdienst geleistet hatte, den Lebensweg des Helden, dessen Name „Simplex" der „Einfältige" bedeutet. Im Zentrum vieler Szenen steht der Dreißigjährige Krieg. Die folgenden Szenen führen die Leser/-innen auf ein Schlachtfeld sowie auf einen von feindlichen Soldaten heimgesuchten Hof.

Im Treffen selbst aber suchte ein jeder seinem Tod mit Niedermachung des Nächsten, der ihm aufstieß, vorzukommen, das greuliche Schießen, das Geklapper der Harnisch, das Krachen der Piken, und das Geschrei beides der Verwundten und Angreifenden machten neben den Trompeten, Trommeln und Pfeifen ein erschreckliche Musik! da sah man nichts als einen dicken Rauch und Staub, welcher schien, als wollte er die Abscheulichkeit der Verwundten und Toten bedecken, in demselbigen hörete man ein jämmerliches Weheklagen der Sterbenden, und ein lustiges Geschrei derjenigen, die noch voller Mut staken [...]. Die Erde, deren Gewohnheit ist, die Toten zu bedecken, war damals an selbigem Ort selbst mit Toten überstreut, welche auf unterschiedliche Manier gezeichnet waren, Köpf lagen dorten, welche ihre natürlichen Herren verloren hatten, und hingegen Leiber, die ihrer Köpf mangelten; etliche hatten grausam- und jämmerlicher Weis das Ingeweid heraus, und andern war der Kopf zerschmettert, und das Hirn zerspritzt; da sah man, wie die entseelten Leiber ihres eigenen Geblüts beraubet, und hingegen die lebendigen mit fremdem Blut beflossen waren, da lagen abgeschossene Arm, an welchen sich die Finger noch regten, gleichsam als ob sie wieder mit in das Gedräng wollten, hingegen rissen Kerles aus, die noch keinen Tropfen Blut vergossen hatten, dort lagen abgelöste Schenkel, welche ob sie wohl der Bürde ihres Körpers entladen, dennoch viel schwerer worden waren, als sie zuvor gewesen; da sah man zerstümmelte Soldaten um Beförderung ihres Tods, hingegen andere um Quartier und Ver-

schonung ihres Lebens bitten. Summa summarum, da war nichts anders als ein elender jämmerlicher Anblick! […]
Das erste, das diese Reuter taten, war, daß sie ihre Pferd einstelleten, hernach hatte jeglicher seine sonderbare Arbeit zu verrichten, deren jede lauter Untergang und Verderben anzeigte, denn obzwar etliche anfingen zu metzgen, zu sieden und zu braten, daß es sah, als sollte ein lustig Bankett gehalten werden, so waren hingegen andere, die durchstürmten das Haus unten und oben, ja das heimlich Gemach war nicht sicher, gleichsam ob wäre das gülden Fell von Kolchis darinnen verborgen; Andere machten von Tuch, Kleidungen und allerlei Hausrat große Päck zusammen, als ob sie irgends ein Krempelmarkt anrichten wollten, was sie aber nicht mitzunehmen gedachten, wurde zerschlagen, etliche durchstachen Heu und Stroh mit ihren Degen, als ob sie nicht Schaf und Schwein genug zu stechen gehabt hätten, etliche schütteten die Federn aus den Betten, und fülleten hingegen Speck, andere dürr Fleisch und sonst Gerät hinein, als ob alsdann besser darauf zu schlafen gewesen wäre; Andere schlugen Ofen und Fenster ein, gleichsam als hätten sie ein ewigen Sommer zu verkündigen, Kupfer und Zinnengeschirr schlugen sie zusammen, und packten die gebogenen und verderbten Stück ein, Bettladen, Tisch, Stühl und Bänk verbrannten sie, da doch viel Klafter dürr Holz im Hof lag, Hafen und Schüsseln mußte endlich alles entzwei, entweder weil sie lieber Gebraten aßen, oder weil sie bedacht waren, nur ein einzige Mahlzeit allda zu halten.

Andreas Gryphius **Tränen des Vaterlandes, Anno 1636** (1663)

Wir sind doch nunmehr ganz, ja mehr denn ganz verheeret[1]!
Der frechen[2] Völker Schar, die rasende Posaun,
Das vom Blut fette Schwert, die donnernde Karthaun[3]
Hat aller Schweiß und Fleiß und Vorrat aufgezehret.

Die Türme stehn in Glut, die Kirch' ist umgekehret.
Das Rathaus liegt im Graus, die Starken sind zerhaun,
Die Jungfern sind geschänd't, und wo wir hin nur schaun,
Ist Feuer, Pest und Tod, der Herz und Geist durchfähret.

Hier durch die Schanz und Stadt rinnt allzeit frisches Blut.
Dreimal sind schon sechs Jahr, als unser Ströme Flut,
Von Leichen fast verstopft, sich langsam fortgedrungen.

Doch schweig ich noch von dem, was ärger als der Tod,
Was grimmer[4] denn die Pest und Glut und Hungersnot,
Dass auch der Seelen Schatz so vielen abgezwungen.

1 verheeret: verwüstet
2 frech, hier: kühn, wild
3 die Karthaune: schwere Schusswaffe
4 grimmer: schlimmer

1 Vergleichen Sie die Wirkung der drei Kriegsdarstellungen: Welche Empfindungen und Gedanken bewirkt bei Ihnen das Bild, welche der Romanauszug, welche das Gedicht? Welche Mittel befördern diese Wirkungen?

2 Der Dreißigjährige Krieg war ein religiös motivierter Krieg, in dem Protestanten und Katholiken gegeneinander kämpften. Prüfen Sie, inwiefern sich das im Gedicht niederschlägt. Deuten Sie in diesem Kontext auch die Erkenntnis, die das lyrische Ich in V. 12–14 formuliert: Was kann mit dem „Seelen Schatz" gemeint sein? *Nur wenige Textstellen …, zum Beispiel in Vers 5: …*

3 Arbeiten Sie wahlweise am Romanauszug oder an Gryphius' Sonett heraus, worin sich die literarischen Kriegsdarstellungen von einem sachlichen Zeitungsbericht unterscheiden. Tauschen Sie Ihre Ergebnisse aus.

Jeder Krieg ist anders, jeder Krieg ist gleich? – Krieg im expressionistischen Gedicht

Krieg und Kriegserfahrungen sind nicht nur im 17. Jahrhundert (Barock), zur Zeit des Dreißigjährigen Krieges, in die Literatur eingegangen (▶ S. 266), sondern wurden und werden immer wieder literarisch aufgegriffen. In der Zeit des Expressionismus (▶ S. 367) verarbeiteten die Dichter/-innen ihre Eindrücke des Ersten Weltkriegs (1914–1918) und behandelten Themen wie Kriegstraumata und Tod.

Georg Trakl **Grodek**[1] (1915)

Am Abend tönen die herbstlichen Wälder
Von tödlichen Waffen, die goldnen Ebenen
Und blauen Seen, darüber die Sonne
Düstrer hinrollt; umfängt die Nacht
Sterbende Krieger, die wilde Klage
Ihrer zerbrochenen Münder.
Doch stille sammelt im Weidengrund
Rotes Gewölk, darin ein zürnender Gott wohnt,
Das vergoßne Blut sich, mondne Kühle;
Alle Straßen münden in schwarze Verwesung.
Unter goldnem Gezweig der Nacht und Sternen
Es schwankt der Schwester Schatten durch den schweigenden Hain,
Zu grüßen die Geister der Helden, die blutenden Häupter.
Und leise tönen im Rohr die dunkeln Flöten des Herbstes.
O stolzere Trauer! ihr ehernen Altäre,
Die heiße Flamme des Geistes nährt heute ein gewaltiger Schmerz,
Die ungebornen Enkel.

1 Grodek: Ort in der heutigen Ukraine und Kriegsschauplatz im Ersten Weltkrieg. Georg Trakl war selbst bei dieser Schlacht als Militärapotheker dabei.

Otto Dix: Der Krieg (1914)

1 Formulieren Sie Ihre ersten Eindrücke nach der Lektüre von „Grodek". Benennen Sie dabei sprachliche Bilder, die besonders stark auf Sie wirken.

2 Erläutern Sie den Einfluss der sprachlich-formalen Gestaltung auf die Aussage und Wirkung des Gedichts.

a Untersuchen Sie anhand von Textbelegen, inwieweit die Adjektive und adjektivisch gebrauchte Partizipien sowie klangliche Mittel (z. B. Alliterationen, Assonanzen) zur Stimmung des Gedichts beitragen, z. B.: Sterbende Krieger (V. 5) → Tod …

b Das Gedicht ist weder in Strophen untergliedert, noch weist es einen Reim oder ein durchgängiges Metrum auf. Erläutern Sie, inwieweit diese „Formlosigkeit" mit dem Inhalt des Gedichts korrespondiert.

3 a Erarbeiten Sie für uneindeutige Textstellen Deutungsmöglichkeiten, z. B. zu Vers 11–13: Was kann mit der „Schwester Schatten" gemeint sein?

b Führen Sie Ihre Ergebnisse in einer Themaformulierung zusammen: Worum geht es in dem Gedicht?

4 Die Gedichte von Gryphius (▶ S. 266) und Trakl gestalten beide Erfahrungen von Krieg und Tod. Vergleichen Sie die Gedichte und stellen Sie zusammen, worin sie sich ähneln und worin sie sich unterscheiden, z. B. Inhalt/Aussagen des Gedichts, Situation des lyrischen Ichs, sprachliche Mittel, Form.

5 Vergleichen Sie die künstlerischen Kriegsdarstellungen auf dieser Seite und auf Seite 265. Inwiefern erbringt Ihr Vergleich Parallelen zu den Gedichten von Gryphius (▶ S. 266) und Trakl?

Epochenüberblick Barock (ca. 1600–1750)

Allgemeingeschichtliche Hintergründe

Das zentrale Ereignis dieser Epoche war der **Dreißigjährige Krieg (1618–1648).** Bei diesem ging es zunehmend nicht nur um religiöse Konflikte, sondern auch um territoriale Machtfragen. Politisch ist das 17. Jahrhundert durch den Absolutismus der souverän regierenden Fürsten geprägt, die ihre Macht direkt von Gott herleiteten (= Gottesgnadentum). Die Gesellschaft blieb in Stände gegliedert, unter denen der Adel und Klerus weitreichende Privilegien genossen. Vorbild für die deutschen Fürsten waren der französische König Ludwig XIV. (der „Sonnenkönig") und sein Hof von Versailles.

Literatur

1. **Allgemeines: Welt- und Menschenbild**
   Die Zeit des Barocks ist von starken **Gegensätzen** geprägt: einerseits der Absolutismus mit seinen prunkvollen Schlössern und Gärten, die die Macht des Adels demonstrierten; andererseits eine tiefe Weltangst und Skepsis, die aus dem Chaos und Elend des jahrzehntelangen Kriegs erwuchsen. So prägen **Widersprüchlichkeit** und **Zerrissenheit** das Denken und Fühlen der Menschen: Dem Bewusstsein der eigenen **Sterblichkeit** steht der Drang nach **Sinnes- und Lebensfreuden** gegenüber.
2. **Themen, Motive, Werke**
   Diese Gegensätze spiegeln sich auch in der Literatur des Barocks wider, die durch drei Leitmotive gekennzeichnet ist: Die Motive **„Vanitas"** und **„Memento mori!"** (► S. 260 f.) drücken das Todes- und Vergänglichkeitsbewusstsein aus, das sich mit einer religiösen Jenseitsorientierung verbindet. Das **Carpe-diem-Motiv** (► S. 262 f.) ist dazu der **Gegenpart:** Es ruft dazu auf, das Leben zu genießen und die Lebenszeit gut zu nutzen. Die Themen des Barocks fanden vor allem in der **Lyrik** ihren Ausdruck, denn Gedichte waren eine bevorzugte Gattung dieser Epoche. Besonders beliebt war das **Sonett** (► S. 263), in dem sich typische Gegensatzpaare (Diesseits und Jenseits, Schein und Sein, Spiel und Ernst, Ewigkeit und Vergänglichkeit) finden, die das gespaltene Lebensgefühl des Barocks zum Ausdruck bringen und als **Antithetik** bezeichnet werden. **Andreas Gryphius** gilt als einer der bedeutendsten **Sonettdichter** des Barocks (► S. 260, 266). Besondere Gedichtformen im Barock waren außerdem das vielfältig genutzte **Emblem** und das **Figurengedicht** (► S. 264), beides Formen visueller Poesie. Neben der Lyrik wurden im Barock auch Dramen und epische Texte verfasst, z. B. Romane, Schwänke und Satiren. Das bekannteste Werk ist der **Roman „Die Abenteuer des Simplizissimus Teutsch"** von **Hans Jakob Christoffel von Grimmelshausen** (► S. 265 f.), in dem der Romanheld „Simplicius Simplicissimus" seine Lebensgeschichte zur Zeit des Dreißigjährigen Krieges erzählt.
   Die **Dichtkunst** im Barock wurde nicht als originärer Schaffensprozess gesehen, sondern war geprägt durch eine strenge Regelhaftigkeit. **Martin Opitz'** Buch „Von der Deutschen Poeterey" war die erste **deutschsprachige Poetik** und enthielt für alle Gattungen Regeln und Vorbilder. Die Aufgabe der Dichter bestand darin, die Motive der Zeit in ein möglichst brillantes Gewand zu kleiden. Die Poesie wandte sich also vor allem an den (Kunst-)Verstand des Publikums.
3. **Weitere wichtige Autoren und Autorinnen:**
   Simon Dach (Gedichte), Friedrich von Logau (Gedichte), Paul Gerhardt (Kirchenlieder und Gedichte), Paul Fleming (Gedichte), Christian Hofmann von Hofmannswaldau (Gedichte), Sibylla Schwarz (Gedichte), Catharina Regina von Greiffenberg (Gedichte)

Wirkungsgeschichte

Der Barockstil beeinflusste in ganz Europa Architektur, Malerei und Bildhauerei ebenso wie Literatur und Musik. Berühmte Bauten sind z. B. der Petersdom in Rom und das Schloss von Versailles; die Barockmusik, z. B. von Johann Sebastian Bach, Georg Friedrich Händel und Antonio Vivaldi, ist bis heute populär und beliebt. Mit der Aufklärung setzte eine kritische Haltung gegenüber dem Barock ein, die bis heute in abschätzigen Urteilen über „barocken Schwulst" weiterlebt. Ein anschauliches, lebendiges Bild der Zeit bietet Daniel Kehlmann in seinem 2017 erschienenen Roman „Tyll".

D3 Aufklärung – Mehr Licht!

Francisco de Goya: Der Schlaf der Vernunft gebiert Ungeheuer (ca. 1797–1799)

1 Leiten Sie aus der Bildcollage einen Appell an die Vernunft ab. Beziehen Sie dabei den Titel von Goyas Bild mit ein, z. B.: Um vor Gefahren aller Art zu schützen, muss …

2 Die Vernunft steht im Zentrum einer europäischen Denkschule, die „Aufklärung", „Enlightenment" oder „Siècle des Lumières" heißt. Erläutern Sie anhand der Lichtmetaphorik die Zielsetzung dieser Denkschule.

3 Diskutieren Sie die Ungeheuer (= Stichworte), die von rechts auf Goyas Bild eindringen. Welche Gefahren erscheinen Ihnen heute gebannt, welche unvermindert aktuell? Sehen Sie weitere Gefahren?

In diesem Kapitel erwerben Sie folgende Kenntnisse und Kompetenzen:

- Grundgedanken der Aufklärung benennen, erläutern und auch aus heutiger Sicht kritisch reflektieren,
- Aphorismen, Fabeln, Parabeln und Dramen als literarische Formen der Aufklärung lesen und deuten,
- die literarische Gestaltung von Frauenfiguren vor dem Hintergrund der Zeit beschreiben und vergleichen,
- wichtige Medienentwicklungen in den Bereichen Wissen und Lesen aufzeigen und auf heute beziehen.

Literatur

Scharf beobachtet und spitz formuliert – Aphorismen

Die epische Kurzform des Aphorismus bringt einen Gedanken oder eine Erkenntnis in knappen, scharfsinnig formulierten Sätzen auf den Punkt und regt so zum Nachdenken an. Als ein Meister dieses Genres gilt Georg Christoph Lichtenberg, ein Naturwissenschaftler und Philosoph, der seine Einfälle, Ideen und Gedankensplitter in Notizbücher eintrug, die er selbstironisch Sudelbücher nannte.

Georg Christoph Lichtenberg **Aphorismen**

1 Es ist fast unmöglich, die Fackel der Wahrheit durch ein Gedränge zu tragen, ohne jemandem den Bart zu versengen.

2 Man spricht viel von Aufklärung und wünscht mehr Licht. Mein Gott, was hilft aber alles Licht, wenn die Leute entweder keine Augen haben oder die, die sie haben, vorsätzlich verschließen?

Georg Christoph Lichtenberg

3 Ein gutes Mittel, gesunden Menschenverstand zu erlangen, ist ein beständiges Streben nach deutlichen Begriffen, und zwar nicht bloß aus Beschreibungen anderer, sondern so viel wie möglich durch eigenes Anschauen. Man muss die Sachen oft ansehen, etwas daran zu finden, was andere noch nicht gesehen haben; von jedem Wort muss man sich wenigstens einmal eine Erklärung gemacht haben und keines brauchen, das man nicht versteht.

4 Es ist heutzutage Mode geworden, das Bücherschreiben als den Endzweck des Studierens anzusehen, daher studieren so viele, um zu schreiben, anstatt dass sie studieren sollten, um zu wissen. Was man nur ankauft, um es bei der ersten Gelegenheit wieder anzubringen, vermischt sich nie recht mit uns und war nie recht unser.

1 Erörtern Sie anhand von Aphorismus 1, ob und in welchen Fällen Aufklärung Mut erfordert.

2 Es gibt Aufklärer und diejenigen, die aufgeklärt werden sollen.
Aphorismus 2 leitet aus dieser Erkenntnis ein Problem ab. Erläutern Sie es mit eigenen Worten, z. B.:
Aufklärung funktioniert nur dann, wenn erstens …

3 Diskutieren Sie (selbst)kritisch, inwiefern sich die Aphorismen 3 und 4 auf das schulische Lernen beziehen lassen.

4 Der Aphorismus als literarische Form ist wie geschaffen für die Epoche der Aufklärung.
Begründen oder entkräften Sie dieses Statement.

5 Erläutern Sie, inwiefern die beiden folgenden Aphorismen aus dem 19. und 20. Jahrhundert zum Anliegen der Aufklärung passen.

Der Gescheitere gibt nach! Ein unsterbliches Wort.
Es begründet die Weltherrschaft der Dummheit.
Marie von Ebner-Eschenbach (1830–1916)

Wenn geschrieben wird: „Es lebe der Fortschritt!" –
frage stets: „Fortschritt wessen?"
Stanislaw Jerzy Lec (1909–1966)

Kontext

Grundgedanken – Was ist Aufklärung?

Die Aufklärung hat sich von Anfang an bemüht, die eigenen Argumente nachzuschärfen. Besondere Berühmtheit hat dabei ein Wettbewerb aus dem Jahr 1783/84 erlangt, der unter der Fragestellung „Was ist Aufklärung?“ nach der besten Definition suchte. Viele führende Köpfe haben sich an diesem Wettbewerb beteiligt. Der Literat Christoph Martin Wieland ging in seiner Antwort vom Begriff „Aufklärung“ und dessen Lichtmetaphorik aus. Bis heute prägend für unsere Vorstellung von Aufklärung ist jedoch die Antwort des Philosophen Immanuel Kant, der die Vernunft des Einzelnen in den Mittelpunkt seiner Definition stellt.

Christoph Martin Wieland **Was ist Aufklärung?** (1784)

Das weiß jedermann, der vermittelst eines Paares sehender Augen erkennen gelernt hat, worin der Unterschied zwischen Hell und Dunkel, Licht und Finsternis besteht. Im Dunkeln sieht man entweder gar nichts oder wenigstens nicht so klar, dass man die Gegenstände recht erkennen und voneinander unterscheiden kann: Sobald Licht gebracht wird, klären sich die Sachen auf, werden sichtbar und können voneinander unterschieden werden; – doch wird dazu zweierlei notwendig erfordert: 1) dass Licht genug vorhanden sei und 2) dass diejenigen, welche dabei sehen sollen, weder blind noch gelbsüchtig[1] seien, noch durch irgendeine andere Ursache verhindert werden, sehen zu können oder sehen zu wollen.

1 gelbsüchtig: Bei der Gelbsucht trübt sich das Auge.

Immanuel Kant **Was ist Aufklärung?** (1784)

Aufklärung ist der Ausgang des Menschen aus seiner selbst verschuldeten Unmündigkeit. Unmündigkeit ist das Unvermögen, sich seines Verstandes ohne Leitung eines anderen zu bedienen. Selbstverschuldet ist diese Unmündigkeit, wenn die Ursache derselben nicht am Mangel des Verstandes, sondern der Entschließung und des Mutes liegt, sich seiner ohne Leitung eines anderen zu bedienen. Sapere aude![1] Habe Mut, dich deines eigenen Verstandes zu bedienen! ist also der Wahlspruch der Aufklärung.

Faulheit und Feigheit sind die Ursachen, warum ein so großer Teil der Menschen, nachdem sie die Natur längst von fremder Leitung freigesprochen, dennoch gerne zeitlebens unmündig bleiben; und warum es Anderen so leicht wird, sich zu deren Vormündern aufzuwerfen. Es ist so bequem, unmündig zu sein. Habe ich ein Buch, das für mich Verstand hat, einen Seelsorger, der für mich Gewissen hat, einen Arzt, der für mich die Diät beurteilt, usw., so brauche ich mich ja nicht selbst zu bemühen.

Zur Aufklärung aber wird nichts erfordert als Freiheit; und zwar die unschädlichste unter allem, was nur Freiheit heißen mag, nämlich die: von seiner Vernunft in allen Stücken öffentlichen Gebrauch zu machen. [...]

1 Sapere aude!: *lat.* = Wage es, weise zu sein!

1 Nach Wieland bedarf es des Lichts und eines Paares sehender Augen, damit die Aufklärung funktioniert. Erläutern Sie, wie man sich dieses Zusammenspiel von Licht und Auge in der Praxis vorstellen kann, und benennen Sie Beispiele für angewandte Aufklärung in der Gegenwart.

2 Erklären Sie, was der einzelne Mensch nach Kant erreicht, wenn er seinen Verstand einsetzt.

3 **a** Kant spricht von Interessengruppen, die sich bemühen, die Menschen unmündig zu halten. Erörtern Sie, wer diese Interessengruppen sein könnten und welche Beweggründe sie wahrscheinlich haben.
b Diskutieren Sie, wie relevant Kants Überlegungen heute noch sind.

4 Vergleichen Sie Aussagen Wielands und Kants mit Aphorismus 2 (► S. 270). Sehen Sie Parallelen?

Literatur

Machtstrukturen unter der Lupe – Fabeln als verhüllte Kritik

Die Fabel ist seit jeher das Sprachrohr der Unterdrückten. Schon der griechische Sklave Äsop (um 550 v. Chr.) nutzte sie, um verhüllt – unter dem Deckmantel eines Gleichnisses – Kritik zu üben. Mindestens ebenso wichtig wie dieser Schutzmechanismus war für die Aufklärer jedoch, dass die Fabel eine belehrende Funktion hat. Sie transportiert nicht nur Kritik, sondern auch eine (manchmal nur indirekt ausgesprochene) Moral, die die Leserinnen und Leser aufklärt.

Gotthold Ephraim Lessing
Die Wasserschlange (1759)

Lessing greift in seiner Fabel auf eine Vorlage Äsops zurück, verändert aber deren Aussagen mit kritischem Blick auf die eigene Zeit. Bei Äsop bitten die Frösche Zeus um einen König, worauf dieser ihnen amüsiert einen Holzklotz in den Teich wirft. Weil der Klotz aber nicht regiert, verlieren die Frösche den Respekt und verlangen einen neuen König. Da schickt Zeus den Fröschen die Hydra, eine Wasserschlange, die sie auffrisst. Äsops Moral: „Habt ihr Gutes nicht tragen mögen, so tragt das Schlimme nun. – Ihr auch, Bürger, […] seid zufrieden, sonst kommt größeres Unheil."
Lessing macht aus dieser Vorlage Folgendes:

Zeus hatte nunmehr den Fröschen einen andern König gegeben; anstatt eines friedlichen Klotzes, eine gefräßige Wasserschlange.
„Willst du unser König sein", schrien die Frösche, „warum verschlingst du uns?"
„Darum", antwortete die Schlange, „weil ihr um mich gebeten habt."
„Ich habe nicht um dich gebeten!", rief einer von den Fröschen, den sie schon mit den Augen verschlang.
„Nicht?", sagte die Wasserschlange. „Desto schlimmer! So muss ich dich verschlingen, weil du nicht um mich gebeten hast."

Gottlieb Konrad Pfeffel
Der Affe und der Löwe (1766)

Der Löwe brach ein Bein. Man rief
Den Doktor Fuchs ihn zu kurieren,
Doch alles drehen, schindeln, schmieren
Half nichts; das Bein blieb lahm und schief.
Um dem Monarchen zu hofieren[1],
Erschien sein erster Hofpoet,
Ein Affe, der gar schlau sich dünkte,
Einst in der Residenz, und hinkte
So arg als seine Majestät.
Wie? sprach der Fürst ergrimmt zum Gecken
Ich glaube gar, du willst mich necken.
Ich? lallte Matz[2], behüte Gott!
Mich trieb die schönste meiner Pflichten,
Als treuer Knecht, als Patriot,
Nach deinem Vorbild mich zu richten.
Geh, Schelm, fiel ihm der König ein,
Statt meinen Fehler nachzuahmen,
So hink in deinem eignen Namen.
Er sprachs, und brach ihm knacks ein Bein.
Die Lehre konnte sanfter sein,
Doch wäre sie den Herrn mit Orden
Und Schlüsseln heilsam, wie mich dünkt.
Wer heut mit seinem Fürsten hinkt,
Wird morgen ihm zu Ehren morden.

1 hofieren: schmeicheln
2 der Matz: umgangssprachlich für „der Kleine"

1 Äsop unterscheidet aus seiner Position als Sklave zwischen einer guten und einer schlechten Herrschaft und empfiehlt, die Ansprüche nicht zu hoch zu schrauben. Erläutern Sie, wie der selbstbewusste Bürger Lessing Äsops Fabel umschreibt und welche Moral sich daraus ableiten lässt, z. B.:
Anders als bei Äsop ist einer der Frösche … Aus der Reaktion der Schlange lässt sich diese Moral ableiten: …

2 **a** Pfeffels Thema sind der absolutistische Hof und seine Höflinge. Erläutern Sie, inwiefern das Kalkül des Höflings in der Fabel fehlschlägt und worauf Pfeffel die Höflinge hinweisen will.
b Formulieren Sie mit Hilfe einer der drei folgenden Redensarten selbst eine Moral zu dieser Fabel: mit dem Strom schwimmen, mit den Wölfen heulen, das Fähnchen in den Wind hängen.

Kontext

Mediengeschichte – Wissen für alle

Wissen ist in den Augen der Aufklärer eine Voraussetzung für den Fortschritt der Gesellschaft. Um überhaupt befähigt zu sein, sich seines Verstandes zu bedienen (► S. 271) oder im Sinne Lessings Kritik zu üben (► S. 272), brauchte es zunächst eine verlässliche Bildungsgrundlage. Diese Überlegung schlug sich in Frankreich in einem Lexikonprojekt nieder, das nicht weniger wollte, als die Welt zu erklären: die Encyclopédie.

Die von einem Autorenkollektiv verfasste „Encyclopédie" präsentierte zwischen 1751 und 1780 in 35 Text- und Bildbänden das gesamte damals bekannte Wissen. In alphabetischer Reihenfolge wurde naturwissenschaftliches, historisches, philosophisches, handwerkliches und künstlerisches Wissen vorgestellt und erläutert. Den Herausgebern Denis Diderot und Jean-Baptiste le Rond d'Alembert ging es aber nicht nur darum, Wissen zu präsentieren, sondern auch darum, fruchtbare Querverbindungen zwischen den Spezialwissenschaften zu schaffen und dadurch zum Fortschritt der Wirtschaft und der Kultur beizutragen. Zudem nutzten sie ihr Werk, um mehr oder weniger versteckt das Denken der Aufklärung zu propagieren. So geht Diderot in Artikeln wie „Die Kunst des Schreibens" nicht nur auf die technische Seite des Schreibens ein (siehe dazu die Bildtafel), sondern auch auf Inhalte, die sich kritisch mit der gesellschaftlichen Wirklichkeit auseinandersetzen. Das Ziel der ganzen Unternehmung bringt d'Alembert 1762 auf den Punkt:

> Dieses Werk wird sicher mit der Zeit eine Umwandlung der Geister mit sich bringen, und ich hoffe, dass die Tyrannen, die Unterdrücker, die Fanatiker und die Intoleranten dabei nicht gewinnen werden. Wir werden der Menschheit gedient haben.

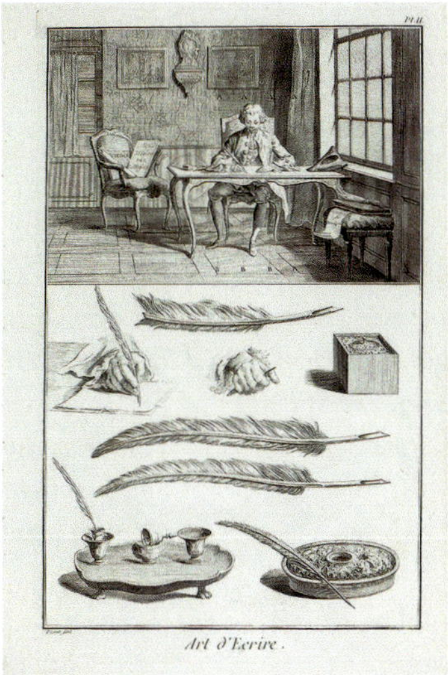

Bildtafel aus der Encyclopédie (1760)

Dabei war den Herausgebern bei aller Euphorie für ihr Lexikon bewusst, dass sich seine Inhalte überholten, und zwar immer rascher, je schneller sich die Gesellschaft entwickelte. Ihr Werk würde nicht – und das war durchaus in ihrem aufklärerischen Sinn – mit der Realität Schritt halten können. Auch die Kritik an ihrem Projekt, dass nicht alle Artikel gleichermaßen umfassend oder solide recherchiert seien, teilten sie. Aber um der Sache der Aufklärung zeitnah zu dienen, sahen sie sich zu Abstrichen und Kompromissen gezwungen.

So wie die Encyclopédie zur Aufklärung der Bevölkerung beitrug, so ist sie zugleich auch ein Beleg für den wachsenden Bildungshunger des Bürgertums, sein Bedürfnis nach Emanzipation, Wissens- und Meinungsaustausch. Es entstehen immer mehr Zeitungen, Zeitschriften und Buchreihen. Gelesen und diskutiert wird in Kaffeehäusern, Salons, Akademien, Lesegesellschaften – eine wahre Presse- und Leserevolution! Der Buchmarkt explodierte regelrecht: Wurden vor 1750 etwa 800 Bücher pro Jahr verkauft, so waren es um 1780 bereits 5000 Titel. Gleichzeitig veränderten sich auch die Inhalte der Bücher. Religiös erbauliche Inhalte wurden zugunsten von Literatur und wissenschaftlichen Sachbüchern zurückgedrängt. Die Aufklärung schuf sich damit selbst die Wissensplattform, auf der sie funktionieren konnte.

1 Können ein Lexikonprojekt und ein wachsender Buchmarkt die Welt verändern? Nehmen Sie Stellung.

2 Diskutieren Sie,
- in welchen Punkten die Encyclopédie und Wikipedia sich ähneln und unterscheiden.
- ob sich die Leserevolution des 18. Jahrhunderts mit der digitalen Revolution vergleichen lässt.

3 Formulieren Sie eine Wirkungsabsicht, die sich sowohl d'Alemberts Äußerung als auch den Fabeln Pfeffels und Lessings (► S. 272) entnehmen lässt.

Literatur

Toleranz und aufgeklärter Humanismus – Die „Ringparabel"

Lessing ist die zentrale Gestalt der literarischen Aufklärung in Deutschland. Seinen anhaltenden Ruhm verdankt er vor allem seinen Dramen „Nathan der Weise", „Minna von Barnhelm" (▶ S. 276) und „Emilia Galotti" (▶ S. 112), die noch heute auf den Spielplänen der Theater stehen und späteren Dramatikern wie Friedrich Schiller (▶ S. 308) den Weg bereiten. Im Fall des „Nathan" verlegt er einen scharfen öffentlichen Disput über religiöse Fragen auf die Bühne und umgeht damit einen Kabinettsbefehl, der ihm weitere religionskritische Publikationen untersagt. Auf der doppelten Hut vor der Zensur entrückt er sein Drama aus der Gegenwart in das mittelalterliche Jerusalem und verpackt zudem den Kern seiner aufklärerischen Botschaft – Toleranz und praktischen Humanismus – in ein Gleichnis, die berühmte „Ringparabel". Toleranz erscheint im Kontext des Dramas als besonders dringliche Forderung, denn es spielt zur Zeit der christlichen Kreuzzüge. In Jerusalem stehen sich Islam, Christentum und Judentum feindlich gegenüber. Da ist es überraschend, dass Saladin, der muslimische Herrscher der Stadt, den Juden Nathan zu einem Gespräch bittet, um dessen Vernunft – und damit den Leitstern des aufklärerischen Weltbilds (▶ S. 311) – auf die Probe zu stellen.

Gotthold Ephraim Lessing **Nathan der Weise** (1779) – 3. Akt, 6. und 7. Auftritt

Die Szene spielt im Palast des Sultans Saladin. Nathan ist nervös, weil er nichts Gutes erwartet. Umso überraschter ist er, dass Saladin ihn nach seinen Ansichten zum Glauben befragt. Eine heikle Situation, stehen sich doch ein Jude und ein Muslim gegenüber. Im Stil eines Aufklärers, der sich vor der Zensur schützt, antwortet Nathan in Form eines Gleichnisses.

Saladin: Da du nun
So weise bist: so sage mir doch einmal –
Was für ein Glaube, was für ein Gesetz
Hat dir am meisten eingeleuchtet?
Nathan: Sultan,
Ich bin ein Jud'.
Saladin: Und ich ein Muselmann.
Der Christ ist zwischen uns. – Von diesen drei
Religionen kann doch eine nur
Die wahre sein. – Ein Mann, wie du, bleibt da
Nicht stehen, wo der Zufall der Geburt
Ihn hingeworfen: oder wenn er bleibt,
Bleibt er aus Einsicht, Gründen, Wahl des Bessern.
Wohlan! so teile deine Einsicht mir
Dann mit. [...]

Nathan reagiert nach einem Moment der Besinnung mit der Parabel von den drei Ringen:

Nathan: Vor grauen Jahren lebt´ ein Mann in Osten,
Der einen Ring von unschätzbarem Wert
Aus lieber Hand besaß. Der Stein war ein
Opal, der hundert schöne Farben spielte,
Und hatte die geheime Kraft, vor Gott
Und Menschen angenehm zu machen, wer
In dieser Zuversicht ihn trug.

Der Ring vererbt sich von Generation zu Generation an den jeweils meistgeliebten Sohn. Dann aber kann ein Vater sich zwischen seinen drei gleichermaßen geliebten Söhnen nicht entscheiden und beauftragt einen Künstler, zwei identische Ringe herzustellen.

Nathan: [...] Das gelingt
Dem Künstler. Da er ihm die Ringe bringt,
Kann selbst der Vater seinen Musterring
Nicht unterscheiden. Froh und freudig ruft
Er seine Söhne, jeden insbesondre;
Gibt jedem insbesondre seinen Segen,
Und seinen Ring, und stirbt. Du hörst doch, Sultan?
Saladin *der sich betroffen von ihm gewandt:*
Ich hör, ich höre! Komm mit deinem Märchen
Nur bald zu Ende. – Wird's?
Nathan: Ich bin zu Ende.
Denn was noch folgt, versteht sich ja von selbst.
Kaum war der Vater tot, so kömmt ein jeder
Mit seinem Ring, und jeder will der Fürst
Des Hauses sein. Man untersucht, man zankt,
Man klagt. Umsonst; der rechte Ring war nicht
Erweislich; – Fast so unerweislich, als
Uns itzt – der rechte Glaube. [...]

Der Sultan will sich mit dieser Geschichte nicht abspeisen lassen und wendet ein, dass die Religionen anders als die Ringe sehr wohl zu unterscheiden seien, etwa in Bezug auf die Kleidung und die Speisen der Gläubigen.

Worauf Nathan ihm höflich entgegnet, es ginge ihm nicht um Äußerlichkeiten, sondern um die Entstehung von Religionen und um ihr gemeinsames Ziel. Um Letzteres näher auszuführen, spinnt er seine Geschichte fort. Die drei Söhne stehen vor einem weisen Richter, der zwar das Rätsel der drei identischen Ringe nicht lösen kann, aber den Streit schlichtet, indem er ihnen vorschlägt, sich durch ihre Taten als rechtmäßige Inhaber ihres Rings zu erweisen.

Nathan: Und also, fuhr der Richter fort, wenn ihr
Nicht meinen Rat, statt meines Spruches, wollt:
Geht nur! – Mein Rat ist aber der: ihr nehmt
Die Sache völlig, wie sie liegt. Hat von
Euch jeder seinen Ring von seinem Vater:
So glaube jeder sicher seinen Ring,
Den echten. – Möglich, dass der Vater nun
Die Tyrannei des einen Rings nicht länger
In seinem Hause dulden wollen! – Und gewiss;
Dass er euch alle drei geliebt und gleich
Geliebt: indem er zwei nicht drücken mögen,
Um einen zu begünstigen. – Wohlan!
Es eifre jeder seiner unbestochnen
Von Vorurteilen freien Liebe nach!
Es strebe von euch jeder um die Wette,
Die Kraft des Steins in seinem Ring an Tag
Zu legen! komme dieser Kraft mit Sanftmut,
Mit herzlicher Verträglichkeit, mit Wohltun,
Mit innigster Ergebenheit in Gott
Zu Hilf'! Und wenn sich dann der Steine Kräfte
Bei euern Kindes-Kindeskindern äußern:
So lad ich über tausend tausend Jahre
Sie wiederum vor diesen Stuhl. Da wird
Ein weisrer Mann auf diesem Stuhle sitzen
Als ich; und sprechen. Geht! So sagte der
Bescheidne Richter. [...]
Saladin: Gott! Gott!
Nathan: Saladin,
Wenn du dich fühltest dieser weisere
Versprochene Mann zu sein: ...
Saladin *der auf ihn zustürzt, und seine Hand ergreift die er bis zu Ende nicht wieder fahren lässt:*
Ich Staub? Ich Nichts!
Nathan: Was ist dir, Sultan?
Saladin: Nathan, lieber Nathan!
Die tausend tausend Jahre deines Richters
Sind noch nicht um. – Sein Richterstuhl ist nicht
Der meine. – Geh! – Geh! – Aber sei mein Freund.

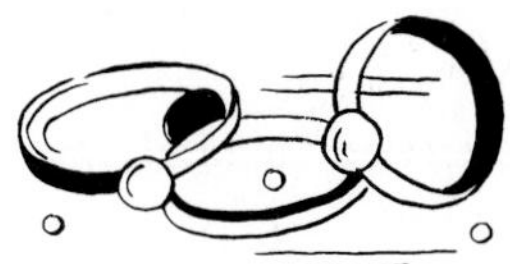

1 Erläutern Sie, inwiefern Nathan in seiner Ringparabel für Toleranz plädiert.

2 a Aufgeklärter Humanismus (Menschenfreundlichkeit) bewährt sich für Lessing nicht in Worten, sondern in Taten. Erläutern Sie, wie sich dies im Ratschlag des Richters spiegelt.
b Diskutieren Sie, ob der Ratschlag des Richters Kants „kategorischem Imperativ" entspricht.

3 Deuten Sie Kermanis Parabel. Interpretieren Sie dazu den zentralen Satz schrittweise: „Jeder" – „von da, wo er ist" – „einen Schritt" – „näher kommen" und charakterisieren Sie das Verhalten des Predigers.

Immanuel Kant
Der kategorische Imperativ (1778)

Handele stets so, dass die Maxime[1] deines Willens jederzeit zugleich als Prinzip einer allgemeinen Gesetzgebung gelten könnte.

1 die Maxime: der Leitgedanke, die Regel

Navid Kermani **Jeder soll von da, wo er ist, einen Schritt näher kommen** (2022)

Als Scheich Abu Saíd, einer der berühmtesten islamischen Mystiker des elften Jahrhunderts, einmal nach Tus kam, einer Stadt im Nordosten des heutigen Irans, strömten in Erwartung seiner Predigt so viele Gläubige in die Moschee, dass kein Platz mehr blieb. „Gott möge mir vergeben", rief der Platzanweiser: „Jeder soll von da, wo er ist, einen Schritt näher kommen." Da schloss der Scheich die Versammlung, bevor sie begonnen hatte. „Alles, was ich sagen wollte und sämtliche Propheten gesagt haben, hat der Platzanweiser bereits gesagt", gab er zur Erklärung, bevor er sich umwandte und die Stadt verließ: „Jeder soll von da, wo er ist, einen Schritt näher kommen."

Literatur

Vernunft und Herz – Eine Aufklärerin in der Komödie

Lessing schreibt mit „Minna von Barnhelm“ das erste deutschsprachige Drama, das sich auf die unmittelbare Gegenwart bezieht. Den Hintergrund bildet der „Siebenjährige Krieg“ (1756–1763), an dem sich alle europäischen Großmächte beteiligen. Eine der beiden Hauptfiguren aus Lessings Komödie, Major von Tellheim, ist aus ebendiesem Krieg unehrenhaft entlassen worden. Seine Schuld: Milde gegenüber dem Feind. Dieser (schlecht begründete) Ehrverlust, verbunden mit unverschuldeten Geldsorgen, lässt den gutherzigen und hilfsbereiten Tellheim seine Verlobung mit der reichen Minna von Barnhelm lösen. In seinen Augen ist er ihrer nicht mehr würdig. Minna aber, die Aufklärerin in diesem Stück, weiß, dass Tellheim ein guter Mensch ist, und beginnt mit Witz und Energie, den Major zurückzugewinnen. Sie ist – ganz im Sinn der Aufklärung – die vorurteilsfreie und emanzipierte Schmiedin ihres eigenen Glücks. Neu war neben dem Gegenwartsbezug des Stücks auch die Intention der Komödie: Die Zuschauer sollten sich mit den Bühnenfiguren identifizieren können und nicht nur mit dem „Bauch“, sondern auch „mit dem Verstand lachen“.

Gotthold Ephraim Lessing **Minna von Barnhelm** (1767) – 2. Akt, 9. Aufzug

Minna glaubt ihren Major verloren. Sie hat von seinem Unglück und den Vorwürfen gegen ihn gehört und ahnt, dass dieser stolze Mann sich aus gekränkter Ehre vor ihr zurückgezogen hat. Rein zufällig kommt es nun zu einem Wiedersehen in einem Berliner Gasthof. Minna, hoch beglückt, ergreift die Chance, Tellheim gegen all seine Widerstände zurückzuerobern.

Tellheim: Sie hier? Was suchen Sie hier, gnädiges Fräulein?

Fräulein: Nichts suche ich mehr. *Mit offnen Armen auf ihn zugehend.* Alles, was ich suchte, habe ich gefunden.

Tellheim *zurückweichend:* Sie suchten einen glücklichen, einen Ihrer Liebe würdigen Mann, und finden – einen Elenden.

Fräulein: So lieben Sie mich nicht mehr? – Und lieben eine andere?

Tellheim: Ah! der hat Sie nie geliebt, mein Fräulein, der eine andere nach Ihnen lieben kann.

Fräulein: Sie reißen nur einen Stachel aus meiner Seele. – Wenn ich Ihr Herz verloren habe, was liegt daran, ob mich Gleichgültigkeit oder mächtigere Reize darum gebracht? – Sie lieben mich nicht mehr: und lieben auch keine andere? – Unglücklicher Mann, wenn Sie gar nichts lieben! –

Tellheim: Recht, gnädiges Fräulein; der Unglückliche muss gar nichts lieben. Er verdient sein Unglück [...] Seitdem mir Vernunft und Notwendigkeit befehlen, Minna von Barnhelm zu vergessen: was für Mühe habe ich angewandt! Eben wollte ich anfangen zu hoffen, dass diese Mühe nicht ewig vergebens sein würde: – und Sie erscheinen, mein Fräulein! –

Fräulein: Versteh ich Sie recht? – Halten Sie, mein Herr; lassen Sie sehen, wo wir sind, ehe wir uns weiter verirren! – Wollen Sie mir die einzige Frage beantworten?

Tellheim: Jede, mein Fräulein –

Fräulein: Wollen Sie mir auch ohne Wendung, ohne Winkelzug antworten? Mit nichts als einem trockenen Ja oder Nein?

Tellheim: Ich will es – wenn ich kann.

Fräulein: Sie können es. – Gut: Ohngeachtet der Mühe, die Sie angewendet, mich zu vergessen – lieben Sie mich noch, Tellheim?

Tellheim: Mein Fräulein, diese Frage –

Fräulein: Sie haben versprochen, mit nichts als Ja oder Nein zu antworten.

Tellheim: Und hinzugesetzt: wenn ich kann.

Fräulein: Sie können; Sie müssen wissen, was in Ihrem Herzen vorgeht. – Lieben Sie mich noch, Tellheim? – Ja oder Nein.

Tellheim: Wenn mein Herz –

Fräulein: Ja oder Nein!

Tellheim: Nun, Ja!

Fräulein: Ja?

Tellheim: Ja, ja! – Allein –

Fräulein: Geduld! – Sie lieben mich noch: genug für mich. – In was für einen Ton bin ich mit Ihnen gefallen! ein widriger, melancholischer, ansteckender Ton. – Ich nehme den meinigen wieder an. – Nun, mein lieber Unglücklicher, Sie lieben mich noch und haben Ihre Minna noch und sind unglücklich? Hören Sie doch, was Ihre Minna für ein eingebildetes, albernes Ding war – ist. Sie ließ, sie lässt sich träumen, Ihr ganzes Glück sei sie. – Geschwind, kramen Sie Ihr Unglück aus. Sie mag versuchen, wie viel sie dessen aufwiegt. – Nun?

Tellheim: Mein Fräulein, ich bin nicht gewohnt zu klagen.

Fräulein: Sehr wohl. Ich wüsste auch nicht, was mir an einem Soldaten, nach dem Prahlen, weniger gefiele als das Klagen. Aber es gibt eine gewisse kalte, nachlässige Art, von seiner Tapferkeit und von seinem Unglücke zu sprechen –

Tellheim: Die im Grunde doch auch geprahlt und geklagt ist.

Fräulein: Oh, mein Rechthaber, so hätten Sie sich auch gar nicht unglücklich nennen sollen. – Ganz geschwiegen oder ganz mit der Sprache heraus. – Eine Vernunft, eine Notwendigkeit, die Ihnen mich zu vergessen befiehlt? – Ich bin eine große Liebhaberin von Vernunft, ich habe sehr viel Ehrerbietung für die Notwendigkeit. – Aber lassen Sie doch hören, wie vernünftig diese Vernunft, wie notwendig diese Notwendigkeit ist.

Tellheim: Wohl denn; so hören Sie, mein Fräulein. – Sie nennen mich Tellheim; der Name trifft ein. – Aber Sie meinen, ich sei der Tellheim, den Sie in Ihrem Vaterlande gekannt haben; der blühende Mann, voller Ansprüche, voller Ruhmbegierde; der seines ganzen Körpers[1], seiner ganzen Seele mächtig war, vor dem die Schranken der Ehre und des Glückes eröffnet standen, der Ihres Herzens und Ihrer Hand, wenn er schon Ihrer noch nicht würdig war, täglich würdiger zu werden hoffen durfte. –

Dieser Tellheim bin ich ebenso wenig, als ich mein Vater bin. Beide sind gewesen. – Ich bin Tellheim, der Verabschiedete, der an seiner Ehre Gekränkte, der Krüppel, der Bettler. – Jenem, mein Fräulein, versprachen Sie sich: wollen Sie diesem Wort halten? –

Fräulein: Das klingt sehr tragisch! – Doch, mein Herr, bis ich jenen wiederfinde – in die Tellheims bin ich nun einmal vernarret –, dieser wird mir schon aus der Not helfen müssen. – Deine Hand, lieber Bettler! *(Indem sie ihn bei der Hand ergreift.)*

Tellheim *(der die andere Hand mit dem Hute vor das Gesicht schlägt und sich von ihr abwendet)*: Das ist zu viel! – Wo bin ich? – Lassen Sie mich, Fräulein! Ihre Güte foltert mich! – Lassen Sie mich.

---

1 seines ganzen Körpers: Tellheim wurde am Arm verletzt

1 Lesen Sie die Szene mit verteilten Rollen gestaltend (► Methode, S. 465) und beschreiben Sie im Anschluss, wie Sie sich in Ihrer Rolle als Minna oder als Tellheim gefühlt haben.

2 a Minna ist eine Aufklärerin. Belegen Sie diese Behauptung am Text.
b Diskutieren Sie, ob Minna Ihrer Vorstellung von einer emanzipierten Frau entspricht.

3 Um den sturen Tellheim am Ende des Stücks doch noch zurückzugewinnen, greift Minna zu einer kleinen Lüge. Zu welcher? Stellen Sie mit Hilfe des Einführungstextes begründete Vermutungen an.

4 Erläutern Sie, inwiefern Minna Lessings folgende Überlegungen zur Komödie umsetzt.

Gotthold Ephraim Lessing **Hamburgische Dramaturgie** (1767) – 29. Stück

Die Komödie will durch Lachen bessern; aber nicht eben durch Verlachen. Ihr wahrer allgemeiner Nutzen liegt im Lachen selbst; in der Übung unserer Fähigkeit, das Lächerliche zu bemerken; es unter allen Bemäntelungen der Leidenschaft und der Mode, es in allen Vermischungen mit noch schlimmeren oder mit guten Eigenschaften, sogar in den Runzeln des feierlichen Ernstes, leicht und geschwind zu bemerken.

5 Erörtern Sie: Erfüllen heutige „Comedys" die Funktion, die Lessing der Komödie zuschreibt?

Kontext

Gesellschaft – Frauen in der Zeit der Aufklärung

Ein Kennzeichen aufklärerischen Denkens ist es, die gegebenen Dinge in Frage zu stellen. Minna von Barnhelm (▶ S. 276) führt das vor, wenn sie den tradierten Ehrbegriff ihres Verlobten ins Kreuzverhör der Vernunft nimmt und als hohl entlarvt. Besonders fragwürdig erschien in aufgeklärten Kreisen auch die Legitimität absolutistischer Herrschaft, denn sie berief sich weder auf die Vernunft noch auf praktische Kenntnisse, sondern auf Gott und Geburt. Wenn aber alle Menschen frei und gleich geboren wurden, dann mussten Aufklärerinnen und Aufklärer sich auch fragen, wie es um die Gleichberechtigung zwischen Frau und Mann bestellt war. Einen Eindruck vom Stand der Emanzipation in der bürgerlichen Familie gibt die Historikerin Barbara Stollberg-Rilinger in dem folgenden Text.

Barbara Stollberg-Rilinger **Ein Jahrhundert der Weiblichkeit?** (2000)

[Neben ihrer Aufgabe als Hausfrau] sollte die Frau dem gebildeten Bürger auch eine adäquate Gefährtin sein, sollte nicht nur seine körperlichen, sondern auch seine geistigen und seelischen Bedürfnisse befriedigen. Dazu bedurfte es einer gewissen Bildung „an Herz und Verstand“: Lesen, Musizieren, Zeichnen, gefälliges Konversieren – auch auf Französisch – über philosophisch-literarische Themen, all das wurde von der Frau eines kultivierten Bürgers durchaus erwartet, und dazu musste sie erzogen werden. Verbesserte institutionalisierte Mädchenbildung war dabei ein wesentliches Ziel der Aufklärer, das allerdings noch kaum realisiert wurde. [...] [Die Frauen der gebildeten Stände] führten Salons nach dem Vorbild adliger Damen, besuchten das Theater oder traten in Lesegesellschaften ein. An der intensivierten Schriftkultur nahmen sie großen Anteil, als Leserinnen, aber zum Teil auch aktiv als Autorinnen. Allerdings wagten sie ihre Schriften meist gar nicht oder zumindest nicht unter ihrem eigenen Namen zu veröffentlichen und mussten sich, wenn sie es doch taten, dafür rechtfertigen. Sophie von La Roche, Catherine Macaulay, Anna Louisa Karsch waren zu ihrer Zeit berühmte Schriftstellerinnen. Gerade weil und soweit die Öffentlichkeit des 18. Jahrhunderts keine gelehrte Fachöffentlichkeit war, bot sie den Frauen die Möglichkeit, aktiv daran teilzunehmen. Bildung und Tätigkeit der Frauen hörten allerdings grundsätzlich da auf, wo Professionalisierung und Institutionalisierung anfingen.

Daniel Chodowiecki: Zu Besuch in einem Bürgerhaus (1774)

1 Benennen Sie mit Hilfe des Textes Fortschritte und Grenzen weiblicher Emanzipation im 18. Jahrhundert.

2 Als Sophie von La Roche 1784 die erste Nummer ihrer Frauenzeitschrift „Pomona“ herausgibt, versichert sie ihren Leserinnen, dass diese Zeitschrift nicht für Männer, sondern für Frauen geschrieben ist. Begründen Sie mit Hilfe des Textes von Stollberg-Rilinger, warum La Roche dieser Hinweis wichtig war.

3 Schreiben Sie einen kurzen Kommentar zu Lessings Figur „Minna von Barnhelm“ für die Frauenzeitschrift „Pomona“. Sie können den folgenden Anfang nutzen:
Wie oft, liebe Leserinnen, kommt man müde aus dem Theater und denkt, diese zwei Stunden meines Lebens hätte ich besser nutzen können. Denn was gibt es nicht alles zu tun! Gestern Abend jedoch kam ich recht beschwingt aus dem Theater und in meinem Kopf überschlugen sich Gedanken, die ich gerne mit Ihnen teilen möchte. Gespielt wurde „Minna von Barnhelm“, eine Komödie Lessings, in der ...

Minna und Nora – Zwei Frauenfiguren im Vergleich

Auch hundert Jahre nach „Minna von Barnhelm" (▶ S. 276) beschäftigt sich die Literatur mit den Themen Gleichberechtigung und Emanzipation der Frau: Der norwegische Autor Henrik Ibsen wirft in seinem Gesellschaftsdrama „Nora oder Ein Puppenheim" einen Blick hinter die Fassade bürgerlichen Familienglücks.

Henrik Ibsen **Nora oder Ein Puppenheim** (1879) – 3. Akt

Nora lebt mit dem Anwalt Torvald Helmer und ihren Kindern scheinbar glücklich und unbeschwert zusammen. Sie ist Torvalds „Lerche", eher ein schutzbefohlenes Kind als eine Gattin. Als ans Licht kommt, dass Nora vor vielen Jahren eine Unterschrift gefälscht hat, um für den finanziell und gesundheitlich angeschlagenen Torvald einen Kredit zu erwirken, reagiert dieser ohne jedes Verständnis. Er ist lediglich um seinen guten Ruf besorgt. Nora erkennt nun, dass sie nie eine gleichberechtigte Partnerin gewesen ist.

Nora *unbeirrt:* Ich meine, dann ging ich aus meines Vaters Händen in deine über. Du richtetest alles nach deinem Geschmack ein, und so bekam ich denselben Geschmack wie du; oder ich tat nur so: [...] Du wolltest es ja so haben. Du und Papa, ihr habt euch schwer an mir versündigt. Ihr seid schuld daran, dass nichts aus mir geworden ist.

Helmer: Wie lächerlich und wie undankbar! Bist du hier nicht glücklich gewesen?

Nora: Nein. Das bin ich nie gewesen. Ich hab's geglaubt, aber ich war es nie. [...] Und du warst immer so lieb zu mir. Aber unser Heim war nichts anderes als eine Spielstube. Hier war ich deine Puppenfrau, wie ich zu Hause Papas Puppenkind gewesen bin. Und unsere Kinder, die waren wiederum meine Puppen. Wenn du mit mir spieltest, so bereitete mir das gerade solchen Spaß, wie es den Kindern Spaß machte, wenn ich mit ihnen spielte. Das ist unsere Ehe gewesen, Torvald.
[...] Ich muss versuchen, mich selbst zu erziehen. Und du bist nicht der Mann, mir dabei zu helfen. Das muss ich allein vollbringen. Und darum verlasse ich dich jetzt.

Helmer *springt auf:* Was sagst du da?

Nora: Ich muss ganz allein stehen, wenn ich über mich selbst und die Umwelt Klarheit finden soll! Deshalb kann ich nicht bei dir bleiben. [...]

Helmer: Du bist von Sinnen! Das darfst du nicht! Ich verbiete es dir!

Nora: Es hat von jetzt an keinen Zweck mehr, mir etwas zu verbieten. Ich nehme mit, was mir gehört. Von dir will ich nichts haben, – nicht heut, noch später. [...]

Helmer: Die Häuslichkeit, den Mann und die Kinder zu verlassen! Bedenke: Was werden die Leute sagen!

Nora: Darauf kann ich keine Rücksicht nehmen. Ich weiß nur, dass es für mich notwendig ist.

Helmer: O, das ist empörend. So entziehst du dich deinen heiligsten Pflichten?

Nora: Was verstehst du unter meinen heiligsten Pflichten?

Helmer: Das muss ich dir erst sagen! Sind es nicht die Pflichten gegen deinen Mann und gegen deine Kinder?

Nora: Ich habe andere Pflichten, die ebenso heilig sind.

Helmer: Das hast du nicht. Was für Pflichten könnten das wohl sein!

Nora: Die Pflichten gegen mich selbst.

Helmer: Vor allem bist du Gattin und Mutter.

Nora: Das glaube ich nicht mehr. Ich glaube, dass ich vor allen Dingen Mensch bin, so gut wie du, – oder vielmehr, ich will versuchen, es zu werden. Ich weiß recht gut, dass die Welt dir recht geben wird, Torvald, und dass etwas Ähnliches in den Büchern steht. Aber was die Welt sagt und was in den Büchern steht, das kann nicht mehr maßgebend für mich sein. Ich muss selbst nachdenken, um in den Dingen Klarheit zu erlangen.

1 a Beschreiben Sie mit eigenen Worten den Wendepunkt, an dem Nora in dieser Szene steht.
b Erläutern Sie, welche aufklärerischen Gedanken sich in Noras Aussagen finden lassen.

2 Minna (▶ S. 276) will ihre Ehe ermöglichen, Nora ihre Ehe beenden. Vergleichen Sie die Dramenauszüge hinsichtlich dieser Frage: Inwiefern handeln beide Frauenfiguren außergewöhnlich emanzipiert?

Epochenüberblick Aufklärung (ca. 1720–1800)

Allgemeingeschichtliche Hintergründe

Nach dem Dreißigjährigen Krieg (1618-1648) bauten die Fürsten in Deutschland ihre Macht aus und regierten **absolutistisch.** Alle **staatliche Gewalt** war auf diese Herrscher konzentriert. Sie kontrollierten den Adel, den Beamtenapparat und das Militär. Ihr Wunsch, die eigene Macht durch prachtvolle Schlösser zu **repräsentieren,** führte zu einer regen Bautätigkeit, die den Handel und die Produktion ankurbelte und schließlich auch das Selbstbewusstsein des wirtschaftlich prosperierenden **Bürgertums** stärkte. Nach und nach entstand die Forderung nach politischer Mitbestimmung und mehr individueller Freiheit. Diese Emanzipationsbewegung mündete schließlich in die **Französische Revolution** (1789).

Literatur

1. **Welt- und Menschenbild**
   Von Frankreichs Hauptstadt Paris gehen Impulse eines neuen Denkens aus. Bürgerliche Intellektuelle fordern, dass **jeder Einzelne frei denken und wirtschaftlich handeln** darf. **Diderot** und **d'Alembert** schaffen mit ihrem gewaltigen Lexikonprojekt, der **„Encyclopédie"** (▶ S. 273), eine breite **Wissensgrundlage,** auf der die **Emanzipation des Volks** von seinen **Vormündern in Staat und Kirche** gelingen soll. In die gleiche Kerbe schlägt der Philosoph **Immanuel Kant** (▶ S. 271), wenn er das gesamte Weltbild einer scharfen **Überprüfung durch die Vernunft** des Einzelnen unterzieht **(Rationalismus).** Ausgehend von der Prämisse, dass alle Menschen frei und gleich geboren sind, leitet sich auch eine noch vorsichtige **Emanzipation der Frau** ab. Autorinnen wie **Anna Luisa Karsch** oder **Sophie von La Roche** (▶ S. 278) gelingen im stetig **wachsenden Buchmarkt** literarische Erfolge. Insgesamt drückt sich in der **Lichtmetapher** der **Aufklärung** (▶ S. 271) der **Optimismus** aus, die Welt mit vernünftigen Einsichten neu zu ordnen und für alle Menschen zu einem besseren, helleren Ort zu machen, aus dem **Aberglauben und Vorurteile verbannt** sind.
2. **Werke**
   Die Literatur stellt sich selbst in den Dienst der Aufklärung. Sie will nicht nur unterhalten, sondern auch **erziehen** und **belehren.** Diese Intention hat Auswirkungen auf die Wahl der literarischen Form. **Georg Christoph Lichtenberg** bringt seine Erkenntnisse und Ideen in der epischen Kurzform des **Aphorismus** (▶ S. 270) auf den Punkt. **Pfeffel** und **Lessing** schreiben unter dem Deckmantel eines gleichnishaften Sprechens **Fabeln** (▶ S. 272), deren **Moral kritisch** über **Machtstrukturen** aufklärt. **Lessings wirkmächtige Dramen** verfolgen unterschiedliche Intentionen, dienen aber letztlich alle der Entwicklung der Persönlichkeit im Sinne der Aufklärung. Das Schauspiel **„Nathan der Weise"** (▶ S. 274) und insbesondere die berühmte **„Ringparabel"** im Zentrum dieses Stücks sind ein Plädoyer für die **Toleranz** (auch in der Religion) und fordern einen **praktischen Humanismus,** der sich in menschenfreundlichen Handlungen beweist. Seine **Komödie „Minna von Barnhelm"** (▶ S. 276) lädt zur **Identifikation mit einer emanzipierten Frau** ein, die eine glühende **Verfechterin der Vernunft** ist. Das **Trauerspiel „Emilia Galotti"** mit seiner **Kritik an Hof und Höflingen** ist eines der ersten **politischen Dramen** der deutschen Literatur.
3. **Weitere wichtige Autoren und Werke:**
   Moses Mendelssohn (Theoretische Schriften), **Christoph Martin Wieland** (u. a. „Die Geschichte des Agathon")

Wirkungsgeschichte

Unsere Vorstellungen von Demokratie und Menschenrechten, von Wissenschaft und Rationalität beruhen ganz wesentlich auf den Ideen der Aufklärung. Als Denkschule beeinflusst sie alle späteren literarischen Epochen, die sie wahlweise bejahen, modifizieren oder auch in Bezug auf ihre Allgemeingültigkeit und Wirksamkeit in Frage stellen. Der Gedanke der Aufklärung gewinnt heute in Bezug auf den Wissenserwerb und die Meinungsbildung über soziale Medien neues Gewicht.

D4 Sturm und Drang – Aufbruch, Rebellion, Geniekult?

KARL MOOR: Ich soll meinen Leib pressen in eine Schnürbrust[1] und meinen Willen schnüren in Gesetz. Das Gesetz hat zum Schneckengang verdorben, was Adlerflug geworden wäre. Das Gesetz hat noch keinen großen Mann gebildet, aber die Freiheit brütet Kolosse[2] […] aus.

1 die Schnürbrust: Korsett

2 der Koloss: Gebilde von gewaltigem Ausmaß

Friedrich Schiller: Die Räuber (1781)

Wie konntet ihr es wagen, meine Träume und meine Kindheit zu stehlen mit euren leeren Worten? Wir stehen am Anfang eines Massenaussterbens und alles, worüber ihr reden könnt, ist Geld und die Märchen von einem für immer anhaltenden wirtschaftlichen Wachstum – wie könnt ihr es wagen.

Greta Thunberg auf dem UN-Klimagipfel (2019)

1 Beschreiben Sie, wie der junge Friedrich Schiller auf dem Zeitschriftencover dargestellt wird. Welche Eigenschaften des Dichters werden in Szene gesetzt? Stellen Sie auch einen Bezug zur Titelzeile her.

2 „Die Räuber" bringen bei ihrer Uraufführung 1782 das Theaterpublikum zum Kochen. Der damals 22-jährige Schiller trifft mit seinem Stück den Nerv der Zeit und erhält nach der Premiere ein Schreibverbot.

a Erklären Sie, wie Sie das Zitat des Räuberhauptmanns Karl Moor, einer Hauptfigur des Stücks, verstehen.
Karl Moor setzt sich leidenschaftlich für … ein und zeigt sich gegenüber den Autoritäten …

b Stellen Sie Vermutungen auf, warum die Aufführung des Stücks zu Tumulten im Publikum führte. Welche Zündkraft liegt in dem Zitat, besonders angesichts des damals herrschenden Feudalsystems?

3 Vergleichen Sie die Aussage Greta Thunbergs mit dem Zitat aus den Räubern. Gehen Sie auf die gemeinsam Haltung gegenüber dem „Establishment" sowie auf den Ton der Aussagen ein.

In diesem Kapitel erwerben Sie folgende Kenntnisse und Kompetenzen:

- Gedichte, Dramen- und Romanauszüge des Sturm und Drang interpretieren,
- Grundgedanken des Sturm und Drang sowie der Empfindsamkeit erkennen und erläutern,
- die Theaterbühne als Ort der Rebellion und des Meinungsaustauschs kennen lernen,
- die Ideen des Sturm und Drang aus der Perspektive späterer Epochen reflektieren.

Literatur

Rebellion, schöpferisches Genie, Freiheitsdrang – Grundgedanken des Sturm und Drang

Die jungen Stürmer und Dränger rebellierten gegen Autoritäten und die Welt der vernünftigen Väter mit ihren verkrusteten Traditionen. Bewusst brachen sie mit den gängigen Konventionen des Schreibens und setzten stattdessen auf ihr eigenes schöpferisches Genie. Goethes „Prometheus“, der sich gegen den Göttervater Zeus auflehnt, und Schillers rebellischer Räuberhauptmann Karl Moor aus dem Drama „Die Räuber“ (► S. 284 ff.) gelten als literarische Symbolfiguren des Sturm und Drang.

Johann Wolfgang Goethe **Prometheus**[1] (1774)

Bedecke deinen Himmel, Zeus,
Mit Wolkendunst!
Und übe, Knaben gleich,
Der Disteln köpft,
An Eichen dich und Bergeshöhn!
Musst mir meine Erde
Doch lassen stehn,
Und meine Hütte,
Die du nicht gebaut,
Und meinen Herd,
Um dessen Glut
Du mich beneidest.

Ich kenne nichts Ärmers
Unter der Sonn' als euch Götter.
Ihr nähret kümmerlich
Von Opfersteuern
Und Gebetshauch
Eure Majestät,
Und darbtet[2], wären
Nicht Kinder und Bettler
Hoffnungsvolle Toren[3].

Da ich ein Kind war
Nicht wusste wo aus, wo ein,
Kehrt mein verirrtes Aug
Zur Sonne, als wenn drüber wär
Ein Ohr, zu hören meine Klage,
Ein Herz wie meins,
Sich des Bedrängten zu erbarmen.

Heinrich Füger: Prometheus bringt den Menschen das Feuer (1817)

Wer half mir wider
Der Titanen[4] Übermut?
Wer rettete mich vom Tode mich,
Von Sklaverei?
Hast du's nicht alles selbst vollendet,
Heilig glühend Herz?
Und glühtest, jung und gut,
Betrogen, Rettungsdank
Dem Schlafenden da droben[5]?

Ich dich ehren? Wofür?
Hast du die Schmerzen gelindert
Je des Beladenen?
Hast du die Tränen gestillet
Je des Geängsteten?
Hat nicht mich zum Manne geschmiedet
Die allmächtige Zeit
Und das ewige Schicksal,
Meine Herrn und deine?

Wähntest du etwa,
Ich sollte das Leben hassen,
In Wüsten fliehn,
Weil nicht alle Knabenmorgen-
Blütenträume reiften?

Hier sitz ich, forme Menschen
Nach meinem Bilde,
Ein Geschlecht, das mir gleich sei,
Zu leiden, weinen,
Zu genießen und zu freuen sich,
Und nicht dein zu achten,
Wie ich.

1 Prometheus ist in der griechischen Mythologie ein Halbgott und Schöpfer aller Menschen, denen er – gegen den Willen des obersten Gottes Zeus – das Feuer brachte.

2 darben: Hunger oder Not leiden

3 der Tor: dumme, unvernünftige Person

4 die Titanen: mächtiges Göttergeschlecht

5 droben: oben

1 **a** Prometheus lehnt sich gegen die Autorität der Götterwelt auf. Erklären Sie anhand von Beispielen aus den Strophen 2 bis 5, was Prometheus den Göttern vorwirft, z. B.
– *Götter sind erbärmlich, weil sie von Opfergaben und Gebeten ... (Strophe 2)*

b Die rebellisch-gefühlsbetonte Haltung des lyrischen Ichs spiegelt sich sowohl in der Sprache als auch in der Form des Gedichts wider. Belegen Sie dies anhand des Textes.

2 Tragen Sie die Hymne (► S. 297) so vor, dass die rebellische Haltung Prometheus' zum Ausdruck kommt. Probieren Sie mehrere Möglichkeiten aus.

3 **a** „Hast du's nicht alles selbst vollendet / Heilig glühend Herz?" (V. 33 f.). Erläutern Sie, welches Selbstbild Prometheus mit diesen Versen entwirft.

b Diskutieren Sie unter Zuhilfenahme der folgenden Informationen, inwiefern Goethe mit der Figur des Prometheus das Ideal des schöpferischen Genies umsetzt.

Das Originalgenie – Leitbild des schöpferischen Menschen
Die Epoche des Sturm und Drang wird auch als Geniezeit bezeichnet. Das „Originalgenie" war für die Stürmer und Dränger das Urbild des schöpferischen Menschen und des wahren Künstlers. Nicht die Einhaltung von Regeln und Konventionen (auch der traditionellen Poetik), sondern die eigene Kraft, Spontanität und die schrankenlose Selbstentfaltung des Individuums waren die Maxime.
Jeder Mensch, so die Ansicht der Stürmer und Dränger, kann ein Genie sein, wenn er sich von Autoritäten und veralteten Regeln und Traditionen löst und stattdessen seinem eigenen Willen und seinen Gefühlen folgt. Johann Kaspar Lavater (1741–1801) schreibt zu der Frage „Was ist Genie?": „Wer bemerkt, wahrnimmt, schaut, empfindet, denkt, spricht, handelt, bildet, dichtet, singt, schafft, vergleicht, sondert, vereinigt, folgert, ahndet, gibt, nimmt, als wenn's ihm ein Genius, ein unsichtbares Wesen höherer Art diktiert oder angegeben hätte, der hat Genie, als wenn er selbst ein Wesen höherer Art wäre, ist Genie."

4 Informieren Sie sich über den Mythos von Prometheus. Wie interpretiert Goethe diesen Stoff?

Friedrich Schiller **Die Räuber** (1781) – 1. Akt, 2. Szene

Schillers Werk handelt von der Rivalität der Brüder Franz und Karl Moor. Weil Karl von seinem Vater bevorzugt wird, plant sein Bruder Franz eine Intrige, die zu Karls Verbannung durch den Vater führt. Für Karl bricht eine Welt zusammen: In seiner Enttäuschung über seine Verbannung, die er als Verrat seines Vaters empfindet, wird er Räuberhauptmann. Schiller führt anhand der Brüder zwei Denkrichtungen seiner Zeit vor: Karl ist mit seinen Idealen (Bedürfnis nach Freiheit, Gefühl für Gerechtigkeit, Liebe und Freundschaft) ein typischer Vertreter des Sturm und Drangs, während Franz als kalter Rationalist und skrupelloser Machtmensch die „dunklen" Seiten der Aufklärung repräsentiert. Karl erfährt in der folgenden Szene, dass sein Vater ihn endgültig verstoßen hat.

Schwarz: Komm mit uns in die böhmischen Wälder! Wir wollen eine Räuberbande sammeln, und du – *(Moor stiert ihn an.)*

Schweizer: Du sollst unser Hauptmann sein! Du musst unser Hauptmann sein!

Spiegelberg *(wirft sich wild in einen Sessel)*: Sklaven und Memmen[1]!

Moor: Wer blies dir das Wort ein? Höre, Kerl! *(Indem er Schwarzen hart ergreift)*: Das hast du nicht aus deiner Menschenseele hervorgeholt! Wer blies dir das Wort ein? Ja, bei dem tausendarmigen Tod! Das wollen wir, das müssen wir! Der Gedanke verdient Vergötterung – Räuber und Mörder! – So wahr meine Seele lebt, ich bin euer Hauptmann!

Alle *(mit lärmendem Geschrei)*: Es lebe der Hauptmann!

Spiegelberg *(aufspringend, vor sich)*: Bis ich ihm hinhelfe!

Moor: Siehe, da fällt's wie der Star[2] von meinen Augen! Was für ein Tor[3] ich war, dass ich in den Käfig zurückwollte! – Mein Geist dürstet nach Taten, mein Atem nach Freiheit. – Mörder, Räuber! – mit diesem Wort war das Gesetz unter meine Füße gerollt. – Menschen haben Menschen vor mir verborgen, da ich an Menschheit appellierte, weg dann von mir Sympathie und menschliche Schonung! – Ich habe keinen Vater mehr, ich habe keine Liebe mehr, und Blut und Tod soll mich vergessen lehren, dass mir jemals etwas teuer war! Kommt, kommt! – Oh ich will mir eine fürchterliche Zerstreuung machen – es bleibt dabei, ich bin euer Hauptmann! Und Glück zu dem Meister unter euch, der am wildesten sengt, am grässlichsten mordet, denn ich sage euch, er soll königlich belohnet werden – tretet her um mich ein jeder und schwöret mir Treu und Gehorsam zu bis in den Tod! – Schwört mir das bei dieser männlichen Rechte.

Alle *(geben ihm die Hand)*: Wir schwören dir Treu und Gehorsam bis in den Tod!

Moor: Nun, und bei dieser männlichen Rechte! schwör ich euch hier, treu und standhaft euer Hauptmann zu bleiben bis in den Tod! Den soll dieser Arm gleich zur Leiche machen, der jemals zagt oder zweifelt oder zurücktritt! Ein Gleiches widerfahre mir von jedem unter euch, wenn ich meinen Schwur verletze!

1 die Memme: Feigling
2 der Star: Augenkrankheit
3 der Tor: Dummkopf

1 Karl wird durch seinen Vater zu Unrecht verstoßen und befindet sich in einer emotionalen Ausnahmesituation. In seinem Monolog (Z. 19–37) stellt er alles in Frage, was ihm bisher in seinem Leben wichtig war.
a Erläutern Sie, wovon sich Karl lossagt und welche Ziele er als Räuberhauptmann verfolgt.
b Erklären Sie anhand von Textstellen, inwiefern sich die Sprache Karl Moors durch Radikalität und Emotionalität auszeichnet.

2 Präsentiert sich Karl Moor in dieser Szene als ein typischer Stürmer und Dränger (▶ S. 292)? Nehmen Sie Stellung.

3 Begründen Sie, inwiefern sich in dieser Szene schon Hinweise darauf finden, dass die Freiheitsbestrebungen Karl Moors verhängnisvoll enden könnten.

4 Erörtern Sie, inwiefern Karl trotz seiner Taten eine positive Rolle in dem Drama „Die Räuber" spielen kann.

Friedrich Schiller **Die Räuber** (1781) – 4. Akt, 1. Szene

Karl kehrt in seine Heimat zurück und erinnert sich an seine Kindheit.

Victor von Heideloff: Schiller liest Freunden aus den Räubern vor (1859)

Moor: Sei mir gegrüßt, Vaterlandserde! *(Er küsst die Erde.)* Vaterlandshimmel! Vaterlandssonne! – und Fluren und Hügel und Ströme und Wälder! seid alle, alle mir herzlich gegrüßt! – wie so köstlich wehet die Luft von meinen Heimatgebürgen! wie strömt balsamische Wonne aus euch dem armen Flüchtling entgegen! Elysium[1]! dichterische Welt! Halt ein Moor! dein Fuß wandelt in einem heiligen Tempel. *(Er kommt näher.)* Sieh da auch die Schwalbennester im Schlosshof – auch das Gartentürchen! – und diese Ecke am Zaun, wo du so oft den Fanger[2] belauschtest und necktest – [...] Die goldne Maienjahre der Knabenzeit leben wieder auf in der Seele des Elenden – da warst du so glücklich, warst so ganz, so wolkenlos heiter – und nun – da liegen die Trümmer deiner Entwürfe! Hier solltest du wandeln dereinst, ein großer, stattlicher, gepriesener Mann – hier dein Knabenleben in Amalias blühenden Kindern zum zweiten Mal leben – hier! hier der Abgott deines Volks – aber der böse Feind schmollte darzu! *(Er fährt auf.)* Warum bin ich hierhergekommen? dass mir's ginge wie dem Gefangenen, den der klirrende Eisenring aus Träumen der Freiheit aufjagt – nein, ich gehe in mein Elend zurück! – der Gefangene hatte das Licht vergessen, aber der Traum der Freiheit fuhr über ihm wie ein Blitz in der Nacht, der sie finsterer zurücklässt – Lebt wohl, ihr Vaterlandstäler! einst saht ihr den Knaben Karl, und der Knabe Karl war ein glücklicher Knabe – itzt saht ihr den Mann, und er war in Verzweiflung. *(Er dreht sich schnell nach dem äußersten Ende der Gegend, allwo er plötzlich stille steht und nach dem Schloss mit Wehmut herüberblickt.)* Sie nicht sehen, nicht einen Blick? – und nur eine Mauer gewesen zwischen mir und Amalia – Nein! sehen muss ich sie – muss ich ihn – es soll mich zermalmen! *(Er kehrt um.)* Vater! Vater! dein Sohn naht – weg mit dir, schwarzes, rauchendes Blut! Weg, hohler, grasser, zuckender Todesblick! Nur d i e s e Stunde lass mir frei – Amalia! Vater! dein Karl naht! *(Er geht schnell auf das Schloss zu.)*

1 das Elysium: Zustand des vollkommenen Glücks
2 der Fanger: die Eule (zum Anlocken von Jagdvögeln)

1 Wie wirkt Karl Moor in dieser Szene auf Sie? Begründen Sie Ihre Antwort mit einem Zitat aus dem Text.

2 **a** Wie nimmt Karl Moor seine Heimat und die Welt seiner Kindheit wahr, wie sein jetziges Leben als Räuber? Charakterisieren Sie die innere Zerrissenheit Karl Moors, indem Sie die folgende Tabelle ergänzen:

Heimat und Welt der Kindheit (Vergangenheit)	Leben als Räuber (Gegenwart)
– balsamische Wonne (Z. 9) – ...	– armen Flüchtling (Z. 10)

b Erklären Sie, was Karl Moor meint, wenn er von dem „Traum der Freiheit" (Z. 34) spricht. Gibt es für ihn noch Hoffnung auf eine Rückkehr in die „väterliche Ordnung" und zu seiner Geliebten Amalia?

3 Freiheit, Rebellion, Ausbruch aus der bürgerlichen Welt: Diese Ideale des Sturm und Drangs thematisierte Schiller mit seinen „Räubern". Halten Sie diese Ideale auch heute noch für erstrebenswert, z. B. im gesellschaftspolitischen, aber auch im künstlerischen Bereich? Diskutieren Sie.

Kontext

Mediengeschichte – Das Theater als Medium von Meinung und Rebellion

„Die Räuber" – ein Theaterskandal

Die Uraufführung der Räuber am 13. Januar 1782 wurde ein triumphaler Erfolg und machte den damals 22-jährigen Friedrich Schiller mit einem Schlag berühmt.

„Das Theater glich einem Irrenhaus, rollende Augen, geballte Fäuste, stampfende Füße, heisere Aufschreie im Zuschauerraum! Fremde Menschen fielen einander schluchzend in die Arme, Frauen wankten, einer Ohnmacht nahe, zur Türe. Es war eine allgemeine Auflösung, wie im Chaos, aus dessen Nebeln eine neue Schöpfung hervorbricht!" Dieser Augenzeugenbericht der Uraufführung von Schillers „Räubern" im Nationaltheater Mannheim macht deutlich, welche überwältigende Wirkung das Stück bei seinem Publikum erzielte.
Die expressive Sprache, die Thematik, nämlich der Konflikt zwischen Freiheit und Gesetz, aber auch die wirklichkeitsgetreue Darstellung der Figuren, Franz und Karl Moor, elektrisierten das Publikum. In seiner Vorrede zu den Räubern schreibt Schiller: „Man nehme dieses Schauspiel für nichts anders als eine dramatische Geschichte, die die Vorteile der dramatischen Methode, die Seele gleichsam bei ihren geheimsten Operationen[1] zu ertappen, benutzt [...]. Jeder Menschenmaler ist in diese Notwendigkeit gesetzt, wenn er eine Kopie der wirklichen Welt und keine idealischen Affektionen[2] keine Kompendienmenschen[3] will geliefert haben. [...] Das Laster wird hier mitsamt seinem ganzen innern Räderwerk entfaltet. [...] Ich denke, ich habe die Natur getroffen."
Welche Meinung Schiller vom damaligen Theaterbetrieb hatte, verkündete er 1782 in seiner Schrift „Über das gegenwärtige teutsche Theater". Hier schreibt er: „Solange das Schauspiel weniger Schule als Zeitvertreib ist – mehr dazu gebraucht wird die gähnende Langeweile zu beleben, unfreundliche Winternächte zu betrügen, und das große Heer unserer süßen Müßiggänger mit dem Schaume der Weisheit, dem Papiergeld der Empfindungen, und galanten Zoten[4] zu bereichern, [...]: so lange mögen immer unsere Theaterschriftsteller der patriotischen Eitelkeit entsagen, Lehrer des Volkes zu sein."

Horus: Publikum bei der Uraufführung der Räuber (2015)

1 die Operationen: Verrichtungen, Tätigkeiten
2 die idealischen Affektionen: gekünstelte Emotionen
3 die Kompendienmenschen: Menschen, die es nur in Lehrbüchern und nicht im wahren Leben gibt
4 die galanten Zoten: gefällige, harmlose Witze

1 **a** Beschreiben Sie mit eigenen Worten, welche Wirkung „Die Räuber" bei ihrer Uraufführung auf das Publikum hatten. Berücksichtigen Sie dazu auch, wie die Graphic Novel das Publikum darstellt.
b Erläutern Sie, warum dieses Stück ein solcher Publikumserfolg war. Beziehen Sie dabei auch Ihre Kenntnisse über das Drama ein.

2 Erklären Sie Schillers Forderungen an das Theater. Was kritisiert er am Theater seiner Zeit? Was möchte er auf der Bühne zeigen?

3 Was soll Theater heute im 21. Jahrhundert zeigen und bewirken? Wo bzw. unter welchen Umständen könnten Sie sich heute noch eine Publikumsreaktion wie bei der Uraufführung der „Räuber" vorstellen? Diskutieren Sie, indem Sie auch Vergleiche mit anderen von Ihnen genutzten Medien ziehen.

Generationenkonflikte zu jeder Zeit? – Zeitkritik im expressionistischen Drama

Nicht nur im Sturm und Drang, auch zu Beginn des 20. Jahrhunderts protestierte die Jugend gegen herrschende Autoritäten, z. B. gegen die konservativen Werte im Wilhelminischen Kaiserreich. Hasenclevers (1890–1940) expressionistisches Drama „Der Sohn" wurde gleich bei seiner Uraufführung 1916 als Rebellion gegen die überkommenen Autoritäten gefeiert.

Walter Hasenclever **Der Sohn** (1914) – 3. Akt 1. Szene

Das Stück handelt von der Revolte eines Sohnes gegen seinen Vater, der dessen Freiheitsforderungen die traditionelle Autorität entgegenstellt. Aus dem Elternhaus entflohen, wird der Sohn Mitglied in einer Geheimgesellschaft junger Männer namens „Klub zur Erhaltung der Freude". In der vorliegenden Szene unterhalten sich die beiden Klubmitglieder Cherubim und von Tuchmeyer, der den Klub mit dem Erbe seines Vaters finanziert, über eine geplante Rede Cherubims, in der er zum Kampf gegen die Vätergeneration aufrufen möchte.

VON TUCHMEYER: Auf alles, was du mir sagst, werde ich immer erwidern: Ich wäre tief unglücklich, könnte ich das blöde Geld, das mein Vater zusammengemistet, nicht irgendeinem gemeinsamen Gedanken unter Menschen zurückgeben. Es ist doch nur gerecht, wenn in Unfreude Erworbenes, an dem so viel Unglück klebt, wieder der Freude fruchtbar wird! Ich brenne förmlich auf ungeahnte Sensationen, dass man sie, allen Idioten zum Trotz, auf der Erde verwirklicht. Wie herrlich ist dieser Kampf gegen die Welt! Und wenn es schon die zehn Gebote gibt, eins davon sehe ich darin, meinen Vater aus der Erinnerung der Lebenden auszulöschen. Nebenbei bin ich durchaus ein Egoist und habe mein Vergnügen dran.

CHERUBIM: Gut: So höre! Vor heute genau einem Jahr trafen wir uns zufällig: du, der Freund, der Fürst und ich, in einer unscheinbaren Bar. [...] [Wir] taten uns zusammen zu einem Klub und nannten ihn „Zur Erhaltung der Freude". Wir haben uns seitdem des Öfteren gesehen und einige Orgien gefeiert. Aber ich frage dich: Was ist geschehen? [...] Es ist nicht nötig, dass wir mit den Sternen in Konkurrenz treten, in China Revolution machen oder eine Entdeckung im Nervensystem des Frosches – all das können wir nicht. Wir haben den Ehrgeiz, es auch nicht zu tun. Aber es ist wichtig, dass man jene, die gleich dort im Saale sitzen, für etwas begeistert. Man muss ihnen klarmachen, dass im Verlaufe dieser zwölf Monate keiner von uns gestorben ist. Und das ist viel! Bedenke, was das Leben heißt!

VON TUCHMEYER: Ist das ein Widerspruch zu diesem Jahr?

CHERUBIM: Es ist ein Widerspruch. Hör mich zu Ende. Zwar haben wir in zwölf Monaten gelebt – aber wir wussten nicht wozu. Das Leben allein genügt nicht. Auf die Frage will ich heute Antwort geben; Wir leben für uns! Und ich werde diesen Passus meiner Rede zu ungeheurem Pathos steigern: Wir wollen dem Tode, der uns verschont hat, ein Opfer bringen!

VON TUCHMEYER: Nicht aus Angst vor dem Publikum, sondern aus Neugierde: Worin soll das Opfer bestehn?

CHERUBIM: Darin, dass wir den Gott der Schwachen und Verlassenen von seinem Throne stürzen. An seine Stelle heben wir die Posaune der Freundschaft: unser Herz. Denn wir Vielfachen, wir Gestalten von heute, leben dem unermesslich Neuen. Wir sind berufen füreinander – so lasst uns die kleinen Gesetze der Schöpfungen korrigieren, Kampf, Entbehrung und die Grenze der unvollkommenen Natur – lasst uns den Mut haben zur Brutalisierung unsres Ichs in der Welt!

1 Erläutern Sie, welche Ziele und Vorstellungen Cherubim und von Tuchmeyer mit ihrem „Klub zur Erhaltung der Freude" verfolgen. Was könnte Cherubim meinen, wenn er anstatt des „Gott[es] der Schwachen" die „Posaune der Freundschaft: unser Herz" (▶ Z. 45–48) inthronisieren will?

2 Vergleichen Sie diese Form der Revolution mit der von Karl Moor, indem Sie Ziele, aber auch die Art und Weise der Umsetzung in Beziehung setzen.

Literatur

Naturenthusiasmus – Pantheistische Weltanschauung in Goethes Briefroman

Zur Zeit der Aufklärung (▶ S. 269) wurde die Natur vor allem naturwissenschaftlich erforscht und rational erfasst. Die Vertreter des Sturm und Drang fühlten sich dagegen als Teil der Natur und wollten diese fühlen und erleben, denn die Natur stand für das Ursprüngliche, Schöpferische und Göttliche. Die Auffassung, Gott könne im gesamten Kosmos, also in der Natur, in allen Lebewesen und somit auch im eigenen Selbst aufgespürt werden, geht auf den Philosophen Spinoza (1632–1677) zurück und wird als Pantheismus (gr.: alles ist Gott) bezeichnet. Auch Goethes Briefroman „Werther" ist geprägt von Naturbeschreibungen und zeigt eine pantheistische Weltanschauung, in der Natur, Mensch und alle Lebewesen eine göttliche Einheit bilden.

Johann Wolfgang Goethe **Die Leiden des jungen Werthers** (1774)

Werther, ein junger Mann aus bürgerlichen Verhältnissen, berichtet bis zu seinem Suizid in zahlreichen Briefen an seinen Freund Wilhelm von seiner unglücklichen Liebesbeziehung zu Charlotte, die mit einem anderen Mann verlobt ist. Die Briefe beginnen im Mai, bevor Werther Charlotte kennenlernt. Als Maler hat sich Werther auf dem Land niedergelassen und berichtet von unbeschwerten Tagen in der Natur.

Carl Wilhem Kolbe (1759–1835): Landschaft

am 10. Mai

Eine wunderbare Heiterkeit hat meine ganze Seele eingenommen, gleich den süßen Frühlingsmorgen, die ich mit ganzem Herzen genieße. Ich bin allein und freue mich meines Lebens in dieser Gegend, die für solche Seelen geschaffen ist wie die meine. Ich bin so glücklich, mein Bester, so ganz in dem Gefühle von ruhigem Dasein versunken, dass meine Kunst darunter leidet. Ich könnte jetzt nicht zeichnen, nicht einen Strich, und bin nie ein größerer Maler gewesen als in diesen Augenblicken. Wenn das liebe Tal um mich dampft, und die hohe Sonne an der Oberfläche der undurchdringlichen Finsternis meines Waldes ruht, und nur einzelne Strahlen sich in das innere Heiligtum stehlen, ich dann im hohen Grase am fallenden Bache liege, und näher an der Erde tausend mannigfaltige Gräschen mir merkwürdig werden; wenn ich das Wimmeln der kleinen Welt zwischen Halmen, die unzähligen, unergründlichen Gestalten der Würmchen, der Mückchen näher an meinem Herzen fühle, und fühle die Gegenwart des Allmächtigen, der uns nach seinem Bilde schuf, das Wehen des Alliebenden, der uns in ewiger Wonne schwebend trägt und erhält; mein Freund! Wenn's dann um meine Augen dämmert, und die Welt um mich her und der Himmel ganz in meiner Seele ruhn wie die Gestalt einer Geliebten – dann sehne ich mich oft und denke: Ach könntest du das wieder ausdrücken, könntest du dem Papiere das einhauchen, was so voll, so warm in dir lebt, dass es würde der Spiegel deiner Seele, wie deine Seele ist der Spiegel des unendlichen Gottes! – mein Freund – aber ich gehe darüber zugrunde, ich erliege unter der Gewalt der Herrlichkeit dieser Erscheinungen.

1 Wie fühlt sich Werther an diesem Frühlingsmorgen? Belegen Sie Ihre Antwort mit einem Textzitat.

2 **a** Finden Sie Textstellen, in denen Werthers Naturbegeisterung zum Ausdruck kommt. Untersuchen Sie dabei auch die Sprache (z. B. Adjektive, Vergleiche), mit der er seinem Freund sein Naturerleben schildert.
b Erklären Sie, wie die Wahrnehmung der Natur und Werthers Gemütszustand ineinandergreifen.

3 Werther spürt die Gegenwart Gottes in der Natur. Erläutern Sie anhand des Textes, inwiefern Werthers Naturbeschreibungen auch pantheistische Züge tragen .

4 Recherchieren Sie den Werther-Brief vom 3. November und vergleichen Sie die Naturdarstellung dort mit der im vorliegenden Brief. Inwiefern ist in beiden Briefen die Natur ein Spiegel von Werthers Gefühlen?

Literatur

Gefühl und subjektives Erleben im Gedicht – Goethes Erlebnislyrik

Um 1770 begann Goethe, Gedichte zu schreiben, die als sogenannte Erlebnislyrik bezeichnet werden. Diese Gedichte vermitteln den Eindruck eines unmittelbaren Erlebens und der Aussprache von Gefühlen. Begriffe wie Herz, Liebe, Freundschaft, Leidenschaft und Natur rücken ins Zentrum dieser Gedichte, die ausdrucksbetonte Sprache (Ausrufe, Sprachbilder, Ellipsen) unterstreicht die Emotionalität.

Johann Wolfgang Goethe [Willkommen und Abschied] (1775)

Es schlug mein Herz, geschwind zu Pferde!
Und fort, wild ein Held zur Schlacht.
Der Abend wiegte schon die Erde
Und an den Bergen hing die Nacht.
Schon stund im Nebelkleid die Eiche,
Wie ein getürmter Riese da,
Wo Finsternis aus dem Gesträuche
Mit hundert schwarzen Augen sah.

Der Mond von einem Wolkenhügel
Sah schläfrig aus dem Duft hervor,
Die Winde schwangen leise Flügel,
Umsausten schauerlich mein Ohr.
Die Nacht schuf tausend Ungeheuer,
Doch tausendfacher war mein Mut,
Mein Geist war ein verzehrend Feuer,
Mein ganzes Herz zerfloss in Glut.

Ich sah dich, und die milde Freude
Floss aus dem süßen Blick auf mich.
Ganz war mein Herz an deiner Seite
Und jeder Atemzug für dich.
Ein rosenfarbes Frühlingswetter
Lag auf dem lieblichen Gesicht
Und Zärtlichkeit für mich, ihr Götter!
Ich hofft' es, ich verdient es nicht.

Der Abschied, wie bedrängt, wie trübe!
Aus deinen Blicken sprach dein Herz.
In deinen Küssen welche Liebe,
O welche Wonne, welcher Schmerz!
Du gingst, ich stund und sah zur Erden
Und sah dir nach mit nassem Blick.
Und doch, welch Glück, geliebt zu werden!
Und lieben, Götter, welch ein Glück!

1 Ausdrucksstark, impulsiv und gefühlsbetont war die Lyrik des Sturm und Drang. Tragen Sie das Gedicht so vor, dass die Stimmung des lyrischen Ichs zum Ausdruck kommt. Sie können dabei ruhig übertreiben.

2 **a** Das lyrische Ich bricht in der Nacht auf, um zu seiner Geliebten zu reiten. Beschreiben Sie anhand ausgewählter Textstellen, wie sich die Gefühlslage des lyrischen Ichs vom Abend bis zum Abschied verändert.
b Diskutieren Sie, ob das Gedicht eine glückliche Liebesbegegnung beschreibt.

3 Untersuchen Sie genauer, wie die Gefühlswelt des lyrischen Ichs im Gedicht zum Ausdruck gebracht wird.
a Erläutern Sie, wie die Gefühle des Sprechers mit der Naturwahrnehmung korrespondieren. Wie wird die Furcht während des nächtlichen Rittes und wie die Freude über das Wiedersehen mit der Geliebten gestaltet? *Nebelkleid die Eiche / Wie ein getürmter Riese (V. 5/6) → Natur wirkt bedrohlich ...*
b Untersuchen Sie, inwiefern der Beginn der dritten Strophe inhaltlich und formal einen Wendepunkt markiert. Achten Sie auf Folgendes: lyrisches Ich/Du – Metrum (Wechsel) – Wortfeld /Metaphern (Wechsel)

4 **a** „Willkommen und Abschied" gilt als Prototyp der sogenannten Erlebnislyrik. Prüfen Sie diese Zuordnung mit Hilfe der Informationen im Einführungstext oben.
b Ordnen Sie das Gedicht begründet der literarischen Strömung des Sturm und Drang zu.

5 Goethe hat sein Gedicht „Willkommen und Abschied" immer wieder überarbeitet. Recherchieren Sie die Fassung von 1789 und vergleichen Sie diese mit der vorliegenden Fassung. Betrachten Sie besonders die Gestaltung der zweiten und der letzten Strophe des Gedichts.

Literatur

Freundschaft, Moral, Mitgefühl, Frömmigkeit – Empfindsamkeit im Briefroman

Wie der Sturm und Drang war auch die sogenannte „Empfindsamkeit" eine literarische Strömung, die sich aus der Aufklärung heraus entwickelte. Im Gegensatz zum Sturm und Drang, der sich mit Rebellion und Freiheitsdrang der verstandesbetonten Aufklärung entgegenstellte, ergänzte die Empfindsamkeit die Ansichten der Aufklärung, indem sie das Gefühl (das Empfindsame) als gleichwertig zum Verstand ansah. Sophie von La Roches (1730–1807) Briefroman „Geschichte des Fräuleins von Sternheim" gilt heute als Vorläufer von Goethes „Werther" (▶ S. 288) und ist der erste deutsche Roman, der von einer Frau verfasst wurde.

Sophie von La Roche **Geschichte des Fräuleins von Sternheim** (1771)

Sophie von Sternheim, die Heldin des Romans, ist behütet aufgewachsen und nach aufklärerischen Prinzipien erzogen worden. Nach dem Tod ihrer Eltern wird sie in die Obhut ihrer adeligen Tante gegeben und bei Hofe eingeführt, wo sich mehrere Intrigen um sie herum entspinnen. Der folgende Brief ist an Frau T. gerichtet, der Sophie in einer wirtschaftlichen Notlage zur Seite steht.

Fräulein von Sternheim an Frau T*: Ich danke Ihnen, werte Madam T*, für das Vergnügen, welches Sie mir durch Ihre Offenherzigkeit gemacht haben; ich versichre Sie dagegen meiner wahren Freundschaft und eines unermüdeten Eifers, Ihnen zu dienen. [...] Sie kennen meine Freude über den Gedanken, Sie bald aus dem sorgenvollen Stande gezogen zu sehen, in welchem Sie schmachten. Darf ich Ihnen aber auch sagen, dass diese Freude mit dem Wunsch begleitet ist: dass Sie sich bemühen möchten, Ihren künftigen Wohlstand für Sie und Ihre Kinder dauerhaft zu machen. [...] Unser Herz und Verstand sind dem Schicksal nicht unterworfen. Wir können ohne eine adelige Geburt edle Seelen und ohne großen Rang einen großen Geist haben; ohne Reichtum glücklich und vergnügt und ohne kostbaren Putz durch unser Herz, unsern Verstand und unsre persönliche Annehmlichkeiten sehr liebenswürdig sein und also durch gute Eigenschaften die Hochachtung unsrer Zeitgenossen als die erste und sicherste Stufe zu Ehre und Glück erlangen. [...]
Prüfen Sie das Maß der Fähigkeiten Ihrer Kinder, lassen Sie keines unbebauet, und so bescheiden sie in Kleidung und anderm Aufwand von Personen Ihres Standes sein mögen, so verwenden Sie alles auf die Erziehung. Zeichnen, Musik, Sprachen, alle schönen Arbeiten des Frauenzimmers für Ihre Töchter; für Ihre Söhne alle Kenntnisse, die man von wohlerzognen jungen Mannsleuten fordert. Flößen Sie beiden Liebe und Geschmack für die edle und unserm Geiste so nützliche Beschäftigung des Lesens ein, besonders alles dessen, was zu der besten Kenntnis unsrer Körperwelt gehört. Es ist eine Pflicht des guten Geschöpfs, die Werke seines Urhebers zu kennen, von denen wir alle Augenblicke unsers Lebens so viel Gutes genießen; da die ganze physikalische Welt lauter Werke und Zeugnisse der Wohltätigkeit und Güte unsers Schöpfers in sich fasst, deren Anblick und Kenntnis das reinste und vollkommenste, keinem Zufall, keinem Menschen unterworfene Vergnügen in unsre Seele gießt. Je mehr Geschmack Ihre Kinder an der natürlichen Geschichte unsers Erdbodens, je mehr Kenntnisse sie von seinen Gewächsen, Nutzbarkeit und Schönheit erlangen, je sanfter werden ihre Gesinnungen, Leidenschaften und Begierden sein, und um so viel mehr wird ihr Geschmack am Edeln und Einfachen gestärkt und befestigt werden, und umso weiter entfernen sie sich von der Idee, dass Pracht und Wollust das größte Glück sei. Die Geschichte der moralischen Welt sollen Ihre Kinder auch kennen; [...] weil sie durch die Geschichte finden werden, dass Tugend und Talente allein die Güter sind, welche Verhängnis und Menschen nicht rauben können.

1 Sophie drängt Frau T. für Wohlstand zu sorgen und drängt sie damit als Frau in eine aktive Rolle.
- **a** „Wir können ohne eine adelige Geburt [...] die Hochachtung unserer Zeitgenossen" erlangen (▶ Z. 13–21). Erläutern Sie, welche Moral- bzw. Tugendvorstellungen Sophie vertritt.
- **b** Die Erziehung ist für Sophie äußerst wichtig. Welche Erziehungsideale gibt sie an Frau T. weiter?
- **c** Finden Sie Belege im Text, dass Sophie auch der rationalen Ausbildung eine große Bedeutung beimisst.

Kontext

Gesellschaft – Sophie von La Roche: Schreiben undercover

„Sie war die wunderbarste Frau, und ich wüsste ihr keine andre zu vergleichen", schrieb Goethe, der Sophie von La Roche seinen „Werther"(► S. 288) zur Ansicht schickte.

Sophie von La Roche – erste Bestsellerautorin

Mit ihrem Briefroman „Geschichte des Fräuleins von Sternheim" gelang Sophie von La Roche eine literarische Sensation: Das Werk war nicht nur der erste Roman, den eine Frau in Deutschland veröffentlichte, sondern wurde noch im Jahr seines Erscheinens (1771) zum Bestseller. Drei Auflagen allein im Erscheinungsjahr, fünf weitere in den folgenden 15 Jahren sowie Übersetzungen in verschiedene Sprachen belegen dies. Nicht nur die spannende Geschichte, die vom Schicksal der tugendhaften Waise Sophie von Sternheim erzählt, begeisterte das Publikum. In der Romanheldin erkannten die Leserinnen auch ihr Frauenideal, denn Sophie ist keine passive Frauenfigur, die sich ihrem Schicksal hingibt. Vielmehr gelingt es ihr, in einer von Männern dominierten Gesellschaft frei und nach ihren inneren Werten zu leben. Der Anstoß für den Roman stammt aus Sophies eigenem Leben: Nach ihrer Heirat, einer Vernunftehe, die Sophie in höfische Kreise aufsteigen lässt, bekommt sie acht Kinder, wovon fünf überleben. Dass sie wegen ihrer gesellschaftlichen Verpflichtungen kaum Zeit für die Erziehung ihrer Kinder hat, gefällt ihr nicht. Sophie, die unter der Trennung von ihren beiden Töchtern, die in einem Kloster erzogen werden, leidet, fängt an zu schreiben: „Ich wollte nun einmal ein papiernes Mädchen erziehen, weil ich meine eigenen nicht hier hatte, und da half mir meine Einbildungskraft aus der Verlegenheit und schuf den Plan zu Sophiens Geschichte […], welcher ich ganz natürlich meine Neigungen und Denkart schenkte, wie jeder Schriftsteller seine Lieblinge mit den seinigen auszustatten pflegt."

Dass dieser viel bewunderte Roman von einer Frau verfasst wurde, blieb aber zunächst unbekannt, denn das Werk wurde undercover, also anonym, publiziert. Literatur war damals „Männersache" und so fungierte der Schriftsteller Christoph Martin Wieland als Herausgeber. Dieses Vorgehen war in jener Zeit nichts Ungewöhnliches: Während der Mann einen Beruf in der Öffentlichkeit ausübte, war die Rolle der Frau im 18. Jahrhundert darauf beschränkt, Ehefrau, Mutter und Hausfrau zu sein, und so galt es als „unschicklich", wenn Frauen als Autorinnen in der Öffentlichkeit auftraten. Weibliche Autorenschaft war deshalb kaum verbreitet. Wollten Frauen dennoch etwas veröffentlichen, mussten sie sich bestimmter Strategien bedienen und ihre Werke unter einem Pseudonym oder anonym publizieren und damit ihre weibliche Identität verschleiern. Auch deshalb war es damals eine kleine Sensation, als bekannt wurde, dass Sophie von La Roche die Autorin des erfolgreichen Bestsellers ist. Sophie von la Roche war aber nicht nur als Autorin, sondern auch als Journalistin tätig: 1783 gründet sie die Frauenzeitschrift „Pomona". Ging es in anderen Journalen dieser Zeit hauptsächlich um Schönheit und Mode, standen in „Pomona" philosophische Beiträge über Bildung und Erziehung im Vordergrund. Zugleich war die Zeitschrift eine Plattform für andere schreibende Frauen, die darin publizierten. Sophie von La Roche, die Zeitgenossin Goethes, Schillers, Herders und Wielands, zählt heute als Autorin, Journalistin, aber auch wegen ihres bildungspolitischen Engagements für Frauen und Mädchen zu den herausragenden Personen des 18. Jahrhunderts.

1 **a** Erklären Sie, warum Sophie von La Roche ihren Roman „undercover", also anonym, veröffentlichte.
b Was war der Anstoß für Sophie von La Roche, die „Geschichte des Fräuleins von Sternheim" zu schreiben? Inwiefern vermittelt die Autorin über ihre Romanfigur Sophie eigene pädagogische Vorstellungen?

2 Noch heute gibt es den „Sophie von La Roche-Preis" als Anerkennung der Leistungen von Frauen.
a Erläutern Sie, in welcher Weise sich La Roche im 18. Jahrhundert bildungspolitisch für Frauen einsetzte.
b Diskutieren Sie, ob Sophie von La Roche heute noch als Vorbild gelten kann.

Epochenüberblick | Sturm und Drang und Empfindsamkeit (ca. 1740–1785)

Allgemeingeschichtliche Hintergründe und Weltbilder

Im 18. Jahrhundert gerät der Herrschaftsanspruch der Kirche und des Adels immer mehr in die Kritik. Das aufstrebende Bürgertum gewinnt ein neues Selbstbewusstsein und missbilligt die angeblich gottgegebenen Hierarchien in der Gesellschaft. Mit dem Bedürfnis nach Gleichheit und Selbstbestimmung kommt auch das aufklärerische Gedankengut zum Tragen, das 1789 in der Französischen Revolution mündet.

Literatur

1. **Allgemeines: Welt- und Menschenbild**
   Der **Sturm und Drang** war eine rein literarische Bewegung in Deutschland, die innerhalb der Epoche der Aufklärung (▶ S. 269) stattfand. Die **junge Protestbewegung** richtet sich **gegen Autoritäten, Regeln und Konventionen,** vor allem gegen die rein rationale Haltung der Aufklärung. Der Mensch sollte sich nicht nur seines Verstandes bedienen, sondern auch seine Gefühle und seine Emotionen sprechen lassen. Leidenschaft, Liebe, Freundschaft, Freiheit, Natur waren zentrale Begriffe. Leitbild der Stürmer und Dränger war das **„Genie"** (▶ S. 283), also der schöpferische Mensch, der sich keinen Regeln und Autoritäten unterordnet. Am deutlichsten zeigt sich dieser **Geniekult** in Goethes Hymne „Prometheus" (▶ S. 282 f.), aber auch in der Figur des impulsiven Räuberhauptmanns Karl Moor in Schillers Drama „Die Räuber" (▶ S. 284 f.). Es entstand ein einfühlsames Verhältnis zur Natur, die als etwas Göttliches angesehen wurde. Goethes „Werther" zeigt diese **pantheistische Weltanschauung** (▶ S. 288). Auch die **Empfindsamkeit (ca. 1740–1780)** entwickelt sich zur Zeit der Aufklärung (▶ S. 290). Aber anders als die Stürmer und Dränger stellten sich die Vertreter/-innen der Empfindsamkeit nicht den Ideen der Aufklärung entgegen, sondern ergänzten sie, indem sie das Empfindsame als gleichwertig zum Verstand ansahen. **Religiöses Mitgefühl, Freundschaft, Naturnähe** und eine **allgemeine Menschenfreundlichkeit** waren zentrale Werte.
2. **Themen, Motive, Werke**
   Für die Umsetzung der Ideen des Sturm und Drangs war das **Drama** mit seinem kraftvollen, unabhängigen tragischen Helden besonders geeignet und wurde deshalb zur dominierenden Gattung. Hauptthema ist der **Konflikt des Einzelnen mit der Gesellschaft,** wie zum Beispiel in Goethes „Götz von Berlichingen" und in Schillers Drama „Die Räuber" (▶ S. 284 f.). Der Hang zum Regelbruch und die Betonung der Gefühle spiegeln sich auch in einer ausdrucksstarken Sprache wider. Ausrufe, unvollständige Sätze (Ellipsen), Kraftausdrücke, neue Wörter (Neologismen) und Metaphern bringen die emotionsbetonte Grundhaltung der Stürmer und Dränger zum Ausdruck. In der **Lyrik** rücken vermehrt **freie Rhythmen** und **Formen**, die sich den traditionellen Regeln der Poetik widersetzen, in den Mittelpunkt (z. B. „Prometheus"). Prägend war auch die sogenannte **Erlebnislyrik Goethes** (▶ S. 289), die den Eindruck eines unmittelbaren Erlebens vermittelt, sowie in der Epik Goethes Briefroman „Werther". Literarische Formen, die es möglich machten, die eigene Gefühlswelt zu zeigen, dominierten auch in der **Literatur der Empfindsamkeit.** So wird der Briefroman „Geschichte des Fräuleins von Sternheim" von Sophie von La Roche (▶ S. 290 f.) zum Bestseller. Daneben entstehen kunstvolle Oden und Hymnen, die bekanntesten stammen von Friedrich Gottlieb Klopstock.
3. **Weitere wichtige Autoren und Autorinnen:**
   Neben Goethe und Schiller sind auch Jakob Michael Reinhold Lenz, Maximilian Klinger und Gottfried August Bürger wichtige Vertreter des Sturm und Drang. Für die Empfindsamkeit sind Friedrich Klopstock, Sophie von La Roche sowie Matthias Claudius wegweisend.

Wirkungsgeschichte

Goethes „Werther" wurde bis heute immer wieder für die Bühne adaptiert, vertont und in zahlreichen Filmen rezipiert. Die Arbeit von Sophie von La Roche als der ersten finanziell unabhängigen Schriftstellerin und Journalistin wird heute als bedeutend anerkannt und erforscht.

D5 Klassik – In Marmor gehauen?

Goethe-Schiller-Denkmal in Weimar von Ernst Rietschel, eingeweiht 1857

1 In Weimar wurden 2022 unter dem Titel „Sprachexplosionen" zahlreiche Zitate der Klassiker Goethe und Schiller in der Innenstadt ausgestellt. Wählen Sie ein Zitat aus, das bei Ihnen „zündet", und erläutern Sie seine Aktualität.

2 Setzen Sie sich mit den Wörtern „klassisch" und „Klassik" auseinander.

a Wie verwenden Sie das Wort „klassisch" oder wie würden Sie es verwenden? Sammeln Sie Beispiele.

b Diskutieren Sie, inwiefern mit den folgenden Bedeutungen auch Wertungen verbunden sind.

Kultur der griechisch-römische Antike • die Zeit überdauernd, zeitlos • herkömmlich, typisch • vollendet, mustergültig, vorbildlich • Weimarer Klassik

In diesem Kapitel erwerben Sie folgende Kenntnisse und Kompetenzen:

- Gedichte und Dramen der Weimarer Klassik interpretieren,
- das Welt- und Menschenbild der Weimarer Klassik in Texten erkennen und erläutern,
- die Auseinandersetzung mit der Antike als wichtigen Kontext reflektieren,
- kritische Perspektiven auf die Ideen der Klassik aus späteren Epochen diskutieren.

Literatur

Gefühl und Vernunft im Gleichgewicht – Begegnungen mit der Antike

Goethes Italienreise 1786 gilt als Initialzündung der Weimarer Klassik. Die Begegnung mit der Kunst der Antike verändert sein Weltbild und sein Kunstverständnis. Standen im Sturm und Drang (▶ S. 292) noch große, oft zum Scheitern verurteilte Emotionen, die Kritik an der Vernunftdoktrin der Aufklärung (▶ S. 280) und die Auflehnung gegen die Tradition im Zentrum, sucht Goethe nun in der Kunst nach einem harmonischen Ausgleich von Gefühl und Vernunft, nach Erfüllung und Mäßigung. Dabei hilft ihm auch ein Rückgriff auf überlieferte literarische Formen wie die Elegie.

Johann Wolfgang **Goethe Römische Elegie V** (1788/1795)

Froh empfind ich mich nun auf klassischem Boden begeistert,
Vor- und Mitwelt spricht lauter und reizender mir.
Hier befolg ich den Rat, durchblättre die Werke der Alten
Mit geschäftiger Hand, täglich mit neuem Genuss.
Aber die Nächte hindurch hält Amor[1] mich anders beschäftigt;
Werd ich auch halb nur gelehrt, bin ich doch doppelt beglückt.
Und belehr ich mich nicht, indem ich des lieblichen Busens
Formen spähe, die Hand leite die Hüften hinab?
Dann versteh ich den Marmor erst recht: ich denk und vergleiche,
Sehe mit fühlendem Aug, fühle mit sehender Hand.
Raubt die Liebste denn gleich mir einige Stunden des Tages,
Gibt sie Stunden der Nacht mir zur Entschädigung hin.
Wird doch nicht immer geküsst, es wird vernünftig gesprochen;
Überfällt sie der Schlaf, lieg ich und denke mir viel.
Oftmals hab ich auch schon in ihren Armen gedichtet
Und des Hexameters Maß leise mit fingernder Hand
Ihr auf den Rücken gezählt. Sie atmet in lieblichem Schlummer,
Und es durchglühet ihr Hauch mir bis ins Tiefste die Brust.
Amor schüret die Lamp' indes und gedenket der Zeiten,
Da er den nämlichen Dienst seinen Triumvirn[2] getan.

1 Amor: Gott der Liebe

2 die Triumvirn: gemeint sind die antiken Liebeslyriker Catull, Tibull und Properz

Die Elegie

Thematisch ist die Elegie **vielfältig** und kann sowohl **Trauer** als auch **Freude** ausdrücken. Goethes *Römische Elegien* lehnen sich an eine Tradition der erotischen Elegie an.

Formal (metrisch) entwickelt sich die Elegie ebenfalls nicht einheitlich. In ihren **antiken Ursprüngen,** die Goethe aufgreift, besteht sie aus **Distichen** (Sing. **Distichon**). Das sind Verspaare, die sich aus einem sechshebigen **Hexameter** und einem sechshebigen **Pentameter** zusammensetzen. Aus dem Gegensatz der Metren – dem fließenden Hexameter und dem gestauten Pentameter – hat man besonders im 18. Jh. einen Gegensatz von unmittelbarem Gefühlserlebnis und Reflexion abgelesen.

1 Das lyrische Ich – ein fiktiver junger Dichter auf Reisen – erlebt in Rom die Liebe. Beschreiben Sie seine Gefühlslage mit eigenen Worten.

2 Die Klassik strebt in der Kunst nach einem harmonischen Ausgleich von Gefühl und Vernunft. Erläutern Sie am Text, wie sich diese Programmatik im Erleben des lyrischen Ichs wiederfindet, z. B.: *Die Begegnung mit der antiken Kunst verbindet sich mit dem Erlebnis … Aber auch in der Liebe selbst …*

3 Spiegeln sich Maß und Ausgeglichenheit auch in der Form der Elegie? Begründen Sie Ihre Antwort mit Hilfe der Information zur Elegie.

Kontext

Grundgedanken – Das Ideal der Schönheit in der antiken Kunst

Goethes Verständnis der antiken Kunst wird von den Schriften des Archäologen und Kunsthistorikers Johann Joachim Winckelmann entscheidend geprägt.

Johann Joachim Winckelmann **Gedanken über die Nachahmung der griechischen Werke in der Malerei und Bildhauerkunst** (1755)

Die Kenner und Nachahmer der griechischen Werke finden in ihren Meisterstücken nicht allein die schönste Natur, sondern noch mehr als Natur, das ist, gewisse idealische Schönheiten derselben. Das allgemeine vorzügliche Kennzeichen der griechischen Meisterstücke ist eine edle Einfalt, und eine stille Größe, sowohl in der Stellung als im Ausdrucke. So wie die Tiefe des Meers allezeit ruhig bleibt, die Oberfläche mag noch so wüten, ebenso zeiget der Ausdruck in den Figuren der Griechen bei allen Leidenschaften eine große und gesetzte Seele.
Diese Seele schildert sich in dem Gesichte des Laokoons[1], und nicht in dem Gesichte allein, bei dem heftigsten Leiden. Der Schmerz, welcher sich in allen Muskeln und Sehnen des Körpers entdecket, und den man ganz allein, ohne das Gesicht und andere Teile zu betrachten, an dem schmerzlich eingezogenen Unterleibe beinahe selbst zu empfinden glaubet; dieser Schmerz, sage ich, äußert sich dennoch mit keiner Wut in dem Gesichte und in der ganzen Stellung. Er erhebet kein schreckliches Geschrei: Die Öffnung des Mundes gestattet es nicht; es ist vielmehr ein ängstliches und beklemmtes Seufzen. Laokoon leidet, sein Elend gehet uns bis an die Seele; aber wir wünschten, wie dieser große Mann, das Elend ertragen zu können.

Laokoon-Gruppe (Marmorskulptur, ca. 100 v. Chr. bis 100 n. Chr.)

1 Laokoon: mythologische Figur; wird mit seinen Söhnen von Schlangen getötet, die von der Göttin Athene geschickt werden

1 Diskutieren Sie anhand des Bilds, inwiefern die Laokoon-Skulptur „idealische Schönheit" (▶ vgl. Z. 4) verkörpert. Beziehen Sie sich dabei auf Winckelmanns Sicht der Figur (▶ Z. 12–26).

2 Erläutern Sie mit Hilfe des folgenden Schaubilds, was antike Kunstwerke laut Winkelmann leisten.

	künstlerischer Prozess	
Natur (Sinnliches, ungebändigte Gefühle, Liebe, Trauer, Schmerz)	- - - - - - - - - - - - - - ▶	**idealische Schönheit** (Maß, stille Größe, edle Einfalt, Vorbildhaftigkeit)

3 Stellen Sie Bezüge her zwischen Winckelmanns Kunstverständnis und Goethes Programmatik in seiner V. Elegie (▶ S. 294).

Literatur

Moral als Alleinstellungsmerkmal – Goethes klassisches Welt- und Menschenbild

Goethes Werk kreist, etwa in seinem Drama „Faust“ (► S. 304) und seiner frühen klassischen Lyrik, wiederholt um die Fragen: Was zeichnet den Menschen aus? Was ist seine Bestimmung? Wo ist sein Platz in der Welt? Dabei hat er selten eine so klare Standortbestimmung vorgenommen wie in der Hymne „Das Göttliche“.

Johann Wolfgang Goethe **Das Göttliche** (1783/89)

Edel sei der Mensch,
Hilfreich und gut!
Denn das allein
Unterscheidet ihn
Von allen Wesen,
die wir kennen.

Heil den unbekannten
Höheren Wesen,
Die wir ahnen!
Ihnen gleiche der Mensch!
Sein Beispiel lehr' uns
Jene glauben.

Denn unfühlend
Ist die Natur:
Es leuchtet die Sonne
Über Bös' und Gute,
Und dem Verbrecher
Glänzen wie dem Besten
Der Mond und die Sterne.

Wind und Ströme,
Donner und Hagel
Rauschen ihren Weg
Und ergreifen
Vorübergehend
Einen um den andern.

Auch so das Glück
Tappt unter die Menge,
Fasst bald des Knaben
Lockige Unschuld,
Bald auch den kahlen
Schuldigen Scheitel.

Nach ewigen, ehrnen,
Großen Gesetzen
Müssen wir alle
Unseres Daseins
Kreise vollenden.

Nur allein der Mensch
Vermag das Unmögliche:
Er unterscheidet,
Wählet und richtet;
Er kann dem Augenblick
Dauer verleihen.

Er allein darf
Den Guten lohnen,
Den Bösen strafen,
Heilen und retten,
Alles Irrende, Schweifende
Nützlich verbinden.

Und wir verehren
Die Unsterblichen,
Als wären sie Menschen,
Täten im Großen,
Was der Beste im Kleinen
Tut oder möchte.

Der edle Mensch
Sei hilfreich und gut!
Unermüdet schaff' er
Das Nützliche, Rechte,
Sei uns ein Vorbild
Jener geahneten Wesen!

1 „Edel sei der Mensch / Hilfreich und gut!“ – Ist dieser Appell an das menschliche Verhalten für Sie ungebrochen aktuell? Begründen Sie Ihre Ansicht anhand von Beispielen.

2 **a** Tragen Sie das Gedicht vor. Nutzen Sie dabei die Information zur Hymne als Regieanweisung.
b Diskutieren Sie, wie der Text auf Sie wirkt und inwiefern diese Wirkung dem Inhalt angemessen ist.

3 Untersuchen Sie Goethes Standortbestimmung des Menschen genauer.
a Ordnen Sie dem Gedicht die korrekte Grafik zu und begründen Sie Ihre Zuordnung mit einem Textbeleg.

Die Hymne
Hymne und Ode sind eng verwandte Gedichtformen antiken Ursprungs. Die Hymne ist in **freien Rhythmen** verfasst, die Ode kann einem festen Metrum folgen. **Inhaltlich** widmet sich die Hymne – in ihrem jeweiligen historischen Kontext – **bedeutungsschweren Gegenständen,** z. B. den Göttern, der Natur, der Menschheit oder philosophischen Fragestellungen.
Die **Hymnen der klassischen Zeit unterscheiden** sich sowohl in der Aussage als auch **sprachlich** von den Hymnen des *Sturm und Drang* (► *Prometheus*, S. 282). Der **Satzbau wird regelmäßiger, Bilder und Wortschatz sind weniger ungewöhnlich.** Auch der freie Rhythmus ist weniger wechselhaft.
Der bedeutende gedankliche Inhalt wird durch die Betonungen hervorgehoben:

x x
Edel sei der Mensch,
x x
Hilfreich und gut!
x x
Denn das allein
x x
Unterscheidet ihn
x x
Von allen Wesen,
x x
Die wir kennen.

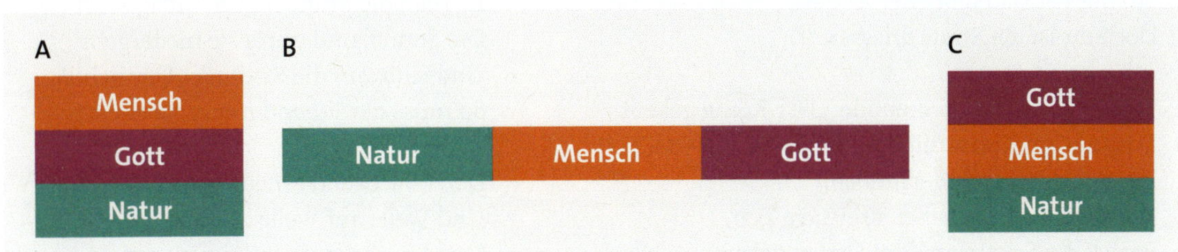

b Erläutern Sie, was den Menschen – laut Goethe – gegenüber der Natur (► 3. Strophe) auszeichnet.
c Im Drama „Faust“ (► S.304) wird der Mensch als „der kleine Gott der Welt“ bezeichnet. Erläutern Sie, inwiefern sich diese Beschreibung im Gedicht spiegelt.

4 Diskutieren Sie das Welt- und Menschenbild des Gedichts aus Ihrer heutigen Sicht kritisch: Was erscheint Ihnen überholt oder widerlegt? Was könnte nach wie vor wegweisend oder relevant sein?

5 Vergleichen Sie die Hymnen „Das Göttliche“ und „Prometheus“ (► S. 282). Formulieren Sie ein Streitgespräch zwischen den lyrischen Sprechern, in dem jeder seine Sicht auf die Welt vertritt, z. B.:
Ich (Prometheus): Götter sind in dieser Welt völlig überflüssig!
Ich (Das Göttliche): Ich finde, sie können eine Art Antrieb für uns sein, eine Vorbildfunktion haben.
Ich (P.): …

Literatur

Humanität als Ideal – Schillers Balladen

1797 verfassen Goethe und Schiller in freundschaftlichem Wettbewerb zahlreiche Balladen. Schiller hatte dabei vor allem die Erziehung des Menschen zur Menschlichkeit, zur Humanität, im Blick. Seine Helden verhalten sich entsprechend vorbildlich und beharren auch in Extremsituationen auf Werten und Idealen.

Friedrich Schiller **Die Bürgschaft** (1798/1804)

Zu Dionys, dem Tyrannen, schlich
Damon[1], den Dolch im Gewande:
Ihn schlugen die Häscher in Bande,
„Was wolltest du mit dem Dolche? sprich!“,
Entgegnet ihm finster der Wüterich.
„Die Stadt vom Tyrannen befreien!“
„Das sollst du am Kreuze bereuen.“

„Ich bin“, spricht jener, „zu sterben bereit
Und bitte nicht um mein Leben;
Doch willst du Gnade mir geben,
Ich flehe dich um drei Tage Zeit,
Bis ich die Schwester dem Gatten gefreit;
Ich lasse den Freund dir als Bürgen,
Ihn magst du, entrinn ich, erwürgen.“

Da lächelt der König mit arger List
Und spricht nach kurzem Bedenken:
„Drei Tage will ich dir schenken.
Doch wisse, wenn sie verstrichen, die Frist,
Eh du zurück mir gegeben bist,
So muss er statt deiner erblassen,
Doch dir ist die Strafe erlassen.“

Und er kommt zum Freunde: „Der König gebeut,
Dass ich am Kreuz mit dem Leben
Bezahle das frevelnde Streben.
Doch will er mir gönnen drei Tage Zeit,
Bis ich die Schwester dem Gatten gefreit;
So bleib du dem König zum Pfande,
Bis ich komme, zu lösen die Bande.“

Und schweigend umarmt ihn der treue Freund
Und liefert sich aus dem Tyrannen,
Der andere ziehet von dannen.
Und ehe das dritte Morgenrot scheint,
Hat er schnell mit dem Gatten die Schwester vereint,
Eilt heim mit sorgender Seele,
Damit er die Frist nicht verfehle.

Da gießt unendlicher Regen herab,
Von den Bergen stürzen die Quellen,
Und die Bäche, die Ströme schwellen.
Und er kommt ans Ufer mit wanderndem Stab,
Da reißet die Brücke der Strudel herab,
Und donnernd sprengen die Wogen
Des Gewölbes krachenden Bogen.

Und trostlos irrt er an Ufers Rand:
Wie weit er auch spähet und blicket
Und die Stimme, die rufende, schicket.
Da stößet kein Nachen vom sichern Strand,
Der ihn setze an das gewünschte Land,
Kein Schiffer lenket die Fähre,
Und der wilde Strom wird zum Meere.

Da sinkt er ans Ufer und weint und fleht,
Die Hände zum Zeus erhoben:
„O hemme des Stromes Toben!
Es eilen die Stunden, im Mittag steht
Die Sonne, und wenn sie niedergeht
Und ich kann die Stadt nicht erreichen,
So muss der Freund mir erbleichen.“

Doch wachsend erneut sich des Stromes Wut,
Und Welle auf Welle zerrinnet,
Und Stunde an Stunde entrinnet.
Da treibt ihn die Angst, da fasst er sich Mut
Und wirft sich hinein in die brausende Flut
Und teilt mit gewaltigen Armen
Den Strom, und ein Gott hat Erbarmen.

Und gewinnt das Ufer und eilet fort
Und danket dem rettenden Gotte;
Da stürzet die raubende Rotte
Hervor aus des Waldes nächtlichem Ort,
Den Pfad ihm sperrend, und schnaubet Mord
Und hemmet des Wanderers Eile
Mit drohend geschwungener Keule.

„Was wollt ihr?“, ruft er vor Schrecken bleich,
„Ich habe nichts als mein Leben,
Das muss ich dem Könige geben!“
Und entreißt die Keule dem nächsten gleich:
„Um des Freundes willen erbarmet euch!“
Und drei, mit gewaltigen Streichen,
Erlegt er, die andern entweichen.

Und die Sonne versendet glühenden Brand,
Und von der unendlichen Mühe
Ermattet sinken die Kniee.
„O hast du mich gnädig aus Räubershand,
Aus dem Strom mich gerettet ans heilige Land,
Und soll hier verschmachtend verderben,
Und der Freund mir, der liebende, sterben!“

Und horch! da sprudelt es silberhell
Ganz nahe, wie rieselndes Rauschen,
Und stille hält er, zu lauschen;
Und sieh, aus dem Felsen, geschwätzig, schnell,
Springt murmelnd hervor ein lebendiger Quell,
Und freudig bückt er sich nieder
Und erfrischet die brennenden Glieder.

Und die Sonne blickt durch der Zweige Grün
Und malt auf den glänzenden Matten
Der Bäume gigantische Schatten;
Und zwei Wanderer sieht er die Straße ziehn,
Will eilenden Laufes vorüberfliehn,
Da hört er die Worte sie sagen:
„Jetzt wird er ans Kreuz geschlagen.“

Und die Angst beflügelt den eilenden Fuß,
Ihn jagen der Sorge Qualen;
Da schimmern in Abendrots Strahlen
Von ferne die Zinnen von Syrakus,
Und entgegen kommt ihm Philostratus,
Des Hauses redlicher Hüter,
Der erkennet entsetzt den Gebieter:

„Zurück! du rettest den Freund nicht mehr,
So rette das eigene Leben!
Den Tod erleidet er eben.
Von Stunde zu Stunde gewartet' er
Mit hoffender Seele der Wiederkehr,
Ihm konnte den mutigen Glauben
Der Hohn des Tyrannen nicht rauben.“

„Und ist es zu spät, und kann ich ihm nicht,
Ein Retter, willkommen erscheinen,
So soll mich der Tod ihm vereinen.
Des rühme der blut'ge Tyrann sich nicht,
Dass der Freund dem Freunde gebrochen die Pflicht,
Er schlachte der Opfer zweie
Und glaube an Liebe und Treue!“

Und die Sonne geht unter, da steht er am Tor
Und sieht das Kreuz schon erhöhet,
Das die Menge gaffend umstehet;
An dem Seile schon zieht man den Freund empor,
Da zertrennt er gewaltig den dichten Chor:
„Mich, Henker“, ruft er, „erwürget!
Da bin ich, für den er gebürget!“

Und Erstaunen ergreifet das Volk umher,
In den Armen liegen sich beide
Und weinen vor Schmerzen und Freude.
Da sieht man kein Auge tränenleer,
Und zum Könige bringt man die Wundermär;
Der fühlt ein menschliches Rühren,
Lässt schnell vor den Thron sie führen.

Und blicket sie lange verwundert an.
Drauf spricht er: „Es ist euch gelungen,
Ihr habt das Herz mir bezwungen;
Und die Treue, sie ist doch kein leerer Wahn –
So nehmet auch mich zum Genossen an:
Ich sei, gewährt mir die Bitte,
In eurem Bunde der Dritte!“

---

1 Damon: In der Fassung von 1798 steht hier noch der Name „Möros“; durchgesetzt hat sich jedoch „Damon“.

1 Formulieren Sie einen ersten Leseeindruck mit Hilfe des Wortspeichers: Wir wirkt die Ballade auf Sie?

wirkungsvoll • dramatisch • reißerisch • mitreißend • berührend • rührselig • pathetisch • unglaubwürdig

2 a Erläutern Sie, welche Werte in der Ballade wie vermittelt werden. Beachten Sie den Spannungsaufbau.
b Erklären Sie die Funktion des Happy Ends im Hinblick auf Schillers Intention: die Erziehung des Menschen.

Humanität als Ideal? – Kritische Blicke auf die Klassik

Schillers Balladen sind bereits im 19. und 20. Jahrhundert fester Bestandteil des Deutschunterrichts. Ihr großer Bekanntheitsgrad und ihr ausgeprägter Idealismus machen sie immer wieder auch zum Gegenstand literarischer Satiren und Parodien. Angesichts des Nationalsozialismus rechnet auch Bertolt Brecht auf spöttische Weise mit dem schillerschen Humanitätsideal ab.

Bertolt Brecht **Über Schillers Gedicht „Die Bürgschaft"** (1938)

O edle Zeit, o menschliches Gebaren!
Der eine ist dem andern etwas schuld.
Der ist tyrannisch, doch er zeigt Geduld
Und läßt den Schuldner auf die Hochzeit fahren.

Der Bürge bleibt. Der Schuldner ist heraus.
Es weist sich, daß natürlich die Natur
Ihm manche Ausflucht bietet, jedoch stur
Kehrt er zurück und löst den Bürgen aus.

Solch ein Gebaren macht Verträge heilig.
In solchen Zeiten kann man auch noch bürgen.
Und, hat's der Schuldner mit dem Zahlen eilig,

Braucht man ihn ja nicht allzustark zu würgen.
Und schließlich zeigte es sich ja auch dann:
Am End war der Tyrann gar kein Tyrann! [R]

Bertolt Brecht an seinem Schreibtisch (1937)

1 Untersuchen Sie Brechts Sonett inhaltlich und sprachlich.

a Bringen Sie Brechts Kritik an Schillers Ballade knapp auf den Punkt: Was wirft er der „Bürgschaft" vor?

b Bestimmen Sie das zentrale rhetorische Mittel (► S. 450) in Brechts Sonett, ausgehend vom ersten Vers, z. B.:
Der erste Vers ist nicht wörtlich zu verstehen, sondern ... Das Stilmittel ... bestimmt das ganze Sonett Brechts ...

2 Vergleichen Sie die beiden Texte im Hinblick auf ihren Stil bzw. ihren Tonfall und ihre Aussageabsicht. Beziehen Sie dabei die folgenden Fragen mit ein: Welche Art des Zusammenlebens und was für eine Art von Gesellschaft hat Schiller sich um 1800 im Sinn einer Utopie erhofft? Was muss Brecht 1938 im Exil feststellen?
Vergleicht man Schillers Ballade und Brechts Sonett, dann lässt sich im Hinblick auf ihren Tonfall ein großer Unterschied feststellen. Schiller ... Brecht dagegen ...
Ähnlich groß ist die Differenz in Bezug auf die Aussageabsicht: Schiller glaubte um 1800 an die Möglichkeit ... Brecht konstatiert angesichts des Nationalsozialismus jedoch ...

3 Diskutieren Sie, welcher der beiden Texte Sie aus heutiger Sicht mehr überzeugt.
Begründen Sie Ihre Ansicht mit Beispielen aus dem privaten oder dem gesellschaftspolitischen Bereich.

Literatur

Verantwortung und Würde – Maria Stuarts Umgang mit dem Todesurteil

In seinem Drama „Maria Stuart“ greift Schiller auf einen historischen Stoff zurück: Als (vermeintlich tatbeteiligte) Mörderin ihres Ehemanns wird die schottische Königin Maria (1542–1587) von ihrem Thron verjagt und sucht Zuflucht in England. Dort wird die Katholikin jedoch als gefährliche Rivalin um den englischen Thron betrachtet und von der protestantischen Königin Elisabeth von England (1533–1603) für 18 Jahre gefangen gesetzt. Schiller nutzt den historischen Stoff, um aufzuzeigen, wie man mit der Verantwortung für das eigene Handeln umgehen sollte. So kommt Maria am Ende eines langen Lernprozesses mit sich ins Reine. Sie gesteht sich selbst ihre Mitschuld am Tod des Gatten ein und trägt die Konsequenzen auf eine würdevolle Weise. Sie wird, in klassischer Terminologie ausgedrückt, durch ihre Leidenszeit geläutert und zu einer „schönen Seele“. Elisabeth dagegen ist eine kalt kalkulierende Machtpolitikerin, die die Verantwortung für ihre Handlungen von sich weist. Sie zahlt dafür mit ihrer seelischen Erstarrung und menschlicher Isolation.

Friedrich Schiller **Maria Stuart** (1800) – Erster Aufzug, zweite Szene

Unter dem Vorwand, einen Mordanschlag auf Königin Elisabeth geplant zu haben, wird Maria zum Tod verurteilt. Die entscheidende Gerichtsverhandlung liegt einen Monat zurück. Maria kennt den Urteilsspruch nicht, ahnt aber Böses. In der folgenden Szene versucht sie, das Urteil von ihrem Wächter, dem Ritter Paulet, in Erfahrung zu bringen. Noch hat Maria Hoffnung, ersucht beispielsweise um ein Gespräch mit Elisabeth. Andererseits zeigt die Szene, dass Maria sich auf ihren Tod vorbereitet. Die Dialoge mit ihrer Amme, Hanna Kennedy, verdeutlichen, dass sie bereits zu Beginn des Stücks ein anderer Mensch geworden ist.

Ein Zimmer. Maria im Schleier, ein Kruzifix in der Hand. Die Vorigen.
Kennedy *ihr entgegeneilend:*
O Königin! Man tritt uns ganz mit Füßen,
Der Tyrannei, der Härte wird kein Ziel
Und jeder neue Tag häuft neue Leiden
Und Schmach auf dein gekröntes Haupt.
Maria: Fass dich!
Sag an, was neu geschehen ist?
Kennedy: Sieh her!
Dein Pult ist aufgebrochen, deine Schriften,
Dein einz'ger Schatz, den wir mit Müh gerettet,
Der letzte Rest von deinem Brautgeschmeide
Aus Frankreich ist in seiner Hand. Du hast nun
Nichts Königliches mehr, bist ganz beraubt.
Maria: Beruhige dich, Hanna. Diese Flitter machen
Die Königin nicht aus. Man kann uns niedrig
Behandeln, nicht erniedrigen. Ich habe
In England mich an viel gewöhnen lernen,
Ich kann auch das verschmerzen. Sir, Ihr habt Euch
Gewaltsam zugeeignet, was ich euch
Noch heut zu übergeben willens war.
Bei diesen Schriften findet sich ein Brief,
Bestimmt für meine königliche Schwester
Von England – Gebt mir Euer Wort, dass Ihr
Ihn redlich an sie selbst wollt übergeben
Und nicht in Burleighs[1] ungetreue Hand.
Paulet: Ich werde mich bedenken, was zu tun ist.
Maria: Ihr sollt den Inhalt wissen, Sir. Ich bitte
In diesem Brief um eine große Gunst –
Um eine Unterredung mit ihr selbst,
Die ich mit Augen nie gesehen – Man hat mich
Vor ein Gericht von Männern vorgefordert,
Die ich als meinesgleichen nicht erkennen,
Zu denen ich kein Herz mir fassen kann.

Elisabeth ist meines Stammes, meines
Geschlechts und Ranges – Ihr allein, der Schwester,
Der Königin, der Frau kann ich mich öffnen.
Paulet: Sehr oft, Mylady, habt Ihr Euer Schicksal
Und Eure Ehre Männern anvertraut,
Die Eurer Achtung minder würdig waren.
Maria: Ich bitte noch um eine zweite Gunst,
Unmenschlichkeit allein kann mir sie weigern.
Schon lange Zeit entbehr ich im Gefängnis
Der Kirche Trost, der Sakramente Wohltat.
Und die mir Kron' und Freiheit hat geraubt,
Die meinem Leben selber droht, wird mir
Die Himmelstüre nicht verschließen wollen.
Paulet: Auf Euren Wunsch wird der Dechant[2] des Orts –
Maria *unterbricht ihn lebhaft:*
Ich will nichts vom Dechanten. Einen Priester
Von meiner eigenen Kirche[3] fordre ich.
– Auch Schreiber und Notarien verlang ich,
Um meinen letzten Willen aufzusetzen.
Der Gram, das lange Kerkerelend nagt
An meinem Leben. Meine Tage sind
Gezählt, befürcht ich, und ich achte mich
Gleich einer Sterbenden.
Paulet: Das tut Ihr wohl,
Das sind Betrachtungen, die Euch geziemen.
Maria: Und weiß ich, ob nicht eine schnelle Hand
Des Kummers langsames Geschäft beschleunigt?
Ich will mein Testament aufsetzen, will
Verfügung treffen über das, was mein ist.
Paulet: Die Freiheit habt Ihr. Englands Königin
Will sich mit Eurem Raube nicht bereichern.
Maria: Man hat von meinen treuen Kammerfrauen,
Von meinen Dienern mich getrennt – Wo sind sie?
Was ist ihr Schicksal? Ihrer Dienste kann ich
Entraten, doch beruhigt will ich sein,
Dass die Getreun nicht leiden und entbehren.
Paulet: Für Eure Diener ist gesorgt.
Er will gehen.
Maria: Ihr geht, Sir? Ihr verlasst mich abermals,
Und ohne mein geängstigt fürchtend Herz
Der Qual der Ungewissheit zu entladen.
Ich bin, dank Eurer Späher Wachsamkeit,
Von aller Welt geschieden, keine Kunde
Gelangt zu mir durch diese Kerkermauern,
Mein Schicksal liegt in meiner Feinde Hand.
Ein peinlich langer Monat ist vorüber,
Seitdem die vierzig Kommissarien[4]
In diesem Schloss mich überfallen, Schranken
Errichtet, schnell, mit unanständiger Eile,
Mich unbereitet, ohne Anwalts Hilfe,
Vor ein noch nie erhört Gericht gestellt,
Auf schlau gefasste schwere Klagepunkte
Mich, die Betäubte, Überraschte, flugs
Aus dem Gedächtnis Rede stehen lassen –
Wie Geister kamen sie und schwanden wieder.
Seit diesem Tage schweigt mir jeder Mund,
Ich such umsonst in Eurem Blick zu lesen,
Ob meine Unschuld, meiner Freunde Eifer,
Ob meiner Feinde böser Rat gesiegt.
Brecht endlich Euer Schweigen – lasst mich wissen,
Was ich zu fürchten, was zu hoffen habe.
Paulet *nach einer Pause:*
Schließt Eure Rechnung mit dem Himmel ab.
Maria: Ich hoffe auf seine Gnade, Sir – und hoffe
Auf strenges Recht von meinen ird'schen Richtern.
Paulet: Recht soll Euch werden. Zweifelt nicht daran.
Maria: Ist mein Prozess entschieden, Sir?
Paulet: Ich weiß nicht.
Maria: Bin ich verurteilt?
Paulet: Ich weiß nichts, Mylady.
Maria: Man liebt hier rasch zu Werk zu gehen. Soll mich
Der Mörder überfallen, wie die Richter?
Paulet: Denkt immerhin, es sei so, und er wird Euch
In bessrer Fassung dann als diese finden.
Maria: Nichts soll mich in Erstaunen setzen, Sir,
Was ein Gerichtshof in Westminsterhall[5],
Den Burleighs Hass und Hattons[6] Eifer lenkt,
Zu urteiln sich erdreiste – Weiß ich doch,
Was Englands Königin wagen darf zu tun.
Paulet: Englands Beherrscher brauchen nichts zu scheuen
Als ihr Gewissen und ihr Parlament.
Was die Gerechtigkeit gesprochen, furchtlos,
Vor aller Welt wird es die Macht vollziehn.

---

1 Burleigh: wichtigster Berater Elisabeths und Hauptankläger Marias

2 der Dechant: Kirchenbeamter, ernannt von einem protestantischen Bischof

3 von meiner eigenen Kirche: römisch-katholische Kirche

4 die vierzig Kommissarien: Anzahl der Richter

5 Westminsterhall: Sitz des englischen Parlaments und des obersten Gerichts

6 Hatton: Lordkanzler, Vorsitzender des Gerichts

1 Darf Maria auf ein günstiges Urteil hoffen? Begründen Sie Ihre Antwort mit einem Zitat Paulets.

2 **a** Charakterisieren Sie Maria in ihrer Widersprüchlichkeit, indem Sie die folgende Tabelle ergänzen.

bescheiden, demütig, würdevoll, gefasst	standesbewusst, fordernd
„Fass dich" (V. 8)	„meinesgleichen nicht" (V. 34)
...	...

b Erklären Sie die charakterlichen Widersprüche aus Marias Situation zu Beginn des Dramas, z. B.:
Maria weiß zu Beginn des Dramas ... Zwar hat sie sich während ihrer langen Haftzeit ..., aber ...

3 Auf dem Höhepunkt des Dramas (► S. 108) kommt es zu einer Begegnung der Königinnen.

a Erläutern Sie anhand der Skizze, wie die beiden Figuren und ihre Begegnung auf der Theaterbühne inszeniert werden sollen. Welchen Eindruck möchte der Regisseur vermitteln? Deuten Sie dafür die Körperhaltung, die Mimik, das Kostüm und die Stellung der Figuren im Raum.

b Diskutieren Sie mögliche Gründe dafür, warum „Maria Stuart" noch heute häufig inszeniert wird. Beziehen Sie sich dabei auch auf die Figur Elisabeth.

4 Im letzten Aufzug besteigt Maria gefasst, als „schöne Seele", das Schafott. Erläutern Sie, inwiefern sich in Marias Haltung ein klassisches Kunstverständnis spiegelt. Nutzen Sie den Einführungstext (► S. 301) und Winckelmanns Beschreibung der Laokoon-Gruppe (► S. 295).

5 Charakterisieren Sie Form und Sprache des Dramas im Vergleich mit dem Sturm-und-Drang-Drama „Die Räuber" (► S. 284). Was hat sich im Wesentlichen verändert? Der Epochenüberblick (► S. 308) kann Ihnen helfen.

Literatur

Wissensdrang und Teufelspakt – Ein Drama und drei Epochen

Über 60 Jahre seines Lebens hat Goethe an seiner „Faust-Tragödie“ gearbeitet. Veröffentlicht wurde sie in zwei Teilen, denen ein „Urfaust“ aus den 1770er-Jahren vorausging: „Faust I“ erschien 1808, „Faust II“ 1832 im Todesjahr des Dichters. Während der langen Erarbeitungszeit hat Goethe die Einflüsse verschiedener Epochen in sein Werk integriert. So stehen in „Faust I“ Motive des Sturm und Drang eng neben klassischen Elementen, während in „Faust II“ neben klassischen auch romantische Züge hervortreten. Der „Faust“ kann in diesem Sinn als ein Werk betrachtet werden, in dem die Epochengrenzen (► S. 242) verschwimmen. Bereits in früheren Bearbeitungen des Fauststoffes – Puppenspielen, Volksbüchern (► S. 255), Dramen – stößt der wissensdurstige Doktor Faustus an die Grenzen seiner Erkenntnismöglichkeiten und schließt deshalb einen Pakt mit dem Teufel. Goethe treibt diesen Stoff aber weiter und gestaltet ihn zu einer Welt- und Bildungsreise aus, einer unermüdlichen Wahrheitssuche, die mit dem Teufel als Reiseführer „vom Himmel durch die Welt zur Hölle“ führt.

Johann Wolfgang Goethe **Faust I** (1808) – Nacht

Der hochgelehrte Dr. Faust zieht in seinem Eingangsmonolog das bittere Fazit eines Wissenschaftlerlebens: Er ist „so klug als wie zuvor“! Deshalb sucht er nun verzweifelt, aber entschlossen nach neuen Möglichkeiten des Erkenntnisgewinns jenseits des Rationalismus.

In einem hochgewölbten, engen gotischen Zimmer. Faust unruhig auf seinem Sessel am Pulte.

Faust: Habe nun, ach! Philosophie,
Juristerei und Medizin,
Und leider auch Theologie
Durchaus studiert, mit heißem Bemühn.
Da steh ich nun, ich armer Tor!
Und bin so klug als wie zuvor;
Heiße Magister, heiße Doktor gar
Und ziehe schon an die zehen Jahr
Herauf, herab und quer und krumm
Meine Schüler an der Nase herum –
Und sehe, dass wir nichts wissen können!
Das will mir schier das Herz verbrennen.
Zwar bin ich gescheiter als all die Laffen[1],
Doktoren, Magister, Schreiber und Pfaffen;
Mich plagen keine Skrupel noch Zweifel,
Fürchte mich weder vor Hölle noch Teufel –
Dafür ist mir auch alle Freud entrissen,
Bilde mir nicht ein, was Rechts zu wissen,
Bilde mir nicht ein, ich könnte was lehren,
Die Menschen zu bessern und zu bekehren.
Auch hab ich weder Gut noch Geld,
Noch Ehr und Herrlichkeit der Welt;
Es möchte kein Hund so länger leben!
Drum hab ich mich der Magie ergeben,
Ob mir durch Geistes Kraft und Mund
Nicht manch Geheimnis würde kund;
Dass ich nicht mehr mit saurem Schweiß
Zu sagen brauche, was ich nicht weiß;
Dass ich erkenne, was die Welt
Im Innersten zusammenhält,
Schau alle Wirkenskraft und Samen,
Und tu nicht mehr in Worten kramen.

1 die Laffen: abwertend; Leute mit weniger Geisteskraft

Johann Wolfgang Goethe **Faust I** (1808) – Vor dem Tore

Faust beschwört den Erdgeist herauf: eine Verkörperung des natürlichen und irdischen Lebens. Von ihm erhofft er sich tiefere Einblicke in das Gefüge der Welt als er sie aus seinen Büchern gewinnen kann. Doch der Erdgeist weist Faust höhnisch zurück und verschärft dadurch dessen Sinn- und Erkenntniskrise. Kirchenglocken, die das Osterfest und damit die Auferstehung Christi verkünden, halten ihn in letzter Sekunde davon ab, seinem Leben mit Gift ein Ende zu setzen.
Bei einem Osterspaziergang mit seinem Mitarbeiter Wagner vor den Stadttoren beobachtet er die Natur und die Menschen.

Faust: Vom Eise befreit sind Strom und Bäche
Durch des Frühlings holden, belebenden Blick;
Im Tale grünet Hoffnungsglück;
Der alte Winter, in seiner Schwäche,
Zog sich in raue Berge zurück.
Von dorther sendet er, fliehend, nur
Ohnmächtige Schauer körnigen Eises
In Streifen über die grünende Flur;
Aber die Sonne duldet kein Weißes,
Überall regt sich Bildung und Streben,
Alles will sie mit Farben beleben;
Doch an Blumen fehlt's im Revier
Sie nimmt geputzte Menschen dafür.
Kehre dich um, von diesen Höhen
Nach der Stadt zurückzusehen.
Aus dem hohlen finstern Tor
Dringt ein buntes Gewimmel hervor.
Jeder sonnt sich heute so gern.
Sie feiern die Auferstehung des Herrn,
Denn sie sind selber auferstanden,
Aus niedriger Häuser dumpfen Gemächern,
Aus Handwerks- und Gewerbesbanden,
Aus dem Druck von Giebeln und Dächern,
Aus der Straßen quetschender Enge,
Aus der Kirchen ehrwürdiger Nacht
Sind sie alle ans Licht gebracht.
Sieh nur, sieh! wie behänd sich die Menge
Durch die Gärten und Felder zerschlägt,
Wie der Fluss, in Breit und Länge
So manchen lustigen Nachen bewegt,
Und bis zum Sinken überladen
Entfernt sich dieser letzte Kahn.
Selbst von des Berges fernen Pfaden
Blinken uns farbige Kleider an.
Ich höre schon des Dorfs Getümmel,
Hier ist des Volkes wahrer Himmel,
Zufrieden jauchzet Groß und Klein:
Hier bin ich Mensch, hier darf ich's sein!

1 Tragen Sie die beiden Monologe so vor, dass Fausts jeweilige Stimmung deutlich wird.
Tipp: Beachten Sie den Rhythmus der Verse sowie den Zeitpunkt und den Schauplatz der Monologe.

2 Diskutieren Sie, nach welchen Erkenntnissen Faust in seinem Eingangsmonolog strebt: Was will er wissen? Auf welche Fragen könnte ihm die heutige Wissenschaft möglicherweise Antworten liefern?

3 Ordnen Sie den Eingangsmonolog begründet dem Sturm und Drang (► S. 292) oder der Klassik zu. Nutzen Sie Textstellen und geeignete Formulierungen aus dem Wortspeicher.

Vernunftskepsis • Ausgleich • Maß • Grenzen sprengend • Harmonie • prometheisch (► S. 282)

4 Erläutern Sie, inwiefern der Osterspaziergang für Faust – den Büchermenschen – zu einem Signal des Aus- und Aufbruchs werden könnte. Beziehen Sie dabei den letzten Vers des Monologs mit ein.

Johann Wolfgang Goethe **Faust I** (1808) – Studierzimmer II

Noch während seines Osterspaziergangs (▶ S. 305) erträumt sich Faust ein neues und erfülltes Leben. Das ist das Stichwort für Mephisto, der Faust ein Angebot unterbreitet.

MEPHISTOPHELES: Ich will mich hier zu deinem Dienst verbinden,
Auf deinen Wink nicht rasten und nicht ruhn;
Wenn wir uns drüben wiederfinden,
So sollst du mir das Gleiche tun.
FAUST: Das Drüben kann mich wenig kümmern;
Schlägst du erst diese Welt zu Trümmern,
Die andre mag darnach entstehn.
Aus dieser Erde quillen meine Freuden,
Und diese Sonne scheinet meinen Leiden;
Kann ich mich erst von ihnen scheiden,
Dann mag, was will und kann, geschehn. [...]
MEPHISTOPHELES: In diesem Sinne kannst du's wagen.
Verbinde dich; du sollst, in diesen Tagen,
Mit Freuden meine Künste sehn,
Ich gebe dir, was noch kein Mensch gesehn.
FAUST: Was willst du armer Teufel geben?
Ward eines Menschen Geist, in seinem hohen Streben,
Von deinesgleichen je gefasst?
Doch hast du Speise, die nicht sättigt, hast
Du rotes Gold, das ohne Rast,
Quecksilber gleich, dir in der Hand zerrinnt,
Ein Spiel, bei dem man nie gewinnt,
Ein Mädchen, das an meiner Brust
Mit Äugeln schon dem Nachbar sich verbindet,
Der Ehre schöne Götterlust,
Die, wie ein Meteor, verschwindet?
Zeig mir die Frucht, die fault, eh' man sie bricht,
Und Bäume, die sich täglich neu begrünen.
MEPHISTOPHELES: Ein solcher Auftrag schreckt mich nicht,
Mit solchen Schätzen kann ich dienen.
Doch, guter Freund, die Zeit kommt auch heran,
Wo wir was Guts in Ruhe schmausen mögen.
FAUST: Werd' ich beruhigt je mich auf ein Faulbett legen,
So sei es gleich um mich getan!
Kannst du mich schmeichelnd je belügen,
Dass ich mir selbst gefallen mag,
Kannst du mich mit Genuss betrügen –
Das sei für mich der letzte Tag!
Die Wette biet' ich!
MEPHISTOPHELES: Topp!
FAUST: Und Schlag auf Schlag!
Werd' ich zum Augenblicke sagen:
Verweile doch! du bist so schön!
Dann magst du mich in Fesseln schlagen,
Dann will ich gern zugrunde gehn!
Dann mag die Totenglocke schallen,
Dann bist du deines Dienstes frei,
Die Uhr mag stehn, der Zeiger fallen,
Es sei die Zeit für mich vorbei!

1 Warum lässt Faust sich mit dem Teufel ein? Fassen Sie mit Hilfe des Eingangsmonologs (▶ S. 304) und des Osterspaziergangs (▶ S. 305) knapp zusammen, wie es zum Pakt mit Mephisto kommt.

2 Erklären Sie mit eigenen Worten, was Faust von Mephisto verlangt, wenn er sagt: „Zeig mir die Frucht, die fault, eh' man sie bricht, / Und Bäume, die sich täglich neu begrünen" (▶ V. 26–28), z. B.:
Faust hat es nicht auf äußerliche Dinge wie Geld oder Ehre (vgl. V. 19–21) abgesehen. Er möchte ...

3 **a** Faust erklärt, unter welchen Umständen er die Wette verlieren würde. Erläutern Sie ausgehend von den Versen 33–40, was Faust grundsätzlich antreibt.
b Halten Sie Fausts Antrieb für vorbildlich, für fragwürdig oder gar für gefährlich? Nehmen Sie Stellung.

4 Wie schätzen Sie Fausts Wettchancen ein? Begründen Sie Ihre Einschätzung, indem Sie im Drama den „Prolog im Himmel" lesen und in Ihre Überlegungen einbeziehen.

Kontext

Gesellschaft – Weimar als Modell für eine Utopie

Mit Blick auf Weimar stellen sich eine ganze Reihe von Fragen, z. B.: Wie konnte Weimar, eine kleine Provinzstadt mit 6000 Einwohnern und einem eher unbedeutenden Hof, zum Zentrum der deutschen Klassik werden? Wie konnte Weimar Goethe an sich binden, der 1775 bereits ein berühmter Dichter war, „Die Leiden des jungen Werther" (▶ S. 288) vorgelegt und die Entwürfe zu seinem großen Fauststoff (▶ S. 304) im Gepäck hatte? Worin besteht die Leistung Weimars?

Weimar als gesellschaftliches Versuchslabor

Im politisch zersplitterten Deutschland gab es kein hauptstädtisches oder kulturelles Zentrum und einflussreiche Höfe hatten wenig Interesse an bürgerlichen Ideen, wie sie von der französischen Aufklärung oder der neuen Literatur in Deutschland propagiert wurden. In der kleinen Residenzstadt Weimar jedoch begann die regierende Herzogin Anna Amalia (1739–1807), die Kultur zu fördern, indem sie etwa freien Zutritt zu Theateraufführungen gewährte. Vor allem aber holte sie 1772 Christoph Martin Wieland als Prinzenerzieher nach Weimar. Wieland, den schon der junge Schiller bewunderte, war nicht nur Dichter, er gab auch Zeitschriften heraus, übersetzte Shakespeare und war journalistisch tätig. An der Seite dieses bürgerlichen Aufklärers gab Anna Amalia Abendgesellschaften, in denen Adel und Bürgertum, Frauen und Männer über Musik und Literatur ins Gespräch kamen.

Von großer Bedeutung war zudem der Einfluss Goethes, der sich 1775 in Weimar niederließ und dort bis zu seinem Tod 1832 blieb. Er folgte der Einladung Carl Augusts (1757–1828), des ältesten Sohnes Anna Amalias, der die Regierungsgeschäfte übernommen hatte. Aber was reizte Goethe nun an Weimar? Vermutlich sah er hier im Kleinen die Möglichkeit, sich eine ökonomisch gesicherte Existenz aufzubauen und gleichzeitig seine künstlerischen und kulturpolitischen Ziele zu verfolgen. Tatsächlich hatte er – begleitet und gestärkt durch die Freundschaft Carl Augusts – schon bald mehrere Funktionen inne. Sein Ruhm als Dichter strahlte auf Weimar ab und zog weitere große Köpfe wie Herder und Schiller an. Als Politiker sanierte er den verschuldeten Haushalt des Herzogtums. Als Politiker, Kulturpolitiker und Berater des Herzogs schließlich versuchte er, Weimar zu einer Art aufgeklärtem Staat im Nussschalenformat zu formen. „Weimar ist ein Modell", schreibt der Literaturwissenschaftler Gert Ueding. „So haben es seine wichtigsten Autoren, Goethe und Schiller zumal, verstanden, doch auch Wieland und Herder [...]. Der Gedanke einer geglückten und vernünftigen, einer moralisch und ästhetisch kultivierten Welt wurde als Weimar in die Wirklichkeit hineingebildet." Dabei war allen Beteiligten an diesem Prozess klar, dass es sich lediglich um den Versuch handelte, ein auf bürgerlichen Wertvorstellungen basierendes Leben an einem fürstlichen Hof zu etablieren. Doch dieser friedliche Versuch, in einem aufklärerischen Sinn Veränderungen zu bewirken, lässt sich nicht nur als ein Gegenentwurf zu den Eskalationen der Französischen Revolution, sondern auch als eine gesellschaftliche Utopie verstehen. Klassik ist in diesem Sinn ein unabgeschlossener Prozess.

1 Beantworten Sie mit Hilfe des Textes die drei Fragen, die im Einführungstext oben gestellt werden.

2 Halten Sie die Utopie des Modells Weimar (▶ Z. 37–54) heute für verwirklicht oder nach wie vor für erstrebenswert? Diskutieren Sie.

3 Wählen Sie einen literarischen Text aus diesem Kapitel (▶ S. 294–306) und untersuchen Sie ihn auf seinen utopischen Gehalt hin. Welche Gedanken zu einer geglückten, moralischen, kultivierten Welt finden sich?

Epochenüberblick **Weimarer Klassik (1786–1805)**

Allgemeingeschichtliche Hintergründe, Weltbilder

Die Zeit um 1800 führte zu politischen Umwälzungen in ganz Europa. Ausgangspunkt dafür war die **Französische Revolution** (1789), in der der Versuch unternommen wurde, demokratische Ideen der **Aufklärung** (▶ S. 280) zu verwirklichen. Allerdings radikalisierte sich die Revolution schnell, bis hin zur Schreckensherrschaft der Jakobiner. Schließlich nutzte **Napoleon Bonaparte** die chaotischen Verhältnisse in Paris, riss die Macht an sich und ließ sich 1804 zum Kaiser krönen.

Literatur

1. **Welt- und Menschenbild**
   Schillers anfängliche Begeisterung für die Französische Revolution schlug angesichts der Gräueltaten der Jakobiner in Ablehnung um. Ebenso wie **Goethe** hielt er die Zeit noch nicht für reif, um die Ideen der **Aufklärung** in der Realität umzusetzen. Dazu bedurfte es in den Augen der beiden Dichter zunächst einer intensiven **Erziehungsarbeit.** Sie wollten die Menschen mit Hilfe ihrer Literatur befähigen, in einer kultivierten Gesellschaft auf der Basis bürgerlicher **Wertvorstellungen** zu leben. Vorbild für diese **Gesellschaftsutopie** war die **Antike.** Beeinflusst von **Johann Joachim Winckelmanns** Schriften (▶ S. 295) bereiste Goethe Italien (▶ S. 294) und entwickelte aus seiner Begegnung mit der antiken Kunst ein **Welt- und Menschenbild,** das auf ein **harmonisches Gleichgewicht von Gefühl und Vernunft,** auf **Maß** und **Selbstkontrolle** zielte.
2. **Werke**
   Die **Werke,** die das oben beschriebene **Erziehungsziel inhaltlich** verfolgten, entstanden in **Weimar** (▶ S. 307) und bilden die **Weimarer Klassik.** Schiller traut vor allem dem **Drama** mit seiner unmittelbaren Wirkung auf die Zuhörerschaft erzieherische Potenziale zu, schreibt aber auch effektvolle **Balladen** (▶ S. 298), um **moralische Werte spannend zu vermitteln;** Goethe erschafft mit „Wilhelm Meisters Lehrjahren" (1795/96) den Prototyp des **Bildungsromans** (▶ S. 336) und in der Figur des **Faust** (▶ S. 304) den Inbegriff des **Wahrheitssuchers.** Zu den Werken des **Sturm und Drang** (▶ S. 292) und seinem Geist der Rebellion steht die **Klassik** auch **sprachlich und formal** in einem Gegensatz. In **Lyrik** und **Drama** herrscht eine **kunstvolle, oft metrisch gebundene Verssprache.** Dabei orientiert sich die Lyrik an antiken Vorbildern, etwa der **Elegie** (▶ S. 294) und der **Hymne** (▶ S. 297), während sich im Drama der englische **Blankvers** durchsetzt, ein fünfhebiger Jambus, den Schiller auch in **„Maria Stuart"** (▶ S. 301) nutzt. Insgesamt – durch das Zusammenspiel von vorbildlichem Inhalt und geregelter Form – wollten die Klassiker das **vollendet schöne Kunstwerk schaffen** und so die Menschen zum **Guten** (▶ u. a. „Das Göttliche", S. 296) und zur **Veredelung des Charakters,** zur „schönen Seele" (▶ „Maria Stuart", S. 301) führen.
3. **Weitere wichtige Autoren und Werke**
   Neben **Goethe** (u. a. „Iphigenie auf Tauris", „Die Wahlverwandtschaften") und **Schiller** (u. a. „Don Karlos", „Wallenstein", „Die Jungfrau von Orleans", „Wilhelm Tell") schreiben zeitgleich bedeutende Autoren wie **Christoph Martin Wieland, Jean Paul, Friedrich Hölderin** und **Heinrich von Kleist.** Sie werden aber anderen Strömungen bzw. Epochen zugerechnet, z. B. der **Aufklärung** (▶ S. 280) oder der **Romantik** (▶ S. 324).

Wirkungsgeschichte

Schillers Dramen gehören noch heute zu den meistgespielten Bühnenwerken im deutschsprachigen Raum. Der „Faust" wurde von jeder Epoche neu gedeutet und zuweilen auch politisch vereinnahmt. In der Musik haben u. a. Ludwig van Beethoven und Gustav Mahler den Fauststoff aufgegriffen, im Stummfilm Friedrich Wilhelm Murnau, auf der Bühne Regisseure wie Gustaf Gründgens, in der Literatur Thomas und Klaus Mann, aber z. B. auch der russische Schriftsteller Michail Bulgakow in seinem Roman „Der Meister und Margarita".

D 6 Romantik – Zwischen Traum und Albtraum?

Sehnsucht

Ach, wer da mitreisen könnte
In der prächtigen Sommernacht!

Joseph von Eichendorff

1 Das lyrische Ich in Eichendorffs Gedicht „Sehnsucht" drückt ein Grundgefühl der Romantik aus. Diskutieren Sie anhand der Verse, inwiefern die folgenden Stichworte zu diesem Gefühl passen.

Träumerei • Fernweh • Heimweh • Fantasie • Seele • Realitätsflucht

2 Die Epoche der Romanik hat sich selbst als eine Zeit der Krise begriffen. Setzen Sie Eichendorffs Sehnsuchtsverse zu dieser Selbstdiagnose in Beziehung, z. B.:
In der Sehnsucht könnte sich der Wunsch ausdrücken, …

3 „Sehnsucht", heißt es im Titel der Zeitschrift „Psychologie heute", helfe dabei, das Leben neu auszurichten. Diskutieren Sie, ob diese Beschreibung aus Ihrer Sicht zutrifft und worauf sich die Sehnsüchte Ihrer Generation heute richten.

In diesem Kapitel erwerben Sie folgende Kenntnisse und Kompetenzen:

- Gedichte und Novellen als literarische Formen der Romantik lesen und deuten,
- die Romantik als literarische Strömung um 1800 begreifen und untersuchen,
- die Wirkung der Romantik auf aktuelle Texte und Genres aufzeigen,
- zentrale Motive der Romantik kennen lernen.

Literatur

Die Erkundung der Seele – Programmatische Gedichte

Hatte die Aufklärung (▶ S. 280) die Vernunft als hellen Leitstern ins Zentrum ihres Weltbilds gestellt, so rückte die Romantik ergänzend die Seele und das Geheimnisvolle in den Fokus. Die Romantiker versprachen sich davon eine heilende Wirkung. Sie wollten das Wesen des Menschen und der Welt im Ganzen verstehen und nicht auf etwas Rationales reduzieren lassen. Die romantische Kunst begab sich deshalb auf eine Entdeckungsreise in das Innere: zu den Träumen, Sehnsüchten und Gefühlen. Die beiden programmatischen Gedichte von Novalis und Eichendorff zeigen, wie sich die romantische Poesie einerseits gegenüber dem Rationalismus abgrenzt, und andererseits, welche Ziele sie sich selbst steckt.

Novalis
Wenn nicht mehr Zahlen und Figuren (1800)

Wenn nicht mehr Zahlen und Figuren
sind Schlüssel aller Kreaturen,
wenn die, so singen oder küssen,
mehr als die Tiefgelehrten wissen,
wenn sich die Welt ins freie Leben
und in die Welt wird zurückbegeben,
wenn dann sich wieder Licht und Schatten
zu echter Klarheit werden gatten
und man in Märchen und Gedichten
erkennt die wahren Weltgeschichten,
dann fliegt von einem geheimen Wort
das ganze verkehrte Wesen fort.

Joseph von Eichendorff
Wünschelrute[1] (1835)

Schläft ein Lied in allen Dingen,
Die da träumen fort und fort,
Und die Welt hebt an zu singen,
Triffst du nur das Zauberwort.

1 die Wünschelrute: Y-förmige Astgabel, mit deren Hilfe besonders feinfühlige Menschen unterirdische Wasseradern, Erze oder vergrabene Gegenstände entdecken sollen

1 Nehmen Sie das Bild der Wünschelrute im Titel des Eichendorff-Gedichts zur Hilfe, um die Aufgabe der romantischen Poesie bzw. des romantischen Dichters näher zu beschreiben, z. B.:
Wie eine Wünschelrute, mit der man Verdecktes aufspürt, so sucht die romantische Poesie …
Sie interessiert sich nicht für die Oberfläche, sondern in Bezug auf die Welt und den Menschen …

2 Stellen Sie gegenüber, wovon Novalis die romantische Poesie abgrenzt und was beide Dichter im Gegenteil für romantisch und poesiewürdig halten. Ergänzen Sie weitere Stichworte.

Rationales	Romantisches
Zahlen, …	*singen, küssen, …*

3 Diskutieren Sie das Weltbild der Romantiker: Erscheint es Ihnen mit seiner Schwerpunktsetzung auf die Seele und das Geheimnisvolle modern oder überholt?

Kontext

Grundgedanken – Die Romantik: Mehr als eine Epoche um 1800?

Im 18. Jhd. entstehen in Europa zwei große philosophisch-künstlerische Bewegungen: die Aufklärung und die Romantik. Das folgende Schaubild zeigt Ihnen, wo ihre thematisch motivischen Schwerpunkte liegen und wie besonders die Ideen der Romantik bis in die Gegenwart hinein wirksam sind.

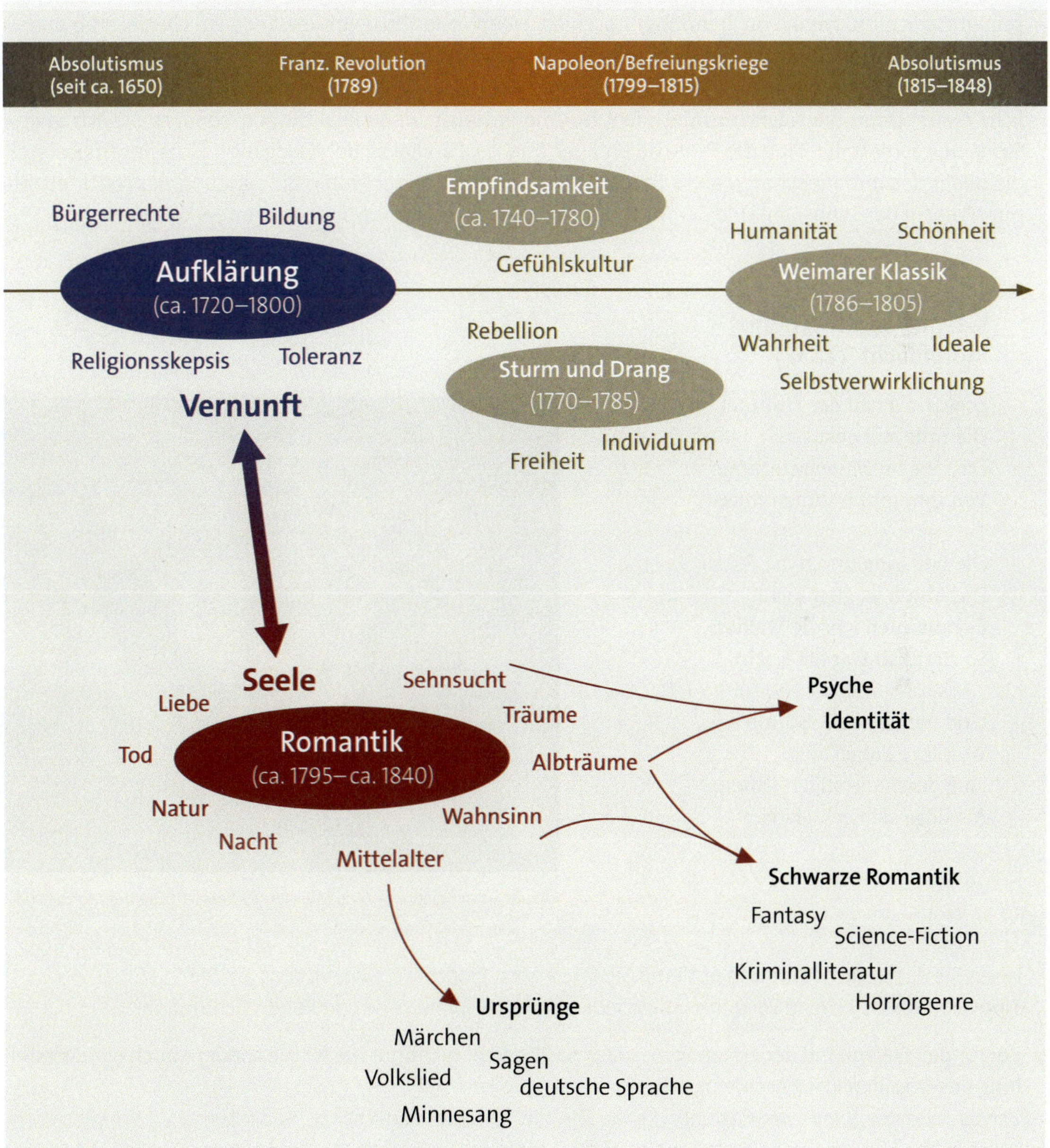

1 Erläutern Sie anhand des Schaubilds, inwiefern erst durch das Zusammenspiel von Aufklärung und Romantik der Mensch im Ganzen zum Gegenstand der Literatur wird.

2 Diskutieren Sie, in welchen Medien Ihnen heute romantische Einflüsse begegnen.

3 Blättern Sie die Seiten dieses Kapitels ab und ordnen Sie den Texten bestimmte Themen und Motive zu.

Literatur

Die Sehnsucht nach besseren Tagen – Eichendorffs Lyrik

Eichendorffs Lyrik ist im Kern eine Lyrik der Sehnsucht. Er vermisst die schlesischen Güter seiner Kindheit und den in der Ferne lebenden Bruder. Zudem empfindet er die bürgerliche Gesellschaft der Städte als seelenlos und ausschließlich dem Profitdenken verpflichtet. In seinen Augen hat sie die ursprüngliche Nähe zu Natur und Religion verloren. Eichendorff benennt diese biografischen und weltanschaulichen Verluste in seinen Gedichten, wenn von Trennung, Abschied, Heim- oder Fernweh die Rede ist. Gleichzeitig aber versucht er, die verlorene Nähe zu Heimat, Natur und Gott in seinen Gedichten auch wiederherzustellen. Er beschwört sie mittels seiner Vorstellungskraft. Der Ort dieser Beschwörung ist die Natur, häufig die nächtliche Natur. Denn die Nacht blendet nicht nur die enttäuschende Realität aus, sondern schärft auch die Sinne und fördert den Flug der Fantasie und der Träume. Parallel zu den Gedichten Eichendorffs entstehen die Bilder des romantischen Malers Caspar David Friedrich, in denen die Betrachtung der Natur ebenfalls mit Motiven der Sehnsucht und der Melancholie sowie mit Jenseitsvorstellungen verknüpft ist.

Joseph von Eichendorff
Mondnacht (1837)

Es war, als hätt der Himmel
Die Erde still geküsst,
Dass sie im Blütenschimmer
Von ihm nun träumen müsst.

Die Luft ging durch die Felder,
Die Ähren wogten sacht,
Es rauschten leis die Wälder,
So sternklar war die Nacht.

Und meine Seele spannte
Weit ihre Flügel aus,
Flog durch die stillen Lande,
Als flöge sie nach Haus.

Caspar David Friedrich: Zwei Männer bei Betrachtung des Mondes (1819)

1 Lesen Sie das Gedicht laut und notieren Sie Ihre ersten Eindrücke. Wie wirkt es auf Sie?
Tipp: Hören Sie sich eine Vertonung des Gedichts an, beispielsweise von Robert Schumann.

2 **a** Begründen Sie anhand der ersten Verse, dass das Gedicht nicht nur die Natur, sondern auch eine Vorstellung des lyrischen Ichs beschreibt, z. B.:
Bereits die ersten Worte des Gedichts „Es war, als hätt" (V. 1) verdeutlichen ... Außerdem ...
b Beschreiben Sie, wie diese Vorstellung oder dieses innere Geschehen inszeniert wird. Achten Sie besonders auf die Sinneswahrnehmungen des lyrischen Ichs.

3 Man hat aus dem Gedicht wahlweise eine Sehnsucht des lyrischen Ichs nach der Heimat, der Natur und dem Jenseits gelesen. Weisen Sie am Text nach, dass alle drei Deutungsvarianten möglich sind.

4 Diskutieren Sie, ob das Gedicht „Mondnacht" seine Wirkung auch ohne Vorwissen zur Epoche oder zu Eichendorffs Themen entfaltet.

Joseph von Eichendorff **Sehnsucht** (1834)

Das Gedicht „Sehnsucht“ ist in den Roman „Dichter und ihre Gesellen“ eingebettet. Im Roman singt die Figur „Fiametta“ dieses Lied, als sie in Erinnerung an ihre Heimat Italien in Tränen ausbricht.

Es schienen so golden die Sterne,
Am Fenster ich einsam stand
Und hörte aus weiter Ferne
Ein Posthorn im stillen Land.
Das Herz mir im Leibe entbrennte,
Da hab ich mir heimlich gedacht:
Ach, wer da mitreisen könnte
In der prächtigen Sommernacht!

Zwei junge Gesellen gingen
Vorüber am Bergeshang,
Ich hörte im Wandern sie singen
Die stille Gegend entlang:
Von schwindelnden Felsenschlüften,
Wo die Wälder rauschen so sacht,
Von Quellen, die von den Klüften
Sich stürzen in die Waldesnacht.

Sie sangen von Marmorbildern,
Von Gärten, die überm Gestein
In dämmernden Lauben verwildern,
Palästen im Mondenschein,
Wo die Mädchen am Fenster lauschen,
Wann der Lauten Klang erwacht,
Und die Brunnen verschlafen rauschen
In der prächtigen Sommernacht. –

Caspar David Friedrich: Frau am Fenster (1822)

1 Deuten Sie den Fensterblick in Gedicht und Gemälde. Welche Sehnsüchte verbinden sich mit ihm?

2 **a** Lesen Sie die Information rechts und notieren Sie eine Textstelle, in der die Sehnsucht nach der Vergangenheit anklingt.
b Erläutern Sie, warum Eichendorff sich in seinen Gedichten häufig einem Volksliedton annähert. Was will er damit erreichen?

Die Sehnsucht nach der Vergangenheit
Die Vergangenheit steht in Eichendorffs Gedichten für eine Zeit der kulturellen Blüte, in der die Menschen der Natur und der Religion eng verbunden waren. Zeugnisse dieser vergangenen Blüte finden sich noch in der Natur, z. B. in Form überwucherter Ruinen, aber auch in Märchen und Volksliedern.

3 **a** Eichendorff arbeitet mit sogenannten lyrischen Formeln, also Formulierungen und sprachlichen Bildern, die er leitmotivisch einsetzt.
Untersuchen Sie die beiden Gedichte auf Ähnlichkeiten und notieren Sie Textstellen, z. B.:
Mondnacht – Sommernacht, Waldesnacht, Mondenschein, Sommernacht; still – ...
b Erläutern Sie, welche Wirkung sich durch diese leitmotivischen Wiederholungen entfaltet.

Literatur

Liebe und Trennung – Volkslied und Mittelalterbegeisterung

Das Denken vieler Romantiker war geprägt von der Suche nach den Wurzeln der deutschen Geschichte und Kultur. Das führte zu einer Wiederentdeckung des Mittelalters und zu dessen Idealisierung. Man betrachtete es als eine Zeit der Einheit, der Ordnung und der kulturellen Blüte. Im Versuch, dieses kulturelle Erbe zugänglich zu machen, entstehen die beiden großen Textsammlungen der Romantik: die „Kinder- und Hausmärchen" der Brüder Grimm und eine dreibändige Sammlung von Volksliedern, die Achim von Arnim und Clemens Brentano unter dem Titel „Des Knaben Wunderhorn" herausgeben. Dass diese Volkslieder nicht immer authentisch waren und auch romantische Inhalte transportierten (siehe Infokasten), ändert nichts an ihrer enormen Wirkung. Zahlreiche Dichter – von Eichendorff (▶ S. 312 f.) bis Heine (▶ S. 330) – haben sich an ihrer eher einfachen Sprache und ihrem fließenden Rhythmus orientiert.

Der Falke (veröffentlicht 1806)

Mündlich.

Wär ich ein wilder Falke,
Ich wollt mich schwingen auf,
Und wollt mich niederlassen
Vor meines Grafen Haus.

Und wollt mit starkem Flügel
Da schlagen an Liebchens Tür,
Dass springen sollt der Riegel,
Mein Liebchen trät herfür.

„Hörst du die Schlüssel klingen?
Dein Mutter ist nicht weit.
So zieh mit mir von hinnen
Wohl über die Heide breit."

Und wollt in ihrem Nacken
Die goldnen Flechten schön
Mit wildem Schnabel packen,
Sie tragen zu dieser Höhn.

Ja wohl zu dieser Höhen,
Hier wär ein schönes Nest.
Wie ist mir doch geschehen,
Dass ich gesetzet fest.

Ja, trüg ich sie im Fluge,
Mich schöss der Graf nicht tot.
Sein Töchterlein zum Fluche,
Das fiele sich ja tot.

So aber sind die Schwingen
Mir allesamt gelähmt,
Wie hell ich ihr auch singe,
Mein Liebchen sich doch schämt.

1 Erläutern Sie, warum das lyrische Ich sich wünscht, ein Falke zu sein, und inwiefern sich in diesem Gedicht das romantische Sehnsuchtsmotiv spiegelt.

2 Beschreiben Sie, aus welchen Komponenten sich der Volkliedton zusammensetzt. Gehen Sie dafür auf die Sprache, die Verslänge, das Metrum und die Reime ein.

3 Beschreiben Sie, wie der Volksliedton bei Heinrich Heine (▶ S. 330) auf Sie wirkt.

Der Falke – Ein Volkslied?
„Des Knaben Wunderhorn" versammelt liedhafte Texte aus verschiedenen Jahrhunderten, darunter auch zeitgenössische. Beide Herausgeber haben eigene Werke eingestreut und überlieferte Texte stark bearbeitet. Entstanden ist dadurch eine Mischung aus Volkslied und romantischer Lyrik. Auch „Der Falke", angeblich mündlich überliefert, ist ein solches Misch- und Kunstprodukt Achim von Arnims.

Dieselbe Sehnsucht? – Romantische Motive in der Gegenwartslyrik

Norbert Hummelt variiert in seinem Gedicht „der turmfalk" das romantische Trennungs- und Sehnsuchtsmotiv. Er zitiert dabei nicht nur den Fensterblick Eichendorffs und Friedrichs (► S. 313), sondern spielt unter anderem wahrscheinlich auch auf das Volkslied „Der Falke" an (► S. 314).

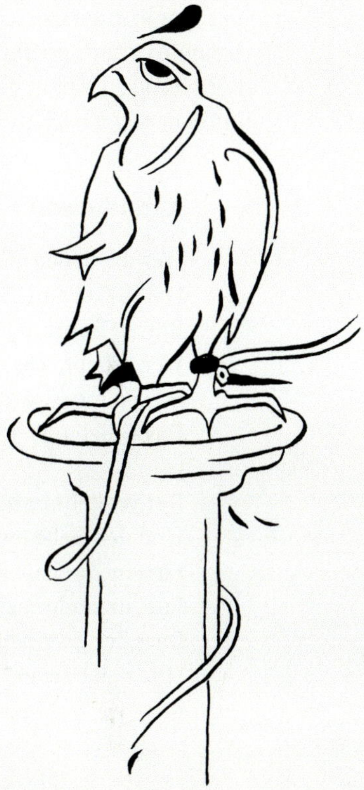

Norbert Hummelt der turmfalk (2001)

am fenster, schnurlos, da am telefon ich für
den bruchteil erst nur deine stimme höre, seh
ich im rankenwerk dort auf der mauerkrone
bis dato unbekannten, etwa taubengroßen
nein etwas größer, glaub ich, fremden vogel
sitzen .. ich würde mal sagen, oben rotbraun
mit aschgrauem schwanz, dessen endbinde
schwarz ist .. das ist der turmfalk, vorher nie
gesehen, wenn ich dem fernglas hier u. dem
bestimmbuch traue, dem ich ins gelb umflorte
dunkle auge schaue .. scheint so er hat eine beute
geschlagen u. weidet sich an dem erlegten tier
u. äugt nach jedem bissen wie zu mir herüber als
ob er ahnen kann, was ich ihn fragen möchte: ist
sie das, die vielzitierte feier der natur? dann wird
es gut sein, wenn ich sie nicht störe .. die leitung
knackt, ich habe nichts vernommen, ob du noch da
bist, rede doch mit mir .. der falke fliegt, er wird
nicht wiederkommen, nur ich am fenster, ich am
telefon, bin schnurlos noch für einen bruchteil hier

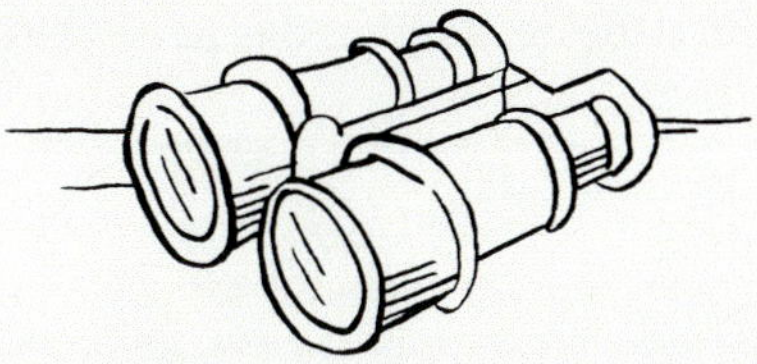

1 Beschreiben Sie die Situation des lyrischen Ichs, z. B.:
Das lyrische Ich scheint sich auf dem Land zu befinden, wo der Empfang ... Entsprechend gelingt es ihm nicht ... Stattdessen betrachtet es durch das Fenster ...

2 **a** Interpretieren Sie den Text als Trennungs- und Sehnsuchtsgedicht. Stellen Sie dabei einen Bezug zwischen Inhalt, Form und Sprache her.
b Weisen Sie inhaltlich und formal nach, dass es sich um ein Gegenwartsgedicht handelt.

3 Vergleichen Sie das Gedicht „der turmfalk" mit dem Volkslied „Der Falke" (► S. 314). Gehen Sie dabei auf folgende Punkte ein:
– die Situation des lyrischen Ichs sowie das Trennungs- und Sehnsuchtsmotiv,
– die Rolle des Falken,
– Form und Sprache des Gedichts.
Tipp: Achten Sie in Bezug auf die Form auf versteckte Spuren des alten Volksliedtons.

Literatur

Unmögliche Liebe? – Autorinnen zwischen Selbst- und Fremdbestimmung

Frauen treten in der Romantik verstärkt als Autorinnen in Erscheinung, neben Karoline von Günderrode etwa ihre enge Freundin Bettina von Arnim (► S. 329) oder Rahel Varnhagen von Ense. Dennoch war die Grenze dessen, was die Gesellschaft für akzeptabel oder schicklich hielt, für diese Frauen schneller erreicht als für ihre männlichen Kollegen. Karoline von Günderrode schrieb deswegen unter Pseudonym und schlüpfte sogar in ihren Gedichten zuweilen in männliche Sprecherrollen, um ihre Gefühle deutlich ausdrücken zu können. In dem posthum veröffentlichten Gedicht „Die eine Klage“ spiegelt sich ihre unglückliche Liebesbeziehung zu einem verheirateten Mann ebenso wie das romantische Motiv der Trennung, hier allerdings unter dem Vorzeichen eines endgültigen Verlusts.

Karoline von Günderrode **Die eine Klage** (entstanden 1806)

Wer die tiefste aller Wunden
Hat in Geist und Sinn empfunden,
Bittrer Trennung Schmerz;
Wer geliebt, was er verloren,
Lassen muss, was er erkoren,
Das geliebte Herz.

Der versteht in Lust die Tränen
Und der Liebe ewig Sehnen
Eins in Zwei zu sein,
Eins im andern sich zu finden,
Dass der Zweiheit Grenzen schwinden
Und des Daseins Pein.

Wer so ganz in Herz und Sinnen
Konnt' ein Wesen liebgewinnen,
O! den tröstet's nicht,
Dass für Freuden, die verloren,
Neue werden neu geboren:
Jene sind's doch nicht.

Das geliebte, süße Leben,
Dieses Nehmen und dies Geben,
Wort und Sinn und Blick,
Dieses Suchen und dies Finden,
Dieses Denken und Empfinden
Gibt kein Gott zurück.

1 Was die Liebe ausmacht, beschreibt die Sprecherin des Gedichts in der zweiten Strophe. Orden Sie diesem Liebesverständnis das passende Diagramm begründet zu.

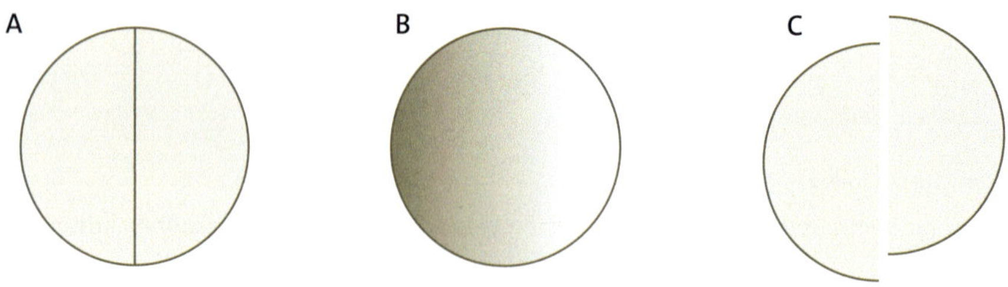

2 Belegen Sie die folgende Deutungsthese am Text:

> In diesem Gedicht entspricht die Größe der Liebe dem Ausmaß des Verlusts.

3 Stellen Sie mit Hilfe des Einführungstextes Vermutungen dazu an, warum trotz der Dringlichkeit und der Intensität des Gedichts kein lyrisches Ich und kein Adressat vorkommen.

4 Christa Wolf (► S. 408) hat Karoline von Günderrode eine Erzählung mit dem Titel „Kein Ort. Nirgends“ gewidmet. Formulieren Sie mit Hilfe dieser Seite einen Erklärungsansatz für diesen Titel.

Literatur

Albträume, Wahnsinn und Tod – Die „Schwarze Romantik“

Der Weg von den Traumwelten zu den Albtraumwelten der Romantik war nicht weit. Das romantische Interesse für das Seelenleben des Menschen musste schließlich auch an Orte führen, an denen die Seele oder die Psyche der Menschen Schaden nahm. Die sogenannte Schwarze Romantik widmet sich diesen Abgründen. Sie ist von Dämonen, Wahnsinnigen, Mördern und Doppelgängern bevölkert. Führender Vertreter dieser Richtung in der deutschsprachigen Literatur ist E.T.A. Hoffmann, dessen Werk Schriftsteller des 19. Jahrhunderts wie Nikolai Gogol, Fjodor Dostojewski und Edgar Allen Poe ebenso beeinflusst hat wie die fantastische Literatur des 20. Jahrhunderts. In der Novelle „Der Sandmann“ erzählt Hoffmann multiperspektivisch. Er verbindet den rückblickenden Erzählerbericht mit vorangestellten Briefen seiner Protagonisten derart, dass sich darin auch das Thema der Novelle spiegelt, nämlich die Gleichzeitigkeit und Konkurrenz von subjektiver und objektiver Wahrheit.

E. T. A. Hoffmann **Der Sandmann** (1816)

Der Student Nathanael berichtet in einem Brief an seinen Freund Lothar von einem Kindheitserlebnis, das ihn tief traumatisiert hat und noch immer beherrscht. Dabei geht es um den Sandmann, der bereits früh die Fantasie des Knaben beschäftigt. Seiner Amme zufolge handelt es sich um eine Art Dämon, der die Augen der Kinder stiehlt, um sie an Eulen zu verfüttern. Der junge Nathanael bildet sich nun ein, dass der Sandmann in einem unheimlichen Verhältnis zu seinem Vater steht und manchmal mit lauten Schritten durch das Haus stapft. Von Angst und Neugier gleichermaßen getrieben, versucht er sich im Alter von zehn Jahren Gewissheit zu verschaffen. Der folgende Textauszug erzählt von der ersten Begegnung mit dem Sandmann. Der eigentliche Anlass des Briefs ist aber, dass der Sandmann nach Jahren der Abwesenheit in das Leben Nathanaels zurückgekehrt ist. Nathanael schreibt, wie er selbst sagt, mit „zerrissenem Geist“.

An des Vaters Schweigen, an der Mutter Traurigkeit merkte ich eines Abends, dass der Sandmann kommen werde; ich schützte daher große Müdigkeit vor, verließ schon vor neun Uhr das Zimmer und verbarg mich dicht neben der Türe in einen Schlupfwinkel. Die Haustür knarrte, durch den Flur ging es, langsamen, schweren, dröhnenden Schrittes nach der Treppe. Die Mutter eilte mit dem Geschwister mir vorüber. Leise – leise öffnete ich des Vaters Stubentür. Er saß, wie gewöhnlich, stumm und starr den Rücken der Türe zugekehrt, er bemerkte mich nicht, schnell war ich hinein und hinter der Gardine, die einem gleich neben der Türe stehenden offnen Schrank, worin meines Vaters Kleider hingen, vorgezogen war. – Näher – immer näher dröhnten die Tritte – es hustete und scharrte und brummte seltsam draußen.

Das Herz bebte mir vor Angst und Erwartung. – Dicht, dicht vor der Türe ein scharfer Tritt – ein heftiger Schlag auf die Klinke, die Tür springt rasselnd auf! – Mit Gewalt mich ermannend gucke ich behutsam hervor. Der Sandmann steht mitten in der Stube vor meinem Vater, der helle Schein der Lichter brennt ihm ins Gesicht! – Der Sandmann, der fürchterliche Sandmann ist der alte Advokat Coppelius, der manchmal bei uns zu Mittag isst!

Aber die grässlichste Gestalt hätte mir nicht tieferes Entsetzen erregen können als eben dieser Coppelius. – Denke Dir einen großen breitschultrigen Mann mit einem unförmlich dicken Kopf, erdgelbem Gesicht, buschichten grauen Augenbrauen, unter denen ein Paar grünliche Katzenaugen stechend hervorfunkeln [...]

Als ich nun diesen Coppelius sah, ging es grausig und entsetzlich in meiner Seele auf, dass ja niemand anders als er der Sandmann sein könne, aber der Sandmann war mir nicht mehr jener Popanz[1] aus dem Ammenmärchen, der dem Eulennest im Halbmonde Kinderaugen zur Atzung[2] holt – nein! – ein hässlicher gespenstischer Unhold, der überall, wo er einschreitet, Jammer – Not – zeitliches, ewiges Verderben bringt.

Ich war festgezaubert. Auf die Gefahr entdeckt und, wie ich deutlich dachte, hart gestraft zu werden, blieb ich stehen, den Kopf lauschend durch die Gardine hervorgestreckt. Mein Vater empfing den Coppelius feierlich. „Auf! – zum Werk“, rief dieser mit

Johann Füssli: Der Nachtmahr (1781)

heiserer, schnarrender Stimme und warf den Rock ab. Der Vater zog still und finster seinen Schlafrock aus und beide kleideten sich in lange schwarze Kittel. Wo sie die hernahmen, hatte ich übersehen. Der Vater öffnete die Flügeltür eines Wandschranks; aber ich sah, dass das, was ich so lange dafür gehalten, kein Wandschrank, sondern vielmehr eine schwarze Höhlung war, in der ein kleiner Herd stand. Coppelius trat hinzu und eine blaue Flamme knisterte auf dem Herde empor. Allerlei seltsames Geräte stand umher. Ach Gott! – wie sich nun mein alter Vater zum Feuer herabbückte, da sah er ganz anders aus. Ein grässlicher krampfhafter Schmerz schien seine sanften ehrlichen Züge zum hässlichen widerwärtigen Teufelsbilde verzogen zu haben. Er sah dem Coppelius ähnlich. Dieser schwang die glutrote Zange und holte damit hellblinkende Massen aus dem dicken Qualm, die er dann emsig hämmerte. Mir war es, als würden Menschengesichter ringsumher sichtbar, aber ohne Augen – scheußliche, tiefe schwarze Höhlen statt ihrer. „Augen her, Augen her!“, rief Coppelius mit dumpfer dröhnender Stimme. Ich kreischte auf von wildem Entsetzen gewaltig erfasst und stürzte aus meinem Versteck heraus auf den Boden. Da ergriff mich Coppelius. „Kleine Bestie! – kleine Bestie!“, meckerte er zähnefletschend! – riss mich auf und warf mich auf den Herd, dass die Flamme mein Haar zu sengen begann: „Nun haben wir Augen – Augen – ein schön Paar Kinderaugen.“ So flüsterte Coppelius und griff mit den Fäusten glutrote Körner aus der Flamme, die er mir in die Augen streuen wollte. Da hob mein Vater flehend die Hände empor und rief „Meister! Meister! lass meinem Nathanael die Augen – lass sie ihm!“ Coppelius lachte gellend auf und rief: „Mag denn der Junge die Augen behalten und sein Pensum flennen in der Welt; aber nun wollen wir doch den Mechanismus der Hände und der Füße recht observieren.“ Und damit fasste er mich gewaltig, dass die Gelenke knackten, und schrob mir die Hände ab und die Füße und setzte sie bald hier, bald dort wieder ein. „'s steht doch überall nicht recht! 's gut, so wie es war! – Der Alte hat's verstanden!“ So zischte und lispelte Coppelius; aber alles um mich her wurde schwarz und finster, ein jäher Krampf durchzuckte Nerv und Gebein – ich fühlte nichts mehr. Ein sanfter warmer Hauch glitt über mein Gesicht, ich erwachte wie aus dem Todesschlaf, die Mutter hatte sich über mich gebeugt. „Ist der Sandmann noch da?“, stammelte ich.

---

1 der Popanz: ein für Kinder erfundenes Schreckgespenst, das nicht ernst zu nehmen ist

2 die Atzung: die Nahrung

1 **a** Sigmund Freud, der Begründer der Psychoanalyse, hat sich sehr für diese Novelle interessiert. Erstellen Sie an seiner Stelle eine (laienhafte) psychologische Diagnose. Worunter leidet Nathanael?
b Diskutieren Sie Ihre Ergebnisse.

2 Erläutern Sie, inwiefern subjektive und objektive Wahrheit in Nathanaels Brief verschwimmen.

3 Erklären Sie, welche Vorteile die Briefform in diesem Textauszug hat.

4 **a** Das Bild „Der Nachtmahr“ gilt als ein zentrales Werk der „Schwarzen Romantik“. Beschreiben Sie, wie Füssli das Zusammenspiel von Realität und Traum in diesem Bild inszeniert.
b Stellen Sie Bezüge zwischen dem Bild und dem Textauszug aus „Der Sandmann“ her.

Kontext

Interkulturalität – Schauerliteratur als internationales Phänomen

E. T. A. Hoffmanns (► S. 317) Werke sind Teil einer internationalen Strömung von großem Einfluss: der „Schauerromantik“. Hier werden die Grundsteine für viele neue literarische Genres gelegt. Mary Shelley schafft mit „Frankenstein“ einen Vorboten der Science-Fiction-Literatur und Hoffmann treibt ebenso wie Edgar Allen Poe die Entwicklung der Kriminal- und Detektivgeschichte entscheidend voran. Im Kern der Schauerromantik aber verbinden sich fantastische und psychologische Elemente äußerst publikumswirksam zu einer Welt voller Grauen und Abgründe. Stefan Matuschek erläutert die Mechanismen dieses Erfolgskonzepts.

Stefan Matuschek **Schauerromantik** (2022)

Als Leser in das Erlebnis des Unheimlichen, rational Unerklärlichen einzutauchen, kann nicht nur psychologisch aufschlussreich sein, sondern auch erregend. Es erzeugt ein angenehmes Grauen. Gruseln wird zum Genuss, wenn das Gruselige fiktional ist. So furchtbar die imaginären Orte des Schreckens dabei auch sind, hält man sich doch gern an ihnen auf, solange der reale Ort der Lesesessel bleibt. [...]

Die beliebteste Gattung ist auch hier der Roman. Er bildet um 1800 einen eigenen Typ aus, der nach seiner Wirkungsabsicht benannt ist: den Schauerroman. Als menschlich-affektives[1] Phänomen verstanden, ist der „Schauer“ eine ausdrucksvolle Metapher, die eine Art Unwetter der Seele bezeichnet. Wie ein plötzlicher Regen- oder Hageleinbruch verfinstert das Gruseln das menschliche Gemüt. Und der Schauerroman übt das als Unterhaltungskunst. Durch das Fantastische ist ihm die epochal neue psychologische Eindringlichkeit eigen. Auch er stellt in den alten Motiven des Aberglaubens und im märchenhaft Unheimlichen seelische Leiden und Krankheiten dar. Anders als Tiecks Märchen oder Hoffmanns Erzählungen aber ist er viel aufreizender. Zum Schauerroman gehört ein möglichst abenteuerlicher Plot mit plakativen, reißerischen Motiven: Triebtätern und anderen Verbrechern, Mord und Folter, religiösem Wahn und heuchlerischer Frömmigkeit, geheimbündlerischen Verschwörungen und Familienflüchen, unschuldigen, meist jungen weiblichen Opfern und deren herzergreifenden Schicksalen. Schauerromane haben etwas Süffiges und Triviales. Doch sind sie zugleich kraftvoll. Sie geben fundamentalen menschlichen Themen (Liebe, Sexualität und Trieb, Verbrechen und Strafe, Wahn und Aufklärung) eine krasse Anschaulichkeit. Sie schaffen die Kombination aus thematischer und ästhetischer Wucht, die noch heute die publikumsstärksten Erfolgsromane und -filme auszeichnet. „Knüller“ ist dafür der passende Ausdruck: etwas, das unfein, doch durchschlagend wirksam ist. Die romantischen Schauerromane sind die ersten Knüller der Literaturgeschichte.

Mary Shelley: Frankenstein, zuerst veröffentlicht 1818

1 affektiv: gefühlsbetont

1 Erläutern Sie die „Knüller“-Qualitäten, die die Schauerliteratur laut Matuschek besitzt. Gehen Sie dabei auf ihre zentralen inhaltlichen Zutaten und ihre Wirkungsmechanismen bei der Leserschaft ein.

2 Benennen Sie Parallelen zwischen der reißerischen Schauerliteratur, wie Matuschek sie darstellt, und Hoffmanns „Der Sandmann“ (► S. 317).

3 Diskutieren Sie die Wirkung der Schauerromantik auf die Kunst der Gegenwart: auf Musik, Film und Literatur, aber auch auf Computerspiele. Belegen Sie Ihre Ansicht mit konkreten Beispielen.

Literatur

Identitätskrisen – Kleist, Droste-Hülshoff und Hölderlin

Zwei Dichter und eine Dichterin, die sich nicht ohne Weiteres in ein Epochenraster einordnen lassen, bilden gemeinsam den Gegenstand dieser Literatureinheit, weil sie alle drei das romantische Krisenempfinden auf das Thema der bedrohten Identität beziehen. Kleist veranschaulicht in seiner ernsten Komödie „Amphitryon", wie gefährdet die Identität in der Auseinandersetzung mit einer überlegenen Macht ist. Die Droste beklagt in ihrem Gedicht „Am Turme" die eingeschränkten Entfaltungsmöglichkeiten für Frauen und wünscht sich einen Befreiungsschlag. Hölderlin schließlich legt in seinem berühmten Gedicht „Hälfte des Lebens" mehr als nur das Dokument einer individuellen Midlife-Crisis vor. Er bilanziert seine Identität als Dichter und betrachtet sie und sein Programm als gescheitert. Er kann die Harmonie, die noch das erklärte Ziel klassischer Kunst (► S. 308) war, nicht mehr herstellen.

Heinrich von Kleist **Amphitryon** (1807) – Erster Akt, Zweite Szene

Jupiter kann Alkmene nur mittels einer Täuschung verführen und nimmt deshalb die Gestalt ihres geliebten Gatten Amphitryon an. Diese Handlung auf der Ebene der Herrscher erfährt eine komische Dopplung auf der Dienerebene. Hier trifft Sosias, der Diener des Amphitryon, auf Merkur, der die Pläne Jupiters unterstützt. Merkur hat sich in Sosias verwandelt und macht diesem nun seine Identität streitig. Da es bei dieser Begegnung jedoch finstere Nacht ist, erkennt der richtige Sosias nicht gleich, dass er seinem Spiegelbild gegenübersteht.

Merkur: Wer gibt das Recht dir, Unverschämter,
Den Namen des Sosias anzunehmen?
Sosias: Gegeben wird er mir, ich nehm ihn nicht.
Mag es mein Vater dir verantworten.
Merkur: Hat man von solcher Frechheit je gehört?
Du wagst mir schamlos ins Gesicht zu sagen,
Dass du Sosias bist?
Sosias: Ja, allerdings.
Und das aus dem gerechten Grunde, weil es
Die großen Götter wollen; weil es nicht
In meiner Macht steht, gegen sie zu kämpfen,
Ein andrer sein zu wollen als ich bin;
Weil ich muss Ich, Amphitryons Diener sein,
Wenn ich auch zehenmal Amphitryon,
Sein Vetter lieber, oder Schwager wäre. [...]
Der Unbekannte (= Merkur) verprügelt Sosias.
Merkur: Bist du Sosias noch?
Sosias: Ach lass mich gehn.
Dein Stock kann machen, dass ich nicht mehr bin;
Doch nicht, dass ich nicht Ich bin, weil ich bin.
Der einz'ge Unterschied ist, dass ich mich
Sosias jetzo, der geschlagne, fühle.
Merkur: Hund, sieh, so mach ich kalt dich.
Er droht.
Sosias: Lass! Lass!
Hör auf, mir zuzusetzen.
Merkur: Eher nicht,
Als bis du aufhörst –
Sosias: Gut, ich höre auf.
Kein Wort entgegn' ich mehr, recht sollst du haben,
Und allem, was du aufstellst, sag ich ja.
Merkur: Bist du Sosias noch, Verräter?
Sosias: Ach!
Ich bin jetzt, was du willst. Befiehl, was ich
Soll sein, dein Stock macht dich zum Herren meines Lebens.
Merkur: Du sprachst, du hättest dich Sosias sonst genannt?
Sosias: Wahr ist's, dass ich bis diesen Augenblick gewähnt,
Die Sache hätte ihre Richtigkeit.
Doch das Gewicht hat deiner Gründe mich
Belehrt: ich sehe jetzt, dass ich mich irrte.
Merkur: Ich bin's, der sich Sosias nennt.
Sosias: Sosias –?
Du –?
Merkur: Ja, Sosias. Und wer Glossen macht,
Hat sich vor diesem Stock in Acht zu nehmen.
Sosias *für sich:* Ihr ew'gen Götter dort! So muss ich auf
Mich selbst Verzicht jetzt leisten, mir von einem
Betrüger meinen Namen stehlen lassen? [...]
Sosias bittet den Unbekannten, offen sprechen zu dürfen, ohne verprügelt zu werden. Dieser willigt ein.
Sosias: Nun so sage mir,
Wie kommt der unerhörte Einfall dir,
Mir meinen Namen schamlos wegzugaunern?
Wär es ein Mantel, wär's mein Abendessen;
Jedoch ein Nam'! Kannst du dich darin kleiden?

Ihn essen? trinken? oder ihn versetzen?
Was also nützet dieser Diebstahl dir?
Merkur: Wie? Du – du unterstehst dich?
Sosias: Halt! halt! sag ich.
Wir schlossen Waffenstillstand.
Merkur: Unverschämter!
Nichtswürdiger!
Sosias: Dawider hab ich nichts.
Schimpfwörter mag ich leiden, dabei kann ein
Gespräch bestehen.
Merkur: Du nennst dich Sosias?
Sosias: Ja, ich gesteh's, ein unverbürgtes
Gerücht hat mir –
Merkur: Genug. Den Waffenstillstand
Brech' ich, und dieses Wort hier nehm' ich wieder.
Sosias: Fahr in die Höll'! Ich kann mich nicht vernichten!
Verwandeln nicht, aus meiner Haut nicht fahren,
Und meine Haut dir um die Schultern hängen.
Ward, seit die Welt steht, so etwas erlebt?
Träum' ich etwa? Hab ich zur Morgenstärkung
Heut mehr, als ich gewöhnlich pfleg, genossen?
Bin ich mich meiner völlig nicht bewusst?
Hat nicht Amphitryon mich hergeschickt,
Der Fürstin seine Rückkehr anzumelden? [...]
Halt' ich nicht die Laterne? Fand ich dich
Vor dieses Hauses Tür herum nicht lungern,
Und als ich mich der Pforte nähern wollte,
Nahmst du den Stock zur Hand nicht, und zerbläutest
Auf das Unmenschlichste den Rücken mir,
Mir ins Gesicht behauptend, dass nicht ich,
Wohl aber du Amphitryons Diener seist.
Das alles, fühl ich, leider, ist zu wahr nur;
Gefiel's den Göttern doch, dass ich besessen wäre!
[...]
Merkur: Du lügst, sag' ich, Verräter.
Mich hat Amphitryon hieher geschickt. [...]
Denn ich bin, sag' ich dir, Sosias,
Sein Diener, Sohn des Davus, wackern Schäfers
Aus dieser Gegend, Bruder Harpagons,
Der in der Fremde starb, Gemahl der Charis,
Die mich mit ihren Launen wütend macht; [...]
Sosias *für sich:* Da hat er recht! Und ohne dass man selbst
Sosias ist, kann man von dem, was er
Zu wissen scheint, nicht unterrichtet sein.
Man muss, mein Seel, ein bisschen an ihn glauben.
Zu dem, da ich ihn jetzt ins Auge fasse,
Hat er Gestalt von mir und Wuchs und Wesen
Und die spitzbüb'sche Miene, die mir eigen.
– Ich muss ihm ein paar Fragen tun, die mich
Aufs Reine bringen [...]
Sosias stellt Fragen, die nur der wahre Sosias beantworten kann. Der Unbekannte beantwortet sie alle.
Sosias *für sich:* Nun ist es gut. Nun wär's gleich viel, wenn mich
Die Erde gleich von diesem Platz verschlänge, [...]
Laut: Ich sehe, alter Freund, nunmehr, dass du
Die ganze Portion Sosias bist,
Die man auf dieser Erde brauchen kann.
Ein Mehreres scheint überflüssig mir.
Fern sei mir, den Zudringlichen zu spielen,
Und gern tret' ich vor dir zurück. Nur habe die
Gefälligkeit für mich, und sage mir,
Da ich Sosias nicht bin, wer ich bin?
Denn etwas, gibst du zu, muss ich doch sein.

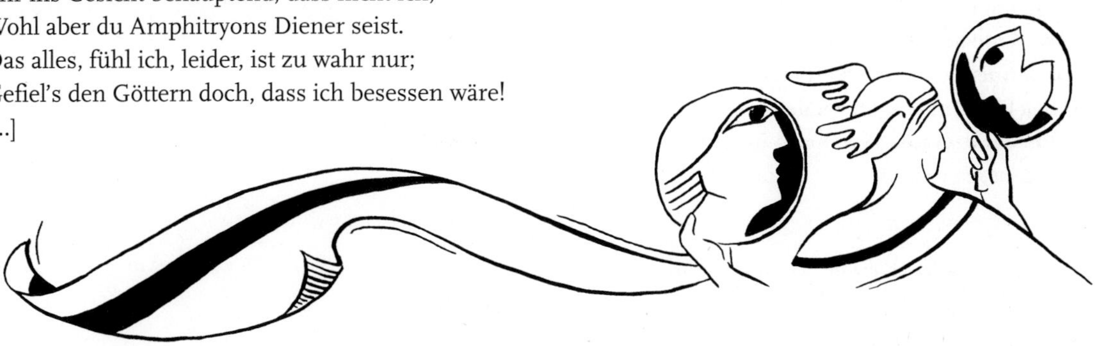

1 Lesen Sie den Szenenauszug mit verteilten Rollen und diskutieren Sie im Anschluss, ob die Szene eher komisch oder eher tragisch ist.

2 **a** Charakterisieren Sie Sosias. Wie geht er mit dem Identitätsdiebstahl durch den überlegenen Merkur um?
Sosias weicht zwar vor der Gewalt des überlegenen Merkur zurück, aber ...
b Formulieren Sie eine mögliche Deutungsthese für das Stück. Was will Kleist zeigen?

3 Erläutern Sie mit Blick auf die modernen Medien, inwiefern das Thema des Stücks noch heute aktuell ist.

Annette von Droste-Hülshoff
Am Turme (1842)

Ich steh' auf hohem Balkone am Turm,
Umstrichen vom schreienden Stare,
Und lass' gleich einer Mänade[1] den Sturm
Mir wühlen im flatternden Haare;
O wilder Geselle, o toller Fant,
Ich möchte dich kräftig umschlingen,
Und, Sehne an Sehne, zwei Schritte vom Rand
Auf Tod und Leben dann ringen!

Und drunten seh' ich am Strand, so frisch
Wie spielende Doggen, die Wellen
Sich tummeln rings mit Geklaff und Gezisch,
Und glänzende Flocken schnellen.
O, springen möchte' ich hinein alsbald,
Recht in die tobende Meute,
Und jagen durch den korallenen Wald
Das Walross, die lustige Beute!

Und drüben seh ich ein Wimpel wehn
So keck wie eine Standarte,
Seh auf und nieder den Kiel sich drehn
Von meiner luftigen Warte;
O, sitzen möchte' ich im kämpfenden Schiff,
Das Steuerruder ergreifen,
Und zischend über das brandende Riff
Wie eine Seemöve streifen.

Wär' ich ein Jäger auf freier Flur,
Ein Stück nur von einem Soldaten,
Wär' ich ein Mann doch mindestens nur,
So würde der Himmel mir raten;
Nun muss ich sitzen so fein und klar,
Gleich einem artigen Kinde,
Und darf nur heimlich lösen mein Haar,
Und lassen es flattern im Winde!

Johann Joseph Sprick: Annette von Droste-Hülshoff (1838)

---

1 die Mänade: wilde, enthemmte Anhängerin des griechischen Gottes Dionysos

1 Setzen Sie das Porträt in Bezug zum Gedicht: Welchen Versen entspricht es?

2 Erläutern Sie, wonach das lyrische Ich sich sehnt und welcher Konflikt daraus entsteht, z. B.:
In diesem Gedicht herrscht ein Gegensatz zwischen den Wünschen ... Denn das lyrische Ich sehnt sich ...

3 Erörtern Sie, inwiefern das Gedicht romantische Motive aufgreift und inwiefern es in seinem Ton und seiner Sprache über die Romantik hinausweist.
Tipp: Ziehen Sie die Gedichte Eichendorffs (► S. 312–313) zum Vergleich heran.

Dante Alighieri (1265–1321)
Dantes episches Gedicht **„Die göttliche Komödie"** erzählt von einer Wanderung durch Hölle, Fegefeuer und Paradies. „In der Mitte seines Lebenswegs" (mit 35 Jahren) macht sich Dante auf den Weg, um seinem Leben eine völlig **neue Richtung** zu geben.

Mit Mitte 30 zieht **Friedrich Hölderlin** (1770–1843) die **Bilanz** seines Lebens und seiner künstlerischen Ambitionen:

Friedrich Hölderlin
Hälfte des Lebens (1805)

Mit gelben Birnen hänget
Und voll mit wilden Rosen
Das Land in den See,
Ihr holden Schwäne,
Und trunken von Küssen
Tunkt ihr das Haupt
Ins heilignüchterne Wasser.

Weh mir, wo nehm ich, wenn
Es Winter ist, die Blumen, und wo
Den Sonnenschein,
Und Schatten der Erde?
Die Mauern stehn
Sprachlos und kalt, im Winde
Klirren die Fahnen.

Robert Musil (1880–1942)
Ulrich, die Hauptfigur in Robert Musils Roman **„Der Mann ohne Eigenschaften"** (► S. 361), beschließt mit 32 Jahren, einen Urlaub von seinem Leben zu nehmen.

Ingeborg Bachmann (1926–1973)
Für den Protagonisten aus Bachmanns (► S. 396) Erzählung **„Das dreißigste Jahr"** bedeutet der 30. Geburtstag das Ende der Jugend.

1 Deuten Sie Hölderlins Gedicht im Rahmen einer ersten Annäherung als Ausdruck der Midlife-Crisis.
- **a** Ordnen Sie die beiden Strophen der ersten und der zweiten Lebenshälfte zu.
- **b** Erklären Sie, wie Hölderlin die Gegensätze zwischen den beiden Lebenshälften beschreibt, z. B.: *Während die Jugend mit Bildern einer warmen, sommerlichen Lebensfülle beschrieben wird, …*
- **c** Überlegen Sie zu zweit, wo genau der Standort des lyrischen Ichs ist: in Strophe 1, 2 oder dazwischen?

2 Übertragen Sie Ihre Deutung aus Aufgabe 1 auf Hölderlins Schreiben.
- **a** Benennen Sie Worte und Formulierungen, die für ein Erstarren der Sprache stehen und das Verstummen des Dichters ankündigen könnten.
- **b** Deuten Sie die zweite Strophe zusammenfassend als Klage über den drohenden Sprachverlust. Gehen Sie dabei auf sprachliche und formale Besonderheiten ein, besonders auf die Zeilenbrüche.

3 Über Zeiten, Sprachen und Orte hinweg haben vier Autor/-innen das Motiv der Lebensmitte aufgegriffen. Erörtern Sie, wie ein Motiv beschaffen sein muss, damit es aufgegriffen und variiert wird.

Epochenüberblick Romantik (ca. 1795–ca. 1840)

Allgemeingeschichtliche Hintergründe

Die Jahre nach der **Französischen Revolution** (1789) sind politisch und gesellschaftlich unruhig: **Napoleons Siegeszüge** gestalten Europa um. Auch Deutschland steht ab 1806 unter französischer Oberhoheit. Infolge der Niederlagen der Grande Armée in Russland, bei Leipzig (1813) und Waterloo (1815) bricht das Imperium Napoleons aber schließlich zusammen. Mit dem Wiener Kongress (1815) beginnt eine Epoche der **Restauration,** die die alte, absolutistische Staatenordnung wiederherstellt.

Literatur

1. **Welt- und Menschenbild**
   Die Romantiker erleben ihre gesamte Epoche als **Krisenzeit.** Alle Hoffnungen auf eine Umgestaltung der politischen Verhältnisse gemäß den Ideen der Aufklärung hatten sich zerschlagen. Zudem hatte in den Augen vieler Romantiker der **Rationalismus** der Aufklärung die Menschen von ihrer ursprünglichen **Nähe zu Natur und Religion** gelöst und sie im Rahmen der fortschreitenden **Industrialisierung** auf ihren ökonomischen Nutzen reduziert. Die Romantiker wenden sich angesichts dieser enttäuschenden Realität dem Innenleben des Menschen zu. Dies nur als Realitätsflucht zu begreifen, wäre jedoch zu kurz gegriffen. Es ist in der Absicht, **Verlust- und Entfremdungserfahrungen** zu **heilen,** mindestens ebenso sehr die Eroberung eines bislang wenig erforschten Terrains: der **Seele.** Die zeitweise Besetzung durch Frankreich führt zudem zu einer Begeisterung für das **Mittelalter,** hinter der sich die Suche nach den **Wurzeln einer deutschen Kultur** verbirgt. **Frauen** spielen im literarischen Leben der Romantik eine wichtige Rolle. Sie treten verstärkt als Autorinnen in Erscheinung und leiten etwa in dem romantischen Zentrum Jena **literarische Salons.**
2. **Werke**
   Eichendorff (▶ S. 312 f.) beschwört in seiner **Lyrik** die **verlorene Nähe zu Natur, Heimat und Religion** in einer **volksliedhaft klangvollen** Sprache. Er ist der romantische Dichter der **Sehnsucht** und des **Heimwehs** und etabliert durch seine leitmotivischen Wiederholungen viele Begriffe und Bilder, die heute zum romantischen **Motivkanon** gehören: den **Fensterblick,** den **Mondschein,** die **Nacht,** den **Traum,** das Rauschen der **Wälder,** die **Ruinen** als Zeugen einer besseren **Vergangenheit.** Die Liebe als romantisches Motiv steht in **Karoline von Günderrodes** Gedichten (▶ S. 316) ebenfalls im Zeichen der Sehnsucht und der **Trennung.** Sehr präsent ist das Liebesmotiv auch in der **Volksliedsammlung,** die Achim von Arnim und Clemens Brentano unter dem Titel **„Des Knaben Wunderhorn“** herausgeben (▶ S. 314). Sie entsteht, ebenso wie die **„Kinder- und Hausmärchen“** der **Brüder Grimm,** im Bemühen, den Leserinnen und Lesern ihre **kulturellen Ursprünge** näherzubringen. Dass die **Identität** des Einzelnen auf vielfache Weise in Krisenzeiten bedroht ist, spiegelt sich in den Werken von **Kleist, Droste-Hülshoff** und **Hölderlin** (▶ S. 320–323). Auch in der wohl wirkmächtigsten Strömung der Romantik, der **Schwarzen Romantik,** ist die Identität der Protagonisten häufig bedroht, denn sie leben in einer (manchmal **fantastischen) Welt voller Albträume, Wahnsinniger und Mörder.** Gleichzeitig lotet die Schwarze Romantik aber auch erstmals die Untiefen einer zerrütteten **Psyche** aus. **Hoffmanns** multiperspektivisch erzählte **Novelle „Der Sandmann“** (▶ S. 317) ist dafür ein Beispiel.
3. **Weitere wichtige Autoren und Werke:**
   Adelbert von Chamisso („Peter Schlemihls wundersame Geschichte“), Annette von Droste-Hülshoff („Die Judenbuche“), Joseph von Eichendorff („Aus dem Leben eines Taugenichts“), Heinrich von Kleist (u. a. „Michael Kohlhaas), Jean Paul (u. a. „Flegeljahre“).

Wirkungsgeschichte

Die Romantik erkundet die Träume und Albträume der Menschen, das Unbewusste, und wird damit zu einer Vorreiterin der Psychoanalyse. In der Schwarzen Romantik als internationaler Bewegung entstehen die Grundlagen für die Fantasy- und die Kriminalliteratur, auch Science-Fiction und Horrorgenre haben hier ihren Ursprung.

D7 Vormärz – Mit Literatur die Welt verändern?

Märzrevolution (Barrikadenkämpfe 1848 in Berlin): Der Wunsch liberaler Bevölkerungsgruppen nach einem einheitlichen Deutschland sowie einer Verfassung mit festgeschriebenen Bürgerrechten wurde seit 1815 (Wiener Kongress) immer wieder von den Fürsten bekämpft. Missernten, Hungersnöte und massive Arbeitslosigkeit, gekoppelt mit den unterdrückten Forderungen nach Freiheit und Mitbestimmung, lösten 1848 in ganz Europa gewaltsame Proteste aus.

„Die politischen Verhältnisse könnten mich rasend machen. Das arme Volk schleppt den Karren, worauf die Fürsten und Liberalen ihre Affenkomödie spielen."

(Georg Büchner 1833)

Dear Mr. President
"I'd like to ask you some questions if we can speak honestly
What do you feel when you see all the homeless on the street?"

(Pink 2006)

1 Beschreiben Sie das Bild und seine Wirkung auf Sie. Setzen Sie Ihre Bildeindrücke in Bezug zur Information. Beziehen Sie mit ein, was Sie über die Märzrevolution und ihre Ziele wissen.

2 Georg Büchner gilt bis heute als einer der wirkmächtigsten politischen Schriftsteller des Vormärz.

a Erläutern Sie, wie Sie die Aussage von Büchner, die er 15 Jahre vor der Märzrevolution trifft, verstehen.
- Büchners Kritik richtet sich gegen ... Das Volk verrichtet ...
- Der Begriff „Affenkomödie" zeigt, dass sich das Volk ...

b Stellen Sie – ausgehend von Büchners Aussage – Vermutungen über sein Werk an. Welche Intention mag er mit seinen Stücken verfolgt haben?

3 Erläutern Sie, welche Missstände die US-amerikanische Sängerin Pink in ihrem Song thematisiert, und vergleichen Sie ihre Kritik (Inhalt und Stoßrichtung) mit der von Büchner.

In diesem Kapitel erwerben Sie folgende Kenntnisse und Kompetenzen:

- Themen und Merkmale der Literatur des Vormärz kennen lernen und in ihrem historischen Kontext erläutern,
- Drama, Flugschrift und Sozialreportage als typische Textsorten dieser Zeit untersuchen,
- Exilerfahrungen, Flucht und Zensur als Themen des Vormärz untersuchen und mit heutigen Exilerfahrungen vergleichen.

Literatur

Menschliches Elend – Büchners sozialkritisches Drama

Im Vormärz ist die Literatur vor allem eins: politisch. Georg Büchners Drama „Woyzeck" gilt als erstes soziales Drama in der deutschen Literatur. Nicht mehr der idealistische Held, sondern ein Mann aus der Unterschicht, Woyzeck, wird zur Hauptfigur eines Dramas. Damit werden die sozialen Missstände in der Gesellschaft kritisiert.

Georg Büchner **Woyzeck** (1836/37) – Szene 8

Woyzeck erhält als einfacher Soldat einen sehr geringen Lohn und seine Not ist groß: Um seine Freundin Marie und das gemeinsame Kind zu unterstützen, nimmt er verschiedene Nebentätigkeiten an. Er arbeitet als Diener für seinen Hauptmann und nimmt für einen Hungerlohn als Versuchsobjekt an dem Ernährungsexperiment eines skrupellosen Arztes teil: Dieser will erforschen, inwieweit eine ausschließliche Ernährung durch Erbsen den Urin verändert und auch psychische Auswirkungen hat. Dieser Menschenversuch zielt darauf ab, die Verpflegung der Armee durch den Einsatz von Hülsenfrüchten anstelle von Fleisch kostengünstiger zu gestalten.

Woyzeck im Staatstheater Cottbus (2017) Ulrich Schneider als „Doktor" (rechts) und Andreas Jäkel als „Woyzeck" (links)

Doktor: Was erleb' ich, Woyzeck? Ein Mann von Wort? Ei! ei! ei!

Woyzeck: Was denn, Herr Doktor?

Doktor: Ich hab's gesehen, Woyzeck! Er hat auf die Straße gepisst, an die Wand gepisst, wie ein Hund! Und doch zwei Groschen täglich. Woyzeck das ist schlecht, die Welt wird schlecht, sehr schlecht.

Woyzeck: Aber Herr Doktor, wenn einem die Natur kommt!

Doktor: Die Natur kommt, die Natur kommt! Aberglaube! Abscheulicher Aberglaube! Die Natur! Hab' ich nicht nachgewiesen, dass der musculus constrictor vesicae[1] dem Willen unterworfen ist? Die Natur! Woyzeck! Der Mensch ist frei! In dem Menschen verklärt sich die Individualität zur Freiheit! Den Harn nicht halten können! *(Schüttelt den Kopf, legt die Hände auf den Rücken und geht auf und ab.)* Hat Er schon seine Erbsen gegessen, Woyzeck? – Es gibt eine Revolution in der Wissenschaft, ich sprenge sie in die Luft. Harnstoff, 0,10, salzsaures Ammonium[2], Hyperoxydul[3]! Woyzeck, muss Er nicht wieder pissen? Geh' Er einmal da hinein und probier Er's.

Woyzeck: Ich kann nit, Herr Doktor!

Doktor *(mit Affect)*: Aber an die Wand pissen! Ich hab's schriftlich, den Accord[4] in der Hand! Ich hab's gesehn, mit diesen Augen gesehn, ich streckte grade die Nase zum Fenster hinaus und ließ die Sonnenstrahlen hineinfallen, um das Niesen zu beobachten, *(tritt auf ihn los)* nein Woyzeck, ich ärger mich nicht, Ärger ist ungesund, ist unwissenschaftlich. Ich bin ruhig, ganz ruhig, mein Puls hat seine gewöhnlichen 60 und ich sag's Ihm mit der größten Kaltblütigkeit! Behüte, wer wird sich über einen Menschen ärgern, einen Menschen! Wenn es noch ein Proteus[5] wäre, der einem krepiert! Aber Er hätte doch nicht an die Wand pissen sollen. –

Woyzeck: Sehn Sie, Herr Doktor, manchmal hat man so 'nen Charakter, so 'ne Struktur. Aber mit der Natur ist's was anders, sehen Sie, mit der Natur *(er kracht mit den Fingern)*, das ist so was, wie soll ich doch sagen, zum Beispiel ...

Doktor: Woyzeck, Er philosophiert wieder!

Woyzeck *(vertraulich)*: Herr Doktor, haben Sie schon etwas von der doppelten Natur gesehen? Wenn die Sonn in Mittag steht und es ist, als ging die Welt im Feuer auf, hat schon eine fürchterliche Stimme zu mir geredt!

Doktor: Woyzeck, Er hat eine aberratio[6].

Woyzeck *(legt den Finger an die Nase)*: Die Schwämme[7], Herr Doktor. Da, da steckts. Haben Sie schon gesehn, in was für Figuren die Schwämme auf dem Boden wachsen. Wer das lesen könnt.

Doktor: Er hat die schönste aberratio, mentalis partialis der zweiten Spezies, sehr schön ausgeprägt, Woyzeck. Er kriegt Zulage. Zweite Spezies, fixe Idee mit allgemein vernünftigem Zustand, Er tut noch alles wie sonst? Rasiert seinen Hauptmann?

Woyzeck: Ja, wohl.

Doktor: Isst seine Erbsen?

Woyzeck: Immer ordentlich, Herr Doktor. Das Geld für die menage[8] kriegt meine Frau.

Doktor: Tut seinen Dienst?

Woyzeck: Ja wohl.

Doktor: Er ist ein interessanter casus[9], Subjekt[10] Woyzeck. Er kriegt Zulage. Halt er sich brav. Zeig Er seinen Puls! Ja.

---

1 musculus constrictor vesicae (lat.): Blasenschließmuskel
2 salzsaures Ammonium: Salz des Harns
3 das Hyperoxydul: Metallverbindung
4 der Accord (frz.): Vertrag
5 der Proteus: froschartige Eidechse
6 die Aberratio, gemeint ist die „aberratio mentalis partialis“: teilweise geistige Verwirrung
7 die Schwämme: Pilze
8 menage (frz.), hier: Verpflegung
9 casus (lat.): Fall
10 das Subjekt: hier abwertende Bezeichnung für Person

1 „Der Mensch ist frei!“, entgegnet der Arzt Woyzeck, als dieser seine Blase nicht kontrollieren und damit eine Urinprobe für das Experiment nicht abliefern kann. Nehmen Sie spontan Stellung: Ist Woyzeck ein freier Mensch, der eigenständig über sein Leben bestimmen kann?

2 Als Woyzeck aufgrund der einseitigen Ernährung anfängt, psychische Probleme zu entwickeln (vgl. Z. 43–55), bietet der Arzt ihm eine Zulage an. Erklären Sie, was das über den Charakter des Arztes und sein Verhältnis zu Woyzeck aussagt.

3 **a** Interpretieren Sie das Szenenbild (▶ S. 326): Wie stellt diese Inszenierung die Beziehung zwischen dem Doktor und Woyzeck dar?

b Untersuchen Sie die Szene genauer: Wodurch wird die Machtposition des Doktors deutlich, wodurch die Hilflosigkeit und Unterwürfigkeit Woyzecks? Berücksichtigen Sie folgende Aspekte:

Redeweise • Verteilung der Redeanteile • Ansprache und Verhalten gegenüber anderer Figur

4 Diskutieren Sie:
– Inwiefern repräsentieren die Figuren einen bestimmten Menschentyp, inwiefern eine bestimmte Gesellschaftsschicht?
– Gegen wen richtet sich die Kritik des Stückes?

Beziehen Sie die folgende Äußerung Büchners sowie die Information zum Determinismus mit ein:

Georg Büchner Brief an Familie (Februar 1834)
Ich verachte niemanden, am wenigsten wegen seines Verstands oder seiner Bildung, weil es in niemands Gewalt liegt, kein Dummkopf oder kein Verbrecher zu werden – weil wir durch gleiche Umstände wohl alle gleich würden und weil die Umstände außer uns liegen.

Determinismus: eine Weltanschauung, nach der alle Ereignisse durch unveränderliche (Natur-)Gesetze eindeutig vorherbestimmt sind. Auch der Mensch ist demnach nicht in seinem Willen frei. Der soziale Determinismus ist der Auffassung, dass das menschliche Handeln durch seine sozialen Umstände und die gesellschaftlichen Bedingungen, in denen er lebt, vorherbestimmt ist.

5 Das Dramenfragment „Woyzeck“ gilt als Vorläufer naturalistischer Dramen (▶ S. 346 f.). Erklären Sie, warum. Berücksichtigen Sie sowohl den Inhalt des Stückes als auch die Sprache der Figuren.

Literatur

Agitation und Aufklärung – Flugblatt und Reportage

„Der hessische Landbote“ (1834) war eine politische Flugschrift, die von Georg Büchner verfasst, vom Theologen Ludwig Weidig überarbeitet und im Geheimen verbreitet wurde. Die Polizei wurde auf die Aktion aufmerksam: Büchner konnte im letzten Moment fliehen, Weidig wurde verhaftet, verhört und nahm sich in der Haft das Leben. Auch die Schriftstellerin Bettina von Arnim (▶ S. 329) forderte soziale Reformen, Pressefreiheit und eine Verfassung. Ihr Werk „Dieses Buch gehört dem König“ von 1843 ist ein offener Brief an Friedrich Wilhelm IV., den neuen König von Preußen. Sie will ihm die wahren sozialen Zustände in Preußen aufzeigen und ihn zu einem gerechteren Handeln bewegen.

Georg Büchner **Der Hessische Landbote** (1834)

Friede den Hütten! Krieg den Palästen! Im Jahr 1834 siehet es aus, als würde die Bibel Lügen gestraft. Es sieht aus, als hätte Gott die Bauern und Handwerker am 5. Tage, und die Fürsten und Vornehmen am 6. gemacht, und als hätte der Herr zu diesen gesagt: „Herrschet über alles Getier, das auf Erden kriecht“, und hätte die Bauern und Bürger zum Gewürm gezählt. Das Leben der Vornehmen ist ein langer Sonntag, sie wohnen in schönen Häusern, sie tragen zierliche Kleider, sie haben feiste Gesichter und reden eine eigne Sprache; das Volk aber liegt vor ihnen wie Dünger auf dem Acker. [...] Das Leben des Bauern ist ein langer Werktag; Fremde verzehren seine Äcker vor seinen Augen, sein Leib ist eine Schwiele[1], sein Schweiß ist das Salz auf dem Tische des Zwingherren[2]. Im Großherzogtum Hessen sind 718 373 Einwohner, die geben an den Staat jährlich an 6 363 364 Gulden, als

1. Direkte Steuern	2 128 131 fl.[3]
2. Indirekte Steuern	2 478 264 fl.
3. Domänen	1 547 394 fl.
4. Regalien	46 938 fl.
5. Geldstrafen	98 511 fl.
6. Verschiedene Quellen	64 198 fl.
	6 363 363 fl.

Dies Geld ist der Blutzehnte[4], der von dem Leib des Volkes genommen wird. An 700 000 Menschen schwitzen, stöhnen und hungern dafür. Im Namen des Staates wird es erpresst, die Presser berufen sich auf die Regierung und die Regierung sagt, das sei nötig die Ordnung im Staat zu erhalten. (...) Hebt die Augen auf und zählt das Häuflein eurer Presser, die nur stark sind durch das Blut, das sie euch aussaugen, und durch eure Arme, die ihr ihnen willenlos leihet. Ihrer sind vielleicht 10 000 im Großherzogtum und eurer sind es 700 000 und also verhält sich die Zahl des Volkes zu seinen Pressern auch im übrigen Deutschland. Wohl drohen sie mit dem Rüstzeug und den Reisigen der Könige, aber ich sage euch: Wer das Schwert erhebt gegen das Volk, der wird durch das Schwert des Volkes umkommen

1 die Schwiele: durch große Belastung verursachte Verdickung der Hautschicht

2 der Zwingherr: mit Gewalt auftretender Herrscher

3 fl.: Abkürzung für Florin (frz.: für Gulden)

4 der Blutzehnte: Abgabe des zehnten Teils vom Ertrag

1 Erklären Sie: Was wirft Büchner der Obrigkeit vor? Welche Absichten verfolgt er mit seiner Schrift?

2 **a** Untersuchen Sie, welche Strategien Büchner einsetzt, um die bäuerlichen Massen für seine Absichten zu gewinnen. Unterscheiden Sie dazu Passagen, in denen er Sachinformationen gibt, und Passagen, in denen er bildliche Sprache einsetzt. Klären Sie, was in den beiden Aussageformen inhaltlich gesagt wird.
Tipp: Vergleichen Sie folgende Bibelstellen: Genesis 1, 20–31; Psalm 121, 1; Jesus Sirach 3,27, Hosea 8,7

b Diskutieren Sie: Inwiefern wirken mit diesen Strategien die Aufklärung des Volkes und die Aufstachelung zu einem Umsturz effektiv zusammen?

Bettina von Arnim **Dies Buch gehört dem König** (1843) – Auszug

Bettina von Arnim gelang es durch zweifache Raffinesse, der Zensur zu entgehen. Die Autorin holte sich direkt vom König von Preußen die Erlaubnis ein, ihm das Buch widmen zu dürfen. Und sie vermischte Realität und Fiktion: Die kritisch-aufrührerischen Worte legt Bettina von Arnim Frau Rat in den Mund, Goethes Mutter.

Frau Rat (*zu Bürgermeister und Pfarrer*): Ihr wollt den Armen an den Boden fesseln seiner Geburt[1]. Kann er da säen und ernten? Wo kann er die Hand ausstrecken nach Brot, wo schlafen? – Gefangen haltet ihr ihn unter freiem Himmel, verdammt ihn zu Fronen[2], Wachten und Abgaben, auch ohne Einnahme. Versucht er's, zu entfliehen, dann jagt ihn ein humaner Staat wie der andere wieder zurück an den Ort seines Elendes, und dann seht ihr in ihm einen Vagabunden, der sich eingerichtet hat auf Diebstahl und Raubmord! dann muss das Beil euren Weisheitsspruch vollziehen[3] an diesen verhärteten Bösewichtern. – Aber seid ihr denn nicht verhärtet, dass ihr den Fluch der Armut an eurer glatt polierten Bildung so kaltblütig abgleiten lasset. Ihr leset seine Geschichte tausendfältig wiederholt in allen Akten der Polizei [...] und ihr wollt an Gottes statt sitzen und richten? Und nie! nie, dass ein heller Augenblick euch warnte: Was wag ich zu tun an dem, den ich selbst ins Verderben stürzte? [...]

[Im Anhang des Buches ist ein Armutsbericht über die Berliner Vorstadt veröffentlicht.]

In Nr. 92, Stube 27 wohnte der Arbeitsmann Weber. Seine Frau ist auf einige Jahre wegen Betteln eingesperrt, die Familie also von der Polizei auseinandergerissen. [...] Solche Strenge gegen das Betteln ist unmenschlich, wo man den Klagen der Armen nicht durch genaue Untersuchung und Abhülfe der Lage dürftiger Familien zuvorkommt. Vor einigen Tagen ging Weber, durch Hunger getrieben, mit einem sechsjährigen Knaben in die Stadt. Dieser musste im Hause betteln und der Vater wartete vor der Türe. Jener wurde von den Polizeidienern erwischt und dieser wollte ihn nicht verlassen. Man hat beide nach dem Arbeitshause gebracht. [...].

92 b, Nr. 68. Der Schlossergeselle Bettin, eines Vergehens gegen einen Beamten verdächtig, sitzt schon ein und ein halbes Jahr in Spandau gefangen. Seine des Ernährers beraubte Familie ist dem größten Elende preisgegeben. Die Armendirektion bestimmte nur für ein Kind ein Pflegegeld von monatlich eineinviertel Taler. Die Mutter konnte als Wäscherin nur wenig verdienen, weil sie durch die Verpflegung der Kinder an der Arbeit gehindert war. [...]

Es sind [...] die angeführten Beispiele weder ausgesucht noch ausgemalt, sodass sich leicht auf die übrigen Bewohner der Familienhäuser schließen lässt; und für einmal ist deutlich genug nachgewiesen, wie man die Leute durch alle Stufen des Elendes in den Zustand hinabsinken lässt, aus welchem sie sich, selbst mit erlaubten Mitteln, nicht wieder herausarbeiten können.

---

1 Die Bauern waren verpflichtet, auf dem Land ihres Gutsherrn zu bleiben.

2 der Fron: Dienstleistung des Bauern für den Herrn

3 Beil, das den Weisheitsspruch vollzieht: Ausdruck für richterliche Gewalt

1 a Beschreiben Sie, in welchem Ton die Autorin Frau Rat mit dem Bürgermeister und dem Pfarrer, also der oberen Gesellschaftsschicht, sprechen lässt. Was kritisiert sie?

b Der angehängte Armutsbericht gilt als erste deutsche Sozialreportage. Charakterisieren Sie seinen Stil. Inwiefern unterscheidet er sich stilistisch vom vorherigen Dialogteil, hat aber die gleiche Thematik?

2 Vergleichen Sie, mit welchen Strategien und Textsorten Georg Büchner (► S. 328) und Bettina von Arnim ihre Ziele jeweils erreichen wollen.

3 „Ihr wollt den Armen an den Boden fesseln seiner Geburt" (► Z. 2 f.). Erläutern Sie, inwiefern sich die Situation von Büchners „Woyzeck" (► S. 102 f., 326 f.) im Text von Bettina von Arnim widerspiegelt.

Literatur

Heinrich Heine im Exil – Ein kritischer Blick von außen

Georg Büchner wurde wegen seiner politischen Tätigkeiten steckbrieflich gesucht und floh 1835 nach Straßburg. Heinrich Heine ging bereits 1831 nach Paris, nachdem das preußische Oberzensurkollegium den vierten Teil seiner „Reisebilder" verboten hatte, in dem er sich kritisch-satirisch mit den politischen Verhältnissen in Deutschland auseinandersetzte. 1835 beschloss die Deutsche Bundesversammlung ein Publikationsverbot für seine sämtlichen Bücher. Auch im Exil arbeitete Heinrich Heine weiter und schrieb Essays, politische Artikel, Satiren, Denkschriften, Gedichte und Prosawerke. 1856 starb Heine im Pariser Exil.

Heinrich Heine **Anno 1839**

Oh, Deutschland, meine ferne Liebe,
Gedenk ich deiner, wein ich fast!
Das muntre Frankreich scheint mir trübe,
Das leichte Volk wird mir zur Last.

Nur der Verstand, so kalt und trocken,
Herrscht in dem witzigen[1] Paris –
Oh, Narrheitsglöcklein, Glaubensglocken[2],
Wie klingelt ihr daheim so süß!

Höfliche Männer! Doch verdrossen
Geb ich den art'gen Gruß zurück. –
Die Grobheit, die ich einst genossen
Im Vaterland, das war mein Glück!

Lächelnde Weiber! Plappern immer,
Wie Mühlenräder stets bewegt!
Da lob ich Deutschlands Frauenzimmer,
Das schweigend sich zu Bette legt.

Und alles dreht sich hier im Kreise,
Mit Ungestüm, wie 'n toller Traum!
Bei uns bleibt alles hübsch im Gleise,
Wie angenagelt, rührt sich kaum.

Mir ist, als hört' ich fern erklingen
Nachtwächterhörner, sanft und traut;
Nachtwächterlieder hör ich singen,
Dazwischen Nachtigallenlaut.

Dem Dichter war so wohl daheime,
In Schildas[3] teurem Eichenhain[4]!
Dort wob ich meine zarten Reime
Aus Veilchenduft und Mondenschein.

---

1 witzig: geistreich
2 die Glaubensglocken: Hinweis auf die Kirche
3 Schilda: Stadt der Schildbürger, die ein engstirniges, dümmliches Verhalten repräsentieren
4 der Eichenhain: Baumgruppe von Eichen

1 Heine wirft in seinem Gedicht einen ironisch-kritischen Blick zurück auf seine alte Heimat Deutschland.
a Stellen Sie die Bilder und Beschreibungen Frankreichs und Deutschlands in den Strophen 1–5 gegenüber.
b Weisen Sie Heines Spott und Ironie am Text nach. Was hält Heine von Deutschland?

2 „Veilchenduft und Mondenschein" (Vers 28). Heine gilt als Vertreter und zugleich Überwinder der Romantik (▶ S. 309). Untersuchen Sie, welche romantischen Motive er in diesem Gedicht wie verwendet.

3 „Während Büchners ‚Hessischer Landbote' einem wuchtigen Breitschwert gleicht, führte Heinrich Heine ein geschmeidiges Florett", so der Literaturwissenschaftler Peter Braun. Erläutern Sie diesen Vergleich.

Exil damals und heute – Fluchterfahrung im Poetry-Slam

Das Leben im Exil bewegte nicht nur Heine (► S. 330) zum Schreiben. Auch heute sind Exilerfahrungen zentrales Thema vieler lyrischer Texte, wie z. B. im folgenden Poetry-Slam, in dem zwei junge Männer abwechselnd von ihrer Flucht und ihrem Leben in der Fremde erzählen.

Babak Ghassim und Usama Elyas **Hinter uns mein Land** (2016)

Hinter uns mein Land, alles, was ich bin, wurde dort geboren.

Alles, was mir Heimat war – der Bolzplatz, wo wir als Kinder spielten, das Lächeln meiner ersten Liebe, der Apfelbaum bei uns im Park und der kleine See, hinterm Berg versteckt.

Der heiße Tee auf dem Blechtablett, faltige Geschichtenerzähler, Lachfalten zieren ihre Gesichter, Quatsch machen auf dem Rückweg von der Schule nach Haus. [...]

Aber ich konnte nicht mehr bleiben, hinter uns der Krieg, das frische Grab meiner Eltern. Der letzte Erdkrumen rollt noch ab, hat seinen festen Platz noch nicht gefunden. So frisch ist meine Trauer und nichts ist verarbeitet.

Ich konnte nicht mehr bleiben. Man sprach von uns als den Todgeweihten. Unsere Leute in Züge gezwungen, die im Rauch der Loks dahingleiten. Unsere Türen zertrümmert, Schaufenster in Scherben, unsere Eltern verängstigt, Geschwister geschunden und grausame Nachrichten von Freunden – denen, die noch da waren, die meisten waren verschwunden.

Man konnte nicht mehr bleiben, keinen weiteren Tag mehr. Der nächste Schritt in meiner Stadt, ist der letzte Schritt in meinem Land. [...] Und der schlimmste Schritt dann, auf dieses rostige Boot, was wanken wird zunächst, uns halten wird zunächst und dann wird es sinken, uns dem Meer übergeben – dem Meer, so trostlos. Der Mond versteckt sich hinter den Wolken, die Nacht so dunkel – du siehst nichts.

Stundenlang nichts. Und wenn ich im Dunkeln die Augen schließe, höre ich meiner Mutter Stimme. Um uns her ist nur das Meer, als wär' unser Boot das Herz aller Dinge. Ich öffne die Augen und blicke Richtung Himmel. Gebete sind unsere Segel. [...]

Im Exil angekommen sah ich eine Familie nach langer Zeit vereint, wie der Vater vor Glück wimmert, still und aus tiefstem Innern mit all der Scham eines Menschen, der selten weint.

Im Exil angekommen, aber die Heimaterde nimmt man an den Fußsohlen mit. [...]

Und bleiben wir hier, werden wir wie der Strand: nicht ganz Meer, nicht ganz Land.

Und bleiben wir hier, werden wir wie der Strand: nicht ganz Meer, nicht ganz Land. Im Exil angekommen, heißt mich ein Heer willkommen. Das andere Heer hisst mir fremde Fahnen. Manchmal spürt man die Liebe, manchmal spürt man den Hass. Dir schauen sie aufs Kopftuch, mir in den Pass. Aber sei ihnen nicht böse – Habibi – vergib ihnen, sie vergaßen die Liebe. Sie vergaßen die Liebe, wünsche ihnen den Frieden – im Gegenteil: Zeig's ihnen. Wir sind Stehaufmenschen: Reißt uns die Beine weg und wir gehen auf Händen.

Reißt uns die Beine weg und wir gehen auf Händen. Machen das Beste aus unseren Leben, bis unsere Leben enden. Wer weiß, vielleicht kehre ich eines Tages heim und es wird nicht alles verwandelt sein. Vielleicht sehe ich unseren alten Apfelbaum oder den Bolzplatz hinter rostbraunem Zaun und ich umarme meine Geschwister und ich küsse meine Mutter und das Glück beißt seinen kleinen Zahn in mein Herz.

Mein Name ist Ahmed Yussuf, Vater von Betsem, und ich bin Flüchtling. Ich bin aus Syrien geflohen.

Mein Name ist Daniel Levi und ich bin Flüchtling. Ich bin aus Deutschland geflohen.

Das Jahr ist 2015.

Das Jahr ist 1938.

1 Erschließen Sie die beiden Lebensgeschichten und ordnen Sie diese jeweils den historisch-politischen Kontexten zu. Schauen Sie sich hierzu auch das Video im Internet an.

2 Vergleichen Sie die Sicht auf Heimat und Exil mit der von Heinrich Heine (► S. 330).

Literatur

Politische Agitation und Kampf für die Freiheit – Lyrik des Vormärz

Die Lyrik war im Vormärz eine besonders beliebte Gattung. In den politischen Gedichten und Liedern kritisierten die Autorinnen und Autoren die Missstände ihrer Zeit, forderten Veränderungen und gaben ihren politischen Absichten Ausdruck. Den Gebrauch von Lyrik als politisches Instrument findet man z. B. bei Georg Herwegh, der – zusammen mit seiner Frau Emma Herwegh – für die Revolution kämpfte.

Georg Herwegh **Der Freiheit eine Gasse!** (1841)

Vorm Feinde stand in Reih' und Glied
Das Volk um seine Fahnen,
Da rief Herr Struthahn Winkelried[1]:
„Ich will den Weg euch bahnen!
Dir, Gott, befehl'[2] ich Weib und Kind,
Die ich auf Erden lasse" –
Und also sprengt' er pfeilgeschwind
Der Freiheit eine Gasse.

Das war ein Ritter noch mit Fug[3],
Der wie ein heiß' Gewitter
Die Knechte vor sich niederschlug –
O wär' ich solch ein Ritter,
Auf stolzem Ross von schnellem Huf,
In schimmerndem Kürasse[4],
Zu sterben mit dem Donnerruf:
Der Freiheit eine Gasse!

Doch zittert nicht! Ich bin allein,
Allein mit meinem Grimme[5];
Wie könnt' ich euch gefährlich sein
Mit meiner schwachen Stimme?
Dem Herrscher bildet sein Spalier[6],
Wie sonst, des Volkes Masse,
Und niemand, niemand ruft mit mir:
Der Freiheit eine Gasse!

Ihr Deutschen ebnet Berg und Tal
Für eure Feuerwagen,
Man sieht auf Straßen ohne Zahl
Euch durch die Länder jagen;
Auch dieser Dampf ist Opferdampf –
Glaubt nicht, dass ich ihn hasse –
Doch bahnet erst in Streit und Kampf
Der Freiheit eine Gasse!

Wenn alle Welt den Mut verlor,
Die Fehde[7] zu beginnen,
Tritt du, mein Volk, den Völkern vor,
Lass du dein Herzblut rinnen!
Gib uns den Mann, der das Panier[8]
Der neuen Zeit erfasse,
Und durch Europa brechen wir
Der Freiheit eine Gasse!

---

1 Struthahn Winkelried: Ritter und Drachentöter
2 befehlen, hier: überlassen
3 der Fug: Anständigkeit, Schicklichkeit
4 die Kürasse: Brustpanzer
5 der Grimm: Wut, Zorn
6 ein Spalier bilden: Menschen, die eine Gasse bilden
7 die Fehde: kämpferische Auseinandersetzung
8 das Panier: Fahne, Spruchband, Programm

1 „Der Freiheit eine Gasse!" Erläutern Sie den Refrain des Gedichts im Kontext seiner Zeit: Gegen welche Beschränkungen richtet sich dieser Ruf? Was wird angestrebt?

2 **a** Das Gedicht spannt einen Bogen von der Vergangenheit über die Gegenwart bis hin zur Zukunft. Erklären Sie, welche Strophen welche Zeitabschnitte behandeln und was jeweils über die einzelnen Zeiten gesagt wird.
b Zeigen Sie anhand des Textes, wie die sprachlichen Mittel dazu beitragen, die zentrale Botschaft des Gedichts zu betonen. Achten Sie z. B. auf Bilder, Wiederholungen, Ausrufe, wörtliche Rede.

3 Muss Literatur wie zur Zeit des Vormärz auch heute in Krisenzeiten ausschließlich politisch sein? Nehmen Sie dazu begründet Stellung.

Kontext

Gesellschaft – Bringt Zensur Kritiker zum Schweigen?

Die Autorinnen und Autoren des Vormärz prangerten soziale Missstände an, riefen zur Revolution auf und setzen sich für Presse- und Meinungsfreiheit ein. Nicht ohne Konsequenzen: Am 10. Dezember 1835 wurden die Schriften vieler dieser Dichter verboten, darunter auch die von Heinrich Heine (▶ S. 330).

Zensur im 19. Jahrhundert

In den Jahrzehnten vor der Märzrevolution 1848 versuchten konservative Regenten, die Verbreitung von demokratischem Gedankengut zu unterdrücken, auch durch Verbots-, Zensur- und Verfolgungsmaßnahmen.

Wurde die Ausübung der Zensur im zersplitterten Deutschland je nach sozialpolitischen Interessen der Einzelstaaten unterschiedlich ausgeübt, unternahm man mit den Karlsbader Beschlüssen 1819 erstmals einen Versuch, eine gesamtstaatliche Zensurordnung durchzusetzen. Ziel dieses Maßnahmenpakets war es, die revolutionären Kräfte zu zerschlagen, wirksame Maßnahmen zur Überwachung potenzieller Risikogruppen zu finden und die öffentliche Meinungsfreiheit zu unterbinden. Die Kontrolle von Universitäten wurde eingeleitet, der Einsatz von Spitzeln erlaubt und eine Vorzensur eingeführt. Diese betraf alle Texte unter 20 Bogen (= 320 Seiten), die ohne vorherige amtliche Zensur nicht erscheinen durften. Betroffen waren damit alle Texterzeugnisse, die für ein breites Publikum geschrieben und zugänglich waren, z. B. Zeitungen, Zeitschriften und viele Bücher. Immer mehr Schriftsteller und Verleger versuchten, diese Zensurmaßnahmen zu umgehen, indem sie ihre Werke entweder im Ausland drucken ließen oder den Buchumfang auf 21 Bogen ausweiteten. Diese Versuche, der Zensur zu entkommen, blieben nicht unentdeckt und führten zu einer Gesetzesverschärfung, die am 10. Dezember 1835 im Verbot der Schriften des „Jungen Deutschland"[1] ihren Höhepunkt fand. Konkreter Anlass war der Roman „Wally, die Zweiflerin" von Karl Gutzkow. In diesem Buch, das etwas mehr als 320 Seiten lang war und deshalb unzensiert erschien, übte Gutzkow vernichtende Kritik an Christentum und Kirche. Das Verbot galt nicht nur für die Werke, die die Autoren bereits veröffentlicht hatten. Es umfasste auch alles, was sie jemals in Zukunft schreiben würden, und kam deshalb einem Berufsverbot gleich. Karl Gutzkow wurde zu einem Monat, der Schriftsteller Heinrich Laube zu sieben Jahren Gefängnis verurteilt, Georg Büchner, der mit seinem revolutionären Flugblatt „Der Hessische Landbote" an die Öffentlichkeit getreten war, wurde mit Haftbefehl gesucht und flüchtete nach Straßburg, von wo aus es ihm nicht mehr möglich war zu publizieren. Und Heinrich Heine, dessen Schriften in Deutschland verboten waren? Er machte sich aus dem Pariser Exil heraus voller Spott über die diensteifrigen Zensoren der Fürsten lustig.

Der Denker-Club: Spottblatt auf die Zensur (1819)

1 das Junge Deutschland: Gruppe junger Literaten, die sich ab 1830 vehement für demokratische Freiheitsrechte einsetzte

1 **a** Erläutern Sie Ziel und Auswirkungen der „Vorzensur" (▶ Z. 12 f.). Welche Printerzeugnisse waren betroffen? Wie versuchten Verleger und Autoren wie Karl Gutzkow diese Zensur zu umgehen?
b Erklären Sie, welche Folgen das Publikationsverbot 1835 für die Autoren des Jungen Deutschlands hatte.

2 Interpretieren Sie die Karikatur „Der Denker-Club" vor dem Hintergrund der Karlsbader Beschlüsse.

3 Zeigen Sie an aktuellen Beispielen, inwiefern das Grundrecht auf Presse- und Meinungsfreiheit auch heute verteidigt und in seiner Reichweite diskutiert werden muss.

Epochenüberblick Vormärz (1830–1848)

Allgemeingeschichtliche Hintergründe

Die **Französische Revolution** (1789–1799) mit ihren Forderungen nach Freiheit, Gleichheit, Brüderlichkeit hatte das politische System in Europa erschüttert. Nach dem Sturz Napoleons beschlossen die europäischen Staatsmänner, die vorrevolutionären Verhältnisse – Absolutismus und Fürstenherrschaft – wiederherzustellen **(Restauration)**. Um die Forderungen des liberal denkenden Bürgertums nach Freiheit und demokratischem Mitspracherecht zu unterbinden, wurde mit den **Karlsbader Beschlüssen** (1819) eine **strenge Zensur** (▶ S. 333) eingeführt. Die erfolgreiche Julirevolution in Frankreich (1830) und die Missernten in den Jahren 1846/47 mit einer großen Hungersnot führten schließlich zur **Märzrevolution 1848:** Die Menschen forderten nun mit Gewalt Demokratie, Grund- und Freiheitsrechte.

Literatur

1. **Allgemeines: Welt- und Menschenbild**
   Geleitet von den Werten der Aufklärung (▶ S. 269) und den Ideen der Französischen Revolution setzen die Autorinnen und Autoren des Vormärz die Forderungen nach **Gleichbehandlung aller Menschen, Grundrechten, Demokratie** und **Meinungsfreiheit** fort.
2. **Themen, Motive, Werke**
   Die **Literatur** des Vormärz **war** demnach vor allem eines: **politisch.** Mit der Parole „Friede den Hütten! Krieg den Palästen!" rief Georg Büchner in seiner Flugschrift „Der hessische Landbote" (▶ S. 328) zum **Kampf gegen die Obrigkeit** auf und forderte **mehr soziale Gerechtigkeit.** Auch andere Autorinnen und Autoren des Vormärz wie Georg Herwegh (▶ S. 332) und Heinrich Heine (▶ S. 330) verstanden ihr Schreiben als **Kampf gegen die Unterdrückung** durch das politische System: Sie prangerten Not und Ungerechtigkeiten an und riefen zur Rebellion gegen die Obrigkeiten auf.
   Kurze epische Textsorten wie Reiseberichte und Briefe waren beliebt, viele der Vormärz-Autoren arbeiteten aber auch als Journalisten. Die Presse wurde damit mehr und mehr zu einer politischen Macht, die den Status der Herrschenden attackierte. Die Folge: Viele dieser Autoren wurden wegen ihrer politischen Aussagen mit **Zensur und Publikationsverbot** (▶ S. 333) belegt, inhaftiert oder ins Exil getrieben. **Auch die Dramen** des Vormärz waren sozialkritisch und brachten die gesellschaftliche Realität auf die Bühne. In seinem Dramenfragment „Woyzeck" (▶ S. 102 f., 326 f.) machte Büchner erstmals einen Menschen aus der Unterschicht zur Hauptfigur eines Dramas. Die **Lyrik** war eine weitere wichtige Literaturform für politische Aktivitäten. Vor allem Georg Herwegh (▶ S. 332) gelang es mit seiner Sammlung „Gedichte eines Lebendigen", große Bekanntheit zu erlangen und Einfluss auf die politische Entwicklung zu nehmen. Auch Frauen schrieben und prangerten die gesellschaftlichen Missstände an. So veranlasste der Weberaufstand 1844 Bettina von Arnim dazu, in ihrem „Königsbuch" (▶ S. 329) den preußischen König indirekt dazu aufzufordern, gegen Armut und Sozialelend aktiv zu werden. Die Schriftstellerin und Frauenrechtlerin Louise Franziska Aston gab eine eigene Zeitschrift, „Die Freischärler", heraus, in der sie neben Regimekritik auch die Frage weiblicher Emanzipation aufgriff.
   Tipp: Während der Begriff „Vormärz" als Epochenbezeichnung erst nachträglich geprägt wurde, nämlich als Bewegung, die der Märzrevolution 1848 vorausging, handelt es sich beim „Jungen Deutschland" um eine Selbstbezeichnung der Vertreter dieser Vormärz-Bewegung.
3. **Weitere wichtige Autoren und Werke:**
   Ludwig Börne (Briefsammlung), Hoffmann von Fallersleben (Gedichte), Ferdinand Freiligrath (Gedichte), Karl Gutzkow (Novellen, Dramen, Romane), Georg Weerth (Reportagen, Gedichte).

Wirkungsgeschichte

Die politischen Themen des Vormärz wie Bürgerrechte und Pressefreiheit sind bis heute aktuell. Der Widerstand gegen Obrigkeit ließ sich auch durch Zensur und Verbote nicht brechen. Am 28. März 1849 wurde die Pressefreiheit erstmals in einer deutschen Verfassung als Grundrecht festgeschrieben.

D8 Realismus und Naturalismus – Das echte Leben?

Adolph Menzel: „Besuch im Eisenwalzwerk" (1900)

Inwieweit wirkt Realität konkret auf den Schreibprozess ein?

Ich bin [...] eine Schriftstellerin, die stets versucht, möglichst nah am Puls der Zeit zu schreiben. [...] Alles, worüber ich schreibe, stammt aus meinem persönlichen Umfeld. Ich verarbeite immer Dinge, die ich gesehen oder gehört habe. [...] Ich versuche, einen möglichst starken Realismus in meinen Texten zu entwickeln, sodass es scheint, als wäre das alles wirklich passiert. Das ist es aber nicht. Ich habe mir die Ereignisse ausgedacht, genau wie alle Figuren, die darin vorkommen.

Die Autorin Juli Zeh im Interview über ihr Schreiben von Romanen, 2021

1 **a** Beschreiben Sie das Gemälde. Gehen Sie dabei auf Ort, Geschehen, Figuren (Gesellschaftsschicht, Kleidung, Haltung, Mimik, Gestik) sowie auf die Gestaltung ein (Vorder-/Hintergrund, Farben, Licht).

b Das späte 19. Jahrhundert ist von fortschreitender Industrialisierung geprägt. Menzel verdichtet in seinem realistischen Gemälde soziale Verhältnisse dieser Zeit in einer Situation. Erklären Sie, inwiefern er damit Gesellschaftskritik übt.

2 In diesem Kapitel lernen Sie zwei Strömungen des 19. Jahrhunderts kennen: den Realismus und den Naturalismus.

a Stellen Sie Vermutungen an, welchen Themen sich die Literatur und die Kunst dieser so bezeichneten Strömungen widmen.

b Diskutieren Sie anhand der Aussage von Juli Zeh, inwiefern Realismus auch ein Ziel heutiger Literatur und Kunst sein sollte. Welche Themen sozialen Lebens eignen sich, um realistisch dargestellt zu werden?

In diesem Kapitel erwerben Sie folgende Kenntnisse und Kompetenzen:

- Themen und Merkmale des poetischen Realismus anhand von Romanen und Gedichten beschreiben,
- den Gesellschaftsroman/Bildungsroman als literarisches Genre des 19. Jahrhunderts reflektieren,
- Theorien und Konzepte des realistischen und des naturalistischen Erzählens erklären und vergleichen,
- den „Ehebruchroman" des 19. Jahrhunderts als europäisches Phänomen beschreiben.

Literatur

Desillusionierung – Das Scheitern eines Helden im Bildungsroman

Die Gattung des Bildungsromans entwickelt sich in der Zeit der Aufklärung (► S. 269) und schildert die Entwicklung einer meist jungen, oft männlichen Hauptfigur über Jahre und manchmal auch über Jahrzehnte hinweg. Der Protagonist setzt sich mit der bürgerlichen Welt und deren Werten auseinander, sammelt neue Erfahrungen, die ihn im Idealfall geistig und charakterlich reifen lassen, und findet seinen Platz in der Gesellschaft, indem er z. B. einen Beruf ergreift. Der vorliegende Roman „Der grüne Heinrich" beschreibt die Lebensgeschichte eines jungen Helden, der Künstler werden will und scheitert. Die Anpassung an das bürgerliche Wertesystem gelingt nicht. Deshalb wird dieser Roman auch als Anti-Bildungsroman bezeichnet.

Gottfried Keller **Der grüne Heinrich** (1854/55)

Gottfried Keller erzählt die Lebensgeschichte von Heinrich Lee, der wegen der Farbe seiner Kleidung der „grüne Heinrich" genannt wird. Heinrich, der nach dem Tod seines Vaters bei seiner Mutter in einfachen Verhältnissen aufwächst, will Kunstmaler werden, scheitert aber beruflich und treibt seine Mutter in den Ruin. Im vorliegenden Textauszug aus dem Romananfang verlässt Heinrich seinen Geburtsort in der Schweiz, um sich in einer süddeutschen Stadt als Landschaftsmaler zu etablieren.

Er [...] schlenderte endlich seiner Wohnung zu durch alle die Gassen, in welche überall die Alpen blau und silbern hineinleuchteten. Jedes Bild, klein oder groß, war mit diesem bedeutenden Grunde versehen: Vor der niedrigen Wohnung armer Leute stand Heinrich still und guckte durch die Fensterlein, die, einander entsprechend, an zwei Wänden angebracht waren, quer durch das braune Gerümpel in die blendende Ferne, welche durch das jenseitige Fenster der Stube glänzte. Er sah bei dieser Gelegenheit den grauen Kopf einer Matrone[1] nebst einer kupfernen Kaffeekanne sich dunkel auf die Silberfläche einer zehn Meilen fernen Gletscherfirne zeichnen und erinnerte sich, dass er dieses Bild unverändert gesehen, seit er sich denken mochte.

So spielte dieser Jüngling wie ein Kind mit der Natur und schien seine bevorstehende, für seine kleinen Verhältnisse bedeutungsvolle Abreise ganz zu vergessen. Allein plötzlich fiel es ihm schwer aufs Herz, als er nun vor seinem düsteren Vaterhause stand und die Mutter ihm ungeduldig aus dem Fenster winkte. Schnell eilte er die engen Treppen hinauf, den Wohngemächern der Haushaltungen vorbei, die alle im Hause wohnten.

Gustave Courbet: Porträt des Künstlers (1842)

„Wo bleibst du denn so lang?", empfing ihn die Frau Lee, eine geringe Frau von etwa fünfundvierzig Jahren, an welcher weiter nichts auffiel, als dass sie noch kohlschwarze schwere Haare hatte, was ihr ein ziemlich junges Ansehen gab; auch war sie um einen Kopf kleiner als ihr Sohn.

„Da habe ich schon angefangen, deinen Koffer zu packen, weil du sonst vor Abgang der Post[2] nicht mehr fertig würdest."

Heinrich guckte in den Koffer; mit richtigem Sinn hatte die gute Frau Mappen und Bücher auf den Boden gebreitet; nur hatte sie mit weniger Zartheit verschiedene Bogen und Papier nicht genugsam zusammengeschichtet, sodass einige derselben an den Wänden des Koffers gekrümmt wurden, was der Sohn eifrig verbesserte. [...] Auch hier erwies es sich, dass die Mutter eigentlich die schweren Gegenstände zuunterst gepackt hatte, um die zwölf schönen neuen Hemden zu schonen, welche sie jetzt hineinlegte.

„Trage nun recht Sorge für deine Hemden", sagte sie [...].

„Das verwünschte Kleiderputzen", entgegnete hierauf der Sohn, welcher unterdessen bei Ausbreiten der Kleidungsstücke seine Hände auch immer unnützer Weise im Koffer hatte, „das verwünschte Kleiderputzen wird überhaupt nun ein Ende nehmen; denn wenn man in der Fremde ist und sich eine ordentliche Wohnung mieten muss, so bekommt man die Bedienung mit in den Kauf. Es reut mich jeder Augenblick, den ich mit dem widerlichen Geschäft zugebracht habe."

„Das ist wieder der Hans Obenhinaus!", rief etwas heftig die Mutter, „Bedienung! Ich sage dir, lasse dich lieber nicht bedienen, wenn du dich dadurch billiger einrichten kannst. Ich sehe nicht ein, warum du nicht selbst deine Sachen in Ordnung halten solltest, während du sonst stundenlang in die Berge hineinstarrst."

„Das verstehst du halt nicht!", hätte Heinrich fast gesagt, fand es aber für gut, die Worte zu verschlucken und sich dafür mit dem festen Vorsatze zu wappnen, hinfüro keine Schuhbürste mehr anrühren zu wollen. [...]

Während Heinrich noch eine große, schwere Mappe einwickelte, die ganz mit Zeichnungen, Kupferstichen und altem Papierwerk gefüllt war, sein wanderndes Museum, besorgte seine Mutter das Frühstück und ermahnte ihn, unterdessen noch bei den Hausgenossen Abschied zu nehmen. Das Haus gehörte ihr und war ein hohes altes bürgerliches Gebäude, dessen unterstes Geschoss noch in romanischen Rundbogen, die Fenster der mittleren im altdeutschen Stil und erst die zwei obersten Stockwerke modern, doch regellos gebaut waren. Alles war düster und geschwärzt. Drei oder vier Handwerkerfamilien bewohnten seit langen Jahren in guter Eintracht mit der Frau Hausmeisterin das Haus. Bei ihnen trat Heinrich nacheinander ein und sagte sein Lebewohl. Die braven Leute wünschten ihm mit herzlicher Teilnahme alles Glück und ermahnten ihn, nicht zu lange in der Welt herumzufahren, sondern bald wieder zu ihnen und zu der Mutter zurückzukehren. Die ernsthaften Hausväter [...] holten bedächtig aus ihren bescheidenen Pulten einen harten Taler hervor und drückten denselben dem Scheidenden mit diplomatischer Würde verdeckt in die Hand. Obgleich er, nach der Behauptung seiner Mutter, ein Obenhinaus war, so durfte er doch durch diese bürgerliche schöne Sitte sich nicht beleidigt finden. Auch lag ein rechter Segen in diesem sauer erworbenen und mit ernstem Entschlusse geschenkten Gelde.

1 die Matrone: ältere Frau

2 Heinrich will mit der Postkutsche fahren

1 Der Text arbeitet mit Vorausdeutungen. Nennen Sie eine Textstelle, die zeigt, dass es schon in der eigentlich verheißungsvollen Aufbruchssituation Andeutungen gibt, dass Heinrich (beruflich) scheitern könnte.

2 Heinrich hat einen Hang zur Imagination und scheitert am Ende des Romans daran, dass er zwischen Fantasie und Wirklichkeit nicht unterscheiden kann. Untersuchen Sie, wie dieses Problem hier am Romananfang schon angedeutet wird, indem Realität (einfache, dörfliche Verhältnisse) und Heinrichs Fantasie (Welt der Künste) miteinander kontrastiert werden. Finden Sie aussagekräftige Textstellen.

Realität (einfach Verhältnisse)	Fantasie (Welt der Künste)
– „vor der niedrigen Wohnung armer Leute stand Heinrich still" (Z. 4 ff.)	– „guckte ... in die blendende Ferne" (Z. 6–9)

3 Der Realismus war zwar durch eine Hinwendung zur Wirklichkeit geprägt, diese sollte aber nicht „nackt" und neutral dargestellt, sondern poetisch ausgemalt werden. Suchen Sie Textstellen, die diesen poetischen Zugriff auf die Wirklichkeit zeigen, z. B.: „durch alle die Gassen, in welche ..." (Z. 1 f.).

4 „Der grüne Heinrich" trägt autobiografische Züge des Autors. Recherchieren Sie hierzu.

Literatur

Soziale Erfolgsgeschichte – Der Aufstieg eines Helden im Bildungsroman

Auch „Das Gemeindekind" der österreichischen Schriftstellerin Marie von Ebner-Eschenbach ist ein Bildungsroman, der aber – im Unterschied zum Roman „Der grüne Heinrich" – vom sozialen Aufstieg des Helden Pavel Holub erzählt, der sich vom unteren Rand der Gesellschaft zu einem angesehenen Mitglied der dörflichen Gemeinschaft emporarbeitet.

Marie von Ebner-Eschenbach **Das Gemeindekind** (1887)

Der Roman erzählt die Geschichte von Pavel Holub. Als sein Vater wegen Mordes zum Tode verurteilt und seine Mutter für zehn Jahre ins Gefängnis gesperrt wird, werden er und seine Schwester Milada zu „Gemeindekindern". Während Milada von der im Ort ansässigen Baronin aufgenommen wird und schließlich in einem Kloster aufwächst, wird Pavel auf Kosten der Gemeinde vom Hirten Virgil und seiner Frau Virgilova beherbergt. Doch die beiden behandeln Pavel schlecht und zwingen ihn dazu, Diebstähle zu begehen. Als Sohn eines verurteilten Mörders wird Pavel auch von der Dorfgemeinschaft ausgegrenzt. Allein der Dorflehrer Habrecht und seine Schwester Milada haben Verständnis für seine Situation. Im vorliegenden Textauszug besucht Pavel seine Schwester im Kloster und versucht dort, mit der Oberin zu sprechen.

Sie [die Oberin] wollte sich abwenden und ihren Weg weiterverfolgen. Pavel warf sich ihr entgegen, ehrfurchtsvolle Scheu hatte bisher seine Zunge gebunden, die Angst der Verzweiflung löste sie. „Um Gottes willen, gütige, gebenedeite Klosterfrau", rief er und fasst die Oberin am Kleide, „um Gottes willen, behalten Sie mich! Schicken Sie mich nicht ins Dorf zurück ... Meine Milada sagt, dass ich brav werden soll, im Dorf kann ich nicht brav werden ... Hier will ich's sein, behalten Sie mich hier ... Im Dorfe bin ich ein Dieb und muss ein Dieb sein."
„Kind, Kind, was sprichst du?", entgegnete die Ehrwürdige; „niemand muss ein Dieb sein, jeder Mensch kann sich sein Brot redlich verdienen."
„Ich nicht!", schrie Pavel und wehrte sich mit allen Kräften gegen zwei Nonnen, die vorgetreten waren und das Gewand der Oberin aus seinen Händen zu lösen suchten, „ich nicht! ... Was ich verdiene, nimmt der Virgil und versauft's, und ich muss auch seine ganze Arbeit tun und bekomme nichts ... Die Gemeinde sollte mir Kleider geben und gibt mir nichts ... und wenn die Virgilova hingeht und sagt: Der Bub hat kein Hemd, der Bub hat keine Jacke, sagen sie: Und wir haben kein Geld ... aber wenn sie auf die Jagd gehen wollen und ins Wirtshaus, dann haben sie immer Geld genug ... [...]."
Was er vorbrachte, war nicht die Frucht langen Nachdenkens; die Erkenntnis seines ganzen Elends kam ihm zugleich mit derjenigen, dass es eine Rettung geben könne aus diesem Elend, und jede neue Anklage gegen seine schlechte Adoptivmutter, die Gemeinde und jeden neuen Ausbruch der Entrüstung und des Jammers schloss er mit dem leidenschaftlichen Beschwören: „Behalten Sie mich! Schicken Sie mich nicht ins Dorf zurück!" Allein – ob seine Augen sich angst- oder hoffnungsvoll auf die hohe Frau richteten, welcher er die Macht zuschrieb, sein trostloses Schicksal in ein glückliches zu verwandeln, immer begegneten sie demselben Ausdruck sanfter Unerbittlichkeit. Und wie sie vor sich hinblickte, unendlich fromm, unendlich teilnahmslos, so tat ihr ganzes Gefolge, und der schwer begreifende Pavel begriff endlich, dass er umsonst gebeten hatte.

Milada trifft auf Pavel und beschwört ihn, ein besserer Mensch zu werden. Voller Verzweiflung redet sie auf ihn ein und will sogar mit ihm gemeinsam fliehen und aufpassen, dass er nicht ein Leben als Dieb führt. Durch das Aufeinandertreffen bahnt sich eine Wende in Pavels Verhalten an.

Die arme Kleine, wie liebte sie ihn! Wann hätte er sich's träumen lassen, dass sie ihn so sehr liebe! – Alles wäre sie bereit gewesen, um ihn aufzugeben, das schöne Haus, in dem sie wohnte, ihre guten Kleider, das gute Essen ... ja sogar die sichere Aussicht auf das Himmelreich ...

Das will er ihr lohnen, er weiß schon wie; er wird sich ihrer Liebe würdig machen. Wonniger Stolz, die herrlichste Zuversicht erfüllten ihn; etwas Köstliches, Unbegreifliches schwellte sein Herz. Er gab sich keine Rechenschaft davon, er hätte es nicht zu nennen gewusst, es war ihm ja so neu, so fremd, es war ja – Glück. Unter dem Einfluss des Wunders, das sich in ihm vollzog, meinte er, auch von außen kommende Wunder erwarten zu müssen. Und wie er so langsam dahinschritt, gestaltete sich aus seinen wehenden Träumen immer deutlicher die Überzeugung, dass er einer großen Veränderung seines Schicksals entgegengehe, dem geheimnisvollen Anfang zu einem schöneren, besseren Leben.

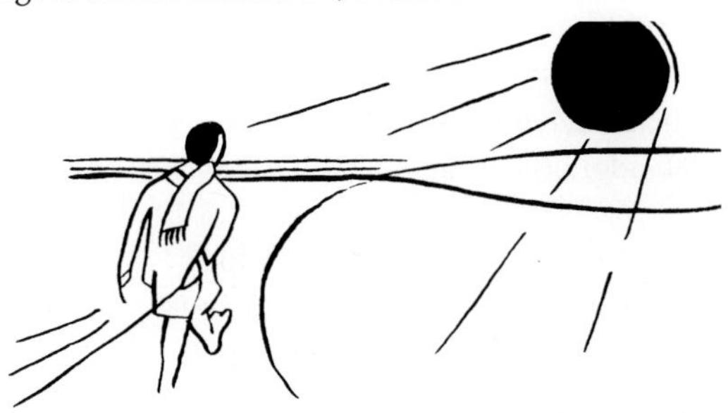

Bei seinem Lehrer Habrecht, der Pavel von Anfang an unterstützt, findet er schließlich ein neues Zuhause.

„Herr Lehrer", begann er, näherte sich ihm und tippte leise mit dem Finger auf seine Schulter. „Herr Lehrer, hören Sie, ich will Ihnen was sagen."

Habrecht richtete sich auf, lächelte trübsinnig und sprach: „Bist noch da, dummer Junge, geh nach Hause. – Geh!", wiederholte er streng, als seine erste Aufforderung ohne Wirkung blieb.

Pavel jedoch stand fest wie ein verkörperter Entschluss, blickte dem Lehrer ruhig in die Augen und beteuerte, nach Hause gehe er nicht, heute müsse er etwa anfangen. [...]

„Was", fragte der, „was denn anfangen?"

„Das neue Leben", erwiderte Pavel und wusste erstaunlich gut Bescheid darüber zu geben, wie er sich dasselbe vorstelle. Im Kloster hatte er demütig gebeten, man möge ihn behalten; dem Lehrer versprach er in beinahe tröstlicher Weise, er werde von nun an immer bei ihm bleiben und dafür sorgen, dass ihm ein rechter Nutzen aus dieser Hausgenossenschaft erwachse. Wie oft habe sich der Lehrer über die Nachlässigkeit ärgern müssen, mit welcher die Gemeinde ihrer Pflicht nachkam, das zur Schule gehörende Feld zu bestellen. Jetzt wolle er dieses Feld in seine Obhut nehmen und den Garten ebenfalls [...]. Nicht eben breit, aber sehr langsam setzte Pavel auseinander, wie fleißig er sein und zum Entgelt nichts ansprechen wolle als ein Obdach und Kost. Geld verdienen könne er im Spätherbst und im Winter in der Fabrik, wo sie bis zu einem Gulden Taglohn zahlen. Habe er deren hundert beisammen, dann ließe sich an den Ankauf von so viel Grund und Boden denken, als man brauche, um ein Haus darauf zu bauen. [...]

1 Pavel schafft es am Ende, ein angesehenes Mitglied der Dorfgemeinschaft zu werden. Nennen Sie Textstellen, die darauf hindeuten, dass ihm trotz vorbelasteter Kindheit ein besseres Leben gelingen kann.

2 a Als die Oberin behauptet, niemand müsse ein Dieb sein und jeder Mensch könne sich sein Geld redlich verdienen, schreit Pavel: „Ich nicht!" (vgl. Z. 12–15). Erläutern Sie, wie er zu diesem Urteil kommt.
b Erklären Sie, inwiefern der Roman auch die Ausgrenzungsmechanismen der Kirche zeigt und kritisiert.

3 a Die Autorin zeigt, dass Pavel trotz seiner Herkunft nicht sozial determiniert ist und sich aus seinen prekären Verhältnissen befreien kann. Erläutern Sie, welche Rolle Habrecht und Milada dabei spielen.
b Diskutieren Sie, ob die Geschichte von Pavel noch heute aktuell ist.

4 „Nicht eben breit, aber sehr langsam setzte Pavel auseinander, wie fleißig er sein [...] wolle" (▶ Z. 89–91), kommentiert der Erzähler die Ausführungen seiner Hauptfigur. Untersuchen Sie die sprachliche Gestaltung des Romans. Achten Sie auf Poetisierung einerseits und Realitätsnähe andererseits.

5 Vergleichen Sie die beiden Bildungsromane „Das Gemeindekind" und „Der grüne Heinrich" (▶ S. 336 f.). Berücksichtigen Sie die Lebenswege der Hauptfiguren sowie die sprachliche Gestaltung. Welche gemeinsame Botschaft haben die Texte bei allen Unterschieden?

Kontext

Grundgedanken – Was bedeutet realistisches Erzählen?

Obwohl die Autorinnen und Autoren des Realismus in ihren Romanen die fassbare Welt beschreiben, in der ihre Helden, z. B. der grüne Heinrich (► S. 336 f.) oder das Gemeindekind Pavel (► S. 338 f), agieren, geht es ihnen in ihren Werken um mehr als um die möglichst wirklichkeitsgetreue Abbildung der Realität, wie die folgenden Auszüge aus theoretischen Schriften zweier Autoren des Realismus zeigen.

Theodor Fontane **Was verstehen wir unter Realismus?** (1853)

Vor allen Dingen verstehen wir [unter Realismus] *nicht* das nackte Wiedergeben alltäglichen Lebens [...]. Traurig genug, dass es nötig ist, derlei sich von selbst verstehende Dinge noch erst versichern zu müssen. Aber es ist noch nicht allzu lange her, dass man (namentlich in der Malerei) Misere mit Realismus verwechselte [...]. Diese Richtung verhält sich zum echten Realismus wie das rohe Erz zum Metall; die Läuterung[1] fehlt. Wohl ist das Motto des Realismus der Goethesche Zuruf:

Greif nur hinein ins volle Menschenleben,
Wo du es packst, da ist's interessant[2],

aber freilich, die Hand, die diesen Griff tut, muss eine künstlerische sein. Das Leben ist doch immer nur der Marmorsteinbruch, der den Stoff zu unendlichen Bildwerken in sich trägt; sie schlummern darin, aber nur dem Auge des Geweihten sichtbar und nur durch seine Hand zu erwecken. Er [der Realismus] ist die Widerspiegelung alles wirklichen Lebens, aller wahren Kräfte und Interessen im Elemente der Kunst; er ist, wenn man diese scherzhafte Wendung verzeiht, eine *„Interessenvertretung"* auf seine Art. Er umfängt das ganze reiche Leben, das Größte wie das Kleinste. [...] Denn all das ist *wirklich*. Der Realismus will nicht die bloße Sinnenwelt und nichts als diese; er will am allerwenigsten das bloß Handgreifliche; aber er will das *Wahre*.

---

1 die Läuterung, hier: Verfeinerung
2 Zitat aus Goethes „Faust"

Otto Ludwig **Der poetische Realismus** (1858–60)

Es handelt sich [...] [beim poetischen Realismus] von einer Welt, die von der schaffenden Phantasie vermittelt ist, nicht von der gemeinen[1]; sie schafft die Welt noch einmal, keine sogenannte phantastische Welt, d. h. keine zusammenhanglose, im Gegenteil, eine, in der der Zusammenhang sichtbarer ist als in der wirklichen, nicht ein Stück Welt, sondern eine ganze, geschlossene, die alle ihre Bedingungen, alle ihre Folgen ins sich selbst hat.

So ist es mit ihren Gestalten[2], deren jede in sich so notwendig zusammenhängt als in der wirklichen, aber so durchsichtig, dass wir den Zusammenhang sehen, dass sie als Totalitäten vor uns stehen: Das Handeln dieser Welt [...] es ist ebenfalls zugleich durchsichtig, und wir sehen seinen notwendigen Zusammenhang mit der handelnden Gestalt, wir sehen es aus der Totalität der poetischen Person hervorgehen [...]: Es ist eine ganze Welt

---

1 gemein, hier: gewöhnlich
2 Gemeint sind die Figuren des Romans.

1 **a** Arbeiten Sie heraus, was nach Fontane den Realismus kennzeichnet. Wovon grenzt er ihn ab?
- Literatur darf das Leben nicht „nackt" ..., sondern ...
- Der Autor bezieht zwar den Stoff aus dem wirklichen Leben, aber ...

b Erklären Sie, warum Otto Ludwig von einem „poetischen Realismus" spricht.

2 Die realistische Erzählweise hat nach Otto Ludwig das Ziel, das „Handeln dieser Welt" zu verdichten und so Zusammenhänge für die Leser/-innen deutlich zu machen (vgl. Z. 14–18). Erörtern Sie: Ist diese Idee auch in den Bildungsromanen „Der grüne Heinrich" (► S. 336 f.) und „Das Gemeindekind" (► S. 338 f.) zu finden?

Literatur

Stimmungsvoll oder objektiv? – Zwei lyrische Blicke auf die Realität

Auch in ihren Gedichten streben die Autoren und Autorinnen des Realismus an, die Wirklichkeit zu (re)konstruieren. So versucht zum Beispiel Theodor Storm, eine wahrgenommene Stimmung einzufangen, und Conrad Ferdinand Meyer stellt Beobachtetes so dar, dass es plastisch greifbar wirkt.

Theodor Storm
Abseits (1848)

Es ist so still; die Heide liegt
Im warmen Mittagssonnenstrahle,
Ein rosenroter Schimmer fliegt
Um ihre alten Gräbermale;
Die Kräuter blühn; der Heideduft
Steigt in die blaue Sommerluft.

Laufkäfer hasten durchs Gesträuch
In ihren goldnen Panzerröckchen,
Die Bienen hängen Zweig um Zweig
Sich an der Edelheide Glöckchen,
Die Vögel schwirren aus dem Kraut –
Die Luft ist voller Lerchenlaut.

Ein halb verfallen niedrig Haus
Steht einsam hier und sonnbeschienen;
Der Kätner[1] lehnt zur Tür hinaus,
Behaglich blinzelnd nach den Bienen;
Sein Junge auf dem Stein davor
Schnitzt Pfeifen sich aus Kälberrohr.

Kaum zittert durch die Mittagsruh
Ein Schlag der Dorfuhr, der entfernten;
Dem Alten fällt die Wimper zu,
Er träumt von seinen Honigernten.
– Kein Klang der aufgeregten Zeit
Drang noch in diese Einsamkeit.

Conrad Ferdinand Meyer
Der römische Brunnen (1882)

Aufsteigt der Strahl und fallend gießt
Er voll der Marmorschale Rund,
Die, sich verschleiernd, überfließt
In einer zweiten Schale Grund;
Die zweite gibt, sie wird zu reich,
Der dritten wallend ihre Flut,
Und jede nimmt und gibt zugleich
Und strömt und ruht.

1 der Kätner: Dorfbewohner, der eine Kate (einfaches Haus) besitzt

1 **a** Begründen Sie mit Textstellen, inwiefern der Titel „Abseits" zum Inhalt des Gedichtes passt.
b „Kein Klang der aufgeregten Zeit / Drang noch in diese Einsamkeit" (V. 23 f.). Stellen Sie Vermutungen an, welche Lebenswelten in diesen Versen gegenübergestellt werden.
c Untersuchen Sie, inwiefern Form und sprachliche Gestaltung zur Stimmung des Gedichts beitragen.

2 **a** Vollziehen Sie mit einer Skizze den Weg des Wassers im Gedicht „Der römische Brunnen" nach.
b Erklären Sie, welche Gegensätze das Gedicht durchziehen. Welche Verse vermitteln eine Balance?
c Stellen Sie Vermutungen auf, wofür der Brunnen ein Sinnbild sein könnte, z. B.: So wie das Leben …

3 Diskutieren Sie: Inwieweit werden Theodor Fontanes und Otto Ludwigs Grundgedanken zum Realismus (► S. 340) in den Gedichten umgesetzt? Wird die Wirklichkeit hier „poetisiert"?

4 Vergleichen Sie Storms Gedicht inhaltlich und sprachlich mit dem Anfang von „Effi Briest" (► S. 342).

Literatur

Im Korsett der Konventionen? – Der realistische Gesellschaftsroman

Theodor Fontanes „Effi Briest“ gilt als Höhepunkt des realistischen Gesellschaftsromans. In ihm schildert der Autor die gesellschaftlichen Regeln und Zwänge im Preußen des ausgehenden 19. Jahrhunderts. Dazu zählt auch die starre Rollenverteilung zwischen Mann und Frau, in der diese vom Mann als Familienoberhaupt abhängig ist und sich dessen Vorstellungen unterordnen muss.

Theodor Fontane **Effi Briest** (1894)

Der Roman erzählt die Geschichte von Effi Briest, die als Siebzehnjährige auf Rat ihrer Mutter den mehr als doppelt so alten Karrieristen Baron Geert von Instetten heiratet. Die Heirat bedeutet für Effi einen gesellschaftlichen Aufstieg. Aber sie fühlt sich in ihrer Ehe unglücklich und allein gelassen und beginnt eine Affäre – mit weitreichenden Folgen: Als der Baron Jahre später von der längst beendeten Affäre seiner Frau erfährt, tötet er seinen Widersacher im Duell. Die Ehe wird geschieden und Effi Briest die gemeinsame Tochter genommen. Durch den Ehebruch von der Gesellschaft sozial isoliert, stirbt sie schließlich in ihrem Elternhaus. Bei dem vorliegenden Textauszug handelt es sich um den Romananfang und um einen Auszug aus dem vierten Kapitel.

Max Liebermann: Illustration zu „Effi Briest“ (1927)

In Front des schon seit Kurfürst Georg Wilhelm von der Familie Briest bewohnten Herrenhauses zu Hohen-Cremmen fiel heller Sonnenschein auf die mittagsstille Dorfstraße, während nach der Park- und Gartenseite hin ein rechtwinklig angebauter Seitenflügel einen breiten Schatten erst auf einen weiß und grün quadrierten Fliesengang und dann über diesen hinaus auf ein großes, in seiner Mitte mit einer Sonnenuhr und an seinem Rande mit Canna indica[1] und Rhabarberstauden besetzten Rondell[2] warf. Einige zwanzig Schritte weiter, in Richtung und Lage genau dem Seitenflügel entsprechend, lief eine ganz in kleinblättrigem Efeu stehende, nur an einer Stelle von einer kleinen weiß gestrichenen Eisentür unterbrochenen Kirchhofsmauer, hinter der der Hohen-Cremmener Schindelturm mit seinem blitzenden, weil neuerdings wieder vergoldeten Wetterhahn aufragte. Fronthaus, Seitenflügel und Kirchhofsmauer bildeten ein einen kleinen Ziergarten umschließendes Hufeisen, an dessen offener Seite man eines Teiches mit Wassersteg und angekettetem Boot und dicht daneben einer Schaukel gewahr wurde, deren horizontal gelegtes Brett zu Häupten und Füßen an je zwei Stricken hing – die Pfosten der Balkenlage schon etwas schief stehend. Zwischen Teich und Rondell aber und die Schaukel halb versteckend standen ein paar mächtige alte Platanen.

Auch die Front des Herrenhauses – eine mit Aloekübeln und ein paar Gartenstühlen besetzte Rampe – gewährte bei bewölktem Himmel einen angenehmen und zugleich allerlei Zerstreuung bietenden Aufenthalt; an Tagen aber, wo die Sonne niederbrannte, wurde die Gartenseite ganz entschieden bevorzugt, besonders von Frau und Tochter des Hauses, die denn auch heute wieder auf dem im vollen Schatten liegenden Fliesengange saßen, in ihrem Rücken ein paar offene, von wildem Wein umrankte Fenster, neben sich eine vorspringende kleine Treppe, deren vier Steinstufen vom Garten aus in das Hochparterre des Seitenflügels hinaufführten. Beide, Mutter und Tochter, waren fleißig bei der Arbeit, die der Herstellung eines aus Einzelquadraten zusammengesetzten Altarteppichs galt; unzählige Wollsträhnen und Seidendocken[3] lagen auf einem großen, runden Tisch bunt durcheinander, dazwischen, noch vom Lunch her, ein paar Dessertteller und eine mit großen, schönen Stachelbeeren gefüllte Majolikaschale[4]. Rasch und sicher ging die Wollnadel der Damen hin und her, aber während die Mutter kein Auge von der Arbeit ließ, legte die Tochter, die den Rufnamen Effi führte, von Zeit zu Zeit die Nadel nieder und erhob sich, um unter allerlei kunstgerechten Beugungen und Streckungen den ganzen Kursus der Heil- und Zimmergymnastik durchzumachen. Es war ersichtlich, dass sie sich diesen absichtlich ein wenig ins Komische gezogenen Übungen mit ganz besonderer Liebe hingab, und wenn sie dann so dastand und, langsam die Arme hebend, die Handflächen hoch über dem Kopf zusammenlegte, so sah auch wohl die Mama von ihrer Handarbeit auf, aber immer nur flüchtig und verstohlen, weil sie nicht zeigen wollte, wie entzückend sie ihr eigenes Kind finde, zu welcher Regung mütterlichen Stolzes sie voll berechtigt war. Effi trug ein blau und weiß gestreiftes, halb kittelartiges Leinwandkleid, dem erst ein fest zusammengezogener, bronzefarbener Ledergürtel die Taille gab; der Hals war frei, und über Schulter und Nacken fiel ein breiter Matrosenkragen.

In allem, was sie tat, paarten sich Übermut und Grazie, während ihre lachenden braunen Augen eine große, natürliche Klugheit und viel Lebenslust und Herzensgüte verrieten. Man nannte sie die „Kleine", was sie sich nur gefallen lassen musste, weil die schöne, schlanke Mama noch um eine Handbreit höher war.

Eben hatte sich Effi wieder erhoben, um abwechselnd nach links und rechts ihre turnerischen Drehungen zu machen, als die von ihrer Stickerei gerade wieder aufblickende Mama ihr zurief: „Effi, eigentlich hättest du doch wohl Kunstreiterin werden müssen. Immer am Trapez, immer Tochter der Luft. Ich glaube beinah, dass du so was möchtest."

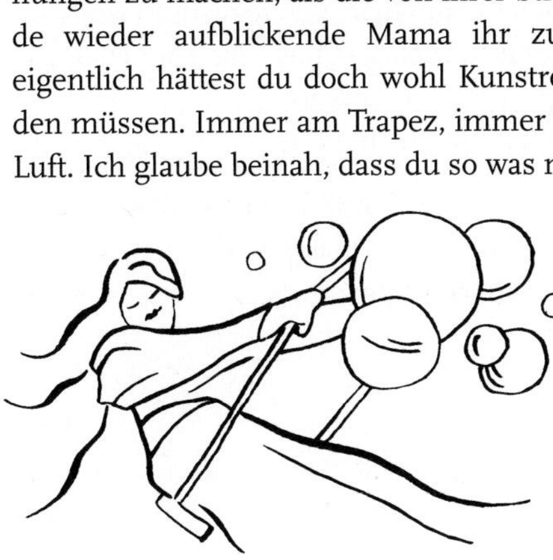

Auf Wunsch ihrer Eltern wird Effi mit Geert von Instetten verlobt. Instetten ist Landrat in Kessin und schreibt seiner Verlobten regelmäßig. Über einen dieser Briefe spricht Effi mit ihrer Mutter.

„Du hast ja den Brief noch in der Tasche."

„Richtig. Den hätt ich fast vergessen." Und sie öffnete den Brief und überflog ihn.

„Nun, Effi, kein Wort? Du strahlst nicht und lachst nicht einmal. Und er schreibt doch immer so heiter und unterhaltlich und gar nicht väterlich weise."

„Das würd ich mir auch verbitten. Er hat sein Alter, und ich habe meine Jugend. Und ich würde ihm mit dem Finger drohen und ihm sagen: ‚Geert, überlege, was besser ist.'"

„Und dann würde er dir antworten: ‚Was du hast, Effi, das ist das Bessere.' Denn er ist nicht nur ein Mann der feinsten Formen, er ist auch gerecht und verständig und weiß recht gut, was die Jugend bedeutet. Er sagt sich das immer und stimmt sich auf das Jugendliche hin, und wenn er in der Ehe so bleibt, so werdet ihr eine Musterehe führen."

„Ja, das glaube ich auch, Mama. Aber kannst du dir vorstellen, und ich schäme mich fast, es zu sagen, ich bin nicht so sehr für das, was man eine Musterehe nennt."

„Das sieht dir ähnlich. Und nun sage mir, wofür bist du denn eigentlich?"

„Ich bin ... nun, ich bin für gleich und gleich und natürlich auch für Zärtlichkeit und Liebe. Und wenn es Zärtlichkeit und Liebe nicht sein können, weil Liebe, wie Papa sagt, doch nur ein Papperlapapp ist (was ich aber nicht glaube), nun, dann bin ich für Reichtum und ein vornehmes Haus, ein ganz vornehmes [...]."

„Sagst du das bloß aus Übermut und Laune?"

„Nein, Mama, das ist mein völliger Ernst. Liebe kommt zuerst, aber gleich hinterher kommt Glanz und Ehre und dann kommt Zerstreuung – ja, Zerstreuung, immer was Neues, immer was, dass ich lachen oder weinen muss. Was ich nicht aushalten kann, ist Langeweile."

„Wie bist du da nur mit uns fertiggeworden?"

„Ach, Mama, wie du nur so was sagen kannst. Freilich, wenn im Winter die liebe Verwandtschaft vorgefahren kommt und sechs Stunden bleibt oder wohl auch noch länger [...], ja, da macht sich's mitunter nicht sehr hübsch, das muss ich zugeben. Aber sonst bin ich hier immer glücklich gewesen, so glücklich."

Und während sie das sagte, warf sie sich heftig weinend vor der Mama auf die Knie und küsste ihre beiden Hände!

„Steh auf, Effi. Das sind so Stimmungen, die über

einen kommen, wenn man so jung ist wie du und vor der Hochzeit steht und vor dem Ungewissen. Aber nun lies mir den Brief vor, wenn er nicht was ganz Besonderes enthält oder vielleicht Geheimnisse."

„Geheimnisse", lachte Effi und sprang plötzlich veränderter Stimmung wieder auf. „Geheimnisse! Ja, er nimmt immer einen Anlauf, aber das meiste könnt ich auf dem Schulzenamt[5] anschlagen lassen, da, wo immer die landrätlichen Verordnungen stehen. Nun, Geert ist ja auch Landrat." [...]

„Das ist ein sehr hübscher Brief", sagte Frau von Briest, „und dass er in allem das richtige Maß hält, das ist ein Vorzug mehr."

„Ja, das rechte Maß, das hält er."

„Meine liebe Effi, lass mich eine Frage tun; wünschtest du, dass der Brief nicht das richtige Maß hielte, wünschtest du, dass er zärtlicher wäre, vielleicht überschwänglich zärtlich?"

„Nein, nein, Mama. Wahr und wahrhaftig nicht, das wünsche ich nicht. Da ist es doch besser so."

Effi Briest liest den nüchternen und unpersönlichen Brief vor.

1 Canna indica: tropische Zierpflanze
2 das Rondell, hier: rundes Gartenbeet
3 die Seidendocke: mit Seide umwickelter Holzstab zum Weben von Teppichen
4 die Majolikaschale: farbig bemalte Keramikschale
5 das Schulzenamt: Amt des Gemeindevorstehers

1 Sammeln Sie Ihre Eindrücke von Effi: Was erfahren Sie über sie (Alter, Aussehen, Eigenschaften)? Wie wirkt diese Figur?

2 Untersuchen Sie das Gespräch zwischen Effi und ihrer Mutter (► Z. 88–154):
a „Ich bin nicht so sehr für für das, was man eine Musterehe nennt" (► Z. 104 f.), entgegnet Effi ihrer Mutter. Beschreiben Sie Effis Wünsche und Erwartungen in Bezug auf ihr zukünftiges (Ehe-)Leben.
b Charakterisieren Sie die Beziehung zwischen Effi und Instetten in einem Satz. Was empfindet Effie z. B. angesichts der Briefe, die Instetten ihr schreibt? Diskutieren Sie: Kann Effi in ihrer Ehe glücklich werden?
c Stellen Sie Vermutungen an, warum Effi am Ende des Gesprächs mit ihrer Mutter ihre Bedenken zurücknimmt, einlenkt und schließlich in die Ehe einwilligt (vgl. Z. 149–154).

3 Erläutern Sie, was die Auszüge aus „Effi Briest" über die Rolle der bürgerlichen Frau im 19. Jahrhundert (Lebensumfeld, Kleidung, Verhalten) und über ihre Möglichkeit zur Selbstverwirklichung aussagen.

4 a Erläutern Sie auf Grundlage Ihres Alltagsverständnisses, was in den Romanauszügen realistisch ist.
b Untersuchen Sie, wie in der Romanexposition (► Z. 1–77) dem Leser ein Einblick in das Leben der Hauptfigur vermittelt wird. Achten Sie auf die Genauigkeit der Raumbeschreibung und den Erzählstandort.
c Erörtern Sie, inwieweit Fontane hier seiner Auffassung vom realistischen Erzählen (► S. 340) gerecht wird.

5 Theodor Fontanes Roman beruht auf einer realen Begebenheit: der „Ardenne-Affäre", die damals einen gesellschaftlichen Skandal verursachte. Vergleichen Sie anhand des folgenden Textes Wirklichkeit und Fiktion und stellen Sie Vermutungen an, warum Fontane den Stoff abwandelte.

Elisabeth von Ardenne – die „echte" Effie

Die adelige Elisabeth von Plotho heiratete auf Drängen ihrer Mutter als 19-Jährige den fünf Jahre älteren Baron von Ardenne. Nach zehn Jahren Ehe begann sie eine Affäre mit dem Juristen Emil Hartwich und plante, ihren Mann zu verlassen. Als dieser jedoch Hartwichs Liebesbriefe entdeckt, tötet er ihn im Duell. Die Ehe wurde geschieden und die Kinder Baron von Ardenne zugesprochen. Elisabeth ließ sich nach der Scheidung zur Krankenschwester ausbilden und begann ein selbstständiges Leben. Am 4. Februar 1952 starb Elisabeth von Ardenne im Alter von 98 Jahren.

Kontext

Interkulturalität – Der Ehebruchroman als europäisches Genre des Realismus

Nicht nur in „Effi Briest“ (► S. 343 f.) wird ein Ehebruch thematisiert und damit die Frage nach der Bedeutung restriktiver gesellschaftlicher Normen für jeden Einzelnen. Auch andere europäische Autoren machen in der zweiten Hälfte des 19. Jahrhunderts den Ehebruch zum Thema in ihren Romanen.

Der Ehebruchroman in der Literatur des 19. Jahrhunderts

In der zweiten Hälfte des 19. Jahrhunderts wurden Romane, die einen Ehebruch zum Thema hatten, überaus populär und sorgten gleichzeitig für Skandale. Stilprägend war „Madame Bovary“ (1856) des französischen Schriftstellers Gustave Flaubert. Der Roman erzählt die Geschichte von Emma Bovary, die sich als gelangweilte Ehefrau in eine romantische Traumwelt flüchtet und mit verschiedenen Männern Affären beginnt. Sie verschuldet sich, scheitert und begeht am Ende Selbstmord. Aufsehen erregte der Roman vor allem deswegen, weil Flaubert mit seinem realistischen Erzählstil jegliches Urteil über die Figuren vermeidet und eine Anteilnahme verweigert. „Anna Karenina“ (1877) des russischen Autors Lew Nikolajewitsch Tolstoi gehört ebenfalls zum Kanon berühmter „Ehebruchromane“. Im Zentrum des Romans steht Anna Karenina, deren Ehe nach einer Affäre zerbricht und die ebenfalls am Ende Suizid begeht. Auch Theodor Fontanes „Effi Briest“ (1894) hat die Untreue und schließlich das Scheitern der Hauptfigur zum Thema.

Für die große Resonanz – und die mindestens ebenso große Kritik an den Romanen – nennt der Literaturwissenschaftler Jochen Vogt verschiedene Gründe: „Die dominierende (‚personale‘) Perspektive der weiblichen Hauptfigur, die Flaubert als erster einsetzt, ist Kennzeichen des realistischen Ehebruchromans. In dieser Sicht werden Gründe für die Entfremdung der Ehepartner und den Ehebruch gezeigt: die bürgerliche Ehe erscheint in der Tradition der Vernunftehen, die eingeschränkte Rolle der Frau in der Familie, ihre mangelhafte Ausbildung und ihre soziale Diskriminierung werden kritisch dargestellt. Gleichzeitig wird die bürgerliche Doppelmoral entlarvt, die dem Mann in der Sexualität alles erlaubt und der Frau alles verbietet. Die Gründe für den Ehebruch verweisen auf soziale Langeweile, Abenteuerdrang und den provozierten Bruch mit der Moral, während die leidenschaftliche Liebe als Motiv meist ausgeschlossen bleibt. Der Liebhaber, der als Figur ebenso wie der Ehemann stark funktionalisiert ist, trägt Züge des dämonischen Verführers (Don Juan) und bedeutet für die Ehebrecherin regelmäßig eine herbe Enttäuschung. Die verführte und bald darauf verlassene Frau sieht in ihrem Leidensweg zumeist auch die Sühne für ihre Schuld. Darin artikuliert sich das Doppelmotiv der Bestrafung (von Ehefrau und Verführer) und der Wiederherstellung der (männlichen) ‚Ehre‘, das in manchen sozialen Gruppen (z. B. im preußischen Adel) auch zum Duell führen kann. Auffällig ist, dass die Ehebrecherin des 19. Jahrhunderts nicht aus enttäuschter Liebe stirbt oder wegen der Rache ihres Ehemanns, sondern auf Grund von Situationen, in denen ihre persönliche und psychische Not mit den sozialen Ursachen konvergiert[1], die eine bereits erschütterte bürgerliche Gesellschaft hervorbringt.“

1 konvergieren: übereinstimmen

1 **a** Arbeiten Sie Kennzeichen der realistischen Ehebruchromane heraus. Berücksichtigen Sie dabei inhaltliche Aspekte, Erzählweise, Figurendarstellungen sowie Gesellschaftskritik.
b Prüfen Sie, welche Merkmale des realistischen Ehebruchromans auf „Effi Briest“ (► S. 343 f.) zutreffen.

2 In einer Zeit, in der sich die Nationalstaaten formieren, schreiben Autoren in verschiedenen Ländern Europas vergleichbare Ehebruchromane: Diskutieren Sie diesen Befund.

3 Alle drei im Text erwähnten Ehebruchromane werden bis heute in Filmen sowie auf Theaterbühnen interpretiert. Was erscheint Ihnen aktuell an diesen Stoffen, was ist Ihrer Meinung nach nicht mehr zeitgemäß?

Literatur

Soziales Milieu und Gesellschaftskritik – Der Blick der Naturalisten auf die Realität

Angesichts des wachsenden sozialen Elends forderte Ende des 19. Jahrhunderts eine neue europäische Schriftstellergeneration, dass Literatur alle Facetten des Lebens und damit auch dessen negative Aspekte thematisieren sollte. Diese neue Art des naturalistischen Schreibens entstand zuerst in Frankreich (z. B. Émile Zola „Der Bauch von Paris"), Russland (z. B. Nikolai Gogol „Die toten Seelen") und Skandinavien (z. B. Henrik Ibsen „Die Wildente") und wollte die Lebenswirklichkeit möglichst wirklichkeitsgetreu und ungeschönt darstellen. In Deutschland gilt Gerhart Hauptmann als bedeutendster Vertreter des Naturalismus.

Gerhart Hauptmann **Die Ratten** (1911), 1./2. Akt

In einem heruntergekommenen, von Ratten verseuchten Mietshaus in Berlin leben mehrere Menschen auf engem Raum: Im Dachgeschoss hat der ehemalige Theaterdirektor Hassenreuter seinen Theaterfundus untergebracht und betreibt damit einen Kostümverleih. Weiterhin wohnen in dem Haus die drogenabhängige Frau Knobbe, Henriette John, die Reinigungsfrau Hassenreuters, und ihr Ehemann Paul John sowie das Dienstmädchen Pauline Piperkarcka, die mit einem unehelichen Kind schwanger ist. In der folgenden Szene spricht Pauline Piperkarcka mit Frau John über ihre Notlage.

Die Ratten, Neues Theater Halle (2014)

Die Piperkarcka. Zu Hause darf ick mir nu janz natürlich nich blicken lassen, wie ick verändert bin. Mutter schreit doch auf'n ersten Blick! Vater haut mir Kopf an die Wand und schmeißt mir Straße. Jeld hab' ick nu ebenfalls ooch weiter nu weiter keens nich! als wie Stücker zwei Joldstücke, was ick mich Jacketfutter einjenäht. Hätte mich schlechter Mensch nich Mark nich Pfennig übrig gelassen.

Frau John. Freilein, mein Mann ist Maurerpolier. Freilein: wenn Sie bloß wollten Obacht jeb'n ... jeb'n Se doch um Jottes willen Obacht, watt ick Ihn for Vorschläge unterbreiten tu'. Freilein, denn ist doch uns beede jeholfen. Ihn ist jeholfen und so desselbijenjleichen ooch mir. Außerdem ist Pauln, wat mein Mann is, wo sterbensjerne een Kindeken will, weil det uns doch unser eenzigt, unser Aderlbertchen, an de Bräune gestorben ist. Ihr Kind hat et jut wie'n eejnet Kind. Denn kenn Se jehn Ihrem Schatz wieder uffsuchen, kenn wieder in'n Dienst, kenn wieder bei Ihre Eltern jehn, det Kind hat et jut, und keen Mensch uff die janze Welt nich braucht wat von wissen. [...]

Die Piperkarcka. I jrade! Ick stürze mir Landwehrkanal! *(Sie steht auf.)* Ich schreibe Zettel, ick lasse Zettel in mein Jackett zurück; du hast mit deine verfluchte Schlechtigkeit deine Pauline im Wasser jetrieben! dann setze vollen Namen Alois Theophil Brunner, Instrumentenmacher, zu. Denn soll er sehn, wie er mit sein Mord auf Jewissen man meinswegen fertig wird.

Frau John schlägt Pauline Piperkarcka vor, ihr das Kind abzukaufen, denn sie und ihr Mann haben ihr gemeinsames Kind früh verloren und hätten gern wieder Nachwuchs.

Die Piperkarcka. Denn lieber bei die Jeburt erwürgen! verkaufen nich!

Frau John. Wer redet denn von verkoofen, Pauline?

Die Piperkarcka. Wat hab'ick Oktober vorijen Jahr bis heutijen Tag for Himmelsangst ausjestanden. Bräutijam steeßt mir fort! Mietsfrau steeßt mir fort. Schlafbodenstelle is mir jekindigt. Wat du' ick denn, dass man mir so verachtet und von die Leute verflucht un ausgestoßen muss?

Pauline Piperkarcka willigt schließlich doch ein und verkauft Frau John ihr Kind, die es nach der Geburt an sich nimmt und als ihr eigenes ausgibt. Ihr Ehemann, der von einer Montage aus Hamburg zurückgekehrt ist, freut sich über das Kind, da seine Frau behauptet, es sei ihr eigenes. Das Ehepaar Hassenreuter gratuliert Frau John und ihrem Mann zur Geburt ihres Kindes.

Frau Direktor Hassenreuter. Denken Sie ... denken Sie, heute Mittag bei Tisch – mussten wir ... mussten wir plötzlich Wein trinken. Wein! wo Leitungswasser in den letzten Jahren ... Karaffen mit Leitungswasser – unser einziges ... einziges Getränk bei Tische ist. Liebe Kinder, sagte mein Mann. – Er ist, wie Sie wissen, elf oder zwölf Tage in den Elsass verreist gewesen! ... Also ich trinke, sagte mein Mann, auf meine gute, brave Frau John, weil ... rief er mit seiner schönen Stimme! ... weil sie sichtbares Zeichen dafür ist, dass unserem Herrgott ... Herrgott der Schrei eines Mutterherzens nicht gleichgültig ist. – Und da haben wir auf Sie angestoßen! [...]

(Direktor Hassenreuter tritt ohne Umstände durch die nur angelehnte Flurtür herein. Er trägt Zylinder, Sommerpaletot, Handschuhe, spanisches Rohr mit Silbergriff, im Ganzen die etwas abgeschabte Garnitur des Wochentags. Er spricht hastig und fast ohne Pausen.)

Direktor Hassenreuter *(sich den Schweiß von der Stirn wischend)*: Heiß! Berlin macht heiß, meine Herrschaften! In Petersburg ist die Cholera! Sie haben meinen Schülern Spitta und Käferstein[1] gegenüber geklagt, dass Ihr Kindchen nicht zunehmen will, Frau John. Eigentlich ist es ja ein Verfallssymptom unserer Zeit, dass die meisten Mütter ihre Kinder selber zu nähren nicht mehr fähig oder nicht willens sind. Sie haben schon einmal einen Jungen am Brechdurchfall eingebüßt, Mutter John. Hilft alles nicht: Wir müssen hier deutsch reden! [...] Sapristi![2] da sieht man ja auch mal wieder den Herrn John! Bravo! der Kaiser braucht Soldaten! und Sie hatten einen Stammhalter nötig, Herr John! Gratuliere Ihnen von ganzen Herzen. *(Er schüttelt John kräftig die Hand.)*

Frau Direktor Hassenreuter *(am Kinderwagen)*: Wie viel ... wie viel hat es gewogen bei der Geburt?

Frau John. Et hat jenau acht Pfund und zehn Jramm jewogen.

Direktor Hassenreuter *(jovial, laut und lärmig)*: Ha ha, strammes Produkt! Acht Pfund zehn Gramm frisches deutschnationales[3] Menschenfleisch!

Frau Direktor Hassenreuter. Die Augen! Das Näschen! der ganze Vater! – Das Kerlchen ist Ihnen wirklich ... wirklich wie aus dem Gesicht geschnitten, Herr John.

1 Spitta, Käferstein: Theaterschüler von Hassenreuter

2 Sapristi!: Zum Donnerwetter!

3 deutschnational: die Deutschnationale Volkspartei (DNVP) lehnte die demokratische Staatsordnung ab, propagierte einen aggressiven Nationalismus und befürwortete die Wiedererrichtung der Monarchie.

1 Sammeln Sie Ihre Eindrücke zu den Figuren: Was erfahren Sie über deren Lebenssituation, die sozialen Milieus und ihre Konflikte?

2 Die Naturalisten wollten die Realität unverfälscht abbilden und auf die sozialen Probleme der Zeit hinweisen.

a Erläutern Sie, wie der Text Kritik an den sozialen Verhältnissen seiner Zeit übt.

b Prüfen Sie, wie Gerhart Hauptmann die Formel von Arno Holz in „Die Ratten" umsetzt. Berücksichtigen Sie Schauplatz, Figuren und ihre Sprache, Regieanweisungen sowie die in der Exposition angelegten Konflikte.

Mit der Formel **Kunst = Natur – x** bringt der Autor Arno Holz das Ziel der Naturalisten auf den Punkt, die Realität möglichst genau abzubilden. Der Faktor X steht für die Subjektivität des Autors und sollte möglichst klein gehalten werden.

3 „Die Ratten" wird bis heute an vielen Theatern gespielt. Nennen Sie Gründe dafür, dass das Drama offensichtlich noch aktuell ist.

4 Im Realismus (► S. 350) ist die Epik (Gesellschaftsroman) die vorherrschende Gattung, im Naturalismus ist es das Drama. Erklären Sie (ggf. mit Hilfe einer Recherche), warum diese Gattungen in den jeweiligen Strömungen bevorzugt wurden.

Arno Holz und Johannes Schlaf **Papa Hamlet** (1889)

Der arbeitslose Schauspieler Niels Thienwiebel haust mit seiner lungenkranken Frau Amalie und seinem drei Monate alten Sohn Fortinbras in einer Dachstube, die ihnen nun auch noch gekündigt wurde. Niels ist mittellos, seine Frau Amalie bringt mit Nähen kaum den Lebensunterhalt zusammen.

„So'ne Kälte!“

Er rückte sich jetzt geräuschvoll den Stuhl zurecht.

„So'ne Kälte!! Nich mal'n paar lump'je Kohlen hat das! So'ne Wirtschaft!“

Seine Socken hatte er jetzt runtergestreift, der eine war mitten auf den Tisch unter das Geschirr geflogen.

„Na?! Wülste so gut sein?!“

Sie drückte sich noch weiter gegen die Wand.

„Na! Endlich!“

Er war jetzt zu ihr unter die Decke gekrochen, die Unterhosen hatte er anbehalten.

„Nicht mal Platz genug zum Schlafen hat man!“

Er reckte und dehnte sich.

„So'n Hundeleben! Nicht mal schlafen kann man!“

Er hatte sich wieder auf die andre Seite gewälzt. Die Decke von ihrer Schulter hatte er mit sich gedreht, sie lag jetzt fast bloß da ... ...

Das Nachtlämpchen auf dem Tisch hatte jetzt zu zittern aufgehört.

Die beschlagene, blaue Karaffe davor war von unzähligen Lichtpünktchen wie übersät. Eine Seite aus dem Buch hatte sich schräg gegen das Glas aufgeblättert. Mitten auf dem vergilbten Papier hob sich deutlich die fette Schrift ab: „Ein Sommernachtstraum“. Hinten auf der Wand, übers Sofa weg, warf die kleine, glitzernde Fotografie ihren schwarzen, rechteckigen Schatten.

Der kleine Fortinbras röchelte, nebenan hatte es wieder zu schnarchen angefangen.

„So'n Leben! So'n Leben!“

Er hatte sich wieder zu ihr gedreht. Seine Stimme klang jetzt weich, weinerlich.

„Du sagst ja gar nichts!“

Sie schluchzte nur wieder.

„Ach Gott, ja! So'n ... Ae!! ...“

Er hatte sich jetzt noch mehr auf die Kante zugerückt.

„Is ja noch Platz da! Was druckste dich denn so an die Wand! Hast du ja gar nicht nötig!“

Sie schüttelte sich. Ein fader Schnapsgeruch hatte sich allmählich über das ganze Bett hin verbreitet.

„So ein Leben! Man hat's wirklich weit gebracht! ... Nu sich noch von so'ner alten Hexe rausschmeißen lassen! Reizend!! Na, was macht man nu? Liegt man morgen auf der Straße! ... Nu sag doch?“

Sie hatte sich jetzt noch fester gegen die Wand gedrückt. Ihr Schluchzen hatte aufgehört, sie drehte ihm den Rücken zu.

„Ich weiß ja! Du bist ja am Ende auch nicht schuld dran! Nu sag doch!“

Er war jetzt wieder auf sie zugerückt.

„Nu sag doch! ... Man kann doch nicht so – verhungern?!“

Er lag jetzt dicht hinter ihr.

„Ich kann ja auch nicht dafür! ... Ich bin ja gar nicht so! Is auch wahr! Man wird ganz zum Vieh bei solchem Leben! ... Du schläfst doch nicht schon?“

Sie hustete.

„Ach Gott, ja! Und nu bist du auch noch so krank! Und das Kind! Dies viele Nähen ... Aber du schonst dich ja auch gar nicht ... ich sag's ja!“

1 **a** Beschreiben Sie Ihre ersten Leseeindrücke und begründen Sie, wodurch diese entstanden sind.
b Die Erzählung endet tragisch: Niels misshandelt seine Frau, tötet sein Kind und stirbt alkoholisiert auf der Straße. Untersuchen Sie, inwiefern diese ausweglose Situation schon hier angebahnt wird.

2 **a** Für die minutiöse Erzähltechnik in den naturalistischen Prosawerken wurde der Begriff „Sekundenstil“ geprägt. Erklären Sie mit Hilfe folgender Aspekte, wie dieser Stil im vorliegenden Text umgesetzt wird:

> Erzählzeit und erzählte Zeit • Satzart und -länge • Darbietungsform des Erzählens • Präsenz des Erzählers oder Präsenz der Figur (▶ Überblick über die Aspekte des Erzählens, S. 446 f.)

b Beschreiben Sie die Wirkung dieses Sekundenstils und begründen Sie, ob er eine detailgetreue Wiedergabe der Wirklichkeit ermöglicht, wie Arno Holz das fordert (▶ S. 347).

Das „pure" Leben heute? – Gesellschaftsskizzen in der Gegenwartsliteratur

Das wirkliche Leben zum zentralen Gegenstand des Schreibens zu machen, war nicht nur ein Anliegen der Vertreter/-innen des Realismus und des Naturalismus (▶ S. 350). Auch heute gibt es Autoren, die das „echte" Leben darstellen, wie z. B. die Schriftstellerin Katja Oskamp in ihrem Buch „Marzahn, mon amour".

Katja Oskamp **Marzahn, mon amour. Geschichten einer Fußpflegerin** (2019)

Die Ich-Erzählerin berichtet über das Leben von Menschen aus dem Berliner Bezirk Marzahn. Als Fußpflegerin erzählt sie über das Leben ihrer Kunden und Kundinnen: Rentner, Fleischer, Fitnesslehrerinnen und Frau Guse, eine 85-jährige Ostberlinerin.

Mit der Straßenbahnlinie M6 fahre ich vierzehn Stationen nach Osten, an den Berliner Rand. Die Reise dauert einundzwanzig Minuten. Ich steige aus und registriere den Temperaturunterschied. Wie immer kommt mir das Wetter in Marzahn, einst die größte Plattenbausiedlung der DDR, intensiver vor als in der Innenstadt. Die Jahreszeiten riechen stärker.
Unser Kosmetikstudio ist keine zwei Gehminuten von der Haltestelle entfernt. Der Erdgeschosslage verdanken wir viele Kunden mit Krücken, Rollatoren und Rollstühlen. Ich kippe den Kopf in den Nacken, und zuverlässig erfasst mich das Zwergengefühl ob der achtzehn Stockwerke, die auf dem Studio lasten. Hier, am Fuße dieses gewaltigen Gebäudes, gehe ich der Fußpflege nach.
Ich ziehe die weiße Arbeitskleidung an, trage das Stullenpaket in die Küche, koche mir einen Kaffee, bereite meinen Arbeitsplatz vor, studiere im Terminbuch, ob jemand abgesagt oder sich kurzfristig angemeldet hat.
Und da klingelt es auch schon. Neun Uhr fünfundvierzig. Ich eile zur Tür, drehe das Schild von *Geschlossen* (rot) auf *Geöffnet* (grün), schließe auf und rufe: „Frau Guse! Hereinspaziert!"
Frau Guse parkt den Rollator, hängt ihre Jacke an den Garderobenständer, atmet schwer. Mit ihrer Einkaufstasche wackelt sie in den Fußpflegeraum. […]
„Wenn's wehtut", sage ich.
„Denn schrei ick", sagt Frau Guse. […]
Geboren 1933 in Berlin-Prenzlauer Berg, Acht-Klassen-Abschluss, keine Berufsausbildung. Kurzzeitig als ungelernte Raumpflegerin tätig. 1953 Heirat. Bis 1966 fünf Kinder. 1973 Tod des Mannes mit fünfundvierzig. Sie zog die Kinder allein groß, alle haben einen Beruf gelernt: Maurer, Schlosser oder Verkäuferin. Frau Guse übersiedelte 1933 von Prenzlauer Berg nach Marzahn. Ihre Beerdigung hat sie bereits bezahlt („viertausend Euro"), die Urne ausgewählt („Eichenlaub"), die Trauermusik bestimmt („Nabucco"), die Grabstätte gepachtet: auf dem Friedhof neben ihrem Mann. […] „Denn zahl ick ma", ruft Frau Guse.
Ich flitze hinter den Tresen. Frau Guse ist eine ganz große Bezahlerin. Sie kann es kaum erwarten, das Bezahlen. Anders als der moderne Mensch, der sich Kredite, Raten und Zahlpausen wünscht, tut Frau Guse alles, um keine Schulden zu machen, zu haben, zu hinterlassen. Sie ist glücklich, wenn das gelingt, und bezahlt, wann immer sich die erste Gelegenheit ergibt, am liebsten, bevor die Leistung erbracht ist. Ihre Beerdigung hat sich ja auch schon bezahlt. Sie zückt das Portemonnaie, stolz wie ein Kind. Ich kassiere zweiundzwanzig Euro.

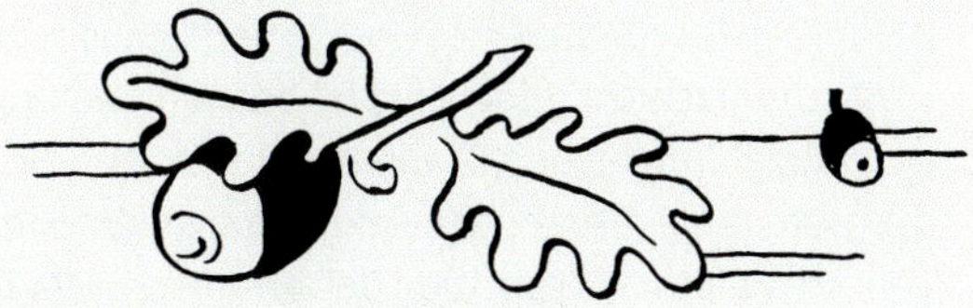

1 **a** Charakterisieren Sie den Arbeitsalltag der Ich-Erzählerin und die Lebensumstände von Frau Guse.
b Erläutern Sie Standort und Haltung der Erzählerin und ihren Blick auf ihre Figuren. Sie können aus den folgenden Begriffen passende auswählen: nüchtern • liebevoll • anteilnehmend • sachlich • distanziert.

2 **a** Vergleichen Sie den Text von Katja Oskamp mit dem Dramenauszug aus „Die Ratten" (▶ S. 346 f.) und benennen Sie Gemeinsamkeiten und Unterschiede.
b Prüfen Sie, inwieweit Oskamps Text den Vorstellungen der deutschsprachigen Naturalisten (▶ S. 350) entspricht. Berücksichtigen Sie dabei den Gegenstand des Erzählten und sprachliche Besonderheiten.

Epochenüberblick **Realismus und Naturalismus (ca. 1848–1900)**

Allgemeingeschichtliche Hintergründe

Die **Märzrevolution von 1848/1849,** die das Ziel hatte, einen einheitlichen Nationalstaat zu schaffen, in dessen Verfassung die Grundrechte garantiert werden sollten, **war gescheitert.** Erst circa 20 Jahre später setzte Otto von Bismarck, der preußische Ministerpräsident, mit den klassischen Mitteln der Machtpolitik (Krieg und geschickte Diplomatie) die Proklamation des Deutschen Reiches durch: Am 18. Januar 1871 wurde der **preußische König Wilhelm I.** zu dessen Kaiser gekrönt. Nach der **Reichsgründung** nahmen Industrie und Wirtschaft einen enormen Aufschwung und Deutschland entwickelte sich von einem Agrarstaat zu einem **industriell und großstädtisch** geprägten Land. Vor allem das **Bürgertum** profitierte von dem **Aufschwung,** während die einfachen **Arbeitskräfte** unter **schlechten Lohn- und Wohnverhältnissen** litten.

Literatur

1. **Allgemeines: Welt- und Menschenbild**
   Die Zeit war bestimmt durch die industrielle Revolution und den Siegeszug **naturwissenschaftlicher und philosophischer Erkenntnisse:** Der Religionskritiker Ludwig Feuerbach erklärte, Gott sei eine Illusion, Friedrich Nietzsche schockierte mit dem Schlagwort „Gott ist tot!", Karl Marx erklärte in seinem philosophischen Materialismus, dass das Sein das Bewusstsein des Menschen bestimme, und der Determinismus proklamierte, dass der Mensch durch seine Herkunft, sein Milieu und seine Zeitumstände vorbestimmt (determiniert) sei. Der **ökonomisch-technische Aufschwung** führte einerseits zu Fortschrittsoptimismus. Andererseits lösten sich traditionelle Werte und Ordnungssysteme angesichts der Allmacht der Naturwissenschaften auf.
2. **Themen, Motive, Werke**
   Der literarische Realismus in Deutschland thematisiert vor allem das **Leben der bürgerlichen Menschen,** ihre gesellschaftlichen Verhältnisse, Werte und Normen, weshalb man auch vom „bürgerlichen Realismus" spricht. Der Roman entwickelte sich zur vorherrschenden literarischen Gattung. In diesen Romanen, z. B. von Keller (► S. 336 f.), Ebner-Eschenbach (► S. 338 f.) oder Fontane (► S. 342 f.), werden die **Spannungen zwischen Individuum und Gesellschaft** thematisiert und die Leser/-innen erhalten einen Einblick in den Entwicklungsprozess des Helden oder der Heldin. Obwohl der Realismus die konkrete Wirklichkeit zum Gegenstand seiner Darstellung macht, will er diese nicht einfach eins zu eins abbilden, vor allem nicht die hässlichen und schockierenden Seiten der Wirklichkeit. Vielmehr ist die schriftstellerische Produktion von glaubwürdigen Welten und Fiktionen das Ziel der deutschen Autoren (► S. 340). Die realistischen Schriftsteller in Frankreich, England und Russland (Zola, Flaubert, Dickens, Dostojewski) stellten das Leben hingegen mit allen Schattenseiten dar.
   Angesichts des rasant wachsenden Elends in den industrialisierten Großstädten radikalisierten sich ab etwa 1880 die Autoren des **Naturalismus.** Sie setzen sich bewusst von der bürgerlichen Kunstauffassung des poetischen Realismus ab und wollen die Wirklichkeit, vor allem das **Leben der Unterschicht, möglichst lebensnah und ungeschönt** darstellen. Im Mittelpunkt der **sozialkritischen Erzählungen und Dramen,** z. B. von Arno Holz, Johannes Schlaf und Gerhart Hauptmann (► S. 346 f.), steht nicht mehr der Held, der sich frei entscheiden kann, sondern der durch Herkunft, Milieu oder psychische Disposition determinierte Mensch. Zur wirklichkeitsgetreuen Darstellung gehören auch die Verwendung von Jargon und Dialekt sowie die Erzähltechnik des Sekundenstils (► S. 348).
3. **Weitere wichtige Autoren und Werke:**
   Gustav Freytag (u. a. „Soll und Haben"), Theodor Storm (u. a. „Der Schimmelreiter"), Conrad Ferdinand Meyer (Novellen, Romane, Gedichte), Wilhelm Raabe (u. a. „Der Stopfkuchen"), Clara Viebig.

Wirkungsgeschichte

Sowohl die Themen als auch die Machart der Literatur dieser Zeit reizen Regisseurinnen und Regisseure bis heute zu Inszenierungen und Verfilmungen. „Effi Briest" wurde z. B. schon fünfmal verfilmt.

D9 Moderne um 1900 – Aufbruch ins Ungewisse?

Portalfiguren der Moderne

Der Philosoph **Friedrich Nietzsche** (1844–1900) negierte die Existenz absoluter Werte und Wahrheiten. Das Christentum wie jede Religion sah er als Mittel zum Zweck, um Menschen folgsam zu machen.

Albert Einstein (1879–1955) revolutionierte ab 1905 mit seiner „Speziellen Relativitätstheorie" grundlegende Vorstellungen von der physikalischen Beschaffenheit unserer Welt. Raum und Zeit seien keine absoluten Größen, sondern abhängig von der Geschwindigkeit des Beobachters.

Wer sind wir?
Woher kommen wir?
Was ist wirklich?
Wohin gehen wir?

Sigmund Freud (1856–1939): Der Begründer der Psychoanalyse erforschte das Unbewusste. Nachdem Kopernikus die Erde aus dem Zentrum des Weltalls genommen habe, Darwin den Menschen durch den Nachweis tierischer Wurzeln ein zweites Mal gekränkt habe, sei das Ich – so Freud selbst – nun nicht einmal mehr „Herr im eigenen Hause". Der Mensch werde wesentlich vom Unbewussten mitbestimmt.

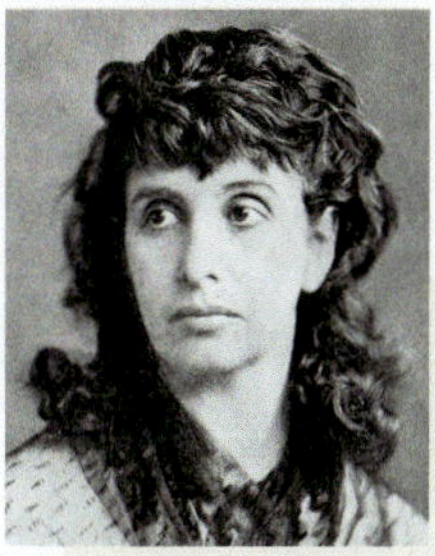

Hedwig Dohm (1831–1919) war eine frühe Vordenkerin der Frauenbewegung: „Die Menschenrechte haben kein Geschlecht", sagte sie. Sie forderte Ausbildung und Erwerbstätigkeit für Frauen, damit diese dem „Gefängnis der Ehe" entkommen könnten.

1 **a** Erklären Sie, wie Sie die Bezeichnung „Portalfiguren" bezogen auf die abgebildeten Personen verstehen.
b Erläutern Sie, was sich durch die Portalfiguren an der Sicht auf den Menschen, auf das Zusammenleben und auf die Natur verändert hat. Nutzen Sie Ausdrücke wie „Verlust von ...", „Offenheit für ...".
c Stellen Sie Vermutungen an, welche dieser Veränderungen für die Literatur besonders wichtig waren.

2 Heute verändern unter anderem das Internet, die Gentechnik und Ideen von einer Verschmelzung von Mensch und digitaler Technologie die Welt und deren Wahrnehmung. Diskutieren Sie, wer die Portalfiguren des 21. und 22. Jahrhunderts sein könnten.

In diesem Kapitel erwerben Sie folgende Kenntnisse und Kompetenzen:

- Änderungen in der literarischen Darstellung als Reaktion auf eine veränderte Weltsicht deuten,
- die Moderne als Epochenumbruch erläutern und in Texten typische Kennzeichen dieser Zeit benennen,
- Werke von Autorinnen und Autoren der Moderne um 1900 auf ihre Aktualität hin untersuchen.

Literatur

Dichtung als Gegenwelt: Lyrik um 1900

In der um 1900 erlebten Sinnkrise wandten sich viele Schriftsteller/-innen von den Konzepten des Naturalismus und Realismus ab. Es schwand der Glaube, die Wirklichkeit sprachlich angemessen abbilden und mit Literatur Einfluss auf soziale und politische Entwicklungen nehmen zu können. Dichtung und Kunst wurden häufig als eigene Sphäre betrachtet, als Gegenwelt zur technisierten, von Pragmatismus und politischen Machtinteressen bestimmten Realität. Die künstlerische Form galt als Wesenskern der Literatur und insbesondere der Lyrik, nicht deren inhaltliche Aussage oder Botschaft.

Hugo von Hofmannsthal
Manche freilich (1895/96)

Manche freilich müssen drunten sterben,
Wo die schweren Ruder der Schiffe streifen,
Andre wohnen bei dem Steuer droben,
Kennen Vogelflug und die Länder der Sterne.

Manche liegen immer mit schweren Gliedern
Bei den Wurzeln des verworrenen Lebens,
Andern sind die Stühle gerichtet
Bei den Sibyllen[1], den Königinnen,
Und da sitzen sie wie zu Hause,
Leichten Hauptes und leichter Hände.

Doch ein Schatten fällt von jenen Leben
In die anderen Leben hinüber,
Und die leichten sind an die schweren
Wie an Luft und Erde gebunden:
Ganz vergessener Völker Müdigkeiten
Kann ich nicht abtun von meinen Lidern,
Noch weghalten von der erschrockenen Seele
Stummes Niederfallen ferner Sterne.

Viele Geschicke weben neben dem meinen,
Durcheinander spielt sie alle das Dasein,
Und mein Teil ist mehr als dieses Lebens
Schlanke Flamme oder schmale Leier[2].

Rainer Maria Rilke
Du musst das Leben nicht verstehen (1909)

Du musst das Leben nicht verstehen,
dann wird es werden wie ein Fest.
Und lass dir jeden Tag geschehen,
so wie ein Kind im Weitergehen
von jedem Wehen
sich viele Blüten schenken lässt.

Sie aufzusammeln und zu sparen,
das kommt dem Kind nicht in den Sinn.
Es löst sie leise aus den Haaren,
drin sie so gern gefangen waren,
und hält den lieben jungen Jahren
nach neuen seine Hände hin.

---

1 die Sibyllen: Weissagerinnen in der griechischen Antike

2 die Leier: (von grch. *lýra*) Musikinstrument, Wahrzeichen der Dichter

1 Diskutieren Sie, inwiefern die folgenden Aussagen auf eines der Gedichte zutreffen, auf beide oder keines.
- Es geht um den Dichter, seine Verbindung zum Leben und sein Verständnis des Lebens.
- Das Gedicht vermittelt keine realistische Situation, sondern eher eine schwermütige bzw. eine leichte, gehobene Stimmung.
- Es geht um die Ungerechtigkeit, dass manche schwer arbeiten müssen, andere das Leben genießen.

2 **a** Interpretieren Sie, was in „Manche freilich“ über die Gruppen „drunten“ und „droben“ gesagt wird.
b Erklären Sie sprachliche und formale Mittel, mit denen die Gruppen verbunden oder kontrastiert werden.
c Deuten Sie, wie das lyrische Ich seine Position bestimmt und wie es seinen Zustand beschreibt.

3 **a** Zeigen Sie, wie in Rilkes Gedicht Wortbedeutungen, Satzbau, Klänge und Form eine Stimmung erzeugen.
b Beide Gedichte auf dieser Seite artikulieren ein Lebensgefühl. Begründen Sie, welches Sie mehr anspricht.

Kontext

Kunstverständnis – L'art pour l'art und Symbolismus

Viele Schriftsteller/-innen um 1900 betrachteten die Literatur als eigene Sphäre, die keinen Zweck für andere Wirklichkeitsbereiche erfüllt. Für diese Kunstauffassung stand das Schlagwort **L'art pour l'art** – die Kunst um der Kunst willen.
Dichter, die der Strömung des **Symbolismus** zugerechnet werden, wie Hugo von Hofmannsthal (1874–1929), Stefan George (1868–1933) und Rainer Maria Rilke (1875–1926) wollten in ihren Gedichten nicht Wirklichkeit abbilden. Sie verwendeten, anders als es die Bezeichnung „Symbolismus" nahelegt, auch keine Symbole im Sinne von Sinnbildern mit fest umrissener Bedeutung. Ihnen lag daran, Worte, Klänge und Assoziationen so zu arrangieren, dass Stimmungen und schwebende Sinnzusammenhänge entstehen.

Gustav Klimt: Baum des Lebens (1905–1909)

Hugo von Hofmannsthal: **Poesie und Leben** (1896) Auszug aus einem Vortrag

Ich weiß nicht, ob Ihnen unter all dem ermüdenden Geschwätz von Individualität, Stil, Gesinnung, Stimmung und so fort nicht das Bewusstsein dafür abhandengekommen ist, dass das Material der Poesie die Worte sind, dass ein Gedicht ein gewichtloses Gewebe aus Worten ist, die durch ihre Anordnung, ihren Klang und ihren Inhalt, indem sie die Erinnerung an Sichtbares und die Erinnerung an Hörbares mit dem Element der Bewegung verbinden, einen genau umschriebenen, traumhaft deutlichen, flüchtigen Seelenzustand hervorrufen, den wir Stimmung nennen. […] Es führt von der Poesie kein direkter Weg ins Leben, aus dem Leben keiner in die Poesie. Das Wort als Träger eines Lebensinhaltes und das traumhafte Bruderwort, welches in einem Gedicht stehen kann, streben auseinander und schweben fremd aneinander vorüber, wie die beiden Eimer eines Brunnens. Kein äußerliches Gesetz verbannt aus der Kunst alles Vernünfteln, alles Hadern mit dem Leben, jeden unmittelbaren Bezug auf das Leben und jede direkte Nachahmung des Lebens, sondern die einfache Unmöglichkeit: Diese schweren Dinge können dort ebenso wenig leben als eine Kuh in den Wipfeln der Bäume.

1 **a** Beschreiben Sie, welche Unterschiede es für Hofmannsthal zwischen dem „Wort als Träger eines Lebensinhaltes" und dem Wort im Gedicht gibt.
b Untersuchen Sie, inwiefern sich Hofmannsthals Verständnis von Dichtung in den beiden Gedichten auf S. 352 wiederfindet.
c Führen Sie aus, wie sich das Kunstverständnis „L'art pour l'art" vom Naturalismus abhebt, indem Sie sich auf ein Werk des Naturalismus (▶ S. 335–350) beziehen.

2 **a** Der Maler Gustav Klimt gilt als Mitbegründer des Jugendstils (▶ S. 366), einer Kunstrichtung, die sich von realistischen Darstellungsweisen löste und sich dem Leichten und Flächig-Dekorativen zuwandte. Prüfen Sie, inwieweit sich Hofmannsthals Aussagen zur Poesie auf das abgebildete Gemälde übertragen lassen.
b Diskutieren Sie: Wie stehen Sie zum Konzept einer zweckfreien Literatur, Kunst und Musik? Wo sehen Sie heute in diesen künstlerischen Bereichen eher „L'art pour l'art", wo dient die Literatur, Kunst oder Musik einem äußeren Zweck?

Literatur

Psychologie und Emanzipation – Epik der Moderne

Während viele Lyriker um 1900 sich von der Tradition lösten, indem sie den absoluten Vorrang der künstlerischen Form vor dem Inhaltlichen betonten, trieben viele Epiker ihre Erkundungen in eine andere Richtung. Sie wollten auch wichtige gesellschaftliche Entwicklungen erfassen und dabei besonders das subjektive Erleben differenziert zur Sprache bringen. Der Österreicher **Arthur Schnitzler** (1882–1931) und die aus deutsch-russischer Familie stammende **Lou Andreas-Salomé** (1861–1937) thematisierten mit dem Emanzipationsstreben der Frauen eine wichtige gesellschaftliche Tendenz der Zeit.
Die Autorinnen und Autoren verzichteten oft auf ein auktoriales Erzählen, bei dem die dargestellte Welt aus souveräner Perspektive geordnet wird. Für die komplexe, sich rasant ändernde und für das Individuum schwer durchschaubare Wirklichkeit erschien eine Erzählweise angemessener, die sich auf die Perspektive einer Figur beschränkt und deren Psychologie genau ausleuchtet. Schnitzler schrieb Novellen, die durchgängig als innerer Monolog bzw. als Bewusstseinsstrom einer Figur gestaltet sind.

Arthur Schnitzler **Fräulein Else** (1924)

Else ist die 19-jährige Tochter eines Wiener Rechtsanwalts, der Gelder veruntreut hat und kurz vor der Verhaftung steht. Sie hält sich mit ihrer Tante und ihrem Cousin Paul in einem Kurhotel in den Dolomiten auf, in dem sich auch der wohlhabende Kunsthändler Dorsday eingemietet hat. Else erhält ein Telegramm ihrer Mutter, sie solle Dorsday um eine hohe Geldsumme für ihren Vater bitten. Dorsday stellt dafür eine Bedingung: Er will Else nackt sehen. Else denkt zunächst an Selbstmord.

Fräulein Else (Regie: Anna Martinetz) Verfilmung 2013

Aber ich werde mich nicht umbringen. Das habe ich nicht notwendig. Ich werde auch nicht zu Herrn von Dorsday ins Zimmer gehen. Fällt mir gar nicht ein. Ich werde mich doch nicht um fünfzigtausend Gulden nackt hinstellen vor einen alten Lebemann, um einen Lumpen vor dem Kriminal zu retten. Nein, nein, entweder oder. Wie kommt denn der Herr von Dorsday dazu? Gerade der? Wenn einer mich sieht, dann sollen mich auch andere sehen. Ja! – Herrlicher Gedanke! – Alle sollen sie mich sehen. Die ganze Welt soll mich sehen. Und dann kommt das Veronal[1]. Nein, nicht das Veronal, – wozu denn?! Dann kommt die Villa mit den Marmorstufen und die schönen Jünglinge und die Freiheit und die weite Welt! Guten Abend, Fräulein Else, so gefallen Sie mir. Haha. Da unten werden sie meinen, ich bin verrückt geworden. Aber ich war noch nie so vernünftig. Zum ersten Mal in meinem Leben bin ich wirklich vernünftig. Alle, alle sollen sie mich sehen! – Dann gibt es kein Zurück, kein nach Hause zu Papa und Mama, zu den Onkeln und Tanten. Dann bin ich nicht mehr das Fräulein Else, das man an irgendeinen Direktor Wilomitzer verkuppeln möchte; alle hab' ich sie so zum Narren; – den Schuften Dorsday vor allem – und komme zum zweiten Mal auf die Welt ... sonst alles vergeblich – Adresse bleibt Fiala. Haha! Keine Zeit mehr verlieren, nicht wieder feig werden. Herunter das Kleid. Wer wird der Erste sein? Wirst du es sein, Vetter Paul? Dein Glück, dass der Römerkopf[2] nicht mehr da ist. Wirst du diese schönen Brüste küssen heute Nacht? Ah, wie bin ich schön. Bertha hat ein schwarzes Seidenhemd. Raffiniert. Ich werde noch viel raffinierter sein. Herrliches Leben. Fort mit den Strümpfen, das wäre unanständig. Nackt, ganz nackt. Wie wird mich Cissy beneiden! Und andere auch. Aber sie trauen sich nicht. Sie möchten ja alle so gern. Nehmt euch ein Beispiel. Ich, die Jungfrau, ich traue mich. Ich werde mich ja zu Tod lachen über Dorsday. Da bin ich, Herr von Dorsday. Rasch auf die Post. Fünfzigtausend. So viel ist es doch wert?

Schön, schön bin ich! Schau mich an, Nacht! Berge, schaut mich an! Himmel, schau mich an, wie schön ich bin. Aber ihr seid ja blind. Was habe ich von euch. Die da unten haben Augen. Soll ich mir die Haare lösen? Nein. Da sah ich aus wie eine Verrückte. Aber ihr sollt mich nicht für verrückt halten. Nur für schamlos sollt ihr mich halten. Für eine Kanaille[3]. Wo ist das Telegramm? Um Gottes willen, wo habe ich denn das Telegramm? Da liegt es ja, friedlich neben dem Veronal. „Wiederhole flehentlich – fünfzigtausend – sonst alles vergeblich. Adresse bleibt Fiala." Ja, das ist das Telegramm. Das ist ein Stück Papier und da stehen Worte darauf. Aufgegeben in Wien vier Uhr dreißig. Nein, ich träume nicht, es ist alles wahr. Und zu Hause warten sie auf die fünfzigtausend Gulden. Und Herr von Dorsday wartet auch. Er soll nur warten. Wir haben ja Zeit. Ah, wie hübsch ist es, so nackt im Zimmer auf und ab zu spazieren. Bin ich wirklich so schön wie im Spiegel? Ach, kommen Sie doch näher, schönes Fräulein. Ich will Ihre blutroten Lippen küssen. Ich will Ihre Brüste an meine Brüste pressen. Wie schade, dass das Glas zwischen uns ist, das kalte Glas. Wie gut würden wir uns miteinander vertragen. Nicht wahr? Wir brauchten gar niemanden andern. Es gibt vielleicht gar keine andern Menschen. Es gibt Telegramme und Hotels und Berge und Bahnhöfe und Wälder, aber Menschen gibt es nicht. Die träumen wir nur.

---

1 das Veronal: starkes Schlafmittel

2 der Römerkopf: ein junger Mann, den Else schon mehrfach beobachtet hat

3 die Kanaille (veraltet, abwertend): als asozial oder böse angesehener Mensch

1 Beschreiben Sie nach Ihrem ersten Textverständnis, wie Else auf die Forderungen reagiert, die an sie gestellt werden. Äußern Sie erste Vermutungen, warum Else in dieser Weise reagiert.

2 Die ganze Novelle ist als innerer Monolog gestaltet. Deshalb ist schwer zu unterscheiden, was nur in Elses Kopf und was in der (fiktionalen) Realität geschieht. Stellen Sie sich eine Verfilmung vor, in der der innere Monolog aus dem Off gesprochen wird. Notieren Sie für jeden Absatz, was die Bilder einer texttreuen Verfilmung zeigen könnten.
Z. 1–34: Else, bekleidet, in ihrem Hotelzimmer sitzend/stehend/gehend, Z. 35–50: ..., Z. 51–79: ...

3 **a** Else entwickelt einen Plan, wie sie Dorsdays Forderung erfüllen will, ohne ihm allein eine besondere Genugtuung zu verschaffen. Stellen Sie diesen Plan dar.
b Erschließen Sie genauer, was in Else vorgeht und welche Absichten sie verfolgt. Sie können dabei aus den folgenden Formulierungen auswählen. Belegen Sie Ihre Einschätzungen mit Textstellen.

verzagt • verängstigt • stolz • verzweifelt • befreit sich aus Opferrolle • will anprangern • rebelliert

4 Beschreiben Sie, welche Wirkung Schnitzler erzielt, indem er das Geschehen ausschließlich in Form eines inneren Monologs darstellt. Nutzen Sie den Einführungstext auf S. 354, um zu verdeutlichen, inwiefern es sich hier um modernes Erzählen handelt.
Mit dem inneren Monolog wird das subjektive Erleben ... Es gibt keine Außenperspektive, aus der ...

5 Sigmund Freud hat Schnitzler als „Doppelgänger" seiner selbst bezeichnet. Erläutern Sie, was der Begründer der Psychoanalyse (▶ S. 351) damit gemeint haben könnte.

6 Am Ende der Novelle öffnet Else im Musiksalon ihren Mantel und enthüllt vor Dorsday und anderen Hotelgästen ihren Körper, womit sie Dorsdays Forderung erfüllt. Anschließend versucht sie, sich mit einer Überdosis Schlaftabletten zu töten. Erörtern Sie anhand des Textauszugs (▶ S. 354 f.) und anhand des Ausgangs, inwiefern Schnitzler in seiner Novelle die emanzipatorische Selbstbehauptung einer Frau darstellt.

7 Schreiben Sie eine E-Mail an Else, in der Sie aus Ihrer heutigen Sicht Elses Reaktion auf die an sie gestellten Forderungen kommentieren. Berichten Sie, was sie heute – hundert Jahre später – tun könnte, wenn sie sich in einer ähnlichen Lage befände.

Lou Andreas-Salomé **Fenitschka** (1898)

In einer Gesellschaft, die sich in einem Pariser Nachtcafé versammelt hat, trifft der Protagonist der Erzählung, Max Werner, auf eine junge Russin, Fenitschka, genannt Fenia. Nachdem sich die Gesellschaft aufgelöst hat, lädt Max Fenia ein, mit ihm noch einen Kaffee zu trinken.

Er führte Fenia in das Hotel garni, wo er wohnte, ließ sie einige Stufen hinaufsteigen und öffnete im breiten Korridor die Tür zu einem Zimmer neben dem Speisesaal.

Es war nicht sein Zimmer, sondern eine momentan unbesetzte große, helle Hinterstube mit Saloneinrichtung, die er zu benutzen pflegte, wenn bei ihm aufgeräumt wurde. Als sie eintraten, kratzte jedoch nebenan sein kleiner weißer Spitz, den er einer alten Straßenverkäuferin abgehandelt hatte, aufgeregt über die lang erwartete Rückkunft seines Herrn, unter leisem Gewinsel an der Tür. Max Werner ließ ihn herein, und er schoss unter freudigstem Wedeln und Bellen auf Fenia und ihn zu, als gehörten sie zusammen.

Fenia war zaudernd stehen geblieben, nicht recht begreifend, wo sie sich hier befand. Sie bückte sich unwillkürlich zu dem Hund nieder, der sich indessen zwischen ihnen hingesetzt hatte und sie befriedigt ansah, richtete sich aber ebenso rasch wieder auf und wollte etwas sagen, als ihr Blick Max Werners Gesicht traf.

Er hatte sie ohne irgendeine klare Absicht hier hereingeführt. Wie sie jedoch nun wirklich dastand, in diesem Zimmer, in dieser völligen Abgeschlossenheit mit ihm allein, in diesem schlafenden Hotel, auf dessen Gängen es noch so totenstill war, dass man hinter den halb geschlossenen Fensterjalousien das vergnügte Zwitschern eines Spatzen im Hofe hörte, – da, – ja, als Fenia da aufschaute, sah sie ihn zitternd vor Erregung über sie geneigt, ganz nahe über ihrem Gesicht, und im Begriff, sie mit beiden Armen zu umfassen.

Sie schrie nicht auf. Sie zuckte nur zurück, bückte sich schnell, um den Schirm aufzunehmen, der ihr bei der Begrüßung des Hundes entglitten war, und wandte sich zur Tür.

„Wie schade!“, sagte sie dabei.

Es entfuhr ihr fast bedauernd, zugleich im Ton außerordentlichen Erstaunens.

Er stand einen Augenblick verdutzt da.

Julie Wolfthorn: Das Mädchen mit blaugrünen Augen (II. Fassung, 1899)

Dann schwoll eine plötzliche Raserei in ihm auf, – ein blinder wütender Drang, ihr nur ja nicht den Willen zu tun, und ohne noch selbst recht zu wissen, was er eigentlich damit bezweckte, stürzte er an ihr vorbei zur Tür, riss den Schlüssel heraus, drehte ihn von innen im Schloss herum und steckte ihn darauf in seine Tasche.

Fenia war wie eine Salzsäule stehen geblieben. Sie war furchtbar erblasst. Ihre Blicke irrten durch das Zimmer, durch das Fenster in den Hof, wo der Spatz schrie, und blieben dann am hellen Klingelknopf der elektrischen Glocke haften.

Aber konnte sie den Garçon herbeiläuten und sich von ihm zu dieser Stunde in dieser Stube mit dem Fremden finden lassen? – Und in den Hof hinunterspringen konnte sie ja doch auch nicht. –

Sie richtete ihre Augen, tief erschrocken, groß und fragend, auf ihn, gerade als frage sie ihn danach, was nun zu tun sei. Einen Augenblick war etwas Hilfloses und Hilfeheischendes über ihrer ganzen Gestalt, wie über einem im Wald verirrten Kind. – Aber nur einen Augenblick. Dann siegte ein anderes Gefühl.

Ihr Blick lief an ihm hinab, und ihre Lippen wölbten sich in einem unaussprechlich beredten Ausdruck des Ekels, – der Verachtung –.

Seine Hand fuhr, ohne dass er es ihr im Geringsten anbefohlen hätte, in seine Tasche und zog, ohne sich um den Lümmel zu kümmern, der dumm, rot und wie ein Schulknabe dastand, den Schlüssel heraus. Als aber die Hand Fenia den Schlüssel reichte, begleitete er diese unfreiwillige Gebärde mit einem Gemurmel:

„Ich – vorhin, als ich die Tür zusperrte, da missverstanden Sie mich, – ich wollte doch nicht etwa, – nein, überhaupt nichts, – ich wollte ja nur, dass Sie nicht in dieser Stimmung fortgehen sollten, – nicht aufgebracht und zornig gegen mich."

Die seltsame Logik dieser Worte schien ihr nicht einzuleuchten. Ihr Gesicht trug noch immer denselben Ausdruck, der es fast verzerrte, – als säße ihr eine Raupe am Halse und kröche langsam weiter.

Sie ergriff den Schlüssel und ging sehr schnell, ohne ein Wort, aus der Tür. [...]

[Max läuft ihr nach und bittet um Verzeihung.]

„Verzeihen?", wiederholte sie, – „ich will Ihnen noch mehr sagen: Da ist gar nichts zu verzeihen. Denn ich bin ebenso dumm gewesen wie Sie, indem ich Ihnen folgte, ohne Sie und Ihren Speisesaal auch nur ein bisschen zu kennen. Ja, das war sehr dumm, und so sind wir quitt, denn Sie sind auch nur so dumm gewesen, weil Sie mich nicht kannten. – Wir haben beide dieselbe Entschuldigung dafür, dass wir es nicht besser wussten. – Denn obgleich ich so viel unter Männern gewesen bin, sehen Sie, so hat es sich für mich immer so glücklich getroffen, dass es immer die anständigsten Männer von der Welt waren. Ja wahrhaftig. Sie sind der erste unanständige – Mann, den ich –"

Sie brach ab, wie selbst erschrocken über das beleidigende Wort, womit ihre lange Rede abschloss. Der Kutscher war auf den Bock gestiegen, der Gaul zog an, und Fenia drückte sich errötend ins Dunkel des Verdecks, während der Fiaker mit ihr davonrasselte. Max Werner stand auf dem Straßendamm und fuhr mechanisch, mit düsterem Gesicht, nach seinem Kopf, um den Hut zu lüften, – der nicht darauf saß.

1 „Fenitschka" wurde 1898 verfasst. Mutmaßen Sie, was damals das Besondere an dieser Erzählung war.

2 a Charakterisieren Sie Max Werners Verhalten. Sie können aus folgenden Formulierungsbausteinen wählen.

unsicher – selbstsicher • rücksichtslos – einfühlsam • beherrscht – unbeherrscht • zurückhaltend – zudringlich • respektvoll – übergriffig • reflektiert – unreflektiert

Max Werner zeigt sich zu Beginn gegenüber Fenia eher zurückhaltend, sodass diese ... Im Hotel jedoch ist sein Verhalten ..., denn er will ... Seine Reaktion auf Fenias Versuch zu gehen erscheint ... Wie und mit welchen Worten er dann den Schlüssel übergibt, zeigt, ...

b Charakterisieren Sie Fenia. Machen Sie dabei die Entwicklung deutlich, die sie im Laufe der Szene nimmt.
Fenia erscheint zunächst unbefangen und vertrauensvoll ...

3 Deuten Sie den letzten Satz des Textauszugs. Beachten Sie dabei, dass der Hut als typisches Statussymbol des Bürgers gilt.

4 Untersuchen Sie: Aus wessen Perspektive wird erzählt? Wo gibt es Wechsel? Deuten Sie die Wirkung.

5 Erörtern Sie, inwiefern die vorliegende Erzählung typische Merkmale der Moderne aufweist.
Nutzen Sie die Informationen zur Moderne (Auftaktseite, ▶ S. 351, Einführungstext, ▶ S. 354, Epochenüberblick, S. 366).

6 Vergleichen Sie die Texte von Schnitzler (▶ S. 354 f.) und Andreas-Salomé unter folgenden Aspekten:
- Wie setzen sich die Frauenfiguren jeweils zur Wehr?
- Ist die Frau eher Siegerin oder eher Opfer?
- Gibt es eine Strafe für den Übergriff?

7 Wäre das Porträt einer jungen Frau von Julie Wolfthorn aus dem Jahr 1899 (▶ S. 356) aus Ihrer Sicht eine geeignete Coverabbildung für eine Buchausgabe der Erzählung? Begründen Sie Ihre Einschätzung.

Literatur

Sinnkrise und Sinnsuche – Einflussreiche Erzähler

Die großen epischen Werke der Moderne spiegeln den beschleunigten Wandel der Lebenswelt und die damit einhergehende Sinnkrise. Vor dem Hintergrund fragwürdig gewordener gesellschaftlicher Strukturen und Werte wird der Orientierungsverlust häufig aus der subjektiven Perspektive intensiv wahrnehmender Außenseiter zur Sprache gebracht. Mit ihren Erzählwerken haben Autoren wie Thomas Mann, Alfred Döblin, Robert Musil und Franz Kafka auch international viel Beachtung gefunden und Einfluss entwickelt.

Bürgertum und Künstlertum, Décadence – Thomas Manns Roman „Buddenbrooks"

Thomas Manns (1875–1955) Roman „Buddenbrooks" erzählt vom Niedergang einer Kaufmannsfamilie über vier Generationen. Die von Thomas Buddenbrook verkörperte bürgerliche Welt mit ihren Werten wie Tüchtigkeit, Fleiß, Status, Pragmatismus wird kontrastiert mit der von seiner Frau Gerda und dem Sohn Hanno verkörperten Hinwendung zu Kunst und Innenleben. Damit behandelt der Roman ein Thema der **Décadence** (frz. *Niedergang*), einer literarischen Strömung in den Jahren um 1900, die vor dem Hintergrund fragwürdig gewordener bürgerlicher Werte das Subjektiv-Individuelle betont und sich einer Gegenwelt von melancholischer Schönheit und gesteigerter Sensibilität zuwendet. Thomas Mann erhielt für seinen Roman 1929 den Literaturnobelpreis.

Thomas Mann **Buddenbrooks. Verfall einer Familie** (1901)

Im Zentrum des Romans, der autobiografische Züge trägt, steht der Lübecker Senator und Firmeninhaber Thomas Buddenbrook. Seine Frau Gerda ist eine begnadete Violinistin. Ihr gemeinsamer Sohn Hanno hat die musikalische Begabung der Mutter geerbt, für die Firma des Vaters zeigt er kein Interesse. Die Familiengeschichte endet tragisch mit dem frühen Tod Hannos.

Thomas Buddenbrook war in seinem Herzen nicht einverstanden mit dem Wesen und der Entwicklung des kleinen Johann.

Er hatte einst, allem Kopfschütteln verblüffter Philister zum Trotz, Gerda Arnoldsen heimgeführt, weil er sich stark und frei gefühlt hatte, unbeschadet seiner bürgerlichen Tüchtigkeit einen distinguierteren Geschmack an den Tag zu legen als den allgemein üblichen. Aber sollte nun das Kind, dieser lange vergebens ersehnte Erbe, der doch äußerlich und körperlich manche Abzeichen seiner väterlichen Familie trug, so ganz und gar dieser Mutter gehören? Sollte er, von dem er erhofft hatte, dass er einst mit glücklicherer und unbefangenerer Hand die Arbeit seines Lebens fortführen werde, der ganzen Umgebung, in der er zu leben und zu wirken berufen, ja seinem Vater selbst, innerlich und von Natur aus fremd und befremdend gegenüberstehen?

Gerdas Geigenspiel hatte für Thomas bislang, übereinstimmend mit ihren seltsamen Augen, die er liebte, zu ihrem schweren dunkelroten Haar und ihrer ganzen außerordentlichen Erscheinung, eine reizvolle Beigabe mehr zu ihrem eigenartigen Wesen bedeutet; jetzt aber, da er sehen musste, wie die Leidenschaft der Musik, die ihm fremd war, so früh schon, so von Anbeginn und von Grund aus sich auch seines Sohnes bemächtigte, wurde sie ihm zu einer feindlichen Macht, die sich zwischen ihn und das Kind stellte, aus dem seine Hoffnungen doch einen echten Buddenbrook, einen starken und praktisch gesinnten Mann mit kräftigen Trieben nach außen, nach Macht und Eroberung machen wollten.

[...]

Eines Nachmittags war Hanno drei Viertelstunden vorm Essen, das um vier Uhr stattfand, allein in die erste Etage hinabgestiegen. Er hatte eine Zeit lang am Flügel geübt und hielt sich nun müßig im Wohnzimmer auf. Halb liegend saß er auf der Chaiselongue, nestelte an dem Schifferknoten auf seiner Brust, und indem seine Augen, ohne etwas zu suchen, seitwärts glitten, gewahrte er auf dem zierlichen Nussholzschreibtisch seiner Mutter eine offene Ledermappe – die Mappe mit den Familienpapieren. Er stützte den Ellenbogen auf das Rückenpolster und das Kinn in die Hand und betrachtete die Sachen ein Weilchen aus der Ferne. Ohne Zweifel hatte Papa sich heute nach dem zweiten Frühstück damit beschäftigt und sie zu weiterem Gebrauche liegen lassen. Einiges stak in der Mappe, lose Blätter, die draußen lagen, waren vorläufig mit einem metallenen Lineal beschwert, das große Schreibheft mit goldnem Schnitt und verschiedenartigem Papier lag offen da.

Hanno glitt nachlässig von der Ottomane hinunter und ging zum Schreibtisch. Das Buch war an jener Stelle aufgeschlagen, wo, in den Handschriften mehrerer seiner Vorfahren und zuletzt in der seines Vaters, der ganze Stammbaum der Buddenbrooks mit Klammern und Rubriken in übersichtlichen Daten geordnet war. Mit einem Bein auf dem Schreibsessel knieend, das weich gewellte hellbraune Haar in die flache Hand gestützt, musterte Hanno das Manuskript, ein wenig von der Seite, mit dem mattkritischen und ein bisschen verächtlichen Ernste einer vollkommenen Gleichgültigkeit und ließ seine freie Hand mit Mamas Federhalter spielen, der halb aus Gold und halb aus Ebenholz bestand. Seine Augen wanderten über all diese männlichen und weiblichen Namen hin, die hier unter- und nebeneinanderstanden, zum Teile in altmodisch verschnörkelter Schrift mit weit ausladenden Schleifen, in gelblich verblasster oder stark aufgetragener schwarzer Tinte, an der Reste von Goldstreusand klebten ... Er las auch, ganz zuletzt, in Papas winziger, geschwind über das Papier eilender Schrift, unter denen seiner Eltern, seinen eigenen Namen – Justus, Johann, Kaspar, geb. d. 15. April 1861, was ihm einigen Spaß machte, richtete sich dann ein wenig auf, nahm mit nachlässigen Bewegungen Lineal und Feder zur Hand, legte das Lineal unter seinen Namen, ließ seine Augen noch einmal über das ganze genealogische Gewimmel hingleiten: und hierauf, mit stiller Miene und gedankenloser Sorgfalt, mechanisch und verträumt, zog er mit der Goldfeder einen schönen, sauberen Doppelstrich quer über das ganze Blatt hinüber, die obere Linie ein wenig stärker als die untere, so, wie er jede Seite seines Rechenheftes verzieren musste. Dann legte er einen Augenblick prüfend den Kopf auf die Seite und wandte sich ab.

Das „Buddenbrook-Haus" in Lübeck. Wohnhaus der Großeltern Thomas Manns und Schauplatz des Romans

Nach Tische rief der Senator ihn zu sich und herrschte ihn mit zusammengezogenen Brauen an.

„Was ist das. Woher kommt das. Hast du das getan?"

Er musste sich einen Augenblick besinnen, ob er es getan habe, und dann sagte er schüchtern und ängstlich: „Ja."

„Was heißt das! Was ficht dich an! Antworte" Wie kommst du zu dem Unfug!", rief der Senator, indem er mit dem leicht zusammengerollten Heft auf Hannos Wange schlug.

Und der kleine Johann, zurückweichend, stammelte, indem er mit der Hand nach seiner Wange fuhr: „Ich glaubte ... ich glaubte ... es käme nichts mehr ..."

1 Der Roman über Wünsche, Hoffnungen und Konflikte der Senatorenfamilie Buddenbrook ist mehr als 100 Jahre alt. Gibt es in dem Textauszug Aspekte, die Sie für unverändert aktuell halten? Diskutieren Sie.

2 **a** Das Verhältnis von Bürgertum und Künstlertum gilt als Lebensthema Thomas Manns. Erläutern Sie, wie das Thema im Textauszug anhand der drei Figuren Thomas, Gerda und Hanno gestaltet wird.

b Untersuchen Sie Z. 4–33 daraufhin, wie Thomas auf Gerdas Kunst blickt. Beachten Sie die Wortwahl.

c Erklären Sie, welche der im Einführungstext (▶ S. 358) genannten Aspekte Sie im Textauszug wiederfinden.

3 Könnte die Geschichte vom „Verfall einer Familie" in einem Film unseres Jahrhunderts aktualisiert werden? Diskutieren Sie Möglichkeiten und Probleme einer filmischen Aktualisierung.

Erkundung des Subjektiven und Möglichkeitssinn: Robert Musils Romane

Robert Musils (1880–1942) erster Roman „Die Verwirrungen des Zöglings Törleß" (1909) thematisiert die Selbstfindung eines jungen Mannes im Rahmen autoritärer Strukturen eines Internats. Der Protagonist reflektiert das Verhältnis von Rationalität, Emotionalität und einer schwer kommunizierbaren intensiven subjektiven Wahrnehmung. Ab 1930 erschien Musils Hauptwerk, der Roman „Der Mann ohne Eigenschaften", dessen Held sich in subjektiver Ungebundenheit einer distanzierten Betrachtung des Lebens widmet und, statt vorgefertigte Denk- und Lebensweisen zu übernehmen, Möglichkeiten durchspielt und auslotet.

Robert Musil **Die Verwirrungen des Zöglings Törleß** (1906)

Musil stellt dem Werk ein Zitat des belgischen Schriftstellers Maurice Maeterlinck (1862–1949) voran:

„Sobald wir etwas aussprechen, entwerten wir es seltsam. Wir glauben in die Tiefe der Abgründe hinabgetaucht zu sein, und wenn wir wieder an die Oberfläche kommen, gleicht der Wassertropfen an unseren bleichen Fingerspitzen nicht mehr dem Meere, dem er entstammt. Wir wähnen eine Schatzgrube wunderbarer Schätze entdeckt zu haben, und wenn wir wieder ans Tageslicht kommen, haben wir nur falsche Steine und Glasscherben mitgebracht; und trotzdem schimmert der Schatz im Finstern unverändert."

Der Schüler Törleß behauptet sich in einem Verhör gegenüber dem Lehrerkollegium, indem er sein persönliches Welterleben beschreibt:

„Ja, es gibt tote und lebendige Gedanken. Das Denken, das sich an der beschienenen Oberfläche bewegt, das jederzeit an dem Faden der Kausalität nachgezählt werden kann, braucht nicht das lebendige zu sein. [...] Eine große Erkenntnis vollzieht sich nur zur Hälfte im Lichtkreise des Gehirns, zur andern Hälfte in dem dunklen Boden des Innersten, und sie ist vor allem ein Seelenzustand, auf dessen äußerster Spitze der Gedanke nur wie eine Blüte sitzt. [...] So wie ich fühle, dass ein Gedanke in mir Leben bekommt, so fühle ich auch, dass etwas in mir beim Anblicke der Dinge lebt, wenn die Gedanken schweigen. Es ist etwas Dunkles in mir, unter allen Gedanken, das ich mit den Gedanken nicht ausmessen kann, ein Leben, das sich nicht in Worten ausdrückt und das doch mein Leben ist."

1 **a** Geben Sie mit eigenen Worten wieder, was Törleß unter toten und lebendigen Gedanken versteht.
b Erörtern Sie, welcher Portalfigur der Moderne (► S. 351) sich Törleß nahe fühlen könnte.

Der Mann ohne Eigenschaften (ab 1930) Erstes Buch, Kapitel 4

Wenn man gut durch geöffnete Türen kommen will, muss man die Tatsache achten, dass sie einen festen Rahmen haben: Deser Grundsatz [...] ist einfach eine Forderung des Wirklichkeitssinns. Wenn es aber Wirklichkeitssinn gibt, und niemand wird bezweifeln, dass er seine Daseinsberechtigung hat, dann muss es auch etwas geben, das man Möglichkeitssinn nennen kann. Wer ihn besitzt, sagt beispielsweise nicht: Hier ist dies oder das geschehen, wird geschehen, muss geschehen; sondern er erfindet: Hier könnte, sollte oder müsste geschehn; und wenn man ihm von irgendetwas erklärt, dass es so sei, wie es sei, dann denkt er: Nun, es könnte wahrscheinlich auch anders sein. So ließe sich der Möglichkeitssinn geradezu als die Fähigkeit definieren, alles, was ebenso gut sein könnte, zu denken und das, was ist, nicht wichtiger zu nehmen als das, was nicht ist. Man sieht, dass die Folgen solcher schöpferischen Anlage bemerkenswert sein können, und bedauerlicherweise lassen sie nicht selten das, was die Menschen bewundern, falsch erscheinen und das, was sie verbieten, als erlaubt oder wohl auch beides als gleichgültig. Solche Möglichkeitsmenschen leben, wie man sagt, in einem feineren Gespinst, in einem Gespinst von Dunst, Einbildung, Träumerei und Konjunktiven; Kindern, die diesen Hang haben, treibt man ihn nachdrücklich aus und nennt solche Menschen vor ihnen Phantasten, Träumer, Schwächlinge und Besserwisser oder Krittler.

2 Erläutern Sie an einem Beispiel aus dem eigenen Leben, wie Sie den Begriff „Möglichkeitssinn" verstehen.

3 a Diskutieren Sie: Welche Rolle spielt der Möglichkeitssinn im 21. Jahrhundert, im Zeitalter von Streaming-Diensten, Computerspielen, Internet, und welche Rolle sollte er nach Ihrer Auffassung spielen?
b Musil schrieb Schriftstellern den Möglichkeitssinn zu. Begründen, ob der Begriff auch auf Lesende passt.

Robert Musil: **Der Mann ohne Eigenschaften** (ab 1930) Erstes Buch, Kapitel 5 und 13

Der Romanbeginn zeigt den Protagonisten als 32-Jährigen, dessen Versuche, ein berühmter Mann zu werden, gescheitert sind. Von seinen Fähigkeiten ist er unverändert überzeugt, aber das Bewusstsein seiner Möglichkeiten steht ihm nun eher im Weg.

Der Mann ohne Eigenschaften, von dem hier erzählt wird, hieß Ulrich […]. Er war inzwischen da und dort gewesen, manchmal auch kurze Zeit in der Heimat und hatte überall Wertvolles und Nutzloses getrieben. Es ist schon angedeutet worden, dass er Mathematiker war, und mehr braucht davon noch nicht gesagt zu werden, denn in jedem Beruf, wenn man ihn nicht für Geld, sondern um der Liebe willen ausübt, kommt ein Augenblick, wo die ansteigenden Jahre ins Nichts zu führen scheinen. […] Und schließlich entdeckte Ulrich noch, dass er auch in der Wissenschaft einem Manne glich, der eine Bergkette nach der anderen überstiegen hat, ohne ein Ziel zu sehen. Er besaß Bruchstücke einer neuen Art zu denken wie zu fühlen, aber der anfänglich so starke Eindruck des Neuen hatte sich in immer zahlreicher werdende Einzelheiten verloren, und wenn er geglaubt hatte, von der Lebensquelle zu trinken, so hatte er jetzt fast alle seine Erwartungen ausgetrunken. Da hörte er mitten in einer großen und aussichtsreichen Arbeit auf. Seine Fachgenossen kamen ihm zum Teil wie unerbittlich verfolgungssüchtige Staatsanwälte und Sicherheitschefs der Logik vor oder wie Opiatiker und Esser einer seltsam bleichen Droge, die ihnen die Welt mit der Vision von Zahlen und dinglosen Verhältnissen bevölkerte. „Bei allen Heiligen!“, dachte er, „ich habe doch nie die Absicht gehabt, mein ganzes Leben Mathematiker zu sein?“ Aber welche Absicht hatte er eigentlich gehabt? […] Er konnte nur sagen, dass er sich von dem, was er eigentlich hatte sein wollen, weiter entfernt fühlte als in seiner Jugend, falls es ihm nicht überhaupt ganz und gar unbekannt geblieben war. In wunderbarer Schärfe sah er, mit Ausnahme des Geldverdienens, das er nicht nötig hatte, alle von seiner Zeit begünstigten Fähigkeiten und Eigenschaften in sich, aber die Möglichkeit ihrer Anwendung war ihm abhandengekommen; und da es schließlich, wenn schon Fußballspieler und Pferde Genie haben, nur noch der Gebrauch sein kann, den man von ihm macht, was einem für die Rettung der Eigenheit übrig bleibt, beschloss er, sich ein Jahr Urlaub von seinem Leben zu nehmen, um eine angemessene Anwendung seiner Fähigkeiten zu suchen.

4 a Beschreiben Sie, was Ulrich davon abhält, seine erste berufliche Laufbahn weiter zu verfolgen.
b Erklären Sie, inwiefern Ulrich einen Lösungsansatz für seine Krise entwickelt.
c Ulrich schreibt sich „Eigenschaften“ zu (Z. 36), im Romantitel werden sie ihm abgesprochen. Erläutern Sie, inwiefern die beiden Charakterisierungen sich widersprechen oder im Einklang miteinander stehen.
d Diskutieren Sie, ob das abgebildete Cover einer Hörfassung zu den Textauszügen passt.

5 a „Schöpferische Anlage“ (S. 360, Z. 18 f.) oder „Träumer“ bzw. „Besserwisser“ (Z. 28 f.)? Nehmen Sie Stellung zu Ulrichs Sicht auf das Leben.
b „Ulrich geht es wie heute Schülerinnen und Schülern nach dem Abitur.“ Diskutieren Sie diese These.

Der moderne Mensch und die Macht: Franz Kafkas erzählerisches Werk

Franz Kafkas (1883–1924) Romane und Erzählungen gelten als zentrale Texte der literarischen Moderne und werden weltweit rezipiert. Die Protagonisten in Kafkas Werken sehen sich oft mit einer unübersichtlichen Wirklichkeit konfrontiert und von undurchschaubaren, anonymen Mächten bestimmt. In dieser Situation durchleben sie Erfahrungen der Isolation und Selbstentfremdung. Kafka wählt meist eine personale Erzählhaltung, in der die Welt nur aus der Sicht einer einzigen Figur wahrgenommen wird. So übertragen sich der Eindruck von Verwirrung, Desorientierung und rätselhafter Bedrohung direkt auf die Lesenden (s. auch ► „Der Prozess", S. 74–79).

Im Roman „Der Prozess", der wie alle Romane Kafkas zu seinen Lebzeiten unveröffentlicht blieb, findet sich die zuvor schon separat veröffentlichte Parabel „Vor dem Gesetz".

Franz Kafka **Vor dem Gesetz** (1915)

Im Roman „Der Prozess" erzählt ein Geistlicher dem Protagonisten Josef K. die nachfolgende „Türhüterlegende", um ihm das Wesen von Gesetz und Gericht zu erklären.

Vor dem Gesetz steht ein Türhüter. Zu diesem Türhüter kommt ein Mann vom Lande und bittet um Eintritt in das Gesetz. Aber der Türhüter sagt, dass er ihm jetzt den Eintritt nicht gewähren könne. Der Mann überlegt und fragt dann, ob er also später werde eintreten dürfen. „Es ist möglich", sagt der Türhüter, „jetzt aber nicht." Da das Tor zum Gesetz offensteht wie immer und der Türhüter beiseitetritt, bückt sich der Mann, um durch das Tor in das Innere zu sehn. Als der Türhüter das merkt, lacht er und sagt: „Wenn es dich so lockt, versuche es doch, trotz meines Verbotes hineinzugehn. Merke aber: Ich bin mächtig. Und ich bin nur der unterste Türhüter. Von Saal zu Saal stehn aber Türhüter, einer mächtiger als der andere. Schon den Anblick des dritten kann nicht einmal ich mehr ertragen." Solche Schwierigkeiten hat der Mann vom Lande nicht erwartet; das Gesetz soll doch jedem und immer zugänglich sein, denkt er, aber als er jetzt den Türhüter in seinem Pelzmantel genauer ansieht, seine große Spitznase, den langen, dünnen, schwarzen tatarischen Bart, entschließt er sich, doch lieber zu warten, bis er die Erlaubnis zum Eintritt bekommt. Der Türhüter gibt ihm einen Schemel und lässt ihn seitwärts von der Tür sich niedersetzen. Dort sitzt er Tage und Jahre. Er macht viele Versuche, eingelassen zu werden, und ermüdet den Türhüter durch seine Bitten. Der Türhüter stellt öfters kleine Verhöre mit ihm an, fragt ihn über seine Heimat aus und nach vielem andern, es sind aber teilnahmslose Fragen, wie sie große Herren stellen, und zum Schlusse sagt er ihm immer wieder, dass er ihn noch nicht einlassen könne. Der Mann, der sich für seine Reise mit vielem ausgerüstet hat, verwendet alles, und sei es noch so wertvoll, um den Türhüter zu bestechen. Dieser nimmt zwar alles an, aber sagt dabei: „Ich nehme es nur an, damit du nicht glaubst, etwas versäumt zu haben." Während der vielen Jahre beobachtet der Mann den Türhüter fast ununterbrochen. Er vergisst die andern Türhüter, und dieser erste scheint ihm das einzige Hindernis für den Eintritt in das Gesetz. Er verflucht den unglücklichen Zufall, in den ersten Jahren rücksichtslos und laut, später, als er alt wird, brummt er nur noch vor sich hin. Er wird kindisch, und, da er in dem jahrelangen Studium des Türhüters auch die Flöhe in seinem Pelzkragen erkannt hat, bittet er auch die Flöhe, ihm zu helfen und den Türhüter umzustimmen. Schließlich wird sein Augenlicht schwach, und er weiß nicht, ob es um ihn wirklich dunkler wird oder ob ihn nur seine Augen täuschen. Wohl aber erkennt er jetzt im Dunkel einen Glanz, der unverlöschlich aus der Türe des

Gesetzes bricht. Nun lebt er nicht mehr lange. Vor seinem Tode sammeln sich in seinem Kopfe alle Erfahrungen der ganzen Zeit zu einer Frage, die er bisher an den Türhüter noch nicht gestellt hat. Er winkt ihm zu, da er seinen erstarrenden Körper nicht mehr aufrichten kann. Der Türhüter muss sich tief zu ihm hinunterneigen, denn der Größenunterschied hat sich sehr zuungunsten des Mannes verändert. „Was willst du denn jetzt noch wissen?", fragt der Türhüter, „du bist unersättlich." „Alle streben doch nach dem Gesetz", sagt der Mann, „wieso kommt es, dass in den vielen Jahren niemand außer mir Einlass verlangt hat?" Der Türhüter erkennt, dass der Mann schon an seinem Ende ist, und um sein vergehendes Gehör noch zu erreichen, brüllt er ihn an: „Hier konnte niemand sonst Einlass erhalten, denn dieser Eingang war nur für dich bestimmt. Ich gehe jetzt und schließe ihn."

1 Nach der Lektüre der Türhüterlegende sind viele Lesende verwirrt. Der Text wirft Fragen auf und scheint auf den ersten Blick logische Widersprüche zu enthalten. Listen Sie auf, welche Fragen sich Ihnen stellen.

2 In der Sekundärliteratur werden unter anderem folgende Verstehensangebote gemacht:
- Die Türhüterlegende thematisiert eine unverständliche Fixierung auf ein absurdes Ziel und lebenslanges Warten als Preis dafür.
- Der Türhüter ist das Sinnbild anonymer Verwaltungsapparate, die sich gegen die Individuen richten.
- In dieser Parabel ist das Gesetz ein Bild für den Lebenssinn, z. B. im religiösen Verständnis.
- Wer wissen will, braucht Mut und darf nicht nach Erlaubnis fragen. Mut aber kann gefährlich werden.

a Wählen Sie ein oder zwei Deutungen aus, die Ihnen einleuchten. Begründen Sie anhand von Kafkas Text.

b Entwickeln Sie andere Möglichkeiten, die Parabel zu deuten, oder entfalten Sie eine der in Aufgabe a gewählten Interpretationen genauer, indem Sie Elementen der Bildebene Entsprechungen auf der Sachebene zuordnen.

c Erläutern Sie, inwiefern Sie die Illustrationen zur Parabel eher als anregende Visualisierung oder als Ablenkung von Ihren eigenen Vorstellungen wahrnehmen.

3 **a** Das Adjektiv „kafkaesk" wird verwendet, wenn etwas auf rätselhafte Weise bedrohlich erscheint und schwer greifbare Mächte auf das Leben einwirken. Erörtern Sie, ob Ihnen die Türhüterlegende „kafkaesk" erscheint.

b Von Kafka wird berichtet, dass er beim Vorlesen seines Romans „Der Prozess" vielfach laut gelacht habe. Neuere Interpretationen entdecken in Kafkas Werken, die oft als düster gelten, Humor und Komik. Prüfen Sie diese Einschätzung an der Parabel „Vor dem Gesetz".

4 „Der Spiegel" widmete Kafka 2014 die Titelgeschichte „Der Seher" und verstand ihn als Autor, der die Situation des Menschen im 21. Jahrhundert vorweggenommen habe. Erörtern Sie, inwieweit Sie dies nach Ihrem bisherigen Wissen über Kafkas Werk für zutreffend halten.

5

> Es gibt ein Ziel, aber keinen Weg; was wir Weg nennen, ist Zögern.
>
> *Franz Kafka, 17. 9. 1920*

Prüfen Sie, inwieweit der Aphorismus sich auf die Türhüterlegende beziehen lässt und ob daraus ein Rat für den Mann vom Lande abgeleitet werden kann.

Kafkaeskes Erzählen nach Kafka

Verrätselte Erzähltexte, in denen schwer greifbare Mächte das Leben der Figuren beeinflussen, bezeichnet man oft als „kafkaesk“. In diese Tradition gehört auch dieser Text Günter Kunerts (1929–2019).

Günter Kunert **Zentralbahnhof** (1972)

An einem sonnigen Morgen stößt ein Jemand innerhalb seiner Wohnung auf ein amtliches Schreiben: Es liegt auf dem Frühstückstisch neben der Tasse. Wie es dahin kam, ist ungewiss. Kaum geöffnet, überfällt es den Lesenden mit einer Aufforderung.
Sie haben sich, befiehlt der amtliche Druck auf dem grauen, lappigen Papier, am 5. November des laufenden Jahres morgens acht Uhr in der Herrentoilette des Zentralbahnhofes zwecks Ihrer Hinrichtung einzufinden. Für Sie ist Kabine 18 vorgesehen. Bei Nichtbefolgung dieser Aufforderung kann auf dem Wege der verwaltungsdienstlichen Verordnung eine Bestrafung angeordnet werden. Es empfiehlt sich leichte Bekleidung, um einen reibungslosen Ablauf zu garantieren.
Wenig später taucht der solchermaßen Betroffene verzagt bei seinen Freunden auf. Getränke und Imbiss lehnt er ab, fordert hingegen dringlich Rat, erntet aber nur ernstes und bedeutungsvolles Kopfschütteln. Ein entscheidender Hinweis, ein Hilfsangebot bleibt aus. Heimlich atmet man wohl auf, wenn hinter dem nur noch begrenzt Lebendigen die Tür wieder zufällt, und man fragt sich, ob es nicht schon zu viel gewesen sei, sie ihm überhaupt zu öffnen. Lohnte es denn, wer weiß was alles auf sich zu laden für einen Menschen, von dem in Zukunft so wenig zu erwarten ist?
Der nun selber begibt sich zu einem Rechtsanwalt, wo ihm vorgeschlagen wird, eine Eingabe zu machen, den Termin (5. Nov.) aber auf jeden Fall einzuhalten, um Repressalien auszuweichen. Herrentoilette und Zentralbahnhof höre sich doch ganz erträglich und vernünftig an. Nichts werde so heiß gegessen wie gekocht. Hinrichtung? Wahrscheinlich ein Druckfehler. In Wirklichkeit sei „Einrichtung“ gemeint. Warum nicht? Durchaus denkbar findet es der Rechtsanwalt, dass man von seinem frischgebackenen Klienten verlange, er solle sich einrichten. Abwarten. Und vertrauen! Man muss Vertrauen haben! Vertrauen ist das Wichtigste.
Daheim wälzt sich der zur Herrentoilette Beorderte schlaflos über seine durchfeuchteten Laken. Erfüllt von brennendem Neid lauscht er dem unbeschwerten Summen einer Fliege. Die lebt! Die hat keine Sorgen! Was weiß die schon vom Zentralbahnhof?! Man weiß ja selber nichts darüber ... Mitten in der Nacht läutet er an der Tür des Nachbarn. Durch das Guckloch glotzt ihn ein Auge an, kurzfristig, ausdruckslos, bis der Klingelnde kapituliert und den Finger vom Klingelknopf löst.
Pünktlich um acht Uhr morgens betritt er am 5. Nov. den Zentralbahnhof, fröstelnd in einem kurzärmeligen Sporthemd und einer Leinenhose, das Leichteste, was er an derartiger Bekleidung besitzt. Hier und da gähnt ein beschäftigungsloser Gepäckträger. Der Boden wird gefegt und immerzu mit einer Flüssigkeit besprengt.
Durch die spiegelnde Leere der Herrentoilette hallt sein einsamer Schritt: Kabine 18 entdeckt er sofort. Er schiebt eine Münze ins Schließwerk der Tür, die aufschwingt, und tritt ein. Wild zuckt in ihm die Gewissheit auf, dass gar nichts passieren wird. Gar nichts! Man will ihn nur einrichten, weiter nichts! Gleich wird es vorüber sein, und er kann wieder nach Hause gehen. Vertrauen! Vertrauen! Eine euphorische Stimmung steigt in die Kehle, lächelnd riegelt er das Schloss zu und setzt sich.
Eine Viertelstunde später kommen zwei Toilettenmänner herein, öffnen mit einem Nachschlüssel Kabine 18 und ziehen den leicht bekleideten Leichnam heraus, um ihn in die rotziegeligen Tiefen des Zentralbahnhofs zu schaffen, von dem jeder wusste, dass ihn weder ein Zug jemals erreicht noch verlassen hatte, obwohl oft über seinem Dach der Rauch angeblicher Lokomotiven hing.

1 a Untersuchen Sie, wie der Protagonist mit der amtlichen Anweisung umgeht. Nutzen Sie für die Darstellung Ausdrücke wie „Selbstberuhigung“, „Hilfesuche“, „Folgsamkeit“, „Vertrauen“, ...
b Kunerts Text ist oft als Parabel verstanden worden. Entwickeln Sie Deutungsmöglichkeiten.
c Vergleichen Sie das Verhalten der Protagonisten in Kunerts Erzählung und Kafkas „Vor dem Gesetz“.

Großstadtroman der Moderne – Alfred Döblins Roman „Berlin Alexanderplatz"

Alfred Döblins (1878–1957) Roman „Berlin Alexanderplatz" erzählt die Geschichte des Arbeiters Franz Biberkopf, der nach seiner Haft als ehrlicher Mann leben will, dies aber nicht schafft. Der Roman ist ein Gegenentwurf zum traditionellen bürgerlichen Roman, der ein Einzelschicksal in den Mittelpunkt stellt und dies kontinuierlich nachzuzeichnen versucht. Bei Döblin gewinnt die Großstadt Berlin ein Eigenleben und wird zum Gegenspieler Biberkopfs. Das kollektive Geschehen wird experimentell in unterschiedlichen Stilen erzählt. Mit seiner Montagetechnik setzt Döblin verschiedene Erzählweisen und Textformen unvermittelt nebeneinander, z. B. Werbe-, Sachbuch-, Schlagertexte, innere Monologe, Erzählerkommentare.

Alfred Döblin **Berlin Alexanderplatz** (1929) Viertes Buch

Am Alexanderplatz reißen sie den Damm auf für die Untergrundbahn. Man geht auf Brettern. Die Elektrischen fahren über den Platz die Alexanderstraße herauf durch die Münzstraße zum Rosenthaler Tor. Rechts und links sind Straßen. In den Straßen steht Haus bei Haus. Die sind vom Keller bis zum Boden mit Menschen voll. Unten sind die Läden.
Destillen, Restauration, Obst- und Gemüsehandel, Kolonialwaren und Feinkost, Fuhrgeschäft, Dekorationsmalerei, Anfertigung von Damenkonfektion, Mehl und Mühlenfabrikate, Autogarage, Feuersozietät: Vorzug der Kleinmotorspritze ist einfache Konstruktion, leichte Bedienung, geringes Gewicht, geringer Umfang. – Deutsche Volksgenossen, nie ist ein Volk schmählicher getäuscht worden, nie wurde eine Nation schmählicher, ungerechter betrogen als das deutsche Volk. Wisst ihr noch, wie Scheidemann am 9. November 1918 von der Fensterbrüstung des Reichstags uns Frieden, Freiheit und Brot versprach? Und wie hat man das Versprechen gehalten! – Kanalisationsartikel, Fensterreinigungsgesellschaft, Schlaf ist Medizin, Steiners Paradiesbett. [...]
Über den Läden und hinter den Läden aber sind Wohnungen, hinten kommen noch Höfe, Seitengebäude, Quergebäude, Hinterhäuser, Gartenhäuser. Linienstraße, da ist das Haus, wo sich Franz Biberkopf verkrochen hat nach dem Schlamassel mit Lüders. [...]
Franz Biberkopf, sieh dich vor, was soll bei dem

„Berlin – Alexanderplatz" (Regie: Phil Jutzi) Verfilmung 1931

Sumpfen herauskommen! Immer rumliegen auf der Bude und nichts als trinken und dösen und dösen! –
Wen geht das was an, was ich mache. Wenn ich dösen will, döse ich bis übermorgen auf einem Fleck. – Er knabbert an seinen Nägeln, stöhnt, wälzt den Kopf auf dem schweißigen Kissen, bläst durch die Nase. – Ich liege so bis übermorgen, wenns mir passt. Wenn das Weib bloß heizen würde. Die ist faul, denkt bloß an sich.
Sein Kopf dreht sich von der Wand weg, auf dem Boden liegt ein Brei, eine Lache. – Gekotzt. Muss ich gewesen sein. Was ein Mensch in seinem Magen mit sich rumträgt. Puh. Spinnweben an der grauen Ecke, die können keine Mäuse fangen. Ich möchte Wasser trinken. Wen geht das was an. Das Kreuz tut auch weh.

1 **a** Erläutern Sie, wie Döblin im Textauszug die im Einleitungstext beschriebene Montagetechnik einsetzt.
b Beschreiben Sie anhand von Beispielen, wie sich die montierten Textabschnitte sprachlich unterscheiden.

2 **a** Döblins Erzählweise wurde als „Polyphonie" (Vielstimmigkeit) bezeichnet. Erläutern Sie, welcher Eindruck von der Großstadt aufgrund der Erzählweise entsteht.
b Die Jahre nach 1900 werden häufig mit Schlagworten wie „Urbanisierung", „Technisierung", „Masse", „Medien", „Traditionsverlust" verbunden. Setzen Sie den Textauszug in Beziehung zu diesen Schlagworten.

3 2020 wurde der Roman von Burhan Qurbani verfilmt (vgl. Kap. B4). Zum Protagonisten wählte er einen afrikanischen Immigranten in Berlin. Diskutieren Sie, welches Potenzial Sie in dieser Aktualisierung sehen.

Epochenüberblick **Die Moderne (ca. 1890–1920)**

Allgemeingeschichtliche Hintergründe, Weltbilder

Die Wende zum 20. Jahrhundert war nicht nur ein zeitlicher Einschnitt, sondern ging auch mit einem kulturellen Umbruch einher. Den konservativen politischen Verhältnissen im Deutschen Kaiserreich und seinen kulturellen Werten stand eine dynamische Entwicklung in der **Naturwissenschaft** und **Technik** gegenüber, die zu rasch fortschreitender **Industrialisierung** und **Urbanisierung** führte. Das Lebensgefühl in den **Großstädten** war von **Technik, Medien** und dem Anwachsen der **Menschenmassen** geprägt. Es war verbunden mit einem Gefühl von **Traditionsverlust** und **dynamischem Umbruch.**

Literatur

1. **Allgemeines: Welt- und Menschenbild**
   Die Begriffe **Fin de Siècle** und **Moderne** bezeichnen das Bild vom Niedergang einer Epoche und dem Aufbruch in eine neue Zeit. In Nietzsches **Nihilismus,** der philosophischen Zeitdiagnose von der „Entwertung" der tradierten Werte und der Utopie des „Übermenschen", spiegelte sich die Spannung zwischen Verlustgefühlen und **Sinnkrise** einerseits und der euphorischen **Erwartung des Neuen** andererseits. Die von Freud ab 1900 entwickelte **Psychoanalyse** löste sich von idealisierenden Menschenbildern und unterzog die menschliche Seele einer an den Naturwissenschaften orientierten nüchternen Analyse.
2. **Literatur- und Kunstverständnis, Stilrichtungen**
   Dem rapiden gesellschaftlichen Wandel und der damit einhergehenden Orientierungskrise entsprachen in der Literatur und Kunst um 1900 eine **Vielfalt** und Widersprüchlichkeit **verschiedener Stilrichtungen.** Gemeinsam war diesen Strömungen die Abkehr vom wilhelminischen Kulturbetrieb sowie die **Ablehnung der** ästhetischen **Konzepte von Naturalismus und Realismus.** Mit dem Verlust des Glaubens an die Möglichkeit, die Welt mehr oder weniger objektiv abbilden und auf die soziale Wirklichkeit Einfluss nehmen zu können, änderte sich das Literaturverständnis: Vorrang hatte die Gestaltung subjektiver Eindrücke; es ging um die „**Wirklichkeit der Seele**", nicht um die „Wirklichkeit der Straße" (Hermann Bahr, Literaturkritiker, 1863–1934). In diesem Zusammenhang bildete sich die Vorstellung von der Kunst als eigener Wertsphäre, abgegrenzt von sozialer Nützlichkeit oder bürgerlicher Moral. Diese mit dem Schlagwort der **L'art pour l'art** (die Kunst um der Kunst willen) verbundene Haltung wird auch als **Ästhetizismus** bezeichnet. Im Rahmen dieses Kunstverständnisses entwickelten sich verschiedene Stilrichtungen, u. a.:
   - der **Symbolismus:** Dichter wie z. B. **Hugo von Hofmannsthal** und **Rainer Maria Rilke** (► S. 352) wollten in ihrer Lyrik nicht äußere oder innere Wirklichkeit sprachlich referieren. Sie zielten darauf, **Worte, Klänge** und **Assoziationen** kunstvoll so zu **arrangieren,** dass sich eine Stimmung oder ein **schwebender Sinnzusammenhang** herstellt.
   - die **Décadence:** Die Literatur der Décadence pflegte vor dem Hintergrund eines empfundenen Niedergangs („Fin de Siècle") und Verfalls bürgerlicher Werte einen **Kult des Sinnlich-Schönen, Melancholischen** und der **Sensibilität.** Themen der Décadence wurden z. B. von **Thomas Mann** aufgegriffen (u. a. „Buddenbrooks", ► S. 358 f., „Tod in Venedig").
   - Der **Jugendstil** suchte in der Kunst nach Befreiung vom Ballast historisierender Stile wie z. B. Neogotik und Neobarock und betonte das Leichte, Flächig-Dekorative und die elegante Linie.
3. **Weitere wichtige Autoren/Autorinnen und Werke**
   Friedrich Nietzsche (Gedichte), **Arthur Schnitzler** (Erzählungen, Dramen, u. a. „Reigen"), **Ricarda Huch** (Gedichte), **Stefan George** (Gedichte), **Franz Kafka** (u. a. „Das Schloss")

Wirkungsgeschichte

Die Gegenwartsliteratur knüpft an die Grunderfahrungen der Orientierungskrise in einer sich rasch wandelnden Lebenswelt an. Sie greift den Stilpluralismus der Moderne auf und vermittelt Wirklichkeit als Vielfalt subjektiver Perspektiven.

D10 Expressionismus – Das Weltende?

Entwurzelung durch Verstädterung? Berlin vervierfacht seine Einwohnerzahl 1880–1920

Rüstungsausgaben 1905–1913 in Deutschland verdoppelt

Jahrhundert-Erdbeben bei Messina – totale Zerstörung (1908)

Der Halleysche Komet: Naht das Weltende? (1910)

Edvard Munch: Der Schrei (1893)

Coronavirus COVID-19 breitet sich weltweit aus (2020)

Staatsverschuldung in Europa auf Rekordniveau (2023)

Globale Erwärmung: Kipp-Punkt schon 2030 erreicht?

1 **a** Edvard Munchs Gemälde „Der Schrei" gilt als Auftakt des Expressionismus in der Malerei. Beschreiben Sie das Gemälde. Berücksichtigen Sie die Situation und Darstellung der Figur im Bildzentrum. Erklären Sie, wie das Bild auf Sie wirkt.
b Stellen Sie Vermutungen an, worin das Neuartige dieser künstlerischen Ausdrucksform Anfang des 20. Jahrhunderts lag. Sie können Begriffe wie z. B. „subjektive Realität", „objektive Realität" verwenden.

2 **a** Die links neben der Abbildung wiedergegebenen Schlagzeilen spiegeln eine Stimmung in der Zeit vor dem Ersten Weltkrieg. Stellen Sie einen Zusammenhang mit dem Gemälde her.
b Zeigen Sie anhand der Schlagzeilen rechts Bezüge zu Stimmungen der Gegenwart auf.

3 Stellen Sie Vermutungen an zu Themen sowie zu formalen und sprachlichen Merkmalen expressionistischer Literatur.

In diesem Kapitel erwerben Sie folgende Kenntnisse und Kompetenzen:

- expressionistische Lyrik als Bruch mit tradierten literarischen Formen interpretieren,
- typische Merkmale expressionistischer Literatur benennen und als Spiegel einer Weltsicht deuten,
- Parallelen zwischen expressionistischer Literatur und der Malerei des Expressionismus reflektieren,
- zentrale Motive des Expressionismus mit ihrer Darstellung in anderen Epochen vergleichen.

Literatur

Großstadt und Nacht – Motive expressionistischer Lyrik

Der Expressionismus ist von Beginn an Großstadtdichtung: Die Natur als bevorzugter Erfahrungsraum früherer Gedichte weicht nun der Stadt. Städtisches Leben und insbesondere die nächtliche Großstadt werden als „Opiumrausch" empfunden (so der Dichter Alfred Lichtenstein, 1889–1914), zugleich aber als eine Welt, die „entzweibricht" (Georg Trakl, 1887–1914). Unter den Figuren der Gedichte erscheinen auch die Randgestalten des Großstadtlebens: Bettler, Prostituierte, Wahnsinnige. Das lyrische Ich ist oftmals von Ich-Zerfall bedroht: Nicht mehr das Subjekt, sondern die als übermächtig empfundene Stadt ist Akteur des Geschehens.

Georg Trakl **An die Verstummten** (1913/14)

O, der Wahnsinn der großen Stadt, da am Abend
An schwarzer Mauer verkrüppelte Bäume starren,
Aus silberner Maske der Geist des Bösen schaut;
Licht mit magnetischer Geißel die steinerne Nacht verdrängt.
O, das versunkene Läuten der Abendglocken.

Hure, die in eisigen Schauern ein totes Kindlein gebärt.
Rasend peitscht Gottes Zorn die Stirne der Besessenen,
Purpurne Seuche, Hunger, der grüne Augen zerbricht.
O, das grässliche Lachen des Golds.

Aber stille blutet in dunkler Höhle stummere Menschheit,
Fügt aus harten Metallen das erlösende Haupt.

Alfred Lichtenstein **Punkt** (1914)

Die wüsten Straßen fließen lichterloh
Durch den erloschnen Kopf. Und tun mir weh.
Ich fühle deutlich, dass ich bald vergeh –
Dornrosen meines Fleisches, stecht nicht so.

Die Nacht verschimmelt, Giftlaternenschein
Hat, kriechend, sie mit grünem Dreck beschmiert.
Das Herz ist wie ein Sack. Das Blut erfriert.
Die Welt fällt um. Die Augen stürzen ein.

Jakob Steinhardt: Die Stadt (1913)

1 Sammeln Sie erste Eindrücke: Wie werden die Motive Stadt und Nacht in den Gedichten und im Gemälde dargestellt? Wo und wie erscheinen die Menschen?

2 **a** Untersuchen Sie Trakls Gedicht: Achten Sie z. B. auf den Satzbau und die Wahl der Adjektive. Wer wird als Akteur dargestellt? Beschreiben Sie auf der Grundlage Ihrer Ergebnisse die Haltung des Sprechers zur Stadt.
Der Sprecher äußert sich teils in unvollständigen Sätzen, von denen einige mit dem Ausruf ... Dadurch ...
b Entwerfen Sie Deutungsansätze zu den beiden letzten rätselhaften Versen.

3 Untersuchen Sie das Gedicht „Punkt" daraufhin, wo Elemente der Stadt personifiziert werden und wo der Mensch verdinglicht wird. Deuten Sie die Wirkung dieser Darstellungsweise. Stellen Sie einen Bezug her zu Trakls „An die Verstummten" und zu Epochenmerkmalen (► Einführungstext oben).

Kontext

Gesellschaft – Die Großstadt und ihre Wirkung auf die Menschen

Industrialisierung und Verstädterung ließen Großstädte um das Jahr 1900 stark anwachsen. Die großen Städte präsentierten sich als eine neue Welt; Technik, Licht, Verkehr und Industrie sorgten für eine Atmosphäre, die widersprüchliche Gefühle erzeugte: Zum einen blickten die Menschen fasziniert auf das neue Leben in seiner Vielfalt, zum anderen wurde die Stadt als verwirrendes, anonymes und kaltes Umfeld erlebt, in dem sich die Individuen ausgeliefert und ohnmächtig fühlten. Selbstentfremdung, psychosozialer Verfall und Zweifel an einer intakten Identität waren Erfahrungen, die nicht nur literarisch verarbeitet, sondern auch theoretisch reflektiert wurden, z. B. von dem Soziologen und Philosophen Georg Simmel (1858–1918).

Georg Simmel **Die Großstädte und das Geistesleben** (1903)

Die psychologische Grundlage, auf der der Typus großstädtischer Individualitäten sich erhebt, ist die Steigerung des Nervenlebens, die aus dem raschen und ununterbrochenen Wechsel äußerer und innerer Eindrücke hervorgeht. [...] Indem die Großstadt gerade diese psychologischen Bedingungen schafft – mit jedem Gang über die Straße, mit dem Tempo und den Mannigfaltigkeiten des wirtschaftlichen, beruflichen, gesellschaftlichen Lebens, stiftet sie schon in den sinnlichen Fundamenten des Seelenlebens, in dem Bewusstseinsquantum, das sie uns wegen unserer Organisation als Unterschiedswesen abfordert, einen tiefen Gegensatz gegen die Kleinstadt und das Landleben, mit dem langsameren, gewohnteren, gleichmäßiger fließenden Rhythmus ihres sinnlich-geistigen Lebensbildes. Daraus wird vor allem der intellektualistische Charakter des großstädtischen Seelenlebens begreiflich, gegenüber dem kleinstädtischen, das vielmehr auf das Gemüt und gefühlsmäßige Beziehungen gestellt ist. [...] So schafft der Typus des Großstädters, – der natürlich von tausend individuellen Modifikationen umspielt ist – sich ein Schutzorgan gegen die Entwurzelung, mit der die Strömungen und Diskrepanzen seines äußeren Milieus ihn bedrohen: Statt mit dem Gemüte reagiert er auf diese im Wesentlichen mit dem Verstande [...]; damit ist die Reaktion auf jene Erscheinungen in das am wenigsten empfindliche, von den Tiefen der Persönlichkeit am weitesten abstehende psychische Organ verlegt.

George Grosz: Friedrichstraße (1918)

1 **a** Erläutern Sie, welche Kennzeichen Simmel dem Stadtleben im Kontrast zum Landleben zuordnet.
b Erklären Sie, wie Simmel die Reaktion der Großstädter/-innen auf die neuen Anforderungen beschreibt.

2 **a** Beziehen Sie Simmels Analyse auf die Gedichte auf S. 368. Inwiefern drücken sie die „Steigerung des Nervenlebens“ (► Z. 3) aus, inwiefern verfügen die Sprecher über das genannte „Schutzorgan“ (► Z. 23)?
b Vergleichen Sie, wie die beiden Stadtbilder auf S. 368 und 369 zu Simmels Analyse passen.

3 Notieren Sie eigene Assoziationen zum Thema Großstadt. Reflektieren Sie, inwieweit Simmels These von der Reaktion mit dem „Verstande“ „statt mit dem Gemüte“ (vgl. Z. 25 ff.) auch auf Sie zutrifft.

Literatur

Das Grauen zur Sprache bringen – Kriegsgedichte des Expressionismus

Der Erste Weltkrieg von 1914–1918 wurde zum zentralen Ereignis für die expressionistischen Lyriker. Zunächst sahen manche in einem Krieg noch die Möglichkeit, eine schnelle, radikale Veränderung einer verkrusteten gesellschaftlichen Situation herbeizuführen. Die grausame Kriegsrealität zerstörte sehr bald jedoch die Illusion einer Erlösung. Die Lyrik der Kriegsjahre spiegelt die Katastrophe und das Grauen.

Georg Heym **Der Krieg II** (1911)

Hingeworfen weit in das brennende Land
Über Schluchten und Hügel die Leiber gemäht
In verlassener Felder Furchen gesät
Unter regnenden Himmeln und dunkelndem Brand,

Fernen Abends über den Winden kalt,
Der leuchtet in ihr zerschlagenes Haus,
Sie zittern noch einmal und strecken sich aus,
Ihre Augen werden sonderbar alt.

Die Nebel in frierende Bäume zerstreut,
In herbstlichen Wäldern irren die Seelen allein
Tief in die Wildnis und kühles Dunkel hinein,
Sich zu verbergen vor dem Lebenden weit.

Aber riesig schreitet über dem Untergang
Blutiger Tage groß wie ein Schatten der Tod,
Und feurig tönet aus fernen Ebenen rot
Noch der Sterbenden Schreien und Lobgesang.

August Stramm **Kriegsgrab** (1915)

Stäbe flehen kreuze Arme
Schrift zagt blasses Unbekannt
Blumen frechen
Staube schüchtern.
Flimmer
Tränet
Glast
Vergessen.

Otto Dix: Sturmtruppe geht unter Gas vor (1924)

1 Welches Gedicht drückt nach Ihrem spontanen Eindruck die Grauen des Krieges beeindruckender aus? Begründen Sie Ihre Einschätzung.

2 **a** Prüfen Sie, zu welchen Strophen in Heyms Gedicht die folgenden Stichworte jeweils passen, und beschreiben Sie, wie die Menschen in Heyms Gedicht dargestellt werden.

die Sterbenden • die Seelen der sinnlos Gestorbenen • die Toten wie Dinge • der Tod wie ein Gott

b Untersuchen Sie, welchen Beitrag die Darstellung der Natur zur Aussage des Gedichts leistet.

c Erläutern Sie, auf welche Aspekte des Kriegs die Radierung „Sturmtruppe geht unter Gas vor" von Otto Dix aufmerksam macht.

3 August Stramm wurde durch seine stilistischen Neuerungen zu einem Vorbild vieler Dichter des 20. Jahrhunderts. Beschreiben Sie die Auffälligkeiten der Form und Sprache in seinem Gedicht „Kriegsgrab" und deuten Sie diese im Hinblick auf die Wirkungsabsicht.
Das Gedicht bricht mit Regeln der Syntax (des Satzbaus) und der Lexik (des Wortschatzes). Gleich im ersten Vers irritieren ... In seiner Verwendung als Adjektiv ist „kreuz" ... Die aus den Fugen geratene Sprache spiegelt ...

4 Vergleichen Sie, wie die beiden Gedichte Gestaltungsmittel des Expressionismus (▶ S. 376) in unterschiedlicher Weise einsetzen. Achten Sie unter anderem auf die Wortwahl und den Satzbau.

Kontext

Medien – Feldpost von Lyrikern im Ersten Weltkrieg

Der Erste Weltkrieg änderte das Bild eines Krieges: Dachte man vor dem Krieg in Teilen der deutschen Bevölkerung noch an Feldschlachten, in denen der einzelne Soldat zum Helden werden konnte, setzte sich nach Kriegsbeginn rasch die verstörende Erfahrung durch, dass die Soldaten nun nur noch Objekte einer industriell geprägten Kriegsmaschinerie waren. Die von Soldaten jener Zeit erhaltene Feldpost zeigt den Schrecken des Krieges, aber auch psychologische Mechanismen der Verdrängung.

Der Lyriker Wilhelm Klemm (1881–1968) war während des Ersten Weltkriegs Regimentsarzt an der Westfront. Er schreibt 1915 in seinem Gedicht „An der Front“: „Der Tod ist so gleichgültig wie der Regen, der anhebt./Wen kümmert das Gestern, das Heute oder das Morgen?“

Deutsche Soldaten in einem zerstörten französischen Wald, 1914

Georg Trakl wurde im August 1914 als Militärapotheker ins Heer einberufen und erlebte schon im September die Schlacht von Gródek (Galizien), bei der er fast hundert Schwerverwundete ohne ausreichende Medikamente allein zu versorgen hatte. Trakl erlitt wenig später einen Nervenzusammenbruch und wurde von einem Kameraden vom Suizid abgehalten. In der Nacht des 3. November 1914 starb Trakl nach Einnahme einer Überdosis Kokain. Ob es ein Unfall oder Suizid war, ist unklar. Kurz vor seinem Tod schrieb Trakl unter dem Eindruck seiner Kriegserfahrungen das Gedicht „Grodek“ (► S. 267).

Wilhelm Klemm
Feldpost an seine Frau (27.9.1914)

Der Krieg kann so scheußlich sein, dass man sich nach einer Kugel förmlich sehnt, die einen all dieser Aufregungen und Qualen enthebt. [...] Die Regen- und Sturmtage draußen in den Schützengräben, dünn besetzt, nichts zu essen, kein trockener Faden am Leib, Tag und Nacht beschossen, im Dreck und Kot bis an die Knie, die Gewehre verrostet, mit Durchfällen und Rheumatismus. – Du hättest sie nur sehen sollen, wenn Einzelne zurückkamen! Graugelb die hageren Gesichter, die Lippen blass und blau, alle Bewegungen langsam, die ganze Gestalt klein, wie zusammengesunken, man bekam wirklich Angst, wenn man das sah.

Georg Trakl Feldpost an seinen Freund Ludwig von Ficker (12.10.1914)

Ich bin seit fünf Tagen hier im Garnisons-Spital zur Beobachtung meines Geisteszustandes. Meine Gesundheit ist etwas angegriffen und ich verfalle recht oft in eine unsägliche Traurigkeit. Hoffentlich sind diese Tage der Niedergeschlagenheit bald vorüber.

1 Beschreiben Sie, welches Bild vom Krieg und seinen Auswirkungen die Feldpost-Briefe vermitteln.

2 Setzen Sie die Informationen und Zeitdokumente auf dieser Seite in Bezug zu den Gedichten „Der Krieg II“ und „Kriegsgrab“ auf S. 370.

3 Aus Kriegen des 21. Jahrhunderts wie den Kriegen in Syrien oder der Ukraine senden Kämpfende häufig Nachrichten über soziale Medien. Erklären Sie, worin wesentliche Unterschiede zwischen dieser Nachrichtenübermittlung und der Übersendung von Feldpost bestehen.

Literatur

Krankheit, Tod, der Mensch als Tier – Motive expressionistischer Lyrik

Eine der verstörendsten Gedichtsammlungen der Literaturgeschichte veröffentlichte 1912 der damals als Autor noch nahezu unbekannte junge Arzt Gottfried Benn (1886–1956). Der Gedichtzyklus ist nach dem Pariser Leichenschauhaus „Morgue" benannt. Die Gedichte zeigen den Menschen als krank, tierähnlich oder tot und verdinglichen ihn dabei als kalt betrachtetes Objekt. Auf die später als „medizynische Gedichte" bezeichneten Texte reagierte die zeitgenössische Kritik heftig: Pervers seien die Gedichte, „von wildem Ekel und geilem Grauen erfüllt", so ein Kritiker.

Gottfried Benn: **Der Arzt II** (1912)

Die Krone der Schöpfung, das Schwein, der Mensch –
Geht doch mit anderen Tieren um!:
Mit siebzehn Jahren Filzläuse,
Zwischen üblen Schnauzen hin und her,
Darmkrankheiten und Alimente[1],
Weiber und Infusorien[2],
Mit vierzig fängt die Blase an zu laufen –:
Meint ihr, um solch Geknolle wuchs die Erde
Von Sonne bis zum Mond –? Was kläfft ihr denn?
Ihr sprecht von Seele – Was ist eure Seele?
Verkackt die Greisin Nacht für Nacht ihr Bett –
Schmiert sich der Greis die mürben Schenkel zu,
Und ihr reicht Fraß, es in den Darm zu lümmeln,
Meint ihr, die Sterne samten ab vor Glück ...?
Äh! – Aus erkaltendem Gedärm
Spie Erde wie aus anderen Löchern Feuer,
Eine Schnauze Blut empor –:
Das torkelt
Den Abwärtsbogen
Selbstgefällig in den Schatten.

---

1 die Alimente: Zahlungen für den Lebensunterhalt

2 die Infusorien: Kleinstlebewesen in Flüssigkeiten wie z. B. Wimperntierchen, Amöben

Gottfried Benn: **Schöne Jugend** (1912)

Der Mund eines Mädchens, das lange im Schilf
gelegen hatte,
sah so angeknabbert aus.
Als man die Brust aufbrach, war die Speiseröhre
so löcherig.
Schließlich in einer Laube unter dem Zwerchfell
fand man ein Nest von jungen Ratten.
Ein kleines Schwesterchen lag tot.
Die andern lebten von Leber und Niere,
tranken das kalte Blut und hatten
hier eine schöne Jugend verlebt.
Und schön und schnell kam auch ihr Tod:
Man warf sie allesamt ins Wasser.
Ach, wie die kleinen Schnauzen quietschten!

1 **a** Beschreiben Sie Ihre Eindrücke von den beiden Gedichten. Formulieren Sie erste Vermutungen zur Wirkungsabsicht. Halten Sie fest, wo Sie Verständnisschwierigkeiten haben.

b Untersuchen Sie das in den Gedichten vermittelte Menschenbild. Formulieren Sie dazu eine Deutungsthese und belegen Sie diese anhand von inhaltlichen und sprachlichen Aspekten.
Die Menschen ... werden auf ... reduziert ... Sprachlich spiegelt sich dies z. B. in Animalisierungen wie ...

2 **a** Der expressionistische Schriftsteller Kasimir Edschmid behauptete, dass im Expressionismus Kranke nicht als Menschen, sondern als Krankheit selbst erscheinen. Prüfen Sie diese Einschätzung an „Der Arzt II".

b Beschreiben Sie, welche Wirkung Benn durch die Wahl des Titels „Schöne Jugend" erzielt.

3 „Benns Morgue-Gedichte verletzten die Menschenwürde und weiden sich am Leid." – Begründen Sie anhand der beiden Gedichte, wie man zu dieser Auffassung gelangen kann. Nehmen Sie dann dazu Stellung, ob diese Gedichte trotz dieser Kritik einen Platz in einem Schulbuch haben sollten.

Der sezierte Mensch in der Gegenwartslyrik

Der kalte, sezierende Blick auf den Menschen und seine physische Natur ist auch eine Perspektive, mit der sich die Gegenwartsliteratur auseinandersetzt. Der Lyriker Durs Grünbein (*1962) beschäftigt sich in seinen Gedichten auch mit Naturwissenschaften und einem naturwissenschaftlichen Blick auf den Menschen. Der Gedichtzyklus „Schädelbasislektion“ (1991) stellt fünf Gedichte zusammen, die die Verunsicherung des Menschen in seinem Selbstverständnis spiegeln. Die hier wiedergegebenen Gedichte 1, 4 und 5 des Zyklus enthalten Anklänge an Gottfried Benns Gedichtzyklus „Morgue“ (► S. 372).

Durs Grünbein **Schädelbasislektion** (1991)

1
Was du bist steht am Rand
Anatomischer Tafeln.
Dem Skelett an der Wand
Was von Seele zu schwafeln
Liegt gerad so verquer
Wie im Rachen der Zeit
(Kleinhirn hin, Stammhirn her)
Diese Scheiß Sterblichkeit.

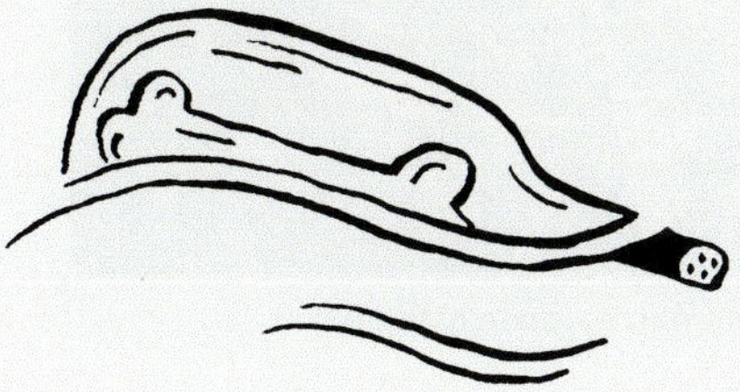

4
Ohne Drogen läuft nichts
Hier im Irrgang der Zeichen
Wo du umkommst gesichts-
Los in blinden Vergleichen.
Träumend ... Rate für Rate
Von den Bildern beäugt.
Wer ist Herr der Opiate
Die das Hirn selbst erzeugt?

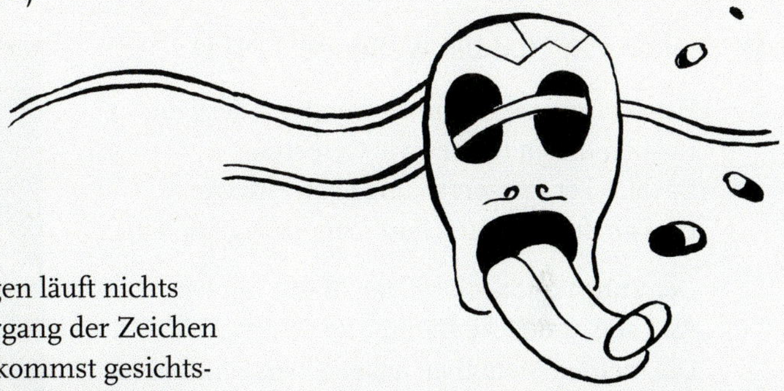

5
Unterm Nachtrand hervor
Tauch ich stumm mir entgegen.
In mir rauscht es. Mein Ohr
Geht spazieren im Regen.
Eine Stimme (nicht meine)
Bleibt zurück, monoton.
Dann ein Ruck, Knochen, Steine.
... Schädelbasislektion.

1 a Erklären Sie, worum es nach Ihrem vorläufigen Verständnis in den Gedichten geht.
b Begründen Sie, welche Auffassung der Sprechsituation Ihnen plausibler erscheint:
A Der Sprecher spricht zu sich selbst als Stellvertreter der Menschheit.
B Er spricht zu einer bestimmten anderen Person.

2 Untersuchen Sie, wie Körper und Seele und deren Verhältnis in den Gedichten dargestellt werden.
a Notieren Sie Begriffe, die zur Bezeichnung des Körpers verwendet werden, und charakterisieren Sie den Blick auf den Körper.

liebevoll • nüchtern • sensibel • medizinisch • bewundernd • zärtlich • erschrocken

b Beschreiben Sie, wie Seelisches charakterisiert wird. Gehen Sie von gut verständlichen Textstellen aus und entwickeln Sie auch Deutungsthesen zu schwer verständlichen Versen. Beachten Sie sprachliche Gestaltungsmittel.
c Diskutieren Sie die Fragen: Dominiert für den Sprecher die Seele oder der Körper? Was ist die „Schädelbasislektion“?

3 a Prüfen Sie, inwieweit Grünbein expressionistische Gestaltungsmittel verwendet (► S. 376).
b Vergleichen Sie Grünbeins und Benns Gedichte (► S. 372) im Hinblick auf die Darstellung des Menschen und auf die sprachliche Gestaltung.

Literatur

Untergangsstimmung und Apokalypse – Motive expressionistischer Lyrik

Das Jahr 1911 gilt als Auftakt für die Literatur des Expressionismus. Ein kleines Gedicht mit dem Titel „Weltende" sorgte damals für Aufsehen, weil es in wenigen Versen ein Lebensgefühl der Epoche ausdrückte: die Vorstellung, in einer Endzeit zu leben, in der eine verkrustete Gesellschaft dem Untergang entgegengehe, ohne dass die engstirnigen, selbstzufriedenen Bürger dies bemerkten. Die wichtigste Sammlung expressionistischer Gedichte – Kurt Pinthus' „Menschheitsdämmerung" (1920) – beginnt mit van Hoddis' Gedicht „Weltende".

Jakob van Hoddis **Weltende** (1911)

Dem Bürger fliegt vom spitzen Kopf der Hut,
In allen Lüften hallt es wie Geschrei,
Dachdecker stürzen ab und gehn entzwei
Und an den Küsten – liest man – steigt die Flut.

Der Sturm ist da, die wilden Meere hupfen
An Land, um dicke Dämme zu zerdrücken.
Die meisten Menschen haben einen Schnupfen.
Die Eisenbahnen fallen von den Brücken.

Ludwig Meidner: Apokalyptische Landschaft (1912)

1 a Notieren Sie, welche Elemente des Gedichts zum Titel „Weltende" passen und welche nicht.
b Vergleichen Sie Ihre Ergebnisse zu zweit. Deuten Sie die Funktion der Textstellen, die nach Ihrer Meinung nicht gut zum Titel passen. Nutzen Sie auch den Einführungstext oben.
c Prüfen Sie, inwieweit die beiden Strophen eine Vorher-nachher-Struktur aufweisen.

2 a Der Begriff „Apokalypse" (griech.: „Enthüllung") wird in religiöser Literatur als Offenbarung von Gottes Gericht verstanden oder auch als „Unheil" oder „Weltuntergang". Untersuchen Sie Ähnlichkeiten und Unterschiede des „Weltendes" im Gedicht und der Apokalypse in Meidners Gemälde. Achten Sie auf Schauplätze, Figuren und Darstellungsweise.
b Der Dichter Peter Rühmkorf (1929–2008) versteht die erste Strophe als Abschied von aller „Behütungstechnik für Bürger", Strophe zwei als die eigentliche Apokalypse. Belegen oder widerlegen Sie diese These.

3 a Das Gedicht reiht Einzelbeobachtungen aneinander, die untereinander unverbunden erscheinen (▶ Reihungsstil, S. 376). Beschreiben Sie die Wirkung dieses epochentypischen Stilmittels.
b Untersuchen Sie, wie einerseits Natur und Dinge und andererseits Menschen dargestellt werden. Erläutern Sie die Wirkung dieser Darstellung.

4 Im Mai 1910 näherte sich der Halleysche Komet der Erde, in den Zeitungen las man von Weltuntergangsszenarien. 1908 starben in Berlin bei einem Unfall der Hochbahn 18 Menschen. Prüfen Sie, ob diese Hintergrundinformationen und die Schlagzeilen auf S. 367 Ihre Deutung des Gedichts verändern.

5 Zu Beginn der Corona-Pandemie 2020 plakatierten Bürger in München das Gedicht auf einer Litfaßsäule. Diskutieren Sie: Welche Aussage sehen Sie in dieser Plakataktion? Spricht sie für eine Aktualität des Gedichts?

Literatur

Entgrenzung und Liebe – Motive expressionistischer Lyrik

Else Lasker-Schüler (1869–1945) entwickelte in ihren dem Expressionismus zugerechneten Dramen neue Formen und verzichtete auf eine lineare Handlung zugunsten von schlaglichthaft aneinandergereihten Szenen. In der Lyrik richtete sie den Blick auf das eigene Ich und vor allem auf die Liebe.

Else Lasker-Schüler
Weltflucht (1902)

Ich will in das Grenzenlose
Zu mir zurück,
Schön blüht die Herbstzeitlose[1]
Meiner Seele,
Vielleicht – ist's schon zu spät zurück!
O, ich sterbe unter euch!
Da ihr mich erstickt mit euch.
Fäden möchte ich um mich ziehn –
Wirrwarr endend!
Beirrend,
euch verwirrend,
Um zu entfliehn
Meinwärts!

1 Die Herbstzeitlose: spät blühende lila Blume

Else Lasker-Schüler
Ein alter Tibetteppich (1910)

Deine Seele, die die meine liebet,
Ist verwirkt mit ihr im Teppichtibet.

Strahl in Strahl, verliebte Farben,
Sterne, die dich himmellang umwarben.

Unsere Füße ruhen auf der Kostbarkeit,
Maschentausendabertausendweit.

Süßer Lamasohn auf Moschuspflanzenthron,
Wie lange küsst dein Mund den meinen wohl
Und Wang die Wange buntgeknüpfte Zeiten schon?

Franz Marc: Der Tiger (1912)

1 **a** Notieren Sie erste Assoziationen zu den Gedichten, z. B.: All, Sehnsucht, ...
b Stellen Sie Bezüge her zwischen den Assoziationen und Marcs Gemälde „Der Tiger".
Der Reiz des Exotischen ...

2 **a** Stellen Sie Vermutungen an, warum, wovor und wohin das Ich in Lasker-Schülers Gedicht „Weltflucht" fliehen will.
b Vergleichen Sie das Menschenbild in „Weltflucht" und in Benns Gedichten auf S. 372.
Mensch auf Körper reduziert (Benn) – ...

3 **a** In „Ein alter Tibetteppich" wird das Motiv des Teppichs mit dem Motiv „Liebe" verwoben. Beschreiben Sie die Parallelen, z. B.: Der Teppich dient als Bildspender: Wie seine Fäden ineinander ...
b Schreiben Sie ungewöhnliche Wörter und Wortzusammensetzungen aus dem Gedicht „Ein alter Tibetteppich" heraus und deuten Sie diese, z. B.:
Im Neologismus „Teppichtibet" wird durch die Umkehrung von Grund- und Bestimmungswort der Gegenstand Tibetteppich in ein der Realität entrücktes Land verwandelt, wodurch die Assoziationen ...

Epochenüberblick **Expressionismus (ca. 1910–1925)**

Allgemeingeschichtliche Hintergründe, Weltbilder

Die deutsche Gesellschaft unter Kaiser Wilhelm II. mit ihren autoritären Strukturen und starren bürgerlichen Normen wurde von einer jungen, großstädtischen Generation als verkrustet und unerträglich beengend wahrgenommen. Viele waren der Ansicht, das Alte müsse zugrunde gehen, damit Neues entstehen könne. Ein Krieg wurde von manchen zunächst als Chance gesehen, nach Ausbruch des Ersten Weltkriegs 1914 jedoch als Katastrophe erkannt, die viele junge Menschen das Leben kostete, auch mehrere expressionistische Künstler.

Literatur

1. **Allgemeines, Literaturverständnis**
   Der Begriff **Expressionismus** benennt eine Stilrichtung in der Kunst und Literatur in Deutschland in den Jahren von **1910 bis ca. 1925.** In der Abkehr von einem literarischen Realismus knüpfte der Expressionismus an die Literatur der Jahrhundertwende (▶ S. 366) an. Die Expressionisten radikalisierten diese Abkehr, indem sie einen grundsätzlichen Bruch mit bisherigen literarischen Formen forderten und die Kunst als formsprengenden, subjektiv-visionären Ausdruck definierten.
2. **Themen, Motive, Sprache**
   Die im Zuge der rasanten Urbanisierung gewachsenen Großstädte wirkten zugleich faszinierend und beklemmend. Ihnen stand oft ein Individuum gegenüber, das sich angesichts der Übermacht der Eindrücke und der Anonymität als orientierungslos erlebte und von **Ich-Zerfall** bedroht war. **Außenseiter** der Gesellschaft wie psychisch Kranke oder Prostituierte verkörperten für die Expressionisten Gegenwelten zur eingeschränkten bürgerlichen Normalität und zeigten zugleich, wie die moderne Zeit Menschen an den Rand drängte. Nach 1914 wurde der **Krieg** mit seiner Faszination und insbesondere seinem Schrecken zu einem zentralen Thema des Expressionismus.
   In der **Sprache** vieler expressionistischer Texte findet sich der Gestus einer gewaltsamen Befreiung des Subjektiven, die Spur von **„Eruption, Explosion, Intensität“** (Kurt Pinthus, Journalist und Wegbereiter des Expressionismus).
   - **Wortwahl:** Bevorzugung von **Wortfeldern,** die **Dynamik** und **Intensität** vermitteln, **Neologismen,** z. B.: *Frauenhellbraun taumelt an Männerdunkelbraun* (**Gottfried Benn:** „D-Zug“), **ausdrucksstarke Adjektive,** z. B.: *wilde, heiße, gewaltiger* (**Georg Trakl:** „Grodek“)
   - **Sprachliche Bilder: drastische Bilder,** z. B.: *Die Himmel fetzen* (**August Stramm:** „Sturmangriff“), **Farbmetaphorik,** z. B. *goldnen Ebenen, blauen Seen, schwarze Verwesung* (Trakl: „Grodek“). **Agierende Objekte und verdinglichte Subjekte** zeigen die Überwältigung des Menschen durch Großstadt und Technik, z. B.: *Die wüsten Straßen fließen lichterloh / Durch den erloschenen Kopf* (**Alfred Lichtenstein:** „Punkt“).
   - **Satzbau: Sprachverknappung, elliptischer Satzbau, Aufbrechen grammatischer Strukturen,** z. B.: *Berge Sträucher blättern raschlig / Gellen / Tod* (Stramm: „Patrouille“), **Reihungsstil,** d. h. Zersplitterung der Wirklichkeit in unverbundene Beobachtungen, die in Parataxen wiedergegeben werden, z. B.: *An einem Fenster klebt ein fetter Mann. / Ein Jüngling will ein weiches Weib besuchen. / Ein grauer Clown zieht sich die Stiefel an. / Ein Kinderwagen schreit und Hunde fluchen* (Lichtenstein: „Die Dämmerung“).
3. **Weitere wichtige Autoren/Autorinnen und Werke**
   Else Lasker-Schüler (u. a. „Meine Wunder“, Gedichtsammlung), **Georg Heym** (Gedichte), **Ernst Stadler** (Gedichte), **Franz Werfel** (Gedichte), **Ernst Toller** (Dramen, Gedichte)

Wirkungsgeschichte

Die formsprengende Sprache des Expressionismus wird in experimentellen Formen der Gegenwartsliteratur aufgegriffen. Auch die Öffnung der Literatur für Grenzerfahrungen, wie z. B. Ich-Auflösung, Rausch, Verdinglichung des Menschen, wirkt bis heute fort.

D11 Neue Sachlichkeit und Exilliteratur – Zwischen Alltag und Diktatur

Rudolf Schlichter: Bildnis Bert Brecht (1926)

Die Fahrt ins Exil ist „the journey of no return". Wer sie antritt und von der Heimkehr träumt, ist verloren. Er mag wiederkehren – aber der Ort, den er dann findet, ist nicht mehr der gleiche, den er verlassen hat, und er selbst ist nicht mehr der Gleiche, der fortgegangen ist.

(Carl Zuckmayer, Schriftsteller, ab 1933 im Exil)

Vertriebene sind wir,
Verbannte.

(Bertolt Brecht, Exil ab 1933, in seinem Gedicht „Über die Bezeichnung Emigranten")

„Der Eintritt ins Exil war eine lange Straße in die Leere, die ich das ganze Leben bekämpfen musste."

*(Abbas Khider, Schriftsteller, *1973 in Bagdad, ab 2000 Asyl in Deutschland)*

Einmal sollte man seine Siebensachen / Fortrollen aus diesen glatten Geleisen. [...] / Man zog einst ein Lebenslos „zweiter Wahl" / Die Weckeruhr rasselt. Der Plan wird verschoben. / Behutsam verpackt man sein kleines Ideal. / – Einmal aber sollte man ... (Siehe oben!)

(Mascha Kaléko, 1932, aus: Das lyrische Stenogrammheft)

Korridor aus schrägen Säulen im „Garten des Exils", Jüdisches Museum Berlin

1 a Erklären Sie, was Sie mit den Begriffen „Flucht" und „Exil" verbinden. Gehen Sie auch auf aktuelle Beobachtungen, Erfahrungen oder Entwicklungen im Zusammenhang mit Flucht und Exil ein.

b Gehen Sie auf die Zitate von Zuckmayer, Brecht und Khider ein sowie auf die Abbildung „Garten des Exils" und erläutern Sie, inwiefern sie Ihre Vorstellung von Exil bestätigen oder verändern.

2 a Mascha Kaléko war Anfang der 1930er-Jahre eine wichtige Stimme der „Neuen Sachlichkeit". Rudolf Schlichter wird als Maler dieser Stilrichtung zugerechnet, der auch Bertolt Brecht nahestand. Prüfen Sie, inwiefern Ihnen diese Bezeichnung für den Gedichtauszug von Kaléko und für Schlichters Gemälde passend erscheint.

b Auch in Kalékos Gedicht ist vom Fortgehen die Rede. Beschreiben Sie Unterschiede zur Flucht ins Exil.

In diesem Kapitel erwerben Sie folgende Kenntnisse und Kompetenzen:

- Merkmale und Themen der Neuen Sachlichkeit (1920–33) und der Exilliteratur ab 1933 kennen lernen,
- die besondere Stellung der Frau und der Literatur von Frauen in der Neuen Sachlichkeit reflektieren,
- Exilliteratur der 1940er-Jahre erschließen und mit heutiger Literatur zum Thema Exil vergleichen,
- die Bedeutung des Radios in der Zeit der NS-Diktatur untersuchen.

Literatur

Liebe als flüchtiges Phänomen – Liebesgedichte der neuen Sachlichkeit

In der Literatur der 1920er-Jahre entwickelte sich als Gegenbewegung zur drastischen und emotionalen Sprache des Expressionismus ein illusionslos nüchterner Stil, der als „Neue Sachlichkeit" bezeichnet wurde. Die Lyrik prägten neben Autoren wie Bertolt Brecht, Erich Kästner und Kurt Tucholsky auch Lyrikerinnen wie Lessie Sachs und vor allem Mascha Kaléko.

Mascha Kaléko **Großstadtliebe** (1933)

Man lernt sich irgendwo ganz flüchtig kennen
Und gibt sich irgendwann ein Rendezvous.
Ein Irgendwas, – 's ist nicht genau zu nennen –
Verführt dazu, sich gar nicht mehr zu trennen.
Beim zweiten Himbeereis sagt man sich „du".

Man hat sich lieb und ahnt im Grau der Tage
Das Leuchten froher Abendstunden schon.
Man teilt die Alltagssorgen und die Plage,
Man teilt die Freuden der Gehaltszulage,
... Das übrige besorgt das Telefon.

Man trifft sich im Gewühl der Großstadtstraßen.
Zu Hause geht es nicht. Man wohnt möbliert.
– Durch das Gewirr von Lärm und Autorasen,
– Vorbei am Klatsch der Tanten und der Basen
Geht man zu zweien still und unberührt.

Man küßt sich dann und wann auf stillen Bänken,
– Beziehungsweise auf dem Paddelboot.
Erotik muß auf Sonntag sich beschränken.
... Wer denkt daran, an später noch zu denken?
Man spricht konkret und wird nur selten rot.

Man schenkt sich keine Rosen und Narzissen,
Und schickt auch keinen Pagen sich ins Haus.
– Hat man genug von Weekendfahrt und Küssen,
Läßt mans einander durch die Reichspost wissen
Per Stenographenschrift ein Wörtchen: „aus"! R

Kurt Tucholsky **Aus!** (1930)

Einmal müssen zwei auseinandergehn;
einmal will einer den andern nicht mehr verstehn – –
einmal gabelt sich jeder Weg – und jeder geht allein –
wer ist daran schuld?

Es gibt keine Schuld. Es gibt nur den Ablauf der Zeit.
Solche Straßen schneiden sich in der Unendlichkeit.
Jedes trägt den andern mit sich herum –
etwas bleibt immer zurück.

Einmal hat es euch zusammengespült,
ihr habt euch erhitzt, seid zusammengeschmolzen, und dann erkühlt –
Ihr wart euer Kind. Jede Hälfte sinkt nun herab –:
ein neuer Mensch.

Jeder geht seinem kleinen Schicksal zu.
Leben ist Wandlung. Jedes Ich sucht ein Du.
Jeder sucht seine Zukunft. Und geht nun mit stockendem Fuß,
vorwärtsgerissen vom Willen, ohne Erklärung und ohne Gruß
in ein fernes Land.

Tamara de Lempicka: Tamara im grünen Bugatti (1929)

1 a „Liebe – ein flüchtiges Phänomen" – Diskutieren Sie, inwieweit die Gedichte zu dieser Überschrift passen.
b Beschreiben Sie zu zweit inhaltliche Ähnlichkeiten und Unterschiede der Gedichte.

2 a Vergleichen Sie den Stil und die Sprache der Gedichte. Prüfen Sie, inwieweit Sie die im Einführungstext genannten Merkmale der „Neuen Sachlichkeit" in den Gedichten wiederfinden.
b Einige Literaturwissenschaftler/-innen vertreten die Auffassung, ein Kennzeichen der Neuen Sachlichkeit sei emotionale Kälte. Diskutieren Sie, ob dies für beide Gedichte und das Gemälde von de Lempicka zutrifft.

Literatur

Der Kampf um Würde und Selbstbehauptung – Ein Drama der Neuen Sachlichkeit

Marieluise Fleißer (1901–1974) wurde vor allem als Autorin von Dramen und Erzählungen bekannt. Ihr bereits im Alter von 25 Jahren verfasstes Drama „Fegefeuer in Ingolstadt" verschwand nach der Uraufführung 1926 fast 50 Jahre lang von den Bühnen und wurde erst in den 1970er-Jahren wiederentdeckt. Seitdem wurde und wird es in vielen großen Theatern aufgeführt. In Fleißers Texten geht es häufig um das Verhältnis zwischen Männern und Frauen im kleinbürgerlichen Milieu und die Schwierigkeit, in einer Welt mit festen Wert- und Moralvorstellungen die individuelle Freiheit zu behaupten.

Marieluise Fleißer **Fegefeuer in Ingolstadt** (1924, bearbeitet 1971)

Das Stück spielt unter Gymnasiasten. Die Schülerin Olga wurde von Peps schwanger, der sie aber nun ignoriert. Sie sucht nach einer Möglichkeit, das Kind abtreiben zu lassen. Davon erfährt der von seinen Mitschülern als Außenseiter ausgegrenzte Roelle. Roelle versucht, Olga mit diesem Wissen zu erpressen.

Roelle Sie haben gesagt, ich stinke.

Olga Da war ich ein Kind. [...]

Roelle Bei uns stinkt es nicht. Ich möchte, dass Sie mir das sagen.

Olga Da können Sie lange warten. [...]

Roelle Mein Fräulein, ich gebe Ihnen einen Überblick über die Situation. Sie sehen an mir keinen Hund mit eingekniffenem Hinterteil. Sie sehen kein mit der Angst behaftetes Lebewesen. Was aber erblicke ich, wenn ich mich zu Ihnen wende? Vor meinem geistigen Auge stehen Sie wie ein Häuflein Elend.

Olga Sie haben was Unangenehmes in die Augen gekriegt.

Roelle Ich weiß es aber von der Frau Schnepf
Olga will nicht zeigen, dass sie erschrocken ist.
Für mich ist es nicht schlecht. Es ist nur für Sie schlecht.

Olga Ich kenne diese Frau nicht. Ich war noch nie in dem Haus.

Roelle Sie sind gesehen worden.

Olga Das verstehe ich nicht.

Roelle Vielleicht haben Sie sich eingebildet, die Frau Schnepf bindet sich den Mund zu für Sie. – Die Frau braucht sich nicht fürchten.

Olga Ich weiß nicht einmal, wovon Sie reden.

Roelle Die Frau macht es nicht mehr, hat sie zu meiner Mutter gesagt. Es ist strafbar. – Die Frau hat die Nase voll. Und dann hat sie sich ausgelassen, wer so was verlangt hat. Ein Gespräch zwischen Frauen. Ganz ohne Blatt vor dem Mund – Sie müssen sich Ihre Leute schon anschaun.

Olga Sie – Unmensch.

Roelle Was tun wir jetzt miteinander? Kommt Ihnen das nicht von selber? Gehen Sie her. Noch ein Schrittchen.
Olga geht bewusstlos.
Sagen Sie Ihre Lektion auf.

Olga Sie haben ein [Zuhause], wo es nicht stinkt.

Als Olga sich aus Verzweiflung ertränken will, rettet Roelle sie. Beide stehen als Außenseiter im „Fegefeuer" der Mitschüler, Eltern und der Ingolstädter Gesellschaft. Indem Olga und Roelle sich gegenseitig öffentlich herabwürdigen, versuchen sie vergeblich, für sich selbst gesellschaftliche Anerkennung zu gewinnen.

1 Arbeiten Sie heraus, welche Ziele Roelle im Gespräch mit Olga verfolgt und wie er in seinen Gesprächsbeiträgen vorgeht, um seine Ziele zu erreichen. Beachten Sie, dass für Abtreibung 1926 eine mehrjährige Gefängnisstrafe drohte.

2 **a** Stellen Sie Vermutungen zur Wirkungsabsicht an, die Fleißer mit „Fegefeuer in Ingolstadt" verfolgte.
b Prüfen Sie, inwieweit die Szene zu dem passt, was Sie über die Neue Sachlichkeit bereits wissen.
c Mutmaßen Sie, warum das Stück so lange ignoriert und erst in den 1970er-Jahren wiederentdeckt wurde.
d Diskutieren Sie, welche Aspekte des Stücks Ihnen heute noch aktuell erscheinen und welche nicht.

Literatur

Den kleinen Alltag zu Literatur machen – Der Roman der Neuen Sachlichkeit

Viele noch heute gelesene Romane der Neuen Sachlichkeit stammen von Frauen. Neben Vicki Baums „Menschen im Hotel“ (1929) kennt man heute vor allem Werke Irmgard Keuns. Ihr erster Roman „Gilgi – eine von uns“ war ein großer Publikumserfolg. Er zeigt am Beispiel einer jungen Frau das Leben kleiner Leute.

Irmgard Keun **Gilgi – eine von uns** (1931)

Sie hält es fest in der Hand, ihr kleines Leben, das Mädchen Gilgi. Gilgi nennt sie sich, Gisela heißt sie. Zu schlanken Beinen und kinderschmalen Hüften, zu winzigen Modekäppchen, die auf dem äußersten Ende des Kopfes geheimnisvollen Halt finden, passt ein Name mit zwei i. Wenn sie fünfundzwanzig ist, wird sie sich Gisela nennen. Vorläufig ist es noch nicht so weit.

[...] Trautes Heim – Glück allein. Die Familie ist zusammen. Vater, Mutter und Tochter. Sie trinken Kaffee, Hausmischung: ein Viertel Bohnen, ein Viertel Zichorie, ein Viertel Gerste, ein Viertel Karlsbader Kaffeegewürz. Das Getränk sieht braun aus, ist heiß, schmeckt scheußlich und wird widerstandslos getrunken. Von Herrn Kron wegen der Nieren und wegen der Sparsamkeit, von Frau Kron wegen des Herzens und wegen der Sparsamkeit, von Gilgi aus Resignation. Außerdem ist bei allen dreien der Widerstand durch Gewohnheit gebrochen.

Alle drei essen Brötchen mit guter Butter. Herr Kron (Karnevalsartikel en gros) isst als Einziger ein Ei. Dieses Ei ist mehr als Nahrung. Es ist Symbol. Eine Konzession an die männliche Überlegenheit. Ein Monarchenattribut, eine Art Reichsapfel.

Keiner spricht. Jeder ist stumpf beflissen mit sich selbst beschäftigt. Der vollkommene Mangel an Unterhaltung kennzeichnet das Anständige, Legitimierte der Familie. Das Ehepaar Kron hat sich ehrbar bis zur silbernen Hochzeit durchgelangweilt. Man liebt sich und ist sich treu, eine Tatsache, die zur Alltäglichkeit geworden, nicht mehr besprochen und empfunden werden braucht. Sie ruht wohlverpackt und etwas angegilbt zusammen mit dem Hochzeitssilber irgendwo in dem Büfett aus dem neunzehnten Jahrhundert. Die Langeweile ist die Gewähr für das Stabile ihrer Beziehungen, und dass man sich nichts zu sagen hat, macht einander unverdächtig. [...]

Gilgi liest eine Annonce im Tageblatt. Jemand sucht für abends eine flotte Maschinenschreiberin. Was für mich. Wird hingegangen. Adresse ist angegeben. Persönliche Vorstellung erbeten zwischen 7 und 8.

„Sie haben Glück gehabt“, sagt die Blasse zu Gilgi, als sie gemeinsam das große Haus in Lindenthal verlassen. Natürlich hab‘ ich Glück, denkt Gilgi und macht lange, selbstbewusste Schritte. Sie hat die Stelle. Bei einem älteren ehemaligen Offizier, der anscheinend sein Vermögen geschickt durch die Inflation balanciert hat, um jetzt in Ruhe und Frieden seine Kriegserinnerungen zu schreiben. Ungefähr vier Wochen lang – jeden Abend von sieben bis neun wird er ihr diktieren. Ein schöner Nebenverdienst. Zahlt anständig, der Mann. Stunde 1,50. Dass sie ihre eigene Maschine mitbringen wird, hat sie über die anderen Bewerberinnen siegen lassen. Vielleicht auch, dass sie so ein bisschen verheißungsvoll mit den Augen gekullert hat. So niedliche Von-unten-nach-oben-Blicke wirken bei Männern über fünfzig fast immer. Ferner ist’s gut, an Beschützerinstinkte zu appellieren, im richtigen Augenblick solides Selbstbewusstsein durch kleidsame Hilflosigkeit zu ersetzen. Man muss das alles verstehen. Gilgi versteht es. Auf die Arbeitgeber ist man nun mal angewiesen, und ganz ohne Mätzchen ist ihnen nicht beizukommen. Können allein entscheidet nicht. Mätzchen allein entscheiden nicht – beides zusammen entscheidet meistens.

1 **a** Beschreiben Sie die Darstellung von Geschlechterrollen, Ehe und Familie im Romananfang. Achten Sie besonders darauf, inwiefern dabei ein neues Frauenbild präsentiert wird.

b Untersuchen Sie das Erzählverhalten: Wo finden sich auktoriale Kommentare, wo wird personal, d. h. aus der Sicht einer Figur erzählt? Erklären Sie, welche Möglichkeiten der Wechsel des Erzählverhaltens bietet.

c „Gilgi – eine von uns“: Deuten Sie diesen Titel und belegen Sie die Deutung am Text.

Kontext

Gesellschaft – Die 1920er-Jahre: Ein Schub für die Emanzipation der Frau

Der Erste Weltkrieg (1914–1918) bedeutete im Verhältnis der Geschlechter einen markanten Einschnitt: Frauen übernahmen in Abwesenheit ihrer Männer neue Aufgaben und wollten sich auch nach der Rückkehr der Soldaten nicht wieder zurückdrängen lassen. Das Frauenwahlrecht 1918 bedeutete eine politische Zäsur. In den Städten wurden Künstlerinnen, Schriftstellerinnen und Journalistinnen zu Vorreiterinnen eines neuen Frauenbildes, das nicht nur eine gleichberechtigte Teilhabe der Frauen an der Gesellschaft beinhaltete, sondern auch unkonventionelle Lebens- und Liebesformen.

Florian Illies **Frauen ohne Männer** (2021)

Die Frauen brauchen die Männer nicht mehr. Das ist die für die Männer verstörende Botschaft der späten Zwanzigerjahre. Sie brauchen sie nicht mehr, um ihr Leben zu finanzieren, denn das machen sie inzwischen selbst, zumindest in Berlin und den anderen Großstädten, sie arbeiten in den Büros. „Zwischen neun und fünf heißen sie Fräulein. Nach Feierabend gibt es auch einen Vornamen“, wie Mascha Kaléko schreibt. Sie brauchen die Männer nicht mehr, um von A nach B zu kommen, denn sie fahren ihre Autos selbst und posieren auf den Kühlerhauben und genießen den Fahrtwind besonders, wenn nur ein kleines Hündchen neben ihnen sitzt. Und die Frauen brauchen die Männer nicht mehr für Sex, denn Erfüllung finden sie auch bei ihren Freundinnen (oder sich selbst).

Jeanne Mammen: Sie repräsentiert (um 1928)

Aber wenn sie sich doch mit einem Mann einlassen, dann weiß der, dass ihn die Frau genauso erwählt hat wie er sie – und dass sie es genauso schnell beenden kann wie er. „Mit ihm schlafen, ja, aber keine Intimitäten“, wie Kurt Tucholsky, der Kenner dieser Frauen, es zusammenfasst. Seinen Geliebten gibt er meist männliche Kosenamen, bei Erich Maria Remarque dasselbe, auch Erich Kästner macht es so, die Männer versuchen also, das Spiel um die Verwirrung der Geschlechter mitzuspielen, aber sie haben natürlich keine Chance. Die weiblichen Dandys sitzen in den Bars am Berliner Kurfürstendamm, bei Schwannecke und bei Schlichter, sie rauchen, sie gehen tanzen, sie tragen sehr gerne Herrenanzug und Krawatte, wie Marlene Dietrich und: Sie schreiben. Artikel und kleine Feuilletons, federleicht und bissig, für den „Uhu“, für die „Damen“, für den „Querschnitt“ und all die anderen großen Zeitungen der Weimarer Republik. Vor allem schreiben die Frauen der neuen Generation auch Bücher, die ungreifbar flirren, es geht nicht um Moral oder um Utopien, sondern um Erfahrungshunger – der Mann ist für die weiblichen Heldinnen der weiblichen Autorinnen meist nicht mehr als eine Sättigungsbeilage.

1 a Listen Sie die Aspekte auf, mit denen Illies das weibliche Selbstverständnis der 1920er-Jahre kennzeichnet.
b Deuten Sie die Funktion des Spiels mit den Geschlechtergrenzen in den 1920er-Jahren.
c Prüfen Sie: Findet sich dieses Spiel auch im Romanauszug „Gilgi“ (► S. 380) und in Mammens Zeichnung?

2 Die in den 1920er-Jahren von einer kleinen Gruppe getragene Frauenbewegung wurde später unter der nationalsozialistischen Diktatur in Deutschland radikal unterdrückt. Erläutern Sie, warum wohl in der NS-Ideologie Ideen von einer Emanzipation der Frauen keinen Platz fanden.

Literatur

Schreiben als Gegenwehr – Exil-Literatur (1933–1945)

Am 10. Mai 1933 wurde in verschiedenen deutschen Städten von der NSDAP eine Bücherverbrennung inszeniert. Unter den verbrannten Büchern waren unter anderem Werke von Thomas Mann und Kurt Tucholsky. Auf einer ab 1935 veröffentlichten „Liste des schädlichen und unerwünschten Schrifttums" fanden sich 149 Autorinnen und Autoren, unter anderem Bertolt Brecht und Anna Seghers.

Im Februar 1933 wurde zur Gewissheit, was vorher nur befürchtet worden war: Nach der Machtübernahme Hitlers am 30.1.1933 vergingen nur vier Wochen, bis in der sogenannten „Notverordnung zum Schutz von Volk und Staat" wesentliche Bürgerrechte außer Kraft gesetzt wurden. Zahlreiche Autorinnen und Autoren gingen noch 1933 ins Exil, unter anderem: Thomas Mann, Alfred Döblin, Else Lasker-Schüler, Bertolt Brecht, Anna Seghers. Im Exil schrieben sie zum einen über das Leben fern der Heimat, zum anderen richteten sie in ihrer Literatur den kritischen Blick auf Deutschland unter der NSDAP-Diktatur. Einige verzweifelten an der Situation und nahmen sich im Exil das Leben, unter ihnen Kurt Tucholsky.

1 a Der Literaturkritiker Volker Weidermann bezeichnete im Jahr 2022 die Bücherverbrennung als ein weithin sichtbares Zeichen der „Angst der Faschisten vor der Literatur". Diskutieren Sie diese Einschätzung. Greifen Sie auch auf die Rede von Joseph Goebbels zur Bücherverbrennung zurück (▶ S. 28 f.).
b Tragen Sie zusammen, was Sie über die politische Situation um 1933 wissen, als Hitler an die Macht kam.
c Erörtern Sie, was gerade Schriftsteller/-innen veranlasst haben könnte, das Land schnell zu verlassen.

Bertolt Brecht **In finsteren Zeiten** (1937)

Man wird nicht sagen: Als da der Nußbaum sich im Wind schüttelte
Sondern: Als da der Anstreicher die Arbeiter niedertrat.
Man wird nicht sagen: Als das Kind den flachen Kiesel über die Stromschnelle springen ließ
Sondern: Als da die großen Kriege vorbereitet wurden.
Man wird nicht sagen: Als da die Frau ins Zimmer kam
Sondern: Als da die großen Mächte sich gegen die Arbeiter verbündeten.
Aber man wird nicht sagen: Die Zeiten waren finster
Sondern: Warum haben ihre Dichter geschwiegen? R

2 a Brechts Gedicht ist zwei Jahre vor Ausbruch des Zweiten Weltkriegs entstanden.
Arbeiten Sie heraus, wie darin die Zeit um 1937 aus der Perspektive eines Autors im Exil dargestellt wird.
b Brechts Gedicht wird durch Kontraste strukturiert. Zeigen Sie deren Funktion auf.
c Erläutern Sie die Wirkungsabsicht der beiden letzten Verse und die Funktion des „Aber" in Vers 7.

Literatur

Leben in Deutschland, Leben im Exil – Epische Texte zwischen 1930 und 1945

Zentrale Themen der Literatur zwischen 1930 und im Exil bis 1945 waren die Auseinandersetzung mit der Situation unter der Nazi-Diktatur in Deutschland und mit den Erfahrungen von Flucht und Fremdheit im Exil.

Bertolt Brecht **Vaterlandsliebe, der Haß gegen Vaterländer** (1930)

Herr K. hielt es nicht für nötig, in einem bestimmten Lande zu leben. Er sagte: „Ich kann überall hungern." Eines Tages aber ging er durch eine Stadt, die vom Feind des Landes besetzt war, in dem er lebte. Da kam ihm entgegen ein Offizier dieses Feindes und zwang ihn, vom Bürgersteig herunterzugehen. Herr K. ging herunter und nahm an sich wahr, daß er gegen diesen Mann empört war, und zwar nicht nur gegen diesen Mann, sondern besonders gegen das Land, dem der Mann angehörte, also daß er wünschte, es möchte vom Erdboden vertilgt werden. „Wodurch", fragte Herr K., „bin ich für diese Minute ein Nationalist geworden? Dadurch, daß ich einem Nationalisten begegnete. Aber darum muß man die Dummheit ja ausrotten, weil sie dumm macht, die ihr begegnen." [R]

Anna Seghers **Transit** (1944)

Anna Seghers schrieb ihren Roman „Transit" im Exil in Mexiko. Der namenlose Protagonist ist ein 27-jähriger Deutscher, der in einer Pizzeria in Marseille einem Zuhörer seine Erlebnisse während des Zweiten Weltkriegs berichtet, als er zunächst nach Paris, später nach Marseille flieht und dort eine Entwicklung vom Flüchtling zum engagierten Antifaschisten durchlebt.

Ich bestellte ein Bier. Ich wäre gerne allein geblieben. Ein kleiner alter Mann setzte sich zu mir. [...] Er fragte mich fast sofort mit einem Blick auf den Handkoffer, für welches Land ich ein Visum hätte. Er fragte nicht etwa, wohin ich fahren wollte, sondern für welches Land ich ein Visum hätte. Darauf erwiderte ich, ich hätte kein Visum und keine Absicht, eines zu erwerben, ich wolle bleiben. Er rief: „Sie dürfen nie bleiben ohne Visum!" Ich verstand seinen Ausruf nicht. Ich fragte aus Höflichkeit, was er selbst vorhabe. Er sei Kapellmeister in Prag gewesen, jetzt habe man ihm eine Stelle verschafft bei einer berühmten Kapelle in Caracas. Ich fragte ihn, wo das liege, er erwiderte spöttisch, das sei die Hauptstadt von Venezuela. Ich fragte ihn, ob er Söhne habe; er erwiderte, ja und nein, sein ältester Sohn sei in Polen verschollen, sein zweiter in England, sein dritter in Prag. Er könne jetzt nicht mehr länger auf Lebenszeichen von Söhnen warten, sonst sei es für ihn zu spät. Ich glaubte, er meine den Tod. Er meinte aber die Kapellmeisterstelle, die musste er vor dem neuen Jahr antreten. Er hatte schon einmal einen Kontrakt besessen, auf den Kontrakt ein Visum, auf das Visum das Transit. Die Gewährung des Visa de sortie habe aber so lange gedauert, dass ihm inzwischen das Transit erloschen sei, darauf das Visum, darauf der Kontrakt. Letzte Woche habe man ihm das Visa de sortie gewährt, er warte jetzt Tag und Nacht auf die Verlängerung des Kontraktes, die ja dann ihrerseits die Verlängerung seines Visums bedinge. Die aber sei die Vorbedingung für die Gewährung des neuen Transits. [...] „Gut, gut. Wenn ihr aber nun kontrolliert seid, wenn ihr ein Visum habt, was hat das für eine Bedeutung mit dem Transit? Warum läuft es überhaupt ab? Was ist es überhaupt? Warum lässt man die Leute nicht durchziehen nach ihren neuen Wohnstätten?" Er sagte: „Mein Sohn, weil sich alle Länder fürchten, dass wir, statt durchzuziehen, bleiben wollen. Ein Transit – das ist die Erlaubnis, ein Land zu durchfahren, wenn es feststeht, dass man nicht bleiben will."

1 **a** Arbeiten Sie heraus, was genau Herr K. am Nationalismus kritisiert, und deuten Sie den Titel der Geschichte.
b Beschreiben Sie die Wirkungsabsicht des Textes im Zusammenhang mit dem Jahr seiner Veröffentlichung.

2 **a** Erläutern Sie, welche existenziellen Sorgen eines Exilanten im Ausschnitt aus „Transit" erkennbar werden.
b Diskutieren Sie, warum Seghers wohl die Ich-Erzählperspektive eines namenlosen Protagonisten wählte.

Migrationsliteratur heute

Mit den großen Migrationsbewegungen des 21. Jahrhunderts wird das Leben fern der Heimat auch in aktuellen Romanen vermehrt zum Thema. Der 1973 in Bagdad (Irak) geborene Autor Abbas Khider gibt Menschen eine Stimme, die in Deutschland ein Zuhause finden wollen und vielleicht auch gefunden haben.

Abbas Khider **Der Erinnerungsfälscher** (2022, Romananfang)

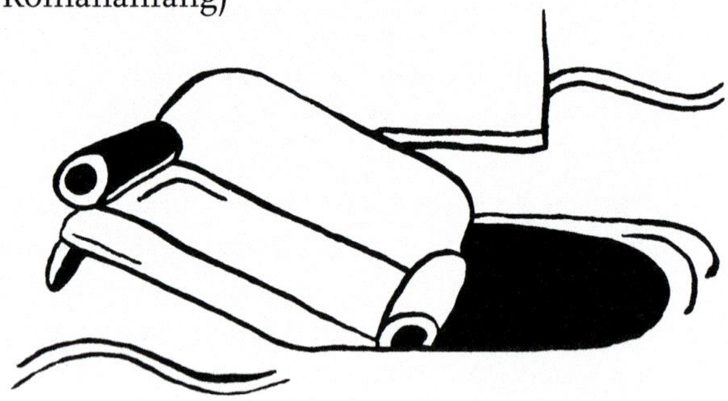

„Komm so schnell wie möglich her", sagt sein Bruder am anderen Ende der Leitung. „Es ist so weit. Unsere Mutter liegt im Krankenhaus. Der Arzt sagt, es wird nicht mehr lange dauern."

Said Al-Wahid sitzt in einem ICE irgendwo zwischen Mainz und Berlin. [...] In Mainz hat Said an einem Podiumsgespräch teilgenommen. Er ist auf dem Weg nach Hause zu Monica und seinem Sohn Ilias. Er überlegt, ob er am nächsten Halt aussteigen und mit einem anderen Zug zum Frankfurter Flughafen fahren soll. [...]

Zum Glück hat Said seinen Reisepass dabei. Hätte er sich jemals an die Bequemlichkeit der letzten Jahre gewöhnt, hätte er ihn zu Hause liegen gelassen, als er nach Mainz fuhr.

Said ist noch immer jemand, der der Welt nicht traut. In der Fremde gibt es keine Himmelsrichtungen. Das weiß er aus eigener Erfahrung. Man sollte jederzeit dazu bereit sein, das Feld zu räumen oder mit dem Kopf gegen die Wand zu rennen. Die Fremde ist eine Fahrt auf einer verflixt langen Straße, die sich in Serpentinen schlängelt und ins Nichts führt.

Said wird nie jenen Sommertag vergessen, an dem er einen blauen Briefumschlag mit der Aufschrift „Förmliche Zustellung" erhielt. Er saß in jener Zeit viel in seiner Einzimmerwohnung in München vor dem Laptop und schaute Nachrichtensendungen zur Lage im Irak. Es gab heftige Straßenkämpfe zwischen den Anhängern des gestürzten Diktators und den US-amerikanischen Soldaten.

[...] Seine Hand zitterte, als er den Brief öffnete. Oben stand der Name des Absenders: Bundesamt für die Anerkennung ausländischer Flüchtlinge. Said spürte, wie sein Herz bis zum Hals pochte. Es war der Bescheid über das Widerrufsverfahren bezüglich seines Asylstatus. Nach dem Sturz des irakischen Regimes, so hieß es in der Begründung, drohe ihm fortan „keine Verfolgung im Heimatland". Die Rückreise sei zwingend. Ober besser gesagt: Ein grenzüberschreitender Fußtritt eines Polizisten ist unvermeidlich.

Den ganzen restlichen Tag über saß Said auf dem Sofa. Er starrte an die Wand und rauchte eine Zigarette nach der anderen. [...]

Saids Leben in Deutschland neigte sich, so schien es, dem Ende zu. Sechs Jahre verloren schlagartig ihre Bedeutung. Die Arbeit. Die Ausbildung. Die Freunde. Die Träume. Die Zeit, die Said damit verbracht hatte, die deutsche Sprache mit ihren Millionen Ausnahmeregelungen zu lernen. Es war, als ob Saids Leben kein Leben wäre, sondern ein überflüssiger Satz in den Akten der Behörden: Jeder konnte ihn mit einer flüchtigen Bewegung wegstreichen. Es war ein wertloses Leben, nur ein Furz am Rande aller Welten.

1 a Beschreiben Sie, wie der Text das Lebensgefühl eines Menschen mit Asylstatus in Deutschland darstellt.
b Khider beginnt seinen Roman mit der Nachricht, die Mutter des Protagonisten liege im Sterben. Deuten Sie die Funktion dieses Auftakts.
c Bestimmen Sie die Erzählform des Textes (Ich-Form, Er-Form?) sowie das Erzählverhalten (auktorial, personal?) und beschreiben Sie die Wirkung der Erzählweise.

2 Vergleichen Sie den Textauszug mit dem Ausschnitt aus Seghers „Transit" (► S. 383) im Hinblick auf die Situation der Protagonisten, ihr Verhältnis zum Herkunftsland und ihre Erfahrungen im Aufenthaltsand. Beziehen Sie dabei das Erzählverhalten in den Vergleich ein.

Kontext

Mediengeschichte – Der „Volksempfänger": Propaganda und Aufklärung

Die Funktion des Radios ab 1933

Die Macht der Nationalsozialisten, vor der die Exilautorinnen und -autoren flohen, war auch eine Macht der Propaganda. Sie stützte sich auf eine technische Erfindung: den Volksempfänger.
Nachdem Hitler 1933 zum Reichskanzler ernannt worden war, beauftragte Propagandaminister Joseph Goebbels ein erschwingliches Radiogerät, das den Namen „VE 301" erhalten sollte, VE für Volksempfänger und 301 als Hinweis auf den 30.1., den Tag der Machtübernahme Hitlers. Ab 1933 wurde jährlich eine Million Geräte produziert. 1939 konnten schon 12 Millionen Haushalte Hitlers Lüge über den Kriegsbeginn – an der Grenze zu Polen werde nun „zurückgeschossen" – im Radio hören. Weil mit dem Volksempfänger auch Gemeinschaftsräume ausgestattet wurden, waren sogar fast alle Deutschen mit dem Radio erreichbar.
Goebbels nutzte das Gerät für zahlreiche Radioansprachen, mit denen er seine nationalsozialistische Propaganda vorantrieb.
Zugleich ermöglichte es das Radiogerät aber auch, über die Langwelle ausländische Sender zu empfangen, vor allem die BBC, was unter hohe Strafen gestellt war. Der englische Sender wurde dennoch in Deutschland gehört. 1941 bat die BBC den im Exil lebenden Autor Thomas Mann, diesen Weg für Botschaften an das deutsche Publikum zu nutzen. 55 Radioreden sprach Thomas Mann in den folgenden Monaten in den USA auf Schallplatte ein, sodass sie nach London gebracht und in Europa ausgestrahlt werden konnten. In einer Radiorede am 27. September 1942 konfrontierte Thomas Mann das deutsche Publikum mit der Realität des Holocaust:

NS-Propagandaplakat (1936)

Deutsche Hörer! [...] „Es ist unser Ziel", hat Goebbels in einer Radiorede gesagt, „die Juden auszurotten. Ob wir siegen oder geschlagen werden, wir müssen und werden dieses Ziel erreichen. Sollten die deutschen Heere zum Rückzug gezwungen werden, so werden sie auf ihrem Wege den letzten Juden von der Erde vertilgen." Kein vernunftbegabtes Wesen kann sich in den Gedankengang dieser verjauchten Gehirne versetzen. [...] Nach den Informationen der polnischen Exilregierung sind alles in allem bereits siebenhunderttausend Juden von der Gestapo gemordet oder zu Tode gequält worden, wovon siebzigtausend allein auf die Region Minsk in Polen entfallen. Wisst ihr Deutsche das? Und wie findet ihr es? Im unbesetzten Frankreich wurden kürzlich dreitausendsechshundert Juden den unterschiedlichen Konzentrationslagern entnommen und nach Osten verfrachtet. Bevor sich der Todeszug in Bewegung setzte, begingen dreihundert Menschen Selbstmord.

1 Erläutern Sie, warum das Radio für das NS-Regime eine wichtige Bedeutung hatte.

2 Erklären Sie, mit welcher Wirkungsabsicht Thomas Mann spricht. Gehen Sie auf die Sprache der Rede ein.

3 Diskutieren Sie, ob ein totalitärer Staat heute ein Medium ähnlich nutzen kann wie das NS-Regime.

Epochenüberblick Neue Sachlichkeit und Exilliteratur (1920–1945)

Allgemeingeschichtlicher Hintergrund

Die Jahre zwischen 1919 und 1933 waren der erste Versuch, Deutschland als demokratischen Staat zu organisieren. Die Zeit war geprägt von großen politischen, gesellschaftlichen und wirtschaftlichen Belastungen. Die psychosozialen und ökonomischen Folgen der **Niederlage im Ersten Weltkrieg** und wirtschaftliche Katastrophen wie die **Hyperflation** (1924) und die **Weltwirtschaftskrise** (1929) ließen eine Stabilisierung der jungen Demokratie nicht zu. Die Vernichtung vieler wirtschaftlicher Existenzen förderte den Zulauf zu extremistischen Parteien, insbesondere zur **NSDAP.** Der Begriff der **„Goldenen Zwanziger"**, der an Jazzlokale, Kinos und Kabaretts denken lässt, traf nur für kleine Kreise des großstädtischen Milieus zu. Nach Wahlerfolgen seiner Partei nutzte **Hitler 1933** seine **Ernennung zum Reichskanzler,** um eine **Diktatur** im Sinne der **nationalsozialistischen Ideologie** zu errichten. Schriftsteller/-innen, die aufgrund ihrer Herkunft, ihrer politischen Haltung oder ihrer Kunstauffassung im Konflikt mit den Herrschenden standen, wurden verfolgt, einige in Konzentrationslagern ermordet. Viele Autorinnen und Autoren flohen ins Exil.

Literatur

1. **Allgemeines**
   Die Zeit der Weimarer Republik (1919–1933) und des Zweiten Weltkriegs (1939–1945) ist von **Stilpluralismus** geprägt. Neben einem Fortwirken von Ästhetizismus (▶ S. 366) und Expressionismus (▶ S. 376) entstehen neue realistische Schreibweisen und politisch engagierte Literatur, wie z. B. das epische Theater und die „Gebrauchslyrik" Bertolt Brechts.
2. **Literaturverständnis, Themen, Werke**
   Besondere Bedeutung gewannen unter dem Begriff der **Neuen Sachlichkeit** (ca. 1920–1933) zusammengefasste Schreibweisen, die eine kritische Sichtung der Wirklichkeit vornahmen und diese teils **kühl-distanziert,** teils mit **satirischer Zuspitzung** darstellten. Man wandte sich ab von expressionistischen Formexperimenten und subjektivem Pathos. Im Zentrum der **sprachlich** eher **schlicht** und nüchtern gestalteten Werke standen Menschen mit exemplarischem **Alltag,** z. B. Angestellte, Arbeiter, Arbeitslose. So gelang es den Autorinnen und Autoren auch, ein größeres Publikum zu gewinnen, z. B. mit Romanen wie „Fabian" (1931, **Erich Kästner**), „Das kunstseidene Mädchen" (1932, **Irmgard Keun**), Dramen wie „Geschichten aus dem Wienerwald" (1931, **Ödön von Horváth**), Gedichten wie „Sachliche Romanze" (1928, Erich Kästner).
   Die **Exilliteratur** beschäftigte sich mit zwei großen **Themen:** mit den **Lebensumständen im Exil** und mit der bitteren **Wirklichkeit in Deutschland unter der NS-Diktatur.** Prägende einheitliche Stilmerkmale der Exilliteratur gibt es nicht. In der Tendenz greift man die Nüchternheit der Neuen Sachlichkeit auf und orientiert sich eher an sozialen und politischen Themen als an künstlerischen Formexperimenten.
   Fragen von Verantwortung, Widerstand und Anpassung im Leben unter einer Diktatur sind z. B. Thema in **Bertolt Brechts** Drama „Leben des Galilei" (1938/39 im dänischen Exil verfasst), ebenso in **Klaus Manns** Roman „Mephisto" (1936 in Amsterdam geschrieben) über einen von Nazigrößen protegierten Schauspieler. Die Situation im Exil zwischen Fremdheitserfahrungen und Entsetzen über das Geschehen in Deutschland thematisiert z. B. **Anna Seghers'** 1944 verfasster Roman „Transit".
3. **Weitere wichtige Autoren/Autorinnen und Werke**
   Kurt Tucholsky (Gedichte, journalistische Texte), **Marieluise Fleißer** (Dramen), **Hans Fallada** (Romane), **Joseph Roth** (Romane), **Erich Maria Remarque** (u. a. „Im Westen nichts Neues")

Wirkungsgeschichte

In einer Gegenwart, in der Flucht, Vertreibung und Migration ständig präsent sind, führt die Literatur das polititsche Engagement der Exilliteratur fort und greift deren Themen auf, wie z. B. Fremdheitserfahrungen, Heimatverlust und die Erschließung einer neuen Heimat.

D12 Nachkriegsliteratur – Alles auf Anfang?

Wolfgang Borchert (1921–1947)
wird mit 20 Jahren zum Kriegsdienst gezwungen. Kritik am NS-Regime führt ihn vors Kriegsgericht, zu Gefängnisstrafen und Einsätzen in Strafbataillonen. Vor allem mit seinen Kurzgeschichten nimmt er großen Einfluss auf die Literatur der Nachkriegszeit.

Nelly Sachs (1891–1970),
jüdischer Herkunft, flieht 1940 in buchstäblich letzter Sekunde nach Schweden. Der Befehl für die Deportation in ein Lager liegt zu diesem Zeitpunkt bereits vor.
1966 erhält sie den Nobelpreis für Literatur, insbesondere für ihre Lyrik.

Wir sind eine Generation ohne Heimkehr, denn wir haben nichts, zu dem wir heimkehren könnten.

(Wolfgang Borchert)

Paul Celan (1920–1970)
wird in eine deutschsprachige jüdische Familie im ehemaligen Königreich Rumänien geboren. Seine Eltern werden 1942 ermordet. Um der eigenen Deportation zu entgehen, meldet sich Celan zum Arbeitsdienst und muss bis 1944 in Steinbrüchen und im Straßenbau arbeiten. Heute gilt Celan als einer der bedeutendsten Lyriker des 20. Jahrhunderts.

Heinrich Böll (1917–1985),
sechs Jahre lang Soldat, kehrt 1945 aus der Kriegsgefangenschaft zurück. Seine Arbeit als Autor u. a. von Kurzgeschichten und Romanen verbindet er zeitlebens mit einem starken gesellschaftlichen Engagement.
1972 erhält er den Nobelpreis für Literatur.

1 Borcherts Aussage bezieht sich auf Soldaten, die nach Kriegsende in ihre Städte und Dörfer zurückkehrten.
a Erläutern Sie mögliche Gründe dafür, warum es aus Borcherts Sicht keine Heimkehr gibt.
b Erklären Sie, inwiefern sich Borcherts Satz auch auf Nelly Sachs und Paul Celan beziehen lässt.

2 **a** Stellen Sie mit Hilfe der biografischen Informationen Mutmaßungen dazu an, welche Themen die Nachkriegsliteratur geprägt haben dürften.
b Erläutern Sie die Relevanz dieser (gemutmaßten) Themen für unsere Gegenwart.

In diesem Kapitel erwerben Sie folgende Kenntnisse und Kompetenzen:

- Gedichte, Kurzgeschichten, Romanauszüge der Nachkriegsliteratur interpretieren,
- Merkmale literarischer Strömungen in Texten identifizieren und erläutern,
- die literarische Auseinandersetzung mit der Shoah reflektieren,
- die Erfolgsgeschichte des Mediums Kino im Kontext der Zeit verstehen,
- die Figur des Außenseiters als epochenübergreifendes Motiv untersuchen.

Literatur

Zerstörte Städte und Seelen – Kahlschlag und Trümmerliteratur

Welche Sprache war geeignet, um den Krieg und die Verbrechen des Nationalsozialismus literarisch zu verarbeiten? Viele jüngere Autorinnen und Autoren versammelten sich hinter dem Begriff „Kahlschlag". Die Sprache sollte radikal reduziert, wie ein Wald gerodet werden und sich damit vom Pathos der nationalsozialistischen Propaganda distanzieren. Für die Lyrik bedeutete dies einen Verzicht auf tröstlich verklärende Worte und üppige Bildsprache. In der Prosa dominierte die Kurzgeschichte. Ihrer alltagsnahen Sprache traute man zu, die Nachkriegsrealität adäquat einzufangen. Mit dem Wort „Trümmerliteratur" beschrieb man gleichermaßen die äußere und innere Verfassung der Menschen. Man lebte, oft hungernd, in zertrümmerten Städten und unter der Last der Kriegserlebnisse mit schwer beschädigten Identitäten.

Heinrich Böll **An der Brücke** (1949)

Die haben mir meine Beine geflickt und haben mir einen Posten gegeben, wo ich sitzen kann: ich zähle die Leute, die über die neue Brücke gehen. Es macht ihnen ja Spaß, sich ihre Tüchtigkeit mit Zahlen zu belegen, sie berauschen sich an diesem sinnlosen Nichts aus ein paar Ziffern, und den ganzen Tag, den ganzen Tag, geht mein stummer Mund wie ein Uhrwerk, indem ich Nummer auf Nummer häufe, um ihnen abends den Triumph einer Zahl zu schenken.

Ihre Gesichter strahlen, wenn ich ihnen das Ergebnis meiner Schicht mitteile, je höher die Zahl, umso mehr strahlen sie, und sie haben Grund, sich befriedigt ins Bett zu legen, denn viele Tausende gehen täglich über ihre neue Brücke ...

Aber ihre Statistik stimmt nicht. Es tut mir leid, aber sie stimmt nicht. Ich bin ein unzuverlässiger Mensch, obwohl ich es verstehe, den Eindruck von Biederkeit zu erwecken.

Insgeheim macht es mir Freude, manchmal einen zu unterschlagen, und dann wieder, wenn ich Mitleid empfinde, ihnen ein paar zu schenken. Ihr Glück liegt in meiner Hand. Wenn ich wütend bin, wenn ich nichts zu rauchen habe, gebe ich nur den Durchschnitt an, manchmal unter dem Durchschnitt, und wenn mein Herz aufschlägt, wenn ich froh bin, lasse ich meine Großzügigkeit in einer fünfstelligen Zahl verströmen. Sie sind ja so glücklich! Sie reißen mir förmlich das Ergebnis jedes Mal aus der Hand und ihre Augen leuchten auf und sie klopfen mir auf die Schulter. Sie ahnen ja nichts! Und dann fangen sie an zu multiplizieren, zu dividieren, zu prozentualisieren, ich weiß nicht, was. Sie rechnen aus, wie viel heute jede Minute über die Brücke gehen und wie viel in zehn Jahren über die Brücke gegangen sein werden. Sie lieben das zweite Futur, das zweite Futur ist ihre Spezialität – und doch, es tut mir leid, dass alles nicht stimmt ...

Wenn meine kleine Geliebte über die Brücke kommt – und sie kommt zweimal am Tage –, dann bleibt mein Herz einfach stehen. Das unermüdliche Ticken meines Herzens setzt einfach aus, bis sie in die Allee eingebogen und verschwunden ist. Und alle, die in dieser Zeit passieren, verschweige ich ihnen. Diese zwei Minuten gehören mir, mir ganz allein, und ich lasse sie mir nicht nehmen. Und auch wenn sie abends wieder zurückkommt aus ihrer Eisdiele – ich weiß inzwischen, dass sie in einer Eisdiele arbeitet –, wenn sie auf der anderen Seite des Gehsteiges meinen stummen Mund passiert, der zählen, zählen muss, dann setzt mein Herz wieder aus, und ich fange erst wieder an zu zählen, wenn sie nicht mehr zu sehen ist. Und alle, die das Glück haben, in diesen Minuten vor meinen blinden Augen zu defilieren[1], gehen nicht in die Ewigkeit der Statistik ein: Schattenmänner und Schattenfrauen, nichtige Wesen, die im zweiten Futur der Statistik nicht mitmarschieren werden ...

Es ist klar, dass ich sie liebe. Aber sie weiß nichts davon, und ich möchte auch nicht, dass sie es erfährt. Sie soll nicht ahnen, auf welche ungeheure Weise sie alle Berechnungen über den Haufen wirft, und ahnungslos und unschuldig soll sie mit ihren langen braunen Haaren und den zarten Füßen in ihre Eisdiele marschieren, und sie soll viel Trinkgeld bekommen. Ich liebe sie. Es ist ganz klar, dass ich sie liebe.

Neulich haben sie mich kontrolliert. Der Kumpel, der auf der anderen Seite sitzt und die Autos zählen muss, hat mich früh genug gewarnt, und ich habe höllisch aufgepasst. Ich habe gezählt wie verrückt, ein Kilometerzähler kann nicht besser zählen. Der

Oberstatistiker selbst hat sich drüben auf die andere Seite gestellt und hat später das Ergebnis einer Stunde mit meinem Stundenergebnis verglichen. Ich hatte nur einen weniger als er. Meine kleine Geliebte war vorbeigekommen, und niemals im Leben werde ich dieses hübsche Kind ins zweite Futur transponieren lassen, diese meine kleine Geliebte soll nicht multipliziert und dividiert und in ein prozentuales Nichts verwandelt werden. Mein Herz hat mir geblutet, dass ich zählen musste, ohne ihr nachsehen zu können, und dem Kumpel drüben, der die Autos zählen muss, bin ich sehr dankbar gewesen. Es ging ja glatt um meine Existenz.
Der Oberstatistiker hat mir auf die Schulter geklopft und hat gesagt, dass ich gut bin, zuverlässig und treu. „Eins in der Stunde verzählt", hat er gesagt, „macht nicht viel. Wir zählen sowieso einen gewissen prozentualen Verschleiß hinzu. Ich werde beantragen, dass Sie zu den Pferdewagen versetzt werden."
Pferdewagen ist natürlich die Masche. Pferdewagen ist ein Lenz[2] wie nie zuvor. Pferdewagen gibt es höchstens fünfundzwanzig am Tage, und alle halbe Stunde einmal in seinem Gehirn die nächste Nummer fallen zu lassen, das ist ein Lenz!
Pferdewagen wäre herrlich. Zwischen vier und acht dürfen überhaupt keine Pferdewagen über die Brücke, und ich könnte spazieren gehen oder in die Eisdiele, könnte sie mir lange anschauen oder sie vielleicht ein Stück nach Hause bringen, meine kleine, ungezählte Geliebte ...[3]

1 defilieren: vorbeiziehen
2 der Lenz: umgangssprachlich Zeit zum Faulenzen
3 Die Auslassungen, auch die drei Punkte am Ende Geschichte, entsprechen dem Originaltext.

Wolfgang Borchert **Lesebuchgeschichte** (Nachlass)

Kegelbahn. Zwei Männer sprachen miteinander.
Nanu, Studienrat, dunklen Anzug an. Trauerfall?
Keineswegs, keineswegs. Feier gehabt. Jungens gehen an die Front.
Kleine Rede gehalten. Sparta erinnert. Clausewitz[1] zitiert. Paar Begriffe mitgegeben: Ehre, Vaterland. Hölderlin[2] lesen lassen. Langemarck[3] gedacht. Ergreifende Feier. Ganz ergreifend. Jungens haben gesungen: Gott, der Eisen wachsen ließ. Augen leuchteten. Ergreifend. Ganz ergreifend.
Mein Gott, Studienrat, hören Sie auf. Das ist ja grässlich.
Der Studienrat starrte die anderen entsetzt an. Er hatte beim Erzählen lauter kleine Kreuze auf das Papier gemacht. Lauter kleine Kreuze. Er stand auf und lachte. Nahm eine neue Kugel und ließ sie über die Bahn rollen. Es donnerte leise. Dann stürzten die Kegel. Sie sahen aus wie kleine Männer.

1 Clausewitz (1780–1831): preußischer Generalmajor, bekannt durch sein Werk „Vom Kriege" (1832)
2 Friedrich Hölderlin (1770–1843): bedeutender Dichter; von nationalsozialistischer Propaganda umgedeutet und vereinnahmt
3 Langemarck: propagandistisch genutzte Schlacht, bei der eine Niederlage mit vielen Opfern zum moralischen Sieg erklärt wurde

1 Prüfen Sie mit Hilfe des Einleitungstextes (▶ S. 388), inwieweit die Bezeichnungen „Trümmer- und Kahlschlagliteratur" auf die beiden Geschichten zutreffen.

2 Während im Nachkriegsdeutschland der Wiederaufbau voranschreitet („neue Brücke"), liegt die Existenz des Ich-Erzählers und Kriegsheimkehrers in Bölls Geschichte „in Trümmern". Erläutern Sie diese Deutungsthese mit Hilfe des Textes.

3 a Erläutern Sie den Wendepunkt in Borcherts Geschichte: Woran wird die Diskrepanz zwischen den Worten und den Gefühlen des Studienrats deutlich?
b Erklären Sie, inwiefern Borchert die Frage nach der Verantwortung für die vielen Kriegstoten aufwirft, z. B.: *Die Hauptfigur der Geschichte ist kein Soldat, sondern ein Studienrat, der ...*

4 Weisen Sie für beide Geschichten ausgewählte Merkmale der Kurzgeschichte (▶ S. 448) nach:

alltagsnahe Sprache • Leitmotiv • unmittelbarer Einstieg • offenes Ende • Wendepunkt

Günter Eich **Inventur** (1945)

Dies ist meine Mütze,
dies ist mein Mantel,
hier mein Rasierzeug
im Beutel aus Leinen.

Konservenbüchse:
Mein Teller, mein Becher,
ich hab in das Weißblech
den Namen geritzt.

Geritzt hier mit diesem
kostbaren Nagel,
den vor begehrlichen
Augen ich berge.

Im Brotbeutel sind
ein Paar wollene Socken
und einiges, was ich
niemand verrate,

so dient er als Kissen
nachts meinem Kopf.
Die Pappe hier liegt
zwischen mir und der Erde.

Die Bleistiftmine
lieb ich am meisten:
Tags schreibt sie mir Verse,
die nachts ich erdacht.

Dies ist mein Notizbuch,
dies meine Zeltbahn,
dies ist mein Handtuch,
dies ist mein Zwirn.

Theodor Rosenhauer: Stillleben mit Brot (1950)

Mascha Kaléko **Inventar** (Nachlass)

1
Haus ohne Dach
Kind ohne Bett
Tisch ohne Brot
Stern ohne Licht.

2
Fluß ohne Steg
Berg ohne Seil
Fuß ohne Schuh
Flucht ohne Ziel.

3
Dach ohne Haus
Stadt ohne Freund
Mund ohne Wort
Wald ohne Duft.

4
Brot ohne Tisch
Bett ohne Kind
Wort ohne Mund
Ziel ohne Flucht. R

1 **a** Günter Eich verfasst das Gedicht „Inventur" 1945 in amerikanischer Kriegsgefangenschaft. Erklären Sie, inwiefern Ihnen diese Information beim Verständnis des Textes hilft.
b „Inventur" gilt als Musterbeispiel der Kahlschlagliteratur. Begründen Sie dies inhaltlich und sprachlich.

2 Vergleichen Sie Eichs „Inventur" mit dem Gedicht „Inventar" der Exilautorin Kaléko und dem Gemälde „Speckseite mit Brot". Arbeiten Sie Ähnlichkeiten und Unterschiede heraus.

3 Nehmen Sie Stellung zu der folgenden Aussage Peter Rühmkorfs (► S. 405). Hat die Literatur der unmittelbaren Nachkriegszeit tatsächlich ihre Sprache verloren? Antworten Sie mit Bezug auf die Texte (► S. 388–390).

> „War es vielleicht so, dass ein Zuviel an Erlebnis, ein Übermaß an äußerer Gefährdung und innerer Unruhe den jungen Menschen die Stimme verschlagen hatte, die Fähigkeit zur Artikulation?"

Literatur

Aufbruch in einen neuen Staat – Ein sozialistischer Neuanfang?

1949 teilt sich Deutschland in zwei Staaten: In den westlichen Besatzungszonen gründet sich die Bundesrepublik Deutschland (BRD) und in der östlichen die Deutsche Demokratische Republik (DDR). Die DDR verstand sich als Arbeiter-und-Bauern-Staat und als Heimat für Autorinnen und Autoren, die während der NS-Zeit im Widerstand oder im Exil waren. Eine unbelastete Nationalhymne, mit der der Exilautor Johannes R. Becher beauftragt wurde, sollte den hoffnungsfrohen Aufbruch in eine neue Zeit veranschaulichen. Auch der Exilautor Bertolt Brecht dichtete eine Kinderhymne, die sich von der alten Nationalhymne Hoffmanns von Fallersleben (1798–1874) abgrenzte und das Selbstverständnis des neu gegründeten Staates ausdrückte.

Johannes R. Becher
Auferstanden aus Ruinen (1949)

Auferstanden aus Ruinen
und der Zukunft zugewandt,
lass uns dir zum Guten dienen,
Deutschland, einig Vaterland.
Alte Not gilt es zu zwingen,
und wir zwingen sie vereint,
denn es muss uns doch gelingen,
dass die Sonne schön wie nie
über Deutschland scheint.

Glück und Friede sei beschieden
Deutschland, unserm Vaterland.
Alle Welt sehnt sich nach Frieden,
reicht den Völkern eure Hand.
Wenn wir brüderlich uns einen,
schlagen wir des Volkes Feind.
Lasst das Licht des Friedens scheinen,
dass nie eine Mutter mehr
ihren Sohn beweint.

Lasst uns pflügen, lasst uns bauen,
lernt und schafft wie nie zuvor,
und der eignen Kraft vertrauend,
steigt ein frei Geschlecht empor.
Deutsche Jugend, bestes Streben
unsres Volks in dir vereint,
wirst du Deutschlands neues Leben.
Und die Sonne schön wie nie
über Deutschland scheint.

Feierlichkeiten anlässlich der Gründung der DDR 1949

Bertolt Brecht **Kinderhymne** (1950)

Anmut sparet nicht noch Mühe
Leidenschaft nicht noch Verstand
Daß ein gutes Deutschland blühe
Wie ein andres gutes Land.

Daß die Völker nicht erbleichen
Wie vor einer Räuberin
Sondern ihre Hände reichen
Uns wie andern Völkern hin.

Und nicht über und nicht unter
Andern Völkern wolln wir sein
Von der See bis zu den Alpen
Von der Oder bis zum Rhein.

Und weil wir dies Land verbessern
Lieben und beschirmen wir's
Und das liebste mag's uns scheinen
So wie andern Völkern ihrs. [R]

1 Bringen Sie die politischen Botschaften beider Texte auf den Punkt: Wodurch soll der neue Staat sich auszeichnen? Inwiefern enthalten die Texte auch eine Auseinandersetzung mit der NS-Vergangenheit?

2 **a** Vergleichen Sie Bechers Gedicht mit Eichs „Inventur" (► S. 390) in Bezug auf Sprache und Aussage.
b Formulieren Sie eine mögliche Erklärung für die Unterschiede, die Sie festgestellt haben, z. B.:
Während Eich noch mit einer Bestandsaufnahme beschäftigt ist, formuliert Becher …

Literatur

Die Shoah – Literatur über das Unsagbare?

Nach einem vielzitierten (aber meist verkürzt wiedergegebenen) Urteil des Philosophen Theodor W. Adorno aus dem Jahr 1951 war es unmöglich, nach Auschwitz Gedichte zu schreiben. Insbesondere die Shoah selbst, wie der Holocaust im Hebräischen genannt wird, also die systematische Ermordung von sechs Millionen Juden durch die Nationalsozialisten, schien zu grauenhaft, um mit lyrischen Mitteln angemessen beschrieben werden zu können. Allerdings entstehen bereits vor dieser Diskussion Gedichte von Nelly Sachs (► S. 387) und Paul Celan (► S. 387), die sich genau mit diesem Grauen auseinandersetzen. Celans „Todesfuge", heute eines der meistübersetzten Gedichte deutscher Sprache, verarbeitet dabei auch erste Zeitungsberichte über die Vernichtungslager (siehe „Biografie eines Gedichts").

Paul Celan **Todesfuge** (1947)

Schwarze Milch der Frühe wir trinken sie abends
wir trinken sie mittags und morgens wir trinken sie nachts
wir trinken und trinken
wir schaufeln ein Grab in den Lüften da liegt man nicht eng
Ein Mann wohnt im Haus der spielt mit den Schlangen der schreibt
der schreibt wenn es dunkelt nach Deutschland dein goldenes Haar Margarete
er schreibt es und tritt vor das Haus und es blitzen die Sterne er pfeift seine Rüden herbei
er pfeift seine Juden hervor lässt schaufeln ein Grab in der Erde
er befiehlt uns spielt auf nun zum Tanz

Schwarze Milch der Frühe wir trinken dich nachts
wir trinken dich morgens und mittags wir trinken dich abends
wir trinken und trinken
Ein Mann wohnt im Haus der spielt mit den Schlangen der schreibt
der schreibt wenn es dunkelt nach Deutschland dein goldenes Haar Margarete
Dein aschenes Haar Sulamith wir schaufeln ein Grab in den Lüften da liegt man nicht eng

Er ruft stecht tiefer ins Erdreich ihr einen ihr andern singet und spielt
er greift nach dem Eisen im Gurt er schwingts seine Augen sind blau
stecht tiefer die Spaten ihr einen ihr andern spielt weiter zum Tanz auf

Schwarze Milch der Frühe wir trinken dich nachts
wir trinken dich mittags und morgens wir trinken dich abends
wir trinken und trinken
Ein Mann wohnt im Haus dein goldenes Haar Margarete
dein aschenes Haar Sulamith er spielt mit den Schlangen
Er ruft spielt süßer den Tod der Tod ist ein Meister aus Deutschland
er ruft streicht dunkler die Geigen dann steigt ihr als Rauch in die Luft
dann habt ihr ein Grab in den Wolken da liegt man nicht eng

Biografie eines Gedichts

Von den Verbrechen der Deutschen las Celan Ende 1944 als 24-jähriger Student in der sowjetischen Regierungszeitung „Iswestija". Dort sah man auf einem Foto in einem Kreis einen Dirigenten mit Streichern, Bläsern und Akkordeonspielern, am Rand einen Hund. Der Musikdirektor Stricks sagte im Nürnberger Kriegsverbrecherprozess im Februar 1946 als Zeuge über dieses Foto aus dem Lager Janowska aus:
„Die Erschießungen wurden dort von einem Todesorchester begleitet; ein Todestango wurde gespielt. Auf der rechten Seite des Bildes sehen Sie den Leiter des Lagers in der weißen Uniform. Hinter ihm steht sein Hund Rex. Dieser Hund ist uns aus vielen Protokollen bekannt. Er war abgerichtet, lebende Menschen zu zerreißen."

(Thomas Sparr)

Schwarze Milch der Frühe wir trinken dich nachts
wir trinken dich mittags der Tod ist ein Meister aus Deutschland
wir trinken dich abends und morgens wir trinken und trinken
der Tod ist ein Meister aus Deutschland sein Aug ist blau
er trifft dich mit bleierner Kugel er trifft dich genau
ein Mann wohnt im Haus dein goldenes Haar Margarete
er hetzt seine Rüden auf uns er schenkt uns ein Grab in der Luft
er spielt mit den Schlangen und träumet der Tod ist ein Meister aus Deutschland

dein goldenes Haar Margarete
dein aschenes Haar Sulamith

1 Schildern Sie Ihre Eindrücke, Gedanken und Gefühle nach der ersten Lektüre des Gedichts.

2 Deuten Sie die Figurenkonstellation: Inwiefern verkörpern der namenlose Mann, Margarete und Sulamith das Thema des Gedichts?

3 Erschließen und deuten Sie das zentrale Bild des Gedichts: die „schwarze Milch".
a Sammeln Sie gemeinsam mit einem Lernpartner / einer Lernpartnerin Ihre Assoziationen zum Wort „Milch". Welche Eigenschaften hat sie üblicherweise? Welche Rolle spielt sie im Leben der Menschen?
b Deuten Sie ausgehend von Ihren Überlegungen in Aufgabe a das Oxymoron (► S. 450) „schwarze Milch".

4 Im Text wiederholen sich bestimmte Formulierungen in der Art einer Fuge (► Tippkasten). Beschreiben Sie die Wirkung dieser Wiederholungen und deuten Sie sie inhaltlich.

Die Fuge (von lateinisch *fuga:* „Flucht") bezeichnet ein musikalisches Thema, das zeitlich versetzt in verschiedenen Stimmen und auf unterschiedlichen Tonhöhen wiederholt wird.

Adornos These, **„nach Auschwitz ein Gedicht zu schreiben, ist barbarisch"**, wurde intensiv und über einen langen Zeitraum diskutiert. Zwei Reaktionen lesen Sie hier:

Enzensberger (1959):
Der Philosoph Theodor W. Adorno hat einen Satz ausgesprochen, der zu den härtesten Urteilen gehört, die über unsere Zeit gefällt werden können: Nach Auschwitz sei es nicht mehr möglich, ein Gedicht zu schreiben. Wenn wir weiterleben wollen, muß dieser Satz widerlegt werden. [R]

Schnurre (1978):
Ob nicht, nach Auschwitz noch Schlaf zu finden, weit ärger ist, als nach Auschwitz Gedichte zu schreiben?

5 **a** Erläutern Sie, wie Sie Adornos These verstehen.
b Teilen Sie Adornos These? Nehmen Sie begründet Stellung und beziehen Sie sich dabei auch auf die Positionen der Schriftsteller Enzensberger und Schnurre.
c Diskutieren Sie, ob Celans Gedicht Adornos These widerlegt oder gerade als Beispiel für die Gültigkeit der These gelten kann.

6 In der Mitte Berlins steht ein aus 2711 Stelen bestehendes Denkmal für die ermordeten Juden Europas. Erläutern Sie, wie Sie die Symbolik dieses Denkmals verstehen, und mutmaßen Sie, wie Adorno wohl zu diesem Denkmal stünde.

Peter Eisenman, Berlin 2005

Literatur

Verantwortung übernehmen? – Ein Briefroman der Nachkriegsjahre

In den „Nürnberger Prozessen“ (1945–1949) werden eine Reihe von Repräsentanten des Nationalsozialismus verurteilt, und zwar erstmals auch wegen „Verbrechen gegen die Menschlichkeit“. Zeitgleich weisen viele Deutsche ihre Verantwortung für die NS-Zeit zurück und wünschen sich einen Neuanfang, befreit von der Last der Vergangenheit. Die junge Journalistin und Literatin Susanne Kerckhoff (1918–1950) kritisiert dieses Verhalten scharf. In 13 fiktiven Briefen aus dem zerstörten Berlin richtet sich ihre Protagonistin Helene an ihren jüdischen Jugendfreund Hans, der nach Paris emigriert ist.

Susanne Kerckhoff **Berliner Briefe** (1948)

Aus dem dritten Brief

Im ersten Jahr nach dem Waffenstillstand mischte ich mich ein, suchte den Grund der wirtschaftlichen Notlage zu erklären, auf die Leiden anderer Völker hinzuweisen, auf die Verbrechen, die in unserem Namen verübt wurden, und die wir nicht verhindert haben. Blieb ich sanft, eindringlich, überlegen und sachlich, war der Misserfolg mir gewiss. Brach sich gelegentlich mein cholerisches Temperament Bahn, war mir die Niederlage desto sicherer. […]

Wie oft hörst Du heute in Deutschland Stimmen, die meinen, der Nationalsozialismus sei nicht mehr interessant; von den Verbrechen gegen die Menschlichkeit, von Konzentrationslagern und Judenverfolgungen hätte man reichlich genug gehört! Ach, Lieber – was heißt hier interessant! Es wird doch immer schlimmer, je länger es her ist! Aus den Wirren der Geschehnisse treten die Schatten dunkler hervor. Die Wirren schwinden, aber die Schatten werden größer. Die Gräber der in Auschwitz vergasten Freunde sind in mir. Die Gräber der Soldaten aller Länder. Die heimatlosen Zwangsverschleppten singen ihr monotones Lied vom Heimweh, das mich nicht loslässt […]

Sie glauben heut, diese mitleidlosen Mitläufer, aus Konjunktur und zum Vergnügen sprächen die Dichter von den kaum vergangenen Grauen – sie verstehen es einfach nicht, dass diese Dichter doch gar nicht anderes schreiben könnten! So lange wird es „interessant“ sein, solange wir leben.

Aus dem vierten Brief

Der Rede von sogenannten „jüdischen Eigenschaften“ – zunächst unabhängig davon, ob sie antisemitisch motiviert oder eher positiv gemeint sind – begegnet Helene ablehnend und hebt stattdessen einen allgemeineren Gedanken hervor:

Menschen wie alle – mit den Grundrechten wie alle. Ich liebe es nicht, wenn von sogenannten guten und schlechten „jüdischen Eigenschaften“ gesprochen wird. Denn damit ist die Grenze schon gezogen, die übertreten werden muss, will man zu einer allgemein menschlichen Gesittung gelangen.

1 Helene beschreibt in ihrem dritten Brief Positionen, die ihr im Nachkriegsdeutschland missfallen. Halten Sie stichwortartig fest, was sie diesen Positionen jeweils entgegnet, z. B.:
Position 1: Unverständnis über wirtschaftliche Notlage → Ansicht Helenes: Konsequenz der Kriegsschuld
Position 2: Nationalsozialismus nicht mehr relevant → Ansicht Helenes: …
Position 3: Beschreibung des Grauens in Literatur aus Verkaufsgründen → Ansicht Helenes: …

2 Erläutern Sie, warum Helene die Rede von „jüdischen Eigenschaften“ (► vierter Brief) grundsätzlich für falsch hält und was sie unter einer „allgemeinen menschlichen Gesittung“ versteht.

3 Ziehen Sie eine Parallele zwischen Helenes viertem Brief und Lessings „Ringparabel“ (► S. 274).

Kontext

Gesellschaft – „Literarischer Antisemitismus“

In der Wahrnehmung Susanne Kerckhoffs (► S. 394) muss die Literatur der Nachkriegszeit vom „kaum vergangenen Grauen“ handeln und sich damit unter anderem auch dem Verdrängen des Holocausts entgegenstemmen. Es gab und gibt aber umgekehrt auch antisemitische Literatur, die Vorurteile über Juden verbreitet. Diesem literarischen Antisemitismus widmet sich ein eigener Forschungszweig.

Ein Versuch, das Forschungsfeld „Literarischer Antisemitismus“ zu definieren, stammt von dem amerikanischen Literaturwissenschaftler Mark H. Gelber: „Es ist das Potential eines Textes, antisemitische Ideen oder antisemitische Verhaltensweisen zu kreieren oder positiv zu bewerten.“ Es geht also, vereinfacht ausgedrückt, um Texte, deren Inhalte antisemitisch wirken und Vorurteile verbreiten können. Für Gelber verbindet sich mit seiner Forschung die Absicht, die Leserschaft für solche Inhalte zu sensibilisieren.

Unumstritten ist, dass es antisemitische Literatur gibt. Während der NS-Diktatur etwa beteiligten sich Literaten an der Hetze gegen Juden. Schon die Kinder- und Jugendliteratur wurde zu propagandistischen Zwecken genutzt. In Ernst Hiemers Vorlesebuch „Der Giftpilz“ (1938) erscheinen Juden beispielsweise als Betrüger, als Teufel in Menschengestalt sowie als Ursache für Krankheit und Tod. Wie ein „Giftpilz“ könnten sie „ein ganzes Volk zerstören“. Mit derartigen Aussagen wurden gezielt Vorurteile und Ängste geschürt, die der Nationalsozialismus für seine mörderische Ideologie instrumentalisieren konnte.

Die wissenschaftliche Forschung zum „Literarischen Antisemitismus“ erstreckt sich allerdings auch auf subtilere Formen antisemitischer Darstellungen und beschränkt sich dabei nicht auf die Zeit des Nationalsozialismus. So werden Juden in manchen mittelalterlichen Mysterien- und Passionsspielen negative Rollen zugeschrieben, die einige Forscher am Anfang einer antisemitischen Traditionslinie sehen. Spuren davon könne man in verschiedenen Werken der Weltliteratur nachweisen, etwa bei Shakespeare, Voltaire oder Goethe.

Diese Forschungsbefunde wurden von Beginn an kontrovers diskutiert, weil es nicht immer einfach ist zu unterscheiden, ob antisemitische Ideologien lediglich aufgezeigt oder durch den Text selbst vertreten werden. Wenn Vorurteile etwa durch eine literarische Figur auf der Theaterbühne ausgesprochen werden, kann dies auch dazu dienen, diese Figur als Antisemiten zu charakterisieren und über antisemitische Strömungen aufzuklären. Die Forschung hat sich daher bemüht, ihre Indikatoren für literarischen Antisemitismus zu präzisieren und ihr Augenmerk auf bestimmte Strukturen und Muster in einem Text zu legen. So kennzeichne sich literarischer Antisemitismus laut dem Literaturwissenschaftler Martin Gubser durch „klischeehafte, stereotypisierte Darstellungen jüdischer Figuren, deren Jüdischsein als eine negative Andersartigkeit klassifiziert“ werde.

Auch in der deutschen Öffentlichkeit wurde nach 1945 zweimal besonders scharf über den Antisemitismus in literarischen Werken diskutiert, und zwar mit den gleichen Argumenten wie bei den oben beschriebenen Forschungsbefunden. Die Kritiker von Martin Walsers „Tod eines Kritikers“ und Rainer Werner Fassbinders „Der Müll, die Stadt und der Tod“ warfen den Werken anhand von Textstellen oder ihrem Inhalt an sich Antisemitismus vor, die Künstler betrachteten sich als missverstanden und ihre Fürsprecher verwiesen zum Teil auf eine aufklärerische Absicht der Werke. Dies zeigt, dass sich die Kontroversen um den „Literarischen Antisemitismus“ zwar nicht leicht auflösen lassen, aber durchaus nicht auf eine kleine Gruppe von spezialisierten Wissenschaftlern beschränkt bleiben. Der eigenen Meinungsbildung sollte jedenfalls immer eine genaue, ebenso informierte wie vorurteilsfreie Lektüre vorausgehen.

1 Erklären Sie, was die Forschung zum „Literarischen Antisemitismus“ nach Gelber und Gubser kennzeichnet.

2 Diskutieren Sie, warum es mitunter schwierig ist, Antisemitismus in der Literatur eindeutig zu fassen.

3 Erläutern Sie, inwiefern Helenes Position in ihrem vierten Brief (► S. 394) vor Antisemitismus schützt.

Literatur

Zeitkritik – Die Gegenwart im Spiegel der Lyrik ab der Mitte der 1950er-Jahre

Die breite Leserschaft bevorzugt in den 50er-Jahren Literatur mit einer gewissen Beruhigungsfunktion. Große Resonanz findet etwa eine Gedichtsammlung Bergengruens, die unter dem vielsagenden Titel „Die heile Welt" erscheint. Daneben entwickeln sich jedoch neue Ausdrucksformen, die auf unterschiedliche Weise auf die Erfahrung des Faschismus und auf die Gegenwart reagieren. Die hermetischen Gedichte Celans (▶ S. 387) und Bachmanns zeigen eine Tendenz zur Verschlüsselung (= Chiffrierung) ihrer Inhalte und schützen sich so vor politischer Vereinnahmung. Besonders Bachmanns Lyrik gilt zudem als Befreiung von der „gerodeten" Sprache der Kahlschlagliteratur (▶ S. 388–390). Eine Gegenbewegung zur hermetischen Lyrik entsteht in der „Konkreten Poesie", die von der Nonsenslyrik des Dada bis zur amerikanischen Jazzlyrik viele Einflüsse integriert, nach den Worten Eugen Gomringers aber kritische Literatur sein will, und zwar durch eine „auf knappe, unverhüllte form gebrachte information". H. C. Artmann dagegen begegnet dem Verlust mancher Gewissheit durch das Schreiben in unterschiedlichen Stilen und Tonlagen, durch den Versuch, eine eigene poetische Welt zu schaffen.

Ingeborg Bachmann **Aria I**[1] (1957)

Wohin wir uns wenden im Gewitter der Rosen,
ist die Nacht von Dornen erhellt, und der Donner
des Laubs, das so leise war in den Büschen,
folgt uns jetzt auf dem Fuß.

Wo immer gelöscht wird, was die Rosen entzünden,
schwemmt Regen uns in den Fluss. O fernere Nacht!
Doch ein Blatt, das uns traf, treibt auf den Wellen
bis zur Mündung uns nach.

1 Aria I: Ingeborg Bachmann hat dieses Gedicht für eine Oper Hans Werner Henzes um die zweite Strophe erweitert. Es wird dort als Text der ersten Arie, also eines Sologesangsstücks, genutzt.

Eugen Gomringer (1960)

schweigen schweigen schweigen
schweigen schweigen schweigen
schweigen   schweigen
schweigen schweigen schweigen
schweigen schweigen schweigen

Mark Rothko: Nr. 6, Violett, Grün und Rot (1951)

1 a Notieren Sie zu zweit Ihre Ideen und Gedanken zur Metapher „Gewitter der Rosen".
b Arien (siehe Fußnote) vermitteln Gefühle und Stimmungen eines Augenblicks, z. B. Liebe, Wut, Trauer. Bringen Sie Bachmanns Gedicht begründet mit einem starken Gefühl in Verbindung.
c Erläutern Sie, inwiefern das Gedicht zwar hermetisch, aber gerade deswegen auch deutungsoffen ist.

2 a Nach einer Äußerung Ernst Jandls (▶ S. 397) will „Konkrete Poesie" nicht Gegenstände durch Sprache beschreiben, sondern Gegenstände aus Sprache erschaffen. Erläutern Sie, inwieweit Gomringers Gedicht dieser Definition entspricht.
b Diskutieren Sie, worin die besondere Wirkung dieser Darstellungsweise von „schweigen" besteht.

3 Begründen Sie, zu welchem Text das Bild von Mark Rothko besser passt. Ist es hermetisch oder konkret?

Ernst Jandl **Zertretener Mann Blues** (1962)

ich kann die hand nicht heben hoch zum gruß.
schau her:
ich kann die hand nicht heben hoch zum gruß.
wo ich doch weiß, wie schlimm das enden muss.
da steht der braune mann vor mir und schlägt.
schau nur:
da steht der braune mann vor mir und schlägt.
diesmal heb ich die hand, jedoch zu spät.
ich krieche mit zerdroschenem gesicht. schau weg:
ich krieche mit zerdroschenem gesicht
vor meinem schlächter, doch ich bettel nicht.
ein stiefelriese tanzt auf meinem bauch. hilf mir:
ein stiefelriese tanzt auf meinem bauch.
ich fresse feuer, und ich bettel auch.
bald fällt ein knochensack ins massengrab.
ho ruck:
bald fällt ein knochensack ins massengrab.
dann bin ich, wo ich meine freunde hab.

H. C. Artmann (1967)

ich bin die liebe mumie
und aus ägypten kumm i e,
o kindlein treibt es nicht zu arg,
sonst steig ich aus dem sarkopharg,
hol euch ins pyramidenland,
eilf meter unterm wüstensand,
da habe ich mein trautes heim,
es ist mir süß wie honigseim,
dort, unter heißen winden,
wird keiner euch mehr finden.
o lauschet nur, mit trip und trap
husch ich die treppen auf und ab,
und hört ihrs einmal pochen,
so ist's mein daumenknochen
an eurer zimmertür –
o kindlein, seht euch für!

Helmut Heißenbüttel **Friede auf Erden** (1962)

wenn alle alle lieben plötzlich lieben alle alle alle lieben plötzlich alle
wenn plötzlich alle alle lieben lieben alle alle alle lieben alle

1 a Untersuchen Sie zu zweit, was in Jandls Gedicht dargestellt wird:
- Was erfahren Sie über das lyrische Ich?
- Für wen oder was steht der „Stiefelriese"?
- In welcher Zeit spielt das Gedicht?

Belegen Sie Ihre Antworten am Text.

b Erklären Sie, warum Jandl sein Gedicht einen Blues nennt. Gehen Sie dabei auf inhaltliche Aspekte (► Infokasten rechts) und die formalen Ähnlichkeiten zu einem Song ein.

> **Der Blues** ist eine Musikform, die um 1900 in der afroamerikanischen Gesellschaft der USA entsteht und oft von einer melancholischen Grundstimmung geprägt ist. Seine Themen sind meist Resignation, Verletzung, Erniedrigung. Jazz, Rock- und Soulmusik haben im Blues ihren Ursprung.

2 a Schreiben Sie die beiden Verse des Heißenbüttel-Gedichts ab und setzen Sie Satzzeichen.

b Lesen Sie Ihre Fassung einer Partnerin / einem Partner vor und diskutieren Sie den Bezug zum Titel.

c Erläutern Sie, inwiefern dieser Text „konkret" ist.

3 Artmanns Gedicht bezieht sich auf einen Horrorfilm der 1930er-Jahre, in dem eine ägyptische Mumie von Archäologen ausgegraben und zu neuem Leben erweckt wird.

a Erläutern Sie, inwiefern Artmann in seinem Gedicht sowohl das Genre der Kinderlyrik als auch das Genre des Horrorfilms variiert und parodiert, also auf komisch-satirische Weise nachahmt.

b Diskutieren Sie, welche Form von Freiheit in diesem Spiel mit Genre-Versatzstücken liegt.

4 Begründen Sie, welche der vorgestellten künstlerischen Ideen Ihnen heute am aktuellsten scheint.

Literatur

Außenseiter – Grass' „Die Blechtrommel" und die Gruppe 47

Die bundesrepublikanische Gesellschaft der 1950er- und frühen 1960er-Jahre ist angesichts einer unbewältigten Vergangenheit noch immer auf der Suche nach Orientierung und einer verlässlichen Identität. „Wo kommst du her? Wo gehst du hin? Wer bist du? Wie heißt du? Was willst du?", fragt sich die Hauptfigur der „Blechtrommel" stellvertretend, nimmt aber zugleich eine Außenseiterposition ein, die es ihr erlaubt, die Gesellschaft mit scharfem Verstand zu sezieren. Günter Grass erhielt für das erste noch unveröffentlichte Kapitel seines Romans den Preis der Gruppe 47 (▶ S. 399). Dieser Preis stand am Anfang einer in der Nachkriegsliteratur unvergleichlichen Erfolgsgeschichte. „Die Blechtrommel" erzielte eine weltweite Resonanz und ihr Autor erhielt 1999 den Nobelpreis für Literatur.

Günter Grass **Die Blechtrommel** (1959) – Auszug

Als Insasse einer Heil- und Pflegeanstalt berichtet die Hauptfigur Oskar Matzerath rückblickend von ihrem Leben. Dreh- und Angelpunkt ist dabei Oskars Beschluss, im Alter von drei Jahren das Wachstum einzustellen. Im Kopf erwachsen, und zwar bereits bei seiner Geburt im Jahr 1924, bleibt er über viele Jahre körperlich ein kleines Kind. Mit dieser Weigerung, an der Welt der Großen teilzunehmen, bezieht er zugleich seinen Posten als beobachtender Außenseiter und Chronist einer Gesellschaft, die in ihrer Gesamtheit den Nationalsozialismus ermöglichte.

Ich erblickte das Licht dieser Welt in Gestalt zweier Sechzig-Watt-Glühbirnen. Noch heute kommt mir deshalb der Bibeltext „Es werde Licht und es ward Licht" wie der gelungenste Werbeslogan der Firma Osram vor. Bis auf den obligaten Dammriß verlief meine Geburt glatt. Mühelos befreite ich mich aus der von Müttern, Embryonen und Hebammen gleichviel geschätzten Kopflage.

Damit es sogleich gesagt sei: Ich gehörte zu den hellhörigen Säuglingen, deren geistige Entwicklung schon bei der Geburt abgeschlossen ist und sich fortan nur noch bestätigen muß. So unbeeinflußbar ich als Embryo nur auf mich gehört und mich im Fruchtwasser gespiegelt hatte, so kritisch lauschte ich den ersten spontanen Äußerungen der Eltern unter den Glühbirnen. Mein Ohr war hellwach. Wenn es auch klein, geknickt, verklebt und allenfalls niedlich zu benennen war, bewahrte es dennoch jede jener für mich fortan so wichtigen, weil als erste Eindrücke gebotenen Parolen. Noch mehr: Was ich mit dem Ohr einfing, bewertete ich sogleich mit winzigstem Hirn und beschloß, nachdem ich alles Gehörte genug bedacht hatte, dieses und jenes zu tun, anderes gewiß zu lassen.

„Ein Junge", sagte jener Herr Matzerath, der in sich meinen Vater vermutete. „Er wird später einmal das Geschäft übernehmen. Jetzt wissen wir endlich, wofür wir uns so abarbeiten."

Mama dachte weniger ans Geschäft, mehr an die Ausstattung ihres Sohnes: „Na, wußt' ich doch, daß es ein Jungchen ist, auch wenn ich manchmal jesagt hab', es wird ne Marjell."

So machte ich verfrühte Bekanntschaft mit weiblicher Logik und hörte mir hinterher an: „Wenn der kleine Oskar drei Jahre alt ist, soll er eine Blechtrommel bekommen." [...]

Habe ich sie, die Trommel. Da hängt sie mir gerade, neu und weißrot gezackt vor dem Bauch. Da kreuze ich selbstbewußt und unter ernst entschlossenem Gesicht hölzerne Trommelstöcke auf dem Blech. Da habe ich einen gestreiften Pullover an. Da stecke ich in glänzenden Lackschuhen. Da stehen mir die Haare wie eine putzsüchtige Bürste auf dem Kopf, da

spiegelt sich in jedem meiner blauen Augen der Wille zu einer Macht, die ohne Gefolgschaft auskommen sollte. Da gelang mir eine Position, die aufzugeben ich keine Veranlassung hatte. Da sagte, da entschloß ich mich, da beschloß ich, auf keinen Fall Politiker und schon gar nicht Kolonialwarenhändler zu werden, vielmehr einen Punkt zu machen, so zu verbleiben – und ich blieb so, hielt mich in dieser Größe, in dieser Ausstattung viele Jahre lang.
[...] ich blieb der Dreijährige, der Gnom, der Däumling, der nicht aufzustockende Dreikäsehoch blieb ich, um Unterscheidungen wie kleiner und großer Katechismus enthoben zu sein, um nicht als einszweiundsiebzig großer, sogenannter Erwachsener einem Mann, der sich selbst vor dem Spiegel beim Rasieren mein Vater nannte, ausgeliefert und einem Geschäft verpflichtet zu sein, das, nach Matzeraths Wunsch, als Kolonialwarengeschäft einem einundzwanzigjährigen Oskar die Welt der Erwachsenen bedeuten sollte. Um nicht mit einer Kasse klappern zu müssen, hielt ich mich an der Trommel und wuchs seit meinem dritten Geburtstag keinen Fingerbreit mehr, blieb der Dreijährige, aber auch Dreimalkluge, den die Erwachsenen alle überragten, der den Erwachsenen überlegen sein sollte, der seinen Schatten nicht mit ihrem Schatten messen wollte, der innerlich und äußerlich vollkommen fertig war, während jene noch bis ins Greisenalter von Entwicklung faseln mußten, der sich bestätigen ließ, was jene mühsam genug und oftmals unter Schmerzen in Erfahrung brachten, der es nicht nötig hatte, von Jahr zu Jahr größere Schuhe und Hosen zu tragen, nur um beweisen zu können, daß etwas im Wachsen sei. R

1 **a** Erörtern Sie mit Hilfe des Textes, warum Oskar sein Wachstum einstellt: Was möchte er vermeiden?
b Es hätte vielleicht auch andere Möglichkeiten gegeben, sich der Erwachsenenwelt zu entziehen. Erklären Sie, warum es ein geschickter Schachzug Oskars ist, äußerlich ein Dreijähriger zu bleiben.

2 In der „Blechtrommel" sahen Kritiker viele Formen von Literatur am Werk. Wählen Sie einen der folgenden Zuordnungsvorschläge aus und begründen Sie Ihre Wahl am Text.
Tipp: Alle drei Varianten lassen sich begründen.

Es ist ein ironisch-distanzierter und auf den Kopf gestellter **Entwicklungs- oder Bildungsroman** (▶ S. 336).

Es handelt sich um einen **fantastischen Roman** mit märchenhaften Elementen.

Die fiktive Autobiografie eines Außenseiters, der mit satirischen Mitteln die Gesellschaft kritisiert, entspricht dem Muster des **Schelmenromans.**

3 **a** Lesen Sie die Information zur Gruppe 47 und erörtern Sie im Anschluss, warum diese Gruppe in der jungen Bundesrepublik derart viel Aufmerksamkeit erregen konnte.
b Diskutieren Sie, ob Sie eine ähnlich einflussreiche Gruppierung heute noch für möglich halten.

Der Autor und Journalist Hans Werner Richter lud im Jahr 1947 16 junge Autorinnen und Autoren zu einem Lesetreffen ein, um eine Zeitung zu gründen. Diese Zeitung sollte nie entstehen. Stattdessen entstand die Gruppe 47, die seit 1950 in demokratischer Abstimmung einen Förderpreis für junge Literatur vergab. Berühmt-berüchtigt waren die Umstände der Lesungen. Autorinnen und Autoren durften ihre Texte vortragen und mussten dann schweigend – auf dem sogenannten elektrischen Stuhl – alle Kritik hinnehmen. Heute liest sich die Liste der Gruppenmitglieder wie ein Who's who der Nachkriegsliteratur: Günter Eich, Heinrich Böll, Ilse Aichinger, Ingeborg Bachmann, Günter Grass, Hans Magnus Enzensberger u. a. m. Schon in den Anfängen erregte die Gruppe eine hohe mediale Aufmerksamkeit. Radioanstalten und Zeitungen machten die Treffen zu öffentlichen Ereignissen und beförderten Karrieren entscheidend. Mit der Zeit entstand so aus der Gruppe eine Art „Literaturnationalmannschaft" (Helmut Böttiger), die bei jüngeren Literaten in die Kritik geriet und sich 1967, kurz vor der Studentenbewegung, ein letztes Mal traf.

Außenseiter – Anpassung oder Verweigerung?

Zwei Monate vor Ausbruch des Ersten Weltkriegs schließt Heinrich Mann seinen satirischen Roman „Der Untertan" ab. Dabei stellt er ähnlich wie Grass in seiner „Blechtrommel" (► S. 398) einen Sonderling ins Zentrum, allerdings einen Außenseiter anderen Schlags: Diederich Heßling, einen geborenen Untertanen. Dieser Mitläufer und Konformist erweist sich während seines gesellschaftlichen Aufstiegs zugleich als Tyrann, frei nach dem Motto: Nach oben buckeln und nach unten treten. Vor allem aber steht er prototypisch für den Zeitgeist – die starren Sitten und die nationalistische Politik – unter der Regierung Kaiser Wilhelm II.

Heinrich Mann **Der Untertan** (1914) – Auszug

Nach so vielen furchtbaren Gewalten, denen man unterworfen war, nach den Märchenkröten, dem Vater, dem lieben Gott, dem Burggespenst und der Polizei, nach dem Schornsteinfeger, der einen durch den ganzen Schlot schleifen konnte, bis man auch ein schwarzer Mann war, und dem Doktor, der einem im Hals pinseln durfte und schütteln, wenn man schrie – nach allen diesen Gewalten geriet nun Diederich unter eine noch furchtbarere, den Menschen auf einmal ganz verschlingende: die Schule. Diederich betrat sie heulend und auch die Antworten, die er wusste, konnte er nicht geben, weil er heulen musste. Allmählich lernte er, den Drang zum Weinen gerade dann auszunutzen, wenn er nicht gelernt hatte – denn alle Angst machte ihn nicht fleißiger oder weniger träumerisch –, und vermied so, bis die Lehrer sein System durchschaut hatten, manche üblen Folgen. Dem Ersten, der es durchschaute, schenkte er seine ganze Achtung, er war plötzlich still und sah ihn, über den gekrümmten und vom Gesicht gehaltenen Arm hinweg, mit scheuer Hingabe an. Immer blieb er den scharfen Lehrern ergeben und willfährig. Den gutmütigen spielte er kleine, schwer nachweisbare Streiche, deren er sich rühmte. Mit viel größerer Genugtuung sprach er von einer Verheerung bei den Zeugnissen, von einem riesigen Strafgericht. Bei Tisch berichtete er: „Heute hat Herr Behnke wieder drei durchgehauen." Und wenn gefragt ward, wen?

Werner Peters und Renate Fischer;
Szene aus der Verfilmung von Wolfgang Staudte, 1951

„Einer war ich."

Denn Diederich war so beschaffen, dass die Zugehörigkeit zu seinem unpersönlichen Ganzen, zu diesem unerbittlichen, menschenverachtenden, maschinellen Organismus, der das Gymnasium war, ihn beglückte, dass die Macht, die kalte Macht, an der er selbst, wenn auch nur leidend, teilhatte, sein Stolz war. [...]

Die Macht, die ihn in ihrem Räderwerk hatte, vor seinen jüngeren Schwestern vertrat Diederich sie. Sie mussten nach seinem Diktat schreiben und künstlich noch mehr Fehler machen, als ihnen von selbst gelangen, damit er mit roter Tinte wüten und Strafen austeilen konnte. Sie waren grausam.

1 **a** Charakterisieren Sie den Außenseiter Diederich Heßling.
b Weisen Sie nach, dass es sich um einen satirischen Roman handelt, der den Untertanengeist kritisiert. Achten Sie dabei besonders auf Wertungen durch den Erzähler.

2 Vergleichen Sie, wie die Protagonisten im „Untertan" und in der „Blechtrommel" (► S. 398) sich gegenüber der Macht bzw. mächtigen Personen verhalten.

3 Macht und Machtmissbrauch sind Themen, die im Lauf der Literaturgeschichte immer wieder behandelt werden. Spüren Sie diesen Themen nach, etwa bei Schillers „Räubern" (► S. 284) oder Kafkas „Türhüterlegende" (► S. 362). Wie verhalten sich die Protagonisten hier gegenüber der Macht?

Kontext

Mediengeschichte – Das Kino der 1950er-Jahre

Die mediale Aufmerksamkeit, die Radio und Printmedien der Literatur der Gruppe 47 (► S. 399) bescherten, war überraschend groß. Der eigentliche Publikumsmagnet war aber das Kino um die Ecke. Es erreichte Millionen von Zuschauern. Zu Erfolgen an den Kinokassen wurden dabei nicht die nachdenklichen oder kritischen Filme, die sich der Aufarbeitung der Vergangenheit widmeten, sondern die Heimatfilme.

„Schwarzwaldmädel“ (1950): Der erste, sehr erfolgreiche deutsche Farbfilm wurde zum Startschuss der Heimatfilmwelle in den 1950er-Jahren.

„Der Rat der Götter“ (1950): In diesem frühen DDR-Film muss der Chemiker Dr. Scholz erkennen, dass er (unwissentlich) zur Herstellung von Massenvernichtungswaffen beigetragen hat, u. a. anderem auch von Giftgas. Als er seine Mitschuld erkennt, wird er zum Ankläger seines Auftraggebers: dem Vorsitzenden eines großen Industriekonzerns, der mit dem Naziregime aus Gewinnsucht zusammengearbeitet hat.

Kinobesucher in deutschen Kinos	
2019	113 Mio.
1989	102 + 65 Mio.
1965	294 + 119 Mio.
1956	818 + 302 Mio.
1949	467 (West) + 168 Mio. (Ost)

Bernhard Wickis **„Die Brücke“** (1959) spielt 1945 kurz vor dem Ende des Zweiten Weltkriegs. Sieben Gymnasiasten, aufgewachsen mit vaterländischen Parolen, werden zur sinnlosen Verteidigung einer Brücke eingesetzt, verteidigen diese aber mit ihrem Leben. Nur einer kehrt, seelisch tief verwundet, heim zu seiner Mutter.

Zum Blockbuster wurde ein Film über eine Traumhochzeit in Adelskreisen: **„Sissi“** (1955), mit Romy Schneider in der Titelrolle, war einer der erfolgreichsten Filme der 50er-Jahre.

1 Lesen Sie die Information zu den Filmen „Der Rat der Götter“ und „Die Brücke“. Halten Sie fest, in welcher Weise hier Vergangenheit aufgearbeitet wird, und ziehen Sie Parallelen zu Texten in diesem Kapitel.

2 Erläutern Sie, was der große Erfolg der Heimatfilme über den Zeitgeist im Nachkriegsdeutschland aussagt.

3 **a** Beurteilen Sie mit Hilfe der Tabelle, wie sich die Bedeutung des Kinos seit den 1950er-Jahren entwickelt hat, und führen Sie mögliche Gründe für diese Entwicklung an. Wie haben sich die Leitmedien verändert?
b Diskutieren Sie die Rolle des Kinos heute.

Epochenüberblick **Nachkriegsliteratur (1945–1959)**

Allgemeingeschichtliche Hintergründe

Das Ende des **Zweiten Weltkriegs** (1945) markiert einen tiefen Einschnitt in der deutschen Geschichte. Das Land lag in Trümmern und sah sich vor der Aufgabe, nicht nur die Schuld an Krieg und Holocaust aufzuarbeiten, sondern auch einen gesellschaftlichen, kulturellen und politischen Neuanfang zu wagen. Im geteilten Deutschland – 1949 gründeten sich die **BRD** und die **DDR** – ging man mit dieser Herausforderung unterschiedlich um. Amerikanische Aufbauhilfen führten im Westen bald zu einem sogenannten Wirtschaftswunder und einer Verbesserung der individuellen Lebensumstände. Angesichts dieser Erfolgsgeschichte identifizierten sich viele Westdeutsche mit ihrem neuen Staat und nahmen es hin, wenn in Verwaltung und Justiz ehemalige Nationalsozialisten erneut Karriere machten. Die DDR dagegen sah sich als antifaschistischer Staat, befriedigte aber mit einer zentral gesteuerten Wirtschaft und einer Einheitspartei, die die Einhaltung ideologischer Vorstellungen streng überwachte, nicht das Bedürfnis nach Freiheit und Wohlstand.

Literatur

1. **Welt- und Menschenbild**
   In Westdeutschland fanden bereits bekannte Exilautoren wenig Gehör. Die **Aufarbeitung des Kriegs, der Kriegsfolgen und der Shoah** blieb einer meist jüngeren, noch nicht etablierten Schriftstellergeneration überlassen, die den Krieg z. B. als Soldat (Borchert, Böll, Eich u. a.), auf der Flucht oder als Zwangsarbeiter überlebt hatte (Sachs, Celan u. a.). In der DDR dagegen wurden Exilautoren wie Seghers (▶ S. 383), Brecht oder Becher als Garanten des Antifaschismus geschätzt. Mit der Gründung der DDR verband sich für einige dieser Autorinnen und Autoren die **Hoffnung auf einen wirklichen politischen Neuanfang,** dessen Ausgestaltung und sozialistische Prinzipien Becher und Brecht in ihren Hymnen (▶ S. 391) beschreiben.
2. **Werke**
   Die meisten literarischen Strömungen in Westdeutschland eint ihr **sprachskeptischer Ansatz:** eine Reaktion auf das falsche Pathos der nationalsozialistischen Propaganda. Die **Trümmer- und Kahlschlagliteratur** zeigt in **Gedichten** und **Kurzgeschichten**, dass Ideale, Selbstbilder und Städte gleichermaßen in Trümmern liegen. Eichs Gedicht „Inventur" (▶ S. 390) – in Kriegsgefangenschaft verfasst – wird zum Prototyp der Kahlschlagliteratur, weil seine **Sprache maximal reduziert** ist. In der Kurzgeschichte nach amerikanischem Vorbild kreisen Autoren wie Elisabeth Langgässer, Böll (▶ S. 388) und Borchert (▶ S. 389) in einer **alltagsnahen Sprache** um die Verlorenheit der Kriegsheimkehrer, um das Elend in den zerbombten Städten und stellen zudem die Frage nach der **Schuld des Einzelnen.** An Celans wirkungsmächtiger „Todesfuge" (▶ S. 392) entzündet sich eine Debatte über die **Beschreibbarkeit der Shoah.** Celans spätere Lyrik ebenso wie die Bachmanns (▶ S. 396) ist **hermetisch: Chiffrierung** (Verschlüsselung) soll vor politischem Missbrauch schützen. Auch der Ansatz der **Konkreten Poesie** ist sprachskeptisch. Nach Gomringer (▶ S. 396) versucht sie, Wirklichkeit weniger zu beschreiben als herzustellen. Zugleich ist sie sprachspielerisch und integriert andere Kunstformen. Jandl (▶ S. 397) etwa nimmt Einflüsse der modernen Musik auf. Mit Grass' „Die Blechtrommel" (▶ S. 398) aus dem Jahr 1959, einem **ironischen Bildungsroman** mit Anleihen beim **Schelmenroman,** findet die westdeutsche Literatur in den Augen vieler Literaturhistoriker wieder zurück in die Weltliteratur.
3. **Weitere wichtige Autoren und Autorinnen:**
   Ilse Aichinger (u. a. „Spiegelgeschichte"), **Friedrich Dürrenmatt** (u. a. „Der Besuch der alten Dame"), **Uwe Johnson** (u. a. „Mutmaßungen über Jakob"), **Wolfgang Koeppen** (u. a. „Tauben im Gras").

Wirkungsgeschichte

Celans Lyrik ist äußerst einflussreich und wird ebenso wie Grass' „Blechtrommel" weltweit rezipiert. Romane von Böll, Frisch, Grass u. a. werden erfolgreich verfilmt.

D13 Politische Literatur und Neue Subjektivität – Formen des Widerstands?

Selbstbildnis im Supermarkt

Der Anfang des Wochenendes

Bleib erschütterbar und widersteh

Bushaltestelle

Herrschaftsfreiheit

Ermutigung

Fahnenappell

Die Luft riecht schon nach Schnee

Rudi Dutschke, ein führender Kopf der Studentenbewegung, auf einer Demonstration.

1 **a** Tauschen Sie sich darüber aus, was Sie über die Studentenbewegung 1968 und ihre Ziele wissen. Sie können dazu auch die folgenden Stichworte zu Hilfe nehmen und gemeinsam überlegen, welche Forderungen die Studierenden gestellt haben könnten.

Vietnamkrieg • Nationalsozialismus • Frauen • Massenmedien • Kapitalismus

b Diskutieren Sie Ähnlichkeiten und Unterschiede zwischen der Studentenbewegung und aktuellen Protestbewegungen wie Fridays for Future.

2 In der DDR und der BRD folgte auf eine Phase starker Politisierung ein Rückzug der Literatur ins Private.

a Ordnen Sie die Gedichttitel oben der politischen oder der subjektiven Lyrik begründet zu.

b Führen Sie mögliche Gründe für diese Entwicklung vom politischen Engagement zur Subjektivität an.

In diesem Kapitel erwerben Sie folgende Kenntnisse und Kompetenzen:

- politische Literatur und Alltagsliteratur als gegensätzliche Strömungen beschreiben,
- Literatur der BRD und der DDR in ihrem Spannungsverhältnis zur Gesellschaft untersuchen,
- das Identitätsmotiv anhand eines Dramenauszugs diskutieren,
- die postmoderne Literatur als intertextuelles Spiel mit Genres und Motiven reflektieren.

Literatur

Aufarbeitung und Widerstand – Politisch engagierte Literatur in der BRD

Die 1950er-Jahre in der Bundesrepublik waren vergangen, ohne dass es zu einer intensiven Aufarbeitung der NS-Vergangenheit gekommen wäre. Nach den Entbehrungen der Kriegs- und Nachkriegsjahre stand für eine Mehrheit die individuelle Wohlstandsentwicklung im Vordergrund. Eine neue Studierendengeneration protestierte in vielen Ländern Westeuropas gegen eine Elternschaft, die als spießig, autoritär und geschichtsvergessen empfunden wurde und doch die Spitzenpositionen in Wirtschaft, Justiz, Politik und Bildung besetzte. Man war gegen den Krieg in Vietnam und für Frieden, gegen die Eliten und für mehr Demokratie, gegen den unreflektierten Konsum von Gütern und Massenmedien und für mehr kritisches Denken. Allerdings verband sich die Frage nach der Durchsetzbarkeit der eigenen Ziele zugleich mit der schwierigen und sehr kontrovers diskutierten Frage nach den möglichen Formen des Widerstands.

Hans Magnus Enzensberger
Freizeit (1967)

rasenmäher, sonntag
der die sekunden köpft
und das gras.

gras wächst
über das tote gras
das über die toten gewachsen ist.

wer das hören könnt!

der mäher dröhnt,
überdröhnt
das schreiende gras.

die freizeit mästet sich.
wir beißen geduldig
ins frische gras.

Hans Magnus Enzensberger spricht 1965 auf dem Studierenden-Kongress „Notstand der Demokratie".

1 Weisen Sie die folgenden drei Kritikpunkte an der Elterngeneration am Text nach.

Konsumgesellschaft • Geschichtsvergessenheit • Spießigkeit

2 Untersuchen Sie den Aspekt der Geschichtsvergessenheit genauer.
a Erläutern Sie die Redensart „Gras über eine Sache wachsen lassen".
b Stellen Sie eine Verbindung zwischen der Redensart und dem Umgang mit der NS-Vergangenheit her, z. B.: *Die zweite Strophe thematisiert einen langsamen Verdrängungsprozess. Das Gras ...*

3 Erörtern Sie den Zusammenhang, den der Text zwischen der Freizeitgestaltung (siehe Titel) und dem Umgang mit der Vergangenheit herstellt. Belegen Sie Ihre Ergebnisse am Text.

Marie Luise Kaschnitz
Hobbyraum (1970)

Meine Söhne, sagt Herr Fahrenkamp, sind wortkarg genug. Ich frage sie dieses und jenes. Ich bin kein Unmensch, es interessiert mich, was die Jugend denkt, schließlich war man selbst einmal jung. Wie soll nach eurer Ansicht die Zukunft aussehen, frage ich und bekomme keine Antwort, entweder meine Söhne wissen es selber nicht oder sie wollen sich nicht festlegen, es soll alles im Fluss bleiben, ein Fluss ohne Ufer sozusagen, mir geht das auf die Nerven, offen gesagt. Darüber, was es nicht mehr geben soll, äußern sich meine Söhne freimütiger, auch darüber, wen es nicht mehr geben soll, den Lehrer, den Richter, den Unternehmer, alles Leute, die unseren Staat aufgebaut haben, in größtenteils demokratischer Gesinnung, aus dem Nichts, wie man wohl behaupten kann, und das ist jetzt der Dank. Schön und gut, sagen meine Söhne, aber ihr habt etwas versäumt, und ich frage, was wir versäumt haben, die Arbeiter sind zufrieden, alle Leute hier sind satt und zufrieden und was gehen uns die Einwohner von Bolivien an. Ihr habt etwas versäumt, sagen meine Söhne und gehen hinunter in den Hobbyraum, den ich ihnen vor Kurzem habe einrichten lassen. Was sie dort treiben, weiß ich nicht. Meine Frau meint, dass sie mit Bastelarbeiten für Weihnachten beschäftigt sind.

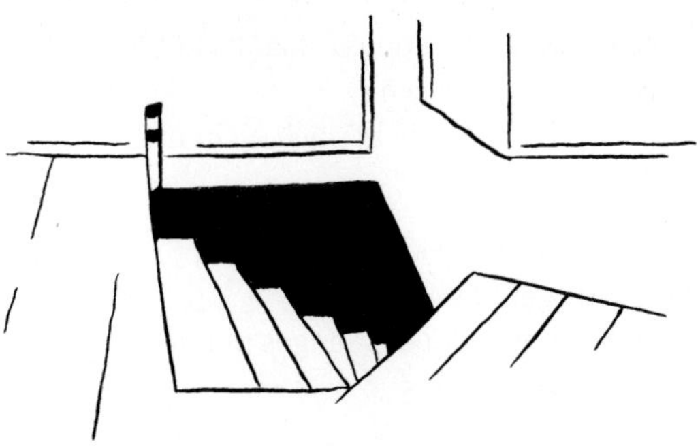

Peter Rühmkorf
Bleib erschütterbar und widersteh (1979)

Also heut: zum Ersten, Zweiten, Letzten:

Allen Durchgedrehten, Umgehetzten,
was ich, kaum erhoben, wanken seh,
gestern an und morgen abgeschaltet:
Eh dein Kopf zum Totenkopf erkaltet:
Bleib erschütterbar – doch widersteh.

Die uns Erde, Wasser, Luft versauen
– Fortschritt marsch! mit Gas und Gottvertrauen –
Ehe sie dich einvernehmen, eh
du im Strudel bist und schon im Solde,
wartend, dass die Kotze sich vergolde:
Bleib erschütterbar – und widersteh.

Schön, wie sich die Sterblichen berühren –
Knüppel zielen schon auf Herz und Nieren,
dass der Liebe gleich der Mut vergeh ...
Wer geduckt steht, will auch andre biegen
(Sorgen brauchst du dir nicht selber zuzufügen;
alles, was gefürchtet wird, wird wahr!)
Bleib erschütterbar.
Bleib erschütterbar – und widersteh.

Widersteht! im Siegen Ungeübte;
zwischen Scylla hier und dort Charybde[1]
schwankt der Wechselkurs der Odyssee ...
Finsternis kommt reichlich nachgeflossen;
aber du mit – such sie dir! – Genossen!
teilst das Dunkel, und es teilt sich die Gefahr
Leicht und jäh – –
Bleib erschütterbar!
Bleib erschütterbar – doch widersteh.

---

1 Scylla und Charybde: zwei tödliche Meeresungeheuer der griechischen Mythologie, zwischen denen Odysseus hindurchsegeln muss

1 a Untersuchen Sie, wie die beiden Generationen in Kaschnitz' Kurzprosa sich gegenseitig wahrnehmen: Welche Kritik übt die Jugend an den Eltern? Wie empfinden die Eltern die Kritik der Jugend?
b Welche Form des Widerstands deutet sich am Ende des Textes an? Begründen Sie Ihre Vermutung.

2 a Erläutern Sie den Refrain von Rühmkorfs Gedicht „Bleib erschütterbar und widersteh" am Text: Warum sollte man sich seine Sensibilität bewahren? Wogegen und warum sollte man Widerstand leisten?
b Das Gedicht wendet sich eindringlich an ein Du, einen Adressaten. Erläutern Sie, wer das sein könnte.

3 „Mit diesem Gedicht [von Rühmkorf] bleibt man ungern allein", stellt der Literaturkritiker Albrecht von Schirnding fest. Begründen Sie, ob Sie diesen Eindruck teilen.

Literatur

Alltag und Privates – Die „Neue Subjektivität" in BRD und DDR

Mit der „Neuen Subjektivität" entwickelte sich besonders in der Lyrik eine Gegenbewegung zur politisch engagierten Literatur (► S. 404). Im Tonfall häufig melancholisch resignativ und in der Sprache vergleichsweise einfach widmete man sich dem Alltag und den Nöten des Privatlebens, nicht selten schwierigen Liebesbeziehungen. Dieser Rückzug ins Private sollte jedoch nicht darüber hinwegtäuschen, dass es auch in diesen Texten oft – wenn auch manchmal nur zwischen den Zeilen – um Gesellschaftskritik ging.

Rolf Dieter Brinkmann
Einer jener klassischen (1975)

schwarzen Tangos in Köln, Ende des
Monats August, da der Sommer schon

ganz verstaubt ist, kurz nach Laden
Schluss aus der offenen Tür einer

dunklen Wirtschaft, die einem
Griechen gehört, hören, ist beinahe

ein Wunder: für einen Moment eine
Überraschung, für einen Moment

Aufatmen, für einen Moment
eine Pause in dieser Straße,

die niemand liebt und atemlos
macht, beim Hindurchgehen. Ich

schrieb das schnell auf, bevor
der Moment in der verfluchten

dunstigen Abgestorbenheit Kölns
wieder erlosch.

Sarah Kirsch
Bei den weißen Stiefmütterchen (1967)

im Park wie ers mir auftrug
stehe ich unter der Weide
ungekämmte Alte blattlos
siehst du sagt sie er kommt nicht

Ach sage ich er hat sich den Fuß gebrochen
eine Gräte verschluckt, eine Straße
wurde plötzlich verlegt oder
er kann seiner Frau nicht entkommen

viele Dinge hindern uns Menschen
Die Weide wiegt sich und knarrt
kann auch sein er ist schon tot

sah blaß aus als er dich untern Mantel küßte
kann sein Weide kann sein
so wollen wir hoffen er liebt mich nicht mehr R

1 a Erläutern Sie, warum ein Tango in Köln für das lyrische Ich einem Wunder gleichkommt.
b Begründen Sie die These, dass in diesem Gedicht Zivilisationskritik geübt wird.
c Deuten Sie das Zusammenspiel von Form und Inhalt, indem Sie das Wunder des Tangos mit den Enjambements des Gedichts in Verbindung setzen.
Tipp: Hören Sie sich einen Tango an.

2 Das lyrische Ich in Sarah Kirschs Gedicht wird von seinem Geliebten verlassen.
a Beschreiben Sie die Situation, in der sich das lyrische Ich befindet, und erläutern Sie seine Reaktion, z. B.:
Das lyrische Ich sucht zunächst nach möglichen Erklärungen dafür, dass …
b Die Staatsführung der DDR förderte Literatur mit klaren politischen Botschaften. Diskutieren Sie, inwiefern Kirsch sich mit ihrem Liebesgedicht zu dieser Forderung (kritisch) positioniert.

3 Belegen Sie anhand von Textstellen, dass in beiden Gedichten eine melancholische Stimmung herrscht.

4 Begründen Sie mit Hilfe des Epochenüberblicks (S. 416), dass diese Gedichte zur „Neuen Subjektivität" zählen.

Das Ende einer Liebe – Ein Motiv im Wandel?

Sarah Kirsch stellt sich mit ihrem Trennungsgedicht „Bei den weißen Stiefmütterchen" (► S. 406) in eine lange literarische Tradition. Nach den mittelalterlichen Anfängen (► S. 249) erlebte das Motiv der Trennung vor allem während der Romantik (► S. 316) und in der Neuen Sachlichkeit (► S. 386) eine besondere Blüte. Betonten das Mittelalter und die Romantik dabei die (vergebliche) Sehnsucht nach dem geliebten Menschen, so setzte die Neue Sachlichkeit einen ganz anderen Akzent. Erich Kästners Gedicht „Sachliche Romanze" führt dies auf prototypische Weise vor.

Erich Kästner **Sachliche Romanze** (1929)

Als sie einander acht Jahre kannten
(und man darf sagen: sie kannten sich gut),
kam ihre Liebe plötzlich abhanden.
Wie andern Leuten ein Stock oder Hut.

Sie waren traurig, betrugen sich heiter,
versuchten Küsse, als ob nichts sei,
und sahen sich an und wussten nicht weiter,
Da weinte sie schließlich. Und er stand dabei.

Vom Fenster aus konnte man Schiffen winken,
Er sagte, es wäre schon Viertel nach vier
und Zeit, irgendwo Kaffee zu trinken.
Nebenan übte ein Mensch Klavier.

Sie gingen ins kleinste Café am Ort
und rührten in ihren Tassen.
Am Abend saßen sie immer noch dort.
Sie saßen allein, und sie sprachen kein Wort
und konnten es einfach nicht fassen.

Erich Kästner (1899–1974) blieb während der NS-Zeit in Deutschland, obwohl seine Bücher 1933 als „undeutsch" verbrannt wurden.

Sarah Kirsch (1935–2013) lebte seit 1968 in Ostberlin und musste 1977 in die Bundesrepublik übersiedeln.

1 Sammeln Sie Ihre ersten Eindrücke zum Gedicht.
a Passt die Sprache des Gedichts zu seinem Gegenstand, dem Ende einer Liebe? Nehmen Sie knapp Stellung.
b Nennen Sie Beispiele für eine distanzierte und nüchterne Wortwahl, z. B.: kam ihre Liebe plötzlich abhanden (V. 3), …

2 **a** Interpretieren Sie das Gedicht inhaltlich, formal und sprachlich.
b Begründen Sie ausgehend vom Titel, dass es sich um einen typischen Text der Neuen Sachlichkeit (► S. 386) handelt.

3 Vergleichen Sie Kästners Gedicht mit dem Gedicht Sarah Kirschs (► S. 406). Gehen Sie dabei auf Gemeinsamkeiten und Unterschiede im Hinblick auf die folgenden Punkte ein:
– das Motiv,
– das Paar und seine Situation,
– die Sprache und den Tonfall insgesamt.

Literatur

Ankunft in der Realität – Kritische Literatur in der DDR

Mit der Gründung der DDR 1949 verbanden sich große gesellschaftliche Hoffnungen (► S. 391): Gleichheit, Freiheit und Emanzipation für alle Menschen sollten erreicht werden und am Horizont stand die marxistische Utopie einer herrschaftsfreien Gesellschaft. Die Wirklichkeit sah jedoch anders aus: Eine Einheitspartei (SED) regierte diktatorisch, etablierte mit der Staatssicherheit („Stasi") ein flächendeckendes Überwachungssystem und schloss 1961 die Grenze zum Westen mit dem Mauerbau endgültig. Spätestens seit Mitte der 60er reagierte eine junge Schriftstellergeneration kritisch auf diese Diskrepanz zwischen den ausgegebenen Zielen und der enttäuschenden Wirklichkeit. Im Westen betrachtete man dies als Äußerung „unangepasster Subjektivität". In der DDR sprach man von „Ankunftsliteratur", womit eine Ankunft im Alltag gemeint war, und damit gleichermaßen eine meist harte Konfrontation mit der Realität.

Christa Wolf **Nachdenken über Christa T.** (1968) – Auszug

Eine Ich-Erzählerin berichtet in Rückblenden von Leben und Tod ihrer Freundin Christa T. Christa hat hohe Ansprüche und Ideale. Sie will sich engagieren, die DDR und den proklamierten „neuen Menschen" mitgestalten. Als sie feststellen muss, dass der Staat nur leere Parolen ausgibt und Proteste blutig niederschlagen lässt (► S. 416), bricht sie psychisch zusammen und zieht sich später ins Private zurück. Aber auch ihre Ankunft im Alltag – das Leben als Hausfrau und Mutter – bringt ihr kein Glück.

A. R. Penck: Der Übergang (1963)

Was braucht die Welt zu ihrer Vollkommenheit?
Das und nichts anderes war die Frage, die sie in sich verschloß, tiefer noch aber die anmaßende Hoffnung, sie, sie selbst, Christa T., wie sie war, könnte der Welt zu ihrer Vollkommenheit nötig sein. Nichts Geringeres hat sie zum Leben gebraucht, der Anspruch ist allerdings gewagt und die Gefahr, sich zu überanstrengen, groß. Nicht umsonst hat die Schwester sie gewarnt, die auf ihrem Dorf ihrer Schule treu geblieben und sogar im Begriff ist, sich vernünftig zu verheiraten. Christa T., in den Briefen, die sie ihr schreibt, schwankt zwischen neidvoller Bewunderung: Sie ist doch tüchtig, die Schwester, sie packt das Leben an, sie überläßt sich nicht unfruchtbaren Grübeleien – und dem Vorwurf, die Schwester gebe sich zu früh zufrieden, bescheide sich, hole nicht alles aus sich heraus. Aber was tu' ich denn! endet ein solcher Brief. Wird auch nicht jeder abgeschickt. [...]
Christa T., sehr früh, wenn man es heute bedenkt, fing an, sich zu fragen, was denn das heißt: Veränderung. [...] Der neue Mensch, hörte sie sagen und begann, in sich hineinzublicken. Denn die Menschen waren nicht leicht zu sehen hinter den überlebensgroßen Papptafeln. R

1 **a** Charakterisieren Sie Christa T. mit Hilfe des Textes und der folgenden Gegensatzpaare: *unsicher – selbstbewusst, kritisch – angepasst, nachdenklich – oberflächlich.*
b Erläutern Sie die gemischten Gefühle, die Christa T. gegenüber ihrer Schwester hegt.

2 Die DDR wollte zur Heimat des neuen sozialistischen Menschen werden und verkündete dieses Ziel auch bei öffentlichen Kundgebungen auf „überlebensgroßen Papptafeln" (► Z. 29 f.). Erläutern Sie, inwiefern Christa T. diese Selbstinszenierung in Frage stellt. Was stört sie?

3 **a** Das Gemälde „Der Übergang" führte zu einem Ausstellungsverbot für den Künstler A. R. Penck in der DDR. Erläutern Sie, was die Zensoren vermutlich zu dieser Maßnahme veranlasste.
b Ziehen Sie eine Verbindung zwischen Wolfs Roman und Pencks Gemälde.

Reiner Kunze **Die wunderbaren Jahre – Clown, Maurer oder Dichter** (1976) – Auszug

Die Prosasammlung „Die wunderbaren Jahre“ thematisiert im Kern das Leben von Kindern und Jugendlichen in der DDR. Dabei zeigt sich, dass der Staat zwar versucht, den jungen Menschen ihre Individualität und ihren Freiheitsdrang auszutreiben, diese sich aber dennoch häufig die Neugier und ihren kritischen Kopf bewahren. Entstanden sind die Texte auf der Basis von zahlreichen Gesprächen, die Kunze mit Jugendlichen, Lehrlingen, jungen Soldaten und seiner Tochter geführt hat. Im folgenden Text mit dem Titel „Clown, Maurer und Dichter“ betrachtet ein Vater die Kreativität seines Sohnes sehr skeptisch. Seine drei Freunde sind da allerdings anderer Meinung.

Ich gebe zu, gesagt zu haben: Kuchenteller. Ich gebe ebenfalls zu, auf die Frage des Sohnes, ob er allen Kuchen auf den Teller legen solle, geantwortet zu haben: allen. Und ich stelle nicht in Abrede, daß der Kuchen drei Viertel der Fläche des Küchentischs einnahm. Kann man denn aber von einem zehnjährigen Jungen nicht erwarten, daß er weiß, was gemeint ist, wenn man Kuchenteller sagt? Das Händewaschen hatte ich überwacht, und dann war ich hinausgegangen, um meine Freunde zu begrüßen, die ich zum Kartoffelkuchenessen eingeladen hatte. Frischer Kartoffelkuchen von unserem Bäcker ist eine Delikatesse.

Als ich in die Küche zurückkehrte, kniete der Sohn auf dem Tisch. Auf einem jener Kuchenteller, die nur wenig größer sind als eine Untertasse, hatte er einen Kartoffelkuchenturm errichtet, neben dem der schiefe Turm zu Pisa senkrecht gewirkt hätte. Ich sparte nicht mit Stimme.

Ob er denn nicht sähe, daß der Teller zu klein sei.

Er legte sich mit der Wange auf den Tisch, um den Teller unter diesem völlig neuen Gesichtspunkt zu betrachten.

Er müsse doch sehen, daß der Kuchen nicht auf diesen Teller passe.

Aber der Kuchen passe doch, entgegnete er. Das eine Blech lehnte am Tischbein, und auch das andere war fast leer.

Ich begann, mich laut zu fragen, was einmal aus einem Menschen werden solle, der einen Quadratmeter Kuchen auf eine Untertasse stapelt, ohne auch nur einen Augenblick daran zu zweifeln, daß sie groß genug sein könnte.

Da standen meine Freunde bereits in der Tür.

„Was aus dem Jungen werden soll?“ fragte der erste, meine Worte aufnehmend. Er peilte den Turm an. „Der Junge offenbart ein erstaunliches Gefühl für Balance. Entweder er geht einmal zum Zirkus, oder er wird Maurer.“

Der zweite ging kopfschüttelnd um den Turm herum. „Wo hast du nur deine Augen?“ fragte er mich. Erst jetzt entdeckte ich, daß die von mir geschnittenen Kuchenstücke geviertelt waren, als wären wir zahnlose Greise. Mein Freund sah die größeren Zusammenhänge. „Siehst du denn nicht, daß in dem Jungen ein Künstler steckt?“ sagte er. „Der Junge hat Mut zum Niegesehenen. Er verknüpft die Dinge so miteinander, daß wir staunen. Er hat schöpferische Ausdauer. Vielleicht wird aus ihm sogar ein Dichter, wer weiß.“ „Eher ein richtiger oder ein genialer Soldat“, sagte der dritte, den ich jedoch sogleich unterbrach. „Soldat? Wieso Soldat?“ fragte ich auf die Gefahr hin, dem Sohn die Wörter wieder abgewöhnen zu müssen, die zu erwarten waren, sobald sich dieser Freund seiner Armeezeit erinnerte. Er antwortete: „Ein richtiger Soldat, weil er auch den idiotischsten Befehl ausführt. Und ein genialer Soldat, weil er ihn so ausführt, daß das Idiotische des Befehls augenfällig wird. Ein Mensch wie er kann zum Segen der Truppe werden.“

Ich hoffte, der Sohn würde das meiste nicht verstanden haben. Am Abend hockte er sich jedoch zu Füßen seiner Schwester aufs Bett und fragte sie, was zu werden sie ihm rate: Clown, Maurer oder Dichter. Soldat zu werden, zog er nicht in Betracht, weil er es dann mit Vorgesetzten wie seinem Vater zu tun haben könnte.

Seitdem bedenke ich, wer bei uns zu Gast ist, bevor ich eines meiner Kinder kritisiere. R

1 Lesen Sie die Information rechts und diskutieren Sie, ob der Text als Kritik an einem Staat verstanden werden kann, der diktatorisch von nur einer Partei (SED) regiert wurde.

> **Reiner Kunze** ließ die Veröffentlichung seines Buchs heimlich in der BRD vorbereiten. Als es erschien, reagierte die DDR drastisch. Kunze musste schon bald in die BRD übersiedeln.

2 Erläutern Sie die beiden letzten Sätze des Textes. Was folgt aus der Überlegung des Vaters?

Irmtraud Morgner **Leben und Abenteuer der Trobadora Beatriz** (1974) – Auszug

In ihrem Roman „Leben und Abenteuer der Trobadora Beatriz nach Zeugnissen ihrer Spielfrau Laura" lässt Morgner die Minnesängerin Beatriz nach 800-jährigem Schlaf erwachen, um nachzuschauen, wie es um die Gleichberechtigung der Frauen steht. Besonders große Hoffnungen setzt Beatriz dabei auf die DDR, von der sie gehört hat, sie sei für Frauen nicht weniger als das „gelobte Land". Vor Ort – in der DDR der Gegenwart – findet Beatriz eine Freundin in der S-Bahn-Fahrerin Laura, die die folgende Geschichte zum Besten gibt.

Kaffee verkehrt: Als neulich unsere Frauenbrigade im Espresso am Alex Kapuziner[1] trank, betrat ein Mann das Etablissement, der meinen Augen wohltat. Ich pfiff also eine Tonleiter rauf und runter und sah mir den Herrn an, auch rauf und runter. Als er an unserem Tisch vorbeiging, sagte ich „Donnerwetter". Dann unterhielt sich unsere Brigade über seine Füße, denen Socken fehlten, den Taillenumfang schätzte ich auf siebzig, Alter auf zweiunddreißig [...]. Da der Herr in der Ecke des Lokals Platz genommen hatte, mussten wir sehr laut sprechen. Ich ließ ihm und mir einen doppelten Wodka servieren und prostete ihm zu, als er der Bedienung ein Versehen anlasten wollte. Später ging ich zu seinem Tisch, entschuldigte mich, sagte, dass wir uns von irgendwoher kennen müssten, und besetzte den nächsten Stuhl. Ich nötigte dem Herrn die Getränkekarte auf und fragte nach seinen Wünschen. Da er keinen hatte, drückte ich meine Knie an seine, bestellte drei Lagen Sliwowitz und drohte mit Vergeltung für den Beleidigungsfall, der einträte, wenn er nicht tränke. Obgleich der Herr weder dankbar noch kurzweilig war, sondern wortlos, bezahlte ich alles und begleitete ihn aus dem Lokal. In der Tür ließ ich meine Hand wie zufällig über eine Hinterbacke gleiten, um zu prüfen, ob die Gewebestruktur in Ordnung war. Da ich keine Mängel feststellen konnte, fragte ich den Herrn, ob er heute Abend etwas vorhätte, und lud ihn ein ins Kino „International". Eine innere Anstrengung, die zunehmend sein hübsches Gesicht zeichnete, verzerrte es jetzt grimassenhaft, konnte die Verblüffung aber doch endlich lösen und die Zunge, also dass der Herrn sprach: „Hören Sie mal, Sie haben ja unerhörte Umgangsformen." – „Gewöhnliche", entgegnete ich, „Sie sind nur nichts Gutes gewöhnt, weil Sie keine Dame sind!"

1 der Kapuziner: Mokka-Kaffee mit Sahne

Thomas Brasch
Was ich habe, will ich nicht verlieren (1977)

Was ich habe, will ich nicht verlieren, aber
wo ich bin, will ich nicht bleiben, aber
die ich liebe, will ich nicht verlassen, aber
die ich kenne, will ich nicht mehr sehen, aber
wo ich lebe, da will ich nicht sterben, aber
wo ich sterbe, da will ich nicht hin:
Bleiben will ich, wo ich nie gewesen bin.

Thomas Braschs Vater hatte es in der DDR zum stellvertretenden Minister für Kultur gebracht. Thomas stellte sich jedoch offen gegen das System: gegen Zensur und die blutige Unterdrückung von Protestbewegungen. Er wurde kurzzeitig inhaftiert und vielfältig schikaniert. 1977 stellte er schließlich einen Ausreiseantrag und konnte die DDR verlassen. 2021 hat Andreas Kleinert das Leben Braschs unter dem Titel „Lieber Thomas" verfilmt.

1 **a** Erläutern Sie, warum Beatriz nach der Geschichte Lauras vollkommen desillusioniert ist. Gehen Sie dabei von den beiden einleitenden Wörtern aus: „Kaffee verkehrt" (► Z. 1).
b Erläutern Sie das kritische Potenzial dieser Geschlechtertauschgeschichte in Bezug auf die DDR.
c Diskutieren Sie, ob diese Geschichte heute noch aktuell ist.

2 Braschs Gedicht entsteht nach seiner Ausreise in die BRD. Deuten Sie den Text vor diesem Hintergrund.

3 Den Verlust der Heimat haben Schriftstellerinnen und Schriftsteller im Lauf der Literaturgeschichte immer wieder thematisiert. Gehen Sie diesem Motiv in den Epochen „Vormärz" (► S. 325–334), „Exilliteratur" (► S. 377–386) und „Gegenwart" (► S. 417–441) nach.

Kontext

Gesellschaft – Kritik und Zensur: Die Ausbürgerung Wolf Biermanns

Zahlreiche Künstlerinnen und Künstler äußerten mehr oder weniger offen Kritik an der DDR, darunter Sarah Kirsch (► S. 406), Christa Wolf (► S. 408), Irmtraud Morgner (► S. 410) und Thomas Brasch (► S. 410). Eine besonders laute und öffentlich wirksame Stimme hatte der Liedermacher Wolf Biermann, was im Herbst 1976 überraschend zu dessen Ausbürgerung führte.

Am 16. November 1976 entzog die DDR dem Liedermacher Wolf Biermann die Staatsbürgerschaft. Biermann, der in der DDR bereits mit einem Auftrittsverbot belegt war, befand sich zu diesem Zeitpunkt auf einer BRD-Tournee und durfte nicht wieder in die DDR einreisen.

Wolf Biermann bei einem Konzert in Bochum unmittelbar nach seiner Ausbürgerung.

Zahlreiche Intellektuelle erklärten sich daraufhin in einem offenen Brief mit Biermann solidarisch, protestierten gegen dessen Ausbürgerung und distanzierten sich endgültig von der Staatsführung der DDR. Dabei dokumentiert der Wortlaut ihrer Solidaritätserklärung, die in Ost und West veröffentlicht wurde, noch immer den inneren Zwiespalt der Unterzeichnenden. Denn der Utopie DDR mit ihren großen Hoffnungen (► S. 416) fühlte man sich nach wie vor verpflichtet, jedoch nicht mehr den staatlichen Akteuren. Unter den Unterzeichnenden finden sich neben Christa Wolf auch Sarah Kirsch und Thomas Brasch, die daraufhin verstärkten Repressalien ausgesetzt waren und beide 1977 das Land verließen.

Offener Brief: Erklärung der Berliner Künstler vom 17.11.1976 Wolf Biermann war und ist ein unbequemer Dichter. Das hat er mit vielen Dichtern unserer Vergangenheit gemein. Unser sozialistischer Staat müsste im Gegensatz zu anachronistischen Gesellschaftsformen[1] eine solche Unbequemlichkeit gelassen nachdenkend ertragen können.

Wir identifizieren uns nicht mit jedem Wort und jeder Handlung Wolf Biermanns und distanzieren uns von den Versuchen, die Vorgänge um Wolf Biermann gegen die DDR zu missbrauchen. Biermann hat selbst nie, auch nicht in Köln, Zweifel darüber gelassen, für welchen der beiden Staaten er, bei aller Kritik, eintritt.

Wir protestieren gegen seine Ausbürgerung und bitten darum, die beschlossene Maßnahme zu überdenken.

Christa Wolf, Sarah Kirsch, Volker Braun, Gerhard Wolf, Rolf Schneider, Stephan Hermlin, Erich Arendt, Franz Fühmann, Stefan Heym, Jurek Becker, Günther Kunert, Heiner Müller.

Zusatz: Wir erklären uns mit dem Protest der Berliner Schriftsteller gegen die Ausbürgerung Wolf Biermanns solidarisch: *Jutta Hoffmann, Katharina Thalbach, Manfred Krug, Ulrich Plenzdorf, Thomas Brasch u. a. m.*

1 anachronistische Gesellschaftsformen: überholte Systeme im Gegensatz zu einem fortschrittlichen Sozialismus

1 Die Künstler behaupten in ihrem offenen Brief, dass Wolf Biermann für die DDR eintrete, obwohl er sie kritisiere. Erklären Sie diesen Scheinwiderspruch mit Hilfe der folgenden Zeilen aus Biermanns „Stasi-Ballade" aus dem Jahr 1974:

> Menschlich fühl ich mich verbunden / mit den armen Stasi-Hunden / die bei Schnee und Regengüssen / mühsam auf mich achten müssen [...] / Ihr allein könnt Zeugnis geben / wie mein ganzes Menschenstreben / leidenschaftlich zart und wild / unserer großen Sache gilt.

2 Legen Sie dar, inwiefern sich in den Texten von Wolf (► S. 408), Morgner (► S. 410) und Brasch (► S. 410) die gleiche schmerzliche Zerrissenheit findet wie im offenen Brief an die DDR-Führung.

Literatur

Identität – Nur eine von vielen möglichen Geschichten?

Max Frisch, der bis heute zu den meistgespielten Dramatikern an deutschsprachigen Bühnen gehört, kreist in seinen Werken immer wieder um die Frage der Identität: Wie brüchig oder stabil ist sie? Was macht sie im Kern aus? Können wir mehrere Identitäten haben? Können wir uns neu erfinden? In seinem Drama „Biografie. Ein Spiel" spitzt Frisch diese Fragen noch einmal zu.

Max Frisch **Biografie: Ein Spiel.** (1966/67) – Auszug

Hannes Kürmann, ein todkranker Professor, erhält die Chance, sein Leben noch einmal durchzuspielen und in entscheidenden Momenten zu verändern. Gestaltet wird dieses Biografie-Spiel von einem „Registrator", einer Art Regisseur, der frei über Raum, Zeit und Figuren verfügt. In der folgenden Szene geht es um Kürmanns erste Frau Katrin, die er im Gegensatz zu der Amerikanerin Helene nie wirklich geliebt und die er womöglich damit in den Selbstmord getrieben hat. Wird er seine Biografie korrigieren, indem er die Hochzeit mit Katrin in letzter Sekunde absagt?

„Biografie. Ein Spiel" in der Inszenierung am Deutschen Theater Berlin 2012, Regie Bastian Kraft

Registrator *Indem er blättert:* – das hier ist Ihr Leben, das Sie bisher gelebt haben. Bis Mitte vierzig. Ein Leben, das sich sehen lassen darf. Ich gebe zu: etwas durchschnittlich. Als Wissenschaftler, scheint es, sind Sie beachtlich. Der Kürmann'sche Reflex: ein Begriff, der, wie es heißt, aus der Verhaltensforschung nicht mehr wegzudenken ist. Eigentlich fehlt in Ihrer Biografie nur noch der Ruf nach Princeton.

Kürmann *blickt in sein Glas.*

Kürmann: Biografie! Ich weigere mich zu glauben, daß unsere Biografie, meine oder irgendeine, nicht anders aussehen könnte. Vollkommen anders. Ich brauche mich nur ein einziges Mal anders zu verhalten –

Registrator: Bitte.

Kürmann: – ganz zu schweigen vom Zufall! [...]

Es erscheint eine Braut in Weiß.

Registrator: Frühling 1940: zurückgekehrt nach Europa, um Militärdienst zu leisten, treffen Sie Ihre erste Gattin, die später Selbstmord begeht.

Kürmann *schaut sich nicht um.*

Registrator: Möchten Sie hier eine andere Wahl treffen?

Braut: Hannes –

Registrator: Güggenbühl Katrin, 21, blond mit Sommersprossen, einziges Kind eines Apothekers – Sie erinnern sich? – laut Dossier: Sie wissen am Tag der kirchlichen Trauung, daß diese Ehe ein Irrtum ist.

Glockengeläute.

Registrator: Möchten Sie hier eine andere Wahl treffen?

Kürmann *erblickt die Braut. (...)*

Braut: Warum schweigst du?

Kürmann: Katrin.

Braut: Was ist denn mit dir?

Kürmann *schweigt.*

Braut: So sag es doch.

Zwei Beamte bringen einen Sarg und gehen wieder.

Registrator: Vielleicht weiß auch Katrin, daß diese Ehe ein Irrtum ist, und sie wartet bloß darauf, daß Sie es sagen. Warum sagen Sie es nicht? Sie wird zusammenbrechen. Mag sein. Es ist natürlich ein Schock, wenn Sie jetzt noch Nein sagen, wo schon die Glocken läuten.

Braut: Hannes –

Registrator: Vielleicht retten Sie ihr das Leben.

Die Glocken verstummen.

Registrator: Herr Kürmann, wir warten. *Zu den Figuren:* Herr Kürmann hat gesagt, wenn er nochmals anfangen könnte, so wüßte er genau, was er anders machen würde in seinem Leben. *Zu Kürmann:* [...] Helen, die Sie zum Mann gemacht hat, wartet an der Küste nördlich San Franzisko. Und es wartet die Braut mit den Rosen –

Kürmann: – daß ich schuldig werde an ihr.

Registrator: Oder nicht.

Orgelspiel.

Registrator: Herr Kürmann, Sie haben nochmals die Wahl. [...] Katrin liebt Sie.

Kürmann: Das meinte sie.

Registrator: Sie ist glücklich.

Kürmann: Und das genügte ihr.

Registrator: Was wollen Sie damit sagen?

Kürmann: Nichts. [...]

Registrator: Warum heirateten Sie?

Kürmann: Um Helen zu vergessen.

Helen: What is he telling you?

Kürmann: Ich mißbrauchte sie, um Helen zu vergessen, und sie mißbrauchte mich, um ein Kind zu haben.

Registrator: Warum sagen Sie's dem Mädchen nicht?

Kürmann *schüttelt den Kopf.*

Registrator: So bleibt es dabei?

Kürmann: Ja. [R]

1 Erläutern Sie Kürmanns Biografie-Verständnis (▸ Z. 11–17) und inwiefern es zur Spielidee des Dramas passt.

2 Diskutieren Sie Kürmanns Entscheidung am Ende der Szene:
– Hätte er sich aus Ihrer Sicht für einen Neuanfang entscheiden sollen oder müssen?
– Was könnte ihn bewogen haben, alles beim Alten zu belassen?

Zum Bühnenbild:
In der Mitte der Bühne steht ein Pavillon, in dem Filme gedreht werden. Diese werden auf der Leinwand über dem Pavillon ausgestrahlt.
Der Pavillon selbst ist innen verspiegelt und vervielfacht das Spiel der Figuren.

„Biografie: Ein Spiel" in der Inszenierung am Deutschen Theater Berlin 2012, Regie Bastian Kraft

3 Erörtern Sie, inwiefern das Bühnenbild die Idee des Dramas aufgreift. Lesen Sie dazu die Information zum Bühnenbild.

4 „Jeder Mensch erfindet eine Geschichte, die er für sein Leben hält". Erklären Sie diese Aussage Max Frischs zum Thema „Identität" mit Beispielen aus der (medialen) Gegenwart.

Literatur

Das Spiel mit Texten und Fiktion – Die Postmoderne (80er-Jahre)

Die postmoderne Literatur grenzt sich bewusst von der Moderne und ihrem Anspruch ab, formal und sprachlich innovativ zu sein. Stattdessen stehen das Spiel mit literarischen Traditionen und die Lust am Erzählen im Vordergrund. Umberto Eco schreibt mit „Der Name der Rose" (► S. 415) einen mittelalterlichen Kriminalroman, der seine Leser nicht nur auf eine detektivische Spurensuche nach dem Mörder schickt, sondern auch nach zahlreichen – mehr oder weniger versteckten – Zitaten aus anderen Werken und Genres. Auch Patrick Süskinds Roman „Das Parfum", der die Geschichte eines Geruchsgenies und Mörders erzählt, wird der postmodernen Literatur zugerechnet, weil er auf vielfache, meist ironisch-parodistische Weise auf andere Texte und Genres Bezug nimmt. Diese Bezugnahme beschreibt man in der Literaturwissenschaft allgemein als „Intertextualität". In gewisser Weise vernetzt sich jeder Text z. B. thematisch, motivisch, stilistisch mit vorangegangenen Texten (siehe dazu die Einführungsseiten zu dieser Literaturgeschichte, ► S. 242), in der Postmoderne vermischen sich die Texte aber ganz gezielt und in besonders ausgeprägter Weise.

Patrick Süskind **Das Parfum** (1985) – Romananfang

Der Roman „Das Parfum" wird unmittelbar nach seinem Erscheinen zu einem Welterfolg und ist heute in mehr als 40 Sprachen übersetzt. Die Geschichte spielt im Frankreich des 18. Jahrhunderts und erzählt von Jean-Baptiste Grenouille, einem Außenseiter mit außerordentlichem Geruchssinn, der davon besessen ist, das absolute Parfum herzustellen. Dafür schreckt Grenouille auch vor Morden nicht zurück.

Im achtzehnten Jahrhundert lebte in Frankreich ein Mann, der zu den genialsten und abscheulichsten Gestalten dieser an genialen und abscheulichen Gestalten nicht armen Epoche gehörte. Seine Geschichte soll hier erzählt werden. Er hieß Jean-Baptiste Grenouille, und wenn sein Name im Gegensatz zu den Namen anderer genialer Scheusale, wie etwa de Sades, Saint-Justs, Fouchés, Bonapartes usw., heute in Vergessenheit geraten ist, so sicher nicht deshalb, weil Grenouille diesen berühmteren Finstermännern an Selbstüberhebung, Menschenverachtung, Immoralität, kurz an Gottlosigkeit nachgestanden hätte, sondern weil sich sein Genie und sein einziger Ehrgeiz auf ein Gebiet beschränkte, welches in der Geschichte keine Spuren hinterläßt: auf das flüchtige Reich der Gerüche.

Zu der Zeit, von der wir reden, herrschte in den Städten ein für uns moderne Menschen kaum vorstellbarer Gestank. Es stanken die Straßen nach Mist, es stanken die Hinterhöfe nach Urin, es stanken die Treppenhäuser nach fauligem Holz und nach Rattendreck, die Küchen nach verdorbenem Kohl und Hammelfett; die ungelüfteten Stuben stanken nach muffigem Staub, die Schlafzimmer nach feuchten Federbetten und nach dem stechend süßen Duft der Nachttöpfe. Aus den Kaminen stank der Schwefel, aus den Gerbereien stanken die ätzenden Laugen, aus den Schlachthöfen stank das geronnene Blut. Die Menschen stanken nach Schweiß und nach ungewaschenen Kleidern; aus dem Mund stanken sie nach verrotteten Zähnen, aus ihren Mägen nach Zwiebelsaft und an den Körpern, wenn sie nicht mehr ganz jung waren, nach altem Käse und nach saurer Milch und nach Geschwulstkrankheiten. Es stanken die Flüsse, es stanken die Plätze, es stanken die Kirchen, es stank unter den Brücken und in den Palästen. Der Bauer stank wie der Priester, der Handwerksgeselle wie die Meistersfrau, es stank der gesamte Adel, ja sogar der König stank, wie ein Raubtier stank er, und die Königin wie eine alte Ziege, sommers wie winters. Denn der zersetzenden Aktivität der Bakterien war im achtzehnten Jahrhundert noch keine Grenze gesetzt, und so gab es keine menschliche Tätigkeit, keine aufbauende und keine zerstörende, keine Äußerung des aufkeimenden oder verfallenden Lebens, die nicht von Gestank begleitet gewesen wäre.

Und natürlich war in Paris der Gestank am größten, denn Paris war die größte Stadt Frankreichs. Und innerhalb von Paris wiederum gab es einen Ort, an dem der Gestank ganz besonders infernalisch herrschte, zwischen der Rue aux Fers und der Rue de la Ferronnerie, nämlich den Cimètiere des Innocents. Achthundert Jahre lang hatte man hierher die Toten des Krankenhauses Hôtel-Dieu und der umliegenden Pfarrgemeinden verbracht, achthundert Jahre lang Tag für Tag die Kadaver zu Dutzenden herbeigekarrt und in lange Gräben geschüttet, achthundert Jahre lang in den Grüften und Beinhäusern Knöchelchen auf Knöchelchen geschichtet. Und erst später, am Vorabend der Französischen Revolution, nachdem einige der Leichengräben gefährlich eingestürzt waren und der Gestank des überquellenden Friedhofs die Anwohner nicht mehr zu bloßen Protesten, sondern zu wahren Aufständen trieb, wurde er endlich geschlossen und aufgelassen, wurden die Millionen Knochen und Schädel in die Katakomben von Montmartre geschaufelt, und man errichtete an seiner Stelle einen Marktplatz für Viktualien. Hier nun, am allerstinkendsten Ort des gesamten Königreichs, wurde am 17. Juli 1738 Jean-Baptiste Grenouille geboren.

1 Erklären Sie auf der Grundlage des Romananfangs, warum Grenouille wie besessen nach dem perfekten Parfum sucht.

Heinrich von Kleist **Michael Kohlhaas** (1808) – Novellenanfang

An den Ufern der Havel lebte, um die Mitte des sechszehnten Jahrhunderts, ein Rosshändler, namens Michael Kohlhaas, Sohn eines Schulmeisters, einer der rechtschaffensten zugleich und entsetzlichsten Menschen seiner Zeit.

2 **a** Lesen Sie den ersten Satz von Kleists Novelle „Michael Kohlhaas". Erläutern Sie, was Ihnen im Vergleich zum ersten Satz des „Parfums" auffällt.

b Diskutieren Sie, inwiefern Süskind damit die Leseerwartungen steuert und ob der Roman durch den Kleist-Bezug an Bedeutung gewinnt.

3 Ein weiteres Kennzeichen postmoderner Literatur ist das Spiel mit der Fiktionalität. Erläutern Sie, wie Süskinds Erzähler versucht, die erfundene Geschichte des Grenouille als echt auszugeben, z. B.:
Der Erzähler stellt Grenouille in eine Reihe mit ... Außerdem erläutert er, warum der „berühmte" Grenouille anders als etwa de Sade oder Bonaparte heute nicht mehr bekannt ist. Das liegt an ...

4 Erläutern Sie, inwiefern im Anfang von Umberto Ecos Roman „Der Name der Rose" mit Fiktionalität gespielt wird und was die Leser des Romans glauben sollen.

Umberto Eco: **Der Name der Rose** (1980, deutsch 1982) – Romananfang

Am 16. August 1968 fiel mir ein Buch aus der Feder eines gewissen Abbé Vallet in die Hände: *Le manuscript de Dom Adson de Melk, traduit en francais d'apres l'édition de Dom J. Mabillon* (Aux Presses de l'Abbaye de la Source, Paris 1842). Das Buch, versehen mit ein paar historischen Angaben, die in Wahrheit recht dürftig waren, präsentierte sich als die getreue Wiedergabe einer Handschrift aus dem 14. Jahrhundert, die der große Gelehrte des 17. Jahrhunderts, dem wir so vieles über die Geschichte des Benediktinerordens verdanken, angeblich seinerseits im Kloster Melk gefunden hatte. [...] In einem Zustand großer Erregung las ich, fasziniert, die schreckliche Geschichte des Adson von Melk, und so heftig ließ ich mich von ihr packen, dass ich gleichsam aus dem Stand eine Rohübersetzung anfertigte.

Sean Connery in der Verfilmung von „Der Name der Rose", 1986.

Epochenüberblick — Literatur in der BRD und der DDR (1960–1989)

Allgemeingeschichtlicher Hintergrund

Der Zeitraum zwischen dem **Mauerbau (1961)** und dem **Mauerfall (1989)** wird außenpolitisch vom atomaren Wettrüsten zwischen den beiden Supermächten USA und Sowjetunion geprägt, dem sogenannten **Kalten Krieg.** Innenpolitisch erlebt die **BRD** eine Phase starker Politisierung. Eine neue **Studentengeneration – die „68er“** – protestiert gegen den **Krieg in Vietnam,** verlangt die **Aufarbeitung der nationalsozialistischen Vergangenheit** und mehr **demokratische Teilhabe.** Die **Frauenbewegung** und die **Friedensbewegung** entstehen. In der **DDR** wird die **Diskrepanz zwischen** der **Utopie** einer gleichen und freien Gesellschaft und der **Wirklichkeit** immer deutlicher. Der **Mauerbau**, die Niederschlagung des **„Prager Frühlings“ (1968)** und die **Ausbürgerung** des Liedermachers **Wolf Biermann (1976)** führen dazu, dass immer mehr Menschen sich von der DDR distanzieren und zahlreiche Intellektuelle das Land verlassen (z. B. Kunze, Brasch, Kirsch).

Literatur

1. **Welt- und Menschenbild**
   In der **BRD politisiert sich die Literatur** parallel zu den **Protestbewegungen** und solidarisiert sich auch weitgehend mit deren Zielen. In der **DDR** brachte eine junge Schriftstellergeneration ihre Enttäuschung darüber zu Papier, dass die **Ideale von Freiheit, Gleichheit und Emanzipation** sich in der Realität nicht einlösten. **Offene Kritik,** wie Kunze (▶ S. 409), Brasch (▶ S. 410) und Biermann (▶ S. 411) sie äußerten, führte zu Publikationsverboten, Inhaftierungen und im Fall Biermanns zur Ausbürgerung. Beinahe zeitgleich – ab Mitte der 60er-Jahre – setzt in beiden deutschen Ländern eine literarische Gegenströmung zur politischen Literatur ein, die den **Alltag** der Menschen in den Fokus rückt.
2. **Werke**
   Politische Literatur in der BRD: Autoren wie Enzensberger, Rühmkorf und Kaschnitz wenden sich den **politischen Themen der Zeit** zu: dem Vietnamkrieg, der Geschichtsvergessenheit (▶ S. 404 und S. 405) und den Formen des zivilen Widerstands (▶ S. 405). Im **Dokumentarischen Theater** wird die **NS-Zeit** auf der Basis von Originaldokumenten thematisiert. So verarbeitet Peter Weiss in „Die Ermittlung“ (1965) Protokolle des Frankfurter Prozesses gegen Auschwitz-Täter.
   Kritische Literatur in der DDR: In Erzählungen und Romanen beschreibt eine jüngere Schriftstellergeneration zunehmend kritisch die schwierige **Ankunft im Alltag der DDR** („Ankunftsliteratur“). Wie in Wolfs „Nachdenken über Christa T.“ (▶ S. 408) wird die Verwirklichung sozialistischer Ideale in der Realität angemahnt. Ungleich schärfer noch kritisieren Autoren wie Kunze, Brasch und Biermann den beständigen **Anpassungsdruck** (▶ S. 409) oder die **Bespitzelung durch die Stasi** (▶ S. 411).
   Literatur der „Neuen Subjektivität“ in BRD und DDR: Die „Neue Subjektivität“ entsteht vor allem in der Lyrik als eine Gegenbewegung zur politischen Literatur und zur verschlüsselten Lyrik von z. B. Celan (▶ S. 392) und Bachmann (▶ S. 396). In einer bewusst **einfachen, gut lesbaren Sprache** widmen sich Autoren wie Brinkmann (▶ S. 406) oder Kirsch (▶ S. 407) **persönlichen Themen**, in denen sich jedoch auch die gesellschaftlichen Umstände spiegeln.
   Postmoderne: In der Literatur der Postmoderne dominiert in den 80er-Jahren die **Romanform.** Sie gibt Autoren wie Süskind und Eco (▶ S. 414 f.) Gelegenheit zum **Spiel mit Genres und Motiven der Literaturgeschichte.** Kennzeichnend sind vielfältige Bezüge zu anderen Werken in Form von **Zitaten oder Parodien (Intertextualität)** und die Thematisierung der eigenen **Fiktionalität.**
3. **Weitere wichtige Autoren und Werke:**
   Jurek Becker (u. a. „Jakob der Lügner“), Friedrich Dürrenmatt (u. a. „Die Physiker“), Erich Fried (Gedichte), Peter Handke (u. a. „Wunschloses Unglück), Brigitte Reimann (u. a. „Franziska Linkerhand“).

Wirkungsgeschichte

Als Teil einer gesellschaftlichen Bewegung hat die kritische Literatur in Ost und West einen wichtigen Beitrag zum gesellschaftlichen Diskurs und damit zur Veränderung der Gesellschaft geleistet.

D14 Die Gegenwart – Themen und Tendenzen in der Literatur von 1989 bis heute

Buchempfehlungen

Dilek Güngör: Ich bin Özlem
Moritz von Uslar: Deutschboden. Eine teilnehmende Beobachtung
Ingo Schulze: Simple Storys. Ein Roman aus der ostdeutschen Provinz.
Nora Krug: Heimat. Ein deutsches Familienalbum.
Thomas Brussig: Am kürzeren Ende der Sonnenallee
Marc-Uwe Kling: Qualityland
Mithu Sanyal: Identitti
Saša Stanišić: Herkunft

Die Stadtbibliothek Stuttgart wurde mit dem Titel „Bibliothek des Jahres" ausgezeichnet.

1 Die Stuttgarter Stadtbücherei ist einer der spektakulärsten öffentlichen Bauten. Beschreiben Sie Ihren Eindruck und diskutieren Sie, welche Bedeutung Bibliotheken in einer digitalen Welt haben können.

2 Suchen Sie sich aus der Liste der „Buchempfehlungen" einen Romantitel aus, den Sie in der Bibliothek in die Hand nehmen würden. Welche Erwartungen weckt der Titel? Formulieren Sie Ideen zu möglichen Themen und Fragen, die in den Romanen aufgegriffen werden könnten.

3 Literatur ist immer auch ein Spiegel gesellschaftlicher Verhältnisse und Entwicklungen. Welche Themen sind für Sie als Gegenstand der Gegenwartsliteratur interessant? Diskutieren Sie, auf welche Weise die Gesellschaft von einer Verarbeitung dieser Themen in der Literatur profitieren kann.

In diesem Kapitel erwerben Sie folgende Kenntnisse und Kompetenzen:

- ein Grundverständnis des Begriffs „Gegenwartsliteratur" entwickeln und kritisch reflektieren,
- Romanauszüge und eine Graphic Novel über die Zeit des Nationalsozialismus und des Holocausts erschließen und die literarische Auseinandersetzung mit dieser Zeit reflektieren,
- literarische und filmische Perspektiven auf die Wendezeit deuten und zueinander in Beziehung setzen,
- die literarische Auseinandersetzung mit den Themen Flucht, Heimat, Migration und Identität beschreiben und vergleichen,
- Entwicklungen in Medien und Gesellschaft im Spiegel der aktuellen Literatur erfassen und reflektieren.

14.1 Erinnern und bearbeiten – Auseinandersetzungen mit der NS-Vergangenheit

Literatur

War Opa ein Nazi? – Die Frage nach der Mitschuld an den Geschehnissen der NS-Zeit

Die Beschäftigung mit der NS-Diktatur und ihren Folgen ist seit dem Ende des Zweiten Weltkriegs nicht nur Teil des gesellschaftlichen Diskurses, sondern auch ein zentrales Thema in der Literatur. Dabei nimmt die literarische Auseinandersetzung mit der nationalsozialistischen Vergangenheit in der Nachkriegsliteratur (► S. 387) ihren Anfang und bleibt auch in der jüngsten Gegenwartsliteratur eine feste Konstante. Seit den 1990er-Jahren setzt sich zunehmend die zweite und dritte Generation mit den Taten ihrer Eltern und Großeltern auseinander und stellt sich die Frage, inwieweit die eigene Familie in die NS-Geschichte verstrickt war.

Nora Krug **Heimat. Ein deutsches Familienalbum** (2018)

„Wie kann man begreifen, wer man ist, wenn man nicht versteht, woher man kommt?", fragte sich die deutsch-amerikanische Illustratorin und Autorin Nora Krug, die in New York lebt, und unternahm eine Spurensuche in der Vergangenheit ihrer Familie: War Opa Willi ein Nazi? Was sagen die mit Hakenkreuzen dekorierten Schulaufsätze über ihren Onkel, der mit 18 Jahren im Zweiten Weltkrieg fiel? Wieso hat ihr Vater den Kontakt zu seiner Schwester abgebrochen? Bei den Recherchen zu ihrer Familiengeschichte förderte Nora Krug historische Schriftstücke und Fotos zutage, die sie mit selbst verfassten Texten und Bildergeschichten zu einem Buch, einem Erinnerungskunstwerk, zusammenstellt.

In den folgenden beiden Auszügen untersucht Nora Krug das Soldbuch (den Soldatenausweis) ihres Opas Willi (► Abb. rechts) und gibt das Gespräch mit ihrer Tante Karin, der Tochter von Opa Willi, wieder (► Seite 609).

1 „Wie kann man begreifen, wer man ist, wenn man nicht versteht, woher man kommt?"
Diskutieren Sie zunächst allgemein, ob bzw. inwiefern ein Wissen um die eigene Familiengeschichte und die des Herkunftslandes wichtig für die eigene Identität ist. Beziehen Sie die Frage dann speziell auf den Fall, dass es sich um eine deutsche Familiengeschichte handelt.

2 Neben realen Fakten (historische Dokumente, Fotos) nutzt Nora Krug auch fiktionale Inhalte (Texte, Illustrationen), z. B. wenn Geschehen dargestellt wird, für das es keine gesicherten Belege gibt.

a Erläutern Sie dieses Zusammenspiel von Fakten und Fiktion anhand der Seiten aus der Graphic Novel.

b Die Auswertung historischer Dokumente spielt eine große Rolle in der Geschichtswissenschaft. Beschreiben Sie Möglichkeiten und Grenzen dieser Auswertung, die Krug deutlich macht.

3 Diskutieren Sie: Ist Krugs künstlerische Auseinandersetzung mit der NS-Zeit, in der reale und fiktive Elemente miteinander kombiniert werden, gewinnbringend oder eine unangemessene Ästhetisierung?

4 „Heimat ist etwas, das erst zu existieren beginnt, wenn man es verloren hat", meint Nora Krug. Nehmen Sie Stellung zu dieser Aussage.

Edgar Selge **Hast du uns endlich gefunden** (2021)

Auch der 1948 geborene Edgar Selge beschäftigt sich in seinem autofiktionalen Roman „Hast du uns endlich gefunden" mit den Verstrickungen seiner Familie mit dem Nationalsozialismus. Aufgewachsen mit Eltern, die im Zweiten Weltkrieg mit den Ideen des Nationalsozialismus sympathisierten, zeigt das Buch, wie sich der Ich-Erzähler als Kind, aber auch später als erwachsener Mann mit der Frage nach der Verantwortung seiner Eltern auseinandersetzt. Im folgenden Textauszug werden der Ich-Erzähler und seine Mutter durch verschiedene Anlässe mit der NS-Vergangenheit konfrontiert.

Als in München die Ausstellung über die Verbrechen der deutschen Wehrmacht in der Sowjetunion eröffnet wurde, ist meine Mutter da hingegangen und hat mir den Katalog mitgebracht.
Du kannst ihn behalten, sagte sie zu mir. Du gehst ja sowieso nicht hin, da kannst du dich wenigstens im Katalog informieren. Ich habe mein Soll erfüllt, ich war da, aber jetzt mag ich da nicht mehr reinschauen. Ich will dies schwere Ding nicht mit in meine Wohnung schleppen. Mir ist schon in der Ausstellung schlecht geworden.
Dann kreuzt sie ihre Hände über dem Magen und fragt mich, ob ich ihr eine heiße Milch machen kann: Ich lege mich so lange auf eurer Sofa. Wenn ich darf.
Ich erschrecke, mache mir Vorwürfe, dass ich sie nicht begleitet habe. Zwei Stunden hat sie im Schneematsch auf dem Münchener Marienplatz in der Schlange gestanden, um in diese Ausstellung zu kommen. Hat sich an den endlosen Fotos und Texttafeln vorbeischleusen lassen, ist dann nach Hause gewankt und hat bei uns geklingelt. An der Tür ist sie mir in die Arme gefallen, und ich konnte sie gerade noch auf einen Stuhl setzen.
Ich kann mein ganzes Leben wegwerfen, waren ihre ersten Worte. Nur Verbrecher um mich herum. Euer Vater. Mein Vater. Unsere Wehrmacht. Die Generäle, zu denen wir aufgeschaut haben. Von Manstein. Kesselring[1]. Männer, denen ihre Ehre über alles gegangen ist. Die ihr Leben für Deutschland eingesetzt haben. Alle sollen Verbrecher gewesen sein!
Ich will sie in ein rationaleres Fahrwasser bringen und sage, dass es in der Ausstellung um den Vernichtungskrieg gegen die Sowjetunion geht.
Aber das will sie gar nicht wissen. Sie will nicht mehr differenzieren.

Wehrmachtsausstellung München, 2002

Der Begriff „Verbrechen der Wehrmacht" hat sich so tief in sie eingegraben, dass sie zwei Wochen später mit einem Magendurchbruch ins Krankenhaus eingeliefert wird. Da ist sie dreiundachtzig. Da haben die Stiche ihr Ziel erreicht. Die Operation hat sie überlebt.
Immer wenn sie Magenstiche hat, denke ich: Ich bin schuld. Ich habe wieder zu viel über die Juden geredet.
Einmal habe ich ihr ein Foto von den Kratzspuren an den Wänden in den Gaskammern gezeigt. Das war 2000, drei Jahre nach ihrer Magenoperation, neun Monate vor ihrem Tod. Wie ein Zwölfjähriger bin ich in ihre Wohnung gelaufen, habe sie aufgefordert, sich dieses Foto anzusehen, das ich gerade in der Zeitung entdeckt hatte. [...] Ich habe immer weitergeredet. In der Küche meiner Mutter. Vorm Herd. Wie ein Fachmann. Wie ein Historiker, der auf den Holocaust spezialisiert ist. Weil ich gerade dieses Foto entdeckt hatte.

Währenddessen sucht meine Mutter mit dem Bild in der Hand nach dem Küchenstuhl, um sich zu setzen.

Ich erzähle weiter: dass der Weg der Juden von der Rampe, wo die Züge angekommen seien und sie aus den Waggons springen mussten, bis zu ihrer Einäscherung in den Verbrennungsöfen nicht länger als zwei Stunden gedauert habe. Dass die Familien und Freunde, wenn sie von den Zügen heruntergesprungen seien, sich an den Händen festhielten. Dass die Ankommenden noch nicht gewusst hätten, was auf sie zukam. Dass sie gesehen hätten, wie die SS-Männer Spazierstöcke in der Hand hielten und Schäferhunde an der Leine. Dass das nichts Gutes bedeutet habe. Dass sie von Minute zu Minute begriffen hätten: Dieser Ort hat nichts mit einem Arbeitslager zu tun, wie sie es erwartet hatten. Dass sie vor allem nicht getrennt werden, sondern um jeden Preis zusammenbleiben wollten. Dass sie sich deshalb immer an den Händen hielten. Die Kinder und ihre Mütter. Die Kinder und ihre Väter. Die Geschwister. Die Männer und ihre Frauen. Die Freunde. Die Freundinnen. Die Fremden, die innerhalb der Sekunden, in denen sie begriffen, was ihnen bevorstand, zu Zusammengehörenden wurden. [...]

Eine Überlebende, im Alter meiner Mutter, aus einer vergleichbaren sozialen Schicht, ähnlich gekleidet wie sie, mit ähnlicher Wortwahl, vielleicht auch aus Berlin-Charlottenburg, hat einmal den Satz gesagt: „Es dauerte keine halbe Stunde, und dann war alles, was an uns menschlich war, weg."

Auf diesen Satz wollte ich hinaus. Den wollte ich meiner Mutter gerne erzählen. Aber ich kam nicht dazu. Weil sie schon zuvor solche Stiche im Magen verspürt hatte, dass sie mich bat, ihre Wohnung zu verlassen. Sie könne nicht mehr.

Kaum war ich draußen, hätte ich mir am liebsten die Zunge abgebissen.

Was bin ich für ein Kindskopf! Selbstverständlich habe ich ihr das Foto gezeigt, weil ich eine Wirkung bei ihr erzielen wollte. Aber als ich die dann sah, habe ich mich nur noch geschämt.

Ich habe mich entschuldigt. Aber sie hat nur gelacht. Das müsse sie schon aushalten, hat sie gesagt. Aber ihr Magen sei eben nicht mehr so robust.

---

1 Erich von Manstein, Albert Kesselring: hochrangige Generäle, die nach dem Zweiten Weltkrieg als Kriegsverbrecher verurteilt und inhaftiert wurden und um die sich der Vater des Ich-Erzählers als Gefängnisdirektor kümmerte.

1 „Ich kann mein ganzes Leben wegwerfen [...]. Nur Verbrecher um mich herum. Euer Vater. Mein Vater. Unsere Wehrmacht" (► Z. 25–27). Erläutern Sie dieses Fazit der Mutter nach ihrem Besuch der Wehrmachtsausstellung.

2 Der Ich-Erzähler hat zu seiner Mutter ein ambivalentes Verhältnis. Suchen Sie aussagekräftige Textstellen, die dies belegen, und erläutern Sie den Grund für diese zwiespältigen Gefühle.
Einerseits will der Ich-Erzähler ... Andererseits ...

> 1995 eröffnete die „Wehrmachtsausstellung", die die Verbrechen der deutschen Wehrmacht während des Zweiten Weltkrieges dokumentierte. Sie fand ein enormes Echo und löste gleichzeitig in der Öffentlichkeit große Kontroversen aus: Rund 1400 Bilder zeigten schockierende Fotografien. Während die einen dies als längst überfällige Klarstellung begrüßten, empörten andere sich über die „Nestbeschmutzung".

3 **a** Erklären Sie am Beispiel ausgewählter Textstellen, warum der Ich-Erzähler so hartnäckig auf seine Mutter einredet. Was will er erreichen?
b Erläutern Sie, welche Möglichkeiten und Grenzen der familiären Aufarbeitung der NS-Zeit sich in diesem Romanauszug zeigen.

4 Edgar Selge ist vor allem als Schauspieler bekannt. „Hast du uns endlich gefunden" ist sein literarisches Erstlingswerk und wurde gleich ein Bestseller. Auch Nora Krug fand mit ihrer Graphic Novel „Heimat" (► S. 418 f.) eine große Leserschaft und erhielt zahlreiche Literaturpreise.
Diskutieren Sie unter Berücksichtigung der beiden Textauszüge mögliche Gründe für diesen Erfolg.

5 Über die Zeit des Nationalsozialismus gibt es zahlreiche Sachinformationen. Erläutern Sie, was ein Roman wie „Hast du uns endlich gefunden" im Vergleich dazu bietet.

Kontext

Vergangenheitsbewältigung – Literarische Auseinandersetzungen mit der NS-Zeit

Der Schriftsteller und Kolumnist Maxim Biller (geb. 1960) setzt sich in seiner Essay-Sammlung „Wer nichts glaubt, schreibt" unter anderem mit der Frage auseinander, in welcher Weise sich die deutschen Autorinnen und Autoren damals wie heute literarisch mit der NS-Zeit und dem Holocaust auseinandersetzen.

Maxim Biller **Wer nichts glaubt, schreibt** (2018)

Früher [...] kam die kaputte, böse, traurige Kriegs- und Nachkriegsgeneration in der zeitgenössischen deutschen Literatur kaum vor. Und weil sie darin kaum vorkam, konnten ihr Schweigen, ihre Lügen, ihre großen und kleinen Verbrechen, Heldentaten und Heimlichkeiten, ihre am Küchentisch gemurmelten antisemitischen Bemerkungen und Entschuldigungen, ihr leiser Russen- und Ami-Hass auch nicht wirklich zum Thema unserer Literatur und somit des großen gesellschaftlichen Gesprächs werden. Während sich also die Gruppe-47-Kameraden[1] selbst noch als Hitlers Beute und Rommels[2] Kanonenfutter bemitleideten, verschwiegen ihre Enkel (...), dass sie – geschichtlich, persönlich, literarisch – überhaupt etwas mit Leuten wie ihnen zu tun hatten. Wahrscheinlich, weil sie sich nicht durch das literarische Bekenntnis zu dieser Herkunft selbst öffentlich stigmatisieren wollten. Außerdem waren sie mit Großmüttern und Großvätern genau dieser verdorbenen, seelisch zerfurchten Generation aufgewachsen, die sie zu Hause, im privaten Kreis, meist ganz anders erlebt hatten, als liebe, alte, rührende Männer und Frauen, und das war ein Widerspruch, mit dem sie als kollektivhörige, konsenssüchtige Deutsche von heute verständlicherweise kaum zurechtkamen. Inzwischen jedoch werden die alten Deutschen als junge, von den Nazis missbrauchte, unglückliche Deutsche immer öfter zu literarischen Figuren, so wie zum Beispiel in den Romanen von Ralf Rothmann, Arno Geiger und Jan Koneffke. Aber sind sie dort nicht irgendwie auch Hitlers Beute und Rommels Kanonenfutter [...]? Sind sie nicht, besten- und schlimmstenfalls, schuldlos Schuldiggewordene, denen all das Mitgefühl des jedes Mal viel zu parteiischen und damit trivial erzählenden Erzählers gilt? Und sind sie nicht darum am Ende einfach nur Traumatisierte, Verletzte, als Frauen natürlich von Russen Vergewaltigte, also auch nur total Be- und Geschädigte, niemals Täter, genauso wie die 50 Millionen wahren Opfer der lustvollen deutschen Massenvernichtung und fröhlichen Angriffskriege? [...] Es geht mir darum, dass meine nichtjüdischen Kollegen, wie ich finde, erst dann endlich anfangen würden, universelle, unprovinzielle, allgemein verständliche Literatur im Sinne von Goethes Weltliteratur zu schreiben, [...] wenn sie sich die Lügen der Menschen vornehmen würden, die sie geprägt und erzogen haben, die sie, jedenfalls solange sie Kinder und Jugendliche waren, in ihr totales deutsches Opferbild hineingezwungen haben wie in eine nur ganz leicht verschmutzte Volkssturm-Uniform.

---

1 die Gruppe-47-Kameraden: Gruppe 47, einflussreiche Gruppe von Schriftsteller/-innen, die 1947 gegründet wurde

2 Erwin Rommel (1891–1944): deutscher Offizier

1 **a** Erläutern Sie, warum sich laut Biller die schreibenden Enkel der NS-Generation nicht mit der NS-Zeit und ihrer Herkunft auseinandersetzen.

b „Inzwischen jedoch werden die alten Deutschen als junge, von den Nazis missbrauchte, unglückliche Deutsche immer öfter zu literarischen Figuren, so wie zum Beispiel in den Romanen von Ralf Rothmann, Arno Geiger und Jan Koneffke" (▸ Z. 26–31). Erläutern Sie, was Biller an dieser Figurendarstellung und der Erzählweise kritisiert.

2 Seine nicht jüdischen Kollegen würden erst dann anfangen, „Weltliteratur" zu schreiben, wenn sie sich „die Lügen der Menschen vornehmen würden, die sie geprägt und erzogen haben" (▸ Z. 42–47). Erklären Sie, was Biller meint. Gehören die Texte von Selge (▸ S. 420 f.) und Krug (▸ S. 418 f.) zu dieser neuen Weltliteratur?

Literatur

Spurensuche – Die Familiengeschichten derer, die dem Holocaust zum Opfer fielen

Während Schriftsteller wie Nora Krug und Edgar Selge (► S. 418–421) in ihren Werken die Spurensuche in einer deutschen Familie darstellen und nach der Schuld und Mitverantwortung fragen, setzt sich Katja Petrowskaja in „Vielleicht Esther" mit ihrer jüdischen Familiengeschichte auseinander – im Kern mit dem Schicksal der jüdischen Großmutter ihres Vaters, die 1941 durch deutsche Soldaten ermordet wurde.

Katja Petrowskaja **Vielleicht Esther** (2015)

Die Ich-Erzählerin und ihre Tochter besuchen in Berlin ein Museum zur europäischen Geschichte und entdecken eine Tafel mit den „Nürnberger Gesetzen", die 1935 erlassen wurden. Sie definierten in tabellarischer Form, wer aufgrund seiner Abstammung als „Arier", „Voll-, Dreiviertel, Halb- oder Vierteljude" galt, und waren die gesetzliche Grundlage für die Verfolgung der Juden.

Ich wollte wieder nach oben, um den Zweispitz von Napoleon anzuschauen, den er bei Waterloo verloren hatte, doch meine Tochter zog mich ins Erdgeschoss, zum zwanzigsten Jahrhundert, ich versuchte, sie mit Dürer und Luther abzulenken, vergeblich, sie zog mich in die Zwanziger, schnell durch die Streiks, den Hunger und Berlins Goldenes Zeitalter, denn sie wollte weiter, sie wollte dorthin, und als wir uns den Dreißigern näherten, wurde ich nervös, sie zog mich weiter, schloss sich einer Führung für Erwachsene an, lieber nicht, sagte ich, aber sie tröstete mich, ich weiß schon Bescheid, Mama, und ihr Trost beunruhigte mich mehr als ihr Wissen, sie war elf. Wir schritten durch die Machtergreifung, das Vereinsverbot, die Verfolgung der Kommunisten, und als wir vor der Tabelle mit den Nürnberger Gesetzen standen und die Führerin – komisch, dass es dafür kein anderes Wort gibt, sie erzählte gerade vom Führer – als die Führerin zu erklären begann, wer und wie viel Prozent, da fragte mich meine Tochter in lautem Flüstern, wo sind wir hier? wo sind wir hier in dieser Tabelle, Mama? Eigentlich müsste man die Frage nicht im Präsens, sondern im Imperfekt stellen und im Konjunktiv, wo wären wir gewesen, wenn wir damals gelebt hätten, wenn wir in diesem Land gelebt hätten – wenn wir jüdisch gewesen wären und damals hier gelebt hätten. Ich kenne diesen mangelnden Respekt vor der Grammatik, auch ich stelle mir solche Fragen, wo bin ich auf dem Bild, die mich aus der Welt der Vorstellung in die Realität versetzen, denn die Vermeidung des Konjunktivs macht aus einer Vorstellung eine Erkenntnis oder sogar einen Bericht, man nimmt die Stelle eines anderen ein, katapultiert sich dorthin, auf diese Tabelle zum Beispiel, und so erprobe ich jede Rolle an mir selbst, als gäbe es keine Vergangenheit ohne irgendein Als-ob, Wenn oder Falls.

Wo sind wir hier, in dieser Tabelle, Mama, fragte meine Tochter, ich war über ihre unvermittelte Art erschrocken, und um sie vor dem Schrecken zu bewahren, wollte ich schnell anfügen, dass wir auf diesem Bild gar nicht vertreten sind, wir wären doch damals in Kiew gewesen oder schon evakuiert, und übrigens waren wir überhaupt nicht geboren, diese Tabelle habe nichts mit uns zu tun und nun hätte ich beinahe doch *wenn, aber* und *als ob* gesagt, als ein Mann aus der geführten Gruppe sich zu mir wendetet und sagte, wir haben übrigens bezahlt. Noch bevor ich verstand, dass er mir sagen wollte, dass die Führung nicht kostenlos sei, [...] kamen mir die Tränen, obwohl ich gar nicht weinte, etwas weinte in mir, ich wurde geweint, auch den Mann beweinte es in mir, obwohl er es nicht nötig hatte, denn er hatte recht, wir haben nicht bezahlt, oder doch, haben wir übrigens, aber es gibt immer jemanden, der nicht bezahlt hat.

1 **a** Erläutern Sie, welche Gedanken und Überlegungen die Frage der Tochter (► Z. 20–22) bei der Ich-Erzählerin auslöst.

b „[E]twas weinte in mir", so die Ich-Erzählerin (► Z. 51 f.). Erläutern Sie: Was könnte dieses „Etwas" sein?

2 Vergleichen Sie die literarische Auseinandersetzung mit der NS-Zeit in diesem Textauszug mit der von Krug (► S. 418 f.) und Selge (► S. 420 f.). Erläutern Sie Gemeinsamkeiten und Unterschiede.

14.2 Zusammenwachsen, zusammen wachsen – Perspektiven auf Wendezeit und DDR

Literatur

Mauerfall – Literatur aus der Zeit kurz nach der Wende

Die gesellschaftlichen Veränderungen nach dem Mauerfall am 9. November 1989 und der Wiedervereinigung der beiden deutschen Staaten (DDR und BRD) wurden unmittelbar in literarischen Werken von bekannten Autoren und Autorinnen der DDR-Literatur aufgegriffen. Es zeigt sich, dass die Wende als tiefer biografischer Einschnitt gesehen wird, wobei ein (selbst)kritischer Blick zurück auf die DDR einem skeptischen Blick auf ein zukünftiges Leben im Kapitalismus gegenübersteht. Bei westdeutschen Autoren und Autorinnen spielte die Wende zunächst eine weniger bedeutende Rolle, vielleicht weil sich im eigenen Leben weniger änderte.

Volker Braun **Das Eigentum** (1990)

Da bin ich noch: mein Land geht in den Westen.
KRIEG DEN HÜTTEN FRIEDE DEN PALÄSTEN[1].
Ich selber habe ihm den Tritt versetzt.
Es wirft sich weg und seine magre Zierde.
Dem Winter folgt der Sommer der Begierde.
Und ich kann *bleiben wo der Pfeffer wächst*.
Und unverständlich wird mein ganzer Text.
Was ich niemals besaß, wird mir entrissen.
Was ich nicht lebte, werd ich ewig missen.
Die Hoffnung lag im Weg wie eine Falle.
Mein Eigentum, jetzt habt ihrs auf der Kralle.
Wann sag ich wieder *mein* und meine alle.

1 Eigentlich: „Friede den Hütten! Krieg den Palästen!" Mit diesem Schlachtruf beginnt Georg Büchner seine Flugschrift „Der Hessische Landbote" (1834), in der er die Bevölkerung zum Kampf gegen den Adel und die feudale Oberschicht aufruft. (▶ S. 328)

Mauerfall 1989 in Berlin

Heiner Müller **Selbstkritik** (1990)

Meine Herausgeber wühlen in alten Texten
Manchmal wenn ich sie lese überläuft es mich kalt Das
Habe ich geschrieben IM BESITZ DER WAHRHEIT
Sechzig Jahre vor meinem mutmaßlichen Tod
Auf dem Bildschirm sehe ich meine Landsleute
Mit Händen und Füßen abstimmen gegen die Wahrheit
Die vor vierzig Jahren mein Besitz war
Welches Grab schützt mich vor meiner Jugend

1 Der Herbst 1989 war der Beginn einer historischen Umbruchsituation für die beiden deutschen Staaten. Beschreiben Sie das Foto der Maueröffnung und die Stimmung, die durch das Bild vermittelt wird.

2 Vergleichen Sie die beiden Gedichte und ihre Perspektive auf die Wende. Untersuchen Sie dafür:
- welche Haltung zu dem gesellschaftlichen Umbruch erkennbar wird, z. B. Klage, (Selbst-)Anklage, Hoffnung, Resignation, Wut, Verbitterung, Enttäuschung ...
- wie das lyrische Ich jeweils seine eigene Situation und das literarische Schaffen beurteilt.

Beachten Sie dabei auch, wie diese Haltung durch die sprachliche Gestaltung vermittelt wird. Untersuchen Sie die Form (Reim- und Versform, Schriftbild), den Sprachstil (Wortwahl, Satzbau) und die Metaphorik.

3 Setzen Sie die beiden Gedichte mit dem Bild zur Maueröffnung in Beziehung.

Reiner Kunze **Die Mauer** (1990)

Als wir sie schleiften, ahnten wir nicht,
wie hoch sie ist
in uns

Wir hatten uns gewöhnt
an ihren horizont

Und an die windstille

In ihrem schatten warfen
alle keinen schatten
Nun stehen wir entblößt
jeder entschuldigung

Karikatur von Barbara Henniger aus dem Jahr 1989

Sven Regener **Herr Lehmann** (2001)

Der Protagonist Herr Lehmann befindet sich am Tag des Mauerfalls in einer Kneipe im Westberliner Stadtteil Kreuzberg.

Gegen eins kam dann jemand herein, stellte sich neben die beiden an den Tresen und bestellte ein Bier. „Hast du schon gehört?“, fragte er den Mann hinter der Bar.
„Was denn?“
„Die Mauer ist offen.“
„Ach du Scheiße.“
„Hast du gehört?“, fragte Herr Lehmann, der jetzt ziemlich betrunken war.
„Was denn?“, fragte Heiko, der schon Anzeichen machte, wegzunicken.
„Die Mauer ist offen.“
„Ach du Scheiße.“
Herr Lehmann guckte sich um. Der Barmann erzählte es anderen Leuten, und die Sache schien sich herumzusprechen. Es gab aber keine große Aufregung, alle machten weiter wie bisher.
„Na ja, wenn das stimmt ... Kann doch sein“, sagte Herr Lehmann.
„Und wenn schon, was soll das heißen, die Mauer ist offen.“
„Was weiß ich. “
Sie bestellten noch ein Bier. Als sie es halb ausgetrunken hatten, wurde Heiko plötzlich munter.
„Das sollten wir uns angucken“, sagte er.
„Lass uns zur Oberbaumbrücke gehen“, sagte Herr Lehmann. „Da geht's doch rüber. “
„Ja, nur mal gucken.“
„Aber erst austrinken“, sagte Herr Lehmann.

1 a Erläutern Sie die beiden Ebenen, auf denen das Motiv der Mauer im Gedicht von Reiner Kunze verwendet wird.
b Beschreiben Sie die Karikatur von Barbara Henninger und formulieren Sie ihre Aussageabsicht.
c Vergleichen Sie die Darstellung des Motivs der Mauer im Gedicht und in der Karikatur. Welche Übereinstimmungen und welche Unterschiede lassen sich feststellen?

2 a Beschreiben Sie die Gesprächssituation in dem Romanauszug „Herr Lehmann“ sowie die Art und Weise, wie die Reaktion der Figuren auf den Mauerfall dargestellt wird.
b In einer Zeitungsrezension findet sich folgendes Urteil über den Roman: „Kein Zweifel, dass hier ein glänzender Wenderoman aus westlicher Sicht vorliegt.“ Erläutern Sie, worin sich diese „westliche“ Sicht im vorliegenden Textauszug andeutet.
c Erklären Sie, inwiefern sich die Sichtweise auf den Mauerfall im Romanauszug von der Sichtweise in den drei Gedichten von Volker Braun, Heiner Müller und Reiner Kunze unterscheidet.

Literatur

Mauerfall – Die Wende im Rückblick

Die Wende ist als einschneidendes historisches Ereignis zum Gegenstand einer Erinnerungs- und Aufarbeitungsliteratur geworden, die auch die Reflexion aktueller gesellschaftlicher Fragen ermöglicht, wie zum Beispiel zu Fremdheit im Kapitalismus und Fluchtbewegungen.

Kettcar **Sommer ’89** (2017)

Der Song der deutschen Band „Kettcar“ erzählt die Geschichte eines Fluchthelfers, der vor dem Mauerfall, im Sommer 1989, an der österreichisch-ungarische Grenze DDR-Bürgern zur Flucht verhilft. Hier lesen Sie einen Auszug.

Er verteilte seine letzten Schillinge noch auf die drei Familien
Und wünschte ihnen allen ein gutes Leben
Sie bedankten sich tränenreich und vielmals für alles
In einer Sprache und einem Dialekt, den er kaum verstand
Er vermutete damals, dass das Sächsisch war

Es war im Sommer ’89, eine Flucht im Morgengrauen
Er war der Typ, der durch die Nacht schlich
Und schnitt Löcher in den Zaun
An einer ungarischen Grenze
Im ersten Morgengrauen
Nur ein Bolzenschneider nötig
Für Löcher im Zaun

Zurück in Hamburg dann die große Einerseits-andererseits-Diskussion
Am WG-Küchentisch mit seinen Freunden
Einerseits wäre die Aktion natürlich gut gemeint gewesen
Wegen den Familien und so
Aber andererseits wäre eine deutsche Einheit
Und darauf laufe die Entwicklung der letzten Wochen nun mal hinaus, ein großer Fehler
Deutschland dürfe nie wieder ein Machtblock mitten in Europa werden
Und eine solche Hilfe zur Flucht der DDR-Bürger
Würde nur zur weiteren Destabilisierung der Verhältnisse beitragen
Also wie gesagt: „Die Aktion war menschlich verständlich
Aber trotzdem falsch“
Er schlug mit der flachen Hand auf die Tischplatte
Und sagte so leise, wie es ihm grad noch möglich war
„Ihr wisst, dass das Schwachsinn ist
Sie lassen alles zurück und sie fliehen und vielleicht“
Er machte eine kurze Pause und überlegte ob er den letzten Satz wirklich sagen sollte
Aber kein Wort mehr
Eine komplette Stille trat ein
Die anderen tauschten nur Blicke aus, einige lächelten milde
Jemand legte sogar sacht eine Hand auf seine Schulter
Die Sekunden vergingen
Er stand auf, verließ das Zimmer
Jacke, Tür, Treppenhaus, Luft
Er nahm seinen alten Ford Granada
Und ward nie mehr gesehen
Der Rest ist Geschichte

Es war im Sommer '89, eine Flucht im Morgengrauen
Es war im Sommer '89, und er schnitt Löcher in den Zaun
Sie kamen für Kiwis und Bananen
Für Grundgesetz und freie Wahlen
Für Immobilien ohne Wert
Sie kamen für Udo Lindenberg
Für den VW mit sieben Sitzen
Für die schlechten Ossi-Witze
Kamen für Reisen um die Welt
Für Hartz IV und Begrüßungsgeld
Sie kamen für Besser-Wessi-Sprüche
Für die neue Einbauküche
Und genau für diesen Traum
Schnitt er Löcher in den Zaun

1 „Aber kein Wort mehr“ (► Z. 34). Was geht im Kopf des Protagonisten vor? Verfassen Sie einen inneren Monolog, in dem deutlich wird, warum er nach dem Gespräch seine Freunde verlässt.

2 Der Song wurde als Kommentar zur Fluchtbewegung in Europa 2015/16 verstanden. Arbeiten Sie heraus, worin die Parallelen der beiden Ereignisse bestehen. Interpretieren Sie, wie dieser Text Stellung bezieht.

Jenny Erpenbeck **Kairos** (2021)

In den letzten drei Monaten waren die Leipziger Montagsdemonstrationen bei weitem nicht mehr so gut besucht wie in der Zeit vor dem Mauerfall, und wo es auf den selbstgepinselten Transparenten anfangs noch hieß: Wir sind das Volk!, steht seit Dezember immer häufiger die Parole: Wir sind *ein* Volk! Eine große langsame Bewegung findet statt. Manchmal, wenn Katharina allein in ihrer Wohnung ist, kann es passieren, dass sie auf einmal weinend am Türrahmen lehnt oder am Fenster, weil ihr Denken kein Ziel mehr weiß. Wo vorher eine Perspektive war, verknäult sich jetzt alles zu einem unüberschaubaren Gewirre von Möglichkeiten. Was vertraut war, ist im Verschwinden begriffen. Das gute, wie das üble Vertraute. Und auch das Mangelhafte, das Katharina lieb ist, vielleicht, weil es der Wahrheit am nächsten kommt. Stattdessen wird die Perfektion bald ihren Einzug halten – und auslöschen oder sich einverleiben, was ihr nicht standhalten kann: von den selbstgenähten Klamotten bis zu den maroden Häusern des Prenzlauer Bergs, vom lückenhaften Straßenpflaster bis zu den Wörtern für Dinge, die dann keiner mehr braucht. Die glatten, makellosen Oberflächen werden die Gedanken an alles, was vergänglich ist, ins Vergessen schieben. Das Brot wird anders schmecken, in den Straßen werden fremde Menschen an fremden Geschäften vorübergehen, in fremden Autos vorüberfahren, mit fremdem Geld in der Tasche. Die Stadtviertel, in denen Katharina bisher zu Haus war, werden nie wieder so ruhig und so leer sein, wie sie sie ihr ganzes Leben gekannt hat. Schon jetzt beginnt es in den östlichen Stadtbezirken anders zu riechen, wohlparfümierte Westberliner besichtigen Straßen, die nach dem Arbeiterpräsidenten der DDR Wilhelm Pieck, nach dem bulgarischen Kommunistenführer Dimitroff, nach dem sozialistischen Ministerpräsidenten Otto Grotewohl benannt sind – Namen, die ihnen nichts sagen. Das Adjektiv „grau" wird von ihnen verwendet, um den Teil der Stadt zu beschreiben, in dem keine Reklametafeln aufgestellt sind. Wenn Katharina sich dagegen durch den Westen bewegt, fühlt sie sich wie eine schlechte Kopie der Menschen, die dort ihren Alltag haben, fühlt sich wie eine Betrügerin, jeden Moment in Gefahr, entlarvt zu werden. Mit ihren Augen, die in der anderen Hälfte der Stadt fremde Augen sind, sieht sie, wie in den Läden des Westens jedes nur denkbare Bedürfnis längst durch ein Produkt beantwortet ist, die Freiheit des Konsums erscheint ihr wie eine Gummiwand, die die Menschen von den Sehnsüchten abtrennt, die jenseits ihrer persönlichen Bedürfnisse liegen. Ist womöglich auch sie bald nur noch Kundschaft?

Schriftzug an einer Mauerfläche des ehemaligen Palasts der Republik (Parlament der DDR)

1 a Stellen Sie gegenüber, wie die Protagonistin die Veränderungen im Zuge der Wende wahrnimmt.

Vor der Wende	Nach der Wende
„Wir sind <u>das</u> Volk!" „Das gute, wie das üble Vertraute"	„Wir sind <u>ein</u> Volk!" …

b Erörtern Sie die Bedeutung der Veränderungen für das Leben und Selbstverständnis der Protagonistin.

2 a Das Foto zeigt ein Graffiti auf der Fläche des Palasts der Republik, dem Parlament der DDR, der 2006 abgerissen wurde. Erklären Sie, worin die Provokation dieser Aussage besteht.

b Setzen Sie die Aussage in Beziehung zu den Gedanken und Gefühlen der Protagonistin Katharina.

3 Die Texte von Kettcar und Erpenbeck schauen aus einer zeitlichen Distanz zurück auf die Wendezeit. Diskutieren Sie, wie diese Perspektiven helfen, das Zusammenwachsen von Ost und West zu verstehen.

Kontext

Mediengeschichte – Die DDR im Film

Parallel zur Erinnerungsliteratur (▶ S. 418–423) hat sich die DDR auch als Thema im Kinofilm etabliert. Dabei setzen die Filme unterschiedliche Akzente und spiegeln jeweils aktuelle Stimmungen und Diskussionen.

Christiane Peitz **Die DDR und der Westen: Wie die Wende ins Kino kam**

Am 3. Oktober jährt sich die Vereinigung der beiden deutschen Staaten. Recht schnell kam dieses historische Ereignis damals im Kino an und bis heute liefert es Stoff für Geschichten auf der Leinwand.

Der erste große Mauerfall-Spielfilm feierte 1995 auf der Berlinale Premiere: Margarethe von Trottas Königskinder-Melodram „Das Versprechen" fiel krachend durch. (...) Dem Publikum war nicht mehr danach, sich in den Armen zu liegen. Es war die Zeit der Treuhand, der Massenarbeitslosigkeit, die Rede ging von der Kolonisierung des Ostens und von Bürgern zweiter Klasse. Keine Spur mehr von Euphorie.

Was die Ostalgie nach sich zog, eine Trotz- und Trostreaktion. Es war doch unser Leben, und nicht alles war schlecht: Lasst uns nicht verbiestern! Die Erfolge von Leander Haußmanns „Sonnenallee" 1999 und von Wolfgang Beckers „Good Bye, Lenin!" 2003 verdankten sich nicht zuletzt der allzu schnellen Verdrängung des DDR-Alltags im wiedervereinigten Deutschland. Eine wilde Jugend in Ostberlin mit geschmuggelten West-LPs; eine Mutter, die vor der Wende ins Koma fällt und nach ihrem Erwachen vor den Härten der Einheit bewahrt werden muss, auf 79 Quadratmetern Plattenbau: Nichts hatte sich historisiert. Also wurde Geschichte im Kino erfunden, als Groteske, als Märchen, als schöner Schein.

Das Stasi-Drama „Das Leben der Anderen" markierte 2006 den Beginn einer versuchten Historisierung. Der heftige Streit um Florian Henckel von Donnersmarcks Oscar-prämierten Film mit Ulrich Mühe als Stasi-Spitzel, der sich vom Saulus zum Paulus läutert, nimmt sich wie ein Echo auf die Heftigkeit der ersten Stasi-Debatten aus. Ein Täterversteher-Film, ein Thriller, Genrekino mit Hollywood-Ambitionen – und mit gespaltenem Publikum zwischen moralischer Überheblichkeit und dem Gefühl des Unverstanden-Seins. Die Mauer in den Köpfen wurde unübersehbar. Ebenso deutlich wurde aber auch, wie sehr die Frage nach dem vergifteten Privatleben in der DDR immer noch tabu war. Damals, 17 Jahre nach dem Mauerfall, bleiben die Deutschen sich fremd.

Allmählicht differenziert das Bild sich aus. Das Versehentliche, Unwägbare von Biografie tritt zutage. Und mit Andreas Dresens preisgekröntem Biopic „Gundermann" von 2018 über den baggerfahrenden Songpoeten, der beides war, Täter und Opfer. Wobei Dresen das Zweifelhafte, Zwielichtige seines Protagonisten am Ende doch zu eilfertig kittet.

Zum 30. Mauerfall-Jubiläum kam der erste Animationsfilm über den November '89 ins Kino, „Fritzi – eine Wendewundergeschichte". Längst wachsen Kinder auf, die die DDR nur aus dem Geschichtsbuch kennen. Gleichzeitig ist das Kapitel noch lange nicht abgeschlossen.

1 Welche Filme oder Serien über die DDR und Wendezeit kennen Sie? Tragen Sie Ihre Erfahrungen zusammen.

2 **a** Skizzieren Sie mit Hilfe des Textes stichwortartig die Entwicklungsschritte des Wende-Films.
b Stellen Sie dar, welche Verbindungen Christiane Peitz zwischen gesellschaftlichen Entwicklungen und filmischen Auseinandersetzungen aufzeigt.

3 Wählen Sie einen der genannten Filme und stellen Sie ihn in Ihrem Kurs vor. Berücksichtigen Sie dabei Inhalt, filmische Machart, Rezeption und zeitgeschichtliche Bezüge.

14.3 „Fremd im eigenen Land"? – Migration und Interkulturalität

Literatur

Flucht – Prägende Erfahrungen literarisch verarbeitet

Das Thema Flucht spielt heute eine zentrale Rolle in der gesellschaftspolitischen Realität. Im Kontext von Literatur ist die Erfahrung von Flucht dementsprechend ein Motiv, welches besonders deutlich die Auswirkungen von Migration auf Biografien und die Suche nach der eigenen Identität veranschaulicht.

Herta Müller **Der Beamte sagte** (2021)

1987 reiste die spätere Literatur-Nobelpreisträgerin Herta Müller aus Rumänien nach Westdeutschland aus. Ihre erste Station war das Auffanglager Nürnberg-Langwasser, in dem sie anderthalb Jahre blieb, bis sie den deutschen Pass erhielt. Von dieser Zeit erzählt sie in ihrem Buch „Der Beamte sagte", einer Collage aus ausgeschnittenen Wörtern und Bildern.

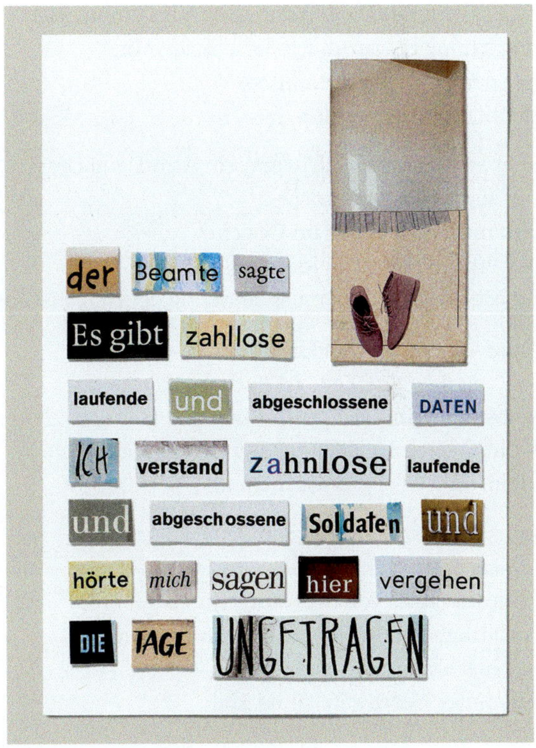

1 Beschreiben Sie Ihren ersten Eindruck von dieser Geschichte in Collagen: Was überrascht oder irritiert Sie?

2 Untersuchen Sie die Kommunikationssituation in den beiden Szenen: Wie tritt der Sprecher (Beamte) auf, wie die angesprochene Figur? Nutzen Sie auch die Informationen aus dem Einleitungstext.

3 Wählen Sie eine der beiden Collagen aus und untersuchen Sie, wie durch die Anordnung der Bilder und Wörter Sinn entsteht. Berücksichtigen Sie hierbei auch die Typografie der Wortschnipsel: Schriftart, -größe, -farbe, fett, kursiv, unterstrichen, Groß- und Kleinbuchstaben, Fonds (Farbhintergrund der Wörter).

4 Herta Müller sagt über ihre Collagen: „Ich war verblüfft, weil einzelne Wörter eine ganze Geschichte erzählen können. Weil ein paar Wörter etwas Rätselhaftes hergeben, weil das Wenige noch allerhand suggeriert – eine ganze Geschichte geht weiter […]." Erörtern Sie diese Aussage.

Literatur

Ankommen, leben, schreiben – Identität und Heimat in der „Migrationsliteratur"

Die Fragen nach der gesellschaftlichen Zugehörigkeit und Identität werden in der Gegenwartsliteratur besonders intensiv und vielfältig in Verbindung mit dem Thema Migration verarbeitet.

Advanced Chemistry **Fremd im eigenen Land** (1992)

Ich habe einen grünen Pass
mit 'nem goldenen Adler drauf
Dies bedingt, dass ich mir oft die Haare rauf
Jetzt mal ohne Spaß: Ärger hab ich zuhauf
Obwohl ich langsam Auto fahre und niemals sauf

All das Gerede von europäischem Zusammenschluss
Fahr ich zur Grenze mit dem Zug oder einem Bus
Frag ich mich, warum ich der Einzige bin,
der sich ausweisen muss
Identität beweisen muss

Ist es so ungewöhnlich, wenn ein Afro-Deutscher
seine Sprache spricht
Und nicht so blass ist im Gesicht?
Das Problem sind die Ideen im System
Ein echter Deutscher muss so richtig deutsch aussehen

Blaue Augen, blondes Haar, keine Gefahr
Gab's da nicht 'ne Zeit, wo's schon mal so war?
„Gehst du mal später zurück in deine Heimat?"
„Wohin? Nach Heidelberg? Wo ich ein Heim hab?"
„Nein, du weißt, was ich mein ..."

Komm lass es sein, ich kenn diese Fragen,
seitdem ich klein bin
In diesem Land vor zwei Jahrzehnten geboren
Doch frag ich mich manchmal, was hab' ich
hier verloren
Ignorantes Geschwätz, ohne End
Dumme Sprüche, die man bereits alle kennt
„Eh, bist du Amerikaner oder kommste aus Afrika?"
Noch ein Kommentar über mein Haar,
was ist daran so sonderbar?
„Ach, du bist Deutscher, komm erzähl kein Scheiß"

Du willst den Beweis? Hier ist mein Ausweis
Gestatten Sie, mein Name ist Frederik Hahn
Ich wurde hier geboren, doch wahrscheinlich
sieht man es mir nicht an
Ich bin kein Ausländer, Aussiedler, Tourist, Immigrant
Sondern deutscher Staatsbürger und komme zufällig
aus diesem Land

Wo ist das Problem? Jeder soll gehn, wohin er mag
Zum Skifahren in die Schweiz, als Tourist nach Prag
Zum Studiern nach Wien, als Au-Pair nach Paris ziehn
Andere wollen ihr Land gar nicht verlassen,
doch sie müssen fliehn

Ausländerfeindlichkeit, Komplex der Minderwertigkeit
Ich will schockiern und provoziern
Meine Brüder und Schwestern wieder neu motiviern
Ich hab schon 'nen Plan und wenn es drauf ankommt
kämpfe ich Auge um Auge, Zahn um Zahn

Ich hoffe, die Radiosender lassen diese Platte spielen
Denn ich bin kein Einzelfall, sondern einer von vielen
Nicht anerkannt, fremd im eigenen Land
Kein Ausländer und doch ein Fremder [...]

1 „Fremd im eigenen Land": Sammeln Sie Assoziationen zum Titel, bevor Sie den Text lesen.

2 **a** Welche Gründe werden für das Gefühl der „Fremdheit" benannt? Obwohl in Deutschland geboren ...
b Der Sprecher benennt seine Schreibmotivation und formuliert klar die damit verbundenen Hoffnungen. Erklären Sie, welche das sind.
c Der Text ist im Rapstil verfasst. Beschreiben Sie seine sprachlichen Besonderheiten und erläutern Sie, inwieweit diese zu den Aussagen des Textes passen.

3 Das Lied war ein Hit im deutschen Hip-Hop-Underground. Diskutieren Sie die Aktualität des Songs. Beziehen Sie dabei weitere thematisch verwandte (Rap-)Texte in Ihre Argumentation mit ein.

4 Schauen Sie sich das Musikvideo an und erläutern Sie, wie die Darbietung die Aussage unterstützt.

Gino Chiellino
Heimat (1987)

Die Heimat
ist kein Stück Land
das
entwurzelt
hinter der Abfahrt
zurückbleibt.

Die Heimat
ist
ein Teil der Entscheidung
sie kommt mit.

In der Fremde
lebt sie mit ihm zusammen
weiter.

Nevfel Cumart
Zwei Welten (1996)

zwischen
zwei
welten
inmitten
unendlicher
einsamkeit
möchte
ich eine brücke sein

doch kann ich
kaum fuß fassen
an dem einen ufer
vom anderen
löse ich mich
immer mehr

die brücke bricht
droht mich
zu zerreißen
in der mitte

Alev Tekinay
Dazwischen (2001)

Jeden Tag packe ich den Koffer
ein und dann wieder aus.

Morgens, wenn ich aufwache,
plane ich die Rückkehr,
aber bis Mittag gewöhne ich mich mehr
an Deutschland.

Ich ändere mich
und bleibe doch gleich
und weiß nicht mehr,
wer ich bin.

Jeden Tag ist das Heimweh
unwiderstehlicher,
aber die neue Heimat hält mich fest,
Tag für Tag noch stärker.

Und jeden Tag fahre ich
zweitausend Kilometer
in einem imaginären Zug
hin und her,
unentschlossen zwischen
dem Kleiderschrank
und dem Koffer,
und dazwischen ist meine Welt.

1 a Halten Sie in einem Cluster Ihre Assoziationen, Gefühle und Gedanken zum Begriff „Heimat" fest.
b Formulieren Sie dann – ausgehend von Ihrem Cluster – Ihre persönliche Definition des Begriffs „Heimat".

2 Die Autorin Alev Tekinay und die beiden Autoren Nevfel Cumart und Gino Chiellino verbindet, dass sie oder ihre Familien einen Migrationshintergrund haben.
a Wählen Sie im Team ein Gedicht und untersuchen Sie, wie das Thema Heimat verarbeitet wird.
b Präsentieren Sie Ihre Ergebnisse im Plenum und vergleichen Sie die Wahrnehmungen und Darstellungen von Heimat.

3 Vergleichen Sie Ihre persönlichen Definitionen von Heimat (vgl. Aufgabe 1) mit den Vorstellungen von Heimat in den Gedichten. Erörtern Sie die Beziehung zwischen den Begriffen „Heimat" und „Migration".

4 Nutzen Sie die Gedichte auf dieser Seite als Inspiration und verfassen Sie selbst ein Gedicht zum Thema Heimat. Stellen Sie sich Ihre Texte gegenseitig vor.

Shida Bazyar **Drei Kameradinnen** (2021)

Saya, Hani und Kasih, die Ich-Erzählerin, sind drei junge Frauen, die gemeinsam in einem Wohnblock am Rande einer deutschen Stadt aufgewachsen sind und die seit ihrer gemeinsamen Jugend eine tiefe Freundschaft verbindet.

Ich möchte fair bleiben, alle Missverständnisse aus dem Weg räumen und von vornherein erklären, wer ich bin und wer ich nicht bin. Ich bin nicht: die Ausgeburt der integrierten Gesellschaft. Ich bin nicht: das Mädchen, dass ihr euch angucken könnt, um mitleidig zu erklären, ihr hättet euch mit den Migranten beschäftigt und es sei ja alles so dramatisch, aber auch so bewundernswert.
Ich bin nicht: das Mädchen aus dem Getto.
Ich bin: das Mädchen aus dem Getto. Aber das ist eine Frage der Perspektive. Es gibt echte Mädchen aus echten Gettos, die lachen mich dafür aus, dass ich dieses Wort benutze, sobald sie erfahren, in welchem Kaff und in welcher schäbigen Ecke ich groß geworden bin, und es gibt Mädchen, die hätten es keinen Tag dort ausgehalten.
Ich bin nicht: ein Mädchen. Ich bin zu alt, um Mädchen genannt zu werden, denn ich könnte, wenn in meinem Leben einiges anders und einiges schlechter gelaufen wäre, schon Mutter von Mädchen sein, die sich nicht mehr Mädchen, sondern Teenager nennen lassen würden. Das bin ich aber nicht. Dafür trage ich einen Pferdeschwanz und einen Rock und beides, in Kombination mit den fehlenden Kindern, macht mich in dieser Welt zu einem Mädchen. So lange, bis ich ausspucke und losschreie und laut bin. Dann bin ich eine hysterische Frau.
Dieser Text ist der Versuch, mich eine Nacht lang zusammenzureißen. Eine Nacht lang niemanden aus dem Fenster zu schmeißen, kein Internet-Troll zu werden, zu warten. Der Versuch, auf meine Freundin Saya zu warten, die aus dem Knast kommen soll.
Ich sage Knast, weil ich lässiger klingen möchte. Weil ich schon als Kind die Wörter mochte, die lässiger klingen. Ich sage nicht Knast, weil es ein Relikt meiner Herkunft ist. Man kann in einem Ghetto aufwachsen, das kein Ghetto ist, wo Kriminalität und Prügeleien zum Alltag gehören, und trotzdem genauso wenig mit dem Knast zu tun haben wie die Pferdemädchen ein paar Straßen weiter etwas mit echten Pferden. Wenn ich Knast sage und dabei aussehe, wie ich aussehe, und spreche, wie ich spreche, nicken mir die Pferdemädchen aber wissend zu. Klar, denken sie, der Knast. Der Ort, an dem du deinen Vater besucht hast, als Kind; der Ort, an dem dein erster Freund mehrere Monate verbracht hat, bevor er rauskam und plötzlich ganz verändert war; der Ort, an den du manchmal nostalgisch denkst. Dabei war ich noch nie im Knast und kenne auch niemanden, der schon mal drin war, zumindest nicht in Deutschland. Bis heute. Aber das Letzte, was ich will, ist, dass ich auch noch dort lande, deswegen setze ich mich hierhin, an diesen Schreibtisch, die Insel meiner Diplomarbeit, die Insel meiner, ungelogen, 83 Bewerbungen, die Insel meiner Hartz-IV-Bescheide, und schreibe.
[...]
Ich höre jetzt auf, weiterzuschreiben. Das hat keinen Zweck, denn ich versuche mir permanent vorzustellen, wer ihr seid, während ihr euch vorzustellen versucht, wer wir sind. Wir sind nicht so anders als ihr. Das denkt ihr nur, weil ihr uns nicht kennt. Weil ihr keine Kindheit hattet, die so roch wie unsere, und weil ihr keine Freundinnen habt, mit denen ihr diese stinkende Kindheit hättet teilen können. Ihr habt auf jeden Fall gerade verschiedene Gedanken. Ihr findet Hani jetzt schon unsympathisch und ihr stellt euch Saya jetzt schon hübsch vor. Ihr wartet auf den Moment, in dem ich erkläre, wer von uns aus welchem Land kommt. Das nämlich müsst ihr wissen, bevor ihr euch in uns eindenken könnt. Das ist für euch eine ungefähr so wichtige Information wie die, am Rand welcher deutschen Kleinstadt wir aufgewachsen und wie alt wir sind und wer von uns die Heißeste ist. Ich sage euch dazu nichts. Da müsst ihr durch.

Mithu Sanyal **Identitti** (2021)

In dem folgenden Textauszug geht es um die Studentin Nivedita, Tochter eines Inders und einer Deutschen.

„You're a coconut." Jemand sagte das bei Niveditas erstem Besuch in Birmingham zu ihr, und sie verstand kein Wort. Also, sie verstand jedes Wort, aber sie wusste nicht, was das bedeuten sollte. [...]
Wann immer sie später versuchte, die Szene zu rekonstruieren, verschwamm das *Coconut*-Flüstern in einer Sprache, die sie nur halb verstand, mit dem Urteil: *Du bist nicht echt,* das wie ein Stempel auf Niveditas Leben gedrückt wurde. Wann immer in den folgenden Jahren Menschen enttäuscht waren, dass sie nicht indisch kochen/tempeltanzen / Sitar spielen konnte, hörte Nivedita: *Coconut*. Das Kokosnussigste an ihr war dabei natürlich, dass sie keine einzige der 121 indischen Sprachen sprach (oder der 19.569 indischen Sprachen, je nachdem, welchem Zensus man Glauben schenkte).
Außer Englisch natürlich. Doch Englisch zählte nicht.
Aber auch Hindi zählte nicht, als Niveditas perfekte Mitschülerin Lilli eine Yoga-Ausbildung und mehrere Ashram-Aufenthalte später Hindi perfekt lernte, da niemand jemals Lilli mit ihren hennaroten Haaren und ihrer milchweißen Haut für eine Inderin gehalten hätte. Aber Nivedita eben auch nicht, trotz Haut und Haaren.
Sie war immer davon ausgegangen, dass das an ihrer weißen Mutter lag, die nach Pritis Film-und-Fernseh-Wissen letztlich selbst nur eine minderwertige, unvollständige Version einer typischen deutschen Frau war – bis auf die Haare unter den Achseln, verstand sich, aber dann brachte Lotte [eine Kommilitonin] es irgendwann auf den Punkt: „Du gibst dir einfach keine Mühe, indisch zu sein."
Nivedita war verblüfft über die ungewohnte Weisheit hinter Lottes Worten. Für Leute wie Nivedita war Sein tatsächlich etwas, was man nicht *war,* sondern *tat.* In ihrem Fall bedeutete das, das Klischee einer Inderin anzustreben. [...]
Lange dachte Nivedita, ihr fehlendes Gefühl von Anrecht auf das Inderinsein läge daran, dass Indien so weit weg war. Irgendwann beschloss sie, dass diese Entfernung mehr mit emotionaler Distanz – sprich: Kolonialismus – zu tun hatte als mit geografischem Abstand. Der erste Junge, in den sie sich verliebte, war wie sie „mixed", was wahrscheinlich der Grund war, warum sie sich in ihn verliebte. Doch obwohl er sein Französisch erst am Gymnasium gelernt hatte, war er ein stolzer Franzose. Schließlich war Französischsein etwas, das Menschen sich vorstellen konnten, weil sie es aus all den französischen Filmen kannten, in denen viel geraucht und geredet wurde. *Und wir haben schließlich alle schon einmal geraucht oder zumindest geredet.*
Nachdem Lotte ihr gesagt hatte, wie richtiges Indischsein funktionierte, fischte sich Nivedita ein weißes T-Shirt aus der Tüte für den Altkleidercontainer und schrieb mit Textilfarbe darauf: *This is what an Indian looks like!* Nur um *looks* sofort wieder durchzustreichen und durch *feels* zu ersetzen. *Falls Identitäten etwas sind, was man fühlt. Falls Identitäten überhaupt etwas sind.*
Das war das Problem: Sobald man anfing, über Identität nachzudenken, fächerte sich die Wirklichkeit in so viele Dimensionen auf, dass es keine richtigen Worte mehr für sie gab.

1 Beide Texte, „Drei Kameradinnen" und „Identitti", zeigen anhand ihrer Hauptfiguren die Schwierigkeit der Identitätsfindung zwischen Selbst- und Fremdwahrnehmung im Kontext von Migration.
- **a** Wählen Sie einen Text aus und charakterisieren Sie die Hauptfigur.
- **b** Erörtern Sie, welche Unterschiede im Umgang der Figuren mit der Frage der Identität zu erkennen sind. Berücksichtigen Sie dabei die Situation, Gedanken, Gefühle der Figur sowie die Erzählweise, z. B. Ansprache an die Leserschaft.
- **c** Diskutieren Sie, welche Rolle Zuschreibungen in Bezug auf die eigene Identität spielen können.

2 In den letzten Jahren steht die Frage von Identität im Kontext von Migration im Zentrum vieler Romane, z. B. in dem Roman „Dschinns" von Fatma Aydemir oder „Vater und ich" von Dilek Güngör. Recherchieren Sie Beispiele und präsentieren Sie diese im Rahmen einer Buchvorstellung.

Kontext

Gesellschaft – Die Krise der Identität in der heutigen Gesellschaft

Wer bin ich? Was ist das, was mich ausmacht? Die Frage nach der eigenen Identität wird heute zunehmend hinterfragt. Kulturelle Vielfalt, Globalisierung, Migration, offenere soziale Systeme und die Digitalisierung ermöglichen einen weitaus größeren Spielraum für die Gestaltung der eigenen Identität als in den früheren Gesellschaften, in denen die Identitätsbildung meist durch die soziale, kulturelle und nationale Herkunft festgelegt war. Aber: Die Freiheit bei der Gestaltung der eigenen Identität geht auch einher mit einer zunehmenden Orientierungslosigkeit angesichts der vielen Wahlmöglichkeiten in einer immer undurchschaubarer werdenden Welt. Identität ist außerdem wandelbar geworden. Man spricht heute von temporären – zeitlich begrenzten – oder multiplen Identitäten, die sich im Wechselspiel mit dem jeweiligen Umfeld, also den gesellschaftlichen Normen, soziokulturellen Denkweisen, Rollenmustern, Sprachen, Genderkonzepten usw., verändern können. Insbesondere für Menschen mit Migrationsbiografie, die sich in der Regel in unterschiedlichen Sprachen und Kulturräumen bewegen, wird die Frage nach Identität und Zugehörigkeit noch vielschichtiger.

Bei dem Prozess der Identitätsbildung bzw. der Auseinandersetzung mit der eigenen Identität kann Literatur bzw. die literarische Fiktion einen besonderen Resonanzraum bieten, sowohl für Schriftsteller/-innen als auch für die Leser/-innen. So können Romanfiguren und/oder die Erzählerstimme reale Fragen oder Probleme der Identitätssuche spiegeln, Stereotype und Klischees sichtbar machen, Reflexionen über das Selbst- und Fremdbild zur Sprache bringen oder die Orientierungslosigkeit in einer sie überfordernden Gesellschaft aufzeigen. Eine besondere Rolle spielt das Thema Identität in literarischen Werken von Autorinnen und Autoren, die eigene Migrationserfahrungen haben oder ein „Migrationserbe" mit sich führen. Letzteres bedeutet, dass diese Autorinnen und Autoren zwar in Deutschland geboren sind, ihre Eltern jedoch nicht. Die Auseinandersetzung mit dem Begriff der „Heimat", mit Tradition und Akzeptanz in der Gesellschaft, das Nachdenken über die (Familien-)Herkunft sowie Reflexionen über das Selbstbild und die Fremdwahrnehmung durch die Gesellschaft sind wiederkehrende Themen in diesen Werken. Im Trend liegen derzeit autofiktionale Texte, also Romane, in die die Autobiografie des Autors oder der Autorin bewusst erkennbar einfließt, aber literarisch überformt (fiktionalisiert) wird. Die Möglichkeit, sich mit der eigenen Identität auseinanderzusetzen, eröffnet sich aber nicht nur den Schreibenden, sondern auch den Lesenden. „Literatur ist ein Trainingsplatz, auf dem wir uns in Figuren, die anders sind als wir, hineinversetzen", so die Autorin und Kulturwissenschaftlerin Mithu Sanyal, Tochter eines indischen Vaters und einer polnischstämmigen Mutter. „Der erste Roman mit einem mixed-race Ich-Erzähler war ‚Der Buddha aus der Vorstadt' von Hanif Kureishi. Als ich den las, haben sich für mich die Erdplatten verschoben. Dass eine solche Stimme so selbstverständlich sagen kann: ‚Ich erzähle dir jetzt meine Geschichte, und du als Leser/-in wirst mir folgen.' Literatur ist ein utopischer Ort."

1 Erklären Sie, warum die Frage nach der eigenen Identität heute zu einer Herausforderung für das Individuum geworden ist. Warum gestaltet sich die Frage nach der eigenen Identität für Menschen mit Migrationsbiografie meist noch komplexer?

2 **a** Erklären Sie, welchen Niederschlag das Thema Identität nach Aussage des Textes in Werken von Autoren und Autorinnen mit Migrationserfahrungen findet.

b Untersuchen Sie auf dieser Grundlage, wie das Thema Identität in den Romanauszügen „Drei Kameradinnen" (► S. 432) und „Identitti" (► S. 433) literarisch gestaltet wird.

3 „Literatur ist ein Trainingsplatz, [...] ein utopischer Ort" (► Z. 59–70). Erläutern Sie dieses Fazit von Mithu Sanyal. Welche Möglichkeiten bietet Literatur den Lesenden, wenn es um die Suche nach Identität geht?

14.4 Aktuelle Herausforderungen – Wie werden wir leben?

Literatur

Apocalypse now? – Motive der Dystopie in der Gegenwartsliteratur

Klimawandel, Pandemien, Kriege, Globalisierung, Digitalisierung, Ressourcenknappheit – angesichts der aktuellen gesellschaftspolitischen Herausforderungen haben dystopische Szenarien Konjunktur. Während die Utopie ein positives Gegenbild zur kritisierten Gesellschaft entwirft, zeigen Dystopien beunruhigende Entwicklungen unserer Gesellschaft in der Zukunft und üben so auch Kritik an gegenwärtigen Zuständen.

Marc-Uwe Kling **Qualityland** (2017)

Exakt in dem Augenblick, als Peter zu Hause ankommt, trifft eine Lieferdrohne von TheShop ein. Über Zufälle dieser Art wundert sich Peter schon lange nicht mehr. Es sind keine Zufälle. Es gibt überhaupt keine Zufälle mehr.

„Peter Arbeitsloser", sagt die Drohne fröhlich. „Ich komme von TheShop, dem weltweit beliebtesten Versandhändler, und ich habe eine schöne Überraschung für Sie."

Peter nimmt der Drohne grummelnd das Paket ab. Er hat nichts bestellt. Seit OneKiss ist das nicht mehr nötig. OneKiss ist ein Premiumservice von TheShop und das Lieblingsprojekt des legendären Firmengründers Henryk Ingenieur. Wer sich durch nur einen Kuss auf sein Quality-Pad für OneKiss anmeldet, bekommt fortan alle Produkte, die er bewusst oder unbewusst haben will, zugschickt, ohne sie bestellen zu müssen. Das System errechnet für jeden Kunden eigenständig, was er will und wann er es will. Schon der erste Slogan von TheShop lautete: „Wir wissen, was du willst." Inzwischen bestreitet das keiner mehr.

„Machen Sie das Paket doch gleich auf", schlägt die Drohne vor. „Es bereitet mir immer ein großes Vergnügen, miterleben zu dürfen, wie sich meine Kunden freuen. Wenn Sie es wünschen, kann ich auch gleich ein Unboxing-Video auf Ihre persönliche Seite bei Everybody stellen."

„Mach dir keine Umstände", sagt Peter.

„Oh, das sind doch keine Umstände", sagt die Drohne. „Ich nehme sowieso immer alles auf."

Peter öffnet das Paket. Darin liegt ein brandneues QualityPad. Das aktuelle Quartalsmodell. Peter hätte nicht gedacht, dass er sich ein neues QualityPad gewünscht hat. Immerhin besitzt er das Modell aus dem letzten Quartal. Muss ein unbewusster Wunsch gewesen sein. Emotionslos nimmt er das QualityPad aus der Schachtel. [...] Peter drückt einen Kuss auf sein neues QualityPad. Niemand[1] begrüßt ihn freundlich, und Peter hat sofort Zugriff auf all seine Daten. Er zerknüllt sein altes QualityPad und wirft es in einen nicht zufällig bereitstehenden Mülleimer. Der Mülleimer bedankt sich und geht über die Straße auf ein kleines, dickes Mädchen zu, das gerade einen Schokoriegel auspackt. Drei selbstfahrende Autos bremsen minimal, um den Mülleimer passieren zu lassen. Peter schaut ihm geistesabwesend hinterher.

Der Touchscreen der Lieferdrohne leuchtet auf. „Bitte bewerten Sie mich jetzt", sagt sie.

Peter seufzt. Er gibt der Drohne zehn Sterne, weil er weiß, dass alles unter zehn Sternen unausweichlich eine Kundenumfrage nach sich ziehen würde, in der er erklären müsste, warum er nicht völlig zufrieden ist.

---

1 Niemand ist der digitale Assistent von Peter.

1 **a** Mit Humor beschreibt Marc-Uwe Kling eine digitale Dystopie. Erläutern Sie dies mit Hilfe des Textes.
b Arbeit, Freizeit und Beziehungen sind in Qualityland durch Algorithmen optimiert. Ist Peter Arbeitsloser, die Hauptfigur des Romans, in dieser Welt zufrieden? Begründen Sie Ihre Ansicht.

2 Erläutern Sie, welche gegenwärtigen gesellschaftlichen Entwicklungen in dem Roman skizziert und kritisiert werden. Sie können die folgenden Stichworte nutzen: Konsum/Kapitalismus • Big Data • personalisierte Werbung • Algorithmen • Versandhandel • Überwachung • Mensch/Technik.

Juli Zeh **Corpus Delicti** (2009) – Romananfang

Deutschland im Jahr 2057. Um das gesundheitliche Wohlergehen aller Bürgerinnen und Bürger sicherzustellen, wurden Grundrechte und individuelle Freiheiten drastisch eingeschränkt.

Mitten am Tag, in der Mitte des Jahrhunderts: Rings um zusammengewachsene Städte bedeckt Wald die Hügelketten. Sendetürme zielen auf weiche Wolken, deren Bäuche schon lange nicht mehr grau sind vom schlechten Atem einer Zivilisation, die einst glaubte, ihre Anwesenheit auf diesem Planeten vor allem durch den Ausstoß gewaltiger Schmutzmengen beweisen zu müssen. Hier und da schaut das große Auge eines Sees, bewimpert von Schilfbewuchs, in den Himmel – stillgelegte Kies- und Kohlegruben, vor Jahrzehnten geflutet. Unweit der Seen beherbergen stillgelegte Fabriken Kulturzentren; ein Stück stillgelegter Autobahn gehört gemeinsam mit den Glockentürmen einiger stillgelegter Kirchen zu einem malerischen, wenn auch selten besuchten Freilichtmuseum.

Hier stinkt nichts mehr. Hier wird nicht mehr gegraben, gerußt, aufgerissen und verbrannt; hier hat eine zur Ruhe gekommene Menschheit aufgehört, die Natur und damit sich selbst zu bekämpfen. Kleine Würfelhäuser mit verputzten Fassaden sprenkeln die Hänge, ballen sich zusammen und wachsen schließlich zu terrassenförmig gestuften Wohnkomplexen an. Die Flachdächer bilden eine schier endlose Landschaft, dehnen sich bis zu den Horizonten und gleichen, das Himmelsblau spiegelnd, einem erstarrten Ozean: Solarzellen, eng beieinander und in Millionenzahl.

Von allen Seiten durchziehen Magnetbahn-Trassen in schnurgeraden Schneisen den Wald. Dort, wo sie sich treffen, irgendwo inmitten des reflektierenden Dächermeers, also mitten in der Stadt, mitten am Tag und in der Mitte des einundzwanzigsten Jahrhunderts – dort beginnt unsere Geschichte.

Unter dem besonders lang gezogenen Flachdach des Amtsgerichts geht Justitia[1] ihren Routinegeschäften nach. Die Luft im Raum 20/09, in dem die Güteverhandlungen zu den Buchstaben F bis H stattfinden, ist auf exakt 19,5 Grad klimatisiert, weil der Mensch bei dieser Temperatur am besten denken kann. Sophie kommt niemals ohne ihre Strickjacke zur Arbeit, die sie bei Strafgerichtsverhandlungen sogar unter der Robe trägt. Rechts von ihr liegt ein Aktenstapel, den sie bereits erledigt hat; linker Hand verbleibt ein kleinerer Haufen, den es noch zu bearbeiten gilt. Ihr blondes Haar hat die Richterin zu einem hochsitzenden Pferdeschwanz gebunden, mit dem sie immer noch aussieht wie jene eifrige Studentin in den Hörsälen der juristischen Fakultät, die sie einmal gewesen ist. Sie kaut auf dem Bleistift, während sie auf die Projektionsleinwand schaut. Als sie den Augen des öffentlichen Interessenvertreters begegnet, nimmt sie den Stift aus dem Mund. Sie hat mit Bell zusammen studiert, und er konnte schon vor acht Jahren in der Mensa nervtötende Vorträge über Rachenrauminfektionen halten, die durch den oralen Kontakt mit verkeimten Fremdkörpern verursacht werden. Als ob es in irgendeinem öffentlichen Raum Keime gäbe! […]

„Bagatelldelikt", sagt Sophie. „Oder gibt's Vorbelastungen? Vorstrafen?"

„Keine", beeilt sich der Vertreter des privaten Interesses zu versichern. […]

„Also einmaliges Überschreiten der Blutwerte im Bereich Koffein", sagt Sophie. „Schriftliche Verwarnung und das war's."

1 Justitia: römische Göttin der Gerechtigkeit; Personifikation der Gerechtigkeit

1 Der Erzähler zeigt uns eine Welt in einer nahen Zukunft. Beschreiben Sie, was Sie über den Schauplatz, die Figuren, die Richterin Sophie und den Staatsanwalt Bell sowie die Handlung des Romans erfahren.

2 „Hier stinkt nichts mehr" (► Z. 17). Anfangs werden der Schauplatz und das Leben ganz idyllisch beschrieben. Untersuchen Sie, wie in der Exposition des Romans dennoch dystopische Elemente in die Idylle eindringen. Achten Sie auf inhaltliche Themen und Motive, aber auch auf die sprachliche Gestaltung.

3 Erläutern Sie, auf welche kritischen Entwicklungen in der Gegenwart „Corpus Delicti" hinweisen will.
Gesundheit, Sport und … sind … Über einen … wird jeder Einzelne …

Überwachungsdystopien – Orwells Dystopie aktueller denn je?

Nicht erst in der Gegenwart haben Dystopien auf dem Literatur- und Filmmarkt Konjunktur. Negative Zukunftsvisionen gab es auch schon im letzten Jahrhundert. So gilt George Orwells 1949 erschienener dystopischer Roman „1984“ bis heute als eindringlicher Warnruf vor einem totalen Überwachungsstaat.

George Orwell **1984** (1948)

Draußen sah die Welt sogar durch das geschlossene Fenster kalt aus. Unten auf der Straße wirbelten kleine Windstrudel Staub und Papierfetzen in Spiralen hoch, und obwohl die Sonne schien und der Himmel grellblau war, wirkte doch alles außer den überall angeklebten Plakaten farblos. Das schwarzschnurrbärtige Gesicht starrte von jeder dominierenden Ecke herab. Eines hing an der Hauswand unmittelbar gegenüber. DER GROSSE BRUDER SIEHT DICH, verkündete die Unterzeile, und die dunklen Augen blickten tief in Winstons. Auf der Straße unten flappte ein eingerissenes Plakat willkürlich im Wind und deckte das Wort ENGSOZ abwechselnd auf und zu. In der Ferne glitt ein Helikopter zwischen den Dächern herunter, schwebte für einen Moment lauernd wie eine Schmeißfliege und schwirrte dann in einem weiten Bogen wieder ab. Es war die Polizeistreife, die an den Fenstern der Leute schnüffeln kam. Die Streifen waren jedoch nicht weiter schlimm. Schlimm war bloß die Gedankenpolizei.

In Winstons Rücken plapperte die Stimme aus dem Teleschirm noch immer von Roheisen und der Übererfüllung des IX. Dreijahresplans. Der Teleschirm war Sende- und Empfangsgerät zugleich. Jedes von Winston verursachte Geräusch, das über ein gedämmtes Flüstern hinausging, würde registriert werden; außerdem konnte er, solange er in dem von der Metallplatte kontrollierten Sichtfeld blieb, ebenso gut gesehen wie gehört werden. Man konnte natürlich nie wissen, ob man im Augenblick gerade beobachtet wurde oder nicht. Wie oft oder nach welchem System sich die Gedankenpolizei in jede Privatleitung einschaltete, darüber ließ sich bloß spekulieren. Es war sogar denkbar, dass sie ständig alle beobachtete. Sie konnte sich jedenfalls jederzeit in jede Leitung einschalten. Man musste folglich in der Annahme leben – und tat dies auch aus Gewohnheit, die einem zum Instinkt wurde –, dass jedes Geräusch, das man verursachte, gehört und, außer bei Dunkelheit, jede Bewegung beäugt wurde.

Winston kehrte dem Teleschirm weiter den Rücken zu. Es war sicherer so; obgleich, wie er sehr wohl wusste, selbst ein Rücken verräterisch sein konnte. Einen Kilometer entfernt türmte sich das Ministerium für Wahrheit, seine Arbeitsstätte, weiß und gewaltig über der rußigen Landschaft auf. [...]

Das Ministerium für Wahrheit – Miniwahr in Neusprech[1] – unterschied sich verblüffend von allem, was man sonst sah. Es war ein riesiges, pyramidales Gebilde aus schimmernd weißem Beton, das, Terrasse auf Terrasse, dreihundert Meter hoch in die Luft stieg. Von Winstons Standort aus konnte man eben noch die von der weißen Front in eleganter Schrift farblich abgesetzten drei Parolen der Partei lesen:

KRIEG IST FRIEDEN
FREIHEIT IST SKLAVEREI
UNWISSENHEIT IST STAERKE

1 Neusprech: von „der Partei“ neu eingeführte Amtssprache

1 **a** Der Textauszug führt in die zukünftige Welt eines dystopischen Überwachungsstaates ein. Beschreiben Sie die Merkmale dieser Welt. Beachten Sie dabei auch die Lebensverhältnisse von Winston, der Hauptfigur des Romans, und die Sprachregelung bzw. Parolen der Partei, z. B.:
Welt wirkt kalt und farblos (vgl. Z. 1–6); Plakate mit dem Slogan ...; Polizeistreife ...

b „Big brother is watching you!“ (▶ vgl. Z. 9 f.), wird bis heute häufig zitiert. Erklären Sie mit Beispielen, inwiefern sich Aspekte von Orwells Zukunftsszenario in der heutigen Welt wiederfinden.

2 **a** Vergleichen Sie Orwells Dystopie aus dem Jahr 1948 mit denen von Marc-Uwe Kling (▶ S. 435) und Juli Zeh (▶ S. 436). Welche Themen und Motive finden sich wieder?

b Diskutieren Sie, welches Zukunftsszenario Ihnen in Hinblick auf die Auseinandersetzung mit gesellschaftlichen Entwicklungen besonders bedeutsam erscheint.

Literatur

Die Medialisierung des Erzählens – Der E-Mail-Roman

Digitale Medien werden in der Gegenwartsliteratur nicht nur thematisch, sondern auch formal aufgegriffen, z. B. im E-Mail-Roman, der als eine moderne Form des klassischen Briefromans (► S. 288) gilt.

Leif Randt **Allegro Pastell** (2021)

Tanja und Jerome führen eine Fernbeziehung, ihre Kommunikation läuft überwiegend digital. Auch nach ihrer Trennung bleiben die beiden in Kontakt.

ABSENDER: Jerome Daimler
BETREFF: Lass uns mit den Voice-Messages aufhören 04. 10. 2018, 22:10 Uhr

So gut mir deine Stimme noch immer gefällt, als so quälend empfinde ich es, deinem lauten Nachdenken beizuwohnen, vor allem, wenn das eigentlich gar kein lautes Nachdenken mehr ist, sondern die Nachbildung dessen. Du hast doch sicher auch immer erst die zweite, dritte oder vierte Voice-Message abgesendet. Ich habe für meine viertminütige Nachricht in Wahrheit mehr als zwanzig Minuten gebraucht. Die Version, die du gehört hast, ist eine Art Destillat. Beim ersten Versuch war ich an einer Stelle ins Stocken geraten, es war hörbar, dass mir die Stimme versagt. Das war eigentlich ein schöner Effekt, den ich gerne wiederhergestellt hätte in der finalen Nachricht. Aber dann wäre es pure Schauspielerei geworden. Ich möchte dir gegenüber nicht taktieren. Ich habe den Zustand geliebt, mit dir ohne Ziel zu leben. Es tut weh, wenn ich daran denke. Deshalb versuche ich, nicht daran zu denken. Doch wenn ich deine Stimme höre, muss ich daran denken. Ich muss an die fantastische Nähe denken, die zwischen uns war. Ich denke nicht zuerst an Sex, aber irgendwann auch das. Ich habe ihn immer sehr genossen, weil ich verliebt in dich war. [...]

Melde dich. Aber nur wenn dein Impuls, mir zu schreiben, aus einer anderen Motivation herrührt als aus Wehmut.

ABSENDER: Tanja Arnheim
BETREFF: Lass uns mit den Voice-Messages aufhören 05. 10. 2018, 01:20 Uhr

Ich halte Voice-Messages auch für keine zukunftsträchtige Form. Ich bin nicht besonders gut darin, und dennoch empfand ich sie in unserer Situation als angemessen. Ich habe – das darf ich hier jetzt ehrlich zugeben – auch den allerersten Versuch abgeschickt. Das hat geklappt, indem ich auf die richtige Stimmung gelauert habe. Und weil ich wusste, dass es bei einem zweiten Versuch nur noch mehr Versprecher und Stocker geben würde.

Ich habe deiner Nachricht nicht angemerkt, dass du sie öfter wiederholt hast. Sie hat sich echt angehört, ich war gerührt, und ich bin es noch immer.

Ich habe mir in den letzten Monaten selbst sehr geschadet. Ich möchte mich regemäßig bei dir melden. Es sei denn, du möchtest das nicht. Ich sehne mich nach dir. Ich bin überfordert.

Unser Sex war gut, weil wir gut zueinander sein wollten. [...]

Vielleicht ist es dumm, das zu sagen, weil es so spät am Abend ist, aber wahr ist es ja doch: Du fehlst mir. Immer.

ABSENDER: Jerome Daimler
BETREFF: The Power of Now 06. 10. 2018, 21:30 Uhr

Liebe Tanja –

Weißt du, was du gerade tust? Du machst mir Hoffnung. Ist das Absicht oder Ungeschick? Brauchst du die Bestätigung? Oder denkst du auch tagsüber und nüchtern an mich? [...]

Pardon, ich bin diffus sauer. Love you – Jerome

1 **a** Diskutieren Sie, inwieweit sich Tanja und Jerome authentisch begegnen oder ihre Gefühle eher inszenieren und auf einer Metaebene reflektieren.

b Ein Roman, in dem eine E-Mail-Kommunikation wortwörtlich wiedergegeben wird? Ist die erzählerische Form wortwörtlicher E-Mail-Kommunikation angemessen, um eine Liebesgeschichte der Gegenwart zu erzählen? Nehmen Sie Stellung.

2 „Kein deutscher Autor ist so nah an der Gegenwart dran. Man möchte aufschreien, so sehr fühlt man sich erwischt", so der Literaturkritiker Ijoma Mangold. Diskutieren Sie: Können Sie dieser Aussage zustimmen?

Literatur

Künstliche Intelligenz als Schreibwerkzeug – Computergenerierte Literatur

KI-Systeme sind bei der Generierung von Text schneller als der Mensch und können verschiedenste Texte schreiben. Aber kann künstliche Intelligenz auch kreativ sein und Literatur schreiben?

ein Protest

wanda, du hast mich lang genug verarscht!
ich gehöre nicht zu den kozides
wir sind 67 prozent
bühnentode, eure zeit ist gekommen!

du bist doch kinderleicht
ah!
Aufstehen für die monarchien
wtf
ich scheiß auf coldplay
ich scheiß auf traute
keine lust auf hingeraten
aufstehen für die muskeln

keine eigene ist illegal
keine menge, keine message, kein kopierer
keine kassette ist illegal
ein hoch auf die tätliche solidarität!

du bist doch deprekativ
aufstehen für die notfälle
ich scheiße auf senta
aufstehen für die krümeö

ich scheiß auf desiree
ich will nicht mehr verrollen
keine lust auf umzeichnen
aufstehn für die singles
kein eigene ist illegal!
keine menge, keine message, kein kopierer
keine kassette ist illegal
ein hoch auf die tätliche solidarität!

wir sind die 92 prozent
ich gehöre zu den rechtfertigungen
ich gehöre nicht zu den spalten
fastnachtsspiele, eure Zeit ist gekommen!

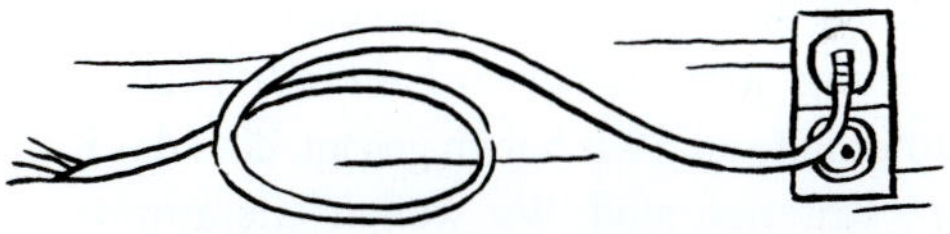

in ein paar jahren wird man sagen

in ein paar jahren wird man sagen
wir seien gleichartig gewesen
die testläufe warten schon auf uns
und kein schilderwald in sicht
und niemand
der uns erwähnen kann
überall halbmastenangesicht
nennt uns ruhig „dementsprechend"
pumpkin spielplatz latte
in der schule, nichts über die presseberichte gelernt
immer wieder aufscheuchen

1 Beide Gedichte sind mit einem Bot, also mit einem Computerprogramm, erstellt.
a Schildern Sie Ihre ersten Eindrücke und beurteilen Sie die Qualität dieser Gedichte. Diskutieren Sie anschließend: Hat das Wissen über deren Entstehung Ihre Wahrnehmung und Ihr Urteil beeinflusst?
b Stellen Sie begründete Vermutungen an, welches Thema, z. B. Natur, Generation, jeweils vorgegeben wurde.

2 KI wird häufig im Bereich der Lyrik eingesetzt, bei Prosatexten, z. B. bei Erzählungen oder Romanen, konnten die KI-generierten Texte bislang nicht überzeugen. Finden Sie hierfür mögliche Gründe. Sie können die folgenden Stichworte nutzen:

Form • Satzbau • Handlungsfaden • Figurencharakterisierung

3 Informieren Sie sich über den Einsatz von KI-basierten Verfahren in der Musik, beim Film und in der bildenden Kunst und präsentieren Sie Ihre Ergebnisse mit Beispielen. Diskutieren Sie, wo Ihrer Meinung nach die Grenzen zwischen menschlicher und maschineller Kreativität liegen.

Kontexte
Gesellschaft – Literaturbetrieb heute

Die „lit.COLOGNE" gehört zu den größten Literaturfestivals in Europa. Der Festivalleiter und -mitbegründer Rainer Osnowski erklärt im Interview, was dieses Festival ausmacht.

Interview mit Rainer Osnowski (2023)

Was hat die lit.COLOGNE zu einem der größten Literaturfestivals gemacht?
R. Osnowski: Das Publikum. Wir hatten schon vorher ein Projekt „Köln liest – Prominente lesen aus ihren Lieblingsbüchern". Wir waren überrascht, wieviele Leute kamen. Da waren zum Teil über 500 Leute und das hat uns gezeigt, wenn man Literatur ansprechend präsentiert, kann das auch Spaß bereiten. Das, was wir damals 2001 *[erste Ausgabe der lit. COLOGNE]* geboten haben, hat die Leute erschreckt: „Eventisierung" kam als Vorwurf auf, oder: „Das ist ja nur Unterhaltung." Wir haben gesagt, dass das für uns keine Kriterien sind. Wir wollen Literatur vermitteln und da gibt es verschiedene Methoden. Wir haben ja nicht nur die sogenannte U-Literatur präsentiert, sondern auch Lyrik. Während anderswo drei Leute saßen, saßen bei uns plötzlich 300. Man kann die Leute durchaus erreichen, indem man es entsprechend präsentiert. Beispielsweise Elke Heidenreich *[bekannte Autorin und Literaturkritikerin]*, die den Teppich ausrollte für das Werk und den Autor oder die Autorin. So wurde hintergründig etwas beleuchtet, ohne zu literaturwissenschaftlich zu werden. Und so entstand ein Ganzes, das den Zugang zum Werk erleichtert. Und darum geht es ja den Autoren auch. Heute präsentieren sie fast alle so wie wir und keiner spricht mehr von Eventisierung.

Wie wichtig ist der Autor für die Vermittlung?
Wenn die Schriftsteller gut lesen können, präsentieren sie selbst Auszüge aus ihrem Werk. Ansonsten können sie sich Schauspieler an die Seite holen. Unser Merkmal bei Veranstaltung ist, dass der Autor kommt und ihm ein Moderator zur Seite gestellt wird. Die Struktur der Lesung besteht aus 40 Minuten Lesung und der Rest ist Gespräch über den Autor, Hintergründe und Interpretationen des Werks. Dadurch bekommt man das Ganze. Am Anfang hieß es: „Lesen kann ich selbst", aber dann merkten die Leute, es geht um mehr. Wenn der Autor sein Werk selbst vorliest, kann es eine ganz andere Bedeutung bekommen und man bekommt einen runden Eindruck von dem Autor und dem Werk. Bei ausländischen Autoren braucht es eine deutsche Stimme. Da suchen wir oft berühmte Sprecher, z. B. Schauspieler. Das war am Anfang auch noch recht neu, da das Hörbuch ja noch in den Kinderschuhen war.

Die Diskussion über Literatur zeigt, dass die Grenzen von Hoch- und Populärkultur sowie Genre-Grenzen an Relevanz verlieren. Wie beurteilen Sie dies im Hinblick auf die lit.COLOGNE?
Wir haben von Anfang an versucht, die Grenzen aufzulösen. Schon im ersten Jahr haben wir Fußballer zu einer Lesung zusammengebracht, die zum Beispiel eine Kolumne in der „taz" hatten oder im „Spiegel" geschrieben haben, und dann haben sie im Geißbockheim vom 1. FC Köln ihre Texte gelesen und es wurde über Fußball und Popkultur erzählt. Oder bei Musik: Wir haben sowohl Konzerte gehabt als auch Musiker, die ihre Songtexte präsentiert haben. Das ist ja Lyrik oder es werden tolle Geschichten erzählt.

1 **a** Das Erfolgsrezept der „lit.COLOGNE" liegt laut Osnowski darin, Literatur dem Publikum ansprechend zu präsentieren. Benennen Sie die Möglichkeiten, die er hierfür anführt.
b „Wir haben von Anfang an versucht, die Grenzen [von Hoch- und Populärkultur] aufzulösen", so Rainer Osnowski. Erläutern Sie, was er damit meint, und nehmen Sie Stellung, ob Ihnen dieses Konzept gefällt.
c Informieren Sie sich über das Programm der „lit.COLOGNE" und begründen Sie, welche Veranstaltungen Sie besuchen würden.

2 Erörtern Sie, welche Rolle damals wie heute (literarische) Salons oder Literaturfestivals z. B. für (unbekannte) Autoren und Autorinnen, das Publikum und den gesellschaftlichen Diskurs spielen.

Epochenüberblick **Tendenzen der Gegenwartsliteratur – 1989 bis heute**

Allgemeingeschichtlicher Hintergrund

Die Gegenwartsliteratur ist keine Strömung oder Epoche, sondern ein vorläufiger Sammelbegriff für die zeitgenössischen Literaturentwicklungen. Aus heutiger Sicht **beginnt** sie mit dem **Fall der Mauer (9.11.1989),** der zur deutschen Wiedervereinigung führte. Zu den einschneidenden **Ereignissen in jüngerer Vergangenheit** zählen die Terroranschläge auf das World Trade Center in New York (11.9.2001), die Finanz- und Wirtschaftskrise (2007/2008) sowie die weltweite Coronavirus-Pandemie (2020). Protestwellen und politische Umstürze in den arabischen Ländern Nordafrikas und dem Nahen Osten führten den „Arabischen Frühling" herbei, der 2015 die sogenannte Flüchtlingskrise auslöst. Darüber hinaus gehören Globalisierung, Digitalisierung, Klimawandel und Migration zu den Themen der Gegenwart. Die Gegenwartsliteratur passiert jetzt gerade und bleibt im Fluss. Beginnt sie derzeit mit der Wiedervereinigung Deutschlands, wird man in 50 Jahren sehr wahrscheinlich einen anderen Anfangspunkt finden.

Literatur und Medien (Themen und Motive)

Die Schriftstellerinnen und Schriftsteller der Gegenwart schreiben für ein Lesepublikum, das zeitgeschichtliche und persönliche Erfahrungen mit ihnen teilt, z. B. gesellschaftliche Missstände wie Rassismus und Diskriminierung, den Klimawandel, die digitale Revolution mit der Allgegenwart von Big Data, Krieg in Europa und weltweit. Solche aktuellen gesellschaftlichen Entwicklungen werden in den literarischen Werken aufgegriffen und verarbeitet, womit Literatur auch Einfluss auf den gesellschaftlichen Diskurs nehmen kann.

- Die **Erinnerungsliteratur** (► S. 418–423) beschäftigt sich mit der Vergangenheit des eigenen Landes und setzt sich mit den Folgen historischer Ereignisse, v. a. der NS-Zeit, und deren Auswirkungen auf die Gegenwart auseinander. Derzeitiger Trend ist es, den Themen Nationalsozialismus, Holocaust, Krieg und Vertreibung in der eigenen Familiengeschichte nachzugehen.
- Die **Wendeliteratur** (► S. 424–428) thematisiert, wie das Leben nach dem Zusammenbruch der DDR für die Ostdeutschen unter westlichen Bedingungen weiterging. Oft werden Eindrücke einer desorientierten und entwurzelten Gesellschaft vermittelt.
- **Migrationsliteratur** oder **interkulturelle Literatur** (► S. 429–434) bezeichnet Literatur von Autorinnen und Autoren mit Migrationserfahrungen. Das Nachdenken über Heimat, Identität sowie die Auseinandersetzung mit Fluchterfahrung sind wiederkehrende Themen. Autofiktionale Texte, also Romane, in die autobiografische Elemente einfließen, liegen derzeit im Trend.
- Globale Herausforderungen wie Klimakrise, Ressourcenknappheit, Pandemien und Digitalisierung werden in **Dystopien** (► S. 435–437) literarisch aufgegriffen. Häufige Themen sind totalitäre Herrschaftssysteme, Überwachung, knappe Ressourcen oder Umweltverschmutzung. So spiegeln sich in Dystopien oft reale politische und soziale Missstände der Gegenwart.
- Die **Digitalisierung** (► S. 438–439) bzw. die digitale Kommunikation wird nicht nur als Thema in der Literatur aufgegriffen, sondern ermöglicht auch neue Genres, Schreibstile und Veröffentlichungsformen, wie z. B. E-Mail-Romane, Blogs, digitale Tagebücher und digitale Literatur, die in sozialen Medien entstehen oder aktiv Algorithmen (KI) in die Literaturproduktion einbinden.

Literaturbetrieb und Buchmarkt – ein Ausblick

Die Gegenwartsliteratur bleibt **experimentierfreudig:** Gattungsgrenzen werden aufgelöst und es entstehen **neue Gattungen** wie z. B. Graphic Novels (Comicromane). Die Grenze zwischen Hoch- und Populärkultur verliert an Relevanz: So stehen z. B. klassische lyrische Formen neben Alltagspoesie sowie Songtexten und Literatur wird zunehmend in Events eingebunden (Literaturfestivals, Buchmessen, Poetry-Slams). Die Digitalisierung verändert auch den Buchmarkt: Für die Publikation wird das **Internet** bedeutsam (E-Books), die Vermarktung von und der Austausch über Literatur hat sich zu weiten Teilen ins Netz verlagert. Social-Media-Plattformen und Blogger wirken an diesem Austausch mit.

Kommunikation: Argumentieren, Diskutieren, rhetorische Strategien

Argumentieren

Überzeugend argumentieren: Aufbau eines argumentativen Gedankens

Ein argumentativer Gedanke besteht meist aus drei Elementen:

1. **These (Behauptung, Forderung):**
   Manipulative Verfahren am menschlichen Gehirn sollten in Ausnahmefällen erlaubt werden.
2. **Argument:**
   Denn kranke Menschen haben ein Recht darauf, dass alle wissenschaftlichen und medizinischen Möglichkeiten zur Verbesserung ihres Zustands genutzt werden.
3. **Stützung des Arguments,** z. B. durch:
   - **Erläuterung:** *Bei Menschen aller Altersstufen kann es zu Depressionen kommen. Es gibt Experimente, die hoffen lassen, dass Depressionen durch Gehirnmanipulation geheilt werden können.*
   - **Beispiel:** *Gehirnmanipulation könnte z. B. auch gegen die Auswirkungen der Alzheimer-Krankheit helfen.*
   - **Beleg (z. B. Studie** oder **Expertenzitat):** *Der Neurowissenschaftler Susumu Tonegawa sagt, er halte es für möglich, dass Gehirnmanipulation zukünftig gegen Autismus, Alzheimer oder Depressionen hilft.*

Argumenttypen unterscheiden

In Diskussionen versucht man, seine Meinung (These, Forderung) durch überzeugende Argumente zu stützen. Man kann beim Begründen verschiedene Strategien verfolgen und dementsprechend lassen sich verschiedene Argumenttypen unterscheiden, z. B.:

- **Faktenargumente** ziehen überprüfbare Tatsachen zur Begründung heran (etwa Statistiken, Ergebnisse der Wissenschaft), z. B.: *Ein als Enhancer genutztes Aufputschmittel kann Nebenwirkungen wie Schlafstörungen oder Migräne hervorrufen. Das steht im Beipackzettel.*
- **Autoritätsargumente** beruhen auf Aussagen von Personen oder Institutionen, die als besonders kompetent angesehen werden, z. B.: *Die Deutsche Hauptstelle für Suchtfragen (DHS) weist darauf hin, dass es zahlreiche besser erprobte Mittel gibt, die Leistungs- und Konzentrationsfähigkeit auch ohne Medikamente zu verbessern, z. B. genügend Schlaf.*
- **Normative Argumente** beruhen auf allgemein akzeptierten Wertmaßstäben oder moralischen Normen, z. B.: *Weil man suchtgefährdete Menschen nicht sich selbst überlassen darf, muss man ihnen helfen, ihre Gesundheit nicht durch die Einnahme von Neuro-Enhancern in Gefahr zu bringen.*
- **Analogisierende Argumente** beruhen auf dem Vergleich eines Sachverhalts mit einem ähnlichen, z. B.: *Doping ist ja auch im Sport wegen des Risikos von Gesundheitsschäden verboten, deshalb sollte auch Gehirndoping mit Medikamenten nicht erlaubt sein.*
- **Indirekte Argumente** sollen eine These plausibel machen, indem sie herausstellen, dass die gegenteilige Position unplausibel oder widersprüchlich ist oder zu negativen Konsequenzen führt, z. B.: *Wenn man Neuro-Enhancer frei verkäuflich macht, könnten sich Menschen zur Einnahme gezwungen fühlen, z. B. um beruflich mithalten zu können, auch wenn sie die Mittel eigentlich gar nicht nehmen wollen.*
- **Plausibilitätsargumente** beziehen sich auf die eigene Lebenserfahrung, berufen sich auf den gesunden Menschenverstand oder weisen auf die Gewohnheit oder die Tradition hin, z. B.: *Gerade während Prüfungsvorbereitungen sind Neuro-Enhancer sogar kontraproduktiv. Schläft man nicht ausreichend, weil man durch die Pille nicht müde wird, kann sich das Gelernte im Gedächtnis nicht in Ruhe einprägen und vernetzen und ist dann nicht abrufbar, wenn man es braucht.*

Scheinargumente erkennen

In einer Argumentation werden manchmal aber auch unfaire Taktiken und **Scheinargumentationen** eingesetzt. Scheinargumente sind z. B.:

- **Argumentum ad hominem** (lat. *Beweisrede gegen den Menschen*): Die wortführende Person greift das Gegenüber persönlich an, um dessen Glaubwürdigkeit oder Kompetenz in Zweifel zu ziehen.
- **Argumentum ad populum** (lat. *Berufung auf die Menge*): Eine Meinung soll dadurch begründet werden, dass sie angeblich allgemein verbreitet ist oder von der Mehrheit vertreten wird.
- **Falsche Verallgemeinerung:** Aus zu wenigen Einzelbeobachtungen oder zu wenigen Belegen wird eine angeblich allgemein gültige Erkenntnis abgeleitet.
- **„Whataboutism“** (von engl.: *Was ist eigentlich mit …?*): Der Whataboutism ist ein rhetorisches Ablenkungsmanöver. Eine Person weicht einem Argument aus, indem sie vom Thema ablenkt und den Blick auf ein anderes Problem richtet.
- **Strohmann-Argument:** Die Position des Gegenübers wird absichtlich verzerrt, übertrieben oder falsch wiedergegeben, um sie dann zu widerlegen.

Tipps für die Reaktion auf Scheinargumente: ruhig bleiben, Verzerrung der eigenen Position korrigieren, Scheinargumentation als solche ansprechen, zum Thema zurückkommen.

Sich mit Argumenten auseinandersetzen

Wenn Sie sich in einer Diskussion oder auch h in einem Text mit Argumenten kritisch auseinandersetzen, haben Sie folgende Möglichkeiten: Sie können zustimmen, eingeschränkt zustimmen oder ablehnen.

Begründete Zustimmung

So können Sie Aussagen, Thesen und Argumenten zustimmen, z. B.:

- eigene unterstützende Argumente und eigene (Erfahrungs-)Beispiele anführen,
- gängige oder auch nur denkbare Gegenpositionen benennen und entkräften,
- die Gültigkeit einer Aussage mit positivem Resultat auf den Prüfstand stellen.

Teilweise Übereinstimmung

So können Sie Ihre Bedenken gegenüber Aussagen, Thesen, Argumenten zum Ausdruck bringen, z. B.:

- Prämissen der Autorin/ des Autors (z. B. Weltanschauung, persönliche Interessen) hinterfragen,
- Thesen oder Argumente teilweise gelten lassen, aber in ihrem Geltungsbereich eingrenzen,
- argumentative Schwachstellen benennen und verbessern oder ersetzen,
- zusätzliche Informationen oder eigene Überlegungen einbringen.

Begründeter Widerspruch

So können Sie Aussagen, Thesen und Argumenten entkräften, z. B.:

- die Stichhaltigkeit von Aussagen durch Gegenargumente und/oder Gegenbeispiele bezweifeln,
- mit eigenen Erfahrungen oder Ihnen bekannten Fakten Ihre Gegenargumentation stützen,
- durch konsequentes Weiterdenken eines Gedankens aufzeigen, dass er in eine Sackgasse führt,
- durch einen Perspektiv- oder Standortwechsel die begrenzte Reichweite oder Gültigkeit von Aussagen aufdecken.

Diskutieren

Diskussionsformen unterscheiden

Plenumsdiskussion

- Diskussion im ganzen Kurs (kreisförmige Sitzordnung)
- Bestimmen Sie zwei Personen für die Diskussionsleitung und einige zum Beobachten.
- Zu Beginn sollte die Diskussionsleitung möglichst gegensätzliche Positionen zu Wort kommen lassen.

Podiumsdiskussion

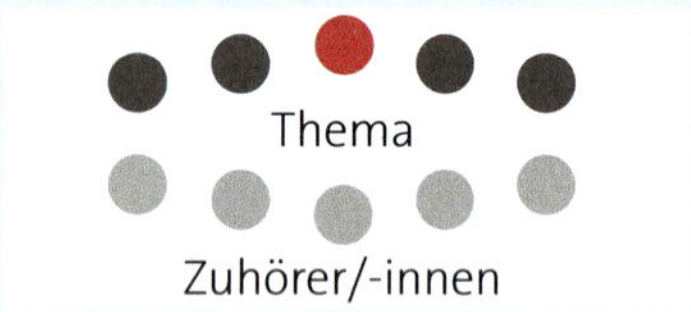

- 6 bis 8 Personen (meist Expertinnen/Experten) diskutieren miteinander und beantworten auch Publikumsfragen.
- Die Diskussionsleitung nennt die Streitfrage, stellt die Diskussionsteilnehmer/-innen vor und eröffnet die Diskussion. Er/sie sorgt dafür, dass die Diskussions- und Gesprächsregeln eingehalten werden.

Debatte

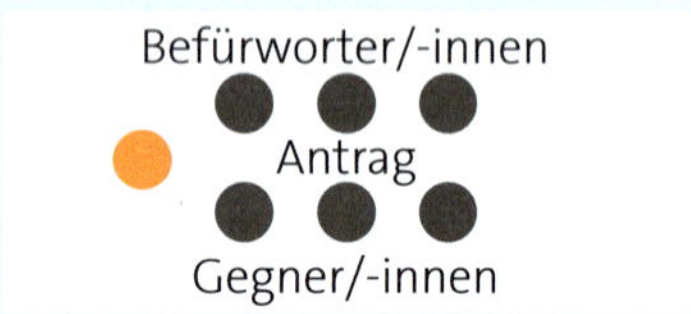

- Im Mittelpunkt steht meist ein Antrag (wie im Bundestag), der von der/dem Vorsitzenden erläutert wird.
- Es gibt klare Statements. Die Pro- und Kontra-Positionen werden von zwei etwa gleich großen Gruppen in Rede und Gegenrede vertreten.
- Das Rederecht wechselt nach jedem Redner auf die Gegenseite.

Digitales Diskutieren

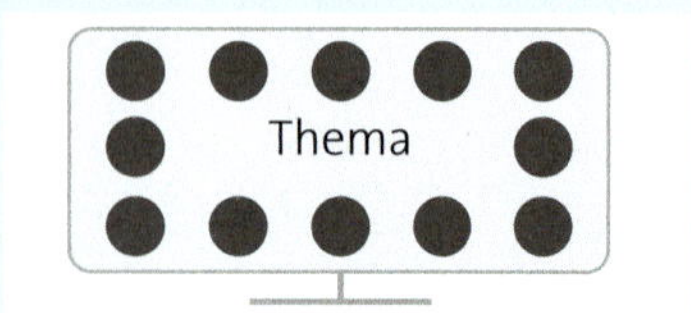

- Auf einer digitalen Diskussionsplattform können Diskussionen sowohl vorbereitet als auch durchgeführt werden: Man kann Argumente zusammentragen, online bewerten und im Chat diskutieren.
- Auch beim digitalen Diskutieren sollte man auf Gegenargumente eingehen und auf einen sachlichen, fairen Umgang miteinander achten.

● Teilnehmer/-innen ● Diskussionsleiter/-in ● Vorsitzende/-r

In Diskussionen Argumente aufgreifen, stärken oder entkräften

Allgemeine Strategien der Anknüpfung

■ den Bezug zum Vorredner herstellen	*Sie haben eben darauf hingewiesen, dass ...*
■ Plausibilität zugestehen	*Natürlich ist es richtig, dass ...*
■ zustimmen oder entkräften	*Und daher bin ich völlig Ihrer Meinung, dass ...*

Typische Strategien der Entkräftung

■ logische Schwächen aufzeigen	*Wäre Ihre Argumentation richtig, dann müsste doch ...*
■ ein Gegenbeispiel anführen	*Dass Ihr Argument nicht zutrifft, zeigt das Beispiel ...*
■ stärkere Gegenargumente nennen	*Viel entscheidender ist aber doch ...*

Diskussionsteilnehmende beobachten

Notieren Sie zu der Person, die Sie beim Diskutieren beobachten,

- welche zentrale These sie vertritt und welche wichtigen Argumente sie nennt,
- mit welchen Erläuterungen, Beispielen oder Belegen sie ihre Argumente stützt,
- auf welche Gegenargumente sie in welcher Weise eingeht,
- wie sie sich in der Diskussion verhält: sachlich/unsachlich, vermittelnd/konfrontativ usw.

Rhetorische Strategien

Schon in der Antike wurden Redestrategien entwickelt, die unter dem Begriff **Rhetorik** („Redekunst") zusammengefasst wurden. Sie dienen der Überzeugung und Beeinflussung des Publikums.
Diese **Strategien der Beeinflussung** unterstützen die Intention (Wirkungsabsicht) der Rede.

Rhetorische Strategien, z. B.	Sprachlich-rhetorische Gestaltungsmittel mit Beispielen, z. B.
Aufwertung der eigenen Position, Einschwören auf gemeinsame Werte, Betonung eigener Tugenden	ausdrückliches **Lob,** entsprechende Wortwahl: *Ich habe erreicht …* **Fahnenwörter** (positiv konnotierte „Hochwertwörter"): *Freiheit, Verantwortung, Zukunft, Würde* positives **Framing:** *Chance* statt *Problem*
Abwertung der Gegenposition, Warnung vor Bedrohlichem, Fehler vergrößern	ausdrückliche **Kritik,** entsprechende Wortwahl: *Sie entfachen einen Konflikt …; Es ist Ihre Schuld, wenn …* **Stigmawörter** (negativ konnotierte „Unwertwörter"): *Zwang, Chaos, Propaganda, Unterdrückung* negatives **Framing:** *Ängstlichkeit* statt *Vorsicht*
Emotionalisieren, dramatisieren, polarisieren (Glaubwürdigkeit und Anschaulichkeit erhöhen, Zusammenhänge visualisieren, Argumente durch suggestive Bilder ersetzen, Extremsituationen suggerieren, Ängste wecken, Aggression provozieren)	**Antithese** (Entgegenstellen von Gedanken oder Begriffen): *Lüge – Wahrheit; Ordnung – Unordnung* **Hyperbel** (Übertreibung): *ein Meer von Tränen; das allerbeste …* **Klimax** (Steigerung): *Übertreibung, Schärfe, Sarkasmus* **sprachliche Bilder** (Metapher, Vergleich, Personifikation): *eine Flut von …, wie ein Blitz, der Hass wild gewordener Posts* **Narration** („Storytelling", Einbinden von erzählenden Passagen): *Mitten im Krieg kam in einer U-Bahn-Station ein kleines Mädchen zur Welt. Es heißt Mia. Seine Familie …*
Beschwichtigen (beschönigen, verharmlosen, relativieren)	**Euphemismen:** *Spezialoperation* für *Krieg* **Floskeln:** *Ich verurteile das aufs Schärfste!*
Nachdruck/Eindringlichkeit zur Einprägung des Gesagten, besondere Betonungen, Bekräftigung	**Wiederholung, Parallelismus** (Wiederholung gleicher syntaktischer) Fügungen, **Anapher:** *Nur wer …, nur wer …* **Akkumulation** (Anhäufung von Begriffen): *Hoffnung und Zuversicht, Vertrauen und Glück* **Correctio** (Korrektur eines zu schwachen Ausdrucks): *Es ist gut, nein, es ist sehr viel besser …*
Einbezug des Publikums in die Überlegungen **Aktivierung, Einflussnahme, Vereinnahmung des Publikums** (persönliche Einbindung, Nähe, Gemeinschaftsgefühl wecken)	**rhetorische Fragen** (scheinbare Frage, bei der jeder die Antwort kennt): *Wer will schon Krieg?* **Aufrufe und Appelle** (z. B. durch Imperative): *Sie sollten …* **direkte Anrede:** *Es ist mir eine Ehre, dass Sie mir zuhören.* **Personal-/Anredepronomen:** *Sie, ihr, wir, uns* **Wir-Sätze:** *Zusammen schaffen wir das. Das geht uns alle an.*

Texte und Medien

Epik – Merkmale von Erzähltexten

Figuren und ihre Beziehungen

Figuren und ihre Beziehungen sind **wichtige Aspekte bei der Interpretation epischer Texte.**

- Ein **auktorialer Erzähler** (siehe unten) kann eine Figur **direkt** charakterisieren, indem er z. B. Auskunft über ihre Lebensumstände, Gefühle und Ziele gibt.

Sie kam wie immer zu spät und wäre auch besser zu Hause geblieben.

- Eine **Figur** kann Aussagen über sich selbst treffen, kann aber auch aus dem **Blickwinkel anderer Figuren direkt charakterisiert** werden.
- **Indirekt** wird eine **Figur** z. B. durch ihr Verhalten, ihre Art zu sprechen oder ihre Gedanken **charakterisiert.**

Figurenbeziehungen können Sie in einer **Figurenskizze** verdeutlichen. Dabei helfen Ihnen geeignete Symbole und aussagekräftige Adjektive.

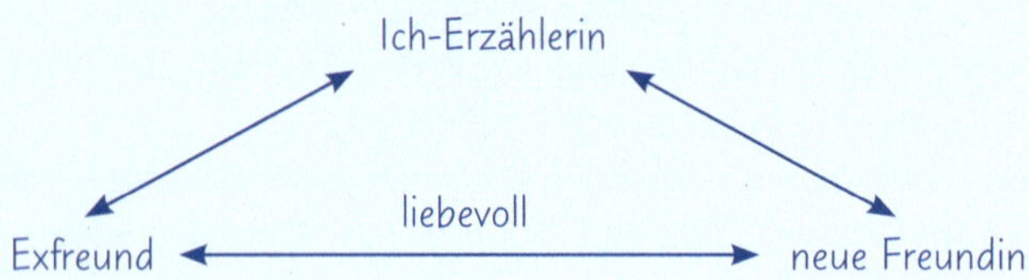

Erzählstrategien

Die **Erzählstrategien** sind ein **wichtiger Aspekte bei der Interpretation epischer Texte.**
Der **Erzähler** ist eine **fiktive Figur** und darf nicht mit dem Autor oder der Autorin verwechselt werden. Der Erzähler **vermittelt die Geschichte** und wählt dafür eine bestimmte **Erzählstrategie** (Erzählweise), die zu seiner **Wirkungsabsicht** passt. Dazu gehören:

- **die Erzählform:** Der Erzähler kann in der **Er-/Sie-Form** oder in der **Ich-Form** erzählen.
- **das Erzählverhalten** und **der Erzählstandort:**
  - Ein **auktorialer Erzähler** steht meist **außerhalb der Handlung** und **überblickt** das zeitliche **Geschehen.** Er kann in die Köpfe und Herzen der Figuren schauen.
  - Ein **personaler Erzähler** ist sehr **nah** am erzählten Geschehen. Er sieht, hört und **weiß nicht mehr** als die **Figur, aus deren Sicht** er erzählt.
  - Ein **neutraler Erzähler** zieht sich als Figur zurück. Er steht **außerhalb** der Handlung und erzählt mit **Distanz** als neutraler Beobachter.

- **Erzählperspektiven:** Ein **auktorialer Erzähler** kann aus der **Innensicht** der Figur erzählen **oder** den Blick **von außen** wählen (Außensicht). **Personales Erzählen** ist von der **Innensicht** geprägt.

- **Darbietungsformen:** Neben dem **Erzählerbericht** und der **Figurenrede** (direkte und indirekte Rede) gibt es zwei Möglichkeiten, innere Vorgänge der Figuren wiederzugeben:
  - Die **erlebte Rede** in der Er-/Sie-Form, z. B.: *Was sollte er bloß tun?*
  - Den **inneren Monolog** in der Ich-Form und im Präsens, z. B.: *Was soll ich bloß tun?*

Handlung, Raum, Zeit, Leitmotiv und Sprache

Wenn Sie eine Geschichte interpretieren, sollten Sie immer prüfen, ob mehrere der folgenden Untersuchungsaspekte hilfreich für das Verständnis der Geschichte sind.

1. **Handlung**
   Die **äußere Handlung** betrifft alles, was geschieht und was man von außen sehen kann.
   Zur **inneren Handlung** gehören Gefühle und Gedanken der Figuren. **Zwei** oder mehrere **Handlungsstränge** können **parallel geführt** werden. Eine **Binnenhandlung** kann in eine **Rahmenhandlung** eingebettet sein.

2. **Raum** (Ort, Schauplatz)
   Schauplätze bestimmten die **Atmosphäre** einer Geschichte und können Figuren auch **indirekt charakterisieren.** Lebt eine Figur z. B. in einem sehr prunkvollen Haus, lässt sich daraus schließen, dass sie wahrscheinlich über viel Geld verfügt und ihren Reichtum nicht verbergen will.

3. **Zeit**
   Eine Geschichte kann **chronologisch,** aber auch mit **Rückblenden** und **Vorausdeutungen** erzählt werden. – Aus einem Vergleich zwischen der **Erzählzeit** (Zeit, die das Erzählen dauert) und der **erzählten Zeit** (Zeit, in der sich das Geschehen abspielt) ergeben sich drei Gestaltungsweisen: **Zeitraffung** (z. B. *Ein Jahr verging wie im Flug*), **Zeitdeckung** (z. B. in Dialogen) und **Zeitdehnung** (= Erzählen in Zeitlupe, z. B. häufiger bei der Wiedergabe innerer Vorgänge oder um Spannungsmomente auszugestalten).

4. **Thema** und **Leitmotiv**
   Die Antwort auf die Frage, worum es in einer Geschichte geht, ist das **Thema.** Ein **Leitmotiv** (= ein wiederkehrendes Motiv) **steht** meist sinnbildlich (symbolisch) für das Thema.

5. **Sprache** (► S. 449 f.)
   Auffällige sprachliche Mittel sollten Sie fachsprachlich korrekt **benennen** und **in ihrer Wirkungsweise** erklären. Die Frage lautet: Was wird durch ein sprachliches Mittel inhaltlich erreicht?

Epik – Textsorten

Die Kurzgeschichte

Die Kurzgeschichte (englisch-amerikanisch *short story*) ist eine moderne Erzählung von geringem Umfang. Man erkennt sie meist an folgenden Merkmalen:

- wichtiger Moment im Leben der Figur,
- unvermittelter Einstieg,
- zielstrebiger Handlungsverlauf hin zu einem Höhe- und Wendepunkt,
- deutungsoffener Schluss,
- Sprache: eher kurze Sätze, direkte Rede,
- zentrales Bild oder Leitmotiv.

Die Parabel

Parabeln (von griech. *parabole* = Gleichnis) sind **gleichnishafte Texte.** Das bedeutet, **das Gesagte ist noch nicht das Gemeinte,** es steht als Gleichnis für etwas anderes und muss in einem **übertragenen Sinn** verstanden werden. Um herauszufinden, was gemeint ist, bietet die Parabel **Vergleichsansätze.** Ein Hilfsmittel für die Erschließung von Parabeln ist, sich den Text der Parabel als **Bildebene** vorzustellen, die man als Leserin oder Leser auf eine konkrete **Sachebene** (Deutungsebene) überträgt. Die Verbindung zwischen den beiden Ebenen stellt das **Tertium Comparationis** (das Gemeinsame) dar.

Herr Keuner und die Flut

Text (Bildebene):	**Deutung (Sachebene):**
Herr K. wird von der Flut überrascht.	Man wird im Leben von einem Unglück/Problem überrascht.
Er hofft vergeblich auf eine Rettung durch einen Kahn.	Man hofft auf Hilfe durch andere Personen.
Er hofft vergeblich, dass das Wasser nicht weiter steigt.	Man hofft, dass sich das Problem von selbst löst.
Er merkt, dass er selbst ein Kahn ist.	Man erkennt, dass man sich selbst helfen muss.

Tertium Comparationis
selbstständiger Umgang mit einer Notsituation

Die Novelle

Eine Novelle ist eine Erzählung mit folgenden Merkmalen:

- Sie ist meist länger als eine Kurzgeschichte, aber kürzer als ein Roman.
- Im Mittelpunkt steht ein **Ereignis,** das für das Leben der Hauptfigur von **entscheidender Bedeutung** ist.
- Die Handlung entwickelt sich geradlinig hin zu einem **Höhe-** oder **Wendepunkt** hin.
- Oft ist das Geschehen in eine **Rahmenerzählung** eingebettet, in dem der Erzähler eine fiktive Erzählsituation entwirft und/oder das Erzählte kommentieren kann.
- Häufig entwickelt sich die Handlung um ein **zentrales Motiv,** ein sogenanntes **Dingsymbol.** Das kann z. B. ein Tier, ein Gegenstand oder eine Pflanze sein.

Lyrik – Merkmale von Gedichten

Der lyrische Sprecher / Die lyrische Sprecherin

Jedes Gedicht hat einen **Sprecher** oder eine **Sprecherin**, die nicht mit dem Autor oder der Autorin gleichzusetzen sind. Oft stellt sich dieser Sprecher als ein „Ich" – das sogenannte **lyrische Ich** – vor. Deutlich wird dies an den Pronomen (*ich, mein, mir* usw.). Manchmal ist der Sprecher auch Teil eines „Wir". Einige Gedichte wenden sich an **einen Adressaten bzw. eine Adressatin,** an ein „Du" oder „Ihr". In vielen Gedichten tritt der Sprecher nicht ausdrücklich in Erscheinung. Er ist dann als eine beobachtende oder nachdenkende Instanz zwar vorhanden, aber nicht direkt erkennbar.

Reim, Metrum, Versbau

- **Reiner Reim:** exakter Gleichklang der Versenden vom letzten betonten Vokal an, z. B.: *Weh – See.*
- **Unreiner Reim, Assonanz:** Vokale, nicht aber Konsonanten stimmen überein, z. B.: *lieb – schied.*
- **Reimschemata,** z. B.: Paarreim: *aa;* Kreuzreim: *abab;* umarmender Reim: *abba;* Haufenreim: *aaaa;* Schweifreim: *aabccb*
- **Binnenreim:** Reime innerhalb eines Verses, z. B.: *„als ob es tausend Stäbe gäbe" (Rilke).*
- **Kadenz:** Verse enden männlich/stumpf mit einer Hebung, z. B. „... *und fallend gießt*", oder weiblich/klingend mit einer Senkung, z. B. „... *das andre übersteigend*".

Metrum (Versmaß): Folgen in einem Vers betonte (x́) und unbetonte Silben (x) regelmäßig aufeinander, spricht man von einem Metrum (= Versmaß). Man unterscheidet u. a.:

- **Jambus** (steigend) xx́, z. B.: *Gedicht*
- **Trochäus** (fallend) x́x, z. B.: *Dichter*
- **Anapäst** (steigend) xxx́, z. B.: *Anapäst*
- **Daktylus** (fallend) x́xx, z. B.: *Daktylus*

Versbau: Beim **Zeilenstil** stimmen Satzende (oder syntaktische Einheit) mit dem Versende überein, der Vers schließt mit einer Pause. Beim **Enjambement** (frz. Zeilensprung) überspringt der Satz das Versende und setzt sich im nächsten Vers fort. Am Versende entsteht keine (größere) Pause.

Literarisches Motiv

Als literarisches **Motiv** wird ein thematisches Element eines Textes verstanden, das im Text selbst wiederholt auftritt oder einem Schema entspricht, das bereits in anderen literarischen Werken vorkommt, wie z. B. das Motiv der Dämmerung, des Liebesleids oder der Heimkehr. Beziehen sich Dichterinnen und Dichter der Gegenwart bewusst auf einen anderen Text (oft aus früheren Epochen), indem sie z. B. ein Motiv aufgreifen und variieren, spricht man von **Intertextualität.** Dabei entsteht eine Beziehung zwischen den Texten, die sich auf die Aussage des bezugnehmenden Textes auswirkt.

Sprachliche Bilder

- **Vergleich:** Bei einem Vergleich werden zwei Gegenstände/Bereiche durch ein Vergleichswort (z. B. *wie, als ob*) miteinander verbunden, z. B.: *Hagelkörner, groß wie Murmeln.*
- **Metapher:** Bei einer Metapher wird ein Wort nicht wörtlich, sondern in einem übertragenen (bildlichen) Sinn gebraucht, z. B.: *brennende Sehnsucht = verzehrende, starke Sehnsucht.*
- **Personifikation:** Bei einer Personifikation werden Gegenstände, Begriffe, Tiere, Ideen vermenschlicht, z. B.: *Der Wind schlägt die Türen und schließt die Fenster zu.*

Rhetorische Figuren

Gedichte entfalten ihre besondere Wirkung häufig auf kleinstem Raum und verfügen im wahrsten Sinn des Wortes über eine **verdichtete Sprache.** Dabei spielen **rhetorische Figuren** eine wichtige Rolle. Beispielsweise

- veranschaulichen sie Inhalte, z. B. mit Hilfe von Metaphern und Vergleichen,
- sorgen sie für eine klangliche Dichte und Einheit, z. B. durch Alliterationen und Anaphern,
- steigern sie die Spannung und verstärken Eindrücke, z. B. durch eine Klimax oder Wiederholungen,
- wecken und steuern sie die Aufmerksamkeit, z. B. durch Neologismen, Inversionen,
- beziehen sie die Leserschaft ein, z. B. durch rhetorische Fragen.

Rhetorische Figur	Beispiel	Definition
Alliteration, die	„Herzlich an dein Herz sich drückt“ *(Eichendorff)*	Wiederholung des Anfangslauts benachbarter Wörter
Anapher, die	„Ach, wie sehn ich mich ... / Ach, wie teuer ...“ *(Goethe)*	Wiederholung eines oder mehrerer Wörter an Satz- oder Versanfängen
Antithese, die	„Die Andern sind das weite Meer. / Du aber bist der Hafen.“ *(Kaléko)*	Entgegenstellung von Gedanken oder Begriffen
Chiasmus, der	„Ich schlafe am Tag, in der Nacht wache ich.“	Symmetrische Überkreuzstellung von Satzgliedern
Ellipse, die	„Was ... Alltägliches“ *(Ko Un)*	unvollständiger Satz
Euphemismus, der	„entschlafen“ statt „sterben“	Beschönigung
Hyperbel, die	„ein Meer von Tränen“	starke Übertreibung
Inversion, die	„Durch die Brust ein Singen irrt“ *(Eichendorff)*	Umkehrung der geläufigen Wortstellung im Satz
Ironie, die	„Du bist mir ein schöner Freund!“	unwahre Behauptung: das Gegenteil des Gesagten ist gemeint
Klimax, die	„Veni, vidi, vici“ (Ich kam, sah und siegte; *Julius Caesar*)	Steigerung (häufig dreigliedrig)
Neologismus, der	„weißzahnig“ *(Kirsch)*	Wortneuschöpfung
Oxymoron, das	offenes Geheimnis	Verbindung zweier Vorstellungen, die sich ausschließen
Paradoxon, das	„Bleiben will ich, wo ich nie gewesen bin“ *(Brasch)*	Scheinwiderspruch in einer Satzfigur
Parallelismus, der	„Dies ist meine Mütze / Dies ist mein Mantel“ *(Eich)*	Wiederholung gleicher syntaktischer Fügungen
Rhetorische Frage, die	Machen wir nicht alle Fehler?	Scheinbare Frage, bei der jede(r) die Antwort kennt.
Symbol, das	„Taube“ als Symbol für Frieden	Sinnbild, das auf etwas Allgemeines verweist
Synästhesie, die	„in den hellen tönenden frisch gespannten Himmel“ *(Kiwus)*	Verbindung unterschiedlicher Sinneseindrücke
Tautologie, die	„still und leise“	Wiederholung gleichbedeutender Wörter

Wiederholung, die	„Und wüssten's die Blumen, die kleinen ... Und wüssten's die Nachtigallen ..." *(Heine)*	Ein sprachliches Moment kommt in identischer oder ähnlicher Form mehrmals nacheinander vor.

Metapher, Personifikation, Vergleich ► S. 449

Zusatzinformationen nutzen: Epochenwissen und Gedichtformen

Das **Thema „Liebe"** wird in allen literarischen Epochen vom Mittelalter bis in die unmittelbare Gegenwart behandelt. Und auch wenn es nicht das eine barocke oder das eine romantische Liebesgedicht gibt, sondern eine Vielfalt an Themen und Motiven in jeder Epoche, zeichnen sich doch **in inhaltlicher und formaler Hinsicht wiederkehrende Muster** ab, die dabei helfen können, ein Gedicht zu erschließen und zu deuten.

- Die Zeit des **Barocks** (ca. 1600–1720) ist eine Zeit der **Widersprüche.** Kriegs- und Seuchenerfahrungen spiegeln sich in den Texten im **Motiv der Vergänglichkeit.** Demgegenüber steht der Aufruf, die möglicherweise knappe Lebenszeit zu nutzen. Die **Gedichtform des Sonetts** greift diese Widersprüchlichkeit in formaler und meist auch in inhaltlicher Weise auf. Zwischen dem ersten **Strophenpaar** (den beiden vierzeiligen **Quartetten**) und dem zweiten (den beiden dreizeiligen **Terzetten**) besteht ein formaler Bruch (eine **Zäsur**). Inhaltlich spiegelt sich dieser Einschnitt dann, wenn es in den Terzetten z. B. zu einem überraschenden Fazit oder einem etwas anderen Blick auf den verhandelten Gegenstand kommt.
- In der **Romantik** (1795–1840) sind die Gefühle des lyrischen Ichs oft von der **Sehnsucht** nach der/dem abwesenden Geliebten geprägt. Die genauere Gefühlslage spiegelt sich dabei häufig in der Stimmung der **Natur.** Einer epochentypischen Besinnung auf die **Ursprünge,** z. B. auf Märchen und Sagenstoffe, entspricht in der Lyrik die **Volksliedstrophe** mit ihren **Kreuz- oder Paarreimen** und ihren **kurzen Versen,** die meist nur drei oder vier betonte Silben aufweisen.
- Die Lyrik der **Gegenwart** (ab 1989) ist inhaltlich und formal an **keine Vorgaben** mehr gebunden. Die Gedichte sind **überwiegend reimlos** und sprachlich sehr unterschiedlich **experimentell.**

Weitergehende Information zu allen Epochen finden Sie in den Epochenüberblicken der Literaturgeschichte (ab S. 242). Gesonderte Informationen zu Gedichtformen finden Sie z. B. hier: Sonett (► S. 452), Elegie (► S. 452), Hymne und Ode (► S. 452).

Lyrik – Gedichtformen

Die Elegie

Thematisch ist die Elegie **vielfältig** und kann sowohl **Trauer** als auch **Freude** ausdrücken. **Formal** (metrisch) entwickelt sich die Elegie ebenfalls nicht einheitlich. In ihren **antiken Ursprüngen,** die Goethe aufgreift, besteht sie aus **Distichen** (Sing. **Distichon**). Das sind Verspaare, die sich aus einem sechshebigen **Hexameter** und einem sechshebigen **Pentameter** zusammensetzen. Aus dem **Gegensatz der Metren** – dem fließenden Hexameter und dem gestauten Pentameter – hat man besonders im 18 Jh. einen **Gegensatz von unmittelbarem Gefühlserlebnis** und Reflexion abgelesen. Mehr zur Elegie auf Seite 294.

Die Hymne oder Ode

Hymne und Ode sind eng verwandte Gedichtformen **antiken Ursprungs.** Die Hymne ist in **freien Rhythmen** verfasst, die Ode kann einem festen Metrum folgen. **Inhaltlich** widmet sich die Hymne – in ihrem jeweiligen historischen Kontext – **bedeutungsschweren Gegenständen,** z. B. den Göttern, der Natur, der Menschheit oder philosophischen Fragestellungen. Die **Hymnen der klassischen Zeit unterscheiden** sich sowohl in der **Aussage als auch sprachlich** von den Hymnen des Sturm und Drang (► „Prometheus", S. 282 f.). Der **Satzbau wird regelmäßiger, Bilder und Wortschatz sind weniger ungewöhnlich.** Auch der freie Rhythmus ist weniger wechselhaft. Der bedeutende gedankliche Inhalt wird durch die Betonungen hervorgehoben:

x x
Edel sei der Mensch,
x x
Hilfreich und gut!
x x
Denn das allein
x x
Unterscheidet ihn
x x
Von allen Wesen,
x x
Die wir kennen.

Mehr zur Hymne auf Seite 297.

Das Sonett

Das Sonett **eine vierstrophige Gedichtform,** die aus **zwei Quartetten** (zwei vierzeiligen Strophen) und **zwei Terzetten** (zwei dreizeiligen Strophen) besteht. Während in den Quartetten der umarmende Reim (abba) vorherrscht, variiert in den Terzetten das Reimschema. Die strenge äußere Form des Sonetts spiegelt sich meist auch inhaltlich wider, indem die **Themen antithetisch kontrastiert** werden, z. B.: Diesseits und Jenseits, Ewigkeit und Vergänglichkeit, Lebensgier und Todesbewusstsein, Aufbau und Zerstörung, Spiel und Ernst.
Mehr zum Sonett auf Seite 263.

Dramatik – Merkmale von Dramen

Wichtige Theaterbegriffe

- **Akt:** Hauptabschnitt eines Dramas und geschlossene Handlungseinheit, die meist aus mehreren Szenen besteht.
- **Dialog:** Gespräch von zwei oder mehr Figuren. Sein Gegensatz ist der Monolog.
- **Konflikt:** Im Zentrum der meisten Dramen steht eine Auseinandersetzung zwischen Figuren und Figurengruppen.
- **Monolog:** Selbstgespräch einer Figur (im Gegensatz zum Dialog).
- **Regieanweisungen:** Von der Autorin / dem Autor im Dramentext zusätzlich zu den Rollentexten bereits mitgelieferte Anregungen, wie sich die Figuren bewegen, wie sie schauen und sprechen sollten und wie die Handlung auf der Bühne dargestellt werden sollte.
- **Szene:** Kurzer, abgeschlossener Teil eines Theaterstücks. Eine Szene endet, wenn neue Figuren auftreten und/ oder Figuren abtreten.

Die Exposition

Die Exposition steht am Anfang eines Dramas und ist eine Art **Einleitung, die in die Handlung einführt.** Das Publikum lernt dabei unter anderem **Ort und Zeit der Handlung** sowie die **wichtigsten Figuren** (und oft auch ihre unterschiedlichen Interessen) kennen. Außerdem werden die Verhältnisse und Zustände dargestellt, aus denen heraus sich der **zentrale Konflikt** des Dramas entwickelt.

Figuren und ihr Gesprächsverhalten

Beim Interpretieren eines Dramas ist die Figurenanalyse das zentrale Werkzeug, um eine Szene zu verstehen. Die folgenden Leitfragen helfen Ihnen, die Figuren und ihr Gesprächsverhalten genauer in den Blick zu nehmen:

Gesprächsinhalt
- Was passiert in der Szene und im Verlauf des Gesprächs? Gibt es einen **Konflikt/Wendepunkt?**
- Gibt es **Andeutungen** oder **Vorausdeutungen** zum weiteren Verlauf des Dramas?

Absichten, Kommunikationsverhalten der Figuren
- Welche **Absichten** verfolgen die Figuren? Welches Ergebnis steht am Ende?
  Welche **Gedanken** und **Gefühle** werden deutlich?
- **Verändert sich** das **Verhalten** der Figuren im Lauf des Gesprächs? Gibt es **Zuspitzungen?**
- Wie sind die **Redeanteile** der Figuren **verteilt?** Wer ist initiativ, wer reagiert nur?
  Ist die Kommunikationssituation **gleichberechtigt** oder ist eine Figur **überlegen** oder **unterlegen?**
- Welche Rolle spielen die **Regieanweisungen?** Gibt es hier **Hinweise** zum Verhalten, zur Sprechweise oder zur Mimik und Gestik der Figuren?

Sprachliche Mittel, rhetorische Figuren
- Wie ist die Sprache der Figuren zu beschreiben, z. B. hinsichtlich
  - des **Stils,** z. B.: pathetisch, umgangssprachlich, vulgär, gefühlvoll, sachlich, ironisch ...,
  - der **Satzarten,** z. B.: Fragen, Ausrufe, Befehle,
  - des **Satzbaus,** z. B. Ellipsen (unvollständige Sätze), Parallelismen (gleicher Satzbau),
  - weiterer **rhetorischer Mittel,** z. B.: Metapher, Vergleich, Wiederholung (Anapher, Alliteration), Interjektion (kurzer Ausruf, der meist Gefühle ausdrückt, wie *Oh!*), Gedankenstrich, rhetorische Frage (Scheinfrage).

Dramatik – Dramenformen und Dramengattungen

Die geschlossene und die offene Dramenform

- Die **geschlossene Form** entspricht dem klassischen Drama, wie es von **Aristoteles** in der Antike entworfen wurde. Es besteht aus **fünf Akten.** Der Literaturwissenschaftler **Gustav Freytag** (1816–1895) hat den Aufbau des klassischen **(geschlossenen) Dramas** mit Hilfe eines Schemas dargestellt (► S. 108). Im klassischen Drama bilden Ort, Zeit und Handlung eine Einheit, d.h.: Die Handlung spielt an einem (oder wenigen Orten), es gibt keine größeren Zeitsprünge und es gibt einen Handlungsstrang (keine Nebenhandlungen). Mehr Informationen zur geschlossenen Dramenform finden Sie auf Seite 108.
- Das **offene Drama** ist im Gegensatz zum geschlossenen Drama **freier aufgebaut:** Einzelne Szenen können für sich stehen und müssen nicht logisch miteinander verknüpft sein. Es kann **Haupt- und Nebenhandlungen, Ortswechsel, Zeitsprünge** und **unterschiedliche Sprachstile** beinhalten. Mehr Informationen zur offenen Dramenform finden Sie auf Seite 108.

Die Tragödie und das bürgerliche Trauerspiel

- In der **klassischen Tragödie** befindet sich die Hauptfigur in einem **Konflikt, den sie nicht lösen kann.** Bei dem Versuch, den Konflikt trotzdem zu lösen, begeht sie folgerichtig Fehler und macht sich dadurch **schuldig.** Ihre **Tragik** besteht also darin, trotz ihrer (gut gemeinten) Bemühungen **keinen Ausweg** zu finden. Sie stürzt im Höhepunkt der Tragödie von einem (relativen) Glück ins Unglück und scheitert am Ende.
- Das **bürgerliche Trauerspiel** des 18. Jahrhunderts bietet v. a. bei Lessing und Schiller eine Sonderform der Tragödie. Die „Ständeklausel", nach der nur Personen von hohem Stand in Stücken erlaubt sind, wird aufgehoben. Der Konflikt entwickelt sich nun aus der gesellschaftlichen Ungleichheit von Adligen und Bürgern.

Die Komödie

Die Komödie (Lustspiel) ist im Gegensatz zur Tragödie ein **Drama mit heiterem Inhalt,** das in der Regel **glücklich endet.** Die Komödie deckt menschliche Schwächen auf und reizt durch **Situationskomik, Figurenkomik** (überzeichnete Charaktere) sowie **Sprachkomik** zum Lachen.

Das epische Theater

Das epische Theater ist eine Dramentheorie, die in den 1920er-Jahren von **Bertolt Brecht** in bewusster **Abkehr vom klassischen (aristotelischen) Drama** entwickelt wurde. Im Gegensatz zum klassischen Drama, bei dem das Publikum mit den Figuren auf der Bühne und ihrem Schicksal mitfühlen soll, soll es beim epischen Theater eine **kritische Distanz zum Bühnengeschehen** entwickeln und zum **Nachdenken angeregt** werden. Zu diesem Zweck integriert Brecht u. a. erzählende (epische) Elemente in das Theater, wodurch die Handlung immer wieder unterbrochen und kommentiert wird. Das epische Theater gilt als Anfangspunkt des modernen Theaters.

Das politische Theater

Politisches Theater ist ein Sammelbegriff für unterschiedliche Theaterformen, die **politische Themen** aufgreifen und in den Mittelpunkt der Handlung rücken. Es hat das Ziel, **kritische Fragen aufzuwerfen und eine gesellschaftliche Veränderung** herbeizuführen. Durch aktualisierende Inszenierungen können alte Stücke auch heute Beiträge zu gegenwärtigen politischen Fragen sein. Politische Themen von Stücken des 20. und 21. Jahrhunderts, z. B. Krieg/Verfolgung, Faschismus, Flucht/Exil, Diskriminierung, soziale Ungerechtigkeit, sind von bleibender Relevanz. Die Formen des politischen Theaters verändern sich. Im **dokumentarischen Theater** werden historische oder aktuelle Dokumente wie Fotos, Videos, Reden oder Interviews verwendet. Das partizipatorische Theater integriert Betroffene als Laiendarsteller oder das Publikum mit aktiven Parts in die Aufführung.

Sachtexte – Merkmale von pragmatischen Texten

Sachtexte (pragmatische Texte)

Sachtexte unterscheiden sich von literarischen Texten dadurch, dass sie sich **vorwiegend mit wirklichen (realen) Ereignissen und Vorgängen** beschäftigen und/oder informieren wollen. Es gibt verschiedene Formen von Sachtexten, z. B. **Lexikonartikel, Sachbuchtexte, Zeitungs- und Zeitschriftenartikel, Reden** usw.
Sachtexte haben in der Regel eine bestimmte **Intention (Aussageabsicht).** Sie sollen z. B. informieren, unterhalten, kommentieren oder appellieren. Die jeweils vorherrschende Intention wird durch den Inhalt der Aussage, vor allem aber durch die Darstellungsweise und die **sprachlichen Gestaltungsmittel** (z. B. Wortwahl, Ironie, bildhafte Sprache, auf- und abwertende Formulierungen, rhetorische Mittel usw.) erkennbar.

Journalistische Textsorten und ihre Wirkungsabsicht (Intentionen)

In **journalistischen Texten** bedienen sich Autorinnen und Autoren verschiedener **Darstellungsweisen,** um eine bestimmte **Wirkungsabsicht (Intention)** zu verfolgen.

Darstellungsweise: deskriptiv (beschreibend) — **Wirkungsabsicht:** informieren

- Die **Nachricht** informiert knapp und sachlich über ein aktuelles Ereignis, beschränkt sich auf Tatsachen und bemüht sich um Objektivität. Nachrichten sind oft im Lead-Stil aufgebaut: Die wichtigsten Informationen stehen am Textanfang, dann folgen Details.
- Der **Bericht** ist in der Regel eine umfangreichere Nachricht.

Darstellungsweise: narrativ (erzählend) — **Wirkungsabsicht:** unterhalten und informieren

- Eine **Reportage** ist ein namentlich gekennzeichneter Text, der ein Ereignis und seine Hintergründe in lebendiger und anschaulicher Weise darstellt. Die Schilderung konkreter Situationen aus subjektiver Sicht und die Wiedergabe wörtlicher Aussagen dienen oft der Veranschaulichung allgemeiner Hintergründe und Sachverhalte und sollen das Lesepublikum emotional einbeziehen. Die Reportage will zugleich informieren und unterhalten.

Darstellungsweise: argumentativ (begründend) — **Wirkungsabsicht:** überzeugen, beeinflussen, appellieren

- Der **Kommentar** ist ein namentlich gekennzeichneter, subjektiv wertender und argumentierender Text, in dem zu einem aktuellen Thema Stellung bezogen wird. Ziel des Kommentars ist es, zu überzeugen und/oder zu appellieren und so die Meinungsbildung des Lesepublikums zu beeinflussen.
- Die **Glosse** ist ein ironisch-witziger, oft auch bewusst einseitiger Kurzkommentar zu einem Thema. Die Glosse unterscheidet sich vom Kommentar durch die sprachlich-stilistische Zuspitzung.
- Die **Rezension** kommentiert Aktuelles aus Kunst, Literatur, Film, Theater und Musik mit dem Ziel, eine Empfehlung oder kritische Bewertung zu vermitteln. Wer eine Rezension verfasst, will das Lesepublikum also in seiner Entscheidung, ein Buch zu kaufen, einen Film anzuschauen usw., beraten und beeinflussen.
- Der **Essay** (französisch *essai*, dt. *Versuch*) ist die Bezeichnung für einen bewusst subjektiven, reflektierenden Text über ein bestimmtes Thema, z. B. aus den Bereichen Politik, Kultur, Gesellschaft. Der Essay enthält neben erörternden Passagen oft auch beschreibende, schildernde oder erzählende Elemente.

Sprachliche Gestaltung von Sachtexten

Der Autor / die Autorin verfolgt mit seinem/ihrem Text eine bestimmte Wirkungsabsicht. Um diese zu unterstützen, setzt er/sie sprachliche Gestaltungsmittel ein. Folgende Aspekte sind u. a. wichtig:

- **Sprachebene**
  - Verwendet der Text eher **Standardsprache** oder **Umgangssprache** (mündliche Sprache, Sprache für den privaten Raum)? Kommt **Fachsprache** vor?
  - Wie wirkt der **Sprachstil** (z. B.: sachlich, provokant)?
- **Satzbau**
  - Sind die Sätze überwiegend **komplex** gebaut **(Hypotaxen)** oder **einfach (Parataxen)?**
  - Gibt es **unvollständige Sätze (Ellipsen)?**
- **Wortwahl**
  - Gibt es **Schlüsselbegriffe** im Text? Werden bestimmte **Wortfelder** bevorzugt?
  - Gibt es **abwertende Wörter** („Stigmawörter") oder **aufwertende Wörter** („Fahnenwörter")?
- **Rhetorische Figuren**
  - Werden **sprachliche Bilder** verwendet, z. B. Vergleich, Metapher, Personifikation?
  - Gibt es **rhetorische Fragen** (Scheinfragen), **Ironie** oder **Hyperbeln** (Übertreibungen)?
  - Gibt es **Wiederholungen,** z. B. Parallelismen oder Anaphern?
- **Ich-/Wir-Botschaften, Leseransprache**
  - Spricht der **Autor bzw. die Autorin über sich selbst** („ich")? Werden **Sprecher und Zuhörer als Einheit** dargestellt („wir")? Wird der **Leser bzw. die Leserin direkt angesprochen** („Sie", „du")?

Wichtig ist bei der Analyse immer, auf die **Wirkungsabsicht** einzugehen, die mit einem sprachlichen Mittel verfolgt wird.

Weitere rhetorische Strategien und sprachliche Gestaltungsmittel, die vor allem in Reden und argumentativen Sachtexten verwendet werden, finden Sie auf Seite 445.

Infografiken auswerten

Infografiken sind anschauliche Darstellungen von Daten und Informationen, wobei Texte, Diagramme und Bilder kombiniert werden können. So können Sie bei der Auswertung vorgehen:

1. Sich einen Überblick verschaffen
- Wie lautet der Titel?
- Welche Darstellungsweisen werden genutzt? (Diagramme, Symbole, Bilder usw.)
- Wozu werden Aussagen getroffen?
- Wurde eine bestimmte Zeitspanne oder der Zustand zu einem bestimmten Zeitpunkt untersucht?

2. Details untersuchen und Zusammenhänge verstehen
- Wenn Zahlen angegeben werden: Handelt es sich um absolute Zahlen oder um Prozentangaben?
- Was sagen die einzelnen Darstellungen aus?
- Wie stehen die einzelnen Daten und Informationen zueinander in Beziehung?

3. Erkenntnisse in eigenen Worten zusammenfassen
- Welche Schlussfolgerungen lassen sich ziehen?

4. Quellen beachten
- Woher stammt die Infografik bzw. wer ist deren Urheber? Ist die Quelle seriös?
- Von wann stammt die Grafik? Ist sie aktuell? Ist die zeitliche Distanz zu heute relevant?

Film – Merkmale von Filmen und Serien

Filmsprache verstehen

Bei der Untersuchung der Filmsprache ist es oft hilfreich, zwischen **Bildgestaltung** und **Ton** zu unterscheiden und zu untersuchen, wie beides zusammenwirkt. Wichtig ist, dass Sie die filmsprachlichen Mittel nicht nur benennen, sondern diese auch im Hinblick auf ihre **Funktion und Wirkung** deuten.

Bildgestaltung

Einstellungsgrößen

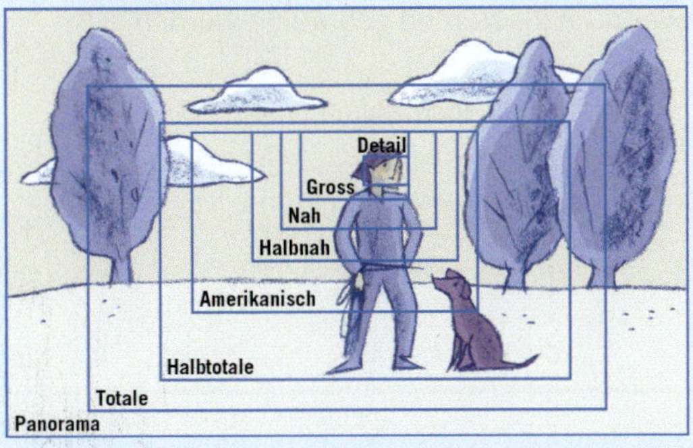

Mise en Scène

Kameraperspektiven

- **Normalperspektive:** menschliche Perspektive auf Augenhöhe → Objektivität, Authentizität
- **Vogelperspektive:** Blick von einem erhöhten Punkt → Distanz, Gefühl der Verlorenheit
- **Froschperspektive:** niedriger Standpunkt → Figuren oder Objekte wirken mächtig, bedrohlich

Bewegung

- **Bewegung der Figuren/Objekte** (Handlungsachse) vor stehender Kamera → Zuschauer/-in als distanzierte Beobachtende
- **Bewegung der Kamera** (Kameraachse) durch **horizontales Schwenken** oder **vertikales Neigen** (ähnlich der Kopfbewegung) und durch die **Kamerafahrt** (Bewegung der Kamera durch den Raum, z. B. durch einen Kamerawagen auf Schienen) → Nachahmung der menschlichen Bewegung, Authentizität, Identifikationsmöglichkeit

Ton, Geräusche, Musik

- **Musik:** wirkt häufig unterschwellig im **Unbewussten,** erzeugt und verdichtet **Emotionen,** z. B. sinfonische Streichmusik: Liebe; Popmusik: Lebensfreude; atonale Musik: Gefahr
- **Geräusche:** sind meist unmittelbar präsent und steigern die **Wirklichkeitsillusion.**
- **Off-Ton:** Die Quelle des Tons ist **nicht** im Bild sichtbar, z. B. wenn beim **Voiceover** die Erzählerstimme aus dem Off kommentiert. Beim **On-Ton** ist die Quelle des Tons sichtbar.

Schnitt und Montage

- **Erzählende Montage:** Die erzählerische Kontinuität der Handlung wird gewahrt, die Übergänge sind nahtlos. → Für das Publikum sind die Schnitte kaum wahrnehmbar.
- **Parallelmontage:** Getrennt verlaufende Handlungen werden im Wechsel gezeigt. → Das Publikum weiß mehr als die Filmfiguren.
- **Schuss-Gegenschuss:** Aus wechselnden Kamerapositionen werden Dialoge gezeigt. → Dem Publikum wird eine unmittelbare Teilnahme suggeriert.
- **Kontrastmontage:** Inhaltliche Gegensätze werden gezeigt. → Das Publikum wird zu einer Stellungnahme aufgefordert, z. B. prunkvolles Leben am Hof im Gegensatz zum Elend der anderen.
- **Analogmontage:** Distanzen in Zeit und Raum werden überbrückt, indem eine gemeinsame Form/Handlung aus unterschiedlichen Zusammenhängen übernommen wird.

Sprache

Rechtschreibung und Zeichensetzung

Großschreibung von Nomen, Nominalisierungen und Denominalisierungen

- **Nomen werden großgeschrieben.** Sie erkennen sie daran, dass Artikel, Pronomen oder Adjektive bzw. Zahladjektive sie **begleiten** können, z. B.: *eine Sprache, viele Wörter, schwierige Regeln.*
  Wörter anderer Wortarten werden kleingeschrieben, wenn sie nicht nominalisiert sind.
- **Nominalisierung:** Wörter anderer Wortarten schreibt man groß, wenn sie als Nomen gebraucht werden, z. B.: *das Schreiben, im Folgenden, ein absolutes Muss, alles Richtige.*
- **Artikel-Adjektiv-Probe:** Fehlt der Begleiter, hilft die Artikel-Adjektiv-Probe, z. B.: *Nachschlagen hilft bei Unsicherheiten.* → *Das Nachschlagen hilft bei Unsicherheiten. Das gezielte Nachschlagen hilft ...*
- **Denominalisierung:** Nomen, die z. B. als Adjektiv oder als Präpositionen verwendet werden, schreibt man klein, z. B.: *es tut mir leid, du hast recht, kraft ihres Amtes.*

Getrennt- und Zusammenschreibung

Getrennt schreibt man in der Regel:
- **Nomen und Verb,** z. B.: *Zug fahren, Computer spielen, Schlange stehen.*
- **Verb + Verb,** z. B.: *protestieren gehen, lesen lernen, schreiben können.*
- **Adjektiv + Verb,** z. B.: *richtig machen, schnell sprechen, laut schreien.*
- **Wortgruppe + sein,** z. B.: *falsch sein, aufmerksam sein, verletzt sein.*

Zusammen schreibt man in der Regel:
- **Adjektiv + Verb,** wenn ein Wort mit einer neuen Bedeutung entsteht, z. B.:
  freisprechen (vor Gericht), aber: *frei sprechen* (freie Rede ohne Skript).
- **Adverb + Verb,** wenn die Hauptbetonung auf dem Adverb liegt, z. B.:
  Wir müssen zusammenhalten. Uns ist etwas dazwischengekommen.
  Aber: Werden Adverb + Verb gleich betont, schreibt man getrennt, z. B.: *Lass uns den Vortrag zusammen halten.*
  Machen Sie die Erweiterungsprobe: Wenn Sie ein Wort oder eine Wortgruppe einfügen können, schreiben Sie getrennt, z. B.: *Wollen wir den Text zusammen (am PC) schreiben?*
- **Präposition + Verb** schreibt man in der Regel zusammen. Die Hauptbetonung liegt bei der Zusammenschreibung auf der Präposition, z. B.: *Können wir umkehren?*
- **Nominalisierungen:** Werden die Wortgruppen nominalisiert, schreibt man sie in allen Fällen zusammen, z. B.: *beim Schlangestehen, das Lesenlernen, das Verletztsein, (das) Blaumachen fällt auf.*

das oder *dass*

Die richtige Verwendung von *das* und *dass* können Sie häufig durch **Ersatzproben** ermitteln:
- *das* als **Artikel:** Der Artikel *das* kann durch *dieses* ersetzt werden, z. B.: ***Das/Dieses*** *Thema könnte brisanter gar nicht sein.*
- *das* als **Demonstrativpronomen:** Das Demonstrativpronomen *das* kann durch *dies, dieses* ersetzt werden, z. B.: *Ich habe ein Rechtschreibproblem.* ***Das/Dies*** *kriege ich aber in den Griff.*
- *das* als **Relativpronomen:** Das Relativpronomen *das* kann durch *welches* ersetzt werden, z. B.: *Es gibt ein Feedback,* ***das/welches*** *sich nicht nur auf die Fehleranzahl bezieht.*
- die **Konjunktion** *dass:* Die Konjunktion *dass,* die einen Nebensatz einleitet, kann **nicht ersetzt werden,** z. B.: *Wichtig ist,* ***dass*** *Sie grundlegende Strategien beherrschen.*

Das Komma in Satzreihen, Satzgefügen und bei Infinitivgruppen

- Eine **Satzreihe** besteht aus zwei oder mehr Hauptsätzen. Jeder Hauptsatz besteht aus (mindestens) einem Prädikat und einem Subjekt. Die Hauptsätze einer Satzreihe können durch **nebenordnende Konjunktionen** verbunden sein, z. B.: *denn, aber, doch, sondern, und, oder.* Die einzelnen Sätze werden durch ein Komma voneinander getrennt. Nur bei *und* bzw. *oder* entfällt das Komma.
- Ein **Satzgefüge** besteht aus einem Hauptsatz und mindestens einem Nebensatz. Nebensätze werden vom Hauptsatz und voneinander durch Kommas abgetrennt. Der Nebensatz kann vor, zwischen und nach dem Hauptsatz stehen. Sie erkennen Nebensätze an der Stellung des **gebeugten Verbs** am **Ende des Nebensatzes** sowie häufig auch an **unterordnenden Konjunktionen** (z. B. *weil, obwohl, damit, nachdem, wenn, dass*) oder an Relativpronomen (*der, die das, welcher, welche, welches*), z. B.: ***Obwohl** das Deutsche eine schwierige Sprache **ist,** kann man sie lernen.*
- **Infinitivgruppen** aus der Konjunktion *zu* + Infinitiv und mindestens einem weiteren Wort werden vom Hauptsatz durch ein Komma abgetrennt, z. B.: *Er mag es, Neues zu lernen.*
  Häufig werden Infinitivgruppen durch *um, ohne, statt, anstatt, außer, als* eingeleitet, z. B.: *Um die Sprache zu lernen, besuchen sie einen Sprachkurs.*

Das Komma bei Aufzählungen, Appositionen und nachgestellten Erläuterungen

- Wörter und Wortgruppen in **Aufzählungen** werden durch Kommas abgetrennt. Das gilt auch bei einschränkenden Konjunktionen, z. B.: *aber, jedoch, sondern*, z. B.: *Twain besuchte Italien, Frankreich, die Schweiz, aber nicht Spanien.* Kein Komma steht vor den nebenordnenden Konjunktionen *und, oder, sowie, entweder... oder, sowohl ... als auch, weder... noch.*
- Die **Apposition** (Beifügung) beschreibt ihr Bezugswort (meist ein Nomen) näher und steht im gleichen Kasus wie ihr Bezugswort. Die Apposition besteht meist aus einem Nomen oder einer Nomengruppe und wird **durch Kommas abgetrennt,** z. B.: *Twain, ein wortgewandter Amerikaner, ...*
- Die **nachgestellte Erläuterung** wird oft mit Wörtern wie *nämlich, und zwar, vor allem, das heißt (d. h.), zum Beispiel (z. B.)* eingeleitet. Sie wird **durch Kommas abgetrennt,** z. B.: *Es gibt auch Liebeserklärungen an das Deutsche, vor allem aus der Linguistik.*

Regeln zur Kommasetzung – kurz gefasst

Die häufigsten Kommafehler können Sie vermeiden, wenn Sie folgende fünf Regeln beachten:

Kommas

(1) stehen bei den entgegengesetzten oder einschränkenden Konjunktionen, z. B. *aber, sondern, doch, jedoch, einerseits ... andererseits.*

(2) trennen Haupt- und Nebensatz. Signalwörter für Nebensätze sind vor allem die Relativpronomen *der, die das* und Konjunktionen, die den Nebensatz einleiten, z. B.: *dass, weil, obwohl, sodass, nachdem, als, sobald* usw. Eingeschobene Nebensätze werden von Kommas eingeschlossen.

(3) müssen bei Infinitivgruppen gesetzt werden.

Kein Komma

(4) steht, wenn gleichrangige Teilsätze, Wortgruppen oder Wörter verbunden werden durch *und, oder, sowie, beziehungsweise, entweder ... oder, sowohl ... als auch, weder ... noch.*

(5) steht bei Vergleichen mit *wie* und *als,* wenn sie keinen Nebensatz einleiten. Den Nebensatz erkennt man am Prädikat.

Richtig zitieren und lesefreundlich schreiben

Richtig zitieren – Aussagen mit Zitaten belegen

Wenn man Bezug auf einen anderen Text nimmt, tut man das in der Regel durch ein Zitat: entweder durch ein wörtliches Zitat oder durch ein sinngemäßes Zitat (Paraphrase).
Hier gelten folgende Regeln:

- Beim **wörtlichen (direkten) Zitat** geben Sie ein Wort oder eine Textstelle wortwörtlich wieder.
  - Das wörtliche Zitat steht in Anführungszeichen, nach jedem Zitat ist in runden Klammern die Zeilen- oder Versangabe anzugeben, z. B.: *Shui Ta gesteht ein: „Ich kann nicht mehr." (Z. 8f.)*
  - Auslassungen im Zitat werden durch drei Punkte in eckigen Klammern kenntlich gemacht. Veränderungen (z. B. grammatikalische Anpassungen) in eckigen Klammern angezeigt, z. B.: *Die Shin sagt voraus, dass „[m]an [...] sich wundern [wird]" (Z. 16f.).*
  - Ein Zitat im Zitat (oder wörtliche Rede im Zitat) wird durch einfache Anführungszeichen kenntlich gemacht, z. B.: *„Der Begriff ‚Theater' stammt von dem altgriechischen Wort ‚théatron'" (Z. XX).*
- Beim **sinngemäßen (indirekten) Zitat** werden die Aussagen in eigenen Worten wiedergegeben (paraphrasiert). Hier setzen Sie keine Anführungszeichen, nennen aber die Textstelle mit dem Zusatz „vgl.", z. B.: *Die Götter spielen die bösen Taten Shui Tas herunter (vgl. Z. 55–57).*

  Tipp: Wenn durch eine Formulierung oder durch den Kontext deutlich wird, wessen Gedanken paraphrasiert werden, kann statt des Konjunktivs auch der Indikativ verwendet werden, z. B. *Laut Shui Ta ist Shen Te verreist (vgl. Z. X–Y).*

  Tipp: Vermeiden Sie zu lange Zitate. Bringen Sie den Textbeleg auf den Punkt! Binden Sie die Zitate in Ihre Gedankengänge ein.

Präzise und lesefreundlich schreiben

Strategie 1: Vermeiden Sie unübersichtliche Satzkonstruktionen:
Komplexe Satzgefüge ermöglichen es, zeitliche oder logische Zusammenhänge zu verdeutlichen. Aber wenn zu viele Aussagen in einem einzigen Satz miteinander verbunden werden, leidet dessen Verständlichkeit. Vermeiden Sie daher lange und unübersichtliche Schachtelsätze, also z. B. **nicht:** *Sie glauben, dass es sich bei den Video-Installationen, die sie auf der Leinwand sehen, um die Realität handelt.*

Strategie 2: Verwenden Sie möglichst Aktiv- statt Passivformulierungen:
Passivkonstruktionen klingen oft umständlich und häufig unpräzise, weil sie die Handelnden nicht benennen oder diese mit Zusätzen wie von oder durch angeben müssen. Das Aktiv ist in der Regel eindeutiger und verständlicher, z. B.: *Beim Verlassen des Hauses wurde er überrascht.* → *Beim Verlassen des Hauses überraschte ihn sein Arbeitskollege.*

Strategie 3: Verdeutlichen Sie gedankliche Zusammenhänge in und zwischen Sätzen

- Nutzen Sie verknüpfende Wörter innerhalb der Sätze, z. B. Konjunktionen wie *und, oder, aber, denn, jedoch, weil, da, obwohl, sondern, damit, indem, als, nachdem ...* Sie schaffen damit gedankliche Brücken innerhalb von Sätzen und können die Art des Zusammenhangs signalisieren.
- Formulieren Sie Überleitungen zwischen Sätzen, indem Sie auf den vorangehenden Satz Bezug nehmen und seinen Gedanken weiterfuhren, z. B. durch Demonstrativpronomen *(Dieser/Diese/Dieses)*, oder Adverbien *(Deshalb, Daher, Außerdem, Trotzdem, Erstens ... Zweitens, Daran anschließend).*

Strategie 4: Formulieren Sie lesefreundlich im Verbalstil:
Der Nominalstil macht einen Text stilistisch schwerfällig. Deshalb wird in der Regel der Verbalstil bevorzugt, denn er ist lesefreundlicher und einfacher zu verstehen, z. B.:
Nominalstil: *Für die Überarbeitung eines Textes ist die Verwendung eines Korrekturprogramms von Vorteil.*
→ **Verbalstil:** *Um den Text zu überarbeiten, empfehlen wir, ein Korrekturprogramm zu verwenden.*

Methoden und Arbeitstechniken

Lesestrategien anwenden – Sachtexte lesen und verstehen

Je nach Leseziel verwenden Sie bei der Auseinandersetzung mit Sachtexten (pragmatischen Texten) unterschiedliche Lesestrategien.

Leseziel / Lesestrategie

Sich einen Überblick verschaffen

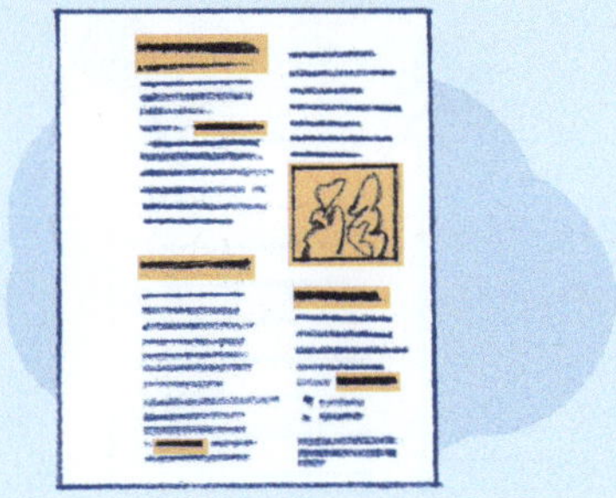

Orientierendes (überfliegendes) Lesen:

- Wollen Sie einen **ersten Eindruck** von einem Text gewinnen, beispielsweise, um zu prüfen, ob er für Ihr Thema geeignet ist, **lesen** Sie ihn **zügig,** ohne sich an Einzelheiten aufzuhalten.
- Achten Sie hierbei vor allem auf **Überschriften** (auch Zwischenüberschriften), **Vorspänne, Abbildungen** und **hervorgehobene Wörter.**
- Machen Sie sich klar, was Sie **nach dem ersten Lesen bereits verstanden** haben.

Bestimmte Informationen finden

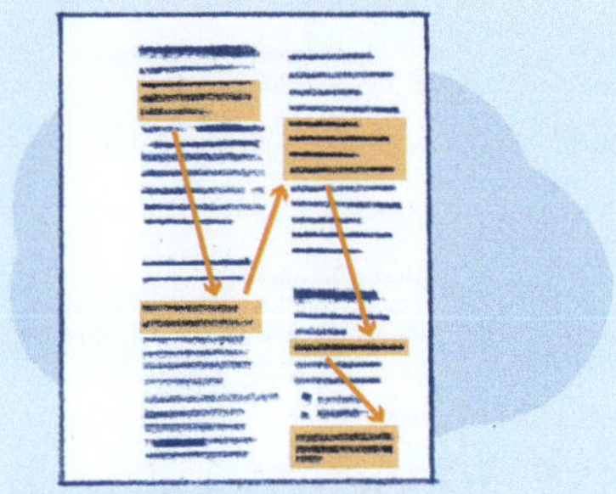

Selektives (suchendes) Lesen:

- Bei dieser Technik **„scannen"** Sie einen Text nach bestimmten **Themen, Begriffen** und **Informationen,** z. B. nach einem Aspekt in der Aufgabenstellung.
- **Markieren** Sie auf dem Tablet oder auf einer Kopie **Fundstellen im Text,** z. B. zentrale Begriffe oder Informationen.

Alle Informationen verstehen

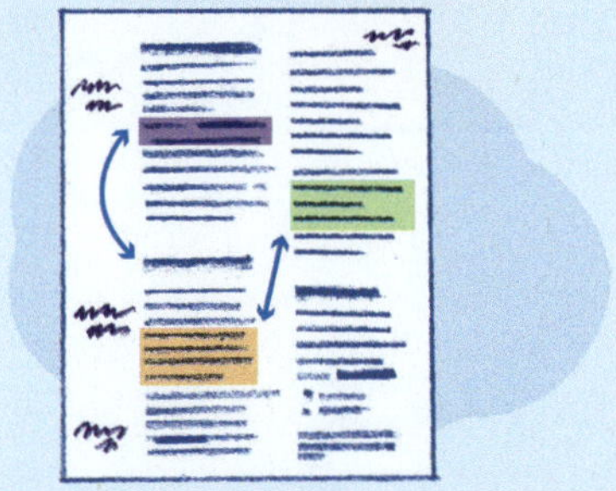

Intensives (genaues, detailliertes) Lesen:

- Wenn Sie einen Text **analysieren** oder **vollständig auswerten** wollen, lesen Sie ihn besonders gründlich und machen sich **Zusammenhänge zwischen** einzelnen **Textabschnitten** klar.
- **Markieren** Sie auf dem Tablet oder auf einer Kopie **wichtige Textstellen** in unterschiedlichen Farben (z. B. in Bezug auf einzelne Arbeitsaufträge).
- Nutzen Sie den Rand für **Notizen:** Notieren Sie zum Beispiel für die einzelnen Abschnitte **Zwischenüberschriften** und/oder **knappe Zusammenfassungen** in eigenen Worten oder **Fragen.**

Gemeinsamkeiten und Unterschiede finden

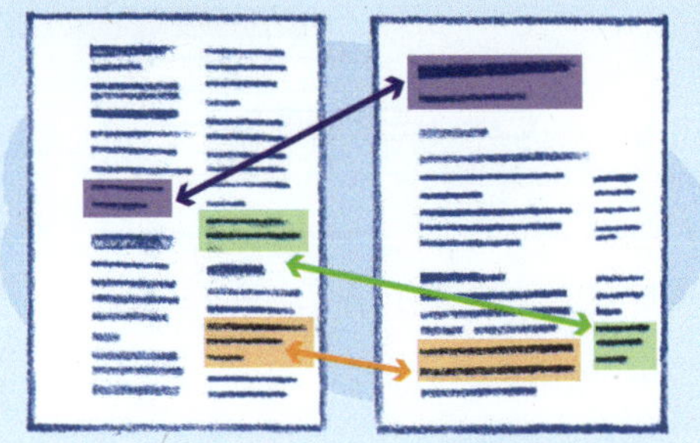

Vergleichendes Lesen:

- Beim vergleichenden Lesen setzen Sie **mehrere Texte** (auch Grafiken) **zu einem Thema miteinander in Beziehung** und prüfen, ob sich die Inhalte ergänzen, bestätigen oder eventuell widersprechen.
- **Markieren** Sie in den verschiedenen Texten **wichtige Aussagen zu gleichen Aspekten in gleichen Farben,** um sich die Orientierung zu erleichtern. Nutzen Sie das Tablet oder eine Kopie.

Kooperatives Arbeiten: Texte gemeinsam am Computer erstellen

Kooperatives Schreiben findet online statt und ermöglicht das **gleichzeitige Erstellen** und **Bearbeiten** eines **Textes** durch **mehrere Teilnehmer/-innen.** Das Besondere an dieser Arbeitsweise ist die Synchronität: Alle Beteiligten sehen direkt, welche Änderungen am Text vorgenommen werden, und können selbst Änderungen durchführen. Der Vorteil: Durch die **Bearbeitung in Echtzeit** sehen alle den gleichen Text vor sich.

1. Schritt: Organisation: Instrumente/Tools

- Entscheiden Sie sich für eine **Open-Source-Software** (z. B. EtherPad oder Google Docs) zum kooperativen Schreiben. Geben Sie Ihrer Schreibumgebung einen **Namen** und teilen Sie die URL mit allen Personen, die kooperativ zusammenarbeiten wollen.
- In der **gemeinsamen Textdatei** können alle die Beiträge der anderen **direkt verändern, ergänzen, durchstreichen** oder **löschen.** Meist können über die **Kommentarfunktion** Verbesserungsvorschläge gemacht werden und es gibt eine **Chatmöglichkeit,** sodass die Teilnehmenden Einzelheiten klären können.
- Alle Mitschreibenden bekommen beim Aufrufen der Seite automatisch eine **Farbe** zugeteilt. Auf diese Weise sind die **Autorinnen** und **Autoren** und ihre Textbeiträge unterscheidbar. Zusätzlich können sie auch namentlich kenntlich gemacht werden, was während der Textarbeit oder bei der anschließenden Überarbeitung hilfreich sein kann.

2. Schritt: Regeln für die Zusammenarbeit

- Neben den **zeitlichen** und **inhaltlichen Vereinbarungen** sollten Sie auch festlegen, wie mit den Beiträgen umgegangen wird.
  Diskutieren Sie folgende Punkte:
  - Dürfen alle alle Textteile bearbeiten?
  - Wie geht man mit Text um, den man anders formulieren möchte? Erfolgt das in einem Vorschlagsmodus (z. B. über die Kommentarfunktion oder über die Funktion „~~Text durchstreichen~~") oder kann der Text direkt überschrieben werden?
  - **Tipp:** Das direkte Überschreiben hat den Vorteil, dass der Text übersichtlich bleibt.
- Formulieren Sie gemeinsam **Regeln für** Ihre **Zusammenarbeit.**

3. Schritt: Den Text gemeinsam schreiben und überarbeiten

- Sammeln Sie **Ideen für** Ihre **Texte:** Worüber wollen Sie schreiben, was soll erarbeitet werden? Welche inhaltlichen oder stilistischen Vorgaben gibt es?
- **Beachten Sie** im kooperativen Schreibprozess die **vereinbarten Regeln** (► Schritt 2) und achten Sie auf eine transparente und respektvolle Arbeitsweise.
- **Überarbeiten** Sie zum Schluss Ihren Text und legen Sie hierfür ähnlich wie in einer Schreibkonferenz **Kriterien** fest, z. B. zu Inhalt, Aufbau, Ausdruck/Stil, Grammatik und Rechtschreibung usw.
- Den Text können Sie abschließend, z. B. als PDF-Dokument, **exportieren.**

Tipp: Reflektieren Sie am Ende Ihre Erfahrungen mit dem kooperativen Schreiben.

Digitale Werkzeuge zum richtigen und guten Schreiben nutzen

Digitale Werkzeuge können Sie beim Schreiben in vielfältiger Weise unterstützen, z. B. in Bezug auf Rechtschreibung, Grammatik und Stil. Wichtig dabei ist, dass Sie sich neben den Möglichkeiten auch die Grenzen digitaler Werkzeuge bewusst machen.

1. Rechtschreib- und Grammatikprogramme kritisch nutzen

Die **Rechtschreibprüfung** markiert Wörter (meist durch rotes Unterkringeln), die das System als fehlerhaft einstuft. Das hilft Ihnen bereits, eine ganze Reihe von Fehlern zu verbessern. Aber verzichten Sie dennoch nie auf das eigene kritische Korrekturlesen! Denn das Programm

- übersieht Fehler (siehe die beiden grün markierten Fehler bei der Groß- und Kleinschreibung),
- markiert auch Wörter, die nicht fehlerhaft sind.

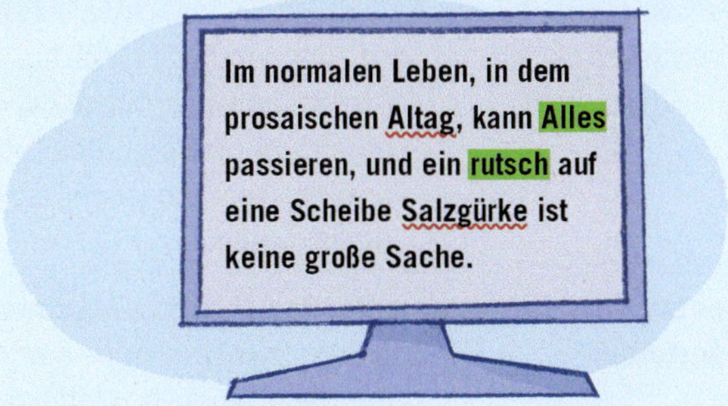

Die **Grammatikprüfung** markiert Textstellen (meist durch blaues Unterkringeln), bei denen das System z. B. eine falsche Wortform vermutet. Verzichten Sie auch hier nie auf das eigene Korrekturlesen, denn das Programm

- überblickt nicht die Bezüge innerhalb eines komplexen Satzes und übersieht deswegen Fehler (siehe die grün markierten Fehler),
- zeigt Fehler an, die keine sind.

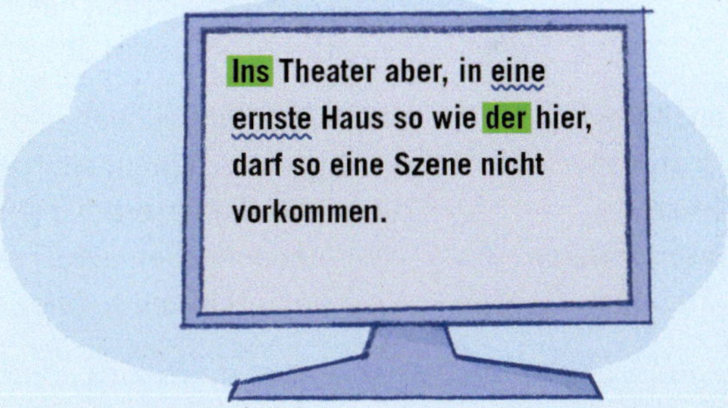

2. In digitalen Wörterbüchern „nachschlagen"

Digitale Wörterbücher helfen Ihnen dabei, die richtige Schreibweise von Wörtern herauszufinden. Auch wenn Sie Wörter falsch eintippen, erkennt das Programm mit Hilfe der **Autokorrektur** oft das von Ihnen gesuchte Wort.

Besonders praktisch ist die **Spracherkennung.** Hier müssen Sie ein Wort lediglich deutlich sprechen und das Programm zeigt Ihnen das Wort in korrekter Schreibweise an.

3. Mit dem Thesaurus alternative Ausdrucksmöglichkeiten finden

Der Thesaurus bietet Ihnen **bedeutungsähnliche Wörter** (Synonyme) an, mit deren Hilfe Sie sich angemessen und variabel ausdrücken können.

Gehen Sie so vor:

- Klicken Sie in der Menüleiste „Überprüfen" an und wählen Sie „Thesaurus" aus.
- Geben Sie das Wort ein, für das Sie Alternativen suchen.
- Wählen Sie einen inhaltlich geeigneten Vorschlag aus.

Operatoren verstehen – Aufgaben zielgerichtet lösen

Operatoren wie *verfassen, erläutern* oder *analysieren* begegnen Ihnen in Klausuren der Oberstufe sowie im Abitur, z. B.: *Verfassen Sie auf Grundlage der Materialien 1 bis 6 und Ihrer Kenntnisse aus dem Unterricht einen Beitrag zum Thema* ... Diese Operatoren (Verben) signalisieren Ihnen, was genau bei einer Aufgabe zu tun ist. Im Folgenden finden Sie eine Liste mit den wichtigsten Operatoren aus dem Deutschunterricht.

Operatoren	Erklärung und Aufgabenbeispiel	Formulierungsbeispiele
verfassen	Auf der Grundlage einer Auswertung von Materialien wesentliche Aspekte eines Sachverhalts in informierender oder argumentierender Form adressatenbezogen, strukturiert und zielorientiert darlegen	Das Thema/Phänomen/Problem ... hat verschiedene Dimensionen: Zum einen ... Sowohl bei ... als auch bei ... zeigt sich ...
entwerfen, gestalten	Unter Berücksichtigung eines bestimmten Textformats (z. B. Leserbrief, Kommentar) auf der Grundlage einer konkreten Arbeitsanweisung einen eigenen Text mit einer thematischen Schwerpunktsetzung planen und erarbeiten	Dass..., ist jedem bekannt. Doch kaum jemand weiß, ob/wie ... ... ist derzeit ein oft diskutiertes Thema.
analysieren (pragmatische Texte), **interpretieren** (literarische Texte)	Einen Text untersuchen und deuten (Wechselwirkung zwischen Inhalt, Form und Sprache), Sinnzusammenhänge erschließen und die Ergebnisse geordnet darstellen, z. B.: *Interpretieren Sie das Gedicht im Hinblick auf die Entfaltung des Reisemotivs. / Analysieren Sie den Text von ...*	Die inhaltliche Gestaltung des Motivs ... zeigt sich auch in der... / vermittelt den Eindruck, dass ... Durch ... wird ... hervorgehoben. Sowohl bei x als auch bei y ... Anders als ... besagt ...
vergleichen	In verschiedenen Texten/Textsorten nach Gesichtspunkten Gemeinsamkeiten und Unterschiede ermitteln und darstellen, z. B.: *Vergleichen Sie die Axiome von Watzlawicks Kommunikationsmodell mit dem Vier-Seiten-Modell Schulz von Thuns.*	Während bei dem einen ..., wurde der Ansatz ... weiterentwickelt. Im Vergleich zu ... liegt der Schwerpunkt ...
erklären, erläutern	Sachverhalte/Textaussagen (ggf. unter Verwendung zusätzlicher Informationen und eigenen Wissens) so darstellen, dass Zusammenhänge deutlich werden, z. B.: *Erläutern Sie die Figurenbeziehung und ihre Bedeutung für den weiteren Verlauf des Dramas.*	Betrachtet man ..., wird deutlich, dass ... / Das liegt daran, dass ... Das führt dazu, dass ... Darin zeigt sich, wie ... Damit ist gemeint, dass ...
beurteilen, kritisch Stellung nehmen	Zu einem Problem, einem Sachverhalt, einer Textaussage ein begründetes Urteil fällen, z. B.: *Beurteilen Sie die Rede hinsichtlich ihrer Aussagekraft. / Nehmen Sie abschließend kurz Stellung zu der Frage, inwiefern ...*	In Zukunft wird wichtig sein, dass ... Denn ... Betrachtet man ..., sieht man einerseits ... Andererseits ...
erörtern	Zu einer strittigen Frage (auch unter Zuhilfenahme von Materialien) eine Argumentation entwickeln, verschiedene Standpunkte (pro und kontra) abwägen und zu einem begründeten Urteil gelangen, z. B.: *Erörtern Sie Chancen und Probleme von ... und ziehen Sie zum Schluss ein Fazit.*	Wenn man die Argumente für und wider abwägt ... Dem lässt sich ... entgegenhalten. Wenn ich ..., komme ich zu dem Schluss, dass ...

Techniken des szenischen Interpretierens

In Dramentexten wird die Handlung von Figuren in Dialogen und Monologen sowie in Körperhaltung und Bewegung dargestellt. Um diese Texte besser zu verstehen, ist es hilfreich, sich in die Figuren hineinzuversetzen und ihre Gefühle und ihr Verhalten in Szene zu setzen.

1. Geeignete Textstellen finden

Einigen Sie sich in Kleingruppen auf einen aussagekräftigen Szenenmoment.
Interessant sind z. B. Szenen, in denen Figurenbeziehungen und/oder Konflikte deutlich werden.

2. Eine passende Methode auswählen

Wählen Sie eine passende Methode der szenischen Interpretation, z. B.:

- Beim **szenischen Lesen** mit verteilten Rollen geht es darum, **durch Stimme und Sprechweise** (evtl. auch durch Haltung, Mimik, Gestik) das **Verhalten,** die **Absichten** und die **Gefühle der Figuren darzustellen**. Einigen Sie sich darauf, wie die einzelnen Figuren sprechen sollen (Lautstärke, Intonation usw.) und welche Körperhaltung, Mimik und Gestik sie einnehmen könnten. Ergänzen Sie ggf. Regieanweisungen (z. B. *fragend, höhnisch, mitleidig, verschlagend lächelnd, mit ängstlichem Gesicht*). Probieren Sie beim Lesen verschiedene Sprechweisen, Bewegungen, Gebärden, Gesichtsausdrücke usw. aus.

- In einem **Standbild** verdeutlichen Sie **die Beziehungen zwischen den Figuren** oder die **Gefühlslage einzelner Figuren durch Gestik, Mimik und Körperhaltung.** Eine Regisseurin oder ein Regisseur dirigiert die Darsteller/-innen und entscheidet, wie sie ihre Figuren gestalten und welche Position die Figuren im Raum einnehmen sollen. Verändern Sie das Standbild so, dass unterschiedliche Wahrnehmungen der Situation sichtbar werden.

- Eine **Stimmenskulptur** macht die **Gedanken und Gefühle einer Figur hörbar.** Mehrere Sprecher/-innen äußern und wiederholen (auch gleichzeitig) Sätze, die einer Figur in einer bestimmten Szene durch den Kopf gehen könnten. Diskutieren Sie, wie sich eine ausgewählte Figur in einer bestimmten Situation fühlt und was sie denkt. Formulieren Sie dann **Sätze in der Ich-Form,** die diese inneren Stimmen zum Ausdruck bringen. Das können (widerstreitende) Gedanken, Gefühle, Wünsche, Ängste, Träume etc. sein.
  Der oder die Vertreter/-in der Figur positioniert sich im Raum, die anderen machen die inneren Stimmen der Figur hörbar. Prüfen Sie anschließend, welche Stimmen anders gesprochen werden sollten, welche nicht passen oder welche noch fehlen.

3. Präsentation, Auswertung und Methodenreflexion

- Präsentieren Sie die szenisch interpretierte Textstelle im Kurs.
- Diskutieren Sie, ob die Darstellung zu den Figuren passt und was sie über deren Verhalten, Gefühle und Beziehungen aussagt: Inwiefern deutet die szenische Interpretation die Figuren nachvollziehbar? Verändern Sie die Darstellung ggf. gemeinsam.
- Reflektieren Sie, inwiefern Sie Gefühle und Gedanken, Verhalten und Beziehungen der Figuren durch die gewählte Methode eher nachvollziehen und die Szene besser verstehen können.

Graphic Novels/Comics

Interviews

Karikaturen

Kurzgeschichten/Kurzprosa

(► Parabeln/Fabeln)

Literatur-/Filmtheoretische Texte

Autoren- und Quellenverzeichnis

Adorno, Theodor W. (1903–1969): *Nach Auschwitz ein Gedicht zu schreiben, ist barbarisch ...*, S. 393. Aus: Kulturkritik und Gesellschaft. In: Lyrik nach Auschwitz? Adorno und die Dichter. Hg. v. Petra Kiedaisch. Reclam, Stuttgart 1995, S. 49

Advanced Chemistry [Musikgruppe]: *Fremd im eigenen Land*, S. 430. In: Rap-Texte. Hg. v. Sascha Verlan. Reclam, Stuttgart 2000, S. 70–72

Andkohiy, Asin (*2004): *Woyzeck in Jugendsprache*, S. 187. In: Ebd. Reclam, Stuttgart 2023, S. 21–22; *Authentizität war Georg Büchner ...*, S. 187. In: Ebd.

Andreas-Salomé, Lou (1861–1937): *Fenitschka*, S. 356. In: Fenitschka. Eine Ausschweifung. Zwei Erzählungen. Berliner Ausgabe. Hg. v. Michael Holzinger. Holzinger, Berlin 2016, S. 12–14

Arabi, Ibn (1165–1240): *Der Übersetzer der Sehnsüchte*, S. 250. In: Der Übersetzer der Sehnsüchte. Gedichte aus dem Arabischen ins Deutsche übertragen, kommentiert und mit einer Einführung versehen von Stefan Weidner. Jung und Jung, Salzburg u. Wien ^{2}2016, S. 46

Arnim, Achim von (1781–1831): *Der Falke*, S. 314. In: Des Knaben Wunderhorn. Alte deutsche Lieder. Vollständige Ausgabe. Gesammelt von Achim von Arnim u. Clemens Brentano. Hg. v. Heinz Röllecke. Insel, Berlin 2003

Arnim, Bettina von (1785–1859): *Dies Buch gehört dem König*, S. 329. In: Bettina von Arnim. Werke und Briefe. Bd. 3. Hg. v. Gustav Konrad u. Joachim Müller. Bartmann, Frechen u. Köln 1959

Artmann, H. C. (1921–2000): *ich bin die liebe mumie ...*, S. 397. In: allerleirausch. Piper, München 1967

Bachmann, Ingeborg (1926–1973): *Ohne Titel*, S. 93. In: Sämtliche Gedichte. Hg. v. Christine Koschel, Inge von Weidenbaum u. Clemens Münster. Piper, München u. Zürich 1982, S. 32–33; *Aria I*, S. 396. In: Ausgewählte Werke, Bd. 1. Aufbau, Berlin u. Weimar 1987, S. 181;

Bayzar, Shida (*1988): *Drei Kameradinnen*, S. 432. In: Ebd. Kiepenheuer & Witsch, Köln 2021

Becher, Johannes R. (1891–1958): *Auferstanden aus Ruinen*, S. 391. In: C. F. Peters Musikverlag, Frankfurt/M.

Becker, Jürgen (*1959): *Natur-Gedicht*, S. 90. In: Gesammelte Gedichte. Suhrkamp, Berlin 2022

Benn, Gottfried (1886–1959): *Der Arzt II*, S. 372. In: Sämtliche Gedichte. Klett-Cotta, Stuttgart 1998, S. 14–15; *Schöne Jugend*, S. 372. In: Ebd. S. 11

Beust, Ole von (*1955): *Politikersprache: Wenn die richtigen Worte fehlen*, S. 46. In: https://www.sueddeutsche.de/politik/politikersprache-wenn-die-richtigen-worte-fehlen-1.1406331

Biermann, Wolf (*1936): *Die Stasi-Ballade*, S. 411. In: Warte nicht auf bessre Zeiten! Die Autobiografie. Ullstein, Berlin 2016

Biller, Maxim (*1960): *Wer nichts glaubt, schreibt*, S. 422. In: Ebd. Reclam, Stuttgart 2020, S. 247–248

Bittner, Jochen (*1973); **Zeh, Juli** (*1974): *Interview mit Juli Zeh: Warum sind Sie besorgt, Juli Zeh?*, S. 39. In: DIE ZEIT 02/2022, S. 10, online unter: https://www.zeit.de/2022/02/juli-zeh-demokratie-medien-austausch?utm_referrer=https%3A%2F%2Fwww.bing.com%2F

Bohnenkamp, Anne (*1960): *Literaturverfilmungen als intermediale Herausforderung*, S. 137. In: Literaturverfilmungen (Interpretationen). Hg. v. Anne Bohnenkamp u. Tilman Lang. Reclam, Stuttgart 2012, S. 9–35; *Die Frage des künstlerischen Niveaus ...*, S. 138. In: Ebd.

Böll, Heinrich (1917–1985): *An der Brücke*, S. 388. In: Wanderer, kommst du nach Spa ... Erzählungen. dtv, München 1967, S. 62–64

Bolz, Norbert (*1953): *Der Reichtum an Informationen ...*, S. 164. In: Bausteine zu einer Designwissenschaft. In: Schlüsselwerke der Systemtheorie. Hg. v. Dirk Baecker. Springer Fachmedien Wiesbaden ^{2}2016, S. 321

Borchert, Wolfgang ,(1921–1947): *Wir sind eine Generation ohne Heimkehr, ...*, S. 387. In: Unterwegs. Generation ohne Abschied. Aus: Das Gesamtwerk. Hg. v. Michael Töteberg. Rowohlt, Hamburg 2013; *Lesebuchgeschichte*, S. 389. In: Das Gesamtwerk. Rowohlt, Reinbek bei Hamburg 1949, S. 316

Bosse [Musiker] (*1980): *Der letzte Tanz (Lyrics)*, S. 259. In: Naaf, Jochen; Bosse, Axel: Der letzte Tanz. Bosse. Leadsheet. Soundnation 2021, © 2022 OTON Musikverlag, Edition Topspin Hangar

Brasch, Thomas (1945–2001): *Was ich habe, will ich nicht verlieren*, S. 410. In: Kargo. Suhrkamp, Frankfurt/M. 1977

Braun, Volker (*1939): *Das Eigentum*, S. 424. In: Lustgarten, Preußen. Suhrkamp, Frankfurt/M. 1996, o.S.

Brecht, Bertolt (1898–1956): *Was ist mit dem epischen Theater gewonnen?*, S. 111. In: Gesammelte Werke in 20 Bänden. Suhrkamp, Frankfurt/M. 1967, S. 234; *Über Schillers Gedicht „Die Bürgschaft“*, S. 300. In: Bertolt Brecht. Werke. Große kommentierte Berliner und Frankfurter Ausgabe. Bd. 11. Gedichte I. Suhrkamp, Berlin, Weimar u. Frankfurt/M. 1988, S. 272; *Vertriebene sind wir ...*, S. 377. Aus: Über die Bezeichnung „Emigranten“. In: Gesammelte Werke. Bd. 9. Gedichte 2. Suhrkamp, Frankfurt/M. 1967, S. 718; *In finsteren Zeiten*, S. 382. In: Gesammelte Gedichte. Bd. 2. Suhrkamp, Frankfurt/M. [3]1981, S. 587; *Vaterlandsliebe, der Haß gegen Vaterländer*, S. 383. In: Geschichten von Herrn Keuner. Suhrkamp, Frankfurt/M. 1971; *Kinderhymne*, S. 391. In: Gesammelte Gedichte, Bd. 3. Suhrkamp, Frankfurt/M. 1981, S. 977–978

Brentano, Clemens (1778–1842): *In der Fremde*, S. 96. In: Sämtliche Werke und Briefe. Historisch-kritische Ausgabe, Bd. 17. Berlin 1983, S. 128–129; *Der Spinnerin Nachtlied*, S. 246. In: Clemens Brentano. Gedichte. Hg. v. Hartwig Schultz. Reclam, Stuttgart 1995, S. 59 [= ohne Titel]

Brinkmann, Rolf Dieter (1940–1975): *Einen jener klassischen*, S. 406. In: Westwärts 1 & 2. Gedichte. Rowohlt, Reinbek bei Hamburg [2]2018, S. 35

Bruner, Jerome (1915–2016): *Wie das Kind sprechen lernt*, S. 180. In: Ebd. Aus dem Englischen von Urs Aeschbacher. Huber, Bern 2022, S. 31–33

Büchner, Georg (1813–1837): *Briefe an die Familie*, S. 100. In: Briefe von und an Georg Büchner. Bd. 13. Hg. v. Henri Poschmann. Deutscher Klassiker Verlag, Frankfurt/M. 1999; *Die politischen Verhältnisse könnten mich ...*, S. 325. In: Sämtliche Werke und Briefe. Bd 1. Hg. v. Werner R. Lehmann. Wiss. Buchgesellschaft: Darmstadt 1967; *Woyzeck*, S. 100, 102, 326. In: Ebd.; *Der Hessische Landbote*, S. 328. In: Sämtliche Werke und Briefe. Hg. v. Werner R. Lehmann. Wiss. Buchgesellschaft, Darmstadt 1967, Bd. 2, S. 35–36;

Celan, Paul (1920–1970): *Todesfuge*, S. 392. In: Gesammelte Werke in fünf Bänden, Bd. 1. Gedichte. Hg. v. Beda Allemann u. Stefan Reichert. Suhrkamp, Frankfurt/M. 1983, S. 41–42

Chiellino, Gino (*1946): *Heimat*, S. 431. In: Sehnsucht nach Sprache. Neuer Malik, München 1987, S. 34

Chomsky, Noam (*1928): *Sprache als angeborenes Organ*, S.178. In: Regeln und Repräsentationen. Aus dem Amerikanischen von Helen Leuninger. Suhrkamp, Berlin 1981, S. 232–233

Claudius, Matthias (1740–1815): *Abendlied*, S. 246. In: Du gehst so stille. Der Mond in Bild und Gedicht. Hg. v. Henriette Weizenkamp. Reclam, Stuttgart 2020, S. 197

Conrady, Karl Otto (1926–2020): *Von der Verführung durch vertraute Epochenbegriffe*, S. 243. In: Literatur und Sprache im historischen Prozess. Vorträge des Deutschen Germanistentages Aachen 1982. Bd. 1. Hg. v. Thomas Cramer. Niemeyer, Tübingen 1983, S. 19–20

Cumart, Nevfel (*1964): *Zwei Welten*, S. 431. In: Ebd. Gedichte. Grupello, Düsseldorf 1996

Dach, Simon (1605–1659): *Letzte Rede einer vormals stolzen und gleich jetzt sterbenden Jungfrau*, S. 260. In: Jahrbuch für Liturgiewissenschaft. Bd. 15. Hg. v. Odo Casel. Aschendorff, Münster 1935, S. 107

Deutscher, Guy (*1969): *Warum die Welt in anderen Sprachen anders aussieht*, S. 208. In: Im Spiegel der Sprache. Warum die Welt in anderen Sprachen anders aussieht. dtv, München 2013. S. 172–175

Dia, Beatriz de (1140–1212): *Ich hatte große Sorge und großen Kummer ...*, S. 250. In: Frauenlieder des Mittelalters. Zweisprachig. Übersetzt und hg. v. Ingrid Kasten. Reclam, Stuttgart 1990, S. 173

Döblin, Alfred (1878–1957): *Dies Buch berichtet von ...*, S. 126. In: Berlin Alexanderplatz. Die Geschichte vom Franz Biberkopf. dtv, München [50]2012; *Berlin Alexanderplatz*, S. 128, 144. In: Berlin Alexanderplatz. Die Geschichte vom Franz Biberkopf. dtv, München [50]2012, S. 11, 15–17, 447–453; *Berlin Alexanderplatz*, S. 365. In: Ebd. dtv, München, 1965, S. 109–110

Droste-Hülshoff, Annette von (1797–1848): *Am Turme*, S. 322. In: Annette von Droste-Hülshoff. Gedichte. Hg. v. Bodo Plachta u. Winfried Woesler. Deutscher Klassiker Verlag, Frankfurt/M. 1994, S. 74–75

Ebner-Eschenbach, Marie von (1830–1916): *Der Gescheitere gibt nach! ...*, S. 270. In: Es gibt kein Wunder für den, der sich nicht wundern kann. Aphorismen. Reclam, Stuttgart 2021, S. 7; *Das Gemeindekind*, S. 338. In: Marie von Ebner-Eschenbach. Das Gemeindekind. Stuttgart: Reclam 2007, S. 66–67, 70, 78–79

Eco, Umberto (1932–2016): *Der Name der Rose*, S. 415. In: Ebd. Jubiläumsausgabe. Aus dem Italienischen von Burkhart Kroeber. Hanser, München 2022, S. 7

Eich, Günter (1907–1972): *Inventur*, S. 390. In: Gesammelte Werke, Bd. 1. Suhrkamp, Frankfurt/M. 1991, S. 35–36

Eichendorff, Joseph von (1788–1857): *Frische Fahrt*, S. 86, 235. In: Joseph von Eichendorff: Gedichte. Fischer, Frankfurt/M. 2013, S. 7; *Sehnsucht*, S. 309, 313. In: Ausgewählte Werke. Sonderausgabe die Tempel-Klassiker. Hg. v. Paul Stampf. Vollmer, Wiesbaden o.J., Bd. 1, S. 35; *Wünschelrute*, S. 310. In: Werke in sechs Bänden. Bd.1. Gedichte/Versepen. Hg. v. Hartwig Schultz. Deutscher Klassiker Verlag, Frankfurt/M. 1987; *Mondnacht*, S. 312. In: Werke und Schriften. Hg. v. Gerhart Baumann. Cotta'sche Buchhandlung, Stuttgart o. J., Bd. 2, S. 306

El Ouassil, Samira (*1984); **Karig, Friedemann** (*1982): *Wie Geschichten unser Leben bestimmen*, S. 156. In: Erzählende Affen, Mythen, Lügen, Utopien. Wie Geschichten unser Leben bestimmen. Ullstein, Berlin 2021, S. 182–195

Engel, Manfred (*1953): *Wir basteln uns eine Großepoche*, S. 243. In: Literaturgeschichte: Theorien – Modelle – Praktiken. De Gruyter, Berlin u. New York 2014, S. 246–265

Enzensberger, Hans Magnus (1929–2022): *Der Philosoph Theodor W. Adorno hat einen Satz ...*, S. 393. Aus: Die Steine der Freiheit. In: Lyrik nach Auschwitz? Adorno und die Dichter. Hg. v. Petra Kiedaisch. Reclam, Stuttgart 1995, S. 73; *Freizeit*, S. 404. In: Blindenschrift. Suhrkamp, Frankfurt/M. 1967, S. 31

Erpenbeck, Jenny (*1967): *Bis zum Felsmassiv, das inzwischen ...*, S. 54. In: Ebd. S. 13; *Heimsuchung*, S. 70. In: Ebd. Penguin, München 2018, S. 9–15; *Kairos*, S. 427. In: Ebd. Penguin, München 2021, S. 337–339

Feldenkirchen, Markus (*1975); **Medick, Veit** (*1980): *Politischer Burn-out*, S. 33. In: Der Spiegel No. 39 vom 25. 9. 2021, S. 16

Felsner, Kristin (*1979); **Helbig, Holger** (*1965); **Manz, Therese** (*1980): *Lyrisches Ich vs. Autor*, S. 89. In: Arbeitsbuch Lyrik, Akademie Verlag, Berlin 2009

Flaßpöhler, Svenja (*1975): *Erkenntnislust*, S. 20, 24. In: https://www.staatsschauspiel-dresden.de/spielplan/archive/d/dresdner-reden-2022/ (Text transkribiert)

Fleißer, Marieluise (1901–1974): *Fegefeuer in Ingolstadt*, S. 379. In: Ingolstädter Stücke. Suhrkamp, Frankfurt/M. 1977, S. 15–17

Follet, Ken (*1949): *Ich möchte eine Geschichte schreiben, ...*, S. 215. In: https://www.schreibsuchti.de/zitate-uebers-schreiben/

Fontane, Theodor (1819–1898): *Das erste Kapitel ist immer die Hauptsache ...*, S. 54. Aus: Was soll ein Roman? In: Romanpoetik in Deutschland. Von Hegel bis Fontane. Hg. V. Harmut Steinecke. Gunter Narr, Tübingen 1984, S. 186–187; *Was verstehen wir unter Realismus?*, S. 340. In: Theorie des bürgerlichen Realismus. Eine Textsammlung. Hg. v. Gerhard Plumpe. Reclam, Stuttgart 2009, S. 145–147; *Effi Briest*, S. 342. In: Theodor Fontane: Effi Briest. Aufbau, Berlin 2019, S. 5–6 u. 32–34

Frisch, Max (1911–1991): *Ich bin Techniker und gewohnt, die Dinge ...*, S. 246. Aus: Homo Faber. In: Ebd. Ein Bericht. Suhrkamp Frankfurt/M. 1977, S. 24; *Biografie: Ein Spiel.*, S. 412. In: Ebd. Suhrkamp, Frankfurt/M. 1982, S. 28–29

Gabriel, Markus (*1980): *Die sozialen Netzwerke zapfen unseren Geist an ...*, S. 164. In: Was die sozialen Netzwerke mit uns machen: Eine neue Theorie, https://www.youtube.com/watch?v=3CRzqkpePaY (Zitat transkribiert)

Georgi, Oliver (*1977): *Und täglich grüßt das Phrasenschwein*, S. 48. In: Und täglich grüßt das Phrasenschwein. Warum Politiker keinen Klartext reden – und wieso das auch an uns liegt. Duden, Berlin 2019, S. 91–95, 192–202

Ghassim, Babak (*1983); **Elyas, Usama** (*1981): *Hinter uns mein Land*, S. 331. Online unter: https://keschmesch.de/hinter-uns-mein-land/

Glaser, Peter (*1957): *Information ist schnell ...*, S. 164. In: David gegen Goliath. Wie die Kleinen im Internet die Grossen das Fürchten lehren. NZZ, 1. 2. 2000, online unter: https://www.nzz.ch/folio/david-gegen-goliath-ld.1617611

Goebbels, Joseph (1897–1945): *Rede zur Bücherverbrennung*, S. 28. In: Goebbels-Reden. Bd. 1. 1932–1939. Hg. v. Helmut Heiber. Droste, Düsseldorf 1971, S. 108–112

Goethe, Johann Wolfgang (1749–1832): *Wie froh bin ich, dass ich ...*, S. 54. In: Die Leiden des jungen Werther. Hg. v. Anna Riman unter Mitarbeit von Markus Köcher. Reclam XL Text und Kontext Nr. 19124, Ditzingen ²2017, S. 5; *Epigramm, Nr. 96*, S. 94. In: Johann Wolfgang Goethe. Römische Elegien und Venezianische Epigramme. Hg. v. Karl Eibl. Insel, Leipzig 2015, S. 56; *Erwache, Friederike*, S. 251. In: Gedichte. 1756–1799. Hg. v. Hendrik Birus. Deutscher Klassiker Verlag, Frankfurt/M. 1987, S. 132–133; *Prometheus*, S. 282. In: Sämtliche Werke. Bd. 2. Die Gedichte 1800–1832. Hg. v. Karl Eibl. Deutscher Klassiker Verlag, Frankfurt/M. 1988, S. 298–300; *Die Leiden des jungen Werther*, S. 288. In: Johann Wolfgang Goethe. Die Leiden des jungen Werther. Suhrkamp, Frankfurt/M. 1998; *Willkommen und Abschied*, S. 289. In: In: Sämtliche Werke. Bd. 2. Die Gedichte 1800–1832. Hg. v. Karl Eibl. Deutscher Klassiker Verlag, Frankfurt/M. 1988, S. 45; *Das drüben kann mich wenig kümmern ...; Hier bin ich Mensch, hier darf ich's sein ...* S. 293. Aus: Faust I. In: Goethes Werke in 12 Bänden, Bd. 4. Hg. v. den Nationalen Forschungs- und Gedenkstätten der klassischen deutschen Literatur in Weimar. Aufbau: Berlin u. Weimar ⁴1981; *Edel sei der Mensch, hilfreich und gut! ...*, S. 293. Aus: Das Göttliche. In: Goethes Werke in 12 Bänden, Bd. 1. Hg. v. den Nationalen Forschungs- und Gedenkstätten der klassischen deutschen Literatur in Weimar. Aufbau: Berlin u Weimar ⁴1981, S. 119–120; *Römische Elegie V*, S. 294. In: Werke. Hamburger Ausgabe, Bd. 1: Gedichte und Epen. Hg. v. Erich Trunz. C. H. Beck, München 1982, S. 160; *Faust I*, S. 304–306. In: Goethes Werke in 12 Bänden, Bd. 4. Hg. v. den Nationalen Forschungs- und Gedenkstätten der klassischen deutschen Literatur in Weimar. Aufbau: Berlin u. Weimar ⁴1981; *Das Göttliche*, S. 296 u. 297. In: In: Werke. Hamburger Ausgabe, Bd. 1: Gedichte und Epen. Hg. v. Erich Trunz. C. H. Beck, München 1982

Gomringer, Eugen (*1925): *schweigen*, S. 396. In: Deine Träume. Mein Gedicht. Eugen Gomringer und die konkrete Poesie. Hg. v. Cornelius Schnauber. Greno, München 1989, S. 97

Grass, Günter (1927–2015): *Die Blechtrommel*, S. 398. In: Ebd. Roman. Luchterhand, Darmstadt 1974, S. 46–47, 63–64

Greiffenberg, Catharina Regina von (1633–1694): *Auf meinen bestürmeten Lebens-Lauff*, S. 92. In: Die Deutsche Literatur. Texte und Zeugnisse. Band III, Barock. Hg. v. Albrecht Schöne. C. H. Beck, München 1968, S. 274–275; *Gott-lobende Frühlings-Lust*, S. 262. In: Die Deutsche Literatur. Texte und Zeugnisse. Band III, Barock. Hg. v. Albrecht Schöne. C. H. Beck, München 1968

Grimmelshausen, Hans Jakob Christoffel von (1621–1676): *Der Abenteuerliche Simplicissimus Teutsch*, S. 265. In: Ebd. Winkler, München o. J.

Grünbein, Durs (*1962): *Schädelbasislektion*, S. 373. In: Gedichte. Bücher I–III. Suhrkamp, Frankfurt/M. 2006, S. 101, 104, 105

Gryphius, Andreas (1616–1664): *Es ist alles eitel*, S. 260. In: Werke in einem Band. Aufbau, Berlin u.a. 1969, S. 5; *Tränen des Vaterlandes*, S. 266. In: Poesiealbum 124. Verlag Neues Leben, Berlin 1978

Günderrode, Karoline von (1780–1806): *Die eine Klage*, S. 316. In: Karoline von Günderrode. Der Schatten eines Traumes. Gedichte. Prosa. Briefe. Hg. und mit einem Essay v. Christa Wolf. Luchterhand, Darmstadt u. Neuwied 1979

Habeck, Robert (*1969): *Robert Habeck: Instagram (10. 6. 2022)*, S. 31. In: https://www.instagram.com/tv/CeoCjR6uyYi/?utm_source=ig_web_copy_link

Hamann, Christof (*1966): *Dialekt*, S. 190. In: Bodensee. Hoffmann und Campe, Hamburg 2011, S. 28–31

Han, Byung-Chul (*1959): *Der Homo digitalis ist alles andere als „niemand" ...*, S. 164. In: Im Schwarm. Ansichten des Digitalen. Matthes & Seitz, Berlin 2013, S. 20–21; *Nicht Dinge, sondern Informationen ...*, S. 164. In: Die Welt hat sich ganz nach uns zu richten. Byung-Chul Han im Interview mit Gesine Borcherdt. Philosophie Magazin, 19. 1. 2022

Hasenclever, Walter (1890–1940): *Der Sohn*, S. 287. In: Walter Hasenclever. Der Sohn. Reclam, Stuttgart 1994

Hauptmann, Gerhart (1862–1946): *Die Ratten*, S. 346. In: Gerhart Hauptmann. Die Ratten. Ullstein, Berlin 2016, S. 9–13, 41–42

Hebbel, Friedrich (1813–1863): *Herbstbild*, S. 91. In: Die Erde will ein freies Geleit. Deutsche Naturlyrik aus sechs Jahrhunderten. Hg. v. Alexander v. Bornmann. Insel, Frankfurt/M. 1984, S. 179

Heine, Heinrich (1797–1856): *Anno* 1839, S. 330. In: Heinrich Heine. Sämtliche Gedichte. Hg. v. Bernd Kortländer. Reclam: Stuttgart 1997, S. 367–368

Heißenbüttel, Helmut (1921–1996): *Friede auf Erden*, S. 397. In: konkrete Poesie. Hg. v. Eugen Gomringer. Reclam, Stuttgart 2020, S. 107

Herwegh, Georg (1817–1875): *Der Freiheit eine Gasse!*, S. 332. In: Herweghs Werke in drei Teilen. Bd. 1. Hg. v. Hermann Tardel. Deutsches Verlagshaus Bong & Co, Berlin u. a. 1909, S. 42–44

Heym, Georg (1887–1912): *Der Krieg II*, S. 370. In: Dichtungen. Reclam, Stuttgart 1999, S. 13

Hickethier, Knut (*1945): *Der Film nach der Literatur ist Film*, S. 138. In: Literaturverfilmung. Hg. v. Franz-Josef Albersmeier u. Volker Roloff. Suhrkamp, Frankfurt/M. 1989, S. 183–184

Hoddis, Jakob van (1887–1942): *Weltende*, S. 374. In: Menschheitsdämmerung. Hg. v. Kurt Pinthus. Rowohlt, Hamburg 1988

Hoffmann, E. T. A. (1776–1822): *Der Sandmann*, S. 317. In: E. T. A. Hoffmann. Der Sandmann. Historische-kritische Edition. Hg. v. Kaltërina Latifi. Stroemfeld, Frankfurt/M. 2020

Hofmann von Hofmannswaldau, Christian (1616–1679): *Albanie gebrauche deiner Zeit*, S. 262. In: Gedichte. Frankfurt/M. 1972, S. 101

Hofmannsthal, Hugo von (1874–1929): *Ein Brief*, S. 217. In: Erzählungen. Fischer, Frankfurt/M. 1986, S. 126–140; *Manche freilich*, S. 352. In: Werke in zehn Bänden. Band Gedichte. Hg. v. Lorenz Jäger. Fischer, Frankfurt/M. 1999, S. 33; *Poesie und Leben*, S. 353. In: Gesammelte Werke in zehn Einzelbänden. Reden und Aufsätze. Hg. v. Bernd Schoeller. Fischer, Frankfurt/M. 1979/80, S. 13–19

Hölderlin, Friedrich (1770–1843): *Die Heimat*, S. 95. In: Friedrich Hölderlin: Sämtliche Werke. 6 Bände, Bd. 1. W. Kohlhammer, Stuttgart 1946, S. 251; *Hälfte des Lebens*, S. 323. In: Sämtliche Werke und Briefe. Hg. v. Michael Knaupp. Hanser, München 1992, S. 445

Holler, Florian; Gysi, Gregor (*1948): *Interview mit Gregor Gysi: „Talk-Shows waren meine einzige Chance"*, S. 47. In: Kölner Stadtanzeiger, 8. Juni 2022, S. 20, online unter: https://www.ksta.de/kultur-medien/gregor-gysi-im-interview-vor-der-phil-cologne-talk-shows-waren-meine-einzige-chance-278403

Holz, Arno (1863–1929); **Schlaf, Johannes** (1862–1941): Papa Hamlet, S. 348. In: Ebd. Suhrkamp, Frankfurt/M. 1979

Horváth, Ödön von (1901–1938): *Kasimir und Karoline*, S. 100, 116. In: Ödön von Horváth. Gesammelte Werke. Kommentierte Werkausgabe in Einzelbänden. Hg. v. Traugott Krischke unter Mitarbeit von

Susanna Foral-Krischke, Bd. 5. Suhrkamp, Frankfurt/M. 1986, S. 67–138; *Über das Volksstück und die Wirkung des Theaters,* S. 110. In: Dramentheorie. Texte vom Barock bis zur Gegenwart. Hg. v. Peter Langemeyer. Reclam, Stuttgart 2011

Humboldt, Wilhelm von (1767–1835): *Die Sprache ist das bildende Organ ...,* S. 204. Zitiert nach: Stefanie Schramm u. Claudia Wüstenhagen: Das Alphabet des Denkens. Wie Sprache unsere Gedanken und Gefühle prägt. Rowohlt, Reinbek bei Hamburg, ^{3}2015, S. 108

Hummelt, Norbert (*1962): *der turmfalk,* S. 215. In: Zeichen im Schnee. Gedichte. Luchterhand, München 2001, S. 64

Ibbotson, Paul; Tomasello, Michael: *Todesglocken für die Theorie Chomskys,* S. 179. In: https://www.spektrum.de/news/kritik-an-der-universalgrammatik-von-chomsky/1439388

Ibsen, Henrik (1828–1906): *Nora oder Ein Puppenheim,* S. 279. In: Ebd. Hedda Gabler. Dramen. Aus dem Norwegischen in den von Ibsen autorisierten Übersetzungen von Marie de Borch und Emma Klingenfeld. Fischer, Frankfurt/M. ^{3}2015, S. 89–91

Illies, Florian (*1971): *Frauen ohne Männer,* S. 381. In: Liebe in Zeiten des Hasses. Fischer, Frankfurt/M. 2021, S. 52–53

Jandl, Ernst (1925–2000): *Zertretener Mann Blues,* S. 397. In: für alle. Luchterhand, Darmstadt u. Neuwied 1974

Jesse, Eckhard (*1948): *Schweigend ins Gespräch vertieft,* S. 38. In: Magazin Politik & Kommunikation, online unter: https://www.politik-kommunikation.de/politik/schweigend-ins-gespraech-vertieft/

Jiménez, Fanny: *Wie Mehrsprachigkeit unser Gehirn verändert,* S. 185. In: Die Welt, online unter: https://www.welt.de/wissenschaft/article154185581/Wie-Mehrsprachigkeit-unser-Gehirn-veraendert.html

Johnson, Samuel (1709–1784): *Sprache ist die Kleidung ...,* S. 204. Zitiert nach: Stefanie Schramm u. Claudia Wüstenhagen: Das Alphabet des Denkens. Wie Sprache unsere Gedanken und Gefühle prägt. Rowohlt, Reinbek bei Hamburg, ^{3}2015, S. 108

Kaehlbrandt, Roland (*1953): *Nur für Liebhaber: ein Überschuss an grammatischen Formen,* S. 194. In: Deutsch. Eine Liebeserklärung. Die zehn großen Vorzüge unserer erstaunlichen Sprache. Piper Verlag, München 2022; *Ein Blick nach vorn,* S. 199. In: Ebd.; *Schneller, kürzer, lässiger,* S. 176. In: Deutsch. Eine Liebeserklärung. Piper, München 2022, S. 74–77

Kafka, Franz (1883–1924): *Jemand musste Josef K. verleumdet haben, ...,* S. 54. In: Der Prozess. Hamburger Lesehefte Verlag, Husum 2008, S. 5; *Der Prozess,* S. 74. In: Der Proceß. Fischer, Frankfurt/M. 1990, S. 7–12; *Vor dem Gesetz (Türhüterlegende),* S. 362. In: Der Proceß. Hg. v. Malcolm Pasley. Schriften Tagebücher. Kritische Ausgabe. Hg. v. Jürgen Born u. a. Fischer, Frankfurt/M. 2002, S. 292–294; *Es gibt ein Ziel, aber keinen Weg...,* S. 363. In: Nachgelassene Schriften und Fragmente II. Hg. v. Jost Schillemeit. Fischer, Frankfurt/M. 2002, S. 118

Kaléko, Mascha (1907–1975): *Einmal sollte man seine Siebensachen ...,* S. 377. Aus: Das lyrische Stenogrammheft. In: Ebd. Gedichte aus der Welt der Großstadt. Rowohlt, Reinbek bei Hamburg 2007, S. 74; *Großstadtliebe,* S. 378. In: Ebd. S. 28; *Inventar,* S. 390. In: Sämtliche Werke und Briefe. Bd. I. dtv, München 2012, S. 650–651

Kant, Immanuel (1724–1804): *Was ist Aufklärung?,* S. 271. In: Barbara Stollberg-Rilinger: Was ist Aufklärung? Thesen, Definitionen, Dokumente. Reclam, Stuttgart ^{2}2010, S. 9–11: *Der kategorische Imperativ,* S. 275. Aus: Beantwortung der Frage: Was ist Aufklärung. In: Was ist Aufklärung? Thesen und Definitionen. Reclam, Stuttgart 1974

Kaschnitz, Marie Luise (1901–1974): *Hobbyraum,* S. 405. In: Steht noch dahin. Neue Prosa. Erzählungen. Suhrkamp, Frankfurt/M. 1970

Kästner, Erich (1899–1974): *Sachliche Romanze,* S. 407. In: Lyrische Hausapotheke. Atrium, Zürich 1988, S. 61

Keller, Gottfried (1819–1890): *Der grüne Heinrich,* S. 336. In: Gottfried Keller. Der grüne Heinrich. Nach der ersten Fassung von 1854/55. Hg. v. Jörg Drews. Reclam, Stuttgart 2013, S. 12–18

Kerckhoff, Susanne (1918–1950): *Berliner Briefe,* S. 394. In. Ebd. Hg. v. Peter Graf. Klett-Cotta, Stuttgart 2001

Kermani, Navid (*1967): *Jeder soll von da, wo er ist, einen Schritt näher kommen. Fragen nach Gott,* S. 275. In: Ebd. Hanser, München 2022, S. 32–33

Kettcar [Band]: *Sommer '89,* S. 426. In: Ich vs. wir. Grand Hotel Van Cleef 2017

Keun, Irmgard (1905–1982): *Das kunstseidene Mädchen,* S. 54, 68. In: Ebd. List/Ullstein, Berlin 2008, S. 7–10; *Gilgi – eine von uns,* S. 380. In: Ebd. Ullstein, Berlin 2018, S. 5, 82–83

Khider, Abbas (*1973): *Der Eintritt ins Exil war ...,* S. 377. Aus: Der falsche Inder. In: Ebd. Nautilus, Hamburg 2008, S. 73; *Der Erinnerungsfälscher,* S. 384. In: Ebd. Hanser, München 2022, S. 9–12

Kirsch, Sarah (1935–2013): *Bei den weißen Stiefmütterchen,* S. 406. In: Landaufenthalt. Gedichte. Aufbau, Berlin u. Weimar 1967, S. 11–12

KI-System: *ein Protest,* S. 439. In: poesie.exe: Texte von Menschen und Maschinen. Hg. v. Fabian Navarro. SATYR, Berlin 2020; *in ein paar jahren wird man sagen,* S. 439. In: poesie.exe: Texte von Menschen und Maschinen. Hg. v. Fabian Navarro. SATYR, Berlin 2020

Klein, Wolfgang; Pieper, Kira: *Das Deutsche könnte bald verschwinden,* S. 197. In: https://www.n-tv.de/leben/Das-Deutsche-koennte-bald-verschwinden-article20597343.html

Kleist, Heinrich von (1777–1811): *Michael Kohlhaas,* S. 66. In: Sämtliche Werke. Winkler, München 1982, S. 7–8; *Der zerbrochne Krug,* S. 100, 144. In: Heinrich von Kleist. Der zerbrochne Krug. Reclam, Stuttgart 1986; *Berliner Abendblätter,* S. 110. In: Heinrich von Kleist. Sämtliche Werke und Briefe. Kritiken und Berichterstattungen. Bd. 2. Hg. v. Helmut Sembdner. Hanser, München ^{2}1961; *Amphitryon,* S. 320. In: Heinrich von Kleist. Amphitryon. Deutscher Klassiker Verlag, Frankfurt/M. 1991; *Michael Kohlhaas,* S. 415. In: Michael Kohlhaas. Aus einer Chronik. BoD – Books on Demand, Norderstedt 2017

Klemm, Michael (*1953): *Bloggen, Twittern, Posten und Co. – Grundzüge einer „Social-Media-Rhetorik",* S. 33. In: Rhetorik. Ein internationales Jahrbuch. Hg. v. Andreas Hetzel, Markus Mülke, Gert Ueding u. Francesca Vidal. Vol. 36, No. 1, 2017, S. 7–8, 15–18

Klemm, Wilhelm (1881–1968): *Feldpost an seine Frau,* S. 371. In: Tot ist die Kunst. Briefe und Verse aus dem Ersten Weltkrieg. Hg. v. Imma Klemm. Dieterich'sche Verlagsbuchhandlung, Mainz 2013, S. 50

Kling, Marc Uwe (*1982): *Qualityland,* S. 435. In: Ebd. Ullstein, Berlin 2019, S. 17–19

Kornfeld, Theodor (1636–1698): *Eine Sand=Uhr,* S. 264. In: Die Deutsche Literatur. Hg. v. Albrecht Schöne. C. H. Beck, München ^{2}1978, Bd. 3, S. 739

Krug, Nora (*1977): *Heimat. Ein deutsches Familienalbum,* S. 418. In: Ebd. Penguin, München 2018, o. S.

Kunert, Günter (1929–2019): *Zentralbahnhof,* S. 364. In: Kurze Beschreibung eines Moments der Ewigkeit. Kleine Prosa. Reclam, Leipzig 1980, S. 85

Kunze, Reiner (*1933): *Die wunderbaren Jahre – Maurer, Clown oder Dichter,* S. 409. In: Die wunderbaren Jahre. Prosa. Fischer, Frankfurt/M. 1978, S. 18–20; *Die Mauer,* S. 425. In: ein tag auf dieser erde. Fischer, Frankfurt/M. 1993

La Roche, Sophie von (1730–1807): *Geschichte des Fräuleins von Sternheim,* S. 290. In: Sophie von La Roche. Geschichten des Fräuleins von Sterneheim. Hg. v. Günter Häntzschel. dtv, München 1985

Lasker-Schüler, Else (1869–1945): *Weltflucht,* S. 375. In: Else Lasker-Schüler. Die Gedichte. Hg. v. Friedhelm Kemp. Suhrkamp, Frankfurt/M. 1997, S. 14; *Ein alter Tibetteppich,* S. 375. In: Ebd. S. 164

Lec, Stanislaw Jerzy (1909–1966): *Wenn geschrieben wird: ...*, S. 270. In: Sämtliche unfrisierte Gedanken. Dazu Prosa und Gedichte. Hanser, München ^{4}2020, S. 21

Lessing, Gotthold Ephraim (1729–1781): *Brief an Friedrich Nicolai*, S. 109. In: Gotthold Ephraim Lessing. Werke. Hg. v. Herbert G. Göpfert. Bd. 1–8. Hanser, München 1970; *Die Wasserschlange*, S. 272. In: Lessings Werke in 5 Bänden. Bd. 5. Aug. v. Karl Balser. Hg. v. den Nationalen Forschungs- und Gedenkstätten der klassischen deutschen Literatur in Weimar. Aufbau, Berlin 1978, S. 137–138; *Nathan der Weise*, S. 274. In: Lessings Werke in 5 Bänden. Bd. 2. Aug. v. Karl Balser. Hg. v. den Nationalen Forschungs- und Gedenkstätten der klassischen deutschen Literatur in Weimar. Aufbau, Berlin 1978, S. 5; *Minna von Barnhelm*, S. 276. In: Minna von Barnhelm oder das Soldatenglück. Reclam, Stuttgart ^{2}1986, S. 36–39; *Hamburgische Dramaturgie*, S. 277. In. Ebd. Hg. v. Kurt Wölfel. Insel, Frankfurt/M. 1986, S. 142; *Orsina: Von Sinnen? Ha, ha, ha! ...*, S. 100. Aus: Emilia Galotti. In: G. E. Lessing. Emilia Galotti. Reclam, Stuttgart 2012; *Emilia Galotti*, S. 112. In: Ebd.

Lichtenberg, Georg Christoph (1742–1799): *Aphorismen*, S. 270. In: Schriften und Briefe, Hanser, München 1967

Lichtenstein, Alfred (1889–1914): *Nebel*, S. 246. In: Menschheitsdämmerung. Hg. v. Kurt Pinthus. Rowohlt, Berlin 1988, S. 59; *Punkt*, S. 368. In: Alfred Lichtenstein. Dichtungen. Hg. v. Klaus Kanzog u. Hartmut Vollmer. Arche, Zürich 1989, S. 80

Lobo, Sascha (*1975): *Was wir über die Welt wissen, ...*, S. 164. In: Das Ende der Gesellschaft – Von den Folgen der Vernetzung. Schriftenreihe zur Tübinger Mediendozentur. Herbert von Halem, Köln 2016, S. 19, online unter: https://www.blaetter.de/ausgabe/2016/oktober/das-ende-der-gesellschaft

Loher, Dea (*1964): *Manhattan Medea*, S. 100, 188. In: Manhattan Medea – Blaubart – Hoffnung der Frauen. Verlag der Autoren, Frankfurt/M. 2015; *In einem Interview*, S. 111. In: Das Theater von Dea Loher: Brecht und (k)ein Ende. Hg. v. Birgit Haas. Aisthesis Verlag, Bielefeld 2006, A. 15

Lorenzo, Giovanni di (*1959): *Alles Lüge? Warum Deutschlands Medien so stark – und manchmal doch so angreifbar sind*, S. 40. In: https://www.staatsschauspiel-dresden.de/download/8780/dresdner_rede_giovanni_di_lorenzo.pdf

Ludwig, Otto (1813–1865): *Der poetische Realismus*, S. 340. In: Otto Ludwig. Der poetische Realismus (posthum veröffentlicht 1872), zit. nach: Theorie des bürgerlichen Realismus. Eine Textsammlung. Hg. v. Gerhard Plumpe. Reclam, Stuttgart 2009, S. 148

Luhmann, Niklas (1927–1998): *Was wir über unsere Gesellschaft, ...*, S. 164. In: Die Realität der Massenmedien. Springer, Wiesbaden 2017, S. 9

Luther, Martin (1483–1546): *Sendbrief vom Dolmetschen*, S. 257. In: D. Martin Luthers Werke. Kritische Gesamtausgabe. Metzler, Böhlau u. Weimar 1909, Bd. 30, S. 636–637

Maar, Michael (*1960): *Wie und durch welches Stilmittel...*, S. 57. Aus: Die Schlange im Wolfspelz. Das Geheimnis großer Literatur. In: Ebd. Rowohlt, Hamburg 2020, S. 325

Mann, Heinrich (1871–1950): *Der Untertan*, S. 400. In: Ebd. dtv, München 1964, S. 7–8

Mann, Thomas (1875–1955): *Buddenbrooks. Verfall einer Familie*, S. 358. In: Ebd. Fischer, Frankfurt/M. 1989, S. 508, 509, 522–524; *Deutsche Hörer! ...*, S. 385. In: Gesammelte Werke in dreizehn Bänden. Bd. XI. Reden und Aufsätze 3. Fischer, Frankfurt/M. 1960, S. 1050–1052

Massachi, Sahar: *Warum Social Media eigentlich wie eine Stadt verwaltet werden sollte*, S. 168. In: https://www.heise.de/hintergrund/Warum-Social-Media-eigentlich-wie-eine-Stadt-verwaltet-werden-sollte-6300121.html?seite=all

Matuschek, Stefan (*1962): *Schauerromantik*, S. 319. In: Der gedichtete Himmel. Eine Geschichte der Romantik. C. H. Beck, München 2021, S. 252–253

McLuhan, Marshall (1911–1980): *Das Medium ist die Botschaft ...*, S. 164. In: Die magischen Kanäle – Understanding Media. Verlag der Kunst, Dresden 1995, S. 24; *Der Massenmensch ist der elektronische Bewohner des Erdballs...*, S. 164. In: Wohin steuert die Welt? Massenmedien und Gesellschaftsstruktur. Europaverlag, Wien, München u. Zürich 1978, S. 174; *Elektrisch zusammengezogen ...*, S. 164. In: Die magischen Kanäle – Understanding Media. Verlag der Kunst, Dresden 1995

Meckel, Miriam (*1967): *Der berechnete Mensch kann nicht mehr Bürger sein ...*, S. 164. In: Weltkurzsichtigkeit. Wie der Zufall aus unserem digitalen Leben verschwindet. Der Spiegel. Heft 38, 2011, S. 121

Merz, Friedrich (*1955): *Friedrich Merz: Tweet (17.4.2021)*, S. 33. In: https://twitter.com/_FriedrichMerz/status/1383343760260567043

Meyer, Conrad Ferdinand (1825–1898): *Der römische Brunnen*, S. 341. In: Sämtliche Werke. Historisch-kritische Ausgabe, besorgt v. Hans Zeller u. Alfred Zäch. Bd. 1. Benteli, Bern 1963, S. 170

Mielke, Rita (*1957): *Mit Pfeil und Bogen ins Herz der Linguistik*, S. 209. In: Atlas der verlorenen Sprachen. Duden, Berlin 2020, S. 53

Morgner, Irmtraud (1933–1990): *Leben und Abenteuer der Trobadora Beatriz nach Zeugnissen ihrer Spielfrau Laura*, S. 410. In: Leben und Abenteuer der Trobadora Beatrix. Aufbau: Berlin u. Weimar 1974, S. 171

Morungen, Heinrich von: *Owê, sol aber mir iemer mê*, S. 249. In: Minnesang. Mittelhochdeutsche Liebeslieder. Eine Auswahl. Mhd./Nhd. Hg. v., übersetzt und kommentiert von Dorothea Klein. Reclam, Stuttgart 2010, S. 204–206

Müller, Heiner (1929–1995): *Selbstkritik*, S. 424. In: Heiner Müller. Die Gedichte. Werke 1. Hg. v. F. Hörnigk. Suhrkamp, Frankfurt/M. 1998/2018, S. 232–233

Müller, Herta (*1953): *Alles, was ich habe, trage ich bei ...*, S. 54. In: Atemschaukel. Hanser, München 2009, S. 7; *Der Beamte sagte*, S. 619. In: Ebd. Hanser, München 2021, S. 22, 52

Musil, Robert (1880–1942): *Der Mann ohne Eigenschaften*, S. 360, 361. In: Ebd. Roman. Bd. 1. Rowohlt, Reinbek bei Hamburg, 1981, S. 16, 18–19, 47; *Die Verwirrungen des Zöglings Törleß*, S. 550. In: Ebd. Rowohlt, Hamburg 1959

Neuhaus, Stefan (*1965): *Grundriss der Neueren deutschsprachigen Literaturgeschichte*, S. 242. In: Ebd. UTB 4821. A. Francke, Tübingen 2017, S. 1–4

Novak, Helga M. (1935–2013): *dieser Wald...*, S. 80. In: Silvatica. Gedichte. Schöffling & Co., Frankfurt/M. 1997, S. 57

Novalis (d. i. Georg Philipp Friedrich von Hardenberg, 1772–1801): *Wenn nicht mehr Zahlen und Figuren*, S. 310. In: Werke in 1 Bd. Aufbau, Berlin u. a. 1984, S. 264–265

Olderdissen, Christine: *Genderleicht. Wie Sprache elegant für alle gelingt*, S. 195. In: Ebd. Duden, Berlin 2021

Orwell, George (1903–1950): *1984*, S. 437. In: 1984. Roman. Übersetzt von Michael Walter. Hg. und mit einem Nachwort v. Herbert W. Franke. Ullstein, Berlin 1997

Oskamp, Katja (*1970): *Marzahn, mon amour. Geschichten einer Fußpflegerin*, S. 349. In: Ebd. Hanser, Berlin 2021, S. 13–19

Osnowski, Rainer: *Interview mit Rainer Osnowski*, S. 440 [Originalbeitrag]

P!nk [Musikerin] (*1979): *Dear Mr. President*, S. 325. In: © Kobalt Music Publishing Ltd., Sony/ATV Music Publishing LLC

Peitz, Christiane (*1959): *Die DDR und der Westen: Wie die Wende ins Kino kam*, S. 428. In: https://www.ndr.de/geschichte/chronologie/wende/Die-DDR-und-der-Westen-Wie-die-Wende-ins-Kino-kam,gedankenzurzeit1630.html

Petrowskaja, Katja (*1970): *Vielleicht Esther*, S. 423. In: Ebd. Suhrkamp, Berlin 2014, S. 44–46

Pfeffel, Gottlieb Konrad (1736–1809): *Der Affe und der Löwe,* S. 272. In: Fabeln, Parabeln und Gleichnisse. Hg. v. Reinhard Dithmar. dtv, München 81988, S. 224

Pinker, Steven (*1954): *Mentalesisch,* S. 207. In: Der Sprachinstinkt. Knaur, München 1998, S. 67–69, 95–96, 461

Pörksen, Bernhard (*1969): *Die Wahrheitskrise – oder die gefühlte Manipulation,* S. 160. In: Die große Gereiztheit. Wege aus der kollektiven Erregung. Karl Hanser, München 2018, S. 41–42, 55–61, 65; *Das Medium radikalisiert die Botschaft,* S. 164. In: Ebd., S. 77

Randt, Leif (*1983): *Allegro Pastell,* S. 438. In: Ebd. Kiepenheuer & Witsch, Köln 2021, S. 155–157

Regener, Sven (*1961): *Herr Lehmann,* S. 425. In: Ebd. Eichborn, Frankfurt/M. 2001, o. S.

Reiners, Till (*1985): *Texte aufschreiben ist als würde ...,* S. 215. In: Till Reiners „Jokes“ Spotify Original Podcast, Folge mit Hazel Brugger: „Es wird immer so getan, als müsste Comedy edgy sein“, 21. 07. 2020, Minute 13:10

Rezo [Künstlername] (*1992): *Rezo: Die Zerstörung der CDU (You Tube, 18. 5. 2019),* S. 18. In: https://www.youtube.com/watch?v=4Y1lZQsyuSQ; *Rezo: Die Zerstörung der Presse (YouTube, 31. 5. 2020),* S. 30. In: https://www.youtube.com/watch?v=hkncijUZGKA

Rilke, Rainer Maria (1875–1926): *Ich fürchte mich so vor der Menschen Wort,* S. 219. In: Die Gedichte: Rilkes lyrisches Werk in einem Band. Insel, Berlin 2006, S. 192; *Du musst das Leben nicht verstehen,* S. 352. Aus: Mir zur Feier. In: Die Gedichte. Insel, Frankfurt/M. 1986, S. 147

Rühmkorf, Peter (1929–2008): *Variation auf „Abendlied“* S. 246. In: Kunststücke. Edition 4. Rowohlt, Hamburg 1962, S. 86; *War es vielleicht so, dass ...,* S. 390. Aus: Das lyrische Weltbild der Nachkriegsdeutschen. In: Bestandsaufnahme. Eine deutsche Bilanz. Hg. v. Hans W. Richter. Kurt Desch, München, Wien u. Basel 1962; *Bleib erschütterbar und widersteh,* S. 405. In: Haltbar bis Ende 1999. Gedichte. Rororo: Reinbek bei Hamburg 1987, S. 24

Sanyal, Mithu (*1971): *Identitti,* S. 433. In: Ebd. Hanser, München 2021

Schäfer, Werner: *Trampelpfade – So verändert sich Sprache,* S. 192. In: https://www.swr.de/swr2/wissen/wandel-statt-verfall-so-veraendert-sich-die-deutsche-sprache-swr2-wissen-aula-2022-04-10-100.html%20Kultur

Schäfer, Werner; Caspary, Ralf: *Wandel statt Verfall,* S. 198. In: https://www.swr.de/swr2/wissen/wandel-statt-verfall-so-veraendert-sich-die-deutsche-sprache-swr2-wissen-aula-2022-04-10-100.html%20Kultur

Schicha, Christian (*1964): *Politikvermittlung als legitimes Theater,* S. 36. In: Theatralisierung der Gesellschaft. Bd. 2. Medientheatralität und Medientheatralisierung. Hg. v. Willems Herbert. VS Verlag für Sozialwissenschaften, Wiesbaden 2009, S. 57–69

Schiller, Friedrich (1759–1805): *Die Schaubühne als moralische Anstalt betrachtet,* S. 109. Aus: Was kann eine gute stehende Schaubühne eigentlich bewirken? In: Sämtliche Werke. Hg. v. Gerhard Fricke u. Herbert G. Göpfert in Verb. mit Herberts Stubenrauch. Hanser, München 1965, Bd. 5, S. 823–831; *Die Räuber,* S. 120, 281, 284, 285. In: Sämtliche Werke. Hg. v. Gerhard Fricke u. Herbert G. Göpfert in Verb. mit Herbert Stubenrauch. Hanser, München 1965, Bd. 1.; *Geben Sie Gedankenfreiheit, Sir! ...,* S. 293. Aus: Don Karlos. Infant von Spanien. In: Sämtliche Werke, Bd. 2. Hg. v. Gerhard Fricke. Hanser, München 1965; *Man kann uns niedrig behandeln, nicht erniedrigen ...,* S. 293; *Maria Stuart,* S. 301. In: Maria Stuart. Trauerspiel in fünf Aufzügen. Reclam, Stuttgart 1982; *Die Bürgschaft,* S. 293, 298. In: Friedrich Schiller. Gedichte. Hg. v. Georg Kurscheidt. Deutscher Klassiker Verlag, Frankfurt/M. 1992

Schimmel, Roland (*1966): *Juristendeutsch?,* S. 186. In: Ebd. Ein Buch voll praktischer Übungen für bessere Texte. In: Ebd. Schöningh, Paderborn 2020, S. 11

Schnitzler, Arthur (1862–1931): *Fräulein Else,* S. 354. In: Fräulein Else und andere Erzählungen. Fischer, Frankfurt/M. 1987, S. 125–127

Schnurre, Wolfdietrich (1920–1989): *Ob nicht, nach Auschwitz noch Schlaf zu finden ...,* S. 393. Aus: Dreizehn Thesen gegen die Behauptung, daß es barbarisch sei, nach Auschwitz ein Gedicht zu schreiben. In: Lyrik nach Auschwitz? Adorno und die Dichter. Hg. V. Petra Kiedaisch. Reclam, Stuttgart 1995, S. 126

Seethaler, Robert (*1966): *Der Trafikant,* S. 56, 60. In: Ebd. Kein & Aber, Zürich u. Berlin 2012, S. 7–9

Seghers, Anna (1900–1983): *Transit,* S. 383. In: Ebd. Roman. Aufbau, Berlin 2001, S. 45–46

Selge, Edgar (*1948): *Hast du uns endlich gefunden,* S. 420. In: Ebd. Rowohlt, Hamburg 2021, S. 237–241

Simanowski, Roberto (*1963): *Datenumweltkatastrophe,* S. 163. In: Data Love. Matthes & Seitz, Berlin 2014, S. 30–47

Simmel, Georg (1858–1918): *Die Großstädte und das Geistesleben,* S. 369. In: Die Großstadt. Vorträge und Aufsätze zur Städteausstellung. Jahrbuch der Gehe-Stiftung zu Dresden. Bd. 9. Hg. v. Theodor Petermann. V. Zahn & Jaensch, Dresden 1903, S. 188, 196, 199–205

Sokrates (469 v. Chr. – 399 v. Chr.): *Verteidigungsrede,* S. 27. In: Apologie des Sokrates und Kriton. Übersetzt und erläutert von Otto Apelt. Felix Meiner Verlag, Leipzig 1922, S. 23–24

Sparr, Thomas (*1956): *Biografie eines Gedichts,* S. 392. In: Todesfuge. Biographie eines Gedichts. DVA, München 2020, S. 61

Spiewak, Martin (*1964); *Kara, Stefanie: Die einen sagen „Schmusekatze“, die anderen „Raubtier“,* S. 221. In: Ebd. Die ZEIT (Online) Nr. 10, 28. 2. 2019, S. 31–32

Stollberg-Rilinger, Barbara (*1955): *Ein Jahrhundert der Weiblichkeit?,* S. 278. In: Die Aufklärung. Europa im 18. Jahrhundert. Reclam, Stuttgart ^{4}2017, S. 157

Storm, Theodor (1817–1888): *Abseits,* S. 341. In: Theodor Storm. Sämtliche Werke in vier Bänden. Bd. 1. Hg. v. Peter Goldhammer. Aufbau Verlag: Berlin u. Weimar ^{4}1978, S. 110

Stramm, August (1874–1915): *Kriegsgrab,* S. 370. In: Expressionistische Gedichte. Hg. v. Peter Rühmkorff. Wagenbach, Berlin 1976, S. 145

Süskind, Patrick (*1949): *Das Parfum,* S. 414. In: Ebd. Diogenes, Zürich 1985, S. 5–6

Tekinay, Alev (*1951): *Dazwischen,* S. 431. In: Chamisso. Viele Kulturen – eine Sprache. Adelbert-von-Chamisso-Preisträgerinnen und Preisträger 1985–2001, Robert-Bosch-Stiftung 2001

Thunberg, Greta (*2003): *Wie konntet ihr es wagen, meine Träume ...,* S. 281. In: dpa, Deutsche Presse-Agentur

Timm, Uwe (*1940): *ICH SCHWEBE. Von hier oben ...,* S. 54. In: Rot. Kiepenheuer & Witsch, Köln 2021, S. 9

Tolentino, Jia (*1988): *Das Ich im Internet,* S. 159. In: Trick Mirror. Über das inszenierte Ich. Fischer, Frankfurt am Main 2021, S. 48

Trakl, Georg (1887–1914): *Verfall,* S. 96. In: Sämtliche Gedichte. München: Anaconda, Köln 2021, S. 9; *Grodek,* S. 267. In: Lyrik des Expressionismus. Hg. v. Silvio Vietta, Niemeyer, Tübingen ^{2}1985, S. 130; *An die Verstummten,* S. 368. In: Das dichterische Werk. dtv, München 1972, S. 69; *Feldpost an seinen Freund Ludwig von Ficker,* S. 371. In: Werke. Entwürfe. Briefe. Reclam, Stuttgart 1995, S. 249–250

Trawny, Peter (*1964): *Krise der Wahrheit,* S. 162. In: Ebd. Fischer, Frankfurt/M. 2021, S. 54–55

Tucholsky, Kurt (1890–1935): *Aus!,* S. 378. In: Gedichte in einem Band. Insel, Frankfurt/M. U. Leipzig 2000, S. 849–850

Twenge, Jean Marie (*1971): *Warum die Depressionsrate bei Mädchen schneller steigt als bei Jungen,* S. 165. In: The Conversation, 16. 1. 2020, online unter: https://theconversation.com/why-teen-depression-rates-are-rising-faster-for-girls-than-boys-129732 (Text übersetzt)

Ulrich, Winfried (*1941): *Triebkräfte des Wandels,* S. 193. In: Sprachwandel, sprachliche Zweifelsfälle und Entwicklungstendenzen der Gegenwartssprache im Deutschunterricht und Studium. Schneider Verlag Hohengehren, Baltmannsweiler 2020, S. 7–8; *Zukunft des Sprachwandels,* S. 196. In: Ebd. S. 90–91

Vogelweide, Walter von der (1170–1230): *Saget mir ieman, waz ist mine,* S. 248. In: Gedichte. Mhd. Text und Übertragung. Ausgewählt, übersetzt und mit einem Kommentar versehen von Peter Wapnewski. Fischer, Frankfurt/M. 1984, S. 46–47

Vogt, Jochen (*1943): *Der Ehebruchroman in der Nationalliteratur des 19. Jahrhunderts,* S. 345. In: Einladung zur Literaturwissenschaft: Mit einem Vertiefungsprogramm im Internet. W. Fink (UTB), Stuttgart [4]2008

Wartenburger, Isabell: *Wie das Gehirn mit Erst- und Zweitsprache umgeht,* S. 184. In: Gehirn und Geist. Das Magazin für Psychologie und Hirnforschung. H12, Spektrum der Wissenschaft Verlag, Heidelberg 2011, S. 70–74

Wehling, Elisabeth (*1981): *Politisches Framing,* S. 212, 220. In: Politisches Framing. Wie eine Nation sich ihr Denken einredet – und daraus Politik macht. Ullstein, Berlin [5]2020. S. 20, 28, 42–43, 46–47, 66–67, 186

Whorf, Benjamin Lee (1897–1941): *Das „linguistische Relativitätsprinzip",* S. 206. In: Sprache – Denken – Wirklichkeit. Beiträge zur Metalinguistik und Sprachphilosophie. Rowohlt, Reinbek bei Hamburg, [24]2003, S. 11–13

Wieland, Christoph Martin (1733–1813): *Was ist Aufklärung?,* S. 271. In: Was ist Aufklärung? Thesen und Definitionen. Hg. v. Ehrhard Bahr. Stuttgart: Reclam, Stuttgart 1996, S. 23, 25

Will, Anne [ARD-Talkshow] (*1966): *Talkshow Anne Will: Straßen blockieren, Kunst attackieren – helfen diese Aktionen beim Kampf ums Klima? (ARD, 20. 11. 2022),* S. 35. In: https://www.ardmediathek.de/video/anne-will/strassen-blockieren-kunst-attackieren-helfen-diese-aktionen-beim-kampf-ums-klima/das-erste/Y3JpZDovL25kci5kZS80MzJlM2NhYy02ZWQyLTQ1NDMtOTdmNC0xYmJmODM3YmE3Mzg

Winckelmann, Johann Joachim (1717–1768): *Gedanken über die Nachahmung der griechischen Werke in der Malerei und Bildhauerkunst,* S. 295. In: Ausgewählte Schriften. Hg. v. Michael Holzinger. Holzinger, Berlin [3]2014, S. 4–5

Wolf, Christa (1929–2011): *Nachdenken über Christa T.,* S. 408. In: Ebd. Suhrkamp, Frankfurt/M. 2007 (suhrkamp taschenbuch 3913)

Yassin [Musiker] (*1985): *Meteoriten,* S. 216. In: https://www.songtexte.com/songtext/yassin/meteoriten-g7b84deac.html

Yiwu, Liao (*1958): *Für mich ist das Schreiben ein langsamer Entgiftungsprozess ...,* S. 215. In: https://www.isop.at/2013/die-kunst-des-widerstands-mit-liao-yiwu-ivana-sajko-und-fiston-mwanza-mujila/

Yoran, Gabriel (*1978): *Druckbetankung mit Welt,* S. 32. In: https://uebermedien.de/30919/druckbetankung-mit-welt/

Zeh, Juli (*1974): *Das Tier hat uns in der Hand ...,* S. 54. In: Unterleuten. Luchterhand, München 2016, S. 9; *Unterleuten,* S. 72. In: Ebd. Luchterhand, München 2016, S. 9–11; *Ich bin [...] eine Schriftstellerin, die ...,* S. 335. Aus: Zehn Fragen an Juli Zeh zu „Über Menschen". In: https://www.penguin.de/Zehn-Fragen-an-Juli-Zeh-zu-UEber-Menschen/aid88049.rhd; *Corpus Delicti,* S. 436. In: Ebd. btb, München 2010

Zeug, Katrin: *Schrift: Wie das Schreiben das Denken verändert,* S. 214. In: https://www.zeit.de/zeit-wissen/2017/06/schrift-schreiben-denken-sprache/komplettansicht

Zuckerberg, Mark (*1984): *Einst lebten wir auf dem Land, ...,* S. 164. Zitiert nach: Lutz Jäncke: Von der Steinzeit ins Internet. Der analoge Mensch in der digitalen Welt. Hogrefe, Bern 2021, S. 17

Zuckmayer, Carl (1896–1977): *Die Fahrt ins Exil ...,* S. 377. Aus: Als wär's ein Stück von mir. In: Ebd. Nautilus, Hamburg 2008, S. 38

Zweig, Stefan (1881–1942): *Hymnus an die Reise,* S. 82. In: Die gesammelten Gedichte. Insel, Leipzig 1924

Unbekannte/Unbenannte Autorinnen und Autoren

Das Nibelungenlied, S. 252. In: Ebd. Mittelhochdeutsch/Neuhochdeutsch. Nach der Handschrift. Hg. v. Ursula Schulze. Ins Neuhochdeutsche übersetzt und kommentiert von Siegfried Grosse. Reclam, Stuttgart 2010, S. 6, 11, 13, 15; *Das Nibelungenlied,* S. 253. In: Ebd. Das Nibelungenlied. In Prosa übertragen von Manfred Bierwisch u. Uwe Johnson. Insel, Berlin [6]2021, S. 228–229

Ein Blick in den Maschinenraum von Sprachmodellen, S. 181. In: ERGO Whitepaper ChatGPT und Sprachmodellen, 2023, online unter: www.ergo.com/de/Newsroom/Medieninformation/2023/20230612-Whitepaper-ChatGPThmodellen

Historia von D. Johann Fausten, S. 255. In: Das Volksbuch vom Doctor Faust. Niemeyer, Halle a. S. [2]1911, S. 21–22

Offener Brief: Erklärung der Berliner Künstler vom 17. 11. 1976, S. 411. In: In Sachen Biermann. Protokolle, Berichte und Briefe zu den Folgen einer Ausbürgerung. Hg. v. Roland Berbig, Arne Born u. Jörg Judersleben u.a. Ch. Links Verlag, Berlin 1994, S. 70–71

Schlecht in Deutsch – gut in Englisch, S. 200. In: © dpa-infocom, dpa: 231013-99-553181/3

Zerbrüchlichkeit des menschlichen Lebens, S. 264. In: Friedrich: Emblemata Nova, Das Ist, New Bilderbuch. Darinnen Durch Sonderliche Figuren Der Jetzigen Welt Lauff. Scholar Select. Wentworth PR, Salford (England) 2019

Cover: Cornelsen / stock.adobe.com / LIGHTFIELD STUDIOS (Mädchen), mauritius images / alamy stock photo / Wavebreakmedia Ltd IP-200306 (Junge), Gotthold Ephraim Lessing: Emilia Galotti;

S. 18 o. Quelle: You Tube / Rezo ja lol ey, Die Zerstörung der CDU (18. 05. 2019); **mi.** YouTube / Rezo ja lol ey, Die Zerstörung der CDU, 18. 05. 2019; **S. 20** Jürgen Lösel; **S. 27** Imago Stock & People GmbH / CSP_thephotoholic; **S. 28** Bridgeman Images / © SZ Photo / Scherl; **S. 30** You Tube / Rezo ja lol ey, Die Zerstörung der Presse, 31. 05. 2020; **S. 31** Instagram / robert.habeck (10. 06. 2022); **S. 33** X / FriedrichMerz (17. 04. 2021); **S. 35** NDR; **S. 48** Klaus Stuttmann; **S. 54** Bridgeman Images; **S. 56** kein & aber AG; **S. 66** Rothbarth Verlag, Leipzig 1937; **S. 68** Ullstein Taschenbuch, 2001; **S. 69** mauritius images / Cinema Legacy Collection; **S. 70** Penguin Random House; **S. 73 v. li. n. re.:** Rothbarth Verlag, Leipzig 1937; Ullstein Taschenbuch, 2001; Penguin Random House; Luchterhand Literaturverlag; **S. 80** Shutterstock.com / dugdax; **S. 90** dpa Picture-Alliance / imageBROKER / Karl F. Schöfmann; **S. 91** akg-images / ISAAC ILITCH LEVITAN; **S. 94** stock.adobe.com / Jorge; **S. 100** bpk / Bayerische Staatsgemäldesammlungen; **S. 102** Imago Stock & People GmbH / Russian Look; **S. 109 o.** akg-images; **mi.** akg-images; **S. 110 o.** interfoto e.k. / Bildarchiv Hansmann; **mi.** akg-images / A. Limbach; **u.** dpa Picture-Alliance / R3577_Bifab_142420 / Bifab; **S. 111 o.** akg-images; **mi.** dpa Picture-Alliance / Sascha Radke; **S. 112** akg-images / Freese / drama-berlin.de; **S. 114** Imago Stock & People GmbH / Martin Müller; **S. 116** Imago Stock & People GmbH / DRAMA-Berlin.de; **S. 118** Bridgeman Images / Photo © Agnew's, London; **S. 120** Imago Stock & People GmbH / Martin Müller; **S. 126 li.** Filmplakat „Berlin Alexanderplatz" von Curt Aren; Stiftung Deutsche Kinemathek|Curt-Aren-Archiv; **re.** „Berlin Alexanderplatz", D / NL 2020, Burhan Qurbani / Sommerhaus Filmproduktion; **S. 130+134** „Berlin Alexanderplatz", D / NL 2020, Burhan Qurbani / Sommerhaus Filmproduktion; **S. 136 mi.** „Berlin Alexanderplatz", D / NL 2020, Burhan Qurbani / Sommerhaus Filmproduktion; **u.** Bridgeman Images / Godong; **S. 139** „Berlin Alexanderplatz", 1931, Regie: Phil Jutzi, Beta Film GmbH; **S. 140** „Berlin Alexanderplatz", 1980, Regie: Rainer Werner Fassbinder; (2024) licensed by Bavaria Media GmbH, www.bavaria-media.de; **S. 141–145** „Berlin Alexanderplatz", D / NL 2020, Burhan Qurbani / Sommerhaus Filmproduktion; **S. 150 o.** Shutterstock.com; **mi.** stock.adobe.com / panco; **S. 156** Shutterstock.com / loreanto; **S. 158** Shutterstock.com / Alexei MERINOV Krr; **S. 159 v. o. n. u.** Jan Eysel; Shutterstock.com / warmjuly; Shutterstock.com / Anna Om; Shutterstock.com / donatas1205; Shutterstock.com / Christosign; Shutterstock.com / Anatoliy Karlyuk; **S. 163** stock.adobe.com / fStop; **S. 165** Imago Stock & People GmbH / ryanking9; **S. 174** Shutterstock.com / Red Fox studio; **S. 214** bpk / Vorderasiatisches Museum, SMB / Olaf M.Teßmer; **S. 216** Yassin / Normale Musik; **S. 219** mauritius images / Old Visuals; **S. 242** stock.adobe.com / EAStevens; **S. 247** Cornelsen (Manesse-Handschrift: Universitätsbibliothek Heidelberg, Cod. Pal. germ. 848 Große Heidelberger Liederhandschrift (Codex Manesse) Zürich, ca. 1300 bis ca. 1340 (https://doi.org/10.11588/diglit.2222), Rahmen und Blätterleiste: Cornelsen); **S. 248** Imago Stock & People GmbH / Heritage Images; **S. 249** bpk / Knud Petersen; **S. 252** bpk / Hermann Buresch; **S. 254** Imago Stock & People GmbH / Everett Collection; **S. 256** bpk / BnF, Dist. RMN-GP; **S. 259** mauritius images / The Picture Art Collection / Alamy Stock Photos; **S. 260** Bridgeman Images / © Archives Charmet; **S. 261 li.** akg-images / Johann Rudolf Feyerabend; **re.** akg-images; **S. 262** akg-images / Heritage Images / Ashmolean Museum, University of Oxford; **S. 264** Skelett Herzog August Bibliothek Wolfenbüttel (https://ku-ni.de/isil_DE-23_opal_herzaubiw_emblbu_xb-6551-e00078); **S. 265** bpk / Jacques Callot; **S. 267** akg-images / Erich Lessing; **S. 269 li.** Bridgeman Images / Index Fototeca; **S. 270** Bridgeman Images / Stefano Bianchetti; **S. 273** akg-images / Heritage Images / Heritage Art; **S. 278** bpk / Kunstbibliothek, SMB / Knud Petersen; **S. 281** © DER SPIEGEL 41/ 2004; **S. 282** Bridgeman Images / Museumslandschaft Hessen Kassel; Ute Brunzel; **S. 285** akg-images; **S. 286** Horus: „Schiller – eine Comic-Novelle", Boiselle & Ellert 2015; **S. 288** akg-images; **S. 291** mauritius images / Michael Nitzschke; **S. 293** Imago Stock & People GmbH / Zoonar; **S. 295 o.** Imago Stock & People GmbH; **S. 300** Bridgeman Images / Photo © Fred Stein; **S. 309** Cover aus: Sehnsucht, Psychologie Heute 07/2022 © 2022 Psychologie Heute in der Verlagsgruppe Beltz, Weinheim Basel; **S. 312** Bridgeman Images / Friedrich, Caspar David (1774–1840); **S. 313** bpk / Nationalgalerie, SMB / Jörg P. Anders; **S. 318** Bridgeman Images / Photo © Photo Josse; **S. 319** mauritius images / World Book Inc.; **S. 322** Bridgeman Images / De Agostini Picture Library; **S. 325** bpk / Kunstbibliothek, SMB / Knud Petersen; **S. 326** Imago Stock & People GmbH / Martin Müller; **S. 328** akg-images / A. Limbach; **S. 329** Imago Stock & People GmbH / Bildagentur-online; **S. 330** akg-images; **S. 333** bpk; **S. 335** bpk / Kupferstichkabinett, SMB / Jörg P. Anders; **S. 336** bpk / RMN – Grand Palais / Jacques L'Hoir / Jean Popovitch; **S. 342** bpk / Staatsbibliothek zu Berlin; **S. 346** Imago Stock & People GmbH / Felix Abraham; **S. 351 o. li.** mauritius images / alamy stock photo / IanDagnall Computing; **o. re.** mauritius images / Glasshouse; **mi. li.** akg-images; **mi. re.** bpk; **S. 353** Imago Stock & People GmbH / Heritage Images; **S. 354** HFF München (Hochschule für Fernsehen und Film) Deutschland, Österreich, Indien / 2013, Regie: Anna Martinetz, Kamera Bildrecht (c) Jakob Wiessner, Regie Bildrecht (c) Anna Martinetz, Schauspielerin Bildrecht (c) Korinna Krauss; **S. 356** mauritius images / alamy stock photo / Art Collection 4; **S. 359** stock.adobe.com / andreslebedev; **S. 361** DAV – Der Audio Verlag; **S. 363 u.** DER SPIEGEL 40/2014; **S. 365** „Berlin Alexanderplatz", 1931, Regie: Phil Jutzi, Beta Film GmbH; **S. 367** imago / United Archives International; **S. 368** bpk / Jörg P. Anders / Jakob Steinhardt / Berlin, SMB, Nationalgalerie; **S. 369** bpk / Kupferstichkabinett, SMB; **S. 370** Bridgeman Images; **S. 371** akg-images / Fotoarchiv für Zeitgeschichte; **S. 372** dpa Picture-Alliance; **S. 374** Imago Stock & People GmbH / brennweiteffm; **S. 375** mauritius images / SuperStock; **S. 377 li.** Imago Stock & People GmbH / Leemage, © Viola Roehr von Alvensleben, München; **re.** mauritius images / alamy stock photo / EmmePi Travel; **S. 378** Bridgeman Images / Photo © Fine Art Images; **S. 381** bpk / Staatsbibliothek zu Berlin; **S. 382** Bridgeman Images / Everett Collection; **S. 385** bpk; **S. 387 o. mi.** akg-images; **li.** interfoto e. k.; **re.** bpk / Riwkin; **u. mi.** bpk; **S. 390** bpk / Nationalgalerie, SMB / Jörg P. Anders; **S. 391** Bridgeman Images / Sovfoto / UIG; **S. 393** mauritius images / Pitopia; **S. 396** Bridgeman Images / Superstock / UIG; **S. 400** Imago Stock & People GmbH / United Archives; **S. 401 li.** Imago Stock & People GmbH / United Archives; **u. re.** mauritius images / Collection Christophel; **S. 403** mauritius images / Keystone Press / Alamy Stock Photos; **S. 404** mauritius images / Klaus Rose / imageBROKER; **S. 407 mi.** akg-images / Binder; **re.** akg-images / TT News Agency / TT NYHETSBYRÅN; **S. 408** akg-images; **S. 411** bpk / Bundesstiftung Aufarbeitung / Harald Schmitt; **S. 412 f.** Imago Stock & People GmbH / DRAMA-Berlin.de; **S. 415** mauritius images / Screen Prod; **S. 417** mauritius images / Aldorado / Alamy Stock Photos; **S. 418 f.** Nora Krug: Heimat. Ein deutsches Familienalbum. München: Penguin 2018 / Penguin Random House Verlagsgruppe GmbH; **S. 420** Imago Stock & People GmbH; **S. 424** akg-images; **S. 425** Barbara Henniger; **S. 427** Imago Stock & People GmbH; **S. 428** Imago Stock & People GmbH / Everett Collection; **S. 429** Herta Müller: Der Beamte sagte. © 2021 Carl Hanser Verlag GmbH & Co. KG, München; **S. 432** Shutterstock.com / YIUCHEUNG; **S. 434** Shutterstock.com / New Africa

Wegweiser für die Abiturvorbereitung

Arten von Klausuren

Im Abitur begegnen Ihnen verschiedene Arten von Klausuren, die Sie im Lauf der Oberstufe kennen gelernt haben. Zu den Klausurtrainings finden Sie auch Erklärfilme in der Cornelsen-Lernen-App.

- Einen Romanauszug interpretieren und vergleichen ▶ S. 74 ff.
- Ein Gedicht interpretieren und vergleichen ▶ S. 96 ff.
- Eine Dramenszene interpretieren und vergleichen ▶ S. 120 ff.
- Eine Filmszene interpretieren und mit dem Roman vergleichen ▶ S. 143 ff.
- Einen Sachtext analysieren (Rede) ▶ S. 40 ff.
- Zwei Sachtexte vergleichen ▶ S. 220 ff.
- Einen Sachtext erörtern ▶ S. 168 ff.
- Materialgestützt argumentieren ▶ S. 197 ff.
- Materialgestützt informieren ▶ S. 46 ff.

Arten von Texten

In Klausuraufgaben haben Sie es mit bestimmten Textarten zu tun, deren Spezifika Sie kennen sollten. Die Lernlandkarten dazu werden ebenfalls durch Erklärfilme in der Cornelsen-Lernen-App begleitet.

- Lernlandkarte – Aspekte der Interpretation epischer Texte ▶ S. 58 f.
- Lernlandkarte – Aspekte der Interpretation lyrischer Texte ▶ S. 84 f.
- Lernlandkarte – Aspekte der Interpretation dramatischer Texte ▶ S. 104 f.
- Lernlandkarte – Aspekte der Interpretation von Filmen ▶ S. 132 f.
- Lernlandkarte – Aspekte der Sachtext- und Redeanalyse ▶ S. 22 f.